HEYNE

JAMES A. SULLIVAN

NURAMON

EIN ELFEN-ROMAN

Originalausgabe

WILHELM HEYNE VERLAG
MÜNCHEN

MIX
Papier aus verantwortungsvollen Quellen
FSC® C014496

Verlagsgruppe Random House FSC® N001967
Das für dieses Buch verwendete FSC®-zertifizierte Papier
Salzer Alpin wird produziert von UPM, Schongau
und geliefert von Salzer Papier, St. Pölten, Austria.

4. Auflage
Originalausgabe 12/2013
Redaktion: Momo Evers

Printed in Germany 2014
Umschlagillustration: Michael Welply
Umschlaggestaltung: Nele Schütz Design, München
Satz: Leingärtner, Nabburg
Druck und Bindung: GGP Media GmbH, Pößneck

ISBN 978-3-453-52994-6

www.twitter.com/HeyneFantasySF
@HeyneFantasySF

www.heyne-fantastisch.de

Für Heike und die kleinen Orakel
Dank Bernhard

Die Stimme des Orakels

Die Zukunft eilt uns stets voraus und hinterlässt Spuren, die ich zu lesen vermag. Und so entdeckte ich euch in all den Jahren, was vor euch liegen könnte, und mein Blick erwies sich oft als wahr. Gelegentlich aber traten Dinge nicht ein, die ich sah. Manchmal blieb die prophezeite Zukunft aus, gerade weil ich sie euch entdeckte. Etwas zu betrachten heißt oft, es zunichtezumachen. Denn dem Wissen um das Schicksal mögen Taten folgen, welche die gesehene Zukunft verändern. Zum Besseren, wie ich stets hoffe, zum Schlechteren, wie ich fürchte. Es kann beim Blick voraus nie Gewissheit geben. Nur die Vergangenheit ist festgeschrieben. Denn kein Augenblick ist je verloren; er steht für immer im Buch der Welten.

Nun stehe ich in diesem Thronsaal, ein Orakel aus Fleisch und Blut, und spreche zu euch von jener besonderen Zeit; einer Zeit, in der ein Elf hier in Jasbor unter uns lebte. Noch heute erzählen die Märchen und Lieder, die unzähligen Sagen und wenigen Chroniken, die die Jahrhunderte überstanden haben, von dem letzten Alvaru, dem letzten Albenkind – von Nuramon aus Albenmark.

So, wie ihr durch diesen Saal, durch diesen Palast, die Straßen dieser Stadt und auf den Pfaden dieser Insel schreitet, in der Gewissheit, dass auch Nuramon einst auf diesen Wegen ging; so wusste ich, dass seine Vergangenheit irgendwo im Gewebe des Schicksals ruht. Und nach fast zehn Jahren habe ich nun die Spur zu Nuramon gefunden. Zu seinen Sinnen und seinen Gedanken. Das Schicksal flüstert es mir zu, und ich sehe den Elf und schwebe wie ein Geist zu ihm hin.

Dort in der Vergangenheit warben er und Farodin zwanzig Jahre um die Liebe der Zauberin Noroelle. Nur ein Moment im Leben eines Elfen, eine Ewigkeit für einen Menschen. Sie versprach, sich bald zwischen ihnen zu entscheiden. Doch ein Dämon zog alles ins Übel, ehe es so weit kommen konnte.

Es war ein Devanthar, der Letzte der alten Feinde der Alben. Er war es, der Noroelle in Nuramons Gestalt erschien und sie schwängerte. Er musste gewusst haben, dass Noroelle ihr Neugeborenes in die Menschenwelt bringen würde und dass die Elfenkönigin Emerelle sie deswegen auf eine Insel in der Zerbrochenen Welt verbannen würde; die Welt, die einst im Krieg zwischen den Alben und den Devanthar zerbarst. Er musste vorausgeahnt haben, dass Noroelles Sohn in der Stadt Aniscans als Priester des Gottes Tjured die Menschen heilen und unter dem Namen Guillaume weithin bekannt werden würde. Auf sein Geheiß hin erschienen Meuchelmörder in Aniscans, als Nuramon mit seinen Gefährten bei Guillaume war.

Damals gelang es Nuramon und Farodin nicht, den Sohn Noroelles zu retten. Und schlimmer noch war, dass die Ermordung des Priesters ihnen angelastet wurde. Der Devanthar schürte den Hass auf die Albenkinder, und so wuchs der Tjuredglaube, und am Ende beherrschte er nicht nur die Menschenreiche des Kontinents im Westen, sondern bedrohte auch Albenmark und die Albenkinder.

Trotz allem gaben Nuramon und seine Gefährten nicht auf. Heimlich erlernten sie den Zauber, der ihnen die Albenpfade öffnete. Diese magischen Wege verknüpften besondere Orte innerhalb einer Welt ebenso wie jene zwischen den Welten. So suchten Nuramon und dessen Gefährten nach dem Tor zu Noroelles Verbannungsort und folgten der Spur in die Menschenwelt. Auf ihrem Weg fanden sie die abtrünnigen Elfen von Neu Valemas, das Exil des Zwergenvolkes und das Orakel Dareen. Und Nuramon fand ein namenloses Elfenmädchen, das er Yulivee nannte, sich zur Schwester erwählte und in Kriegszeiten zur Elfenkönigin nach Albenmark brachte. Diese hatte seit Jahrtausenden auf Yulivees Ankunft gewartet, war jedoch trotz ihrer Dankbarkeit nicht bereit, Noroelle zu befreien.

Dann aber taten Nuramon und seine Gefährten sich im Kampf gegen die Tjuredanbeter hervor. Sie vernichteten den Devanthar, und als die Tjuredanbeter nach Albenmark vorstießen, wurden sie zu Helden. Sie verschafften der Elfenkönigin als Anführer in ihrem Heer die Zeit, die Albenkinder ein für alle Mal von der Bedrohung der Tjuredanbeter zu befreien. Emerelle, Yulivee und die anderen großen Zauberer setzten mittels ihrer Magie ein Geschehen in Gang, um Albenmark von der Welt der Menschen und der Zerbrochenen Welt abzutrennen.

Noroelles Verbannungsort aber war nur durch die Welt der Menschen zu erreichen, und so gab die Elfenkönigin Nuramon und Farodin die Macht, den Zauber, der den Weg zu Noroelle versperrte, zu lösen. Durch eines der letzten Weltentore kehrten Nuramon und Farodin ihrer Heimat den Rücken. Sie befreiten Noroelle aus ihrem Gefängnis in der Zerbrochenen Welt, und diese hielt ihr Versprechen und wählte zwischen ihnen.

Sie entschied sich für Farodin. Und auch wenn Nuramons Herz schmerzte, so erkannte er doch, dass es die richtige Wahl war. Silbernes Licht umgab Noroelle und Farodin im Moment ihrer Erfüllung, bis sie vor Nuramons Augen verschwanden. Durch ihre Liebe hatten sie ihr Schicksal gefunden und waren dadurch ins Mondlicht, ins elfische Jenseits, entschwebt.

Nuramon aber war allein zurückgeblieben. Am Morgen stand er am Rande der Insel, auf der Farodin und Noroelle entschwunden waren, und schaute den weißen Bergen am Festland entgegen. Er war der Letzte, der letzte Elf dieser Welt, das letzte Albenkind. Jenseits des Wassers lag ein fremdes Land, das es zu erkunden galt. Dort gab es neue Wege, neue Erfahrungen und neue Erinnerungen zu finden. Als die Ebbe zurückkehrte, schritt er über den welligen Boden dem Festland entgegen. So betrat er unseren weiten Kontinent, unser geliebtes Arlamyr, das er lange von der Insel aus beobachtet hatte. Und er betrachtete die Landschaft, als hätte er sie noch nie zuvor gesehen.

Diese Welt würde niemals aufhören, ihn zu faszinieren. Und doch fragte er sich, warum die Elfenkönigin Noroelle nicht selbst befreit hatte, ehe der Weg nach Albenmark abgeschnitten war. Und immer wieder fand er nur eine Antwort: Emerelle, die mit ihrem Zauberspiegel in die Zukunft schauen konnte, mochte gesehen haben, dass sein Schicksal, sein Weg ins Mondlicht, irgendwo hier in der Menschenwelt lag.

So vertraute er sich der Schönheit unseres Kontinents an und durchwanderte ihn auf Elfenweise. Und was er sah, tröstete ihn. Die Menschen aber beobachtete er nur aus der Ferne, denn er wollte keine

Bande knüpfen, damit er nicht enttäuscht würde. Doch die Einsamkeit brachte ihm Bitternis, und das Heimweh entzündete Wunschträume. Das Bedauern der eigenen Taten und die Zweifel an den Taten anderer gebaren einen Hass, der Nuramon bis an den Rand der Verzweiflung trieb. Als er schließlich erwog, seinem Leben ein unerfülltes Ende zu setzen, merkte er, dass er sich fremd geworden war.

Und so suchte er nach einem Weg zurück zu sich und glaubte, er könnte sein Ziel nur erreichen, indem er nach Albenmark zurückfände. Vielleicht, so dachte er, gab es doch noch irgendwo einen schmalen Pfad, der in die Heimat führte. Doch ganz gleich, wo er suchte, ihm war nicht der geringste Erfolg beschieden.

Als er sich nach Jahrzehnten an einer Quelle im Wald nahe der Stadt Teredyr niederließ, um sich auszuruhen, ahnte er nicht, dass er der Erfüllung seines Schicksals näher gekommen war. Die Menschen der von Dornenbüschen umgebenen Stadt entdeckten ihn und staunten. Dass er anders war als sie, erkannten sie sogleich. Zwar war sein mittelbraunes Haar hier ebenso weit verbreitet wie seine hellbraunen Augen, doch die weiße Strähne, die ihm auf die Stirn fiel, zog ihre Blicke ebenso auf sich wie seine vergleichsweise großen Augen, die für die meisten Menschen ein wenig zu lang geratene Nase und seine viel blassere Haut. Da man aber jede dieser Einzelheiten für sich genommen irgendwo in den Weiten von Arlamyr antreffen kann, hätte man ihn dennoch für einen Menschen halten können. Seine spitzen Ohren jedoch, die zwischen dem welligen Haar hervorstachen, verrieten ihn.

Die Menschen näherten sich ihm mit Interesse und Offenheit, und er ließ sie an sich heran. Er war fasziniert von ihnen. Sie erinnerten ihn an alte Zeiten und an Freunde, die längst dem Leben entschwunden waren.

Immer wieder kehrte er an die kleine Quelle nahe der Stadt zurück, und ehe er sich versah, war er des Arlamyrischen mächtig und bei den Menschen von Teredyr als Heiler bekannt. Er ließ sich von den anderen freien Städten erzählen, von denen er sich ferngehalten hatte; ebenso von Fürstentümern und Königreichen, die er unbemerkt durchwandert hatte, und vom Ahnenkult, dem die Menschen auch damals schon anhingen. Und dabei ahnte er nicht, dass sein Name einst für immer mit dem Fürstentum Yannadyr und unserer Insel Jasbor verbunden sein würde – mit euren Ahnen und über diese auch mit euch.

Bald merkte er, dass er im Grunde immer wieder an den Anfang eines reizvollen Weges zurückkehrte, nur um sich dann nicht vorzuwagen. Ihm wurde bewusst, dass er davor zurückschreckte, sein Schicksal bei den Menschen zu suchen. Eines Tages aber machte er den ersten Schritt hinein in ein neues Leben voller Abenteuer, von denen er nicht mehr zu träumen gewagt hätte. Abenteuer, die ein ganzes Zeitalter begründen sollten.

So folgt meinem Orakelblick, wenn er entlang der Zauberpfade auf der Suche nach Nuramon ist, ihn findet und umschwebt, ihn durch die Augen anderer sieht, in den Worten anderer findet und sich schließlich mit seinem Blick verbindet.

Folgt mir zu Nuramon und jenen, die ihm nahestanden – zurück in vergangene Zeiten, wo das Geschehen im wechselnden Maße verläuft, mal durch die Zeit schwebend, und mit einem Wort vergehen Jahre; mal in einem einzigen Augenblick verharrend.

Folgt meinen Worten und vernehmt, was im Gewebe des Schicksals geschrieben steht.

Das letzte Albenkind

Wie ein Steg aus leuchtendem Eis führte ein Albenpfad durch die Finsternis. In seinem Inneren glitzerte es, als schlüge der Fluss der Magie winzige Funken. Der Pfad schwebte an weiteren vorüber, die windschief verliefen und in unterschiedlichen Farben leuchteten, jedoch rasch in der Finsternis verschwanden, als legten sich schwarze Nebelschleier über das Leuchten. Der eine Pfad aber traf nach einer scheinbaren Unendlichkeit an zwei Stellen auf andere Wege und fügte sich dort mit ihnen zu Inseln aus Licht – zwei Albensterne.

Es war still abseits der Welt. Die Magie, die hier herrschte, schützte alle, die des Weges kamen, vor der Leere, die ringsherum herrschte, und vor der Eiseskälte der ewigen Dunkelheit. Zugleich spendete sie Luft, von der seit Jahren niemand mehr geatmet hatte.

Mit einem Mal lief ein Zittern durch das glitzernde Netz aus Pfaden, und auf dem größeren der Albensterne schob sich eine Lichtsäule in die Höhe und wölbte sich. In ihr erschien eine Gestalt, verharrte für einen Augenblick und trat dann aus dem Licht heraus. Es war ein Elf, ein Albenkind an einem Ort, an dem es keine Albenkinder mehr geben sollte; der einzige Elf auf den Pfaden, die sich um die Welt der Menschen schmiegten. Es war Nuramon, das letzte Albenkind.

Nuramon holte tief Luft und genoss den frischen Duft der Zauberpfade. Selbst nach all den Jahrhunderten und all den Leben, die er gelebt, und den Toden, die er gestorben war, liebte er diesen Geruch. Er trat an den Rand des Lichtplateaus und blickte zurück zur Pforte, die er soeben geschaffen hatte. Seite an Seite erschienen nun ein Mann und eine Frau – Yargir und Nylma, die Neugierigsten unter den jungen Kriegern und Kriegerinnen von Teredyr. Wie staunende Kinder traten sie aus dem Licht, kamen einander mit Hellebarde und Schwert in den Weg und schienen sich kaum am Glitzern der Pfade sattsehen zu können.

»Ich dachte, du hättest gelogen«, sagte Yargir.

»Heißt es nicht, Elfen könnten nicht lügen?«, erwiderte Nuramon.

Yargir ließ seinen Blick über den Albenstern wandern, und die Verblüffung in seiner Miene wich dem warmen Lächeln, das seine Züge prägte. »Genau so heißt es«, sagte er und stieß mit seiner Hellebarde auf den Boden, als prüfte er dessen Festigkeit.

Nylma schaute den Albenpfad entlang, der zur nächsten Lichtinsel führte, und strich sich mit den Fingerspitzen das Lächeln aus ihrem langen Gesicht. »Es ist wie im Märchen«, flüsterte sie. »Mir ist, als würde ich mich an einen alten Traum erinnern.«

Nuramon winkte die beiden Krieger zu sich, um den Nachfolgenden Platz zu machen. Er schaute jedem, der aus dem Licht kam, ins Antlitz und fand keinen, der im Angesicht der Pfade und der Finsternis unbeeindruckt blieb. Einige der Krieger schlugen sogar Schutzgesten und baten ihre Ahnen um Beistand.

Der Letzte, der die Pforte durchschritt, war Gaeremul. Er war mit über vierzig Jahren der Älteste der Gefährten, ein breitschultriger Mann, der seinen schweren Kriegshammer zu führen wusste. Die Narben in seinem Gesicht zeugten von unzähligen Schlachten. Seine Erfahrung machte ihn zu einem Begleiter von unschätzbarem Wert.

Nun, da seine Schar vollständig war, trat Nuramon vor das Lichttor und hob seine Hände. Während er sie langsam wieder senkte, strömte Magie aus den Fingerspitzen, und es war, als schöbe er das Tor eigenhändig hinab. Am Boden funkelte es kurz, doch schon erinnerte nichts mehr daran, dass sich hier eben noch eine Pforte zwischen den Albenpfaden und der Welt der Menschen erhoben hatte.

Die Teredyrer flüsterten. Nuramons Magie war ihnen gewiss noch immer nicht geheuer, doch ohne ihn würden sie nie wieder in ihre Welt zurückkehren können und so hier auf den Albenpfaden den Tod finden.

Nuramon lächelte ihnen aufmunternd zu. Auch wenn er den Bewohnern der Stadt Teredyr in der Vergangenheit mit seinen heilenden Händen gelegentlich beigestanden hatte, wussten sie nicht viel von ihm. Er hatte immer nur wenig von sich preisgegeben. Sie jedoch hatten ihm viel von sich offenbart, und so war in ihm mit der Zeit eine Schwäche für die Menschen von Teredyr gewachsen. Er ließ sich immer leichter für ihre Zwecke gewinnen.

Nun hatten sie nichts Geringeres getan, als ihr Schicksal an seine Fähigkeiten zu knüpfen. Denn ob Teredyr stehen oder fallen würde, lag allein daran, ob der Plan, den Nuramon ersonnen hatte, aufgehen würde. Nuramon dankte den Teredyrern dieses Vertrauen nicht nur durch seine Fürsorge und Loyalität. Zum Zeichen seiner Verbundenheit trug er die gleiche grau getünchte Lederrüstung und den gleichen schwarzen Fellumhang wie seine Gefährten. Das fehlende Halstuch mochte nicht weiter auffallen. Wer aber seine Ohren sah, würde sich an die Märchen und Sagen über die Elfen erinnern.

»Ihr dürft nicht vom Pfad abweichen«, sagte er in die Runde. »Die Magie, die uns schützt, wirkt nur hier. Draußen hingegen lauert der Tod oder Schlimmeres.«

Die Krieger folgten seinem Rat und mieden den Rand, als loderte dort ein Feuer, während Nuramon sie einen leicht abschüssigen Pfad hinab bis zum nächsten Albenstern führte. Hier kreuzten sich sieben Pfade, von denen einer senkrecht verlief und den Blick der Teredyrer auf sich zog. Nur Yargir schaute verwundert zu dem Ort zurück, an dem sie die Albenpfade betreten hatten. »War das etwa der ganze Weg von der Quelle oben im Wald zum Hügel hinab?«, fragte er.

Nuramon nickte. »Wer neben der Welt schreitet, geht kürzere Strecken. Auch Höhen, Tiefen, Längen und Breiten entsprechen hier nicht denen in deiner Welt. Jeder Pfad hat sein eigenes Maß.«

»Und warum führt dieser hier nach oben?« Nylma deutete auf den grauen Pfad, der einer von dünnen Lichtadern durchzogenen Kristallsäule gleich senkrecht aus dem Lichtplateau stieß.

»Dieser Pfad führte einst nach Albenmark. Wenn ich draußen in der Welt am Albenstern ein Tor öffnete und dabei diesen Pfad mit meiner Magie berührte, wäre ich früher nicht hier auf den Pfaden, sondern sogleich in meiner Heimat erschienen. Wer diesen Weg aber heute betritt, wird sein Ziel nicht erreichen. Er würde einfach zurückgeworfen. Der Weg in meine Heimat gleicht einem verschütteten Tunnel. Diesen wieder gangbar zu machen, liegt nicht in meiner Macht.«

Nylmas grüne Augen schimmerten. »Es tut mir leid«, sagte sie schließlich, und Nuramon schien es, als sei sie verlegen, als sie sich schließlich von ihm abwandte und zu Yargir hinüberging. Gewiss hatte sie seinen Schmerz bemerkt. Obwohl er seine Gefühle vor den Blicken der Menschen sonst zu verbergen wusste, hatte sie ihn durchschaut; denn es quälte ihn noch immer, dass es keinen Weg zurück in seine Heimat gab. Die Elfenkönigin Emerelle hatte ihm gesagt, die Menschenwelt und die Zerbrochene Welt würden von Albenmark abgetrennt sein. Er, Nuramon, sei das letzte Albenkind in der Welt der Menschen. Und sie hatte recht behalten. Denn er wusste, dass die Königin allen Kindern der Alben Schutz angeboten und sie nach

Albenmark zurückgerufen hatte. Selbst die Trolle waren diesem Ruf gefolgt, und so gab es kaum Hoffnung, dass noch irgendwer freiwillig geblieben war. Dennoch hatte er im Netz der Zauberpfade lange nach einem Weg gesucht, der ihn zurück nach Albenmark hätte bringen können. Vergeblich.

In seiner Verzweiflung hatte er sich sogar über die Albenpfade in die Zerbrochene Welt begeben – jene Welt, die im Kampf zwischen den Alben und ihren Feinden, den Devanthar, zerborsten war und nun aus nichts weiter bestand als Inseln in der Leere. Doch auch dort hatte er weder einen Heimweg noch andere Albenkinder gefunden, die sein Schicksal teilten und mit den gleichen Ängsten lebten. Ängste, die er in den acht Jahrzehnten seit dem Auszug aus Albenmark nicht losgeworden war.

Dass sein Schicksal nun in der Menschenwelt lag, hatte er angenommen. Hier würde er seine Bestimmung suchen, und falls er sie fand, würde er ins Mondlicht gehen. Silberschein und Blütenduft würden ihn umgeben, und mit einem Ruck würde es ihn ins Jenseits der Albenkinder hinfortreißen. Davon träumte er seit vielen Leben, doch immer hatte der Tod seine Mühen unterbrochen, und er war wiedergeboren worden.

Jetzt aber war es anders. Hier in der Menschenwelt, auf ewig getrennt von Albenmark, konnte er sich den Tod nicht erlauben. Denn welcher Elfenmutter sollte er wiedergeboren werden? Ohne die verbindenden Pfade würde seine Seele den Weg nach Albenmark nicht finden, und da es in der Welt der Menschen keine anderen Albenkinder mehr gab, würde seine Seele auf der Suche nach einem neuen Körper, in den sie sich kleiden konnte, für immer ruhelos sein. Davor fürchtete er sich mehr als vor allem anderen.

Nuramon schaute zu den Teredyrern. Zweiunddreißig Männer und Frauen, allen voran Gaeremul, warteten auf sein Zeichen. Der Mut, den er draußen an der Quelle im Wald noch in ihren Augen gesehen hatte, war längst dem Zweifel gewichen. Auch Nuramon zweifelte. Noch immer konnte er nicht fassen, dass Yangor Yurgaru, der Ratsälteste von Teredyr, sich auf seinen Plan eingelassen hatte. Es musste die Verzweiflung gewesen sein. Sonst hätten sie ihm, einem Sonderling, nicht die besten Krieger zur Seite gestellt und damit die eigenen Reihen geschwächt, um einen Überraschungsangriff zu wagen.

Nuramon ging in die Hocke, legte die Handflächen auf den Boden, und ein Kribbeln kroch seine Arme empor. Erst als er seine magischen Kräfte fließen ließ, kehrte sich das Kribbeln um, und er spürte die Albenpfade und den Albenstern. Die Zauberwege trafen nicht nur hier aufeinander, sondern auch draußen in Dayra, der Welt der Menschen, die er früher meist *Die Andere Welt* genannt hatte. Sein Blick verschwamm, als er sich mit seinen magischen Sinnen darauf konzentrierte, was an ihrem Bestimmungsort vor sich ging. Schließlich sah er es: Das rote Banner der Feinde wehte im Wind, keine zwanzig Schritte entfernt von dem Albenstern, aus dem sie heraustreten würden. Es war das Hauptlager der Feinde.

Nuramon löste sich vom Boden, dann trat er bis an den Albenpfad heran, der senkrecht emporführte und den das Tor, das er schaffen wollte, scheinbar verdrängen würde. Schließlich nickte er Gaeremul zu.

»Macht euch bereit«, rief dieser und schlug mit der Faust klatschend in die Hand. Die Krieger sammelten sich, prüften ihre Waffen, und manche beteten sogar zu ihren Ahnen. »Für Teredyr!«, sprachen sie einander zu und klopften sich gegenseitig auf die Schultern. Nur Nuramon zu berühren wagte keiner von ihnen.

Als die Krieger sich in seinem Rücken gesammelt hatten, konzentrierte Nuramon sich auf den Torzauber. Er hatte ihn oft gesprochen. Die alten Fehler mit den Folgen, die ihn und seine ehemaligen Gefährten zu Opfern der Zeit gemacht hatten, vermied er. Ein ungeübter oder geschwächter Zauberer mochte versagen, und dann vergingen beim Überschreiten der Schwelle mit einem Augenblick Stunden, Monate oder sogar Jahre. Doch hier gab es keine magischen Fesseln, die den Albenstern umgaben; hier gab es nur die sich kreuzenden Lichtpfade, die seinen Zauber begierig aufnahmen. Nuramon wandte viel magische Kraft auf, damit das Tor lange genug geöffnet bleiben würde. Er spürte die Pforte, noch ehe sie sich aus dem Boden erhob und den senkrechten Albenpfad überdeckte. Das Licht des Tores schob sich einfach über das Grau des Zauberpfades.

Nuramon zog sein Schwert. Es war eine magische Klinge, die Jahrtausende überdauert hatte. Als Emerelle noch nicht Königin von Albenmark gewesen war, hatte er zu ihren Kampfgefährten gezählt, und sie hatte ihm dieses Schwert zum Geschenk gemacht. Die Teredyrer schauten neugierig auf die makellose Waffe, und Nuramon hob sie und wandte sich dem Licht zu, um hindurchzuschreiten, doch Yargir kam ihm zuvor. »Bei Warlyrn!«, rief er und stürmte voran. Der Name seines Urahnen war nicht einmal verklungen, da war Yargir bereits im Weiß des Tores verschwunden.

Nuramon folgte ihm, und kaum war er vom Licht umfangen, spürte er die Welt der Menschen. Wiesenduft stieg ihm in die Nase, Angstschreie schwollen zu einem gewaltigen Chor an. Wie ein Fächer öffnete sich der wolkenlose Sommerhimmel über ihm, während der Boden aus der Tiefe zu ihm emporzuschießen schien; gerade rechtzeitig, dass seine Füße festen Grund fanden. Hügel und Berge rasten über das grüne Grasland herbei und verharrten in der Distanz. Zugleich schoben sich regungslose Gestalten aus dem Boden. Als wären sie auf einen Schlag erwacht, rührten sie sich und wichen zurück.

Es waren die Krieger aus dem Königreich Varmul, die Feinde, die es zu besiegen galt. Das Licht des Tores strahlte auf ihren Gesichtern und funkelte in ihren Augen und auf ihren Rüstungen. Das rote Banner des Königreichs Varmul wehte über dem Lager. Darauf wand sich eine goldene Schlange neben einem silbernen Kriegshammer, der Waffe des Königshauses Cardugar. Unter dem Zeichen stand ein schmalgesichtiger Jüngling – der Feldherr. Der verzierte Schuppenpanzer bewies, dass der junge Anführer nicht damit rechnete, in der Schlacht zu kämpfen. Der kleine Kriegshammer, der eher wie ein Zeigestab als wie eine Waffe wirkte, entglitt seinen Händen.

Nuramon schaute über die Schulter zurück, doch das Tor und die Zelte verdeckten seinen Blick auf die Feldschlacht. Nicht einmal die Mauern von Teredyr vermochte er zu sehen. Doch die Geräusche, die wie die eines tobenden Sturmes heranschallten, ließen keinen Zweifel, dass die Teredyrer dort irgendwo auf den Feldern ihrer Bauern um ihre Stadt und ihre Eisenminen kämpften.

Nuramon schloss zu Yargir auf und lief mit ihm Seite an Seite dem feindlichen Anführer entgegen. Hinter ihnen stürmten die Gefährten brüllend nach. Unter den verstreuten Gegnern, die fassungslos zum Lichttor starrten, schien sich in diesem Moment nur ein einziger Krieger zu bewegen: ein Mann in roter Tuchrüstung und hellem Mantel. Er hielt sein gekrümmtes Schwert bereits in Händen und sprang seinem Feldherrn zur Seite.

»Ein Wyrenar!«, rief Yargir, hielt inne und starrte dem feindlichen Krieger entgegen. Nuramon blieb an Yargirs Seite und musterte gleichfalls den Schwertträger. Er wusste, dass *Wyrenar* der Titel war, den die Menschen von Arlamyr Helden ihres Zeitalters gaben – den großen Kriegern, die in den Königreichen und Fürstentümern und oft auch abseits davon einen Namen hatten und Respekt genossen. In Teredyr ging das Gerücht um, dass der legendäre Bjoremul unter den Feinden sei. Aber von ihm hieß es, dass er stets mit einem Dreschflegel kämpfte – einer Waffe, die einem varmulischen Krieger aus gutem Hause eigentlich nicht geziemte. Deshalb musste es sich bei dem Jüngling, der ihnen nun gegenüberstand, um einen anderen handeln.

»Das ist Dorgal!«, rief Gaeremul, der zu ihnen aufgerückt war. Nuramon hatte den Namen nie gehört, doch seine Gefährten wichen – so schien es ihm – ein winziges Stück zurück und wandten sich dann anderen Gegnern zu. Nur Yargir blieb an Nuramons Seite, wagte jedoch nicht anzugreifen.

Auch Nuramon hielt inne und horchte in sich selbst hinein. Dort wuchs ein Gefühl, das ihm vor der Trennung von Albenmark bei nahe fremd gewesen war. Ein zutiefst menschliches Gefühl: die Angst vor dem Tod. Das Wissen darum, dass ihm nur noch dieses eine Leben blieb, ließ ihn zuerst zögern, nährte dann jedoch seinen Tatendrang. Er täuschte rechts einen Angriff an, schwenkte dann nach links und machte Yargir dadurch Platz. Während Dorgal den Hieb mit der Klinge abfing, stieß Yargir vor, und Nuramon war sich sicher, dass der junge Teredyrer den Feind mit der Hellebarde über der Hüfte treffen würde. Doch blitzschnell wandte sich der Krieger zur Seite, ließ Yargirs Stoß ins Leere fahren und seine Klinge an Nuramons Schwert emporschnellen. Sie verfehlte seinen Kopf nur um Haaresbreite.

»Flieh!«, rief Dorgal seinem Anführer zu. Der Feldherr aber rührte sich nicht, sondern starrte wie so viele der Varmulier nur fassungslos auf die Lichtpforte.

Nuramon griff an, doch Dorgal konterte stets mit einer genialen Wendung. Da wechselte Nuramon die Taktik und bot dem Feind eine Blöße nach der anderen, um ihn aus der Deckung zu locken. Kaum ging sein Gegenüber auf das Angebot ein, sprang Nuramon zur Seite und wagte sich erneut vor. Derweil schlossen die Teredyrer einen Ring um den Feldherrn; erste Triumphrufe wurden laut, doch Gaeremul schmetterte jede Überheblichkeit mit rauer Stimme nieder. »Still! Still, sage ich! Wer sich schon wieder zu Hause bei seiner Liebe wähnt, tauscht bald das Liebeslager gegen das Totenbett! Und nun: nordwärts!«

Während der Wall der Krieger aus Teredyr sich auf die Lichtpforte zuschob, versuchten die ersten Varmulier in den Kreis einzudringen, in dem Dorgal und der Feldherr gegen Yargir und Nuramon kämpften.

»Hinter mich!«, rief Dorgal seinem Herrn zu. Und der junge Anführer, nun von seiner Garde abgeschnitten und von Feinden umgeben, stellte sich in Dorgals Schatten und zog mit zitternden Händen einen Langdolch, die einzige Waffe, die ihm geblieben war. Immer wieder schaute er über die Schulter zurück, als fürchte er, dass sich einer der Teredyrer, die den inneren Kreis gegen die Varmulier verteidigten, umdrehte und gegen ihn oder Dorgal wandte. Und so kam es auch: Ein breitschultriger Teredyrer, der einen Helm trug und ein schmales Schwert führte, griff Dorgal von der Seite an. Doch dieser lenkte die gegnerische Klinge pfeilschnell ab und bohrte dann seine Schwertspitze in die Schulter des Angreifers. Während dieser mit einem Schrei zurücksprang, griff Nuramon an. Schon hielt Dorgal die Waffe wieder erhoben und fing den Hieb ab, während Yargir mit dem Verletzten zurückwich.

»Nur noch du und ich«, rief Dorgal, und einmal mehr bot Nuramon ihm Blöße um Blöße, wich aus und schlug sogleich Attacken, die Dorgals Können auf die Probe stellten. Und mit jedem Ausweichen drehte sich Dorgal ein wenig weiter im Kreis, während der Feldherr sich im Schatten seines einzigen Beschützers hielt.

Doch auch der Ansturm auf Nuramons Gefährten wurde immer stärker. Die Varmulier hatten ihren Schrecken überwunden und ihre Zaghaftigkeit abgeschüttelt. Wie das Meer ein Floß im Sturm umtost, so drängten sie von allen Seiten auf die Teredyrer ein. Es fehlte nur wenig, und Nuramon würde mit seinen Gefährten von der Flut feindlicher Angriffe erfasst, und die Klingen würden wie Wellen über ihnen zusammenschlagen und ihnen den Tod bringen.

Da endlich brüllte Gaeremul: »Es ist so weit!«

Die Worte des Recken waren wie das Ufer, das sie vor den Fluten bewahrte. Mit zwei Stichfinten trieb Nuramon Dorgal und den Feldherrn voran – direkt vor das Lichttor. Entsetzt starrte Dorgal ihn an, wich einem Hieb aus und lenkte Nuramons Schwert zu Boden. Die Lichtpforte umrahmte die Gestalt des jungen Wyrenar, und ein Hauch von Überraschung huschte über Dorgals Miene; dann aber entfaltete sich ein Lächeln. Statt erneut anzugreifen packte er seinen Feldherrn mit der freien Hand und stieß ihn ins Licht der Pforte. Dann sprang er ihm nach.

»Mutig!«, rief Gaeremul.

»Oder sehr dumm«, sagte Nylma.

Nuramon schwieg, aber er bewunderte Dorgals Tat.

»Rückzug!«, brüllte Gaeremul, und einer nach dem anderen folgten die Teredyrer Dorgal und seinem Feldherrn ins Licht. Als nur noch Nylma und drei Hellebardenträger an Nuramons Seite waren, ließ er sich zurückfallen, hob die freie Hand und dachte einen Zauber. Die Magie ging ihm von Jahr zu Jahr leichter von der Hand, und manchmal hatte er das Gefühl, dass ihn die Magie zu mehr drängte, als er wollte. So war es auch dieses Mal: Der Zauber war da und wollte mit großer Kraft nach außen drängen, doch Nuramon zügelte ihn, damit er nur das tat, was er beabsichtigte.

Nuramons Hand begann zu glimmen, und zwischen den gespreizten Fingern zitterten Blitze. Er riss die Hand in die Höhe, und ein Flimmern erhob sich über ihm, dann ein stetig ansteigendes Knistern, das in einem ohrenbetäubenden Knall gipfelte. Funken regneten aus der Luft hernieder, und die Angstschreie der Varmulier hallten von allen Seiten heran. Es war ein einfacher Zauber, nichts weiter als Blendwerk, und doch reichte es aus, viele der Varmulier schreiend in die Flucht zu treiben.

»Geht!«, rief Nuramon den drei Hellebardieren zu, die kurz darauf im Licht verschwanden. Nylma schaute ihn noch einmal zweifelnd an, dann lief auch sie durch das Tor.

Nuramon warf einen Blick zurück auf die Varmulier. Diese hatten sich mit ängstlichen Mienen an den Rand des Hügels zurückgezogen. Offenbar hatte sein Blendwerk ausgereicht, um ihnen all die Märchen und Sagen ins Gedächtnis zu rufen, in denen die Zauberei den Menschen Schmerzen und den Tod brachte. Und so wandte auch er sich ab und schritt ins Licht.

Die Albenpfade empfingen ihn mit Kampflärm. Dorgal – offenbar unbeeindruckt von dem Ort, an dem er sich befand – stand Seite an Seite mit dem varmulischen Feldherrn am Rand der Lichtinsel. Niemand aus den Reihen der Teredyrer kam an sie heran. Denn vor ihnen erhob sich einer Statue gleich ein Krieger in einer einfachen Lamellenrüstung aus Leder, der einen mächtigen Kriegsflegel schwang. Auf seinen roten Mantel war das königliche Wappen und ein Streitkolben gestickt, das Zeichen seiner Familie.

Der fremde Krieger, der Nuramon um fast einen Kopf überragte, musste sich durch die Pforte gewagt haben, während sie den Ring um den Feldherrn gezogen hatten. Allein die Vorstellung, wie viel Mut oder aber Lebensverachtung zu einem solchen Schritt nötig war, entlockte Nuramon ein Gefühl der Anerkennung.

»Bjoremul!«, sagte Nuramon. Die Gerüchte entsprachen also der Wahrheit.

»Gib den Weg frei!«, erwiderte der Krieger. Es hieß, er sei Anfang dreißig, aber mit der tiefen Stimme, dem dichten Bart und den gefestigten Bewegungen wirkte er älter.

Nuramon hob sein Schwert und führte drei rasche Attacken aus, die Bjoremul allesamt mit knappen Bewegungen seines Kriegsflegels abwehrte. Dann stieß der Varmulier mit dem Schaft seiner

Waffe zu und ließ Nuramon parieren, nur um dann den Schlagkopf schwingen zu lassen. Die beiden Eisendornen, die auf Beschlägen hervorragten, verfehlten Nuramons Kopf knapp. Doch kaum war er dem Hieb ausgewichen, ließ Bjoremul den Schaft kreisen und stieß zu. Am Ende der Stange ragte ein weiterer Dorn heraus. Nuramon aber lenkte den Dreschflegel hinab. Als wäre das Lichtplateau aus Feuerstein, kratzte der Dorn funkensprühend über den Boden. Schon riss Bjoremul den Schaft zurück und ließ den Schlagkopf von oben herabschnellen. Nuramon gelang es gerade noch, sein Schwert hochzureißen. Kaum trafen sich die Waffen, verlagerte Nuramon sein Gewicht und versetzte Bjoremul einen Tritt, der ihn zwei Schritte zurückwarf und aus dem Gleichgewicht brachte. Der Krieger stützte sich mit dem Kriegsflegel ab, um nicht zu Boden zu fallen.

Nuramon hörte die Erleichterung in den Anfeuerungsrufen seiner Gefährten, die sich nun zu beiden Seiten des varmulischen Feldherrn und Dorgals in Stellung brachten. Yargir und zwei weitere Männer gingen gar zum Angriff auf den jungen Wyrenar über.

Während Bjoremul den Kampf hinter sich Dorgal überließ und erneut mit der Waffe drohte, überlegte Nuramon, wie es ihm gelingen könnte, das Lichttor zu schließen. Dorgal und Bjoremul fürchtete er nicht, denn im Zweikampf war er Herr über seine Fähigkeiten. Wenn er hier starb, dann nur, weil er versagte. Der Rest der varmulischen Truppen aber entzog sich seinem Einfluss. Falls sie sich wieder auf ihre Aufgabe besinnen, ihre Furcht überwinden und ihnen durch das Tor folgen sollten, könnten sie ihn leicht von hinten überwältigen. Doch um die Pforte mit einem Zauber zu schließen, brauchte Nuramon einen ungestörten Augenblick – etwas, das Bjoremul ihm nicht gewährte. So hoffte er, dass die Kraft, die er in den Torzauber gelegt hatte, bald aufgebraucht war und sich die Pforte von allein schloss.

Bjoremul stieß vor, und Nuramon sprang zur Seite, nur um ihn seinerseits zu attackieren. Er behielt nichts mehr zurück. Je mehr er sich herausforderte, umso mehr forderte er sein Gegenüber. Zweimal verfehlte Nuramon den Kopf Bjoremuls nur um Haaresbreite, zugleich aber hatte er sich seinerseits fast schon an den Luftzug gewöhnt, den der Kriegsflegel über sein Gesicht wehte.

Ein Schmerzensschrei lenkte Nuramons Blick kurz von Bjoremul auf Yargir ab. Der junge Krieger hielt sich die Seite und biss sich auf die Lippen. Dorgal setzte ihm mit dem Schwert nach. Ehe Nuramon ihm zu Hilfe eilen konnte, schoss Bjoremuls Kriegsflegel unvermittelt hernieder. Nuramon wich weit zur Seite aus, sprang dann über einen Streich hinweg, der seinen Füßen galt, schließlich traf ihn der Schlagkopf seines Gegners an der Schulter. Nuramon taumelte zur Seite. Er unterdrückte den Schmerz, und nachdem er sich gefangen hatte, lief er gegen Bjoremul an. Er täuschte rechts eine Attacke an, ließ seinen Gegner parieren und warf sich mit der tauben Schulter gegen den groß gewachsenen Krieger. Bjoremul taumelte zurück, in seinem Rücken strahlte die Lichtpforte. Nuramon setzte sofort nach. Wenn er den Gegner nicht mit seiner Schulter durch das Tor zu stoßen vermochte, würde sein Schwert diesen Zweck gewiss erfüllen.

Bjoremul sprang neben das Tor und hob die Waffe. Nuramon konnte seinen Lauf vor der Pforte bremsen, doch schon kam Bjoremuls Attacke, ein Schlag gegen den Rücken. Nuramon tauchte so knapp unter dem Hieb hinweg, dass der Schaft der Waffe über seinen Umhang schabte. Allerdings hatte der varmulische Krieger so viel Schwung in seinen Schlag gelegt, dass er Nuramon nun die Schulter und den Oberarm offenbarte.

»Schluss! Sonst töte ich ihn!«, brüllte Dorgal.

Da hielt Nuramon inne. Die Schneide seines Schwertes schwebte direkt über Bjoremuls Schlüsselbein. Der breitschultrige Krieger wich zur Seite aus und stand nun wieder zwischen Nuramon und dem Feldherrn.

Langsam wandte Nuramon sich Dorgal zu und sah seine Befürchtungen bestätigt: Yargir saß schweratmend am Boden, und Dorgal hielt ihm die Schneide seines Krummschwertes an den Hals.

»Ergib dich«, sagte Bjoremul leise.

Nuramon warf einen Blick zu seinen Gefährten, die sich allesamt auf den Albenpfad zurückgezogen hatten, den sie auf ihrem Hinweg gekommen waren. Gaeremul kümmerte sich um die wenigen Verletzten, und Nylma starrte mit entsetzter Miene zu Yargir hinüber.

Nuramon richtete sich auf, hob die freie Hand und das Schwert langsam an und bot Bjoremul die Brust. Der Krieger hätte ihn leicht niederschlagen können, doch er hielt lediglich seinen Dreschflegel fest umklammert.

»Lass das Schwert fallen!«, befahl der junge Feldherr. Es war das erste Mal, dass Nuramon ihn sprechen hörte, und selbst in dieser Lage, da er die Oberhand gewonnen zu haben glaubte, wirkte er unsicher. Seine Stimme zitterte, die Augen waren in den umschatteten Höhlen kaum zu erkennen.

Nuramon ließ sein Schwert neben sich zu Boden fallen. Bjoremul betrachtete ihn angespannt, und Nuramon hielt seinem Blick stand, während er langsam seine Hände senkte. Nichts verriet, dass er längst mit dem Gegenangriff begonnen hatte und zu einem entscheidenden Schlag ausholte. Die Magie wirkte bereits, sie musste sich nur noch offenbaren.

Nuramon blinzelte nicht. Er wollte Bjoremuls Aufmerksamkeit binden; er wollte, dass der Krieger zu spät bemerkte, dass der Schein des Lichttores im Schwinden begriffen war. Als Bjoremul Nuramons Plan durchschaute, war es bereits zu spät. Das grell leuchtende Tor versank im Boden, und zurück blieb nur der graue Albenpfad, der in die Höhe ragte.

Während der feindliche Feldherr und Dorgal ungläubig auf die Stelle starrten, an der sich gerade noch die Pforte befunden hatte, ließ Bjoremul seine Waffe fallen. »Gut gespielt, Alvaru!«, sagte er und lächelte.

»Mach es sofort wieder auf!«, schrie Dorgal und hob Yargirs Kinn mit seinem Schwert an. »Oder sein Hals wird zur Quelle!«

Nuramon lächelte. »Falls ihr irgendeinem meiner Gefährten auch nur den Hauch weiteren Leides antut, wird sich für euch kein Tor mehr öffnen.«

»Glaub ihm nicht, Herr!«, rief Dorgal. »Ihm liegt zu viel an diesem Kerl.«

Der Feldherr musterte Nuramon unentschlossen, dann wanderte

sein Blick hilfesuchend zu Bjoremul, doch dieser schüttelte den Kopf. »Ja, ihm liegt viel an dem Jungen, aber er meint es ernst. Wir haben verloren; er hat gewonnen. Blicken wir der Wahrheit ins Auge.«

»So sei es«, sprach der junge Feldherr Nuramon zu. »Wir ergeben uns – für den Augenblick.«

Dorgal ließ von Yargir ab und legte dann nach einem kurzen Blick zu seinem Herrn seine Waffe nieder. Die Teredyrer kehrten auf die Lichtinsel zurück, und Nylma eilte zu Yargir, der sie mit schmerzverzerrtem Gesicht zu beruhigen versuchte. Als der feindliche Feldherr Gaeremul seinen Dolch überreichte, gab er sich als Varramil Cardugar, der Neffe des Königs von Varmul, zu erkennen, was den Kämpfern aus Teredyr ein anerkennendes Raunen entlockte. Bjoremul hingegen schien von alldem unbeeindruckt zu sein. Gemächlich hob er Nuramons Waffe auf, wog das sehr leichte Schwert in der Hand, stutzte kurz und reichte es ihm schließlich. »Du beherrschst die höchste Kunst des Krieges, Alvaru!«

Nuramon nahm seine Waffe an und steckte sie in die Scheide zurück. »Und worin besteht diese?«

»Zu erkennen, wann eine Niederlage den Sieg birgt. Du bist der Erste, der mich dadurch besiegt, dass er sein Schwert fallen lässt.«

Nuramon musterte ihn aufmerksam. »Noch ist der Tag nicht vorüber«, entgegnete er dann.

Schließlich befahl Gaeremul, Dorgal und Bjoremul zu fesseln und übernahm diese Aufgabe schließlich selbst, da niemand sich an die beiden heranwagte. Nur Varramil blieb von Fesseln verschont. Entweder aus Rücksicht auf seinen Rang oder weil Gaeremul von seiner Seite nichts befürchtete.

Nuramon ließ seine Gefährten gewähren und verschaffte sich stattdessen lieber einen Überblick über ihre Verletzungen. Die meisten hatten leichte Wunden, und auch Yargir würde den Schnitt in seiner Seite überstehen. Bei einigen der Krieger wollte Nuramon später Magie anwenden, aber zuvor bestand seine Aufgabe darin, die Gefährten und die Gefangenen sicher in die Welt zurückzubringen.

Auf dem Weg wandte sich Bjoremul an Nuramon. »Mit deinen Fähigkeiten könntest du die Welt verändern«, sagte er.

»Mir gefällt eure Welt so, wie sie ist«, erwiderte Nuramon.

Bjoremul schüttelte den Kopf und schmunzelte. »Das Schicksal gewährt große Fähigkeiten leider zu gerne jenen, die sie nicht zu schätzen wissen.«

»Wer bin ich, an den Absichten des Schicksals zu zweifeln«, entgegnete Nuramon und dachte an Emerelle. Von den Orakeln abgesehen, gab es sicherlich kaum ein Wesen, das dem Schicksal mehr ergeben war als die Elfenkönigin. Sie erkannte scheinbar unbedeutende Dinge, die Jahrtausende später zu etwas Entscheidendem heranwachsen konnten.

»Was werdet ihr mit uns tun?«, fragte Bjoremul. »Ein Lösegeld fordern?«

»Abwarten«, antwortete Gaeremul.

»Unsere Krieger werden die Schlacht auch ohne uns gewinnen«, sagte Dorgal. »Einer der Offiziere wird die Ordnung dort herstellen, wo sie verloren ging, und dort bewahren, wo sie standhielt.«

»Das glaube ich nicht«, erwiderte Yargir, dessen Wunde offenbar nicht so ernst war, dass er nicht alleine gehen und Widerworte geben konnte.

Bjoremul lachte. »Wir sind hier irgendwo im Nichts, und auf der anderen Seite der Pforte entscheiden andere über Sieg oder Niederlage – und darüber, wie viel Wert wir als Gefangene haben.«

Nuramon nickte. »Der Boden, aus dem die Zukunft erwächst, wird draußen in der Welt bestellt.«

Kaum hatten sie den nächsten Albenstern betreten, wirkte Nuramon seinen Torzauber. Die Ungeduld war selbst den Verwundeten anzumerken, als sie auf die magische Pforte starrten, die sich aus dem Boden emporschob. Gleich würden sie erfahren, ob ihr Wagnis die Wunden und vielleicht sogar die bleibenden Gebrechen wert gewesen war.

»Ein Alvaru könnte in Varmul oder den Fürstentümern die größten Ehren empfangen«, sagte Varramil und schüttelte den Kopf. »Einen wie dich würde man mit Gold aufwiegen, um ihn in den eigenen Reihen zu wissen.«

»Ich mache mir nichts aus Gold«, entgegnete Nuramon und

winkte die Verletzten und jene, die sie stützten oder trugen, durch die Pforte. Dann erst folgten die Gefangenen und jene, die sie bewachten.

Als Nuramon alleine zurückgeblieben war, schaute er sich um. Er hatte seine Aufgabe erledigt und genoss das Gefühl, Teil von etwas zu sein. Vielleicht hatte er sich schon zu lange abseitsgehalten. Vielleicht war es an der Zeit, sich endgültig einzugestehen, dass seine Bestimmung nicht darin bestand, als Einsiedler oder einsamer Wanderer auf etwas zu warten, das vielleicht niemals kommen würde. Und als er schließlich selbst durch das Tor schritt, schwor er sich, den Wegen, die sich ihm boten, zu folgen – ganz gleich, wohin sie ihn führten. Er würde sich nicht länger von der Sehnsucht nach Vergangenem und Verlorenem leiten, sein Leben nicht länger von Angst und Sorge bestimmen lassen.

Mit diesem Entschluss im Herzen erschien Nuramon kurz darauf neben der plätschernden Quelle, an der er wohnte. Das Wasser lief einen Felsen herab und mündete in einen Bach. Auf einem flachen Stein lagen seine Sachen: zwei Beutel und seine Kleidung. Für einen Außenstehenden wirkte es gewiss, als würde er hier lediglich rasten und nicht seit Jahren leben.

Nuramon folgte den Gefährten und ihren Gefangenen den Bach entlang und zwischen den Tannen hindurch. Am Ende des Waldes erwartete sie der Blick über das Schlachtfeld. Nuramon trat zwischen den Gefährten an den Rand der Klippe vor und schaute hinab. Und tatsächlich: Die Streitmacht der Varmulier strebte gen Süden davon. Wo eben noch Varramil mit seinen Schwertfürsten gestanden hatte, reckten nun die Teredyrer Krieger ihre Waffen in die Höhe. Ihre grünen Rosenbanner wehten im Wind.

Teredyr selbst lag abseits des engen Passes still vor der Felswand und dem Wasserfall. Hätte man nur die Stadt erblickt, wie sie auf dem Hügel vor dem Pass thronte, umgeben von einem Wall, in dessen Graben die Rosensträucher wucherten, man hätte nicht geglaubt, dass sie dem Untergang so nahe gekommen war. Noch herrschte dort Ruhe, aber bald schon würden all jene Teredyrer zurückkehren, die sich ins Hochtal zurückgezogen hatten. Noch harrten sie dort oben im Dorf aus, umgeben von den Minen, nach denen die Varmulier strebten; geschützt durch den engen Pass, den die Teredyrer mit einer Handvoll Krieger hielten.

»Wir haben gewonnen!«, rief Yargir. »Gewonnen!«

Die Gefährten ließen sich von Yargirs Überschwang anstecken, und ein Jubel erhob sich unter den Kriegern. Einigen der Verletzten kamen sogar die Tränen. Ihre Opfer waren nicht umsonst gewesen. Nuramon aber schaute hinab auf das Schlachtfeld, auf dem sich die verletzten und erschöpften Krieger zwischen den Toten rührten. Die verwundeten Männer und Frauen dort unten brauchten seine Heilkräfte, und jeder Überlebende würde die Trauer der Teredyrer um die Gefallenen mildern.

»Nun bleibt dem varmulischen König nur eins«, sagte Gaeremul. »Verhandeln.«

Bjoremul und Dorgal wechselten enttäuschte Blicke, während Varramil fassungslos den fliehenden Scharen nachstarrte, die eben noch Reihe um Reihe seinem Befehl gefolgt waren. »Das wird er ohne Zweifel tun müssen«, sagte er stockend.

Orakelblick

Bjoremul bewunderte Nuramon und wünschte, der Alvaru hätte sich nicht in Teredyr niedergelassen, sondern im Reich seines Herrn. Er verfluchte diesen Krieg und fragte sich, wie er den Alvaru dazu bewegen könnte, mit ihm nach Westen zu gehen und gegen die Yannadrior zu kämpfen.

Nylma und Yargir saßen abseits des Rates und schauten zu Nuramon hinüber, der sich ebenfalls fernhielt. »Stell dir vor, er würde uns über die Pfade ans Meer führen«, sagte Nylma.

»Oder in die Wüste«, flüsterte Yargir. »Wenn es so weit ist, müssen wir ihn fragen.«

»Davor habe ich Angst«, sagte die Kriegerin, die sich bislang selten gefürchtet hatte.

Im Fürstentum Yannadyr fluchte Borugar Yannaru, der Graf von Doranyr. Fürst Yarro brachte ihn und seine Krieger mit seinem Befehl um den wohlverdienten Triumph. Sie hatten gerade Weramul eingenommen, und nun sollten sie abziehen und die bedeutende Stadt anderen überlassen.

Auf dem Heimweg sah Borugar die Feldherren, die in der Gunst des Fürsten standen und die Beute, die ihm und seinen Leuten gebührte, an sich nehmen würden. Selten hatte er in so spöttische Mienen geblickt.

In einem Kerker der Gefangenenfestung von Werisar schlief die Tochter des siegreichen Grafen. Träume plagten sie: von ihrem Scheitern und dass sie vor sterbenden Kriegern ihres Volkes floh und diese ihr bluttriefend nachstellten. Sie lief direkt in die Arme der Familien der Krieger und erwachte von ihrem eigenen Schrei.

In der fernen Stadt Alvarudor warteten die Menschen auf die Ankunft eines Boten aus Albenmark. Das Elfenhaus war seit Generationen unbewohnt, und die Kammer der letzten Botin war seit damals versiegelt. Viele glaubten, die Elfenkönigin hätte sie vergessen. Und die Jünglinge bezweifelten sogar, dass es je eine Botin gegeben hatte.

Der König von Varmul

Nuramon ließ seinen Blick über das Land am Fuße der Syardoren schweifen. Ein Zelt mit hochgebundenen Außenplanen stand offen sichtbar auf einem Feld zwischen zwei Wäldern. Die Boten der beiden Seiten trafen sich dort. Während hier die grüne Fahne von Teredyr wehte, ragte weit jenseits des Zeltes das rote Banner der Varmulier aus den Ruinen der Stadt Barobyr.

Gut zwanzig Schritt hinter Nuramon, Gaeremul und Yangor, dem Stadtältesten von Teredyr, saß Bjoremul auf seinem Pferd. Seine

Hände waren auf den Rücken gebunden, und die Krieger, die ihn umgaben, hielten ein wenig Abstand. Allein Nylma war stets an Bjoremuls Seite. Sie wäre gewiss lieber bei Yargir geblieben, der sich in Teredyr schonte, aber Gaeremul hatte ihr keine Wahl gelassen.

»So könnte es für uns enden«, sagte Yangor und schaute nach Barobyr hinüber. »Sie erobern Städte und lassen Ruinen zurück.«

Gaeremul, der mittlerweile abgestiegen war, wies auf den Boten, der sich auf den Rückweg zu ihnen machte, während der des Feindes nach Barobyr ritt. »Gleich wissen wir es«, sagte er. Der Bote, ein Jüngling namens Relegir, war Yangors Neffe und ähnelte dem Stadtältesten mit seinen buschigen Augenbrauen und dem spitzen Kinn.

»Nun?«, fragte Yangor, als Relegir sein Pferd vor ihm stoppte.

»König Mirugil selbst wird verhandeln«, sagte Relegir und blickte Nuramon an. »Er möchte den Alvaru sehen.«

»Gut«, sagte Yangor, blickte zurück zu den anderen Kriegern und rief: »Machen wir uns ans Werk!«

Nuramon, Yangor und Gaeremul ritten voraus, ihnen folgten Nylma und ein Dutzend Krieger, die Bjoremul in ihrer Mitte hielten. Relegir blieb mit den übrigen Gefährten zurück.

Die Varmulier brachten ihren Weg schneller hinter sich als Nuramon und die Teredyrer. Sie machten gut fünfzig Schritte vor dem Zelt halt und warteten ab. Als Nuramon und seine Gefährten auf die gleiche Distanz an das Zelt herangekommen waren, ließen sie ihre Pferde mit zwei Kriegern zurück und näherten sich den Varmuliern gemessenen Schrittes.

Schließlich standen die Anführer einander Auge in Auge vor dem Zelt gegenüber und musterten einander stumm. Je zwei Krieger machten sich daran, die Zeltplanen in Bahnen herabzulassen.

Nuramon betrachtete die Rüstungen der Varmulier. Sie waren aus Metall und ebenso wie die Waffen kunstvoll verziert. Bei jedem einzelnen Streiter dieses Gefolges mochte es sich um einen Wyrenar handeln. Auch der König selbst überraschte ihn – nicht wegen seiner Prunkrüstung, des schweren Mantels und des Strategenstabes, sondern wegen seiner Erscheinung selbst. Alle Erzählungen, die Nuramon von Mirugil kannte, ließen den König in einem düsteren Licht erscheinen, und so hatte er einen älteren, gesetzteren Mann erwartet. Stattdessen stand ihm ein Mann um die dreißig gegenüber, mit ebenen Zügen, dichtem braunem Haar, gestutztem Bart und einem Lächeln. Yangor passte mit seinem spitzen Kinn und den dichten, buschigen Brauen viel besser auf die Vorstellung, die sich Nuramon von dem varmulischen König gemacht hatte, als der Herrscher selbst.

Nuramon fiel auf, dass der König nicht blinzelte. Nicht während er Yangor musterte, nicht während er den Blick Nuramon zuwandte. Erst als er Luft holte, um zu sprechen, fächerten die Augenlider. »Sei gegrüßt, Yangor Yurgaru«, sagte er, und selbst seine Stimme klang wie die eines gütigen Herrschers.

»Willkommen in den Syardoren«, entgegnete Yangor.

König Mirugil grinste und wies auf den Eingang des Zeltes.

Im Innern bauten sich die Varmulier hinter ihrem Herrn am Ende eines roten Teppichs auf, der die Schlange Varmuls und den Kriegshammer der Königsfamilie zeigte. Die Teredyrer stellten sich mit ihrem Gefangenen auf der anderen Seite auf. Nuramon stand direkt zur Rechten Yangors.

»Ihr habt Geiseln, die mir am Herzen liegen«, sagte Mirugil schließlich. »Und nun seid ihr gekommen, um euer Pfand einzulösen.«

Yangor winkte Nylma zu sich, und die Kriegerin führte Bjoremul näher an die Versammlung heran. »Als Zeichen unseres Wohlwollens geben wir einen der beiden Wyrenar frei.«

»Das wissen wir zu schätzen«, sagte der König, während sich Nylma daran machte, Bjoremuls Fesseln zu lösen. Schließlich schnitt die Kriegerin sie durch und wich von dem Wyrenar zurück.

Bjoremul trat an die Seite seines Königs, und sie flüsterten miteinander. Zwei weitere Krieger steckten ihre Köpfe dazu. Je länger Mirugil lauschte, desto mehr breitete sich Verwunderung in seinem Gesicht aus. Immer öfter wanderte sein Blick dabei Nuramon entgegen, und seine Miene wurde ernst. Als sich Bjoremul schließlich von dem König löste und von einem Kameraden ein Schwert samt Scheide und Gürtel erhalten hatte, nahmen die beiden Anführer auf dem Teppich Platz, zwischen ihnen das Wappen des Königreichs.

»Du überraschst mich, Yangor«, sagte König Mirugil. »Man erzählte sich in Werisar von einem Zauberheiler, doch solche Gerüchte schwirren überall herum, ohne dass sie sich je als wahr herausstellen. Aber nun scheint deine Stadt auf einen Schlag mächtig geworden zu sein.«

»Ich hoffe lediglich, dass diese Macht reicht, um zu einer Einigung zu kommen«, entgegnete der Stadtälteste.

»Und wie sollte eine solche Einigung deiner Meinung nach aussehen? Wie könntet ihr sicher sein, dass ich euch nicht wieder heimsuche, wenn ich das habe, was ihr mir genommen habt?«

Yangor schwieg.

»Wir müssen also ein Abkommen finden, das mir meinen Neffen zurückgibt und euch zugleich genug Sicherheit gewährt.«

»Ich bin lange genug auf der Welt, um zu wissen, dass Fürsten und Könige sich nicht um die Sicherheit ihrer Feinde kümmern«, sagte Yangor. »Reden wir also geradeheraus. Wir haben deinen Neffen und werden ihn für ein Friedensabkommen freilassen. Als Entschädigung möchten wir sieben varmulische Kisten Gold.«

Mirugil lachte. »Mir scheint, mit meiner gespielten Fürsorge hättest du ein weit besseres Ergebnis erzielt. Ein Abkommen? Sieben Kisten Gold? Wenn es das ist, so werden wir uns einig.«

»Nicht so rasch.« Yangor hob die Hand. »Ich möchte noch eine Warnung aussprechen. Dieses Mal lassen wir euren Heerführer frei. Wer den nächsten Zug gegen uns führt, wird nicht auf so viel Gnade hoffen dürfen.«

Mirugil starrte Yangor lange an. Nach einem knappen Blick zu Nuramon sagte er: »Du verfügst nun über eine mächtige Spielfigur im großen Ahnenspiel. Du könntest den Alvaru in meine Dienste geben. Solange er mir folgt, hättet ihr von mir nichts zu befürchten.«

Auf Bjoremuls Gesicht legte sich ein Lächeln, doch Nuramon verzog keine Miene. Er respektierte den Wyrenar zwar, doch dessen Herrn konnte er nicht leiden.

Yangor schien zu überlegen. »Er soll es selbst entscheiden«, sagte der Stadtälteste schließlich und wandte sich Nuramon zu.

»Wie heißt du?«, fragte König Mirugil, ohne zu zögern.

»Nuramon.«

»Es heißt, die Alvaru hätten diesen Gefilden den Rücken gekehrt.«

Nuramon nickte. »Die Pforten nach Albenmark sind verschlossen. Ich bin das letzte Albenkind.«

»Das macht dich wertvoll.« Mirugil deutete auf Bjoremul. »An meiner Seite findest du Gefährten, die deiner würdig sind. Wenn dir die Teredyrer etwas bedeuten, dann schütze sie auch weiterhin. Schütze sie, indem du mir folgst.«

»Ich strebe nicht nach Höherem«, sagte Nuramon. »Ich habe lediglich geholfen. Und ich würde wieder helfen, wenn die Lage es erfordert.«

»Selbst gegen die Alvaru lassen sich Mittel und Wege finden.« Der varmulische König musterte ihn eindringlich.

Nuramon hielt seinem Blick stand. »Gewiss«, sagte er. »Niemand ist allmächtig. Aber ich habe schon immer Menschen bewundert, die um ihre Heimat kämpfen. Träte ich aber in deine Dienste, würde ich am Ende den Menschen anderer Siedlungen das antun, was du Teredyr antun wolltest.«

»Ich habe nichts anderes erwartet«, sagte Mirugil grinsend. »Aber ich musste es versuchen. Wärest du jedoch auf mein Angebot eingegangen, hättest du mich in einen schwierigen Konflikt gestürzt. Denn wie hätte ich dir erklären können, dass ich dich in meinen Dienst nehme und zugleich einen vollen Angriff auf Teredyr befohlen habe?«

Yangor und Gaeremul hielten den Atem an und starrten dem varmulischen König ausdruckslos entgegen. In den Mienen von Mirugils Gefolgsleuten las Nuramon Häme und das Gefühl der eigenen Überlegenheit. Bjoremul hingegen wirkte zutiefst überrascht.

»Ihr habt einen Angriff auf Teredyr befohlen?«, fragte Yangor. »Aber warum?«

Mirugil lachte. »Ganz einfach. Ich brauche eure Minen. Und ich brauche eure Waffen.«

»Hättest du die Waffen bezahlt, die wir für dich anfertigten, könntest du über sie verfügen.«

»Gewiss, aber mit dem Gold kaufe ich lieber Söldner im Osten.

Die Yannadrier lassen mir keine Wahl. Ich brauche jedes Schwert, jede Mine, alles, was mich den Krieg im Westen gewinnen lässt. Wir haben lange darüber hinweggeschaut, dass eure Vorfahren einst die Krone verraten haben.«

»Wir sind aus der Unterdrückung geflohen und werden nie wieder dorthin zurückkehren.« Yangor verschränkte die Arme. »Selbst wenn ihr unsere Stadt einnehmen solltet: An die Minen werdet ihr nicht herankommen. Wozu also den Tod so vieler befehlen?«

Mirugil hob die Hand. »Es geht nicht mehr nur um die Minen. Die Nachricht von unserer Niederlage vor Teredyr verbreitet sich bereits. Folgt die Kunde unserer Rache nicht auf dem Fuße, wird man uns dies als Schwäche auslegen. Und das können wir uns in diesen Zeiten nicht leisten.«

Nuramon machte einen Schritt vor. Die Wachen des Königs zuckten, der Triumph wich aus ihren Gesichtern, und sie hielten die Schäfte ihrer Waffen fest umklammert. »Du schickst deine Krieger in den Tod, Mirugil«, sagte er. »Wir werden vor deinen Leuten in Teredyr sein. Ehe irgendein Feind die Stadt auch nur zu Gesicht bekommt, werden wir euren Nachschub abschneiden, nur um dann wieder zu verschwinden und eure Vorhut zu vernichten. Dein Heer wird blind sein und in eine Falle laufen.«

»So wäre es gewesen, wenn ich den Befehl zum Angriff erst jetzt geben würde.« Der König erhob sich langsam und musterte Nuramon mit seinen kühlen blauen Augen. »Tatsächlich aber schickte ich meine Krieger aus, ehe ich aus Werisar abreiste. Während wir hier reden, werden sie schon am Ziel sein. Und Tausende rücken nach. Ich hoffe, ihr habt euch die Ruinen von Barobyr gut angeschaut, denn dann wisst ihr, was euch bei eurer Heimkehr erwartet.«

»Du Schwein!«, brüllte Gaeremul und sprang auf. Auch Yangor erhob sich. »Ich habe dir vieles zugetraut, Mirugil«, sagte er, »aber nicht solche Niedertracht.«

Ein Hornsignal drang von draußen herein. Es war der Ruf von Relegir, dem Teredyrer Boten und Neffen Yangors. Als hätte Mirugil auf dieses Zeichen gewartet, nickte er einem glatzköpfigen Krieger aus seiner Schar zu. Dieser zückte sein Schwert und sprang vor. Auch

Nuramon zog seine Waffe, ließ die Klinge des Feindes an seiner Schneide zu Boden gleiten und versetzte dem Krieger einen Tritt, der ihn vor die Füße seines Herrn beförderte. Zwei Kämpfer bauten sich vor Mirugil und dem Gestürzten auf. Aus den Augenwinkeln bemerkte Nuramon, wie Nylma Yangor durch den Ausgang nach draußen führte.

»Tötet sie alle«, sagte Mirugil ruhig. Noch immer lag kein Zorn in seiner Miene, sondern nur Zufriedenheit. Mit einem Mal aber erstarb jeder Ausdruck im Gesicht des Königs. Seine Haut wirkte grau, als passe sie sich binnen eines Augenblicks der Farbe des Schwertes an, das nun unter seinem Kinn lag und sich eng an seinen Hals schmiegte.

Es war Bjoremul, der seinem Herrn mit der Waffe drohte. »Schön ruhig bleiben«, sagte der Wyrenar, und tatsächlich wichen die Varmulier zurück. Nur einer der hochgewachsenen Krieger trat vor, den schweren Kriegshammer zum Angriff bereit.

»Runter damit, Rayagor!«, sprach der König mit zitternder Stimme.

Die varmulischen Krieger ließen ihre Waffen fallen, und Bjoremul zwang den König aufzustehen und bewegte sich rückwärts auf die Teredyrer zu. Er wandte den Blick nicht von den Kriegern des Königs ab. Als er Nuramon erreicht hatte, sagte er: »Es tut mir leid, Alvaru. Das habe ich nicht gewusst.«

»Dann gehen wir jetzt?«, fragte Nuramon.

Bjoremul nickte. Sein Schwert ruhte noch immer an der Kehle seines Herrn.

»Das ist Verrat, Bjoremul«, sagte Mirugil, als sie ins Freie traten. »Das wirst du bereuen! Meine Leute werden nicht ruhen, bis sie dich gefunden und getötet haben!«

Doch der Wyrenar antwortete dem König nicht, sondern trieb ihn vor sich her. Nuramon schaute zurück und sah die varmulischen Reiter, die sich von Barobyr aus näherten, während Mirugils Leibwächter mit gezückten Waffen aus dem Zelt gelaufen kamen und bei ihren Pferden Stellung bezogen, es aber nicht wagten anzugreifen.

»Du hast sie überrascht, Bjoremul«, sagte Nuramon lächelnd. »Und mich ebenfalls.«

»Ich habe mich selbst überrascht«, entgegnete der Wyrenar.

»Wie überrascht du später erst sein wirst!«, sprach der König, in dessen Antlitz Zorn und Verzweiflung um die Oberhand rangen.

Als sie die Pferde erreicht hatten, ließ Bjoremul sein Schwert in die Scheide gleiten, packte den König bei den Schultern und wandte ihn zu sich um. »Dein Neffe ist mein Herr, Mirugil! Was glaubst du, wird geschehen, wenn die Teredyrer unsere Banner vor ihrer Stadt sehen? Was werden sie wohl mit Varramil und mit Dorgal tun? Hast du in deiner Machtgier auch nur einen Gedanken daran verschwendet?«

Die Teredyrer saßen bereits in ihren Sätteln. Nur Nuramon stand noch bei Bjoremul und wartete ebenso wie dieser auf eine Antwort, doch der varmulische König schwieg.

»Geh, Mirugil«, sagte Bjoremul schließlich leise und schob den König in Richtung des Zeltes.

»Warte!«, rief Gaeremul. »Der ist unser Gefangener!« Doch Yangor hob die Hand. »Lass gut sein, Gaeremul.« Dann warf der Stadtälteste Bjoremul einen anerkennenden Blick zu und wandte sich an Mirugil. »Verschwinde!«, sagte er verächtlich.

Der König stolperte einige Schritte rückwärts von den Teredyrern fort. »Ihr werdet es noch bereuen, mich laufen gelassen zu haben«, brüllte er mit hassverzerrter Miene.

»Das solltest du erst dann sagen, wenn unsere Pfeile dich nicht mehr treffen können«, erwiderte Gaeremul und wies auf die Reiter um Relegir, den Hornbläser, die mittlerweile zu den Teredyrern aufgeschlossen hatten. Auch Nylma war bei ihnen und brachte Bjoremul das Pferd, auf dem er als Gefangener gekommen war und auf dem er sie nun als Gefährte zurückbegleiten würde. »Willkommen in unseren Reihen«, sagte die Kriegerin.

Bjoremul lächelte gequält und stieg in den Sattel. Dann gaben sie ihren Pferden die Sporen, und noch ehe der varmulische König mit seinen Kriegern vereint war, erreichten Nuramon, Bjoremul und die Teredyrer das schützende Blätterdach des Waldes.

Orakelblick

Werengol, der Sohn Yangors, stand auf der Südmauer von Teredyr, blickte besorgt über die Felder gen Süden und hielt nach den beiden Spähern Ausschau.

»Sollen wir die Leute lieber wieder ins Hochtal schicken?«, fragte Yargir in die Runde der Krieger.

»Nicht bei jeder Kleinigkeit«, sagte Werengol.

Kurz darauf bewegte sich etwas am Waldrand. Da ritten die beiden Späher, die er ausgesandt hatte. Hinter ihnen stieß eine ganze Schar Reiter zwischen den Bäumen hervor. Aus ihrer Mitte ragte das varmulische Banner heraus.

»König Mirugil hat uns verraten«, erklärte Yargir und schlug mit der Faust auf die Zinne.

Der Morgen hatte für Byrr, den Heiler des Minendorfes im Hochtal, gut begonnen. Die meisten Familien waren nun wieder unten in der Stadt. Doch am Mittag kehrten die Ersten in wilder Hysterie zurück. »Die Varmulier!«, riefen sie.

Die Verletzten ließen nicht lange auf sich warten.

Die Kriegerin Murna bezog mit dreißig Kämpfern an der Oststraße Stellung. Sie wandte sich immer wieder zu den Familien der Bauern um. Sie liefen dem Wald entgegen. Nur noch ein wenig, und Murna könnte ihre Stellung aufgeben. Da kehrten die varmulischen Reiter zurück. Die erste Schar machte einen Bogen um sie; erst die zweite hielt auf sie zu. Ein Stoß von rechts, einer von links, und Murna hatte das Gefühl, nicht die Waffen der Feinde, sondern die Pferde hätten sie niedergestreckt. Sie dachte an ihre beiden Söhne, die bereits im Wald verschwunden waren und betete zu ihrer Ahnin Werimi, sie möge ihre Kinder und all die anderen retten, die auf der Flucht waren. Schließlich wurde es still und dunkel um Murna herum.

Gorulgir zog sich mit seinen Freunden an den einzigen Ort zurück, der ihnen blieb: ins Dornengestrüpp, das im Stadtgraben wucherte. Es waren Tunnelgänge, welche die Kinder angelegt hatten. Die Dornen stachen und ritzten ihre Haut, doch lieber das, als im Schwert oder im Speer eines Varmuliers zu enden. Die Feinde schossen Pfeile in den Graben herab. So harrte Gorulgir mit seinen Gefährten aus und ließ die Geschosse vorbeizischen. Dann war es still – bis die Varmulier Feuer legten.

Varya humpelte durch die Straßen von Teredyr. Ihre letzte Hoffnung war Berilgu, der Medikus. Seine Tür stand offen, und kaum war sie auf der Schwelle, da sah sie sich Kriegern gegenüber, die über Leichen stiegen und sich nun erschrocken zu ihr umwandten. Dann lachten sie. »Du suchst den Heiler? Da ist er«, sagte ein bärtiger Krieger und wies zu Boden. Varya folgte seinem Fingerzeig, und da sah sie Berilgu. Er lag in seinem Blut, seine Kehle wirkte wie ein zerfetztes Tuch. Varya sank am Türrahmen hinab, wandte sich zur Seite und starrte in die Stadt hinaus. Jenseits der Mauern schlugen Flammen in die Höhe.

»Werengol!«, rief Yargir und machte kehrt, obwohl hinter ihnen ein ganzes Heer nahte. Er lief zurück zum Sohn des Stadtältesten und half ihm auf. »Nur ein paar Schritte, und wir sind auf dem Pass.«

»Das ist zu weit«, sagte Werengol keuchend.

Yargir biss die Zähne zusammen. Sein Bein schmerzte, aber er lud sich Werengol auf den Rücken und lief los. Da schossen ihre Verbündeten Pfeile vom Pass auf die nachstrebenden Feinde ab. Yargir hätte jubeln können, doch sein ganzer Körper war angespannt. Jeden Augenblick würde ihn die Kraft verlassen, und die Feinde würden ihn und Werengol einholen. Nur weiter, dachte er. Weiter bis auf den Pass! Aber sein Sichtfeld wurde schmaler, die Schritte unsicher, der Atem schneller. Und als die Dunkelheit über ihm zusammenschlug, war er sich sicher, dass er Nylma niemals wiedersehen würde.

Teredyr

Nuramon kehrte mit seinen Gefährten über die Albenpfade an die kleine Quelle zurück. Begierig zu erfahren, ob sie den Varmuliern zuvorgekommen waren, näherte er sich der Klippe am Waldrand. Dort unten vor der Bergkette lag Teredyr – umgeben von einem Kranz aus Flammen. Die Dornensträucher im Stadtgraben brannten ebenso wie der große Turm und das Dach der Versammlungshalle. Eine Bahn aus Rauch zog gen Süden empor; auf der Festung nahe des Westtores wehte das rote Banner von Varmul.

Vor der Stadt lagerte ein ganzes Heer zwischen der Süd- und der Oststraße, weit abseits des Hügels, auf dem Nuramon den Teredyrern vor Tagen ein Tor geöffnet hatte. Ein Kriegszug strebte auf der Südstraße fort, und in seiner Mitte bewegten sich jämmerliche Gestalten, gewiss hundert Menschen. Es waren die Gefangenen der Varmulier.

Auch ein Blick nach links zum Pass hinüber verringerte die Sorgen nicht. »Hätten unsere Leute den Damm nicht längst brechen müssen?«, fragte Nylma, die dem Ausmaß der Zerstörung ihrer Heimat als Einzige nicht sprachlos gegenüberstand. Der Pass war ein Flussbett, das die Teredyrer trockengelegt hatten. Der Fluss – der Syarnar – hatte früher an Teredyr vorübergeführt, nun aber speiste er sich erst hinter der Stadt aus einem Wasserfall. Das Flussbett diesseits der Stadt würde trocken bleiben, bis jemand oben im Hochtal bei den Minen den Damm öffnete. Denn dort stauten die Teredyrer das Wasser und lenkten es in ein Becken um, das zum Wasserfall führte.

Weil niemand Nylma antwortete, sagte Nuramon: »Vielleicht öffnen sie den Damm erst, wenn die Varmulier den Versuch wagen, zu ihnen hinaufzugelangen.« Dort oben im Hochtal hatten jene Teredyrer, die aus der Stadt entkommen konnten, gewiss auch dieses Mal Zuflucht gesucht. Eine Handvoll Bogenschützen mochte ein Heer eine Weile lang von dort fernhalten, so schmal war der Pass und so gut vermochte man ihn von oben einzusehen. Und solange der Pass nicht geflutet war, stand ihnen der Weg zum Minental offen.

So kehrten sie zu ihren Pferden zurück, und Nuramon holte die wenigen Sachen, die er noch an der Quelle zurückgelassen hatte. Dieser Ort, so dachte er dabei, war nie sein neues Heim gewesen. Denn ein echtes Heim konnte man nicht verlassen, indem man einen Beutel nahm, ihn auf sein Pferd lud und davonritt.

Als sie an den nördlichen Waldrand kamen, war Nuramon überrascht, dass der Eingang des Passes, an dem sich das Flussbett nach Osten herabwölbte, nicht von Feinden bewacht war. Pfeile, die schräg im Boden steckten, und Leichen in varmulischer Rüstung besagten, dass die Teredyrer den Pass noch hielten. »Schaut!«, rief Nylma und deutete gen Teredyr, wo sich am Fuße des Hügels vor dem Westtor ein Haufen varmulischer Krieger sammelte.

»Die lecken ihre Wunden«, erklärte Gaeremul.

»Das ist unsere Gelegenheit«, sagte Yangor.

Sie ritten aus dem Wald hinaus und gelangten unbehelligt auf den Pass, doch als sie gut fünfzig Schritt der Straße hinter sich gebracht hatten, schrie Nylma auf. Ein Pfeil steckte in ihrem Oberschenkel. Sie krümmte sich mit schmerzverzerrter Miene, und dann zischte und pochte es mit einem Mal überall um sie herum. Nuramon und seine Gefährten machten sich auf ihren Pferden klein, nur Gaeremul blieb aufrecht sitzen und sandte Flüche zu den Schützen hinauf.

Geschrei schallte ihnen von hoch oben entgegen. Nuramon wagte es, den Kopf zu heben, und entdeckte gut zwanzig Schritt über ihnen auf einem Felsvorsprung einen Mann mit einem Bogen in der einen und einem Horn in der anderen Hand. Der Mann blies ein langes und klares Signal, holte dann ein grünes Tuch hervor und schwenkte es gen Norden. Es war das Zeichen, dass Verbündete nahten. Weiter den Pass entlang, hoch am Felsen, wehten bald die grünen Tücher und Fahnen weiterer Schützen.

Nylma war blass geworden und hielt die Zügel locker. Nuramon ging ihr zur Hand, und gemeinsam verlangsamten sie ihren Ritt, bis ein Tor nach der ersten langen Biegung ihnen den Weg versperrte.

»Macht auf!«, brüllte Gaeremul den vier Kriegern auf dem Schützengang entgegen.

Nylma packte derweil den Schaft des Pfeiles in ihrem Bein, holte tief Luft und zog das Geschoss langsam heraus. Sie atmete auf und musterte die Pfeilspitze. Diese war zum Glück vollständig. Mit vor Schmerz zusammengebissenen Zähnen band sich die Kriegerin ihr grünes Tuch vom Hals und presste es auf die Wunde.

»Ich kümmere mich später um deine Verletzung«, sagte Nuramon.

Nylma atmete angestrengt durch und nickte dann.

Das Tor öffnete sich, und kaum hatte es sich hinter ihnen wieder geschlossen, ertönte ein weiteres Hornsignal. Yangor ritt nun an der Spitze und führte die Gefährten den Pass hinauf. Zwei Pforten später erreichten sie den Eingang zum Hochtal, wo sich ein letztes Palisadentor mit Wehrgang und Türmen erhob. Der schmale Schützengang am Fels lief den Pass entlang und endete auf der Höhe der Wachtürme.

Jenseits des Tores führten links und rechts breite Wege aus dem Flussbett hinaus. Der Damm lag gut zwanzig Schritt entfernt und drängte das Wasser in den Kanal, der nach Osten führte. Das Land war hier oben nicht so fruchtbar wie unten um die Stadt herum, doch es reichte für einige Felder, die genug Ertrag brachten, um einer Belagerung gewachsen zu sein. Hinzu kamen die graufelligen Steinschafe auf ihren weiten Weideflächen am Südhang und die Rinderherden vor dem Wald am Westhang. Das Minendorf in der Mitte des Tales lag heute still da; die Hämmer in den Schmieden schwiegen.

Vom Dorf aus kam ihnen eine Schar gut ausgerüsteter Männer und Frauen entgegen, die auf Nuramon aber unsicher und geschwächt wirkten. Als diese Yangor erkannten, brandete Jubel auf, doch Bjoremuls Gegenwart spaltete die Gemüter. Einige beschimpften den Wyrenar sogar. Erst als Yangor nicht nur den Ausgang der Verhandlungen mit König Mirugil erklärt, sondern auch Bjoremuls Taten erwähnt hatte, verstummten die Spötter.

Während Yangor nun die Einzelheiten darlegte, half Nuramon Nylma vom Pferd, untersuchte ihre Wunde und legte seine rechte

Hand darauf. Er ließ seine Zauberkraft fließen und schloss die Wunde von innen nach außen. Als er die Hand von der Kriegerin löste, blieb nur ein roter Fleck zurück.

»Das hätte früher länger gedauert«, sagte die Kriegerin lächelnd. »Du bist ein wahrer Meister geworden.«

»Bei euch habe ich mein Handwerk verfeinert«, entgegnete er, aber das war nur ein Teil der Wahrheit. Die Erinnerung an seine früheren Inkarnationen hatte Wissen und Fähigkeiten zutage gefördert, die ihm noch vor einer Weile unerreichbar erschienen waren. Er vermutete, dass sich zudem seine Sinne für die Magie allgemein geschärft hatten und er der Welt die Zauberkraft daher leichter zu entlocken und mehr Kraft in sich zu sammeln vermochte.

Nuramon half Nylma auf die Beine und nahm als Dank eine Umarmung entgegen. Auch Yargir, der zu ihnen stieß, war verletzt und stützte sich auf seine Hellebarde. Doch seine Freundin bei Kräften zu sehen und von ihr alles über Bjoremuls Taten zu erfahren zauberte ihm ein schmerzverzerrtes Lächeln ins Gesicht.

Ehe Yargir seinerseits von seinen Erlebnissen erzählen konnte, rief einer der Krieger: »Wären Yargir und Werengol nicht gewesen, wir hätten es nicht bis hier herauf geschafft.«

Yangor, der den Namen seines Sohnes gehört hatte, blickte auf. »Wo ist Werengol?«, fragte er und schaute sich suchend um.

Yargir schluckte, dann sagte er leise: »Er liegt im Sterben.«

Nuramon sah das Erstaunen in Yangors Miene. Noch ehe es sich in Entsetzen verwandeln konnte, trat er an die Seite des Stadtältesten. »Ich begleite dich zu deinem Sohn«, sagte er, und Yangor nickte mit sorgenvoller Miene.

Im Dorf kamen sie auf dem Versammlungsplatz an fünf Männern vorüber, die an Pfähle gefesselt waren. Unter ihnen waren der Wyrenar Dorgal und der junge varmulische Feldherr Varramil Cardugar. Beide starrten zu Boden und wirkten erschöpft.

»Bei allen Ahnen!«, rief Bjoremul und betrachtete seine Landsleute mit schmerzerfüllter Miene.

»Der Rat ist sich nicht einig, was mit ihnen geschehen soll«, erklärte Yargir und wandte sich an Yangor.

Der Stadtälteste schüttelte den Kopf. »Jetzt nicht, Yargir«, sagte er. »Gebt ihnen Wasser. Der Rat wird später über sie entscheiden.«

Nuramon fragte sich, ob Yangor vergessen hatte, was Bjoremul für sie getan hatte, vermutete aber, dass der Stadtälteste derzeit vor allem eines im Sinn hatte: das Leben seines Sohnes. Während Bjoremul sich an Varramils Seite niederließ und erfolglos darum bat, ebenfalls gefesselt zu werden, folgte Nuramon Yangor in das Haus des Minenaufsehers, welches im Erdgeschoss über zwei weite Säle verfügte. Hier lagen die Verwundeten dicht an dicht. Berilgu, der Medikus von Teredyr, war verschollen, vielleicht gar tot. Nur sein Gehilfe ging dem Minenarzt und dessen Gehilfinnen zur Hand.

Der Minenarzt hieß Byrr, und er war vertraut mit den verschiedenen Arten von Verletzungen. Er stammte aus einer Nomadenfamilie, war vor Jahren aus dem Süden hergezogen und hatte eine Einheimische zur Frau genommen. Er begrüßte Yangor mit einem Nicken. »Dein Sohn ist in meinem Zimmer«, sagte er und ging voraus. »Er hat eine schlimme Bauchwunde.« Der Minenarzt wischte sich den Schweiß von seiner dunklen Stirn und seinem kahl geschorenen Kopf, atmete tief aus und blickte dann Nuramon an. »Gut, dass du da bist, Alvaru. Vielleicht können deine Kräfte noch etwas bewirken.«

Nuramon nickte und folgte dem Minenarzt in das Nebenzimmer. Ein kurzer Blick zeigte ihm, dass Byrr recht hatte: Die feindliche Klinge war seitlich in Yangors Leib gedrungen, und dass er nicht bereits tot war, zeugte von den Heilkünsten des Minenarztes. Dennoch war Eile geboten. So konzentrierte sich Nuramon und zauberte schweigend. Er versetzte Werengol zunächst in einen heilsamen Schlaf und tastete sich dann weiter vor.

Die Magie war mal ein feines Werkzeug, mit dem er Wunden reinigte und nähte, Knochen richtete und Adern, Muskeln oder Sehnen zusammenfügte, ein anderes Mal war sie eine gewaltige Macht, die die Heilkräfte des Körpers beherrschte und stärkte. In Nuramons drittem Leben hatte der Baumgeist Ceren, der ihm als Frauengestalt erschienen war, ihm die Magie als Schlüssel und Quelle zugleich beschrieben. Es gehe nur darum, Dinge, die in der Welt angelegt sind, zu finden, zu öffnen, mit Kraft zu versorgen und wirken zu lassen.

Seit er sich seiner früheren Leben erinnerte, hatten Cerens Worte seinen Blick auf die Magie neu geprägt.

Jede Stunde ließ Nuramon dem Sohn des Ältesten einen sanften Fluss von Magie zuströmen. Zwischen den Zaubern ging er in den Saal und half Byrr, schwer Verwundete von der Schwelle des Todes zu holen. Alles andere überließ er Byrr und dessen Gehilfinnen, um sich selbst nicht zu sehr zu verausgaben.

Durchs Fenster prüfte Nuramon gelegentlich, ob die Varmulier immer noch an Pfähle gefesselt waren. Was draußen sonst noch geschah, erfuhr er nur indirekt. Es hieß, dass die Feinde unten im Tal nach einem gescheiterten Angriff auf den Pass eine größere Streitmacht sammelten. Kurz darauf erzählte ihm Byrr, Yangor habe auf Drängen der Krieger den Befehl gegeben, den Staudamm zu brechen. Und am späten Nachmittag erreichte Nuramon die Kunde, dass der Fluss den Pass erfüllte und ein Ansturm der Varmulier nun ausgeschlossen sei. Damit hätten die Feinde, falls sie die Minen doch noch für sich gewinnen wollten, einen Umweg von gut sechshundert Meilen in Kauf nehmen müssen, um ihnen über den Pass am anderen Ende des Hochtales in den Rücken zu fallen. Und dieser Weg führte durch das Gebiet zahlreicher Siedlungen, die jedes Eindringen als Angriff deuten würden. Schafften die Varmulier es dennoch bis auf den Nordpass, würden sie an der Festung scheitern, die die Teredyrer dort einst gegen Räuberbanden errichtet hatten, welche nun aber längst vertrieben waren. Mit dem Öffnen des Damms hatten die Teredyrer sich die ganze Welt des Südens abgeschnitten.

Am Abend war neben vielen der Verwundeten auch Werengol gerettet.

Als in den Sälen Ruhe eingekehrt war und Byrr sich schlafen gelegt hatte, ging Nuramon hinaus auf den Platz des Minendorfes, wo Bjoremul nach wie vor an der Seite der Gefangenen ausharrte. Zwischen Feuern und Fackeln war hier vor aller Augen der Rat von Teredyr zusammengekommen und schmiedete Pläne zur Rückeroberung der Stadt.

Schließlich erbat Gaeremul, der zu Nuramons Überraschung den schweren Wollmantel eines Ratsmitglieds trug, das Wort. »Wir könnten Relegir nach Obudyr schicken«, sagte er. »Die werden ihre Schulden bei uns ohnehin nie abzahlen können. Wir fordern von ihnen einen Teil der Schulden sofort und erlassen ihnen den Rest. Für die ausbezahlte Summe kaufen wir Söldner und nehmen die Stadt von Osten her zurück.«

Der Plan stieß auf allgemeine Zustimmung, und Yangor betraute Relegir mit der Ausarbeitung der Einzelheiten.

Nun kam der Rat auf die Gefangenen zu sprechen, und sogleich entbrannte ein Streit. Relegir wollte sie verschonen und verwies auf den Wert, den sie eines Tages noch erlangen mochten; Gaeremul hingegen wollte sie für all das Leid, das sie über Teredyr gebracht hatten, hinrichten. Er deutete gen Süden. »Die Gefangenen werden sich in einigen Wochen schon in den Minen der Varmulier zu Tode schuften!«

Bjoremul starrte Gaeremul ungläubig an, doch Yangor beruhigte die aufkeimende Zustimmung für Gaeremul mit erhobener Hand. »Vergesst nicht, dass Bjoremul uns half«, sagte er. »Er tat es nicht um unseretwillen, sondern für Dorgal und Varramil. Diese Tat müssen wir belohnen.«

Nuramon war erleichtert.

»Dann töten wir die anderen drei«, erklärte Gaeremul. »Nach denen fragt niemand.« Dafür erhielt der Krieger lautstarke Zustimmung unter den Teredyrern, doch Relegir schüttelte erneut den Kopf.

Der Rat überließ es Yangor, eine Entscheidung zu treffen. Der Alte gab den Wachen einen Wink, und sie brachten die Gefangenen direkt vor ihn. Bjoremul wirkte bei seinen Landsleuten fehl am Platze, doch er wich nicht von der Seite seines Herrn.

Yangor erhob sich. »Bjoremul ist frei«, sagte er und trat vor Varramil. »Und durch seine Tat hat er dich und Dorgal gerettet. Ihr sollt leben, aber ihr bleibt unsere Gefangenen.« Dann wandte er sich an die drei anderen Krieger. »Was euch angeht, neige ich dazu, dem Rat zu empfehlen, euch zum Tode zu verurteilen.« Der Stadtälteste schaute in die Runde. »Hat noch jemand etwas für das Leben dieser drei Gefangenen vorzubringen?«

Relegir trat neben die Varmulier. »Bevor du eine Entscheidung triffst, bedenke Folgendes: Irgendwo in Varmul werden unsere Leute von der Gnade des varmulischen Königs abhängen. Wir sollten unseren Gefangenen die Milde gewähren, die wir uns für all jene wünschen, die in Gefangenschaft gerieten.«

»Es gibt keine Hoffnung«, erwiderte Gaeremul. »Unsere Leute werden schon bald in den Minen schuften, zum Vergnügen ihrer Herren kämpfen oder ihnen als Liebessklaven zu Diensten sein. Gewiss, die Varmulier werden unsere Leute nicht als Sklaven bezeichnen, aber sie werden sie genauso behandeln. Ich weiß, wovon ich spreche.« Er blickte zu Boden und schluckte. Der Teredyrer ließ nicht oft durchblicken, dass er einst ein Gefangener der Varmulier gewesen war. »Wir sollten unsere Rache nehmen«, sagte er dann. »Die Rache ist etwas Gutes. Sie lässt uns Kraft für jenen Tag schöpfen, an dem wir stark genug sein werden, unsere Stadt zurückzuerobern.«

Verwundert musterte Nuramon seinen Kampfgefährten. Diese Rachegelüste erschienen ihm ungewöhnlich für jemanden wie Gaeremul, der in der Schlacht mit so viel Übersicht und Gelassenheit agierte. Dennoch schien er den meisten Teredyrern aus dem Herzen zu sprechen, denn seine Worte wurden mit großer Zustimmung aufgenommen. Als diese jedoch in Beschimpfungen der Gefangenen überging, hob Yangor erneut die Hand. »Hast du noch etwas dazu zu sagen, Relegir?«, fragte er seinen Neffen.

Der Bote schüttelte den Kopf. »Ich fürchte, meine Worte werden nichts mehr ändern«, sagte er.

»*Ich* habe noch etwas zu sagen«, sprach Nuramon und trat von einem Raunen begleitet vor Yangor.

Die Stirn des Stadtältesten legte sich in tiefere Falten. »Du hast dich bislang nicht in unsere Beratungen eingemischt.« Er musterte Nuramon mit großen Augen. »Aber ich gewähre dir dieses Recht, Nuramon. Was hat ein Alvaru über das Leben und den Tod zu sagen?«

»Vor euch stehen drei Lebewesen, deren einzige Schuld darin besteht, den Befehlen ihres Anführers gefolgt zu sein. Fragt der einfache Krieger nach den Absichten seines Herrn, wenn er auf ein Schlachtfeld schreitet? Haben diese Männer Gräuel verübt, die eure Krieger nicht verübt hätten?«

»Nein«, sprach Relegir in das plötzliche Schweigen der Versammelten hinein.

»Dann haben sie sich nicht mehr zuschulden kommen lassen als jeder andere, der in diesem Kampf gefochten hat.« Er wies auf Varramil. »Ihr lasst die Herren am Leben, und die einfachen Krieger werden hingerichtet. Und dabei seht ihr nicht den Pfad, der zur Befreiung eurer Verwandten führt, die nun mit den Varmuliern gen Süden ziehen.«

»Wüsstest du denn, wie das zu bewerkstelligen ist?«, fragte Yangor.

»Wenn wir uns beeilen, ja. Wenn die Gefangenen erst einmal getrennt wurden, ist es zu spät. Wir könnten morgen früh mit einigen Reitern über den Nordpass ziehen. Dort oben gibt es einen Albenstern, über den wir auf die Albenpfade gelangen. Sie verlaufen im Süden günstig. Wir könnten die Gefangenen befreien, ehe die Varmulier damit rechnen.«

»Das ist Wahnsinn«, sagte Yangor. »Wir brauchen zwar nur wenige Krieger, um uns hier gegen irgendwelche Kletterer zu verteidigen. Aber wir haben nicht mehr genug Leute, um einen Zug der Varmulier zu überfallen.«

Gaeremul schüttelte den Kopf. »Wenn unsere Leute erst einmal in Werisar sind, werden sie in der Gefangenenfestung untergebracht. Ich war dort. Ich habe sie von innen gesehen. Und ich konnte mich erst befreien, als ich aus der Festung fortgebracht wurde.«

»Dein Wissen und deine Erfahrung brauche ich«, sagte Nuramon zu Gaeremul. »Du sagst mir, was du über die Festung weißt, und begleitest mich mit einigen Kriegern.« Er wandte sich an Bjoremul. »Und wenn du deinen Herrn in Freiheit sehen willst, musst auch du uns helfen.«

»Mehr Schuld, als dem König die Klinge an die Kehle zu halten, kann ich mir wohl kaum aufbürden«, sagte Bjoremul und blickte fragend zu seinem Herrn. Varramil senkte den Blick und schwieg.

Yangor erhob sich und trat vor Nuramon. »Du hilfst uns also, die

Gefangenen zu befreien, und dafür soll ich nicht nur Dorgal und Varramil freilassen, sondern auch die drei anderen?«

»Ich will nichts anderes als einen Gefangenenaustausch«, sagte Nuramon. »Nur dass wir den König von Varmul umgehen. Denn man kann ihm nicht vertrauen.«

Daoramu

Zur gleichen Zeit, da Nuramon sich entschied, den Teredyrern beizustehen und die Krieger der Stadt auf die Albenpfade zu führen, wurde in Werisar eine junge Frau namens Daoramu aus ihrem edlen Gästequartier in die Gefängnisfestung abgeführt. Sie war eine Abgesandte des Fürsten von Yannadyr, und sie wusste, was der Wechsel des Quartiers vom Palast in den Kerker bedeutete: Es herrschte Krieg zwischen Yannadyr und Varmul.

Die Hoffnung, dass Daoramus Herr den Kompromiss annehmen würde, den sie mit König Mirugil ausgehandelt hatte und für den sie als Pfand in Werisar, so weit entfernt ihrer Heimat, zurückgeblieben war, war nun zerstört. Vielleicht war sie bei ihrem Herrn sogar in Ungnade gefallen, weil sie auf eigenes Tun hin den letzten Versuch einer Einigung gewagt hatte.

Daoramu verspürte wegen ihres Scheiterns weder Schuld noch Ärger. Sie hatte nur ihr eigenes Leben verpfändet und ihr Gefolge mit dem Angebot eines Kompromisses nach Hause geschickt. So lasteten keine anderen Leben auf ihrem Gewissen. Mit dem erneuten Beginn des Krieges war sie lediglich von einer Geisel des Königs zu einer Gefangenen geworden. Der Unterschied zwischen den Gemächern im Palast und der Zelle in der Gefängnisfestung war gewaltig, und doch genoss sie noch zahlreiche Privilegien, die sonst nur Anführern gewährt wurden. Sie durfte sich im Baderaum waschen, im Speisesaal ihre Mahlzeiten zu sich nehmen, und wenn sie noch ein

Gefolge gehabt hätte, so hätte man es in den großen Kerkerraum neben ihrer Zelle gesperrt, in den sie durch ein Sichtfenster hineinschauen konnte. Sie aber war eine Anführerin ohne Gefolge, und schräg gegenüber befand sich ein Kerkerraum voller Menschen ohne Anführer. Sie waren vor zwei Tagen hergebracht worden.

Die Gefangenen schienen aus einer geschlagenen Siedlung zu stammen. Es waren nur wenige unter ihnen, die eine Rüstung trugen, und da auch Kinder und Greise darunter waren, vermutete Daoramu, dass es sich um Dorfbewohner handelte, die gegen die Krone rebelliert hatten. Immerhin wuchsen in Kriegszeiten die Ansprüche des Herrschers an das einfache Volk rasch ins Unerträgliche.

Was immer die Menschen getan hatten, die Wachen ließen sie leiden. Sosehr sie sich bemühten, die Zeit in diesem Gemäuer für Daoramu behaglich zu machen, so sehr schikanierten sie die Neuankömmlinge. Nur abends bekamen die Fremden Wasser und Nahrung, und es war kaum mehr als die Essensreste der Wachen. Und obwohl es auch dort in der großen Zelle eine kleine Öffnung zur Sickergrube geben musste, drang der Gestank der Exkremente dieser eingepferchten, bedauernswerten Leute über den Gang bis zu Daoramu herüber.

Die Privilegien, die sie als Abgesandte des yannadrischen Fürsten genoss, blieben von den anderen Gefangenen nicht unbemerkt. Als Sarogul, einer der Wächter, sie am Abend aus ihrer Zelle holte, rief ihr einer der anderen Gefangenen mit grober Stimme etwas entgegen, das sie nicht verstand. Der Mann, dessen Augen sie durch den Sichtschlitz sehen konnte, sprach kein Arlamyrisch, sondern irgendeine andere Sprache.

Sarogul grinste. »Das klang wie ein Fluch, oder?«, fragte er.

»Manche Sprachen klingen so«, sagte Daoramu. »Vielleicht klingt Arlamyrisch in ihren Ohren auch wie ein Fluch.« Sie lächelte den Wächter an.

Er deutete zur Kerkertür. »Die kommen aus Teredyr. Die sprechen eigentlich alle Arlamyrisch. Meine Mutter sagt immer: Alte Sprachen können in Flüchen ewig leben.«

Daoramu lächelte Sarogul höflich an, aber sie hatte nicht vergessen, wie der Wächter, der hier freundlich parlierend mit ihr den Gang entlangschritt, sogar die Kinder und Alten unter den neuen Gefangenen mit Stockhieben in den Kerkerraum getrieben hatte. Sie hatte die Freude in seinem Gesicht gesehen, als er an ihrer Zelle vorübergekommen war. Und als er zurückgekehrt war und sie hinter ihrer Tür bemerkt hatte, da hatte es ihm die Schamröte ins Gesicht getrieben. Nun tat er so, als wäre nichts geschehen, und sie ließ es so erscheinen, als hätte sie nichts bemerkt.

Noch immer lächelnd, ließ Daoramu sich durch die kleine Halle in den Speisesaal führen. Hier erwartete sie Yenwara, ihre Hüterin. Das vierzehnjährige Mädchen stammte aus einer Adelsfamilie, die dem Königshaus nahestand. Mirugil selbst hatte sie dem Mädchen bereits im Palast anvertraut. Jetzt sahen sie einander nur noch morgens und abends. Das Mädchen war von ihrer Betreuerin zu ihrer Kerkermeisterin geworden.

Trotz allem hatte Daoramu eine Schwäche für Yenwara. Dem Mädchen haftete nichts von der Hinterlist des varmulischen Königs an. Ihre Eltern waren in Ungnade gefallen und standen in der Stadt Ralomer unter Hausarrest. Auch sie war eine Geisel am Hof. Sie liebte den König nicht, doch das forderte Mirugil offensichtlich nicht. Er verlangte nur Gehorsam, und Yenwara hatte seinen Befehl, sich um Daoramus Wohl zu kümmern, nicht nur aufs Wort, sondern auch im Sinne ihres Herrn befolgt.

Yenwara war beliebt, weil sie im Namen der Königin, der Ältesten unter Mirugils Ehefrauen, wohltätig war und so ein wenig des Ruhms ihrer Herrin auf sie fiel. Da sie – anders als die Königin – nahbar war, schlug der Dank ihr entgegen. Auch hier in der Kerkerfestung war diese Zuneigung, die die Menschen ihr entgegenbrachten, zu spüren. Selbst Sarogul lächelte sie an, wartete auf Yenwaras Bitte im Saal und schloss sogar die beiden Flügel des Tores, damit Daoramu und das Mädchen ungestört sprechen konnten.

»Dein Vater hat Weramul eingenommen«, sagte Yenwara mit starrer Miene.

Daoramu nickte. »Eine so große Stadt zu erobern dürfte seinen Ruf in meiner Heimat stärken.«

Das Mädchen musterte sie mit ihren großen, schwarzen Augen, und Sorgenfalten schoben sich auf die junge Stirn. »Die Tochter des siegreichen Feldherrn aus Rache zu töten würde sicher auch den Ruhm *meines* Herrn mehren.«

»Aber nicht sein Ansehen«, entgegnete Daoramu.

Yenwara legte den Kopf schief, sodass ihr Gesicht nur halb von ihrem langen Wellenhaar gerahmt war. »Du weißt, was ich meine.«

»Ich weiß es. Aber wenn du mir keinen Dolch mitgebracht hast oder mir nicht mit irgendeinem Plan aus diesem Kerker helfen kannst, sehe ich nicht, was wir an dieser Lage ändern können.«

»Ich wollte es dich nur wissen lassen. Ich möchte nicht, dass du überraschend …« Sie sprach den Satz nicht zu Ende.

»Seit ich als Geisel zurückblieb, wusste ich, dass Mirugil mir jedes Leid antun kann, das ihm beliebt. Er könnte sogar dir befehlen, mich zu foltern oder zu töten. Und was würdest du dann tun?«

Yenwaras Augen glänzten. »Ich könnte mich widersetzen.«

»Und deine Familie? Mirugil hat dir gedroht, deinen Eltern etwas anzutun, wenn du ihm nicht gehorchst.«

»Woher weißt du das?«

»Ich kenne das Spiel der Geiseln. Und ich weiß, dass Mirugil ein Meister dieses Spiels ist.«

Das Mädchen zögerte. »Du glaubst also, ich würde gehorchen?«

»Ja, das glaube ich. Weil du es dir nicht leisten kannst, mit dem Schicksal deiner Familie zu spielen.«

Yenwara senkte den Kopf.

»Schau mich an«, sagte Daoramu und wartete, bis die schwarzen Augen Yenwaras ihr entgegenschauten. »Wenn es so weit kommen sollte, weiß ich eines: Du wirst es nicht mit Freude tun.«

Ein gequältes Lächeln schob sich auf Yenwaras Gesicht.

Es klopfte an der Tür, und Sarogul trat ein. »Verzeih, Yenwara«, sagte er. »Ich habe den Befehl, die Gesandte wieder in ihre Zelle zu bringen. Es kommen neue Gefangene.«

Yenwara nickte, dann fasste sie Daoramus Hände. »Ich werde alles tun, damit es nicht so weit kommt.«

Daoramu nickte.

Im Saal machte Yenwara den Abschied kurz. Sie versprach, am nächsten Tag zurückzukehren und einige Bücher mitzubringen.

Während von oben bereits Stimmen zu ihnen herabdrangen, führte Sarogul Daoramu zurück in ihre Zelle. Sonst legte sie sich sofort auf ihr wollenes Bett und starrte durch den Schlitz hinaus auf die erleuchtete Wand, nun aber war sie neugierig. Denn mit jeder Veränderung mochte sich ihr eine neue Möglichkeit zur Flucht bieten. Vielleicht war es sogar ein Adliger, der zeitweise hierbleiben musste, weil er in Ungnade gefallen war, später aber wieder zu alten Würden gelangte und sich an sie erinnerte? Und so harrte sie geduldig an ihrer Tür aus.

Es dauerte nicht lange, und zwei Dutzend Festungswachen führten einen bärtigen Mann den Gang entlang. Seine Lederrüstung wies ihn als Krieger aus. Seine Hände waren gefesselt, und seine Arme an den Körper gebunden. Selbst die Füße waren lose verknüpft, sodass er keine großen Schritte machen konnte. Begleitet wurden die Wachen von vier Kriegern, die den Gefangenen, so vermutete sie, in die Festung gebracht hatten.

Zügig geleiteten die Wachen den Fremden in die Zelle, die Daoramus gegenüberlag. Nach einem Augenblick der Stille erhob sich dort Gebrüll, und eilig verließen die Wachen den Kerkerraum. Sarogul steckte den Schlüssel, der mit den anderen an einem Ring befestigt war, ins Schloss und drehte ihn rasch herum, während zwei seiner Gefährten die Riegel vorschoben. Erst als alle ein wenig zurücktraten, verstummte die Stimme jenseits der Tür.

»Ihr müsst nun gehen«, erklärte einer der Gefängniswächter einem der fremden Krieger, der offenbar deren Anführer war. Dieser nickte und murmelte: »Wir wollen hier nicht länger bleiben, als uns lieb ist.« Einer seiner Gefährten schaute durch das Sichtfenster direkt in Daoramus Augen und brachte ihren Atem zum Stocken. Unter dem Helm erkannte sie auffällig blasse Haut, und die Augen leuchteten wie braune Edelsteine. Ihre Blicke trafen einander nur kurz, und schon folgte der Fremde seinen Gefährten und den Kerkerwachen den Gang entlang. Daoramu konnte nicht anders – sie musste lächeln.

Als die Schritte verklungen waren, versuchte Daoramu, etwas in der gegenüberliegenden Zelle zu erkennen, doch das Licht der Öllampe auf dem Gang fiel nur durch das Sichtfenster an die Wand.

»Wer bist du?«, fragte eine tiefe Stimme. Dann erst schob sich das bärtige Gesicht des neuen Gefangenen an die Öffnung.

»Daoramu«, antwortete sie.

»Du hast kein Gefolge«, sagte der Mann. Seine Stimme war die eines alten Anführers – befehlsgewohnt und keinen Widerspruch duldend. Doch das Gesicht über dem Bart wirkte jung. Dreißig Jahre höchstens, dachte sie.

»Ich bin eine Abgesandte aus Yannadyr«, entgegnete sie.

Er lachte. »Und die Verhandlungen sind offenbar gescheitert.«

»So knapp ist die bittere Wahrheit.«

»Du bist schön.«

»Und du bist ein Wyrenar.« Sie lächelte. Hinter dem Muskelberg, der die Wachen mit seinem Gebrüll in die Flucht geschlagen hatte, steckte ein Mann mit Witz und Humor.

Er betrachtete sie aufmerksam. »Ein Wyrenar. Richtig. Und das hast du erkannt?«

»Die Art, wie jemand gefesselt ist, offenbart viel«, sagte sie. »Ebenso die Wahl der Rüstung.«

»Bjoremul ist mein Name«, verkündete er.

Sie hielt einen Moment den Atem an, dann musste sie lachen.

»Ich glaube, in meinem ganzen Leben hat noch niemand über meinen Namen gelacht«, sagte Bjoremul grinsend.

»Verzeih, Bjoremul aus dem Hause Bjaru. Ich lache nicht über deinen Namen, sondern darüber, dass ein Krieger, den man in meiner Heimat fürchtet, in den Kerker gesperrt wird, während im Westen Krieg herrscht. Ich lache, weil viele meiner Landsleute nun von deiner Waffe verschont werden.«

»Freu dich nicht zu früh«, sagte Bjoremul. »Falls der König mir Gnade anbietet, könnte ich meinen Dreschflegel schon bald wilder denn je kreisen lassen.«

Daoramu schaute schräg zur Tür des Kerkersaals mit den Gefangenen aus der Wildnis. »Er hat immerhin deine Leute als Pfand.«

»Das sind nicht meine Leute.«

»Ich verstehe«, war alles, was Daoramu darauf sagte.

»Du verstehst?« Bjoremul lachte. »Dann erkläre mir meine Lage, schöne Frau aus dem Westen. Denn ich habe keine Ahnung, wie es so weit kommen konnte.«

»Unterbrich mich einfach, wenn ich falschliege«, sagte sie schmunzelnd. »Sie haben dich, einen varmulischen Wyrenar, neben einfache Leute aus einer Stadt in der Wildnis gesperrt. Also hast du irgendetwas getan, was diesen Menschen hätte helfen können. Und nun behandelt dich der König, als wärest du ihr Anführer. Man könnte sagen, dass du anstelle des Anführers dort stehst. Du hast ihn vielleicht verschont oder ihm irgendeinen anderen Vorteil gewährt.«

Die Augen des Wyrenar blitzten auf. »Du bist scharfsinniger als der König, meine Kleine.«

Sie hasste es, wenn jemand anderes als ihre Mutter sie als *meine Kleine* bezeichnete, aber bei Bjoremul sah sie darüber hinweg. Vielleicht war es das Alter in seiner Stimme, das sie milde stimmte. »Ich bin nicht scharfsinnig, aber ich habe recht«, sagte sie schmunzelnd. »Du hast einem der Anführer dieser Leute einen Vorteil verschafft.«

»Nicht nur einen Vorteil. Ich habe den Anführern zur Flucht verholfen, indem ich dem König die Klinge an die Kehle hielt.«

Sie schüttelte überrascht den Kopf. »Aber was bei allen Ahnen hat dich denn dazu gebracht?«

»Das erzähle ich dir lieber nicht.«

»Vielleicht später? Zeit genug haben wir ja.«

»Nicht so viel, wie du glaubst.« Er spähte den Gang hinunter. »Hörst du das?«

Sie lauschte, doch alles, was sie neben den üblichen Kerkergeräuschen hörte, war ein leises Zischen irgendwo in der Ferne. »Das ist der Wind«, sagte sie. »An solche Geräusche gewöhnst du dich noch.«

Doch dann hielt sie inne. Das Zischen kam näher, und plötzlich hallten Schreckensschreie aus der Halle den Gang entlang. Stiefel stapften die Treppe hinauf. Da kam es wieder, das Zischen; diesmal noch lauter. Es klang fast wie die Brandung des Meeres.

Bjoremul trat von der Tür zurück und sagte etwas zu den Leuten in seinem Nachbarraum, das Unruhe im großen Kerkersaal auslöste. Dann hallten Schritte den Gang entlang, und Daoramu erkannte die Krieger, die Bjoremul gerade eben erst gebracht hatten. Ihr Anführer, ein breitschultriger Mann, hielt den Ring mit den Zellenschlüsseln in der Hand, den Sarogul eben noch geführt hatte. Von der Halle her drangen die Schreie der Wächter heran, dann erneut Schritte, die sich schnell näherten.

Wer waren diese fremden Männer?

Als hätte er ihre stumme Frage vernommen, griff der breit gebaute Krieger nach seinem Helm, zog ihn vom Kopf und ließ ihn zu Boden fallen. »Schluss mit der Verkleidung!«, sprach er. »Ich will sehen, wer mir den Schädel einschlägt.«

Die beiden anderen Krieger folgten seinem Beispiel, und Daoramu stellte mit Erstaunen fest, dass es sich bei einem von ihnen um eine Frau handelte. Weibliche Krieger gab es in Varmul mit seinem männlich geprägten Ahnenkult so gut wie keine, und auch in Yannadyr waren Frauen in Waffen ein eher seltener Anblick.

»Gaeremul!«, brüllte ein Mann aus dem großen Kerkerraum, streckte seine Hand durch die Öffnung in der Tür und winkte dem Anführer. Dieser schloss erst Bjoremuls Tür auf und reichte die Schlüssel dann an die Kriegerin weiter, die sich am Schloss des Nachbarraums zu schaffen machte. Kurz darauf drängten die Gefangenen aus dem großen Kerkerraum auf den Gang. Sie strebten dem Saal entgegen, und Gaeremul und die Kriegerin folgten ihnen. Die befreiten Männer, Frauen und Kinder wirkten erschöpft, und Daoramu vermochte sich nicht vorzustellen, wie ihnen eine Flucht aus der stark bewachten Festung gelingen sollte.

Nur Bjoremul blieb mit einem weiteren Krieger zurück. Da es auf dem Gang wieder ruhig geworden war, konnte Daoramu verstehen, worüber sie sprachen. »Sie sind nun gewarnt«, sagte Bjoremul. »Es wird schwer.«

Sein Gegenüber nahm erst jetzt seinen Helm ab. Daoramu erkannte ihn sofort. Es war der Mann mit den Edelsteinaugen. Aber das war nicht das einzig Ungewöhnliche an ihm. Es war nicht der fremdartige Schnitt seines Gesichtes, die ungeheure Blässe seiner Haut oder die auffällige weiße Strähne im braunen Haar, die Daoramu an dem Krieger überraschte, sondern seine spitzen Ohren. Sie erinnerten sie an die Ohren eines Alvaru aus den Märchen ihrer Kindheit.

»Es wird schwierig, aber wir werden es schaffen«, sagte der blasshäutige Mann. »Solange sie mein Blendwerk beeindruckt, steht uns der Weg offen. Und sollten sie es durchschauen, verzichte ich auf das Blenden und biete mehr auf – viel mehr.« Er sprach ein melodisches Arlamyrisch, es war das Gegenteil zur tiefen Stimme Bjoremuls. Wo der Wyrenar wie ein Erzähler alter Heldenepen klang, erinnerte sein Gegenüber an einen gefühlvollen Sänger lyrischer Dichtung.

Die Kriegerin kam zurück, nahm eine Lampe von der Wand, leuchtete in die große Zelle hinein und gesellte sich dann zu ihren beiden Gefährten. »Das waren alle. Wir können gehen.« Dann blieb ihr Blick an Daoramu haften. »Was ist mit ihr?«, fragte sie ihre Begleiter.

»Genau, Daoramu, was ist mit dir?«, sagte Bjoremul. »Willst du mitkommen? Überleg es dir gut, denn wir ziehen gleich hinaus ins Feuer. Vielleicht bist du da drinnen sicherer.«

Daoramu zwinkerte ihm zu. »Mein Vater hat gerade Weramul erobert. Wenn der König davon erfährt, könnte er seine Wut an mir auslassen.«

»Kommst du aus Yannadyr?«, fragte die Kriegerin.

»Ja«, antwortete Daoramu und musste an Yenwara denken. Würde der König das Mädchen nicht verantwortlich machen, wenn sie nun mit diesen Leuten aus dem Gefängnis floh und davonkam? Möglich war es, aber nicht wahrscheinlich. Eher würde der Herr dieser Festung seinen Kopf hinhalten müssen. Damit war es entschieden. »Ihr seid die Feinde meines Feindes«, sagte sie. »Euch zu begleiten wäre mir eine Ehre.«

Die Kriegerin wandte sich an Bjoremul. »Sie gefällt mir«, sagte sie und warf ihm den Schlüsselring zu. »Es ist deine Entscheidung. Wenn du deinen Verrat vollkommen machen willst, öffne ihr die Tür.« Mit diesen Worten wandte sie sich ab und schritt den Gang entlang.

Bjoremul starrte für einen Moment ins Leere, dann schüttelte er den Kopf. »Keine Sorge, Daoramu. Mirugil wird dir nichts tun. Er wird dich gegen andere Geiseln tauschen. Wenn dein Vater Weramul erobert hat, wird er manches Pfand in Händen halten. Lasse ich dich aber jetzt frei und würdest du bei unserem Fluchtversuch umkommen, es würde auf meiner Seele lasten. Verzeih! Ich habe schon genug Ärger. Ich werde mich nicht auch noch mit deinem Schicksal belasten.«

Aber Daoramu wollte sich nicht darauf verlassen, dass der Wyrenar recht behielt. Sie starb lieber auf der Flucht als unter dem Schwert eines Henkers. »Dann gib mir wenigstens den Schlüssel«, sagte sie. »Dann kann ich selbst über mein Schicksal entscheiden.«

Bjoremul überlegte kurz, dann lächelte er. »Manchmal muss man zu seinem Glück gezwungen werden. Aber es ist nicht an mir, das zu entscheiden.« Er reichte die Schlüssel an den spitzohrigen Mann weiter, wandte sich dann ab und ging fort.

Nun lag ihr Schicksal also in den Händen des Mannes mit den warmen braunen Augen. »Und nun?«, fragte sie. »Wirst du mich zu meinem vermeintlichen Glück zwingen?«

Statt zu antworten, trat er näher und probierte stumm einen Schlüssel nach dem anderen aus. Daoramu betrachtete das Spiel von Licht und Schatten auf seinem Antlitz. Wieder spürte sie, wie sich ein Lächeln auf ihr Gesicht legte. Ihre Gedanken wanderten zu ihren früheren Geliebten und zu all den Tränen und Enttäuschungen zurück, die diese ihr hinterlassen hatten. Und nun stand dieses Geheimnis von einem Mann vor ihr, und sie fragte sich, ob es mit ihm, der sie mit jedem Augenblick ein wenig mehr verzauberte, anders sein könnte.

»Bist du ein Alvaru?«, flüsterte sie und fühlte sich mit einem Mal wie das kleine Mädchen, das auf dem Schoß ihres Großvaters sitzend geglaubt hatte, Märchen würden wahr.

Er nestelte ein weiteres Mal am Schloss ihres Kerkerraumes, dann endlich fand er den passenden Schlüssel und öffnete ihr die Tür. »Es gibt viele Namen für meinesgleichen«, antwortete er. »Kind der Alvar, Alvaru, Ilvar – oder einfach Elf.«

Daoramu starrte ihn an. Konnte das wirklich sein? Womöglich hatte er nur deswegen so geantwortet, weil ihm die ständigen Fragen nach seinen Ohren lästig waren. Aber dann trat sie aus ihrem Kerker hinaus und stand dem Fremden direkt gegenüber. Dieses Gesicht, diese geheimnisvollen Augen, die im Licht strahlten und im Schatten finster wie die Nacht waren, und dazu diese Ohren: Das alles vertrieb den Zweifel. Ihr Großvater hatte recht gehabt. Es waren nicht nur Märchen gewesen.

Der Alvaru reichte ihr sein Kurzschwert. Zögernd nahm Daoramu die Waffe an und folgte ihm in Richtung des Saals. Es war Jahre her, dass sie ein Schwert in Händen gehalten hatte. »Ich weiß nicht, ob ich eine Hilfe bin«, sagte sie. »Vielleicht sollte einer der anderen die Waffe nehmen.«

»Es ist deine Entscheidung«, sagte er nur und zog sein langes Schwert aus dem Schultergurt.

Ehe Daoramu sich entscheiden konnte, führten der Elf und Bjoremul sie und all die anderen Befreiten die Treppe in die Halle hinauf. Sie hielt sich hinter dem Alvaru, dessen Namen sie nicht einmal kannte. Er führte sie an den blutigen Leichen einiger Festungswachen vorüber. Darunter war auch Sarogul. Die Leere in dessen Miene, die starren Augen und die klaffende Wunde in seiner Brust entlockten Daoramu nicht das geringste Gefühl des Mitleids. Sie dachte nur daran, wie er es genossen hatte, die Teredyrer zu quälen.

Der Alvaru führte sie und die Teredyrer in die Halle, hob dort die linke Hand, und Blitze zuckten vor ihnen von der Decke herab und rauschten ohrenbetäubend. Die Wachen, die sich hier gesammelt hatten, suchten schreiend das Weite. Der Elf strebte sofort durch das Tor auf den Hof hinaus, und Daoramu und ihre neuen Gefährten folgten ihm.

Es war Nacht, doch der Mond spendete genug Licht, um die Wachen am Tor zu erkennen. Der Alvaru hob bereits wieder die Hand zum Zaubern, und Daoramu hatte keinen Zweifel, dass er ihr und den anderen den Weg aus der Festung bahnen würde. Wie ein Baum an einem mächtigen Fluss, dessen Wurzeln freigespült waren und der sich mit dem Erdreich vom Ufer löste und davontrieb, ließ sich

Daoramu vom Alvaru mitreißen – über den Hof zum Tor, an den zurückweichenden Wachen vorüber, durch die Pforte hinaus auf die mondbeschienenen Straßen von Werisar; einer Stadt, die Daoramu fremd war und in der ein Haus dem anderen zu gleichen schien. Hornsignale erhoben sich über den Dächern, und immer mehr Hörner stimmten ein, aber sie fürchtete sich noch immer nicht. Als von Westen Wachen kamen, hob der Alvaru ein weiteres Mal die Hand, und kalte Flammen türmten sich auf der Straße in die Höhe. Kreischend machten die Angreifer kehrt.

»Gut so, Nuramon!«, rief Gaeremul.

Nuramon. Ein Name wie aus den Märchen. Sollte das, was sie als Kind vernommen hatte, wirklich wahr sein? Vielleicht lag sie immer noch in ihrer Zelle und träumte einen aufregenden Traum. Sprach nicht alles dafür? Schwanden nicht alle Hindernisse, die zwischen ihrem Gefängnis und der Freiheit standen, allzu leicht dahin?

Die Gardisten in den Straßen wagten sich nicht an sie heran, die Torwachen wichen zur Seite aus. Schon öffneten die Teredyrer die Stadtpforte und drangen mit Daoramu in die Freiheit hinaus. Hier ließen sich Bjoremul und die anderen Krieger zurückfallen. Nur Nuramon blieb an der Spitze und lief zielstrebig über die Felder voran, als läge dort jenseits der Bauernhöfe irgendwo zwischen den sanften Hügeln eine Zuflucht im Mondschein.

Daoramu wusste, dass die Reiterei sie auf dem offenen Land rasch einholen würde. Dennoch schaute sie nicht zurück. Selbst als Bjoremuls grollende Stimme die Reiter ankündigte und das Hufgedonner ihnen nachschallte, hielt sie den Blick vorausgerichtet. Wenn Nuramon die Reiter nicht fürchtete, würde sie sie ebenfalls nicht fürchten.

Nuramon lief einen kahlen Hügel hinauf und blieb oben unvermittelt stehen. Daoramu hielt neben ihm an, und mit diesem Innehalten erstarb auch der kraftvolle Strom, von dem sie sich seit Beginn ihrer Flucht hatte tragen lassen. Sie zitterte am ganzen Körper, ihr war kalt, und sie rang nach Luft. Das Kurzschwert war wie eine Last, die ihr fremd war, aber sie umklammerte es dennoch mit aller Kraft und schwor sich, es nicht mehr abzugeben, bis sie in Sicherheit war.

»Stellt euch hinter mir auf«, rief Nuramon.

Die Teredyrer umströmten den Elf, bis der Blick auf Werisar frei war. Die Stadt lag unter einem nahezu vollen Mond. Davor schoben sich die Reiter als eine breite Schattenfläche näher. Nuramon stand ganz still da und flüsterte etwas in einer fremden Sprache, etwas, das in Daoramus Ohren so süß klang wie ein Liebesgedicht.

Die Reiter kamen langsam heran. Doch je näher sie kamen, umso langsamer bewegten sie sich. Schließlich strebten sie auseinander und zogen einen weiten Kreis um den Hügel, so viele waren es.

»Ruhig!«, sprach Gaeremul seinen Leuten zu. »Ruhig!«

Auch die Kriegerin, die das Schloss des großen Kerkers geöffnet hatte und deren Name Daoramu immer noch nicht kannte, beruhigte ihre Gefährten. »Vertraut ihm«, sagte sie. »Er hat uns schon einmal aus der Mitte eines Kampfes sicher heimgeführt.«

Daoramu beobachtete staunend, wie sich eine Säule aus Licht vor Nuramon aus dem Boden schob. Sie vertraute ihm, und sie würde ihm folgen – ganz gleich, welchen Weg er für sie und ihre Gefährten im Sinn hatte.

Schlagartig wurde es auf dem Hügel still. Nur unten an seinem Fuße wieherten die Pferde. Der Krieger namens Gaeremul war der Erste, der im Licht verschwand, und die Teredyrer folgten ihm. In ihren Mienen fand Daoramu Neugier, Unsicherheit und – vor allem bei den Kindern – Angst. Dennoch gingen sie, einer nach dem anderen, in das grelle Licht und verschwanden darin, während sich rings um den Hügel Geschrei erhob und sich die ersten Reiter sogar wieder entfernten.

Als nur noch Bjoremul und Nuramon bei ihr waren, fand Daoramu endlich ihre Stimme wieder. »Liegt dort das Land der Alvaru?«, fragte sie.

Bjoremul senkte den Blick und verschwand im Licht.

Nuramons Augen glänzten. Er schüttelte den Kopf, dann streckte er ihr die Hand entgegen. »Gib mir das Schwert. Du brauchst es nicht mehr.«

Sie reichte es ihm, und nun zitterten ihre Hände.

Sein Blick war sanft. »Komm mit mir«, sagte er. »Dir wird kein Leid geschehen.«

Es zischte um sie herum. Es waren Pfeile, die vorbeischossen. Sie duckte sich, spürte den Windhauch eines Geschosses auf ihren Wangen und geriet ins Wanken.

Nuramon fasste ihre Hand. Seine war kühl, oder war ihre einfach so warm? »Ich bin eigentlich nicht so – unsicher«, sagte sie leise.

»Ich weiß«, entgegnete er lächelnd. Dann führte er sie ins Licht. Und als sie sah, was jenseits davon lag, jenseits der Welt, die sie bislang gekannt hatte, kamen ihr die Tränen.

Sie hatte ihren Großvater einen Lügner genannt, damals, als sie seine Geschichten nicht länger geglaubt hatte. Jetzt wusste sie es besser.

Heimkehr

Nuramon war erleichtert, als er und seine Gefährten durch das Tor in die Welt zurückkehrten und mitten in den Syardoren ihr Lager aufschlugen. Er holte seine Barinsteine aus dem Gepäck, um am Ufer des Sees ein erstes Licht zu pflanzen. Im honigfarbenen Schein der magischen Steine aus Albenmark sammelten und stapelten die Teredyrer Holz, und schließlich sprach Nuramon einen Zauber. Aus dem Nichts formte sich Feuer über seiner Handfläche. Er schritt von einem Holzstoß zum anderen und ließ eine Flamme von seinem magischen Feuer abspringen, die wie brennendes Öl zwischen die Scheite fuhr und sie entzündete. Diesen Zauber hatte er in einem früheren Leben von der Zwergenmagierin Solstane erlernt, der Frau seines Freundes Alwerich. In dieser Inkarnation hatte er sich an den alten Zauber erinnert, hatte ihn mit viel Geduld und Gespür neu erlernt und ihn schließlich gemeistert.

Die Teredyrer bestaunten das Werk wie ein Wunder, mehr noch als das Licht der Barinsteine, das ihnen bereits bekannt war. Für Daoramu jedoch, die Gesandte aus dem Westen, war der Schein der

Steine ebenso neu wie Nuramons Heilzauber. Das Staunen in ihren braunen Augen wich erst, als sie der Müdigkeit erlag und schließlich einschlief.

Als Nuramon am nächsten Morgen mit drei erlegten Hasen von der Jagd zurückkehrte, sah er Daoramu am Ufer des Sees, abseits der Teredyrer. In ein Leinenhemd gehüllt wusch sie ihr Kleid im Wasser. Ihr braunes Haar war nass, und ihre roten Wangen ließen noch die Kälte des Seewassers erahnen, in dem sie gebadet hatte. Als er am Mittag vom Fischfang und von einem Bad am Wasserfall zurückkehrte und endlich wieder seine waldfarbene Kleidung aus Albenmark trug, sah er sie noch immer am Ufer sitzen. Ihr Kleid war längst getrocknet und strahlte in einem satten Rot. Es war aus dickem Stoff, einem Stoff für einen kühlen Frühling im Tal oder kühle Sommermorgen im Gebirge. Er wagte es nicht, sie in ihrer Ruhe zu stören, und sie sprachen nicht an diesem Tag und nicht in dieser Nacht.

Erst als die Gemeinschaft am nächsten Morgen aufbrach, spürte Nuramon Daoramus Blicke, und manchmal traf sich der ihre mit dem seinen. Am ersten Tag auf dem Pass hinab ins Minendorf wich sie seinem Blick aus, am zweiten Tag aber hielt sie ihm stand – ganz so, wie sie es bei ihrer ersten Begegnung im Kerker getan hatte. Schließlich kam sie sogar an seine Seite und lächelte ihn an. »Woher wusstest du es?«, fragte sie ihn. »Dass ich sonst nicht so unsicher bin, meine ich.«

»Die Frau«, sagte er, »die ich im Kerker sah, ehe ich mich offenbarte, war die Königin ihrer selbst, ganz gleich ob sie die Mauern eines Palastes oder die eines Gefängnisses umgaben. Sie wirkte auf mich nicht wie eine Zweiflerin.« Er schaute in ihre Rehaugen und fragte: »Habe ich recht?«

»Sage ich ja, so wirke ich eingebildet. Sage ich nein, wirke ich bescheiden. Belassen wir es also dabei.«

Nuramon lachte, und als er bemerkte, dass sich die Teredyrer scharenweise zu ihm umwandten und staunten, war er sich sicher, dass sie ihn nie zuvor laut lachen gehört hatten.

Mit einem betörenden Grinsen schaute Daoramu zu ihm herüber. Dann zwinkerte sie ihm zu.

»Ich habe mich nicht getäuscht«, sagte er. »Nur die Frau, die ich sah, würde einer Antwort ausweichen und sie dadurch deutlich aussprechen.«

»Und nur wenige würden die Antwort bemerken«, entgegnete sie und lächelte schelmisch. Plötzlich wurde sie ernst. »Danke, dass du mich da herausgeholt hast.«

»Wenn du willst, bringe ich dich über die Albenpfade nach Westen in deine Heimat«, sagte er.

Statt zu antworten, starrte sie zu Boden, als hätte sie ihre Umgebung vollkommen vergessen. »Mir ist gerade etwas eingefallen«, sprach sie leise vor sich hin.

Nuramon schwieg und musterte sie, wie sie sich immer wieder auf ihre Lippen biss, ab und zu ihren Kopf hob und mit ihren braunen Augen ins Leere starrte. Als hätte sie einen Zauber gesprochen, der ihre Sinne auf eine Reise sandte, schritt sie neben ihm her, nur um ab und zu aufzuwachen und zu lächeln. »Mein Vater wird dich mit Dank überhäufen, wenn du mich nach Yannadyr führst«, sagte sie schließlich.

Noch ehe es Mittag war, erreichten sie die Brücke über den Fluss Syarnar und wurden mit einem Hornsignal vom Tor der Festung am nördlichen Eingang zum Tal begrüßt. Der Jubel der Befreiten hallte den Pass voraus. Sie alle legten einen Schritt zu, und ehe der Weg sich so weit gesenkt hatte, dass die Festung ihnen die Sicht nahm, erkannten sie eine Menschenmasse, die sich vor dem Minendorf sammelte.

Die Torflügel der Festung standen offen, und die Wachen brüllten ihnen Willkommensgrüße entgegen. Und als sie schließlich den Hof der Festung durchschritten und durch das Tor ins Minental gelangten, gab es kein Halten mehr. Weinend, schreiend und jubelnd liefen die Befreiten dem Dorf und ihren Verwandten, Bekannten und Freunden entgegen.

Mit einem Mal waren Nuramon und Daoramu allein, und Bjoremul schloss zu ihnen auf. Der varmulische Krieger nickte mit zufriedener Miene. »Dafür hat es sich gelohnt.« Er schaute Daoramu an. »Ich hoffe, du verzeihst mir, dass ich dich zurücklassen wollte.«

Die Gesandte aus Yannadyr nickte. »Ich hätte wohl das Gleiche getan.«

Am Rande des Dorfes erwartete sie der Stadtälteste Yangor Yurgaru. Sein Sohn Werengol stand an seiner Seite, stützte sich jedoch auf einen Stock. Der alte Yangor schloss Nuramon in die Arme. »Ohne dich wäre uns das nie gelungen«, sagte er. Auch Werengol kam auf Nuramon zu und reichte ihm den Arm, und Nuramon packte ihn. »Ich stehe in deiner Schuld, Alvaru«, sagte der junge Krieger.

»Freunden schuldet man nichts für ihre Hilfe«, entgegnete Nuramon.

Dann trat Yangor vor Bjoremul. »Nachdem du uns ein zweites Mal geholfen hast, werden wir Varramil, Dorgal und die anderen drei freilassen.« Er wies zu einem der kleineren Steinhäuser. »Sie sind dort. Du kannst zu ihnen gehen.«

Bjoremul nickte, und kaum war er fort, wandte Yangor sich an Daoramu. »Ein neues Gesicht sehe ich.«

»Ich bin Daoramu Yannaru«, sagte sie und beugte ihr Haupt vor Yangor. »Ich bin die Tochter des Feldherrn Borugar, des Grafen von Doranyr und kam im Namen des Fürsten von Yannadyr nach Varmul. Mit Beginn des Krieges sperrte man mich in den Kerker.«

Yangor lächelte und reichte ihr die Hand. »Die Feinde der Varmulier sind uns willkommen«, sagte er.

»Wenn es so ist, könnte ich meinem Vater ein Bündnis vorschlagen. Wie ich hörte, hat König Mirugil eure Stadt erobert. Wenn Nuramon uns den Weg auf die Zauberpfade öffnet, könnten wir euch zu Hilfe eilen.«

Yangors Augen verengten sich zu Schlitzen. »Das erscheint mir ein wenig viel für die Befreiung einer Abgesandten.«

»Eine deiner Kriegerinnen erzählte mir von den Minen«, sagte Daoramu. »Die Varmulier wollen das Eisen, um Waffen zu schmieden, die gegen mein Volk eingesetzt würden. Mein Herr würde sich gewiss mit einem Handel zufriedengeben.«

Yangor tauschte Blicke mit seinem Sohn und den anderen Begleitern. »Reden wir in meinem Haus darüber. Ich möchte dich und Nuramon dort als Gäste willkommen heißen. Es ist zwar nicht so groß wie unser Haus unten in der Stadt, aber es bietet genug Platz. Kommt. Während die anderen im Hier und Jetzt feiern, werfen wir einen Blick in die Zukunft.«

Nuramon nickte, und an Daoramus Seite folgte er der Einladung des Stadtältesten. Auf dem Weg zu Yangors schmalem Haus, das direkt neben dem des Minenvorstehers lag, flüsterte sie ihm zu: »Mit deiner Macht könntest du Großes vollbringen, Nuramon.«

»Das haben mir schon manche gesagt«, antwortete er und dachte an Dorgal, Varramil und Bjoremul. »Aber ich strebe nicht nach Kriegsruhm.«

»Ich meinte auch weniger den Krieg«, entgegnete sie. »Der Krieg ist teuer. Er lässt Reichtum verkümmern und fordert Leben. Ich dachte an den Handel. Rasch an jeden beliebigen Ort zu gelangen könnte die Teredyrer zu mehr machen als die Betreiber einer einträglichen Mine. Ihr müsstet nur einen Ort finden, an dem eure Waren teuer gehandelt werden.«

»Ich war schon vieles, aber Händler noch nie«, sagte Nuramon. »Ich fürchte, dazu fehlt mir der Ehrgeiz.«

Daoramu holte erst Luft, schwieg dann aber.

In Yangors Haus aßen Nuramon und Daoramu einen Eintopf und sprachen mit Yangor und Werengol über das, was in den letzten Tagen geschehen war. Die Varmulier im Tal hatten versucht, mit einem kleinen Trupp Krieger den Berg emporzuklettern. Das Vorhaben scheiterte kläglich an den Bogenschützen, die Werengol an wichtigen Punkten postiert hatte. Seither war es still unten im Tal. Von Relegir hatten sie noch nichts gehört, aber Yangor zweifelte nicht daran, dass sein Neffe mit Söldnern zurückkehren würde. »Und mit ein wenig Glück«, sagte er, »sammelt er die Flüchtlinge auf, die gen Osten geflohen sind.«

Nach dem Essen zog sich Nuramon zurück, damit Yangor und Daoramu in aller Ruhe verhandeln konnten. Er begab sich aufs Flachdach, schaute den Teredyrern unten auf dem Platz beim Feiern zu und lauschte den Trommeln und den Flöten. Doch es gab auch jene, die sich nicht mitreißen ließen; jene, die liebgewonnene Menschen verloren hatten und nun lediglich erleichtert zu sein schienen, das Schlimmste überstanden zu haben. Vor dem Haus des Minenvorstehers sah er die Trauernden. Der Minenarzt Byrr und dessen Gehilfinnen überbrachten die schlechten Nachrichten und spendeten dann mit sanften Gesten Trost.

Nuramon freute sich für die Feiernden und litt mit den Trauernden, doch für ihn fühlte es sich nicht wie eine Heimkehr an – weder im Guten noch im Schlechten. Trotz all der Zeit an der Seite dieser Menschen fühlte er sich noch immer wie ein Gast. Ganz so war es ihm auch in einem früheren Leben bei den Zwergen ergangen. Er hatte sich dort wohlgefühlt, aber weder die alten noch die neuen Hallen von Aelburin waren ihm je ein Zuhause geworden.

Er ließ seinen Blick weiter schweifen, entdeckte Nylma und Yargir am Rande der Feiernden und stutzte. Sie lagen einander in den Armen und küssten sich so leidenschaftlich, dass es keinen Zweifel daran geben konnte, dass sie ein Liebespaar waren. Dass die beiden mehr als nur Freundschaft verband, hatte er schon früher vermutet, aber sicher war er sich nicht gewesen.

Als die Nacht kam und der Duft von Gebratenem vom Platz heraufstieg, lehnte Nuramon sich gegen den Schornstein und starrte hinauf zum Mond, der immer wieder zwischen klar umrissenen Wolken verschwand.

»Hier bist du«, sagte eine Stimme neben ihm. Schon ehe er sich ihr zuwandte, wusste er, zu wem sie gehörte. Es war Daoramu. Sie stellte ihre Lampe auf dem Boden ab und setzte sich neben ihn.

»Habt ihr so lange beraten?«, fragte Nuramon.

»Nein. Wir waren uns schnell einig, was zu tun ist. Ich habe mich anschließend ein wenig hingelegt.«

»Und was werdet ihr tun?«

»Werengol wird mich nach Yannadyr begleiten und das Angebot vor meinem Vater oder aber dem Fürsten wiederholen. Für unsere Hilfe im Kampf um ihre Stadt und eine nette Summe Gold wollen sie uns die Waffen geben, die für die Varmulier gedacht waren. Wenn mein Vater zusagt, ist es besiegelt.«

»Kann dein Vater denn einen solchen Handel unabhängig vom Fürsten schließen?«

Sie lächelte. »Als Graf darf er in seinem Reich frei handeln. Erst wenn er seine Grenzen überschreitet, mit einem Handelszug oder einer Kriegsschar, muss er sich die Erlaubnis des jeweiligen Landbesitzers oder aber des Fürsten einholen.«

Nuramon lachte leise. »Für die Albenpfade gilt das nicht?«

»Wer außer dir wollte dort einen Wegzoll erheben? Die Frage ist eigentlich, ob mein Vater durch Befehle des Fürsten gebunden ist. Wenn ja, muss Werengol direkt an den Fürsten herantreten.«

»Du scheinst deinem Fürsten nicht zu vertrauen«, sagte Nuramon.

»Da mein Kompromiss einen Krieg verhindert hätte und er mich einfach fallengelassen hat, bin ich vorsichtig.« Sie musterte ihn mit aufmerksamen Blicken. »Jetzt brauchen wir nur noch deine Zustimmung. Wirst du uns auf die Albenpfade führen?«

Nuramon schaute ihr von einem Auge ins andere. »Ich habe Bjoremul versprochen, ihn nach Osten zu bringen. Wenn das getan ist, bin ich zu allem bereit. Dann bringe ich dich nach Westen und kehre gerne mit einer Streitmacht zurück, die uns unten in Teredyr hilft.«

Daoramu beugte sich vor und schaute auf den Platz hinab. »Ich habe gehört, dass die Befreiung der Gefangenen auf deinen Plan zurückgeht«, sagte sie, und Nuramon nickte. »Warum bist du dann nicht dort unten bei den anderen und feierst mit ihnen euren gemeinsamen Sieg?«

Er zögerte kurz, doch dann schob er seine Zweifel fort, denn er fühlte sich wohl in ihrer Gegenwart und wollte seine Gedanken mit ihr teilen. »Weil ich in Albenmark sein und dort ein goldenes Zeitalter genießen sollte«, antwortete er. »Ich sollte bei meiner Ziehschwester Yulivee sein und in mein Haus zurückkehren, das meine Sippe und ich einst auf der beseelten Eiche Alaen Aikhwitan aus dem Holz der legendären Ceren errichteten. Ich sollte mit den Zwergen zechen, mit den Feen singen und mit den Elfen tanzen. Dort sollte ich Feste feiern.«

Daoramu setzte sich wieder zurück, lehnte sich neben ihm gegen den Schornstein und strich sich durch ihr dichtes Haar. »Wie würdet ihr denn feiern?«

»Einen Triumph wie diesen würden wir auf einer Lichtung im Mondschein feiern – in der Nähe der Königin, wie im Rausch und zugleich erhaben, mit Liedern voller Träume und lieblicher Worte. Und je weiter du dich dem Rand der Lichtung näherst, umso freizügiger wird das Feiern. Und dann die Magie, die alles wie fließendes Licht erhellt!«

»Unsere Welt birgt auch Magie«, sagte Daoramu. »Du kannst sie nach deinem Willen formen.«

»Aber ich bin der Einzige, der diese Magie nutzt. Das ist eine Verschwendung. Wie ein gewaltiger Palast, in dem ich allein lebe.«

Sie schüttelte den Kopf. »Warum suchst du keinen Weg zurück? Irgendeinen Weg gibt es immer.«

»Gäbe es einen, ich wäre ihn gegangen.«

Sie führte ihre schmale Hand nahe an seine Wange, zog sie dann aber zurück. »Keiner konnte mir sagen, wie es so weit kommen konnte, dass du der Einzige bist. Selbst Nylma und Gaeremul wissen es nicht. Sie wissen nur, dass der Weg nach Albenmark abgerissen ist.«

Nuramon senkte den Kopf. »Sie wissen es nicht, weil ich es ihnen nicht erzählt habe.«

»Würdest du es mir erzählen?«, fragte sie leise.

Er lächelte, schaute einen Moment in die Nacht, und als er bereit war, wandte er sich Daoramu zu. »Im Grunde begann es damit, dass ich um eine Frau warb. Um Noroelle.«

»Ein wunderschöner Name«, sagte Daoramu. Ein verlegenes Lächeln huschte über ihr Gesicht. »Und erhörte sie dein Werben?«

Nuramon biss sich auf die Lippen, aber dann antwortete er ihr doch. Er erzählte von Noroelle, die ihn und Farodin gleichermaßen geliebt hatte und sich zwanzig Jahre lang nicht zwischen ihnen hatte entscheiden können. Er erzählte von Mandred Torgridson, dem Jarl von Firnstayn, der eines Tages am Hof der Königin um Hilfe gebeten hatte. Ein Wesen, halb Mann, halb Eber, hatte sein Dorf attackiert. Und Nuramon und Farodin waren neben anderen zur legendären Elfenjagd berufen worden. »Wir nahmen die Spur des Mannebers auf, und ehe wir uns versahen, waren die meisten unserer Gefährten tot. Das Ungetüm lockte uns in eine Eishöhle. Und dort töteten wir es.« Er senkte den Kopf und schloss die Augen. »Aber die Bestie war ein Devanthar, ein Dämon aus alter Zeit, ein Feind der Alben. Wie hätten wir unvorbereitet und ohne große Zaubermacht gegen ihn bestehen sollen? Wir töteten seinen Körper. Doch irgendwie gelang es ihm, in neuer Gestalt nach Albenmark zu schleichen und Noroelle zu schwängern.« Nuramon öffnete die Augen und sah das Entsetzen in Daoramus Gesicht. Ihr stockte der Atem. »In meiner Gestalt.«

»Nein, Nuramon«, sagte sie leise und schüttelte langsam mit bebenden Lippen den Kopf. »Und dann wies sie dich zurück, weil sie den Dämon in dir sah?«

»Dazu kam es nicht«, sagte Nuramon. »Und gewiss hätte sie mich deswegen nicht zurückgewiesen.« Der Lampenschein ließ Daoramus Augen wie Barinsteine funkeln. »Wir waren in der Eishöhle gefangen, und ein Zauber ließ die Zeit dort schneller vergehen als außerhalb. Als wir schließlich aus der Höhle ausbrachen und heimkehrten, hatte Noroelle das Kind des Devanthar längst geboren und vor der Elfenkönigin in Sicherheit gebracht. Sie brachte es in diese Welt – auf den Kontinent jenseits des Meeres im Westen. Dafür verbannte die Königin Noroelle in ein Gefängnis in der Zerbrochenen Welt.«

»Eine zerbrochene Welt?«, fragte Daoramu und biss sich auf die Lippen.

»Sie zerbrach im Kampf zwischen den Alben und den Devanthar«, sagte Nuramon. »Bis schließlich nur noch Inseln im Nichts übrig waren. Erreichen kann man sie über die Albenpfade, doch die Königin sprach mithilfe eines magischen Stundenglases einen Zauber auf das Tor, sodass Noroelle dort gefangen blieb. Als der Zauber gesprochen war, zerschlug sie das Stundenglas, und der Sand verteilte sich in alle Winde. Ich flehte die Königin um Gnade für Noroelle an, doch sie sprach von der Gefahr, die das Kind barg, und dass es getötet werden müsse. Und ich willigte in meiner Verzweiflung ein, alles zu tun, was nötig war.«

»Du wolltest das Kind deiner Geliebten töten?«, fragte Daoramu und blickte ihn zweifelnd an. Er fragte sich, wie viele seiner Worte es noch bedurfte, bis die Verachtung in ihre Züge schlich. Er hätte es nur zu gut verstanden.

Obwohl er sich vor Daoramus Reaktion fürchtete, sprach er weiter: »Ich war bereit, Noroelles ganzen Hass auf mich zu ziehen, ihre Verachtung, nur um ihr das Schicksal der ewigen Gefangenschaft zu ersparen. Es gab ja noch Farodin, den sie lieben durfte. Doch das Schicksal wollte es, dass Farodin mich bemerkte und darauf bestand, mich zu begleiten.«

»Und ihr habt dann tatsächlich ein Kind getötet?«

Daoramus zweifelnder Blick ließ ihn erneut zögern. »Als wir aus der Eishöhle hinauskamen, waren auf magische Weise fast dreißig Jahre vergangen«, sagte er schließlich. »Als Mandred in sein Dorf zurückkehrte, war seine Frau tot. Wir fanden Noroelles Sohn erst nach einer Weile. Er war erwachsen. Ein Heiler, der den Menschen half. Doch seine Magie war durch den Devanthar vergiftet. So, wie sie die Menschen heilte, so tötete sie Elfen. Wir näherten uns ihm im Verborgenen, und zwei meiner Gefährten fielen einfach tot um. Und da erkannte man sie als Elfen, und die Menschen konnten sich nicht erklären, was geschehen war.«

»Das hat es dir leichter gemacht, nicht wahr? Das Töten, meine ich.«

Nuramon schüttelte den Kopf. »Im Gegenteil. Guillaume – das war der Name von Noroelles Sohn – hatte ein gutes Gemüt. Er wollte uns Albenkindern kein Leid zufügen. Also besuchte ich ihn bei Nacht, um ihm die Geschichte seiner Mutter zu erzählen. Ich wollte eine andere Lösung finden. Aber in dieser Nacht kamen Krieger in die Stadt und machten Jagd auf Guillaume.«

»Genau in jener Nacht?«

»Es war kein Zufall«, sagte Nuramon kopfschüttelnd. »Der Devanthar hatte nur auf diesen Tag gewartet. Denn all das Leid, das folgte, entsprang dieser Nacht. Damals haben Farodin und ich versagt. Wir hätten Guillaume retten müssen, doch sein Leben zerrann zwischen unseren Fingern.«

»Und die Königin? Es heißt in den Erzählungen, sie könne die Zukunft sehen. Ist es nicht auch ihr Fehler?« Der Zweifel war aus Daoramus Antlitz verschwunden und dem Wohlwollen gewichen.

»Gewiss«, antwortete er. »Und sie wäre die Erste, die diesen Fehler in einer ruhigen Stunde eingesteht. In ihrem Spiegel kann Emerelle die Zukunft nur vage sehen. Wer weiß, was geschehen wäre, wenn wir nicht erschienen wären. Vielleicht wäre dann alles verloren gewesen. Ein vordergründiger Sieg mit einer späteren Katastrophe. So aber kehrten wir mit leeren Händen nach Albenmark zurück, und die Königin verbot uns und allen anderen, Albenmark zu verlassen.« Er strich sich die Haare aus der Stirn und fuhr dann fort. »Wir aber wollten Noroelle nicht aufgeben. Wir lehnten uns gegen Emerelles Willen auf, lernten den Zauber, der uns die Albenpfade öffnete, und machten uns auf den Weg, noch ehe wir den Zauber sicher gemeistert hatten. Wer diesen Zauber nicht beherrscht, mag beim Durchschreiten des Tores Jahre, Jahrzehnte, gar Jahrhunderte überspringen. Das hielt uns nicht ab, der Spur unserer Geliebten zu folgen. Doch während wir durch die Zeit sprangen, wuchs unter den Menschen des anderen Kontinents der Glaube an den Gott Tjured, und wir Albenkinder wurden ihnen zu Feinden. Uns lastete man den Tod Guillaumes an, nicht den gottlosen Kriegern jener Nacht. Genau das war der Plan des Devanthar, und so führte unsere Suche nach Noroelle uns irgendwann zu ihm. Und da erschlugen wir ihn.«

»Aber wie konntet ihr euch sicher sein, dass der Dämon tot war?«, fragte Daoramu mit hocherstaunten Augenbrauen. »Hat er nicht vielleicht das gleiche Spiel gespielt wie zuvor?«

Nuramon zog den Almandin hervor, den er an einer geflochtenen Kette aus Gelgerokleder an der Brust trug. »Die Königin sagte Noroelle, wer der Vater ihres Kindes war. Und so ließ Noroelle vor ihrer Verbannung Edelsteine für Farodin und mich zurück, legte nahezu all ihre Macht in diese Steine und wob einen Zauber, der uns schützen sollte. Selbst heute spüre ich noch den Rest dieser Kraft. Als wir auf den Devanthar trafen und ein Tropfen meines Blutes auf diesen Stein fiel, wurde Noroelles Zauber entfesselt. Er traf den Devanthar unvorbereitet. Und mit unseren magischen Waffen gelang es uns, den Dämon endgültig zu töten. Der Weg zurück in die Welt war jedoch durch einen Zauber versperrt. Ich musste meine ganze Kraft aufwenden, um den Bann des Devanthar zu brechen. Wir waren frei, doch zugleich geschah etwas, das ich nicht erwartet hatte. Ich erinnerte mich mit einem Mal an frühere Leben. Aber das Entfesseln dieses Flusses verwirrte mich, und hinzu kam, dass außerhalb unseres Gefängnisses Jahrhunderte vergangen waren. Der Devanthar war nie wieder gesehen worden, doch der Glaube, den er gesät hatte, hatte sich ausgebreitet und an Macht gewonnen. Die Tjuredanbeter waren bis nach Albenmark vorgedrungen. Und so kehrten wir gerade rechtzeitig zur Entscheidungsschlacht dorthin zurück. Wir übergaben Emerelle einen Albenstein, den wir erbeutet hatten; ein Artefakt, das die Barriere zu Noroelles Gefängnis brechen konnte. Doch wir überließen ihn der Elfenkönigin, damit sie und ihre Gehilfen Albenmark retten konnten. Sie wollte Albenmark von der Welt der Menschen und von der Zerbrochenen Welt trennen. In der Schlacht, in der wir ihr und ihren Helfern die Zeit erstritten, den gewaltigen Zauber zu wirken, verloren viele ihr Leben. Mein Freund Alwerich fiel in diesem Kampf, wurde aber sicher inzwischen bei den Zwergen wiedergeboren. Mein Freund Mandred aber war ein Mensch und hatte nur das eine Leben. Er starb unter meinen Händen. Am Ende hatten wir die Tjuredanbeter besiegt, und ehe alle Pfade abgeschnitten waren, nahmen Farodin und ich Abschied von Albenmark. Emerelle hatte die Albenkinder zwar mit gewaltigem Aufwand aus dieser Welt und ebenso aus der Zerbrochenen Welt nach Albenmark zurückgeholt, aber Farodin und ich entschieden uns gegen unsere Heimat, um Noroelle doch noch zu befreien.«

»Hatte die Königin euch nicht aus Dankbarkeit helfen müssen?«, fragte Daoramu mit schimmernden Augen.

Nuramon nickte. »Als der Abschied kam, gab Emerelle uns das Stundenglas, mit dessen Macht sie das Tor zu Noroelle versiegelt hatte. Sie hatte es wieder zusammengefügt. So gingen wir fort und befreiten unsere Geliebte aus ihrem Gefängnis. Und sie hatte ihr Versprechen nicht vergessen. Sie wusste mittlerweile, dass sie in einem früheren Leben Farodins Geliebte gewesen war und hatte erkannt, dass er ihre Bestimmung war. So entschied sie sich für ihn. Und noch in dieser Nacht lösten sich Noroelle und Farodin auf und entschwanden ins Mondlicht. Seitdem habe ich keine Albenkinder mehr gesehen.«

Daoramus Lippen bebten, ihre Hände zitterten, und ihre Augen glitzerten. Sie holte Luft, um etwas zu sagen, doch schluckte dann nur und betrachtete ihn mit mitleidiger Miene. Erst nachdem sie tief durchgeatmet hatte, fragte sie: »Was ist das Mondlicht?«, doch Nuramon war sich sicher, dass sie eben etwas anderes hatte sagen wollen. Die Frage war gewiss nur der Ausweg aus einer Gemütslage, die sie zu überwältigen drohte. Sein Schicksal hatte sie aufgewühlt.

»Spricht man davon im Märchen nicht?«, fragte er und hoffte, ihr damit einen Weg geboten zu haben, der ein wenig von dem Mitleiden fortführte.

Daoramu lächelte ihn an, als wollte sie ihm danken. »Nicht in denen, die mein Großvater mir erzählte«, sagte sie leise. »Ist das Mondlicht wie das Jenseits, in das unsere Ahnen eingehen?«

Nuramon nickte. »Farodin und Noroelle umgab silbernes Licht, ein Duft von Blütenstaub lag in der Luft, und dann verschwanden sie mit allem, was sie am Körper trugen.«

»Dann ist es mehr als ein Glaube, Nuramon. Wie du es erzählst, gibt es das Mondlicht wirklich.«

»Was immer das Mondlicht ist, es wirkt hier wie in Albenmark. Es ist nicht ein Ort jenseits dieser Welt; es existiert jenseits aller Welten.«

»Aber warum gingen sie? Farodin und Noroelle meine ich. War es ihre Entscheidung?«

»Nein«, hauchte er. »Wenn es so wäre, wäre auch ich nicht mehr hier. Es heißt, dass ein Elf, der seine Bestimmung findet, ins Mondlicht geht. Wann das geschieht, entscheidet das Schicksal. Manche gehen mit ihrem Tod ins Mondlicht, für andere kommt es überraschend. Sie erlebten einen Augenblick höchster Erfüllung, und im nächsten Augenblick verschwinden sie. Und nun bin ich hier – das letzte Albenkind, ohne die Möglichkeit auf eine Wiedergeburt, weil meine Seele den Weg nach Albenmark nicht finden würde. Jetzt liegt mein Schicksal hier in dieser Welt.«

Daoramu legte den Kopf in den Nacken, und Nuramon folgte ihrem Blick zum Mond hinauf. »Habt ihr in Albenmark den gleichen Mond gehabt?«, fragte sie.

»Nein. Er ist größer, die Muster sind ganz anders, und er hat keine Mondphasen.«

»Keine Mondphasen? Das ist unmöglich.«

»Aber es ist so. Der Mond in Albenmark ist etwas anderes als euer Mond. *Mondlicht* ist nur ein Name.«

Sie strich ihm über die Schulter, dann lächelte sie. »Danke, dass du diese Erinnerungen mit mir geteilt hast«, sagte sie.

Er betrachtete Daoramu: ihr langes Haar, ihre geschwungenen Lippen und ihr anmutiges Gesicht, das im Licht der Lampe schimmerte. Er mochte es, wenn sie in Gedanken ins Leere starrte und ihre Wimpern dann plötzlich fächerten, sobald ihre Gedanken ins Hier und Jetzt zurückkehrten. Und er vermisste das schelmische Lächeln, das sie ihm am Tag auf dem Pass gezeigt hatte. »Seit achtzig Jahren habe ich die ganze Geschichte meiner Suche niemandem erzählt«, sagte er schließlich. »Noroelle war die Letzte, die sie vernahm.«

»Achtzig Jahre!« Ihre Augenbrauen wölbten sich vor Erstaunen in die Höhe. »Wie alt … Wie alt bist du denn?« Sie blickte ihm in die Augen, dann streckte sie die Hand nach seinem Gesicht aus und fuhr ihm sanft mit ihren langen Fingern über die Wange. Er ließ es geschehen und genoss die warme Berührung. Dann strich er ihr eine Strähne aus dem Gesicht und fragte sich, ob er es wagen sollte, sie zu küssen. Aber die Frage, die sie gestellt hatte, läutete in seinem Kopf und hielt ihn davon ab. »Die Antwort wird dir Angst machen«, sagte er leise.

»Und wenn schon«, flüsterte sie zurück. Und da war es – das schelmische Lächeln.

»In diesem Leben sind es beinahe zweihundert Jahre. Und mit allen Inkarnationen sind es gewiss …«

Daoramus Finger glitten von seiner Wange ab, das Lächeln verging, und sie starrte ihn ungläubig an.

Er zögerte die Antwort hinaus. Hätte er doch nur geschwiegen und sie geküsst! Nun musste er es ihr verraten. »Mehr als viertausend Jahre«, sagte er schließlich.

Sie schaute ihn mit großen Augen an, und er erwiderte ihren Blick voller Sorge, er könnte sie mit seiner Antwort verschreckt haben. Ein ganzes Lied der Sänger auf dem Platz verstrich, ehe Daoramu wieder Worte fand. »Jetzt verstehe ich«, sagte sie leise und lächelte sanft.

Orakelblick

Yenwara fürchtete um ihr Leben. Gewiss würde der König ihr die Schuld an Daoramus Flucht geben. Doch dann empfing er sie gütig. »Du warst nicht einmal in der Nähe, als es geschah«, sagte er. Die Wärme seiner Stimme war Yenwara unheimlich. Zwei Tage später wurde der Kommandant der Gefängnisfestung hingerichtet.

Bjoremul reichte Nuramon die Hand, und der Elf packte sie. Hinter ihm leuchtete die magische Pforte, durch die sie hergekommen waren. Hier in den nordöstlichen Provinzen von Varmul würde König Mirugil sie nicht so rasch aufspüren.

»Das werde ich dir nie vergessen«, sagte Bjoremul.

Varramil verbeugte sich vor Nuramon, und ein schmales Lächeln huschte über seine Lippen. »Falls ich bei meinem Onkel Erbarmen finde, mag es sein, dass wir uns als Feinde auf dem Schlachtfeld wiedersehen. Aber auch Feinde können einander respektieren.«

Dorgal hingegen gewährte Nuramon nicht die geringste Geste. Er starrte ihn lediglich an, folgte dem Alvaru mit seinem Blick, bis dieser mit einem Lächeln im Licht verblasste.

Als die Lichtsäule verschwunden war, verging Bjoremuls Lächeln. Er wandte sich an Varramil und sagte: »Danke, Herr, dass du ihm nichts gesagt hast.«

Doranyr

Nuramon führte Daoramu, Werengol, Yargir und Nylma durch ein Lichttor in die Welt zurück. Sie kamen in ein Sumpfland, das er kannte, weil er es vor etwa vierzig Jahren durchwandert hatte. Das Gebirge, das sich jenseits des feuchten Landes in der Ferne erhob, stellte Daoramu ihnen als *Lysdorynen* vor – das Schlangengebirge.

»Heißt es so, weil es sich dahinschlängelt?«, fragte Werengol. »Oder müssen wir auf Schlangen vorbereitet sein?«

»Sowohl das eine als auch das andere«, antwortete Daoramu.

Die Teredyrer schauten sich mit zweifelnden Blicken um. »Dein Vater herrscht über ein ungemütliches Land«, sagte Yargir schließlich.

»Dieses Sumpfland gehört noch zu Varmul«, erklärte Daoramu. »Aber die nächsten Städte des Königreichs liegen Hunderte von Meilen südöstlich. Und kein Varmulier würde freiwillig das weite Sumpfland durchqueren.« Sie wies nach Westen. »Jenseits der Bruchwälder verläuft der Ruljas. Das ist der Grenzfluss zwischen Varmul und Yannadyr.« Sie deutete nach Nordwesten, wo die Wälder an den Berghängen besonders weit hinaufreichten. »Und dort liegt Doranyr, die Grafschaft meines Vaters.«

Als Daoramu voranschreiten wollte, um die Gefährten durch den Sumpf zum Ruljas zu führen, hielt Nuramon sie zurück. »Warte«, sagte er. »Ich suche uns auf den Pfaden einen Albenstern, der näher am Gebirge liegt.« Er war sich sicher, dass der Weg durch den Sumpf für Werengol zu viel war. Yangors Sohn war noch nicht ganz genesen, und auch Yargir wirkte auf Nuramon noch unsicher.

So kehrten sie auf die Albenpfade zurück und näherten sich ihrem Ziel Pforte um Pforte. Als Nuramon seine Gefährten am Mittag durch ein Zaubertor aus der Finsternis der Albenpfade ins Sonnenlicht hinausführte, war es, als wäre das Gebirge in Windeseile herangerückt. Sie standen in einem Weizenfeld, hinter ihnen strömte der Fluss Ruljas nach Süden, und jenseits davon begann mit dem Bruchwald das Sumpfland. Nuramon war froh, diese Hindernisse umgangen und so die Grenze nach Yannadyr überquert zu haben.

Auf den Wiesen an den Hängen diesseits des Flusses sahen sie Höfe, grasende Schafe und die von Bauern bewirtschafteten Felder. Die Grundstücke schmiegten sich so eng aneinander, dass es offensichtlich war, dass Acker- und Weideland in Daoramus Heimat rar gesät waren. Allerdings war das wenige Land wegen des Ruljas und seinem erdigen Wasser fruchtbar und vermochte gewiss die ganze Grafschaft zu versorgen. Weiter oben lagen die Felder auf Terrassen, und die Bäche wurden dort geschickt über Stufen in die Tiefe geleitet.

Früher hatte Nuramon den Ackerbau der Menschen als etwas Zerstörerisches betrachtet. Doch er hatte längst gelernt, wie sehr das Leben aller von dem Ertrag der Bauern abhing. Die Menschen verfügten nicht über Magie, welche die Früchte rascher wachsen ließen, die Wasser lenken oder den Boden ertragreicher machen konnten. Sie mussten sich auf das Wenige verlassen, das ihnen das Land bot.

»Es fühlt sich so fremd an, vertraute Entfernungen so rasch zurückzulegen«, sagte Daoramu und erntete bei den Teredyrern beredtes Nicken. Dann wies sie zu den Höfen hinauf. »Die Kranzstraße reicht einmal ums ganze Gebirge. Im Nordwesten, vielleicht fünf Stunden Fußmarsch entfernt, liegt Merelbyr, der Herrschaftssitz meines Vaters. Wollen wir?«

Nuramon nickte und schritt neben Daoramu voran. Als sich ihnen zwei der Bauern von den Feldern her näherten, zog er sich die Kapuze seines Mantels über. Er wollte nicht auf den ersten Blick als Albenkind erkannt werden.

Die jungen Männer verbeugten sich vor Daoramu und fragten, ob sie die Tochter des Grafen sei. Als sie ihre Vermutung bestätigt fanden, boten sie ihnen in aller Demut Pferde an. Mit diesen Reittieren machten sich die Gefährten auf den Weg, und wann immer sie an Dörfern und Siedlungen vorüberkamen, erkannten die Menschen Daoramu, riefen ihnen nach und winkte ihnen.

Schließlich erreichten sie Merelbyr, die Hauptstadt der Grafschaft Doranyr, die am Eingang zu einer Hochebene lag. Die Stadt war von

Palisaden umgeben, und nur an der Ostseite ragte eine breite Festung empor. Wer immer ins Hochtal wollte, musste an diesem Gebäude vorüber. Etwa zweihundert Schritt vor der Festung erreichten sie den ersten Wachposten. Als die Männer Daoramu erkannten, verbeugten sie sich, machten den Weg frei, und einer der Wächter lief ihnen voraus, um die Kunde ihrer Ankunft zu verbreiten. Bereits kurz nachdem der Wächter die Stadt erreicht hatte, riefen die Krieger auf den Mauern der Festung Daoramus Namen und winkten ihr zu. Daoramu winkte zurück.

Sie ritten in die Stadt ein und kamen auf einen Platz, der von breiten Steinhäusern umgeben war. Auch hier liefen die Menschen zusammen und jubelten Daoramu zu. Sie halfen ihr vom Pferd, drückten und küssten sie, und Daoramu freute sich sichtlich darüber, wieder zu Hause zu sein. Nuramon und die Teredyrer wurden mit Fragen bestürmt, doch während Werengol bereitwillig Auskunft gab, blieb Nuramon in dessen Schatten und begegnete allen Dankesworten zurückhaltend.

Ein Mann in glänzender Schuppenrüstung und mit einem Schwert in einer spiegelnden Scheide am Gurt schob sich durch die Menge auf Daoramu zu, und als er sie erreicht hatte, fiel sie ihm in die Arme und küsste ihn auf die Wange. Unter dem kurzen Haar konnte Nuramon ein kantiges Gesicht mit einer markanten Nase, einem schmalen Mund und einem spitzen Kinn ausmachen.

»Der sieht aber gut aus«, flüsterte Nylma, und Nuramon bemerkte, wie Yargir ihr einen sanften Stoß in die Seite gab.

»Wer ist der Mann dort bei Daoramu?«, fragte Werengol eine Ahnenpriesterin, die ihn gerade nach seiner Herkunft gefragt hatte.

»Das ist Jasgur, einer der Schwertfürsten des Grafen«, antwortete die Frau. »Der beste Kämpfer des Fürsten.«

Nuramon spürte den Hauch von etwas, das er in all seinen Inkarnationen selten gespürt hatte – Eifersucht. In diesem Leben hatte er zwanzig Jahre neben Farodin um Noroelle geworben und hatte an der Seite seines Rivalen jedes Leid auf sich genommen, das nötig war, um die Geliebte zu retten. Er hätte sogar Noroelles Hass auf sich gezogen, auf dass sie befreit worden und mit Farodin glücklich geworden wäre. Die Eifersucht war ihm über die Leben hinweg fremd geworden; ein Gefühl, das über Jahrhunderte verklungen war. Nun aber sah er diesen vortrefflichen Krieger, der in Daoramus Armen lag, und wünschte sich, er hätte es im Minendorf von Teredyr gewagt, sich ihr anzunähern. Er fragte sich, ob er in seiner elfischen Zurückhaltung die einzige Gelegenheit hatte verstreichen lassen, die sich ihm jemals bieten würde.

Daoramu löste sich endlich von dem Krieger und führte ihn vor Werengol. »Dies sind meine Retter«, sagte sie und erklärte, dass die Teredyrer ihre Leute aus dem Kerker von Werisar befreit und sie mitgenommen hatten.

»Und dann habt ihr euch durch die Syardoren und dann durch das Sumpfland geschlagen, um hierherzukommen?«, fragte Jasgur.

Daoramu zwinkerte Nuramon zu, dann lächelte sie. »Wir hatten besondere Hilfe«, sagte sie. »Dies hier ist Nuramon. Er half den Teredyrern. Ihm habe ich meine Freiheit zu verdanken. Und er ist es auch, der es uns ermöglichte, unbehelligt zu entkommen.«

»Dann sind wir dir zu großem Dank verpflichtet, Nuramon«, sagte Jasgur und neigte sein Haupt vor ihm.

Nuramon zögerte kurz, dann strich er seine Kapuze zurück.

Jasgurs Augen weiteten sich. »Woher kommst du?«, fragte er.

Daoramu kam Nuramons Antwort zuvor. »Er ist ein Kind der Alvar«, sagte sie. »Ein Elf.«

»Bei allen Ahnen!«, flüsterte Jasgur, und in seinen Augen stand dasselbe Staunen wie in denen all jener Umstehenden, die Daoramus Worte gehört hatten. »Ich habe es immer geglaubt. Aber …«

Ein Raunen ging durch die Menge; dann teilte sie sich. Eine Frau in roten Gewändern und ein kahlköpfiger Mann in lederner Kleidung und dünnem Mantel traten mit ihrem Gefolge näher. Die Frau erkannte Nuramon auf den ersten Blick als Daoramus Mutter. Haar, Wangen und Kinn waren das Abbild ihrer Tochter; nur die großen, grauen Augen hatte Daoramu nicht von ihr geerbt. Den rundgesichtigen Mann an ihrer Seite wies die Medaille mit dem Schlangenwappen auf seiner Brust als den Grafen aus. Beide schlossen ihre Tochter herzlich in die Arme. Die Mutter weinte vor Freude, und auch wenn der Vater seine Tränen für sich behielt, überschlug sich seine Stimme vor Rührung.

Daoramu erklärte nun auch ihren Eltern und deren Begleitern, was geschehen war. Sie berichtete von König Mirugils Entscheidung, ihrer Gefangenschaft im Kerker, von den Teredyrern und deren Kampf gegen die Varmulier – und zuletzt von Nuramon.

»Ein Alvaru«, sagte der Graf mit einem Lächeln. »Wenn mein Vater das noch erleben dürfte! Komm, lass mich dir danken.« Er trat zur sichtbaren Überraschung der Umstehenden vor und schloss auch Nuramon in seine Arme.

»Ich bin Borugar, der Graf von Doranyr, und dies ist mein Weib Jaswyra. Seid meine Gäste! Mein Weib und ich werden euch ein fürstliches Fest bereiten!« Kaum hatte er die Worte gesprochen, geleitete er Nuramon und seine Gefährten auf sein Anwesen, das sich an die Festung anschloss und von einer Mauer umgeben war. Hier erhob sich inmitten eines Gartens ein breites Haus mit hohen Türen und Fenstern und einem weiten Ziegeldach. Borugar führte sie durch einen Innenhof in einen großen Raum, der Fest- und Empfangshalle zugleich zu sein schien. Statt eines Thrones dominierten drei Tafeln den Raum; zwei lange verliefen links und rechts und schufen einen Gang, der an einer kürzeren Tafel am Ende des Saales endete. Dahinter erhob sich ein weiter Wandteppich zwischen zwei Türen in die Höhe; er zeigte eine lange Insel im Meer.

»Setzt euch, wohin ihr wollt«, sagte Borugar zu seinen Leuten. Seine Gäste aber führte er an der Seite seiner Frau und Daoramus an die Tafel am Kopf des Saales.

Kaum hatten Nuramon und die Teredyrer an Daoramus Seite Platz genommen, reichten die Dienstboten ihnen bereits Weinkelche, und während Daoramus Mutter den Bediensteten weitere Anweisungen zuzuflüstern schien, stimmte ihr Gatte mit wachsender Begeisterung einen Trinkspruch nach dem anderen an.

Nuramons Blick wanderte zu Jasgur, dem Mann, den Daoramu bei ihrer Ankunft so herzlich in die Arme geschlossen hatte. Er saß an der Tafel zu Nuramons Rechten und starrte Daoramu mit unverhohlener Zuneigung an. Sie jedoch wirkte zu sehr von dem Geschehen um sie herum gefesselt, um den Blick des Schwertfürsten zu bemerken.

»Du solltest aufpassen«, flüsterte Nylma Nuramon zu. Sie saß zu Werengols Linken, Yargir zu dessen Rechten. »Dieser gut aussehende Kerl da hat ein Auge auf Daoramu geworfen.«

»Und warum sollte mir das Sorgen bereiten?«, erwiderte Nuramon und bemühte sich darum, möglichst ruhig zu erscheinen.

Nylma zwinkerte ihm verschwörerisch zu. »Weil du ihn und Daoramu unentwegt anstarrst. Jetzt gib dir endlich einen Ruck, Nuramon. Gib ihr zumindest ein Zeichen, dass du an ihr interessiert bist. Und dann schaut, wohin euch das führt. Ich an deiner Stelle würde nicht abwarten, ob der flammende Blick dieses attraktiven Kriegers Daoramu doch noch zu erweichen vermag.«

Es war Nuramon peinlich, dass Nylma ihn ertappt hatte. Was war nur mit ihm geschehen? Er sollte nicht eifersüchtig sein. Er war sich nicht einmal sicher, ob es überhaupt einen Grund dazu gab. »Wenn Daoramu das Werben dieses Schwertfürsten hätte erhören wollen«, sagte er, »so hätte sie doch bereits genug Gelegenheit dazu gehabt, findest du nicht?«

Nylma schüttelte den Kopf und nahm einen weiteren Schluck aus ihrem Weinkelch. »Er ist nur ein Krieger«, sagte sie. »Erst wenn sich kein Graf oder Herzog für Daoramu finden lässt, wird Borugar einen Schwertfürsten in Betracht ziehen.«

»Auch ich bin kein Graf oder Herzog«, sagte er und bemühte sich zu lächeln.

Nylmas Augen glänzten. »Du bist etwas viel Besseres. Du bist ein Wyrenar. Noch nicht offiziell natürlich. Aber dieser Graf könnte sein Schicksal an dein Schwert knüpfen.« Sie hielt kurz inne und schien zu überlegen, dann sagte sie nach einem warmen Lachen: »In unserer Welt musst du erst die Gunst der Familie gewinnen, um der Liebe den Weg zu bereiten.«

Kurz darauf verwickelte Werengol Nylma in ein Gespräch, und Nuramons Blick kehrte zu Jasgur zurück. Der Schwertfürst suchte noch immer Daoramus Aufmerksamkeit, und diesmal bemerkte sie ihn und erwiderte sein Lächeln. Dann wandte sie sich Nuramon zu.

»Wenn mein Vater dich nach einer Belohnung fragt, lehne keinesfalls ab«, sagte sie. »Er ist ein stolzer Mann.«

»Ich werde es mir merken«, entgegnete Nuramon und fasste in diesem Augenblick einen Entschluss.

»Die Last ist einfach von mir abgefallen«, sagte Daoramu zu ihrer Mutter und lächelte. Nach so langer Zeit wieder in ihrem eigenen Bett zu schlafen war wunderbar gewesen. Nun saß sie in ihrem blauen Kleid am Fußende eben jenes Bettes, kämmte ihr Haar und fühlte sich sauber, ausgeschlafen und zufrieden.

Ihre Mutter lachte und setzte sich neben sie. »Auch deinen Vater habe ich selten so glücklich gesehen.«

»Das liegt daran, dass er zu selten als Feldherr in die Schlacht ziehen darf, um seinen Ruhm zu mehren.«

Jaswyra ergriff ihre Hand. »Er ist ein Krieger, Kind, und er wird es auch bleiben. Immer wieder erzählt er mir die alten Geschichten von den Fürsten von Jasbor. Von den Zeiten, als unsere Familie die ersten Könige hervorbrachte; damals, als Yannadyr noch zum Königreich von Nylindor gehörte.«

»Das sind Träume«, sagte Daoramu. »Nylindor ist für immer zerbrochen, und die große Zeit der Yannaru ist längst vorüber.«

»Ich weiß«, sagte Jaswyra und strich über die seidene Bettdecke ihrer Tochter. »Aber man kann auch abseits des Schlachtfeldes Ruhm und Rang erwerben. Wäre es nicht schön, wenn ein Herzog dich für sich entdeckt?«

Daoramu grinste. »Herzöge fürchten Frauen wie mich.«

»Wenn du so weitermachst, gibt dein Vater Jasgurs Werben um dich nach. Jasgur hat sich im Krieg hervorgetan. Es ist nur eine Frage der Zeit, bis er selbst zum Grafen aufsteigt.«

»Es gibt Schlimmeres, als Jasgur zum Gatten zu haben«, sagte Daoramu, doch dann wanderten ihre Gedanken zu Nuramon, und sie verstummte.

»Du liebst Jasgur also?«, fragte ihre Mutter.

»Nein. Aber er wäre für mich das, was Vater früher für dich war. Ehe du ihn liebtest, meine ich.«

Jaswyra musterte sie. »Ich habe gesehen, wie Jasgur dich heute angeschaut hat. Und du hast zurückgelächelt.«

Ein Klopfen an der Tür enthob Daoramu einer Antwort. »Herrin! Herrin!«, rief eine ihr vertraute Stimme. Es war Gaeria, die Dienerin ihrer Mutter. Sie war fast schon ein Mitglied der Familie. Dabei hatte sich ihr Vater damals nur für sie entschieden, weil ihr Name die weibliche Form von *Gaerigar* war, dem Namen seines Großvaters.

»Herein«, rief Daoramu.

Gaeria kam ins Zimmer, rang nach Luft und sagte: »Der Graf hat die Teredyrer und den Alvaru im Saal empfangen, Herrin. Sie beraten sich gerade.«

»Und?«, erwiderte Daoramu. »Hat er um unsere Anwesenheit gebeten? Ich riet ihm nämlich letzte Nacht, die Verhandlungen ohne mich zu führen.«

Jaswyra erhob sich. »Ich bat Gaeria darum, uns zu holen, wenn es beginnt. Ich bin neugierig. Besonders auf den Alvaru.«

Daoramu wich dem Blick ihrer Mutter aus und legte den Kamm, den sie noch immer in Händen hielt, in ihre Schmuckschatulle. »Dann lass uns hören, was sie sagen.«

Gaeria führte Jaswyra und Daoramu zur Galerie. Von dort aus hatten sie nicht nur einen guten Überblick über den Saal, sondern konnten auch alles hören, was unten gesprochen wurde. Die Teredyrer und Nuramon standen Daoramus Vater und dessen Kriegern gegenüber. Jasgur ergriff gerade das Wort. »Unsere Krieger fühlen sich betrogen«, sagte er. »Wir haben Weramul erobert, und andere kommen in den Genuss des Ruhms und der Beute. Solange kein neuer Befehl kommt, dürfen wir das Land der anderen Grafen nicht ohne deren Erlaubnis mit Kriegern durchqueren. Die Frage ist, ob wir auf den Zauberpfaden wandern dürfen, ohne unsere Rechte zu überschreiten.«

»Daoramu ist sich dessen sicher«, sagte Borugar. »Als Markgraf darf ich über die Grenzen hinausgehen und Beute machen. Man gewährte den Grafen entlang des Gebirges viele solcher Rechte, weil es einst überall in den Sümpfen vor Räuberbanden nur so wimmelte. Wir dürfen uns so lange frei bewegen, wie ein Befehl des Herzogs oder des Fürsten es uns nicht verbietet, wir die Rechte eines anderen Fürstentums nicht verletzen und Bündnisse mit anderen Reichen nicht brechen.«

»Aber der Herzog und der Fürst könnten es jederzeit verbieten«, erklärte Jasgur.

Borugar schüttelte den Kopf. »Was sie nicht wissen, kümmert sie auch nicht. Und ehe sie uns irgendetwas verbieten können, ist die ganze Sache bereits geschehen.« Er schaute in die Runde seiner Schwertfürsten. »Wer von euch kann seine Krieger am schnellsten auf den Weg bringen?«, fragte er.

»In drei Tagen wäre ich bereit«, sagte Malgor. Der breitgewachsene Krieger befehligte die Doranyrische Garde, die größte Streitmacht in der Grafschaft.

»Ist irgendwer schneller?«, fragte Borugar.

»Zwei Tage«, antwortete Tyremul, der Jüngste unter den Schwertfürsten.

Daoramu sah, wie der Blick ihres Vaters zurück zu Jasgur wanderte.

»Heute Nachmittag sind die Merelbyrer bereit«, sagte der Krieger grinsend.

»Wie das?«, fragte Borugar, der über Jasgurs Antwort ebenso überrascht zu sein schien wie die anderen Schwertfürsten.

Jasgur wies auf die Teredyrer und Nuramon. »Sagen wir es so: Als ich sie sah, überkam mich ein merkwürdiges Gefühl. Außerdem haben meine Leute nicht verwunden, dass der Fürst uns aus Weramul fortschickte. Sie wollen etwas bewegen und die Demütigung vergessen.«

»Dann sollen es deine Krieger sein, Jasgur«, erklärte Borugar. Nun wandte er sich an Werengol und sagte: »Ich gebe dir meine besten Leute. Wenn einer eure Stadt zurückerobern kann, dann Jasgur.«

»Wir werden euren Schwertfürsten mit Respekt behandeln«, erklärte Werengol. »Du bist also einverstanden und gehst auf den Handel ein?«

Borugar nickte. »Wir zahlen die Summe, die ihr wünscht, sofort. Dafür erhalten wir die Hälfte der Waffen, ganz gleich, wie der Kampf ausgeht – und die andere, wenn die Stadt befreit ist.« Er wandte sich an Nuramon. »Nun zu dir. Dir gilt mein besonderer Dank. Ich könnte dich nun mit Gold oder Silber belohnen, doch ich habe den Eindruck, dass dir ein solches Geschenk wenig bedeutet.«

»So ist es«, sagte Nuramon.

»Und sicher dürfte dir klar sein, welche Bedeutung deine Macht in diesen Zeiten haben kann.«

Nuramon nickte.

»Was also muss ich tun, damit du einer meiner Schwertfürsten wirst?«

Nuramon schwieg lange und musterte die Krieger des Grafen. Schließlich sagte er: »Ich bin in meiner Entscheidung erst dann frei, wenn Teredyr von den Varmuliern befreit ist. Dann wäre ich dazu bereit, in deinen Dienst zu treten – unter einer Bedingung.«

»Was immer du willst, ich werde es tun«, entgegnete Borugar.

»Erlaube mir, um deine Tochter zu werben, und ich kämpfe nach Teredyrs Befreiung für dich.«

Daoramu traute ihren Ohren kaum. Ein Liebesgeständnis, ohne dass er ahnte, dass sie es hören konnte. Ein Geständnis, das noch nicht für ihre Ohren bestimmt war. Die Hitze schoss ihr in die Stirn, und sie schämte sich, hier oben heimlich zu lauschen.

»Du hast mein Wort«, sagte Borugar.

Daoramu tauschte einen verwunderten Blick mit ihrer Mutter, doch diese flüsterte »Komm!« und zog sie fort. Das Letzte, das Daoramu dort unten bemerkte, ehe ihre Mutter sie endgültig fortführte, war Jasgurs erstarrte Miene. Und diese hatte sie noch immer vor Augen, als sie kurz darauf mit ihrer Mutter in ihr Zimmer zurückgekehrt war.

»Bring uns einen Tee, bitte«, sprach Jaswyra zu Gaeria, und die Dienerin beugte ihren fülligen Körper vor ihnen und verließ dann das Zimmer.

»Hast du das gehört?«, fragte Daoramu ihre Mutter. »Was Nuramon gesagt hat, meine ich.« Sie konnte es nicht glauben. Sie hatte zwar zuerst gedacht, dass Nuramon in jener Nacht, da er ihr seine Geschichte erzählt hatte, kurz davor gestanden hatte, einen Annäherungsversuch zu wagen. Er hatte ihr eine Strähne aus dem Gesicht gestrichen, nachdem sie ihm vorsichtig über die Wange gefahren war. Doch schon am nächsten Morgen war es ihr so erschienen, als hätte sie seine Geste missverstanden. Sie war sich nicht einmal sicher, ob ihre Hand tatsächlich seine Haut berührt hatte. Nun aber gab es keinen Zweifel an seiner Liebe. Und sie konnte es kaum aushalten. Ihre Hände zitterten, und sie wusste nicht, was sie tun sollte.

»Ich bin ebenso überrascht wie du«, sagte ihre Mutter.

»Dass ein Alvaru eine Menschenfrau lieben kann? Dass er *mich* lieben könnte?« Sie schüttelte den Kopf und biss sich auf die Lippen.

Jaswyra lachte leise. »Nein. Liebes, das wundert mich nicht. Die Antwort deines Vaters hat mich überrascht.«

Daoramus Vater hatte all die Jahre über so sorgsam darauf geachtet, wer ihr die Aufwartung machte, und nun gab er so einfach nach. »Warum hat er das getan?«, fragte sie.

Jaswyra legte den Kopf schief. »Er hat eine Schwäche für die Geschichten um die Alvaru. Alles, was Großvater Byragar dir erzählte, hat er auch deinem Vater erzählt, als er noch klein war. Wer weiß, was die Ankunft dieses Alvaru in seinem Herzen bewirkt hat.«

Daoramu ließ sich auf eine Bank am Fenster sinken. »Ich habe Großvaters Geschichten irgendwann nicht mehr geglaubt. Und dann sehe ich diesen Elfen. Und ich sehe, was er vermag und wie bescheiden er mit all seiner Macht ist.«

»Bescheidenheit führt in unserer Zeit geradewegs ins Verderben«, sagte Jaswyra. »Bescheidenheit wird als Schwäche ausgelegt, und wer schwach ist, über den kommen die Rivalen und die Feinde wie die Wölfe.«

Daoramu schüttelte den Kopf. »Er ist anders. Nuramon sieht keine Scham in der Schwäche. Es ist ihm gleichgültig. Er neigt einfach der Wahrheit entgegen.«

»Das ist noch schlimmer, Kind. In diesen Zeiten kann man nicht überleben, ohne zu lügen.«

»Er kann schweigen, Mutter.« Und wie er in seiner Elfengeduld schweigen und ausharren konnte! Es war eine Eigenschaft, über welche die Wenigsten verfügten.

Jaswyra nickte anerkennend. »Das wiegt freilich die Bescheidenheit und den Hang zur Wahrheit wieder auf.« Sie schaute Daoramu in die Augen, bis sie blinzelte; dann lächelte sie. »Wirst du seinem Werben nachgeben?«

Die Furcht schoss mit einem Mal in ihr empor. Würde sie seiner Liebe gewachsen sein? Sich vor ihm zum Narren zu machen, würde gewiss mehr schmerzen als alles andere. »Ich weiß es nicht«, antwortete sie ihrer Mutter.

»Aber du liebst ihn. Das merke ich doch.«

»Aber hat es auch Bestand? Ist es mehr als die Liebe der Gefangenen zu ihrem Retter? Mehr als das Schwärmen für eine leibhaftige Märchengestalt? Welche Zukunft hat unsere Familie, wenn ich mich einem Alvaru anvertraue? Kann er sich in unsere Familie einfügen? Können wir Kinder haben? Es sind so viele Fragen.« Es war wie immer: In der Hitze des ersten Überschwangs drängte sich ihr Verstand zu ihren Gefühlen durch und stellte alles in Frage.

»Aber du liebst ihn?«, fragte Jaswyra.

Sie musste lächeln. »Ja«, sagte sie. Alles andere wäre eine Lüge gewesen.

Ihre Mutter fasste ihre Hände. »Zerdenke es nicht, wie du sonst immer alles zerdenkst. Dein Vater hat dir ein Geschenk gemacht, das nur wenigen gegeben ist: Du darfst deinem Herzen folgen.«

»Aber ich bin nicht die Frau, die sich einfach fallenlässt.« Daoramus Gedanken rasten. Die Familie ihrer Mutter wollte nichts von ihnen wissen, ihr Vater hatte ebenso wie sie selbst keine Geschwister, Daoramus Großeltern waren tot, und mit den anderen Zweigen der Yannaru hatten sie kaum etwas zu tun. »Stell dir vor, wir könnten keine Kinder haben, Mutter. Das würde unsere Familie auslöschen.«

»Der Alvaru hat nicht um deine Hand angehalten«, sagte Jaswyra. »Er bat nur darum, um dich zu werben. Er scheint ähnliche Vorbehalte zu haben. Wenn er wiederkehrt, werdet ihr Zeit haben, euch kennenzulernen und alle Fragen auszuräumen.«

Die Worte ihrer Mutter erweckten eine bittere Erkenntnis: Nuramon würde mit Jasgur und den anderen nach Teredyr gehen, um dort zu kämpfen. Ihn in der Ferne zu wissen, den Gefahren des Krieges ausgesetzt, vertrieb jede Ruhe und jeden klaren Gedanken. »Ich muss zu ihm«, sagte sie. »Ich muss ihm sagen, was ich fühle, ehe er fortgeht.«

»Nein.« Jaswyra fasste Daoramus Hand. »Du musst dich jetzt rarmachen. Verabschiede dich nachher von ihm, und gib nicht preis, was du vernommen hast. Kleide dich in dein edelstes Kleid, gewähre ihm dein anmutigstes Lächeln. Nicht mehr, nicht weniger.«

»Aber er könnte im Kampf sterben!«

»Je weniger du mit seinem Herzen spielst, umso wahrscheinlicher ist es, dass er überlebt. Offenbarst du ihm deine Liebe nun, könnte er im Liebesrausch unachtsam werden.«

Der Drang zu Nuramon zu gehen und sich ihm zu offenbaren, brannte noch in Daoramu, aber ihre Mutter hatte recht. Sich aber von ihm zu verabschieden und nichts zu offenbaren, erschien ihr unmöglich. Gewiss, schweigen konnte sie. Aber die Hitze, die ihr in Wellen zu Kopf stieg, würde er an ihren roten Wangen ablesen können.

Es klopfte an der Tür, und ihr Vater betrat das Zimmer. Er strahlte vor Freude. »Weißt du, worum der Alvaru mich bat, damit er in meinen Dienst tritt?«, fragte er und kam näher.

»Er möchte um mich werben«, antwortete sie und wäre ihrem Vater am liebsten um den Hals gefallen.

»Du weißt es schon?«

»Unser Haus hat Augen und Ohren«, sagte Jaswyra schmunzelnd.

»Und? Bist du ihm – geneigt?«, fragte er Daoramu.

Daoramu atmete tief durch, dachte an Nuramon und musste lächeln. »Ich bin ihm geneigt«, sagte sie leise.

Als Nuramon am Nachmittag mit Jasgur, Nylma und Yargir ins Freie trat, erkannte er, dass Borugars Schwertfürst Wort gehalten hatte. Hundert voll gerüstete Krieger standen mit ihren Pferden auf dem Platz und nahmen Haltung an, als Nuramon neben Jasgur die Stufen hinabschritt. Die Kriegsschar schien ihrem Anführer in allem nachempfunden. Es waren kräftige Männer mit kurzem Haar und entschlossenen Mienen. Sie alle trugen Schuppenpanzer und die gleichen braunen Mäntel, setzten sich die gleichen mit grünen Federn geschmückten Metallhelme auf, und bis hin zu den Pferdedecken schien alles aus einer Manufaktur zu stammen.

»Das sind die grimmigsten Mienen, in die ich je geschaut habe«, sagte Yargir, als sie am Fuße der Treppe angekommen waren und auf den Grafen und Werengol warteten.

»Danke«, entgegnete Jasgur.

»Es fehlen nur ein paar Frauen«, sagte Nylma.

»Das wäre schlecht für die Moral«, erklärte der Schwertfürst.

»Warum?«, fragte Nylma mit harmloser Stimme.

»Die Reize von Frauen könnten sie verwirren.«

»Und die Reize von anderen Männern?«, fragte Nylma betont unschuldig und zwinkerte dem Schwertfürsten zu.

Jasgur wurde rot, verharrte kurz und schritt dann wortlos zu seinen Kriegern.

Nuramon wunderte sich. Er hatte erwartet, dass der Schwertfürst lachen und Nylma für ihren Konter ein Kompliment aussprechen würde. Doch es schien, als hätte er sich in Jasgur getäuscht.

»Ich glaube, du hast ihn beleidigt«, sagte Yargir leise.

»O, die Schamhaftigkeit! Ich liebe die Königreiche und Fürstentümer. Erwähne einen Mann, der einen Mann begehren könnte, und ihnen schießt die Schamröte ins Gesicht. Wenn sie auch nur einen Tag in unseren Minen Mittagspause machen würden, würden sie vor Scham tot umfallen.«

»Die Mittagspause in den Minen?«, fragte Nuramon und vermutete, dass die Teredyrer ihm nichts davon erzählt hatten, weil sie ihm eine noch viel größere Schamhaftigkeit unterstellten als den Menschen in den Königreichen und Fürstentümern.

Yargir grinste. »Hast du etwa noch nie von den Liebesgrotten gehört? Abends, wenn die Arbeit ruht, treffen sich die Liebenden dort. Aber zur Mittagspause finden in einigen der Grotten Dinge statt, die du nicht glauben würdest.«

»Ich bin leichtgläubig«, sagte Nuramon und bemühte sich, schelmisch zu lächeln.

»Heute Abend erzählen Yargir und ich dir einiges, und dann werden wir sehen, wo deine Schamgrenze liegt.« Nylma lachte und erzählte ihm, dass Yargir und sie sich in den Liebesgrotten gesehen hatten, aber nie zusammengekommen waren. Sie hatten beide die Zurückweisung gefürchtet.

»Von einer Frau zurückgewiesen zu werden, die dich nicht liebt, ist leicht zu verkraften«, sagte Yargir. »Aber ich wäre gestorben, wenn Nylma mich abgewiesen hätte.«

Nylma lächelte und schaute an ihm vorbei. »Das, mein lieber Yargir, interessiert Nuramon sicher nur halb so sehr wie die Frau, die dort kommt.«

Nuramon wandte sich um und sah, wie Daoramu sich ihnen an der Seite ihrer Eltern und Werengol näherte. Ihr grünes Kleid mit den kleinen Schlangenstickereien war körperbetont geschnitten, und das hochgesteckte Haar lenkte seinen Blick direkt auf ihr Gesicht und dann hinab zu ihrem makellosen Hals. Die letzten Worte, die der Graf an ihn und Werengol richtete, hörte Nuramon nur bruchstückhaft; ebenso wie Jasgurs Versprechen, Teredyr zu befreien und mit den Waffen zurückzukehren. Daoramus Lächeln, das ihm zu gelten schien, zog ihn in seinen Bann. Ob Borugar ihr etwas erzählt hatte? Und ob dieses Lächeln eine Antwort auf sein verborgenes Liebesgeständnis war? Nuramon wusste es nicht, aber in diesem Augenblick, da er Daoramu betrachtete, war die Eifersucht auf Jasgur verflogen.

Borugars Stimme riss Nuramon aus seiner Versunkenheit. »Du musst wiederkehren, Nuramon«, sagte er. »Sei wachsam.«

»Ich werde wiederkehren«, sagte Nuramon und wich dann dem Blick des Grafen aus. In all seinen Leben hatte er immer wieder versprochen wiederzukehren. Er wünschte sich, der Graf hätte ihn nicht dazu gebracht, dieses Versprechen erneut zu geben, denn oft genug war er bei dem Versuch, es zu halten, gestorben. Er betrachtete Daoramu. Diese wunderbare Frau wollte er umwerben, und deshalb musste es dieses Mal anders sein. »Auf Wiedersehen, Daoramu«, sagte er.

Sie lächelte, schluckte dann, schien mit sich zu ringen und sagte schließlich: »Ich werde deine Tat niemals vergessen.« Ihre Wangen waren rosig, und sie presste kaum merklich ihre Lippen zusammen.

Sie wusste, worum er gebeten hatte. Er war sich nun sicher. Und jetzt fortzugehen, ehe sie sich die Liebe Aug in Aug gestanden hatten, schmerzte mehr als jede Kampfwunde.

Nuramon ließ nichts nach draußen dringen. Als er aber sein Haupt vor Daoramu beugte, konnte er nicht anders, als ihr zuzublinzeln, und er erntete ein schmales Lächeln. Mehr bedurfte es nicht. Damit hatte sie ihm alles gesagt, was er wissen musste.

Er verbeugte sich noch vor Daoramus Eltern, dann folgte er den Teredyrern zu den Pferden. Die Krieger stiegen in ihre Sättel und setzten sich auf ein Zeichen des Grafen hin in Bewegung. Nuramon tat es ihnen gleich. Aber sein letzter Blick, ehe er durch das Tor ritt, galt der Frau, die er liebte, zu der er zurückkehren und um deren Gunst er werben wollte.

Orakelblick

Yangor war begeistert, als sein Sohn mit den Merelbyrer Kriegern ins Hochtal kam. Zwar hatten sie noch nichts von Relegir gehört und wussten nicht, ob sie mit Söldnern aus dem Osten rechnen durften. Doch mit der Ankunft der Yannadrier mochte es nicht mehr darauf ankommen, ob Relegirs Aufgabe in Obudyr gelang. Denn in Jasgurs Plänen spielten Söldner keine Rolle. Mit einer flammenden Rede nährte der Schwertfürst den Mut und die Zuversicht der Krieger.

Jasgur kletterte an Nuramons Seite eine Felswand empor und blickte von oben auf Teredyr hinab. Der Stadthügel erhob sich aus dem Morgendunst. Das Zeltlager der Varmulier zog sich über Felder und Wiesen dahin und umspannte die Höfe. Um den Hügel, auf dem Nuramon die Teredyrer vor Wochen in den Kampf geführt hatte, um den varmulischen Königsneffen gefangen zu nehmen, hatten die Varmulier einen kleinen Palisadenwall errichtet. Vor dem überfluteten Pass harrte eine bescheidene Kriegsschar von gut fünfzig Männern aus.

»Sie erwarten keinen Angriff vom Pass aus«, sagte Nuramon.

»Wenn sie von dem Albenstern im Wald nichts wissen, könnte unser Plan aufgehen«, sagte Jasgur und wies auf das Westtor der ruhig daliegenden Stadt. Es stand noch immer offen. Die Varmulier hatten sich nicht die Mühe gemacht, die geborstene Pforte zu ersetzen.

Nylma und Yargir saßen mit Nuramon abseits und erzählten ihm endlich, was sie in den Liebesgrotten erlebt und beobachtet hatten. Sie sprachen offen und anschaulich von Fleischeslust zwischen Frauen und Männern, Frauen und Frauen, Männern und Männern. Doch Nuramons Fragen waren in ihrer Unschuld so schockierend, dass Yargir die Röte ins Gesicht schoss und es ihm die Sprache verschlug.

Nylma aber war entschlossen die Schamgrenze des Elfen zu entdecken. So sprach sie weiter von Lüsten und Freuden, und sie fragte ihn, was er mochte und welche Erfahrungen er gemacht hatte. Er beschrieb ihnen die Liebesfeiern unter dem beseelten Baum Ceren in fast lyrischen Worten. Dabei verwendete er elfische Wörter, die man im Arlamyrischen nur umschreiben konnte. Und als er von Magie sprach, die sie ins Liebesspiel einfließen ließen, starrte Yargir ihn entsetzt an, während Nylma die Hitze in die Wangen schoss, sie fortschaute und sich bemühte, die bebenden Lippen zu verbergen.

Nach einer Weile fragte Yargir: »Würdest du das alles auch mit Daoramu machen?« Da blinzelte Nuramon, seine blasse Haut wurde rosig, und er wich ihren Blicken aus. Das war es!

Später, als Nylma und Yargir allein am Rand des Dorfplatzes saßen, sagte Yargir: »Jetzt kennen wir seine Schamgrenze.«

»Und ebenso die unsere«, entgegnete Nylma. Sie tauschten einen Blick und lachten los.

Werengol war zufrieden. Die Streitmacht war aufgestellt. Jasgur würde seine hundert Reiter ins Feld führen, er die vierzig berittenen Teredyrer. Zwar war Werengol noch immer nicht ganz genesen, aber im Sattel fühlte er sich sicher. Das Fußvolk sollte in zwei Scharen marschieren. Die erste bestand aus über dreihundert Kriegern und würde unter Gaeremuls Befehl stehen. In der zweiten Schar würden hundertzwanzig Kämpfer in die Schlacht ziehen. Auf Gaeremuls Vorschlag hin bat der Rat Nuramon, deren Befehl zu übernehmen. Zu Werengols Überraschung sagte der Alvaru zu. Und so konnte der Tag des Angriffs kommen.

Uluro war eine der Wachen an der geborstenen Westpforte Teredyrs. Als er durch das Torhaus spähte, sah er eine Streitmacht aus Hunderten von Kriegern, die schnell näher kam. Eine Reiterschar schob sich neben dem Fußvolk hervor. Aus der Masse der Fußkrieger ragte das Rosenbanner der Teredyrer empor, doch das Wappen der Reiter war es, das Uluro entsetzte. Es war eine Schlange auf dunkelgrünem Grund, die Schlange, von der man überall in Varmul sprach. Das Banner des Grafen von Doranyr. An der Spitze der Streitmacht ritt ein Krieger. Die Schützen verfehlten ihn, einen Speer, der ihm galt, wehrte er mit dem Schilde ab. Und als Uluro am Boden lag, niedergeritten von den Feinden und die nachfolgenden Pferde über ihn hinwegsprangen, hauchte er ein letztes Wort: »Jasgur.«

Jasgur eroberte das Osttor, ließ es offen stehen und gewährte den Varmuliern den Rückzug. Es war ihm recht, dass die Fliehenden die Kunde von seiner Anwesenheit verbreiteten. Erst, als die Varmulier sich zu einem Gegenangriff formierten, ließ er das Tor schließen. Mit Sorge blickte er die Hauptstraße entlang bis zum Westtor. Die Schlacht würde sich bei Nuramon und seinen Leuten an der geborstenen Pforte entscheiden.

Gaeremul stieß auf das Waffenlager der Varmulier und brachte einen Teil der Beute zu Nuramon. »Das sind Brandpfeile«, sagte einer der Krieger und starrte mit Bedauern in eine geöffnete Kiste.

Nuramon und Gaeremul tauschten einen Blick. »Denkst du, was ich denke?«, fragte Gaeremul den Elf.

Nuramon nickte, und eine halbe Stunde später stand ein Teil des varmulischen Lagers in Flammen.

Yargir blickte besorgt auf die feindliche Streitmacht hinab. Sie war in Bewegung und strebte in drei langen Reihen die Straße herauf.

»Da!«, rief er und wies Nuramon auf einige Feinde hin, die Tonkrüge trugen.

Auf Nuramons Bitte hin gab er dem Alvaru seinen Bogen, und der Elf rieb die Spitze des Pfeiles, den Yargir ihm reichte, zwischen den Fingern. Als er den Pfeil auf die Sehne setzte, glühte die Eisenspitze. Nuramon hob den Bogen, schoss den Pfeil ab, und im nächsten Augenblick spritzte unten auf der Straße brennendes Öl in alle Richtungen. Eine Wand aus Feuer zog sich die Straße hinab.

Nylma befahl den Kriegern auf Nuramons Geheiß hin, das Torhaus mit Schutt aufzufüllen. Sie nahmen alles, was die umliegenden Gebäude und Ruinen boten und füllten den kurzen Gang bis zur Decke auf. »Das wird sie beschäftigen«, sagte sie Nuramon auf der Mauer. »Und dann …« Sie wies in den Hof hinab. Dort hatten die Krieger einen Barrikadenwall angelegt. »Dann kommt das eigentliche Hindernis.« Sie nickte anerkennend. »Ein guter Plan, Nuramon.«

Der Elf dankte ihr lächelnd.

Yargir war von Nuramons Zauberkünsten beeindruckt. Zwar vermochte das Blendwerk, das in Werisar noch Wunder gewirkt hatte, die Varmulier nicht mehr zu schrecken, aber als die Feinde bis an das verbarrikadierte Tor vorgestoßen waren, ballte Nuramon seine Fäuste, und schon zitterten seine Arme vor Anstrengung. Es zischte, und ein blaues Leuchten schoss hinab zu den Varmuliern, drang in die Erde und erschütterte sie. Die Macht stieß ein gutes Dutzend Feinde in den Stadtgraben. Die Übrigen liefen vom Osttor fort, zogen die Verletzten oder Toten hinter sich her und drängten die ganze Streitmacht der Feinde zur wilden Flucht.

Rayagor fluchte. Erst der Angriff der Feinde, der wie aus dem Nichts gekommen war, und dann das Feuer im Lager. Und nun hatte der Alvaru auch noch von der Mauer herab gezaubert und mit den Schützen am Westtor die Niederlage dieses Tages vollkommen gemacht. Als Rayagor am Abend mit den Schwertfürsten zusammenkam, war er überrascht, dass sie ihn zum neuen Feldherrn ernennen wollten. Als er *ihnen verkündete, dass er am Morgen den Angriff gegen das Westtor anführen würde, sah er die alte Zuversicht in den Gesichtern seiner Gefährten.*

Mit der Nacht kam die Furcht vor einem Überraschungsangriff der Varmulier, und Nylma lauschte mit Yargir und den anderen Kriegern am Westtor den Worten Nuramons. Er erzählte ihnen von seinem alten Freund Mandred Torgridson, dem Jarl von Firnstayn, der mit seiner Axt seine Feinde Furcht und Schrecken lehrte. Er berichtete von dessen Heldentaten bei der Seeschlacht um die Stadt Firnstayn und von seinem Wagemut in der Schlacht um Albenmark. Er sprach auch vom Tod Mandreds und von seinem Heldenbegräbnis. »Ich wünschte, Mandred wäre hier bei uns«, sagte er und hob einen Becher Wein. »Auf Mandred Torgridson!«, sprach er, und Nylma war die Erste, die seine Worte wiederholte und auf den Jarl von Firnstayn trank.

Am Morgen führte Rayagor seine Krieger in den Kampf. Nachdem den Teredyrer Schützen die Pfeile und Bolzen ausgegangen waren und der Zauber des Alvaru ausblieb, trugen Rayagors Krieger Schicht um Schicht den Unrat im Westtor ab. Am Mittag drangen sie in die Stadt durch. »Macht euch bereit«, rief Rayagor seinen Gefährten zu. »Wir haben eine Schlacht zu entscheiden.«

Der Elfenkrieger

Nuramon stand neben Nylma, Yargir und Werengol hinter dem großen Schutzwall, der den Torhof umschloss. Die Krieger in zweiter und dritter Reihe senkten ihre Langspieße und Stoßspeere. Ihre Schilde waren wie Zinnen in der Barrikade verankert und boten Schutz, ohne dass sie jemand halten musste. Hinter diesen Schildzinnen standen jene Krieger, die mit Schwertern, Kriegshämmern und anderen kürzeren Waffen ausgerüstet waren.

Die Feinde strömten rasch heran. Einige ließen sich zwischen ihre Gefährten zurückfallen, um nicht als Erste an der Barrikade zu sein, doch die Masse der nachrückenden Krieger drängte sie voran. Nuramons Plan, die Varmulier im Notfall vorrücken zu lassen und sie dann auf dem Innenhof zusammenzupferchen, ging auf. Die varmulischen Krieger prallten gegen die Barrikade, die Spieße fanden ihre Opfer, und manche durchstießen sogar mehrere Feinde. Zugleich wurde die nachdrängende Menge den eigenen Leuten zum Verhängnis. Die hinteren Reihen schoben sie nach vorn und pressten ihnen die Luft aus dem Körper. Direkt neben Nuramon wurde einer der Herannahenden in ein herausragendes Stück Holz gedrängt, und jene, die unter den Spießen abtauchten, waren nicht mehr zu sehen.

Schmerzensschreie, Todesgebrüll und Keuchen drangen zu Nuramon, doch das Gegenwärtigste waren die Stoß- und Hacklaute. Jeder Laut mochte eine Wunde sein und ein Leben, das verklang. Angst loderte in den Augen und Mienen rings umher, und Nuramon erkannte, dass nicht einer der Menschen um ihn herum das Handwerk des Tötens liebte. Und doch würden später, wenn alles vorüber war, viele das Leiden und das Sterben dieser Stunden besingen, als wäre es ein Freudentag gewesen.

Nuramon löste sich immer wieder von der Barrikade, um seine Heilzauber zu sprechen. Da sein magischer Stoß, den er in einer früheren Inkarnation bei den Zwergen gelernt hatte, die Feinde trotz aller Macht nicht mehr schreckte, hatte er seine Kräfte für die Heilung aufgespart und schloss nun vor allem Arm- oder Handwunden, gelegentlich auch eine Schulter- oder Kopfverletzung.

Immer wieder ließen sich Verwundete oder Erschöpfte aus den vorderen Reihen zurückfallen, und frischere Kämpfer rückten nach. Dann erholten sich die Zurückgewichenen, aßen und tranken und kehrten schließlich in den Kampf zurück, um anderen eine Pause zu gönnen. Bald jedoch gab es so viele Verletzte unter den Teredyrern, dass jene mit leichten Wunden bereits nach einer kurzen Notversorgung durch Nuramon und seine Gefährten erschöpft und ohne Ruhepause in die Schlachtreihen zurückkehrten. Auch die Anzahl der Schwerverletzten und Toten unter Nuramons Mitstreitern wuchs beängstigend schnell, während die Varmulier aus dem Vollen schöpfen konnten.

Da flammte links des Tores Feuer auf. Die Barrikade stand in Flammen. Noch nützte es den Feinden dort nichts; es behinderte sie sogar. So aber verlagerte sich der Druck der Varmulier auf die Mitte und damit zu Nuramon hin. Das Drängen der Feinde war so gewaltig, dass die Teredyrer nach Nuramons Hilfe riefen. So gab er das Heilen hinter den Schlachtreihen auf und stellte sich erneut dem Kampf. Für jeden Spieß auf seiner Seite stachen ihm nun drei feindliche Spitzen entgegen. Zu seiner Rechten sah Nuramon Werengol und Yargir. Sie fochten in zweiter Reihe und führten gemeinsam mit einem Gefährten einen Spieß. Links von Nuramon schlugen die Feinde eine Bresche in die Schlachtreihe. Nylma war dort, wagte sich ganz nach vorn und stach die Feinde nieder, die zwischen den Schildzinnen hindurchkletterten.

Da bemerkte Nuramon einen Kriegshammer, der über die Köpfe der Feinde emporragte. Er hatte einen langen Dorn und wies in Nylmas Richtung. Es war die Waffe eines Anführers, der seinen Leuten die Stoßrichtung vorgab. Nuramon schickte einige Krieger zu Nylma hinüber. Dadurch schwand seine Schar auf eine einzige vollständige Reihe zurück. Er schützte einen Spießträger, dessen Hand verbunden war und dem der Schmerz ins Gesicht geschrieben stand. Er half ihm, indem er mit der freien Hand den Schaft des Spießes stützte. Da schoss ein feindlicher Spieß durch die Öffnung neben dem festgesteckten Schild und traf den Krieger in der Brust. Der Jüngling zog sich die Spitze heraus, wandte sich um und lief, die Arme an die Wunde gepresst, schreiend davon.

Kaum war der Kampfgefährte fort, versuchte ein varmulischer Schwertkämpfer über die Barrikade zu klettern. Nuramon trat aus dem Schatten des Schildes und schickte den Krieger mit einem Stoß seines Schwertes zurück. Rechts neben Nuramon gingen ein Schwertkämpfer und ein Spießträger zu Boden.

Nuramon senkte die Klinge und hob die linke Hand. Er schaute den Feinden entgegen und dachte an Blitze. Der Spieß, der den Jüngling verletzt und in die Flucht getrieben hatte, stach erneut vor, doch dieses Mal packte Nuramon den Schaft der Waffe mit seiner zaubernden Hand. Das Holz erinnerte ihn an jene Inkarnationen, in denen er gesehen hatte, wie beseelte Bäume Blitze aus ihren Ästen schossen. Und schon sah er den Holzschaft nicht mehr als Material, sondern als Teil seines Körpers, dem er den Zauber anvertrauen konnte. Kurz darauf leuchtete der Schaft blau auf, und schon sprangen Blitze die Waffe entlang und donnerten am anderen Ende hervor.

Als wachse das Geäst eines gewaltigen Baumes binnen eines Augenblicks in die Breite, so entfächerten sich Blitze vor Nuramon. Die zuckenden Äste sprangen von Waffe zu Waffe und von Körper zu Körper. Nuramon zitterte unter der Last des Zaubers. Gepresst sog er Luft ein und atmete mit einem gewaltigen Stoß aus. Gleißendes Licht schoss durch das Blitzgeäst und fegte die Krieger, die vor ihm waren, von den Beinen.

Nuramon sah den Träger des Kriegshammers, der eben noch in Nylmas Richtung gewiesen hatte. Die Feinde machten ihm Platz, und mit entsetztem Blick schaute der Krieger auf seine Leute hinab, die wimmernd am Boden kauerten. Der Mann mit dem Kriegshammer hingegen bewegte sich trotz seines metallbeschlagenen Schildes und seines dicken Schuppenpanzers kraftvoll vorwärts und half sogar einem der vom Blitzzauber Getroffenen auf die Beine.

Nuramon erinnerte sich an den hochgewachsenen Anführer mit den breiten Schultern. Sein Name war Rayagor. Er war im Zelt vor Barobyr einer der Leibwächter König Mirugils gewesen. Nun zeigte er mit dem Kriegshammer in Nuramons Richtung. Als die Varmulier zögerten, stürmte Rayagor selbst voran und riss die anderen mit sich.

Nuramon hob erneut die linke Hand und entfesselte einen Blitz. Rayagor und seine Männer verschwanden im flackernden Schein des Zaubers. Alles vor Nuramon war weiß, und er vernahm nur das Geschrei der Feinde und das tobende Gezische seines Zaubers. Wieder hatte er eine Handvoll Gegner niedergestreckt. Nur einer, der ihm nahe war, stand noch, als der Schein vergangen war: Rayagor. Sein eisenbeschlagener Schild hatte ihn beschützt und den Zauber umgeleitet. Nuramon kannte solche Schilde von den Zwergen und fragte sich, wie ein solcher in die Hände eines varmulischen Kriegers hatte gelangen können.

Rayagor sprang mit einem gewaltigen Satz über die Barrikade auf ihn zu und bewies bereits binnen weniger, fließend geführter Hiebe, dass er ein Meister des Kampfes war. Doch auch Nuramon ließ keinen Zweifel an seinen Fähigkeiten. Wenn auch der Körper dieses Lebens denen einiger vorheriger Inkarnationen in Wuchs, Geschick und Erfahrung unterlegen war, blieb ihm eine Erinnerung, die über das Bewusste hinausging. So hatte er in diesem Leben etwa nie gelernt, einen Stich über die Rückhand aus dem Handgelenk zu führen und den Gegner am Kopf zu treffen – und doch tat er es, zielsicher, ruhig und präzise. Zwar hinterließ der Hieb bei seinem Gegenüber nur einen Kratzer in der Wange, doch Rayagors Zurückweichen bewies, dass er Nuramons Kunstfertigkeit erkannte und fürchtete.

Über Rayagors Schulter hinweg sah Nuramon, dass die Varmulier die Barrikade überwanden. Kurz darauf kämpften sich die Ersten von ihnen bereits links und rechts den Schutzwall entlang. Ein Spießträger kam an Rayagors Seite und stach nach Nuramon, als dieser gerade einen Angriff auf den Wyrenar führte. Rayagor wehrte die Attacke mit dem Schild ab, während Nuramon den Kopf unter der Spitze des Langspießes hinwegduckte. Schon waren Rayagors kraftvoller Kampfschrei und sein Kriegshammer wieder über ihm, und auch wenn es Nuramon gelang, den Schlag von seinem Schädel fernzuhalten, konnte er nicht verhindern, dass der Dorn des Hammers ihm ins Bein drang. Sogleich drehte der Wyrenar am Schaft seiner Waffe und riss mit dem Dorn ein Stück Fleisch aus der Wunde.

Nuramon schrie auf, und da er fürchtete, der Schmerz werde ihn niederzwingen, linderte er ihn mit einem Stoß seiner Magie. Viel war von seiner Zauberkraft nach all den Heilungen und Angriffen nicht mehr geblieben. Doch den Schmerz nicht zu fühlen verlangte nicht viel.

Zwei Spießträger waren nun an Rayagors Seite. Der ersten Spitze wich Nuramon aus, den Schaft der zweiten Waffe schlug er mit dem Schwert beiseite. Da traf ihn der Hammerkopf Rayagors auf der Brust und sandte ihn zu Boden.

Rayagor stand nun zwischen einem halben Dutzend Kriegern, die Nuramon ihre Spieße und Schwerter entgegenhielten. »War das alles, Alvaru?«, fragte der Wyrenar mit spöttischer Stimme. »Du hast wohl nicht mit einem wie mir gerechnet, wie?«

»Im Krieg rechnet man immer damit, von irgendeinem verirrten Pfeil getroffen zu werden«, erwiderte Nuramon.

Rayagor lachte. »Ich bin also nur ein verirrter Pfeil!«

Nuramon ließ seinen Blick zur Barrikade gleiten. Dort waren nur noch Feinde. Immerhin hörte er noch Kampfgeräusche. Vielleicht war also doch noch nicht alles verloren.

»Töten wir ihn, ehe er zaubert«, schlug einer der Schwertkämpfer vor.

Rayagor nickte. »Tut es!«, sagte er ruhig.

Die Spitzen der Spieße gierten nach Nuramon. Er versuchte am Boden vor ihnen zurückzuweichen, und dennoch trafen ihn drei im Bein und eine im Bauch. Letztere versetzte ihm nur einen Schlag, durchdrang die Rüstung jedoch nicht. Die anderen aber brachten den Schmerz zurück, und damit erwachte die Wut. Nuramon nahm es hin, von einem Schwerthieb in der Seite getroffen zu werden; er kümmerte sich nicht darum, dass die Klinge seine Rüstung durchriss und in seine Haut eindrang. In diesem Augenblick spendete der Schmerz ihm Kraft und Klarheit. Langsam richtete er sich auf und bemerkte die aufkeimende Angst in den Mienen seiner Gegner. Dann sprang er vor und griff an. Als er dem ersten seiner Peiniger von einem raukehligen Schrei begleitet den Hals aufgeschnitten hatte, wichen die Varmulier zurück. Nur Rayagor rührte sich nicht von der Stelle und musterte ihn starr. »Du willst einen Heldentod, Alvaru?«, fragte er mit kühler Stimme. »Du wirst ihn bekommen.« Dann ließ er seinen Hammer kreisen und traf Nuramon binnen Kürze mit dem Hammerkopf an der Schulter und mit dem Dorn an der linken Hand.

Der Schmerz machte Nuramon rasend, aber er schwankte nicht.

Selbst wenn sich hier und jetzt alles entscheiden würde – er war bereit. Nie mehr würde er seinem Schicksal davonrennen. Und jene, die ihn vom Weg seiner Bestimmung abbringen wollten, würde er vernichten, wie ein Drache, der über seine Beute kam.

Schlag um Schlag stieß Nuramon vor und fühlte sich wie damals, als er an der Seite König Wengalfs und der anderen Zwerge gegen den Drachen Balon gekämpft hatte. Was hatte der weise Thorwis zu ihm gesagt? *Um den Drachen zu besiegen, musst du selbst zum Drachen werden; zu etwas, was dir fremd ist. Denn nichts verbindet dich mit den Drachen außer der Feindschaft.* In diesem Augenblick waren Rayagor und dessen Gefährten der Drache Balon, und Nuramon führte sein Schwert gegen seinen Feind. Er war zu schnell für die Fänge des Drachen, zu flink für seinen Feueratem und zu standhaft, um vor seinen Klauen zurückzuweichen. Er hieb und stach, wich aus, sprang vor, schrie – und hielt dann inne. Es war Rayagors Anblick, der ihn aus dem Rausch des Schmerzes und der Wut zurück in die Gegenwart des Schlachtfeldes holte. Und was er sah, erstaunte ihn: Umgeben von Verletzten und Toten stand Rayagor schwankend mit gesenktem Kriegshammer und hängendem Schild da. Sein Blick wanderte zwischen der Schwertwunde in seiner Brust und Nuramon auf und ab. Doch schon formierten sich einige seiner Männer hinter ihm und stützten ihn.

Rayagor schluckte. Zu sprechen schien ihm die letzte Kraft abzuverlangen. »Tötet ihn!«, hauchte Rayagor schließlich. Dann knickten ihm die Beine ein, und er ließ sich nach hinten fallen und von seinen Gefährten forttragen.

Nuramon spürte Dutzende von Wunden an seinem Leib und den Fluss des Blutes, der daraus hervordrang. Aber ganz gleich, wie groß die Schmerzen waren, er würde nicht aufgeben. Dass Rayagors Krieger sich ihm nun gemeinsam näherten, scherte ihn nicht. Fünf von ihnen streckte er mit einer fließend ausgeführten Hiebfolge nieder, und wieder trieb die Angst die Verbliebenen für einen Augenblick zurück. Dass das nicht reichen würde, zeigten die nachrückenden Schwertkämpfer und Spießträger. Es waren zu viele. Er würde sie nicht alle mit dem Schwerte besiegen können.

In diesem Augenblick fällte Nuramon einen Entschluss. Er würde so einen gewaltigen Zauber wirken, dass das Mondlicht nicht anders konnte, als ihn hinfortzureißen. Was, wenn verlorene Seelen, falls kein Weg zur Wiedergeburt führte, einfach ins Mondlicht schwebten? Was, wenn man dort einging, wenn man nicht mehr auf der Suche war und nichts mehr fürchtete?

Je länger die Feinde warteten, umso größer wuchs Nuramons Zauber unsichtbar empor. Er ballte die linke Faust und ließ die Macht durch seinen Körper strömen. In diesem Moment hatte er nicht mehr den Eindruck, eine Quelle der Magie zu sein. Er war vielmehr wie ein Flussbett, durch das unerschöpflich Wasser floss. Dieses Wasser war es, das auch die Angst fortspülte, das eigene Schicksal vielleicht nicht zu erreichen oder hier in der Menschenwelt den Tod zu finden. Nuramon fürchtete sich nicht mehr, und auch der leise Klang der Trauer hielt ihn nicht zurück. Gewiss, er hätte Daoramu gern wiedergesehen und gemeinsam mit ihr herausgefunden, wohin die Liebe sie geführt hätte. Jetzt aber blieb ihm keine Wahl; und darin, dass es endete, ehe etwas erwachsen konnte, lag ein gewisser Trost. Daoramu wäre ein Teil seiner Zukunft geworden; dessen war er sich sicher. Aber eine Zukunft blieb ihm nicht. Es gab nur das Hier und Jetzt, und es stellte sich nur noch eine Frage: Wofür würde er sein Leben lassen? Für die Teredyrer zu sterben, so dachte er, war ihm wertvoll genug. Und mit diesem Gedanken übergab er sein Schicksal der Kraft der Magie.

Im nächsten Moment wurde ihm weiß vor Augen, so hell strahlte der Zauber. Ob die Magie Blitze, Feuer oder Wind erzeugte, wusste er nicht. Er hörte nur die Stimmen Dutzender Menschen – kehlige Schreie, Gurgeln, Kreischen und immer wieder den Ruf: »Weg, weg, weg!«

Dann wurde es still um Nuramon, und er spürte, wie ihm die Beine nachgaben. Voller Hoffnung sog er die Luft ein, auf der Suche nach jenem Blütenduft, nach dem er sich in all seinen Leben gesehnt hatte. Doch alles, was er roch, ehe ihm die Sinne schwanden, waren Blut und glühendes Eisen.

Herzöge und Helden

Daoramu war endlich zurück in ihrer Studierstube. Einst hatten sich in diesem Trakt des Hauses die Quartiere der Wachen befunden, doch seit das Anwesen von Mauern umgeben war, waren die Wachen im Turm stationiert. Und so hatte Daoramus Vater die Bibliothek direkt über der Eingangshalle eingerichtet; weit weg von seinen Gemächern. Er war ein Mann des Wortes, nicht der Schrift. Er liebte es, sich Sagen erzählen zu lassen und die Lieder aus den Mündern der Sänger zu hören.

Auch Daoramu schätzte die mündliche Überlieferung, aber Sänger und Geschichtenerzähler zu halten war kostspielig, und die Zeit, in der diese ihr zur Verfügung standen, reichte Daoramu nicht aus. Sie wollte alles erfahren, was ihr Großvater in den Bänden der Bibliothek zusammengetragen hatte. Was in dem langen Saal gegenüber ihrer Studierstube lagerte, war ein Vermögen für Gelehrte, doch für Krieger war dieser Schatz kaum von Bedeutung – nicht einmal die Ahnenlisten oder die Chroniken des alten Königreichs Nylindor oder des Königreichs Varmul. Dennoch war der Schatz in ihrer Bibliothek stetig angewachsen, denn Daoramus Vater kannte die Liebe seiner Tochter für das geschriebene Wort. Er hatte ihr von seinen Reisen immer wieder neue Bände mitgebracht und dabei stets ihren Wunsch respektiert, ihr keine erbeuteten Bücher zu schenken.

Morgens holte sich Daoramu die Bände, in denen sie an diesem Tag lesen wollte, in ihre Studierstube. Von dem einen Fenster des Eckzimmers aus konnte sie nach Osten hinab zum Ruljas schauen, an dem anderen hatte sie den Hof und die Festung im Blick. Die Geräusche, die zu ihr heraufdrangen, störten sie nicht. Im Gegenteil: Sie hörte gern, wie das Leben dort draußen weiterlief, während sie hier oben in alte Sagen und ferne Orte eintauchte.

Seit Tagen bestand ihre Lektüre aus Märchen und Sagen. Nun, da sie Nuramon kannte, betrachtete sie die Erzählungen mit anderen Augen. Es war, als wäre sie in ihre Kindheit zurückgekehrt und in diesen wenigen Tagen mit dem Wissen um Nuramon noch einmal erwachsen geworden.

Daoramu suchte nach Geschichten über die Liebe zwischen Menschen und Elfen, doch was sie fand, befriedigte sie nicht. Es waren Männerfantasien von einem Elfenreich, in dem Elfenfrauen entweder gehorsame Liebhaberinnen oder aber männerverderbende Wesen waren, die ihren Geliebten die Kraft raubten. Nicht selten kamen die Männer der Schauergeschichten beim Liebesspiel ums Leben und ihre Gefährten fanden sie leblos wieder, mit einem Ausdruck ekstatischen Schreckens im Gesicht.

Von Frauen, die einen Elfen liebten, fand sie in den Erzählungen nichts. Die Ahnenlisten der verschiedenen Stämme bargen jedoch Hinweise. Das Haus Dornoru führte einige Namen mit dem Zusatz *Ilvarsoln,* was so viel hieß wie *von Elfen belebt* oder gar *Elfengeborener.* Der Stamm der Dornoru hatte einst im fernen Nordosten gelebt, war heute jedoch größtenteils in anderen Stämmen aufgegangen. Ihr Ruf war der eines Volkes, das sich auf ein edles Erbe berief, sich aber feige aus allem heraushielt, den Nachbarn nicht beistand und noch nie einen nennenswerten Sieg errungen hatte.

Daoramu durchsuchte die alten Empfangschroniken der Könige nach Gesandten des Stammes der Dornoru, und so stieß sie auf den Namen einer Stadt, den sie nie zuvor gehört hatte: Alvarudor, der Berg der Albenkinder. Sie fragte sich, ob die Antworten, nach denen sie forschte, in jener geheimnisvollen Stadt verborgen lagen.

Nuramon mochte jeden Tag zurückkehren und um sie werben, und Daoramu war klar, dass sich dadurch alles ändern würde. Er war nicht wie andere Männer. Er wollte sie nicht besitzen; nicht wie jene Adligen, die eine Frau als Gegenstand betrachteten. Und er wollte nicht heimlich ihre Stärke gewinnen, um diese in der Öffentlichkeit als die eigene darzustellen. Er erwartete nicht, dass sie sich damit begnügte, im Hintergrund zu stehen, schön auszusehen und mit anzuhören, wie der Gatte die Früchte ihres Geistes erntete, während sie zu nichts weiter gut war, als den Mund zu halten.

Nuramon umgab eine Unschuld, die Daoramu bislang fremd gewesen war. Wie er über einfache Dinge sprach, wie er offen redete, ohne sich seiner Schwächen zu schämen. Andere wären daran zugrunde gegangen, weil das Gefüge verlangte, dass man mehr schien, als man war, und seine Schwächen verbarg. Schon jetzt war es ihr so, als wäre die kurze Zeit, die sie an seiner Seite hatte verbringen dürfen, wertvoller als alles zuvor Erlebte. Sie hatte den Eindruck, als hätten sie und Nuramon all das Blendwerk abgestreift, mit dem sich andere verhüllten, und als wären sie einander nackt gegenübergetreten. Es war ein erhebendes Gefühl gewesen, und sie war begierig darauf, es länger zu erkunden.

Sie musste an Jasgur und an die Hoffnungen denken, die er sich so offensichtlich machte und die sie sogar genährt hatte. Es war, wie sie ihrer Mutter gesagt hatte: Es gab weit Schlimmeres, als Jasgur zum Gatten zu haben. Sie bewunderte ihn und hätte sich vor Kurzem noch eine gemeinsame Zukunft vorstellen können. Doch mit Nuramons Erscheinen war das Vergangenheit. Nun fragte sie sich, ob Jasgur verstehen würde, dass sie Nuramon den Vorzug gab. Oder würde aus ihrer Entscheidung bei Jasgur erst Eifersucht und dann Verachtung und Hass erwachsen? Falls er ihr vorwerfen sollte, ihm Hoffnungen gemacht zu haben, könnte sie es nicht einmal abstreiten. Aber sie war sich sicher, dass er sie niemals anklagen würde. Er war ein Ehrenmann, und er ähnelte Nuramon sogar in seiner Leidensfähigkeit und Opferbereitschaft. Aber selbst die vorbildlichsten Männer mochten sich in einem Augenblick der Schwäche zu etwas hinreißen lassen, das sie später bereuten. Und der Gedanke, dass Nuramons Leben vielleicht in diesem Moment von Jasgurs Wohlwollen abhängen könnte, weckte eine Angst in ihr, für die sie sich schämte. Denn mit dem Verdacht, der aus dieser Angst entsprang, versehen zu werden, hatte Jasgur nicht verdient.

Pferdegeräusche, die vom Hof zu ihr heraufdrangen, rissen sie aus ihren Gedanken, doch ihre Hoffnung wurde enttäuscht. Im Grau dieses verregneten Morgens erspähte sie nicht Nuramon, Jasgur und die Krieger, die zurückkehrten, sondern eine Gesandtschaft unter dem blauen Banner des Fürsten. Es waren gewiss drei Dutzend Leute, und wer immer sie angeführt hatte, war bereits abgestiegen und eingetreten. Daoramu vermutete, dass die Fähigkeiten ihres

Vaters als Feldherr wieder einmal gefragt waren. Die Oberen kamen immer wieder auf ihn zurück, wenn es irgendwo eine schwierige Schlacht zu schlagen galt.

Daoramu wandte ihre Aufmerksamkeit wieder ihren Schriften zu und fand im Anhang der varmulischen Empfangschroniken eine Ahnenliste der Stadtältesten von Alvarudor. Die Namensliste endete mit der Erklärung, dass ein Rat aus Adelsfamilien dort die Herrschaft übernommen und den Kontakt zu den Königreichen abgebrochen hatte. Der letzte Vermerk des Chronisten besagte, dass die Zeit der Helden Alvarudors und ihrer Taten vorüber sei. Das war vor sechs Jahrhunderten gewesen.

»Herrin!«, sagte plötzlich eine Stimme direkt vor ihr. Daoramu sprang auf und sah in das erstaunte Gesicht der Dienstmagd Gaeria. »Ich habe geklopft«, erklärte diese.

»Geht es um die Boten des Fürsten?«, fragte Daoramu und setzte sich wieder.

Die Dienstmagd nickte. »Es ist Herzog Helerur. Deine Eltern sind noch im Bad, Herrin. Sie bitten dich, unseren Gast zu empfangen.«

Daoramu dankte der Dienstbotin und entließ sie. Während sie die Seitentreppe hinab und in Richtung des alten Ratssaales eilte, um der Bitte ihrer Eltern nachzukommen, überlegte sie, warum der Herzog von Byrmul lediglich unter dem blauen Banner des Fürsten reiste und nicht auch sein eigenes führte. Als sie den alten Ratssaal betrat, der an die große Halle grenzte, musste sie lächeln. Neben dem Hausvogt Ulargur und zwei Dienstboten stand er – Helerur. Der Herzog von Byrmul herrschte über die südlichen Grafschaften westlich der Lysdorynen. Hinter vorgehaltener Hand hieß es, dass die anderen beiden Herzöge von West-Yannadyr sich stets seinem Willen beugten, sodass ihm das ganze Land zwischen den Bergen und dem Meer gefügig war. Da Helerurs Herrschaftsbereich in relativer Sicherheit lag, war er meist damit betraut, die Versorgung mit Nahrung und Waffen zu gewährleisten. Der Fürst hielt ihn im Hintergrund und ließ die anderen Herzöge den Krieg führen. Dennoch war es ungewöhnlich, dass nicht Herzog Rumol von Ralobyl selbst erschien, denn immerhin war er der Herr ihres Vaters.

»Daoramu!« In Helerurs ruhiger Stimme schwang Freude mit. Er schloss sie in die Arme und sagte: »Du hast dich verändert.«

»Aber du bist noch der Alte«, entgegnete sie grinsend. »Nur ein wenig grau bist du geworden.«

Er blickte an ihr herab. »Kein Wunder, dass von dir in diesen Tagen am Hof viel die Rede ist.«

»Hast du etwa ein gutes Wort für mich eingelegt?« Der Fürst war gewiss nicht erfreut darüber, dass sie in Werisar, als die Verhandlungen mit König Mirugil zu scheitern drohten, auf eigene Verantwortung einen Kompromiss ausgehandelt hatte. Sonst hätte er diesen nicht zurückgewiesen. Und die Botschaft ihrer Rückkehr, die sie in die Hauptstadt Urijas geschickt hatte, ohne darin Nuramon, die Albenpfade und die Teredyrer zu erwähnen, hatte gewiss Fragen aufgeworfen.

»Ich habe immer gesagt, dass du die beste Schülerin bist, deren Mentor ich nie war. Die meisten meiner Schüler werden am Ende doch Krieger und vergessen meine Lehren. Und die meisten Schülerinnen vergessen sie, sobald sie ihren Gatten gute Ehefrauen werden.«

Daoramu lachte. Dann bat sie die Dienstboten, Wein zu bringen, und als auch der Hausvogt Ulargur sich entfernt hatte, um Daoramus Vater zu holen, nahm Daoramu mit dem Herzog in einer Ecke des kleinen Saales Platz. »Du reitest nur unter dem Banner des Fürsten«, sagte sie. »Aber ich kann mir nicht vorstellen, dass du als einfacher Bote zu uns kommst.«

Helerur nickte ihr anerkennend zu. »Wie immer bist du sehr aufmerksam«, sagte er. »Der Fürst schickt in mir nicht nur den Herzog, sondern auch den alten Freund der Familie. Er bittet euch um etwas, um es nicht befehlen zu müssen. Und er gewährt euch etwas, um das ihr nicht zu bitten wagt.«

Daoramus Neugierde war geweckt, doch ehe Helerur sich erklären konnte, betrat ihr Vater mit festen Schritten den Ratssaal. »Helerur!«, rief er und kam mit offenen Armen näher. Auch der Herzog erhob sich und schloss seinen alten Freund in die Arme. Die Diener kamen mit Wein, und Borugar stieß mit Helerur an. Daoramu stellte ihren Kelch lediglich auf dem kleinen Tisch neben ihrem Stuhl ab und betrachtete ihren Vater und dessen besten Freund mit Freude. Ihres Vaters Sorgenfalten schienen mit einem Hauch verschwunden zu sein.

»Der Fürst will also dem alten Schlachtross doch noch einen weiteren Ausritt gönnen«, sagte Borugar und ließ sich grinsend in seinem Stuhl zurücksinken.

Der Herzog lachte. »Du bist der Einzige, den ich kenne, der gerne in den Krieg zieht. Und außerdem, alter Freund: Wenn der Fürst dich im Krieg sehen wollte, würde er dir einen einfachen Boten, vielleicht sogar einen Schwertfürsten schicken, nicht aber einen Herzog – und schon gar nicht den einer fremden Provinz.«

»Ich bin nicht gerade guten Mutes aus Weramul fortgegangen. Ein Feldherr, der nach einem großen Sieg von seinem eigenen Fürsten des Triumphes und der Beute beraubt wird, mag missmutig werden. Ich nehme also an, dass Fürst Yarro sich meiner Treue versichern will.«

Helerur blickte Daoramus Vater lange an. »Rumol ist tot«, sagte er schließlich.

»Herzog Rumol? Tot?«, fragte Daoramu. Der Herr ihres Vaters gehörte nicht zu der Sorte von Herrschern, die sich tief genug in einen Krieg verstricken ließen, um darin umzukommen.

»Wieso haben wir nichts davon erfahren?«, fragte Borugar.

Helerur senkte den Blick. »Das war ein Befehl des Fürsten. Es gibt in der letzten Zeit viele Befehle, die mehr der Probe als einem echten Ziel dienen. Yarro hat Rumol vor eine Aufgabe gestellt, der er nicht gewachsen war. Und da Rumol keine Erben hat, möchte der Fürst dich als neuen Herzog von Ralobyl einsetzen.«

Auf Borugars Gesicht legte sich ein Lächeln, doch Daoramu war nicht nach Freude zumute. Zwar hatte sie wie ihr Vater nie viel von Herzog Rumol gehalten, aber sie zweifelte an den Absichten des Fürsten. »Wer sagt uns, dass wir nicht die Nächsten sind, die ans Messer geliefert werden?«, fragte sie.

Helerur nickte. »Yarro scheint nur jenen zu vertrauen, die sich nicht gegen seine Demütigungen auflehnen.«

Daoramu trank einen Schluck Wein und schwieg, ihr Vater jedoch sprach aus, was sie dachte: »Muss Yarro nicht fürchten, dass ich die Demütigung von Weramul nicht vergessen habe? Es gibt nicht viele Herrscher, die einen siegreichen Feldherrn abberufen, um dann den Ruhm und die Beute anderen zu überlassen.«

»Deswegen gewährt er deinem Haus eine besondere Ehre«, erklärte Helerur, stellte seinen Becher ab und musterte Daoramu mit ernster Miene. »Der Fürst möchte, dass du seinen Neffen zum Gatten nimmst.«

Daoramu rang um ihre Fassung, dann schüttelte sie den Kopf. »Merryn ist ein Dummkopf.«

»Ein Dummkopf, der dir niemals gewachsen sein wird. Und er ist nach dem Fürstensohn der Erste in der Reihe der Erben.«

Daoramu zuckte mit den Schultern. »Sobald seine Töchter Söhne gebären, ändert sich das. Außerdem möchte ich nicht als Gattin eines Mannes enden, der mit seinen unzähligen Geliebten über mich lacht, während alle über ihn lachen. Schlimmer als ein Narr zu sein, ist es, der Narr eines Narren zu sein.«

Daoramus Vater schwieg, doch Helerur ließ sich nicht beirren. »Im Augenblick sind viele Augen auf dich gerichtet, Daoramu«, sagte er. »Viele Väter und Mütter würden dich gerne für ihren Sohn gewinnen. Und der höchste Sohn, der zu vergeben ist, ist Merryn.«

Daoramu nickte. »Ich weiß. Aber selbst wenn ich wollte, könnte ich der Bitte des Fürsten nicht folgen. Der Fürst weiß nichts davon, aber ich bin bereits einem anderen versprochen.«

»Der Fürst weiß von dem Alvaru«, erklärte Helerur mit ernster Miene. »Und er fragt sich, warum ihr ihn in der Nachricht von Daoramus Rückkehr nicht erwähnt habt.«

Daoramu tauschte einen verwunderten Blick mit ihrem Vater, der den Kopf schüttelte und einen leisen Fluch ausstieß.

»Erzählt mir, was geschehen ist«, sagte Helerur.

Auf ein Nicken ihres Vaters hin erzählte Daoramu ihm von ihrer Gefangenschaft in Varmul, der Begegnung mit Nuramon und von allem, was danach geschehen war.

»Teredyr!«, sagte Helerur schließlich und schüttelte den Kopf. »Was glaubt ihr, wie lange wir gesucht haben, um es auf den Landkarten zu finden. Euch ist natürlich klar, was die Fähigkeit des Alvaru für das Fürstentum und diesen Krieg bedeuten kann.« Er musterte Daoramus Vater. »Und der Fürst fragt sich – wie gesagt – warum du ihn nicht eingeweiht hast.«

Borugar schlug mit der Faust auf die Lehne seines Stuhls. »Und ich frage mich, wer ihm davon erzählt hat!«

»Wenn der Fürst davon weiß«, sagte Daoramu, »warum will er meinen Vater dann zum Herzog machen?«

»Weil er nicht anders kann. Um der Feldherren und Adligen willen. Ich und andere haben ihm deutlich zu verstehen gegeben, dass er nach Rumols Tod ein Zeichen setzen muss. Mühen müssen sich wieder lohnen. Aber der Alvaru macht ihm Angst. Yarro fürchtet, dass eine Verbindung zwischen dir und dem Alvaru ihn den Thron kostet.« Helerur wandte sich nun wieder an Borugar. »Und deswegen bittet er dich, das Versprechen, das du dem Alvaru gabst, in seine Hände zu übergeben. Er soll nicht dir dienen, sondern dem Fürsten. Und er soll nicht um Daoramu werben, sondern um eine der Fürstentöchter.«

Daoramu musste lachen. »Kein Zweifel«, sagte sie. »Jeder andere würde den Dienst beim Fürsten und das Werben um eine seiner Töchter als erstrebenswert erachten. Nuramon aber kann man mit Ruhm und Ehre, mit Rang und Vermögen nicht locken.«

Helerur musterte Daoramu mit hochgezogenen Brauen. Sie nahm es ihm nicht übel. Liebesheiraten waren selten, und wer Nuramon nicht kannte, mochte nicht verstehen, wovon sie sprach. Sie verstand es ja selbst kaum.

»Gibt es keinen Mittelweg?«, fragte Borugar seinen alten Freund. »Könnte der Alvaru nicht um Daoramu werben und dafür direkt dem Fürsten unterstehen?«

Helerur lächelte, doch sein Blick blieb starr. »Der Fürst wird nicht hinnehmen, dass der Alvaru euch nahe ist. Die Ahnenbücher des Ostens berichten von Kindern zwischen Elfen und Menschen.«

»Ihr habt also auch in den alten Schriften gelesen«, sagte Daoramu. Das Misstrauen des Fürsten war allgemein bekannt, und dass die Gelehrten auf sein Geheiß hin auf derselben Spur waren wie sie, machte ihr Angst.

Helerur nickte. »Der Fürst glaubt, dass Elfenblut das Fürstenhaus entscheidend stärken würde. Zugleich fürchtet er es außerhalb seiner Familie. In seinen Augen seid ihr die größte Gefahr für seine Krone.«

»Das ist Wahnsinn«, sagte Borugar kopfschüttelnd.

»Er ist nicht mehr Herr seiner Lage«, entgegnete Helerur. »Er ist ein Getriebener, und die Kriegslage hat sich gewandelt. In den letzten Wochen haben wir eine Schlacht nach der anderen verloren. Gestern erst erfuhr ich, dass Weramul gefallen ist.«

»Was?«, rief Borugar und sprang von seinem Stuhl auf. »Hast du eine Vorstellung davon, wie viele Leben es gekostet hat, die Stadt einzunehmen? Nachdem ich Weramul erobert hatte, hätte jedes Kind es verteidigen können!«

Helerur erhob sich langsam. »Fürst Yarro hält sich für einen genialen Strategen und sitzt in Urijas, während die Feinde auf dem Vormarsch sind. Ich habe ihn gebeten, nach Westen zu kommen; sich in Sicherheit zu bringen. Die alte Fürstenresidenz in Jasbor wäre glücklich, wieder an Bedeutung zu gewinnen. Aber er hat Angst, dort zu weit vom Geschehen entfernt zu sein.«

Daoramus Vater musterte Helerur misstrauisch. »Du klingst nicht wie ein treuer Untertan.«

Helerur warf ihr ein Schmunzeln zu und wandte sich dann wieder an ihren Vater. »Der Fürst hasst dich«, sagte er. »Und mit dem Alvaru in deiner Nähe fürchtet er dich sogar. Übergib ihm den Alvaru, und *vielleicht* kannst du deinen Herzogtitel genießen.«

Borugar überlegte lange, trat dann neben Daoramu und legte ihr die Hand auf die Schulter. »Würdest du den Alvaru gehen lassen?«, fragte er. »Würdest du es für deine Familie tun?«

Sie blickte ihren Vater voller Abscheu an. Er wusste nur zu gut, dass sie nachgeben würde, wenn er die Familie ins Feld führte. Und er ahnte nicht, welche Qualen dadurch in ihr aufflammten. Was vorhin noch Liebe und Sehnsucht gewesen war, schlug nun in Verzweiflung und Schmerz um. Aber alles, was sie je aus Helerurs Schriften gelernt hatte, sprach dafür, dass sie sich fügen musste. Diese Gewissheit nagte an ihr. Nach einer Weile antwortete sie: »Wenn du mich vor Merryn bewahrst, tue ich, was du willst.« Diese Worte aus dem eigenen Mund zu hören, war wie ein Faustschlag ins eigene Gesicht.

»Dann musst du einen anderen nehmen.«

»Das werde ich«, sagte sie und dachte an Jasgur. »Aber nicht sofort.« Sie biss sich auf die Lippen und hätte am liebsten vor Hilflosigkeit losgeschrien. Ahnte ihr Vater überhaupt, dass er sie gerade eben verraten hatte?

»Das heißt, du wirst Nuramon zurückweisen, wenn er kommt?«

Mit einem Mal stieg Wut in Daoramu auf. »Ja«, sagte sie und drohte dann ihrem Vater mit dem Finger. »Aber eines sollte dir klar sein. Bete zu den Ahnen, dass ich dich nicht dafür hassen werde! Die dunkelsten Gedanken werden dort geboren, wo Träume sterben. Warum kannst du nicht um mein Glück kämpfen, wenn es dir doch so offensichtlich nützen würde?«

»Helerur hat nun einmal recht«, entgegnete ihr Vater. »Wir sind alle Teil des Gefüges, und wir können uns darin verfangen und umkommen, wenn wir unseren Platz nicht kennen. Das weißt du genau. Und außerdem …« Er biss sich auf die Lippen. »Ich gebe zu, dass ich Zweifel an den Absichten des Alvaru habe. Wenn du von ihm redest, erkenne ich dich nicht wieder.« Die Worte waren wie ein Dolchstoß mitten in ihr Herz.

»Vielleicht hast du mich nie richtig gekannt«, sagte sie voller Verachtung und verließ den kleinen Saal, ging in ihre Kammer und weinte vor Enttäuschung über ihren Vater und ihre eigene Schwäche.

»Nuramon«, flüsterte eine Frauenstimme.

Er öffnete die Augen und blickte in Nylmas erleichtertes Gesicht. Sie saß an seinem Bett in einer Kammer; über ihr schälten sich Dachbalken und eine schräge Decke aus dem Kerzenlicht. Sie waren zwar allein, doch durchs Fenster drang Stimmengewirr aus der Tiefe, und der Geruch von Gebratenem stieg Nuramon in die Nase und weckte seinen Appetit.

»Ich habe es gewusst«, sagte sie.

»Wo sind wir?«, fragte Nuramon und versuchte sich aufzusetzen. Der Schmerz zwang ihn in die Kissen zurück. Er lag unter schweren Felldecken und konnte nur ahnen, wie sein Körper darunter aussah.

Nylma reichte ihm einen Becher Wasser.

»Was ist geschehen?«, fragte er, trank einen Schluck und strich sich dann über den Verband, der seinen Oberkörper umschloss.

»Du hast vierzig Feinde getötet. Ich habe nur ein Licht gesehen. Dann lag die Straße voller geblendeter, sterbender Krieger. Was immer dort geschehen ist – die Feinde sind geflohen. Ich sah, wie dieser Rayagor auf dem Rücken eines Kriegers durch das Tor verschwand.«

»Und werden sie noch einmal angreifen?«, fragte Nuramon und wunderte sich, wie dünn seine Stimme klang.

Nylma lachte.

Da öffnete sich die Tür, und Gaeremul und Yangor traten ein.

»Wie lange war ich fort?«, fragte Nuramon.

»Einen ganzen Monat«, erklärte Gaeremul lächelnd.

»Dann muss ich dem Tod näher als dem Leben gewesen sein.« Erneut versuchte er sich aufzusetzen, biss die Zähne zusammen und gab den Versuch keuchend auf.

»Es ist gut, dass du es überstanden hast«, sagte Yangor.

»Der Pass ist also wieder offen?«, fragte Nuramon.

»Die Varmulier haben sich zurückgezogen«, erklärte Gaeremul. »Nach deinem Zauber hat sich niemand mehr vorgewagt. Und Relegir ist aus dem Osten zurückgekehrt.«

»Mit den Flüchtlingen und einer Schar Söldner?«, fragte Nuramon lächelnd.

»Mit den Flüchtlingen, ja«, sagte Yangor und berichtete, dass die Obudyrer Relegir kein Geld gegeben, ihm aber eine Miliz zur Verfügung gestellt hatten: verschuldete Bauern, die durch den Kampf ihre Schulden abzahlen konnten. »Sie haben den Varmuliern mit Jasgur in den Wäldern so zugesetzt, dass sie einen Unterhändler schickten.«

Gaeremul nickte. »Relegir hat mit Rayagor verhandelt und ihm deutlich gemacht, dass sie lieber nicht noch einmal deinen Zorn heraufbeschwören sollten. Denn statt zu verteidigen, könntest du dich entschließen anzugreifen. Und welche Stadt in ihrem Reich wäre deinem Zauber gewachsen? Sie fürchten dich nun. Rayagor hat dich den Wyrenar von Teredyr genannt.«

»Ich weiß nicht, was ich getan habe«, sagte Nuramon und schaute sich um. Er erinnerte sich noch an Schmerzen, an grelles Licht und an das Toben der Magie. Er wusste noch, dass er sich, ehe er sich ganz der Magie anvertraut und dem Tod ins Auge geblickt hatte, damit abgefunden hatte, Daoramu nie wiederzusehen. Dafür schämte er sich. Doch zugleich wurde ihm klar, dass das Schicksal ihm und vielleicht allen, die die Schlacht überlebt hatten, eine zweite Chance gegeben hatte. »Was ist mit Yargir und Werengol?«, fragte er.

Yangor biss sich auf die Lippen. »Yargir hat es überlebt«, sagte er schließlich. »Und er hat alles versucht, um meinen Sohn zu retten.«

»Werengol«, sagte Nuramon ungläubig. Der Sohn des Ältesten war die Zukunft von Teredyr.

Yangor nickte. »Er starb durch einen Spieß«, sagte er und erzählte von weiteren Toten. Nuramon kannte jeden von ihnen, und die Nennung jedes Namens schmerzte.

Die Tür öffnete sich erneut, und Jasgur trat herein. »Unser Held ist erwacht«, sagte er und lachte. Yargir, der ihm folgte und dessen Beinwunde offenbar bereits verheilt war, nickte und grinste. »Ich wusste, dass Nylma recht behält«, sagte er.

Nuramon ließ seinen Blick über die Versammelten gleiten und nickte leicht, dann wandte er sich an Nylma. »Und du? Hast du es auch gut überstanden?«

Sie winkte ab. »Ich habe mir den Arm am Feuer verbrannt. Ansonsten sind es nur die üblichen Schnitte und Prellungen.«

Nuramon lächelte, dann sah er Yangor an. »Es tut mir leid, dass ich deinen Sohn nicht schützen konnte.«

Yangor schüttelte den Kopf. »Mein Sohn ist im Kampf um diese Stadt gefallen, in einer Schlacht, die wir gewonnen haben. Wir sind mit allem im Reinen. Du könntest unser Wyrenar sein, Nuramon. Wir würden dich gerne bei uns behalten.«

»Würden sie euch denn noch einmal angreifen?«, fragte Nuramon und sah, wie Yangor Jasgur einen Blick zuwarf.

»Sie haben hier mehr Krieger verloren, als ihnen lieb sein kann«, sagte der Schwertfürst. »Und falls sie eines Tages wiederkehren, wird diese Stadt uneinnehmbar sein. Ich habe mit Gaeremul einige Pläne geschmiedet. Verteidigungsanlagen. Bewaffnung. Scharten in den Toren für Spieße. Und, und, und. Mir blieb ja nichts anderes übrig.« Der Yannadrier lachte leise auf.

»Du willst sicher nach Hause«, sagte Nuramon und entsann sich seiner Eifersucht. Er hatte sich seit der Abreise aus Merelbyr nicht einmal die Frage gestellt, ob Jasgur, der Zeuge der Vereinbarung zwischen ihm und Borugar gewesen war, seinerseits eifersüchtig war. Nuramon betrachtete ihn und bemerkte einen Hauch des vertrauten Gefühls in sich, das er einst an Farodins Seite verspürt hatte. Wie Farodin war Jasgur Rivale und Kampfgefährte zugleich. »Dein Herr wird sicher schon sehnsüchtig auf unsere Rückkehr warten«, sagte Nuramon, aber er dachte nur an Daoramu und stellte sich vor, wie sie ihn in die Arme schloss.

Jasgurs Lächeln verging, nur um dann bemüht wieder zu erscheinen. »Wenn du wieder gesund bist, Nuramon. Mein Herr ist ein geduldiger Mann. Und er weiß, wie langwierig der Kampf um eine Stadt sein kann.«

Nuramon gelang es endlich, sich unter Schmerzen aufzusetzen. »Ich werde nach Westen gehen, Yangor«, erklärte er. »Ich werde um Daoramu werben.«

»Jasgur hat mir alles erzählt«, sagte der Stadtälteste.

Der Schwertfürst wich Nuramons Blick aus. Er schaute zu Boden, und da wusste Nuramon, wie sehr der Yannadrier Daoramu liebte. Er überlegte, ob er ihm etwas Versöhnliches sagen sollte, doch Yangor sprach weiter: »Wir verlieren dich ungern. Aber du hast bereits mehr für uns getan, als wir es uns jemals erhoffen durften. Und deswegen verstehe ich auch Nylma und Yargir.«

Die beiden jungen Menschen grinsten, und Nuramon hatte den Eindruck, als Einziger die Pointe eines Scherzes nicht verstanden zu haben.

»Wenn du erlaubst«, sagte Yargir schließlich, »dann würden wir dich gerne begleiten.«

Nylma nickte. »Das nächste Mal, wenn dir jemand ans Leben will, möchte ich es verhindern«, sagte sie und schaute auf Nuramons Brust herab.

Nuramon folgte ihrem Blick. Er sagte nichts zu dem Wunsch der beiden jungen Krieger, sondern bat sie, ihm die Verbände abzunehmen. Kurz darauf betrachteten alle seine Verletzungen oder treffender: das, was davon übrig geblieben war. Die Teredyrer hatten sich zweifellos gut um ihn gekümmert, doch sie hätten seine Bauchwunden nicht ausreichend behandeln können. Seine Magie musste ihn im Schlaf geheilt haben.

Es war möglich, die Selbstheilungskräfte zu stärken, und manchmal geschah es von allein, besonders dann, wenn ein magiebegabtes Albenkind lange schlief und die Magie sich schneller erholte als der Körper. Und doch erschienen ihm seine Zauberkräfte mit einem Mal sonderbar fremd. Sie hatten in den Straßen von Teredyr etwas getan, das sie nicht hätten tun sollen. Es war mehr Magie aus ihm hervorgeschossen, als sein Körper hätte enthalten sollen. Die Zauberkraft war ihm aus der Welt zugeströmt, und er hatte ihr lediglich den richtigen Weg gewiesen. Er fragte sich, ob er auf der Schwelle zu etwas Neuem stand, am Anfang einer Magie, die nicht nach Kräften des Körpers fragte, sondern nach der Macht der umgebenden Natur.

Schließlich lächelte er Nylma und Yargir an. »Ihr könnt mit mir fortgehen«, sagte er und bemerkte wieder den Hauch des Bedauerns in Jasgurs Zügen. Und er fragte sich, wie es ihm gelingen sollte, Daoramu für sich zu gewinnen und zugleich eine Freundschaft zu Jasgur zu knüpfen. Er musste jedenfalls behutsam vorgehen, denn die Gemüter der Menschen waren ihm trotz all der Jahre, die er sie nun schon beobachtete, immer noch ein Rätsel.

Orakelblick

Sie hatten gesiegt, und Relegir hatte seinen Beitrag geleistet. Zwar hatte er die entscheidende Schlacht verpasst, aber es machte ihn stolz, die Flüchtlinge, die nach Osten geflohen waren, sicher heimgebracht und mit den Obudyrern die Varmulier aus den Wäldern vertrieben zu haben. Die Männer und Frauen aus dem Osten hatten ihre Freiheit erkämpft, und viele sprachen nun, da ihre Schulden beim Rat von Obudyr getilgt waren, bereits davon, ihre Familien nach Teredyr zu holen. Sie würden diese Bauern und Handwerker für einen Neuanfang brauchen. Als Yangor ihn schließlich bat, mehr Verantwortung für die Stadt zu tragen, sagte Relegir widerwillig zu. Es war Werengols Platz, den er einnehmen sollte. Und er wusste, dass die Trauer um den verstorbenen Cousin ein steter Begleiter seiner neuen Aufgabe sein würde.

Yenwara hatte mit vielem gerechnet, aber nicht damit, eine der Frauen des Königs zu werden. Mirugils wohlwollender Blick war ihr aufgefallen, ebenso die eifersüchtigen Mienen der anderen Frauen; allen voran Yaswani, welche Mirugil zu seiner Königin erkoren hatte. Bislang hatten all seine Frauen ihm nur Mädchen geschenkt, aber Yenwara wusste, dass er nach einem Thronerben gierte. Dass er dennoch zurückhaltend war und sie zu nichts drängte, rechnete Yenwara ihm hoch an. Wie im Rausch kehrte er aus dem Westen wieder und berichtete von großen Erfolgen im Kampf gegen die Yannadrier. Dass er im Norden gegen die Teredyrer verloren hatte, wischte er einfach beiseite. »Der Alvaru dient dem Vater Daoramus, nicht dem Fürsten.« Er lachte und schüttelte den Kopf. »Dein Schützling hat dem Elfen den Kopf verdreht. Und das Misstrauen des Fürsten wird den Yannadriern alles verderben.« Dann küsste er ihre Hände und sprach von ihrer gemeinsamen Zukunft. Er war nicht so, wie die Leute ihn sahen. Er konnte lieben, und er konnte geduldig und großzügig sein. Ihre Familie war frei, ihre Brüder hatten sogar Posten in der Armee bekommen; und ihr Vater hatte eine Anstellung in der königlichen Handelskammer erhalten. Es waren gute Zeiten.

Jasgur blickte über das Land nach Süden. Irgendwo dort unten in der Ferne lag Werisar. Dort hatte Daoramu im Kerker gesessen. Und letzte Nacht hatte er geträumt, er wäre es gewesen, der sie befreit hatte. Er liebte sie und hatte sie schon immer geliebt. Und es schmerzte, einen Nebenbuhler zu haben, der sich größere Hoffnungen auf ihre Gunst machen durfte als er. Er wollte Nuramon hassen, er bemühte sich – aber er konnte es nicht.

Nylma und Yargir banden sich am letzten Tag des Monats Lysgor, dem großen Fest der Liebe, aneinander. In der Hitze der Feier, die den Sommer abschloss, ließen sie sich wie manch andere dazu hinreißen. Sie wollten Nuramon als Frau und Mann folgen.

Yangor gewährte ihnen dreißig Goldstücke und zwei Pferde. Nuramon aber schenkte Yargir einen seiner Leuchtsteine – einen Barinstein aus Albenmark. Und Nylma reichte er seinen Almandin. Dieses Kleinod hatte ihm einst im Kampf gegen den Devanthar das Leben gerettet und den Dämon angreifbar gemacht. Und nun übergab er ihn ihr an einer fein geflochtenen Kette, die aus dem Leder eines Gelgerok gefertigt war, eines büffelartigen Wesens aus Albenmark. Ob er auf den magischen Schutz des Edelsteins wirklich verzichten könne, wollte Yargir wissen, doch Nylma kannte die Antwort bereits. »Wer um eine Braut wirbt, sollte sich nicht mit den Geschenken früherer Geliebter belasten«, sagte sie, und Nuramon nickte.

Frauenworte

Am Mittag erreichten Nuramon und seine Gefährten Merelbyr. Sie führten die vollbepackten Pferde an den Menschen vorüber, die die Straße säumten. Alle schienen ihre Arbeit niedergelegt zu haben, um einen Blick auf sie zu erhaschen. Am lautesten war der Jubel auf den Mauern der Festung am Eingang der Stadt. Die Krieger ließen sie hochleben. Nuramon bemerkte, dass viele der Blicke ihm galten. Er trug die graue Lederrüstung eines teredyrischen Kriegers. Der braune Mantel war ein Stück aus Merelbyr. Jasgur hatte ihm einen der wehenden Kleidungsstücke zum Geschenk gemacht. Nylma und Yargir hatten sogar jeweils zwei angenommen.

Den ganzen Rückweg über waren seine Gedanken bei Daoramu gewesen, doch jetzt, da sie den Hof erreichten, begrüßten sie nur Borugar, dessen Frau Jaswyra und einige Würdenträger. Daoramu jedoch war nirgends zu sehen.

»Ein ungeheurer Sieg!«, rief Borugar ihnen entgegen. »Nie konnte sich ein Feldherr so sehr auf einen Schwertfürsten verlassen, Jasgur. Und jetzt, ihr zwei, folgt mir! Ich möchte euch beide heute Abend auf der Feier an meiner Seite haben.« Er führte Nuramon und Jasgur in sein Haus, wo bereits reges Treiben herrschte und Diener Tische für ein Fest vorbereiteten.

Der Graf winkte einen fein gekleideten Mann zu sich. Er trug ein Schwert am Gürtel, wirkte jedoch nicht wie ein Krieger. Als er sich ihnen näherte, spitzten sich seine runden Gesichtszüge rasch zu einem schelmischen Lächeln. Eine Wunde am Kinn schien von einem alten Schnitt herzurühren.

»Helerur!«, rief Jasgur und verbeugte sich. Nuramon entging die Anerkennung nicht, die in der Stimme seines Gefährten mitschwang.

Borugar stellte ihnen den Mann als Herzog von Byrmul vor. Daoramu hatte ihn erwähnt. Er herrschte in West-Yannadyr, jenseits der Lysdorynen, über ein ertragreiches Land. Durch seine Schriften war Daoramu gewissermaßen zu seiner Schülerin geworden. Dabei hatte er sie, obwohl er mit Borugar befreundet war, nie von Angesicht zu Angesicht unterwiesen.

Nuramon beugte sein Haupt vor dem Adligen. Dann nahm er gemeinsam mit Jasgur, Helerur und dem Grafenpaar an der großen Tafel am Ende des Saales Platz. Dass Daoramus Stuhl frei blieb und weder der Graf noch die Gräfin ein Wort über die Abwesenheit ihrer Tochter verloren, verwunderte Nuramon. Dennoch hielt er sich mit Fragen zurück und lauschte halbherzig Jasgurs Erzählung ihrer Erlebnisse im Kampf um Teredyr. Dessen Bericht geriet rasch zu einer

Heldengeschichte. Während die Wachen und die Krieger mit größter Neugier an jedem Wort des Schwertfürsten hingen, blickten der Herzog und der Graf einander immer wieder ernst an.

»Wir haben die Waffen mitgebracht«, erklärte Jasgur schließlich. »Sie sind von hoher Qualität. Und die Teredyrer wären bereit, Eisen mit uns zu handeln. Natürlich nur, sofern uns die Pfade der Alvaru offen stehen.«

Nuramon schaute zwischen Jasgur und Borugar hin und her. »Ich halte mein Wort, wenn du deines hältst.«

Erneut tauschten Helerur und Borugar Blicke, und Nuramon kam zu der Überzeugung, lange genug gewartet zu haben. »Was ist geschehen?«, fragte er. »Wo ist Daoramu?«

Borugar wich Nuramons Blick aus und wies auf die Tür hinter sich. »Sie erwartet dich dort.«

Nuramon erhob sich mit gemischten Gefühlen, dankte, entschuldigte sich und verließ den Tisch. Durch die Tür gelangte er in den Ratssaal, der sich an die Halle anschloss.

Da war Daoramu. Sie stand mit dem Rücken zu ihm und schien in den leeren Kamin zu starren. Ihr braunes Haar fiel auf die Schulterpartie ihres grünen Kleides und bewegte sich, als sie den Kopf zur Seite wandte. Erst als er die Tür geschlossen hatte, drehte Daoramu sich zu ihm um. Sie war wunderschön, aber in ihrem Gesicht brannte eine Verzweiflung, die er nie zuvor an ihr gesehen hatte. Ihre Augen glänzten, als bräuchte es nur ein falsches Wort oder auch nur eine zweifelhafte Geste, und sie würde in Tränen ausbrechen.

»Du hast es überstanden«, sagte sie leise.

Er musste lächeln. »Und nun bin ich hier bei dir.«

Sie nickte und schien noch immer um ihre Fassung zu ringen. »Jasgurs Worte waren nicht zu überhören. Hat er viel ausgeschmückt?«

»Kein Wort. Genauso ist es geschehen.«

»Du wirkst ein wenig geschwächt.«

»Die Wunden brauchen noch eine Weile, bis sie ausgeheilt sind. Das Schlimmste liegt hinter mir. Den Tod vor Augen, sah ich plötzlich sehr genau, was ich will.«

Sie senkte den Kopf, zupfte am Saum ihres Kleides und suchte dann erneut seinen Blick. »Du willst das Versprechen einfordern«, sagte sie leise.

»Die Erlaubnis deines Vaters habe ich. Nun bitte ich um die deine.«

»Und wenn ich sie dir verweigern müsste?«

Nuramon schluckte. Das also war es. Er hatte geahnt, dass etwas nicht stimmte, aber es jetzt aus ihrem Mund zu hören, ängstigte ihn. »Falls du es musst, sag mir, warum.«

»Mein Vater wird in den Stand eines Herzogs erhoben, und der Fürst fürchtet, dass seine Macht zu groß werden könnte, wenn du an seiner Seite bist.«

Nuramon nickte erleichtert. Er war froh, dass es nicht an ihren Gefühlen scheiterte. »Dann halte ich mich zurück und lege mein Schwert nieder«, sagte er. »Und meine Magie lasse ich ruhen, zumindest, was den Krieg betrifft.«

»Aber das wird Fürst Yarros Ängste nicht bannen. Er fürchtet nicht nur, dass du Vater helfen und damit seine Macht bedrohen könntest. Er fürchtet sich auch vor unserer Liebe.«

Nuramon schmunzelte. »Ist es schon Liebe? Ging es nicht darum, zu ergründen, was es ist?«

Das schelmische Lächeln, das er so sehr schätzte, entfaltete sich in ihrem Gesicht. »Wenn du wüsstest!«, sagte sie, und für einen Augenblick schien es Nuramon, als wären alle Sorgen vergessen und als wäre er gar nicht fort gewesen. Doch dann sagte er: »Ich weiß es, Daoramu. Und jeder Zweifel, ob es zu schnell geht, ob ich meinen Gefühlen trauen darf oder ich mich zu sehr in dieses neue Leben fallen lasse, verblasst hier. Ich wünschte mir, die Gründe, die gegen uns sprechen, würden ebenso verblassen.« Er trat einen Schritt an sie heran, und sie verharrte regungslos. »Es geht nicht darum, was dein Vater und der Fürst wollen, sondern nur darum, was du willst.«

Sie ballte die Fäuste und schüttelte den Kopf. »Nein, du irrst dich. Was ich will, ist nicht mehr wichtig. Dass ich mich den Zwängen widersetzen und von einem gemeinsamen Leben mit dir träumen durfte, hatte ich meinem Vater zu verdanken. Nun aber hat er seine

Meinung geändert, und ich muss meine Träume und Sehnsüchte vergessen.«

»Wie du es schon einmal getan hast, als du die Erzählungen, die von Elfen sprachen, für Unfug hieltest.«

»Ja.« Die ersten Tränen rannen ihr die Wangen hinab. Nuramon trat näher und fing sie sanft mit seinen Fingern auf, doch Daoramu wich vor ihm zurück. »Ich kann nicht, Nuramon. Ich kann nicht!«

Nuramon schaute ihr nach und nickte langsam. »Bevor ich gehe, sage mir noch eins. Damit ich Gewissheit habe.«

»Ja?«

»Was würdest du tun, wenn du könntest, wie du wolltest?«

Sie seufzte, und ihre langen Wimpern fächerten. »Du weißt es doch. Willst du mich zwingen, es zu gestehen? Wäre es nicht besser, unserer Wege zu gehen, ehe der Schmerz zu groß wird?«

»Die Frau, mit der ich in Teredyr sprach, war die Herrin ihres Schicksals.«

Die Tränen rannen ihre Wangen hinab, und sie schien sich ihrer nicht zu schämen. »Aber hier gelten andere Regeln, Nuramon. Hier muss ich mich fügen. So bitter das auch ist.«

»Dann verzeih mir, dass ich deinen Vater um so einen törichten Wunsch bat.«

Daoramus Lippen bebten. »Es ist nicht deine Schuld. Wäre ich frei, *wäre* ich die Herrin meines Schicksals.« In ihren Augen lag ein Flehen, als bitte sie ihn, ihr zuzustimmen. Aber er schüttelte den Kopf. »Nein«, sagte er. »Wärest du die Herrin deines Schicksals, wärest du frei. Mir ist, als wärest du aus dem Gefängnis in Werisar in einen viel gefährlicheren Kerker geraten. Ebenso wie in Werisar steht nun auch hier die Tür deines Kerkers offen. Ob du hindurchtrittst, liegt bei dir. Was wäre, wenn du dich den Fesseln dieses Gefüges entzögest und einfach mit mir fortgingest?«

Sie senkte den Blick. »Vermutlich würde der Fürst annehmen, dass mein Vater uns deckt. Er würde nicht glauben, dass ich gegen seinen Willen fortging. Vater würde das Misstrauen des Fürsten auf sich ziehen und in Gefahr geraten. Ganz gleich, ob er Herzog ist oder nicht. Ich fürchte um ihn und meine Mutter.«

Nuramon nickte. Diese Antwort hatte er erwartet. »Nach allem, was Jasgur mir erzählte, kann dein Vater ganz gut auf sich und deine Mutter aufpassen.«

Sie zögerte. »Es ist eine große Versuchung, Nuramon. Aber ich kann nicht. Mach es nicht schlimmer, als es bereits ist.«

»Nun gut.« Er trat erneut an sie heran und fasste ihre zitternden Hände. Dann küsste er ihre Fingerspitzen. »Dann leb wohl, Daoramu.«

Schweren Herzens ging er zur Tür und blickte noch einmal zu ihr zurück. Daoramu weinte still und wandte sich mit verzweifelter Miene ab. Sie zu verlassen und die Tür hinter sich zu schließen schmerzte. Und noch mehr schmerzte es, mit einem Mal inmitten feiernder Krieger zu sein. Als er Nylma und Yargir entdeckte, hielt er auf sie zu, doch Borugar winkte ihn zu sich. Es kostete Nuramon Überwindung, dem Fingerzeig des Grafen zu folgen, und als er es tat, empfing Daoramus Vater ihn mit der heuchlerischen Frage: »Was hat sie dir gesagt?«

»Sie hat gesagt, was sie sagen musste«, antwortete Nuramon.

Borugar seufzte tief, seine Augen funkelten. »Es tut mir leid«, sagte der Graf. »Aber Fürst Yarro hat von dir erfahren und beschlossen, dir noch eine größere Ehre zu erweisen, als ich sie dir hätte bieten können. Dienst du ihm, darfst du um eine seiner beiden Töchter werben. Du könntest Teil der Fürstenfamilie werden.«

Jasgur, der an Borugars Seite saß, machte ein verwirrtes Gesicht. »Herr, was ist geschehen?«, fragte er schließlich.

»Schweig, Jasgur!«, sprach Borugar.

Der Schwertfürst warf Nuramon einen irritierten Blick zu.

»Ich möchte deinem Fürsten nicht zu nahetreten«, sagte Nuramon. »Aber seine Töchter interessieren mich nicht, ebenso wenig wie seine gesamten Angelegenheiten. Mich interessiert allein Daoramu.«

»Es ist nicht meine Entscheidung«, sagte Borugar. »Meine Familie schwebt in Gefahr, wenn Daoramu und du …«

»Ich weiß«, sagte Nuramon und nickte. »Dann schick mich stattdessen mit Daoramu zum Fürsten, wo immer er Hof hält, und ich werde ihm direkt zu Diensten sein. Solange ich in Daoramus Nähe bin und sie frei entscheidet, können du und dein Fürst meiner Treue sicher sein.«

Ungefragt mischte sich Herzog Helerur in das Gespräch. »Der Fürst lässt hier keinen Spielraum«, sagte er. »Eine Liebe zwischen dir und Daoramu ist ausgeschlossen.«

Nuramon ignorierte ihn und betrachtete weiterhin Borugar. »Was erwartest du nun von mir?«, fragte er.

Borugar zuckte mit den Schultern und wich seinem Blick aus. »Das bleibt deine Entscheidung. Geh zum Fürsten, schau dir die Töchter an. Vielleicht liegt dort deine Zukunft. Bei Daoramu liegt sie nicht.«

Nuramon hatte genug von diesem Gerede. »Darf ich mich zurückziehen?«, fragte er.

»Die Diener zeigen dir dein Zimmer«, erklärte Borugar. »Aber sag mir, was du tun wirst.«

Nuramon hatte sich schon fast abgewandt. »Ich werde über alles nachdenken und dann entscheiden«, erklärte er.

»Gut«, sagte Borugar.

Nuramon wandte sich nun ganz ab und schritt davon. Von der Seite nahte ein Dienstbote, hinter ihm folgten Nylma und Yargir mit ihren Satteltaschen. Der Diener schloss zu Nuramon auf und führte ihn und seine beiden Gefährten die Treppe hinauf. Aus der Halle war noch Jasgurs empörte Stimme zu hören. »Was bei allen Ahnen wird hier gespielt?«, fragte er.

»Schweig, Jasgur!«, war erneut alles, was Borugar seinem Schwertfürsten erwiderte.

Helerurs ruhige Stimme begann zu erklären, doch Nuramon blieb nicht stehen, um zu lauschen, sondern folgte dem Dienstboten über einen Gang in ein Gästezimmer auf der Westseite des Hauses. Im ersten Raum gab es vier Betten, im Nebenzimmer befand sich ein weiteres, größeres Bett.

Als der Diener gegangen war, ließ sich Nylma neben Nuramon auf das breite Bett fallen. »Was ist hier los?«, fragte sie, und Yargir sagte: »Hat sie dich wirklich zurückgewiesen?«

Nuramon nickte und beobachtete, wie Nylmas Mienenspiel binnen Kürze vom Erstaunen zum Zorn wechselte. Dann packte sie Nuramon an der Schulter und zog sein Gesicht ganz nah vor das ihre. »Das kann nicht sein«, sagte sie eindringlich. »Die Frau, mit der ich sprach, hätte sich gewiss nicht sagen lassen, wen sie zu lieben und wen sie nicht zu lieben hat.«

Nuramon befreite sich aus Nylmas Griff. »Diese Frau ist heimgekehrt«, sagte er und schüttelte den Kopf.

Nylma schnaubte. »Sie haben zumindest ein wenig Respekt vor dir«, sagte sie dann. »Die Gemächer sind eines Adligen würdig.«

»Was sollen wir jetzt tun?«, fragte Yargir und lehnte sich gegen die Wand.

»Was *bleibt* uns zu tun?«, erwiderte Nuramon. »Diese Yannadrier glauben, dass es die höchste Ehre sei, ihrem Fürsten zu dienen und seine Töchter zu schwängern.«

»Ganz ruhig, Nuramon«, sagte Nylma. »Sie haben Respekt vor deiner Macht. Jene, die Macht haben, fürchten, sie wieder zu verlieren, und vergessen darüber, sie richtig auszuüben. Und deine Fähigkeiten können Angst machen. Wenn du einem genialen Feldherrn wie Borugar zu Diensten bist und eine Frau wie Daoramu zum Weibe nimmst, kann einem Herrscher schon mal der Angstschweiß in die Stirn drängen.« Sie schüttelte den Kopf. »Das sieht Daoramu nicht ähnlich.«

Nuramon ließ den Kopf sinken und atmete tief aus. »Vielleicht ist es wirklich besser, es endet hier«, sagte er.

Yargir nickte. »Man kann eine Frau wie Daoramu nicht zur Liebe zwingen.«

Nylma schüttelte den Kopf und sprang auf. »Jetzt hört mal, ihr Liebesvögel. Ihr liegt beide falsch. Sie liebt dich, Nuramon. Und ich werde hier nicht fortgehen, ohne mit ihr von Frau zu Frau gesprochen zu haben. Danach wird sie Wachs in deinen Händen sein, mein lieber Elf.«

Nuramon fragte sich, ob er selbst noch einen Versuch wagen sollte, Daoramu umzustimmen. Immerhin ging es um seine Liebe und nicht um die seiner Gefährten. Aber er fürchtete, dass er Daoramus

Kummer mit seiner elfischen Art nur noch verschlimmern würde. »Vielleicht helfen Menschenworte besser als Elfenworte«, sagte er schließlich.

Nylma schüttelte den Kopf und spielte mit den Fingern an der geflochtenen Lederkette an ihrem Hals. »Nicht Menschenworte statt Elfenworte.« Ihr Blick wanderte zwischen Nuramon und Yargir hin und her. »Frauenworte statt Männerworte.«

Nuramon konnte nicht anders: Er musste lächeln.

Es war die härteste Entscheidung, die Daoramu je getroffen hatte. Sie bereute es, Nuramon zurückgewiesen zu haben und schämte sich so sehr für ihre Schwäche, dass sie ihrem Vater gesagt hatte, sie werde dem Fest am Abend fernbleiben. Sie wollte ihre Demütigung nicht zur Schau stellen.

Am Nachmittag kam Borugar zu ihr und bat sie um Verzeihung. Sie flehte ihn an, alles noch einmal zu überdenken und ihrem Rat zu folgen, doch er blieb bei seiner Entscheidung. »Helerur hat recht«, sagte er. »Ohne Nuramon kann ich mich vielleicht als Herzog behaupten. Mit ihm gerate ich direkt ans Messer. Glaub mir.«

»Du meinst: Glaube Helerur«, entgegnete Daoramu.

Borugar verzog die Miene. »Seit wann misstraust du ihm?«

»Seit er hier ist. Auch er scheint Nuramon nicht in unserer Nähe haben zu wollen. Wenn der Fürst sich erst einmal selbst ans Messer geliefert hat, wird Helerur Leute wie dich als Retter herbeirufen und sich zu gegebener Zeit zum Fürsten küren lassen. Es würde mich nicht wundern, wenn Helerur die Angst vor Nuramon geschürt hat, weil er ihn selbst fürchtet.«

»Daoramu! Willst du mir wirklich sagen, dass der Mann, der dir immer ein Beispiel war, zu so etwas fähig wäre? Ich kenne ihn schon seit meiner Kindheit.« Er schüttelte den Kopf. »Du bist blind vor Liebe«, sagte er leise.

»Nicht zu blind, um die Absichten deiner Rivalen zu erkennen, Vater. Das war immer deine Schwäche! Die Feinde schätzt du selten falsch ein, aber du bist blind für das, was in deinem Rücken vorgeht.«

Er schüttelte den Kopf. »Langsam wird mir das klar, Kleines.«

»Du wolltest mich nicht mehr so nennen«, sagte sie und wusste zugleich, dass dies das Ende aller Verhandlungen auf Augenhöhe mit ihrem Vater war. Was auch immer er ihr in der Vergangenheit an Freiheiten gewährt hatte, von nun an erwartete er von ihr, was alle anderen adligen Eltern von ihren Kindern erwarteten: dass sie sich fügte.

»Du willst nicht, dass ich dich Kleines nenne?«, sagte Borugar. »Dann benimm dich wie eine Erwachsene.«

»Ist das alles, Vater?«, fragte sie.

»Nicht ganz. Ich erwarte, dass du heute Abend auf dem Fest erscheinst. Ich möchte nicht, dass irgendwer den Eindruck gewinnt, dass etwas in unserem Haus nicht stimmt.«

Sie hielt seinem Blick stand. »Nein«, sagte sie. »Ich werde nicht kommen.«

»Ruh dich aus«, sagte ihr Vater. »Ich lasse später nach dir schicken.« Und mit diesen Worten verließ er das Zimmer.

Daoramu starrte auf die geschlossene Tür. Sie erkannte die Menschen, die ihr nahestanden, nicht mehr wieder. Und auch sie selbst war nicht mehr dieselbe. Als kurz darauf auf dem Gang vor ihrem Zimmer Wachen erschienen, war Daoramu erschüttert. Ihr Vater hatte für etwas Maßnahmen getroffen, das sie noch gar nicht ernsthaft erwogen hatte. Er glaubte offenbar, dass sie zu Nuramon gehen wollte, um mit ihm aus all den Zwängen zu entfliehen. Die Enttäuschung über ihren Vater war nun vollkommen, und auch ihre Mutter, die nach einer Weile zu ihr kam, konnte nichts daran ändern. »Ich möchte dich und deinen Vater versöhnt und glücklich sehen«, sagte Jaswyra. »Vielleicht können wir Zeit gewinnen, und Borugar ändert seine Meinung. Aber du solltest bis dahin keine Dummheit begehen.«

»Dummheit?« Daoramu schaute zur Tür. »Hast *du* etwa die Wachen auf den Gang geschickt?«

Sie lächelte traurig. »Dein Vater hat nicht einmal daran gedacht, dass du weich werden könntest oder Nuramon dich entführen könnte.«

»Nicht auch noch du, Mutter! Dass Vater mir nicht vertraut, ist bitter genug.«

Jaswyra fasste Daoramus Hand und schaute sie aus ihren großen Augen an. »Wenn ein wenig Zeit vergangen ist, wirst du sehen, dass es die richtige Entscheidung war. Und vielleicht bekommst du doch noch, was du willst.«

Daoramu zweifelte daran. Sie fürchtete, ihren Entschluss, den sie Nuramon im Ratssaal offenbart hatte, ihr ganzes Leben lang bereuen zu müssen. Als ihre Mutter fort war, vergrub sie sich in ihrem Bett, bis die Trommeln und das Flötenspiel den Abend willkommen hießen. Als die Gesänge von Lied zu Lied anschwollen, war es ihr, als versammelte sich dort unten in der Halle eine Menschenmenge, um sie lauthals zu verspotten. Ihr Vater ließ zweimal nach ihr schicken, doch sie weigerte sich, an der Feier teilzunehmen. Als es zum dritten Mal klopfte, riss Daoramu die Tür auf, um dem Hausvogt ihre Entscheidung ein für alle Mal ins Gesicht zu brüllen. Doch statt Ulargur stand sie Nylma gegenüber. Die Kriegerin blickte sie überrascht an.

»Verzeih mir«, sagte Daoramu und bat die Frau aus Teredyr herein.

Nylma zwinkerte ihr zu. »Ich habe schon einigen Kämpfern gegenübergestanden«, sagte sie. »Aber an dem Tag, an dem mir einer mit *dem* Blick begegnet, vergehe ich vor Feigheit.«

Daoramu schloss die Tür und geleitete die Kriegerin zu der Bank unter dem Fenster. »In diesen Tagen zeigen alle ihre neuen Gesichter. Ich zeige das Gesicht des Zorns und meine Eltern das des Misstrauens. Es ist wie auf einem Maskenball.« Sie musste schmunzeln. »Wie bist du überhaupt an den Wachen vorbeigekommen?«, fragte sie, als sie sich setzten.

»Ich sagte, ich hätte eine Abschiedsbotschaft von Nuramon.«

»Und? Hast du eine?«

Die Kriegerin schüttelte den Kopf. »Natürlich nicht.«

»Schickt er dich denn?«

»Nein. *Er* ist bereit, dein Spiel zu spielen.« Nylma schaute sich im Raum um, und ihr Blick verharrte einige Zeit an den Wandmalereien der Jasborer Heldenfürsten.

»Und was willst du dann?«, fragte Daoramu.

»Dich etwas fragen, nichts weiter.« Nylma starrte ihr direkt in die Augen. »Ist es wirklich dein Ernst? Weist du ihn tatsächlich zurück?«

Daoramu ließ die Schultern hängen. »Ich muss, Nylma«, sagte sie.

»Weißt du, dass ich seit meiner Kindheit die Frauen von ihm schwärmen höre? Doch er ließ niemanden an sich heran. Es muss Jahre her sein, dass er sich einer Frau auf diese Weise anvertraut hat.«

»Nylma. Ich fühle alles für ihn, was ich dir sagte. Aber ich müsste schon mit ihm fortgehen, wenn ich dem Zorn des Fürsten entkommen wollte. Und dann könnte ich meinem Vater nicht mit meinem Rat beistehen. Ich könnte ihn nicht schützen, verstehst du?«

»Und wie genau sah der Rat aus, der ihn dazu brachte, gegen dein Empfinden zu handeln und Nuramon zurückzuweisen? Und hast du ihm auch geraten, die Wachen da draußen aufzustellen?«

Daoramu stand auf. Sie blickte aus dem Fenster in die Nacht hinaus. »Es stimmt: Das Vertrauen ist dahin.«

Nylma erhob sich und fasste Daoramus Hand. »Du bist nicht die Frau, die wir aus dem Kerker befreit haben. Du musst aber wieder zu dieser Frau werden. Sonst wirst du nur zu einer weiteren Adligen, die sich allem und jedem fügt.«

Daoramu seufzte. »Ich dachte immer, es bliebe mir erspart. Aber die Zwänge bestimmen uns alle, vom Bauern bis zum Fürsten.«

»Stell deinen Vater vor vollendete Tatsachen. Er wird damit umzugehen wissen. Wie ein Feldherr, der im Kampf vor eine neue Herausforderung gestellt wird.« Nylma lächelte sanft. »Mein Vater dachte, Yargir sei nicht gut genug für mich. Und ich sagte ihm, er solle nicht schlecht über den Vater seiner zukünftigen Enkelkinder sprechen. Nun sind Yargir und ich Mann und Frau, und mein Vater hat jeden Zweifel überwunden. Wir haben ihm keine Wahl gelassen.«

»Ihr seid Mann und Frau?« Daoramu musste lächeln, doch Nylma wiegelte ab und zog einen Almandin an einer Lederkette aus dem Ausschnitt ihres Hemdes. Daoramu erkannte ihn wieder. Nuramon hatte ihr den roten Edelstein im Minendorf gezeigt.

»Dies machte Nuramon mir zum Hochzeitsgeschenk. Einst wurde es ihm von seiner Liebe geschenkt, und es rettete ihm das Leben. Nun gibt er es einfach her und lässt alles Alte, das ihn gebunden hat, hinter sich. Verstehst du?«

Daoramu starrte den Almandin an und fragte sich, ob es Nuramon schwergefallen war, diesen Stein, der ein wichtiger Teil seines Lebens war, fortzugeben. Aber was hatte *sie* aufgegeben, um ihn für sich zu gewinnen? Sie überlegte lange und fällte schließlich einen Entschluss. »Ich komme mit«, sagte sie. »Noch heute Nacht.«

Nylma umarmte sie. »So kenne ich dich.«

»Ich habe solche Angst«, sagte Daoramu und lachte. Sie fühlte sich fast schwebend und war dabei zittrig vor Unruhe.

»Die Angst gehört dazu«, sagte Nylma grinsend.

»Wie sollen wir es anstellen?«, fragte Daoramu.

»Du schreibst deinen Eltern einen Abschiedsbrief. Dann kommst du auf die Feier. Und dann folgen wir einfach meinem Plan.«

»Du hast bereits einen Plan?«

»Man lernt viel über ein Volk, wenn man deren Latrinen aufsucht.«

»Die Latrinen?« Daoramu staunte.

Nylma lachte. »O, diese Schamhaftigkeit! Bei uns gibt es eine Latrine für alle. Bei euch zwei Bereiche: einen für Männer, einen für Frauen. Und dann diese Kammern und diese Vorhänge! Diese Schamhaftigkeit ist wie eine gewaltige Bresche in einer Stadtmauer. Und genau durch eine solche Bresche werden wir marschieren.«

»Wir sollen durch die Latrinen klettern?«, fragte Daoramu.

Nylma legte den Kopf schief und lächelte sie an. »Aber nein, meine Liebe. Oder sehe ich so aus, als würde ich eine Grafentochter durch die Latrinen entführen?«

Ein Abend in Merelbyr

Nuramon saß Helerur gegenüber, schaute aber immer wieder an Borugar und Jaswyra vorbei zu Daoramu. Ihr Blick wirkte kühl, der ihrer Mutter misstrauisch.

»Du hast dich also entschieden, das Angebot des Fürsten anzunehmen«, sagte Helerur und trank einen Schluck Wein aus seinem versilberten Pokal.

»Das habe ich nicht gesagt, Herzog«, antwortete Nuramon. »Ich sagte lediglich, dass ich noch in dieser Nacht aufbrechen werde, um an seinen Hof zu gelangen. Jasgur war so nett, mir den Weg zu beschreiben, und vielleicht kann ich über die Albenpfade sogar noch ein wenig schneller in Urijas sein.«

»Was willst du beim Fürsten, wenn du sein Angebot ausschlagen willst?«, fragte der Herzog.

Daoramu musterte Helerur mit starrem Blick.

Nuramon erinnerte sich an das, was Nylma ihm von Daoramu ausgerichtet hatte. »Ich werde dem Fürsten ein anderes Angebot machen«, sagte er. »Ich kann ihm mehr dienen, als meine Liebe ihm schaden kann. Dein Fürst wird ein Einsehen haben.« Er war kein guter Lügner, nicht für einen Elfen. Doch wenn er ruhig blieb, merkten die meisten Menschen nicht, wenn er log.

»Du unterschätzt meinen Herrn«, sagte Helerur. »Sei vorsichtig. Er ist sehr leicht gekränkt.«

»Vielen Dank für deinen Rat, Herzog.« Nuramon nickte Helerur zu. Selbstverständlich würde er nicht nach Urijas gehen. Wenn aber alle ihm diese Lüge glaubten, würde niemand erwarten, dass Daoramu und er noch an diesem Abend gemeinsam verschwanden.

Daoramu hielt den Blick starr auf ihren Teller gerichtet, wo Brot und Ziegenkäse ebenso unangetastet geblieben waren wie alle anderen Speisen an diesem Abend. Borugar warf seiner Tochter einen letzten prüfenden Blick zu, dann erhob er sich. »Auf Jasgur!«, rief er und hob seinen Pokal. Die Gäste riefen den Namen des Schwertfürsten, und schon wurde das nächste Lied gespielt, und die Leute tanzten zwischen den Tischreihen.

Kaum hatten die Musikanten ihr Lied gespielt, erhob sich Daoramu mit trotziger Miene und rief: »Auf Nuramon! Und dass er am Hof des Fürsten Gehör findet!« Borugar und seine Vertrauten wiederholten den Trinkspruch nur halbherzig. Die Zustimmung der übrigen Gäste jedoch war ohrenbetäubend und brachte Daoramu endlich zum Lächeln.

Schließlich winkte Nuramon Yargir und Nylma zu sich und bat sie, die Pferde satteln und die Taschen aufladen zu lassen. Als alles bereit war, verabschiedete er sich von Borugar und Helerur und beugte dann sein Haupt vor Jaswyra.

»Auf Wiedersehen, Daoramu!«, sagte er schließlich. »Mögen deine Ahnen mir beistehen. Falls ich den Fürsten aber nicht umzustimmen vermag, ist dies unser Lebewohl.«

»Ich werde auf dich warten und hoffen, so lange es auch dauert«, entgegnete sie. »Auf Wiedersehen, Nuramon.«

Waren Daoramus Abschiedsworte gespielt, um bei den Gästen einen falschen Eindruck zu erwecken, war Jasgurs Lebewohl aufrichtig und warmherzig. »Es war eine Ehre, an deiner Seite zu kämpfen«, sagte er und reichte Nuramon die Hand. Er ergriff und drückte sie. »Und dein Herr kann stolz sein, einen so treuen Schwertfürsten in seinen Reihen zu haben«, sagte Nuramon.

Schließlich wandte er sich ab und schritt hoch erhobenen Hauptes an Yargirs Seite durch den Festsaal. Das Letzte, was er sah, ehe er die Halle verließ, war Nylma, die sich am Rande der Feier unauffällig durch die Menschenmenge bewegte.

Erst als Nuramon im Freien war, wurde er unruhig. Er kannte Nylmas Plan, und deshalb wusste er auch, dass Daoramu sich jetzt auf den Weg zu den Latrinen machen sollte. Dort würde Nylma sie erwarten und ihr Kleidung geben. Daoramu würde sich von der Grafentochter im roten Festkleid in eine Kriegerin im braunen Mantel verwandeln und an Nylmas Seite die Halle verlassen. So zumindest lautete Plan der Kriegerin.

»Ich habe Angst, Nuramon«, flüsterte Yargir, als sie die gesattelten und beladenen Pferde aus dem Stall auf den Hof hinausführten.

»Wenn du deiner Frau nicht vertraust, wie soll *ich* es dann tun?«, erwiderte Nuramon und zupfte am Sattel, als prüfte er alles.

Yargir räumte einen Beutel von der einen Satteltasche in die andere. »Natürlich vertraue ich Nylma. Sie wird da lebend herauskommen.« Er schaute zum Tor des Anwesens, wo vier Wachen in ein Gespräch vertieft zu sein schienen und die Gäste unbehelligt ein und aus gehen ließen. »Aber man muss seine Gegner kennen. Einer wie Jasgur könnte etwas bemerken. Was, wenn Nylma ohne Daoramu zu uns stößt?«

»Dann reiten wir drei geradewegs zum Fürsten und tun genau das, was ich Helerur und Borugar angekündigt habe. Mach dir keine Sorgen.«

»Wer macht sich hier Sorgen?«, erwiderte Yargir und zwinkerte ihm zu.

Nuramon überprüfte seine Steigbügel und ließ dabei den Blick über den Hof wandern. Bis auf die durch Laternen, Feuerschalen und Lampions geschaffenen Lichtinseln am Tor und am Haus war es dunkel. Am Eingang zum Haus tummelten sich etliche Wachen und jene Gäste, die zwischen den Tänzen frische Luft schnappen wollten. Der Platz vor dem Stall, an dem Nuramon und Yargir mit den drei Pferden warteten, war von einer einsamen Öllampe nur schwach beleuchtet. Niemand schien ihn und Yargir zu beachten.

»Ist es nicht schlimm, abwarten zu müssen?«, fragte Yargir leise.

»Du musst lernen, wann du handeln und wann du geduldig sein musst. Ich habe einmal fünfzig Jahre auf meine Freunde gewartet.«

»Wie viel sind das in Menschenjahren?«

Nuramon lachte leise.

»Da«, flüsterte Yargir.

Nylma kam aus dem Haus, und eine Gestalt schloss zu ihr auf, die kaum mehr etwas mit der Grafentochter gemein hatte, die Nuramon eben noch im Festsaal gesehen hatte. War ihr Haar eben noch hochgesteckt gewesen, fiel es ihr nun offen über die Wangen und gab nur ein schmales Stück ihres Antlitzes preis. Hätte Nuramon es nicht besser gewusst, so hätte er Daoramu nicht erkannt. Sie fiel in dem braunen Mantel neben der Teredyrer Kriegerin nicht weiter auf. Sie waren beide hochgewachsen und bewegten sich mit selbstbewussten Schritten voran. Nur die dunkelroten Schuhe mochten Daoramu verraten; sie waren noch immer die einer Adligen.

Als Nuramon sah, dass sich zwei der Wachen am Eingang den Frauen näherten und sie ansprachen, fürchtete er um ihren Plan, harrte aber weiter aus.

»In deinen Träumen«, rief Nylma den Männern zu und lachte.

»Habt euch nicht so!«, erwiderte einer der beiden Wachen.

»Wir kommen später noch mal zurück«, sagte Nylma. »Dann solltet ihr zwei Freunde mitbringen.«

»Habt ihr etwa noch zwei Freundinnen?«, fragte der andere Krieger.

»Nein, aber viel Zeit«, erwiderte Nylma.

Die beiden Krieger tauschten verwunderte Blicke, dann machten sie sich auf den Weg ins Haus.

Yargir lachte leise auf. »Ich liebe diese Frau«, hauchte er.

»Sag das nicht mir«, flüsterte Nuramon, »sondern ihr.«

Nylma und Daoramu kamen heran. Während Yargir Nylma mit einem breiten Grinsen die Zügel ihres Pferdes in die Hand drückte, griff Nuramon nach Daoramus zitternder Hand. »Halt dich in meinem Rücken«, sagte er ruhig.

Sie nickte und lächelte ihn unsicher an, und am liebsten hätte er sie in die Arme geschlossen und geküsst. Doch er wollte keinen Verdacht auf sich ziehen. Er musste geduldig sein, bis sie entkommen waren. Und so führte er die Gefährten gemächlich zum Tor des Anwesens.

Die vier Gardisten, die den Ausgang bewachten, wurden sofort auf sie aufmerksam. »Alvaru!«, sagte einer von ihnen, als Nuramon die Feuerschale erreichte. »Du reist ab?« In seiner Stimme schwang Bedauern mit.

»Ich muss zu eurem Fürsten«, antwortete Nuramon und schaute abwechselnd in die Gesichter der Krieger, um so viele Blicke wie möglich an sich zu binden und so von Daoramu fernzuhalten. »Euer Herr hat mich ihm – empfohlen.«

»Und kommst du wegen Daoramu wieder?«, fragte die einzige Frau unter den Wachen.

»Wenn das Schicksal uns hold ist.«

»Alles Gute«, sagte der Wachführer, und die anderen Gardisten nickten. Dann ließen sie ihn und seine Gefährten passieren.

Sie waren gerade durch das Tor geschritten, als der Wachführer ihnen nachrief. »Alvaru!«

Nuramon wandte sich um.

»Stimmt es, dass du auf Zauberwegen wandeln kannst?«

Nuramon legte seine Zügel in Daoramus Hände. »Weiter«, sagte er ihr leise. Während Daoramu Nylma und Yargir folgte, antwortete er dem Wachführer laut: »Es ist die Wahrheit.«

Die Wachen tauschten gefällige Blicke, dann winkten sie ihm zum Abschied. Nuramon winkte zurück, wandte sich um und folgte seinen Gefährten. Kaum waren diese aus dem Blickfeld der Wachen verschwunden, stiegen sie auf die Pferde. Nuramon schaute die Mauer hinauf, aber dort war niemand, der sie hätte zurückhalten können.

»Verschwinden wir!«, flüsterte Daoramu und reichte ihm die Hand, um ihm auf das Pferd zu helfen. Er ergriff und küsste sie. Dann schwang er sich hinter seine Geliebte auf den Rücken des Tieres.

»Ich hoffe, du vertraust mir«, flüsterte Daoramu ihm zu. Noch ehe er antworten konnte, gab sie dem Pferd die Sporen, und gemeinsam ritten sie in die Nacht hinaus.

Daoramu ritt im kühlen Wind dieser Nacht ihrem neuen Leben entgegen, und die Last, die Nuramon im Osten von ihr genommen hatte, als er sie aus dem Kerker in Werisar befreit hatte, konnte sich nicht mit der messen, die nun von ihr abfiel. Mit Nuramons Körper an ihrem Rücken und seinen Armen um ihre Hüften schien es ihr, als hätte sie nicht nur ihre eigene Freiheit wiedererlangt, sondern auch Nuramon vor einem Dienst bewahrt, der ihn in Fesseln gelegt hätte.

Während Daoramu der Straße zwischen den mondbeschienen Feldern durch die Nacht folgte, fühlte sie sich wieder wie die Herrin ihres Schicksals. Daoramus Sehnsüchte eilten ihr durch die Dunkelheit voraus, und sie wünschte sich bereits nach Teredyr; diesmal in die befreite Stadt unten im Tal, in der sie noch nie gewesen war. Dort würde sie in Nuramons Armen liegen. Wie sehr sie sich wünschte, dass die Pferde rasch zu ihren Sehnsüchten aufschließen könnten!

Als sie endlich auf die Kranzstraße hinabkamen und sich unweit zweier Höfe drei großen Findlingen näherten, sprang Yargirs Pferd mit einem Mal nach links zur Seite und lief ins Feld. Daoramu vermutete, dass das Pferd vor einem Tier gescheut hatte, das sich in den Schatten der Felsen verbarg. Sie wollte gleichfalls zur Seite ausweichen, doch da blieb ihr Hengst unvermittelt stehen und stieg wiehernd auf die Hinterbeine. Daoramu rang um Halt und spürte, wie Nuramon seinen Griff um sie löste und damit sein Gewicht von ihr nahm. Er war fort, und das Pferd fing sich wieder. Als sie sich nach Nuramon umsehen wollte, zischte etwas heran und gab ihrem Reittier einen festen Stoß. Das Wiehern geriet zu einem Brüllen, dann stürzte der Hengst zur Seite.

Daoramu ließ die Zügel los und bemühte sich, aus dem Sattel zu entkommen, doch zu einem Sprung reichte es nicht. Sie schlug hart mit der Seite auf die Straße auf, und ihr rechtes Knie brannte vor Schmerz.

Mit zusammengebissenen Zähnen schaute Daoramu sich um. Von Yargir war im Mondschein nichts mehr zu sehen und ebenso wenig von Nuramon. Nylma aber kam neben sie geritten, sprang aus dem Sattel und lief mit gezogener Klinge den Felsen entgegen. Der Schrei eines Mannes ertönte und verging mit einem Gurgeln. Dann war Nylma verschwunden, die Schatten gerieten in Unordnung und wölbten sich wild durcheinander. Hacken und Schreien, Krachen und gelegentlich das Schleifen von Metall hallten durch die Nacht.

Daoramu quälte sich keuchend auf die Beine und führte ihre zitternde Hand an das Schwert, das Nylma ihr gegeben hatte, wagte es aber nicht, die Klinge zu ziehen.

An den Felsen tauchte ein Schatten nach dem anderen ab und verschmolz mit der Nacht. Die Schmerzensschreie der Hinabsinkenden verklangen rasch, mit dem Schwerte abgeschnitten von dieser Welt. Ein stummer Schatten blieb aufrecht stehen. Ein anderer näherte sich Daoramu von der Seite. Sie umschloss den Schwertgriff fester, doch dann erkannte sie, dass der nahende Schatten Nylma war. Zu ihrer Rechten erblickte sie nun Yargir, der an ihr vorüberritt und auf den Wald zugaloppierte. Der eine aufrechte Schatten bei den Felsen, der nun nicht mehr zu sehen war, musste Nuramon gewesen sein.

»Alles in Ordnung, Daoramu?«, flüsterte Nylma.

»Wo ist Nuramon?«, entgegnete sie.

»Hier bin ich«, sagte er und trat an ihre Seite. Er betrachtete ihre Hand, die zu ihrem schmerzenden Knie gewandert war, und berührte sanft ihr pochendes Bein. Obwohl sie Hosen trug, glaubte sie, seine Fingerspitzen auf ihrer Haut zu spüren. »Dein Knie ist aufgeschlagen«, erklärte er mit warmer Stimme und holte etwas von dem nunmehr regungslosen Pferd.

Das warme Licht des Barinsteins schälte sich aus der Dunkelheit. Daoramu erblickte den Pfeil, der im Hals des Tieres steckte, und schaute sich dann zu Nylma um. Die Kriegerin lächelte sanft.

Als Nuramon mit seinem Dolch einen kleinen Schlitz in ihre Hose schnitt, um seine Fingerspitzen unmittelbar auf die schmerzende Stelle legen zu können, sah Daoramu, dass Blut an seiner Wange herabperlte. Sie wischte es fort und stellte mit Erleichterung fest, dass es nicht ihm gehörte. Es musste von jenen stammen, die ihnen aufgelauert hatten. Nuramons Blick wechselte zwischen ihren Augen hin und her. Seine Hände waren kühl wie Quellwasser und betäubten den brennenden Schmerz, bis er nur noch ein Kitzeln war. Und selbst als er die Hände von ihr löste, blieb das kühlende Gefühl.

Yargir kam zurückgeritten. »Sie sind im Wald verschwunden. Ich habe sie laufen lassen.«

»Aber wer waren sie?«, fragte Nylma.

»Wegelagerer hatten wir hier ewig nicht mehr«, erklärte Daoramu. Es gab hier wie überall in Yannadyr Diebe und Räuber, aber sie suchten sich ihre Opfer in der Regel gezielt aus. Die Schwertfürsten ihres Vaters hatten gerade in den letzten Jahren viel Respekt verbreitet, und die Bauern und Händler fühlten sich sicher.

»Das sind jedenfalls keine Krieger aus Merelbyr«, sagte Yargir, der zu den toten Kriegern hinübergegangen war.

Daoramus Knie fühlte sich fremd an, aber dennoch erhob sie sich. Nuramon stützte sie mit der freien Hand, in der anderen hielt er den Barinstein und beleuchtete die leblosen Körper zu Yargirs Füßen. Die Toten erschreckten Daoramu. Drei von ihnen hatten klaffende Brustwunden, der letzte einen aufgeschnittenen Hals. Zwei starrten in den Himmel und wirkten, als stellten sie sich nur tot. Die Stoffrüstungen und die dunkelgrauen Mäntel, die die toten Männer trugen, sagten ihr nichts, aber die Messingfibeln erkannte sie. Sie zeigten den Bären, das Zeichen des Herzogs von Byrmul.

»Helerur«, sagte sie leise.

Nuramon nickte langsam. »Er will nicht, dass ich dem Fürsten zu nahekomme.«

Daoramu starrte erneut in die Gesichter der toten Krieger und flüsterte: »Helerur – ich habe ihn bewundert, wisst ihr. Viele Jahre lang. Und nun hat er Meuchelmörder auf uns angesetzt.« Sie dachte an ihren Vater. Solange Helerur sich seiner Freundschaft gewiss sein durfte, wäre er sicher. Ihr Vater würde seinem alten Freund ein guter Diener sein, wenn dieser erst einmal zum Fürsten aufgestiegen war. Zumindest in dieser Hinsicht musste sie sich vorerst keine Sorgen machen.

Nuramon zog sie sanft an sich heran und fuhr ihr durch das vom Wind zerzauste Haar. »Helerur konnte nicht wissen, dass du bei mir bist«, sagte er. Doch das beruhigte Daoramu nicht. Allein der Gedanke, dass Helerur zu solchen Mitteln griff, und das so leichtfertig, erschütterte sie. Es war wie die letzte Lektion eines Lehrmeisters. »Ich will nur noch fort«, sagte sie und wandte sich ab.

Nylma überließ Nuramon ihr Pferd und stieg bei Yargir auf. Als Nuramon seine Taschen geholt hatte, half er Daoramu in den Sattel und stieg erneut hinter ihr auf. Das überraschte sie. »Vielleicht solltest du lieber …«, sagte sie.

Er schüttelte den Kopf. »Es ist *deine* Flucht aus *deiner* Heimat.«

»Du bist unsere Feldherrin, Daoramu«, erklärte Nylma und brachte sie damit zum Schmunzeln.

Nuramon ließ den leuchtenden Stein in einem seiner Beutel verschwinden, und die Nacht legte ihren Schleier über die grausamen Einzelheiten des Kampfes. Daoramu fühlte weder Schuld noch Zorn. Sie dachte nur an ihre Träume, die ihr schon wieder ein Stück weiter vorausgeeilt waren.

Eine Nacht in Teredyr

Der Morgen war noch fern, und es regnete, als Nuramon mit Daoramu, Nylma und Yargir Teredyr erreichten. Das Westtor war vor fünf Tagen fertig geworden und gewährte den Menschen, die aus dem Hochtal zurückgekehrt waren, endlich wieder ein Gefühl der Sicherheit. »Mein Haus ist euer Haus«, hatte der Stadtälteste noch am Morgen zu Nuramon gesagt, und so schlugen sie den Weg zur Familie Yurgaru ein, während eine der Wachen voraneilte, um sie anzukündigen.

Yargir leuchtete den Gefährten mit dem Licht des Barinsteins, den Nuramon ihm geschenkt hatte, den Weg durch die finstere Stadt. Daoramu saß als Einzige im Sattel. Ihr Knie war geprellt, und sie hatte ihre Kräfte bei dem Marsch auf den Albenpfaden erschöpft. Das Angebot, sie vor der Ankunft zu heilen, hatte Daoramu zurückgewiesen. Sie betrachtete nun versonnen die langen Häuser entlang der Hauptstraße. Als sie die Ruinen eines niedergebrannten Gebäudes passierten, sagte sie leise: »Abseits solcher Stellen glaubt man kaum, dass hier eine Schlacht getobt hat. Und die Bauweise hier … ist sehr alt.«

Nylma nickte. »Unsere Ahnen waren Bauern und Arbeiter. Ihre Anführer waren Baumeister, die Grenzfestungen, Straßen und Handelsposten errichteten.«

Auf dem Marktplatz führte Yargir sie gen Norden zum Haupthaus der Familie Yurgaru. Es war eines von vier Langhäusern, überragte die anderen aber mit seinen drei Stockwerken. Die Yurgaru waren keineswegs die reichsten Einwohner Teredyrs, galten aber als die älteste Familie, und der legendäre Baumeister Yurgar hatte diese Häuser ebenso errichtet wie die Stadtmauern.

An der Tür des Hauses leuchtete eine Öllampe, und hinter einigen Fenstern brannte Licht. Yarema, die Magd der Familie, erwartete sie bereits, bat sie herein und führte sie in die Stube. Während Yarema zu ihrem Hausherrn ging, um ihn über die Ankunft der Gäste zu informieren, kümmerten Yargir und Nylma sich um die Pferde, und Nuramon blieb mit Daoramu allein zurück. Im Schein der Kerzen bemerkte er ihren wachen Blick, der über seinen Körper wanderte. »Während deiner Zeit in Teredyr hast du wirklich all die Jahre nicht in einem Haus, sondern an der Quelle im Wald gelebt?«, fragte sie schließlich.

Nuramon nickte.

»Und was hast du getan, wenn es regnete?«

»Ich wurde nass«, antwortete er lächelnd.

»Und im Winter hast du gefroren?«, fragte sie schmunzelnd.

Er schüttelte den Kopf.

»Ihr Elfen könnt doch frieren, oder?«

»Gewiss«, sagte er. »Aber die Magie schützt mich vor vielem, ohne dass ich danach frage. So wie du bei Kälte zitterst oder bei Hitze schwitzt, so wirken einige Zauber bei mir. Sie geschehen einfach. Nur wenn ich diese Zauber schlafen schicke, spüre ich, wie kalt diese Welt sein kann.«

Sie legte den Kopf schief und grinste ihn an. »Es ist schon ein wenig kalt.«

»Ich könnte im Kamin Feuer entzünden«, sagte Nuramon. »Oder aber ich spreche meinen Wärmezauber auf dich.«

Daoramu machte ein erwartungsvolles Gesicht, und Nuramon reichte ihr die Hände. Sie nahm sie an, ohne den Blick von seinen Augen abzuwenden. Er spürte Daoramus Puls, die Adern und sogar das Blut. Er musste nur den Zauber, der bis zu seinen Fingerspitzen reichte, auf sie überspringen lassen. Was ihn früher Konzentration gekostet hatte, war nun nicht schwieriger, als eine kalte Hand mit der eigenen zu wärmen.

Plötzlich zog Daoramu die Hände zurück und ließ die Finger zappeln. »Es kitzelt«, sagte sie. Sie drehte die Hand und schaute den Arm hinauf. Sie hielt den Atem an, hob den Kopf und schloss die Augen. »Es ist wie ein zweiter Herzschlag«, flüsterte sie. Die Röte kroch ihr in die Wangen, dann schaute sie an sich hinab und atmete tief ein und aus. »Ist das Magie?«

»Die gleiche Magie, die dir die Schmerzen nahm«, antwortete er.

»Aber dies ist anders, Nuramon.«

»Weil dieser Zauber wärmt – nicht wie eine Decke, die sich über deine Haut legt, sondern eher wie …« Er überlegte.

»Wie ein heißes Bad«, sagte sie. »Nur dass die Wärme von innen kommt.«

»Manche mögen das nicht«, erklärte er.

»Das glaube ich nicht.«

»Oh, glaube es«, sagte eine alte Stimme, und Yangor trat in einen Wollmantel gehüllt näher. »Er hat den Zauber manchmal im Winter gewirkt. Manche hatten das Gefühl, das Fleisch auf ihren Knochen gehöre ihnen nicht mehr.« Der Stadtälteste trat an Daoramu heran und schloss sie in die Arme, dann klopfte er Nuramon auf die Schulter. »Die Magie ist etwas Unheimliches. Solange alles seinen Gang geht, möchten die meisten Menschen sie sich nicht ins Haus holen.« Er schaute auf Daoramus Bein und dann in Nuramons Gesicht. »Aber nun sag mir: Was ist geschehen, dass ihr so rasch wiederkehrt? Ich dachte, ihr würdet vielleicht in zwei oder drei Jahren zurückkommen, mit Kindern und neuen Freunden.«

Nuramon zuckte mit den Schultern. »Was wir uns im Westen erhofft haben, ist gescheitert. Nun müssen wir unser Glück woanders finden.«

»Ihr seid hier immer willkommen«, sagte Yangor und beugte sein Haupt vor Daoramu. »Meine Frau und meine Töchter werden begeistert sein. Du hast sie sehr beeindruckt. Und meine beiden Enkelinnen haben oft nach der *Grafentochter* gefragt. Wenn der Westen so dumm ist, euch den Wind ins Gesicht zu blasen, so ist es unser Gewinn.«

»Es ist jetzt an der Zeit, die Wunde zu heilen«, sagte Nuramon, um auf etwas anderes zu sprechen zu kommen. Denn er war sich nicht sicher, ob ihre Zukunft hier in Teredyr lag.

Er legte erneut seine Hände auf Daoramus Knie und ließ seine heilenden Kräfte fließen. Daoramu fragte ihn, ob er jede Wunde und jede Krankheit heilen könne, ob er die Zauber beliebig oft wirken könne und wie er die Magie wahrnehme. Und Nuramon antwortete, dass sich viele Wunden und Krankheiten seiner Macht entzögen und die Zauberei an seinen Kräften zehre. »Und jeder, der Magie wirkt, spürt sie anders«, erklärte er. »Die einen sehen die Magie als ein Geflecht, ein Gewebe, als Fäden, durch welche die Kräfte dringen. Andere betrachten sie als Macht, die wie Erzadern im Gebirge verläuft.«

»Und du?«, fragte Daoramu. »Was ist es für dich?«

Yangor, der dem Gespräch mit wachem Blick folgte, nickte. »Das würde mich auch interessieren.«

»Lange war es für mich Geäst und Wurzelwerk. Die Magie war wie eine gewaltige Pflanze, die sich um die Welt rankt. Denn in Albenmark gab es beseelte Bäume. Und manche von uns lernten die Magie von ihren Geistern. So prägten sie auch unsere Vorstellung. Später aber fand ich andere Sichtweisen. Die des Erzes lernte ich bei den Zwergen, den Kindern der Dunkelalben. Die meisten von ihnen waren diesem Weg gefolgt, aber gerade Thorwis, der mächtigste Zauberer unter ihnen, teilte ein Gefühl mit mir, das ihn gelegentlich beschlich und das auch ich in vielen Leben verspürte: dass die Magie wie Wasser ist. Ich spüre ein Fließen und Strömen, mit Wellen und Strudeln; gelegentlich so heiß, dass das Wasser kocht, dann wieder so kalt, dass es gefriert.« Er schaute zwischen Yangor und Daoramu hin und her. Wie staunende Kinder schienen sie an seinen Lippen zu hängen. Er schmunzelte sie an und sprach weiter: »Alles, was wir wahrnehmen, und gewiss vieles von dem, was jenseits unserer Sinne liegt, ist in dieses Wasser getaucht. Eine Welt im Meer der Magie.« Er löste die Hände von Daoramus Knie. »Wie geht es dir jetzt?«, fragte er.

»Es kitzelt nicht einmal mehr.« Sie strich sich mit den Fingerspitzen über das Knie. »Werden die Schmerzen zurückkommen, wenn dein Zauber abklingt?«

»Er ist abgeklungen.«

Sie fasste seine Hand. »Danke«, sagte sie liebevoll.

Nylma und Yargir kehrten zurück. Man musste kein Gespür für Menschen haben, um zu wissen, warum Yargir so blass und Nylmas Wangen so rot waren, wieso sie erschöpft wirkten und so lange draußen im Stall gewesen waren. Yangor schloss die beiden Krieger in die Arme. »Werengols Gemächer gehören euch, solange ihr wollt«, sagte er.

Nylma und Yargir tauschten erleichterte Blicke. Sie hatten auf den Albenpfaden noch darüber gesprochen, dass sie alleine schon deswegen nicht in ihren Elternhäusern unterkommen wollten, um keiner der beiden Familien den Vorzug zu geben. Auf den Ausweg, den Yangor ihnen bot, hatten sie gehofft.

Als sich Nylma und Yargir zurückgezogen hatten und Nuramon und Daoramu sich gleichfalls verabschieden wollten, bat Yangor Nuramon, noch auf ein Wort zu bleiben.

»Ich warte auf dich«, flüsterte Daoramu Nuramon ins Ohr und sandte ihm mit ihrer betörenden Stimme einen solchen Schauer den Körper hinab, dass er geneigt war, Yangor zu bitten, das Gespräch zu verschieben. Doch schon war Daoramu mit einem lieblichen Lächeln auf den Lippen verschwunden, und Nuramon war allein mit dem Stadtältesten.

Yangor legte ihm die Hand auf die Schulter. Nuramon mochte seine väterliche Art. Mit den buschigen Brauen, die dunkler waren als das Grau seiner Augen, erinnerte Yangor ihn an einen zwergischen Gelehrten.

Der Stadtälteste räusperte sich. »Ich habe mich nicht getraut, es dich zu fragen«, sagte er schließlich. »Aber nun, da du mit deiner Geliebten ein neues Heim suchst, möchte ich dir ein Angebot machen. Bleibe hier in Teredyr, Nuramon. Der Rat macht dich zu unserem Wyrenar. Du stellst eine Garde auf und erhältst ein Haus hier in der Stadt und zudem einen Hof, ein Feld und einen Anteil an der

Mine. Meine Schwiegersöhne und meine Nichte sind oben an dem Albenstern im Hochland und bauen eine Siedlung auf. Dort liegen gute Jagdgründe. Seit die Räuberbanden fort sind, haben wir dort nichts mehr zu fürchten. Wir könnten einen Bogenschützen wie dich gebrauchen, der größere Jagdzüge anführt. Jetzt, da die Felder hier unten verwüstet sind, müssen wir viel tun, um den Winter zu überstehen. Stell dir vor, ein hübsches Haus oben am Albenstern, unbehelligt von allen Zwängen. Das würde dir gefallen, nicht wahr?«

Nuramon nickte, sagte dann aber: »Ich danke dir, Yangor, doch was aus Daoramu und mir wird, muss sich erst noch erweisen. Ich möchte diesen Pfad mit ihr auf Elfenweise beschreiten: den Weg gehen, in der Gewissheit, dass er uns früher oder später genau dorthin führt, wo wir sein sollen. Vielleicht bleiben wir eine Weile. Aber sei nicht enttäuscht, falls wir schon morgen weiterziehen.«

»Das muss mir reichen«, sagte Yangor, und Nuramon war froh, dass der Stadtälteste ihm seine Haltung offenbar nicht übelnahm. Er wünschte Yangor eine gute Nacht und machte sich auf den Weg ins Dachgeschoss. Dort erwarteten ihn Nylma und Yargir bereits in dem breiten Wohnraum, an den sich links und rechts je zwei Zimmer anschlossen.

»Was hat Yangor gewollt?«, fragte Nylma. Sie war barfuß, nur in ein Hemd gekleidet, und Nuramons Blick fiel auf den Almandin, der ihr auf der Brust lag. Es wirkte befremdlich, den Edelstein an ihr zu sehen. Nicht weil Nuramon das Gefühl hatte, dass der Stein noch zu ihm gehörte, sondern weil er ihn nicht vermisste. Noroelles Geschenk hatte vor langer Zeit sein Werk getan und war ein Erinnerungsstück gewesen. Und nun würde er für Nylma etwas Neues bringen. Die Kriegerin fasste den Stein und ließ ihn im Ausschnitt verschwinden, als wollte sie den Almandin vor seinen Blicken schützen.

Nuramon fasste sein Gespräch mit Yangor knapp zusammen und brachte Nylma zum Grinsen. »Dass er dich zu bleiben bittet, sieht dem Alten ähnlich«, sagte sie. »Auf Elfenweise klingt jedenfalls gut. Das schmeckt mir. Lass es uns genauso angehen und schauen, wohin der Weg uns führt.« Sie blickte zur Tür des anderen Schlafzimmers, dann tauschte sie einen Blick mit Yargir, und dieser nickte. Sie grinsten Nuramon an, wünschten ihm eine angenehme Nacht und verschwanden schließlich in ihrem Zimmer.

Nuramon war froh, Nylma und Yargir als Gefährten zu haben. Es erinnerte ihn an die Zeiten, als er mit Mandred und Farodin auf der Suche nach Noroelle gewesen war. Die Freundschaft, die er damals verspürt hatte, war nun durch die beiden jungen Teredyrer wieder erwacht. Es war ein erhebendes Gefühl, das er nicht mehr missen wollte.

Nach einer Weile löschte Nuramon die Öllampe auf dem Tisch und schaute zu der Tür, hinter der er sich nach seiner Bewusstlosigkeit erholt hatte. Licht drang durch die Ritzen in die Dunkelheit heraus, und Nuramon vernahm ein Plätschern. Dort jenseits der Tür bei Daoramu erwartete ihn die Zukunft.

Er war wie von einer Klippe in dieses Leben inmitten der Menschen gesprungen; und nun, nachdem er sich von allen Ängsten befreit gefühlt hatte, fürchtete er, dass das Meer ihn packen und gegen die Felsen treiben könnte. Doch das war längst kein Grund, nicht aus dem Wasser aufzutauchen und zu schwimmen. Und so klopfte er an die Tür.

»Ja, Nuramon«, sagte Daoramu, und er trat ein.

Sie erwartete ihn im Schein seines Barinsteins, schob sich ihr nasses Haar zurück, löste sich von dem Tisch mit der Wasserschüssel und lächelte ihm entgegen. Ihre Kleidung hatte sie auf einem Stuhl gefaltet und die dunkelroten Schuhe, die sie auf dem Fest in Merelbyr getragen hatte, daruntergestellt. In der weichen Wollkleidung, die sie nun trug, wirkte sie wie eine echte Teredyrerin.

»Ich mag diese Sachen«, sagte sie und rieb ihre Halskette zwischen den Fingern. Dann hielt sie das Schmuckstück hoch. »Das, die Schuhe und das Unterkleid sind alles, was mir von meiner Heimat geblieben ist.« Sie legte die Kette auf dem Nachttisch ab. Das Fenster neben dem Bett stand offen. Als Nuramon hier noch vor Kurzem gelegen hatte, um sich von seinen schweren Verletzungen zu erholen, hatte er jede Nacht in den Himmel gestarrt, sich nach Daoramu gesehnt und dem Tag entgegengefiebert, an dem er sie wiedersehen würde. Und nun war sie hier und schaute auf das Bett hinab. Es war breit genug für sie und ihn. »Nylma hat recht«, sagte sie. »Die Teredyrer kennen keine falsche Scham. Ein Hausherr in Yannadyr hätte uns gefragt, ob wir ein Paar sind und wie weit wir auf unserem Weg gekommen sind, ehe er uns ein gemeinsames Zimmer überlassen hätte.«

»Yangor wusste, dass ich um dich werben wollte.«

Sie wandte sich ihm zu. »Nur hast du es nicht getan. Aber du kannst es tun. Hier und jetzt.« Sie schaute an sich hinab. »Dies ist gewiss nicht das Kleid einer Grafentochter, in der sie einen Werber empfängt. Aber ich weiß, dass es dich nicht kümmert. Und mich nun auch nicht mehr.«

»Wir haben das alles Nylma zu verdanken«, sagte Nuramon. »Wäre sie nicht gewesen, ich wäre aus Merelbyr fortgegangen und hätte Yannadyr nie wieder betreten. Ich hatte dich aufgegeben.«

»Das kann mich nicht enttäuschen«, entgegnete sie. »Ich will nur wissen, warum du gehen wolltest.«

»Weil die Frau, die plötzlich das Spiel der Väter und Fürsten spielte und so ihre Freiheit kampflos aufgab, nicht die Frau sein konnte, die ich oben im Minendorf noch hinter diesem Blick zu erkennen geglaubt hatte.«

»Und bin ich es nun?«

»Mehr denn je.«

»Aber du warst enttäuscht, als ich dich abwies.«

»Ich kann es nicht verhehlen. Aber nun können wir das nachholen, was dein Vater uns verwehrt hat. Wir können uns Zeit lassen.«

»Auf Elfenweise vorgehen?«, fragte sie.

Er nickte.

Sie schüttelte langsam den Kopf. »Du zeigst eine Geduld, die ich nicht von anderen Männern kenne. Und dabei bist du eine große Versuchung. Wenn du nun meine Hände fassen und küssen würdest, würde ich schwach und könnte nicht widerstehen. Und binnen eines Augenblicks wäre die Zeit des Werbens vorüber.« Sie starrte ihn an, als warte sie nur darauf, dass er zu ihr kam.

Nuramon aber rührte sich nicht. »So etwas sagte ich einst einer Frau. Ich sagte ihr, sie müsse nur die Hand nach mir ausstrecken und ich würde ihrer Versuchung erliegen.« Er erzählte ihr von Obilee, der Vertrauten Noroelles, die sich in ihn verliebt und sich schließlich offenbart hatte.

»Und hat Obilee die Hand nach dir ausgestreckt?«

»Hätte sie es getan, wäre ich nicht hier. Ich würde bei ihr sein und mich ständig fragen, wie mein Leben hier verlaufen wäre.«

»Du hättest dich gefragt, ob Noroelle dich erwählt hätte?«

Nuramon nickte.

»Es ist nicht leicht, neben Frauen wie Noroelle zu bestehen. Wird sich unsere Liebe je mit der euren messen können?«

»Hätte ich nur dieses Leben gelebt, hätte unsere Liebe an solchen Klippen zerschellen können. Aber wie vergleiche ich die Liebe zu Noroelle mit der zu Diyomee, zu Yoradae oder den anderen, die ich in früheren Leben liebte? Ist die eine Liebe besser als die andere? Wenn mich die Erinnerung eines gelehrt hat, dann, dass die *eine* Liebe eine Illusion ist.« Er dachte an Noroelle und Farodin und wie sie ins Mondlicht gegangen waren. »Aber Ceren, der Baumgeist, der einst über meine Sippe wachte, sagte oft, dass nur das Gefühl zählt. Ich wiege die Gefühle für dich nicht gegen die anderen auf.«

»Vielleicht sollte es aber so sein, dass wir an die *eine* Liebe glauben. Es war eine schöne Zeit, als ich in dieser Illusion lebte. Und mit jedem Liebhaber schwand sie ein wenig mehr. Es war wie mit den Märchen, an denen ich irgendwann zweifelte. Aber dann bin ich dir begegnet, und die Illusion fühlt sich plötzlich so wahr an. Ich kann nicht auf Jahrtausende zurückblicken. Meine Liebeserfahrungen reichen gerade einmal ein paar Jahre zurück. Und außer Freuden war dort nichts weiter, woran es sich zu erinnern lohnt. Du aber erinnerst dich an erfüllte Liebe. Kannst du noch einmal das empfinden, was du früher empfunden hast? Verblasst das Gefühl nicht in der Wiederkehr?«

Nuramon dachte an seine früheren Lieben und betrachtete Daoramu. Keine der alten Gefühle schmälerten, was er in diesem Augenblick empfand. »Viele, die sich so weit zurückerinnern können wie ich, machen die Erfahrung, dass ihre Empfindungen und ihre Sinne mit der Zeit abstumpfen. Die einen halten sich am Altbewährten fest – vielleicht aus Gewohnheit oder Bequemlichkeit, vielleicht aber auch aus Angst. Und über die Zeit werden sie blind für das, was um sie herum ist, und sie werden misstrauisch gegenüber dem Neuen. Sie empfinden für das ewig Gleiche nicht mehr das, was sie am Anfang empfanden, und sehnen sich nach den Tagen der Unbefangenheit zurück. Andere aber suchen, weil sie für das Bekannte abstumpfen, nach dem Neuen, nach etwas, das sie herausfordert. Und ziehen immer dann weiter, wenn ihre Sinne und Empfindungen abzustumpfen drohen.«

»Und du zählst zu ihnen?«

»Nein, ich zähle weder zu ihnen noch zu den anderen. Meine Sinne und meine Empfindungen stumpfen nicht ab. Sie sind wie aus einem Metall, das sich am Stein der Zeit schärft, ohne zu schwinden. Sie durchschneiden einen Schleier nach dem anderen. Wenn die Sinne nicht abstumpfen, geht die Sinnesreise immer weiter. Jedes Erleben stärkt mein Empfinden. Je öfter ich Glück empfinde, umso tiefer rührt es mich, je öfter ich staune, umso größer meine Verwunderung. Und je öfter ich die Liebe spüre, umso mehr wühlt sie mich auf. In jedem meiner Leben liebte ich ein wenig anders. Und nun, da ich mich an die früheren Leben erinnere und beinahe alles geordnet habe, merke ich es deutlicher denn je. Es ist, als hätte die Erinnerung diese Empfindungen in mir geweckt und zusammengeführt. Nur ein Teil von mir liebte Noroelle und nur jeweils ein Teil des Ganzen liebte all die anderen. Und bei den meisten wurde meine Liebe nicht erwidert oder starb einen zu frühen Tod. Und jetzt ist alles wieder erwacht, und all diese Gefühle, die sich an andere banden, nie aber an eine, empfinde ich nun für dich allein.«

Sie schaute ihn mit glänzenden Augen an, schluckte und lächelte verlegen, ehe sie sprach: »Eine Frage habe ich noch an dich. Eine letzte Frage der Umworbenen. Wirst du mich noch lieben, wenn ich alt werde?«

»Du fürchtest, dass du alterst und ich nicht; dass du der Jugend nachtrauerst wie so viele Menschen, während ich sie anscheinend genieße. Aber ich fühle mich weder jung noch alt. Ich erinnere mich an meine alten Körper.« Er blickte an sich hinab. »Und dieser ist nur einer davon. Die Erinnerung lässt mich noch Wunden fühlen, die längst vergangen sind.« Er hob die rechte Hand. »In einem Leben verlor ich die Fingerkuppen, und ab und zu jucken sie wie eine alte Wunde. Und nachts träume ich manchmal, dass die Fingerkuppen aus Wachs sind und in der Sonne schmelzen. Aber ganz gleich, wie ich mich in meiner Haut fühle: Jugend und Alter verspüre ich nicht. Ich bin weder alt noch jung. Nur wenige von uns altern körperlich. Manchmal kann ein magisches Ereignis dazu führen.« Er rieb seine weiße Haarsträhne zwischen den Fingern. »Das geschah bei dem magischen Gewaltakt, der mir die Erinnerung brachte.«

»Ich fürchte mich, Nuramon«, sagte Daoramu. »Vor mir selbst, meine ich. Du magst dich nicht alt fühlen. Aber ich werde es irgendwann verspüren, und dann werde ich mich nicht nur körperlich verändern, auch mein Wesen wird sich wandeln. Andere werden dir schöne Augen machen, und ich werde mich vielleicht schämen, als alte Frau neben so einem vortrefflichen Mann zu stehen, den spöttischen Blicken anderer ausgesetzt.«

»Selbst wenn es so wäre, bleiben uns Jahre – wundervolle Jahre. Wir hätten heute Nacht sterben können, Daoramu. Jeden Augenblick kann das Leben zu Ende sein. Und du fürchtest, dass in – was? – zwanzig oder dreißig Jahren irgendwer irgendetwas sagen könnte? In dieser Zeit können wir, wenn das Schicksal es will, glücklicher werden als irgendein Mensch in einem ganzen, langen Leben. Glücklicher, als es ein Elf in Jahrtausenden wurde.«

Daoramu lächelte. »Es gibt für dich also kein Zurück mehr.«

»Es ist deine Entscheidung, Daoramu. Denn ich habe mich entschieden. Solltest du Zeit brauchen, dann nimm sie dir, denn ich bin geduldig.«

»Warum warten, wenn auch ich mich entschieden habe?«, sagte sie und trat an ihn heran.

Er fasste ihre Hände; sie waren immer noch warm.

Sie löste ihre rechte Hand, strich ihm über die Wange und schaute an seinem Gesicht hinab und herauf, als sähe sie es zum ersten Mal.

Sie fuhr an seinem Ohr entlang und lächelte, als sie die Spitze sanft zwischen ihren Fingern streichelte und ihm einen Schauer über den Rücken sandte.

Er fuhr mit der Hand durch ihr feuchtes Haar, dann hinab über den Nacken zu ihrer Schulter. Als er ihr das Schlüsselbein entlangstrich, schloss sie die Augen und zitterte.

Mit dem Öffnen ihrer Augen öffnete sie auch die Fibel an seinem Mantel. Schon fiel dieser zu Boden, und Daoramus Hände waren an seinem Wams. Sie löste die Knöpfe aus den Schlaufen und vergewisserte sich immer wieder mit einem Blick, dass er nichts dagegen hatte. Und was immer in seinem Gesicht geschrieben stand, es ließ sie weitermachen. Als sie ihn von dem Wams befreit hatte, hielt sie inne und staunte über das elfische Leinenhemd mit seinen flachen Knöpfen, die links über die Schulter an der Seite hinabliefen. Solche Hemden trug man in seiner Sippe seit Jahrhunderten. Vielleicht wunderten sie die Knöpfe. Sie waren hier zwar bekannt und verbreitet, doch Knopflöcher hatte er hier noch nie gesehen, nur Schlaufen, die auf die Gewänder genäht waren.

Daoramu öffnete sein Hemd Knopf um Knopf. Während sein alter Mantel und seine sandfarbene Kleidung gelitten hatten, schien sein Hemd die Jahrzehnte tadellos überstanden zu haben. Es gab nur wenige Stellen, die er hatte flicken müssen, und Daoramu spürte sie rasch mit den Fingern auf. Dann löste sie seinen Gürtel und schaute zu, wie er sich von den Stiefeln und den Hosen befreite. Als er völlig entkleidet vor ihr stand, musterte sie ihn und sagte: »In Jasbor betrachten sich die Liebenden erst eine Weile, ehe sie zusammenkommen.«

Nuramon kannte diesen Brauch. In seiner Sippe war es nach den Drachenkriegen auch üblich gewesen. Eine Weile – das hieß bei ihnen ganze zehn Tage.

Daoramu öffnete den Wollmantel und streifte ihn sich schließlich von den Schultern. Darunter war sie nackt, und was immer die Teredyrer von der Schamhaftigkeit in den Königreichen und den Fürstentümern erzählten, an ihr zeigte sich nichts davon. Sie stand aufrecht da, ihr Brustkorb hob und senkte sich regelmäßig, und kein Rot schoss ihr in die Wangen.

Sie fuhr mit dem Blick über seinen Körper, und Nuramon verspürte einen Hauch von Unsicherheit. Gewiss, die Menschen erzählten sich von Elfen allerlei. Sie besangen ihre Schönheit und sprachen von Vollkommenheit, doch besser hätten sie von Fremdheit geredet. Sie hätten erwähnen können, dass ein Elf wie er neben einem Menschenmann wie Jasgur beinahe wie ein Schwächling wirkte – schlank, jung und ohne jede Rauheit. Doch Daoramus Lächeln, das ein ums andere Mal aufflammte, nur um wieder einer zarten Verträumtheit zu weichen, bewies, dass ihr gefiel, was sie sah.

Und ihm gefiel, was er erblickte. Er hatte in all den Jahren, die er hier nahe Teredyr gelebt hatte, aber auch in den fünfzig Jahren, die er auf dem anderen Kontinent in der Stadt Firnstayn verbracht hatte, viele Frauen gesehen, viel nackte Haut, um nicht überrascht zu sein, wie sehr sich die Körper von Elfen- und Menschenfrauen glichen und unterschieden.

Daoramu war groß, nur einen Hauch kleiner als er, aber nicht so kräftig wie die meisten Frauen in Teredyr. Es lag nicht die Stärke Nylmas in ihrer schlanken Erscheinung. Ihr Oberkörper war so lang und die Schultern so schmal wie die der meisten Elfenfrauen. Ihre Brüste waren wie bei den meisten Menschenfrauen fülliger als die einer Elfe, doch das störte ihn nicht. Er hatte bereits bei seinem alten Freund Mandred bemerkt, dass viele Menschen die Brüste einer Frau als Zeichen ihrer Fruchtbarkeit betrachteten. In seiner Heimat hätte man ihm vorgeworfen, sich wieder einmal in der Fremde den Geschmack verdorben zu haben. Aber er fühlte, dass er ihn erweitert hatte. Er liebte die Wölbung ihrer Brüste und ihrer Hüften, die weiter waren als die einer Elfe, aber keineswegs so breit, wie es sein Volk gern von den Menschen behauptete. Sie brachte Daoramu eine geschwungene Taille und fügte die Oberschenkel geschmeidig an. Diese waren länger und die Unterschenkel kürzer als die einer Elfe ihrer Größe – doch dies war nun sein Ideal.

Er genoss das Gefühl, Schönheit zu gewahren. Es war wie ein Stoß gegen all jene, die ihn in der Vergangenheit gedemütigt hatten, und gegen alles, was ihn abseits hatte stehen lassen. Hier zählten nur seine Sinne, nicht die der anderen; nicht die einer Königin, die nur das Beste wollte; nicht die einer Sippe, die ihr Ansehen zu mehren wünschte. So fühlte es sich an, frei zu sein. Er war von der Klippe ins Meer gesprungen und aufgetaucht. Und nun bemerkte er, dass er hier in den Wogen nicht allein war.

Langsam traten sie aneinander heran. Daoramu zuckte zusammen, als sie sich in die Arme schlossen und aneinanderschmiegten, dann strich sie ihm die Arme herauf, suchte den Weg auf den Rücken und strich wieder hinab. Sie tat es wieder und wieder, als könne sie nicht glauben, wie lang sein Oberkörper war. Ihr Blick wanderte zwischen seinen Augen hin und her, und die ihren glänzten im Schein seines Barinsteins. Dann küssten sie sich, und Nuramon wurde klar, dass er die Erfüllung der Liebe zwar aus früheren Leben kannte, in dieser Inkarnation aber noch nie erlebt hatte. Mit den befreiten Sinnen fühlte es sich nach so viel mehr an, als er es erwartet hatte.

Daoramus Lippen waren weich, und zwischen den Küssen flüsterte sie ihm Liebesbotschaften ins Ohr. Schließlich fasste sie seine Hände und zog ihn mit sich auf das Bett.

Das Liebesspiel begann in einer Entspanntheit, die er nie gekannt hatte. Die Gewissheit, dass nichts und niemand zwischen sie kommen konnte, ließen die Liebkosungen im Kleinen beginnen. Und ehe Nuramon sich versah, war er eins mit Daoramu. Die Magie verließ ihn und strömte über Daoramus Berührung wieder zu ihm zurück, als wären die Liebkosungen Zaubersprüche, die sie gemeinsam entdeckt hatten. Sie fand die richtigen Berührungen, die richtigen Stellen, die es zu küssen galt, und schon strömte die Magie zu ihr hinüber und kehrte als feurige Macht wieder zu ihm zurück. Ihr Körper bebte und zitterte von dieser Kraft. Er konnte diese Magie in ihrem glühenden Atem schmecken und verbrannte sich fast an ihren Lippen und an ihren Fingerspitzen.

Als sie mit den Handflächen über seinen Rücken strich, war es, als zöge sich eine Spur heißes Öl über seine Haut, das wie ein Fieber in ihn eindrang und neue Magie entfesselte. Mit jeder Bewegung und jeder Liebkosung verschmolz er ein wenig mehr mit Daoramu. Ihre Körper bewegten sich beinahe im Einklang mit dem Strom der Magie, und als Daoramu immer wieder mit den Händen dem Lauf des Zaubers von Nuramons Wangen, den Hals entlang, die Brust hinab folgte, als wolle sie die Zauberwoge einholen, wurde ihm klar, dass sie all das spürte, was er spürte.

Als sie ihn am Hals küsste und zugleich seine Hände fasste, geschah es. Ihre Bewegungen schwammen auf den Wellen der Zauberkraft. Daoramu stöhnte überrascht. Es gab kein Heiß oder Kalt mehr. Die Magie schien ihn zu durchfließen, als wäre er nichts weiter als ein Flussbett, durch das die Zauberkraft bis zum Meer floss. Er hatte dieses Gefühl beim Kampf um Teredyr verspürt, kurz bevor er das Bewusstsein verloren hatte.

»Nicht aufhören«, hauchte Daoramu und zog ihn aus den Gedanken zurück in den Rausch – zurück in das Meer der wogenden Magie. Nuramon glaubte jede Regung Daoramus zu spüren, und er glaubte, dass sie bemüht war, alles mit der Magie in Einklang zu bringen. Je höher die magischen Wogen sie trugen und je tiefer sie wieder hinabstürzten, umso schneller bewegten sie sich. Und jedes Mal, wenn Nuramon glaubte, es könne nicht höher hinauf- und wieder tiefer hinabgehen, bewies der Zauber aufs Neue, dass er sich täuschte. Für einen Augenblick fürchtete er, das Mondlicht habe ihn gefasst und zöge ihn empor. Eine Grenze nach der anderen brach, und dann war es – ohne jede Warnung –, als verschwände die magische Woge unter ihnen und als stürzten sie mit einem Wasserregen in die Tiefe, in ein warmes Meer. Alles, was blieb, waren ihre bebenden Körper und ihr gleichmäßiges Atmen, das wie ein Echo der magischen Wogen war.

Mit jedem Atemzug hauchte Daoramu seinen Namen, immer wieder seinen Namen, als wolle sie ihm etwas sagen und als reiche der Atem nicht für mehr als ein Wort. Schließlich schob sie sich auf ihn und legte ihren Kopf auf seine Brust, als horche sie auf die Quelle der Magie. Er strich ihr durch das Haar und merkte, wie es mit der Zeit mehr und mehr trocknete.

Die Magie war tief in Nuramon abgesunken, vielleicht hatte sie seinen Körper sogar ganz verlassen. Da flüsterte Daoramu erneut seinen Namen. »Nuramon … Nuramon, ich hatte keine Ahnung.«

»Ich auch nicht«, sagte er leise.

Daoramu hauchte ein Lachen.

Er wusste wirklich nicht, was geschehen war. Die Magie war durch ihn gedrungen, wie sie es bereits in der Schlacht getan hatte. Wenn magische Macht durch ihn dringen konnte, die seine eigenen Kräfte überstieg, ohne dass es ihn aufzehrte oder vernichtete, dann war für ihn etwas Neues geschehen; als hätte die Welt ihm gesagt, dass er auf dem richtigen Weg sei. Vielleicht hatte er sich in der Schlacht um Teredyr zum ersten und gerade eben zum zweiten Mal von allen Fesseln befreit.

Nach einer Weile des Schweigens und sanfter Liebkosungen flüsterte Daoramu: »Was hättest du getan, wenn ich dich zurückgewiesen hätte?«

»Ich hätte dir eine Elster geschickt, die dir das Herz stiehlt«, sagte er, und sie lachte leise.

Herbsttage

Die Liebesnacht hatte alles verändert. Für einen Augenblick gefürchtet zu haben, das Mondlicht finge ihn ein und zöge ihn empor, beschäftigte Nuramon. So lange hatte er danach gestrebt, das Mondlicht zu erreichen, die Erfüllung zu finden und ins Jenseits seines Volkes zu entschwinden. Nun aber, da Daoramu und er dieses wunderbare Erlebnis geteilt hatten, war er froh darüber, dass ihn der Augenblick der Erfüllung nicht dieser Welt entrissen hatte. Das Mondlicht in die Ferne zu wünschen hieß, das Leben zu schätzen. Eine Frau wie Daoramu an seiner Seite zu wissen bedeutete sogar, es zu lieben.

Die Teredyrer machten es ihnen leicht, ihre Liebe auszukosten. Fast alle begegneten ihnen respektvoll, dankbar und auch freundschaftlich. Der Duft von Geräuchertem stand nahezu täglich in den Straßen von Teredyr und weckte den Appetit. Auf dem Markplatz wurden die erlegten Tiere behandelt, falls die Jäger es nicht bereits in der Wildnis getan hatten. Die Teredyrer verstanden sich darauf, möglichst wenig von einem Tier übrig zu lassen. Für nahezu alles fand sich in Speisen und Handwerk eine Verwendung. Angesichts so viel erloschenen Lebens wirkten die Worte von Yargirs Urahn Warlyrn, die die Teredyrer sprachen, wie ein Dank an die Welt und an die erlegten Tiere selbst. Sie ähnelten jenen Liedern, welche in früheren Zeiten in Nuramons Sippe den Geistern gegenüber üblich gewesen waren.

Daoramu, die nicht allein von der Dankbarkeit der Teredyrer leben, sondern selbst etwas beitragen wollte, bat ihn, sie das Jagen zu lehren, um der Stadt ihrerseits Felle und Fleisch zu bescheren. Er versprach es ihr gern.

Morgens zogen sie mit Nylma, Yargir und einigen anderen Gefährten aus, und über die Albenpfade begaben sie sich in entlegene Gebirgsregionen, um dort Hirsche und Wildschweine zu jagen. Die Gefährten staunten über die Möglichkeiten, welche die Albenpfade ihnen boten. Eine Siedlung mochte ihre Jagdgründe niemals erschöpfen, wenn ihre Bewohner an weit entfernte Orte reisen konnten.

Nuramons Erzählungen von den Jagdgewohnheiten seiner Sippe machten auch Nylma und Yargir neugierig, und sie lauschten begierig, als er ihnen erklärte, auf wie viele Weisen man Bogensehnen herstellen konnte. Die Teredyrer machten sie aus Tiersehnen, verfügten aber auch über Pflanzen, die gezwirnt für eine gute Zugfestigkeit am Bogen sorgten. Yargir fragte ihn, welche Sehnen er bevorzugte, und er antwortete: »Gelgeroksehnen.«

»Gelgerok?«, fragte Daoramu.

Nuramon erzählte von den büffelartigen Wesen mit ihrem schweren Drachenschädeln und dem langen Fell; Tiere, die meist einzeln lebten, die aber, wenn sie sich zu Herden sammelten, zur Gefahr für einen ganzen Landstrich werden konnten. Seine Sippe hatte ihre ganze Existenz auf Pflanzen und Gelgerok errichtet. »Es geht nicht darum, das beste Material zu finden, sondern darum, das Beste aus dem zu gewinnen, was man hat«, sagte er.

Viele alte Gefühle Nuramons der Familie und seiner Sippe gegenüber erwachten auf den Jagdzügen dieses Herbstes wieder zum Leben, und immer häufiger kehrten seine Gedanken zu jener Zeit zurück, als er mit seiner Sippe unter dem Schutz der beseelten Birke Ceren gelebt hatte. Sie war ihnen immer wieder als Geistergestalt erschienen, hatte sie ermutigt, getröstet und gelobt. Wenn er und die anderen am Nachmittag an der Quelle rasteten, an der Nuramon gelebt hatte, und wenn sie nach Teredyr einkehrten und ihre Beute übergaben, fühlte Nuramon sich wie in eine frühere Zeit zurückversetzt.

Die Nächte gehörten allein Daoramu. In ihren Erzählungen von den Urahnen der verschiedenen Stämme erkannte Nuramon Ähnlichkeiten zu Erzählungen aus Albenmark. Von einer blühenden Welt jenseits dieser, von leuchtenden Städten, wo man selbst aus den fernsten Ländern hinstrebte. Die Regenbogenbrücken mochten nichts Geringeres sein als die Albenpfade. Und hinter der Maske jener Menschengötter, die man hier überall als die Falschen Götter bezeichnete, mochten sich die Devanthar verbergen – jene alten Dämonen, deren letzten Vertreter Farodin, Mandred und er einst getötet hatten.

Nuramon gefiel der Gedanke, dass es Menschen gab, die gegen ihre vermeintlichen Götter aufbegehrt hatten. Genau das wünschte er sich auch für die Tjuredanbeter, jene Verehrer des letzten Devanthar. Die Menschen sollten sich von ihnen abwenden. Doch vermutlich gingen sie auf dem fernen Kontinent im Westen bis zu diesem Tag dem Glauben des Tjured nach; einem Glauben, der früher einer des Mitgefühls und der Weisheit gewesen war, aber durch das Tun des Devanthar verdorben wurde. Wen die Tjuredpriester wohl zum Feind erklärt hatten, nachdem Albenmark sich von dieser Welt gelöst hatte?

In den Sagen hieß es, die Urahnen Daoramus und all der anderen Menschen hier hätten sich von den Falschen Göttern losgesagt. Diese Urahnen waren Sklaven in der Stadt Wuur gewesen, einer Stadt in Urelmur, dem Land, das sich weit im Süden jenseits der Wüste entfaltete und das die Arlamyrier wie einen anderen Kontinent betrachteten. Sie stammten aus den unterschiedlichsten Gefilden der Welt und mussten für ihre Herren und deren schweigsame Götter schuften. Daoramu nannte die großen Namen unter den Urahnen, die in vielen Familiennamen noch lebendig waren – von Yanna, auf die Daoramus Familie zurückging, bis hin zu Warlyrn, dem Urahn Yargirs. Ihre Vorfahren hatten in der Sklaverei nur wenig ihrer ursprünglichen Kulturen bewahren können. Unter der Gemeinschaft der Urahnen bildete sich eine neue Kultur heraus. Ihr Glaube rückte die Götter weit in die Ferne, bis sie nur noch als Schöpfer bezeichnet wurden, ohne dass man sie anbetete. Stattdessen nahmen sie sich des Ahnenkultes an, den die Ureinwohner des Kontinents seit den frühen Tagen der Menschheit gepflegt hatten.

»Byrrun war der Wortführer jener Stämme«, erklärte Daoramu ihm eines Nachmittags auf dem schmalen Balkon unter dem Dach des Hauses Yurgaru. »Er war von Norden her durch die Wüste nach Urelmur gegangen, auf der Suche nach den versklavten Stammesgenossen.« Sie starrte hinaus über die Stadt hinweg zu den Wäldern. »Er geriet selbst in die Sklaverei und berichtete seinen Leidensgenossen von dem Land im Norden. Und unseren Urahnen wurde dadurch ein Ziel gegeben. Der Widerstand nährte sich langsam. Und dann kam der Aufstand.« Sie fasste seine Hand und schaute ihm in die Augen. »Es heißt in den Schriften, dass sogar Alvaru an ihrer Seite kämpften.«

»Waren das auch Sklaven?«, fragte Nuramon.

»Das weiß ich nicht. Es heißt, sie hätten den Hass auf die Falschen Götter geteilt. Es ist dann nicht mehr von ihnen die Rede, und unsere Ahnen kehrten Urelmur den Rücken und wandten sich nach Norden. Im Buch der Yanna heißt es wörtlich: *Sie durchquerten die Wüste und schworen, nicht mehr im Land südlich der Großen Wüste zu siedeln – bis zu dem Tag, da die Geister Urelmur gereinigt haben und die Fremde Botin im Norden endlich heimisch wird.*«

»Was bedeutet das Ende dieses Zitates?«, fragte Nuramon.

Daoramu lachte. »Vielleicht gar nichts. Es gibt viele, die einen Schicksalsspruch äußern, der vage genug ist, sich irgendwann zu erfüllen. Dieser Spruch hat mich früher zum Träumen angeregt.

Deswegen habe ich ihn behalten. Aber inzwischen gibt es andere Stellen, die mich mehr reizen.«

»Es könnte etwas dahinterstecken«, sagte Nuramon. »Früher gab es auch in dieser Welt Orakel. Vielleicht haben einige davon den Menschen die Zukunft vorausgesagt.« Er dachte an das Orakel Dareen, das ihm in Gestalt einer Elfe erschienen war und bei der Suche nach Noroelle den Weg gewiesen hatte. »Was geschah mit den Menschen, die zuvor hier in Arlamyr lebten?«

»Die meisten von ihnen waren hier versklavt. Es war die dunkle Seite des Ahnenkultes. Waren deine Vorfahren Herren, warst auch du ein Herr; waren sie Sklaven, wurdest auch du als Sklave geboren und gabst dieses Erbe an deine Nachkommen weiter.«

»Es muss Aufstände gegeben haben«, sagte Nuramon.

»Sie wurden blutig niedergeschlagen. Die Herren verkauften viele Aufständische an die Sklavenjäger von Wuur. Und sie stellten Predigern wie Byrrun nach.«

»Ihre Überraschung muss groß gewesen sein, als Byrrun mit den anderen befreiten Sklaven von Wuur nach Norden kam.«

Daoramu nickte. »Es war eine Bedrohung für den alten Ahnenkult. Meine Vorfahren kamen mit Byrruns Wortgewalt, mit den Schwertern Cardugars und Yannas hierher und befreiten die Unterjochten. Wie eine Welle, die das Land überschwemmt, verbreitete sich der neue Ahnenkult. Die Ahnen waren nun nicht mehr jene, die den Platz ihrer Nachkommen festschrieben, sondern jene, die aus der Sklaverei stammten, sich befreiten und ihr Schicksal selbst in die Hand nahmen. Byrrun sagte einmal: *Wir sind nicht nur die Nachkommen unserer Ahnen, wir sind die Ahnen unserer Nachkommen, und wir müssen ihnen einen Weg bereiten, der den Hügel weiter emporführt.* So ordnete sich alles neu. Neue Familien entstanden, neue Städte und Siedlungen, schließlich wuchsen neue Fürstentümer und Königreiche.«

»Wenn ich an Varmul denke, habe ich nicht den Eindruck, dass sie den Idealen der Urahnen folgen«, sagte Nuramon.

Daoramu nickte. »Aber das gilt nicht nur für Varmul. Das gilt für uns alle. Nur selten erhält derjenige, der über die richtigen Fähigkeiten verfügt, die Würden, die er verdient. Immer mehr Menschen vergessen das Gebot der Yanna: *Ehre die Ahnen, bewahre ihr Erbe, aber tritt zur Seite, wenn du des Erbes nicht würdig bist.*« Sie schmunzelte. »Titel und Rechte zu vererben liegt in der Natur der Herrschenden. Und der Ahnenkult verführt leicht dazu, demjenigen den Vorrang zu geben, der auf große Ahnen zurückblicken kann.«

»Du denkst an deinen Fürsten.«

»Genau. Aber ein Erbe ist wie eine Schuld.« Sie starrte auf den Boden. »Warst du je im Süden?«, fragte sie dann unvermittelt. »Ich meine, in Urelmur. Über die Albenpfade könnte man vielleicht die Wüste überwinden.«

»Ich war dort«, antwortete Nuramon. »Nach einem kargen Gebiet folgt ein blühendes Land entlang riesiger Flüsse, die von gewaltigen Bergen ins Tal hinabdringen und sich wie riesige Schlangen im Grün dahinwinden.«

»Und hast du dort Menschen gesehen?«

»Nein, nur einige verfallene Dörfer. Überwuchert und längst von den Pflanzen und Tieren zurückerobert. Es war schön in diesen alten Wäldern. Wenn du willst, können wir gemeinsam dorthin reisen.«

Daoramu lächelte. »Ich würde viel lieber nach Alvarudor reisen«, sagte sie.

Alvarudor. Das hieß auf Arlamyrisch *Berg der Albenkinder*. Nuramon hatte von diesem Ort noch nie gehört. »Wo liegt das? Und ist der Name mehr als ein Zufall?«

»Habe ich dir denn noch nicht davon erzählt?«, fragte sie.

Nuramon schüttelte den Kopf.

»Als du hier gekämpft hast, habe ich in der Bibliothek meines Vaters nach Elfenspuren gesucht und stieß auf die Stadt Alvarudor. In den Ahnenlisten gibt es beim Stamm der Dornoru Namen mit dem Zusatz *Ilvarsoln*.«

»Elfengeborener?«, fragte er.

Sie nickte. »Wenn die Schriften mehr sind als ein Ahnenmärchen, müsste in diesem Stamm Elfenblut fließen. Vielleicht gibt es dort Spuren deines Volkes.«

Nuramon überlegte. War das möglich? Er war hier im Norden nie besonders weit nach Osten vorgedrungen. Im Süden hatte ihn sein Weg durch ein weites Schluchtenland, durch die Wüste und über ein steiniges Gebirge bis ans Meer geführt. Mit dem Nordosten hatte er sich noch nicht beschäftigt. Er hatte gedacht, ihm blieben Jahrhunderte, um jeden Winkel des Kontinents zu erkunden. Da er sich damit abgefunden hatte, dass es in dieser Welt keine weiteren Albenkinder gab, fragte er sich, ob es einen Sinn hatte, die Stadt zu suchen. Ein Wort Daoramus jedoch hallte wie eine Glocke in seinen Sinnen nach.

Elfenblut.

»Du meinst, Menschen und Elfen haben dort Kinder gezeugt?«, fragte er.

Sie schaute zu Boden. »Vielleicht sollten wir mehr darüber erfahren.«

Nuramon wunderte sich, dass sie seinem Blick auswich, doch der Gedanke an ein Kind machte auch ihn unsicher. Er hatte in diesen Wochen darüber nachgedacht, was geschehen würde, wenn Daoramu schwanger werden würde. In Albenmark hatte man ihm davon erzählt, dass aus der Liebe zwischen Elfen und Menschen Kinder hervorgegangen waren. Halb Mensch, halb Elf. Aber Nuramon wusste nicht, ob die Erzählungen der Wahrheit entsprachen.

»Könnten wir Kinder haben?«, fragte Daoramu.

Er wartete, bis Daoramu ihm wieder in die Augen schaute. »Ich weiß es wirklich nicht«, sagte er dann. »Es heißt, dass es möglich ist. Aber ich bin noch keinem solchen Kind begegnet. Und falls doch, ist es mir nicht aufgefallen. Es wäre nichts, das man innerhalb meines Volkes gerne offenbaren würde. Wenn meine Sippe mich dafür verabscheute, dass ich wiedergeboren wurde, kannst du dir vorstellen, was ein Kind von Elfen und Menschen durchmachen würde?«

»Vielleicht erfahren wir in Alvarudor, was wir wissen wollen«, sagte sie.

Nuramon umarmte sie. »Dann sollten wir uns im Winter auf die Suche nach dieser Stadt machen. Es sei denn …«

Sie hob ihren Kopf von seiner Brust. »Es sei denn?«

Er lächelte und strich ihr über die Wange. »Es sei denn, das Schicksal gibt uns vorher eine Antwort«, sagte er, und Daoramu küsste ihn.

Daoramu offenbarte Nuramon ihre Verachtung für die Fürstenfamilie von Yannadyr und dass sie Fürst Yarro insgeheim den Tod an den Hals gewünscht hatte. Und Nuramon verurteilte sie deswegen nicht. Sie erzählte ihm von ihrem früheren Wunschtraum, als große Gelehrte und Beraterin des Fürstenthrons in die Geschichte einzugehen, und er lachte sie nicht aus. Und sie gestand ihm, dass sie in ihrem Vater alle Eigenschaften eines guten Fürsten sah und viel dafür getan oder gar verbrochen hätte, um ihn auf den Thron zu bringen. Dabei hatte die Familie Yannaru nach ihrem langsamen Niedergang keinen echten Anspruch mehr auf die Krone. Auch dafür verachtete er sie nicht. Sie reizte ihn mit einem Geständnis nach dem anderen, doch er verdammte sie bei keinem.

Sie und Nuramon teilten ihre Schuld, ihr Versagen und ihre Triumphe. Dennoch sah Daoramu Nuramon nicht in einem neuen Licht. Ganz gleich, ob er als Bote der Elfenkönigin einst einigen Kriegern mit süßen Worten den Weg in den Tod schmackhaft gemacht hatte, Freunde unter seinen heilenden Händen gestorben waren oder er den beseelten Baum der Ceren und seine Sippe vor den Drachen in Sicherheit gebracht hatte: Er blieb immer Nuramon.

Die erste Liebesnacht war so beglückend gewesen, weil Daoramu nicht nur die Freuden ihrer Vereinigung gespürt hatte, sondern auch die Magie. Ein Tor in eine neue Welt hatte sich geöffnet. Deswegen hatte sie gefürchtet, sie würde sich mit der Zeit an diese Empfindungen gewöhnen und sie würden mehr und mehr an Bedeutung verlieren. Als die Magie eines Nachts ausblieb und sie dennoch in Nuramons Armen Erfüllung fand, war sie nicht enttäuscht. Als die Magie sich in der folgenden Nacht erneut entfesselte, war sie wieder überwältigt. Die Angst schmolz wie Schnee am Feuer dahin.

Die Empfindungen des Augenblicks auszukosten war ihr Schlüssel zu Nuramons Sicht auf die Welt. Nun erst begriff sie, warum seine Sinne nicht abstumpften und er in all den Jahrhunderten des Lebens nicht müde wurde. Nichts schien für ihn an Wert zu verlieren, nur weil es zum zweiten, zum zehnten oder zum tausendsten Mal geschah. So war sie sich sicher, dass er ihres Wesens nicht überdrüssig werden würde.

Eine andere Angst entsprang ihren Selbstzweifeln. Sie hatte an manchen Tagen den Eindruck, Nuramon nicht verdient zu haben. Manchmal erschien er ihr wie ein Riese, dem sie nie würde gleichkommen können. Doch mit jedem Abend, an dem er ihr mit großen Augen lauschte und ihrer Erzählungen nicht müde wurde, wuchs in ihr die Vermutung, dass er ähnlich empfand wie sie; und dass auch sie für ihn mit all ihrem Wissen ein unentdecktes Land war, das zu erkunden ihm Freude machte und ihn manches Mal gleichfalls ängstigen mochte. Denn vieles, das sie bewegte und das ihr Leben bis zum heutigen Tag geprägt hatte, war ihm vollkommen fremd. Und mit dieser Erkenntnis schwand wieder eine Angst dahin.

Am Morgen des 19. Varru, einen Tag nach dem Anfang des Winters, verließ Daoramu mit Nuramon, Nylma und Yargir Teredyr, um nach der Stadt Alvarudor zu suchen. Sie zogen zu Fuß aus, denn mit Pferden wollten sie sich im Winter nicht belasten. Nuramon öffnete ihnen ein Lichttor an der Quelle im Wald, an der er gelebt hatte. Als sie auf den Albenpfaden waren, schaute Daoramu auf den Lichtweg, auf dem sie vor Wochen aus Doranyr, der Grafschaft ihres Vaters, gekommen waren. Überrascht bemerkte sie, dass ihre Gefährten genau auf diesen Pfad zuhielten.

»Deine Eltern«, sagte Nuramon auf ihren fragenden Blick hin. »Ich weiß, dass du oft an sie denkst. Lass uns nach Westen gehen, ein wenig abseits von Doranyr, in eine der südlicheren Grafschaften vielleicht. Und da fragen wir, wie es um deine Eltern steht.«

»Ich würde lügen, wenn ich behauptete, dass es mich nicht kümmert«, entgegnete sie. »Aber ich möchte nicht zu schnell zu ihnen zurückkehren. Ich fürchte schwach zu werden, wenn ich erst einmal wieder die Luft von Yannadyr atme.«

Yargir grinste. »Wir verfügen über den geeigneten Zauber, dich vor diesem Bann zu schützen«, sagte er und schaute zu seiner Frau.

»Genau«, sagte Nylma und drohte ihr mit dem Zeigefinger. »Ich werde dir schon sagen, wenn du dich wie deines Vaters gehorsame Tochter verhältst.«

»Und dann«, sagte Nuramon und zwinkerte ihr zu, »suchen wir den Menschenstamm mit Elfenblut.«

Daoramu lachte und schloss einen ihrer Gefährten nach dem anderen in die Arme.

Alvarudor

Seit sie in Yannadyr erfahren hatten, dass Daoramus Vater tatsächlich Herzog von Ralobyl geworden war, wirkte Daoramu ausgeglichener, und dieses Glück strahlte auch auf Nuramon ab. Derart gestärkt machten er und seine Gefährten sich auf die Suche nach Alvarudor. Die Albenpfade führten sie in den Osten des arlamyrischen Kontinents, wo der Winter unerbittlich herrschte.

Nuramon schützte die Gefährten mit seinem Wärmezauber und zeigte ihnen, wie seine natürliche Magie ihn vor dem Versinken im Schnee bewahrte. Nuramon genoss es, die Tiefe des Schnees durch seine Stiefel hindurch zu spüren. Der hauchfein fließende Zauber drang aus seinen Füßen wie die Wurzeln eines Baumes, verästelte sich breit im Schnee und knüpfte Schneeflocke an Schneeflocke, sodass er nicht versank. Und sobald er den Fuß wieder hob, schwand das magische Geäst einfach dahin. So schritt er voran und entdeckte den Gefährten sichere Wege durch die weißen Landschaften des Winters.

Da sich in den verstreuten Siedlungen, durch die sie kamen, keine Hinweise auf Alvarudor boten, wurden die Gefährten der Kälte bald überdrüssig. So führte Nuramon sie über die Albenpfade in den warmen Südosten, ans Meer am Rande einer Wüste. Dort schwammen und fischten sie im klaren Wasser und erholten sich von den Strapazen der Wanderungen durch Schnee und Eis.

Yargir und Nylma, die noch nie zuvor am Meer gewesen waren, hätten am liebsten erforscht, was sich jenseits der Wassermassen befand. »Können wir nicht über die Albenpfade gehen und nachschauen, was dort ist?«, fragte Nylma.

Nuramon schüttelte den Kopf. »Ich vermute, dass dort der Westen des Kontinents liegt, auf dem ich den Tjuredanbetern begegnete«, sagte er. »Und ich habe meiner Schwester Yulivee versprochen, den alten Feinden fernzubleiben. Dieses Versprechen möchte ich nicht brechen.«

Nuramons Vorbehalte vermochten die heitere Stimmung unter den Gefährten nicht zu trüben. Nylma und Yargir machten ihre Späße und brachten meist erst Daoramu und dann ihn zum Lachen. Ein besonderer Spruch kehrte immer dann wieder, wenn Nuramon auf ihrer Suche nach Alvarudor etwas in der Ferne entdeckte und die anderen fragte, ob sie es auch zu sehen vermochten. »Wir haben keine Elfenaugen«, sagten Nylma und Yargir dann im Chor. Nuramon lachte und wunderte sich über sich selbst. Denn er nahm sich vor, dem Spruch zu entgehen, doch dann beschwor er ihn doch immer wieder durch eine seiner Fragen herauf und lachte mit seinen Freunden und seiner Liebsten.

Auf ihrer Suche nach Alvarudor durchquerten sie die Fürstentümer Jasmyr und Warabyr. Sie bestaunten die farbenprächtigen Stoffe und Gewänder der Ost-Arlamyrier, die einen herrlichen Kontrast zu dem dichten Haar und dem bronzefarbenen Teint der meisten Menschen hier bildete. Sie bemerkten auch die vielen Söldner, die in den großen Städten auf neue Aufträge hofften, und Daoramu erklärte, dass König Mirugil viele seiner Kämpfer in Warabyr und Jasmyr kaufte.

Die Händler von Jasmyr wussten von Alvarudor, und einige von ihnen wiesen den Gefährten den Weg über eine Handelsstraße gen Norden. Diese führte sie zunächst in die Wildnis und dann zu den ersten Siedlungen, die unter dem Schutz der Alvarudorer standen. Von dort aus gelangten sie zu den Yurdoren, den *Blauen Bergen*. In der Dämmerung offenbarte sich der Grund dieses Namens: Das schwindende Licht ließ die von Schnee verschonten Flächen dunkelblau erscheinen, als zeige sich dort bereits die Farbe des Nachthimmels.

Hier fanden sie das Dorf Werlawyr, die letzte Siedlung vor dem Pass, der nach Alvarudor hinaufführte. Rings umher erstreckten sich schneebedeckte Felder und Wiesen. Die Bauern entlang des Weges hatten ihnen erzählt, die Viehhändler würden einen Ring um die Mauern der Siedlung schließen und über gewaltige Herden verhandeln. Doch davon war nichts zu erkennen. Offenbar ruhte der Viehhandel im Winter.

Werlawyr wirkte wie eine Festung. Die Häuser mit den flachen Dächern waren ringförmig um einen riesigen Marktplatz angeordnet und bildeten zugleich die Mauer, die diesen Platz umschloss. Neben dem Nordtor luden einige Bauern geräuchertes Fleisch, Äpfel und Weinfässer von ihren Pferdewagen und übergaben es den Wachen der Siedlung. Ihnen stand ein dürrer Mann in grauem Pelzmantel vor. Er trug eine rote Schärpe und einen roten Schal. Das Siegel auf der blauen Haube wies ihn als Würdenträger aus. Offenbar war er der Vogt dieser Siedlung. Die Gefährten hatten unterwegs erfahren, dass die Bauern des Umlandes dem Rat von Alvarudor verpflichtet waren, und Nuramon vermutete, dass sie nun das zahlten, was sie nach der Ernte noch schuldig geblieben waren.

Als Nuramon, Daoramu, Nylma und Yargir sich der Wagenschlange näherten, unterbrach der Anführer seine Geschäfte und begrüßte sie. »Ich bin Wergor, der Herr von Werlawyr und Vogt des Grenzlandes«, sagte er. »Und ihr könnt nur die Reisenden sein, von denen die Gerüchte künden. Ihr sucht nach Alvarudor.«

Nuramon nickte und stellte sich und seine Gefährten vor.

Der Vogt strahlte über das ganze, hagere Gesicht und sagte: »Dann seid ihr also gekommen, um das Geheimnis des Elfenhauses zu lüften. Endlich ist es so weit.«

Auch die Bauern und die Wachen des Vogts starrten sie nun aufmerksam und erwartungsvoll an.

Nuramon tauschte Blicke mit seinen Gefährten und sah in ihren Mienen dieselbe Verwunderung, die auch er empfand. Von einem

Elfenhaus und dessen Geheimnis hatte er noch nie zuvor gehört. »Was hat es damit auf sich?«, fragte er.

Wergor wies durch das offene Nordtor zu einer Klamm. »Alles, was du wissen musst, wirst du in Alvarudor erfahren. Wir haben lange auf den Gesandten der Elfenkönigin Emerelle gewartet.« Wergor strahlte. »Der Rat wird gespannt sein, welche Kunde du bringst.«

Kurz erwog Nuramon, den Vogt darüber aufzuklären, dass er nicht die geringste Ahnung hatte, wovon dieser sprach, doch dann entschied er sich dagegen. In gewisser Weise war er Emerelles Gesandter. Außer ihm gab es niemanden mehr, der diese Würde hätte ausfüllen können. Also sagte er: »Und ich bin gespannt, wie eure Stadt erblüht ist, seit zum letzten Mal ein Albenkind dieses Weges kam.« Dann nahm er dankend die Pferde entgegen, die die Wachen ihnen brachten, und verließ Werlawyr mit seinen Gefährten und geleitet von dem Vogt und zehn seiner Krieger durch das Nordtor.

Sie ritten die eisige Straße zur Felswand entlang und über die Brücke in die Klamm hinein. Nylmas und Yargirs Blicke in die Höhe verrieten, dass sie sich an Teredyr erinnerten und die Ränder der Klamm nach Bogenschützen absuchten. Doch es war niemand zu sehen, und so folgten sie unbehelligt der sich langsam emporschlängelnden Straße entlang der kümmerlichen Reste des Flusses, der die Klamm einst aus dem Berg gespült hatte. Die Straße verbreiterte sich, stieg steil an, führte um eine langgezogene Kehre, und mit einem Mal starrten hoch über ihnen Fensterhöhlen und Scharten wie nachtschwarze Augen aus dem Fels. Am Ende der Kehre führte die Straße geradewegs zu einer gewaltigen Mauer empor. Sie hatten Alvarudor erreicht.

Das Tor, das an der Höhe der Mauer gemessen winzig wirkte, stand ihnen offen, doch jenseits der Pforte empfing sie statt Tageslicht nur der Schein von Öllampen. Als Nuramon erkannte, dass diese einen Tunnel ausleuchteten, wurde ihm klar, dass das, was er für eine Mauer gehalten hatte, in Wirklichkeit eine gewaltige Burg war, die die beiden Felswände vor ihm verband. Der Eingang wirkte beinahe wie die Pforte ins Zwergenreich, einem Königreich im Berg. Doch dieser Tunnel endete nach gut fünfzig Schritten an einem Fallgitter, hinter dem sich im Tageslicht ein Hof erstreckte. Als das Gitter sich gehoben hatte und sie ins Freie getreten waren, bemerkten sie die Krieger, die auf den Mauern Aufstellung genommen hatten und respektvoll zu ihnen herabblickten.

Der Hof endete an einer echten Mauer, über der sich Alvarudor in all seiner Pracht die Klamm hinaufzog. Bunt getünchte Holzbauten mit Schieferdächern ragten aus dem Fels hervor. Auf den Balkonen erspähte Nuramon Menschen, die neugierig zu ihnen herabblickten. Noch ehe sich das zweite Tor am Ende des Hofes öffnete, brandete jenseits der Mauer ein gewaltiger Jubel auf, und als sie das Tor passiert hatten, fanden sie sich inmitten einer fröhlichen Menschenmenge wieder. Die Leute standen auf der Straße, auf den breiten Stegen und kleinen Brücken, die über die schmalen Wasserrinnen führten; sie standen in den Türen der Häuser und den Toren der Scheunen, der Lager und der Werkstätten, oben in den Fenstern, auf den Balkonen und auf den Dachterrassen der herausragenden Häuser. Sogar auf Felsvorsprünge und Ziegeldächer hatten sich einige vorgewagt, um einen unverstellten Blick auf sie zu erhaschen. Hoch oben lösten sich Stoffbanner, und bunt bemaltes Laub schwebte in der Luft. Hörner und Trommeln mischten sich unter den Jubel und begleiteten ihren Anstieg im Triumphklang.

In Yargirs Gesicht saß das Entsetzen, Nylma winkte und grinste vor Freude, und Daoramu standen die Tränen in den Augen. Nuramon selbst machte der Überschwang zunächst Angst, dann aber ließ er sich davon berühren und lächelte den Alvarudorern entgegen.

Auf ihrem von fröhlichen Menschen gesäumten Weg durchritten Nuramon und seine Vertrauten fünf weitere Tore, bis sie schließlich einen von Türmen und vielgiebeligen Herrenhäusern gesäumten Platz erreichten. Das größte und prachtvollste Haus war auf das steinerne Erdgeschoss einer Festung gebaut und wirkte mit seinen zahlreichen Dächern wie der Palast eines Fürsten. Links und rechts davon führten Straßen in ein weites Tal hinab.

Auf den Stufen des Palastes empfingen sie Männer und Frauen

mit blauen Siegelhauben sowie etliche Krieger – die Mitglieder des Rates von Alvarudor samt ihrer Wachen, wie Nuramon vermutete.

Am Fuß der Treppe stieg Wergor vom Pferd, und Nuramon und seine Gefährten taten es ihm gleich. »Ich bringe euch Nuramon Alvaru«, rief Wergor der jubelnden Menge zu und versäumte es dabei, Daoramu, Nylma und Yargir vorzustellen.

Der Vogt trat vor dem Ratsfürsten zur Seite. Der untersetzte Mann mit dem faltigen Gesicht war mit seinen etwa vierzig Jahren nicht der Älteste unter den Ratsmitgliedern, stach jedoch durch seine von drei Medaillen gezierte Silberkette heraus. Und während der Rest des Rats zu ihnen herabstarrte, als wäre die Elfenkönigin auf dem Rücken eines Drachen hier mitten zwischen ihnen gelandet, empfing der Ratsfürst Nuramon und seine Gefährten mit einem selbstgewissen Schmunzeln.

Während die Menschen hinter ihm verstummten, trat Nuramon näher und beugte das Haupt vor dem Fremden.

»Der Rat von Alvarudor heißt dich willkommen, Nuramon Alvaru«, sagte der Ratsvorsteher. »Und ebenso deine Gefährten. Ich bin Yanrol, der Ratsfürst von Alvarudor.« Er verbeugte sich vor Nuramon, und der ganze Rat tat es ihm gleich. »Seit fast vier Generationen hat kein Albenkind den Fuß über die Schwellen unserer Tore gesetzt.«

Vier Menschengenerationen. Das musste vor der Schlacht um Albenmark und der Trennung der Welten gewesen sein. Vielleicht hatte die Königin damals Gesandte hierhergeschickt, deren Aufgabe es war, Albenkinder zu finden und in die Heimat zurückzubringen. »Es scheint seither eine blühende Zeit gewesen zu sein«, sagte er.

»Fürwahr«, entgegnete Yanrol. »Alles, was uns die letzte Gesandte verheißen hat, ist eingetreten. Wir sind ihrem Rat trotz vieler Bedenken gefolgt, und er hat uns zu nie geahnter Blüte geführt.«

Nuramon musterte den Ratsältesten. »So hat euch diese Gesandte auch mein Kommen angekündigt?«

Yanrol nickte. »Sie sagte, du würdest uns Kunde bringen.«

Nuramon dachte an die Schlacht um Albenmark. Mit einer größeren Kunde konnte er nicht dienen. »Albenmark ist vor den Feinden sicher«, erklärte er, und die Leute jubelten, als hätten sie all die Jahre um das Schicksal seiner Heimat gebangt.

Nuramon wartete, bis die Alvarudorer sich beruhigt hatten. »Der Preis war hoch«, sagte er dann. »Viele Albenkinder und viele Menschen, die unsere Verbündeten waren, ließen ihr Leben. Und am Ende trieben wir die Feinde nicht davon. Die Königin und die Mächtigen meiner Heimat stießen einen Zauber an, der, einmal ins Rollen gebracht, nicht mehr zu stoppen war. Albenmark wurde für immer von dieser Welt getrennt.«

Die Kunde traf die Menschen wie ein Schlag. Sie starrten Nuramon ungläubig an. Wergor trat vor und sprach mit entsetzter Miene: »Aber *du* bist hier. Wir dachten, es stünde ein Goldenes Zeitalter bevor. Wir flehten die Gesandte an, in der Fremde an ihrer Seite gegen die Priester der Falschen Götter kämpfen zu dürfen. Aber sie beharrte darauf, dass wir den Kampf, der kommen würde, am besten in dieser Welt führen könnten. Dass wir hier in Alvarudor wachsen sollten, bis der rechte Tag kommen würde. Wohlan denn: Wir sind gewachsen. Wir sind bereit. Und nun soll der Kampf vorüber sein?«

Der Ratsfürst nickte, als habe er Nuramons Worte gerade erst verstanden. »Wir dachten, du würdest uns in den Kampf rufen«, sagte er leise.

Nuramon schüttelte den Kopf. »Der Krieg zwischen den Albenkindern und ihren Feinden ist vorüber. Ich bin das letzte Albenkind und kann euch vom Kampf gegen die Tjuredanbeter, die Diener der Falschen Götter, berichten. Und davon, was Menschen dazu beitrugen.«

»Dann sei unser Gast«, sagte Yanrol und deutete zu einem langen, schmalen Haus, das an der Felswand zur Rechten des siebten Tores lag. »Das ist das Elfenhaus. Dort hat die Gesandte übernachtet. Wir pflegen und behüten es. Nur die Kammer der Abgesandten haben wir versiegelt. Niemand hat sie seit damals betreten.«

»Wie hieß die Elfe, die meine Königin euch sandte?«, fragte Nuramon.

»Ihr Name war Ulema«, antwortete Yanrol.

Nuramon nickte. Das war ein alter Name aus seiner Sippe. In seinem ersten Leben hatte er eine Elfe namens Ulema geliebt und mit ihr einen Sohn gezeugt: Weldaron. Nachdem Ulema ins Mondlicht entschwunden und er selbst gestorben war, hatte sein Sohn eine neue Sippe begründet, und in dieser hatte es im Verlauf der Jahrhunderte immer wieder Kinder mit dem Namen Ulema gegeben. Doch ganz gleich, wer die Gesandte gewesen war, in einem war sich Nuramon sicher: Emerelle hatte ihre Hände im Spiel.

Yanrol lächelte. »Soll ich euch jetzt zum Haus der Elfengeborenen geleiten?«

Nuramon erstarrte. »Der *Elfengeborenen?* Es gab in eurem Stammbaum also tatsächlich Kinder zwischen Menschen und Elfen?«

Yanrol nickte. »Melruun war ein Elf, und Varnia war die Tochter von Dorno, unseres mächtigsten Ahnen. Varnia gebar Zwillinge, und sie waren der Magie fähig. Doch das Elfenblut verlor sich mit der Zeit.«

»Gib mir deine Hand, Yanrol«, sagte Nuramon, und der Ratsfürst reichte sie ihm unter den begierigen Blicken der Menge. Nuramon suchte nach dem Hauch eines Elfenzaubers, spürte jedoch nichts als Yanrols Lebenskraft. Als er aber den Ansatz zum Wärmezauber vollzog und spürte, wie hungrig der Zauber in die Hand des Ratsfürsten fuhr, glaubte er die Geschichte um den Elfen Melruun.

Yanrol zog seine Hand zurück. »Was war das?«

»Das war Magie. Es befinden sich noch Spuren davon in dir. Die Zauberkraft ist fort, aber die Wege, die die Magie bei deinen Vorfahren nahm, sind noch da. Es ist wie ein ausgetrockneter Fluss.«

Der Ausdruck in Yanrols Miene schwankte zwischen Bedauern und Faszination. Die Menschen auf dem Platz raunten, und die Blicke, die Wergor und Yanrol tauschten, sagten deutlich, dass die Alvarudorer sich wünschten, elfengleich zu sein. »Wenn du und deine Frau bleiben, könnten eure Kinder die Quelle vielleicht wieder zum Leben erwecken«, sagte Wergor schließlich.

Nuramon schaute zu Daoramu, die ihrerseits Wergor anstarrte, als warte sie noch auf die Worte, die dieser bereits gesprochen hatte. »Was sein soll, wird sein«, sagte Nuramon schließlich. »Aber warum sehnt ihr euch nach Elfenblut? Ihr habt hier eine blühende Stadt. Das Goldene Zeitalter ist längst in eure Häuser eingekehrt. Und wenn der Krieg, auf den ihr euch vorbereitet habt, nun ausbleibt, so blast in die Hörner, schlagt die Trommeln, und singt die Lieder eurer Ahnen! Denn nun seid ihr frei und nicht mehr gebunden an irgendwelche Verpflichtungen.« Er deutete auf das Ratsgebäude. »War dies die Burg eurer Ahnen?«

»Ja«, antwortete Yanrol.

»Schaut, welch wunderbares Haus ihr darüber gebaut habt! Mit all diesen Dächern und Fenstern, Balken und Säulen. Wahre Meister der Baukunst haben es errichtet. Ihr habt all das zur Blüte gebracht, was eure Ahnen begonnen haben. Und vielleicht bin ich hier, um euch zu sagen, dass ihr am Ziel seid.«

Applaus brandete auf, und einige Jasborer schlossen Nylma und Yargir in die Arme. Als die Menge sich beruhigt hatte, sagte der Ratsfürst: »Dies hätte aus dem Munde Dornos stammen können. Und nun, Nuramon Alvaru, geh in das Haus deines Volkes. Es soll dein sein, mit allem, was darin ist.«

Nuramon nickte, und kurz darauf betrat er mit Daoramu, Nylma und Yargir das schmale Haus der Elfengeborenen. Es war viele Male ausgebessert worden – hier ein Stein, dort sogar eine Reihe von Balken, und das Dach wirkte kaum älter als die hundert Jahre, von denen Yanrol gesprochen hatte. Die Tür stand offen, und drei Frauen und ein Mann verbeugten sich vor ihnen, als sie sich näherten.

»Das sind Hüter des Hauses«, erklärte Wergor, der ihm bis zum Eingang gefolgt war. »Sie pflegen es.«

Nuramon dankte den Hütern und ließ sich dann von ihnen ins Innere des Hauses führen. Die Eingangshalle reichte weit in den Fels hinein, und da das Tageslicht es nicht ganz zu erhellen vermochte, leuchteten die Haushüter ihnen mit Öllampen den Weg die Treppe hinauf. Im Obergeschoss empfingen sie geöffnete Türen und schlichte, aber saubere Zimmer mit frisch gemachten Betten.

Auf halbem Weg des Ganges kamen sie an das versiegelte Zimmer. Eine rote Wachsscheibe schmiegte sich in die Ecke zwischen Rahmen und Tür. Nuramon hielt inne und betrachtete das Siegel.

Die Hüter des Hauses flüsterten untereinander, dann aber zogen sie sich ins Erdgeschoss zurück. Nur Daoramu, Nylma und Yargir blieben bei ihm.

»Müssen wir etwas befürchten?«, fragte Nylma.

»Das glaube ich nicht«, sagte Nuramon. Dann löste er das große Siegel ab. Es zerbröckelte zwischen seinen Fingern zu Wachsklumpen, die zu Boden fielen. Mit großer Mühe schob Nuramon den Riegel zurück und öffnete die Tür.

Das kleine Schlafgemach, das sich dahinter erstreckte, war einst gepflegt gewesen, ehe es der Zeit und allem, was damit einherging, zum Opfer gefallen war. Das Zimmer war staubig und von Spinnweben durchzogen. Auf dem Schreibtisch unter dem Fenster entdeckte Nuramon eine kleine Truhe mit einem goldenen Elfenmuster. Er hatte solche Truhen einst am Hof der Elfenkönigin gesehen.

Nuramon zögerte und schaute zu seinen Gefährten zurück. Diese waren an der Schwelle zurückgeblieben und nickten ihm aufmunternd zu. Er atmete durch und wagte es schließlich, die Truhe zu öffnen. Er fand darin eine Schriftrolle und einen faustgroßen, milchweißen Stein.

Ein Albenstein war es nicht, das spürte Nuramon sofort, denn den mächtigen Artefakten der Alben merkte man ihre Magie kaum an. Dieser Stein aber strahlte Nuramon seine Magie geradezu ins Gesicht, so sehr war er von ihr erfüllt. Obwohl dem glatten, wie vom Flusswasser blankgespülten Stein mit bloßem Auge nichts von seiner Macht anzusehen war, knüpfte sich ein gewaltiger Zauber an ihn; ganz so, als hätte man ihn lange in eine magische Quelle gelegt.

Nuramon griff nach der Schriftrolle und wendete sie. Kein Name, kein Siegel, nichts. Er entrollte das Papier und fand elfische Schriftzeichen. Schon die Anrede überraschte ihn und trieb ihm die Tränen in die Augen. Er senkte den Brief und schaute zu Daoramu zurück. Sie, Nylma und Yargir betrachteten ihn mit besorgten Mienen. Er wollte sie anlächeln, war aber so aufgewühlt, dass er es nicht vermochte. Er atmete noch einmal durch und hob den Brief wieder an. Darin stand Folgendes geschrieben:

Lieber Bruder,

verzeih, dass ich Dir bei unserem Abschied nichts gesagt haben werde. Emerelle hat alles in Bewegung gesetzt. Sie sagte, sie könne eure Nähe bereits spüren. Alles ist vorbereitet, heimlich, auf dass unsere Feinde es nicht merken. Die Albenkinder kehren heim und alle, die in Emerelles Plan eingeweiht sind, warten auf den Augenblick, da Du und Deine Gefährten mit dem Albenstein zurückkehren, den wir benötigen. Dem Stein des Rajeemil. Wenn Du diesen Brief liest, ist das eingetreten, was Emerelle voraussah.

Uns beiden war nie viel gemeinsame Zeit gegeben, und als Du mich zu Deiner Schwester wähltest, war ich noch ein Kind. Aber die Jahre, die Du fort warst, können nicht nehmen, was Du mir anvertraut hast, als Du mich in Iskendria fandest und ein Stück auf Deiner Reise mitnahmst. Manche Augenblicke sind wichtiger als ganze Jahrzehnte und Jahrhunderte. Und die Zeit mit Dir ist vielleicht die wichtigste Zeit meines Lebens.

Das ist nicht einfach dahingesagt, und es bedeutet viel, denn gewaltige Dinge liegen hinter mir. Viele betrachten mich und wundern sich, wie ich das alles schaffen konnte und warum ich mit der Macht nicht wachse. Die Antwort ist: Im Grunde bin ich stets das Kind geblieben, das du kanntest. Mein Gemüt ist nie ganz herangewachsen.

Wenn ich im Herzland bin, verbringe ich die meiste Zeit in Deinem alten Haus, in der Krone des Alaen Aikhwitan. Manchmal kommt Obilee zu mir. Sie weiß von Deiner nahenden Rückkehr, und sie weiß, dass Dein Schicksal in der Welt der Menschen liegt und nach unserem Zauber kein Weg mehr zwischen den Welten bestehen wird. Sie liebt Dich, Nuramon.

Nuramon hielt inne und fuhr sich über die Augen. In seiner Erinnerung sah er Obilee in jenem Augenblick, da sie die Hand nach ihm hätte ausstrecken und ihn zu ihrem Geliebten hätte machen können. Bisher hatte er geglaubt, Obilee habe ihn aus Respekt vor Noroelle zurückgewiesen. Noroelle und die Frage, ob sie sich wirklich für Farodin entschieden hätte, hätte stets zwischen ihnen gestanden. Falls aber Obilee tatsächlich gewusst hatte, was ihm bevorstand, hatte sie ihn auch um seinetwillen gehen lassen, damit er hier irgendwo in dieser Welt sein Schicksal fand.

Begierig las er weiter.

Du ahnst nicht, wie glücklich ich war, als ich hörte, dass Du wiederkehren würdest, und wie traurig ich war, als ich vernahm, dass Du uns verlassen müsstest, um Deinen Pfad ins Mondlicht in der Fremde zu suchen. Nun aber bin ich zufrieden, denn ich weiß, dass Du Deine Erfüllung finden wirst. Was genau ich gewahrte, werde ich Dir nicht sagen, weil ich sonst das Schicksal verändern könnte. Aber Emerelle erinnerte mich an etwas, das ich ihr einst anvertraute. Ein Kleinod aus meinen glorreichen Tagen, das für Dich bestimmt ist und das ich ihr übergab, damit sie es vollendete. Nur sie verfügte über die Macht, das Kleinod zur Blüte zu bringen. Sie hat diesen weißen Stein, den ich dir überlasse, reifen lassen, aber sie will nicht, dass ich ihn Dir zum Abschied überreiche. Vielleicht hättest Du mein Geschenk zurückgewiesen, und auch das hätte Dein Schicksal verändert. Aber dieses Kleinod gehört zu Dir, obwohl Du nicht einmal ahnst, was es ist, weil Du es längst aufgegeben hast.

Jetzt, da Du diesen Brief in Händen hältst, erinnerst Du Dich an Deine früheren Leben. Die Welten sind getrennt, die Königin lebt, Farodin und Noroelle sind im Mondlicht. Obilee hat Dich gehen lassen, und auch wenn sie es damals nicht ahnte, wird sie heute bereits ihre Liebe gefunden haben. Du aber bist das letzte Albenkind in der Welt der Menschen – abgeschnitten von uns allen, aber nicht von deinem Erbe.

Nuramon hielt inne. Von welchem Erbe sprach sie? Niemand war ihm etwas schuldig geblieben, weder seine Sippe noch die beseelte Eiche Alaen Aikhwitan. Was ihm geblieben war, hatte er anderen anvertraut. Yulivee war seine Erbin, und seinen alten Zauberbogen hatte er an seine Kampfgefährtin Nomja gegeben. Da er nicht wusste, was Yulivee meinte, las er hastig weiter:

Ich prüfte das Kleinod, das durch die Macht des Alaen Aikhwitan bewahrt, durch die Magie der Dschinne gelöst, durch mich in diesen weißen Stein gebannt und durch Emerelles magische Quellen gestärkt wurde. Und dann legte ich es mit dem Brief in die Truhe und überreichte diese Emerelle. Sie wird diesen Schatz dort hinterlassen, wo Du ihn finden wirst.

Vielleicht wirst Du es mir im ersten Augenblick übelnehmen und bedauern, dass ich so schicksalsergeben wie Emerelle geworden bin. Aber vertrau mir. Es ist so wichtig, dass ich – Deine Schwester – Dich hintergehe; so wichtig, dass Obilee, die Dich liebt, es Dir verheimlichen und Emerelle, die Dich so viele Leben hindurch auf Deinem Pfad gehalten hat, es Dir verschweigen wird. Vertraue uns! Vertraue der Königin, der Kriegerin und dem Kinde! Vertraue uns Narren des Schicksals!

Ich vermisse Dich und werde Dich immer vermissen. Was ich Dir hinterlasse und auf diese Weise hinterlassen muss, damit Du den großen gebratenen Gelgerok nicht riechst, ist etwas, das seit Jahrtausenden darauf wartet, wieder zu erblühen. Leg einfach den Stein ins Feuer, und vergiss nie, wer Dir den Weg nach Alvarudor wies.

Deine Schwester
Yulivee

Nuramon weinte. Der Brief riss verheilt geglaubte Wunden auf. Er vermisste Yulivee und wusste zugleich, dass er die Sehnsucht, die er empfand, nie würde stillen können.

Er schaute zur Tür und sah, wie Nylma und Yargir sich zurückzogen. Daoramu aber blieb und blickte ihn voller Mitleid an. Sie war es, die ihm den Weg nach Alvarudor gewiesen hatte, und so offenbarte Emerelle sich ein weiteres Mal als die Meisterin des Schicksals. Die Elfenkönigin hatte einen hauchdünnen Schicksalspfad gesehen und es tatsächlich geschafft, auf ihm zu wandeln. Und sie hatte Yulivee und Obilee daran teilhaben lassen. Es berührte ihn, dass jene, die ihn schätzten und liebten, ihn in diese Welt entlassen hatten. Und die Angst vor der Zukunft, die er nicht kannte und die Yulivee und die anderen nur als mögliche Zukunft gewahrt hatten, wühlte ihn auf.

Er nahm das Kleinod in die Hand und spürte dessen Magie, die wie aufgeschreckte Spinnen seine Finger und seine Arme entlanglief. Was immer Yulivee und die anderen in diesen Stein gelegt hatten, es war ein mächtiges Geschenk. Am liebsten hätte er sofort ein Feuer entfacht. Aber dann beschloss er, es in Ruhe zu tun, nicht unvorbereitet und voller Sehnsucht nach Yulivee. Er hatte Angst, dass seine Gefühle ihn sonst überwältigen könnten.

Daoramu trat näher und schloss ihn in die Arme. »Ein Brief aus Albenmark?«, hauchte sie ihm ins Ohr.

»Ja«, sagte er.

Sie küsste ihm die Tränen fort. »Möchtest du mir sagen, was darin steht? Du musst es nicht.«

Er zögerte nicht und übersetze ihr das Schreiben Satz für Satz ins Arlamyrische. Daoramu blickte ihn dabei mal erstaunt, mal gerührt an. Als er ans Ende kam und die Worte »Vergiss nie, wer Dir den Weg nach Alvarudor wies« ausgesprochen hatte, kamen auch ihr die Tränen.

Yulivees Vermächtnis

Daoramu wusste nicht, woher Nuramon die Geduld nahm, den Stein zurück in die Truhe zu legen, sie nach unten zu begleiten und erneut zu den Menschen von Alvarudor zu sprechen. Er sagte ihnen, was sie soeben beschlossen hatten: dass sie den Rest des Winters in der Stadt verbringen würden. Was danach kam, würde sich zeigen.

Während die Hüter des Hauses Vorräte brachten, saß Nuramon auf dem kleinen Balkon und blickte über die Nordstadt hinweg in das weite Tal hinaus. Er hatte geweint, das sah sie ihm an, als sie ihm Brot und Schinken brachte. Als der Abend kam und Nylma und Yargir mit zahlreichen Gästen unten im Saal feierten, kehrte Daoramu mit Nuramon in die Kammer der Gesandten zurück. Die Hüter hatten ein Wunder vollbracht. Der Staub, der Schmutz und die Spinnweben waren fort, alles Zerschundene war ersetzt, und das Zimmer wirkte nun ebenso gepflegt wie die anderen Gemächer. Endlich entfachte Nuramon mit seinem Zauber ein Feuer im Kamin. Er schaute Daoramu lange an. »Bist du bereit?«, fragte er schließlich.

Sie schüttelte den Kopf. »Nein. Aber ich bin neugierig.«

Nuramon schmunzelte, musterte den Stein noch einmal, ließ ihn dann ins Feuer gleiten und starrte wie gebannt in die Flammen. Die Wärme des Feuers drückte sich ihnen wie eine Wand entgegen, als hätten sich die Flammen aus dem Kamin gelöst, um näher zu schweben.

Daoramu wich zurück, und Nuramon kam langsam an ihre Seite.

Von einem Wimpernschlag zum anderen stand eine junge Frau vor ihnen, eine kalte Schönheit mit langem weißem Haar, schwarzen Augen und langen Armen und Beinen. Sie war in ein weißes Kleid gehüllt, das ihre Weiblichkeit kaum zu verhüllen suchte.

»Ceren!«, flüsterte Nuramon.

Daoramu staunte. Noch nie hatte sie etwas derart Schönes und Fremdartiges gesehen. Und sie erinnerte sich: Nuramon hatte ihr von Ceren erzählt, jenem Naturgeist, der sich mit einer riesenhaften Birke verbunden und mit seiner Magie Nuramons Sippe umsorgt hatte. Hier aber stand kein Baum, sondern eine barfüßige Frau, zeitlos wie eine Ahnenstatue, alt in einem jugendlichen Körper. Ihre Lippen waren so bleich wie ihre Haut, ihre Fingernägel so schwarz und glänzend wie ihre Augen.

Kurz ruhte ihr eindringlicher Blick auf Daoramu, um gleich darauf zu Nuramon zurückzukehren. »Du erinnerst dich nach all den Jahren an meine Erscheinung?«, sagte Ceren mit klarer Stimme. Dass sie Arlamyrisch sprach, entsetzte Daoramu. Das perfekt rollende *r* wies darauf hin, dass sie es vor langer Zeit gelernt hatte. Im Fürstentum Gaerulsar, südöstlich ihrer Heimat Yannadyr, sprachen die uralten Händler und Adligen noch auf ähnliche Weise.

»Du hast dich verändert, Nuramon«, sagte Ceren. »Aber deine Seele trägt noch immer dasselbe Antlitz.«

Nuramon wirkte irritiert, sah kurz zu Daoramu herüber, wandte sich dann erneut Ceren zu und antwortete ihr auf Arlamyrisch: »Aber du bist die Gleiche. Dies ist der Körper, in dem du uns unter deiner Birke beim Fest der Geister erschienen bist.«

Ein Lächeln glitt über Cerens bleiche Lippen. »Ich bin es, und ich bin es nicht.«

»Das verstehe ich nicht«, erwiderte Nuramon.

»Ich bin nur ein Hauch dessen, was ich einst war. Meine Macht ist gebrochen. Dank Yulivee erwachte ich aus dem Schlaf, aus dem mich selbst Alaen Aikhwitan nicht erwecken konnte.«

»Was haben sie dir angetan? Was hat die Seele eines Baumes in einem Stein verloren?« Er schüttelte den Kopf.

»Wenn man sich nach dem Leben sehnt, ist einem auch ein Körper recht, der nicht dem eigenen Wesen entspricht. Ich bin dankbar, überhaupt noch zu leben.« Sie blickte an sich hinab und dann zu den tänzelnden Flammen im Kamin. »Leider ist viel von dem verloren, was mich einst ausmachte. Also bin ich es, und ich bin es nicht.«

»Aber warum bist du hier und nicht in Albenmark?«, fragte Nuramon. »Du könntest bei meiner Sippe sein. Es könnte so sein wie früher.«

In ihrem Gesicht flammte Erstaunen auf. »Ich bin deinetwegen hier«, sagte sie.

Nuramon schüttelte den Kopf. »Aber ich habe nicht danach verlangt. Wozu sind all meine Verwandten im Kampf gegen die Drachen gestorben? Wozu haben wir die Reste deines hölzernen Körpers eingesammelt und den Weg zu Alaen Aikhwitan auf uns genommen? Damit du alles fortwirfst, um in meiner Nähe zu sein? Mir ist es bestimmt, hier zu sein, aber dein Schicksal hätte in Albenmark erblühen sollen.«

Ceren wirkte enttäuscht. »Ich wollte dir nicht wehtun. Ich will dir beistehen. Ich gehöre zu dir.«

Nuramon schüttelte erneut den Kopf, dann wandte er sich ab und verließ wortlos das Zimmer. Daoramu schaute ihm nach. So aufgewühlt hatte sie ihn noch nie erlebt. Sie überlegte, ob sie ihm folgen sollte. Da entfernte sich Ceren vom Feuer, wurde durchsichtig, und ihre Beine schienen mit einem Mal in Flammen zu stehen. Sie flüsterte etwas Elfisches und musterte Daoramu eindringlich. »Wer bist du?«, fragte sie schließlich.

Daoramu zögerte und starrte der Geistergestalt in die nachtschwarzen Augen. Nach einer Weile sagte sie: »Ich bin Daoramu, Nuramons Frau.«

Auf dem Elfengesicht regte sich ein Ausdruck wohlwollender Verwunderung, aus dem sich langsam ein Lächeln formte. »Das freut mich«, sagte Ceren. Sie lächelte zwar, aber es stimmte etwas nicht an ihrer Mimik. Sie atmete nicht; sie blinzelte ebenso wenig. »Dann weißt du, was geschehen ist«, sagte sie. »Lebt Alaen Aikhwitan noch?«

Daoramu überlegte. Nuramon hatte ihr so vieles erzählt, hatte aber wenig über das Schicksal der beseelten Rieseneiche gesprochen. »Alaen Aikhwitan war fort und wurde von Yulivee neu gepflanzt«, sagte sie schließlich. Sie zuckte zusammen, als Ceren mit einem Mal einatmete, nur um kurz darauf erleichtert wieder auszuatmen. Es schien nur ein gezielter Ausdruck ihrer Gefühle zu sein, den sie sich offenbar durch Beobachtung abgeschaut hatte.

Ceren fragte, was Nuramon seit dem Auszug aus Albenmark erlebt hatte, und Daoramu gab ihr bereitwillig Auskunft. Mit der Geistergestalt zu sprechen nahm ihr das Unbehagen. Nicht dass sie Ceren gefürchtet oder von ihr ein Leid erwartet hätte. Der Geist war ihr nur in Wesen und Erscheinung derart fremd, dass er sie verunsicherte.

»Du kennst ihn viel besser als ich«, sagte Ceren schließlich. »Ich habe ihn früher gespürt, manchmal glaubte ich, seine Gedanken hören zu können. Aber es war wie der Duft eines geliebten Kindes. Das Kind einer Schwester, für das man nun sorgen soll.«

»Aber nun kannst du ihn besser kennenlernen«, sagte Daoramu.

Ceren wich ihrem Blick kurz aus. »Wenn er es zuließe.«

Daoramu schmunzelte. »Ich werde mit ihm reden.«

Ceren nickte kurz, dann verschwand sie vor ihren Augen.

Daoramu starrte auf den Stein im Feuer, der noch immer makellos schien, und beschloss, hier am Kamin auf Nuramon zu warten. Er brauchte sicherlich ein wenig Zeit, um seine Gefühle zu ordnen, und auch sie musste erst einmal begreifen, was die Ankunft der Vertrauten für Nuramon bedeuten mochte.

Eine Stunde verging, ehe Nuramon zurückkehrte. In seinem Blick lag ein Flehen. »Verzeih mir!«, hauchte er und schloss sie in die Arme.

»Bitte nicht mich um Verzeihung, sondern Ceren«, sagte sie liebevoll.

»Das ist nicht Ceren«, erwiderte er leise.

»Wer sonst hätte von ihrer Gestalt wissen sollen? Oder bist du nicht der Einzige, der sich noch an ihre Erscheinung erinnert?«

»Ich bin neben Emerelle wahrscheinlich der Einzige.«

»Dann ist sie der Rest dessen, was die Drachen zu vernichten versuchten«, sagte Daoramu. »Der Rest, den ihr zu Alaen Aikhwitan gebracht habt. Hätte Alaen Aikhwitan sie erwecken können und wäre sie euch damals so erschienen wie nun, hättet ihr so reagiert wie du eben?«

»Gewiss nicht«, sagte Nuramon. Er schwieg lange, ehe er wieder Worte fand. »Ich hatte plötzlich all das Leid vor Augen«, sagte er. »All die Opfer, die wir erbrachten, um sie zu retten. Und ich erinnere mich an die Enttäuschung, als wir alles hinter uns gebracht hatten und Alaen Aikhwitan uns erklärte, dass nur noch ein Hauch von ihr geblieben sei und sie nicht zu uns würde sprechen können. Und jetzt, nach so langer Zeit, ist sie hier bei mir. Nur bei mir. Dabei sollte sie bei meiner Sippe sein.«

Daoramu strich ihm über die Hand. »Durch all die Jahre, die deine Sippe dich mied und du allein in deinem Haus aus dem Holz ihres Baumes lebtest, hast du sie für dich gewonnen. Du bist doch der Einzige, der ihre Bedeutung überhaupt noch zu schätzen weiß.«

»Aber Yulivee hat mein Ansehen gestärkt«, sagte Nuramon. »Die Jüngeren meiner Sippe haben sich wieder auf den Anfang besonnen. Dort hätte Ceren viel bewegen können.«

»Aber Yulivee war es, die dafür gesorgt hat, dass Ceren bei dir ist. Und Alaen Aikhwitan, die Dschinne und die Königin haben ihr geholfen. Dieses Kleinod ist durch die Hände der Mächtigen gegangen. Was immer sie hier für dich sahen, war es wert, dir die Wahrheit zu verschweigen. Du weißt, wie das ist.«

»Woher sollte ich das wissen?«, fragte Nuramon stutzend.

»Weil du auf diesem Pfad noch viel weiter gegangen bist. Du warst es, der Noroelles Sohn töten wollte, um sie zu retten. Du warst bereit, ihren Hass auf dich zu ziehen, nur um sie in Sicherheit zu wissen. Du hättest etwas zutiefst Verwerfliches getan, um deine Geliebte zu retten. Das ist weit mehr, als jemanden, den man liebt, zu belügen, in der Gewissheit, dass die Wahrheit sein Verderben wäre.«

»Das ist Emerelles Spiel«, sagte Nuramon mit müder Stimme. »Ich wünschte, es gäbe ihren magischen Silberspiegel nicht, den Blick der Weisen und der Orakel in die Zukunft, sondern einfach nur das eigene Handeln.«

»Wenn du mich vor dem Verderben retten könntest, indem du mir die Wahrheit vorenthältst, würdest du es doch tun, oder etwa nicht?«

»Ich würde mich dafür hassen.«

»Und ich wäre lieber eine Lügnerin als schuldig an deinem Verderben.«

»Hast du mich denn je belügen müssen?«, fragte er mit einem halben Lächeln auf den Lippen.

Sie schüttelte den Kopf und schmunzelte. »Ich verfüge auch nicht über einen Spiegel, der mir die Zukunft zeigt. Trotzdem bin ich mir sicher, dass Ceren zu dir gehört.« Sie berichtete ihm, was sie mit dem Geist gesprochen hatte und schob ihre Hand auf seine Schulter. »Der Verlust von damals brennt noch durch all die Jahrhunderte hindurch. Aber du bist seit damals gewachsen. Die erhabene Ceren ist verloren, aber vielleicht kannst du dem Hauch dieses Wesens ein Mentor sein. Betrachte sie als Wiedergeborene, die sich an einiges, aber nicht an alles erinnert. Weise sie nicht zurück, wie deine Sippe es immer wieder mit dir getan hat.«

Nuramon erstarrte und blickte ins Leere. Erst nach einer ganzen Weile blinzelte er und lächelte sie liebevoll an. Er strich ihr durchs Haar und nickte langsam.

Daoramu küsste ihn, und gemeinsam schauten sie in die Flammen. »Ceren«, flüsterte sie schließlich.

Die Geistergestalt erschien, und ein schmales Lächeln entfaltete sich auf ihrem Gesicht.

»Du bist es also«, sagte Nuramon. »Wiedergeboren, um bei mir zu sein. Ist dir denn der Gedanke, hier zu sein, nicht unerträglich?«

»Wenn man alles verloren hatte und auch nur den Hauch des alten Lebens zurückerhält, so ist das ein Geschenk. Ich möchte euch Schützling und Mentorin zugleich sein. Ich habe nicht alles vergessen, Nuramon. Ich spüre die Macht Alaen Aikhwitans in dir und auch den Hauch meiner selbst. Und dann ist da etwas Fremdes. Du warst lange beim Steinvolk, bei den Kindern der Dunkelalben.«

Daoramu wusste, dass Ceren die Zwerge meinte. Die Kinder der Dunkelalben. Nuramon hatte sie Dutzende Mal korrigiert, als sie statt *Kinder der Dunkelalben* lediglich *Dunkelalben* gesagt hatte. Das brachte sie selbst nun zum Schmunzeln.

»Ich lernte viel bei ihnen«, erklärte Nuramon. »Vielleicht fand ich deswegen den Pfad zurück zu den Erinnerungen an meine früheren Leben.«

»Dass du diese beiden völlig verschiedenen Wege der Magie beschreiten kannst, spricht für dich. Auch ich selbst habe in meiner jetzigen Gestalt viele Dinge anders zu betrachten gelernt. Früher hätte ich alles Unbelebte verachtet. Nun aber, da ich selbst mit einem Stein verbunden bin, merke ich, dass es mehr Gemeinsamkeiten als Unterschiede zwischen dem Belebten und dem Unbelebten gibt.«

»Dann sei willkommen in unserer Mitte, Ceren«, sagte Nuramon lächelnd.

Der Geist nickte, und ihr weißes Haar wehte in einem Wind, der nur sie allein erfasste. »Ich habe lange davon geträumt, wieder Teil deiner Familie sein, Nuramon.«

Fasziniert sah Daoramu zu, wie Nuramon vortrat, um Ceren in die Arme zu schließen. Ihre Gestalt war nur ein Schein in der Luft, und doch wirkte es so, als spürten beide die Umarmung. Nuramon lächelte wie ein Kind, und als Ceren zu ihr kam und ihr über die Wange strich, begriff Daoramu, was ihn bewegte. Die Berührungen der bleichen Hände waren wie Sonnenstrahlen, die auf ihre Haut trafen.

»Wie lange wird der Zauber deines Steins währen?«, fragte Nuramon.

»Lange genug«, sagte sie. Dann trat sie rückwärts zum Kamin und verschwand.

Ceren

Am nächsten Morgen zögerte Nuramon, zu Ceren zu gehen. Er hatte mit Daoramu im zweiten Stock ein Gemach bezogen. Denn seine Liebste fühlte sich in Gegenwart des Steins beobachtet. So hatten sie Ceren das Zimmer der Abgesandten überlassen – ein Zimmer für sich allein, wie bei einem Wesen aus Fleisch und Blut. »Du solltest gleich zu ihr gehen«, sagte Daoramu beim Frühstück. »Ihr müsst euch gegenseitig entdecken – einen richtigen Anfang machen. Nimm dir Zeit für sie.« So schritt Nuramon kurz darauf die Treppe zu Cerens Zimmer hinauf.

Auf der kleinen Bank gegenüber des Kamins wirkte Ceren am Rande des Feuerscheins wahrlich geisterhaft, und es dauerte eine Weile, bis Nuramons Blick nicht immer wieder durch ihre Gestalt hindurchdrang, sondern an ihr haften blieb. Sie wollte aus seinem Mund hören, was ihm in seinen vielen Leben widerfahren war, denn sie kannte nur Bruchstücke des gewaltigen Mosaiks.

Er erzählte ihr von seinen frühesten Erinnerungen an sie. Sie war damals bereits die Behüterin seiner Sippe gewesen. Und er war in jenem Leben noch ein Jüngling gewesen, als die Drachen über sie gekommen waren. Doch nachdem die Älteren im Kampf gegen die Drachen gestorben oder sogar ins Mondlicht entschwunden waren, hatte man ihn zum Oberhaupt der Sippe erkoren. Zu verdanken hatte er diese Wahl den Heldentaten seines vorherigen Lebens und den daraus erwachsenen Sagen über die Kämpfe gegen die Drachen von Ischemon. Nie wieder war er zu solchen Würden gekommen und hatte so viel Verantwortung für seine Sippe getragen. Er entsann sich des Schmerzes, den er beim Anblick des halb verkohlten Baumes und all der abgerissenen und zersplitterten Äste gelitten hatte.

Nuramon erinnerte sich auch an die frühesten Kindestage jener Inkarnation. »Es hieß, du hättest Weldaron die Magie gelehrt«, sagte er. »Du warst unsere Hüterin und schenktest uns Rat, den wir in jenen bitteren Zeiten brauchten.«

»Mein eigenes Schicksal hatte ich jedoch nicht vor Augen«, erwiderte Ceren. »Aber offenbar habe ich vieles richtig gemacht. Ich war es, die zu jener Zeit die Seelen eurer Wiedergeborenen erkannte; ich war es, die deinem Vater sagte, dass unter all seinen Kindern du die Seele Nuramons trägst.«

»Was für ein Mann war mein … Vater?«

»Einer, der für das Richtige eintrat, aber eitel war. Er vermochte andere für sich zu gewinnen, verprellte aber jene, die außerhalb standen. Er knüpfte Bande zu anderen Sippen, nur um diese dann fortzustoßen, wenn sie ihre Söhne und Töchter in die Obhut seiner Sippe gegeben hatten.«

»Wie stand er zu mir?«, fragte er.

»Er verschwieg, dass du die Inkarnation seines Vaters warst und dass Ulema seine Mutter gewesen war. Weldaron wollte eine Sippe begründen und nicht an seine eigenen Wurzeln erinnert werden. Die Sippe entstand nur, weil er sie ins Leben rief. Er blickte mit Neid auf die Älteren und zeugte dreiundzwanzig Kinder mit verschiedenen Frauen. Und er lehrte sie das Werben um Geliebte.«

»Dann war er wirklich der kriegerische Minnesänger, von dem die alten Lieder erzählen?«

»Krieger war er nur, wenn es keine andere Wahl gab. Aber der

Minnesänger war er. In dieser Zeit starben mehr Elfen, als neue geboren wurden. Dein Vater fasste die Notwendigkeit, Kinder zu zeugen und zu gebären, in Worte. Weil er jedoch keine neuen Krieger heranziehen, sondern das Leben für die Zeit nach den Drachenkriegen bewahren wollte, handelte er sich den Spott anderer Sippen ein. Und um deren Forderungen nach weiterer Unterstützung im Krieg gegen die Drachen aus dem Weg zu gehen, sandte er dich und deine Cousins mit dem Auftrag aus, möglichst lange am Leben zu bleiben und eurer Familie möglichst viel Ruhm zu bringen. Ihr wart seine Streiter in den Drachenkriegen.«

Nuramon hauchte ein bitteres Lachen. Seine Erinnerung an jenes Leben, in dem er seinen Vater Weldaron als erwachsenen Mann gekannt hatte, wollte nicht erwachen. Doch er konnte sich zusammenreimen, was geschehen war, indem er an ein Bruchstück dieser Zeit dachte, das ihm geblieben war. »Ich ging also mit Belrion und Varaldin irgendwann nach Ischemon und kämpfte an der Seite Emerelles.«

»Dort fandest du den Tod, und du wurdest wiedergeboren, ehe deine Cousins aus dem Krieg heimkehrten. Sie berichteten von deinen Heldentaten.«

»Was hat Weldaron da gesagt?«, fragte Nuramon.

»Nichts. Er war bereits ins Mondlicht gegangen. Du aber wurdest als sein Enkel wiedergeboren.«

Nuramon biss sich auf die Lippen. Für einen Wiedergeborenen war es nicht befremdlich, an den eigenen Sohn zu denken und zu wissen, dass dieser zugleich der eigene Vater, Großvater und Urahn gewesen war. Eines der wenigen Bruchstücke, an die Nuramon sich aus seinem ersten Leben erinnerte, war der Moment, in dem er seinen neugeborenen Sohn seiner Geliebten Ulema reichte und sie ihm den Namen Weldaron gab. Es war ein Moment des Glücks. Und dann, ein Leben später, hatte sein Sohn nichts mehr mit ihm zu tun haben wollen.

Cerens sonnenwarme Geisterhand strich Nuramon über die Wange. »Weldaron war selbstgefällig, wie so viele Väter großer Familien. Um selbst größer zu erscheinen ließ er seine Vergangenheit im Dunkeln, und viele andere hielten es in dieser Zeit ebenso. Über dich und Ulema sprach er nicht, und bald fragte ihn niemand mehr danach. Aber er offenbarte es mir. Und dann flehte er mich an, ich möge nicht verraten, dass du die Seele seines Vaters in dir trägst. Ich versprach es ihm unter zwei Bedingungen: Zum einen wollte ich, dass er den Namen seiner Mutter – Ulema – in der Sippe vergab. Zum anderen sollte er dir als Zeichen deiner Herkunft deinen alten Namen geben. Ich hoffte, er würde seine Wurzeln irgendwann in aller Demut annehmen und erkennen, dass auch er nur der Sohn liebender Eltern war. Aber ehe er so weit war, ging er ins Mondlicht.«

Ceren lächelte liebevoll. »Er kam immer zu mir, wenn er nicht schlafen konnte, und lehnte sich an meinen Stamm. Ich behütete ihn wie einen Säugling. Und dann eines Nachts holte ihn das Mondlicht. Am Morgen fand man nur die Wolldecke, aus der er sich in der Nacht herausgewunden hatte.«

Nuramon konnte Weldaron nicht verachten. Er sah immer das Schmunzeln des Neugeborenen, wenn es seine Nähe bemerkte. Es waren ihm zu wenige Erinnerungen aus seinen ersten beiden Leben geblieben, als dass sie sich zu einem Ganzen fügten. »Was hat er dir von mir als Vater erzählt?«

»Wenig. Dass er seine Großeltern nicht kannte, du irgendwann verschollen warst und seine Mutter ins Mondlicht entschwand, ehe er herangewachsen war.«

Nuramon bedauerte, dass das Wissen, das Ceren über seine ersten beiden Leben offenbarte, keine eigenen Gedankenbilder freizulegen vermochte. Seine eigene Erinnerung an die Zeit nach Ischemon begann mit seiner Kindheit bei seiner Sippe. Dort hatte er für kurze Zeit Anerkennung gefunden, nur um diese mit dem nächsten Leben wieder zu verspielen. Und damit hatte die Zeit des Niedergangs begonnen. »Es tut mir leid, dass wir dich nicht vor dem Angriff der verbliebenen Drachen schützen konnten«, sagte er. Nach dem Fall Cerens war es Emerelle gewesen, die fortan seiner Sippe erklärt hatte, welche Kinder wiedergeborene Seelen in sich trugen. So war Cerens Bedeutung unter Weldarons Nachkommen über die

Jahrhunderte geschwunden. »Wir hätten merken müssen, dass da noch ein Hauch von dir war.«

Ceren senkte den Blick. »Was Alaen Aikhwitan lange Zeit nicht bemerkte, musste auch euch verborgen bleiben.« Und kaum hatte sie diese Worte gesprochen, erzählte sie, wie sie die Jahrhunderte überdauert hatte. Sie berichtete von der Attacke der wilden Drachen und wie sie selbst die darauf folgende Flucht zu Alaen Aikhwitan nur im Halbschlaf erlebt hatte. »Es war ein Glück, dass die alte, weise Eiche euch gebot, aus meinem Holz ein Baumhaus in ihrer Krone zu bauen. So konnte ich euch spüren. Aber mit der Zeit gingen jene, die ich von früher kannte, ins Mondlicht. Doch deine Gedanken und auch die all deiner Eltern drangen bis zu mir in meinen Schlaf. Das Holz eures Hauses hatte Ohren, und selbst als du mit dem Bogen auszogst, der aus meinem Holz gefertigt war, war ein Teil von mir immer bei dir. Nicht viel. Nur ein Ohr, das dir lauschen konnte, und ein Mund, welcher nach deiner Rückkehr das Vernommene an mich weiterflüsterte – bis der Bogen eines Tages nicht mehr wiederkehrte. Du aber kamst jedes Mal zurück, und mein Wunsch zu leben und mich dir zu offenbaren, wuchs mit jedem Frühling. Ich wollte dir zur Seite stehen, auf dass deine Sippe wieder erblühte und ich mit ihr.«

»Deswegen hast du dich auf dieses Wagnis eingelassen«, sagte Nuramon und blickte zum Stein in den Flammen.

»Alaen Aikhwitan spürte, dass ich ins Leben zurückwollte, doch er war am Ende seines Wissens und seiner Macht.«

»Warum hat Alaen Aikhwitan nichts gesagt? Ich erinnere mich an Zeiten, da meine Sippe alles getan hätte, um auch nur einen Augenblick deine Stimme zu hören. Selbst für eine Gefühlsregung deinerseits – von Aikhwitan an uns herangetragen – wären wir auf die Knie gefallen.«

»Damals wusste er nicht, dass er mehr als den letzten Hauch eines Wesens in sich bewahrte. Er merkte nicht, dass ich ihn spüren und sogar seine Gedanken hören konnte. Und dann – eines Tages – war es so weit: Ich war so sehr mit Alaen Aikhwitan verwachsen, dass er endlich meine Stimme vernahm. Zu jener Zeit war Yulivee die Einzige, der er sich offenbaren konnte. Du warst verschollen, und

Aikhwitan fürchtete, er und ich würden bei deiner Rückkehr nicht mehr da sein. Und genau das wäre auch geschehen, wenn Yulivee nicht geholfen hätte.«

»Aber wie genau hat Yulivee deinen Geist von dem Alaen Aikhwitans gelöst?«

Ceren wies zum Feuer. »Yulivee erzählte es mir, denn ich stellte ihr dieselbe Frage. Sie kam mit jenem Stein zu Alaen Aikhwitan, der nun meine Heimstatt geworden ist. Die Dschinne hatten den Stein für sie gefertigt. Sie legte ihn in ein Astloch und versiegelte es mit Moos. Jahre vergingen, ehe Alaen Aikhwitan sich an den Stein gewöhnt hatte und es zum eigentlichen Zauber kam. Die Dschinne und Yulivee vollzogen das Ritual, und Alaen Aikhwitan lenkte die magischen Flüsse. Yulivee schlief nächtelang in seiner Krone, von Ästen wie in einem Nest umfangen, und Aikhwitan ließ die Dschinne gewähren und wurde für sie zur Ader des Zaubers. Sie fingen auf, was Yulivee von ihrer Macht an sie abtrat. Ich löste mich von Alaen Aikhwitan und floss von Ängsten geplagt in den Stein hinüber. Als der Zauber getan war, legte Emerelle den Stein in eine Quelle, die unter ihrem Schutz stand. Zu dem Zeitpunkt vermochte ich bereits zu sprechen.«

»Erzählte Emerelle dir von meinem Schicksal?«

»Nur bis zu dem Zeitpunkt, da du mich finden würdest«, sagte Ceren und lächelte. »Sie sagte mir, dass ich hier warten würde, und sie lehrte mich das Arlamyrische. Welches Schicksal Emerelle jenseits meines Erwachens sah, weiß ich nicht.«

»Dann sind wir beide nun also frei«, sagte Nuramon und atmete entspannt aus.

»Du hast gefürchtet, ich würde das Spiel der Orakel und Weisen spielen. Aber ich war selbst in der Blüte meiner Macht nicht besonders gut in diesem Spiel. Mir war es wichtiger, dir und deiner Sippe in allem beizustehen und euch auf meinen Weg der Magie zu führen.«

Nuramon sah sie fragend an. »Bin ich denn noch auf dem Weg deiner Magie?«

Sie schmunzelte. »Du bist auf vielen Wegen, Nuramon. Das ist deine Stärke. In den frühen Tagen der Welten beschritt auch die Magie viele Pfade. Sie trug Seelen in die Bäume und gebar mächtige Wesen, aus denen neue Wesen hervorgingen. Wir alle sind Kinder der Welten. Und wo immer die vertrauten Lebenskräfte fließen, können wir das eigene Schicksal zum Blühen bringen.«

Nuramon sah in ihre glänzenden Augen, und zum ersten Mal seit Langem rührte sich eine Erinnerung an seine beiden frühesten Leben. »Das hast du schon einmal gesagt«, flüsterte er.

Sie nickte sanft. »Ich sagte es Weldaron, und er sagte es euch.« Kurz schwiegen sie gemeinsam und lauschten den Geräuschen, die von unten zu ihnen heraufdrangen. Im Erdgeschoss schob irgendwer etwas Schweres im Saal umher. Als Nuramon das Gelächter Nylmas und Yargirs vernahm, vermutete er, dass sie die Reste des rauschenden Festes des Vorabends beseitigten und die Tische zurück an ihren Platz rückten. Ceren senkte den Blick, als könnte sie die beiden Teredyrer durch den Fußboden hindurch sehen. Ein Lächeln glitt über ihre fahlen Lippen.

»Diese Welt«, sagte sie, »habe ich im Stein wie in einem Wachtraum beobachtet. Es scheint, als wäre ich im Schlaf gewachsen, bis ich die Magie spürte und am Ende sogar hören konnte, was in diesem Haus und dort draußen auf dem Platz gesprochen wurde. Ich habe meine Sinne für diese Welt geschärft. Sie ist voller frischer Kraft. Und wir können viel bewegen – du, Daoramu, ich und deine beiden Freunde, die du mir nicht vorstellen willst.« Sie grinste mit ihren langen Lippen. »Ich bin neugierig«, sagte sie.

Nuramon überlegte kurz, dann nickte er, ging nach unten und kehrte kurz darauf mit Daoramu, Nylma und Yargir zurück.

Während Daoramu Ceren mit einem liebevollen Lächeln begrüßte, wirkten Nylma und Yargir ebenso verwundert wie an jenem Tag, als er ihnen zum ersten Mal die Albenpfade geöffnet hatte.

»Nylma, Yargir. Dies ist Ceren. Die Hüterin meiner Sippe«, sagte er.

»Deine Ahnin?«, flüsterte Yargir.

Ceren schüttelte den Kopf. »Nein«, sagte sie. »Aber ich wünschte, es wäre so.«

»Ich habe euch von Yulivee erzählt«, sagte Nuramon zu Yargir und Nylma. »Der Schwester, die ich mir erwählt hatte. Wenn sie meine Schwester ist, dann ist Ceren meine Ahnin.« Er lächelte Ceren in der Erwartung an, ihr mit diesem Vergleich eine Freude gemacht zu haben, doch sie wirkte mit einem Mal misstrauisch. Immer schneller huschte ihr Blick zwischen Daoramu und Nylma hin und her. Ihre Augen glänzten stärker als Menschen- oder Elfenaugen, und sie blinzelte auffällig oft.

»Haben wir etwas falsch gemacht?«, fragte Daoramu leise.

Ceren streckte ihre Geisterhand aus und strich mit den schwarzen Nägeln über Daoramus Wange. »Du hast einen Elfenhauch an dir«, sagte sie. Aus ihrer Stimme klang Verwunderung. »Hast du einen Zauber über sie gesprochen, Nuramon?«

Es mochte sein, dass die Magie des Liebesspiels der letzten Nacht noch nachwirkte, aber vermutlich würde es Daoramu nicht gefallen, wenn er dieses Detail erwähnte.

Ceren trat näher, wies mit dem Finger auf Daoramus Brust und senkte ihn dann langsam, als folge sie einer Spur. Unterhalb des Bauches hielt sie inne. »Dort!«, sagte sie und lächelte. »Ein Hauch von Leben, das im Begriff ist, die Seelenbande zu schließen.«

Nuramon erstarrte.

»Ein Kind«, sagte Ceren. Sie strich Daoramu mit ihren Geisterhänden durch die Wange. »Mit einer Menschenfrau als Mutter und einem Elfenmann als Vater.« Sie schaute in die Runde, und ganz gleich wie weit sich ihre Augen weiteten, sie blieben pupillenlos und nachtschwarz.

Nylma und Yargir lächelten, Daoramu jedoch strich sich über den Bauch und schien alles um sich herum vergessen zu haben. Sie erwartete ein Kind. Das war eine Gnade, die sie sich gewünscht, auf die zu hoffen Nuramon jedoch nicht gewagt hatte.

»Ceren«, hauchte Daoramu und strich ihr über den Schein ihrer Schulter, dann glitten ihre Finger durch den Arm hindurch, und sie zog die Hand langsam wieder zurück. »Wirst du mir helfen?«

»Ich werde über dich wachen«, sagte Ceren mit sanfter Stimme. »Und über dich, Nylma, ebenfalls.«

Nylma und Yargir tauschten unsichere Blicke, und Ceren deutete auf Nylmas Brust. »Zuerst dachte ich, es wäre nur der Zauber, der dort ruht.«

»Das ist ein magischer Almandin«, erklärte Nylma.

Die Geisterfrau schmunzelte. »Er birgt seine eigenen Geheimnisse«, sagte sie. »Aber dort in deinem Leib ruht ein besonderer Hauch von Leben. Auch du erwartest ein Kind, Nylma.« Sie legte ihre Hand dicht an Nylmas Leib. »Es ist schon ein wenig älter. Eine Blutung ist schon ausgeblieben.«

Nylma nickte strahlend, und Yargir lachte vor Freude. »Wir vermuteten es«, sagte er.

»Und ihr habt uns nichts gesagt?«, rief Daoramu in gespielter Empörung.

Nylma zwinkerte ihr zu. »Ich wollte sicher sein. Und ich wollte, dass wir unsere Suche nach Alvarudor zu Ende bringen und nicht meinetwegen kehrtmachen.«

»Dass ich nichts bemerkt habe«, sagte Daoramu kopfschüttelnd.

»Ich habe zwischen Winterkälte und Wüstenhitze auch kaum etwas gemerkt«, erklärte Nylma grinsend, und dann fielen die beiden Frauen einander in die Arme.

»Ich glaube nicht, dass es Zufall ist, dass unsere Kinder sich entschlossen haben, gemeinsam heranzuwachsen«, sagte Yargir.

»Das Schicksal will, dass wir noch etwas länger zusammenbleiben«, sagte Nylma und löste sich halb aus Daoramus Umarmung.

Beide Frauen sahen Nuramon erwartungsvoll an. Er dachte an jene Kinder, die er in seinen früheren Leben gehabt hatte. An seinen Sohn Weldaron erinnerte er sich nur bruchstückhaft, die anderen hatte er durch seine frühen Tode entweder gar nicht, wie etwa Gaomee, oder erst später kennengelernt.

Als das Strahlen in Daoramus Gesicht langsam erlosch und einem Ausdruck tiefer Verunsicherung wich, fiel Nuramon auf, dass er zu lange geschwiegen hatte. Und die Blicke der anderen bewiesen, dass auch sie es bemerkt hatten.

»Du willst doch ein Kind mit mir?«, fragte Daoramu leise.

Da fasste er ihre Hände und küsste sie. »Ich möchte viele Kinder mit dir, Daoramu«, sagte er. Er schloss sie lange in die Arme und tastete nach ihrem Bauch, doch seine magischen Sinne waren nicht so feinfühlig wie die Cerens.

»Der Anfang einer neuen Sippe«, flüsterte Daoramu ihm ins Ohr und jagte ihm damit einen Schauer über den Rücken. Eine Last, die er nie bemerkt hatte, fiel von ihm ab. Er war hier, mit der Frau, die er liebte, mit Freunden und einer längst verloren geglaubten Vertrauten. Und sie befanden sich am Anfang eines Schicksalspfades, den zu finden er vor einem Jahr nicht einmal für möglich gehalten hätte. Und als er nun durchatmete, wich sein Erstaunen einem Gefühl unbändiger Neugierde. Selten hatte er mit so viel Zuversicht in die Zukunft geblickt.

Orakelblick

Fürst Yarro von Yannadyr schob den Riegel vor und wich entsetzt zurück. Er hatte die Frau ausgesperrt, die er einmal geliebt hatte, und nun flehte sie ihn an zu öffnen. Sie schrie erst vor Verzweiflung, dann vor Schmerz. Schließlich herrschte Stille – wie am Vortag, als er den Feinden das Palasttor nicht geöffnet hatte und sie daraufhin seinen beiden Töchtern die Kehlen durchgeschnitten hatten. Als der Trank endlich zu wirken begann, fühlte Yarro sich befreit. Das Letzte, was er hörte, ehe ihm die Sinne schwanden, war das Brechen der Zimmertür. Dann versank er in der ewigen Dunkelheit, und sein Schmerz verging mit ihm.

Wergor fragte sich, was Daoramu mit den fünftausend Silberstücken anstellen wollte. Doch bereits eine Woche später zahlte sie ihm alles zurück, bot ihm fremde Edelsteine an und bestätigte die Gerüchte, die die Runde machten. Am Ende des weiten Tales, jenseits der Stadt, befand sich ein Ort, an dem Nuramon ein Zaubertor öffnen konnte. Und so war Daoramu mit Nuramon und den beiden Teredyrern über die Pfade der Alvaru nach Süden gereist, um dort Handel zu treiben. Binnen zehn Wochen hatte sie ein Vermögen erwirtschaftet, mit dem sie hier unten in Werlawyr eine große Rinderherde hätte kaufen können.

»Wir müssen die Herrschaft der Varmulier für den Moment hinnehmen«, sagte Helerur, und die meisten der in seinem Haus versammelten Grafen und Herzöge teilten seine Meinung. Doch sein alter Freund Borugar sagte: »Macht mich zum Strategen, und ich halte nicht nur die Pässe, ich hole euch auch den Osten wieder.«

Mit gut verborgenem Entsetzen verfolgte Helerur die Reaktionen im Saal, und seine Furcht, Daoramu könne seine Krieger erkannt haben, zurückkehren und ihn anklagen, wich einer weit größeren Angst. Diese Narren fanden Gefallen an Borugars Vorschlag! Er wusste, was sie im Sinn hatten: Wenn Borugars Vorstoß gelang, war es ihr Gewinn; misslang er, konnten sie noch immer aufgeben. Und am Abend beschlossen sie, Borugar zum Fürsten zu machen. Aber verstanden sie denn nicht, was es bedeuten würde, wenn Borugar siegreich wäre, wo andere nur scheitern konnten? Wer würde ihn dann wieder vom Thron entfernen?

Ceren war zufrieden mit Nuramon – und mit sich selbst. Früher hatte sie Zauber an Dinge geknüpft, die lebten oder einmal gelebt hatten. Nun versuchte Nuramon, diese Art von Magie mit jener zu verbinden, die er bei den Zwergen gelernt hatte. In einem ersten Schritt gelang es ihm, einen Stein zu verzaubern, in den er einen Wärmezauber legte. Der Zauber war zwar schwach und verschwand auch bald, aber es war ein Anfang, auf dem es sich aufbauen ließ. Etwas Neues mochte nun aus alter Macht erblühen.

In Helerurs Burg in Byrmul beugte Borugar sein Haupt vor dem Ahnenpriester von Urijas. Als dieser ihm die Fürstenkrone aufgesetzt hatte, blickte Borugar zu den Herzogen, Grafen und Feldherren, den Priestern, Räten und Gelehrten, die der Zeremonie beiwohnten. Und in vielen Mienen las er leisen Spott. Sie glaubten offensichtlich nicht an einen Sieg, sondern rüsteten sich für eine Niederlage. Und er sollte dabei das Opfer sein, das sie König Mirugil vor die Füße warfen, um von sich abzulenken. Doch ein Blick in die entschlossene Miene Jasgurs, und Borugar war sich sicher, die Varmulier aus dem Osten des Fürstentums zu vertreiben.

König Mirugil küsste Yenwara auf die Stirn. »Borugar ist der neue Fürst von Yannadyr«, sagte er und schüttelte den Kopf. »Er hat die Lysdorynen gehalten. Dieses verfluchte Gebirge! Das Blut unserer Leute muss in Bächen die Pässe herabgeflossen sein.«

»War der Alvaru bei ihm?«, fragte Yenwara, aber Mirugil schüttelte den Kopf. »Zum Glück nicht. Denn wäre er es, müssten wir uns Sorgen machen.«

Jaswyra fuhr mit Borugar zur Insel Jasbor hinüber. Dort zog sie an seiner Seite im Triumphzug durch seine Geburtsstadt. Der alte Palast würde der neue Herrschaftssitz ihres Gatten werden. Sie hatte das Gebäude, das hoch über der Stadt thronte, immer geliebt. Aber bereits am ersten Abend hatte sie das Gefühl, dass all dieses Glück keinen Bestand haben würde. Sie fürchtete, dass die Herzöge am Morgen ans Tor klopfen und sagen würden, dass alles ein Irrtum gewesen war. Doch am nächsten Tag war ihr Gatte noch immer Fürst. Da wagte sie es, einen neuen Traum zu träumen. Sie wünschte sich, Daoramu würde zu ihnen zurückkehren.

Wergor hatte alles versucht, um Nylma und Daoramu zu überreden, ihre Kinder in Alvarudor auf die Welt zu bringen. Doch am Ende des Frühlings reisten sie ab. So viel Schweigen wie in diesen Tagen hatte im Ratssaal selten geherrscht. »Wird er wiederkehren?«, fragte Ratsfürst Yanrol. Und als alle Blicke sich auf Wergor richteten, lächelte dieser und sagte: »Daoramu bat mich, das Elfenhaus in ihrem Sinne zu führen – bis sie zurückkommen.« Und fortan träumten die Menschen in Alvarudor von dem Tag dieser Wiederkehr.

Ceren lauschte am Lagerfeuer den Gesprächen der werdenden Eltern und starrte in den Sternenhimmel. Die Menschen fragten Nuramon, ob er mit seiner Magie spüren könne, welches Geschlecht die Kinder hatten, doch er vermochte es nicht. Da bemerkte sie die Blicke, die ihre neue Familie ihr zuwarf. Sie lächelte jeden von ihnen an und sprach: »Es sind ein Junge und ein Mädchen.« Mehr sagte sie nicht – ganz gleich, wie sehr Daoramu und Nylma darum baten, sie möge ihnen verraten, welches Kind ein Junge und welches ein Mädchen war.

Daoramu sah über das Blut in den Wasserschüsseln und über die blutigen Tücher und Laken hinweg in das glückliche Gesicht der Mutter. »Ein Junge«, sagte Nylma und schaute zu Yargir hinüber. »Er soll Waragir heißen«, sagte sie. Das war der Name von Yargirs Großvater gewesen.

»Tja, Nuramon. Jetzt warten wir auf eure Kleine«, sagte Yargir grinsend.

Daoramu saß derweil an Nylmas Seite und bestaunte den Säugling, der bereits nach der Brust seiner Mutter suchte.

»Und wirst du deine Tochter in Yannadyr zur Welt bringen?«, fragte Nylma.

»Ich habe lange darüber nachgedacht«, antwortete Daoramu und nickte schließlich. »Ja. Ich will die Gesichter meiner Eltern sehen.«

Jasbor

Am 3. Byrrun, zwei Tage nach Herbstbeginn, erschienen Nuramon und seine Gefährten mit ihren neuen Pferden an einem Albenstern, der auf einer Steinklippe lag, und wandten sich nach Norden. Dort erhob sich im Dunst Jasbor wie eine Hügelkette aus dem Meer.

»Jasbor – Stadt und Insel gleichermaßen«, sagte Daoramu, und Nuramon hörte die Freude in ihrer Stimme. Doch auch wenn sie aufrecht im Sattel saß und beim Anblick der Stadt ihrer Kindheit lächelte, schlich sich gelegentlich Sorge in ihre Miene. Sie streichelte ihren Bauch mit der freien Hand, als wolle sie das Kind beruhigen.

Gemächlich ritt Nuramon mit Daoramu, Yargir und Nylma, die ihren Sohn Waragir in einem Tuch unter der Brust trug, die Küstenstraße hinab und auf die Insel zu, die in der Mündung des Furjes lag und nach Norden in die Strömung des Flusses stach. Eine hohe Klippe teilte die Stadt in einen Ost- und einen Westteil. Nach Norden hin senkte sich die Insel in Weiden und Feldern in die Tiefe; gen Süden zog sich ein Wald bis zum Meer hinab, und Schiffsmasten ragten über die Baumkronen und die Hügel hinweg. Die grauen Ziegeldächer der Häuser, die sich vom Meer bis zur Klippe erstreckten, leuchteten in der Mittagssonne, während sich im oberen Teil der Stadt und auf den Hügeln Türme, Tempel und Herrenhäuser in die Breite zogen.

Erst als sie an der Küste vor Jasbor in die Fischerdörfer kamen, begegneten sie den ersten Menschen. Diese trugen Kleidung aus dickem Stoff, die dem Wind und dem Wasser etwas entgegenzusetzen vermochte und deren Farben matt waren, als hätte die Sonne sie rasch verblassen lassen. Statt Halstüchern, wie sie Nylma und Yargir trugen, waren hier Kopftücher, Hauben, Kapuzen und Kopfbänder verbreitet, die das Haar vor dem immerwährenden Wind schützten. Viele der Männer bevorzugten kurzes Haar; die meisten Frauen trugen Zöpfe. Da fielen Nylma mit ihrem offenen Pferdeschwanz und Yargir mit seinem wilden Haar auf, während Nuramon mit seiner Kapuze und Daoramu mit dem hochgesteckten Haar beinahe hierherpassten.

Einige Fischer fragten sie, woher sie kamen und was sie hergeführt hatte. Und als Daoramu ihnen antwortete, sie wolle ihr Kind in ihrer Heimat zur Welt bringen, erkannten die Leute sie an ihrer Aussprache als Einheimische. Nuramon erstaunte dies, da Daoramu die meiste Zeit ihres Lebens in Merelbyr verbracht hatte. Als sie schließlich am Fährhafen gegenüber der Südspitze Jasbors von den Hafenwachen nach ihrem Begehr gefragt wurden, antwortete sie: »Ich bin Daoramu Yannaru, die Tochter Borugars von Jasbor. Und dies ist Nuramon Alvaru.« Die Wachen erstarrten und schienen Nylmas, Yargirs und Waragirs Namen gar nicht mehr wahrzunehmen.

Als Nuramon schließlich seine Kapuze zurückschlug und sein Gesicht preisgab, starrten die Wachen ihn an, als stünde ihnen ein Geist gegenüber. Dann aber kehrte das Leben in die Männer zurück, sie nahmen ihnen auf Daoramus Bitte hin die Pferde ab und geleiteten sie zu den Booten, von denen sie eines nach Jasbor bringen sollte. Die Wachen versprachen, die Teredyrer Pferde mit der Viehfähre nachzubringen und ihnen derweil am anderen Ufer Tiere der Jasborer Garde zur Verfügung zu stellen. Als das Boot ablegte, strahlte Daoramu wie ein Kind. Sie fasste Nuramons Hand und sagte: »Ich ahnte nicht, wie sehr ich diese Insel vermisst habe.«

Sie legten vor der Garnison im Süden an und ritten kurz darauf durch eine Stadt, die nicht ahnte, dass höchst ungewöhnlicher Besuch eingetroffen war. Wer genau hinsah, mochte Nuramons Elfenohren erkennen, doch in diesen Tagen war so viel Adel in der Stadt, dass die Gefährten nicht auffielen.

Der Palast mit seinen hellgrauen Mauern zog Nuramons Blick in die Höhe. Das mächtige Gebäude schien aus der Klippe emporzuwachsen. Von dort aus hatten Borugar und Jaswyra gewiss einen herrlichen Blick über die Stadt, die Flussmündung und das Festland. Dort oben würde sich entscheiden, ob Daoramu und er hier in Jasbor eine Zukunft hatten.

Auf dem großen Marktplatz wies Daoramu nach Norden auf eine Reihe schmaler Häuser. »Das rechte gehörte einmal uns«, sagte sie. Nuramon betrachtete das alte Haus aus bröckeligem Stein. Es bildete die Ecke eines Handelshofes, in dem die Menschen ein und aus gingen. »Mein Großvater war der letzte Yannaru, der Jasbor den Rücken kehrte«, erklärte Daoramu. »Nach dem Tod meiner Großmutter kam er zu uns nach Merelbyr.« Sie wies auf das Relief unter dem Dach, das von rotbrauner Farbe überzogen, aber so tief in den Stein gegraben war, dass man die Schriftzeichen noch lesen konnte: *Haus der Yannaru.* »Als das Haus errichtet wurde, hatte die Familie schon an Bedeutung verloren«, sagte Daoramu. »Die Leute priesen die Urahnin Yanna in den Tempeln und schüttelten den Kopf über die kümmerlichen Reste ihres Stammes. Manche sagen, wir wären an ihrem Ideal gescheitert.«

»Dann ist die Rückkehr deines Vaters ein wahrer Triumph«, sagte Nuramon.

Daoramu nickte. »Hoffentlich wiegt die Rückkehr eines Fürsten nach Jasbor schwerer als die Erinnerung an die jämmerlichen Reste einer großen Familie.«

Sie schwenkten nach Westen und folgten der Straße, die in die Oberstadt führte. Sie spaltete die Klippe und stieg steil an. Am Fürstentor, dem Eingang zur Oberstadt, ließen die Wachen sie passieren und sandten einen Reiter zum Palast voraus.

Daoramu deutete nach rechts. »Unsere Familie lebte vor Generationen noch dort drüben am Hügel. Sie hatten aber Schulden und mussten das Herrenhaus aufgeben.« Sie deutete nach Osten. »Man könnte sagen, der Weg nach Merelbyr war weit.«

Nuramon nickte und schaute dem Palast entgegen, in dem Daoramus Ahnen ihre glanzvollsten Zeiten erlebt haben mussten. Der Ort, an dem einst der Königsthron von Nylindor gestanden hatte, war von starken Mauern halb umgeben, die das Anwesen zur Klippe hin offen ließen. Einige Gebäude ragten hinter den Mauern empor, und der Palast selbst erhob sich mit seinem weiten Dach über alles andere. Nur der Ahnentempel in der Mitte der Oberstadt konnte sich in seiner Ausdehnung mit dem Haus der Yannaru messen.

Die Torgardisten ließen sie durch die mächtige Pforte auf das Anwesen vor, und kaum waren sie auf dem Hof, strömten Dutzende Menschen aus dem gegenüberliegenden Fürstenpalast und den Seitengebäuden. Binnen Kürze herrschte ein buntes Durcheinander. Nur die Gardisten bemühten sich, den Eindruck von Ordnung zu vermitteln, indem sie sich in die vorderste Reihe entlang des Weges stellten.

Nuramon erblickte Borugar und Jaswyra. Sie und all die Edelleute, die ihnen folgten und sich links und rechts auffächerten, schienen die Haltung verloren zu haben, die Nuramon sonst von Würdenträgern gewohnt war. Daoramus Vater stürmte ihnen mit den größten Schritten, die seine kurzen Beine machen konnten, entgegen, rief immer wieder Daoramus Namen und vergaß darüber offenbar seine Frau Jaswyra, die durch ihr langes Kleid beim Laufen zurückfiel.

Rund einen Schritt vor Daoramu kam Borugar schlitternd zum Stehen und starrte auf ihren Bauch, der sich mit dem Stoff ihres roten Kleides hervorwölbte. Es verschlug ihm die Sprache.

»Vater!«, sagte Daoramu, und erst da blinzelte Borugar und schaute zu ihr auf. Dann kam er ganz langsam heran und schloss sie über ihren Bauch hinweg in die Arme. »Verzeih mir«, flüsterte er ihr immer wieder ins Ohr. »Verzeih mir.«

Als Borugar sich von ihr löste, schloss Jaswyra ihre Tochter in die Arme. Die Menschen umher klatschten, riefen Glückwünsche, und viele hatten Tränen in den Augen. Auch Nuramon wurde bei all dem Glück, das ihm aus diesen Menschengesichtern entgegenstrahlte, warm ums Herz. Und so schüttelte er unbekannten Adligen, die gewiss täglich über die Geschicke Tausender Menschen entschieden, die Hand, ohne zu wissen, wer sie waren. Daoramu hingegen schien sie alle zu kennen, als hätte sie das Geschehen in Jasbor die ganze Zeit verfolgt.

Das erste bekannte Gesicht, das Nuramon im Gefolge des Fürstenpaares erblickte, war das von Helerur, dem Herzog von Byrmul. Dass der Hochadel statt Herzog Helerur Daoramus Vater zum Fürsten gekürt hatte, erstaunte ihn.

Während Daoramu zwischen ihrem Vater und ihrer Mutter den Weg zum Palasttor beschritt, trat Helerur an Nuramon heran. »Der Alvaru kehrt zurück«, sagte er. »Vielen wird ein Stein vom Herzen fallen.«

»Ich kann mir nicht vorstellen, warum«, erwiderte Nuramon.

»Es herrscht Krieg«, sagte der Herzog. »Da könnte die Macht eines Alvaru die Wende bringen.«

»Ich bin nicht des Krieges wegen hergekommen. Ich bin gekommen, um eine Familie zu gründen.«

»Natürlich«, sagte Helerur und schaute Daoramu nach. »Verzeih mir.«

Nylmas und Yargirs Mienen verrieten, dass sie dem Herzog am liebsten an die Kehle gehen wollten. Auch Nuramon hatte den Angriff in der Grafschaft Doranyr nicht vergessen, den Helerurs Leute gegen sie geführt hatten. Doch er hatte sich ebenso wie Nylma und

Yargir Daoramus Wunsch gebeugt. Sie war sich sicher, dass man gegen Männer wie Helerur im Verborgenen vorgehen musste. Keinesfalls dürfe es zum offenen Schlagabtausch kommen.

Nuramon folgte der Hofgesellschaft an der Seite von Helerur, mit Nylma und Yargir im Rücken. Als sich das Palasttor hinter ihnen geschlossen hatte, fragte der Herzog: »Dann werdet ihr Borugar also nicht beistehen?«

»Doch«, sagte Nuramon. »Aber das Wohl unseres Kindes geht vor.«

»Das ist eine bewundernswerte Haltung«, erwiderte Helerur.

»Gewiss«, entgegnete Nuramon. »Und falls ein Königreich das Leben meiner Frau und meines Kindes bedroht, werde ich tun, was man von mir erwartet. Nur hatte ich das Gefühl, dass der alte Fürst das Falsche von mir erwartete.«

»Und deswegen ist er nun tot, und mit ihm sind all seine Intrigen und Pläne gestorben. Das Alte ist begraben, das Neue ist erwacht.«

Nuramon nickte. »Aber sollten alte Pläne in neuer Gestalt wiedergeboren werden, würde es für die Intriganten ein schlechtes Ende nehmen. Wer Drachen weckt, sollte gegen ihren Feuerhauch gerüstet sein.«

Helerur lächelte schief. »Nur ein Dummkopf würde, nachdem er den Drachen erkannt hat, danach streben, ihn zu wecken«, sagte er und schritt davon.

Nuramon blickte ihm nach und flüsterte auf Zwergisch: »Der kluge Krieger bemüht sich, den Drachen im Schlaf zu töten.« Sein alter Freund Alwerich hatte das oft gesagt.

»Wir müssen aufpassen«, sagte Nylma und strich Waragir über den Kopf. »In Zeiten wie diesen wird Verrat gesät. Vielleicht sollte Borugar gegen Helerur vorgehen.«

Nuramon schüttelte den Kopf. »Wir halten uns an Daoramus Plan. Solange er stillhält, tun wir es auch.«

»Und was, wenn er nicht stillhält?«, fragte Yargir.

»Dann werde ich ihn töten«, sagte Nuramon.

Der Empfang, den ihre Eltern ihr bereiteten, überwältigte Daoramu, und als sie Nuramon im Fürstensaal in ihre Mitte nahmen und ihn in ihrer Familie willkommen hießen, war sie gerührt. Selbst Nylma und Yargir wurden herzlich empfangen, und an Waragir hatte ihre Mutter sofort einen Narren gefressen. Immer wieder hielt sie das Kind im Arm und spielte mit dessen Fingern.

Am Abend aßen Daoramu und Nuramon gemeinsam mit Nylma, Yargir und ihrer Mutter zu Abend. Während sie Fisch, Gemüse und das landestypische Weißbrot genossen und der kleine Waragir in einer Wiege neben Nylmas Stuhl schlief, fragte Jaswyra Nuramon, wann er und Daoramu einander das Ehegelübde gegeben hatten. Nuramon schaute Daoramu fragend entgegen, und so antwortete sie an seiner statt: »Alles, was nötig war, wurde bereits gesagt. Erzähl uns lieber, wie es Vater und dir ergangen ist.«

Ihre Mutter überlegte kurz, dann lächelte sie und erzählte ihnen, wie das Schicksal Borugar und sie mit raschen Schritten hergeführt hatte: Der alte Fürst, Yarro Lysgoru, war an seinem eigenen Misstrauen zugrunde gegangen, und Borugar war mit dem Versprechen auf den Thron gekommen, die verlorenen Gebiete im Osten Yannadyrs zurückzuerobern. »Er muss eine aufwühlende Rede gehalten haben«, erklärte Jaswyra. »Und er war der Einzige, der noch glaubte, den Angriff der Varmulier auf den Pässen stoppen zu können. Ich wünschte, er würde Jasgurs Angebot, das Heer für ihn zu führen, annehmen. Dann begäbe er sich nicht unnötig in Gefahr. Aber du kennst ja deinen Vater.« Sie schaute zur Tür hinüber. »Er lässt lange auf sich warten. Es kann sein, dass eure Ankunft die Lage ändert.« Sie fasste Nuramons Hand. »Er wird dich bitten, ihm zu helfen«, sagte sie. »Denk an Daoramu und das Kind.«

Daoramu griff nach der Hand ihrer Mutter und drückte sie voller Dankbarkeit.

Als Daoramus Vater endlich zu ihnen stieß und sich in seinen Stuhl sinken ließ, war die Sonne bereits untergegangen und die Dienstboten hatten das Feuer entzündet und Obst gebracht. Der leicht säuerliche Geschmack der roten Äpfel des Westlandes erinnerte Daoramu an ihre Kindheit, und einmal mehr strich sie sich über die Wölbung ihres Bauches. Es war richtig, hierher zurückgekehrt zu sein.

»Wie steht es um dein Fürstentum?«, fragte sie ihren Vater schließlich und erntete damit einen düsteren Blick ihrer Mutter.

»Irgendwann werden die Varmulier kommen«, sagte ihr Vater. »Warten sie zu lange, kommt der Winter, und die Pässe sind zugeschneit. Die Feldherren haben Angst. Kaum jemand glaubt, dass der Krieg noch zu gewinnen ist.« Er biss sich auf die Lippen.

»Ist Jasgur hier?«, fragte Yargir.

Borugar nickte. »Er ist unten am Hafen bei den Kapitänen und den Seekriegern«, sagte er. »Ich mache mir Sorgen, dass Nyrawur die Gunst der Stunde nutzt und gegen uns vorgeht.«

Daoramu warf ihrer Mutter einen kurzen Blick zu. Jaswyra stammte zwar aus dem Fürstentum Nyrawur, das im Süden an Yannadyr grenzte, aber sie verband so gut wie nichts mehr mit ihrer alten Heimat. Die Sorge in ihrer Miene, das wusste Daoramu, galt Borugar und nicht dem Land ihrer Geburt.

»Rawilo ist ein ehrgeiziger Mann«, sagte ihr Vater, und Daoramu erinnerte sich an die Erzählungen über den Fürsten, der von großen Eroberungszügen träumte, aber selten einen Sieg davongetragen hatte. »Er braucht bei all seinen Skandalen der letzten Jahre einen Triumph.« Daoramu musste lächeln. Rawilo hatte nicht nur seine Frau betrogen und damit deren reichen Vater vor den Kopf gestoßen, seine Kapitäne waren auch der Piraterie überführt worden, was bei den Händlern Nyrawurs für Empörung sorgte. Woher der Fürst von Nyrawur das Geld nehmen wollte, Krieg zu führen, wusste Daoramu nicht. Dann aber dachte sie an König Mirugil.

Als ihr Vater Jasgur erwähnte, wurde Daoramu wieder aufmerksam. »Er erklärt nun den Kapitänen die Einzelheiten meines Plans. Damit werden wir die Nyrawuri im Auge behalten können.«

»Keiner erklärt Pläne besser als Jasgur«, sagte Nuramon.

Borugar nickte. »Ohne ihn hätten wir im Frühling die Pässe verloren.«

»Ist er dein Stratege?«, fragte Nylma.

»Dazu ist er als Krieger auf dem Schlachtfeld zu wichtig«, antwortete Borugar. »Ich bin mein eigener Stratege.« Er warf Jaswyra einen bedauernden Blick zu. »Aber ich kann nicht immer abseitsstehen. Manchmal muss man mit gutem Beispiel voranschreiten.«

»Lass den Jünglingen den Ruhm, Borugar«, sagte Daoramus Mutter. »Jasgur geht auf die dreißig zu. Die jungen Krieger schauen zu ihm auf. Mehre seinen Ruhm, und schütze dich vor den Gefahren des Schlachtfeldes. Hast du nicht schon genug Heldentaten vollbracht?«

»Sie hat recht, Vater«, sagte Daoramu. »Du bist jetzt Fürst. Die Feldherren können sich nicht leisten, dass dir inmitten der Schlacht ein Leid geschieht. Wenn ihr die Pässe weiterhin halten könntet, wäre das für den Anfang gewiss ein Triumph.«

»Nicht so sehr, wie du glaubst«, entgegnete Borugar. »Die Flüchtlinge aus dem Osten möchten in ihre Heimat zurückkehren. Viele von ihnen sind bereit, sie mit dem Schwert zurückzuerobern. Gestern waren die Feldherren und Adligen noch schweren Herzens bereit, sich einem solchen Vorhaben anzuschließen.« Er schaute zu Nuramon. »Jetzt sind sie zurückhaltender. Ich glaube, die einen haben Ambitionen auf den Thron und fürchten sich davor, dass ich siegreich sein könnte. Und die anderen haben von der Schlacht von Teredyr gehört und meinen nun, nicht mehr so viel in die Waagschale werfen zu müssen.«

»Wir sind nicht gekommen, um Krieg zu führen«, sagte Daoramu und lenkte mit ihren Worten den Blick ihres Vaters von Nuramon ab.

Borugar atmete weit aus. »Ich weiß«, sagte er. »Ich fürchte nur, dass wir den Osten, wenn wir ihn nun nicht zurückgewinnen, für immer an die Varmulier verlieren. Jasgur sagte eben, dass mit den Zauberpfaden wieder alles offenstünde. Meine Feldherren wünschen nicht nur, dass du uns hilfst, Nuramon – sie erwarten es.«

»Und was erwartest du, Borugar?«, fragte Nuramon.

Daoramus Vater zögerte. Sein Blick wanderte von Nuramon über Jaswyra zu Daoramus gewölbtem Bauch. Dann schaute er zu Boden. »Ich bin nur glücklich, dass ihr hier seid«, murmelte er.

»Borugar!«, sagte Jaswyra kopfschüttelnd.

Daoramu glaubte dem Lippenbekenntnis ihres Vaters ebenso wenig wie ihre Mutter.

Borugar winkte ab. »Ich gestehe es. Ich erwarte, dass der Schwiegersohn dem Schwiegervater hilft.«

Ehe Daoramu etwas erwidern konnte, sagte Nuramon: »Der Krieg gebiert den Tod. Ich möchte unserer Tochter in die Augen sehen und wissen, dass es ihr und Daoramu gut geht, ehe ich mich irgendeiner Gefahr aussetze.«

»Eine Tochter?« Jaswyra staunte. »Woher wisst ihr es?«

»Von Ceren«, sagte Daoramu. »Ich habe dir bereits von ihr erzählt. Vielleicht ist es Zeit, sie hinzuzuholen.« Sie blickte Nuramon an, und er nickte.

Jaswyra schickte die Dienstboten hinaus. Als alle Türen geschlossen waren, zog Nuramon den Beutel hervor, holte den weißen Stein heraus und legte ihn in die Feuerschale, die neben dem Tisch stand.

Cerens Erscheinen ließ Jaswyra zusammenzucken, und ihre bereits großen Augen weiteten sich vor Schreck. Borugar aber erhob sich langsam und verbeugte sich vor der fahlen Geistergestalt. »Sei gegrüßt, Ceren«, sagte er. »Meine Tochter hat mir von dir erzählt. Aber nun bin selbst ich überrascht.«

»Ich danke dir, dass du mich unter deinem Dach duldest«, entgegnete Ceren.

Der Fürst musterte sie, und Daoramu sah das Funkeln in seinen Augen. »Deine Ankunft ist wie ein Zeichen«, sagte er. »Vielleicht meint es das Schicksal gut mit uns.«

»Und doch hörte ich im Schlaf etwas von Kriegen und Erwartungen.«

Borugar nickte. »Obwohl ich ein altes Schlachtross bin, wäre es mir lieber, der Krieg würde an uns vorübergehen. Aber ich Narr sehe noch eine Möglichkeit, die Niederlage abzuwenden.«

»Dann gehe den Weg, den du dir gewählt hast«, sagte Ceren. »Aber denke an deine Tochter, deine Enkelin und deinen Schwiegersohn und … an deine Frau.«

»Das habe ich längst getan«, sagte er und schaute in die Runde. »Ich habe mit Helerur gesprochen.«

Kaum fiel der Name des Herzogs, tauschten Nuramon, Nylma und Yargir missmutige Blicke. »Ich gewann die Fürstenkrone mit dem Versprechen, den Osten wiederzuerobern«, sagte Daoramus Vater. »Also muss ich mich entscheiden, ob ich dieses Wagnis eingehe oder die Krone abgebe und dem Thron lediglich als Stratege diene. Helerur würde mich unter seiner Herrschaft zum Grafen von Jasbor machen. Der Titel wurde seit hundert Jahren nicht mehr vergeben. Meine alten Titel würde ich dafür abtreten. Ich könnte hier sein, nach Byrmul reisen, um Helerur zu beraten, und nur selten würde ich eine Streitmacht anführen.«

Daoramu erstarrte im Angesicht von Helerurs Dreistigkeit. Der Herzog spielte sein Spiel, weil er wusste, dass Borugar toben würde, wenn er erführe, dass die Handlanger seines alten Freundes beinahe seine Tochter ermordet hatten. Und sie wusste, dass Helerurs Verrat ihm zudem das Herz brechen würde. Dennoch wollte sie nicht schweigen. »Vater, genieße ich dein Vertrauen?«, fragte sie.

»Nur, wenn du mir verzeihst, dass ich in Merelbyr nicht auf dich hörte.«

»Gib die Fürstenkrone nicht aus der Hand.« Daoramu trank einen Schluck Wasser aus ihrem Becher. »Mit Nuramons Ankunft glauben plötzlich alle, es wäre ein Kinderspiel, den Osten einzunehmen. Und jene, die dir eben noch auf den Thron geholfen haben, würden jetzt selbst gern dort sitzen – mit dir als treuem Strategen und Nuramon als einem deiner Schwertfürsten.«

»Du sprichst von Helerur?«

»Ich spreche von allen, die zuvor so überraschend ihre Ansprüche auf den Fürstenthron vergaßen. Viele von ihnen sahen in dir ein Opfer, das zwischen ihnen und den Varmuliern stand. Die Varmulier wissen, dass sie den Adel erhalten müssen, um so ein großes Reich wie Yannadyr zu beherrschen. Sie fordern ihren Tribut, bringen ihre Krieger in Stellung. Ein Herzog oder ein Graf erhält die Fürstenkrone. Die Privilegien werden den Adel schon gefügig machen. Dafür müssen Opfer gebracht werden. Und alle glaubten, dass du dieses Opfer sein würdest. Nun aber, da du den Westen gehalten hast und das Wagnis eingehen willst, die verlorenen Gebiete im Osten zurückzuerobern, wird es nicht lange dauern, bis jene, die sich schon auf dem Thron sahen – und sei es unter dem varmulischen König –, ihre alten Ambitionen wiederentdecken.«

»Und was ist falsch daran?«, erwiderte ihr Vater. »Ich wollte nie Fürst sein. Ich träumte davon, als Graf von Jasbor der Herr dieses Palastes zu sein. Vielleicht sollte ich mich darauf zurückbesinnen und die Fürstenwürde loslassen.«

Ceren rührte sich nun »Es ist weise, nicht höher hinauszuwachsen, als man es für angemessen hält«, sagte sie und lächelte Borugar an. »Es ist edel, an die eigene Sippe zu denken und auf die Macht, die stets mit Zwängen einhergeht, zu verzichten. Aber das Schicksal hat dich auf einen Pfad geführt, der weit über deine Träume hinausreicht. Du solltest ein Geschenk nicht leichtfertig zurückweisen. Am Ende könntest du es bereuen.«

Daoramu spürte, wie Nuramon nach ihrer Hand fasste und sie kurz fest mit der seinen umschloss. Dann löste er den Griff und erhob sich. »Wir können nicht verlangen, dass dein Vater auf der Krone besteht, ohne selbst ein Wagnis einzugehen«, sagte er.

Daoramu sah ihn entgeistert an. Natürlich hatte die Aussicht, dass ihr Vater Helerur die Krone überlassen könnte, alles verändert, aber sie und Nuramon waren sich einig gewesen, dass er sich zurückhalten sollte. Doch noch ehe sie ihn an ihre Abmachung erinnern konnte, sagte er: »Es tut mir leid, Daoramu. Als wir in Doranyr davon erfuhren, dass dein Vater hier als Fürst herrscht, konnten wir das nicht ahnen.« Er spielte auf Helerur an, denn dass ihr Vater als Fürst einen schweren Krieg zu führen hatte, das hatten sie in Doranyr erfahren und in Erwägung gezogen. »Wir müssen ihm helfen«, sagte Nuramon. Dann wandte er sich an Borugar. »Ich sichte die Albenpfade und fertige eine Karte an. Wenn es sich nicht vermeiden lässt, führe ich deine Krieger über die Albenpfade in den Kampf. Dafür versprichst du, der Schlacht fernzubleiben.«

»Das würdest du tun?«, fragte Borugar. »Wirklich, Nuramon, ich verlange es nicht. Ich meine, was ich sage. Ich würde Helerur den Thron überlassen.«

Nuramon suchte Daoramus Blick, und schließlich nickte sie. Dass

Nuramon in die Schlacht ziehen könnte, machte ihr Angst, aber Helerur den Thron zu überlassen war ihr unerträglich. Sie senkte den Kopf, war den restlichen Abend schweigsam und schob es auf ihre Müdigkeit.

Schließlich zogen sie und Nuramon sich in ihre Gemächer zurück. Die weiten Zimmer mit den hohen Decken, in denen sie fortan mit Nuramon leben sollte, waren viel zu geräumig für ihren Geschmack. Immerhin war der Palast nicht so prunkvoll eingerichtet, wie sie es aus ihren Zeiten als Gast in diesem Hause kannte. Vermutlich hatte ihre Mutter bereits etliche Möbelstücke entfernen oder ersetzen lassen.

Als sie und Nuramon gemeinsam am Fenster standen und in die Nacht hinausschauten, flüsterte sie: »Wie konnte es so weit kommen?«

»Wegen Helerur«, antwortete er.

Sie nickte. »Er macht mich blind vor Hass.«

»Habe ich deinem Vater zu schnell meine Hilfe gewährt?«, fragte er.

»Viel zu schnell. Du hättest ihm anbieten können, lediglich die Albenpfade zu öffnen. Aber ihm auch dein Schwert in Aussicht zu stellen, das ist zu viel. Soll es so enden wie bei Gaomee? Dass du stirbst und deine Tochter dich nie kennenlernt?« Sie schüttelte den Kopf. »Warum musst du so weit gehen?«

»Um deinen Vater und die Familie zu schützen.« Er streckte seine Hände nach ihr aus, doch sie zog ihre zurück. »Es wird zwischen uns anders sein als zwischen meiner Mutter und meinem Vater«, sagte sie. »Im Krieg ist jeder entbehrlich. Nur ihr Krieger redet euch ein, dass es ohne euch nicht ginge. Warum musst ausgerechnet du den Kopf hinhalten? Ich will unser Glück mit dir gemeinsam genießen, Nuramon! Es ist nicht deine Aufgabe, meinem Vater zu dienen und ihn vor Schaden zu bewahren. Meine Mutter konnte ihn nicht ändern, und du wirst bei dem Versuch umkommen, ihn zu schützen.«

»Vielleicht reicht es aus, dass ich den Kriegern deines Vaters die Albenpfade öffne«, sagte Nuramon. »Vielleicht muss ich nicht in den Kampf ziehen.«

»Und wenn es doch so weit kommt?«, fragte sie.

Nuramon atmete tief durch. »Dann würde ich es tun«, antwortete er mit glänzenden Augen. »Denn wenn ich nicht für deinen Vater in die Schlacht zöge, wie könnte er dies dann von seinen anderen Kriegern verlangen? Wie könnte er ihnen guten Gewissens befehlen, ihre Familien zu verlassen; Familien, die ohne ihr Auskommen vielleicht hungern müssten, während ich im Palast mein Leben genieße? Soll ich meine Augen vor diesen Dingen verschließen, damit du mich an deiner Seite hast?«

»Das würde ich nicht von dir erwarten«, sagte sie leise und rang mit der Angst, die ihre Lippen beben ließ.

»Aber ich würde es tun«, sagte er mit starrer Miene. »Ich würde es für dich tun, Daoramu. Ich würde andere deinetwegen ihrem Schicksal überlassen.«

Seine Worte entsetzten sie. »Du würdest für mich das Schwert beiseitelegen?«

»Ich würde es tun. Aber wir könnten nicht bleiben, während rings um uns herum andere alles in die Waagschale werfen. Wir müssten fortgehen. Nicht nach Teredyr. Nicht nach Alvarudor. Wir müssten abseits aller Gemeinschaften leben. Denn wo Gemeinschaften sind, liegt auch die Verantwortung.«

»Du legst die Entscheidung also in meine Hände«, sagte sie. »Das ist nicht gerecht.«

»Jeder im Gefüge muss seinen Teil zum Ganzen beitragen. Je höher der Stand im Gefüge, desto größer die Last. Das hast du selbst gesagt.«

Genau das waren ihre Worte gewesen. Sie auszusprechen war leicht, nach ihnen zu leben – darin bestand die Kunst. Sie setzte sich aufs Bett und seufzte. »Ich dachte, ich könnte einen Mittelweg finden, der uns hierherführt und dich zumindest eine Weile vom Krieg fernhält«, flüsterte sie. »Ich habe mich selbst getäuscht.«

Nuramon setzte sich neben sie und fasste ihre Hand, und sie streichelte die seine mit den Fingerspitzen. »Du wirst darin erblühen, die Beraterin deines Vaters zu sein«, sagte er. »Du hast ihm dazu geraten, den Thron zu behalten, weil du ihn für einen guten Fürsten hältst.

Und weil du ihm helfen willst, deinen Traum von einer Gemeinschaft zu schaffen, in der der Bauer, der Handwerker und der Gelehrte mehr zählen als der Krieger. Ein Fürstentum, in dem irgendwann aus unseren Opfern Weisheit erwächst und das Schwert nur im Notfall gezogen wird. Aber den Boden, aus dem dieser Traum erwachsen soll, muss dein Vater erst noch erkämpfen.«

Daoramu nickte langsam. »Als ich ihm sagte, er solle die Krone nicht an Helerur abtreten, habe ich ihn auf sein Versprechen eingeschworen, den Osten zu befreien. Wir sind jetzt Teil dieses Versprechens.« Sie lächelte bitter. »Ich habe unser Leben fernab aller Pflichten geliebt, Nuramon. Vielleicht war es ein Fehler herzukommen.«

»Das war es gewiss nicht, Daoramu. Denk an deine Mutter und was es ihr bedeutet, dich hierzuhaben. Und an deinen Vater. Dies kann unser Heim werden, in dem unsere Tochter heranwächst.«

Daoramu lächelte. »Du bist also wirklich bereit, hier mit mir zu leben und dich den Wagnissen zu stellen, die daraus erwachsen?«

»Seit ich den Teredyrern half, hat es mir Glück gebracht, Wagnisse einzugehen.« Er schmunzelte, und sie küsste ihn. Als sie ihre Lippen wieder von seinen löste, sagte sie: »Wirf nicht mehr in die Waagschale, als nötig ist«.

Nuramon wurde zu einem von Borugars Schwertfürsten. Schon am Morgen waren die Papiere gesiegelt und die Kunde verbreitet. Normalerweise wurden die Schwertfürsten im Kriegsfall den Feldherren untergeordnet, und in Friedenszeiten bestimmten Grafen, Vögte oder Stadträte, wer der Erste unter den Waffenträgern sein sollte. Herzöge und Fürsten hielten sich normalerweise nur Schwertfürsten für ihre Leibwache, alles andere überließen sie ihren Feldherren, um die Befehlskette nicht zu stören. Doch Borugar hielt sich mehr als eine Leibwache. Er hatte Jasgur aus seiner alten Grafschaft Doranyr mitgebracht, ihn zum Schwertfürsten ernannt und konnte ihn, wenn es ihm sinnvoll erschien, zum Feldherren einer Schlacht erheben. Und neben Jasgur sollte ihm nun Nuramon zu Diensten sein.

Schon am Tag nach ihrer Ankunft traf Nuramon auf dem Palasthof auf Jasgur. Der Krieger sah hervorragend aus. Er trug eine dunkelgrau getünchte Schuppenrüstung, und durch das sehr kurz geschorene Haar trat sein kantiges Gesicht noch deutlicher hervor.

Er sah offenbar Nuramons Blick und rieb sich über den Kopf. »Eine Wunde«, war alles, was er zu seinem Haar sagte.

Nuramon reichte ihm die Hand. »Es passt zu dir.«

Jasgur schlug ein und wies dann schwungvoll zum Palast zurück. »Ich hab es nicht geglaubt«, sagte er. »Aber als ich Daoramu sah … Glückwunsch, Nuramon!«

Nuramon musterte den Schwertfürsten lächelnd. »Danke«, sagte er und fragte sich, ob Jasgurs Glückwünsche von Herzen kamen. Das Lächeln wirkte aufrichtig auf ihn, und im Blick des Schwertfürsten stand die Freude geschrieben. Doch Nuramon wollte Gewissheit haben. »Sag mir eins, Jasgur. Grämt es dich, dass sie ihr Herz an mich verlor?«

»Nicht mehr«, sagte Jasgur. »Nicht nach dem, was wir in Teredyr erlebt haben. Ich habe versucht, dich zu hassen, Nuramon. Aber es wollte mir nicht gelingen. Und das war sehr heilsam.« Er schmunzelte. »Manchmal wiegt Freundschaft schwerer als Liebe.« Der Schwertfürst zögerte und setzte einige Male zum Sprechen an. »Ich hatte nie Daoramus Herz«, sagte er schließlich und wich Nuramons Blick kurz aus. »Aber ich hoffe, dass ich in euch Freunde gefunden habe.«

Nun wusste Nuramon, dass Jasgurs Glückwünsche von Herzen kamen. »Du musst es nicht hoffen. Wir sind Freunde.«

Der Schwertfürst klopfte ihm auf die Schulter. »Wer will uns dann noch etwas anhaben«, sagte er, und Nuramon musste augenblicklich an Helerur denken. Jasgur schüttelte den Kopf. »Morgen ist der 5. Byrrun. Das ist der Jahrestag unserer siegreichen Heimkehr aus Teredyr.«

»Und der Tag, an dessen Ende Daoramu und ich aus Merelbyr flohen«, sagte Nuramon und dachte an jene Nacht, in der Helerurs Meuchelmörder ihnen aufgelauert hatten.

»Borugar hat dir sicher erzählt, was geschehen ist.«

Nuramon nickte.

»Er meinte auch, du würdest nun helfen«, sagte Jasgur, als sie durch das Tor in die Stadt hinaustraten.

»Sobald Borugar mir jemanden zur Seite stellt, der die Landschaft gut kennt, machen wir eine Karte der Albensterne«, erklärte Nuramon.

Jasgur lächelte. »Du ahnst nicht, wie sehr du und Daoramu alles verändern«, sagte er.

Nuramon schwieg. Er wusste, dass seine Macht einen Unterschied darstellte, doch er wollte keinesfalls, dass sich alle darauf verließen. Auf lange Sicht konnte es kein Fürstentum geben, das alleine von seiner Macht abhing.

»Die alte Bescheidenheit, Nuramon«, sagte Jasgur auf sein Schweigen und blieb kurz stehen. »Die meisten Adligen raten nun, da du hier bist, zur Zurückhaltung. Sie glauben, dass sie sich jetzt, da du da bist, nicht mehr verausgaben müssen. Gestern wollten sie noch, dass wir uns in eine Schlacht stürzen, die kaum zu gewinnen ist.«

Jasgur kam wieder an seine Seite, schaute sich kurz um und sagte leise: »Ich habe eben mit Daoramu gesprochen. Sie hat recht: Viele der Grafen und Herzöge haben Borugar mit der Absicht auf den Thron gehoben, dem König von Varmul ein Opfer darzubringen. Und nun fürchten sie, dass wir siegreich sein könnten und Borugar auf dem Thron verweilt. Ich habe jedenfalls alles getan, um die Varmulier von den Pässen fernzuhalten. Ich bin bis zur Verzweiflung gegangen und sah kein rettendes Ufer für unsere Sache. Aber mit Daoramus Rat und deiner Macht werden wir uns behaupten. Und ich sage: Holen wir uns den Osten zurück. Tun wir einfach das, was wir gestern noch geplant hatten.«

Sie nickten den Torwachen am Ausgang der Oberstadt zu und folgten der Straße in die Tiefe. Jasgur erzählte von den Adligen und wie sehr er um Borugars Wohl besorgt war. »Er hört nicht auf mich. Lege ich ihm einen Schlachtplan vor, ist dieser für ihn Gesetz. Zweifle ich aber an den Absichten dieses oder jenes Adligen, will er es nicht hören.«

Nuramon nickte. »Helerur.«

»Daoramu scheint ihn plötzlich mit völlig anderen Augen zu sehen«, sagte Jasgur. »Ist es, weil er vor einem Jahr als Fürst Yarros Bote kam und euch Steine in den Weg legen musste?«

Nuramon wich seinem Blick aus. »Ich kann dir nicht mehr dazu sagen als Daoramu«, sagte er.

Jasgurs Blick fuhr ins Leere. »Warte mal!«, flüsterte er dann. Er blieb stehen und starrte Nuramon fassungslos an. »Jene Nacht, als ihr abgereist seid. Die Bauern berichteten, dass auf der Straße gekämpft wurde. Ich habe sofort vermutet, dass ihr Räubern begegnet seid und ihnen eine Lehre erteilt habt.«

»So könnte man es nennen«, sagte Nuramon und starrte den Schwertfürsten an.

»Waren es … Helerurs Männer?«, fragte Jasgur leise.

»Und wenn es so wäre?«, erwiderte Nuramon. »Was würde es nützen? Würde Borugar es glauben? Würde es ihm helfen oder ihm schaden?«

Jasgur atmete stoßartig aus und schüttelte den Kopf. »Verdammt!«, rief er und zog die Blicke eines passierenden Paares auf sich. Als es vorüber war, kam er ganz nah an Nuramon heran. »Borugar vertraut ihm blind«, sagte er.

»Daoramu meint, Borugar würde die Wahrheit nicht verkraften. Er würde toben und dadurch das Fürstentum spalten.«

»Er darf es nie erfahren«, sagte Jasgur und ballte die Faust. »Wie ich das hasse! Ich habe mich vor diesem Tag gefürchtet. Den Tag, an dem ich ihn belügen muss.« Er schluckte. »Und Helerur? Wie soll ich diesem Mann noch in die Augen sehen können? Und wie sollen wir uns vor ihm schützen? Er ist der mächtigste Herzog des Fürstentums.«

Nuramon nickte. »Ja, er ist mächtig, aber unsere Rache wird darin bestehen, Borugar auf dem Thron zu halten.«

Jasgur starrte ihn lange Zeit nachdenklich an, dann grinste er und klopfte Nuramon erneut auf die Schulter. »Ich habe euch vermisst«, sagte er.

Der Herzog von Byrmul betrat die kleine Schreibkammer. Yargir schloss die Tür hinter ihm, kam an Daoramus Seite und legte die Hand an sein Schwert.

»So weit ist es also schon«, sagte Helerur und nahm ihr gegenüber Platz.

Daoramu nickte und lächelte verächtlich.

»Fürchtest du, ich könnte dir etwas antun?«, fragte er.

»Vielleicht willst du zu Ende bringen, was deine Schergen nicht vermochten.«

Helerur musterte sie mit regungsloser Miene. »Ich dachte, ich hätte deinem Gatten deutlich gemacht, dass ich nichts weiter gegen euch unternehmen werde. Und wenn ich ihn richtig verstanden habe, werdet ihr auch nicht gegen mich vorgehen.«

»Und doch hast du meinem Vater angeboten, die Last der Fürstenkrone von ihm zu nehmen, wenn sie ihm zu schwer ist.«

Helerur lächelte schief. »Er zweifelt nun einmal.«

»Klären wir die Lage zwischen uns, damit in Zukunft keine Zweifel mehr bestehen. Du wolltest Nuramon auf dem Weg zu Fürst Yarro töten.« Sie starrte ihn an, bis er den Blick abwandte.

»Ich handelte überstürzt und ahnte nicht, dass du mit ihm fliehen würdest. Ich fürchtete, Nuramons Macht würde Borugar den Weg zum Thron ebnen. Hätte ich gewusst, dass du bei ihm bist, ich hätte nichts dergleichen getan.«

»Und falls ich das glaubte: Sollte es mich besänftigen?«

Er zuckte mit den Schultern. »Es ist getan, und der Schaden ist angerichtet. Ich habe das Spiel verloren. Nun ist dein Gatte der Garant dafür, dass unser Fürstentum Bestand hat.«

»Ich bitte dich, Helerur. Wir beide wissen, dass die Varmulier dich zum Fürsten machen würden. Du hast dich im Krieg keineswegs so weit vorgewagt wie mein Vater. Die Feinde hassen dich nicht. Und mit dir an der Spitze könnten sie eine Rebellion vermeiden.«

Der Herzog grinste. »Ich sagte es doch: Du bist die beste Schülerin, die ich nie unterrichtete.« Er schaute zu Boden. »Die Lage ist verzwickt. Ich gebe zu, dass ich den Fürstenthron begehre. Aber glaub mir: Mein Angebot an deinen Vater war ein sanfter Versuch, auf den Thron zu gelangen.«

Daoramu nickte. »Du sollst das eine wissen«, sagte sie. »Wenn du noch einmal auch nur andeutest, dass du den Thron begehrst, werde ich meinem Vater sagen, was du getan hast.«

Helerur lachte. »Und was würde das bringen?« Er stand auf und schritt ans Fenster. »Dein Vater wäre ein gebrochener Mann. Hast du eine Ahnung davon, was wir alles erlebt haben? Auf all das, was deinem Vater so viel bedeutet, wäre mit einem Mal ein Schatten geworfen.« Er wandte sich wieder um und schaute auf Daoramus Bauch. »Ich will nicht überheblich sein und behaupten, meine Leute könnten einen Krieg gegen deinen Vater gewinnen. Mit deinem Mann ändert sich vieles. Aber eines kann ich dir versichern: Die Varmulier würden über uns kommen. Zumindest über manche von uns. Du wirst es ihm also nicht sagen.«

»Solange du mir keinen Grund dazu gibst, werde ich schweigen. Aber du wirst meinen Vater bei der Rückeroberung des Ostens unterstützen. Danach wirst du in aller Bescheidenheit dein Herzogtum hüten. Nicht mehr, aber auch nicht weniger. Betrachten wir es als einen Krieg zwischen dir und mir. Du hast die Schlacht verloren, und wir sind hier, um Frieden zu schließen. Wir werden uns nie wieder wie früher begegnen. Doch ich werde die Freundschaft meines Vaters zu dir nicht vernichten, solange du diesen Frieden hältst.«

Helerur starrte sie an, als wollte er sie dazu zwingen, seinem Blick auszuweichen. Doch sie hielt ihm stand, und er war es, der zuerst blinzelte. Schließlich sagte er: »Den Gegner als Freund des Vaters zu dulden? Wenn du das kannst, vermagst du mehr als ich.«

Daoramu lächelte. »Als deine Schülerin im Geiste stehe ich auf deinen Schultern.«

Die Miene des Herzogs erstarrte. »Dann solltest du aufpassen, dass der, auf dessen Schultern deine Füße stehen, nicht stürzt.«

»Irgendwann stürzen wir alle. Und wenn du fällst, werde ich auf deinem Leichnam stehen, Helerur. Deine Lehren haben mich zu dem gemacht, was ich bin. Nun hast du meine Ausbildung, ohne es zu wollen, vollendet. Du kannst stolz sein. Aber vergiss nie, dass dir in mir eine Frau gegenübersteht, die wie du ist. Brichst du den Frieden, dann überlege dir, wie *du* darauf reagieren würdest. Und wenn du das getan hast, bedenke, dass auch ich es weiß und entsprechend handeln werde.«

Helerur musterte sie lange. Seine Mundwinkel zuckten. »Du willst

Frieden? Du sollst ihn haben«, sagte er leise. Er verbeugte sich und verließ die Kammer.

Yargir atmete tief aus. »Meine Güte, Daoramu. Reden alle Fürstentöchter so mit den Herzögen?«

»Nein, Yargir. Das war das Gespräch einer enttäuschten Schülerin, die die Grenzen ihres Meisters erkannt hat.«

Yargir wies zur Tür. »Wird er uns in Ruhe lassen?«

»Ich weiß es nicht. Deshalb müssen wir Schutzwälle um uns errichten. Wir müssen Leute um uns scharen, denen wir vertrauen können.«

»Wie Jasgur.«

Daoramu nickte. »Du und Nylma auch. Ich werde meinem Vater vorschlagen, euch zu den Schwertfürsten der Palastwache und der Leibgarde zu machen.«

Yargir starrte sie mit aufgerissenen Augen an.

»Du schaust, als hätte ich dir gesagt, dass das Kind kommt.«

Der Kundschafter

Nuramon verbrachte anstrengende Tage auf den Albenpfaden. Borugar hatte ihm Jasgur mit einigen seiner Krieger und eine Botin namens Yurna an die Seite gestellt. Mit ihrem schwarzen von Silberfäden durchwobenen Haar, das ihr in zwei festen Zöpfen bis unter die Ellenbogen reichte, war Yurna eine beeindruckende Erscheinung. Ihre Kleidung war stets meerfarben, ganz gleich, ob es sich um ihre leichte Stoffrüstung oder um die weiten Seidengewänder handelte, die sie bei Hof zu tragen pflegte. Da Jasgur ihm angekündigt hatte, Yurna sei nicht mehr die Jüngste, war Nuramon erstaunt gewesen, einer Frau Ende dreißig gegenüberzustehen. Das Maß der Menschen verwunderte ihn immer wieder. Ein Krieger galt ab dreißig als alt, eine Botin Ende dreißig als nicht mehr die Jüngste, und bei einem Adligen konnte alt offenbar alles bedeuten – von Borugars vierundvierzig bis zu Yangors fast siebzig Jahren und jenseits davon.

Yurna war eine hervorragende Kartografin. Wenn Nuramon auf den Lichtinseln der Albenpfade mit seinen magischen Sinnen durch den Albenstern in die Welt hinausschaute, genügte ihr meist eine Beschreibung, um den entsprechenden Ort zu erkennen und aufzuzeichnen. Wusste sie einmal nicht, von welcher Gegend Nuramon sprach, vergewisserte er sich, dass draußen keine Menschen in der Nähe waren, und öffnete ein Tor. Dann schritten sie in die Welt hinaus, und nach einem kurzen Blick über die Landschaft wusste Yurna, wo sie sich befanden. Zielsicher erweiterte sie die Karte der Albenpfade und versetzte ihre Gefährten mit ihrer Ortskenntnis immer wieder in Erstaunen.

Bei ihren Erkundigungen der Albensterne am Osthang der Lysdorynen drangen sie zusehends in besetztes Gebiet vor und spähten bei ihren Streifzügen die Feinde aus. Am dritten Morgen sahen sie eine varmulische Streitmacht gen Westen ziehen und konnten so ihre eigenen Krieger auf den Pässen warnen, ehe die Feinde auch nur in ihre Nähe kamen.

Nuramons Abende gehörten der Familie. Auf Daoramus Fragen nach seinem Tag und der Entwicklung des Krieges antwortete er an den ersten beiden Abenden nur widerwillig, um die Zeit mit Daoramu nicht mit düsteren Gedanken zu belasten. Die Ungewissheit jedoch ließ Daoramus Sorgen wachsen. So teilte er ab dem dritten Abend alles mit ihr und fragte nach ihrer Einschätzung und ihrem Rat.

Sie selbst wiederum berichtete ihm von ihren Bemühungen, Vertrauen unter den Jasborern zu säen und Leute zu finden, die sie an sich binden wollte. Es mussten Posten besetzt werden, und ihr Vater verließ sich dabei auf ihre Einschätzung. Borugar war so sehr mit dem Krieg beschäftigt, dass er sich am Ende gewiss wundern würde, wenn der Palast voller Dienstboten, Wachen und Hofbeamten war.

Mit dem Vorrücken der Varmulier wurden die Tage anstrengender. Nuramon erkundete nicht länger nur die Albensterne, sondern führte die ersten Kriegsscharen über die Pfade auf den Westhang der

Lysdorynen. Das letzte Stück zu den Passfestungen mussten die Krieger marschieren. Wann immer die Varmulier auf der anderen Seite ihre Streitmacht verlagerten, zogen die yannadrischen Kämpfer von den Festungen zurück zu den Albensternen und warteten dort, dass Nuramon ihnen eine Pforte öffnete und sie in die Nähe einer anderen Festung brachte.

Am sechzehnten Tag der Kämpfe hielten die Yannadrier nach wie vor die Gebirgspässe, und Nuramon und seine Gefährten hatten endlich alle Albensterne von Ost-Yannadyr kartografiert.

»Du bist wirklich müde«, sagte Jasgur mitfühlend, während sie am Nachmittag mit einem Boot der Stadtgarde nach Jasbor übersetzten.

»Ich fühle mich, als hätte ich eigenhändig die Wunden eines ganzen Heeres geheilt«, sagte er und atmete erschöpft auf. »Nie hätte ich gedacht, dass der Torzauber mich so sehr ermüden könnte.«

»Was passiert, wenn dir die Kräfte schwinden?«

»Dann könnte ich nicht zaubern«, sagte er. »Und wenn sie mir während eines Torzaubers schwänden, könnte ich einen Fehler machen, und wir würden Opfer der Zeit, falls wir durch das Tor gingen.«

Jasgur schmunzelte. »Wie damals, als du mit deinen alten Gefährten unterwegs warst. Wie hießen die noch? Faradir und Mangir?«, fragte er.

Nuramon lachte leise. »Du scheinst ja nicht besonders gut aufgepasst haben. Würdest du bei meinen Erzählungen im Fürstensaal mehr auf meine Worte als auf die neue Ahnenpriesterin achten, würdest du die Namen auch behalten.«

Yurna neigte sich zu Nuramon herüber. »Manche kennen Namen aus Sagen, andere sprechen eine wunderschöne Frau an und ernten ein liebliches Lächeln.« Sie schaute zu Jasgur hinüber. »Ich hörte, was du ihr sagtest.«

Die Krieger hinter ihnen wurden ruhig.

»Es ist geschickt von dir, die Cardugar-Sage zu rezitieren«, sagte Yurna. »In Varmul würde man sie wohl erkennen. Hier ist sie nicht einmal einer Ahnenpriesterin bekannt.«

»Nur weil der große Cardugar der Vorfahr der varmulischen

Könige ist, sollte man ihn nicht geringschätzen«, sagte Jasgur. »Er war bei der Befreiung unserer Urahnen immerhin Yannas bester Kampfgefährte, und seine Liebessprüche verfehlen ihre Wirkung selten. Sie können uns Kriegern eine große Hilfe sein. Denn die Liebe zu beschwören fällt uns schwer. Zumindest mit eigenen Worten.« Der Schwertfürst grinste. »Zeig mir einen Krieger von heute, der aus eigener Quelle schöpft.«

Yurna schaute lächelnd zu Nuramon. Die Botin war vorgestern dabei gewesen, als er am Hof Lieder gesungen hatte.

Die anderen Krieger stießen ein belustigtes Raunen aus, aber Jasgur hob die Hand. »Du zählst nicht, Nuramon. Wäre ich so alt wie du, wäre ich auch Krieger, Minnesänger, Bote und mehr.«

Nuramon lachte und zwinkerte Jasgur zu. Er war froh, dass der Schwertfürst seine Liebe zu Daoramu aufgegeben hatte und sich nun anderen Frauen zuwandte. Die Zeit in Teredyr hatte den Respekt zwischen ihnen begründet, und aus diesem Respekt war nun binnen weniger Tage eine Freundschaft erwachsen.

»Ich hätte eine Frage«, sagte Yurna. »Wenn du ein fehlerhaftes Tor schaffst und hindurchgehst, könntest du dann umkehren?«

Nuramon musste lächeln. Er hatte diese Frage in einem früheren Leben dem Zwergenmagier Thorwis gestellt und wiederholte nun, was der Weise ihm einst geantwortet hatte: »Das hieße in der Zeit zurückzureisen. Es könnte möglich sein, aber die Tore, die ich öffne, lassen es nicht zu. Schreitest du durch ein fehlerhaftes Tor, kannst du nicht wieder zurück. Es ist, als würdest du gegen eine Wand laufen.«

»Und die senkrechten Pfade?«, fragte Yurna. »Du sagtest, sie würden in eine andere Welt führen. Aber wie geht man auf ihnen?«

Diese Frage hatte er einst seiner ersten Mutter gestellt und griff nun auf deren Worte zurück. »Überhaupt nicht«, sagte er. »Beim Torzauber in der Welt greifst du mit deiner Magie nach dem senkrechten Pfad. Die Pforte, die sich öffnet, führt dich nicht auf die Albenpfade, sondern mit einem Schritt entlang des senkrechten Pfades direkt in die andere Welt – früher nach Albenmark, heute nur noch in die Zerbrochene Welt.«

»Die Zerbrochene Welt?«, fragte Yurna, und Nuramon erzählte von jener einst blühenden Welt, die im Krieg zwischen den Alben und den Devanthar zerbrach.

Schließlich nickte Yurna zufrieden. »Ist dir eigentlich klar, was eine Botin mit deiner Macht erreichen könnte?«

Nuramon nickte. Er war einst Bote der Elfenkönigin gewesen. Den ganzen Weg zurück zum Palast ging Nuramon in Gedanken in jene Zeit zurück, da er Alwerich begegnet war, zu den Zwergen nach Aelburin gelangt war und mit ihnen die Gelgerok-Plage beendet hatte. Danach war er zu einem Boten der Königin geworden, bis er schließlich an der Seite der Zwerge Albenmark den Rücken gekehrt hatte.

Zurück im Palast, fand Nuramon Daoramu im Garten, am Rande des Fürstenparks. Nur wenige Schritt vom Rand der Klippe entfernt saß sie neben Nylma auf einer Steinbank und schaute in der heranbrechenden Dämmerung über die Stadt.

Nylma hielt Waragir im Arm. Der Junge saugte an Nylmas Brust, und seine kleine Hand lag auf dem Almandin, der nach wie vor an der Kette aus Gelgerokleder herabhing. Die Kriegerin führte mittlerweile die Palastwache, die Teil der Fürstengarde war, während Yargir sich als Anführer der Leibwache stets in der Nähe Borugars aufhielt.

Nuramon setzte sich zu den beiden Frauen und küsste Daoramu.

»Nun? Sind die Passfestungen noch sicher?«, fragte Nylma.

Nuramon nickte. »Und die Albensterne sind kartografiert. Jasgur möchte, dass ich ihm und einer Streitmacht den Weg nach Osten öffne. Seine Leute sind bereit zu einem Großangriff.«

»Und hat er dich schon gefragt, ob du mitkommst?«, fragte Daoramu mit einem bitteren Lächeln auf den Lippen.

»Er meint, dass meine Aufgabe als Hüter der Albenpfade im Augenblick wichtiger sei als die eines Kriegers.« Er schmunzelte. »Außerdem will er den Ruhm nicht mit mir teilen.«

Nylma nickte anerkennend. »Ich wünschte, ich könnte dabei sein.« Sie schaute auf ihren Sohn hinab. »Aber ich glaube, hier werde ich dringender gebraucht.« Sie lächelte liebevoll, löste ihren Sohn von der Brust und knöpfte ihr Hemd zu. »Ich lasse euch allein«, sagte sie und zwinkerte ihnen zu.

Als sie gegangen war, schloss Nuramon Daoramu in den Arm und schaute mit ihr auf die Stadt hinab. »Ich hörte, du warst nicht untätig.«

»Wer erzählt denn so etwas?«, fragte Daoramu in gespielter Empörung.

»Yurna hört so manches.«

»Sie ist eine wunderbare Frau«, sagte Daoramu. »Auch sie sollten wir in unserer Nähe halten.« Sie strich über seine Hand. »Ich habe heute die Briefe einiger Yannaru beantwortet. Manche sind weit von unserem Zweig des Stammbaums entfernt, mit anderen teile ich denselben Urgroßvater. Ich möchte ihnen Hoffnung machen.«

»Widerspricht das nicht deinen Idealen?«, fragte er.

»Es ist eine Gratwanderung. In diesen Tagen können wir alle Verbündeten gebrauchen, die wir finden können. Vielleicht rächt es sich. Aber ich kann Helerur nicht vergessen.«

Nuramon küsste Daoramu und strich ihr über den Bauch. »Der Abend kommt. Wir sollten ihn unbedingt vergessen.« Das Kind war still.

»Sie schläft«, sagte Daoramu und strich sich über die Augen. »Wenn sie mir nachts das Gleiche gönnen würde, wäre alles in Ordnung.« Sie wirkte müde von der Schwangerschaft; von den Nächten, in denen sie nicht wusste, wie sie sich legen sollte, um einzuschlafen; vom Aufwachen, weil die Tochter sich in ihrem Bauch bewegte; und von den vielen Ruhepausen bei Tage, dem kurzen Atem und der Appetitlosigkeit.

»Aber immerhin plagt mich keine Übelkeit«, sagte sie. »Es ist wie bei Nylma.«

Sie beobachteten gemeinsam, wie Feuer, Lampen und Laternen nach und nach gegen die nahende Dunkelheit ankämpften. »Möchtest du immer noch einen elfischen Namen für unser Töchterchen?«, fragte Nuramon nach einer Weile.

Daoramu lächelte. Und wie bereits in den vergangenen Tagen

trug sie ihm Elfennamen vor, die sie von ihm aufgeschnappt hatte. »Yulivee, Obilee, Gaomee – Emerelle«, sagte sie und fuhr mit Namen fort, die er ihr gegenüber nie genannt hatte. »Deirane und Erivee«, sagte sie, und Nuramon dachte an die Geliebten seines Cousins Belrion, der mit ihm und ihrem gemeinsamen Cousin Varaldin in Ischemon gewesen war.

»Schau nicht so überrascht«, sagte sie. »Ich habe die Namen von Ceren.«

»Und welcher Name ist dir der liebste?«, fragte er.

Sie lächelte, wich seinem Blick aus, und es bedurfte viel Überredungskunst, sie dazu zu bewegen, ihn zu nennen. »Nerimee«, flüsterte sie schließlich.

»Das ist der Name einer Cousine aus meinem dritten Leben«, sagte er. »Als ich der Familie Schande brachte, war sie längst im Mondlicht, und der Name wurde nie wieder vergeben.«

»Ist es die weibliche Form von Nuramon?«

»Nein«, antwortete er. »Nuramon bedeutet *kleiner Zauberer.*«

Daoramu strahlte. »Und Nerimee?«

»Kleines Orakel«, sagte er.

Sie lächelte, er nickte, und damit war die Namenssuche beendet.

Orakelblick

»Das ändert alles«, sagte Doaro. Der Herzog von Gaelbyrn war einer von Borugars Feldherren. »Meine Krieger brennen darauf, die Heimat zurückzuerobern. Wann also greifen wir an?«

Borugar wandte sich an Jasgur, und dieser nickte: »Ich möchte sofort gegen Urijas ziehen.«

Doaro erschien das zu gewagt, doch als Borugar sich hinter das Vorhaben stellte, gab er nach. Als aber seine Feldherren ihm später zuflüsterten, der Fürst schicke sie in den Tod und werde beim Siegesfest auf ihren Gräbern tanzen, war er für alle Vorschläge offen.

Am Abend ging Borugar mit seinem Schwiegersohn durch den Fürstenpark. »Es wird Zeit, dass wir dir Leute unterstellen«, sagte er.

Nuramon nickte. »Wenn du es erlaubst, werde ich mir die Krieger mit der Zeit selbst zusammensuchen.«

»So sei es«, sagte Borugar und lächelte. »Deine Bitte erinnert mich an das, was du mir aus jener Zeit auf diesem anderen Kontinent erzählt hast, als du Krieger in der Heimatstadt deines Gefährten Mandred unterwiesen hast.«

»Daran habe ich auch gedacht«, sagte Nuramon. »Was die Mandriden für Firnstayn waren, sollen die Ilvaru für Jasbor sein.«

Borugar nickte anerkennend. Ilvaru – das hieß Abkömmlinge der Elfen *oder schlicht* Elfenkinder. *»Dir ist sicherlich klar, dass sie zur Legende werden.«*

»Nur wenn sie halten, was ich verspreche«, sagte sein Schwiegersohn.

Jasgur wunderte sich, dass der Fürst ihn und Nuramon in der von Gästen gefüllten Fürstenhalle empfing. Neugierig lauschte er der Rede des Fürsten über verlorene Helden, doch bei Borugars letzten Worten erstarrte Jasgur. »Nun geht und verbreitet, dass Jasgur und Nuramon fortan Wyrenar dieses Fürstentums sind«, sagte er.

Jasgur war wie betäubt. Erst viel später in seiner Kammer wurde ihm bewusst, was diese Worte bedeuteten. Ein Wyrenar durfte Land kaufen, er durfte ohne die Erlaubnis den Zweikampf mit anderen Kriegern suchen. Niemand durfte von einem Wyrenar Zoll, Zins oder irgendeinen Tribut fordern. Dazu kamen allerlei kleinere Privilegien und Rechte. Und die einzige Pflicht war die eines Gefolgsmannes des Herrschers. Es war der Traum jedes Kriegers.

Die Albenpfade faszinierten Borugar. Nun, da der Krieg ausgebrochen war und sie sich auf den Gegenangriff vorbereiteten, wollte er nicht in Jasbor ausharren. Jasgur und die wichtigsten Feldherren hatte Nuramon bereits in die großen Feldlager gebracht. Nun aber führte Nuramon auch ihn, Yargir und die Leibwache jeden Morgen über die Albenpfade in das Hauptquartier nach Byrnjas am Westfuß der

Lysdorynen. Hier befand sich ein Albenstern mitten im weitläufigen Park der alten Grafenstadt. Damit war Byrnjas von einem beinahe unbedeutenden Ort zur strategisch wichtigsten Stelle des Krieges geworden, und Graf Marugir, ein Jüngling, der den Schwertkampf ebenso liebte wie die schönen Künste, wurde von einem Adligen unter vielen zu einem der wichtigsten Männer von Yannadyr.

König Mirugil fluchte, als er erfuhr, dass der Alvaru im Westen in den Krieg eingriff. All die Monate war Nuramon verschwunden gewesen, aber jetzt war er zurück. Und das veränderte alles. Dass es so gekommen war, war seine eigene Schuld. Er hätte Teredyr nicht angreifen dürfen. Es gab nur eins, was schlimmer war, als nicht über die Macht des Alvaru zu verfügen; und das war, ihn zum Feind zu haben.

Jasgur führte das Heer, das Nuramon über die Albenpfade gebracht hatte, in den Rücken der Feinde nach Urijas. Binnen eines Tages hatte er die alte Hauptstadt erobert und wartete nun, dass Herzog Doaro mit seiner gewaltigen Streitmacht nachrückte, um die vom Gebirge abrückenden Feinde einzukesseln. Doch der Herzog von Gaelbyrn wandte sich mit seinen Bannern nach Süden und kehrte von den Feinden unbehelligt in sein Herzogtum ein. Jasgur war außer sich vor Wut. Doaro hatte ihn verraten – und die Varmulier nutzten die Gunst der Stunde und zogen einen Ring um die Stadt.

Als Borugar selbst in die Schlacht ziehen wollte, nahm sein Schwiegersohn ihn beiseite. »Ich werde nicht zulassen, dass du in den Kampf gehst, Borugar«, sagte er. »Denk an dein Versprechen.«

»Wenn ich jetzt nichts tue, verlieren wir alles. Das Vertrauen kann ich nur durch Taten zurückgewinnen.«

»Dann lass mich es für dich tun«, sagte Nuramon. »Ich bitte dich!«

Borugar schaute ihn lange an. »Nun gut, mein Sohn«, sagte er und sah, dass Nuramon errötete. »Nimm die Seekrieger. Sie sind stets zum Kampf bereit und werden dich nicht enttäuschen.«

Nuramon nickte. »Danke, Vater.«

Urijas

Selbst der Herbstregen hielt die Varmulier nicht davon ab, die alte Fürstenstadt zu bedrängen. Als Nuramon vor Tagen die Lage von Nordwesten her ausgespäht hatte, waren die Mauern voller Bogenschützen gewesen, die den Varmuliern zugesetzt hatten. Nun aber hatten die Bogensehnen unter dem Regen gelitten, und das Einzige, was an diesem Morgen von der Mauer herabging, waren Steine. So hatten die Varmulier trotz des aufgeweichten Bodens den Vorteil auf ihrer Seite. Sie bemühten sich, über Leitern und zwei Belagerungstürme die Mauern zu stürmen. Im Südosten des Lagers baute ein Heer aus Arbeitern an drei weiteren Türmen und an einem Katapult. Indes führten die Kriegsscharen Rammböcke gegen das Osttor und das Nordosttor, und Nuramon vermutete, dass es an den anderen Stadtpforten nicht anders aussah. Urijas würde diesen Ansturm nicht ewig aushalten.

Und doch es gab Hoffnung. Die Feinde hatten ihre Hauptmacht nach Westen verschoben. Hornsignal nach Hornsignal drang aus der Ferne heran. Dort irgendwo musste Marugir, der Graf von Byrnjas, mit seiner Streitmacht die Königsstraße herabgekommen sein, während die Nordgrafen unter der Führung von Graf Golro von Wuromer, dem ehemaligen Nachbarn Borugars, auf der Kranzstraße vorgestoßen waren. Nuramon hatte sie alle gestern über die Albenpfade an ihre Bestimmungsorte gebracht, und von dort aus waren sie in den Kampf gezogen. Er selbst hatte die Jasborer Seekrieger durch einen Albenstern in den Schlangenforst nördlich von Urijas geführt, und nun war das Lager der Varmulier nur noch etwa zweihundert Schritte von ihnen entfernt. Sie mussten lediglich aus dem Wald treten, den Hügel hinablaufen, und schon würde der Kampf beginnen.

Nuramon sah dort unten zwischen den Zelten zwar etliche Krieger, doch die Reiterei war fast völlig verschwunden, und die verbliebenen Pferde, die neben dem Lager grasten, wirkten auf ihren von weiten Zäunen umfangenen Weiden beinahe verloren.

Wie Yargir es vorausgesagt hatte, hatten die Seekrieger sich mit dem Reisen über die Albenpfade schwergetan. Doch letztlich hatten sie das Vertrauen bestätigt, das Borugar in sie setzte. Die Krieger, allen voran ihr Schwertfürst Goswyrn, waren längst wieder die Alten – unerschrockene Männer mit bunten Gesichtsbemalungen, welche Auskunft über ihren Rang im Gefüge gaben.

Goswyrn hatte darauf bestanden, dass Nuramon die Bemalung eines Schwertfürsten mit ihm teilte: rote Linien, die auf Goswyrns Gesicht wie Schnittwunden wirkten. Eine meergrüne Rüstung, wie sie dem Schwertfürsten der Seekrieger gebührte, hatte Nuramon aber abgelehnt. Er trug seine dunkelgraue Lederrüstung aus Teredyr und fiel damit gewiss zwischen den vielen für Jasbor ungewöhnlich bunten Farben auf. Von den gekrümmten Wurfdolchen, welche die Seekrieger führten, hatte er einen angenommen und sich in den Gürtel gesteckt.

»Du hattest recht, Wyrenar«, sagte Goswyrn. »Diese Seite ist tatsächlich fast ungeschützt. Aber es sind immer noch verdammt viele.« Er rieb sich über seinen kahlen Schädel, auf dem sich die rote Bemalung zu einer Fläche fügte. »Vielleicht fünf zu eins«, sagte er.

Immer mehr Blicke richteten sich auf Nuramon, als wollten ihn die Krieger fragen, ob er ernsthaft beabsichtigte, Seekrieger in eine Landschlacht zu führen.

Nuramon wandte sich zu den Männern um und lächelte. »Ihr fragt euch, warum wir ausgerechnet euch für diesen Angriff ausgewählt haben«, sagte er. »Borugar sagte mir, es habe Zeiten gegeben, da bereits ein Kriegsschrei aus euren Kehlen ausreichte, um feindliche Schiffe in die Flucht zu treiben.« Er wies über das Lager hinweg zu den Mauern der belagerten Stadt. »Eure Vorgänger haben Ruhm auf dem Meer, an den Stränden und Häfen errungen. Ihr seid die Ersten, die die Macht des Meeres weit ins Land hinaustragen. Zeigen wir den Varmuliern, was sie erwartet, wenn sie bis nach Jasbor vorstoßen! Zeigen wir ihnen, was ihnen am Ende ihres Weges blüht!«

Die Entschlossenheit in den Mienen der Seekrieger reichte Nuramon als Bestätigung aus. Er zog sein Schwert, wandte sich um und führte die Kriegsschar den Hügel hinab. Noch schwiegen sie, noch bewegten sie sich leise vorwärts. Als aber am Fuße des Hügels Alarmschreie aus dem varmulischen Lager drangen, stürmten Nuramon und sein Gefolge unerbittlich zwischen die Zelte. Jeder, der sich ihnen in den Weg stellte, wurde von der Wucht ihres Angriffes hinfortgespült.

Nuramon traf auf den ersten Gegner, einem Mann mit einer Schnittnarbe am Kiefer, und trieb ihm die Klinge in den Leib. Er sah in die erschrockenen Augen des Kriegers, der von seinem Schwert glitt, und schon war er an ihm vorüber.

Im nächsten Augenblick war sein Gegner fast vergessen. Eine Narbe und erschrockene Augen, die vielleicht grün oder aber blau gewesen waren. Das war alles, was blieb. Kein echtes Gesicht, keine Stimme und kein Name. Und doch fragte sich Nuramon, ob der Mann eine Familie zurückgelassen hatte, ob irgendwer auf seine Wiederkehr wartete.

Nuramon war erleichtert, dass die nächsten Krieger, die ihnen entgegentraten, sich bereits gerüstet hatten und Helme ihre Gesichter verdeckten. Das Kämpfen fiel leichter, wenn man dem Gegner das Gesicht, die Stimme, den Namen und alles andere nahm, was ihn zum Kind irgendwelcher Eltern machte, zum Gatten irgendeiner Frau, zum Vater irgendwelcher Kinder. Noch leichter machten es ihm jene, die ihnen mit Gewaltschreien und Beschimpfungen begegneten. Das Mitleid starb, wo der Hass regierte.

Als er aber einem zornerfüllten Feind das Schwert in die Brust stieß, ihn mit einem Tritt wieder davon befreite und der Krieger vor Schmerzen wimmernd zu Boden ging, vernahm Nuramon einen Entsetzensschrei. »Varnol!«, rief ein Helmträger neben dem Sterbenden. Ein Name! Und während Nuramon sich fragte, was die beiden Männer verband, gab Varnols Gefährte ihm bereits die Antwort: genug, um sich dem Mörder seines Gefährten mit einem verzweifelten Schrei entgegenzuwerfen.

Nuramon parierte einen Schlag nach dem anderen und überlegte, ob er sein Gegenüber lediglich verwunden sollte. Doch da schlug Varnols Gefährte einem der Seekrieger eine Wunde in den Hals. Der Jüngling taumelte, das Blut schoss hervor, und er sank leblos zu

Boden. Da kehrte Nuramons Zorn zurück, und er schnitt dem Feind ebenfalls eine Wunde in den Hals. Schließlich stand er schwer atmend über dem sterbenden Fremden, während rings umher die Seekrieger wüteten.

»Weiter!«, brüllte Goswyrn, und schon stürmte Nuramon an der Seite der Seekrieger aus dem Lager hinaus auf die alte Königsstraße und der Stadt Urijas entgegen. Endlich fügten sich die Rufe der einzelnen Seekrieger zu einem Chor, in den auch Nuramon einstimmte. Es war der Schlachtruf der Jasborer Seekrieger. Ein tiefer Schrei, der sich langsam in die Höhe erhob, wie eine tief ansetzende Welle, die sich immer weiter auftürmte, bis sie brach und in die Tiefe stürzte. Der Schrei gab ihm Kraft und Zuversicht, und so kämpften sie sich die Straße entlang. Wer vorn rannte, warf sein Wurfmesser im Lauf den ersten Feinden entgegen. Das verunsicherte die nachfolgenden Krieger, und viele von ihnen wichen zur Seite aus, um der Spitze des Angriffes zu entgehen. Jene, die nicht vor den Wurfdolchen zurückwichen, brachten Nuramon und seine nachrückenden Gefährten zu Fall.

Ein Schwertfürst in glänzender Rüstung näherte sich mit einem leichten Kriegshammer und einem kleinen Schild; und weil Nuramon vorne lief und keiner in seiner Nähe einen Dolch warf, zog er im Lauf die krumme Klinge aus dem Gürtel und sandte sie dem feindlichen Anführer entgegen. Der Krieger hob den Schild, doch es war zu spät. Der Dolch drang ihm in den Schädel, und er fiel zitternd zu Boden.

Ein Schmerz peitschte sich in Nuramons Seite. Ein Speer riss ihm eine Wunde über der Hüfte. Nuramon stieß den Schaft der Waffe zur Seite, doch ehe er zum Gegenangriff übergehen konnte, fällte ein Axthieb Goswyrns den varmulischen Speerträger. Nuramon dankte dem Schwertfürsten der Seekrieger mit einem knappen Nicken, und schon stürmten sie weiter.

Das Tor lag nun nicht mehr fern, und als Nuramon und die Seekrieger ihren Kriegsschrei ein weiteres Mal vorausgesandt hatten, hallte der gleiche Ruf wie ein Echo von der Mauer herab. Die Krieger in Urijas begrüßten sie.

Jene Varmulier, die den Rammbock am Osttor führten, ließen den langen Holzstamm fallen und suchten das Weite. »Wir übernehmen den Rammbock!«, rief Nuramon und erntete zunächst verständnislose Blicke. Als er aber zu den beiden Belagerungstürmen wies, verstanden die Seekrieger, hoben den Rammbock, und Nuramon schützte die Beute mit dem Rest der Krieger.

Eine feindliche Kriegsschar drohte sich links von ihnen zu sammeln. Doch Nuramon wollte es nicht so weit kommen lassen. Er rief Goswyrn zu: »Wir teilen uns!« Der Schwertfürst nickte und führte einen Großteil seiner Männer auf den Belagerungsturm zu.

Nuramon wusste, dass dort, wo die Varmulier sich nun zu einem Angriff sammelten, auf viele seiner Gefährten und auch auf ihn der Tod lauerte. So hob er im Laufen die Hand und gedachte der Zauber, die er unter Cerens Lehren verfeinert hatte. Er stieß die freie Hand vor, und ein Blitz zuckte voran und spaltete sich wie das Geäst eines Baumes. Er traf nur sieben Krieger und warf sie zuckend zu Boden, doch es reichte aus, um Hunderte davonzujagen.

Nuramon blieb stehen und wandte sich zu Goswyrn um. Der Schwertfürst schien an der Schulter verletzt zu sein, doch seine Männer zerstießen gerade die Basis des ersten Belagerungsturmes mit dem Rammbock. Das schwere Holzgebäude geriet ins Wanken. Die ersten Varmulier sprangen bereits aus dem Turm in die Tiefe, andere klammerten sich fest, als böte das fallende Gebilde ihnen noch irgendeinen Schutz. Unter Getöse brach der Belagerungsturm zusammen, und zurück blieb nur Holzschutt, zwischen dem die Glieder der Toten hervorragten und aus dem sich die Verletzten zu befreien suchten.

Nuramon wandte den Blick ab und ließ ihn über das Schlachtfeld schweifen. Die Feinde wichen auf ganzer Breite von Urijas zurück. Niemand formierte sich mehr gegen sie. Die Varmulier, die er überhaupt noch erblickte, liefen vor den Seekriegern davon. Viele von ihnen trugen Verletzte oder sogar Tote auf dem Rücken.

Als auch der zweite Belagerungsturm gefallen war und sich die Varmulier am Nordosttor ungeordnet zum Lager zurückzogen, setzte Nuramon ein weiteres Mal zum Kriegsschrei der Seekrieger an und reckte zugleich sein Schwert in die Höhe. Seine Gefährten taten es ihm gleich, und die Krieger auf den Mauern von Urijas stimmten erneut ein.

»Nuramon!«, rief jemand von den Zinnen herab. Er schaute hinauf und erspähte Jasgur. Der Wyrenar strahlte vor Glück und brüllte Dankesworte zu ihm herab.

»Es ist noch nicht vorbei«, rief Nuramon zu ihm hinauf und deutete auf das Heerlager. »Erst wenn wir sie vertrieben haben, gehören die Vorräte euch.«

Jasgur grinste, dann verschwand er. Kurz darauf öffnete sich das Stadttor, und die Reiterei machte einen Ausfall.

Am Abend leistete Daoramu mit Nylma ihrer Mutter in deren Gemächern Gesellschaft. Sie saßen beisammen und lauschten dem Regen, der gegen die Läden pochte. In Gedanken aber war Daoramu bei Nuramon.

»Oh, wie gerne ich jetzt in Urijas wäre, um mit eigenem Schwert in die Schlacht zu ziehen!«, sagte Nylma und schaute zu der Wiege, die nahe dem Feuer und unter den Augen Cerens stand.

»Hast du denn keine Angst, dass dein Kind mutterlos sein könnte?«, fragte Daoramu. »Ich habe es schon bei Vater nie verstanden. Was reizt dich am Kämpfen?«

Nylma zwinkerte ihr zu. »Wenn es darum ginge, den Varmuliern ein Stück ihres Landes fortzunehmen, wäre ich deutlich zurückhaltender. Aber für eine gute Sache zu streiten, das rührt etwas in mir.«

»Das ist der Unterschied zwischen dir und Borugar«, sagte Jaswyra. »Er fühlt sich erst lebendig, wenn er dem Feind Aug in Aug gegenübersteht.«

»Das Gefühl kenne ich aber auch«, entgegnete Nylma. »Ich will nicht behaupten, dass ich stolz darauf bin. Inmitten all des Leides wird dir schlagartig klar, dass es ein großes Glück ist, noch am Leben zu sein. Dieses Gefühl der Lebendigkeit ist kaum zu überbieten, und es gibt nur wenig, das sich damit messen kann.«

»Und das wäre?«, fragte Daoramu in der Hoffnung auf etwas anderes zu sprechen zu kommen.

»Es steht auch dir bevor.« Nylma lächelte und blickte zu ihrem Sohn hinüber. »Jeder kann ein Leben nehmen, aber nur wir Frauen können es gebären.«

Jaswyra schmunzelte. »Aber die Männer können es mit uns zeugen.«

»Und das ist das andere, das weit über das Gefühl auf dem Schlachtfeld hinausgeht«, sagte Nylma grinsend.

Nun war auch Daoramu wieder nach Lachen zumute.

»Herrin! Herrin!«, rief ein Mann auf dem Flur, und ehe er das Zimmer betrat, schien Ceren sich in Luft aufzulösen. Nichts erinnerte mehr an ihre Gegenwart.

Daoramu kannte den Mann. Sein Name war Syargar, und er war mit seinen siebzehn Jahren der jüngste Krieger in Nylmas Palastwache. Er mäßigte seine Schritte, als er das in der Wiege schlafende Kind sah. »Ein Brief aus Byrnjas«, flüsterte er, als er sie erreicht hatte. »Vom Fürsten.«

»Ist er wirklich für mich?«, fragte Daoramu.

»Ja«, antwortete der Krieger und machte ein verwundertes Gesicht.

»Gib ihn meiner Mutter«, sagte Daoramu, setzte sich auf und hielt sich mit der linken Hand den Bauch.

Syargar verbeugte sich zunächst vor ihr und dann vor Jaswyra. Er reichte der Fürstin das Schreiben. Diese nickte dankend, brach das Siegel und las den Brief leise. Daoramu sah sofort, dass etwas nicht stimmte. Ihre Mutter hielt den Atem an, und in ihrem Gesicht bewegten sich nur noch ihre Augen.

»Es ist etwas geschehen, nicht wahr?«, fragte Daoramu leise.

Jaswyra senkte den Brief und starrte ins Leere. Dann nickte sie. »Nuramon ist tot«, flüsterte sie.

Daoramu verschluckte sich und musste husten. »Das kann nicht sein«, sagte sie und rang nach Atem. Das Kind rührte sich in ihrem Bauch, als hätte sie es aufgeschreckt.

»Jasgur ist auch tot und dein Vater zieht nach Urijas in den Kampf. Es ist seine Unterschrift. Er entschuldigt sich. Hier, lies selbst!«

Daoramu schüttelte den Kopf. »Ich will ihn nicht«, sagte sie. »Das kann nicht stimmen.« Während Nylma nach dem Brief griff und mit versteinerter Miene las, wandte Daoramu sich an Syargar. »Wer hat ihn gebracht?«, fragte sie den jungen Palastwächter.

Der Jüngling trat unsicher von einem Fuß auf den anderen. »Einer der Stadtboten. Ein Kriegsbote gab ihn auf den Festland ab.« Das war in Jasbor nicht ungewöhnlich. »Darf ich gehen?«, fragte er schließlich, und Daoramu nickte.

Kaum hatte sich die Tür hinter Syargar geschlossen, kehrte Ceren zurück. Sie erschien von einem Wimpernschlag zum nächsten an Daoramus Seite und blickte sie aufmerksam an. Als die Geisterfrau zum Sprechen ansetzte, überwältigte Daoramu die Angst. Sie fürchtete sich vor dem, was Ceren sagen könnte. »Bitte nicht«, flüsterte sie der Geistergestalt zu.

Die Parodie eines gütigen Lächelns auf Cerens Gesicht fachte Daoramus Angst nur noch weiter an. »Wenn du es wünschst«, sagte der Geist. »Aber dir ist natürlich klar, dass dieser Brief eine Lüge ist.«

»Eine Lüge?«, fragte Jaswyra. »Aber es ist das Siegel, das diesen Mond vereinbart ist.«

»Es ist nicht seine Schrift, so viel ist sicher«, sagte Nylma. »Aber das heißt nichts. Er schreibt seine Briefe nie selbst, sondern unterzeichnet sie nur.«

»Warum hältst du es für eine Fälschung?«, fragte Jaswyra, und Daoramu erkannte im Gesicht ihrer Mutter dieselbe Hoffnung, die auch sie hegte.

»Das Siegelwachs«, sagte Ceren. »Borugar erwähnte, dass das Wachs vom Westhang der Insel stammt. Ich konnte die Seeluft darin geradezu riechen. Aber dieses Siegel stammt nicht von hier.«

Daoramu kamen die Tränen. »Helerur!«, flüsterte sie.

Nylma strich ihr durchs Haar und nickte grimmig. »Jetzt nehmen wir ihn uns vor«, hauchte die Kriegerin.

»Helerur?«, fragte Jaswyra. »Was sollte Helerur mit dem Brief zu tun haben?«

Die Worte der Mutter waren für Daoramu wie ein Schlag. Es war geschehen: In ihrer Verzweiflung hatte sie ihrer Mutter offenbart, was sie für sich hatte behalten wollen. Sie wischte sich die Tränen fort und überlegte kurz, ob es noch eine Möglichkeit gab, die Wahrheit zu verheimlichen. Schließlich aber berichtete sie ihrer Mutter, was in der Nacht ihrer Flucht aus Merelbyr und nach ihrer Ankunft in Jasbor geschehen war.

Jaswyra lauschte schweigend. Erst als Daoramu geendet hatte, nickte sie. »Du tust gut daran, es deinem Vater zu verheimlichen«, sagte sie. »Jeder Mensch hat eine Schwelle, hinter der er blind vor Wut wird. Aber ganz unabhängig davon …« Sie hielt inne und strich sich nachdenklich über das hochgesteckte Haar, ehe sie fortfuhr. »Dieser Brief – das alles passt nicht zu Helerur«, sagte sie langsam.

Daoramu konnte endlich in aller Klarheit an den Mann denken, der ihr einst ein Beispiel gewesen war. Schließlich nickte sie. »Helerur würde uns in Sicherheit wiegen und irgendwann wie aus heiterem Himmel zuschlagen.«

Ceren schob sich zwischen sie. »Das heißt, ihr habt euch neue Feinde gemacht.«

Jaswyra lächelte bitter. »Es scheint, als wollte uns jemand wissen lassen, dass der Thron Borugar nur auf Zeit gegeben ist. Es ist eine Warnung.«

Daoramu nickte. »Ich hätte erwartet, dass jene, die sich gerne auf dem Thron sähen, das Ende des Krieges abwarten. Nun gut, spielen wir also das Spiel der Intrigen.«

An Jasgurs Seite blickte Nuramon von der Stadtmauer auf die Menschen, die in den Straßen unter ihm tanzten und sangen. Dann schaute er zurück gen Osten, die alte Königsstraße entlang. Sie hatten die Varmulier aus ihrem Heerlager vertrieben, und Graf Marugir hatte gemeinsam mit dem Nordgrafen die Schlacht an der Wegkreuzung westlich der Stadt gewonnen und die Feinde zum Rückzug gezwungen. Die Varmulier lagerten nun in Firabyr, der nächsten Stadt auf der Königsstraße.

Goswyrn trat zu ihnen. »Ein varmulischer Bote hat darum gebeten, die Leichen holen zu dürfen«, sagte er. »Es ist an dir, es zu erlauben.«

»Ich hörte, das sei üblich«, entgegnete Nuramon.

Goswyrn nickte ebenso wie Jasgur. »Ich werde ihnen also mitteilen, dass sie sie im Morgengrauen holen dürfen«, sagte der Schwertfürst der Seekrieger. »Und was die verletzten Feinde angeht: Du sagtest, wir sollten sie verschonen. Also haben wir sie in ihre Zelte gelegt und bewachen sie. Willst du irgendetwas Bestimmtes von ihnen?«

»Ich komme später zu ihnen«, sagte Nuramon.

Goswyrn verbeugte sich, und kaum war er die Treppe hinabgestiegen, fragte Jasgur: »Was soll das mit den Verletzten?«

»Ich überlege, als Zeichen des guten Willens, einige Feinde zu heilen.«

»Bist du wahnsinnig?«, rief Jasgur.

»Fragst du dich nie, ob jene, die du niederstreckst, eine Familie haben, zu der sie zurückkehren möchten?«

»Dann heile unsere Leute.«

»Das werde ich. Aber ich möchte auch einige der Varmulier heilen.«

»Glaubst du, sie werden stolz herausrufen, dass der Feind sie gerettet hat?«

Nuramon schüttelte den Kopf. »Nein. Aber der Gedanke, dass diese Männer zu ihren Frauen heimkehren und ihnen nachts zuflüstern, dass einer unter den Feinden ihnen das Leben rettete, dieser Gedanke beschäftigt mich.«

»Aber könntest du nach Jasbor zurückkehren und den Witwen der Seekrieger in die Augen schauen und ihnen erklären, dass du ihre Gatten nicht retten konntest, aber jene, die für den Tod ihrer Männer verantwortlich sind, geheilt und zu ihren Familien nach Hause geschickt hast?«

»Damit hast du natürlich nicht unrecht«, sagte Nuramon. »Und dennoch.«

Jasgur sah ihn eindringlich an. »Nuramon. Wenn du nun keinen Unsinn machst, kannst du zum größten Krieger aller Zeiten aufsteigen. Aber wenn du anfängst, Feind und Freund gleich zu behandeln, wirst du alles verspielen. Niemand wird es dir übelnehmen, wenn du die Gefangenen, die am Morgen noch leben, den Varmuliern übergibst.«

»Dann will ich deinem Rat folgen«, sagte Nuramon. »Aber es scheint, ich bin für die Unerbittlichkeit eurer Kriegsführung nicht geschaffen.«

»Es gibt jene, die den Kampf führen, und jene, die sich um das Schlachtfeld kümmern, wenn der Kampf entschieden ist. Beim nächsten Mal solltest du Goswyrn oder einem anderen, dem du vertraust, freie Hand lassen.«

Dass er Goswyrn noch nicht gut genug kannte, um ihm zu vertrauen, verschwieg Nuramon. »Vielleicht sollte ich das nächste Mal eine kleinere Rolle spielen«, sagte er.

»Dann wirst du unsterblich«, erwiderte Jasgur grinsend.

Daoramu war froh, als ihr Vater am Morgen des 36. Byrrun, dem letzten Tag dieses ereignisreichen Monats, breit grinsend heimkehrte. Verwundert schaute Borugar auf die rege Betriebsamkeit, die an seinem Hof herrschte. »Habe ich etwas verpasst?«, fragte er.

»Du warst so beschäftigt, dass du die meisten, die ich an den Hof holen wollte, einfach abgenickt hast«, erklärte sie. »Wo sind Nuramon und Jasgur?«, fragte sie ohne Furcht. Denn die Freude ihres Vater bewies, dass sein Plan aufgegangen war.

Er erzählte ihr, dass er seine beiden Wyrenar zuletzt in Byrnjas gesehen hatte, wo sie über die Albenpfade gekommen waren, um sich mit ihm zu beraten. »Nuramon hat Jasgur nach Urijas zurückgebracht und dann weitere Krieger über die Albenpfade geführt. Er wollte noch heute heimkommen«, sagte Borugar. Dann begleitete er Daoramu in den Thronsaal und erzählte dort von dem Sieg in Urijas in derart schillernden Farben, dass es nahezu wie eine Sage klang. »Die Varmulier sind über den Ruljas geflohen, und Jasgur ist fest entschlossen, gegen Doaro vorzugehen. Er will die Aufstände in Gaelbyrn nutzen und unseren abtrünnigen Herzog in die Knie zwingen. Ich bin mir sicher, dass Jasgur sich in Urijas behaupten kann. Ich habe ihn zum Kriegsherrn gemacht, bis wir einen Herzog haben, dem wir vertrauen.«

»Wie wäre es mit Golro?«, fragte Daoramu. Der alte Fürst hatte Borugars ehemaligen Nachbarn, dem Grafen von Wuromer, stets wenig Beachtung geschenkt. »Ihr habt euch immer gut verstanden, und er hat Talent. Das hast du selbst gesagt.«

Borugar nickte. »Ich werde auch mit meinen anderen alten Grafenfreunden sprechen. Später.« Er nahm Jaswyra in den Arm. »Nach den Feierlichkeiten.« Dann verließ er an der Seite ihrer Mutter den Thronsaal, und sie blieb allein zurück. Nur noch ein wenig, und Nuramon würde kommen. Daoramu konnte es kaum erwarten.

Am Nachmittag endlich kündigte ein Stadtgardist an, dass Nuramon mit den Seekriegern am Ostufer angelegt hatte. So eilte Daoramu mit Nylma in den Thronsaal zurück, und sie lächelte, weil das Haus mit all den Bediensteten und Würdenträgern zum ersten Mal wie der Hof eines echten Fürsten wirkte.

Daoramus größter Triumph stand in Gestalt des Palastvogtes Terbarn Byrrunur am Eingang des Saales. Sie hatte den Jüngling nicht wegen seiner Erfahrung, sondern wegen seiner Fähigkeiten an den Hof geholt. Er war klug, gelehrt, redegewandt und voller Tatendrang, aber ohne Einfluss. Die Byrrunur hatten genug Nachkommen, die vor ihm in der Hierarchie standen. Mit Terbarn wollte Daoramu beginnen, den Eigenschaften der Leute den Vortritt vor Rang und Namen zu geben. So war auch die Botin Yurna an den Hof gekommen, die Jasgur und Nuramon bewiesen hatte, über welche Fähigkeiten sie verfügte. Und sie hatte nun die anderen Boten der Krone ausgewählt.

Daoramu stellte sich ihrem Vater zur Seite. Nachdem er sie kurz und heftig gedrückt und ihr für ihre Hilfe gedankt hatte, betrachtete sie all jene, die sie in den Dienst der Familie aufgenommen hatte. Und die versammelten Stadträte, Händler, Großfischer, Schwertfürsten und die anderen wichtigen Bürger von Jasbor waren von den Wachen, der Dienerschaft und den Hofbeamten sichtlich beeindruckt. Hier im Saal offenbarte sich der Lohn all der Mühen der letzten Wochen.

»Nuramon und die Seekrieger!«, rief der Palastvogt Terbarn und beugte sein lockiges Haupt vor dem Fürsten.

Das Tor öffnete sich, und da war er. In der Teredyrer Rüstung, an der Spitze der Seekrieger. Er kam näher und näher, und auf dem ganzen Weg durch den Saal ruhte sein Blick nur auf ihr. Erst vor dem

Thron angekommen, sah er ihren Vater an und verbeugte sich. »Mein Fürst!«, sagte er, und Daoramu war überrascht, wie entspannt seine Stimme klang. »Alle Kriegsscharen sind dort, wo du sie haben willst. Feldherr Jasgur ist in Urijas, Graf Marugir hält die Pässe, und die Nordgrafen bewachen den Ruljas. Dein Brief an den König von Varmul ist ebenso unterwegs wie der an Herzog Doaro.«

Die Leute klatschten, und Borugar lächelte Nuramon an. Dann hob er die Hand und stand von seinem Thron auf. Es wurde still im Saal, und Borugar schaute umher. Dieser Empfang war auch der Lohn seiner Mühen, dachte Daoramu.

»Als man mich zum Fürsten machte«, sagte er, »schien unser Land dem Untergang geweiht. Doch Jasgur überraschte mich mit seinem Mut, seinem Verstand und seinem Tatendrang, und dann kehrte meine Tochter mit meinem Schwiegersohn wieder. Und nun – mit zwei Wyrenar – haben wir binnen kürzester Zeit das scheinbar Unmögliche erreicht.« Borugar wandte sich den Seekriegern zu, sprach auch diesen seinen Dank und seine tiefe Anerkennung aus. Er kündigte an, deren Streitmacht zu verdoppeln.

Goswyrn, der vor seinen Seekriegern stand, verbeugte sich und dankte seinem Herrn.

»Nun zu dir, Nuramon«, sagte Daoramus Vater schließlich. »Du bist mein Schwiegersohn – mein Sohn. Und weil ich damals in Merelbyr, als du siegreich aus Teredyr heimkehrtest, versäumte, das Richtige zu tun, möchte ich es jetzt vor aller Augen nachholen.« Er streckte die Hand nach Daoramu aus. Sie reichte ihm die ihre und ließ sich von ihm zu Nuramon führen. Dort angekommen legte ihr Vater ihre Hand in die ihres Liebsten. »*Das* hätte ich damals in Merelbyr tun sollen«, sagte er.

Nuramons Hand war warm, und als Daoramu ihn anschaute, fürchtete sie, all die Blicke, die auf sie gerichtet waren, könnten ihn verlegen machen. Doch er hatte nur Augen für sie und fasste ihre zweite Hand. Nach einem liebevollen Moment des Lächelns schlossen sie einander in die Arme und küssten sich unter dem Jubel der Menschen.

Elfenworte

Nuramon eilte den Gang entlang, auf dem ihre Gemächer lagen. Die Tür zu seinem und Daoramus Zimmer stand offen, und er hörte seine Frau bereits vor Schmerz wimmern. Im Inneren des von Kerzen und Lampen erhellten Raumes saß Daoramu am Rande des Bettes. Die Hebamme Aswaa war bereits an ihrer Seite, ebenso Rargu, der Hofmedikus des Fürsten, Jaswyra und Nylma, die die Hand der Freundin hielt und ihr beruhigend zuredete.

Als Daoramu ihn erblickte, schien es, als bemühte sich ein Lächeln, in ihre Züge zu steigen, doch es verging, noch ehe es sich ganz entfaltet hatte. »Nuramon«, hauchte sie und atmete zitternd ein und aus.

Rasch war er an ihrer freien Seite und fürchtete, dass er diesem Moment und den folgenden Stunden nicht gewachsen war. Er musste den Schmerz ertragen, der ihm aus Daoramus Gesicht entgegenstach und von ihren heißen und zitternden Fingern auf ihn übersprang. Denn er musste ihr allen Halt geben, den sie benötigte. Als er sie fragte, ob er ihre Schmerzen mit Magie lindern sollte, lehnte sie ab. Damit hatte er gerechnet, denn sie hatte ihm bereits vorher gesagt, dass sie fürchtete, etwas könnte dadurch fehlgehen.

»Es kommt bald«, sagte Aswaa, und Nuramon wusste nicht, was die Hebamme meinte. Maß sie in Augenblicken, Momenten oder Stunden? Er hatte Menschenfrauen ganze Nächte lang schreien gehört, ehe das Kind da war. Er wusste nicht, ob er es aushalten würde, Daoramu so lange schreien zu hören.

Als Nuramon Borugar bemerkte, der neben Jaswyra stand und etwas sagte, musste er sich gestehen, die Ankunft des Schwiegervaters nicht bemerkt zu haben. So sehr vereinnahmte Daoramu seine Sinne.

Nuramon küsste und streichelte Daoramu. Er sagte ihr, was sie morgen und übermorgen tun würden, und dann redete er sich, Daoramu und das Kind immer weiter in die Zukunft, so wie sie es in den letzten Wochen gemeinsam getan hatten. »Dann werden wir auf dem Meer fahren«, sagte er, »und zu dritt auf das Land zurückblicken. Sie wird deine Liebe zu den Märchen entdecken«, sagte er. »Und meine für die Lieder.« Als sich die Angst zurück in ihre Stirn schlich, sagte er: »Sie ist gesund, sorge dich nicht.« Wann immer er aber schwieg, bat sie ihn darum weiterzusprechen. Als die Zeit zwischen ihren Wehen kürzer und kürzer wurde, sagte sie immer wieder: »Hör nicht auf zu reden, Nuramon.« Und er erzählte ihr alles, was ihm einfiel – vom süßen Trost, dass sie bald ihre Tochter im Arm halten würde, bis hin zur Erinnerung an Alvarudor. Fast schien es ihm, als wäre ihr nicht wichtig, was er sagte, solange sie seine Stimme vernahm.

Schließlich bemerkte er, dass er irgendwann aufgehört hatte Arlamyrisch zu sprechen, sondern auf Elfisch zu ihr redete. Und während sie sich gegen ihn lehnte und der Medikus und die Hebamme am Fußende des Bettes längst ihren Rock weit zurückgeworfen hatten, flüsterte er ihr elfische Liebesgedichte ins Ohr und bemühte sich dabei um Worte, deren Bedeutung er ihr schon einmal erklärt hatte. Und auch wenn seine Stimme ihre Schmerzen nicht vertreiben konnte, erleichterte sie Daoramu den Weg ebenso wie seine Nähe und seine Hände, mit denen er sie immer wieder streichelte.

Nach einem langen Schrei Daoramus, der in einem Wimmern verebbte, herrschte Stille. Nuramon küsste sie, und als er Unsicherheit in ihren Augen sah, schaute er an ihr hinab, über das blutige Kleid hinweg in die Arme der Hebamme Aswaa. Da war sie, ihre winzige Tochter. Sie setzte zu einem Schrei an; nicht so verzweifelt, wie Nuramon es von einem Kind erwartet hätte, das aus dem warmen Körper der Mutter in die kalte Welt entrissen wurde. Es war eine kleine Stimme, wie die eines Kätzchens. Die blasse Haut des Mädchens war blutverschmiert, aber das störte Nuramon ebenso wenig wie das Stück Nabelschnur an ihrem Bauch. »Da ist sie«, flüsterte er, und Daoramu weinte nun nicht mehr vor Schmerz, sondern vor Glück.

Aswaa hüllte ihre Tochter in eine Decke und trug sie lächelnd an sie heran. Daoramu seufzte, als sie das Kind endlich im Arm hielt. Nuramon tauschte ein Lächeln mit ihr und strich dem Neugeborenen dann sanft über die Ohren, die zu stumpf für Elfenohren, aber nicht zu spitz für Menschenohren waren. Daoramu wischte sich die Tränen fort, streichelte dem Kind über die Wange und lachte leise. »Unser kleines Orakel«, flüsterte sie. »Nerimee!«

Nuramons Zauber ließ Daoramus Schmerzen verschwinden. Nun, da ihre Tochter sicher auf der Welt war, fürchtete sie sich nicht mehr vor der Magie. Als Rargu, der Hofmedikus, die Hebamme Aswaa und schließlich auch ihre Eltern gegangen waren, war es beinahe wie in Teredyr. Nylma und Yargir waren mit Waragir da, und Ceren stand vor dem flackernden Kaminfeuer.

Nuramon hielt Daoramus Hand, während sie wieder und wieder über die spitzen Ohren des schlafenden Kindes strich. »Halb Elf, halb Mensch«, sagte sie. »Und wunderschön.«

Ceren hatte Nerimee eine Weile stumm betrachtet. Nun sprach sie zum ersten Mal seit der Geburt des Kindes. »Du hast recht, Daoramu. Halb Elf, halb Mensch. Als Erwachsene wird sie altern, aber langsamer, viel langsamer als ein Mensch. Und sie wird zaubern können. Die Magie ist in ihr lebendig.«

Daoramu konnte kaum glauben, dass ihr Fleisch und Blut Magie wirken würde. Sie strich Nerimee über den kahlen Kopf, lächelte Nuramon liebevoll an und fühlte sich glücklich, müde und dankbar.

»Wir sollten gehen, Nylma«, sagte Yargir schließlich.

Nylma zwinkerte Daoramu zu. »Genießt es«, sagte sie schmunzelnd. »Solange sie noch schläft.«

Kaum waren Nylma und Yargir mit Waragir fort, zog auch Ceren sich mit einem Lächeln zurück. Hatte Daoramu sich in Alvarudor noch in der Gegenwart des weißen Steins beobachtet gefühlt, störte Cerens unsichtbare Gegenwart sie nun nicht mehr. Sie hatte schon lange verstanden, warum Nuramons Sippe stets Cerens Nähe gesucht hatte. Die Geisterfrau war wie eine Zuflucht, wenn Daoramu Rat, Geborgenheit oder auch nur Gesellschaft suchte. Und wenn Nuramon bei ihnen war und Ceren und er von alten Zeiten sprachen, lauschte Daoramu mit glühenden Wangen und hatte für kurze Zeit selbst das Gefühl, durch die Jahrtausende zu schreiten.

Nuramon strich ihr durchs Haar, und sie betrachtete ihn und das Glück, das ihm ins Gesicht geschrieben stand. Sie wollte es nicht zerstören, aber eine Sorge ließ sie nicht los. Als Nuramon sie mit einem Mal fragend ansah, musste sie es aussprechen. »Ceren sagte, unsere Kleine werde langsamer altern als ich. Das heißt, dass sie schneller altern wird als du. Oder?«

»So scheint es«, sagte Nuramon. »Was plagt dich? Ist es immer noch die Angst, dass ich jung bleibe?«

Sie nickte langsam. »Jetzt, da unsere Kleine da ist, würde ich am liebsten für immer an deiner Seite sein.« Sie bemühte sich zu lächeln. »Ich weiß, dass es unmöglich ist, aber es schmerzt, den Lauf der Dinge so klar vor Augen zu sehen.«

Nuramon küsste sie auf die Wange. »Unmöglich – das ist ein großes Wort. In Alvarudor habe ich mit Ceren einen Pfad beschritten, der vielleicht in einen Zauber münden könnte, der dir hilft.« Nuramon wandte sich dem Kamin zu. »Ceren«, sprach er leise, und die Geisterfrau erschien.

»Hast du gehört, was wir gesprochen haben?«, fragte Nuramon.

Ceren lächelte. »Würde es euch verlegen machen?«

Nuramon schaute Daoramu entgegen, doch sie schüttelte nur den Kopf.

»Die Welten beruhen auf der gleichen Macht«, sagte Ceren und betrachtete Nuramon. »Die Macht des Lebens, die alles durchdringt, lässt dich nur sehr langsam altern.« Sie schaute Daoramu in die Augen. »Deine Zeit hingegen hat sie enger bemessen. Wenn es einen Weg gibt, das Altern zu verlangsamen, dann sehe ich ihn dort.« Sie beugte sich über das Bett und betrachtete Nerimee wie ein Wunder. »In ihr liegt das Geheimnis. Ich kann es fühlen wie ihren Atem. Sie ist wie ein Band zwischen euch; ein Beweis, dass das eine mit dem andern vereinbar ist.« Sie legte ihre Geisterhand vor Nuramons Schulter. »Wenn ich das Geheimnis erkenne, musst du einen Zauber daraus gewinnen. An ein Artefakt gebunden, könnte es die gewünschte Wirkung entfalten.«

Nuramon nickte und schaute dann nachdenklich zur Seite. »Um ein solches Artefakt zu schaffen, brauchen wir gewaltige Kräfte.

Diese zu finden dürfte schwierig werden. Wenn es hier doch nur magische Quellen gäbe!«

Ceren machte ein verständnisloses Gesicht. »Wer hat gesagt, dass es hier keine magischen Quellen gibt?«

»Mir ist zumindest noch keine begegnet«, sagte Nuramon. »Keine wie in Albenmark, aus der wie aus dem Nichts Magie in die Welt strömt.«

»Aber du hast in Teredyr jahrelang an einer solchen Quelle gelebt. Als du meinen Stein am Albenstern vorübergetragen hast, habe ich einen sanften Hauch dieser Magie gespürt.«

»Vermutlich spürst du mehr als ich«, sagte Nuramon mit ratloser Miene. »Aber diese Magie würde gewiss nicht ausreichen.«

»Mit der Zeit mag sie anwachsen«, sagte Ceren. »Spürst du es denn nicht? Entweder meine Sinne schärfen sich, oder die Magie in dieser Welt nimmt zu.«

»Wäre es denn überhaupt möglich, dass die Magie dieser Welt wächst?«, fragte Nuramon.

»Ich weiß es nicht«, sagte Ceren. »Vielleicht haben wir uns in Alvarudor so sehr die Sinne geöffnet, dass wir nun mehr erkennen als zuvor. Wir werden es erfahren. Und bis dahin werden wir nach einem Zauber suchen, der das Altern verzögert. Ich kann nichts versprechen, aber ich werde alles tun, um einen Weg zu finden.«

»Danke«, flüsterte Daoramu.

Ceren strich ihr mit ihrer warmen Geisterhand durch ihre Finger. »Eure Kleine erwacht«, sagte sie, und tatsächlich räkelte sich Nerimee und seufzte leise. Es klang wie das Summen eines Liedes. Ein hoher Ton, der sich lieblich in die Tiefe zog.

Nuramons Lächeln steckte Daoramu an. »Unser kleines Orakel«, sagte sie und strich Nerimee über die winzigen Finger.

Der Winter kam, und Nuramon und Daoramu waren oft mit Nerimee im schneebedeckten Garten, saßen auf Schafspelzen, hüllten sich in dicke teredyrische Wintermäntel und schauten in die Stadt hinab. Nuramon tastete mit der rechten Hand unter der Pelzdecke nach Daoramus Hand und streichelte sie.

Vor wenigen Tagen erst hatte sie die Kunde von Herzog Doaros Fall erreicht. Das Land südlich von Urijas zählte wieder zum Fürstentum. Wenngleich Doaro sich nach Nyrawur, ins benachbarte Fürstentum, abgesetzt hatte, war Borugar zufrieden. Der Verrat des Herzogs von Gaelbyrn hatte sich nicht gelohnt. Der ganze Osten war zurückerobert.

»Ich wünschte, der Winter würde ewig dauern«, sagte Daoramu und lehnte ihren Kopf an Nuramons.

Er betrachtete die weißen Dächer, die sich bis zu den Stegen der Fischer hinabzogen. Nur die Rauchsäulen, die aus den kurzen Schornsteinen emporstiegen, trübten den Blick in diesen klaren Morgen. Jenseits der Flussmündung und der Fischerdörfer wellte sich das eisige Land bis zur weißen Wand der Lysdorynen. »Du sehnst dich nicht nach dem Frühling?«, fragte er.

»Im Augenblick mag ich den Winter lieber«, entgegnete sie. »Alles ist erstarrt, und nichts kann an uns herankommen.«

»Du fürchtest, der Frühling könnte mich zu weit forttragen.«

»Oder uns beide. Aber nicht an dieselben Orte.« Sie schaute zu Nerimee hinab. Er folgte ihrem Blick und sah, dass ihrer Tochter die Augen zugefallen waren.

Er schob mit dem Stiefel den Schnee beiseite. »Falls Jasgur den Osten festigen kann, bleibt uns vielleicht einiges erspart. Und je mehr Vertrauen dein Vater bei den Grafen und Herzögen gewinnt, umso weniger wird er sich auf Jasgur und mich verlassen müssen.«

Daoramu nickte langsam.

»Das war es, worüber du letzte Nacht nachgedacht hast, nicht wahr?«

»Ja«, sagte sie. »Und ich habe mit Ceren gesprochen.«

Nuramon lächelte. »Du musst aufpassen. Baumgeister verfügen nicht über die gleichen Gefühle wie Elfen oder Menschen. Ceren neigt dazu, Gefühle hinzunehmen und nicht gegen sie anzukämpfen.«

Daoramu blinzelte, und Nuramon musste schmunzeln. »Du hast recht«, sagte er. »Das kann man mir auch nachsagen. Aber was sagte sie dir?«

»Dass es auch in meiner Hand liegt, dich zu beschützen. Denn ich kann darauf hinstreben, dass mein Vater sich auf den Adel verlassen kann.«

»Das hat sie dir gesagt?«

»Nicht direkt, aber ich habe es so verstanden. Wenn es mir gelingt, genügend Adlige fest an uns zu binden, würde das immer mehr Last von euch nehmen. Und mit dir und den anderen in Vaters Nähe fühle ich mich sicher und sehe zufrieden in die Zukunft. Selbst wenn Ceren nie einen Weg finden sollte, mein Altern hinauszuzögern, ist es ganz genauso, wie du damals in Teredyr zu mir gesagt hast: Vor uns liegen vielleicht viele wundervolle Jahre.«

»Dann brauchst du dich auch nicht vor dem Frühling zu fürchten«, sagte Nuramon und strich mit seinen Händen über ihre kühlen Finger.

Orakelblick

Mit dem Monat Oburun kam der Frühling und das Jahr 2257 nach der Befreiung der Urahnen aus der Sklaverei. Jasgur hielt mit Herzog Golro und den Grafen des Nordostens den Varmuliern stand. In diesen Wochen wurden Helden gemacht, und als Jasgur die Begeisterung in den Gesichtern der jungen Krieger in seinem Heer sah, fühlte er sich zum ersten Mal alt. Und als er nach Jasbor zurückkehrte und der Fürst ihn fragte, ob er sich ein Lehen wünschte, nickte er. So wurde Jasgur Herzog von Gaelbyrn und Nachfolger von Doaro, dem Verräter.

Nach der Befreiung von Ost-Yannadyr fürchtete Borugar nicht mehr um den Osten; der Westen jedoch bereitete ihm Sorgen. Helerur vertraute er, doch die meisten anderen Herzöge und Grafen musste er erst an sich binden und ihre Ambitionen zügeln. Daoramu, deren besondere Gabe es seit jeher gewesen war, Menschen für sich zu gewinnen, war sein Schlüssel zum Adel des Westens. Sie reichte nicht nur Grafen und Herzögen die Hände, sondern auch den Großbauern, den

Händlern und all jenen Gemeinschaften, die das Herrschaftsgefüge durchdrangen. Oft lud sie Gäste in den Palast ein, und man folgte ihren Einladungen gern, denn eine Mutter wie Daoramu, ein Vater wie Nuramon und ein Kind wie Nerimee entfachten das Interesse. Waren die Gäste erst einmal da, schmiedete sie mit ihnen Bündnisse; und als Daoramu zum ersten Mal Ceren offenbarte und er die staunenden Gesichter ihrer Gäste sah, glaubte Borugar, dass nun eine ruhige Zeit bevorstand.

Ceren vermochte kein rechtes Körpergefühl zu entwickeln. Schuld daran war der weiße Stein. Er blieb ihr fremd. Umso mehr spürte sie das Leben dieser Welt, die nun ihr Zuhause war. Insbesondere die Geheimnisse der Kräuter interessierten sie. Sie ließ sich Pflanzen bringen, erkannte ihre Ähnlichkeiten zu denen Albenmarks und flüsterte den Menschen Rezepte zu. Und Daoramu und Nylma entlockten ihr ein Geheimnis, das im Verborgenen weite Kreise zog und unter Frauen bald als Der Trank *bekannt wurde.*

Der Lauf der Zeit

Nuramon war gern Vater, und weil er sich an die wenigen Augenblicke mit seinem Sohn Weldaron kaum erinnerte und er seine Tochter Gaomee nie kennengelernt hatte, brachte ihm Nerimee mit jedem Tag etwas Neues. Immer wieder fragte er sich, ob er alles richtig machte, versuchte zu ergründen, ob er den Erwartungen Daoramus und ihrer Familie entsprach und bewunderte Daoramus Sicherheit im Umgang mit jeder neuen Herausforderung.

Rasch stellte er fest, dass seine Geduld der Schlüssel zu allem war. Er sang Nerimee stundenlang vor und erzählte ihr Geschichten – erst weil sie seine Stimme mochte; später dann, weil sie seine Erzählungen schätzte. Und auf jede ihrer vielen Fragen gab er ihr so lange und erschöpfend Antwort, bis Nerimee die Geduld verlor. Und ihre Geduld war keineswegs knapp bemessen.

Nuramon nannte Nerimee oft ihrem Namen entsprechend *Kleines Orakel*. Und als sie gerade sprechen lernte, sagte sie darauf immer: »Ich bin kein Orakel. Ich bin Nerimee.« Damit begann ein Spiel. Er fragte sie, ob sie ein Mädchen, ein kluges Kind, eine Schönheit oder eine Große sei, doch sie sagte immer wieder: »Ich bin Nerimee.« Es war eines der wenigen Spiele, bei dem Nerimees Geduld unermüdlich schien. Und es war Nuramon, der jedes Mal nachgab.

Leider erwartete Nerimee von Daoramu eine ähnliche Ausdauer, wie Nuramon sie zeigte, und war deswegen rasch enttäuscht und frustriert, weil ihre Erwartungen nicht erfüllt wurden. »Was soll ich tun? Soll ich sie zurückweisen?«, sagte er eines Abends zu Daoramu, als diese sich erschöpft in die Kissen sinken ließ.

»Nein. Aber versetz dich mal in meine Lage. Wie würdest du dich fühlen, wenn sie wieder und wieder mit Erwartungen zu dir käme, die du nicht erfüllen kannst?«

Immer wieder kam es deswegen zum Streit zwischen ihnen, und dieser klärte sich erst, als Nerimee größer war und erkannte, was sie von wem erwarten und was sie wem zumuten konnte. Doch kaum glätteten sich die Wogen, brandeten sie an anderer Stelle erneut auf. Daoramu liebte Auseinandersetzungen, und Nuramon war geduldig genug, diese auszutragen. Immer begann der Streit ernst, brauste dann auf und trieb schließlich so weit ab, dass sie am Ende nicht anders konnten, als zu lachen. Bald schon hatten sie gelernt, wann sie ihre Stärken einbringen, nachgeben, reden und schweigen mussten; wann sie einander herausfordern, beruhigen und besänftigen mussten. Nicht selten schlossen sie einander nach einem Streit in die Arme und waren sich einig, dass das Schicksal ihnen hold war.

In ihrem ersten Lebensjahr sang Nerimee oft im Schlaf, und während Daoramu ihrer Tochter lediglich verzückt lauschte, bestand Nuramon augenzwinkernd darauf, Nerimee wirke dabei einen Traumzauber. Und tatsächlich gönnte das Mädchen Daoramu den Schlaf, den sie ihr vor ihrer Geburt so oft geraubt hatte. Sie stillte die

Tochter nur einmal pro Nacht, und wenn ihr kleines Orakel schrie, dann noch immer so leise wie ein Kätzchen.

Daoramu tat sich schwer damit, Nerimee anderen anzuvertrauen. Ihre Mutter musste ihr sogar gut zureden, damit sie Nuramon gelegentlich Zeit alleine mit dem Kind gönnte. Anfangs schaute sie noch aus dem Fenster, wie Nuramon unten auf der Bank im Garten saß und Nerimee im Arm wiegte oder sie durch den Park spazieren trug. Sie war so fasziniert von dem Anblick, dass sie die Zeit, die sie für sich hätte nutzen können, verstreichen ließ.

Erst nachdem ihre Mutter sie ertappt und zur Rede gestellt hatte, zog sie sich zurück und ging wieder ihren eigenen Angelegenheiten nach. Meist saß sie in der Bibliothek, las in den Chroniken und schrieb Briefe. Die Herrschaft ihres Vaters zu sichern war dabei nach wie vor ihr wichtigstes Anliegen, und sie machte ihre Sache besser, als sie erwartet hätte. Die Boten, allen voran Yurna, waren ständig in ihrem Auftrag unterwegs und brachten Briefe in jeden Winkel des Fürstentums. Einen Adligen nach dem anderen band sie so an das Fürstenhaus und säte auch bei Nichtadligen die Hoffnung auf eine bessere Zukunft. Rasch sprach sich herum, dass ein Brief an sie selten unbeantwortet blieb, und so widmete sie sich immer häufiger den Bittschreiben, mit denen Familien sich an sie wandten. Sie vermittelte Anstellungen, gewährte nach Rücksprache mit Borugar Darlehen und ließ Missstände, die man ihr mitteilte, gewissenhaft prüfen.

Aus ihrer Freigiebigkeit erwuchs Dankbarkeit, und mittels dieser band sie die Menschen an sich. Jene aber, die mehr und mehr wollten und einen wiederholten Gefallen bald als Selbstverständlichkeit betrachteten, hielt sie auf Distanz.

Endlich trug ihr Rat Früchte, und ihr Vater vertraute ihr. So war sie es, die ihn auf den Gedanken brachte, die Albensterne zu befestigen. »Im Westen, damit sich unsere Kriegsscharen dort sammeln können und versorgt sind«, sagte sie. »Im Osten, um sie vor dem Zugriff der Feinde zu schützen, falls diese je wieder über den Ruljas kommen.«

Dieser Vorschlag begeisterte Borugar, mit anderen hingegen war er weniger einverstanden. Daoramu träumte davon, die Fischerdörfer am Festland vor Jasbor zu einer Stadt zusammenzufügen. »Yannalur«, sagte sie und zeigte eine Skizze. »Die Fischer bleiben. Dahinter aber stehen die Handelshäuser und jenseits davon die Höfe.«

»Wir würden uns übernehmen«, war Borugars Antwort.

Sie nickte, verschob ihren Traum von der Handelsstadt am Festland auf einen späteren Zeitpunkt und widmete sich gleich dem nächsten: der Eröffnung eines fürstlichen Handelshauses. Auch hier bekam sie Gegenwind. Die Berater hielten es für unklug, die Adligen verwiesen auf die leeren Schatzkammern, und die Händler warnten vor möglichen Verlusten. Doch als sie ihrem Vater unter vier Augen von dem Vermögen erzählte, das sie in Alvarudor mit nur einem einzigen Handelszug gemacht hatte, wurde er neugierig. »Die Albenpfade sind der Schlüssel«, sagte sie.

Ein halbes Jahr später waren die Schatzkammern voll, und das fürstliche Handelshaus kaufte den Hof auf dem Markt, in dessen Ecke sich das alte Haus ihrer Familie befand. Nuramon hatte anfangs ein schlechtes Gewissen, weil ihnen Handelswege zur Verfügung standen, die anderen nicht gegeben waren. Doch die Händler von Jasbor waren begierig auf die Stoffe und Edelsteine aus dem Süden.

Nuramon in Friedenszeiten zu erleben war etwas, das Daoramu genoss. In Alvarudor hatte er sich bereits einen Namen als Geschichtenerzähler gemacht; hier am Hof sang er oft Elfenlieder, und seine Gemälde wurden zum Anschauungsobjekt für Maler. Auf die Frage, wo er die Künste gelernt hatte, sprach er vor dem ganzen Hof von der Wiedergeburt und dem Zeitgefühl von Elfen. Er wurde beliebt in Jasbor, und als Daoramu bemerkte, wie andere Frauen ihn ansahen, kehrte die alte Angst vor dem Altern zurück. Nuramon aber hatte nur Augen für sie, und die gemeinsamen Stunden mit ihm und der Familie verdrängten die Angst immer wieder.

Als Nerimee krabbeln konnte, griffen die Stadtgardisten die ersten Spione aus Varmul auf, und als die Kleine ihre ersten Worte sprach, erreichten sie die ersten Schmähbriefe. Daoramu schien es, als nähme der Wind, der ihnen ins Gesicht blies, mit jedem Monat zu. Erst war es nur eine leichte Brise, doch als sie kurz nach Nerimees zweitem Geburtstag auf dem Westteil der Insel spazieren gingen, zischte ein Pfeil an Daoramu vorbei und verfehlte Nerimees Kopf nur um Haaresbreite. Der Schütze entkam, und in ihr Glück mischte sich langsam, aber stetig die Furcht um ihre Familie. Auch ihr Vater war, so schien es ihr manchmal, auf den Schlachtfeldern sicherer gewesen als auf den Straßen von Jasbor. Immer häufiger kam es zu Mordversuchen, doch die Wachen – allen voran Nylma und Yargir – wussten ihren Fürsten stets zu schützen.

Seit Nylma nicht mehr stillte, war sie oft an Borugars Seite oder begleitete Daoramu, wenn sie auf Reisen ging und Nerimee bei Nuramon oder ihrer Mutter am Hof blieb. Mehrmals kam Nylma dabei selbst dem Gifttod nahe, weil sie mit ihrem Körper einen Dolchstoß oder Pfeil abfing, der für Borugar bestimmt gewesen war. Nuramon holte sie jedes Mal von der Schwelle des Todes ins Leben zurück. Mit der Zeit machten Yargir die vielen Angriffe müde, Nylma jedoch wurde umso aufmerksamer und entwickelte ein Gespür für Gefahren. Es war beinahe so, als könnte sie das Gift riechen. Doch schließlich mussten sie sich alle eingestehen, dass sie sich in Jasbor und im ganzen Fürstentum nur noch vorsichtig bewegen konnten.

Wenn Daoramu beobachtete, wie Nerimee mit Waragir herumtobte, fragte sie sich oft, wie ihre Tochter so schnell hatte wachsen können. Hatte sie nicht erst vor wenigen Monaten laufen gelernt? Bald schon wünschte sie sich ein zweites Kind, und Nuramon war einverstanden. Doch trotz all ihrer Liebesnächte erfüllte sich ihr Wunsch nicht. Ceren sagte ihr, dass sie bereits mit Nerimee großes Glück gehabt hatten, und riet ihr, an welchem Tag zu welcher Stunde es günstig wäre, ein Kind zu empfangen – und dann geschah es.

Vier Jahre nach Nerimee kam ihr erster Sohn zur Welt. Diesmal ließ Daoramu zu, dass Nuramon ihre Schmerzen mit seinem Zauber schmälerte, und als sie den Jungen im Arm hielt und ihre Eltern nach seinem Namen fragten, antwortete Nuramon: »Gaerigar.« Dass ihr erster Sohn den Namen von Daoramus Urgroßvater väterlicherseits trug, rührte Borugar zu Tränen.

Gaerigar war laut, wach und begierig. Und er ähnelte mit seinem runden Kopf und seinem Tatendrang Daoramus Vater. Nur das blonde Haar, das alle faszinierte, lenkte von diesem Eindruck ab.

Für Nerimee war die Geburt des Bruders ein Geschenk. Sie hatte so lange auf ihn warten müssen, dass sie ihn nicht als Konkurrenten sah. »Unser Kind«, sagte sie oft, und als Gaerigar endlich zu laufen und zu sprechen begann, tobte er gemeinsam mit Nerimee und Waragir scheinbar unermüdlich durch den Palast. Sie belebten die Gänge und Hallen und brachten Daoramu zum Schmunzeln. Denn ein Haus, das so sehr von Kinderlachen erfüllt war, das hatte sie sich früher oft gewünscht. Dann hatte sie den Wunsch vergessen, nur um sich nun wieder daran zu erinnern und ihn erfüllt zu sehen.

Daoramu lernte in diesen Jahren auch Nuramon mit anderen Augen zu sehen. Die erste Zeit mit Nerimee war ruhig und besinnlich gewesen; jetzt aber, da es im Palast laut wurde, merkte sie, wie sehr seine Geduld auf die Kinder wirkte. Er hielt ihren Tatendrang aus und wusste sie zu überreden. Wenn er merkte, dass sie sich nicht waschen wollten, bat er sie nicht darum, sondern fragte, wo sie sich waschen wollten, in den Badegewölben oder in den Gemächern. Und Daoramu staunte ein ums andere Mal, dass es ihm gelang, sie vergessen zu lassen, dass sie weder das eine noch das andere wollten.

Nach vier weiteren Jahren kam ihr drittes Kind: Yendred. Die Geburt des Jungen verlief schwierig, und später erzählte Ceren ihr, dass sie ohne Nuramons Heilkräfte bei der Geburt gestorben wäre. »Dein Körper hat eine Wunde hingenommen, die Nuramon nicht heilen konnte. Du wirst nie wieder ein Kind haben«, sagte sie.

»Ist es so wie bei Nylma?«, fragte Daoramu, und Ceren nickte. Waragir war Nylmas und Yargirs einziges Kind geblieben. Die beiden Schwertfürsten nahmen es leicht und schenkten Waragir ihre ganze Liebe. Und mit Yendred im Arm und von Nerimee und Gaerigar umgeben, empfand Daoramu die Kunde ebenfalls nicht als Verlust.

Yendred hatte etwas Beruhigendes an sich. Oft starrte er Daoramu in aller Ruhe an, während seine Geschwister irgendwo auf den Gängen spielten. Sie kostete die Monate aus, in denen er vom Säugling zum Kleinkind heranwuchs. Mit seinem braunen Haar und den hellbraunen Augen ähnelte er Nuramon sehr. Manchmal schien es Daoramu in diesen Jahren, als wäre das Lächeln zu einem natürlichen Teil ihres Gesichtes geworden; so glücklich war sie.

Dann jedoch – im Jahre 2267, elf Jahre nach ihrer Ankunft in Jasbor – erreichte sie die Kunde, dass die Varmulier ihre Streitmacht am Ostufer des Ruljas sammelten; und Daoramus Angst, Nuramon zu verlieren, kehrte zurück. Zugleich erzählte man sich von Geistererscheinungen in den Lysdorynen. Solche Berichte waren für sich genommen nicht ungewöhnlich, wenngleich sie sich in der Vergangenheit nie als wahr herausgestellt hatten. Die Häufung der Erzählungen jedoch bereitete Daoramu Sorgen. Ihr Vater vertraute darauf, dass Jasgur die Varmulier nicht über den Ruljas kommen ließ und bat Nuramon, den Berichten über magische Erscheinungen auf den Grund zu gehen. Und damit begann das Übel.

Die Geistererscheinungen boten Nuramon die Gelegenheit, wieder einmal mit den Ilvaru auszuziehen. Seine Kriegsschar wohnte in der Südgarnison des Palastanwesens. Mittlerweile bestanden die Ilvaru aus zweiunddreißig kampfbereiten Männern und Frauen. Hinzu kamen vierzig Bedienstete, Lehrmeister und Schüler, die aber stets in der Garnison zurückblieben.

Während seine Krieger sich auf den Aufbruch vorbereiteten, ging Nuramon noch einmal in Cerens Gemach. Dort legte er den weißen Stein ins Feuer, und als die Geistergestalt vor ihm stand, fragte er: »Könnten die Erscheinungen auf solche Magie zurückgehen, wie sie an meiner alten Quelle in Teredyr entspringt?« Er hatte sich bei den Besuchen in Teredyr längst davon überzeugt, dass Ceren damals recht gehabt hatte: Von der Quelle, an der er gelebt hatte, ging ein Hauch von Magie aus.

Ceren nickte. »Wenn genug Kraft aus einer Quelle strömt, könnte es zu Erscheinungen und ähnlichen Dingen kommen.«

Und so zog Nuramon am Nachmittag mit den Ilvaru in die Lysdorynen. Die dringendste Bitte um Hilfe stammte aus der Gefängnisfestung Byrulsal. In deren Nähe trieben sich in den Wäldern angeblich geisterhafte Bestien herum. Die Gefängnisgarde berichtete von einem Leuchten in der Ferne und fürchtete, dass sich den Gefangenen eine Fluchtmöglichkeit böte, falls die Bestien die Festung anfielen.

Noch ehe es dunkel wurde, traten Nuramon und die Ilvaru unterhalb der Gefängnisfestung aus einem Tor am Albenstern und stiegen dann den Hang hinauf. Die Krieger, die sie in Byrulsal empfingen, wirkten in ihren schwarzen Rüstungen, polierten Brustpanzern und Metallhelmen bedrohlich, doch als sie sich Nuramon und seinen Kriegern nur zaghaft näherten und immer wieder unsichere Blicke tauschten, ahnte Nuramon, dass auch die Ilvaru mit ihren waldfarbenen Rüstungen, den roten Herbstmänteln, den langen Schilden und den verschiedensten Waffen einen imposanten Anblick boten.

Die Byrulsaler Krieger waren erleichtert über ihre Ankunft und führten sie nach Süden in einen Wald. Als sie die ersten Bäume passiert hatten, drang Nuramon bereits ein magischer Hauch entgegen. Keine zwanzig Schritt weiter sprudelte eine Quelle. Dort entsprang die Magie und ergoss sich mit dem Wasser in einen Bach. Die Bäume nahe der Quelle waren von Pilzen überwuchert, und faltige Schlangen wanden sich über den Boden. Staunend erkannte Nuramon, dass es Regenwürmer waren, die ebenso wie die Farne und Dornensträucher über die Maßen gewachsen waren.

Es raschelte zwischen den Bäumen. Nuramon wandte sich zur Seite und erspähte ein gewaltiges Wildschwein, das ihm sofort entgegenstürmte. Das Tier war groß wie ein Ochse, stapfte rasch heran und schnappte immer wieder zu, als versuchte es nach etwas Unsichtbarem zu beißen. Schaum sprühte von der Schnauze ab und klebte an den Hauern.

Nuramon wandte sich um, lief direkt auf einen Baum zu, sprang an dem Stamm hinauf, packte einen Ast und zog sich empor. Unter ihm geriet der wilde Eber ins Rutschen und knallte gegen den Baumstamm. Schon waren die Ilvaru zur Stelle: Die Speerträger traten vor und stachen die Bestie nieder.

»Es ist das Wasser«, erklärte Nuramon, als er an ihrer Seite das tote Tier betrachtete. Er fragte sich, was wohl mit den Menschen geschehen sein mochte, die vielleicht schon längere Zeit von dem magischen Wasser getrunken hatten, denn der Bach speiste im Tal einen Fluss. Doch als er wenig später im Tal die Finger in das Wasser steckte, war keine Magie zu spüren. Das magische Quellwasser hatte sich so sehr verdünnt, dass es keine Gefahr mehr barg.

Auf dem Heimweg fragte sich Nuramon, wie er die Magie der Quelle von Byrulsal zügeln sollte. Er musste an den weißen Stein Cerens denken und überlegte, ob er die Magie der Quelle in Steinen sammeln sollte – ebenso wie es Noroelle, Thorwis, Emerelle und andere in Albenmark getan hatten. Wenn die Kraft statt in das Wasser in Steine drang, mochten die Auswirkungen auf die Umgebung der Quelle gedämpft werden.

Kaum war Nuramon wieder in Jasbor, erstattete er Ceren Bericht. Als diese von seinem Vorschlag hörte, die Magie in Steinen aufzufangen, nickte sie: »Wir sollten es unbedingt tun. Damit könnten wir die Magie versiegeln. Wenn die Steine, die wir in die Quelle legen, mehr Kraft aufnehmen, als die Quelle abgibt, sollte es gelingen.«

»Aber warum steigt die Magie überhaupt?«, fragte Nuramon.

»Ich weiß es nicht«, sagte Ceren leise.

Nuramon schüttelte den Kopf. »Stell dir vor, Menschen hätten direkt an jener Quelle gelebt.« Der Gedanke machte Nuramon Angst, und er musste an all die Erzählungen von Geistererscheinungen denken, die Daoramu gesammelt hatte. »Was, wenn hinter den vielen Erzählungen lauter magische Quellen stecken?«

Ceren lächelte. »Keine Sorge. Mit deinem Einfall und unserer vereinten Magie sollte es uns gelingen, die Quellen zu zügeln.«

Nuramon glaubte ihr, und so arbeiteten sie in den folgenden Wochen an einem schlichten Zauber, der magische Kraft sammelte und an einen Gegenstand band. Sie erprobten die Macht an einem faustgroßen Stein und prüften ihn, indem sie ihm ein wenig Magie zuspielten. Kurz darauf legte Nuramon den Stein in die Quelle bei Byrulsal, und tatsächlich war der Bach fortan frei von Magie. Alles blieb in dem magischen Stein hängen. Wie viel Magie er aufnehmen könnte, ehe er übersprudelte, wusste Nuramon nicht, doch Ceren erklärte ihm, sie werde Steine erproben und herausfinden, welche geeignet waren und welche nicht.

Während Daoramu für Ceren Steine beschaffen ließ, zog Nuramon aus, um den anderen Berichten und Hilfegesuchen nachzugehen. Und tatsächlich stellten sich die meisten von ihnen als wahr heraus. Er fand magische Quellen, die ebenso wie jene in Byrulsal an Wasserquellen entsprangen, aber auch solche, die in der Luft, in der Erde oder im Gestein lagen. Die meisten Quellen hatten keinerlei Auswirkungen auf ihre Umwelt, an manchen jedoch bemerkte Nuramon Wärme- oder Kältezauber und einmal sogar einen Lichtzauber. Einige dieser Quellen lagen in der Nähe von Dörfern. So befürchtete er, dass mit wachsender Macht aus Kälte Eis und aus Wärme Feuer werden könnte oder die Quellen sich verändern könnten und eines Tages etwas ausströmen mochte, das den Menschen schadete oder sie veränderte.

Ceren bestätigte Nuramons Befürchtung. »Ein Pesthauch, und ganze Landstriche könnten vergehen. Früher gab es in Albenmark Quellenwächter, die jede magische Quelle prägten. Vielleicht müssen wir hier in Dayra zu solchen Wächtern werden.«

Nuramon bezweifelte, dass Ceren und seine eigene Macht allein dazu ausreichten. Als er am Abend mit Daoramu darüber sprach, sagte sie ihm, er könne nicht die Last der ganzen Welt auf sich nehmen. »Wir sind Yannadyr verpflichtet. Wenn du also einen Weg kennst, die magischen Quellen zu versiegeln, lass uns jene versiegeln, die Schaden anrichten. Und wer weiß, Nuramon: Am Ende könnte die Fähigkeit, magische Quellen zu versiegeln, vielleicht sogar den Frieden begründen.«

»Vielleicht«, sagte er nickend. »Möglicherweise erwartet uns ein magisches Zeitalter, in dem wir große Zauber wirken können. Ceren, ich und die Kinder.« Er dachte an Daoramus Angst vor dem Altern. »Vielleicht können wir Dinge bewirken, an denen wir bislang scheiterten.«

»Ich weiß, woran du denkst«, sagte sie und küsste ihn. »Aber das ist nur ein aus Angst geborener Traum.«

Aber es war kein Traum, denn schon am nächsten Tag erklärte Ceren, welche der Steine, die Daoramu hatte bringen lassen, besonders viel Magie aufnehmen konnten. »Wir stoßen in Bereiche vor, die vieles möglich machen«, flüsterte sie.

»Auch den Zauber, der das Altern hinauszögert?«, fragte er.

Ceren lächelte. »Mir schwebt etwas vor. Aber ich brauche Zeit.«

»Menschenzeit oder Elfenzeit?«, fragte er.

»Auf der Schwelle zwischen dem einen und dem anderen«, sagte sie und verschwand schmunzelnd.

Als Nuramon kurz darauf aus Cerens Zimmer trat, weckte ein blaues Leuchten seine Aufmerksamkeit, das aus dem Spalt der angelehnten Tür zur Studierstube drang. Er spähte ins Zimmer und erblickte Nerimee, die einen Ziegel in Händen hielt und diesem ein Licht entlockte. Seine zehnjährige Tochter beherrschte den Artefaktzauber.

Von klein auf wusste Nerimee, dass sie nicht war wie andere. Sie dachte zuerst, weil immer so viel Sorge um sie und die Familie herrschte, dass sie viele Feinde hätten und deswegen im Palast leben müssten. Mit sechs aber, nachdem sie mit den Kindern der Grafen und Herzöge gespielt und mit ihnen gesprochen hatte, war ihr klar, was es bedeutete, die Enkelin des Fürsten zu sein, in einem Palast zu wohnen und die Tochter eines Elfen zu sein.

Die Bewunderung stieg ihr gelegentlich zu Kopf, und es brauchte ihre Mutter oder ihre Großmutter, um sie zu zügeln. Und ihr Vater brauchte nur in der Nähe zu sein, und sie schämte sich für jede Überheblichkeit und Leichtfertigkeit. Sie wollte ihn nicht enttäuschen. Immerhin sprach er viel von Verantwortung und Demut, wenn er sie in der Zauberei unterwies.

Ceren und Nuramon lobten immer wieder ihre magischen Fähigkeiten, und ihr Vater erzählte ihr, dass jeder von ihnen einen anderen Blick auf die Welt habe. Mit ihrer Magie zu sehen und zu spüren, misslang ihr anfangs. Doch dann sagte Ceren ihr, sie müsse anders als ihr Vater ihre Kraft nach dem ausstrecken, was sie erfahren wollte. Ganz so, als taste sie nach etwas. Und von da an stand ihren Sinnen eine Tür offen. Sie sah die Magie Cerens und die ihres Vaters; auch die ihrer Brüder gewahrte sie. Sogar das Glitzern von Nylmas Almandin vermochte sie zu sehen, wenn sie ihre Macht aussandte.

Im Palast fühlte sich Nerimee oft wie eine Gefangene. Deshalb reiste sie gern – nicht so sehr zu Besuchen bei Grafen und Herzögen, sondern in die Ferne. Im Winter führte ihr Vater sie gerne über die Albenpfade nach Süden an den Rand der Wüste, wo ihre Mutter und ihr Großvater Handel trieben; im Frühling verbrachten sie manchmal einige Tage in Teredyr. Sie reisten über den nördlichen Albenstern in die winzige Siedlung Alvamur, über den Pass hinab ins Minendorf von Teredyr und schließlich hinunter in die Stadt. Auch die Quelle, an der ihr Vater einst gelebt hatte und an der sie einen Hauch von Magie spürte, besuchten sie.

Alvarudor gefiel Nerimee besonders gut. Die Stadt, die sich aus dem Tal mit dem Albenstern den Berg hinaufzog, sich auf dem Markplatz öffnete und sich von dort aus in die Klamm hinabsenkte, erinnerte sie an die Geschichten, die ihre Mutter ihr während der Schwangerschaft mit Gaerigar erzählt hatte – Geschichten aus jener Zeit, als Nerimee in Daoramus und Waragir in Nylmas Bauch herangewachsen war.

Je weiter die Reise war, umso glücklicher war die Heimkehr. Neben ihrer Familie vermisste Nerimee in der Fremde auch ihre Freunde, und unter diesen war Waragir ihr der liebste. Er war ihr lieber als jedes Mädchen, entlockte ihr aber nicht dieselben Gefühle wie die Jungen, die sie bei ihren Freundinnen traf. Er war immer da, und dass er sie mochte und sie sich auf ihn verlassen konnte, wusste sie. Er war wie ein weiterer Bruder.

Mit dem Älterwerden begannen ihre Eltern, sie immer wieder zu fragen, was sie für Waragir empfand. Nerimee verstand nicht, was sie mit ihren Fragen bezweckten, doch Ceren war offen zu ihr und nie um eine Antwort verlegen. Es war die Geisterfrau, die ihr von der Liebe und von ihrem Körper und seinen Veränderungen erzählte – und das zu einer Zeit, da ihre Mutter meinte, es könne noch warten, und ihr Vater ihr sagte, er habe ihrer Mutter versprochen, sie zu vertrösten.

Dann kam der Tag, da sie Waragir mit anderen Augen sah. Er hatte das schelmische Lächeln seines Vaters und dabei das lange Gesicht und die grünen Augen seiner Mutter; Augen, die ihr vorher nicht weiter aufgefallen waren, die sie nun aber immer öfter in ihren Bann zogen. Sie hatte sich in ihn verliebt.

Ceren lächelte, als Nerimee ihr davon erzählte: »Das Gefühl, das du jetzt hast, darfst du nicht vergessen. Denn bald schon wirst du in ihm einen Jungen sehen, während du dich schon für eine Frau hältst.«

Nerimee glaubte ihr nicht.

Gaerigar hatte die Krieger stets bewundert – erst Yargir, Nylma und die Palastgarde, dann seinen Vater und die Ilvaru. Zu Beginn hatte er Nuramon nicht als Krieger wahrgenommen, denn seine Mutter hatte ihm die Geschichten von den Heldentaten seines Vaters stets vorenthalten. Als aber Nylma und Yargir ihm erklärten, dass sein Vater ein großer Krieger war und er ihn dann zum ersten Mal mit den Ilvaru sah, da wusste Gaerigar, dass er ebenfalls Krieger werden wollte.

Seine Eltern wollten nichts davon wissen, doch in seinem Großvater fand er schnell einen Verbündeten. Mit leuchtenden Augen erzählte Borugar ihm, wie er mit Helerur das Kämpfen gelernt hatte, und schließlich sprach er auch mit seinen Eltern, die sich nach langem Zögern bereit erklärten, die Fähigkeiten ihres Sohnes auf die Probe zu stellen. Eines Tages war dann es so weit: Borugar offenbarte ihm, dass die Familie beschlossen hatte, ihn zum Thronerben zu machen. Er würde der Fürst von Yannadyr werden. Gaerigar strahlte vor Glück. Jetzt würde er das Kämpfen erlernen, um so eines Tages mit den Fähigkeiten seines Vaters und dem Herzen seines Großvaters ein würdiger Nachfolger auf dem Fürstenthron zu sein.

Leider hatte er die Rechnung ohne seine Mutter gemacht, denn diese schickte ihn statt in die Schwerthalle in die Studierstube. Dort brachten Gelehrte ihm das Lesen und Schreiben nahe, und Gaerigar hasste jeden Augenblick davon. Es kam zum Streit, und seine Mutter redete ihn in Grund und Boden, während sein Vater ihn mit seiner ungeheuren Geduld beinahe wahnsinnig machte. Gaerigar sagte Dinge, die nicht ohne Weiteres zurückzunehmen waren, und fand, wie so oft, Trost bei Nerimee. Sie nahm ihn in die Arme, wie sie es immer getan hatte. Er fühlte sich geborgen, und diesmal sprach er aus, was er oft gedacht hatte: »Ich wünschte, du wärest meine Mutter.«

Nerimee stieß ihn von sich und schrie ihn an. Er schämte sich für seinen Wunsch und flehte seine Schwester an, ihn nicht fortzuschicken. Sie beruhigte sich und schloss ihn wieder in die Arme. Am gleichen Abend noch entschuldigte er sich bei seinen Eltern.

Als er Ceren von seinem Kummer erzählte, lächelte die Geisterfrau. »Sieh das, was deine Eltern verlangen, als Qual, die du aushalten musst, um dein Ziel zu erreichen. Es ist das Leid, der Schmerz, die Erschöpfung und alles andere, was ein Krieger überstehen muss, um eine Schlacht zu gewinnen.«

Einige Tage später erklärten ihm die Gelehrten, was eine Metapher ist.

Nuramon war stolz auf seine Krieger, die er unter dem Banner der Ceren, dem silbernen Baum auf grünem Grund, zusammengeführt hatte. Dass er zahlreiche Frauen in seine Reihen holte, sorgte für Aufsehen, denn obwohl es den Frauen in Yannadyr anders als in Varmul nicht verboten war, ohne die Erlaubnis des Herrschers Waffen zu tragen, war es zumindest ungewöhnlich.

Die Varmulier reagierten auf die Frauen in Nuramons Reihen zunächst mit Überheblichkeit, was viele von ihnen das Leben kostete. Inzwischen waren die Ilvaru bei den Feinden gefürchtet und in den eigenen Reihen beliebt. Und doch gab es abseits seiner Kriegsschar kaum Kriegerinnen in den yannadrischen Streitmächten. Nuramon hoffte, dass sich das änderte, sobald seine Kriegerinnen irgendwann in den Dienst anderer Herren traten.

Trotz der Erfolge, die Nuramon mit den Ilvaru erzielte, gelang es den Varmuliern schließlich, über den Ruljas zu kommen. Sie kamen mit so vielen Männern, dass das Fürstenheer es nicht verhindern konnte. Urijas war wieder in Gefahr, und sie mussten viel aufbieten, um den Feinden standzuhalten. Jasgur wagte sich noch einmal vor. Er hatte inzwischen Frau und Kinder, und seine Schlachtpläne hatten sie sicher durch die Jahre gebracht. Nun wollte er wieder in den

Kampf ziehen, und auch Borugar ließ sich von der Kampfeslust anstecken. War es ihnen seit ihrer Ankunft in Jasbor gelungen, den Fürsten vom Schlachtfeld fernzuhalten, kam nun der Tag, da er seinem Drang nicht widerstehen konnte.

Sie bemühten sich, Borugar abzuschirmen. Nuramon und die Ilvaru kämpften vorn, Nylma und Yargir, die endlich wieder Seite an Seite fochten, schützten Borugar mit ihren Gardisten. Da sie über die Jahre immer wieder in Bedrängnis geraten waren, erhöhte Borugar seine Fürstengarde auf Nuramons Rat hin von zwei Kriegsscharen auf zwei Banner. Dadurch stiegen Nylma und Yargir von Schwertfürsten zu Feldherren auf. Die Fürstengarde war bald nicht nur die Palastwache und die Leibgarde, sondern zugleich eine gewaltige Streitmacht, die auf den Schlachtfeldern gefürchtet war.

Sie alle behaupteten sich gut und rückten auf Befehl des Fürsten weiter vor. Sie stellten die Feinde in der Stadt Firabyr und brachten ihnen das Chaos. Und trotzdem geschah es: Borugar ging von einem Kriegshammer getroffen zu Boden, ein Schwert erwischte Nylma im Bauch, und Yargir traf ein Bolzen im Rücken.

Nuramon kämpfte sich zu seinem Schwiegervater und seinen Freunden durch, und wäre ihm nicht ein bescheidener Rest seiner Magie geblieben, wären sie alle drei an diesem Tag gestorben. So aber holte er sie von der Schwelle zum Tod. Erst Tage später in Urijas konnte Nuramon auf einen der Zaubersteine zurückgreifen, die sich von den magischen Quellen genährt hatten. Nun reichte die Kraft, die Wunden seines Schwiegervaters und die seiner Freunde zu heilen.

Am Tag der Abreise aus Urijas traf Nuramon Yargir vor den Latrinen und fragte ihn, ob er noch Schmerzen habe. Der Schwertfürst schüttelte den Kopf. »Schmerzen nicht, nein«, sagte er. »Aber ich habe die Nase voll. Ich messe mich gern mit einem Gegenüber, aber ich hasse es, von einem Schützen erwischt zu werden, der einfach in die Menge hält.«

Nach dem Mittagessen bat Nylma Nuramon, auf ein Wort am Tisch zu bleiben. Und sie offenbarte ihm, dass sie kriegsmüde sei und sich danach sehnte, wieder Leibwächterin im Palast zu sein. »Ob Yargir das versteht?«, fragte sie.

»Er versteht es nicht nur; er sieht es wie du«, sagte er. Und während sie lächelnd davoneilte, schaute Nuramon ihr nach und fragte sich, wo die Jahre geblieben waren. Nylma und Yargir waren nun Mitte vierzig, ihr Sohn beinahe erwachsen, und Borugar hatte gerade die sechzig überschritten und klagte nach jedem Kampf über seine Gebrechen. Vielleicht war es das Alter, das die Krieger um Nuramon herum ermüden ließ. Für ihn jedenfalls unterschied sich die zurückliegende Schlacht kaum von all den anderen, die er für Yannadyr geschlagen hatte.

Der Grund für das Abkühlen der Kampfeslust bei seinen Vertrauten war aber nicht nur das Altern allein. Das offenbarte sich bei ihrer Heimkehr, als Jaswyra Borugar in den Arm nahm, Nylma Waragir an sich drückte und Yargir seinem Sohn die Hand auf die Schulter legte, ehe er ihn selbst umarmte. Die Schlacht war ein Ort des Chaos. Hier im Palast aber und selbst auf den Reisen mit dem Fürsten hatten sie die Zügel in der Hand. Selbst den hinterhältigsten Meuchelmörder hatten sie in den letzten Jahren aufgespürt.

Nuramon aber fragte sich, warum es ihn noch immer auf die Schlachtfelder zog. Es war der Fürst selbst, der ihm die Antwort auf diese Frage gab – wieder und wieder. »Ich brauche dein Schwert und deine Magie«, sagte er.

Yendred hatte sich schon immer als Cerens Schützling gefühlt. Sie behütete ihn, unterwies ihn früher, als seine Eltern es wünschten, und beantwortete seine Fragen noch geduldiger, als selbst sein Vater es vermochte. Sie war ihm wie eine Großmutter, wie die Mutter seines Vaters.

Seine Geschwister waren Yendred ein Vorbild, und Ceren festigte diese Sicht. Sie flüsterte zu ihm, dass er sie an seinen Vater erinnere. Nerimee sei wie der Magier in Nuramon, Gaerigar wie der Krieger. Er aber sei beides und damit der Erbe seines Vaters. Das machte Yendred Mut, aber auch Angst. Es waren große Fußstapfen, und Magie und Kampf gleichermaßen zu meistern war nicht leicht. Ceren aber lächelte und flüsterte ihm zu: »Erst die Magie, dann der Kampf.«

Nuramon musste gestehen, dass Ceren recht hatte. Es war mehr Magie in der Welt vorhanden, als er geglaubt hatte. Inzwischen gab es viele magische Quellen, und sie wandelten das Gesicht des Krieges. Es gab Täler mit von Magie heraufbeschworenen Stürmen und Bränden, die nie erloschen, Quellen mit heilendem Wasser und solche mit Gift. Es gab Orte, an denen die Magie die Menschen wahnsinnig gemacht, körperlich gewandelt oder gar entstellt hatte. Und immer wieder bedurfte es großer Mühen, um die Magie zu zügeln und den Menschen das Leben zu retten.

An einigen Albensternen war die Macht inzwischen so stark, dass sie Nuramon wie die Hitze eines Feuers in den Sinnen brannte. Um sich diesen Quellen zu nähern, brauchte er selbst einen Schild aus Magie. Nuramon fragte sich, wie viele Quellen noch entstehen würden, und wie stark die Magie noch in die Welt herausdrängen würde.

Ceren glaubte inzwischen, dass mit der Trennung der Welten durch Emerelle und ihre Vertrauten etwas in Gang gesetzt worden war, und dass diese Welt bald schon Albenmark ähneln könnte. Aber das war nur eine Vermutung, wie Ceren betonte. Vor Borugar, der immer wieder nach den magischen Quellen fragte, gestand Nuramon, dass er die Antwort auf die Frage nach dem Grund der ansteigenden Magie nicht kannte. So nutzte er jeden Waffenstillstand, um die Quellsteine auszutauschen und neue Steine zu sammeln, die für die Magie empfänglich waren. Wer wusste schon, wie viele dieser Kleinodien, die mit Magie vollgesogen waren, er in den nächsten Jahren benötigen würde?

Vielleicht, so dachte er, stand ihnen wirklich ein magisches Zeitalter bevor. Und vielleicht war es seine Bestimmung und die seiner Kinder, dieses Zeitalter mit Leben zu füllen. Nerimee würde zu einer großen Zauberin werden, und auch Gaerigar würde – obwohl er eher nach dem Schwert griff – die Magie für sich entdecken. Und wozu Yendred einst fähig sein würde, das würde die Zeit offenbaren. Vielleicht war dies ihr Zeitalter. Vielleicht waren sie die Quellwächter von Dayra.

Der Kampf gegen die Varmulier gewann an Schärfe, als im Spätherbst des Jahres 2273 ein varmulischer Schwertfürst namens Ralorno im Schlangenforst nördlich von Urijas auf eine magische Heilquelle stieß, die Nuramon bislang unbekannt gewesen war. Die Heilkraft der Quelle im Schlangenforst war ungleich stärker als die der Quelle bei Byrnjas, die Nuramon zuvor entdeckt hatte. Und so hatten die Varmulier mit einem Mal einen gewaltigen Vorteil gewonnen.

Nuramon zog mit seinen Kriegern aus und stellte sich Ralorno entgegen, doch mit der Macht der Heilquelle im Rücken vermochten die Varmulier ihnen standzuhalten und sie zurückzuschlagen. Nuramon verlor die Hälfte seiner Krieger und musste sich zurückziehen. Es war das erste Mal, dass er mit einer Niederlage nach Jasbor heimkehrte.

Daoramu tröstete ihn, Borugar machte ihm Mut, und nach den Begräbnissen der gefallenen Krieger rüstete sich Nuramon für einen neuen Kampf im Frühling. Die Zeit der jüngeren Krieger war nun gekommen. Sie waren bereit, Verantwortung zu übernehmen; allen voran Muregal, der über gewaltige Fähigkeiten mit dem Schwert und viel Übersicht auf dem Schlachtfeld verfügte. Aber auch Waragir war erwachsen geworden, und seine Eltern hatten ihn zu einem hervorragenden Krieger ausgebildet, dem Nuramon kaum noch etwas beizubringen wusste.

Nylma und Yargir hatten Nuramon auf den Gedanken gebracht, die Ilvaru zu Schwertpaaren zu formieren. Schwertbruder oder Schwertschwester sollten nicht nur das Kämpfen gemeinsam üben, sondern auch lernen, aufeinander aufzupassen und so zu kämpfen, wie Nylma und Yargir, die jede Bewegung des anderen kannten. Nuramon wählte sich Muregal zu seinem Schwertbruder, und als Borugar die Ilvaru von einer Kriegsschar zu einem Banner erhöht hatte und Nuramon dadurch zum Feldherrn aufgestiegen war, machte er Muregal sogar zu seinem Schwertfürsten.

Die Ilvaru hießen in diesem Winter neue Anwerber in ihrer Mitte willkommen und bereiteten sich auf den Frühling vor. Sie waren fest entschlossen, die Quelle bei Urijas zu befreien. Und mit ihr im Rücken würden sie die Feinde wieder über den Ruljas nach Varmul zurücktreiben.

Orakelblick

Jaswyra liebte es, wenn die Familie den Winter auf Jasbor verbrachte und nicht in den Süden reiste. Sie war gerne mit ihren Enkeln auf dem Westteil der Insel unterwegs und spielte mit ihnen im Schnee. Dabei war es unwichtig, dass Nerimee mit ihren siebzehn und Gaerigar mit seinen dreizehn Jahren keine kleinen Kinder mehr waren. Yendred, der nun neun Jahre alt war, weckte Nerimees Lust am Spielen durch einen einfachen Zauber, mit dem er den Schnee herumwirbeln ließ. Und sogar Gaerigar, der sonst nur den Schwertkampf im Kopf hatte, wagte sich an den einen oder anderen Zauber.

Jaswyra und Borugar schauten mit Daoramu zu, wie die Kinder mit Nuramon tobten. Ihr Schwiegersohn versank dank seines Zaubers nicht einmal im tiefsten Schnee, und wie früher bemühten sich die Kinder, ihren Vater aus dem Gleichgewicht zu bringen. Aber anders als damals setzten Nerimee und Yendred nun ihre Magie ein, während Gaerigar Nuramon mit gezielten Schneeballwürfen ablenkte. Mal blieb Nuramon standhaft, mal brachten seine Kinder ihn zu Fall.

Dass nicht auch sie über den Schnee gehen konnten, beklagten ihre Enkel wie gewohnt, aber sie genossen die Zeit mit ihrem Vater in vollen Zügen. Das war auch gut so, dachte Jaswyra wehmütig, denn der Krieg würde Nuramon bereits im Frühling wieder nach Osten führen.

Yurnas größter Wunsch war und blieb, eigenständig die Albenpfade bereisen zu können. Da der Wunsch sich aber nicht erfüllen ließ, reiste sie als Botin des Fürsten weiterhin über den Landweg zu jenen Orten, an denen die Menschen von magischen Erscheinungen berichteten. Sie prüfte das Gehörte, staunte, wann immer die Magie sich manifestierte, und zeichnete das Gebiet, in dem sich der Zauber offenbarte, auf ihrer Karte ein. Falls der Krieg anhielt, würde es für Nuramon schwer werden, sich all den magischen Quellen zu widmen. Als aber Daoramu erzählte, dass Nerimee ihrem Vater bald schon zur Hand gehen würde, wunderte sie sich nicht, denn die Tochter des Elfen hatte ihr kurz zuvor einen Lichtstein geschenkt. Zwar würde er anders als der Barinstein, den Nuramon auf Reisen bei sich trug, nach einer Weile seine Leucht-

kraft verlieren, doch einige Wochen nicht auf Feuer und Öl angewiesen zu sein, war ein großer Gewinn.

Loramu war eine junge Kriegerin in den Reihen der Ilvaru. Sie stammte aus Jasbor und war für ihren Wunsch, Kriegerin zu werden, oft verspottet worden. Nuramon aber hatte sie nicht nur in die Reihe seiner Krieger aufgenommen, sondern ihr im Frühling nach ihrer ersten Schlacht gesagt: »Du führst das schnellste Schwert, Loramu.« Sie war nicht stolz, nicht verängstigt, sondern nur entsetzt. Nicht wegen all des Blutes, der Verletzungen und all der Toten. Sie war entsetzt, weil sie die Ruhe bewahrt hatte.

Bei all den Ängsten, die sie vorher geplagt hatten, war die Ruhe, mit der sie hier nach der Schlacht unter den Kriegern stand, ihr unheimlich. Doch schon beim nächsten Gefecht verließ sie sich auf diese Ruhe und lernte, sie zu schätzen.

Die Quelle im Schlangenforst

Nuramon ließ den leblosen Körper des Schwertfürsten Ralorno von seiner Klinge gleiten, hob die Hand und sandte den verbliebenen Leibwachen des varmulischen Anführers einen Flammenstoß entgegen. Mit brennenden Mänteln liefen sie zwischen den Bäumen davon und schrien ihren Landsleuten die Kunde vom Tod des Schwertfürsten entgegen. Die kleine Quelle, die sie gehütet hatten und deren heilendes Wasser ihre Wunden geschlossen hatte, war mit Nuramons Ankunft ein Ort des Todes geworden.

Während Nuramons Krieger sich der Quelle näherten und ihre verletzten Glieder in den gestauten Bach hielten oder gleich ganz hineinsprangen, schaute Nuramon das Ufer entlang zu fünf Holzstämmen, die dort aus dem Wasser ragten. Seine Krieger hatten ihren Landsleuten die Fesseln gelöst und sie ans Ufer geholt. Die Varmulier hatten sie gequält, indem sie sie im heilenden Wasser angebunden und sie gefoltert hatten. Die Feinde hatten die Magie des Wassers verwendet, um wieder und wieder die gerade geschlagenen Wunden zu heilen. So hatten sie die Qualen ihrer Opfer in die Länge gezogen. Die Peitsche, die Speere und all die blutigen Klingen, die am Ufer lagen, bezeugten die Grausamkeit der Peiniger.

Nuramon schaute auf den feindlichen Anführer hinab. Ralorno hatte nördlich von Urijas Schrecken verbreitet. Tagsüber hatte er sich mit seinen Mannen über die Dörfer hergemacht, und am Abend war er im Wald verschwunden, um sich an der Heilquelle zu erholen und am nächsten Tag in nahezu alter Stärke von Neuem ans Werk zu gehen. Jetzt, im Tode, war jede Gehässigkeit aus Ralornos Miene verschwunden. Hätte Nuramon die geschundenen Dörfer, die Getöteten, Verletzten und Vergewaltigten nicht mit eigenen Augen gesehen, hätte er vielleicht Mitleid mit dem varmulischen Schwertfürsten verspürt. So blieb nur die Verachtung.

»Dann wird das hier bald ein Pilgerort werden«, sagte Muregal und trat näher. Sein Schwertfürst war in den letzten Wochen über sich hinausgewachsen.

Nuramon nickte. »All jene, die unter Ralorno litten, hätten einen solchen Ort verdient.« Er ging in die Hocke und wusch sich die Hände in der Quelle. Er war heute mit so viel Blut in Berührung gekommen, dass selbst seine abweisende Elfenhaut befleckt war. »Jetzt müssen wir die Varmulier über den Ruljas zurücktreiben«, sagte er.

»Mit dieser Quelle sollte uns das gelingen«, entgegnete Muregal, und Nuramon erkannte, dass die Magie der Quelle seinen jungen Schwertbruder nicht im Geringsten schreckte. Bald schon mochten Menschenkinder heranwachsen, für welche die Magie ebenso ein Element der Welt war wie Wasser, Erde, Wind und Feuer.

»Werden wir über die Quelle wachen?«, fragte Muregal, doch Nuramon schüttelte den Kopf und sagte: »Golro wird sie hüten.« Der Schlangenforst reichte immerhin bis nach Urijas und lag mitten im Herrschaftsgebiet des Herzogs.

»Aber Golro ist nicht mehr der Jüngste«, sagte Muregal.

Nuramon lachte. »Der Mann ist Anfang fünfzig. Auch wenn er

nicht mehr so flink mit dem Schwert ist, weiß er eine Kriegsschar zu führen.«

»Aber seine Taten liegen eine Weile zurück«, erklärte Muregal und rieb sich mit den Fingern über das kurz geschorene, schwarze Haar.

»Und doch glänzen die Augen seiner Krieger, wenn er von alten Zeiten spricht.«

»Ich gebe ja zu, dass er Respekt verdient. Aber anders als du müssen wir Menschen uns immer neuen Herausforderungen stellen, damit wir nicht rosten.«

Muregal zwinkerte ihm zu, und er lachte, als etwas von rechts heranzischte, in seinen Hals drang und auf der anderen Seite wieder heraustrat – ein Pfeil. Der Schwertfürst röchelte, dann spuckte er Blut und schüttelte den Kopf. Seine Augen waren weit aufgerissen, doch schon schlossen sich die Lider langsam, und er fiel bewusstlos zu Boden. Nuramon packte ihn und zerrte ihn hinter den nächsten Baumstamm. Dort riss er den Pfeil ganz aus dem Hals heraus, legte seine Hände auf die Wunde und ließ die Magie fließen.

Rings umher war der Jubel seiner Leute den Kriegsschreien der Feinde gewichen. Nuramon wagte sich mit dem Kopf aus der schmalen Deckung des Tannenstamms und schaute zu den Varmuliern. Eine Reihe Schützen stand dort; dahinter reckten die Krieger ihre Speere und Schwerter in die Höhe. Ein Schwarm Pfeile zischte ihm entgegen. Manche drangen in den Stamm; einige streiften die Rinde. Nuramon lehnte sich hinter den Stamm zurück und blickte den Bach entlang. Seine Leute waren aus dem Wasser gekommen und hatten ihrerseits Deckung hinter Bäumen gesucht.

Nuramon löste die linke Hand von Muregals Hals und gab den Kriegern, die an den Pfählen hinter einem Gebüsch hockten, mit einer kreisenden Bewegung zu verstehen, dass sie die Feinde in einem Bogen angreifen sollten. Zur anderen Seite gab er den Kriegern das Zeichen zu warten.

Muregal keuchte und riss die Augen wieder auf. Er spuckte Nuramon Blut ins Gesicht, dann schüttelte er den Kopf. Mehr bedurfte es nicht, damit Nuramon verstand. Sein Zauber heilte die Wunde nicht.

Er hatte Muregal, der dem Schmerz in der Besinnungslosigkeit bereits entgangen war, lediglich wieder aufgeweckt. Sein Zauber würde ihn nicht retten, und ebenso wenig der Zauber dieser Quelle. Es gab eine Schwelle, ab der eine Heilung nicht mehr möglich war.

Nuramon bettete seinen Schwertbruder auf den Boden, und als er die Hände von ihm löste, war der Jüngling bereits wieder bewusstlos. Nuramon wandte sich von dem schmerzhaften Anblick ab, zog sein Schwert, legte all seine Trauer in einen Kampfschrei und stürmte los. Seine Krieger zur Rechten schlossen sich ihm an, und die Kriegsschreie, die von links zu ihm herüberdrangen, zeigten ihm, dass es seinen Leuten gelungen war, den gewünschten Bogen zu schlagen und so die Aufmerksamkeit der Varmulier zu teilen.

Nuramon lief direkt auf die Feinde zu. Je weniger Bäume und Büsche ihm den Blick verstellten, umso größer wirkte die varmulische Streitmacht. Sie schien geradezu in die Breite zu wachsen. Als Nuramons Leute von links auf die Gegner stießen, kamen seine übrigen Krieger in seinen Rücken. Nur noch zehn Schritte, und er hob die linke Hand, spreizte die Finger und schoss Blitze voraus. Sie trafen einen der Feinde und sprangen von ihm auf dessen Gefährten über. Die Getroffenen brüllten und schüttelten sich vor Schmerzen, doch Nuramon beachtete sie nicht, sprang über sie hinweg und schwang sein Schwert bereits gegen die nachfolgenden Feinde.

Als Nuramons Leute zu ihm aufgeschlossen hatten und die feindlichen Reihen sich öffneten, traf Nuramons Blick auf zwei Krieger. Sie trugen zwar die gleichen Schuppenrüstungen und die gleichen hellen Mäntel wie ihre Gefährten, aber der linke Krieger führte ein elegantes Krummschwert und einen Rundschild, der rechte einen leichten Kriegshammer. Trotz ihrer Eisenhelme erkannte Nuramon sie. Es waren Dorgal und Varramil. Fast neunzehn Jahre war es her, seit sie einander zum letzten Mal begegnet waren. Nuramon hatte gehört, dass der varmulische König ihnen die Niederlage vor Teredyr erst nach Jahren der Demütigung und etlichen Bewährungsproben im Kampf gegen das südliche Fürstentum Yarsal verziehen hatte. Sie waren nun gewiss um die vierzig Jahre alt, doch die Zeit hatte ihnen nicht geschadet, sondern sie reifen lassen.

Als Nuramon sich den beiden Wyrenar näherte, erstarb nach und nach das Kampfgeschehen um ihn herum. Es war eine alte Tradition, dass jene, die ein Wyrenar-Duell beobachteten, nicht gegeneinander vorgingen. Heute hielt man sich selten an diese Vereinbarung, früher hingegen waren ganze Kriege durch solche Duelle entschieden worden.

Dorgal und Varramil stand der Hass in die Gesichter geschrieben. All die Jahre, die sie in Ungnade hatten leben müssen, waren durch sein Eingreifen in Teredyr entstanden und hatten ihre Spuren hinterlassen. Die Narbe, die sich über Varramils Stirn zog, sprach Bände.

Die beiden Varmulier näherten sich gemeinsam, und auf den letzten Schritten stieß Dorgal vor, den Schild voran, das Krummschwert auf der Seite. Doch es war Varramil, der den ersten Angriff führte. Nuramon wich nach links aus und brachte Dorgal zwischen sich und Varramil. Der Neffe des Königs schlug mit seinem Kriegshammer in den Boden.

Dorgal wandte sich zur Seite, versetzte ihm einen Stoß mit dem Schild, und schon war Nuramon der Getriebene. Er wich aus und parierte Angriff um Angriff, führte aber selbst keinen Schlag.

Varramil hatte an Kraft und Geschick hinzugewonnen, und die Jahre der Wiedergutmachung seines Versagens schienen ihm die Unsicherheit genommen zu haben. Dorgal hingegen war nicht mehr so flink wie früher. Sein rechtes Bein wirkte träge. Vielleicht war es eine Verletzung, vielleicht war es einfach nur die Zeit, die nicht spurlos an ihm vorübergegangen war.

Während die Varmulier ihre Anführer anfeuerten, folgten Nuramons Leute dem Geschehen schweigend. Sie hatten ihn oft kämpfen sehen und wussten, dass das Verteidigen am Anfang des Kampfes keine Schwäche, sondern Taktik war. Er kundschaftete seine Gegner aus. Als er aber zum Angriff überging, riefen auch sie seinen Namen. Er führte sechs rasche Hiebe gegen Varramil und lockte Dorgal damit in die Verteidigung seines Herrn. Beim siebten Hieb wechselte er blitzartig die Schlagrichtung, ließ das Schwert auf Dorgal niederfahren und traf ihn an der linken Schulter. Der Krieger schrie auf und wich zur Seite aus.

Nuramon sprang vor einem Tritt Varramils zurück, tauchte unter einem Hieb fort und schlug dem Neffen des varmulischen Königs eine Wunde in die Seite. Dann wich er zurück und ließ Dorgal an seinen Herrn heran. Der Neffe des Königs wies seinen Gefährten von sich fort. Der Schnitt hatte die Rüstung anscheinend kaum durchdrungen. Varramil hob seinen Kriegshammer; Dorgal stellte sich neben ihm auf.

»Hinter dir!«, rief Waragir. Nylmas und Yargirs Sohn entging selten etwas. »Da ist noch einer!«

Nuramon schaute kurz über die Schulter zurück – dann erstarrte er. Auch diesen Krieger, der sich ihm in Lederrüstung und mit einem Kriegsflegel bewaffnet näherte, kannte er. »Bjoremul!«, sagte er leise.

Das Alter hatte an dem Wyrenar genagt, der damals seinen eigenen König verraten hatte, um ihn und die Teredyrer zu retten. Er war damals Anfang dreißig gewesen und musste nun um die fünfzig Jahre alt sein. Sein Haar war grau, der einst braune Bart stark meliert, und in seiner faltigen Miene lag Bedauern.

Nuramon ließ zu, dass Bjoremul ihn umrundete und an Varramils Seite trat.

»Warum?«, fragte Nuramon, während ringsherum Stille einkehrte.

Bjoremul biss sich auf die Lippen.

»Weil mit unserem Scheitern damals der Niedergang seinen Anfang nahm«, sagte Varramil.

Unruhe breitete sich unter den Ilvaru aus, und es war Waragir, der die aufkeimende Sorge in Worte fasste. »Das geht nicht!«, rief er. »Drei gegen einen. Das ist zu viel.« Doch Nuramon hob die Hand und wartete, bis es wieder still geworden war. Dann sagte er: »Tatsächlich? Drei gegen einen?«

»Hast du etwa Angst?«, erwiderte Dorgal.

Natürlich hatte er Angst. »Ich bin stark genug es zuzugeben«, sagte er. »Wird es also drei gegen einen sein?«

»Wir werden nicht noch einmal versagen«, erwiderte Varramil.

Nuramon nickte. »Glaubt nicht, dass ich um alter Zeiten willen Rücksicht nehme. Ich werde alles tun, um zwei von euch zu töten. Dem Letzten aber gewähre ich einen aufrechten Kampf.«

»Wenn du so lange lebst!«, rief Dorgal.

Nuramons Blick ruhte auf Bjoremul. Er schüttelte den Kopf, denn er konnte nicht begreifen, dass der Mann, der für ihn und die Teredyrer alles in die Waagschale geworfen hatte, wieder zum Werkzeug König Mirugils geworden war. »Bjoremul«, sagte er leise.

»Es muss sein, Nuramon«, erwiderte der Wyrenar.

»Dann soll es so sein«, sagte Nuramon. Er hob das Schwert und wartete auf den ersten Angriff, während er aufmerksam jede Bewegung seiner Gegner beobachtete. Dorgal, Varramil und Bjoremul strebten langsam auseinander und schienen ihn umkreisen zu wollen. Ganz gleich, wen er zuerst mit Schwert oder Zauber angriff, die anderen würden über ihn kommen. Es galt eine Wahl zu treffen, und binnen eines Augenblicks war es getan. Er deutete eine Bewegung auf Varramil an, machte dann aber einen Schritt auf Bjoremul zu und sah noch die Überraschung auf dem Gesicht des Königsneffen. Bjoremul hielt ihm den Kriegsflegel drohend entgegen, und als Nuramon fast in dessen Reichweite war, wandte er sich nach links und schickte dem Wyrenar lediglich einen Lichtstrahl entgegen.

Er sah noch, wie Bjoremul zurückwich und sich die Augen rieb, dann war Nuramon bei Varramil. Während er Dorgals Schritte hinter sich hörte, tauchte er unter dem Hieb des Feldherrn hinweg und traf dessen Schulter mit seiner Klinge. Obwohl Varramil noch nicht zum nächsten Schlag ausgeholt hatte, sprang Nuramon zur Seite. Dorgals Schwert verfehlte Varramil nur knapp, doch er prallte mit dem Schild gegen seinen Gefährten. Sofort war Nuramon da und versetzte Dorgal einen Tritt, der ihn aus dem Gleichgewicht brachte. Als Nuramon jedoch das Schwert hob, um Varramil niederzustrecken, erwischte ihn etwas im Rücken. Er fuhr herum und sah Bjoremul. Mit zugekniffenen Augen hob der Krieger den Dreschflegel zu einem neuen Angriff. Nuramon merkte, dass er zu lange zögerte, doch da war es schon zu spät: Etwas Hartes traf ihn am Hinterkopf, und er ging zu Boden.

Mit getrübtem Blick sah er drei Schatten über sich; einer wandte sich ab, der andere wich einen Deut zurück, der dritte holte zum Schlag aus. Mit einem Ruck hob Nuramon den Schwertarm, spürte, dass etwas in seinen Unterarm schnitt, kämpfte gegen den Schmerz an und merkte, dass seine Klinge ihr Ziel gefunden hatte. Er erkannte den Getroffenen am Schrei. Es war Varramil.

Nuramons Blick klärte sich, und er sah den Neffen des varmulischen Königs über sich. Der Krieger starrte röchelnd und mit hassverzerrter Miene auf ihn herab. Als Nuramon ihm das Schwert wieder aus dem Leib riss, fiel Varramil zu Boden und blieb reglos liegen.

Nuramon rollte sich zur Seite und bemühte sich, auf die Beine zu kommen. Er sah in Dorgals zornerfülltes Gesicht, riss seine Waffe hoch, geriet ins Taumeln und konnte nicht verhindern, dass ihn die Klinge des Feindes in die Seite schnitt. Der Schmerz weckte seine Sinne, und schon kam Bjoremul heran und verwickelte ihn in einen Schlagabtausch, bis ein Schmerz im Rücken Nuramon erneut herumfahren ließ. Blitzschnell wich Nuramon einem Hieb Dorgals zur Seite aus, zog ihm seine Klinge über die Brust und trieb ihn zurück.

Bjoremuls Dreschflegel zischte herab, doch statt Nuramon niederzuschlagen, wirbelte die Waffe nur Erdreich empor. Nuramon wandte sich um und sah zu Dorgal hinab. Der Wyrenar kauerte über Varramils Leiche und hielt sich die Brust. Nur Bjoremul stand noch aufrecht da, den Kriegsflegel in der Hand.

»Warum, Bjoremul?«, fragte Nuramon.

»Meine Frau und mein Kind. Ich muss gehorchen.«

»Ich werde mein Leben nicht für deine Frau und dein Kind aufgeben«, sagte Nuramon. »Vielleicht gibt es einen anderen Weg«, flüsterte er dann.

»Vielleicht«, sagte Bjoremul leise und ging zum Angriff über.

Bjoremul schien nichts von seinem Können verloren zu haben. Zwar hatte er ein wenig an Körperfülle zugelegt, war jedoch flink wie eh und je. Selbst das Jubeln der Umstehenden verebbte im Angesicht ihres Kampfes zu einem Raunen, das nur aufbrandete, wenn einer von ihnen in Gefahr kam, einen besonders gekonnten Angriff führte oder mit einer besonders geschickten Bewegung auswich.

Als Bjoremul einmal weiter ausholte als sonst und den Schlagkopf des Kriegsflegels hoch oben kreisen ließ, stieß Nuramon ihm das Schwert in den Leib. Der Angriff war mehr Instinkt als Wille, und nun war es geschehen: Bjoremul sank auf die Knie und stützte sich mit dem Dreschflegel am Boden ab. Dann fiel er zur Seite und rührte sich nicht mehr.

Nuramon kniete sich zu ihm und drehte ihn auf den Rücken. »Du Narr«, sagte er. »Warum hast du nicht das Schicksal entscheiden lassen?«

Bjoremul hustete. »Dorgal hatte das Schicksal in Händen und Varramil auch«, flüsterte er. »Aber ich? Mein Tod rettet meine Familie. Nur so konnte ich mein Ziel erreichen, ohne einen Freund zu töten.«

»Tötet den Alvaru!«, rief Dorgal, dann spuckte er Blut, und der Rest seiner Worte wurde zu einem Röcheln. Einige seiner Krieger hatten ihm die Rüstung ausgezogen und kümmerten sich um seine Wunden. Die Varmulier schauten sich um, als suchten sie nach jemandem, der den Befehl des sterbenden Wyrenar bestätigte, doch niemand rührte sich. Dann verlor Dorgal das Bewusstsein.

»Waragir!«, rief Nuramon, und Nylmas und Yargirs Sohn trat näher. »Hast du Quellwasser bei dir?«

Waragir nickte und reichte ihm seinen kleinen Wasserschlauch.

Nuramon löste sich von Bjoremul und näherte sich Dorgal und den feindlichen Kriegern, die sich inzwischen hinter ihm und dem Leichnam Varramils versammelt hatten.

»Euer Anführer ist tot«, sagte Nuramon. »Die anderen beiden liegen im Sterben. Wer dem Wort eines Todgeweihten folgt, mag bald selbst tot sein. Wer hat also jetzt das Sagen? Wer ist der Schwertfürst?«

Ein junger Krieger mit tiefschwarzem, hüftlangem Haar trat vor.

»Gib Dorgal dies, und zieh hinfort«, sagte Nuramon und reichte dem feindlichen Schwertfürsten den Wasserschlauch. »Das Töten hat für heute ein Ende. Bjoremul ist mein Gefangener. Ich erlaube es nicht, dass sein Verrat an unserer Freundschaft so leicht bezahlt wird.«

»Und wenn wir bleiben?«

»Dann stirbt Dorgal und auch Bjoremul. Wenn ihr jedoch den Rückzug antretet, füllen wir eure Wasserschläuche in der Quelle auf. So haben jene, die jetzt verwundet sind, einen Nutzen.«

Der varmulische Schwertfürst überlegte, nickte dann, wandte sich seinen Leuten zu und rief: »Her mit den Wasserschläuchen!«

Die Heere trennten sich, und die Ilvaru erfüllten Nuramons Versprechen. Während Waragir die Varmulier weiterhin im Auge behielt, saß Nuramon neben der Quelle an Bjoremuls Seite und versorgte dessen Wunden. Sein Blick ruhte dabei auf Muregal, seinem Schwertbruder, den er nicht hatte retten können.

»Bring mich nicht um meinen Tod«, sagte Bjoremul. »Wenn auch nur der Hauch des Anscheins entsteht, dass ich einen weiteren Verrat begangen habe, wäre das eine Katastrophe.«

»Bist du stark?«, fragte Nuramon.

Bjoremul schüttelte den Kopf. »Lass mich ziehen«, flüsterte er.

»Du bist jetzt mein Gefangener. Und glaub mir: Ich werde keinen Zweifel daran lassen, dass du mein Feind bist. Bist du stark genug, das durchzustehen?«

Bjoremul schaute ihn mit verständnisloser Miene an. »Ich weiß nicht, wovon du sprichst.«

»Vertraust du mir?«, fragte Nuramon.

Bjoremul starrte ihn lange an, als überlegte er es sich gründlich. »Ja«, sagte er schließlich.

Nuramon wandte sich der Quelle zu. Seine Wunden schmerzten schlimmer denn je. Er hatte noch keine Zeit gehabt, um sich selbst zu heilen. So musste nun das Quellwasser den Zauber vollbringen »Wie ist es dir ergangen, als du im Osten warst?«, fragte er Bjoremul, während er Wasser über seine Armwunde goss. »Ich hörte, dass ihr allerlei tun musstet, um die Taten von Teredyr wiedergut zumachen.«

»Mirugil glaubte nicht, dass ich auf eigene Faust gehandelt habe. Er nutzte die Gelegenheit, um Varramil und Dorgal und deren Familien gefügig zu machen. Ich verbrachte fünf Jahre im Gefängnis. Wer von meinen Vertrauten keine Fürsprecher hatte, war des Todes.«

»Und wie hast du überlebt?«

»Das habe ich der königlichen Gnade zu verdanken. Nach den fünf Jahren in den Silberminen im Süden fing ich von vorn an. Ich wusste nicht, was Demütigungen sind, als ich nach Varlbyra zurückkehrte. Ich dachte, die Silberminen hätten mich Demut gelehrt, aber in der Hauptstadt stand ich ziemlich allein da. Aber dann lernte ich eine Frau kennen, der es gleichgültig war, was andere über mich sagten. Und schon war ich erpressbar. Als unsere Tochter geboren wurde, wurde es noch schlimmer. Der König hielt uns in seiner Nähe, damit ich wusste, dass Dyra und Lyasani in Gefahr wären, sollte ich ihn je enttäuschen.«

»Und nun fürchtest du um sie«, sagte Nuramon.

»Ja«, sagte Bjoremul leise. »Und wenn der König nicht glaubt, dass ich dein Gefangener bin, wird er ihnen etwas antun.«

Nuramon nickte. »Also frage ich dich noch einmal: Bist du stark genug?« Er deutete auf die Pfähle am Ufer. »Stark genug, um hundert Peitschenhiebe einzustecken?«

Bjoremul grinste gequält. »Du alter Fuchs!«

Das Haus Yannaru

Daoramu betrat mit Nylma und den Gardisten den Palast. »Ich werde nach Nerimee sehen«, sagte sie. Sie war schon auf der Treppe nach oben, als sie sich noch einmal zu der Kriegerin umwandte. »Falls du Gaerigar wieder bei deinen Leuten findest, sag ihm, dass ich ihn erst am Nachmittag in der Schwerthalle wissen möchte. Nicht früher. Schick ihn zu den Schreibern.«

Nylma grinste. »Ich versuche es.«

Auf dem Weg zu den Gemächern der Fürstenfamilie kam Daoramu die Kindermagd Obura entgegen und beugte das Haupt vor ihr.

»Ist Yendred wieder einmal auf Reisen?«, fragte Daoramu.

»Ja, Herrin«, antwortete die Magd. »Ich schaue in den üblichen Verstecken im Keller nach.«

Daoramu nickte. »Aber such nicht zu lange. Wenn er Hunger hat, lässt er sich schon blicken.«

Obura verbeugte sich, dankte und schritt davon. Daoramu lächelte. Gewiss war Yendred wieder in Nuramons Zauberkammer und schaute dort aus einem der Fenster nach Norden über die Stadt hinweg oder nach Westen aufs Meer hinaus. So ging Daoramu erst einmal an Nerimees Zimmer vorüber, folgte dem Gang ans Ende und wandte sich nach links; doch dann vernahm sie Stimmen von rechts, aus Cerens Zimmer. Sie schritt leise an die Tür heran und öffnete sie einen Spalt.

Yendred saß mit überkreuzten Beinen auf dem Boden Ceren gegenüber und fragte sie: »Und wenn meine Magie nicht wächst?«

»Das wird sie schon«, antwortete die Geisterfrau. »Vielleicht nicht so weit wie bei deiner Schwester, aber selbst wenn die Magie so stark wird wie bei deinem Bruder, reicht es, um Lebewesen zu heilen.«

Daoramu musste schmunzeln. Yendred saß dort mit seinem ein wenig zu kurz geschorenen Haar und faltete die Hände wie ein Gelehrter. In diesem Augenblick wirkte er älter als neun, und die Ähnlichkeit zu Nuramon war trotz der ein wenig dunkleren Augen und des etwas helleren Haars enorm. Auch die Stimme ähnelte der Nuramons, die Aussprache jedoch, der Jasborer Akzent gemischt mit dem Merelbyrer Singsang, glich der ihren.

Langsam schloss Daoramu die Tür wieder. Eigentlich hatte Nerimee ihren jüngeren Bruder weiter an die Magie heranführen sollen, doch da sie gerade krank war, war Yendred die Lehrmeisterin abhandengekommen und Ceren die Schülerin. Offenbar vertraten sie Nerimee in ihren jeweiligen Rollen.

Daoramu ging nun ins Zimmer ihrer Tochter, das weiter vorne auf dem Gang lag. Wie so oft hatte ihre Erstgeborene die schweren Vorhänge zugezogen, die vom Wind, der durch die geöffneten Fenster hereindrang, sanft bewegt wurden. Das einzige Licht kam von einem Kristall und tauchte das Zimmer in einen honigfarbenen Schein. Nerimee liebte Edelsteine und sprach gerne Zauber darauf. Die Barinsteine Nuramons und Yargirs faszinierten sie, und so hatte sie sich schon früh daran gemacht, selbst Lichtsteine zu schaffen.

Diese waren zwar nicht so beständig wie die Barinsteine, doch Nerimee vermochte die Stärke des Lichtes festzulegen und zu ändern und tönte es gern mit Stoffen und Papier, mit denen sie die Steine umwickelte oder umschirmte. »Wie die Zelte vor der Burg der Elfenkönigin«, hatte Nuramon ihr gesagt, als er die Stoffschirme gesehen hatte.

Daoramu setzte sich an Nerimees Bett und strich ihrer schlafenden Tochter durch das volle Haar. Es war das Haar der Milendyrer Frauen, des Grafenhauses ihrer Mutter im Fürstentum Nyrawur. Ein wenig dunkler als das Nuramons, glänzte es im Licht des magischen Steins. Wenn Yendred nach Nuramon kam, und Gaerigar Daoramus Vater ähnlich war, so fügten sich in Nerimees Erscheinung Nuramon und Daoramu ideal zusammen. Und die Ähnlichkeiten, die Nerimee mit Daoramu teilte, hatten ihr ein neues Selbstbewusstsein beschert. Sie hatte sich nie als besonders schön betrachtet, sondern geglaubt, dass sie lediglich das Beste aus sich gemacht hatte. Doch die Ähnlichkeiten, auf die sie Nuramon, ihre Eltern und ihre Freunde hinwiesen, hatten sie mit frischem Blick auf sich selbst schauen lassen und ihr zur Zufriedenheit verholfen. Ihr kleines Kinn, ihr Lächeln, die Augenfalten, es gefiel ihr nun.

Nerimee griff Daoramus Hand und öffnete langsam ihre braunen Augen.

»Geht es dir besser?«, fragte Daoramu.

Nerimee atmete schwer und setzte sich langsam auf. »Die Kopfschmerzen sind weg.«

»Du hättest auf deinen Vater warten sollen«, sagte Daoramu und lächelte bei dem Gedanken daran, Nuramon schon bald wieder in die Arme zu schließen. Nerimee hatte sich in der Abwesenheit des Vaters auf eigene Faust an einem schwierigen Heilzauber versucht, den sie auf einen Stein hatte legen wollen. Irgendetwas war missglückt. Nerimee hatte es ihr erklärt, aber sie hatte kaum etwas verstanden. Wenn ihre Tochter mit Nuramon über Magie sprach, hätten sie genauso gut elfisch sprechen können, was sie gelegentlich sogar taten. Nerimee spielte zwar ihre Fähigkeiten herunter, aber Nuramon meinte, sie hätte ein Gespür für das Elfische, wenngleich ihr Wortschatz schmal bemessen war.

»Versprichst du mir, ihm nichts zu verraten?«, sagte Nerimee.

»Glaub mir, er wird es merken.«

Sie schmunzelte. »Ich möchte, dass er es von mir hört.« Dann senkte sie den Blick. »Ich mache mir Sorgen um Waragir.«

»Dann stimmt es also.«

Nerimee nickte. »Wir sind zusammen.«

»Das wird dein Großvater nicht gern hören. Seine Enkelin schenkt dem Sohn seiner obersten Leibwächter das Herz. Die Leute werden sich das Maul zerreißen.« Sie verschwieg Nerimee, dass sie in Waragir schon seit langem den Schwiegersohn sah.

»Das interessiert mich nicht. Ihr könnt sagen, was ihr wollt.«

Daoramu lachte. »Ich soll dir wohl den Umgang mit Waragir verbieten, was? Damit du ihn noch mehr liebst.«

»Ein richtiger Streit, der mich in Waragirs Arme treibt. Und am Ende erinnere ich dich, wie du damals mit Vater durchgebrannt bist«, sagte Nerimee grinsend. *»Mutter! War es damals etwa falsch, dass du mit Vater fortgegangen bist?«* Sie übertrieb maßlos mit ihrer Stimme. *»War es falsch, dass ich und meine Brüder geboren wurden?«*

Daoramu lachte. Nerimee beherrschte den Merelbyrer Singsang perfekt. »Nach solchem Streit sehnst du dich?«, fragte sie und strich ihrer Tochter über die Schulter.

Nerimees Lächeln fügte sich zu einem Schmunzeln. »Nein. Darüber bin ich hinweg. Dieses Spiel müssen wir nicht mehr spielen.«

»Wäre Gaerigar doch auch nur schon so weit, den Streit als überflüssiges Spiel zu betrachten.«

»Er ist wie Großvater«, sagte Nerimee und gähnte leise.

»Hast du gesehen, dass Yendred bei Ceren ist?«, fragte Daoramu, um nicht von Kriegern und deren Gemüt sprechen zu müssen.

Nerimee lächelte nur. »Er ist wissbegierig. Ich wollte ihn nicht warten lassen. Und Ceren hatte Zeit.«

»Es tut ihr sicher gut, einmal nicht an irgendwelchen Steinen zu arbeiten. Und sie wird seine ständigen Fragen gewiss besser ertragen als wir.«

Nerimee nickte. »Er stellt inzwischen Fragen, die ich ihm nicht beantworten kann.«

»Fragen zur Magie?«

»Zu dem, was hinter der Magie steht. Und er will wissen, wie die Elfen früher in Vaters Sippe unterwiesen wurden. Er will wie Vater sein. Und wenn er nicht so viel Unsinn im Kopf hätte, würde er auch weiterkommen.«

»Er hat gerade in aller Ruhe vor Ceren gesessen«, erklärte Daoramu.

»Dann vermag sie wieder einmal, woran andere scheitern.«

Daoramu strich Nerimee über die Wange. »Du bist noch ganz warm. Ich lasse dir etwas zu essen bringen. Und dann schläfst du noch ein bisschen«, sagte sie.

Nerimee winkte ab. »Heute Abend möchte ich zu den Byrrunur. Terwanu feiert die Eröffnung ihres Ladens.«

»Hat sie das nicht schon getan?«, fragte Daoramu, denn das hatte sie erst vor Kurzem von Terbarn Byrrunur, dem Palastvogt, gehört.

»Ja, aber das war die öffentliche Feier. Heute Abend will sie mit ihren Freunden feiern.«

»Solange du eine Leibwache mitnimmst, habe ich nichts dagegen.«

»Ach, Mutter!«

»Keine Widerworte. Mich hätte es letzten Monat in Byrnjas fast erwischt.« Ein vergifteter Wurfdolch hatte sie nur knapp verfehlt. Nylma hatte den Meuchelmörder zwar niedergestreckt, aber Hinweise auf dessen Auftraggeber hatten sie nicht gefunden. »Und gerade die Hassbriefe der letzten Zeit sollten uns vorsichtig sein lassen«, sagte Daoramu.

»Hast du wieder einen bekommen?«, fragte Nerimee.

Daoramu nickte.

»Zeigst du ihn mir? Vielleicht kann ich herausfinden, von wem sie kommen. Du hast dafür keine Zeit, aber ich könnte es zu meiner Aufgabe machen.«

Daoramu nickte, küsste Nerimee den Kopf und erhob sich. »Ich gebe dir die Briefe heute Abend.«

Als Daoramu die Tür ihrer Tochter geschlossen und sich auf den Weg nach unten gemacht hatte, bereute sie ihre Zusage bereits. Sie schämte sich für die Worte des Briefeschreibers, fast so, als wäre etwas Wahres an den Vorwürfen. Gewiss, sie hatte nichts dafür getan, die Tochter eines Fürsten zu sein. Auf den Fürstenthron kam man durch ein Erbe oder durch das Vertrauen der Adligen – und ihr Vater war auf die ehrenwertere Weise an die Krone gelangt. Aber der Schreiber der Briefe empörte sich auch nicht über Borugar, sondern darüber, dass sie ihn einst beerben und ihm auf dem Thron nachfolgen würde. Und das, obwohl innerhalb ihrer Familie längst geklärt war, dass Gaerigar dieses Erbe antreten würde. Der Briefeschreiber wusste nichts davon, und deshalb malte er das Bild einer Fürstin, die im Alter nur noch von Elfenmagie am Leben gehalten wurde und Nuramon an ihrer statt herrschen ließ. Dass der Schreiber auf ihr Altern anspielte, ging Daoramu besonders nahe. Vermutlich war ihm nicht einmal bewusst, dass er ihre verwundbare Stelle getroffen hatte.

Daoramu ging hinab in den Keller, um die Köche zu bitten, ihr das Mittagessen an den Tisch der Boten zu bringen. Hier in den Tiefen des Palastes hatten die alten Könige sich eine Zuflucht für den Fall einer Belagerung geschaffen. Die breiten Gänge waren direkt in den Fels der Klippe gehauen, und rechts und links davon gingen tiefe Nischen, Kammern und eine Handvoll Säle ab.

Die Speisehalle war das Herz des Palastes. Hier brannten die Herdfeuer, hier standen die Tische der wichtigsten Bediensteten und Palastwachen; hier trafen sich all jene, deren Vertrauen die Fürstenfamilie genoss: jene, die ihre Mahlzeiten zubereiten durften, jene, die in ihren Gemächern ein und aus gingen. Alle übrigen Bediensteten waren in den Nebengebäuden untergebracht.

Daoramus Vater war oft hier unten, und Gaerigar verbrachte in dieser und der benachbarten Waffenhalle womöglich mehr Zeit als im oberen Teil des Palastes – die Zeit, in der er in seinem Bett lag und schlief, eingerechnet.

Auch Daoramu nahm ihre Mahlzeiten am liebsten hier unten ein und unterhielt sich mit den Leuten. Hier fühlte sie sich wie die Tochter des Hausherrn in der guten Stube einer Großfamilie. Heute würde sie sich zu Yurna und ihren Leuten gesellen. Die Erste Botin im Fürstentum war nun in ihren Fünfzigern. Ihre Kinder waren erwachsen, ihr Mann war mit einer anderen davongezogen, und in der Fürstenfamilie fand sie Halt und war mit ihrer Erfahrung von ungeheurem Nutzen für den Thron.

Daoramu wollte sich vor dem Essen Gewissheit verschaffen, ob Gaerigar tatsächlich in der Schwerthalle war. Sie seufzte. Wozu auf etwas anderes hoffen? Gaerigar saß sicherlich nicht oben in der Studierstube über seine Schriftrollen gebeugt. Mit einem fragenden Blick sah sie erst Yurna an und deutete dann auf das Seitentor zur Gefechtshalle, hinter dem gedämpfte Schläge herausdrangen. Yurna nickte und lächelte.

Daoramu grüßte die Wachen, und als diese ihr das Tor öffneten, schlug ihr der Krach von Stockschlägen entgegen. Gaerigar kämpfte mit einem schweren Holzschwert gegen Nylma, und Daoramu hatte nicht den Eindruck, als würde sich ihre Freundin bemühen, ihren Sohn zum Verlassen der Waffenhalle zu bewegen.

Mit einem leisen Seufzen lehnte Daoramu sich an die kühle Steinwand und sah ihrem Sohn zu. Er machte sich gut, war flink auf den Beinen, wich geschickt aus und erkannte die Finten, mit denen Nylma ihn lockte. Die Feldherrin führte eine kurze Holzklinge. Sie war zu einer Meisterin des Kurzschwertes geworden. Nuramons Erzählungen über die elfischen Kurzschwerter und die Drachentöterin Gaomee – die Tochter, die er nie kennengelernt hatte – hatten sie beeindruckt.

Daoramu schaute dem Kampf eine Weile lang zu, dann rief sie Gaerigars Namen.

Die Gardisten verbeugten sich vor Daoramu, nun, da sie sich offenbart hatte, und auch ihr Sohn schaute zu ihr herüber. Sofort legte Nylma ihm die Holzklinge an die Kehle, und Gaerigar hob die Arme und ergab sich der Feldherrin. Die Krieger klatschten, während er Daoramu einen finsteren Blick zuwarf.

Nylma klopfte Gaerigar auf die Schulter. »Wenn irgendwer in der Schlacht deinen Namen ruft, solltest du nicht unaufmerksam werden.«

Gaerigar holte tief Luft, dann nickte er und bedankte sich. »Das ist ein guter Rat«, murmelte er.

»Schön, dich einmal einsichtig zu sehen«, erwiderte Nylma und reichte die Holzwaffen an zwei ihrer Leute. »Aber es ist nicht einfach, im Kampf seinen Namen zu hören und einfach weiterzukämpfen. Was, wenn es einer deiner Freunde ist?«

»Ich werde beim nächsten Mal trotzdem nicht wegschauen«, sagte er.

Nylma tauschte ein Lächeln mit Yargir. »Das sagst du jetzt.«

Darauf schwieg Gaerigar.

»Wir alle haben unsere Schwächen«, sagte Yargir. »Auch unsere Feinde.«

Gaerigar grinste. »Hast du je den Namen eines Feindes auf dem Schlachtfeld gerufen?«

»Nein. Aber dein Vater vergisst nie einen Namen. Er hat mir mal den Hals gerettet. Ein feindlicher Schwertfürst brachte mich in Bedrängnis. Dein Vater sah es und rief seinen Namen. Der Bursche wich zurück, schaute sich um – und ich war erlöst.«

Gaerigar nickte anerkennend, und Daoramu lächelte. Sie mochte es, wenn ihr Sohn stolz auf seinen Vater war. Nuramon hätte gewiss davon geredet, dass nichts Ehrenhaftes an solchem Vorgehen sei und er es nicht auf ein Podest heben sollte, aber es kam inzwischen selten genug vor, dass Gaerigar mit offenem Wohlwollen auf Nuramons Taten und seine Haltung zum Krieg und dem Sterben reagierte. Sie trat näher. »Warst du bei dem Schreiber?«, fragte sie, während sie ihren Sohn zu seinen Sachen führte.

»Nein«, sagte er mit zorniger Miene. »Und ich habe mich entschieden. Ich möchte zu Jasgur. Er würde mich jederzeit zum Schwertschüler nehmen.«

»Du willst also das Versprechen brechen, das du mir und deinem Vater gegeben hast?«, fragte Daoramu.

»Ich hoffe, ihr entlasst mich daraus.«

»Wenn du weitermachst, kannst du schon in zwei Jahren als Bote arbeiten«, sagte sie. »Du hast es nur deinem Vater zu verdanken, dass ich dieser Ausbildung überhaupt zustimmte. Wenn du aber nun unbedingt bei Jasgur in die Lehre gehen willst, sind das vier weitere Jahre, ehe du ein wenig Verantwortung übernimmst. Hast du nicht immer davon geträumt, mit deinem eigenen Pferd unterwegs zu sein? Und nun willst du den langen Weg bei Jasgur gehen?«

Endlich machte Gaerigar ein kindliches Gesicht. Mit seinen dreizehn Jahren war er noch weit davon entfernt, der große Krieger zu sein, für den er sich bereits hielt. »In Ordnung. Aber ich möchte am 27. Lysgor am Rennen teilnehmen.« Dabei handelte es sich um ein Pferderennen auf Jasbor. Einmal im Jahr führte das Fürstenrennen quer durch die Stadt. Es war eine Tradition, die Borugar aus seiner Kindheit kannte und wieder zum Leben erweckt hatte.

Daoramu lächelte. »Wir wollten es dir erst an deinem Geburtstag sagen. Aber wir werden dich daran teilnehmen lassen.«

»Wirklich?«, rief er mit heller Stimme.

»Ja. Aber bis dahin musst du dich zusammenreißen.«

Gaerigar schloss sie in die Arme und küsste sie auf die Wange. Noch überragte sie ihn um einen Kopf, aber wenn er Nerimee nacheiferte, war er gewiss bald mit ihr auf Augenhöhe. »Danke, Mutter. Ich werde noch heute mit den Vorbereitungen beginnen.«

»Nachdem du bei deinem Lehrmeister warst«, sagte sie.

Gaerigar grinste schief. »Ja, sofort danach.« Dann tippte er ihr mit den Fingerspitzen gegen den Arm. »Ich muss los!«, rief er, schnappte sich seinen Mantel und rannte durch das Haupttor aus dem Saal hinaus.

Kopfschüttelnd schaute Daoramu ihm nach. Wenn er heranwuchs und sein Temperament sich abkühlte, würde er ein guter Fürst sein. Aber dennoch glaubte sie, dass Nerimee auf den Thron gehörte. Ihre Tochter war jedoch in dieser Hinsicht ebenso ambitionslos wie Daoramu selbst. Vielleicht würde Nerimee Gaerigar einst jene Beraterin sein, die Daoramu ihrem Vater war.

Nylma riss sie aus ihren Gedanken. »Wollen wir essen?«, fragte die Kriegerin.

Daoramu blinzelte, dann nickte sie. »Yurna wartet schon.«

Zwischen Jasbor und Varlbyra

Drei Tage nach der Eroberung der Quelle im Schlangenforst erreichte Nuramon mit seinen Kriegern und seinem Gefangenen über die Albenpfade die Festung Elfengrat. Diese lag im Herzogtum Gaelbyrn am Osthang der Lysdorynen. Während die Ilvaru auf dem Hof an den Feuern saßen und mit den Festungskriegern etwas aßen, sahen Nuramon und Bjoremul von der Mauer auf die Kranzstraße hinab. Dort bog eine Reiterschar unter dem blauen Fuchsbanner von Gaelbyrn auf den Weg ein, der sich zur Festung heraufwand.

»Habt ihr solche Festungen überall im Fürstentum?«, fragte Bjoremul.

Nuramon nickte. »An nahezu jedem Albenstern«, sagte er.

»Alle Achtung. Du und dein Fürst, ihr habt viel erreicht.«

»Das war Daoramus Plan«, erklärte Nuramon. »Sie schlug vor, nicht nur die Albensterne nahe der Grenze zu schützen, sondern die des ganzen Fürstentums.«

»Du hast eine kluge Frau. Eine gerissene Frau.«

»Gerissen?«

Bjoremul lachte leise und wies dann hinab in den Hof. »Die Krieger der Festung. Wessen Befehl folgen sie?«

»Dem des Fürsten.«

»Und das haben die Grafen und Herzöge klaglos hingenommen?«

»Zuerst scheuten sie den Aufwand. Aber der Fürst sagte, er werde den Bau selbst bezahlen. Er ließ sich das Land am Albenstern geben und überließ ihnen dafür Land im Westen und ein Haus in Jasbor.«

Bjoremul lachte. »Das wird ja immer besser. Deine Frau ist ein Schatz.« Dann verstummte er, und sein Blick fuhr ins Leere.

»Mein Angebot gilt noch«, sagte Nuramon und schaute Bjoremul direkt in dessen zweifelnde Augen. »Lass uns deine Frau und deine Tochter holen. Was spricht dagegen? Oder bindet dich noch etwas an das Königreich?«

Er lachte heiser. »Von meiner Familie abgesehen – nein. Um Treue jedenfalls mache ich mir schon lange keine Gedanken mehr.«

»Dann lass uns gehen. Vielleicht liegt ein Albenpfad in der Nähe von Varlbyra.«

Bjoremul überlegte lange. Erst als die Reiter unter dem Fuchsbanner auf der anderen Seite der Festung verschwunden waren, nickte er. »Also gut. Es gibt noch einige, die mir einen Gefallen schulden. Dann sind alle Gefallen aufgebraucht.«

»Und die Familie deiner Frau?«

»Sie haben sie enterbt.«

»Ich will dir nichts vormachen«, sagte Nuramon leise. »Die Yannadrier werden dir misstrauen. Es gab in all den Jahren nur wenige Überläufer, und jeder von ihnen benötigte Jahre, um Vertrauen zu gewinnen.«

»Ich kämpfe lieber um das Vertrauen deines Fürsten, als weiter mit dem unstillbaren Misstrauen König Mirugils zu leben.« Bjoremul deutete zu den Kriegern hinab, die gerade unten auf den Hof einritten. »Das ist also der große Jasgur. Ich hörte, du und er, ihr hättet Teredyr fast allein gehalten.«

Nuramon lächelte und schüttelte den Kopf. »Das sind nur Heldensagen. Ich wäre damals in Teredyr beinahe umgekommen. Es war mehr Glück als Kunst.«

Kurz darauf kam Jasgur mit schnellen Schritten die Treppe zu ihnen herauf. Mit seinen geschmeidigen Bewegungen wirkte er jünger als manch ein Feldherr, der noch regelmäßig in die Schlacht zog.

»Wie ich ihn mir vorgestellt habe«, flüsterte Bjoremul.

Jasgur nahm den Helm ab und legte ihn auf die hüfthohe Mauer. Keine Narbe, nicht einmal eine Spur alter Narben entstellte sein kantiges Gesicht. Er war mit Abstand der beliebteste Mann im Fürstentum und schien nach langer Zeit endlich seinen Frieden mit seiner Rolle als Herzog gemacht zu haben. Jasgur umarmte Nuramon freundschaftlich und begrüßte ihn wie so oft mit einem Hinweis auf sein jugendliches Aussehen. Dann musterte er Bjoremul. Die beiden Krieger kannten einander aus Erzählungen, waren sich jedoch nie begegnet. Denn Nuramon hatte Bjoremul damals vor neunzehn Jahren bereits aus Teredyr fortgebracht, ehe er Jasgur und seine Leute aus Merelbyr geholt hatte.

»Endlich«, sagte Jasgur. »Wir hätten uns schon damals in Teredyr begegnen sollen.«

»Es ist mir eine Ehre, Jasgur.«

Jasgur blickte zwischen Nuramon und Bjoremul hin und her. »Man erzählt sich von Bjoremul dem Gefangenen und Nuramon dem Rächer. Auch Herzog Golros Leute scheinen es so beobachtet zu haben. Ihr müsst ganz schön Eindruck auf die Varmulier gemacht haben, aber wie ich sehe, haben wir statt eines gefolterten Gefangenen einen neuen Gefährten gewonnen.«

Bjoremul grinste schief, dann nickte er. »Die ganzen Peitschenhiebe sollen nicht umsonst gewesen sein. Nutzen wir die Täuschung aus.«

»Dann bringe ich dich auf den Albenpfaden nach Varmul«, sagte Nuramon. »Und dann schauen wir, wie nahe ich dich an die Hauptstadt heranbringen kann.«

Jasgur machte eine verständnislose Miene. »Du hast dich doch immer geweigert, auf den Pfaden nach Varmul zu gehen«, sagte er.

»Ja, als Eroberer«, entgegnete Nuramon. »Aber als Befreier von Bjoremuls Frau und seiner Tochter tue ich es.« Er erklärte Jasgur, was an der Quelle geschehen war und was er Bjoremul vorgeschlagen hatte.

»Lass uns sofort aufbrechen«, sagte Bjoremul. »Noch ehe Mirugil sich überlegen kann, wie er sich verhält.«

Jasgur nickte. »Vielleicht hat ihn die Nachricht von deiner Niederlage noch gar nicht erreicht. Am Ruljas haben wir in den letzten Tagen viele Boten abgefangen. Manche werden einen gehörigen Umweg in Kauf nehmen müssen, um unseren Kriegern zu entgehen.«

»Ein Grund mehr, sofort zu gehen«, erklärte Bjoremul.

Nuramon nickte. Als er sich von Jasgur verabschieden wollte, hob dieser die Hand. »Spar dir die Worte, Nuramon«, sagte er. »Ich komme mit. Auf den Albenpfaden in die Fremde.«

Nuramon lächelte und schaute auf den Hof hinab. »Was werden sie wohl sagen, wenn wir drei durch das Tor verschwinden?«

»Das hängt davon ab, wie wir zurückkehren«, sagte Bjoremul und griff nach seinem Kriegsflegel.

Es war nach Mitternacht, und Nerimee verließ den Handelshof der Familie Byrrunur an der Seite ihrer Leibwächter Helgura und Ralogyrn. Sie winkte noch einmal durch das offene Tor ihrer Freundin Terwanu zu. Da erwachten die Musiker aus ihrer Ruhe und zupften die Saiten und schlugen die Trommeln. Wyrmal, der Sohn des Schwertschmiedes Elusar, entführte Terwanu zu einem Tanz.

Kaum hatte sich Nerimee abgewandt, wurde ihr schwindelig. Sie stützte sich an Helguras Schulter, und Ralogyrn packte ihre Hand. Nerimee atmete tief durch und ließ sich von ihren beiden Leibwächtern auf den Beinen halten. »Ich hätte vielleicht doch im Bett bleiben sollen«, sagte sie und war nun froh, dass die beiden Leibwächter sie durch das Marktviertel begleiteten. Die Tore der meisten Handelshöfe waren geschlossen, nur an wenigen Häusern leuchteten noch Laternen. In den Gasthöfen und Tavernen brannte zwar noch Licht, aber auch dort ging es bereits leiser zu. Die meisten Leute, die noch feiern wollten, waren in den Fischerhafen hinabgezogen und tranken dort in den Schänken.

Nerimee und ihre Leibwächter begegneten einem halben Dutzend Stadtgardisten. Die meisten von ihnen trugen Laternen an den Schäften ihrer Hellebarden oder Speeren. Sie beugten ihr Haupt vor Nerimee. Die Ehrerbietung war ihr ebenso unangenehm wie die Notwendigkeit, eine Leibwache an ihrer Seite zu dulden. Hier ging es ihr ebenso wie ihrem Großvater, der gleichfalls in dieser Stadt aufgewachsen war und sich nach den einfachen Tagen sehnte, da er ohne Aufsehen durch die Straßen hatte schreiten können. Nie würde sie die Nacht vergessen, da er sie und ihre Mutter in Verkleidung hier herabgeführt hatte und sie sich einen halben Abend lang unerkannt unter den Leuten hatten bewegen können. Dann aber hatte man sie entlarvt, und die Leichtigkeit, die Nerimee in jenen Stunden der Maskerade gespürt hatte, war verflogen. Damals hatte ihnen keine Gefahr gedroht, und doch hatte sie auch zu dieser Zeit deutlich gespürt, wie viel es sie alle kostete, die Fürstenfamilie zu sein. Oft hatte sie davon geträumt, einfach loszuziehen und sich an irgendeinem schönen Ort entlang des Weges niederzulassen. Doch seit sie sich in Waragir verliebt hatte, war diese Sehnsucht geschwunden.

Als sie am Fuße der Fürstenstraße angekommen waren, hielt Ralogyrn inne und sah sich suchend um. »Wo sind die Gardisten?«, fragte er. Der vom Licht einer Öllampe erhellte Wachposten an der Felswand war verwaist.

Nerimee sah sich um und bemerkte eine Bewegung im Schatten. Noch ehe sie etwas sagen konnte, traten vier Gestalten in schwarzen Mänteln und schwarzen Hauben auf sie zu. Graue Tücher verdeckten die untere Hälfte ihrer Gesichter. Helgura und Ralogyrn zogen ihre Kurzschwerter und nahmen Nerimee zwischen sich.

Die vermummten Gestalten verstellten ihnen den Weg in die Oberstadt. »Gebt sie raus«, sprach eine Männerstimme.

Nerimee rief um Hilfe, doch die vier Gestalten stürmten bereits mit Knüppeln und Dolchen bewaffnet auf sie zu. Sie fühlte sich so hilflos wie in jenen Träumen, in denen sie sich nicht von der Stelle rühren konnte und die Gefahr unaufhaltsam näher kam.

Ralogyrn schlug einem der Männer das Schwert gegen den Leib, doch es kratzte nur an der Metallrüstung unter dem Mantel entlang. Einer der Vermummten versetzte dem Leibwächter einen Stich mit dem Dolch und trieb ihn zurück, ein anderer schlug Helgura einen Knüppel über den Hinterkopf und sandte sie zu Boden. Ralogyrn packte Nerimees Hand, doch dann lockerte sich sein Griff, er geriet ins Taumeln und ging auf die Knie. Binnen eines Augenblicks waren die verhüllten Gestalten bei Nerimee, und zwei der Angreifer setzten Ralogyrn und Helgura ihre Messer an die Kehlen. Letztere war bereits bewusstlos, und der Vermummte zog ihren Kopf an den Haaren in die Höhe.

»Mach uns keine Schwierigkeiten, und wir lassen sie am Leben«, sagte der Wortführer. Seine Stimme klang trotz des raschen Vorgehens der Vermummten für einen Moment unsicher. Nerimee nickte und ließ sich von dem Anführer in eine schmale Gasse führen. Die anderen zerrten die beiden Leibwächter hinter sich her. In der Biegung der Gasse lagen zwei ruhig atmende Stadtgardisten. Auch Ralogyrn sank nun in den Schlaf. Daoramu vermutete, dass der Dolch, der ihn getroffen hatte, vergiftet gewesen war.

»Auf die Knie!«, sagte der Anführer, und Nerimee folgte dem Befehl. Sie ließ sich die Hände auf den Rücken fesseln, und als sie ihr einen Knebel über den Mund zogen, kamen ihr die Tränen. In ihrem ganzen Leben hatte ihr noch niemand Gewalt angetan, und nun fürchtete sie, dem, was ihr bevorstand, nicht gewachsen zu sein. Schließlich verbanden die Männer ihr auch noch die Augen.

»Einen der beiden nehmen wir auch mit«, hörte sie den Anführer sagen. »Das könnte uns noch nützen.«

Ihr wurde erneut schwindelig, sie atmete schwer durch die Nase und wünschte sich, so mächtig zu sein wie ihr Vater. Auch sie vermochte viel, doch ihr Zauber war nicht der des Augenblicks. Sie brauchte Zeit und Ruhe. Sie vermochte sich selbst und andere zu heilen. Doch manche Zauber konnte sie nur auf andere wirken. Der Betäubungszauber, der Schmerzen verblassen ließ, wirkte nicht, wenn sie diesen auf sich selbst richtete. Falls diese Männer sie peinigten, würde sie den Schmerz ohne Magie ertragen müssen.

Nuramon und Jasgur saßen auf der Kreuzung der Albenpfade. Fünf Wege trafen hier aufeinander. Das Tor in die Welt war geschlossen, doch vermochte Nuramon mit seinen magischen Sinnen hinüberzuschauen. Dort befand sich der Albenstern im Ahnentempel von Varlbyra, der Hauptstadt von Varmul. Das Gebäude lag mitten im Königsbezirk. Jasgur träumte bereits davon, mit einer Streitmacht in die Hallen der Ahnen der Cardugar vorzudringen, um dem Feind mit einem raschen Angriff das Haupt abzuschlagen. Doch Nuramon schwieg zu solchen Plänen. Ihm war nicht danach, mit einer Kriegsschar über die Grenzen Yannadyrs hinauszugehen. Mit der Eroberung der Heilquelle im Schlangenforst bei Urijas und dem Tod des Schwertfürsten Ralorno würden es die Feinde schwer haben, sich westlich des Ruljas zu halten. Es mochte sein, dass die

Siege der vergangenen Tage und Wochen das Fürstentum für lange Zeit sicher machten. Nach mehr wollte Nuramon nicht streben.

Der Albenstern, auf dessen Lichtinsel sie warteten, führte draußen in der Welt in eine Heldenkammer der Cardugar. Bjoremul hatte es ihnen gesagt, nachdem er die von innen verriegelte Tür der Kammer geöffnet und sich umgesehen hatte. Dann war er aufgebrochen, um seine Frau und sein Kind zu holen. Auch Nuramon hatte den Raum drüben in der Welt, durch den Bjoremul verschwunden war, von Wand zu Wand betrachtet. In der großen Nische lag kein Sarg, in den kleineren lagen Rüstungen und Waffen, Edelsteine und Goldmünzen.

»Ich weiß es«, sagte Jasgur und schlug sich mit der Faust in die Hand. »Da draußen war ein Albenkind begraben, und andere Albenkinder haben es dann über die Pfade geholt.«

Nuramon nickte. Er hielt es durchaus für möglich, dass Albenkinder den Toten geholt hatten. Aber nur über Umwege. Da keiner der Pfade in die Höhe ragte, hatte auch keiner von ihnen je nach Albenmark geführt. »Warum aber sollten die Cardugar einen Helden aus Albenmark verschweigen?«, fragte Nuramon.

»Vielleicht haben sie ihn gar nicht verschwiegen. Varlbyra ist eine alte Stadt. Und manche Beinamen der alten Helden laden schon zum Träumen ein. Beinamen wie *der Seher, das Geisterkind* oder *der Unsichtbare.*«

»Oder aber *der Elfengeborene*«, sagte Nuramon und dachte an die Vorfahren der Alvarudorer. »Möglich ist es.« Er erhob sich. »Ich möchte mir die Gegenstände in den Nischen genauer ansehen.«

Nuramon öffnete das Tor in die Welt und schritt mit Jasgur hindurch. Während der Herzog die Tür der Totenkammer im Auge behielt, betrachtete Nuramon die Gegenstände. Eine Metallrüstung fiel ihm sofort ins Auge, weil sie breiter und kürzer war als die eines gewöhnlichen Menschenkriegers. »Siehst du die ungeheuer feine Schmiedearbeit des Schuppenpanzers?«, fragte er Jasgur. »Diese Rüstung gehörte einem Zwerg.«

Jasgur grinste. Er hatte recht: Hier war ein Albenkind begraben gewesen.

Die Waffen – Schwerter, Beile und Kriegshämmer – waren Menschenwaffen, die Goldmünzen stammten aus dem frühen Varmul und zeigten das Wappen des Hauses Cardugar. Die Edelsteine variierten im Wert. Als er einen Kieselstein dazwischen fand, wurde er misstrauisch. Er nahm den ovalen Stein, der nicht dicker war als zwei Finger. Und da spürte er es: einen winzigen Rest von Magie. Womöglich stammte er sogar aus Albenmark. Dieser Kiesel war das, was er nun brauchte, und so holte er seinen Beutel vom Gürtel und schob den Stein und auch die anderen zu jenen, die sich in magischen Quellen voller Magie gesogen hatten und ihm in schwachen Stunden Zauberkraft spenden sollten.

»Ich glaub es nicht«, flüsterte Jasgur. »Nuramon der Grabräuber!«

»Kein Grab ohne Leichnam«, erwiderte er seinem Gefährten leise.

»Nützen diese Steine dir denn?«, fragte der Herzog.

»Das möchte ich herausfinden, aber nicht hier.«

So kehrten sie auf die Albenpfade zurück, aßen und tranken, schauten in die Finsternis hinaus und warteten auf Bjoremul und dessen Familie.

»Ich frage mich immer, was da draußen ist«, sagte Jasgur. »Das Nichts?«

»Nein«, sagte Nuramon. »Dort ist Nebel, und es heißt, dort würden Geister umherschwirren.«

»Ein Krieger soll einmal mit Absicht dort hinabgesprungen sein«, sagte Jasgur.

»Das stimmt«, entgegnete Nuramon. »Vor zwei Jahren. Er fürchtete sich so sehr vor der Schlacht, dass er den Tod im scheinbaren Nichts suchte. Er hatte schon einmal in einer Schlacht gekämpft und wollte diese Erfahrung um nichts in der Welt wiederholen.«

»Hatte er Familie?«

Nuramon nickte. »Als ich ihnen erzählte, was geschehen war, merkte ich, dass ich ein recht passabler Lügner geworden bin.«

Jasgur seufzte. »Das kenne ich. Du nimmst dir vor, immer aufrichtig und ehrlich zu sein, und dann, wenn du immer wieder erlebt hast, wie viel Schmerz es anderen zufügt, verbiegst du doch die Wahrheit.«

»Das stimmt«, sagte Nuramon. »Ich erzählte den Eltern, dass er sofort tot war und seine Seele in die Welt zurückfinden würde. Aber ich verschwieg, dass man mir wieder und wieder erzählte, dass da draußen im Tod die ewige Seelenqual wartet. Die Geister dort sollen ruhelose Seelen einstmals lebender Wesen sein, und es heißt, ihr Hass wäre unermesslich. Und das konnte ich den Eltern des Kriegers nicht erzählen. Es tut so weh, den Familien vom Tod ihrer Kinder, Geschwister oder Geliebten zu berichten. Vielleicht sollte ich mich allmählich aus den Schlachten zurückziehen und mich nur noch um die magischen Quellen kümmern – sie hegen und pflegen; die gefährlichen zähmen, die heilvollen stärken.«

Jasgur nickte. »Die magischen Quellen haben alles verändert. Die Heilquelle bei Urijas ist wahrscheinlich wichtiger als eine ganze Stadt voller Krieger.«

Nuramon lachte. »Du meinst wohl eher, als eine ganze Stadt voller Heiler.« Er wollte etwas nachsetzen, hielt aber inne und lauschte. Dann ließ er seine Zaubersinne zum Albenstern und durch ihn hindurch in die Welt hinauseilen. Er hörte Gepolter auf dem Gang – Waffenschläge und Schmerzensschreie. »Bjoremul kommt«, sagte Nuramon und ließ seine Magie in den Albenstern fließen. Er öffnete das Lichttor und schritt hindurch in die leere Totenkammer. Kaum hatte er seine Waffen gezogen, erschien Jasgur hinter ihm.

Nuramon öffnete die Tür, trat hinaus und wandte sich nach rechts. Am Ende des Ganges führte Bjoremul seinen Kriegsflegel gegen vier Wachen. Auf halbem Weg zu ihm schob sich eine dunkelhäutige Frau wimmernd die Wand entlang. Das Kind, das sie in ihren Armen trug, gab keinen Laut von sich.

»Hierher!«, rief Jasgur, und die Frau riss den Kopf herum und starrte sie an.

»Geh, Dyra!«, brüllte Bjoremul, ohne sich von den Wachen abzuwenden.

Dyra weinte, doch was unter ihr zu Boden tropfte waren keine Tränen, sondern Blut – das Blut ihres Kindes. Das Gesicht des Mädchens wirkte wie eine rote Maske.

Vor einer solchen Nacht hatte Daoramu sich all die Jahre gefürchtet. Ihre Tochter war entführt worden, und nun konnte sie kaum einen ruhigen Gedanken fassen. Gern hätte sie sich mit ihrer Angst nach oben zurückgezogen, doch sie blieb gemeinsam mit Gaerigar im Saal bei ihrem Vater und den Vertrauten des Hofes und lauschte jedem Wort, als könnte es die Erlösung bringen.

»Diese Narren wissen nicht, mit wem sie sich einlassen!«, rief ihr Sohn. Er wandte sich von Daoramu zu Borugar. »Niemand kommt ungestraft in unsere Stadt und entführt meine Schwester.«

Gaerigars verzweifelter Versuch, seine Gefühle hinter einer Maske aus Zorn zu verbergen, trieben Daoramu die Tränen in die Augen. Sie bemühte sich, die Haltung zu bewahren. Das war wichtig. Der ganze Hof war zur Stelle, und alle Augen waren auf sie und ihre Familie gerichtet. Und wenn sie ihre Verzweiflung nicht verbarg, mochten andere ebenfalls verzweifeln. »Beruhige dich«, sagte sie zu Gaerigar. »Wir werden sie finden.« Sie lächelte ihrem Sohn aufmunternd zu, doch in ihrem Inneren war kein Trost.

Sie wussten nicht viel. Der Leibwächter Ralogyrn hatte ihnen beschrieben, was geschehen war, und die beiden Stadtgardisten erinnerten sich nur noch daran, dass sie mit einem Mal Schatten umgeben hatten. Nun waren die Stadtgarde und auch Nylma mit ihren Leuten auf der ganzen Insel unterwegs und suchten nach Spuren.

»Sie werden uns wissen lassen, dass sie Nerimee haben«, erklärte Borugar und schaute auf den leeren Platz seiner Frau. Jaswyra hatte es nicht mehr ausgehalten und kümmerte sich um Yendred. »Wir können nur abwarten und hoffen, dass sie bald ihre Forderungen stellen«, sagte der Fürst.

»Abwarten ist nicht genug«, erwiderte Gaerigar und zog die Blicke auf sich. »Wir müssen sie aufspüren, ehe sie ihr Spiel spielen können.«

»Aber das tun sie doch bereits«, sagte Daoramu.

Gaerigar blickte ihr zornig entgegen. »Deswegen müssen wir trotzdem nicht warten, bis sie sich bewegen.«

»Das stimmt«, sagte sie mit aller Ruhe, die sie aufbringen konnte. »Aber wir müssen behutsam vorgehen, sonst geschieht Nerimee noch ein Leid.«

»Das glaube ich nicht«, sagte Gaerigar, und ein Hauch von Unsicherheit schlich sich in seine Miene.

»Was weißt du von solchen Dingen?«, fragte Daoramu, und da senkte Gaerigar den Blick und verstummte. »Dann spiel nicht mit dem Leben deiner Schwester.«

Er hob den Kopf und starrte sie an. »Du weißt, das würde ich nie tun«, sagte er.

Sie strich ihm über den Arm. »Nicht wissentlich. Wir alle sind bestürzt, aber wir müssen die Ruhe bewahren.«

»Ruhe bewahren?«, rief Gaerigar. »Meine Schwester wurde entführt. Deine Tochter! Wie soll ich da die Ruhe bewahren?«

Daoramu seufzte. »Wenn du bleiben willst, musst du dich beruhigen«, sagte sie. »Ein Hitzkopf könnte alles verderben.«

Gaerigar schaute zu Borugar. Ihr Vater lächelte gequält, dann nickte er. »Vielleicht solltest du ein wenig schlafen, und morgen sehen wir weiter.«

Gaerigar schüttelte den Kopf und verließ wortlos den Thronsaal.

»Wahrlich ein Hitzkopf!«, sagte Terbarn und schüttelte sein Lockenhaupt. Der Palastvogt war mit den Jahren auch für Angelegenheiten außerhalb des Palastes zu einem wichtigen Berater des Fürsten geworden.

»Er ist noch jung«, sagte Borugar.

»Aber vielleicht hat er trotzdem recht«, sagte Daoramu leise.

Bjoremul und dessen Frau Dyra, die das bewusstlose Mädchen im Arm trug, liefen hinter Jasgur durch die Pforte. Nuramon folgte ihnen sogleich, und als er auf der anderen Seite die Hand hob, um das Zaubertor zu schließen, sprangen ihnen zunächst zwei, dann drei weitere Krieger aus dem Licht entgegen. Woher sie den Mut nahmen, wusste Nuramon nicht. Er wusste nur, dass er das Tor schließen musste, ehe diesen Kriegern weitere folgten. Falls sich ihm keine Gelegenheit mehr dazu bot, würden sie kämpfen müssen, bis seinem Torzauber die Macht ausging und die Pforte von allein verschwand. Er hatte zwar nicht besonders viel Kraft in den Zauber gesteckt, aber dennoch mochte das Lichttor, wenn es das Schicksal schlecht mit ihnen meinte, erst in Stunden vergehen.

Ein Schrei Dyras ließ Nuramon herumfahren. »Sie ist tot!«, rief sie, »Lyasani ist tot!« Damit zerschlugen sich alle Pläne. Er musste zu Bjoremuls Kind. Jeder Augenblick zählte.

»Bjoremul!«, rief Nuramon und gab ihm ein Zeichen, gegen die Krieger anzutreten. Während sich Bjoremul mit verzweifelter Miene an Jasgurs Seite in den Kampf stürzte, lief Nuramon an ihm vorüber zu dem Albenpfad, an dem Dyra mit ihrem Kind im Arm saß. Aus ihren Augen schrie ihm die Verzweiflung entgegen. Sie presste ihre Tochter, die gewiss nicht älter als sieben Jahre war, fester an sich.

»Gib sie mir!«, bat er, doch Dyra schüttelte den Kopf. »Ich kann sie retten«, erklärte er und berührte sie an der Schulter.

Ein Schmerzensschrei Bjoremuls ließ sie beide zum Lichttor schauen. Der Wyrenar zog den linken Arm zurück, ließ aber den Schaft des Kriegsflegels sofort mit der Rechten vorschnellen. Mit blutendem Hals flog der feindliche Krieger ins Lichttor und verschwand. Auch Jasgur fing einen Gegner mit der Schwertklinge auf und wuchtete ihn ins Licht.

Nuramon griff nach Dyras Hand und sah sie eindringlich an. »Entweder du lässt mich deine Tochter heilen, oder ich schließe das Tor. Schnell! Es ist die letzte Gelegenheit.«

Dyra zog die Schultern hoch und schaute zu Bjoremul hinüber. Dann aber nickte sie und ließ zu, dass Nuramon ihr die regungslose Tochter aus den Armen nahm.

Nuramon untersuchte Lyasani. Sie hatte tatsächlich aufgehört zu atmen, und ihr Herzschlag war verklungen. Ein blutiger Schnitt zog sich quer über das Kindergesicht. Nuramon wandte den Blick ab. Er hatte in seinen zahlreichen Leben viele solcher Wunden gesehen, doch keine von ihnen gehörte in das Gesicht eines Kindes.

Vorsichtig bettete er Lyasani auf den Boden, dann legte er die linke Hand auf ihren Hals und die rechte über die Wunde auf ihrem Gesicht. Er ließ seine Heilkräfte fließen, und der Zauber sank in den Schädel und den Hals des Mädchens und verbreitete sich.

Nuramon kamen die Tränen, als er daran dachte, was unter seinen

Händen ruhte. Ein magischer Sog kam nun auf und riss an ihm. So war es oft, wenn jemand schwer verletzt war. Der Zauber wollte dann mit aller Macht an die Heilung gehen und holte sich die Kraft von Nuramon.

Als ihm kurz darauf ein unbändiger Schmerz entgegenschoss, wusste er, dass das Kind auf der Schwelle zum Tod stand. Der Heilzauber brauchte mehr Macht, als Nuramon ihm ohne weiteres zu geben vermochte. Die Schmerzen brannten in seinen Sinnen, und er stemmte sich ein wenig gegen den Sog der Magie, um nicht bewusstlos zu werden. Als die Macht, die an ihm zerrte, aber immer stärker wurde und der Schmerz in gewaltige Höhen emporschoss, sah Nuramon nur noch eine Möglichkeit, das Kind zu retten. Er gab dem Sog nach, und wie ein Drache kam sein eigener Zauber über ihn und riss ihm binnen eines Augenblicks fast seine gesamte Kraft aus dem Leib.

Ein heller Schrei ließ Nuramon zurückschrecken. Lyasani biss ihm in die Finger, sprang auf und lief von ihm fort, quer über das Lichtplateau in den Kampf hinein. Dyra schrie auf und streckte die Hände nach ihrer Tochter aus.

Nuramon stand auf und wollte dem Mädchen nachsetzen, doch der Schmerz peitschte durch seinen Körper. Er verkrampfte, taumelte nach vorn und fiel zu Boden.

»Lyasani!«, schrie Bjoremul.

Nuramon fluchte, dass er sich nicht die Zeit genommen hatte, Lyasani mit einem Zauber zu betäuben. Ihm stockte der Atem, als er sah, wie sie zwischen den Kriegern hindurch und auf der anderen Seite des Plateaus auf die Finsternis zulief. Dann schwanden ihm die Sinne dahin.

Als Yendreds Großmutter fort war, lauschte er angestrengt auf den Gang hinaus. Nichts regte sich dort; und so huschte er aus seinem Zimmer. Er hatte belauscht, wie seine Großmutter seine Mutter geweckt hatte. Seine Schwester war entführt worden, so viel hatte er verstanden. Mehr jedoch hatten sie ihm nicht darüber sagen wollen. Nun hatte er sich angezogen und war bereit, sich nach unten zu schleichen, um sich die Antworten, die man ihm verwehrte, auf eigene Faust zu besorgen.

Kaum war er auf dem Gang, öffnete sich Gaerigars Tür. Yendred presste sich eng an die Wand, aber sein Bruder entdeckte ihn dennoch. »Geh schlafen, Kleiner«, sagte er, und Yendred sah, dass Gaerigar seine Lederrüstung und das Kurzschwert trug. Das Schwert, von dem niemand etwas wissen durfte. Es stammte aus der Ausrüstungskammer der Ilvaru, ein leicht gekrümmtes Kurzschwert, das die Waffenschmiede nach den Anweisungen ihres Vaters geschaffen hatten. Er hatte ihnen erzählt, dass er einst als Bote der Elfenkönigin Emerelle eine solche Klinge getragen hatte.

Gaerigar kam zu ihm und legte ihm die Hand auf die Schulter. »Hör mir gut zu, Yendred: Du sagst niemandem, dass du mich gesehen hast!«

Yendred nickte. »Was hast du vor?«, flüsterte er.

»Nerimee suchen«, antwortete sein Bruder mit entschlossener Stimme. »Was sonst? Und nun geh wieder ins Bett. Vielleicht ist Nerimee morgen früh schon wieder bei uns.«

Weil Yendred wusste, dass Widerspruch zwecklos war, kehrte er in sein Zimmer zurück und presste erneut sein Ohr an die Tür. Kaum waren Gaerigars Schritte verklungen, huschte er wieder hinaus und schlich in Cerens Zimmer.

Wie so oft in den letzten Monaten machte er Feuer im Kamin, legte den weißen Stein in die Flammen, und kurz darauf war die Geisterfrau an seiner Seite. »Dich bedrückt etwas«, sagte sie anstelle einer Begrüßung.

»Nerimee wurde entführt«, sagte er.

Sie starrte ihn nur an, ohne dass sich auch nur ein Hauch von Überraschung, Trauer oder Mitgefühl in ihrer Miene zeigte. »Tut es dir nicht leid?«, fragte sie.

Sie hatte ihn ertappt. Gerade hatte er sich gewundert, dass sie keine Gefühle zeigte, und darüber hatte er vergessen, dass es ihm ebenso erging. »Ich habe keine Angst um Nerimee«, sagte er. »Das hast du mir doch beigebracht. Mich nicht um andere zu sorgen. Zu vergessen, dass etwas Schlimmes geschehen könnte.«

»Das tat ich, um dir die Angst um deinen Vater zu nehmen.«

Er nickte. »Aber Nerimee ist bald genauso stark wie Vater.«

Ceren lächelte und strich ihm mit ihrer hohlen Hand durch das Gesicht. Yendred spürte den magischen Hauch seiner Lehrmeisterin. »Deine Zuversicht wird dich stark machen, Yendred«, sagte sie. »Bleibe auf diesem Pfad, und dir steht Großes bevor.«

Als Nuramon wieder zu sich kam, war es still um ihn. Die Zauberpforte, die aus der Lichtinsel herausgeragt hatte, war verschwunden. Offenbar hatten Bjoremul und Jasgur die Feinde so lange aufgehalten, bis sein Torzauber von allein verklungen war. All das Blut auf dem leuchtenden Boden des Plateaus war das letzte Zeugnis des Kampfes, der hier stattgefunden hatte. Jasgur half ihm sich aufzusetzen.

Nuramons Blick traf auf Dyra, die zitternd vor Bjoremul stand, die Hände von dessen Schultern löste, die Fäuste ballte und ihm wieder und wieder gegen die Brust schlug. Ihr ganzer Körper bebte, und schließlich ließ sie sich gegen Bjoremul sinken, und er schloss sie in seine Arme.

Lyasani lag neben ihren Eltern am Boden, am Rande des Lichtplateaus.

»Ist sie tot?«, fragte Nuramon Jasgur leise.

»Sie lebt«, sagte Jasgur und hielt sich das verwundete Bein. »Bjoremul hat sie gerade noch festhalten können. Und nun schläft sie.«

»Hilf mir auf die Beine«, sagte Nuramon. Er stützte sich an Jasgur, stand auf und atmete die kühle Luft tief ein. Dann wartete er, bis ihm nicht mehr schwindelig war, und ging zu Bjoremul und Dyra hinüber. Hier kniete er sich vor Lyasani nieder und blickte auf das blutverkrustete Gesicht des Mädchens hinab. Dann legte er die Hände auf die Stirn des Kindes und sandte ihr einen Zauber, der den Schmerz betäuben würde.

»Wird sie sehen können? Und sprechen?«, fragte Dyra, doch Nuramon hatte keine Antwort für sie. Als der Betäubungszauber wirkte, nutzte er die magischen Steine, die er bei sich trug. Einen davon gab er Dyra. »Bewahre ihn auf, falls mich die Kräfte noch einmal verlassen«, sagte er.

Dyra nickte, nahm den grünen Edelstein und drückte ihn an ihre Brust.

Nuramon lächelte sie an, dann wandte er sich wieder dem Mädchen zu. Gewiss eine halbe Stunde nagte der Heilzauber an seinen Kräften, und ohne die unterstützende Macht aus den magischen Steinen hätte er wohl erneut das Bewusstsein verloren. Schließlich ließ er sich von Bjoremul seinen Wasserschlauch reichen und wusch die Blutkruste vorsichtig von Lyasanis Gesicht. Von der schweren Verletzung war nur eine breite Narbe geblieben, die über dem linken Auge begann und sich über das Nasenbein bis über den rechten Mundwinkel zog.

»Unfassbar!«, flüsterte Dyra.

Nuramon zeichnete die Narbe wieder und wieder mit den Fingern nach. Die Haut des Mädchens glättete sich, doch die Narbe war noch immer breit und blass. Aber mit jeder Fahrt seiner Finger das Gesicht entlang wurde sie schmaler und schmaler. Schließlich vermochte sein Zauber nichts mehr auszurichten, und eine klare blasse Linie blieb auf der braunen Haut des Mädchens zurück. Es war ein Makel in einem ehemals makellosen Kindergesicht. Und doch war es nichts gemessen am Tod, dem sie so nahe gewesen war.

Mit der Morgendämmerung betrat Gaerigar den Speicher des alten Turms am Fuße der Klippen. Seine Freunde warteten bereits, und es waren mehr von ihnen gekommen, als er erwartet hatte: etwa dreißig Jungen und Mädchen im Alter zwischen zwölf und sechzehn.

»Wir haben es gehört«, sagte Merro und zog sich die blaue Haube der jungen Seekrieger vom Kopf. »Du weißt, dass du dich auf uns verlassen kannst.«

Gaerigar nickte, dann wanderte sein Blick zu Lynna. Sie war ein hübsches Mädchen und machte ihm schon seit langem schöne Augen, doch diesmal las er nichts als aufrichtiges Mitleid in ihren Zügen.

Er blieb am Fenster stehen und schaute die Klippenstraße entlang. »Es reicht«, sagte er dann und ließ den Blick an seinen Freunden entlanggleiten. »Unsere Eltern und Mentoren halten uns für Kinder, aber sie vergessen eins: Uns gehört die Zukunft. Wir lernen bereits ihr Handwerk, und sie merken gar nicht, dass wir sie in vielem übertreffen.« Er wies auf Merro. »Du hast deinen Schwertfürsten schon oft im Kampf besiegt, und dennoch bist du für ihn kaum mehr als ein Laufburschc.«

Merro nickte, und Gaerigar wandte sich an Lynna. »Und du schreibst schon seit Jahren schneller als dein Mentor und sprichst zwei Sprachen mehr als er.«

Auch Lynna nickte.

»Und deshalb sage ich euch, dass wir viel eher in der Lage sind, meine Schwester zu finden als die Stadtgarde oder die Krieger meines Großvaters.«

Belru, ein Bote im Jasborer Haus des Grafen Marugir von Byrnjas, sah ihn zweifelnd an. »Ist das nicht zu groß für uns?«, fragte er.

Gaerigar schüttelte entschlossen den Kopf. »Ist es nicht. Einen Stadtgardisten erkennt man sofort und wird vorsichtig. Aber wer beachtet uns denn schon? Ich sage: Beweisen wir, wozu wir fähig sind! Wenn die Kerle noch in der Stadt sind, werden wir sie finden.«

In der Sonne des nächsten Morgens saß Nuramon neben Jasgur am Lagerfeuer in der Mitte der Festung Elfengrat. Er löffelte Suppe aus einer kleinen Schüssel und schaute von Waragir, der mit den übrigen Ilvaru im Gras saß, hinüber zum Badehaus. Durch die geöffnete Doppeltür konnte er Bjoremul und Dyra sehen, die ihre Tochter abtrockneten. »Ich war leichtsinnig«, sagte er und wandte sich an Jasgur. »Wäre ich nicht wieder aufgewacht, wäret ihr auf den Pfaden umgekommen.«

»Der Gedanke ist mir ein- oder zweimal gekommen«, erklärte Jasgur lächelnd. »Aber viel schlimmer finde ich, dass die Varmulier nun von dem Albenstern wissen. Auf dem Weg kommen wir nicht mehr nach Varlbyra. Vielleicht gibt es noch andere Albensterne, die günstig liegen.« Jasgur starrte ihn mit einem herausfordernden Lächeln an.

Nuramon winkte ab. »Wir sollten uns nicht auf ein Feld wagen, das vielen von uns den Tod bringt«, sagte er.

Jasgur seufzte leise. »Irgendwann wirst du einsehen, dass ein Angriff auf Varmul uns Ruhe schenken würde, Nuramon. Wir gehen hinein, fegen Mirugil vom Thron und zerschlagen das Königreich und die Fürstentümer. Wir säen Zwietracht zwischen den Adelshäusern. Am Ende werden sie nur noch damit beschäftigt sein, einander zu bekriegen, und wir sind sie los.«

Nuramon schaute zum Badehaus hinüber. »Bjoremul, Dyra und Lyasani haben sich die Spuren von Varmul abgewaschen. Wir sollten nicht den Fehler machen, uns mit etwas zu belasten, das uns in den Schmutz zieht.«

Jasgur atmete tief durch. »Vielleicht hast du recht«, sagte er schließlich.

Nuramon nickte langsam. »Davon bin ich überzeugt. Aber du kehrst immer wieder zu diesem Vorhaben zurück. Warum?«

»Weil ich das Gefühl habe, noch genug Kraft für *eine* große Sache zu haben, *eine* Tat, die meinen Namen unsterblich macht.«

»Würden eine Reihe kleinerer Taten dir nicht die gleiche Zufriedenheit bescheren?«, fragte Nuramon.

»Du verstehst das nicht«, sagte Jasgur. »Du bist durch die Jahrhunderte gegangen, und man erinnert sich an dich. Aber wie lange werden meine Taten bestehen?«

»Ewig, wenn deine Kinder und Kindeskinder deine Taten bewahren und die Sänger sie lebendig halten.« Er lächelte. »Und wenn deine Freunde deinen Ruhm verbreiten.«

Jasgur lachte. »Du hast wohl vor, der Sänger zu sein, der von meinen Taten berichtet.«

»Falls ich so lange überlebe. Und natürlich werde ich die Dinge ein wenig größer aussehen lassen, als sie es tatsächlich gewesen sind.«

Bjoremul kam aus dem Badehaus, während Dyra zurückblieb und Lyasani das Haar kämmte. Das Mädchen starrte ohne jede Gefühlsregung zu ihnen heraus. Als Bjoremul sich zu ihnen setzte, reichte Nuramon ihm eine Schüssel. Er nahm sie dankend an, doch dann senkte er den Blick und zögerte, die Schöpfkelle zu nehmen und sich etwas aus dem großen Topf zu holen. »Was du für uns getan hast, können wir nie wiedergutmachen.« Als Bjoremul aufschaute, zitterten seine Lippen. »Wir hätten schon vor Jahren aus Varlbyra fliehen sollen.«

»Das zählt nicht mehr«, sagte Nuramon. »Kommt mit mir nach Jasbor.«

»Aber wie soll ich das Vertrauen der Menschen gewinnen?«

»Durch Taten«, antwortete Nuramon. »Ich möchte die Ilvaru in zwei Kriegsscharen teilen und brauche einen weiteren Schwertfürsten.« Er zeigte hinüber zu Waragir, der inzwischen am Brunnen stand und sich wusch. »Er ist ein aufstrebender Jüngling. Neben ihm brauche ich einen Schwertfürsten, der schon alles gesehen hat. Wenn es dir nicht widerstrebt, wäre ich froh, dich bei uns zu haben.«

Bjoremul lächelte. »Widerstreben? Keineswegs.«

Jasgur reichte Bjoremul die Hand. »Ich wünschte, ich hätte dir dies vor Jahren sagen können: willkommen in unseren Reihen.«

Bjoremul packte Jasgurs Hand, schüttelte sie schwungvoll und schaute dann zu Waragir hinüber. »Der wirkt noch sehr jung, aber er scheint was zu taugen.«

Jasgur grinste. »Kommt er dir bekannt vor?«, fragte er.

Bjoremul schüttelte den Kopf.

»Waragir ist Nylmas und Yargirs Sohn«, erklärte Nuramon.

Bjoremul stutzte. »An Nylma erinnere mich noch«, sagte er und musterte Waragir. »So viel Zeit«, sagte er schließlich und schüttelte den Kopf.

Im Namen des Fürsten

Als Nerimee erwachte, war Helgura fort. Sie hatte so tief geschlafen, dass sie nicht bemerkt hatte, dass ihre Peiniger die Kriegerin geholt hatten. Die Kerze, die eine der Wachen in der Nacht gebracht hatte, war beinahe auf den Boden hinabgebrannt. Der Sonnenaufgang musste noch Stunden entfernt sein, es sei denn, die Wachen hatten die Kerze ausgetauscht, als sie geschlafen hatte.

Als die Entführer Helgura und sie in den Kerker gebracht hatten, war Nerimee zunächst ruhig geblieben. Sie hatte an die Erzählungen ihrer Mutter gedacht; an den König von Varmul, den sie zwar als skrupellos einschätzte, der ihrer Mutter im Kerker von Werisar aber dennoch eine angemessene Behandlung hatte zukommen lassen.

Nerimee hatte jedoch rasch verstanden, dass Gnade für ihre Peiniger ein Fremdwort war. Die Schläge mit Händen, Fäusten oder gar Stöcken hatten sie ebenso geschwächt wie all die Tritte, mit denen ihre Entführer sie gequält hatten. Die letzten ihr noch verbliebenen Kräfte hatte Nerimee in die Heilzauber fließen lassen, die sie über sich und Helgura gesprochen hatte. Aber auch das hatte ihnen nicht viel genützt. Als ihre Entführer bemerkt hatten, dass alle Wunden verschwunden waren, hatten sie nur umso rücksichtsloser auf sie eingedroschen und sie mit dem höhnischen Hinweis entlassen, sie möge doch diese Wunden ebenfalls heilen.

Die Wachen fürchteten sich längst nicht mehr vor ihrer Magie. Hätte sie etwas gegen ihre Folterknechte ausrichten können, hätte sie es längst getan. Außerdem mussten sie nur damit drohen, Helgura etwas anzutun, und schon flehte Nerimee sie um Gnade an. Sobald ihre Peiniger fort waren, schämte sie sich für ihre Schwäche. Wie sehr wünschte sie sich in diesen Stunden, auch nur den Hauch der Macht ihres Vaters zu besitzen! Verzweifelt starrte sie in die zitternde Flamme der Kerze. Sie vermochte zwar die Elemente in einen Zauber zu binden, doch ihr fiel nichts ein, das auch nur annähernd einen Angriff gegen ihre Feinde entfacht hätte.

Helguras Willen hatten sie ebenfalls gebrochen. Als die Kriegerin sich den Wachen das erste Mal in den Weg gestellt hatte, hatten diese ihr dafür fast die Stirn zerschmettert. Also hatte Helgura nach einem anderen Ausweg gesucht. Sogar das Latrinenloch hatte sie ins Auge gefasst, doch durch die Öffnung hätte nicht einmal ein Kind gepasst. Das fließende Wasser, das den Schmutz unter dem Abtritt fortwaschen sollte, bewies, dass sie in einem edlen Haus waren. Und die

Steine, aus der die Wände gemauert waren, kannte Nerimee aus den Kellern der Oberstadt.

Als sich die Tür mit einem Ruck öffnete, wich Nerimee in die Ecke bei der Kerze zurück. »Gut so«, sagte einer der Wächter und richtete seine kleine Handarmbrust auf sie – ein weiterer Hinweis darauf, dass sie sich in Jasbor befanden, denn mit diesen kleinen Armbrüsten fing man im steinigen Nordwestteil der Insel Echsen. Zwei weitere Männer kamen herein, schleiften Helgura mit und ließen sie dann einfach fallen. Die Kriegerin schlug mit dem Kopf auf dem Boden auf. Während sie stöhnte und das Gesicht zur Seite wandte, zogen sich die Wachen zurück und verriegelten die Tür.

Erst als die Schritte der Männer verklungen waren, wagte sich Nerimee zu ihrer Leidensgenossin, half ihr auf und führte sie in den schwachen Schein der Kerze. Helgura war nur noch in ihr Hemd gehüllt. Der dicke Stoff war am Rücken zerfetzt und offenbarte all die blutigen Wunden. Helgura setzte sich mit einem Schmerzensschrei, legte sich auf die Seite und weinte. Sie – die starke Kriegerin, die sich immer schützend vor Nerimee gestellt hatte – weinte.

Mit Entsetzen betrachtete Nerimee das Blut an Helguras Schenkeln. »Sie haben es also doch gewagt«, flüsterte sie.

»Mehr als das«, erwiderte Helgura leise. »Viel mehr als das.«

Der Zorn brodelte in Nerimee. Einem mächtigen Gewitter gleich wollte sie über ihre Peiniger kommen und sie zerfetzen, zerschmettern, zerreißen. »Sie werden dafür bezahlen, Gura!«, hauchte sie.

»Wie, Nerimee?«, flüsterte Helgura. »Wie?«

»Meine Familie wird über sie kommen wie eine Sturmflut über das Land«, sagte Nerimee. »Glaub mir.« Doch Helguras Schweigen ließ sie mit jedem Augenblick mehr an ihren Worten zweifeln.

»Ich nehme dir die Schmerzen«, sagte Nerimee schließlich. »Du wirst nichts mehr fühlen.« Sie strich der Kriegerin sanft durch das blutverklebte Haar und schämte sich dafür, dass sie Helgura diesen Zauber nicht geschenkt hatte, ehe die Wachen sie geholt hatten. Sie war so müde gewesen, dass sie eingeschlafen war und die Ankunft der Peiniger nicht bemerkt hatte.

Kaum flossen Nerimees Zauberkräfte, atmete Helgura erleichtert aus. »Danke«, hauchte sie immer wieder. Und nachdem der Betäubungszauber nun wirkte, legte Nerimee ihr die Hand auf den Rücken und begann mit der Heilung. Ihre Kraft strömte zwar zuerst in die Hiebwunden, doch an dem kräftigen Sog des Heilzaubers spürte sie, dass die Wunden in Helguras Unterleib gewaltig waren.

Als sich Nerimee nach vollendetem Zauber erschöpft gegen die kalte Wand sinken ließ, richtete die Kriegerin sich langsam auf. »Ich spüre wirklich kaum mehr etwas«, sagte sie, und über ihr beflecktes Gesicht huschte ein kleines Lächeln, das Nerimee die Tränen in die Augen trieb. »Beim nächsten Mal, wenn sie dich holen, werde ich dafür sorgen, dass der Zauber wirkt und du keine Schmerzen spürst«, flüsterte sie.

Helguras Augen glänzten. »Wir müssen nur darauf achten, dass wir auf ihre Angriffe reagieren«, sagte sie. »Sie wollen fühlen, dass sie uns wehtun. Wenn sie nicht kriegen, was sie wollen, werden sie uns am Ende noch totschlagen.«

Nerimee lächelte gequält. »Tu, was du kannst. Ich werde schon schreien. Denn ich kann die Betäubung nicht auf mich selbst wirken.«

Helgura schaute sie entsetzt an, und in ihren Augen sammelten sich Tränen. »Ich bin deine Leibwächterin. Ich sterbe lieber, als dich das durchmachen zu lassen.«

Nerimee schwieg darauf, und so saßen sie still da und betrachteten das Licht der Kerze. Nach einer Weile aber hörten sie erneut Schritte auf dem Gang. Als die Tür sich öffnete, spürte Nerimee, wie Helgura unruhig wurde, doch noch ehe sie die Kriegerin zurückhalten konnte, sprang diese vor, schlug die Armbrust des ersten Wächters hinab, griff den Bolzen und stieß ihn dem Schützen ins Bein. Der Wächter jaulte auf, doch schon trieb ein Tritt Helgura zurück. Sie fiel zu Boden, und zwei Männer kamen über sie und schlugen sie mit ihren Stöcken. Als der dritte sich den Pfeil aus dem Bein gezogen hatte, stürmte er näher, entriss einem Gefährten den Stock und schlug mit aller Kraft auf die Kriegerin ein.

Helgura schrie anfangs noch, wenngleich sie die Schmerzen dank des Betäubungszaubers gewiss nicht spürte; doch die Kraftschreie des verletzten Entführers übertrafen ihre Klagelaute, bis diese schließlich ganz vergingen und Helgura mit zerfetztem Rücken im eigenen Blut lag.

Nerimee ließ sich abführen und behielt Helgura auf dem Weg nach draußen im Blick. Sie sah, dass der Oberkörper ihrer Gefährtin sich ruckartig hob und senkte, und ehe die Entführer die Tür verriegelten, hustete die Leibwächterin.

Die Männer führten Nerimee den Gang entlang. Sie kamen in ein Gewölbe, in dessen Mitte zwei Tische standen. Einer war von Blut befleckt, auf dem anderen lagen Stöcke, Knüppel, Ruten, Fesseln und eine Peitsche. Gegenüber standen drei Männer am Fuße der Treppe, die nach oben führte, und starrten ihr entgegen. Den einen erkannte sie an seiner krummen Haltung. Helgura hatte ihn als Schwertfürsten der Entführer bezeichnet. Sein Gesicht hatte Nerimee sich nicht so ebenmäßig, beinahe ansehnlich vorgestellt.

Nerimee musterte die anderen beiden Männer. Der eine hielt eine kleine Armbrust auf sie gerichtet, der andere trug einen weiten Mantel, und seine Augen strahlten selbst hier bei schwachem Licht in einem klaren Blau. Die unterwürfigen Gesten des Schwertfürsten bewiesen, dass ihre Peiniger dem Mann mit den blauen Augen untergeben waren.

Die drei Wachen, die sie geholt hatten, führten Nerimee zu dem blutbefleckten Tisch und drückten sie nach vorn. Sie beugte ihren Oberkörper freiwillig und ließ sich festbinden. Mit einer Ruhe, die sie sich selbst nicht zugetraut hätte, beobachtete sie, wie die Wächter ihre Fesseln durch Eisenringe zogen. Als sie aber ihre Schenkel an den Tischbeinen festbanden, überwältigte Nerimee die Angst. Sie hob den Kopf und schaute zu dem Schwertfürsten. »Sie kann nur heilen, nichts weiter«, erklärte dieser seinem Anführer. »Und sie weiß, dass wir ihre Gefährtin töten, wenn sie nicht gehorcht. Wir können sie aber gern trotzdem knebeln.«

Der Mann mit den blauen Augen hob die Hand. »Nein«, sagte er. »Ich möchte sie schreien hören.«

Die Angst lähmte Nerimee. Stumm sah sie zu, wie zwei der Männer je eine Rute in die Hand nahmen und sich bereit machten. Der Schwertfürst gab den Männern einen Wink. Der erste Hieb traf Nerimee früher als erwartet und überwältigte sie mit einem reißenden Schmerz. Der nächste Schlag war noch schlimmer, und da schrie sie; sie konnte nicht anders.

Sie schrie gegen das Lachen ihrer Peiniger an, gegen die gehässigen Worte, gegen all die Namen, mit denen sie sie beschimpften und von denen *Hure* noch der schmeichelhafteste war. Als einer sie aber als *Elfennutte* bezeichnete, musste sie lachen und erntete als Antwort nur noch wildere Schläge, die ihre Schmerzen in nie geahnte Höhen peitschten.

Als die Männer von ihr abließen, zitterte Nerimee am ganzen Körper und zuckte immer wieder in Erwartung weiterer Hiebe zusammen. Sie dachte daran, wie ihre Brüder sie durchgekitzelt hatten und es am Ende nur einer Geste bedurfte, um sie zum Lachen zu bringen. Sie hasste es, eine wunderschöne Erinnerung mit diesem düsteren Moment in Verbindung zu bringen. Sie musste stark sein und den Heilzauber zurückhalten. Wenn diese Männer sahen, wie sich ihre Wunden schlossen, würden sie weitermachen.

»Jetzt weißt du, wo dein Platz ist«, zischte der Wächter, den Helgura angegriffen hatte, doch Nerimee war jenseits aller Furcht, und so lachte sie nur. »Bindest du deine Frau auch auf Tische?«, fragte sie. »Und bindest du sie auch wieder los, um zu sehen, ob sie auch ohne Fesseln bei dir bleibt?«

Sie wartete auf das erneute Zischen der Ruten, doch der Anführer hob die Hand, und der Schmerz blieb aus. Erstaunt schaute Nerimee zu ihm auf. »Hast du keine Angst, dass sie dir das antun, was sie deiner Leibwächterin angetan haben?«, fragte er.

»Angst?« Sie lachte. »Die habt ihr mir gerade ausgetrieben.«

Der Anführer grinste und schritt in seinem wallenden Mantel um den Tisch herum. »Deine Leibwächterin ist sehr begabt. Und du scheinst mir auch über geeignete Fähigkeiten zu verfügen.«

Nerimee folgte ihm mit dem Blick, soweit sie es vermochte. Als er hinter ihr stand, hatte sie Angst, doch sie bemühte sich, ihre Gefühle zu verbergen. Diese Männer hatten ihre Schreie gehört. Ihr Wimmern würde sie ihnen nicht zum Geschenk machen.

Der Mann trat neben sie, sodass sie zu ihm aufschauen konnte.

»Du bist deiner Mutter ähnlich«, sagte er. »Größere Augen, nicht so weich. Ein Elfengesicht.«

»Wer bist du?«, fragte sie.

Der Mann lachte. »Mein Name ist Merryn Lysgoru«, sagte er und musterte sie aufmerksam, als erwarte er eine Reaktion. Tatsächlich kannte Nerimee den Namen Lysgoru. Er gehörte der Familie des früheren Fürsten. Als ihr Vater um die Hand ihrer Mutter angehalten hatte, hatte Fürst Yarro befürchtet, ihr Großvater könnte mit Nuramon an seiner Seite nach dem Fürstenthron greifen. Und so hatte er die Verbindung untersagt und angeboten, dass ihre Mutter seinen Neffen Merryn heiratete. Doch so weit war es nie gekommen.

»Ich kenne dich aus den Erzählungen meiner Mutter«, sagte Nerimee schließlich. »Sie hat dir viele Namen gegeben.«

»Tatsächlich?«, sagte Merryn mit funkelnden Augen.

»Einige davon haben deine Handlanger eben im Munde geführt.«

Merryn lachte. »Du hast genauso eine spitze Zunge wie deine Mutter.« Er gab seinen Leuten einen Wink. »Bindet sie los.«

Die Männer taten wie ihnen geheißen, und als sie Merryn schließlich mit vor Schmerzen brennendem Rücken gegenüberstand, stellte sie fest, dass sie nahezu gleich groß waren und sich dadurch zumindest körperlich auf Augenhöhe begegneten.

»Kannst du dir vorstellen, was ich in der Fremde durchmachen musste?«, fragte er und schaute an ihr hinab.

»Ich kann mir vorstellen, was die *Frauen* in der Fremde durchmachen mussten«, erwiderte sie.

Wieder lachte er, griff nach ihrem Hemd und starrte sie herausfordernd an.

»Nicht«, sagte sie. »Das ist unter der Würde eines Fürstensohnes.«

In Merryns Gesicht stand für einen Augenblick Verwunderung. Er ließ von ihrem Hemd ab, schaute kurz zur Seite und schlug ihr dann mit der Faust in den Magen. Nerimee knickte ein, fiel zu Boden und rang nach Luft. Als sie aufsah, hielt Merryn einen Stock in der Hand und schlug ihr ins Gesicht. »Was weißt du schon von der Würde eines Fürsten!«, kreischte er. »Du bist die Frucht der Verbindung, die meiner Familie den Untergang brachte. Ich werde Borugar alles nehmen: dich, deine Brüder, deinen Vater, deine Mutter, deine Großmutter. Und ganz am Ende hole ich ihn.«

»Das bringt dich auch nicht auf den Thron«, sagte Nerimee leise.

»Ich will den Thron nicht. Ich will Rache für all das, was ich verloren habe. Ich hätte Herzog unter meinem Onkel sein können. Vielleicht wäre ich selbst auf den Thron gekommen. Wer weiß?«

»Dein Onkel hielt alles in den Händen. Er hätte Nuramon haben können. Er hätte die Siege, die mein Großvater nun davonträgt, selbst erringen können. Aber er hat es durch sein Misstrauen verspielt.«

Merryn schlug mit dem Stock zu. Wieder und wieder. Nerimee machte sich klein und vergrub ihren Kopf unter ihren Armen. »Er war nicht verrückt! Er war nicht verrückt!«, brüllte Merryn. »Sag es! Sag, dass er nicht verrückt war!« Er senkte den Stock und hielt inne.

»Er war nicht verrückt«, sagte sie und atmete gegen den Schmerz an. »Und auch mein Großvater hielt ihn nicht dafür. Er hätte alles für deinen Onkel getan.«

Einmal mehr hob Merryn den Stock, doch dieses Mal nahm Nerimee all ihren Mut zusammen und starrte ihm ins Gesicht. Sie dachte an Waragir. »Du musst deinen Feinden ins Antlitz schauen«, hatte er ihr einmal gesagt, und nun spendeten seine Worte ihr Kraft. Sollte dieser armselige Neffe eines gescheiterten Fürsten sie doch weiterprügeln. Sie würde sich nicht abwenden.

Merryn zögerte und blickte ihr ins Gesicht. Schließlich warf er den Stock beiseite und gab den Männern erneut einen Wink. »Bindet sie wieder auf den Tisch. Ich werde ihr das geben, was schon ihre Mutter verdient hätte.«

Nerimee nahm sich diesmal vor, an nichts zu denken. Jeder Gedanke an etwas Schönes würde von dem Grauen, das ihr bevorstand, besudelt werden. Sie musste alles, was ihr etwas bedeutete, aus sich verbannen, um später – falls sie irgendwie aus dieser Lage entkam – darin Trost zu suchen. Doch noch ehe Merryn zur Tat schreiten konnte, rief eine helle Jungenstimme von der Treppe herab: »Herr! Er ist da. Nuramon ist in Jasbor!«

Merryn hielt inne und atmete tief durch. »Gut!«, rief er schließlich. »Wartet!«, befahl er den Wachen. »Bringt sie zurück in den Kerker. Ihr könnt sie verprügeln, wenn ihr wollt. Mehr aber nicht – noch nicht. Zuerst gehört sie mir.«

Sie hätten schon in Jasbor sein können, doch Nuramon hatte auf dem Weg über die Albenpfade auf einem Lichtplateau draußen in der Welt eine magische Quelle gespürt, die ihm vorher nicht aufgefallen war. So hatten sie die Albenpfade verlassen und befanden sich nun am Strand einer von Steilklippen umgebenen Bucht. Während Bjoremul, Dyra und Lyasani wie gebannt auf das Meer hinausschauten, errichteten Nuramons Leute ein kleines Lager und verteilten Brot und doranyrischen Tee.

Nuramon und Waragir standen an der magischen Quelle. Für Nylmas und Yargirs Sohn deutete gewiss nichts darauf hin, dass hier Zauberkraft aus der Klippe drang, doch Nuramon spürte die Magie wie einen dünnen Nebel, der sich auf die Felsen und Steine vor der Klippe senkte.

Er holte einen der Edelsteine aus Varlbyra hervor, einen Meeresstein, und ließ seine Kraft langsam in ihn fließen. Dann schlug er mit dem Dorn seines Dolchgriffs ein Loch in den Fels der Klippe und legte den Stein hinein. Schließlich wandte er sich ab und atmete durch.

»Du hättest das auch später tun können«, sagte Waragir.

»Ich weiß nur nicht, wann ich das nächste Mal dazu komme.« Nuramon öffnete den Beutel mit den Edelsteinen und ließ Waragir hineinschauen. »Einer davon könnte mir den Zauber ermöglichen, nach dem ich seit Jahren strebe. Und ich möchte alles daransetzen, dass er Wirklichkeit wird.«

»Du willst das Altern verlangsamen.« Waragir lächelte, und Nuramon hob überrascht die Brauen. »Nerimee und Daoramu haben es mir gesagt«, erklärte der junge Schwertfürst. Dann hielt er kurz inne und sah auf das Meer hinaus. »Weißt du denn, wie Nerimee altern wird? Sie kann oder will es mir nicht sagen.«

Nuramon lächelte. »Ceren glaubt, sie wird langsamer altern als ein Mensch und schneller als ein Elf«, sagte er. »Das Artefakt, das

Ceren und ich schaffen wollen, würde nicht nur Daoramu ihre Ängste nehmen. Vielleicht könnte es irgendwann auch dir und Nerimee zur Verfügung stehen.«

Waragir grinste. »Dann hast du also akzeptiert, dass wir zusammen sind?«

Nuramon legte ihm die Hand auf die Schulter. »Du stellst so viele Fragen wie dein Vater, bist so leichtsinnig, wie deine Mutter es einst war. Und Daoramu sieht dich schon lange als ihren Schwiegersohn. Und ich tue es auch.«

»Hast du mich deswegen zu deinem Schwertfürsten gemacht?«

»Nein. Ich habe dich beobachtet und sehe viel von deinen Eltern in dir. Und die Lebensgefahr sagt einem alles über einen Menschen – oder einen Elfen.«

Waragir nickte. »Hast du dich schon entschieden, wer dein neuer Schwertbruder wird?«, fragte er.

Nuramon zuckte mit den Schultern und schaute hinüber zu den Leichen, die in Tücher gewickelt neben dem Albenstern lagen. Der Tod Muregals nagte noch immer an ihm. Bjoremul und dessen Familie hatten ihn vom Schicksal seines Schwertbruders abgelenkt. Nun aber war die Trauer durchgebrochen, und Nuramon fragte sich, was aus Muregal geworden wäre, hätte er jenen Tag an der Quelle im Schlangenforst überlebt. Über einen neuen Schwertbruder hatte er noch nicht nachgedacht. Er wusste nur, dass es nicht Waragir sein würde, denn dieser war Aswyruns Schwertbruder, und er wollte die beiden nicht trennen. »Wen würdest du vorschlagen?«, fragte er den Sohn Nylmas und Yargirs.

»Nimm Loramu«, sagte er.

Nuramon nickte und schaute zu der schmalschulterigen Kriegerin hinüber, deren nachtschwarzes Haar im Meereswind wehte. »Eine gute Wahl«, sagte er. »Ich werde sie fragen.« Er lächelte. »Wir werden fortan viel Zeit damit verbringen, das Kämpfen in Paaren zu üben. Dafür brauche ich deine Unterstützung – und jene Wege zur Einheit im Kampf, die du von deinen Eltern gelernt hast.«

Waragir nickte.

Nuramon schaute zu Bjoremul hinüber. Der Wyrenar hielt seine

Frau und seine Tochter im Arm. Die kleine Lyasani hatte noch immer nicht gesprochen, doch vor wenigen Augenblicken hatte er sie zum ersten Mal lächeln gesehen. Jetzt ließ sie den Sand zwischen ihren kleinen Fingern in die mächtigen Hände ihres Vaters rieseln.

Auch Waragir beobachtete die kleine Familie. »Mit seiner Hilfe«, sagte er, »wird uns alles gelingen.«

Gaerigar war zufrieden. Sein Plan, seine Freunde bei der Suche nach Nerimee um Unterstützung zu bitten, trug endlich Früchte. All jene, die zwölf, dreizehn, vierzehn oder ein wenig älter waren und darauf brannten, endlich ernst genommen zu werden, bildeten ein Geflecht. Es gab immer jemanden in seiner Umgebung, der ihm die Bande herstellte. Kein Haus der Stadt war weiter als zwei Bekanntschaften entfernt, keines mehr als drei Freundschaften.

So kam es, dass sich heute Yurnegol, ein Schützling des Grafen Flarigor von Wurelgar, bei ihm gemeldet hatte. Gaerigar kannte Yurnegol nicht persönlich, aber seine Freundin Lynna hatte ihn heute in der Stadt getroffen, sich seinen Kummer angehört und ihn danach sofort zu Gaerigar gebracht.

Yurnegol stand im Dienst des Adelshauses Wurelgar. Er war der Sohn des Cousins von Graf Flarigor. Vor zwei Jahren war er aus dem Süden des Fürstentums gekommen, und wie es üblich war, hatten die Abgesandten Yurnegol, einen Zwölfjährigen, nicht ernst genommen. Sie hatten geglaubt, er wäre ihnen so treu ergeben, dass er über die Entführung Nerimees schweigen würde. Als er aber auf der Kellertreppe gelauscht hatte, sei ihm klar geworden, dass Merryn Lysgoru, der Neffe des ehemaligen Fürsten, kurz davorstand, Nerimee zu vergewaltigen. Da war Yurnegol nach unten gelaufen und hatte behauptet, Nuramon wäre in der Stadt. Und damit hatte er Merryn Lysgoru abgelenkt. Dann war Yurnegol seinen üblichen Pflichten nachgegangen und war in der Stadt auf Lynna gestoßen.

Gaerigar glaubte die Geschichte und versprach, Yurnegol vor dem Zorn seines Grafen zu schützen. Yurnegol atmete tief durch und dankte ihm. Schließlich schickte Gaerigar ihn mit der Aufgabe fort, ihnen zur Mittagsglocke die Tür zu öffnen.

Kaum war Yurnegol fort, rief Gaerigar seine Vertrauten zusammen und lud sie ein, sich zum Kampf zu rüsten und ihn kurz vor Mittag oben am Fürstentor zur Oberstadt zu erwarten. Selbstverständlich nur jene, die sich auf das Wagnis einlassen wollten, das Haus der Abgesandten aus Wurelgar zu stürmen. Bis dahin sollten sie in der Stadt das Gerücht streuen, dass sein Vater tatsächlich zurückgekehrt war.

Gaerigars Sorge um Nerimee war so groß, dass er am liebsten sofort losgestürmt wäre, um seine Schwester zu befreien. Aber er wusste, dass Übereifer fehl am Platz war; und sosehr die Worte seiner Mutter ihn geärgert hatten, so sehr hallten sie auch in seinem Geist nach. Ein Hitzkopf könne alles verderben, hatte sie gesagt.

Er musste vorsichtig sein. Und das bedeutete, dass er in Betracht ziehen musste, dass Yurnegol ihn in eine Falle locken wollte. Deswegen wollte er sich den Rückhalt seiner Familie sichern. So begab er sich hinauf in den Palast und unterbrach die Beratung seines Großvaters. Als er offenbart hatte, was Yurnegol ihm erzählt hatte, schickte Borugar Boten aus, um die Kunde von Nuramons heimlicher Rückkehr glaubhaft zu verbreiten.

»Nylma«, sagte sein Großvater dann. »Du wirst losziehen und Nerimee befreien.« Er wandte sich an Yargir. »Du bleibst hier im Palast, falls es sich um eine List handelt, die uns hier angreifbar machen soll. Geh, und sammle die Krieger.« Yargir und Nylma wollten sich abwenden, doch Borugar hielt Nylma zurück. Während Yargir loszog, um die Fürstengarde zusammenzurufen, erklärte Borugar Nylma, dass sie nicht warten solle, bis ihre ganze Garde bereit war. »Zieh mit einer kleinen schlagfertigen Schar los. Nimm dir unterwegs die Stadtgardisten vom Fürstentor mit. Nimm dir jeden, der dir über den Weg läuft, aber lass dich nicht aufhalten.«

»Keine Sorge, Herr«, sagte Nylma mit entschlossener Miene. »Meine besten Leute sind auf diesen Fall vorbereit.«

»Dann geh, und rette Nerimee«, sagte Borugar mit Tränen in den Augen. Er wandte sich nun an Gaerigar und klopfte ihm auf die Schulter. »Danke«, sagte er mit einem bitteren Lächeln. »Das hast du sehr gut gemacht. Ab jetzt ist dein Platz aber an der Seite deiner Mutter.«

»Was?«, schrie Gaerigar. »Ich kam zu euch, um mir Unterstützung zu holen. Lass mich mit Nylma gehen. Ich habe eine ganze Schar, die am Fürstentor auf mich wartet. Wir werden Nerimee befreien – *gemeinsam* mit den Palastkriegern.«

»Du bist zu jung«, erwiderte sein Großvater.

»Und doch habe ich das getan, woran ihr gescheitert seid.«

»Du bist zu unerfahren«, sagte Borugar.

»Wie soll ich Erfahrung sammeln, wenn ich stets zurückstehen soll? Lass mich im Schutz der Palastwache gehen. Nylma wird auf mich aufpassen.«

Borugar schaute mit zweifelnder Miene zu Jaswyra und dann zu Daoramu. Seine Mutter musterte ihn einen Moment, dann blickte sie weiter zu Nylma.

Die Schwertfürstin nickte.

»Also gut«, sagte Borugar schließlich. »Wie ich sehe, hast du ein Kurzschwert der Ilvaru. Eine edle Waffe. Damit du die Gegner aber auf Distanz halten kannst, brauchst du etwas anderes.« Und damit löste sein Großvater seinen Waffengürtel und reichte ihm das Schwert, das er bei der Schlacht von Weramul getragen hatte. Gaerigar stockte der Atem, und er nahm die Waffe in ihrem Gehänge wie einen Schatz entgegen.

Borugar packte ihn bei den Schultern. »Du bist jung, viel zu jung, aber wenn ich dich jetzt zurückhalte, wirst du beim nächsten Mal erst gar nicht zu mir kommen. Also, mein Junge: Geh, und befreie deine Schwester!«

Gaerigar dankte seinem Großvater, schloss seine Mutter stumm in die Arme, gürtete sich das Schwert um und trat kurz darauf an Nylmas Seite auf den Hof. Während Yargirs Krieger sich direkt am Palast sammelten, warteten drei Dutzend Krieger aus Nylmas Garde vor der Nordgarnison. Sie waren schwer bewaffnet und hatten sogar einen tragbaren Rammbock dabei.

Yargir gab Nylma noch einen Abschiedskuss, und dann setzte die Schwertfürstin sich mit Gaerigar an die Spitze des Zuges und ließ sich von einem ihrer Krieger einen kleinen Schild geben. Diesen hob sie kurz an und fragte Gaerigar lächelnd: »Du weißt noch, wie ich an der Seite Yargirs kämpfe?«

Er nickte. »Du bist unsere Parade, ich unser Angriff.«

»Genau«, sagte sie. »Du musst jetzt beweisen, was du kannst. Wenn dir ein Leid geschieht, werde ich das ausbaden müssen. Also mach keinen Unsinn.«

Gaerigar grinste. Er mochte es, wenn Nylma so mit ihm sprach. Sie war gewissermaßen seine Schwertmutter. An ihrer Seite führte er die Krieger dem Tor am Fürstenweg entgegen. Dort erwarteten sie die Gefährten Gaerigars. Ihm entging nicht, wie Nylma skeptisch die Brauen hob, als sie die dreißig Zwölf- bis Sechzehnjährigen erblickte. Den Jubel, der aufbrandete, als seine Freunde sich in der Mitte der Kriegerschar einreihten, brachte die Schwertfürstin mit einem Wink zum Schweigen. Dann erklärte sie den Jünglingen, dass ihre Aufgabe darin bestand, die Seitenstraßen um das Haus der Abgesandten von Wurelgar zuzustellen. Als die Stadtgardisten hinzukamen, die am Fürstentor Wache hielten, enthob Nylma sie ihrer Pflichten und gebot dem Dutzend Kriegern, sie zu begleiten. Sie sollten die Nachhut bilden und dafür sorgen, dass niemand entkam.

Schnellen Schrittes führte Nylma die Kriegsschar an, und als die Mittagsglocke des großen Ahnentempels erklang und von all den kleineren Tempeln der Stadt erwidert wurde, stürmte sie los, und Gaerigar folgte ihr mit den Kriegern.

Kurz bevor sie das Haus des Grafen erreichten, strebten die Jünglinge in die Straßen rings umher und stellten sie zu, und die Stadtgardisten vom Fürstentor sammelten sich gegenüber des Grafenhauses.

Gaerigar lief mit Nylma und den besten Kriegern des Palastes die Treppe zum Eingang hinauf. Noch ehe Gaerigar klopfen konnte, auf dass Yurnegol sie wie vereinbart einließ, öffnete dieser ihnen und deutete sogleich durch die Eingangshalle hindurch auf eine Tür neben der weit gebogenen Treppe ins Obergeschoss. Mit einer Mischung aus Furcht und Aufregung flüsterte er: »Sie sind im Keller. Schnell! Sie haben euch kommen sehen.«

»Was tust du da!«, rief eine der Wachen des Hauses, doch noch ehe der untersetzte Mann nach Hilfe rufen konnte, winkte Nylma zum Angriff. Die Palastkrieger stürzten auf den Wächter los und strömten in die Seitenzimmer. Gaerigar lief mit Nylma und den nachrückenden Kriegern zum Kellereingang hinüber. Als sie diesen verschlossen vorfanden, ließ Nylma den Rammbock nach vorne bringen.

Wieder und wieder wuchteten die Krieger den mit einer Eisenkappe versehenen Baumstamm gegen die Tür. Doch selbst das ohrenbetäubende Knallen des Rammbocks übertönte nicht die Schmerzensschreie, die aus der Tiefe zu ihnen heraufdrangen. Gaerigar biss sich fest auf die bebenden Lippen. Sich um das Leben seiner Schwester zu sorgen und zu wissen, dass auch seine Taten über sie entschieden, ängstigte ihn mehr als alles andere.

Ein weiterer Schlag, und die Tür flog auf. Gaerigar folgte Nylma in die Tiefe. Hinter einer Biegung der Treppe erwartete sie ein Gewölbe voller Bewaffneter. Ein Schuss, und Nylma hob den Schild und lenkte einen Armbrustbolzen gegen die Wand. Ein zweiter flog über ihre Köpfe hinweg und traf einen der nachfolgenden Gefährten. Kaum waren sie in dem Raum, schon strebten Gaerigar und Nylma nach rechts und zogen ihre Krieger nach. Einen Augenblick später tobte der Kampf.

Nylma blockte einen Schwerthieb mit dem Schild, einen Dolchstich stoppte sie mit der Klinge des Kurzschwertes, und der dritte Angreifer, der sich ihr entgegenstellte, erstarrte in der Bewegung. Das Schwert des Fürsten steckte ihm im Hals, und Gaerigar konnte kaum glauben, dass er den Stich gesetzt hatte.

Nylma stieß den Getroffenen mit dem Schild von Gaerigars Klinge gegen die nachrückenden Feinde; schon drängte sie nach vorn, und Gaerigar ließ sich mitziehen. Seine Schwertmutter konnte sich auf ihn verlassen; ganz so, als ob sie noch immer der Schal der Übungskämpfe an den Handgelenken verband. Drei Schritte vorwärts, und Gaerigar hatte vier weitere Männer niedergestreckt. Er hatte seine ersten Gegner getötet, doch was immer er hätte fühlen sollen, es konnte sich durch den pausenlosen Kampf nicht entfalten. Und so ging es weiter. Bis zur Wand – dann zur Seite –, bis zum Gang. Dort standen zwei Männer vor einer offenen Tür und drohten mit ihren Schwertern.

Der eine warf seine Waffe fort, der andere schaute entgeistert zur Seite. Nylma versetzte dem Unbewaffneten einen Schlag mit dem Schild und schlug dem anderen gegen den Schwertarm. Er ließ seine

Klinge fallen. Die beiden Entwaffneten zogen sich bis ans Ende des Gangs zurück und machten so den Weg in die Zelle frei.

In dem Raum flackerte ein Schein. Eine brennende Gestalt lag regungslos zur Rechten in der Ecke. Vier Männer, die diese umgaben, standen wie angewurzelt da. Links im Schatten zischte es, und ein Feuer flammte auf. Da sah Gaerigar sie – Nerimee. Hoch aufgerichtet stand sie an Helguras Seite und schoss ihren Peinigern Stichflammen wie Pfeile entgegen. Zwei der Männer warfen sich blitzschnell zu Boden. Die Flammen schossen über sie hinweg, trafen die beiden verbliebenen Männer und trieben sie gegen die Wand.

Einer der zu Boden Gesprungenen ging in die Hocke und warf Nerimee einen Dolch entgegen. Doch statt in ihren Kopf zu dringen, steckte der Wurfdolch mit einem Mal in Helguras Hand. Sie hatte ihn abgefangen und damit ihre Herrin geschützt.

Gaerigar stürmte nun an Nylmas Seite vor, dem Dolchwerfer entgegen. Ein Schlag, und er brach dem Krieger mit seiner Klinge den Arm; ein Tritt, und sein Gegner taumelte zurück, fing sich und brüllte: »Gnade!« Doch mit einem Mal steckte ein Dolch in seiner Schläfe. Ein Blick zur Seite, und Gaerigar sah Helgura. Sie stand gebückt vor Nerimee.

Da gaben die verbliebenen Gegner auf und stellten sich auf Nylmas Befehl mit dem Rücken gegen die Wand.

Gaerigar lief hinüber zu Nerimee. Sie wandte ihren Blick nur widerwillig von den Männern ab. »Gaerigar?«, flüsterte sie, als sie ihn erkannte. »Du bist meinetwegen gekommen?«

Er nickte und musterte sie. Das sonst so glänzende Haar hing ihr in verklebten Strähnen um das blutverschmierte Gesicht. Ihr schmaler Körper, der nur noch in einem zerfetzten Hemd steckte, war zerschunden und über und über mit Blutergüssen bedeckt. Sie blinzelte nicht, und ihre Augen funkelten unruhig im Schein des Feuers. Er hatte seine sanfte Schwester noch nie so zornig und zugleich so erschüttert erlebt.

»Hast du gesehen, was ich getan habe?«, fragte sie, als drei Palastgardisten hinzukamen und Nylma die Bewachung der Gefangenen abnahmen.

»Ich habe es gesehen«, antwortete Gaerigar.

Nerimee schaute zu ihren Peinigern hinüber, die überlebt und sich ergeben hatten. »Den einen habe ich getötet«, sagte sie. »Aber die da sind mir entgangen. Wie gern würde ich es ihnen heimzahlen. Ein Wort von dir, Helgura, und sie sind alle tot.«

Helgura, der Nylma gerade die Hand mit einem Tuch verband, schüttelte den Kopf. »Überlassen wir sie deinem Vater«, sagte sie mit bebenden Lippen.

»Hörst du, Merryn? Du darfst noch eine Weile leben«, sprach Nerimee einem der Männer entgegen, und in ihrer Stimme lag so viel Hass, dass selbst Gaerigar zurückwich. Das war nicht die Schwester, die er all die Jahre gekannt hatte. »Haben sie dir so sehr wehgetan?«, sagte er leise.

Nerimee kamen die Tränen. »Ich wollte diese Macht nie kennen. Und jetzt habe ich Blut an meinen Händen. Dafür hasse ich sie noch mehr als für die Schmerzen und die Demütigungen.« Sie schluchzte.

Als Gaerigar sie in die Arme schloss, fühlte er die Wunden an ihrem Rücken. Sie ließ sich von ihm halten und über den Kopf streicheln. Er hatte sie noch nie trösten müssen. In diesem Moment fühlte er sich wie ihr großer Bruder und Beschützer.

Doch je länger er sie hielt, und je ruhiger er dabei wurde, desto deutlicher kehrte das zurückliegende Geschehen in seine Sinne zurück. Er sah all das Blut und die schmerzverzerrten Gesichter der Sterbenden; er hörte die Schreie, die mit dem Augenblick des Todes vergingen. Und in seiner Nase hing der Geruch von verbranntem Fleisch und geronnenem Blut

Er hatte Menschen getötet – und er hatte es sich anders vorgestellt. Er hatte geglaubt, der Kampf würde ihn stärker machen, zu einem Helden wie seinen Großvater, Nylma oder Jasgur. Doch in diesem Augenblick verstand er, dass der Kampf selbst überhaupt nichts bedeutete. Nichts an ihm war heldenhaft und bewundernswert. Der Kampf war nur das Mittel gewesen, um zu seiner Schwester zu gelangen. Und hier zu sein, sie zu trösten, das war es wert gewesen.

Sommertage

Als Nuramon das Ufer des Furjes erreichte und von der Entführung Nerimees und ihrer Rettung durch Gaerigar hörte, war er außer sich. Als er aber zu seinen Vertrauten zurückkehrte, sah er Dyra, Bjoremul und die kleine Lyasani an der Reling der Fähre stehen. Und es beruhigte ihn, wie sie der friedlich daliegenden Insel entgegenblickten. »Jasbor ist wunderschön«, sagte das Mädchen, und Dyra erklärte lächelnd: »Das ist unser neues Zuhause.« Da schluckte Nuramon sein Entsetzen hinunter und flüsterte Loramu zu: »Führ sie durch die Stadt, und bring sie dann in den Palast.«

Am Steg der Stadtgarde angekommen, machte sich Nuramon mit Waragir und vier Kriegern als Leibwache auf den Weg in den Palast. Der Erste, der ihm dort begegnete, war Terbarn, der Palastvogt. »Wo ist Nerimee?«, fragte Nuramon.

»Auf ihrem Zimmer«, antwortete Terbarn. »Und der Fürst erwartet dich im Saal.«

Nuramon wandte sich an Waragir. »Geh hinauf zu ihr«, sagte er. »Sie braucht dich jetzt.« Kurz sah er Waragir nach, wie er die Treppe emporeilte, dann folgte er Terbarn in den Thronsaal.

Borugar hielt gerade Kriegsrat mit den Feldherren, die in Jasbor zurückgeblieben waren. Nuramon nickte den Anwesenden zu, und sein Blick blieb an Goswyrn hängen. Auch an dem Feldherrn der Seekrieger, mit dem er so viele Abenteuer erlebt hatte, waren die Jahre nicht spurlos vorbeigegangen. Er war nun Mitte fünfzig, aber anders als Borugar und Jasgur zog es ihn nach wie vor in den Kampf. »Du bist zurück«, sagte Goswyrn und schloss ihn freundschaftlich in die Arme. »Das ist sehr gut, Nuramon. Wir haben dich vermisst.«

»Wie geht es Nerimee?«, fragte Nuramon Borugar und warf Nylma und Yargir, die am Fürstenthron standen, einen Blick zu.

»Sie hat es überstanden«, sagte Borugar. »Aber diese Kerle haben ihr übel mitgespielt.« Der Fürst berichtete, was Nerimee durchgemacht hatte und dass Merryn Lysgoru, der Neffe des ehemaligen

Fürsten, hinter der Entführung Nerimees steckte und sie im Haus der Abgesandten der Grafschaft Wurelgar gefangen gehalten hatte. Die Abgesandten hatten zugegeben, dass Graf Flarigor sich mit dem Fürsten von Nyrawur eingelassen hatte, der vor Jahren schon mit dem Verrat Herzog Doaros einen Streit entfesselt hatte. »Wir haben neue Feinde, Nuramon«, sagte Borugar. »Damals bei Doaro war ich nachsichtig, als er Jasgur in Urijas einfach stehenließ und sich in sein Herzogtum absetzte.« Nuramon erinnerte sich. Damals hatte Jasgur Doaro nach der Befreiung von Urijas davongetrieben, und der Herzog hatte schließlich im Süden im Fürstentum Nyrawur Zuflucht gefunden. »Aber jetzt zwingen uns die Nyrawuri einfach, gegen sie vorzugehen«, sagte Borugar.

Nuramon war letzten Sommer in Wurelgar gewesen, um Krieger über die Albenpfade zu führen. Graf Flarigor herrschte im äußersten Süden Yannadyrs, direkt an der nyrawurischen Grenze. Die Auseinandersetzung, die bevorstand, würde viele Krieger das Leben kosten. Aber Borugar hatte recht: Mit dem Angriff auf Nerimee hatten ihre Widersacher es zu weit getrieben.

Borugar drückte Nuramon an sich und sagte: »Ich bin sicher, dass du kaum erwarten kannst, nach Nerimee zu sehen. Aber erzähl mir zuvor noch kurz von der Lage im Osten.«

Nuramon seufzte. »Die Heilquelle ist unser; Ralorno ist tot. Herzog Golro ist aus Urijas gekommen und hält die Quelle, und die Feinde sind inzwischen über den Ruljas zurück nach Varmul geflohen.«

»Und was ist mit dem Feldherrn?«, fragte Goswyrn.

Nuramon schaute zu Nylma und Yargir. »Der Feldherr war Varramil Cardugar, der Neffe des Königs.« Er erzählte ihnen vom Kampf an der Heilquelle im Schlangenforst, von Varramils Tod, Dorgals Verletzung und von Bjoremuls absichtlicher Niederlage.

»Ist Bjoremul dein Gefangener?«, fragte Borugar.

»Er wird mein zweiter Schwertfürst sein«, erwiderte Nuramon.

Borugar nickte lächelnd, die Feldherren aber tauschten erstaunte Blicke. Doch ehe einer von ihnen etwas gegen seine Entscheidung sagen konnte, hallten Schritte die Treppe zum Vorraum des Saales hinab. Kurz darauf betraten Daoramu, Jaswyra und Nerimee mit

Waragir den Raum. Letztere hielten einander bei der Hand. Es war das erste Mal, dass seine Tochter und Waragir sich offen als Paar zeigten.

»Vater!«, rief Nerimee und lief ihm in die Arme. »Ich hatte keine Ahnung, welche Macht in mir schlief, bis ich sie entdeckte und gegen die Feinde schleuderte.« Sie begann zu weinen.

Nuramon strich ihr über den Kopf. »Bist du verletzt?«, fragte er.

Sie sah ihn mit unruhigen Augen an. »Die Wunden sind verheilt«, sagte sie mit zitternden Lippen und musste nichts hinzufügen, um zu erklären, dass ihre Seele litt. Nuramon küsste sie auf die Stirn. »Du bist nun wieder bei uns, Nerimee«, sagte er sanft. »Du bist stark – und du bist nicht allein.«

Nerimee löste sich mit einem winzigen Schmunzeln von ihm und ließ sich von Waragir in die Arme schließen. Der junge Schwertfürst küsste sie, und Nuramon war sich sicher, dass er Nerimee zu trösten vermochte.

Nylma und Yargir kamen hinzu und begrüßten ihren Sohn und umarmten Nerimee. Nuramon drückte Daoramu und Jaswyra an sich und war erleichtert, endlich wieder daheim zu sein. In Daoramus Lächeln fand er die Ruhe, die er in all den Wochen vermisst hatte.

Gaerigar und Yendred betraten nun den Saal. Und während Yendred mit einem Jauchzen auf ihn zulief und sich an ihn klammerte, wirkte sein älterer Sohn nachdenklich. Nuramon wusste, was Gaerigar umtrieb. Mit der Schuld, Leben ausgelöscht zu haben, zeigte sich, welches Gemüt ein Krieger besaß. Nuramon bedauerte, dass sein Sohn die Unbeschwertheit seiner Jugend mit diesem ersten Kampf jetzt bereits hinter sich gelassen hatte. Aber es ließ sich nicht ändern, und so blieb ihm nur, Gaerigar zu helfen, mit der unausweichlichen Schuld zu leben, die jeden Krieger plagte. »Ich bin stolz auf dich«, sagte er deshalb und fasste seinen Sohn an den Schultern.

»Bist du auch stolz auf *mich?*«, fragte Yendred und sah ihn mit großen Augen an.

»Ganz besonders auf dich«, antwortete Nuramon.

Yendred fragte ihn nach seinen Taten. Nuramon schaute in die Runde, und weil so viele Blicke auf ihm ruhten, erzählte er von

Bjoremul und der Rettung seiner Familie aus Varlbyra. Gerade als er von ihrer Ankunft in der Sternfestung Elfengrat berichtet hatte, erschien Loramu mit Bjoremul, seiner Frau Dyra und seiner Tochter Lyasani.

Der Wyrenar trat unter den staunenden Blicken der Familie und den Feldherren vor Borugar und verbeugte sich. »Mein Fürst!«, sagte er.

»Willkommen auf Jasbor, Bjoremul!«, erwiderte Borugar. »Mein Sohn vertraut dir, so vertraue auch ich dir. Du wirst hier ein neues Heim haben. Im Südflügel bei Nylma, Yargir und Waragir stehen dir und deiner Familie Gemächer zur Verfügung.«

»Es ist eine Ehre, und ich werde dich nicht enttäuschen«, erklärte Bjoremul. Der Wyrenar stellte Dyra und Lyasani dem Fürstenpaar vor und sprach dann nach all den Jahren wieder mit Nylma und Yargir. Yendred fragte Lyasani aus, während Nerimee, Waragir und Gaerigar am Rande standen und flüsterten.

Nuramon lächelte. Seine Familie war nun fast vollständig. Nur Ceren fehlte noch. Während Nylma, Yargir, Daoramu und die Kinder Bjoremul und seine Familie zu ihren Gemächern führten und Borugar seinen Kriegsrat fortsetzte, ging Nuramon zu der Geisterfrau hinauf. Als sie vor dem Feuer erschien, lag ein Lächeln auf ihren Lippen. »Hast du viele Steine gesammelt?«, fragte sie, noch ehe er etwas vom Geschehen der letzten Tage berichten konnte.

Er nahm es Ceren nicht übel, dass sie nicht nach Nerimee oder Gaerigar fragte. Sie würde seinen Kinder mehr Trost spenden, als sie es alle zusammen vermochten. So nickte Nuramon auf ihre Frage nach den Steinen und leerte seinen Beutel auf dem runden Tisch aus.

Ceren kam näher und ließ ihren Blick über die unterschiedlichen Steine gleiten. »Einige sehen vielversprechend aus«, erklärte sie. »Und auch ich habe etwas für dich.« Ihre nachtschwarzen Augen glänzten in ihrem schneeweißen Gesicht. »Vor einer Weile schon habe ich den Zauber entdeckt, der Daoramus Jugend bewahrt.«

Nuramon stockte der Atem.

Sie grinste, und ihr Haar schlängelte sich in Strähnen an ihr herab. »Er ist schwierig, aber ich habe ihn.«

»Aber warum hast du es für dich behalten?«

»Weil du Dinge zu erledigen hattest.«

Nuramon nickte, dann schüttelte er lächelnd den Kopf. »Du weißt Geheimnisse für den richtigen Moment zu bewahren«, sagte er.

An einem ruhigen Sommermorgen ging Daoramu mit den Frauen, die ihr nahestanden in das fürstliche Bad. Ihre Mutter erzählte Yurna, der Botin, von ihrer Kindheit im Fürstentum Nyrawur. Sie waren im tieferen Wasser unter dem Fenster; nur ihre Köpfe schauten heraus. Nerimee saß am Beckenrand neben Ceren, deren weißer Stein in einer Feuerschale lag. Nach den Wochen der Schwermütigkeit konnte ihre Tochter endlich wieder lächeln.

Daoramu saß neben Dyra, die ihrer Tochter das Haar wusch, und sprach ihr Mut zu. Die Varmulierin sorgte sich um ihren Mann. Bjoremul kämpfte im Süden an der Seite Borugars und Yargirs gegen Graf Flarigor von Wurelgar und dessen Unterstützer aus dem Fürstentum Nyrawur. Die gemeinsame Sorge um ihre Liebsten hatten Daoramu und Dyra nähergebracht. Sie sprachen über den Waffenstillstand, den sie mit den Varmuliern ausgehandelt hatten. Dyra war der Meinung, dass König Mirugil etwas Großes plante. Seine Macht sei keineswegs gebrochen. Er verfüge noch über gewaltige Streitmächte.

»Ich wünschte, Mirugil würde endlich einsehen, dass es hier in Yannadyr nichts für ihn zu gewinnen gibt«, sagte Daoramu.

»In Varlbyra ist er weit von allem entfernt«, erklärte Dyra. »Er hat einen Saal, dessen Boden eine Landkarte ist. Für ihn ist Yannadyr nur eine weitere Steinplatte, die er seinem Mosaik hinzufügen will. Vielleicht wird der Thronerbe nach Mirugils Ableben ein besserer Herrscher sein. Seine Mutter ist eine kluge Frau.«

»Yaswani? Eine kluge Frau?«, fragte Daoramu. Die Erste unter den Frauen König Mirugils galt als eitel und eifersüchtig.

Dyra schüttelte den Kopf. »Yaswani ist nicht mehr die Königin. Sie war die Älteste und Einflussreichste unter den Frauen Mirugils. Aber dann schenkte Yenwara Mirugil einen Jungen. Seither ist sie die Königin.«

»Yenwara?«, sagte Daoramu leise. »Den Namen kenne ich.«
Dyra lächelte. »Dann sind die Gerüchte also wahr.«
»Welche Gerüchte?«
»Man erzählt sich am Hof, dass Yenwara, ehe sie das Herz des Königs gewann, im Palast von Werisar diente.«
»Yenwara!«, rief Daoramu. »Als ich in Werisar war, war sie zunächst meine Vertraute und später meine Kerkermeisterin wider Willen. Damals war sie noch ein halbes Kind – ein wunderschönes Mädchen voller Angst um ihre Familie.« Sie schüttelte den Kopf. »Ich hatte sie vergessen, und nun ist sie Mirugils Frau.«
Nylma betrat das Badegewölbe. Sie streifte sich den Seidenmantel ab und schritt die Treppe herunter. Sie war gestern erst aus dem Süden zurückgekehrt. Während sie ins Wasser stieg, fuhr ihre linke Hand die geflochtene Lederkette hinab und fasste den Almandin, der zwischen ihren Brüsten ruhte.
»Man würde sie nicht für eine Kriegerin halten«, flüsterte Dyra, und Daoramu nickte. Nylma war groß und schlank. Und seit sie zu leichten Schwertern und Kurzschwertern übergegangen war, wirkte sie nicht mehr so kräftig wie vor neunzehn Jahren, als Daoramu sie kennengelernt hatte. Nur die hellen Flecken und Linien der Narben erzählten von ihrem Leben als Kriegerin. Die blasse Stelle an ihrem Oberarm – eine Brandwunde, die sie sich im Kampf um Teredyr zugezogen hatte – war allerdings kaum noch zu erkennen; die Gesichtswunde, die sie vor einigen Jahren erlitten hatte, sogar verschwunden.
Nylma schwamm zu ihnen und lächelte Lyasani an. Die Siebenjährige spielte mit einem Tuch, das sie unter der Wasseroberfläche entlangzog. »Du bist schön«, sagte das Mädchen zu Nylma. Ihre Mutter schaute verlegen zur Seite.
»Du auch, meine Kleine«, erwiderte die Schwertfürstin.
»Stimmt nicht«, sagt Lyasani.
»Du meinst deine Narbe?«, fragte Nylma.
Lyasani nickte.
Nylma strich Lyasani sanft über die Wange und sagte: »Auch mit der Narbe bist du hübsch. Wie eine kleine Kriegerin.« Da schmunzelte Lyasani und wich Nylmas Blick aus.

Die Schwertfürstin setzte sich neben Daoramu, und auch die anderen Frauen schwammen zu ihnen herüber. »Was macht Nuramon?«, fragte Nylma und schaute kurz zu Ceren hinüber.

»Er plagt sich noch immer mit dem Zauber ab«, antwortete Daoramu. »Und mit jedem Rückschlag frage ich mich, ob ich es überhaupt noch will.«

»Woran scheitert er denn?«

»Es sind die Edelsteine«, erklärte sie. »Er tut sich schwer damit, die Zauber hineinzuzwingen.«

»Es ist sicher besser, als ihn im Krieg zu wissen.«

»Du hast Angst um Yargir?«, fragte Daoramu.

»O nein. Er wird es überstehen. Die magischen Schilde widerstehen den Pfeilen. Ich habe sie geprüft, als ich mit deinem Vater in einen Hinterhalt geriet. Nuramons Erzählung von Zwergenschilden haben gefruchtet.«

Die Schilde waren Nerimees Werk und machten Daoramu stolz auf ihre Tochter. Dabei war sie skeptisch gewesen, als Nerimee nach ihrer Befreiung aus dem Haus der Wurelgar kaum noch aus ihren Gemächern gekommen war. Aber dann war sie mit dem ersten ihrer magischen Schilde erschienen und hatte ihn Nuramon und ihr vorgeführt. Nerimees Erfindung war nichts Geringeres als ein magisches und handwerkliches Meisterwerk: Auf der Innenseite der Schilde spannte sich ein Geflecht winziger Äste, in dem sich der Zauber entfaltete. Ein magischer Quellstein, den Nuramon ihr überlassen hatte, war in das Geflecht wie in ein Nest eingebettet und wurde so zur Kraftquelle für den Zauber. Pfeile, die den Schild durchdrangen, verfingen sich im magischen Geflecht. Zehn Schilde hatte Nerimee mit der Hilfe von Rüstungsmachern gefertigt. Sie hatte ihren Schmerz und ihre Wut in etwas verwandelt, das in diesem Augenblick ihrem Großvater, Yargir, Bjoremul und anderen im Süden das Leben retten mochte.

Nylma lobte Nerimee und sagte: »Dein Großvater möchte Schilde für die ganze Fürstengarde und die Ilvaru.«

Nerimee lächelte. »Mit einem ganzen Haufen Quellsteine wäre das nur eine Frage des Fleißes. Wenn mir dann noch genug Rüstungsmacher zur Hand gingen, wäre das möglich.« Sie grinste nun sogar. »Es wäre sogar möglich, magische Körperrüstungen zu schaffen. Ceren hat mir von den Rüstungen erzählt, die früher in Vaters Sippe verwendet wurden: ein dünnes Pflanzengeflecht zwischen Stoff.« Nerimee schaute zu Ceren hinüber. Die bleiche Geistergestalt schmunzelte ihr entgegen.

»Warum hast du das erst jetzt offenbart?«, fragte Daoramu Ceren. Die Geisterfrau schwebte durchs Wasser heran, und Lyasani sah sie mit großen Augen an. Ceren lächelte dem Mädchen zu, ehe sie antwortete: »Die Magie in dieser Welt war zunächst nur ein kleines Pflänzchen. Jetzt aber wächst sie zu einem Baum heran. Im Schatten dieses Baumes eröffnen sich neue Möglichkeiten. Dieses Zeitalter hat gerade erst begonnen, und die Dinge ändern sich schneller, als ich dachte. Wir alle müssen dazu beitragen, dass jene, die nach uns kommen, die Früchte ernten können.«

»Das klingt nach großen Plänen, Ceren«, sagte Daoramu überrascht.

»Pläne und Wissen sind alles, worüber ich verfüge. Nun ist es an der Zeit, das Gelernte zu etwas Echtem zu machen. Mir selbst bleibt nicht mehr viel zu tun.«

Daoramu sah Ceren nachdenklich an. Schließlich fragte sie: »Ermüdet dich dieses neue Zeitalter?«

»Nicht das Zeitalter«, sagte die Geisterfrau und schaute an sich hinab. Ihr weißes Kleid war vom Wasser unberührt. »Aber diese Form des Daseins, in der ich so vieles gewahre, ohne mich selbst zu spüren, ermüdet mich. Ich habe nichts Inneres, alles scheint außen zu sein.« Sie schaute in die Gesichter und endete bei Daoramu. »Ich beneide euch. Ich sehe, wie ihr an diesem heißen Tag ins kühle Wasser steigt, und kann mir nur aus der Erinnerung erschließen, wie sich Hitze und Kälte anfühlen. Ich spüre andere Dinge, aber ich würde all das jederzeit gegen einen Morgen hier zwischen euch oder draußen im Garten tauschen.«

»Aber was können wir tun, um es zu verändern?«, fragte Nerimee.

»Ihr könntet mich schlafen lassen. Oder wir beschreiten einen anderen Weg, einen unsicheren Weg, auf dem viel zu gewinnen wäre.«

Daoramu tauschte einen Blick mit Nerimee und sagte dann: »Wir würden dir gern auf einen solchen Weg helfen, ganz gleich, ob er unsicher ist.«

»Warten wir ab, ob Nuramon sein Ziel erreicht«, sagte Ceren. »Ist er erfolgreich, so werde ich ihm zur Hand gehen, und es wird das Letzte sein, woran ich meine Macht messe. Scheitert er … werde ich ihm und dir ein letztes Geschenk machen.«

Daoramu hatte sich schon zuvor unwohl dabei gefühlt, dass Nuramon und Ceren so verbissen daran arbeiteten, ihr Altern zu verlangsamen. Nun aber lief ihr ein Schauer über den Rücken. Was Ceren genau tun wollte, falls Nuramon scheiterte, wusste sie nicht, und sie wagte nicht, sie danach zu fragen. Aber es klang nach etwas Endgültigem, nach einem Opfer. Daoramu freute sich nicht auf Cerens Geschenk – sie fürchtete sich davor.

Das Vermächtnis der Ceren

Nuramon atmete tief ein und langsam wieder aus. Er war gescheitert, vielleicht sogar endgültig. Voller Enttäuschung betrachtete er die Edelsteine, die vor ihm über den Tisch verstreut lagen. In jedem von ihnen schlummerte Magie, in jeden von ihnen hatte er den Zauber bannen wollen, der das Altern verlangsamte, und bei jedem einzelnen Versuch war er gescheitert. Manche der Steine, die in den magischen Quellen gelegen hatten, trugen nun eine unbestimmte Macht in sich, obwohl sie einen speziellen Zauber hätten bergen sollen. Andere erzielten genau das Gegenteil der beabsichtigten Wirkung. Kopfschüttelnd betrachtete er einen Stein, den er mit einem Zauber belegt hatte und der ein Wesen schneller altern ließ. Auch bei diesem Versuch war ihm der Zauber entglitten, und nun waren alle Steine mit falschen oder fehlerhaften Zaubern belegt. Sie alle waren für seine Zwecke unbrauchbar geworden, und es war keiner mehr übrig, an dem er ein weiteres Mal hätte scheitern können.

Als Nuramon seine Kammer verließ, um hinunter in den Speisesaal zu gehen, sah er, dass die Tür zu seinem und Daoramus Gemächern offen stand. Er trat ein und fand Daoramu am Fenster. Sie trug bereits ihr Nachtgewand. Sie wandte sich zu ihm um, und die Sorgen verschwanden aus ihrem Gesicht. »Es ist schon nach Mitternacht«, sagte sie und schloss ihn in die Arme. »Ich habe so wenig von dir. Vergiss nicht, dass du früher schon vor lauter suchen zu leben vergessen hast.«

Er war erstaunt, wie schnell die Zeit vergangen war. »Verzeih mir«, sagte er und küsste sie. »Es ist nun erst einmal gescheitert«, erklärte er.

Sie lächelte und strich ihm die weiße Haarsträhne zur Seite. »Es liegt an den Steinen, nicht wahr?« Er nickte, und sie fragte: »Könntest du den Zauber nicht unmittelbar auf mich legen?«

»Ja, aber er würde vielleicht eine Stunde anhalten, dann wäre meine Kraft erschöpft. Länger könnte ich ihn nicht aufrechterhalten.«

Sie sah ihn lange an, dann grinste sie. »Spar deine Kräfte für etwas Schöneres, Nuramon.« Sie nahm ihn bei der Hand und zog ihn zum Bett hinüber.

Er schüttelte den Kopf. »Begleitest du mich zuerst zu Ceren?«, fragte er.

Der starre Blick, den sie ihm zur Antwort gab, verwirrte ihn. Sie fühlte sich gewiss nicht zurückgewiesen. Dass er sie begehrte, wusste sie, und die Jahre hatten nichts daran geändert. Es war etwas anderes, das sie berührte. Doch ehe er sie danach fragen konnte, nickte sie und ging zur Tür, und er folgte ihr.

In Cerens Zimmer trafen sie auf Nerimee, die mit der Vertrauten über einen Wärmezauber sprach, den sie auf einen Stein sprechen wollte. Nuramon wartete, bis seine Tochter fertig war, dann fasste er Ceren das Ergebnis seiner Versuche zusammen: »Den Zauber beherrsche ich, aber die Steine können ihn nicht halten«, erklärte er. »Die einen geben die Magie ab, die anderen verfälschen den Zauber.«

Ceren lächelte. »Ich bin darauf vorbereitet«, sagte sie, und Nuramon bemerkte, dass Daoramu zu Boden starrte. Nach einem Augenblick der Stille sprach Ceren weiter: »*Mein* Stein ist die Lösung. Er hat mehr Kraft, als ich je brauchen werde, und er wird keinen Zauber verderben. Ein Stück davon würde euren Zwecken dienen.«

Daoramu biss sich auf die Lippen, und auf Nuramons fragenden Blick schüttelte sie nur den Kopf. Er ahnte, was Daoramu befürchtete, und wandte sich wieder Ceren zu. »Wenn du uns einen Teil deines Steins gibst, was geschieht dann mit dir?«, fragte er.

»Ich bin dieses Lebens überdrüssig«, sagte Ceren. In ihrer Stimme lag nicht das geringste Bedauern. »Du hast mir so viele Erinnerungen entlockt und viele Empfindungen. Und damit kam die Sehnsucht. Nun bin ich müde und sehe eines, was ich noch für euch tun kann. Ganz gleich, wie die Folgen aussehen.«

Cerens Antwort machte ihm Angst. »Was genau wird passieren, wenn wir ein Stück des Steins verwenden?«, fragte er.

Sie lächelte, und ihr weißes Haar wehte einmal mehr in einem Wind, der nur sie allein zu umgeben schien. »Ich werde vergehen, sobald ihr ein Fragment löst«, sagte sie. »Aber es ist mein Wille. Denn dies ist für mich kein echtes Leben mehr. Gewährt mir ein würdiges Ende. Löst ein Fragment aus dem Stein, und macht ein Amulett daraus.«

»Willst du das wirklich?«, fragte Nerimee leise und schluckte.

Nuramon glaubte nicht, was er da hörte. Ceren hatte Jahrtausende geschlummert, hatte viel auf sich genommen, um an seiner Seite zu sein, und nun war sie des Lebens müde? In welchen kurzen Zeiträumen maß sie plötzlich? Was waren neunzehn gemeinsame Jahre für einen Baumgeist, der durch die Jahrtausende gegangen war? Sie einmal verloren zu haben, war schmerzlich genug gewesen. Nur der Gedanke, dass Ceren mit sich im Reinen war, tröstete ihn; ganz gleich, wohin ihr Geist entschweben sollte – ins Mondlicht, wie seine Sippe früher geglaubt hatte, oder in die Wiedergeburt, wie sie es später glaubte. Irgendwo in dieser Welt gab es gewiss einen Baum an einer magischen Quelle, der nur darauf wartete, sich Cerens Seele einzufangen.

»Ich habe mich entschieden«, sagte Ceren. »Betrachtet die Macht, die ich euch gebe, als mein Erbe.« Sie trat nahe an Daoramu heran. »Ein Teil von mir wird deine Jugend bewahren. Mit diesem Wissen kann ich mein jetziges Dasein beruhigt zurücklassen. Nimmst du mein Geschenk an?«

Daoramus Augen glänzten. Sie weinte und brachte kein Wort heraus.

Nuramon drückte Daoramu an sich und erinnerte sich an einen uralten Spruch, den er einst vernommen hatte. So flüsterte er ihn ihr ins Ohr: »Nur wenn die Baumgeister selbst bestimmen, wann ihre Zeit kommt, können sie in Frieden entschwinden oder aber wiedergeboren werden.« Damit wiederholte er Worte, die Ceren vor Jahrtausenden gesprochen hatte. Er hatte sie in seinem zweiten Leben vernommen – einem Leben, an das er sich nur bruchstückhaft erinnerte und zu dem er nun ein neues Mosaiksteinchen gefunden hatte.

Da endlich nickte Daoramu.

Ceren schmunzelte. »Das ist gut, meine Liebe. Ich freue mich darüber. Und ich bin mir sicher, dass jenseits dieses Geisterdaseins ein neues Leben auf mich wartet. Ich muss meinen Geist von dieser Gestalt lösen, damit er sich anderswo an eine neue knüpft, einen Körper mit Gefühlen, wie früher – vielleicht ein wenig kleiner. Sei es in dieser Welt oder in einer anderen. Denn wer weiß schon wirklich, was jenseits dieses Lebens liegt?«

Daoramu verbrachte viel Zeit an der Seite von Ceren, während Nuramon und Nerimee den großen Zauber vorbereiteten. Die Geisterfrau erklärte, dass sie jedem, der zu ihr kommen wollte, einen Rat mit auf den Weg geben würde. Und so ließ Daoramu eine Feuerschale im Park hinter dem Palast aufstellen, in der bei Tag und bei Nacht der weiße Stein in den Flammen ruhte. An sonnigen Tagen reichte die Schlange der Besucher bis zum Tor des Anwesens. Selbst bei Regen kamen kaum weniger, und Ceren nahm sich für jeden einzelnen Ratsuchenden Zeit.

Am zehnten Tag der Vorbereitungen kehrte Borugar mit Yargir, Bjoremul und den Kriegern aus dem Süden zurück. Graf Flarigor war besiegt. An der Grenze zu Nyrawur hatten sie sich mit den Feinden eine Schlacht geliefert, und Bjoremul hatte Heldentaten vollbracht. Fürst Rawilo von Nyrawur hatte nach der Niederlage einem Waffenstillstand zugestimmt.

Am Abend der Rückkehr gab Borugar eine große Feier, und der Andrang, der Bjoremul entgegenschlug, bewies, dass er durch seine Taten die Herzen der Jasborer gewonnen hatte. Weitere vier Wochen später – am 17. Ramugol – feierte Gaerigar seinen vierzehnten Geburtstag, und er schien die Ablenkung zu genießen. Vom Abschied Cerens gab er sich unbeeindruckt, aber Daoramu wusste nur zu gut, dass das ein Maskenspiel war, das seine wahren Gefühle verbergen sollte.

Zwei Tage später war Nuramon bereit, den Zauber zu wirken.

Der ganze Hof war zugegen, und der Thronsaal und auch die weite Eingangshalle war voller Gäste: die wichtigsten Persönlichkeiten der Stadt, Grafen und Herzöge. Sogar Jasgur war gekommen. Er war angeblich Tag und Nacht geritten, um rechtzeitig anzukommen. Dass so viele Blicke auf die Mitte des Saales gerichtet waren, schien Nuramon nicht zu stören. Unter dem Schweigen der Gäste holten er und Nerimee Edelsteine und sprachen kleine Zauber darauf, die den großen Zauber vorbereiten sollten.

Der weiße Stein ruhte in der Feuerschale, und Ceren stand still und lächelnd da und ließ ihren Blick von einem Gast zum nächsten wandern. Als sie zu Helerur schaute, erstarrte ihr Gesicht, als gefriere es zu einer eisigen Maske.

Borugar lobte sie als Teil der Familie, pries ihre Weisheit und fragte sie, was er noch für sie tun könne.

»Gewährt mir eine Bestattung«, antwortete sie. »Dieser weiße Stein ist mein Körper. Ist die Macht erst einmal in das Fragment geflossen, wird dies mein Leichnam sein. Bestattet ihn in Ehren – nicht in den kalten Hallen eurer Ahnen, sondern draußen, wo ich die Menschen empfing, unter der Sonne und den Sternen, im Wind und im Regen, im fürstlichen Park mit einem Blick über die Stadt und die Flussmündung zum Festland. Und kommt dorthin, um meiner zu gedenken.«

Borugar versprach es. »Dieser Tag, dieser 19. Ramugol, wird ein Gedenktag sein – der Tag der Ceren. An diesem Sommertag soll der

Weg in den Fürstenpark jedem offen stehen. Die Leute sollen an dein Grab treten dürfen wie an das Grab eines Ahnen.«

Ceren beugte langsam ihr Haupt, und ihr weißes Haar wellte sich in breiten Strähnen herab.

Das Fürstenpaar verabschiedete sich zuerst. Dann traten ihre Kinder vor ihre Lehrmeisterin und Ratgeberin. Gaerigar tröstete Yendred, während Nerimee mit Ceren flüsterte. Waragir war an Nerimees Seite, und Ceren sprach ihnen leise Worte zu – vielleicht, so dachte Daoramu, war es ein Rat für ihre gemeinsame Zukunft. Zuletzt kamen jene, die Ceren am längsten kannten: Nuramon, Nylma, Yargir und Daoramu selbst. Sie rang nach Worten. »Wenn wir dir doch nur einen Hauch dessen mitgeben könnten, was du uns gegeben hast!«, sagte sie schließlich.

Ceren schüttelte langsam den Kopf. »Das habt ihr schon damals in Alvarudor getan. Und hier habt ihr es fortgeführt. An jedem Tag, den ich in eurer Mitte leben durfte. Durch euch habe ich das Leben wiederentdeckt. Und nun habe ich dieses Dasein bis zum süßen Ende ausgekostet.«

Ceren wandte sich Nuramon zu, und ihre dunklen Augen glänzten. Sanft strich sie ihm über die Wange. »Mein Neffe, mein Enkel, mein Sohn, mein Schützling. Ich weiß, dass du nicht um mich trauern wirst. Du weißt, dass der Tod nicht das Ende ist. Dieses Dasein wird enden, damit ich ein neues Leben finden kann.« Sie lächelte liebevoll. »Ich weiß, dass du gelegentlich immer noch die Furcht hegst, dass der Tod dich ereilt und ewig binden könnte. Aber ich habe dich und deine Kinder lange beobachtet. Sollte der Tod je nach dir greifen, dann denk an deine Kinder.« Sie schaute kurz zu Nerimee. »Ihre Seelen sind weder die von Elfen noch von Menschen. Sie sind wie die eines eigenen Volkes – ein Strom, der aus zwei gleich bedeutenden Flüssen hervorgeht.«

Daoramu war Cerens Blick gefolgt und las in der Miene ihrer Ältesten dieselbe Verwirrung, die auch sie selbst empfand. Aber da wandte Ceren sich Nerimee ganz zu und sagte: »In dir sehe ich etwas, das ich in den Elfenfrauen der Sippe deines Vaters erkannte: ein Erbe.« Dann schaute sie zu Nuramon. »Es mag sein, dass das Band, das von deiner Tochter ausgeht, stark genug ist, dass du als Nerimees Nachkomme wiedergeboren würdest, falls du dein Leben verlörest.«

Daoramu sah das Erstaunen in Nuramons Gesicht, und auch sie verstand, dass sich mit dieser Offenbarung ein Ausweg aus Nuramons größter Angst auftat. »Die Wiedergeburt!«, flüsterte sie.

»Du bist wahrhaftig meine Mentorin, meine Großmutter, meine Tante, meine Mutter«, sagte Nuramon. »Ich werde dich immer im Herzen tragen. Und ich sage nicht Lebewohl.« Er lächelte. »Ich sage: Auf Wiedersehen, Ceren. Und dieses Wiedersehen erwarte ich mit Freuden.«

Ceren trat schmunzelnd einen Schritt zurück. »Dies ist nun der Zeitpunkt des Abschieds«, sagte sie und ließ ihren Blick unter den Versammelten umherwandern. Daoramu brannten die Tränen in den Augen, doch sie musste lächeln, als sie den Ausdruck in Cerens Gesicht sah. Ein geschwungenes Lächeln unter beinahe grün schimmernden Wangen. Ihre Augen glänzten wie die eines Kindes. Ceren war glücklich, dessen war Daoramu sich sicher. Und genauso verging sie. Sie wurde durchscheinender – und dann war sie verschwunden.

Daoramu weinte und schaute zu Nuramon, der schweigend die Feuerschale betrachtete. Schließlich wagte er es, den weißen Stein aus den Flammen zu nehmen. Er wischte den Ruß ab, und mit einem kleinen Hammer und einem Meißel schlug er zögerlich ein zwei Daumen dickes, längliches Stück des Steines ab. Dann fuhr er immer wieder mit den Fingern über das Fragment. Er glättete es und formte es mit seiner Magie. Und als es tränenförmig war und er mit einem Zauber ein Loch hindurchgestochen hatte, gab er es Nerimee und legte dann den großen Rest des weißen Steins zurück ins Feuer.

Wie gebannt starrte Daoramu in die Flammen, doch nichts geschah.

Ceren war fort.

Während der Chor des großen Tempels das Lied der Ahnen sang und schließlich in ein leises Summen verfiel, wirkten Nuramon und Nerimee ihre Zauber. Daoramu schloss die Augen und dachte an die

Zeit mit Ceren. An Alvarudor, ihre und Nylmas Schwangerschaft, an die Jahre hier im Palast, an Worte, die sie gesprochen hatten. Es waren schöne, tröstliche Gedanken.

Gewiss eine halbe Stunde verging, dann war das Werk vollbracht. Ihr Geliebter und ihre Tochter näherten sich ihr. Nerimee hielt nun eine Kette mit kleinen Muscheln in Händen, an der das Steinfragment hing. Daoramu lächelte, doch tief in ihrem Inneren fürchtete sie sich vor der Last, die sie ihr brachten.

»Das ist das Erbe der Ceren«, sagte Nuramon. »Ein letztes Geschenk – von ihr, für dich.«

Daoramu spürte die Blicke der Versammelten, als Nerimee ihr behutsam die Kette umlegte. Vorsichtig fühlte sie in sich hinein und wartete auf ein Kribbeln, ein Ziehen – auf irgendetwas. Doch der Stein legte sich lediglich angenehm kühl in ihren Ausschnitt. Nichts weiter. Doch in den Gesichtern von Nerimee und Nuramon fand sie die Antwort, die sie suchte. Sie nickten behutsam.

Mit einem Lächeln kämpfte sie gegen die Tränen an.

»Auf eine Zeit ohne Ängste«, flüsterte Nuramon ihr ins Ohr und küsste sie.

Sie war so aufgewühlt, dass sie nichts zu sagen wusste. Der Verlust Cerens schmerzte und weckte Schuldgefühle, und die Aussicht, nicht zu altern und vielleicht für immer an Nuramons Seite zu sein, überwältigte sie.

Nach einer Weile holte Nerimee den weißen Stein aus den Flammen und führte die Trauergemeinschaft hinaus in den Park hinter dem Palast. Drei Fürstengardisten hoben nahe der Klippe ein Loch aus, an der Stelle, an der Ceren es sich gewünscht hatte. Nach einer Weile trat Nuramon mit dem weißen Stein vor, hob den Kopf, als lauschte er dem Meeresrauschen und dem Gesang der Möwen. Schließlich bestattete er die Überreste von Cerens Körper.

Daoramus Vater ließ die Tafel, die er hatte anfertigen lassen, aus den Ahnenhallen unter dem Palast holen. Zwei Wachen legten sie an ihren Platz. Sie war aus Holz, und auf Elfisch und auf Arlamyrisch stand dort: »Hier ruht Ceren, die Mutter Nuramons.«

Cerens Stein war seit fünf Tagen begraben, und sie alle vermissten ihre Vertraute. Ein Mitglied der Familie war fort und nur noch in den Erinnerungen lebendig – und in dem weißen Stein, den Daoramu an der Kette trug.

Nuramon war hin- und hergerissen. Er hatte sich von Ceren zu etwas treiben lassen, und nun, da es geschehen war und sie ihr Ziel erreicht hatten, zweifelte er, ob er das Richtige getan hatte. Sie hatten Daoramu eine Elfengabe überreicht. Solange sie die Kette trug, würde sie stets wie eine Frau in der Blüte ihres Lebens aussehen. Und die Verwunderung der Leute, die nun bereits betonten, sie könne bei ihrem Aussehen unmöglich schon neununddreißig Jahre alt sein, würde mit den Jahren immer weiter wachsen. Doch der Preis für diese Gabe war Cerens Leben gewesen.

Daoramu hatte ihn gefragt, ob er Abscheu vor dem Lebensstein empfand, den sie trug, aber er tat es nicht. Und dann erzählte sie Nuramon von ihren Schuldgefühlen, weil ihr das Ableben Cerens einen Nutzen gebracht hatte. Als sie ihm sagte, dass sie die Macht des Steines nicht spüren konnte, fragte Nuramon sich, ob er ihr dieses Gefühl mit seiner Zauberkraft vermitteln sollte. Dann aber entschied er sich dagegen, weil er fürchtete, dass die pochende Macht des weißen Lebenssteins zum Pulsschlag ihrer Schuldgefühle werden könnte.

In der Nacht aber, als Daoramu rastlos mit der Kette spielte, glaubte Nuramon, dass ihr das Gefühl der Veränderung, die der Zauber barg, helfen konnte. Er tastete nach der Kette und fand darüber Daoramus Hand, in die der kleine, weiße Stein eingeschlossen war. Er strich ihr über die Finger und ließ sie die Macht spüren, die in dem Kleinod wie ein Herz pochte.

Daoramu seufzte erleichtert, als hätte sie die ganze Zeit auf diesen Augenblick gewartet. Beim Liebesspiel fügte der Stein sich zwischen sie, und als Daoramu von Nuramon hinabglitt und eng an ihn geschmiegt blieb, ruhte der Stein auf seiner Schulter, und seine magischen Sinne strebten durch das Kleinod hindurch, die Kette entlang, bis zu Daoramus Hals und zu ihrem Puls, der sich nur langsam beruhigte. Es war wie ein neuer Weg, der sich zwischen ihnen geöffnet hatte.

Nach einigen Tagen bemerkte Daoramu den Zauber an Kleinigkeiten, die sie ihm stets lächelnd anvertraute. Sie benötigte weniger Schlaf, erholte sich rascher von körperlicher Anstrengung und hatte weniger Appetit und Durst als früher.

Nuramon genoss die Zeit in Jasbor, und am liebsten wollte er dem Krieg für immer fernbleiben. Er sprach mit Borugar darüber. »Ich will nur noch bewahren, nicht mehr zerstören«, sagte er seinem Schwiegervater.

»Ich könnte die Ilvaru in andere Hände geben«, entgegnete der Fürst. »Aber bedenke, welche Auswirkungen das hätte. Der Schein zählt viel, und allein deine Anwesenheit erhöht die Moral der Krieger.« Er seufzte. »Wärest du einverstanden, den Oberbefehl über die Ilvaru zu behalten, aber deinen Schwertfürsten die Verantwortung zu übertragen und nur in Notfällen in den Kampf zu ziehen?«

»Wenn es nur Notfälle wären«, sagte Nuramon.

»Deine Leute haben ohne dich gegen die Nyrawuri gekämpft und gute Arbeit geleistet«, sagte Borugar. »Bjoremul ist ein großer Anführer, und Waragir wird es gewiss bald werden. Ich verspreche dir, dass ich dich nicht ohne Not ins Feld schicke. Und du und Nerimee, ihr könntet weitere Schilde und vielleicht sogar Rüstungen schaffen. Sie sind ein wahres Wunder. Binde deine Macht an die Gegenstände, und dein Zauber begleitet unsere Leute, indem er ihre Leben schützt.«

Damit war Nuramon einverstanden.

In den nächsten Wochen arbeitete er mit Nerimee an den Rüstungen. Hatte seine Tochter sich mit der Arbeit von ihrer überstandenen Entführung abgelenkt, schien sie nun den Verlust Cerens bewältigen zu wollen. Dass sie mit ihm nicht darüber sprechen wollte, respektierte er; schließlich war Waragir da, dem sie sich anvertrauen konnte.

War Nerimee schweigsam, so bestürmte Yendred sie alle mit immer neuen Fragen. Jene zu Ceren beantwortete ihm Nuramon; jenen zur Magie aber widmete sich Nerimee mit einer Geduld, die der Cerens würdig war.

Gaerigar beteiligte sich nicht an der Herstellung der Rüstungen, bewunderte jedoch allabendlich die Fortschritte und geizte nicht mit Lob. Doch wann immer er davon sprach, Magie auf Waffen zu legen, schickte Nerimee ihn fort.

Tagsüber saß Gaerigar im Sattel und ritt über den Westteil der Insel. Er übte unermüdlich für das große Pferderennen, das er gewinnen wollte, und Nuramon war von der Zielstrebigkeit und den Fähigkeiten seines Sohns beeindruckt. Dass er nicht erwachsen war, half ihm gegenüber den anderen Reitern. Er war leichter als sie und lastete dadurch seinem Pferd nicht so schwer auf dem Rücken. »Endlich einmal eine Gelegenheit, den Erwachsenen auf Augenhöhe zu begegnen«, sagte er und lachte dabei.

Manchmal erschien es Nuramon, als hätte Gaerigar Ceren bereits vergessen. Doch Nerimee erzählte ihm von den langen Gesprächen, die sie bei Nacht im Garten führten. Dabei hatte Gaerigar offenbart, wie tief ihn der Verlust erschütterte, und er hatte in Nerimees Armen geweint. Aber wie so oft bemühte er sich allen anderen gegenüber, seine Trauer zu verbergen.

Eines Morgens kamen Nerimee, Gaerigar und Yendred ins Schlafgemach gestürmt, um Nuramon und Daoramu zu wecken. Wie vor Jahren, als Yendred gerade einmal laufen konnte und Nerimee noch nicht ihre innere Ruhe gefunden hatte. »Kommt mit!«, riefen sie immer wieder. »Wir holen Großvater und Großmutter!«, sagte Nerimee. »Wir treffen uns im Garten!«, fügte Gaerigar hinzu. Yendred rief immer wieder: »Kommt, kommt!« Und schon waren sie wieder verschwunden.

Am Rande des Gartens hinter dem Haus, direkt am sanften Übergang zum Park, sahen sie es im Schein der aufgehenden Sonne: An Cerens Gedenktafel war über Nacht eine Pflanze emporgewachsen, einen Fuß hoch, mit kleinen Blättern. Nuramon ging in die Hocke und legte seine Hand über die Pflanze. Sie strahlte vor Magie. Und wie man sich an einen Duft erinnerte, so erinnerte sich Nuramon an den magischen Hauch, den er spürte. »Es ist Ceren«, sagte er.

Daoramu umfasste ihre Kette. »Es ist ein Zeitalter der Wunder«, sagte sie, und als Nuramon in ihr lächelndes Gesicht sah, erkannte er, dass die Last der letzten Wochen aus ihren Zügen verschwunden war.

Orakelblick

Lyasani fühlte sich wie das jüngste Kind der Familie Yannaru. In Varlbyra hätte sie sich einen Ort wie diesen nicht vorstellen können. Sie hatte dort den Königsbezirk nicht verlassen dürfen, doch hier war sie oft in der Stadt unterwegs, mal mit Jaswyra, mal mit ihren Eltern, am liebsten aber heimlich mit Yendred. Oft saß sie mit ihm auf den Weiden im Westen der Insel und starrte aufs Meer hinaus. Jasbor war ihre Heimat geworden, und sie vermisste Varlbyra nicht. Anders als ihre Mutter.

Dyra konnte es nicht mehr hören. Sie mochte es nicht, wenn wieder einmal jemand, der ihr in der Stadt begegnete, sie für ein Mitglied der Familie Byrrunur hielt, nur weil sie an ihrem Teint als Südländerin zu erkennen war. Sie war aber eine Varmulierin, und die Byrrunur waren in ihrer Heimat verachtet; eine Familie der Worte, nicht der Taten. Sie hatte sich bemüht, die Last der Vergangenheit abzulegen und mit frischem Blick auf Jasbor zu schauen, doch sie konnte Terbarn und dessen reiche Familie nicht ausstehen, und wenn sie die Bewunderung der Jasborer für die Byrrunur bemerkte, brodelte es in ihr. Und sie fürchtete sich, was geschehen würde, wenn Bjoremul etwas zustieß, wenn Lyasani auf einem ihrer heimlichen Abenteuer mit Yendred entführt würde. Es musste nur wenig geschehen, und das bisschen, das ihr noch Halt bot, zerbrach.

Merryn Lysgoru war überrascht, als ihn der Ahnenpriester im Kerker besuchte. Das war die Antwort auf die Frage, warum Borugar ihn nicht vom Kerker der Jasborer Stadtwache aufs Festland in die Gefängnisfestung Byrulsal verlegt hatte. Der Fürst hatte sein Todesurteil gesprochen. Merryns Racheplan, der mit der Entführung Nerimee Yannarus begonnen und zugleich geendet hatte, war gescheitert. Nach Graf Flarigor, dessen Abgesandten und deren Gehilfen würde es nun also auch ihn treffen. Sie wagten es, ihn, den Neffen Fürst Yarros; ihn, den rechtmäßigen Erben des Throns hinzurichten! Wo waren seine Fürsprecher? Wo waren all jene, die seinem Onkel treu ergeben waren? Die Menschen mussten verrückt geworden sein!

Der Ahnenpriester fragte ihn, ob er etwas bereue, doch er hatte sich nichts vorzuwerfen. Er würde die Haltung bewahren, wenn sie ihn vor den Henker führten. Als es aber so weit war und er unter dem Richtschwert lag, flehte er um Gnade. »Das könnt ihr nicht tun!«, rief er. »Ich bin Merryn Lysgoru! Habt Erbarmen!«, kreischte er. Da sah er Nerimee Yannaru, die ihm mit angewiderter Miene entgegenschaute. »Ich kann es wiedergutmachen«, rief er ihr zu. Das waren seine letzten Worte.

Waragir bewunderte Bjoremul. Der Wyrenar hatte ihm in den letzten zehn Monaten Dinge beigebracht, die ihm weder seine Eltern noch Nuramon hätten vermitteln können. Bjoremul war ein Künstler und eine Naturgewalt zugleich. Am Ende nickte sein neuer Lehrmeister und sagte: »Deine Eltern haben dich bis unter den Gipfel gebracht. Jetzt bist du am Ziel.«

Yenwara lauschte den Feldherren an der Seite ihres Gatten. Sie redeten von Magie und Hoffnung. Überall im Königreich sprudelten magische Quellen, und nun – zum ersten Mal – vermochten einige Menschen diese Kraft, die bislang nur der Alvaru beherrschte, für ihre Zwecke zu nutzen. Wäre es doch nur zum Guten gewesen, nicht aber zum Krieg! Das neue Bündnis mit dem Fürstentum Helbyrn im Süden würde alles nur noch schlimmer machen. Statt aus einem Waffenstillstand einen Frieden zu schmieden, wollte Mirugil die Yannadrier in Sicherheit wiegen. Bis zu dem Tag, da der große Schlag folgte – ein Schlag mit geballter, magischer Macht.

Borugar war gemeinsam mit Nuramon in der Kammer der Yanna. Ihre Statue erhob sich hinter ihrem Sarg. Sie war mit einem Schwert und einer Schuppenrüstung dargestellt. In ihrem Rücken befand sich der Sarg ihres Mannes Rangaro, der auf einer Tafel als Schäfer abgebildet war.

»Die Könige aus dem Hause Yannaru haben nie mit Neid auf das Land der Nachbarn geschaut«, sagte Borugar. »Sie haben nie mit Lust auf Ruhm und Beute den Krieg gesucht.« Er wies auf die Statue. »Schau

dir ihr Gesicht an. Fast als wolle sie sagen: Ich will nicht kämpfen, aber reize mich, und ein Sturm bricht los.« Er lächelte. »So wäre ich gern gewesen.«

»Gewesen?«, fragte Nuramon.

»Ich bin müde«, sagte der Fürst. »Nächstes Jahr werde ich dreiundsechzig. Der Drang, in den Kampf zu ziehen, ist fort, und langsam ermüde ich sogar beim Schmieden von Schlachtplänen. So ist es wohl, wenn man mehr erreicht hat, als man je zu erhoffen wagte.«

Drei Jahre

Die Kriege im Süden und im Osten ruhten, und Nuramon war glücklich darüber. Drei Jahre folgten, drei Jahre, die früher wie im Fluge verstrichen wären. Doch in Jasbor geschah so viel, dass die Zeit Nuramon wie eine Ewigkeit erschien. Es geschah mehr, als ihm in manchen seiner Leben widerfahren war.

Das Wunder im Garten lockte ihn jeden Morgen zu Ceren, zu der kleinen Pflanze, die am Rand des Gartens hinter dem Palast entsprang. Binnen eines Jahres wuchs sie zu einem kleinen Baum empor. Es war keine Birke, nicht der Baum von einst, den er in seinen frühen Leben gekannt hatte. Dieser Baum hatte zwar einen gescheckten Stamm, die Krone aber war jetzt bereits zu breit für die einer Birke und erinnerte eher an die einer Eiche. Und als der Baum Nuramon im zweiten Jahr überragte, bestätigte sich eine Vermutung, die in ihm gereift war: Was hier durch magische Kraft schneller wuchs als jeder gewöhnliche Baum, war nichts anderes als der Ausdruck von Cerens Wesen, das sich über die Jahrtausende verändert hatte. Die Zeit als Teil von Alaen Aikhwitan hatte Spuren hinterlassen, die hier sichtbar wurden. Der helle Stamm mit den dunklen Flecken, die Blattform und auch die Magie waren die der riesigen Birke, die Nuramon von damals aus Albenmark kannte. Der Stamm aber war so furchig und die Blätter so groß wie bei Alaen Aikhwitan. Die alte Eiche hatte Ceren einen Teil von sich mitgegeben, auf dass sie überlebte. Die Birkeneiche, die sich hier im Garten erhob, war nichts weniger als der neue Körper einer wiedergeborenen Seele.

Nuramon und Daoramu verbrachten viel Zeit im Schatten der Birkeneiche und legten oft die Hand an Cerens Stamm. Nuramon sandte seine Sinne aus, um auch die kleinste Botschaft seiner Vertrauten zu vernehmen; doch alles, was er gewahrte, war ein magischer Sog.

Im Sommer, zwei Tage nach Gaerigars Geburtstag, öffneten die Wachen den Hauptweg des Fürstenparks, den Borugar bis zu Ceren hatte verlängern lassen. Nerimee war es, die die staunenden Menschen herzlich empfing und sie an die Tafel unter der Birkeneiche führte. So wurde Nuramons Tochter in der Stadt noch beliebter, als sie es bereits war.

In den drei Jahren, in denen die Waffen schwiegen, stieg Nerimee zu einer großen Magierin auf. Von Nuramon lernte sie, die Albenpfade zu öffnen und zu erkennen, ob ihr Zauber fehlerlos verlaufen war. Als sie zum ersten Mal ein Tor öffnete, waren sie überrascht, dass es ebenso wie Nuramons Tore einer Lichtsäule glich, die sich aus dem Boden schob. »Das beweist, wie nahe du meinem Zauber bist«, sagte er.

Nerimee blickte nachdenklich zu Boden und fragte dann: »Wenn sich die Tore je nach Zauber unterschiedlich darstellen können, wäre es dann sogar möglich, dass die Pfade selbst unterschiedlich erscheinen?«

»Ja«, antwortete Nuramon. »Manche Zauber verzerren die Erscheinung der Pfade, manche verkürzen sie sogar scheinbar. Über die Jahrtausende gab es viele unterschiedliche Zauber mit Vor- und Nachteilen, aber bei den Zwergen sagte Thorwis mir einmal: *Der beste Zauber ist der, der die Dinge so zeigt, wie sie sind.* Seit ich mich an Thorwis' Lehren erinnere und sie mit anderem Wissen in Einklang bringe, fühle ich mich sicher auf den Pfaden. Denn viele der anderen Zauber bergen selbst dann die Gefahr, dass man von den Albenpfaden abkommt oder ein Opfer der Zeit wird, wenn man keinen Fehler macht.«

»Aber woher weißt du, dass unser Zauber die Pfade nicht verzerrt?«, fragte Nerimee schmunzelnd.

Nuramon lachte leise. »Ich weiß es natürlich nicht. Es ist nur meine übliche Überheblichkeit. Ich weiß aber, dass unser Zauber viele Fehler vermeidet. Deswegen weiche ich nicht davon ab. Und du solltest es auch nicht tun. Das Wagnis lohnt sich nicht.«

Nerimee nahm die Warnung ernst, und mit jedem Mal, da sie den Torzauber sprach, wurde sie geschickter. Nuramon zog oft mit ihr aus, um Albensterne in der Wildnis nördlich von Yannadyr zu kartografieren. Als der Winter kam, beherrschte Nerimee den Zauber, und als Nuramon einmal mit ihr unten am Strand saß und nach Westen aufs Meer hinausblickte, sagte sie: »Ich könnte nun alleine dort auf den anderen Kontinent hinübergehen. Dorthin, wo du gewandelt bist.«

»Versprich mir, dass du das nicht tust«, sagte Nuramon. »Es wartet nur Unheil auf dem anderen Kontinent. Der Hass gegen unseresgleichen ist dort zu groß, als dass du das Wagnis eingehen solltest.«

»Aber jede Herrschaft endet«, entgegnete seine Tochter. »Auch die der Tjuredanbeter. Große Reiche teilen sich in kleine, kleine fügen sich zu großen zusammen. So ist der Lauf der Dinge.«

»Du liest zu viele Sagen, Nerimee. Was in einer Nacht mit dem Tod eines Mannes – halb Devanthar, halb Elf – seinen Anfang nahm, durch die Lügen im Namen der Kirche des Tjured verkehrt wurde und ein Jahrtausend überstand, schwindet nicht so leicht. Also versprich mir, dass du nicht dorthin gehst.«

Sie nickte, dann grinste sie. »Aber Yendred wird dir dieses Versprechen niemals geben.«

»Eines Tages werden wir ihn in das Geheimnis der Albenpfade einweihen. Schau dir Gaerigar an. Wenn er will, kann er Dinge erreichen, die er sich selbst nicht zutraute.« Nuramon lächelte, als er an die Fortschritte seines Sohnes dachte. Er hatte ihm die Kampfzauberei beigebracht. Feuer und Stein schienen ihm nahezustehen. Er schoss Flammen weiter als Nuramon, wenngleich er sie noch nicht zu beherrschen vermochte. Und er konnte einen Stein werfen, und dieser vervielfachte sich zu einem Hagel aus Steinen. Nuramon hatte diesen Zauber einst bei den Zwergen gelernt, ihn aber nie selbst ausreichend beherrscht. »Hast du gesehen, was Gaerigars Steinzauber mit der Schuppenrüstung gemacht hat?«, fragte er. »Das ist der Beweis, dass ihr in mancher Hinsicht weiter seid als ich. Die Macht, die Gaerigar spürt, hat ihn verändert.«

Nerimee nickte. »Seit meiner Entführung ist er ein anderer. Und die Zeit hat ihn nun reifen lassen.«

»Ebenso wird die Zeit Yendreds Neugier zügeln. Nur noch einige Jahre, und er weiß, was Verantwortung ist.« Er dachte an die vielen Stunden, in denen er seinen Jüngsten unterwiesen hatte. Yendred war eigentlich Nerimees Schüler, doch seine Tochter war immer öfter mit Daoramu im Fürstentum auf Reisen, und so unterwies er seinen Sohn während ihrer Abwesenheit. Dabei merkte er wieder einmal, wie sehr ihn sein jüngstes Kind verehrte. Oft kamen sie gar nicht zum Zaubern, so sehr verloren sie sich in Yendreds Fragen über seine Vergangenheit. Manchmal kam Gaerigar hinzu, und er blieb, wenn Nuramon von Emerelle oder Albenmark erzählte.

So sehr Nuramon die Zeit mit seinen Söhnen schätzte, so sehr vermisste er Daoramu und Nerimee, wenn diese auf Handelsreisen waren. Und jede Rückkehr wurde zu einem Glück für ihn und für das Fürstentum. Die Familie erblühte, Borugars Herrschaft festigte sich, das Handelshaus machte gute Geschäfte, und die Feinde hielten den Waffenstillstand. Doch dann kam das vierte Jahr. Das Jahr, in dem das Glück zerbrach.

Das Rennen von Jasbor

Der Tag des großen Rennens war gekommen, und Gaerigar ritt auf seiner Stute Lyrma den Fürstenweg in die Unterstadt hinab und überholte einen Krieger aus Byrnjas. Unter den Augen der jubelnden Zuschauer ritt er als Dritter auf den Marktplatz ein. Hier waren sie gestartet, hier würde nach sieben Runden ihr Ziel liegen. Gaerigar blickte nach links. Dort saß seine Familie auf der Holztribüne vor dem alten Haus seiner Familie, in der Ecke des fürstlichen Handelshauses. Sie alle jubelten ihm zu. Er sah noch Yendred, Nerimee und Waragir winken, dann war er auch schon vorbeigeritten.

Beim vierten Umlauf hatte Gaerigar es auf den zweiten Platz geschafft. In der Oberstadt hatte er den Krieger aus Byrnjas überholt. In der fünften Runde jedoch fiel er wieder zurück. Fünf Reiter waren jetzt vor ihm, und er hatte die Hoffnung auf den Sieg beinahe aufgegeben. Die Konkurrenz war einfach stärker als im Jahr zuvor – oder er war schwächer geworden oder harmonierte noch nicht genug mit Lyrma. Immerhin war das Pferd erst seit einem Monat bei ihm. Seine Familie hatte es ihm zum Geburtstag geschenkt. Und obwohl er das Tier liebte, zweifelte Gaerigar an ihm. Am Anfang der siebten Runde aber zeigte sich Lyrmas Stärke. Die Stute war nicht die Schnellste, aber sie schien unermüdlich.

Als sie in die Oberstadt kamen, gewann Gaerigar an Boden, schob sich am Beginn des Fürstenweges wieder an den Krieger aus Byrnjas heran und ging auf halbem Weg in die Unterstadt in Führung. Nur noch hinab bis an den Fuß der Klippe und die Straße bis zum Marktplatz entlang, und es wäre vorüber.

Heftiges Peitschen erhob sich hinter ihm. Seine Verfolger schlugen mit Ruten auf ihre Tiere ein, um das Letzte aus ihnen herauszuholen. Tatsächlich kamen sie näher, aber Gaerigar wollte Lyrma nicht quälen. Er wollte dieses Rennen gewinnen, aber nicht um jeden Preis.

Als sie die Klippenstraße kreuzten, waren seine Verfolger fast bei ihm. Und es war ihm gleichgültig.

Nuramon starrte gebannt die Straße entlang. Da kam der erste Reiter, und es war – Gaerigar. »Er ist vorn«, sagte Nuramon und stieß Daoramu leicht mit dem Ellenbogen an. Nach wie vor fiel es ihm schwer, seine Freude angemessen zu offenbaren, aber dafür jubelten Nerimee, Waragir und Yendred umso lauter.

Gaerigar blieb an der Spitze und ritt als Erster auf den Marktplatz, dicht gefolgt von seinen Rivalen. Die Pferde waren noch nicht einmal zum Stehen gekommen, da brach das Chaos los. Die Zuschauer drängten ihren Helden entgegen. Es war ein Fluch für Nylma, die unten auf dem Platz war und sich bemühte, rasch bei Gaerigar zu sein.

Für die Jasborer hätte es der Beginn eines Freudenfestes sein sollen. Doch da geschah es: Wie aus dem Nichts in die Welt getreten, stand ein vermummter Mann am Fuße der Tribüne – im Rücken der Wachen. Er hob die Hand, und Nuramon spürte die Magie durch die Luft wirbeln. Der Fremde starrte ihm genau entgegen.

Yargir und zwei seiner Gardisten waren schon auf dem Weg zu dem Mann. Der Fremde trug ein Kurzschwert am Gürtel, aber seine Hände waren zu weit davon entfernt, als dass er es hätte ziehen können, ehe Yargir bei ihm war. Ein vorbereiteter Zauber hingegen bedurfte nur einer letzten Geste.

Daoramu spürte, wie Nuramon erstarrte. Unwillig wandte sie ihren Blick von ihrem Sohn ab, der auf dem Platz von jubelnden Menschen gefeiert wurde. Sie entdeckte Yargir, der mit zwei Kriegern auf einen vermummten Mann loslief, der irgendwie die Wachen hinter sich gelassen hatte. Er hob die Hände, als wollte er zeigen, dass er unbewaffnet war. Da packte Nuramon sie und riss sie hinter sich. Neben Daoramu stellte sich Nerimee schützend vor Yendred und gab ihrer Leibwächterin Helgura einen Wink.

Noch ehe Daoramu etwas sagen konnte, blitzte es, und sie kniff die Augen zu. Als sie sie wieder öffnete, wanden sich Yargir, seine Krieger und einige Stadtgardisten vor Schmerzen am Boden. Der vermummte Mann aber hob erneut die Hände.

Nuramon ballte die Fäuste. Gleich würde er zaubern, gleich würde er diesem Angreifer, der über magische Kräfte verfügte, gewiss seine Macht entgegenschleudern. Doch Helgura kam Nuramon zuvor. Die Leibwächterin, mit der Nerimee im Kerker ihrer Entführer gelitten hatte, warf ihren Speer und traf den fremden Mann in der Brust.

Starr vor Schreck beobachtete Daoramu, wie sich ein Flackern in der Luft langsam die Tribüne heraufschob und schließlich verharrte. An jener Stelle erschien ein mit einem Schal vermummter Mann wie jemand, der hinter einem klaren Wasserfall hervortrat. »Da!«, rief Daoramu.

Nuramon folgte ihrem Fingerzeig mit dem Blick. Doch da schoss ihnen bereits ein Blitz entgegen, drang zwischen sie und riss Nuramon von ihr fort. Er fiel zu Boden, sein Gesicht verzerrte sich vor Schmerz, und sein Körper zuckte.

Überall waren Schreie. Ein Zischen von der Seite, und etwas Feuchtes traf sie und schlug sie zu Boden. Sie schaute die Wand des alten Hauses ihrer Familie hinauf, am Dach vorüber zum Himmel. Schatten beugten sich über sie. »Mutter!«, hörte sie Yendred und Nerimee wieder und wieder rufen. Und ihr Vater brüllte vor Verzweiflung. Es war ihr, als versänke sie in einem tiefen Brunnenloch, bis das Tageslicht nichts weiter als ein Lichtfleck war. Dann rauschten die Stimmen nur noch, und das Letzte, das sie von der Welt gewahrte, war ihre eigene Stimme. »Nuramon?«, flüsterte sie und fürchtete sich vor dem, was in der Tiefe lauern mochte.

Nuramon hörte seine Kinder schreien. Auch Borugar rief immer wieder ein und denselben Namen: »Daoramu!« Er zwang sich auf die Beine, geriet ins Schwanken und torkelte an Dyra vorbei, die sich schützend über Lyasani beugte. Er sah Bjoremul und Waragir, die Seite an Seite einen mit Kurzschwertern bewaffneten Mann zurücktrieben.

Nuramon wusste nicht, warum er hier war und was geschehen war. Hatte sein Sohn nicht gerade erst ein Pferderennen gewonnen? Wie war er in die Schlacht geraten? Und was hatten Yendred und Lyasani hier zu suchen? Es war, als mischten sich seine Erinnerungen vom Schlachtfeld mit denen an Jasbor und seine Familie.

Borugars Schrei ließ Nuramon herumfahren. Sein Blick fiel auf Daoramu. Sie lag am Boden. Nerimee saß über sie gebeugt und hatte ihr die Hände an den Kopf gelegt. Schwankend kniete Nuramon sich neben Nerimee zu Daoramu hin.

»Sie atmet nicht, Vater«, erklärte Nerimee.

Nuramon antwortete nicht, sondern umfasste Daoramus Hände und ließ seine Heilkräfte fließen. Der magische Sog kam wie die Welle einer Sturmflut über ihn, und im nächsten Augenblick wusste er nicht mehr, ob er noch zauberte oder der Zauber ihn bereits leergesogen hatte.

Nuramon spürte eine magische Präsenz in seinem Rücken und löste die Hände von Daoramu. Er sprang auf und fuhr herum. Keine fünf Schritt von ihm entfernt stand ein dritter Vermummter. Noch ehe auch dieser seine Hand heben konnte, schoss Nuramon ihm einen Flammenzauber entgegen, sprang vor und zog sein Schwert.

Der Fremde duckte sich, wirbelte mit den Händen und verschwand vor Nuramons Augen, doch die Klinge, die Nuramon herabfahren ließ, traf ihr Ziel. Ein Schrei drang aus der Luft, und als deckte jemand einen Vorhang auf, erschien der Mann wieder. Er lag am Boden. Nuramons Klinge hatte ihm den Hals aufgeschnitten. Der Fremde röchelte etwas Unverständliches, dann fiel sein Kopf zurück.

Nylma kam mit ihren Kriegern näher. Sie stützte Yargir, der sein Bein nachzog. Gaerigar war auch da, und sie alle zogen den Ring um die Fürstenfamilie enger. An Gaerigars Seite kehrte Nuramon zu Daoramu zurück.

»Sie atmet wieder«, sagte Nerimee.

Nuramon nickte. Vor seinen Augen verschwamm alles, seine Beine gaben nach, und er verstand nur eines mit absoluter Klarheit: Der Zauber, der Daoramu niedergestreckt hatte, hatte ihm gegolten. Er hatte ihn aber nur gestreift, und doch nagte er an seinen Kräften wie ein Gift.

»Da ist noch einer!«, rief Waragir, und Borugar brüllte: »Zurück in den Palast!«

Dann verschwamm das Geschrei, und um Nuramon wurde es still.

Nerimee wich nicht von der Seite ihrer Eltern, beobachtete jedoch, wie Waragir, Bjoremul und ein halbes Dutzend ihrer Krieger einer Blutspur folgten. Es war die Fährte eines Unsichtbaren. Sie hörte, wie ihr Großvater den Namen ihres Bruders rief, doch Gaerigar war nicht zu halten und setzte sich an die Spitze der Krieger. Er stürmte dem Fremden nach, der nur als schwaches Flimmern in der Luft zu erkennen war und dem Fischerhafen entgegenstrebte.

»Helgura! Folge Gaerigar!«, rief Nerimee ihrer Leibwächterin zu. »Pass auf ihn auf!« Die Kriegerin zögerte. Nerimee wusste, dass

Helgura außerhalb des Palastes nur ungern von ihrer Seite wich. Doch schließlich nickte sie und lief los.

Mit der Fürstengarde als Schutzwall trugen die Ilvaru Nuramon und Daoramu auf der Fürstenstraße gen Norden. Jaswyra schritt neben Dyra einher, sie trösteten Yendred und Lyasani. Borugar war an Nerimees Seite und fragte, ob noch Hoffnung blieb. Nerimee wusste es nicht. Sie prüfte immer wieder die Lebenszeichen ihrer Eltern. Bei ihrem Vater spürte sie, dass seine Magie sich gegen die fremde Macht aufbäumte; ihrer Mutter jedoch schwanden die Lebenskräfte, und Nerimee musste ihre Hand halten und einen Heilzauber wirken, während die Krieger sie vorantrugen. Sie wusste nicht, wie lange sie den Zauber aufrechterhalten konnte. Im Palast könnte sie sich der Macht eines der magischen Quellsteine bedienen. Doch ob ihre Eltern den Weg in die Oberstadt überhaupt überleben würden, wusste sie nicht.

Nuramon träumte von seiner Suche nach Noroelle. Er war auf den Albenpfaden, und sie war so weit entfernt, doch er war bereit, jeden Weg zurückzulegen, um sie zu finden. Dann aber merkte er, dass er gar nicht nach Noroelle suchte, sondern nach Daoramu.

»Wach auf«, sagte eine vertraute Stimme.

»Ceren?«, flüsterte er.

»Du darfst jetzt noch nicht sterben.«

»Ich bin zu schwach. Dieses Gift raubt mir alles.«

»Das Gift ist das Werk eines fähigen Zauberers. Du darfst jetzt nicht nachgeben, sonst stirbst du, und deine Frau ist verloren.«

Nuramon stemmte sich gegen den fremden Zauber, und die Schmerzen schienen ihm die Haut vom Fleisch zu reißen. Er schrie auf und schrie noch einmal. Schließlich hörte er die eigene Stimme weit entfernt, und er bewegte sich. Er wollte zu seiner eigenen Stimme gelangen. Sie wurde lauter und lauter, und als er die Augen aufschlug, blickte er in Nerimees Gesicht.

»Den Ahnen sei Dank!«, hauchte seine Tochter.

Gaerigar kehrte mit leeren Händen vom Festland zurück. Irgendwo in der Flussmündung war der Unsichtbare ihnen entkommen. Nun suchte die Garde nach einer Spur, während er, Bjoremul und die Schar Krieger auf den Marktplatz zurückkehrten. Seine Familie hatte sich längst zurückgezogen, und die Stadtgarde hatte den Ort des Anschlags abgesperrt. Die drei toten Meuchler hatten sie bereits nebeneinander aufgebahrt; ebenso die vier Leichen der Jasborer: zwei Palastwachen und zwei Stadtgardisten.

Die Wachen hatten die Gesichter der Angreifer von den Schals befreit, und Gaerigar betrachtete die bärtigen Mienen. Einer von ihnen hatte ein zertrümmertes Gesicht, das Gaerigars Blick fesselte. »Woher kommen sie wohl?«, fragte er.

»Helbyrn«, sagte Bjoremul und zeigte auf den Mann mit dem zertrümmerten Schädel. »Der jedenfalls hat mit einem Akzent geflucht, der mich an das Fürstentum erinnert.«

»Schaut«, sagte Helgura, die auf Nerimees Befehl hin nicht von seiner Seite wich. »Die Ringe.« Die Leibwächterin wies auf die Hände der Toten. Jeder von ihnen trug je einen Ring an jeder Hand – einen silbernen und einen goldenen.

»Vielleicht sind das Rangzeichen«, sagte Waragir.

Gaerigar aber bezweifelte es. Er berührte eines der Schmuckstücke nach dem anderen und spürte in jedem Magie. »Das ist es«, sagte er. »Es sind die Ringe.«

Im Schatten der Birkeneiche kämpften Nuramon und Nerimee um Daoramus Leben, aber der Sog, den Nuramon schon oft gespürt hatte, wenn ein Leben an der Schwelle zum Tod stand, blieb aus. Schließlich ließ Nuramon seine Hände von Daoramus Körper gleiten. »Der Zauber geht ins Leere«, sagte er, und Nerimee nickte mit verzweifelter Miene.

Da öffneten sich Daoramus Augen.

Nuramon atmete erleichtert aus. Als er sich aber über sie beugte, erstarrte er. Daoramu blickte durch ihn hindurch, als schliefe sie mit offenen Augen. Ihre Pupillen waren starr, und sie blinzelte viel zu selten.

»Warum regt sie sich nicht?«, fragte Nerimee.

Nuramon schüttelte den Kopf. Dann sagte er: »Daoramu!« Sie antwortete aber nicht, sondern atmete nur still durch die Nase ein und aus.

Borugar und Jaswyra stießen zu ihnen. Sie hatten Yendred beruhigen und dann den Mägden übergeben wollen, und nun kamen sie mit dem Hofmedikus Rargu, dessen Gehilfen und mit Oburgal, dem Ahnenpriester des großen Tempels von Jasbor.

»Den Ahnen sei Dank!«, rief Jaswyra, als sie Daoramus Brustkorb sah, der sich gleichmäßig hob und senkte, doch Borugar bemerkte, dass etwas nicht stimmte.

»Sie ist offenen Auges bewusstlos«, sagte Nuramon leise.

Borugar nickte, doch sein Blick zeigte, dass er nicht verstand. »Untersucht sie«, befahl er den Heilern, und während nun auch diese Daoramu in die Augen schauten und sie ansprachen, schaute Nuramon in Cerens Baumkrone hinauf. Er dachte an den Traum, der ihn ins Bewusstsein zurückgeholt hatte. Es mochte nichts weiter als eine Sehnsucht gewesen sein, eine Reaktion auf den Duft des Baumes. Und doch klammerte sich Nuramon an die Hoffnung, dass Ceren eingreifen und Daoramu mit ihrer Macht retten würde.

»Ich habe so etwas schon einige Male gesehen«, sagte Rargu der Hofmedikus. »Sie ist nur noch Körper. Alles, was ihr Wesen ausmachte, ist fort.«

Jaswyra schrie auf, wandte sich ab und drückte sich an Borugars Schulter. »Das kann nicht sein«, sagte der Fürst mit schwankender Stimme. »Du sprichst von Kopfwunden im Krieg. Aber schau sie dir an. Sie ist unverletzt!«

Rargu blickte kurz zu Nerimee und erhob sich. »Du sagtest, es sei eine magische Attacke gewesen, Herr. Vielleicht ist die Wunde unsichtbar.« Er schaute Nuramon erwartungsvoll an.

Während die Heiler sich von Daoramu lösten, kniete sich Nerimee wieder zu ihr hinab und fasste ihre Hände.

Nuramon zögerte. Daoramus Anblick machte ihn ratlos. Es war, als lähmte ihn das Gift, das ihn eben beinahe getötet hatte, noch immer, und als hemmte es seinen Entschluss. »Da ist keine magische Wunde mehr«, antwortete er dem Hofmedikus schließlich.

»Was sollen wir tun?«, fragte Borugar. Nuramon hatte ihn, der im Gefecht in jeder Lage einen Ausweg fand, noch nie hilflos gesehen. Und er selbst wusste keine Antwort auf die Frage seines Schwiegervaters. Er fühlte sich immer noch gehemmt.

»In solchen Fällen ist es möglich, Flüssigkeiten zu verabreichen«, sagte Rargu. »Sie kann noch schlucken. Ich habe Familien gesehen, die einen solchen Körper weiterpflegten. Die meisten Bewusstlosen starben nach einigen Wochen, aber ich habe auch von einem Mann gehört, der noch Jahre weiteratmete. Die Familie zerbrach fast daran, und schließlich verabreichten sie ihm ein sanftes Gift.«

Borugar starrte eine Zeit lang stumm ins Leere, dann nickte er langsam. »Was würdest du tun?«, fragte er den Hofmedikus. Dieser atmete tief durch, dann sagte er: »Lasst sie sanft einschlafen. Das ist nicht mehr deine Tochter, Herr. Es ist nur noch ihr Körper.«

»Sei still!«, schrie Nerimee und sprang auf. Die Stimme seiner Tochter weckte Nuramon aus der Ratlosigkeit. Er musste an seine Suche nach Noroelle denken und an all die Hindernisse, die er damals gemeinsam mit Farodin und Mandred überwunden hatte. Er war bereit gewesen, alles zu opfern. Und als Nuramon über das Leid und die Mühen auf dem Weg zu Noroelle nachdachte, entsann er sich wieder des Traumbildes, das ihm eben in der Bewusstlosigkeit erschienen war. Dort war er auf der Suche nach Noroelle gewesen, und dann hatte er festgestellt, dass er sich geirrt hatte und eigentlich auf der Suche nach Daoramu war. Er würde auch diesmal alles in die Waagschale werfen; jeden Weg gehen, der nötig war, und jeden Feind, der sich ihm in den Weg stellte, niedermachen. Er würde Daoramu retten, ganz gleich, wie lange es dauern mochte.

So wandte er sich an Rargu und sagte: »Wenn das dein Rat an den Fürsten ist, dann brauchen wir deine Stimme nicht mehr.«

Der Hofmedikus nickte ihm zu. Es lag kein Zorn in seiner faltigen Miene, sondern Mitleid. »Herr, glaub mir«, sprach er mit sanfter Stimme zu Borugar. »Es wird deine Familie zerreißen.«

Borugars Blick wanderte zu Nuramon. »Kannst du sie heilen?«, fragte er mit fester Stimme. Es war wie die Frage eines Feldherrn an seinen Schwertfürsten, ob er diesen Hügel, dieses Tal oder diese Stadt einnehmen konnte. Und Nuramon hatte diese Frage oft gehört und oft bejaht. Diesmal aber sagte er: »Ich weiß es nicht. Was aber, wenn du sie jetzt aufgibst und ich später herausfinde, dass es eine Möglichkeit gegeben hätte, sie zu retten? Dir muss klar sein, dass ich nichts unversucht lassen werde. Ich werde jeden Weg gehen, selbst wenn mein Verderben darauf lauert.«

Oburgal, der Ahnenpriester, trat nun näher. Der Greis hatte sich zurückgehalten. Nun aber nahm er sich das Wort. »Wenn ihr Geist sich vom Körper gelöst hat, nimmst du ihr mit jedem Augenblick, den dieser Körper weiterlebt, den Weg ins Jenseits. So entstehen ruhelose Seelen. Wenn der Körper sie zu lange zurückhält, könnte sie den Weg zu den Ahnen bald nicht mehr finden.«

»Borugar«, sagte Nuramon. »Das Glück oder aber die Verzweiflung hängen in so vielen Leben an einer einzigen Entscheidung. Hör auf mich! Ich habe es oft genug erlebt.«

Doch Borugar, der seine schluchzende Frau an sich drückte, schüttelte den Kopf. »Aber was, wenn ihre Seele leidet? Was, wenn Oburgal recht hat?«

Der Ahnenpriester nickte und machte einen Schritt auf Nuramon zu. »Seit Generationen vertrauen die Herren von Yannadyr auf den Rat der Ahnenpriester.«

»Ohne Ahnen keine Priester«, erwiderte Nuramon. »Ohne Verwandtschaft keine Ahnen.« Er starrte in die grauen Augen des alten Mannes und wusste, dass die Ahnenpriester keine eigene Macht in Händen hielten. Sie konnten ihn nicht verdammen oder zu einer Strafe verurteilen. Ihre Macht mussten sie indirekt ausüben, indem sie die Entscheidungen des Volkes oder die der Herrschenden beeinflussten. Falls es Nuramon gelang, Borugar zu überzeugen, würde der Priester sich fügen. So wandte er sich an seinen Schwiegervater und sagte: »Überlass es uns. Mir und Nerimee. Wenn du mir schon nicht vertraust, dann vertrau deiner Enkelin.«

Borugar schaute in das verweinte Gesicht Nerimees, dann fasste er Jaswyra an den Schultern, löste sie von seiner Brust und blickte sie fragend an. Die Fürstin schaute stumm zu Daoramu hinab, dann zwischen Nerimee und Nuramon hin und her. Schließlich sagte sie: »Ich könnte nicht damit leben, nicht alles versucht zu haben.«

Borugar drückte seine Frau an sich, dann schickte er die Heiler, den Ahnenpriester und sogar die Wachen fort und kniete neben seiner Tochter nieder. Als Nuramon, Jaswyra und Nerimee es ihm gleichgetan hatten, sagte er: »Es ist mir egal, wie lange es dauert. Tut alles, was ihr vermögt.«

Nuramon strich Daoramu über die Wange, dann legte er seine Hände an ihren Kopf und sandte seine Sinne aus. Er suchte nach Regungen, doch es war, als wäre Daoramu von ihren Sinnen abgeschnitten. Er streichelte ihre Hand.

»Da!«, sagte Nerimee. »Ihre Nackenhaare haben sich aufgerichtet.«

Nuramon sandte erneut seine Sinne aus, und da fand er etwas, kaum merklich, einen Zauber fremder Art, den er nicht zu greifen vermochte. Er machte Nerimee darauf aufmerksam.

»Menschenmagie«, sagte seine Tochter. »Du sagtest, dass die Magie der Menschen Albenkinder töten könnte.«

»Nein. Ich habe dir einmal erzählt, dass der Devanthar die Elfenmagie korrumpiert hatte, um sie gegen uns zu wenden. Ich vermute, die Tjuredanbeter auf dem anderen Kontinent, die damals gegen uns kämpften, hatten irgendwo in ihrem Stammbaum elfische Vorfahren, trugen aber zugleich das Erbe des letzten Devanthar in sich. Diese Magie hier jedoch verzehrt nicht jeden Hauch von Zauberkraft, der ihr zu nahe kommt. Sie richtet sich nicht nur gegen meinesgleichen. Sonst wäre ich jetzt bereits tot.«

Borugar strich Daoramu über die Stirn und schaute den Stamm der Birkeneiche hinauf. »Irgendwo haben Menschen gelernt, sich die Magie nutzbar zu machen.«

Nuramon nickte. »Alles spricht dafür«, sagte er. »Und doch frage ich mich, wie sie so rasch einen so raffinierten Zauber entdecken konnten.« Auch er schaute an Cerens Stamm hinauf in die Baumkrone. »Vielleicht hatten sie Hilfe. Vielleicht hat die Magie etwas entfesselt – einen Geist oder einen Dämon.«

Als Gaerigar in den Palast zurückkehrte, erzählte ihm der Ahnenpriester Oburgal von dem Zustand seiner Mutter und berichtete, was am Baum der Ceren vorgefallen war. Der alte Mann wirkte aufgebracht und machte deutlich, dass er um die Seele seiner Mutter bangte. Gaerigar versprach dem Priester, ihn später im Tempel zu besuchen und überließ es Bjoremul und Waragir zu berichten, dass die Angreifer mit magischen Artefakten ausgestattet waren. Er aber begab sich auf schnellstem Weg zu Cerens Baum.

Als er seine Mutter sah, die dort stumm und reglos vor seinem Vater, seiner Schwester und seinen Großeltern lag, verstand er, was der Ahnenpriester gemeint hatte. Das war nicht seine Mutter. Das Gesicht dieser Frau war nur eine Maske, in der kein Lebenshauch steckte.

Gaerigar schluckte, doch als er die verweinten Gesichter der anderen sah, riss er sich zusammen. Er würde stark sein, ihnen Kraft geben und vorwärtsschauen. In aller Ruhe erzählte er von den magischen Ringen, die er gefunden hatte, und hielt seinem Vater zwei davon hin. »Den Silberring trugen sie an der linken Hand, den goldenen an der rechten.«

Nuramon und Nerimee betrachteten die Ringe, fuhren mit den Fingerspitzen darüber. »Ich fühle die Macht«, sagte Nerimee. »Aber ich erkenne keinen Schimmer des Zaubers. Ich bekomme das, was ich spüre, nicht zu fassen.«

Nuramon bedankte sich bei Gaerigar und legte ihm die Hand auf die Schulter. »Diese Ringe sind vielleicht der Schlüssel zu der Magie unserer Feinde. Der Mann, der mich mit dem Blitz attackierte, hielt den linken Arm hoch.«

»Der goldene ist also für die Unsichtbarkeit«, sagte Gaerigar. »Und der silberne ist der Übeltäter. Ich habe die Stadtgarde gebeten, Händler, Schneider und Schmiede zu holen. Sie könnten die Herkunft der Kleidung und der Waffen bestimmen. Vielleicht finden wir heraus, ob Bjoremul recht hatte und sie wirklich aus Helbyrn kamen.«

»Helbyrn ist weit weg«, sagte Borugar und strich Jaswyra, die er im Arm hielt, durchs Haar.

Gaerigar schüttelte den Kopf und sagte: »Es heißt, die Varmulier hätten sich im Süden mit ihnen verbündet. Sie könnten ihnen diese Männer ausgeliehen haben, um hier ihr Werk zu vollbringen. Mit den Goldringen sollte es ihnen ein Leichtes gewesen sein, ungesehen bis hierher vorzudringen.«

Nerimee nickte nachdenklich, doch Nuramon war anderer Meinung. »Das kann nicht sein«, sagte er und hob den Goldring an. »Die Macht in diesem Kleinod hätte nicht ausgereicht, um sie vom Ruljas herzubringen. Die Magie in ihm ist fast erloschen. Schau!« Er schob den Ring auf den Finger, wirbelte mit der Hand und verschwand einfach.

Borugar staunte, und auch Jaswyra starrte verwundert auf die Stelle, an der Nuramon gerade noch gewesen war. Kurz darauf erschien Gaerigars Vater wieder und hielt den Ring in den Fingerspitzen. »Das ist erschreckend – und das Werk eines guten Zauberers. Einen Zauber zu sprechen ist eine Sache, ihn auf einen Gegenstand zu sprechen, eine andere. Allein, dass ich in der Unsichtbarkeit selbst noch sehen kann, verlangt einen geschickten Zauber und ungeheure Kraft.«

»Warum?«, fragte Gaerigar.

»Du kannst nur unsichtbar werden, wenn das Licht einen Bogen um dich macht. Dringt das Licht aber nicht in deine Augen, kannst du auch nichts sehen. Ich konnte euch aber sehen; wenn auch ein wenig verzerrt und in merkwürdigen Farben. Sie mussten die Ringe abnehmen, um uns klar erkennen zu können.« Er reichte Gaerigar den Ring, aber er wollte damit nichts zu tun haben.

Nerimee aber prüfte den Ring, steckte sich ihn auf den Finger und verschwand. »Der Zauber sieht mit magischen Sinnen«, sprach sie in der Unsichtbarkeit. Sie zog den Ring ab, erschien wieder und wog das magische Artefakt in der Hand. »Ein Meisterwerk. Aber die Magie schwindet schnell.«

Nuramon nickte. »Diese Ringe wurden für den Anschlag geschaffen. Diese Männer konnten damit nicht tagelang unbemerkt durch das Fürstentum reisen.«

»Dann sollten wir nach dem Entkommenen Ausschau halten«, sagte Borugar mit entschlossener Stimme.

Gaerigar nickte. »Er ist durch die Flussmündung ans Festland geschwommen. Und irgendwo dort wird seinem Ring die Macht ausgehen. Außerdem ist er verletzt. Lass mich mit einigen Männern ausziehen und ihn hetzen!«

Gaerigar erwartete, sein Großvater werde ablehnen und sagen, er sei mit siebzehn noch zu jung, um in den Kampf zu ziehen, doch Borugar schaute zu Gaerigars Vater. »Er ist dein Sohn«, sagte er.

Nuramon starrte ihn an und sagte schließlich: »Ich vertraue dir die Ilvaru an. Aber nur, wenn du auf jeden Rat hörst, den Bjoremul dir gibt.«

Gaerigar versprach es, verabschiedete sich knapp und schaute noch einmal auf den Körper seiner Mutter hinab. Er konnte nicht anders, als sich zu ihr hinzuknien und ihr die Hände zu küssen. Als er sich schließlich abwandte, kämpften Trauer und Wut in ihm um die Oberhand. Er hatte das Rennen von Jasbor gewonnen, und nun wünschte er sich, er hätte nie daran teilgenommen.

Alte Geheimnisse

Solange Daoramus Augen offen standen, fand Nuramon keinen Schlaf. Im Kerzenlicht saß er neben ihr auf ihrem gemeinsamen Bett, hielt ihre Hand und erzählte ihr von damals, als sie einander kennengelernt hatten. Er sprach die halbe Nacht hindurch, bis Daoramus Augenlider schwer wurden und sie einschlief. Noch hatte er die Hoffnung nicht aufgegeben, dass seine und Nerimees Heilkräfte doch noch etwas bewirken würden und Daoramu am nächsten Morgen ausgeschlafen war und ihn wecken würde. Als aber die Sonne aufging, waren lediglich die Heilzauber verklungen.

Nach einer Weile klopfte es an der Tür, und Nerimee trat ein. Sie wirkte verzweifelt, als sie bemerkte, dass sich nichts verändert hatte. »Was nun?«, fragte sie.

Nuramon lächelte sie mit all der Entschlossenheit an, die er in seiner Enttäuschung aufbringen konnte, und sagte: »Wir machen einfach weiter.«

Wenngleich die Dienstboten es hätten übernehmen können, zogen sie Daoramu aus, ließen ihr nur die Kette mit dem Lebensstein auf der Brust liegen und wuschen ihren Körper. Dabei bemerkten sie die nassen Laken. Nuramon tauschte nur einen kurzen Blick mit Nerimee. Es war, als fragte sie ihn, ob sie es übernehmen solle, und als stellte er ihr die Frage zur gleichen Zeit. Schließlich hoben sie Daoramu gemeinsam zur Seite und wechselten die Laken und die Decken.

»Sie hat ihre Augen nicht geöffnet«, sagte Nerimee, als alles getan war.

»Sie ist einfach noch nicht aufgewacht«, entgegnete Nuramon. Dann wiederholten sie die Zauber, mit denen sie Daoramus Augen geöffnet hatten, doch diesmal rührten sich die Lider nicht.

Kurz darauf klopfte es an der Tür, und vier Mägde kamen herein, angeführt von Gaeria, die schon in Merelbyr in Jaswyras und Daoramus Diensten gewesen war. Nuramon wollte sie fortschicken, doch Nerimee hielt ihn zurück. »Vater«, sagte sie. »Wir können nicht alles allein machen. Wir brauchen Palastgardisten, die sie tragen, wenn du nicht da bist. Jemand muss bei ihr sein, wenn wir die Ringe untersuchen und den Zaubern nachspüren, die sie retten können. Lass sie die Laken und Decken mitnehmen und waschen. Sie haben ihr zuvor gedient, lass es sie auch jetzt tun.«

Nuramon sah in die traurigen Gesichter der Frauen und nickte. Gaeria trat vor und verbeugte sich. Sie war inzwischen rund sechzig Jahre alt und mit ihrer Körperfülle nach wie vor eine eindrucksvolle Gestalt. »Teile die Last mit uns, Herr«, sagte sie und schaute liebevoll auf Daoramu hinab. »Sie war immer auch mein kleines Mädchen. Bei uns ist sie in guten Händen.« Sie schaute in die Runde. »Wir holen ihr Speisen aus der Küche«, sagte Gaeria. »Die Fürstin meinte, es müssten flüssige Mahlzeiten sein. Eine Suppe, ein dünner Brei, Milch.«

Nuramon nickte.

»Und heute ist ihr Badetag«, erklärte Gaeria. »Sie wollte sich Zöpfe flechten lassen.«

Nuramon musste lächeln. »Als wir zum ersten Mal in Alvarudor waren, habe ich ihr oft das Haar gewaschen«, sagte er. Dann atmete er durch, und sein Lächeln starb. »Sie ist hilflos.«

»Du bist nicht allein, Herr«, sagte Gaeria, und die anderen Frauen stimmten ihr zu. So brachten sie Daoramu einen dünnen Brei aus Milch und Hafer, und Nuramon fütterte sie mit aller Geduld. Am Mittag dann trug er sie im Badegewölbe die Stufen ins Wasser hinab. Auch Nerimee und die Dienerinnen waren dort. Sie waren in die weiten Badehemden mit den tiefen Rückenausschnitten gehüllt, die Daoramu so liebte.

Nuramon wusch seiner Frau das Haar, die Dienerinnen passten auf, dass ihr Kopf stets über dem Wasser blieb, und als er fertig war, schauten er und Nerimee zu, wie die Dienerinnen Daoramu auf eine Decke am Beckenrand betteten und sie einölten. Sie massierten ihr die Schultern, sie sprachen mit ihr und erzählten ihr von den Dingen, die in der Stadt geschehen waren. Und als Daoramus Hände getrocknet waren, feilten sie ihr die Nägel. Inmitten all dieser Alltäglichkeiten, die auf Nuramon nun aber beinahe wie eine Zeremonie wirkten, lag Daoramu und rührte sich nicht.

Zurück in ihren Gemächern, konnte Nerimee ihre Tränen nicht mehr zurückhalten. »Sie ist wie ein schlafendes Kind«, sagte sie.

Nuramon starrte auf Daoramu hinab, und zum ersten Mal fragte er sich, ob der Ahnenpriester Oburgal vielleicht recht gehabt hatte.

Gaerigar und die Ilvaru ritten die Küste entlang und fanden Fußspuren an einem der Strände, zudem ein kleines Lager zwischen den Felsen vor der Steilklippe. Der Meuchler war tatsächlich mit der Strömung des Furjes ins Meer getrieben und weiter südlich ans Ufer geschwommen. Auf Bjoremuls Empfehlung hin ließ Gaerigar den Fliehenden gewähren. Sie hofften, er würde ihnen auf seiner Flucht eine Spur zu den Hintermännern liefern.

Nach einem Tag sahen sie den Meuchelmörder in der Ferne. Er ritt auf einem gesattelten Pferd abseits der großen Straße nach Süden.

Das Reittier hatte er offenbar irgendwo gestohlen. Nun war er zwar schneller unterwegs als zu Fuß, doch anhand der Hufspuren des Pferdes fiel es Gaerigar und den Ilvaru leicht, dem Fremden zu folgen.

Als sie nach Tagen den Varjes, den Grenzfluss zwischen den Herzogtümern Yanarsal und Byrmul, erreichten, harrte der Meuchelmörder aus, bis die yanarsalischen Grenzreiter, die auf der Straße patrouillierten, im Norden verschwunden waren. Dann wagte er sich aus der Deckung des Waldes, ritt zur Straße hinab und strebte der Grenzbrücke entgegen. Auf der gegenüberliegenden Seite erwarteten ihn byrmulische Grenzwächter.

»Bei allen Ahnen!«, flüsterte Waragir, als der Mann sich von den Grenzwachen löste, sein Pferd am südlichen Flussufer bis in das Zeltlager der Grenzkrieger führte und darin verschwand.

Gaerigar nickte. »Das kann nicht wahr sein«, murmelte er. Die Grenzkrieger von Byrmul unterstanden dem Herzog direkt. Und Helerur war der älteste Freund seines Großvaters. Gaerigar schaute Bjoremul fragend an, doch der Wyrenar wich seinem Blick aus.

»Sollen wir ihn uns schnappen?«, fragte Gaerigar.

»Nein«, sagte Bjoremul. »Lass uns abwarten. Er ist jetzt bei den Kriegern. Und wir müssen herausfinden, wie weit dieser Verrat nach oben reicht. Ob es nur gekaufte Grenzkrieger sind – oder mehr als das.«

So rasteten sie im Schatten des Waldes und behielten das Lager der byrmulischen Grenzkrieger im Auge. Gelegentlich kam ein Reiter oder ein Wagen die Straße entlang, und ab und zu erschienen die Grenzreiter des Herzogs von Yanarsal diesseits des Flusses, begleiteten die Reisenden und nahmen den Zoll entgegen. Kurz vor Mittag, als es auf der Straße still war, verließ ein Reiter das Lager der Byrmulier und verschwand eilig auf der Straße gen Süden.

»War er das?«, fragte Gaerigar in die Runde. »Oder war das nur ein Bote?«

Keiner wusste eine Antwort darauf. Aber Bjoremul sagte: »Lasst uns dort unten beim Grenzposten nachschauen, was wir erfahren.«

So ritten sie in einem Bogen zurück und schließlich aus dem Wald hinaus und folgten der Straße zur Grenzbrücke. Die Krieger jenseits des Flusses empfingen sie höflich und verbeugten sich sogar, als sie den Sohn des Fürsten und die Ilvaru erkannten. Obwohl sie es zu überspielen versuchten, merkte Gaerigar ihnen ihre Überraschung an. Auf Bjoremuls Rat hin hielt er sich zurück und überließ Waragir das Sprechen. Dieser erzählte knapp, was in Jasbor vorgefallen war, verschwieg aber, wie schwer es Gaerigars Mutter getroffen hatte.

Die drei Männer tauschten unsichere Blicke. Sie mochten ebenso Zeichen des Entsetzens sein wie der Schuldgefühle. »Es ist der Fürstenfamilie doch nichts geschehen?«, fragte einer von ihnen.

»Nein«, antwortete Waragir. »Aber dennoch werden wir uns den Burschen schnappen. Es gibt eine Belohnung.« Letzteres stimmte zwar nicht, aber Gaerigar hätte viel von seinem Geld gegeben, um Waragir nicht als Lügner dastehen zu lassen. Doch die drei Männer gaben an, keinen Fliehenden gesehen zu haben, und Gaerigar war enttäuscht und wütend über diese Lüge.

Waragir bedankte sich, sie machten kehrt und ritten über die Brücke ins Herzogtum Yanarsal zurück. »Nach Hause!«, rief Gaerigar und warf einen Blick zurück auf die drei Grenzkrieger, die ihnen nachstarrten. Leise befahl er seiner Nachhut, ein Auge auf die Gardisten zu haben. Und wie er vermutete, kehrten diese rasch ins Lager ein, und kurz darauf verließen zwei Reiter den Grenzposten und galoppierten gen Süden.

»Helerur«, sprach Bjoremul verächtlich, und Gaerigar wunderte sich darüber, dass der Wyrenar über einen möglichen Verrat des Herzogs von Byrmul nicht erstaunt zu sein schien. »Sollte ich irgendetwas wissen?«, fragte er.

Bjoremul wich seinem Blick aus. »Sprich mit deinem Vater«, sagte er nur.

Als Nuramon den Fürstensaal betrat, drohte Gaerigar gerade Borugar mit dem Zeigefinger. »Du bist blind!«, schrie er. »Ich sage dir, was ich gesehen habe.« Er zeigte auf Waragir und Bjoremul. »Frag sie! Frag sie, wie sehr ich mich zurückgehalten habe. Vor Kurzem wäre ich dem Schwein noch gefolgt und hätte ihn zur Strecke gebracht. Aber jetzt stehe ich hier vor dir und berichte dir, was ich gesehen habe, und du willst, dass ich einen kühlen Kopf bewahre. Wie soll ich das, wenn du die Augen vor einem Verrat verschließt?«

Borugar ballte die Fäuste und wandte sich kopfschüttelnd an Nuramon. »Erkläre deinem Sohn, wie gefährlich es ist, falsche Schlüsse zu ziehen«, sagte er mit fester Stimme.

Nuramon seufzte, trat zu seinem Sohn, schloss ihn in den Arm und bat ihn, ausführlich zu erzählen, was vorgefallen war. Während Gaerigar berichtete und Helerur als Verräter bezeichnete, tauschte Nuramon immer wieder Blicke mit Bjoremul, Nylma und Yargir. Sie wussten, dass Helerur einst in Merelbyr Meuchelmörder gegen sie ausgesandt hatte. Nylma und Yargir waren dabei gewesen, Bjoremul aber hatte er es in einer ruhigen Stunde offenbart.

Als Gaerigar am Ende seines Berichts war, war Nuramon zwar stolz, dass sein Sohn seine Aufgabe so vortrefflich erledigt hatte, doch die neue Kunde bereitete ihm Sorgen. Er glaubte natürlich, dass der Meuchelmörder bei Helerur Zuflucht gesucht hatte. Und die erwartungsvolle Miene seines Sohnes ließ ihm keinen Spielraum, das Geheimnis, dass sie über die Jahre vor Borugar verborgen hatten, zu bewahren.

Nuramon wandte sich seinem Schwiegervater zu. »Borugar. Ich muss dir etwas zu Helerur sagen.«

Borugar musterte ihn misstrauisch »Wenn es wichtig gewesen wäre, hättest du es mir früher gesagt. Nicht wahr?«

»Daoramu hat uns zum Schweigen verpflichtet«, entgegnete er kopfschüttelnd.

Binnen eines Wimpernschlags verschwand der Zorn aus dem Gesicht des Fürsten. Nun wirkte er besorgt. »Warum sollte sie das wollen?«, fragte er.

Nuramon schaute sich nach Jaswyra um, aber sie war nicht da. Gewiss war sie, wie so oft in diesen Tagen, bei Yendred. Wäre sie nun an Borugars Seite gewesen, hätte sie ihm die Wahrheit vielleicht sanft offenbaren können. Und auch Jasgur, der im Osten in seinem Herzogtum war, hätte gewiss passende Worte gefunden, um seinem Herrn das zu erklären, was nicht mehr zu verbergen war. Von jenen, die von Helerurs Verrat in Doranyr wussten, waren nur er, Nylma,

Yargir und Bjoremul anwesend. Gaerigar wusste ebenso wenig davon wie Nerimee und Waragir. Nuramon dachte an Daoramu. Sie hätte in dieser Lage das Geheimnis einfach offenbart. Und genau das würde er nun tun. »Daoramu bat uns zu schweigen, weil sie diesen Augenblick fürchtete«, sagte er. »Den Augenblick, in dem du die Wahrheit über deinen Freund erfährst.«

»Und wer weiß alles von dieser *Wahrheit?*«, fragte Borugar.

»Daoramu, ich. Nylma und Yargir. Jasgur und Bjoremul. Ceren wusste es – und deine Frau. Sie ahnte, was es für dich bedeuten würde, davon zu erfahren.«

Borugar runzelte die Stirn und rutschte unruhig auf seinem Thron hin und her. »Wovon sprichst du?«

»Von jener Nacht, da ich mit Nylma und Yargir Daoramu zur Flucht verhalf.« Er erzählte von Helerurs Meuchelmördern, die ihnen aufgelauert hatten, und von den Gesprächen, die er und Daoramu später mit dem Herzog geführt hatten. Als Nuramon geendet hatte, war der Fürst auf seinem Thron in sich zusammengesunken und schaute zwischen den Anwesenden hin und her. »Viele von euch waren oft dabei, wenn Helerur bei mir war«, sagte er. »Wie habt ihr das nur ausgehalten?«

»Du glaubst es also?«, fragte Nuramon.

Borugar antwortete ihm nicht und wandte sich stattdessen an Gaerigar. »Wusstest du auch davon?«, fragte er leise.

Gaerigar tauschte einen ratlosen Blick mit Nerimee und schüttelte den Kopf. »Nein«, sagte er.

Borugar nickte, dann wandte er sich wieder Nuramon zu, und in seinen Augen loderte der Zorn. »Ihr Narren!«, rief er. »Ihr dachtet, ihr könntet mich schützen. Ihr wusstet, dass ich gegen Helerur vorgehen würde. Aber wäre das so schlimm gewesen? Vielleicht hätte ich dann damals meinen Thron verloren, aber ich hätte heute meine Tochter noch!«

Die Worte trafen Nuramon wie ein Schlag und machten ihm die Kehle eng.

»Was werden wir also tun?«, fragte Borugar langsam.

Gaerigar wollte etwas sagen, aber Nuramon kam ihm zuvor. »Gib mir neben den Ilvaru ein Kriegsbanner«, sagte er. »Ich gehe über die Albenpfade nach Byrmul. Keine Erklärungen, keine Verhandlung, nichts. Wir nehmen unsere Schwerter und rücken gegen ihn vor. Die Albensternfestung liegt nur acht Meilen von der Stadt Byrmul entfernt.«

»Du wolltest doch dem Krieg fernbleiben«, sagte Borugar, und auch Nerimee und Gaerigar sahen ihn entsetzt an.

»Einst sagten wir Helerur, dass wir – sollte es auch nur den Anschein haben, dass er gegen uns vorgeht – über ihn kommen würden. Ich werde unseren Worten nun Taten folgen lassen.«

»Bei den Ahnen, Nuramon!«, sagte Borugar mit großen Augen. »Ich habe noch nie Hass in deinem Gesicht lodern gesehen.« Er erhob sich von seinem Thron. »So sei es. Lasst uns aufbrechen!« Dann schickte er Nylma aus, ihre besten Leute zu holen, und ließ Waragir und Bjoremul nach den Ilvaru schicken. Zudem bat er Yargir, der wegen einer Beinverletzung noch immer stark humpelte, im Palast die Stellung zu halten, und trat schließlich vor Nerimee. »Du führst das Werk deines Vaters fort. Und ich möchte, dass du Gaerigar zur Seite stehst.«

Nuramon sah zu seinem Sohn hinüber, der bei den Worten seines Großvaters erstarrte. »Ich komme doch wohl mit!«, sagte er, doch Borugar schüttelte den Kopf. »In meiner Abwesenheit werden du und deine Schwester meinen Platz einnehmen. Ihr beiden werdet gemeinsam entscheiden – über alles, was auf euch zukommt. Ist einer von euch verhindert, entscheidet der andere. Seid ihr euch uneinig, hat der Stadtrat von Jasbor das letzte Wort. Vertraut einander. Denn ihr ergänzt euch gut. Könnt ihr das?«

Die Geschwister tauschten einen Blick, dann nickten sie.

»Du willst wirklich selbst mitkommen?«, fragte Nuramon.

»Mich verbindet einfach zu viel mit Helerur«, sagte er. »Diesen Schlag muss ich mit eigener Hand führen. Und jetzt: Verabschiedet euch von euren Lieben. Wir ziehen in den Kampf. Und zu keinem ein Wort, wohin uns der Weg führt.«

Jeder der Anwesenden verließ den Saal, um sich auf seine Weise auf das Bevorstehende vorzubereiten. Nuramon machte sich an der

Seite seiner Tochter auf den Weg zu Daoramu. Er bemerkte Nerimees zweifelnden Blick und wusste, was er bedeutete. »Du fragst dich, ob ich mich nach Rache sehne, weil ich hier nichts ausrichten kann.«

Nerimee nickte nur.

»Ich kann es nicht abstreiten«, sagte er. »Aber selbst, wenn es nicht so wäre, müsste ich diese Mauern verlassen und draußen nach Dingen suchen, die uns helfen. Und falls ich nicht wiederkehre, musst du Yendreds Lehre abschließen.«

Er sah die Angst in ihren Augen, aber sie nickte dennoch. »Ich werde dich nicht enttäuschen«, sagte sie.

»Gut. Und nun lass mich zu Daoramu gehen, und geh du zu Waragir. Verbring die Nacht bei ihm.«

Nerimee setzte ein empörtes Gesicht auf. »Aber …«, begann sie, doch er zwinkerte ihr zu und sagte: »Deine Mutter weiß schon seit zwei Jahren, dass du dich zu ihm hinüberschleichst. Und tu nicht so, als würdest du dich nicht nach ihm sehnen.«

Nerimee sah ihn verständnislos an. »Aber Mutter hat es mir verboten.«

»Ja«, sagte Nuramon. »Aber es gibt viele Dinge, die sie dir verboten hat und die du heimlich doch getan hast.« Mit einem Lächeln bemerkte er, dass Nerimee errötete. »Deiner Mutter hat es früher viel Freude bereitet, Verbote zu übertreten. Dieses Gefühl wollte sie auch dir schenken. Letzten Endes aber hast du es deiner Großmutter zu verdanken. Denn wann immer deine Mutter sich über dich und deine Brüder ärgerte, sagte Jaswyra: *Du warst auch nicht besser, ich ebenso wenig.* Und Ceren sagte: *Ihr vergesst, dass auch ihr früher die Weisheit der Älteren missachtet habt.* Du würdest nicht glauben, wovon wir alles wissen.«

Da grinste Nerimee, schloss ihn in die Arme und verabschiedete sich. Er blickte ihr nach, wie sie den Gang entlanglief, dann kehrte er an Daoramus Seite zurück. »Ich muss dich verlassen«, flüsterte er ihr ins Ohr, und als er ihr von Helerurs Tat erzählte, hoffte er im Stillen auf eine kleine Regung, denn die Verachtung Helerurs hatte sie immer bewegt. Doch Daoramu rührte sich nicht.

Es war später Nachmittag, und Nerimee saß an Cerens Stamm gelehnt. Auf ihrem Schoß ruhte der Kopf ihrer Mutter. Ihr Großvater und ihr Vater waren mit den Kriegern ausgezogen. Sie mochten nun in Merelbyr sein, um sich Verstärkung für den Angriff auf Helerur zu holen. Vielleicht waren sie sogar schon in Byrmul und gingen gegen den Herzog vor.

Nerimee strich ihrer Mutter durchs Haar. »Vater hat mir erzählt, dass du von meinen heimlichen Besuchen bei Waragir weißt. Du hättest es mir ruhig sagen können. Wir tragen so viele kleine und große Geheimnisse in uns. Ich werde vor dir keine mehr haben.« Sie schwieg lange, ehe sie die Kraft fand, die Wahrheit zu gestehen. »Wir tun uns schwer, gegen die Zauberei vorzugehen, die nach dir gegriffen hat, Mutter«, sagte sie schließlich. Dann atmete sie tief durch. Das Schweigen ihrer Mutter setzte ihr nach wie vor zu. Da war es eine Erleichterung, als Nerimee aufsah und Yargir erblickte.

Der Schwertfürst ging noch immer am Stock, wenngleich er diesen keineswegs so sehr beanspruchte wie noch am Morgen. Er grüßte sie und lächelte auch Daoramu zu, als könnte sie es mit geschlossenen Augen sehen. Dann ließ er sich langsam auf die schmale Bank an der Gedenktafel sinken.

»Hat der Zauber geholfen?«, fragte Nerimee.

»Ja«, sagte er und lächelte.

»Dass dein Körper sich gegen das magische Gift wehrt, gibt mir Hoffnung«, sagte sie. »Dich traf ein Teil desselben Zaubers, der auch meine Eltern niederstreckte. Vaters Selbstheilung hat ihn gerettet und auch bei dir habe ich einfach nur deine Heilkräfte gestärkt, und schon schwand die Lähmung. Aber bei Mutter ist irgendetwas anders«, sagte sie.

»Du vermisst deinen Vater, habe ich recht?«, fragte er.

Sie nickte. »Ja. Und Waragir. Ich hätte auch ihn jetzt gern hier.«

Yargir grinste. »So wie letzte Nacht«, sagte er.

Nerimee schmunzelte und spürte, dass ihre Wangen warm wurden. Nylma hatte es ihm also erzählt. Sie hatte sie und Waragir beim Liebesspiel erwischt. Nerimee wäre am liebsten vor Scham im Boden versunken, doch Waragir hatte es mit Humor genommen.

»Verzeih mir«, sagte Yargir und blickte mit einem bitteren Lächeln auf den Lippen auf Daoramu hinab. »In diesem schlafenden Gesicht sehe ich immer noch die Gefühle der letzten Jahre«, sagte er. »Ich liebe sie wie meine Schwester.« Er schüttelte den Kopf und schaute ins Leere. »Erst Ceren und nun sie.«

Nerimee schaute den Baumstamm der Birkeneiche hinauf, wie sie es oft tat, wenn sie nicht mehr weiterwusste. »Vielleicht gelingt es uns, beide aus ihrem Schlaf zu wecken«, sagte sie, und der Gedanke allein gab ihr neue Zuversicht.

Yargir nickte und lächelte, dann küsste er Daoramus Hände.

In Byrmul bei Nacht

Nuramon stürmte an der Spitze der Krieger den längsten der fünf Hügel der Stadt Byrmul hinauf und stieg die Treppe zur Herzogsburg empor. Die Wachen liefen vor ihnen davon, vermochten aber nicht das Burgtor zu schließen. Es klemmte am Boden fest, so lange war es offenbar nicht mehr bewegt worden. Nuramon drang mit den Kriegern auf den Innenhof der Burg vor. Hier erwarteten sie rund drei Dutzend Kämpfer, doch er und sein Zug mit Borugar in zweiter Reihe, Nylma und Waragir an den Flanken des Fürsten und Bjoremul in dessen Rücken begrub einer Welle gleich jeden, der sich ihnen in den Weg stellte.

Das Tor zum Herrenhaus war verschlossen, und die ersten Pfeile drangen aus den Fenstern in den Hof herab. So stieß Nuramon zu den Nebentüren vor, und Waragir war es, der mit seinen Leuten eine Tür mit Tritten öffnete und die Gefährten herbeiwinkte.

Im nächsten Moment waren sie in der Burg und strömten durch die Gänge. Sie öffneten ihren Gefährten, die noch draußen auf dem Hof waren, das Haupttor.

»Bjoremul!«, rief Nuramon. »Du hältst die Eingangshalle. Und schick deine Leute in die Gänge!« Der Wyrenar gab seinen Kriegern Zeichen, und sie schlossen das Haupttor wieder.

Nuramon und seine Leute drängten die Palastwache der Burg zurück. Er fühlte kein Mitleid mit den Kriegern, die er niederstreckte. Sie alle waren Teil des Verrats, der Daoramu ins Verderben gestürzt hatte. Und wann immer eine Klinge ihm zu nahe kam, ihm den Arm ritzte oder über seine Rüstung schrammte, schlug er seine Gegner nicht nur nieder, sondern setzte nach und löschte ihr Leben aus.

Kam jemand Borugar zu nahe, sprang Nuramon ein, wo der Fürst versagte. Eine fehlgegangene Parade, und sein Schwert fing die Klinge des Feindes ab. Schon hob er die Hand, schickte einen Flammenzauber voraus und trieb die Gegner zur Flucht.

Im ersten Obergeschoss steckte er mit einem gewaltigen Zauber eine ganze Reihe Hellebardiere in Brand. Der Zorn schenkte ihm Kraft und ließ ihn die Schmerzen vergessen. Es war ihm, als würde er mit jedem Feind, den er erschlug, der Lösung des Rätsels um Daoramus Schlaf näher kommen.

An jeder Kreuzung und jeder Treppe schickte Nuramon Krieger unter einem vorher bestimmten Anführer los, um ihnen den Rücken freizuhalten. So schwand zwar die Zahl der Krieger um den Fürsten, doch mit Nuramon, Nylma und Waragir, den besten Leibwachen und den Ilvaru waren sie stark genug, um den Widerstand auf den Gängen zu brechen.

Im zweiten Obergeschoss bewachten gut fünfzig Gardisten das Tor zu Helerurs Gemächern. »Vorwärts!«, rief Nuramon und stürzte sich mit den Kriegern auf dem breiten Gang in den Kampf. Wie ein Speer stieß er zwischen den Feinden voran. Borugar war in seinem Rücken, und all jene, die hinter ihnen herzogen, kümmerten sich um die Feinde, die sie ihnen übrig ließen. Die Byrmuler waren so entsetzt, dass sie Hiebe und Stiche in Kauf nahmen, um am Rand die Wand entlangzulaufen und in einem der Seitengänge zu verschwinden.

Das Tor zu den Fürstengemächern war verschlossen. Borugar wies auf eine Statue. Die Krieger nahmen sie und nutzten sie als Rammbock. Beim ersten Schlag fiel der Kopf ab, also schlugen sie mit dem Körper der Steinfigur weiter.

Borugar schickte weitere Krieger in die Seitengänge. So blieben noch fünfundzwanzig Männer und Frauen – die besten aus Jasbor. Und nach dem fünften Schlag mit der Statue schwangen die Torflügel auf. Pfeile schossen ihnen aus dem Raum entgegen. Die Ilvaru hoben die Schilde, die Nerimee mit Magie veredelt hatte. Links und rechts stachen sie die Feinde nieder, die dort warteten. Nuramon und die Gefährten folgten den Schildträgern und stießen mit ihnen in den Raum vor. Die feindlichen Schützen beeilten sich, die Armbrüste zu spannen und Bolzen aufzulegen. Doch da waren die Jasborer bei ihnen und verwickelten sie in einen Kampf.

Nuramon spürte eine magische Präsenz vor sich. Der Mann an Helerurs Seite trug einen goldenen Ring an der rechten Hand und einen silbernen an der linken. Der Meuchelmörder! Helerur war an dessen Seite und wich mit ihm ans Fenster zurück.

Als der Fremde die Hand mit dem Silberring hob, zögerte Nuramon keinen Augenblick und wirkte den Schildzauber, der ihn an vielen magischen Quellen vor der Magie geschützt hatte. Hatte er in Jasbor bei dem Anschlag keine Gelegenheit gehabt, den Zauber zu nutzen, wirkte er ihn nun mit einem gewaltigen Stoß seiner Magie. Und als die Hand des fremden Zauberers erstrahlte, riss Nuramon den magischen Schild vor sich.

Ein silberner Lichtstrahl schoss ihm entgegen. Doch der Zauber, der Daoramu in Jasbor niedergestreckt und ihn selbst beinahe getötet hätte, prallte diesmal gegen seinen unsichtbaren Schild, kehrte um und machte sich auf den Rückweg. Ein Knall, ein Splittern, und die Fensterläden schossen hinaus in die Nacht.

Der Meuchelmörder stützte sich am Boden ab und schüttelte den Kopf. Der Zauber hatte ihn nur knapp verfehlt. Helerur war bei ihm und half ihm auf.

Nuramon hob die Hand, um den Fremden, der den Kopf hob und ihm entsetzt entgegenstarrte, mit einem Flammenzauber zu treffen. Da lief Waragir zwischen ihn und sein Ziel. Nuramon senkte die Hand wieder, schritt vor und streckte Waragirs Gegner nieder. Schon hielt der Ringzauberer seine Hand wieder erhoben. So sammelte Nuramon Kraft für einen neuen Schild. Der Meuchelmörder hatte es diesmal nicht auf Nuramon allein abgesehen, sondern sandte seinen Zauber einfach in den Raum hinein.

Nuramon sprang zur Seite, der Lichtstrahl schoss an ihm vorüber und traf einen von Helerurs Leuten. Während dieser schreiend zu Boden ging, taumelte Waragir zurück. Nuramons junger Schwertfürst schrie vor Schmerz auf und hielt sich die Schulter.

Schon erhob der fremde Zauberer erneut die linke Hand.

Der Hass trieb Nuramon vorwärts. Mit einem gewaltigen Sprung war er bei dem Zauberer, hob sein Schwert und schnitt dem Mann in einer fließenden Bewegung die Finger samt dem Silberring von der Hand ab. Der Mann schrie auf, hob nun die rechte Hand und verschwand vor Nuramons Augen.

Im selben Augenblick zischte es neben Nuramon. Bjoremuls Kriegsflegel fuhr hernieder und stoppte krachend in der Luft. Blut spritzte zu Boden, und ein Schrei ertönte und bewegte sich von ihnen fort. Helerur wurde zur Seite gestoßen, und der Schrei flog ins Freie hinaus und senkte sich in die Tiefe. Ein dumpfer Knall brachte ihn schließlich zum Verstummen.

Helerur hastete zum Fenster und starrte mit entsetzter Miene zwischen Nuramon und dem, was er in der Tiefe sah, hin und her. Fast schien es, als überlegte er, es dem Ringzauberer gleichzutun und in den Tod zu springen. Als Nuramon jedoch an Bjoremuls Seite einen Schritt auf Helerur zu machte, hob dieser die Hände und rief: »Ich gebe auf!« Er schaute in die Runde. »Schluss!«

Nach und nach ließen Helerurs Krieger die Waffen sinken, da hallte Nylmas Schrei durch den Raum. »Waragir!«

Nuramon fuhr herum und sah Nylma bei ihrem Sohn knien. Sie hielt Waragirs Kopf. Eine breite Wunde klaffte in der Brust seines jungen Schwertfürsten. Am Schwert des Kriegers neben ihm, der nun dem Befehl Helerurs folgte und zurücktrat, war eine Blutspur.

Nylma schaute hasserfüllt zu dem feindlichen Krieger auf, packte ihr Kurzschwert und erhob sich langsam. Mit einem Schrei sprang sie vor, legte dem Krieger die Klinge an die Kehle und trieb ihn bis zur Wand zurück.

Nuramon ließ sie gewähren und sprang rasch zu Waragir hin. Er legte ihm die Hand an den Hals – und erstarrte. Es war nichts mehr zu tun. Der Mann, der sein Schwiegersohn hätte werden sollen, war tot.

»Wir ergeben uns!«, wiederholte Helerur.

Borugar schaute schweigend zwischen seinem alten Freund und Nylma hin und her. Die Schwertfürstin atmete schwer und starrte dem Mörder ihres Sohnes über die Klinge in die Augen. Der Mann flehte leise um sein Leben. »Fürst?«, fragte Nylma, und die Verzweiflung, die bei diesem einen Wort in ihrer Stimme lag, ließ Nuramon schaudern.

Borugar hielt den Blick auf Helerur gerichtet. »Es ist deine Entscheidung«, sagte er.

Mit einem Schrei riss Nylma ihre Klinge zur Seite und schnitt dem Krieger den Hals auf. Das Blut sprühte ihr ins Gesicht, doch sie wandte sich nicht ab, sondern schaute zu, wie die Leiche ihres Gegenübers an der Wand hinabglitt. Als der Gegner am Boden lag, hob sie den Kopf und weinte.

Nuramons Leute trieben die Krieger des Herzogs zur Flucht, dann bewachten sie unter Bjoremuls Befehl das Tor. Borugar und drei Leibwächter jedoch näherten sich Helerur.

»Du weißt es also«, sagte der Herzog.

»Ja«, erwiderte Borugar leise.

»Weißt du noch«, begann Helerur, und Nuramon wandte sich ab. Was interessierten ihn die alten Geschichten dieses Mannes? Der Meuchelmörder war in den Tod gesprungen, dort vor ihm lag Waragir, und er fühlte sich schuldig, ihn je in seine Reihen aufgenommen zu haben. Langsam wandte er sich ab – von Waragir, der tot am Boden lag, und von Nylma, die sich an der blutbesudelten Wand abstützte.

Nuramon schritt dem Fenster entgegen. Als er an Helerur vorbeikam, war er zufrieden, Entsetzen in dessen Miene zu sehen. Am Fenster angekommen, schaute Nuramon in die Nacht hinab. Dort unten am Fuße des Gebäudes lag die Hälfte eines Menschen im Mondschein. Der Zauber wirkte noch auf einen Teil des Körpers. Der Mann rührte sich nicht. Sein Kopf lag in einer Lache schimmernden Blutes.

»Warum, Helerur?«, hörte er Borugar fragen.

»Du hättest es auch getan, wenn du nicht über einen Alvaru verfügt hättest«, entgegnete Helerur. »Sonst wärst du untergegangen.«

Nuramon hätte Helerur am liebsten gepackt und hinter dem fremden Magier in die Tiefe geworfen; doch der Herzog war das Einzige, was ihnen als Beute geblieben war. Sie hatten ihn gejagt, erlegt und würden ihn nun ausnehmen, bis sie auf die Antworten stießen, nach denen sie suchten.

Nuramon fasste seinen Mut und ging zu Nylma. Das Rot übertönte das Hellbraun ihrer Wangen. Sie schaute ihn an, und er wusste nicht, was er sagen sollte. »War es falsch?«, fragte sie schließlich. »Ihn einfach zu töten?«

»Hat es dir irgendetwas gegeben?«, erwiderte er.

»O ja«, sagte sie mit hasserfüllter Stimme. »Ich muss nun nicht mein Leben lang mit dem Wissen herumlaufen, dass der Mörder meines Jungen noch lebt.«

Nuramon schaute zu Helerur. »Der Mann, den du getötet hast, war nur ein Handlanger. Dort drüben steht der Kopf des Ganzen.«

Sie atmete tief ein und aus. »Würde ich Borugar nicht so sehr respektieren, wäre Helerur bereits tot.«

Gemeinsam gingen sie zu Waragirs Körper zurück, und Nylma strich ihrem Sohn durch das Haar. »Er war ein Geschenk. Ich wollte immer viele Kinder. Aber wir hatten nur ihn. Ceren meinte, wir hätten Glück gehabt.« Sie wischte sich die Tränen ab. »Wir alle hätten eine Familie sein können, mit gemeinsamen Enkeln.«

»Wir sind eine Familie, Nylma«, sagte Nuramon. »Schon lange. Seit wir zum ersten Mal in Alvarudor waren. Und nichts kann das ändern. Nicht einmal dies.«

Ein angestrengtes Lächeln zog sich über Nylmas Gesicht. »Gibst du mir einen Moment mit ihm allein?«

Nuramon nickte und erhob sich. Er schaute zu Bjoremul hinüber. Der Wyrenar blickte voller Abscheu Helerur entgegen.

Nuramon kehrte zu Borugar und Helerur zurück. Der Herzog rechtfertigte gerade den Anschlag, den er damals in Doranyr hatte verüben lassen. »Ich konnte nicht wissen, dass Daoramu dabei ist«, sagte er.

»Und nun hast du denselben Fehler wieder begangen«, entgegnete Borugar. »Der Zauber, der Nuramon galt, hat Daoramu in Schlaf versetzt. Schau dort!« Er wies auf Nylma. »Sie ist nicht nur meine Leibwächterin. Sie war damals in Doranyr dabei. Sie hat damals schon deine Schergen bekämpft. Daoramu hat dir eine zweite Chance geschenkt. Und Nuramon und all die anderen, die davon wussten, gewährten ihr den Wunsch, dich zu verschonen. Und nun schau: Ihre Milde hat ihren Sohn das Leben gekostet. Den Verlobten meiner Enkelin!«

Helerur machte Anstalten, vor Borugar auf die Knie zu fallen. »Bleib stehen, sonst schlage ich dir den Schädel vom Rumpf!«, zischte der Fürst. »Wenn dir dein Leben lieb ist, bleibst du stehen. Du willst doch deine Familie retten, oder?«

»Du hast sie gefasst?«, fragte der Herzog, und Nuramon war überrascht, nun echte Sorge in seiner Miene zu entdecken.

»Bedeuten sie dir so viel?«, fragte Borugar. »Nachdem du sie aus einem sicheren Leben in die Verdammnis geführt hast?«

»Ich tue alles, aber verschone sie«, sagte Helerur flehend. »Ich habe dir oft das Leben gerettet, hast du das vergessen?«

Borugar schlug Helerur mit der Faust ins Gesicht. »Du wirst mir alles sagen, was du weißt. Nur dann verschone ich deine Familie. Und wage es nicht zu lügen!«

Helerur wischte sich Blut von den Lippen und nickte langsam. »Der König von Varmul steckt dahinter. Er hat einige Zauberer aus Helbyrn für sich gewonnen. Die Ringträger sind aber nichts gegen den Magier an seinem Hof. Der hat die Ringe verzaubert.«

»Bist du ihm begegnet?«, fragte Borugar.

Helerur schüttelte den Kopf. »Mittelsmänner aus Varmul brachten mir die vier Ringträger«, sagte er. »Ich kenne nicht einmal den Namen des Hofmagiers. Die Varmulier machen ein großes Geheimnis daraus. Ich habe jedenfalls dafür gesorgt, dass die Zauberer mit ihren Ringen unerkannt herkamen. Bis nach Jasbor mussten sie dann allein gelangen. Ich gab ihnen Geld und alles, was sie brauchten.«

In Borugars Miene legte sich Bedauern. »Warum, Helerur?«, fragte er. »Würdest du wirklich lieber unter einem fremden König Fürst sein als unter mir Herzog der mächtigsten Provinz?«

»Ich habe Mirugil vor neun Jahren in Varmul getroffen. Er schätzt mich, und ja. Ich will nicht lügen. Ich sollte unter ihm Fürst werden; der größte von ganz Varmul. Der Schwiegervater des nächsten Königs.«

Borugar nickte und lächelte bitter. »Familienbande also«, sagte er. »Verstehe.«

»Mirugil schätzt meine Schriften«, erklärte Helerur. »Er kann einen Mann wie mich gebrauchen. Ich war es, der ihn über Mittelsmänner im Kampf gegen das Fürstentum Yarsal beriet. Und das war ein Triumph. Er weiß, was er an mir hat. Du aber hast es vergessen.«

Borugar schaute einen Moment nachdenklich zu Boden. »Ich weiß nicht, ob deine Familie lebt. Ich habe sie nicht gesehen. Es mag also sein, dass sie fliehen konnten.«

Helerur schüttelte den Kopf. »Ich sollte dich besser kennen.« Er nickte. »Machen wir es kurz. Gib deiner Leibwächterin die Genugtuung, die sie verdient.«

»Was glaubst du, Nuramon? Sollen wir ihn töten?«, fragte Borugar.

Nuramon musterte den Herzog und erinnerte sich an den Tag, als er mit Daoramu und seinen Vertrauten nach Jasbor gekommen war. »Als wir ihm damals eine zweite Chance schenkten, sagte ich zu Nylma und Yargir, dass ich ihn töten würde, wenn er die Hand gegen uns erhebt.« Er wies auf Waragir. »Wenn ich an die Jahre mit diesem wunderbaren Jungen denke und den Herrn seines Mörders vor Augen habe, dann möchte ich meinen Worten unbedingt Taten folgen lassen.« Er schaute durch das Tor auf den Gang hinaus. Die Leichen der Besiegten lagen dort. »Aber der Tod wäre ein zu leichter Ausweg. Er hat in diesem Leben Verrat verübt, also soll er auch in diesem Leben gerichtet und bestraft werden.«

Helerur starrte ihn verunsichert an; seine Mundwinkel zuckten.

»Du wirst in meinem Kerker leben«, erklärte Borugar seinem alten Freund mit kalter Miene. »Die Jahre werden verstreichen. Sterbe ich, stirbst auch du. Stirbt Nuramon, ist es auch dein Tod. Und an dem

Tag, an dem Daoramu stirbt, wirst du Qualen leiden, die du dir nicht vorstellen kannst. Jeden Tag, bis du wahnsinnig wirst. Bete also zu deinen Ahnen, dass Daoramu erwacht und sie gnädig genug ist, dir zu verzeihen.«

Rache und Angst

Nerimee hielt Wache in der Gruft, in der Waragir inzwischen aufgebahrt war. Es war eine der Totenkammern der Yannaru, der Ort, an dem auch sie einst begraben sein würde. Ihr Geliebter trug die Rüstung eines Ilvaru und einen teredyrischen Fellumhang. Seine Stirn glänzte vom Öl der Priester, und seine Haut war beinahe so blass wie die ihres Vaters. Er roch, als wäre er gerade dem Bade entstiegen. Die Priester hatten den Duft des Todes übertüncht, doch trotz allem fehlte ihm der Hauch des Lebens.

Sie hatte ihr Zeitgefühl längst verloren, als sie Hände auf ihren Schultern spürte. Die Berührung löste sie aus ihrer Starre, und sie erhob sich.

»Nerimee«, sagte ihr Vater. »Wir wollen dich bei uns haben, wenn wir über ihn reden.« Er wirkte noch blasser als sonst.

Sie nickte, schaute noch einmal auf den Leichnam ihres Geliebten hinab und folgte ihrem Vater hinaus auf den Gang der Ahnenhallen, die sich in den tiefsten Gewölben des Palastes erstreckten. »Was soll ich schon beitragen?«, sagte sie. »Ihr werdet mich nur wieder weinen sehen.«

»Du musst dich bei deinem Großvater entschuldigen.«

»Ich werde mich nicht dafür entschuldigen, dass ich Helerur tot sehen will«, sagte sie leise.

»Nur wer lebt, kann büßen.«

»Aber mir ist es gleichgültig, ob er büßt oder nicht.«

»Dann vergiss ihn. Lass ihn für dich gestorben sein. Versöhn dich mit Borugar, denn es wird Krieg geben. Wir werden gegen Varmul vorgehen.«

»Das wird Jasgur gefallen«, sagte Nerimee, doch ihr Wunsch nach Rache wich wieder einmal der Angst. Was, wenn der Krieg ihr noch einen Vertrauten nahm? Sie wollte nicht, dass ihr Großvater im Streit von ihr fortging. »Ich entschuldige mich«, sagte sie schließlich.

Ihr Vater lächelte und schloss sie in die Arme.

Nerimee ließ Nuramon vorgehen und verbrachte noch eine Weile in den schönen Erinnerungen an die gemeinsame Zeit mit Waragir. Dann machte sie sich auf den Weg nach oben und betrat schließlich die Fürstenhalle, die nach wie vor voller Gäste war. Die Tische zogen sich in zwei Reihen bis zur Fürstentafel vor dem Thron hin; ganz so wie in der Grafenhalle von Merelbyr, wo Nerimee gelegentlich mit der Familie den Sommer verbracht hatte. Borugar stand zwischen den Gästen und sprach mit Terbarn, dem Palastvogt. Kaum hatte er sie aber bemerkt, kam er ihr entgegen.

»Es tut mir leid«, sagte er leise. »Ich kann Helerur woanders unterbringen, wenn es dir lieber ist.«

Nerimee nickte. »Auch mir tut es leid. Ich will ihn nur nicht auf diesem Anwesen haben, und schon gar nicht unter der Garnison, in der Waragir Schwertfürst war.«

»Dann bestimme du den Ort«, sagte ihr Großvater.

»Ich möchte, dass er in dem Haus eingesperrt wird, in dem Helgura und ich gefangen waren«, sagte sie und schaute zu Helgura hinüber, die am Rand des Saals zwischen anderen Palastgardisten stand. Nach ihrem gemeinsamen Erlebnis war Helgura Nerimees erste Wahl unter ihren Leibwächtern geworden. In ihrer Gegenwart fühlte sie sich sicher, denn sie wusste, dass sie alles für sie und ihre Familie in die Waagschale werfen würde. Aber Helgura war mehr als eine Leibwächterin, denn neben Sicherheit fand Nerimee auch Trost bei ihr, ohne dass sie viele Worte wechseln mussten. Es würde ihr gewiss gefallen, dass Helerur am Ort ihrer Qualen ein Gefangener sein würde – falls ihr Großvater ihren Wunsch erfüllte.

»So soll es sein«, sagte Borugar. »Die Offiziere der Stadtgarde sind nun dort untergebracht. Es lässt sich also einrichten.«

Mit einem Gefühl der Versöhnung folgte sie ihrem Großvater bis an das Ende des Saales und nahm bei ihrem Vater und Yargir Platz. Nylma hatte sich erhoben, um zu den Versammelten zu sprechen. »Yargir und ich werden an Borugars Seite in den Kampf ziehen«, sagte die Feldherrin. »Wir werden unseren Sohn und all die anderen, die uns genommen wurden, rächen. Rache ist etwas Gutes. Trifft sie dich für vergangene Taten, macht sie dich demütig. Die Rache aber, die du selbst nimmst, ist wie ein Feuer, das dich vorantreibt.«

Nerimee verstand Nylmas Worte. Die Rachlust stieg auch in ihr immer wieder empor. Doch der kalte Zorn in den Augen der Kriegerin ängstigte sie.

»Ich möchte Rache für meinen Sohn!«, rief Nylma. »Rache für Daoramu! Rache für all die Jahre, die die Varmulier uns nicht in Ruhe gelassen haben! Irgendwann hat jeder genug Schläge eingesteckt, und es ist Zeit zurückzuschlagen.« Die Gäste stimmten ihr lauthals zu.

Nerimee ließ ihren Blick durch den Saal schweifen und entdeckte Gaerigar. Er folgte Nylmas Worten mit leuchtenden Augen. Wenngleich Nerimee die Rachlust kannte, war sie sich sicher, dass sie diesem Gefühl widerstehen musste. Es durch Krieg zu befriedigen war in ihren Augen der falsche Weg. Viele würden im Kampf ihr Leben verlieren. Und merkte man wirklich, wann die Rache vollzogen war? Sie hatte die Dörfer und Städte im Osten gesehen, die unter den Angriffen der Varmulier gelitten hatten. Wenn ihr Großvater den Krieg nach Varmul trug, würden sie den Hass dort säen, und neue Rache würde erwachsen. Die Rachlust weniger würde den Tod vieler heraufbeschwören. Ihre Mutter hatte sie vor solchem Handeln gewarnt. Sie hatte sie misstrauisch gegenüber Worten gemacht, die den Willen vieler Menschen auf den Willen weniger oder gar eines Menschen verengten.

Als Nylma geendet und ihren Jubel geerntet hatte, sprach Yargir von Waragir und den Hoffnungen, die er hatte, und Nerimee musste kämpfen, um Haltung zu bewahren. Dann sprach Nuramon von Waragirs Gemüt und seinen Fähigkeiten. »Ihn hätte Großes erwartet«, sagte er. »Und seine Zukunft zerbrach, weil ein Herzog mehr Macht anstrebte, als ihm gebührte. Der Hass wohnte selten in meinem Herzen. Aber bei allen Alben! Wir werden nach Varlbyra vordringen und dem Drachen das Haupt abschlagen!«

Mit wachsendem Entsetzen lauschte Nerimee den Worten ihres Vaters. Sie fürchtete sich davor, was er tun würde. Seit er wusste, dass Helerur hinter dem Anschlag auf die Familie steckte, war er verändert. Die Rachlust hatte sich eingeschlichen, wo sonst Ruhe und Besonnenheit herrschten. Als ihr Vater von König Mirugil sprach, lag so viel Verachtung in seiner Miene, dass Nerimee bange wurde. Mit jedem Wort, das sie vernahm, schwand der Hass aus ihrem Herzen. Es war, als hätte ihr Vater ihn ihr abgenommen und sich selbst aufgebürdet.

Kurz überlegte sie, ob sie aufstehen und das Wort ergreifen sollte. Doch nichts würde Waragir wieder lebendig machen, und auch König Mirugil würde sich dadurch nicht in seinem Wesen verändern. Es gab im Grunde nur eines zu ergründen: das Geheimnis, das den Hofmagier König Mirugils umgab. Wer war er? Woher bezog er seine Macht? Wie war es ihm gelungen, die Zauberringe zu erschaffen? Und was war das Geheimnis des Zaubers, der ihre Mutter niedergeworfen hatte? Wenn die Antworten auf diese Fragen nur bei einem Rachefeldzug gefunden werden konnten, sollte es ihr bei allen Vorbehalten recht sein.

Stumm und allein saß Gaerigar am Bett seiner Mutter. Das Licht der Morgensonne fiel durchs Fenster herein und zog sich in einer Bahn den Boden entlang und reichte die Wand hinauf. Er fühlte den Puls seiner Mutter, lauschte ihrem Atem und doch war ihm, als wäre da nichts weiter als der Körper. Die Ahnenpriester hatten recht. Im schlimmsten Fall hinderte diese Hülle ihre Seele daran, Erlösung zu finden.

Gaerigar starrte seiner Mutter ins Gesicht und überlegte, ob er sie von ihrem Leid befreien sollte. Hier und jetzt. Doch er wusste, dass seine Schwester, sein Vater und vielleicht auch all die anderen seine Tat als Mord betrachten würden.

Als Nerimee sich zu ihm gesellte, ihn überrascht anblickte und ihm Fragen stellte, machte er sich davon, ging in seine Kammer und verfluchte leise seinen Vater und seine Schwester. Als Gaerigar aber am Abend hinter dem Haus auf der Steinbank saß und seinen Vater drüben bei Ceren erblickte, wie er dort auf die Knie sank und weinte, hatte er nichts als Bedauern für ihn und für Nerimee übrig.

In dieser Nacht beschloss er, mit seinem Vater in den Krieg zu ziehen und sich am König von Varmul zu rächen. Diesmal würde er nicht den Palast hüten, während sein Vater und sein Großvater in den Kampf zogen. Und sollte Mirugil vor sein Schwert kommen, würde er nicht so gnädig sein wie sein Vater und sein Großvater es bei Helerur gewesen waren. Er würde Mirugil töten. Einfach töten, ohne irgendwelche Erwägungen, ob der Übeltäter in diesem oder im nächsten Leben bestraft würde. Er würde ihn einfach aus dem Leben schneiden und seinesgleichen vor die Frage stellen, ob sie ein ähnliches Schicksal erleiden wollten.

Mit diesem Entschluss stellte er sich am nächsten Tag dem Gespräch mit seinem Vater. Sie standen auf einer der Weiden im Westteil der Insel und schauten Yendred und Lyasani dabei zu, wie sie einen Drachen steigen ließen. Jaswyra und Dyra saßen abseits auf einer Bank.

»Ich möchte, dass du hierbleibst«, sagte sein Vater. »Ich will nicht, dass dir das Gleiche geschieht wie Waragir. Die Wunde ist noch zu frisch. Und der Hass in uns allen ist zu groß.«

Gaerigar hatte nichts anderes erwartet. »Wie lange soll ich warten, Vater? Ich bin jetzt siebzehn, und die Krieger unter meinen Freunden werden in die Schlacht ziehen. Wirst du in einem Jahr keine Angst mehr um mich haben? In zwei Jahren? Oder drei? Soll ich, bis ich auf den Thron komme, nie in einer Schlacht gekämpft haben?«

»Wie sehr ich mir wünschte, du müsstest überhaupt nicht mehr kämpfen!«, sagte Nuramon.

Gaerigar entfuhr ein bitteres Lachen. »Das hättest du dir überlegen sollen, ehe du mit Nylma Rachereden gehalten hast. Ihr habt unserem Schmerz eine Richtung gegeben; um ihn zu lindern, ziehen wir in die Schlacht. Und ich allein soll zurückbleiben und vergessen, was mit Waragir geschehen ist, dass Nerimee leidet und Mutter verloren ist?«

»Sie ist nicht verloren«, sagte Nuramon, doch als Gaerigar das Erstaunen in seinen Augen sah, setzte er nach: »Ich sehe nur eine Hülle, in die sich einst ihr Geist gekleidet hat.«

Nuramon musterte ihn. »Meidest du sie deshalb?«

Gaerigar nickte. »Mein Herz ist nicht aus Stein, Vater. Ich leide ebenso wie ihr, aber ich glaube den Ahnenpriestern. Mutters Seele ist in ihrem Körper gefangen, und sie braucht Erlösung.«

Sein Vater holte Luft, um etwas zu sagen, doch er ließ ihn nicht zu Wort kommen. Er hatte so lange den Mut gesammelt, diese Worte auszusprechen. Nun würde er sich durch nichts mehr davon abhalten lassen. »Du und Nerimee«, sagte er mit gesenktem Blick. »Ihr wollt nicht einsehen, dass nichts mehr zu machen ist.«

Vorsichtig hob er den Blick und suchte nach Zorn im Gesicht seines Vaters, fand aber nur Erstaunen. »Woher willst *du* das wissen?«, fragte er. Er wies zu Yendred, der den Kopf einzog und dem herabfallenden Drachen nur knapp entging. »Deine Schwester und auch dein Bruder verstehen mehr von der Zauberei als du, und sie sehen noch Hoffnung. An ihnen solltest du dir ein Beispiel nehmen.«

»Manchmal sieht der Blick eines Unwissenden klarer als der des Meisters.«

»Du irrst dich, Gaerigar.«

»Dann zeig mir irgendetwas, das mir Hoffnung macht«, sagte er.

»Wenn wir den Magier aufgespürt haben, werden wir Antworten haben.«

»Dann lass mich etwas beitragen!«, rief er. »Ich bin kein guter Zauberer, aber ich bin ein fähiger Krieger! Ich kann all das, was mich hier plagt, gegen unsere Feinde wenden.«

»Es ist die Entscheidung deines Großvaters«, sagte Nuramon.

»Und er sagte, es sei deine Entscheidung.«

»Dann sage ich nein. Nicht jetzt. Beim nächsten Mal.«

Nuramon blickte ihn verwundert an. Vermutlich hatte er erwartet, dass Gaerigar toben würde. Doch ihm war etwas eingefallen, das seine Mutter ihm einst erzählt hatte. »Eine letzte Frage, Vater«, sagte er leise. »Wie willst du begründen, dass du die Söhne und Töchter all der anderen Familien in den Kampf schickst, nur deinen eigenen Sohn nicht?« Er lächelte seinen Vater herausfordernd an.

Sein Vater starrte ihm in die Augen, ohne die Miene zu verziehen. Dann aber schmunzelte er und sagte: »Ich habe auf den Tag gewartet, an dem du meine alten Reden gegen mich wendest.«

Seine Mutter hatte ihm erzählt, dass sein Vater sie damals mit ähnlichen Worten überzeugt hatte, dass er als Krieger nicht zurückstehen durfte. »Wenn andere in den Kampf ziehen und ich hierbleiben muss, werden sie mich nie als Fürsten respektieren«, sagte er. »Wenn du mich zurücklässt, habe ich die Krone nicht verdient.«

Er sah, wie sein Vater überlegte und schließlich den Kopf senkte. Als er wieder aufschaute und zu einer Antwort ansetzte, hielt Gaerigar den Atem an. »Du wirst immer in der Nähe deines Großvaters sein«, sagte Nuramon. »In der Nähe von Nylma und Yargir. Mehr kann ich dir nicht bieten. Aber versprich mir eines …«

Gaerigar traute seinen Ohren kaum. Hatte er seinen Vater gerade tatsächlich überzeugt? »Ich werde vorsichtig sein«, sagte er und bemühte sich, sein Triumphgefühl zu verbergen.

»Nein, Junge«, sagte Nuramon. »Vorsicht in der Schlacht mündet in den Tod. Sei aufmerksam, schnell und geschickt. Vorsichtig solltest du zwischen den Kämpfen sein. Und nun geh zu deinem Großvater und lausche dem Kriegsrat.«

Gaerigar nickte, dann stieß er einen Freudenschrei aus und lief den Weg in die Stadt zurück. Seine Leibwächter hatten Mühe, ihm zu folgen. Aber das war ihm gleichgültig.

Orakelblick

Als Jasgur an der Seite seines Herrn die gewundene Straße zur Festung von Weramul hinaufstürmte, hörte er die Schreie der Feinde. »Jasgur! Jasgur ist gekommen!«, riefen sie. Vor zweiundzwanzig Jahren hatten sie die Stadt schon einmal erobert. Es war ein Triumph gewesen – bis

Fürst Yarro sie abberufen und anderen Feldherren die Anerkennung und die Beute überlassen hatte. Nun war Borugar seit vielen Jahren Fürst, und niemand würde ihnen den Ruhm stehlen.

Als Jasgur nach zwei Stunden des Kampfes auf den Stufen des Palastes stand und die Stadtältesten gefesselt neben ihm als Gefangene knieten, fühlte er sich am Ziel seines Lebens. Er hatte sich das zurückerobert, was man ihm und seinem Herrn einst genommen hatte. Nun erst kam der Schmerz. Sein Schwertarm war taub und hing herab. Aber das war der Preis für diesen Triumph.

Bjoremul blickte in die ungläubigen Augen des Grafen von Norlwyr. Die Stadt war gewonnen und damit eine der größten Siedlungen im Westen Varmuls. Der Kampf hatte ihm gezeigt, dass er noch Gefühle für seine alte Heimat hegte, doch der Hass, der ihm entgegengeschlagen war, erinnerte ihn daran, dass es kein Zurück mehr gab. Er war nun ein Yannadrier.

An diesem Tag erreichte Bjoremul auf der breiten Treppe zum Empfangssaal des Grafen eine Botschaft aus dem Westen. Yurna brachte sie ihm persönlich. »Von Jaswyra«, sagte sie leise und wich seinem Blick aus. Er las den Brief und las ihn noch einmal. Nachdem er ihn ein drittes Mal durchgegangen war, setzte er sich auf die Stufen und starrte Yurna ungläubig an. Seine Frau Dyra hatte sich das Leben genommen. Sie hatte sich im Garten des Palastes von den Klippen gestürzt.

Seit Waragirs Tod war Loramu Nuramons zweite Schwertfürstin. Da sie auch seine Schwertschwester war, wich sie selten von seiner Seite und kannte ihn gut. Doch sie hatte den Alvaru noch nie so beeindruckt gesehen. Vor ihnen spannte sich grüner Dunst zwischen den Bäumen und umfing ein Dutzend regungslose Männerkörper. »Sie schlafen«, sagte Nuramon. »Eine Weile im Zauberschlaf, und sie können die Magie in den Ringen entfesseln.« Er schaute verächtlich unter den Männern umher. »Das ist sein Werk«, sagte er, und Loramu wusste, wen er meinte. Er sprach seit Tagen von nichts anderem als dem varmulischen Zauberer, der die magischen Ringe geschaffen hatte.

An der Quelle, um welche die Varmulier in den Schlaf gesunken waren, lag ein schwarzer Stein am Boden. Kaum hatte Nuramon ihn aufgehoben, erwachten die Männer. Sie waren verwirrt und schauten mit verständnislosen Blicken umher. Erst Stunden später – in der Gefangenschaft – wurde ihnen klar, wer sie waren und was geschehen war. Sie erzählten, dass sie Krieger waren und vor mehr als einem Jahr an der Quelle in eine Starre gesunken waren, um einst mit den Ringen Magie wirken zu können. Und sie nannten ihnen den Namen des varmulischen Zauberers: Tarsun, der Hofmagier König Mirugils.

Der Albenstern in den Ahnenhallen von Varlbyra beschäftigte Jasgur. Er ließ mit Bjoremuls Hilfe eine Karte des Gebäudes erstellen, durch das Bjoremuls Familie einst aus der varmulischen Hauptstadt geflohen war. Doch erst als Nuramon auf den Albenpfaden nach Osten reiste, um die feindlichen Albensterne zu kartografieren, erfuhr er, dass die Tür der kleinen Totenkammer, in welcher der Albenstern lag, zugemauert war und es kein Durchkommen gab. Borugar schlug vor, den Albenstern, der sieben bis zehn Meilen nördlich von Varlbyra lag, zu nehmen, doch Jasgur war dagegen. »Die Stelle liegt auf flachem Land. Das lässt sich gegen die Übermacht nicht verteidigen. Als Rückzugsweg könnte er aber Gold wert sein.«

Borugar nickte. »Vor Varlbyra werden wir zu Belagerern. Da brauchen wir sichere Nachschubwege.«

Jasgur grinste und deutete auf die Karte. »Hier. Der Albenstern liegt vierzig Meilen westlich von Varlbyra und ist gut zu verteidigen. Von dort aus können wir den Nachschub über die Pfade aufrechterhalten. Wenn wir die Feinde bis dorthin zurücktreiben, müssen wir unser Heer nicht einmal teilen. Eine kleine Schar würde ausreichen, den Albenstern zu verteidigen.«

Borugar grinste zufrieden.

Noch ehe Borugar den Deckel des Korbes angehoben hatte, roch er das Blut. Entsetzt sah er Jasgur, Yargir und Gaerigar über den Kartentisch hinweg an, dann verabschiedete er den Späher, der die Botschaft vom varmulischen König abgelegt hatte, mit einem Nicken. »Das haben sie nicht gewagt«, sagte er schließlich leise und kämpfte mit den Tränen.

Da trat Nuramon ins Zelt, kam an den Tisch, schaute auf den Korb und dann in die Runde. Er hob den Deckel und öffnete damit den Blick ins Innere. Unter den von Blut durchtränkten Leinentüchern drangen Zöpfe hervor. Borugar machte eine beschwichtigende Geste, damit Nuramon den Kopf vom Tuch bedeckt ließ. Doch sein Schwiegersohn fasste mit eiskalter Miene in den Korb und legte das Antlitz der Geköpften frei. Es war das angeschwollene Gesicht der Botin Yurna.

Während sie alle einfach nur dastanden, stürmte Nuramon aus dem Zelt. Eine Stunde später brachte er den Kopf des feindlichen Feldherrn.

Rachefeldzug

An der Spitze der yannadrischen Streitmacht preschte Nuramon inmitten der Ilvaru auf die kleine Festung fünf Meilen vor Ralenyl zu. Noch ehe sie dort waren, schwangen die Tore der feindlichen Festung auf, und die varmulischen Krieger ergriffen die Flucht.

»Dein Ruf eilt dir voraus«, sagte Loramu. Sie klang nicht triumphierend, eher bedauernd. Er verstand seine Schwertfürstin gut. Auch ihm war nicht entgangen, dass die Feinde ihn mehr fürchteten als in den zurückliegenden Jahren. Und ebenso wenig war ihm das Entsetzen in den eigenen Reihen verborgen geblieben. Er selbst war von sich entsetzt.

Vor jeder Schlacht nahm er sich vor, seinen Zorn zu zügeln. Doch im Kampfgetümmel entglitt ihm alles, er vergaß jede Vorsicht, tötete jeden, der sich ihm in den Weg stellte, und nach den Gefechten war er verzweifelt. Sein blinder Zorn widersprach seinem Wesen und würde ihn früher oder später das Leben kosten.

Aswyrun kam neben ihn geritten. Der eher kleingewachsene Krieger war Waragirs Schwertbruder gewesen, und Nuramon hatte ihn zu seinem neuen Schwertfürsten neben Loramu gemacht, nachdem

Bjoremul nach Jasbor zurückgereist war. Nun aber, da Bjoremul wieder zurückgekehrt war, hatte Borugar ihn zum Feldherren eines eigenen Banners erhoben, sodass Aswyrun ihn weiterhin vertreten musste. »Das sieht vielversprechend aus«, sagte er und strich sich durch den dünnen Bart. »Hoffen wir, dass wir die Stadt ebenso leicht einnehmen.«

Ralenyl, die letzte Hauptstadt des untergegangenen Königreichs Nylindor, lag am Arljas und war mit ihrem bedeutenden Flusshafen und der breitesten Furt zwischen Mittel- und West-Varmul ein strategisch wichtiger Ort, den die Varmulier nicht verlieren durften. Fiel Ralenyl, war der Weg nach Varlbyra, der Hauptstadt Varmuls, beinahe frei.

Nuramon ritt an Borugars Seite, gefolgt von Nylma, Yargir und Jasgur, an den Rand des Hügels, während die Streitmacht unter der Führung Bjoremuls und Gaerigars in die Festung einzog.

»Mit dieser Stadt hat einst der letzte König von Nylindor alles verloren«, sagte Borugar und schüttelte den Kopf. Nuramon wusste aus Erzählungen, dass mit dem Fall von Ralenyl der Untergang von Nylindor begonnen hatte. Borugar schwärmte oft von alten Zeiten, als seine Ahnen über das nun eroberte Land zwischen dem Arljas und dem Ruljas und ebenso über die Fürstentümer Yannadyr, Gaerulsar und Nyrawur geherrscht hatten. »Für meine Ahnen ist dies ein Ort der Niederlage«, sagte der Fürst.

»Wir werden das ändern, Herr«, sagte Yargir.

Borugar nickte, blickte dann zu der feindlichen Streitmacht vor der Stadt hinüber und wandte sich schließlich an Nuramon. »Du und die Ilvaru übernehmen die linke Seite, Bjoremul wartet an deiner offenen Flanke mit der zweiten Reiterschar auf meinen Befehl.«

Nuramon nickte. Bjoremul erst einmal zurückzuhalten, war die richtige Entscheidung. Seit Dyras Selbstmord und Borugars Befehl, sich der Armee nach einem kurzen Aufenthalt in Jasbor wieder anzuschließen und damit Lyasani in ihrer Trauer zurückzulassen, war Bjoremul nicht mehr derselbe. Er war launisch, oft in Gedanken versunken und befolgte Befehle zwar, seine Taten wuchsen aber nicht länger über das hinaus, was man von einem Anführer erwarten durfte. Dennoch konnte er als Schwertfürst oder Feldherr noch immer eine Schlacht entscheiden. Und sein Einfluss auf jene Varmulier, die sich in den Wirren des Krieges von König Mirugil losgesagt hatten, war enorm. Inzwischen hatte er den Befehl über fünfhundert Krieger.

Am Nachmittag ließ Borugar endlich zum Angriff trommeln. Während des ersten Pfeilhagels beider Heere schwärmten die Reiterscharen bereits auf beiden Seiten hin und her und hielten nach einem guten Augenblick zum Angriff Ausschau. Als die Feldherren aus Ost-Yannadyr ihre Reiter als Erste in die Schlacht führten, stellten die varmulischen Schützen den Pfeilhagel ein und zogen sich hinter die Streitmacht zurück. Die jungen Krieger aus Ost-Yannadyr strebten dem feindlichen Hauptheer entgegen, doch die varmulische Reiterei schnitt ihnen kurz davor den Weg ab. So begann mitten auf dem Feld eine Reiterschlacht.

Borugar gab den Befehl zum Angriff, und Nuramon lief mit Schwert und Schild an Loramus Seite voran; seine Ilvaru folgten ihm mit Gebrüll. Ganze Kriegsscharen bemühten sich, den Ilvaru zu entgehen, und wenn sie doch aufeinandertrafen, wichen die Männer Nuramon aus, um es mit einem seiner Kampfgefährten aufzunehmen. Die Erzählungen von den zurückliegenden Schlachten hatten offenbar auch unter diesen Kriegern die Runde gemacht.

Nuramon erblickte die Ringzauberer – und einen Mann im Hintergrund, der die Arme hob und an dessen Fingern je zwei Ringe waren. Wenn er die Magie fließen ließ, schoss das Licht in einem breiten Strahl durch die Luft und streckte seine Opfer nieder.

Die Ringzauberer schauten in Nuramons Richtung, und schon schossen die Lichtpfeile ihm und seinen Gefährten entgegen. Loramu war an seiner Seite und riss ihren Schild hoch. Er und die Gefährten neben ihm taten es ihr gleich und fingen die Zauber ab. Wer den Weg zwischen den beiden Scharen nicht schnell genug räumte, ging benommen, schreiend oder tot zu Boden.

Als Nuramon und seine Gefährten die Garde der Zauberer erreichten, öffnete sich die feindliche Schlachtreihe erneut, und Lichtstrahlen kamen durch die Lücke geschossen. Nuramon fing einen der Zauber mit seinem Schild ab. Ehe dessen Kraft versiegte, zauberte er mit seiner eigenen Macht einen unsichtbaren Schild.

Tarsun hatte dazugelernt. Die Zauber, die der Hofmagier des Königs in seine Ringe bannte, prallten nicht mehr von Nuramons magischer Wand ab, sondern nagten an ihr. Dennoch erkannte er, dass der Zauberer mit den zwei Ringen nicht Tarsun selbst war. Dieser Mann dort war kein großer Magier. Er trug nur die machtvollsten Ringe auf dem Schlachtfeld. Nicht mehr, aber auch nicht weniger.

Während Nuramons Gefährten die Ringzauberer rund um deren Anführer in einen Kampf verwickelten, hielt dieser die Finger gespreizt und sandte einen steten Lichtstrahl gegen Nuramons unsichtbare Wand. Deren Macht zerrann Nuramon unter den Händen wie Wasser. Als sein Zauber brach, hielt Loramu ihren Schild schützend vor ihn und stemmte sich gegen die Macht des feindlichen Magiers. Nuramon entlastete ihren Schild mit seiner eigenen Magie, dann trat er langsam aus der Deckung hervor. Seine Hand zitterte, während die Macht seines Gegenübers stärker und stärker wurde. Nuramons Finger verkrampften, und der Schmerz zog sich seine Arme herauf bis in die Stirn. Er wusste nicht, ob er noch dagegenhielt oder der Schmerz bereits nichts anderes war als die feindliche Magie, die von ihm Besitz ergriff.

Da vernahm Nuramon, dass sich der Kraftschrei seines Gegners veränderte und in einen Schmerzensschrei mündete. Das magische Licht verging, und Nuramon sah den Zauberer, der mit verzerrter Miene auf seine Hände starrte, an denen die Ringe vor Hitze glühten. Der Magier verharrte einen Moment, dann streifte er sich schreiend die Kleinodien eines nach dem anderen von den Fingern.

Nuramon sprang vor, und seine Ilvaru, welche die anderen Ringträger bezwungen hatten, schlossen einen Kreis um den Anführer. Als der Mann alle Ringe gelöst hatte, versuchte er fortzulaufen, doch Loramu packte ihn am Arm und warf ihn zu Boden.

Nuramon drehte ihn mit dem Fuß auf den Rücken.

»Ist er es denn?«, fragte Loramu, während um sie herum die Feinde das Weite suchten.

Nuramon wusste, dass dies nicht Tarsun war. Dies war nicht der große Magier, der die Ringe mit mächtigen Zaubern belegt hatte. »Wer bist du?«, fragte er ihn.

»Salru«, antwortete der Varmulier.

Nuramon hatte den Namen noch nie gehört. »Fesselt ihn«, befahl er seinen Leuten. »Und schafft ihn in die Festung.«

Nuramon blickte dem Krieger und Ringzauberer nach. Dann atmete er tief aus. Sein Zorn schwand nur langsam. Die verbündeten Kriegsscharen zogen an ihnen vorbei, und auch Bjoremuls Reiter rückten nun vor. Ohne die Zauberer war es nur eine Frage der Zeit, ehe Ralenyl fiel.

Während die Ilvaru sich für den nächsten Kampf bereit machten, sammelte Nuramon Salrus Ringe ein, musterte sie und musste sich eingestehen, dass König Mirugils Hofmagier ein guter Handwerker war. Er wog die Ringe des Anführers und jene, die Loramu ihm reichte, in den Händen. »Zwanzig Ringe«, sagte er zu ihr, »und keiner von ihnen ist so mächtig wie jene, die die Meuchelmörder in Jasbor führten.«

»Heißt das, Tarsun geht die Macht aus?«, fragte die Schwertfürstin.

Nuramon schüttelte den Kopf. »Es bedeutet, dass wir ihn gezwungen haben, seine Macht aufzuteilen. Bei einem Meuchelmord kann man all seine Macht in einige wenige Artefakte legen. Im Krieg gegen uns muss er seine Kraft streuen, damit sie überall dort ist, wo wir über die Albenpfade hingelangen können.«

Zwei Stunden später öffneten die Stadtältesten von Ralenyl die Tore und ließen Bjoremul einreiten. Der Wyrenar hatte sich trotz vieler Bedenken bereit erklärt, mit den Stadtbewohnern zu verhandeln. Mit Einbruch der Dämmerung beugten die Ralenyler sich der Macht Borugars. Die letzte Hauptstadt des untergegangenen Königreichs Nylindor gehörte wieder einem yannadrischen Herrscher.

An diesem verregneten Herbstmorgen blickte Nerimee durch ein Fenster in der Bibliothek in den Park hinaus und sah Lyasani und Yendred im Schatten der Ceren sitzen und lächelnd in die Krone der Birkeneiche schauen. Der Anblick beruhigte sie. Dyras Selbstmord lag nun fast neun Wochen zurück, und es schmerzte zu sehen, was

Dyra ihrer Tochter Lyasani angetan hatte. Das Mädchen suchte nun die Schuld am Tod der Mutter bei sich selbst. Nerimee und Jaswyra hatten alles getan, um das Kind zu trösten, doch erst Bjoremul war es gelungen, ihr den Lebenswillen wiederzugeben. Als Borugar ihn zurück in den Krieg gerufen hatte, war es Yendred gewesen, der sich ihrer angenommen hatte. Es war schön zu sehen, wie ihr Bruder in dieser Aufgabe aufging.

Mit einem Lächeln wandte sie sich vom Fenster ab und ging zu den drei Leibgardisten, die in der Eingangshalle auf sie warteten. Gerne hätte sie Helgura an ihrer Seite gehabt, doch die Leibwächterin, die Nylma in deren Abwesenheit als Anführerin der Palastwache vertrat, wollte den Weg, den Nerimee nun beschritt, nicht mitgehen: zum Haus, in dem sie beide vor drei Jahren so viel Leid erfahren hatten und in das sie nicht hatten zurückkehren wollen. Helgura blieb ihrem Entschluss treu, Nerimee aber ließ sich von den drei Wachen zu jenem Haus führen, das nun der Stadtgarde gehörte und in dem Helerur auf ihren Wunsch hin gefangen gehalten wurde.

Sie kehrte mit den drei Leibwächtern in das breite Steinhaus ein und ließ sich von einem überraschten Stadtgardisten zu dem Ort hinabführen, an dem sie zum ersten Mal in ihrem Leben echte Gewalt erfahren hatte. Und sie war überrascht, dass die Rückkehr an diesen Ort sie nicht überwältigte. Ebenso wenig wie sie bei den Hinrichtungen ihrer Peiniger ein Gefühl der Genugtuung gespürt hatte, so wenig rührte dieser Ort ihr Innerstes.

Der Gardist führte sie durch das Gewölbe auf den Gang, öffnete ihr die Zellentür und machte ihr und ihren Leibwächtern Platz.

Nerimee trat in Helerurs Zelle ein und war überrascht über die Ausstattung seines Gefängnisses: ein Bett, ein Tisch, ein Stuhl und eine Truhe – dazu Bücher und Schreibzeug. Als sie damals hier gewesen war, hatte sie außer einer Kerze nichts gehabt. Aber es störte sie nicht. Sie vermutete sogar, dass alles, was Helerur an ein normales Leben in Freiheit erinnerte, ihm früher oder später zur Qual werden musste.

Als der ehemalige Herzog sie erblickte, erhob er sich von seinem Platz am Schreibtisch und musterte sie überrascht. »Du bist die Erste, die mich besucht«, sagte er mit müder Stimme. »Ausgerechnet du.«

Nerimee schaute zwischen ihren Leibwächtern hin und her. »Lasst mich mit ihm allein«, sagte sie kalt. Die drei Krieger tauschten Blicke, dann gingen sie auf den Gang hinaus. Sie ließen die Tür geöffnet, und ihre Schritte entfernten sich nur zögerlich.

»Das ist mutig von dir«, sagte der ehemalige Herzog.

Nerimee schaute zu Helerurs Filzschuhen hinab. »Dort, wo du jetzt stehst, da stand ich, als sie kamen, um mir das Messer an die Kehle zu legen. Damals entdeckte ich durch die Wut eine Spielart der Magie, die mir zuvor fremd gewesen war. Seither weiß ich mich zu wehren.«

Helerurs Mundwinkel zuckten. »Und doch könnte ich auf dich losgehen und dich mit in den Tod ziehen, der mich hier ohnehin irgendwann erwartet. So hätte ich zumindest im Tode die Gewissheit, deinem Vater und deinem Großvater einen letzten Stoß versetzt zu haben.« Er machte einen Schritt auf sie zu, doch sie hob die Hand, und ihre Finger standen in Flammen. Da wich er zurück und ließ sich auf den Rand seines Bettes sinken »Die Fähigkeiten des Vaters im Gewand der Mutter«, sagte er.

Nerimee schloss die Hand, und das magische Feuer verging. Sie schaute sich noch einmal um, dann schmunzelte sie. »Viele am Hof glauben, dass du hier im Fürstengewand, gepflegt und von Dienern umgeben ein angenehmes Dasein verbringst. Wenn sie das nur sehen könnten!«

Er verzog das Gesicht, »Den Spott werde ich wohl ertragen müssen«, sagte er. »Schließlich habe ich das Spiel verloren.«

»Das ist kein Spiel, Helerur.«

»O doch«, sagte er. »Ein tödliches sogar. Bei dem ich alles in die Waagschale warf.«

»Hast du nie an deine Familie gedacht?«, fragte Nerimee.

Er schaute zu Boden, und lange Zeit dachte Nerimee, er würde ihr nicht antworten. Dann aber sagte er leise: »Lebt sie denn noch?«

Dass er nicht um das Wohlergehen seiner Frau wusste, schien ihn zu quälen. Und das war eine Strafe, die sie ihm gönnte. Aber zu wissen, dass seine Familie da draußen lebte, mochte die Sehnsucht in ihm wecken. Und diese würde noch schlimmer an ihm nagen als die Ungewissheit. »Sie sind in Nyrawur«, sagte sie schließlich und wartete auf seine Reaktion.

Er atmete auf. Also hatte er doch ein Herz. »Danke«, flüsterte er. Das beinahe kindliche Lächeln, das über sein Gesicht huschte, wollte nicht zu dem Machtmenschen passen, als den Nerimee ihn kannte.

Ihr Blick wanderte zu einem Stapel Papier, der auf dem Tisch lag. Sie nahm das oberste Blatt und las laut, was dort geschrieben stand: *»Neunundvierzig Zeichen des Verfalls von Herrschaft.«* Es war der Titel eines Buches. »Ist das eine Abrechnung mit uns?«, fragte sie.

Er lachte. »Nein. Das ist mein großes Werk zur Staatskunst.« Dann wurde er ernst. »Es ist ein Vermächtnis an deine Mutter. Wenn sie erwacht und mein Todesurteil ausspricht, möchte ich ihr zumindest eine Entschuldigung überreichen.« Nerimee war überrascht, dass Helerur glaubte, dass ihre Mutter zu retten war. »Auch wenn sie mich hasst«, sagte er, »wird sie diese Schrift zu schätzen wissen. Sie handelt von meinem Verfall – dem Verfall meiner Macht, von meinen Schwächen und den Schwächen meiner Grafen und Feldherren.«

Sie las eine Seite und schaute immer wieder überrascht zu ihm hinüber. »Du meinst es also ernst mit deiner Entschuldigung«, sagte sie zögerlich.

Er lächelte bitter. »Ich werde nicht als Helerur der große Herzog in Erinnerung bleiben. Als Mensch werde ich nur der Verräter sein. Aber meine Schriften könnten die Jahrhunderte überdauern.«

»Wenn man sie nicht vernichtet«, erwiderte sie und starrte ihn an.

»Natürlich. Aber ich halte dich für weise genug, die Lehre, die ich aus meinen vielen Fehlern zog, nicht einfach ins Feuer zu werfen.«

»Was willst du damit erreichen, Helerur?«, fragte sie. »Was auch immer du geschrieben hast, wird meine Meinung über dich nicht ändern. Ich weiß ebenso wie meine Mutter, dass du ein kluger Geist bist. Und sollte sie an dem magischen Gift in ihrem Körper zugrunde gehen, wird dieses Papier hier nicht verhindern, dass der Henker zu dir kommt.« Sie war im Begriff die Papiere zurückzulegen, als ihr

Blick auf das oberste Blatt fiel. *Die Lehren des Terbarul* stand dort geschrieben. »Terbarul?«, fragte sie.

Helerur erhob sich vom Bett und nickte. »Wenn man sich an mich erinnern soll, dann nicht als Herzog, sondern allein wegen dieser Worte. Lies, und du wirst verstehen. Ich musste mein altes Leben aufgeben, um dort auf diesen Blättern ein neues beginnen zu können.«

»Das klingt mir nach zu viel Selbstmitleid«, entgegnete sie.

Helerur hob die Hände. »Tu mit diesen Zeilen, was du willst. Vernichte sie, verspotte sie als die Worte eines Verräters, oder ziehe deinen Nutzen daraus.«

Nerimee beobachtete ihn. Er wirkte ruhig und abwartend. Sie las weder Spott noch Dringlichkeit in seinen Zügen. Schließlich nickte sie langsam. »Ich werde es lesen.«

»Danke«, sagte er und beugte sein Haupt vor ihr.

»Ich will keinen Dank aus Helerurs Mund hören. Den Dank Terbaruls aber werde ich vielleicht zur Kenntnis nehmen.« Mit diesen Worten verließ sie die Zelle.

Als ihre Leibwächter sie auf dem Heimweg fragten, ob ihr Besuch sich gelohnt habe, nickte sie nur.

Varlbyra

Nach einem langen, mühsamen Winter kehrte Nuramon am 15. Oburun 2278 – ein halbes Jahr nach dem Anschlag auf die Fürstenfamilie – über die Albenpfade zu den Kriegern zurück. Er hatte den Vortag, Daoramus Geburtstag, in Jasbor verbracht und war nun bereit für die entscheidende Schlacht.

Der Albenstern lag vierzig Meilen westlich von Varlbyra, der Hauptstadt von Varmul. Hier sammelte sich das yannadrische Heer, und unter Borugars Führung zogen sie ostwärts durch ein sanftes Hügelgebiet, das sich auf halbem Wege zu einem Wiesenland öffnete und den Blick in eine weite Senke lockte, in der die Schafe und die Rinder weideten. Der Rest des Weges war mit all den Wäldern und Hügeln unübersichtlich und bot viele Möglichkeiten für einen Angriff aus dem Hinterhalt. Doch ihnen stellte sich keine feindliche Streitmacht in den Weg. Sie hatten die Varmulier so sehr geschwächt, dass diese keine Wahl hatten, als ihr Hauptheer in Varlbyra zu sammeln und auf Verstärkung aus dem Süden zu warten.

Unbehelligt stießen die Yannadrier bis nach Varlbyra vor und kämpften sich die Hügelkette nördlich der Stadt empor und bezogen dort und hinter den Hügeln Stellung. Von hier aus schlossen sie einen Halbkreis um die Stadt, in der der Großteil der feindlichen Krieger lagerte. Schließlich errichteten sie zwischen zwei Hügeln ihr Hauptlager und das Wundlager. Es war eine Provokation. Zwei Kriegsbanner warteten links und rechts in den Wäldern an den Hängen darauf, dass der Feind sich verleiten ließ, das scheinbar leicht einnehmbare Hauptlager anzugreifen.

»Du wirst dich zur Abwechslung auf die Heilung der Verletzten beschränken«, erklärte Borugar Nuramon, als sie mit den wichtigsten Feldherren und Beratern im Fürstenzelt beieinandersaßen.

»Und was geschieht, wenn der Hofmagier oder seine Handlanger auf dem Schlachtfeld erscheinen?«, fragte Nuramon und schaute zwischen Borugar und Jasgur hin und her.

»Dann machst du dich bereit und ziehst mit den Ilvaru in den Kampf«, antwortete der Fürst.

»Und was ist mit mir?«, fragte Gaerigar, der am Zelteingang stand und nun näher trat. Borugar hatte ihn zum Kriegsrat berufen. Er meinte, nur so könne ein großer Feldherr aus ihm werden.

»Du wirst tun, was man dir befiehlt, mein junger Krieger«, sagte Borugar grinsend.

»Großvater!«, rief er. »Du kannst mich nicht ewig zurückhalten.«

Borugar hob die Hand. »Keine Widerworte!«

Gaerigar schüttelte den Kopf, schaute die Reihe der Feldherren entlang und blickte dann zu Boden. »Wie du willst.«

»Gut«, sagte Borugar. »Ich brauche dich nämlich an meiner Seite, wenn wir morgen früh das Nordtor stürmen.«

Nuramons Sohn blickte erschrocken auf und starrte Borugar fassungslos an. Auch Nuramon war überrascht, und doch verstand er es. Gaerigar hatte sich bislang – murrend, aber letzten Endes folgsam – im Hintergrund gehalten und war den Kriegern dabei ein größeres Vorbild gewesen als manch ein Feldherr. Seine Boten hatten Schlachten entschieden, seine Initiative manche Kriegsschar vor dem Untergang bewahrt. Jetzt aber machte er ein Gesicht, das Nuramon selten an ihm gesehen hatte: eine Miene purer Freude; wie damals, als er und Daoramu ihm erlaubt hatten, von Nylma und Yargir unterwiesen zu werden.

»Was sagst du, Vater?«, fragte Gaerigar grinsend, als Borugar den Kriegsrat unterbrach und die Feldherren das Zelt verließen.

Nuramon legte seinem Sohn die Hände auf die Schultern und sah ihm fest in die Augen. »Sei du selbst! Das ist mein Rat.«

»Das werde ich. Ich werde das für Borugar sein, was Yargir für Nylma ist. Der Schutz, die Verteidigung. Und manchmal werde ich vorstoßen und zaubern.«

Nuramon lächelte und dachte an den Tag, als Gaerigar einen Stein mit einem Zauber belegt und geworfen hatte. Dieser hatte sich zu einem Steinhagel vervielfacht, der auf eine Rüstung geprasselt war und diese verbeult hatte. »Flammen und Stein!«, sagte Nuramon. »Zeig den Feinden, über welche Macht du verfügst. Die Furcht der Feinde ist ein gewaltiger Verbündeter.«

Gaerigar grinste, holte einen Beutel von seinem Gürtel, öffnete ihn und zeigte Nuramon all die kleinen Steine, die er darin trug.

Die Sonne war kaum aufgegangen, als Gaerigar inmitten der Fürstengarde von den nördlichen Hügeln Varlbyra entgegenzog. Als sie die Stadt erreichten, versuchten Jasgurs Leute bereits über Leitern und einen Belagerungsturm links und rechts des Tores auf die Mauer zu drängen. Die Fürstengarde brachte einen Rammbock nach vorne und legte selbst Hand an. Auch Gaerigar packte seinen Griff am Stamm, der auf einem Wagen befestigt war und den sie nur anschieben mussten, während die Garde schützend Großschilde über ihre Köpfe hielt. Vor ihm war sein Großvater, davor war Yargir, daneben

Nylma. Keuchend bewegten sie sich mit dem schweren Wagen vorwärts.

Schon regneten Steine und Pfeile zu ihnen herab und trommelten auf die Schilde ein, dann zischte es, und eine Flüssigkeit regnete zwischen den Schilden hindurch. »Öl!«, rief Nylma. Doch noch ehe sie den Rammbock zurückschieben konnten, stand die Luft bereits in Flammen.

Gaerigar riss seinen Großvater von dem Rammbock fort und rollte sich gemeinsam mit ihm am Boden zur Seite. Borugar schrie auf, schaute in seine verbrannten Hände und zwang sich auf die Beine. Schon waren Nylma und Yargir mit ihren Leuten zur Stelle und packten den Fürsten.

Die Krieger von Varlbyra gossen weiterhin Öl aus Tonkrügen zu ihnen herab, und Gaerigar sprang zurück, als die Flammen erneut emporschossen. Dann aber fühlte er sich in die Hitze des Feuers ein, riss die Arme hoch und entließ den Zauber mit all seiner Wut die Mauer empor. Die Flammenwand schoss vom Boden und vom Rammbock in die Höhe, Schreie drangen von der Mauer herab, und brennende Menschen rannten dort wild umher. Ein Krieger versuchte sogar, sich mit einem Sprung in die Tiefe zu retten.

»Bei allen Ahnen!«, rief Nylma, und auch Gaerigar wich entsetzt vor dem zurück, was er auf der Mauer entfesselt hatte. Seine Wut war fort, seine magischen Kräfte ebenfalls, von sich geworfen wie ein Mantel.

»Schützen!«, rief Yargir, und genau in diesem Augenblick riss Gaerigar etwas zur Seite. Etwas Kaltes zischte über ihn hinweg, und als er sich fallen ließ und erneut zu den Zinnen emporstarrte, sah er eine Gestalt auf der Mauer, die zuvor nicht da gewesen war. Ruhig stand sie inmitten des Feuers und sah zu ihm herab. Die Flammen mieden sie.

Im größten Zelt des Wundlagers nahm sich Nuramon der Verletzten an. Die Feldärzte hatten ihm dazu eine junge, aber geschickte Heilerin namens Warelne zur Seite gestellt. Die junge Frau ging ihm zur Hand, wenn er den Kriegern die Schmerzen nahm und sich dann um ihre Wunden kümmerte. Bei ausgestochenen Augen und abgeschlagenen Gliedmaßen konnte auch er nichts weiter tun, als das Überleben zu sichern, und manchmal waren die Arme oder die Beine so stark zerschunden, dass Warelne sie abtrennen und Nuramon den entstandenen Stumpf mit seiner Magie versiegeln musste.

Als Nuramon die ersten Krieger bemerkte, die er bereits am Abend geheilt hatte, wusste er, dass Jasgurs Plan aufging: Seine Magie allein für die Heilung einzusetzen, sorgte dafür, dass die meisten Krieger rasch wieder in den Kampf ziehen konnten.

Auf ein Lob der Heilerin Warelne schüttelte Nuramon den Kopf und sagte: »Ich schenke ihnen doch nur eine neue Gelegenheit, in der Schlacht umzukommen. Am Ende werden zwar weniger Verwundete aus dem Krieg heimkehren, aber dafür auch weniger Überlebende. Früher wäre der Feldzug für einen Krieger mit einer mittelschweren Verletzung vorüber gewesen, nun geht er dank der magischen Heilung erneut in den Kampf. Wieder und wieder. Bis er den Tod findet.«

Warelne schaute ihn erstaunt an, ihre grünen Augen funkelten. »So habe ich es noch nie gesehen«, sagte sie und strich sich den langen Zopf entlang, der ihr vor die rechte Schulter fiel.

»Die Magie verändert den Krieg«, erklärte er. »Unsere Feinde werden den Verletzten ohne Gnade begegnen, weil sie wissen, dass ich sie heilen kann und sie dann wiederkehren.«

Die junge Frau lächelte ihn an. »Aber den Schwerverletzten, die früher gestorben wären und die auch jetzt nicht wieder in den Kampf gehen, schenkst du das Leben«, sagte sie. »Als Heiler darfst du nicht fragen, was der Geheilte macht, wenn seine Wunden versorgt sind. Du darfst nur im Augenblick leben.«

Die Worte trösteten ihn, denn sie erinnerten ihn an Ceren. Doch immer wieder beschlich ihn die Sorge um seinen Sohn. Und als es draußen laut wurde, Nuramon aus dem Zelt hinausschaute und die Streitmacht des Fürsten sah, hielt er nach Gaerigar Ausschau, entdeckte jedoch nur Borugar und Yargir, die ins Zelt einkehrten. Sein Schwiegervater setzte sich mit hängenden Schultern auf eine der Bettstätten, und Yargir stützte ihn. Borugar hustete und starrte auf seine verbrannten Handflächen.

»Wo ist Gaerigar?«, fragte Nuramon leise und legte seine Hände in die des Fürsten. Dieser unterdrückte einen Schmerzensschrei, und als ihm Nuramons Magie zufloss, entspannte er sich. »Er sichert mit Nylma den Rückzug. Er sollte gleich kommen«, sagte Borugar.

Nuramon atmete erleichtert aus.

»Tarsun ist auf der Mauer erschienen«, erklärte Yargir. »Zumindest glauben wir das. Er stand inmitten der Flammen, die Gaerigar auf die Mauer gesandt hat, und spähte zu uns herab. Wir glauben, dass er dich gesucht hat.«

»Ist Gaerigar verletzt?«, fragte Nuramon.

»Keine einzige Schramme«, sagte Yargir.

»Und ist der Magier noch da?«

Yargir schüttelte den Kopf. »Nein. Gaerigar hat einen Kiesel in die Höhe geworfen und seinen Steinhagel gezaubert. Der Zauberer hat sich irgendwie davor geschützt und sich dann zurückgezogen.«

Als Jasgur hinzukam und Borugar berichtete, dass im Osten kein Durchkommen sei und sie den Angriff vorerst abgebrochen hatten, löste Nuramon seine Finger von seinem Schwiegervater. Dessen Handflächen waren noch rot, aber sie würden ausheilen. »Borugar, ich möchte in die Schlacht«, sagte er. »Wenn ich mich im Osten zeige, ist Tarsun vielleicht gezwungen zu erscheinen.«

Borugar blickte zu Jasgur. »Wie schwierig ist es im Osten?«

Jasgur strich sich mit der linken Hand über seinen steifen Arm. »Bjoremul beißt sich dort mit seinen Milizen die Zähne aus«, sagte er. »Mit einem Banner meiner Leute und den Ilvaru könnten wir den Widerstand vielleicht brechen.«

Borugar lächelte Nuramon schief an. »Dann geh mit Bjoremul in den Kampf. Wenn unsere beiden Wyrenar den Magier nicht ins Freie locken, was dann?«

Gaerigar folgte dem Zug der Ilvaru mit dem Blick. Sie bewegten sich die Hügelkette nach Osten entlang. Sie zogen in den Kampf, und das nicht einmal im Schutz der Wälder. Gaerigar musste grinsen.

»Was ist denn?«, fragte Nylma, die außer Atem neben ihm stand und die letzten Krieger an sich vorbeiwies.

»Vater lässt die Varmulier wissen, wo er kämpfen wird«, sagte Gaerigar.

Nylma nickte und pustete sich in die blutige Hand. »Es sieht so aus, als hätte dein Großvater die Pläne geändert.«

Sie kehrten ins Wundlanger ein und fanden Borugar und Yargir im großen Zelt. Während Nylma ihren Mann in die Arme schloss, setzte sich Borugar auf, packte Gaerigars Hand und sagte: »Du hast dem Namen Yannaru und besonders deinem Vater heute alle Ehre gemacht. Welch ein gewaltiger Zauber!«

»Danke, Großvater«, sagte Gaerigar und bemühte sich, das Lächeln zu zügeln, das sich auf seinem Gesicht zu einem Grinsen weiten wollte.

»Du bist wirklich unverletzt?«, fragte Borugar.

Gaerigar nickte. »Aber Nylma tut so, als wäre die Wunde an ihrer Hand nichts Ernstes.«

Nylma lächelte schief.

Eine Heilerin trat näher und verbeugte sich. »Ich bin Warelne, Nuramons Gehilfin.«

»Verstehst du dein Handwerk?«, fragte die Schwertfürstin.

»Zu zaubern vermag ich nicht«, erwiderte Warelne.

Borugar erhob sich. »Ich gehe zu Jasgur.« Er überließ Nylma seinen Platz.

Gaerigar wollte sich seinem Großvater und Yargir anschließen, doch der Fürst hob die Hand. »Nein. Du bleibst hier und nimmst deines Vaters Platz ein.«

»Meine Zauberkraft ist aufgebraucht«, sagte er, überrascht über die Entscheidung seines Großvaters. »Und ein guter Heilzauberer war ich ohnehin nie.«

»Tu einfach, was man dir sagt – und lass bleiben, wovor man dich warnt«, sagte Borugar, zwinkerte ihm zu und verabschiedete sich.

Gaerigar nickte. Vor wenigen Wochen noch hätte er getobt. Als sein Großvater, Yargir und die Leibwächter fort waren, fragte Gaerigar Warelne: »Was soll ich tun?« Die blutverschmierte Leinenschürze der Heilerin zeugte von all den Verletzten, die sie bereits behandelt hatte. Sogar der dicke Zopf vor ihrer Schulter war befleckt, doch das schien sie nicht zu kümmern.

»Eine einfache Heilerin wird den Thronerben wohl kaum einen Lappen mit Wasser tränken lassen«, sagte Warelne und wusch sich die Hände in einer Schüssel, ehe sie sich erneut Nylmas Wunden zuwandte. »Mir wäre mit einer Antwort am besten gedient: Wie verkraftet die Schwertfürstin Schmerzen?«

»Sie weint wie ein kleines Kind«, sagte Gaerigar grinsend.

»Wo er recht hat, hat er recht«, sagte Nylma nickend. »Ich weine wie ein kleines Mädchen.«

Gaerigar wusch nun gemeinsam mit Warelne Nylmas Wunde und legte einen Verband an. Dann bat Warelne ihn, den Kriegern, die es schwerer getroffen hatte, Mut zuzusprechen. Gaerigar nickte und machte sich auf den Weg. Einige der Verwundeten kannte er aus den zurückliegenden Monaten, aber auch jene, die ihm fremd waren, beruhigte er, sprach mit ihnen und beantwortete ihre Fragen.

Die schweren Wunden, die er sah, berührten ihn weit weniger, als er erwartet hätte. Sie entstehen zu sehen – das erschreckte ihn. Die Schicksale der Verstümmelten aber und das Mitleid, die sie ihm entlockten, ließen ihn an all jene denken, die er vorhin mit Flammen und Stein angegriffen hatte. Er fragte sich, ob jene von ihnen, die überlebt hatten, die gleichen Dinge sagten wie die Krieger hier: wie glücklich und dankbar sie waren, noch am Leben zu sein, und wie sehr sie sich nach ihren Familien sehnten. Und was würden die Familien sagen? Würden sie nicht auch nach Rache rufen?

Als Gaerigar am Nachmittag eine Pause machte, entdeckte er Warelne auf einer Bank vor dem Zelt. Sie trug eine neue Schürze und hatte das Blut von ihrem Zopf gewaschen. Er setzte sich zu ihr und nahm dankbar den Apfel entgegen, den sie ihm reichte.

»Darf ich dir eine Frage stellen?«, fragte sie ihn schließlich. Nachdem er genickt hatte, sagte sie: »Ist es nicht schwer, der Sohn eines Elfen zu sein?«

»Es ist jedenfalls nicht leicht, der Sohn eines Mannes zu sein, dessen Geduld unerschöpflich ist«, antwortete er.

Warelne starrte mit ihren grünen Augen ins Leere. »Im Augenblick wirkt dein Vater anders«, sagte sie. »Als könne er den Kampf nicht erwarten.«

»Es gibt Dinge, die alles verändern«, entgegnete Gaerigar. »Du hast gewiss davon gehört, was mit meiner Mutter geschah.«

»Wer hätte das nicht?« Sie wich seinem Blick aus. »Man erzählt sich, dass du dich schwer damit tust, das Schicksal deiner Mutter hinzunehmen.«

Er redete nur ungern darüber, aber ein Blick in die Augen Warelnes, und er sagte: »Ich habe Heilern geglaubt, die weniger vermochten als mein Vater, und auch Ahnenpriestern, die nur glauben und nicht wissen. Mein Vater hat gesehen, wie Elfen von silbernem Licht umgeben einfach verschwanden.«

»Das Mondlicht«, sagte Warelne, und Ehrfurcht mischte sich in ihre ruhige Stimme. »Ich habe schon Priester dagegen predigen hören. Dass es für Elfen gelte, aber nicht für Menschen.«

Gaerigar nickte. »Mein Vater erinnert sich an Leben, in denen seine Seele – wie er sagt – in andere Körper gekleidet war.« Er hielt inne, holte tief Luft und sammelte seinen Mut. Er kannte Warelne nicht näher. Womöglich würde er die junge Heilerin nach dem Krieg nie wiedersehen, aber er vertraute dieser Frau mit ihren grünen Augen, ihrem vollen Lächeln und den weichen Wangen; eine Frau, die keine Erwartungen an ihn stellte, sondern ihm das Gefühl gab, nur für ihn da zu sein. »Würdest du einem Mann wie meinem Vater glauben, wenn er sagte, dass meine Mutter noch zu retten ist?«

Sie betrachtete ihn mit einer Miene, mit der sie vorhin Sterbende getröstet und Schwerverletzten Hoffnung auf Genesung gemacht hatte. »Das würde ich«, sagte sie schließlich.

Gaerigar nickte und lächelte bitter. »Warum habe ich mich dann so schwer damit getan?«, sagte er und griff nach Warelnes geröteten Händen. »Ich danke dir«, flüsterte er und sah ein Glitzern in den Augen der Heilerin.

Nuramon sammelte sich mit seinen Leuten am Ende der nördlichen Hügelkette. Er führte nicht nur die Ilvaru an, sondern auch eines von Jasgurs Bannern unter dem Feldherrn Alarnol. Zudem folgte ihm

Bjoremul mit dreihundert Kriegern, dem Rest der Miliz aus den eroberten Gebieten. Sie strebten über das Feld den Hügeln entgegen, die sich östlich der Stadt nach Süden zogen. Als sie drei Viertel des Weges zurückgelegt hatten, schossen ihnen Steinbrocken aus dem Wald entgegen. Die Varmulier hatten mit ihren Katapulten nur auf sie gewartet. Bjoremul hatte Nuramon gewarnt, dass die Katapulte schwenkbar waren und die Feinde so auf Ausweichbewegungen reagieren konnten. Deshalb fächerte Nuramons Streitmacht sich breit auf, um kein zu klares Ziel zu bieten. Dennoch merkte er, dass selbst die Ilvaru unter dem Beschuss der Katapulte zögerlich wurden. Als ihnen dann auch noch Pfeile aus dem Wald entgegenschossen, hoben sie die Schilde.

Die Wut brannte in Nuramon und trieb ihn dazu voranzustreben. Für einen Moment glaubte er, er liefe ganz allein dem Wald entgegen, doch dann war Loramu bei ihm, und die Ilvaru rückten nach, und links und rechts folgten Bjoremul und Alarnol mit ihren Leuten.

Als sie am Fuße der östlichen Hügelkette in den Wald vorstießen und den feindlichen Bogenschützen entgegenstürmten, waren sie wie ein reißender Fluss, gegen den sich die Feinde zu stemmen versuchten. Die Schützen schienen zuerst entschlossen ihnen standzuhalten, dann aber packte sie die Verzweiflung, und sie liefen davon.

Nuramon und die anderen Ilvaru trieben die Schützen den Berg hinauf und auf eine Reihe Schwert- und Spießträger zu. Die Schützen behinderten ihre eigenen Leute, sodass diese zur Seite auswichen, um ihren Kampfgefährten einen Rückzugsweg zu öffnen. Genau in diese Lücke strebte Nuramon, während von links und rechts Alarnol und Bjoremul mit ihren Scharen herandrängten und die feindlichen Krieger in einen Kampf verwickelten.

»Da sind die Katapulte«, rief Loramu und wies den Hügel hinauf.

Die feindlichen Krieger, die sich dort oben bewegten, schauten kurz zu ihnen herab, doch statt sich dann zur Verteidigung aufzustellen, gossen sie Öl über die Katapulte und entzündeten sie mit Fackeln. Während die Flammen in die Höhe schossen, folgten sie den fliehenden Schützen und verschwanden kurz darauf im Wald.

Nuramon legte seinen Schild am ersten Katapult nieder und wirkte einen Zauber. Blaue Flammen schlugen aus seinen Fingern. Sie fraßen sich in das Feuer, das die Varmulier gelegt hatten, und erstickten es. Während seine Krieger auf den Hügel nachströmten, löschte Nuramon ein Katapult nach dem anderen.

Geschrei ließ ihn herumfahren. Varmulische Krieger waren in ihren Rücken geschlichen. »Da ist er!«, rief einer der Feinde, und die ganze Schar stürmte heran. Obwohl der Feuerzauber Nuramon geschwächt hatte, schob er die freie Hand nach vorn. Eine Wand aus Blitzen schoss vor, und die Varmulier, die ihnen gerade noch so entschlossen in den Rücken gefallen waren, hielten nun inne.

Erst auf das Zeichen eines bärtigen Varmuliers in grauer Lederrüstung rückten die Feinde wieder vor. Nuramon wartete nicht, sondern ging zum Angriff über. Ein Hieb links, ein Stich rechts, ein Tritt gegen den Krieger vor ihm, und der Weg zum Anführer war frei.

Da traf ihn der Dorn eines Kriegshammers in der Schulter und zwang ihn auf die Knie. Schon erhob sich der Säbel des Anführers drohend über ihm. Nuramon gab seinen Widerstand gegen den Kriegshammer auf, fiel zu Boden und riss seinen Peiniger mit sich – gerade in dem Augenblick, da der feindliche Schwertfürst den Hieb vollzog. Nuramon spürte den Schwertschlag durch den Körper des Kriegers hindurch, der auf seinen Rücken gestürzt war. Der Mann keuchte, dann erschlaffte er.

Nuramon befreite sich von der Last des Toten und riss sich den Dorn des Kriegshammers aus der Schulter. Der Schmerz ließ ihn verharren, doch schon war seine Schwertschwester Loramu an seiner Seite. Mit schnellen Attacken hielt sie ihm die Feinde vom Leib. Sie ging gegen den varmulischen Schwertfürsten vor und enthauptete ihn beinahe mit einem schwungvollen Streich.

Nuramon hatte sich gerade bei Loramu bedankt, da zischten ihnen Pfeile entgegen. Fluchend suchte die Schwertfürstin hinter einem Baum Deckung. Nuramon aber eilte den Katapulten entgegen. Dort hatte er seinen Schild abgelegt. Ein doppelter Stoß in seinem rechten Bein brachte ihn auf halbem Wege zu Fall; der brennende Schmerz ließ ihn aufschreien. Weitere Pfeile stachen rings umher in den Boden. Die Schützen hatten sich auf ihre Beute geeinigt.

Am Abend ging Gaerigar mit Nylma zum Kriegsrat ins Zelt seines Großvaters. »Wo ist mein Vater?«, fragte er in die Runde.

Die Feldherren schauten einander an, dann trat Borugar vor. »Wir wissen es nicht genau«, sagte er. »Aber die Hügel sind noch umkämpft.«

Gaerigar war misstrauisch. »Habt ihr ihm keine Verstärkung geschickt?«

»Dein Vater hat das Hauptheer des Feindes auf die Hügel im Osten gelockt«, sagte Jasgur. »Die Späher sagen, dass das gesamte Lager südlich der Stadt wie leergefegt ist. Wir sollten heute Nacht die Stadt angreifen.«

»Ihr wollt ihn also opfern, um den großen Sieg davonzutragen?«

Sein Großvater packte ihn an den Schultern. »Dein Vater wollte den Magier herauslocken. In der Dämmerung sahen die Späher Lichter aus den Wäldern herausstrahlen. Wir müssen die Zeit nutzen, die er uns verschafft.«

Gaerigar schüttelte den Kopf. »Gib mir ein Banner, und ich eile ihm zu Hilfe«, sagte er.

Borugar nickte zu Gaerigars Überraschung. »Ich mache dich zum Feldherrn der Merelbyrer«, sagte er. »Aber nicht, um deinem Vater zu Hilfe zur kommen. Wir brauchen dich hier als Anführer. Heute Nacht stürmen wir die Mauern.«

An einem anderen Tag hätte Gaerigar diese Kunde begeistert. Jetzt aber starrte er seinen Großvater nur ungläubig an.

Mit der Nacht ließen die Angriffe der Varmulier nach, und Nuramon setzte sich an eines der Lagerfeuer, die hier auf dem eroberten Hügel brannten und die Lichtung erhellten. Den Beutel mit den erbeuteten Ringen warf er neben sich zu Boden. Ihre Macht war aufgebraucht. Für sein Bein hatte die magische Kraft nicht mehr ganz gereicht. Die Wunde war zwar verschlossen, schmerzte aber ungeheuer. »Wie sind wir nur hier heraufgekommen?«, fragte er Loramu.

Die Schwertfürstin wusch sich an einem Wasserfass, das neben einem der roten Zelte der Varmulier stand, das Blut aus dem Gesicht und dem Haar. »Frag nicht mich. Ich bin dir nur gefolgt«, sagte sie.

Aswyrun kam zu ihnen und erstattete Bericht. »Sie haben sich zurückgezogen«, erklärte der Schwertfürst außer Atem.

»Was ist mit Alarnol und seinen Leuten?«, fragte Nuramon.

»Ich schätze, dass es noch zweihundert Gaelbyrner sind, die da unten bei den anderen Katapulten lagern. Aber da ist kein Durchkommen mehr. Die Ilvaru zählen noch sechzig Krieger, der Rest sind Bjoremuls Leute.«

Nuramon warf einen Blick auf Bjoremul. Der Wyrenar hielt sich noch immer die Seite vor Schmerz, schwang sich in diesem Augenblick aber trotzdem auf einen Tisch und sprach seinen Leuten Mut zu.

»Hier«, sagte Aswyrun, hielt Nuramon zwei Ringe hin und starrte ihn mit seinen grauen Augen an. »Von dem Zauberer, den du getötet hast.«

Nuramon nahm die beiden Messingringe entgegen. Es war ein kurzer Kampf gewesen. Der Ringträger war eine weit geringere Gefahr für ihn gewesen als all die heranstürmenden Krieger und die Schützen.

»Du solltest die Macht nutzen, um dich selbst zu heilen«, sagte Loramu, doch Nuramon schüttelte den Kopf. »Andere können es sicher besser gebrauchen«, erwiderte er.

Loramu setzte sich ans Feuer und schaute an ihm vorbei zu Bjoremul. »Jene, die es wirklich hätten brauchen können, sind tot«, sagte sie schließlich und zählte ihm die Namen der Gefallenen auf. Nuramon kannte jeden Einzelnen von ihnen – ihre Sorgen, Nöte, Ziele und Träume. Und nun war all das mit ihnen gefallen. »Es bricht alles auseinander«, flüsterte er.

Loramu warf ihm ein trauriges Lächeln zu, dann glitt ihr Blick zwischen den Lagerfeuern umher. »Heute Nacht suchen sich jene, die ihre Schwertgefährten verloren haben, neue Brüder und Schwestern«, sagte sie und erschrak.

Ein lautes Krachen hallte durch den Wald. Nuramon sprang auf und schaute den Hügel hinab.

»Das sind die Katapulte!«, grölte Bjoremul. »Alarnol hat sie gegen die Stadt gewendet.« Die Späher des Wyrenar kletterten rasch auf die

Bäume. Und kurz darauf brüllte einer von ihnen: »Das Osttor brennt!« Und ein anderer rief: »Auf der Südmauer brennt ein Feuer. Da wird gekämpft!«

»Der Fürst greift die Stadt an«, sagte Bjoremul genüsslich und entfesselte einen Jubel unter den Kriegern.

Nicht einmal eine halbe Stunde später griffen die Varmulier wieder an. Sie schickten alles, was sie in den Hügelwäldern versammelt hatten, gegen sie hier oben und Alarnol dort unten. Bjoremuls Krieger verteidigten den Hügel verbissen. Der Wyrenar wollte nicht, dass die Ilvaru halfen. »Ruht euch noch ein bisschen aus. Wir machen es wie vorhin: Du wartest auf den geringsten Hauch der Magie und stößt dann vor.«

Nuramon gab nach, heilte sein Bein und vollendete auch den Zauber auf seine Schulter. Den Rest der Magie nutzte er, um neue Verletzte zu heilen. Indem er die Kraft aus den Ringen nahm, vermochte sich seine eigene Zauberkraft ein wenig zu erholen. Dennoch schmerzte jeder Zauber. Seine Handflächen brannten, als wären sie mit Blasen übersät, und die Hitze schoss seine Arme herauf bis zum Hals. Er hatte zu viele Zauber gewirkt. Als eine Weile lang keine neuen Verletzten ins Lager zurückkehrten, zog er sich zu Loramu ans Lagerfeuer zurück, um sich endlich auszuruhen.

Als hätte sich das Schicksal gegen ihn verschworen, erhellten in diesem Augenblick Lichtblitze die Nacht. Mit müden Gliedern erhob sich Nuramon und gab den Ilvaru den Befehl, sich zu sammeln. Er hatte sie nur wenige Schritte den Hügel hinabgeführt, als Alarnols Leute ihnen mit Fackeln in Händen entgegenkamen. Die Krieger aus Jasgurs Streitmacht hatten offenbar die Katapulte aufgegeben und den Ring ihrer Belagerer durchbrochen.

Alarnol hielt sich den Arm. Sein dichter Bart war voller Blut. »Sie kommen, Nuramon!«, rief der Feldherr, der seinen bulligen Körper vor Schmerzen gebückt hielt. »Und sie haben Ringträger bei sich!« Er deutete an einem der Fackelträger vorüber den Hügel hinab.

Nuramon führte die Ilvaru rasch durch die Reihen von Alarnols Banner, und die Krieger, die sich in Verzweiflung den Varmuliern in den Weg stellten, ließen sich erleichtert zurückfallen und überließen den Ilvaru das Kämpfen. Sogar die Fackeln, die einige von ihnen trugen, wechselten nun die Hände.

Nur eine Kriegerin Alarnols kämpfte weit vor ihren Gefährten und hielt allein die Feinde ab. Es schien, als ahnte sie, wer sie als Nächster angreifen würde. »Byrnea!«, rief Alarnol, und die Kriegerin folgte ihren Gefährten. Doch als sie an Nuramon vorüberkam, schaute sie ihm mit ihren braunen Augen verwundert entgegen. Sie hatte ein rundes Gesicht, kurz geschorenes Haar und eine Narbe am Hals. Nuramon erwiderte ihren Blick und wusste, dass dieser Frau eine große Zukunft bevorstand – falls sie überlebte.

Den Kampf, den Byrnea aufgegeben hatte, nahmen Nuramon und die Ilvaru nun auf und stießen in die Senke zwischen dem großen und dem kleineren Hügel vor. Erst hier trafen sie auf echte Gegenwehr – etliche Krieger und Fackelträger, und zur Rechten eine magische Präsenz: eine kleine Schar, die eine größere Macht umschloss. Die Ringzauberer!

Nuramon teilte sein Banner, gab Aswyrun das Zeichen, die Krieger vor ihnen zu attackieren, und wandte sich mit Loramus Schar gegen die Zauberer, die sich in die Schatten des Waldes zurückgezogen hatten. Noch ehe er ihre Gesichter erblickte, bemerkte er an der wirbelnden Aura ihrer Magie, dass Unruhe unter ihnen herrschte. Er lächelte. Sie hatten ihn überraschen wollen und waren nun selbst überrascht.

Nun, da sie entdeckt waren, erhoben die Ringträger die Hände, um zu zaubern. Die varmulischen Krieger wichen zur Seite aus, um der Magie den Weg zu öffnen. Nuramon nahm dieses Geschenk an und stieß mit seinen nächsten Gefährten mit erhobenem Schild in die entstehende Lücke. Licht flammte vor ihm auf, und er fing den heranschießenden Zauber seiner Feinde mit dem Schild auf und drängte ihn mit einer Woge seiner eigenen Kraft zurück. Seine Gefährten links und rechts neben ihm wurden jedoch mitsamt ihren Schilden zurückgeworfen.

Nuramon schrie vor Anstrengung auf, so gewaltig war der Zauber, der ihn hinfortzufegen suchte. Seine Stiefel wühlten den Boden auf. Er beugte sich so weit vor, dass er stürzen würde, sollte die Magie der Feinde plötzlich verfließen.

Das Licht jenseits des Schildes flackerte, als Nuramon einen zweiten Zauber wie ein hauchfeines Messer in die Macht der Feinde stach. Zugleich spürte er, wie die Kraft in seinem Schild verging. So presste er die Wellen seines Zaubers noch heftiger gegen seine Feinde. Der weiße Schein jenseits des Schildes färbte sich blau, und Nuramon wagte es, den Kopf zu heben. Keine fünf Schritte von ihm entfernt krümmten sich neun Ringträger am Boden. Sein Zauber hatte sie überschwemmt, und sie kämpften nun darum, nicht darin zu ertrinken.

Nur in ihrer Mitte erhob sich noch eine aufrecht stehende Gestalt in dunkelgrauem Mantel und Kleidung aus hellgrauem Tuch. Haube und Schal vermummten ihr Gesicht, in der Haltung jedoch meinte Nuramon die eines Mannes zu erkennen. Der Zauberer hielt die Hände zu einer Schutzgeste erhoben, und die Magie, die Nuramon ausgesandt hatte, umströmte die Gestalt, als stünde sie auf einem Felsen im Fluss. Die Untergebenen des Magiers – die Ringträger – krochen nach links und rechts davon.

»Tarsun?«, rief Nuramon.

Sein Gegenüber nickte, wirbelte mit den Händen und sandte Nuramon einen Lichtschein entgegen.

Nuramon hob den Schild und bemühte sich, einen Zauber emporzureißen, doch das Licht war schneller, erfasste seinen Schild, riss ihn zur Seite und traf Nuramon an der Schulter. Der Zauber war in seiner Grobheit nicht mit den sorgfältig konstruierten Zaubern auf den Ringen zu vergleichen, doch die Kraft, die dahinter stand, übertraf alles, was Nuramon je auf den Schlachtfeldern Arlamyrs erlebt hatte. Mit der Linken riss Nuramon seine Magie zum Schutz hoch und fing einen weiteren Stoß seines Gegenübers auf. Als dieser die Arme senkte, befreite sich Nuramon rasch von seinem Schild. Dann warf er die Arme vor und sandte seinem Feind einen Strom purer Magie entgegen.

Tarsuns Zauber flackerte auf, doch Nuramons Macht erstickte dessen Kraft im Keim. Der Hofzauberer des Königs machte große

Augen über dem Schal, der den Rest seines Gesichtes verbarg. Er krümmte sich und schrie vor Schmerz durch den Schal hindurch. Seine Hände zitterten, sein Kopf zuckte, und doch richtete er sich wieder auf.

Nuramon sammelte seine Magie zu einem neuen Schild. Keinen Moment zu spät, denn Tarsun griff wieder an, und dieses Mal war es Nuramon, als stünde er einem Riesen gegenüber, mit dessen Kraft er sich nicht messen konnte; zumindest nicht nach all den Heilzaubern, die er an diesem Tag gewirkt hatte.

Da traf Nuramon ein Pfeil in der Schulter und riss ihn zu Boden. Er spürte wie sein Zauber fortschwappte und Tarsuns Macht über ihn hinwegstrahlte.

Nuramon zwang sich, zu Tarsun aufzublicken. Der Hofmagier hatte bereits wieder die Hände erhoben, und dieses Mal spürte Nuramon, dass sein eigener Zauber zu spät kommen würde. Schon flimmerte es über Tarsuns Handflächen, und dessen Macht drückte Nuramon zu Boden. Er spürte den Zauber, der Daoramu in die Besinnungslosigkeit getrieben hatte; eine Macht, der er kaum etwas entgegensetzen konnte. Er wand sich am Boden und vermochte lediglich, Tarsuns Zauber daran zu hindern, in seinen Körper zu dringen.

Ein Blick zur Seite verriet ihm, dass es vorbei war. Links und rechts näherten sich die verbliebenen Ringzauberer. Sie würden über ihn kommen wie eine Gelgerokherde über ein Lamm.

Gaerigar säte Feuer auf der Südmauer von Varlbyra, und die Merelbyrer, die ihn wohlwollend als Feldherrn angenommen hatten, jubelten, während Jasgurs Leute rasch die Leitern hinaufstrebten. Gaerigar wollte ihnen nach, doch Nylma hielt ihn zurück. Sein Großvater, der die Schlacht mit Jasgur vom Lager aus leitete, hatte ihm Nylma und Yargir als Leibwächter zur Seite gestellt. »Denk nicht einmal daran«, sagte sie und zwinkerte ihm zu. Kurz stieg wieder der Zorn in ihm auf, doch er schluckte ihn hinunter. Nylma hatte seinem Großvater ihr Wort gegeben, und er wollte sie nicht in Schwierigkeiten bringen.

»Wir können kein ganzes Heer über die Leitern führen«, erklärte Yargir und wies auf das Tor, gegen das die Krieger ein weiteres Mal den Rammbock donnerten. »Dein Großvater vertraut darauf, dass du das Tor öffnest.«

»Dein Steinzauber«, sagte Nylma, doch Gaerigar schüttelte den Kopf. »Der ist nicht mächtig genug.«

Nylma lachte leise. »Unsinn! Ich habe gesehen, was du kannst. Versuch es! Leg alles, was du hast, in diesen Angriff.«

Gaerigar schaute seine Lehrmeisterin ungläubig an. Sie hatte ihn oft ermutigt, dass sie nun aber so viel Vertrauen an seine Fähigkeiten knüpfte, verwirrte ihn.

»Denk an damals, als du mit dem Steinbrocken die Rüstung durchschlagen hast«, sagte Nylma, doch diese Erinnerung machte ihm nicht gerade Mut. Eigentlich hätte das Gestein sich in der Luft vermehren und in einem Hagel gegen die Rüstung schlagen sollen, aber er hatte sich so sehr darauf konzentriert, Kraft in den Zauber zu legen, dass er vergessen hatte, den eigentlichen Zauber zu wirken. All die Kraft war in dem Stein verblieben und hatte mit diesem die Rüstung durchdrungen. »Aber das war ein Fehler«, sagte er. »Ich hatte versagt.«

Nylma starrte ihn mit hocherhobenen Augenbrauen an und sagte: »Das Versagen von gestern ist manchmal das Gelingen von heute.« Sie lächelte schelmisch. »Also versage so richtig schön!«

Gaerigar musste grinsen. So wandte er sich um und befahl den Merelbyrern, die den Rammbock antrieben, Platz zu machen. Nur Nylma und Yargir blieben an seiner Seite, während er unter den verstreuten Felsbrocken einen faustgroßen heraussuchte, ihn in der Hand wog und seine Beschaffenheit mit seiner Magie erspürte. Es war, als hielte er einen Schwarm Fliegen in seiner Hand gefangen und als wollte er sie dazu bringen, zusammenzubleiben, sobald er ihnen die Freiheit schenkte.

Er holte aus, spannte die magischen Kräfte, ließ sie fahren und warf den Stein mit aller Macht dem Tor entgegen. Als wäre der Stein mit ihm durch ein Seil verbunden, riss es Gaerigar nach vorn; und als durchbräche eine glühende Bestie im Innern seines Körpers seinen

Brustkorb, um ins Freie zu gelangen, riss sich ein Stoß Magie von ihm los und folgte dem Stein. Mit einem Donnern traf der Zauber das Tor, und eine Wolke aus Splittern und Staub wölbte sich in die Luft.

Benommen blinzelte Gaerigar und bemühte sich, etwas zu erkennen. Während Nylma und Yargir langsam wieder die Köpfe hoben und seine Krieger den Rammbock erneut in Stellung brachten, legte sich die Staubwolke und gab den Blick auf ein Loch frei, das groß wie ein Rundschild war. Gaerigar starrte es an und konnte nicht glauben, dass er diese Öffnung tatsächlich geschaffen hatte.

»Holt die Äxte!«, befahl Yargir.

Während die Merelbyrer sich daranmachten, das Loch zu vergrößern und den Balken durchzuschlagen, schaute Gaerigar immer wieder zwischen Nylma und Yargir hin und her – und beide grinsten ihm voller Stolz entgegen.

Als Nuramon sah, wie Loramu im letzten Augenblick schützend vor ihn sprang und einem der Ringträger den Hals aufschnitt, richtete er sich mit aller Gewalt auf. Kaum war er auf den Beinen, wich er einem Schwerthieb aus, und die Klinge, die ihm gegolten hatte, traf einen der Ringträger. Seite an Seite mit Loramu kämpfte er sich Tarsun entgegen. Der Hofmagier setzte zur Flucht an, aber Nuramon war fest entschlossen, ihn nicht entkommen zu lassen.

Aswyrun wandte sich von dem Kampf, in den er gerade verwickelt war, ab und stellte sich Tarsun in den Weg. Doch der Magier hob im Lauf die Hand und sandte Nuramons zweiten Schwertfürsten mit einem Lichtstrahl zu Boden, wo er sich zuckend und unter Schmerzen wand. Die varmulischen Krieger fielen über Aswyrun her und stießen ihm die Klingen in den Leib. Keine zwei Wimpernschläge später kamen Nuramon und Loramu wie die Falken über sie und raubten ihnen das Leben. Nur Tarsun verschwand inmitten einer Kriegsschar, die ihm den Rückzug deckte.

»Hinterher!«, rief Nuramon, doch Loramu packte ihn am Arm. »Nein, Nuramon! Dort unten laufen wir in eine Falle.« Sie schaute auf den toten Körper Aswyruns hinab. »Wir müssen uns ausruhen. Ich bitte dich!«

Nuramon atmete durch und ließ seinen Blick über all die Toten und Verletzten wandern. Das minderte seinen Zorn nicht, aber es ließ ihn verharren. Schließlich nickte er.

Nachdem sie die Ringe der Zauberer eingesammelt und deren Kraft für einen Heilzauber verwendet hatten, brachten sie die Toten und Verletzten zurück ins Lager auf dem Hügel.

Noch ehe der Morgen kam, zogen die Varmulier aus den Wäldern ab. Sie verließen die Hügel und strebten nach Süden in ihre Lager zurück. »Wir haben die Stadt«, erklärte Bjoremul, und im Morgengrauen kam einer von Jasgurs Boten und bestätigte die Vermutung.

Kurz darauf wies Nuramon Alarnol an, das Waldlager mit seinen Leuten zu halten, und kehrte gemeinsam mit Bjoremul und den übrigen Kriegern in das Hauptlager zwischen den Hügeln im Norden zurück. Dort brandete ihnen Applaus entgegen, aber Nuramons Blick suchte nur nach Gaerigar. Erst als er sah, dass sein Sohn zwar von Schlamm und Blut befleckt, darunter aber unverletzt war, kam er zur Ruhe.

»Denk nur!«, rief Gaerigar ihm voller Begeisterung zu. »Ich habe die halbe Nacht gekämpft.« Und dann berichteten sie einander, was vorgefallen war, und die Feldherren – allen voran Borugar – wurden nicht müde, Gaerigars Taten zu loben. Nicht nur dass er das Tor mit einem Steinzauber aufgesprengt hatte, er hatte die Merelbyrer in die Stadt geführt und die Nordmauer erobert. Nuramon lächelte seinem Sohn entgegen, und dieser strahlte vor Glück.

Jasgur war unterwegs, um die Gesamtlage in Erfahrung zu bringen, und sie alle erwarteten seine Rückkehr. »Wir werden in die Garnison der Torwachen einziehen und sie zu unserem Hauptquartier machen«, erklärte der Fürst. Er zeigte auf der Karte, wie viel Boden sie in der Nacht gewonnen hatten.

Als Jasgur schließlich das Zelt betrat, bestürmten ihn die Feldherren mit Fragen, doch der Herzog von Gaelbyrn schmunzelte nur, verbeugte sich vor seinem Fürsten und sagte: »Herr, es gibt Nachrichten.« Dann ließ er sich einen Becher Wasser reichen. Er nahm ihn mit der linken Hand an, und Nuramons Blick fiel wie so oft auf den rechten Arm Jasgurs, der seit der Schlacht von Weramul beinahe steif war. Er fragte sich, ob er etwas hätte ausrichten können, wenn er in jenem Kampf an der Seite seines Freundes gewesen wäre.

In aller Ruhe trank er den Becher aus, dann schaute er zu Nuramon und sagte: »Was im Osten geschehen ist, habt ihr also erfahren. Im Süden haben die Varmulier alle Hügel geräumt. Sogar das Lager südlich der Mauern haben sie abgebrochen und sind durch das Südtor in die Stadt geströmt. Einige der feindlichen Banner sind geflohen.« Jasgur erhob sich und deutete auf einige Stellen der Karte. »Wir halten die Mauern und Tore der meisten Stadtbezirke und haben einen Ring um den Königsbezirk geschlossen.«

Die Feldherren applaudierten, und Borugar strahlte und klopfte Gaerigar auf die Schulter. Auch Nuramon erkannte die Siege an, aber Freude verspürte er nicht.

»Mit diesem Morgen halten wir die Hügel ringsumher«, sagte Jasgur feierlich. »Und die Späher berichten, dass jene Varmulier, die gen Süden geflohen sind, der feindlichen Verstärkung entgegeneilen, die langsam auf der großen Straße näher kommt.« Jasgur schaute Nuramon in die Augen. »Tarsun ist in die Stadt zurückgekehrt und gelangte in den Königsbezirk, ehe wir den Kreis schließen konnten. Wir kommen im Augenblick nicht an ihn heran. Also werden wir deine Macht benötigen. Zwei bis vier Ringträger sollen an seiner Seite gewesen sein. Sonst gab es bei keinem der Kämpfe in der Stadt Anzeichen von Magie.« Jasgur grinste. »Und noch etwas: Tarsun war so erschöpft oder aber verletzt, dass seine Leute ihn erst stützen und dann tragen mussten.«

Nuramon hatte den Hofmagier zwar mit einem Zauber getroffen, aber die Wirkung war ihm nicht so verheerend erschienen, wie Jasgurs Bericht es andeutete. »Vielleicht war er lediglich am Ende seiner Kräfte«, sagte Nuramon.

»Wie dem auch sei«, sagte Bjoremul. »Wir kennen nun die Grenzen unseres Feindes.«

Borugar nickte und schaute anerkennend über die Karte. »Bald schon stoßen wir den König vom Thron«, erklärte er. Dann wandte er sich an Nuramon. »Wir schnappen uns den Magier. Und dann beenden wir diesen Krieg und kehren nach Hause zurück.«

Nuramon nickte und dachte zuerst an all die Toten, die er nicht hatte retten können, dann aber an Daoramu. Der Hofmagier hielt den Schlüssel zu ihrem Erwachen in Händen. Und Nuramon war bereit, alles aufzubieten, um diesen Schlüssel zu erbeuten.

»Aber wenn wir erst einmal in der Stadt sind, könnten wir rasch selbst zu Belagerten werden«, sagte Gaerigar und schaute fragend in die Runde.

Borugar nickte, Jasgur aber schmunzelte. »Haben wir den Königsbezirk erobert, können wir uns unbegrenzt versorgen«, sagte der Stratege des Fürsten.

»Ich ahne, worauf du hinauswillst«, sagte Nuramon und dachte an das Ahnenhaus. »Du meinst den Albenstern in den Totenhallen.«

»Du alte Schlange!«, rief Bjoremul da aus dem Hintergrund.

Jasgur nickte. »Es stimmt«, sagte er. »Der Albenstern in den königlichen Ahnenhallen macht Varlbyra zur größten Sternfestung von Arlamyr.«

Salyra

Yendred lief seiner Schwester durch den Thronsaal entgegen und schloss sie in die Arme.

»Das ist aber ein lieber Empfang, Yendred«, sagte Nerimee und legte ihren Mantel ab. Darunter kam ein rotes, goldbesticktes Kleid zum Vorschein. »Vielleicht sollte ich öfter fortgehen.«

»Bloß nicht«, sagte er. Seine Schwester hatte ihn während ihrer Abwesenheit zu ihrem Stellvertreter gekürt – ihn, einen Dreizehnjährigen! Mit der Hilfe seiner Großmutter hatte er manchen Empfang überstanden, doch hatte er der Ankunft der Abgesandten aus Nyrawur mit Schrecken entgegengesehen.

»Ich weiß«, sagte sie. »Aber wenn Vater nicht da ist, muss irgendwer die magischen Quellen hüten.«

»Aber die Nyrawuri!«, rief er aufgeregt. »Sie sind da!«

Nerimee nickte. »Ich habe ihr Schiff gesehen.«

»Sie kommen in einer halben Stunde«, erklärte Yendred.

»Und gewiss keinen Augenblick früher. Warum also quälst du dich?«

»Du hast ja keine Ahnung!«, rief er.

»War das zu viel Verantwortung für dich?«, fragte sie ihn und schritt mit ihm zum Thron.

»Es war mehr, als ich wollte. Tu das bitte nie wieder!«

»Dir vertrauen?«, fragte sie.

Yendred schüttelte den Kopf. »Tu nie wieder das, was Vater tut«, sagte er. »Im letzten Augenblick erscheinen, meine ich.«

Sie strich ihm über die Wange und lachte. »Ich bin nicht im letzten Augenblick erschienen, sondern im richtigen.« Dann setzte sie sich auf den Thron und zog ihn auf den Platz zu ihrer Linken. »Schau!«, sagte sie und öffnete einen Beutel, in dem sich mehr als ein Dutzend Quellsteine befanden. »Wenn Vater mit Antworten zurückkehrt, werden diese und all die anderen Steine gemeinsam Wunder tun.«

Nerimee erzählte ihm von ihrer Reise und von einer Giftquelle, die alles Leben auslöschte und in einem Tal einen Flecken Wüste geschaffen hatte. »Der Wind trug das Gift je nach Witterung in die Dörfer. Da waren Tote, die sahen aus, als wären sie einfach in Ohnmacht gefallen. Die Magie kann hässliche Züge tragen, Yendred.« Sie erzählte ihm von einem Gebirgsbach am Westhang der Lysdorynen, der durch eine magische Quelle zum reißenden Fluss geworden war und einem Dorf so lange zugesetzt hatte, bis es in einem Erdrutsch begraben wurde.

»Wenn es so weitergeht, wird die Magie mehr schaden, als sie nützt«, sagte Yendred. »Einige meiner Freunde meinen, Vater trage Schuld daran. Dass es immer schlimmer wird mit der Magie, meine ich.«

»Schöne Freunde sind das«, erwiderte Nerimee und fasste Yendreds Hand. »Eines muss dir klar sein: Wir beide müssen die Macht, die wir von Vater geerbt haben, wahrscheinlich bis ans Ende unserer

Tage nutzen, um solche Quellen zu beherrschen. Weißt du, was das heißt?« Sie sah ihn fragend an und erklärte es dann selbst. »Es bedeutet, dass du bald schon mit mir auf Reisen gehen musst. Du hast jetzt viel Zeit mit Lyasani verbracht und dich im Schwertkampf geübt, aber nun musst du auf dem Feld der Magie weiter heranwachsen.«

Yendred strahlte. Obwohl er sich gerne mit Lyasani bei der Palastwache im Kampf unterweisen ließ, war er froh, endlich eine wichtige Aufgabe vor Augen zu haben. So kam es, dass seine Unruhe verschwunden war, als die Palastwache schließlich die Gesandten aus Nyrawur ankündigte.

Als die Bannerträger sich durch die Eingangshalle dem Saal näherten, flüsterte Yendred seiner Schwester zu: »Glaubst du, der Fürst hat die Summe zusammengetragen?«

»Wenn nicht, ist der Vertrag nichts wert«, antwortete Nerimee leise. »Sie werden genau das tun, was ausgehandelt ist. Sie fürchten viel zu sehr, dass wir über sie kommen, wie wir über die Varmulier gekommen sind.«

Yendred nickte. Er wusste, um was es ging, denn seine Schwester hatte ihm alles genau erklärt. Im Winter war eine nyrawurische Gesandtschaft in die Stadt gekommen, um einen Friedensvertrag auszuhandeln. Die Nyrawuri mussten nach allem, was sie getan hatten, mit einem Angriff rechnen. Neben vielen anderen Provokationen hatten sie Merryn Lysgoru und Graf Flarigor von Wurelgar den Rücken gestärkt, als diese Nerimee entführen ließen. Das hatte zu einem kriegerischen Konflikt geführt, den die Nyrawuri verloren hatten. Da sie danach der Familie von Herzog Helerur Unterschlupf geboten hatten, hatte Borugar ihnen vorgeworfen, Helerur beim Anschlag auf Yendreds Familie unterstützt zu haben. Das hatten sie von sich gewiesen und waren bereit gewesen zu verhandeln.

Borugar war im Herbst kurz aus dem Osten gekommen und hatte sich mit den Nyrawuri geeinigt. Bei seinem letzten Besuch hatte er der Unterschrift des nyrawurischen Fürsten seine eigene zur Seite gestellt. Der Vertrag schloss den Frieden, und Nyrawur erklärte sich bereit, einen Tribut von zwanzigtausend yannadrischen Kronen an

Borugar zu zahlen. Im Schreiben hieß es, dass weitere Zeichen des neuen Bündnisses Verhandlungssache seien. Diese Nachverhandlungen hatte Borugar in Nerimees Hände gelegt.

An der Spitze des nyrawurischen Zuges, noch vor den Bannerträgern, betrat ein edel gekleideter Mann den Saal. Er trug einen schwarzen Mantel über weißen Gewändern. Die Medaille, die an einer Kette auf seiner Brust ruhte, wies ihn als Adligen aus.

»Das ist Graf Blegir«, flüsterte Nerimee.

Yendred hatte nicht den Eindruck, dass Blegir mit seinen zornigen Brauen, der ernsten Miene und dem langen, starren Gesicht wie ein Gesandter wirkte, der nach Frieden strebte.

»Sei gegrüßt, Nerimee Yannaru«, sagte der Graf zur Begrüßung.

»Willkommen, Graf Blegir«, erwiderte Nerimee.

»Man sagte uns bereits, dass der Fürst nicht persönlich anwesend sein kann«, erklärte der Graf mit geringschätzender Miene.

»Der Fürst belagert Varlbyra«, entgegnete Nerimee lächelnd.

Blegirs Gesichtszüge erstarrten.

»Aber da dein Fürst ebenfalls nicht zugegen ist und die Verträge bereits unterzeichnet sind, ist die Anwesenheit meines Vaters nicht notwendig.«

»Gewiss«, sagte Blegir.

»Wird Nyrawur die Zusagen einhalten?«, fragte Nerimee im Merelbyrer Singsang.

Blegir hielt kurz inne, dann wandte er sich um. Die Reihen lichteten sich, und einige Wachen brachten eine schwere Truhe nach vorn und stellten sie vor dem Grafen ab. »Dies ist die erste Kiste des Tributs. Die anderen befinden sich auf dem Hof.«

Nerimee schaute zu Terbarn hinüber. Der Palastvogt nickte. »So lass uns über einen Gefangenenaustausch sprechen«, sagte sie schließlich.

Yendred begrüßte es zwar, dass Gefangene ausgetauscht wurden und gekaperte Schiffe in ihre jeweiligen Heimathäfen zurückfanden, doch als sie dann auf Geiseln zu sprechen kamen, die zwischen Herrscherhäusern ausgetauscht werden sollten, wurde ihm die Zeit lang.

Nerimee und Blegir sprachen über allerlei Adelskinder, die im jeweils anderen Reich aufwachsen sollten. Sie vereinbarten, dass je ein Adelsball stattfinden sollte – einer in Jasbor, einer in Mirusar, der Hauptstadt von Nyrawur. Yendred fielen fast die Augen zu. Dann aber kam Bewegung in den Saal: Der Graf winkte ein Mädchen zu sich und führte es vor Nerimee.

Mit einem Schlag war Yendred wieder hellwach. Die glänzenden, braunen Augen des Mädchens fielen Yendred sofort auf, ebenso die lange Nase und der langgezogene Mund. Ihr freches Lächeln verriet, dass dieses Mädchen, das gewiss kaum älter als Yendred war, Ärger bedeutete. Und schon war alle Langeweile verflogen.

»Dies ist Salyra, die Tochter Graf Jasnyraguls und die Nichte meines Fürsten. Mein Herr bittet darum, sie zur Geisel am Hof deines Vaters zu machen.«

Yendred war beeindruckt. Die Länge in ihren Zügen empfand er als schön. Ein Geheimnis umgab dieses Mädchen. An ihrer Verbeugung erkannte er sofort, dass sie das edle Kleid einengte. Sie verbeugte sich wie Nylma. Und dabei vermied Nylma es, die engen Hemden und Röcke der Nyrawuri zu tragen.

»Müsste ich misstrauisch sein, dass eine kindliche Kriegerin in den Gewändern einer kindlichen Dame an meinen Hof kommt?«, fragte Nerimee.

Yendred musste schmunzeln, Graf Blegir hingegen machte ein überraschtes Gesicht. »Salyra war auf dem Weg, Kriegerin zu werden«, sagte er stotternd. »Doch unsere Gesetze verbieten es. Sie ist eine Dame.«

Nerimee lächelte. »Dein Herr möchte also, dass dieses Mädchen bei uns am Hof lebt. Verzeih mir also, wenn das Wort *Geisel* in meinen Ohren plötzlich sehr nach dem Wort *Spion* klingt.«

»Du beleidigst uns«, erwiderte der Graf mit gereizter Miene.

»Und du beleidigst meinen Verstand«, erwiderte Nerimee. »Lass das Kind für sich selbst sprechen.«

Der Gesandte trat zur Seite und ließ das Mädchen vortreten.

Nerimee schaute an ihr herauf. »Dein Fürst bietet dich uns als Geisel an. Bist du damit einverstanden?«

»Ich beuge mich dem Willen der Krone«, sagte Salyra.

Nerimee schmunzelte. »Dann bist du nicht einverstanden.«

»Nein«, sagte Salyra. »Ich bin nicht einverstanden.«

Unter den Nyrawuri flammte Unruhe auf. »Du närrisches Kind«, rief Graf Blegir.

Nerimee hob die Hand, und es kehrte Ruhe ein. »Wenn du könntest, wie du wolltest, wärest du dann hier?«, fragte sie das Mädchen.

»Vielleicht«, sagte Salyra.

»Als Dame?«, fragte Nerimee.

Salyra schüttelte den Kopf. »Als Kriegerin.«

Nerimee lächelte. »Du hast von den Kriegerinnen hier in Jasbor gehört.«

»Ja, Herrin.«

Nerimee nickte, dann blickte sie zu Graf Blegir. »Wir akzeptieren die Geisel deines Fürsten und werden sie hier als Zeichen der Freundschaft aufnehmen. Aber nicht als Dame, sondern als Kriegerin. Sie soll sich heute noch bei der Palastwache melden.«

Graf Blegir beugte sein Haupt. »Ich danke dir«, sagte er mit erleichterter Miene. Das Mädchen aber staunte.

Yendreds Neugier war erwacht. Dieses Mädchen hatte es offenbar so weit getrieben, dass der Fürst sie verbannte, denn nichts anderes war hier soeben geschehen.

Als die Gesandtschaft fort war, bat Nerimee Salyra zu sich an den Thron. Das Mädchen verbeugte sich, und Nerimee musterte sie lange. »Yendred. Sei so lieb, und zeig Salyra den Hof«, sagte sie schließlich und lächelte ihn an. Dann flüsterte sie der Leibwache etwas zu, das Yendred nicht hören konnte.

Er erhob sich, wies den Weg, schritt voran und war erleichtert, als er Salyras Schritte hinter sich vernahm. »Meine Schwester vertraut dir nicht«, sagte Yendred, als sie endlich in der Eingangshalle standen.

»Ich würde mir auch nicht vertrauen«, entgegnete sie und grinste breit.

»Guck mal«, sagte er und wies auf die Wachen, die aus dem Thronsaal gekommen waren und plötzlich so taten, als wären sie in ein

Gespräch vertieft. »Sie glauben, sie wären rechtzeitig bei mir, wenn du plötzlich einen Dolch ziehst und auf mich losgehst.«

Salyra lachte. »Deine Schwester hat gesehen, dass hier kein Platz für einen Dolch ist.« Sie klopfte auf ihre Brust.

Yendred nickte. Er wusste zudem, dass der Zauberblick seiner Schwester Metall an ihrem Körper erkannt hätte. »Komm«, sagte er und führte die Nyrawuri durch den Hinterausgang in den Garten hinaus. Die Leibwachen wies er an, an der Doppeltür zu warten.

Eigentlich wollte Yendred sie zur Steinbank führen und einen Blick über die Stadt, die Flussmündung und das Festland bieten, doch Salyra blieb mit einem Mal stehen und starrte mit offenem Mund nach rechts zur Seite in den Park – zur Birkeneiche.

»Bei allen Ahnen! Es ist wahr«, rief sie.

»Hast du sie nicht von unten gesehen?«, fragte Yendred.

»Ja. Aber ich dachte, ihr hättet einfach den Stamm einer Eiche weiß bemalt.«

Yendred nickte und berührte Salyra an der Schulter. Sie zuckte, schaute ihn verwirrt an, nur um ihn dann anzustrahlen. Dann folgte sie ihm zu der Steinbank im Garten.

Sie setzten sich, und das Lächeln verschwand von Salyras Gesicht. Sie schaute über das Land, sog die Luft ein und schloss gelegentlich die Augen.

»Warum haben sie dich zu uns geschickt?«, fragte Yendred nach einer Weile.

Sie lachte. »Ich war ihnen peinlich. Ein Mädchen, das Kriegerin werden will.«

»Ich kenne Kriegerinnen, die nahezu jeden Mann hinfortfegen würden.« Er dachte an Nylma und Loramu. »Und jene, die nachdrängen, werden sie noch überbieten.« Er wusste, dass Lyasani ihren Vater stolz machen würde. »Wenn sie dich ausgelacht haben, warum haben sie dich dann fortgeschickt?«

Mit verlegener Miene blickte sie zu Boden. »Sie ertappten mich, als ich versuchte, mich als Lehrling bei der Stadtwache einzuschleichen.«

Yendred schaute in ihrem Gesicht umher. Die weichen Lippen, das seidige, lange Haar und dieses Lächeln ließen keinen Zweifel an

Salyras Geschlecht. »Du hast ein Mädchengesicht«, sagte er. »Das konnte nicht gut gehen.«

Sie legte den Kopf schief. »Ist es ja auch nicht«, sagte sie. »Ich habe mich dann brav benommen, aber als Hofmädchen war ich unpassend. Und deine Schwester hat mich ja auch sofort durchschaut. Dass ich hier bin, wird am Hof meines Fürsten für lautes Gelächter sorgen. Ich bin nämlich im Grunde ein schlechter Witz.«

Yendred zwinkerte ihr zu. »Hier wird gewiss niemand lachen. Und wenn du hier fertig bist, wird den Höflingen deines Fürsten das Gelächter im Hals stecken bleiben.«

Verwundert sah er, wie sich ihre großen, braunen Augen langsam mit Tränen füllten. Aber sie lächelte immer noch.

»Komm, wir gehen in die Schwerthalle«, sagte er und erhob sich. »Ich muss dir jemanden vorstellen.«

»Wen denn?«, fragte Salyra.

»Lyasani – Bjoremuls Tochter.«

Salyra staunte. »Bjoremuls Tochter«, wiederholte sie leise, als hätte Yendred ihr von Albenmark, der Trennung der Welten oder ähnlich unglaublichen Dingen erzählt.

Orakelblick

Dorgal hatte versucht, Bjoremul zu hassen. Damals in Teredyr hatte er dessen Verrat an König Mirugil noch hingenommen, weil er ihrem Herrn Varramil das Leben gerettet hatte. Nach der Schlacht im Schlangenforst aber hatte er einen Zusammenhang zwischen dem erneuten Verrat Bjoremuls und dem Tod Varramils gesehen. Aber das eine hatte nichts mit dem anderen zu tun. Inzwischen beneidete er Bjoremul, weil dieser seinem Herzen gefolgt war.

Falls die Yannadrier nun in den Königsbezirk durchbrachen, würde Dorgal gegen seinen alten Gefährten antreten müssen. Er hatte keine Wahl, denn am ersten Tag der Belagerung hatte König Mirugil alle Wyrenar zu seiner Leibgarde gemacht, und jetzt, am Morgen des drit-

ten Tages, berichteten aufgeregte Boten, dass Bjoremul das Nordtor des Bezirks erobert hatte und die Yannadrier auf den Königsplatz stürmten. Schon bald würde Mirugil seine Wyrenar wie Bluthunde von der Kette lassen. Sie alle waren begierig darauf, endlich den Alvaru niederzustrecken. Und auch Dorgal wollte sich für den Tod Varramils an Nuramon rächen. Falls es dazu nötig war, Bjoremul zu bezwingen, würde er es tun.

Ein varmulischer Krieger namens Dyrmgor schaute dem Banner der Rebellen aus West-Varmul entgegen: ein roter Falke, der auf grünem Grund zwischen zwei Flüssen schwebte. Die Verräter aus den besetzten Gebieten kamen näher, und mit ihnen würde Bjoremul kommen. Dyrmgor wich vor dem Falkenbanner zurück, wandte sich um, spürte einen stechenden Schmerz in der Brust und starrte über eine Schwertklinge hinweg in ein blasses Gesicht. Der Fremde schaute ihn an, blinzelte und ließ ihn dann von seiner Klinge gleiten. Dyrmgor sank zu Boden und sah den blassen Krieger über ihn hinwegspringen. Es war der Alvaru, und die Hacklaute und Schreie, die sich auf seinem Pfad entlangzogen, bezeugten, dass niemand seinem Schwert gewachsen war. Und dann kam sein Gefolge. Ein Mann und eine Frau, die mit wirbelnden Waffen zur Linken vorüberzogen, zur Rechten ein junger Krieger, dessen Finger Feuer spien.

Dyrmgor sank zurück und starrte in die Höhe, wo das blaue Fürstenbanner Yannadyrs an ihm vorüberflog. »Da ist das Ahnenhaus der Könige«, brüllte eine alte Stimme gegen den Schlachtlärm an. »Ja, mein Fürst«, antwortete eine andere. Da tat Dyrmgor seinen letzten Hauch und dachte an seine Geliebte.

Der Schwertfürst Elusano war froh, dass er nicht draußen auf den Mauern oder auf den Plätzen kämpfen musste. Er wusste, warum sie den Gang mit der zugemauerten Totenkammer bewachten. Und weil er ebenso wusste, dass dort ein sogenannter Albenstern lag, war ihm klar, dass die Yannadrier früher oder später kommen würden.

Als die Feinde das Haupttor aufbrachen, kämpfte er mit seinen Männern gegen sie an, musste ihnen aber Stück um Stück an Boden überlassen. Auf dem Gang der zugemauerten Totenkammer kamen die Feinde von beiden Seiten; die Hälfte von Elusanos Kriegern waren verletzt oder tot. »Ergebt euch!«, rief ein bulliger Krieger in voller Rüstung den Gang entlang.

»Wem ergeben wir uns?«, fragte Elusano.

»Dem Feldherrn Alarnol«, antwortete der Anführer.

Elusano nickte. Es war keine Schande sich dem besten Krieger Herzog Jasgurs zu ergeben.

Auf seinen Befehl hin schlossen die Krieger das Tor des Thronsaals, und der Kampflärm verstummte. Sofort wandte Mirugil sich an die im Saal versammelten Wyrenar: »Ihr seid die besten Krieger des Königreichs. Es stand in unserer Geschichte schon oft schlecht um unser Reich; zweimal hat ein König sich hier in dieser Halle den Feinden gestellt und den Sieg errungen. Heute wird es ebenso sein. Hier in diesem Saal endet der Krieg in einem Duell der Helden. Entfesselt euren Zorn, facht all eure Fähigkeiten und all eure Kräfte für diesen letzten Kampf an.« Er schritt über das Kartenmosaik, das das Königreich und die umliegenden Regionen zeigte, und schaute an seinem Thron vorüber zur schmalen Tür. »Kämpft um alles, was euch lieb ist. Bringt mir den Kopf des Alvaru.«

Die Wyrenar setzten zum Gebrüll an, doch ein ohrenbetäubendes Donnern, das aus der Eingangshalle herüberschallte, brachte sie zum Schweigen. Mit einem tiefen Krachen fiel dort etwas nieder und erschütterte den Boden.

»Das Haupttor!«, rief Dorgal.

Rayagor nickte. Die Hälfte seines entstellten Gesichtes grinste. »Der Alvaru ist da«, murmelte er.

Ein zweites Donnern ließ das Saaltor erbeben. Das war die Zauberei des Alvaru. Der dritte magische Stoß zerbrach den dicken Balken, der die Torflügel hielt. »Stellt euch auf«, rief Mirugil und schaute durch den Rauch in den Spalt, der sich Stück um Stück weitete. Die Stunde der Entscheidung war gekommen.

Der Saal der Helden

Die Torflügel schwangen dampfend auf. Nuramon rückte an der Seite seiner Gefährten vorsichtig vor. Am anderen Ende des weiten Saales standen ihre Feinde. Die Treppe zum Thron, die sich über die ganze Breite des Raumes zog, war voller Krieger. Mit einem schnellen Blick schaute Nuramon sich um und erfasste die Lage: Die Tore zur Linken und Rechten waren verriegelt; es waren weder Bogenschützen noch Magier da, und es gab keine Nischen, in denen sie sich hätten verstecken können. Es gab nur die Kriegsschar, die am Ende des Saales auf sie wartete.

Zwischen ihnen und den Feinden erstreckte sich ein Mosaik am Boden. Bjoremul hatte tatsächlich recht: Die Steinplatten bildeten eine Karte Varmuls und der umliegenden Fürstentümer, eine Karte von ganz Arlamyr. Und alle Gebiete, die Varmul sich einverleibt hatte, waren in roter Farbe bemalt und in grauer Schrift mit dem Namen der Provinz markiert.

Nuramon sah einige bekannte Gesichter unter den Feinden. Zwei davon hatte er seit über zwei Jahrzehnten nicht mehr gesehen. Der eine war Rayagor, den er an dessen schwerem Rundschild und der Statur erkannte. Seine linke Gesichtshälfte war entstellt, und Nuramon fragte sich, ob er sich diese Wunde damals in Teredyr bei seinem gewaltigen Zauber geholt hatte.

Der andere, den er seit damals nicht mehr gesehen hatte, war König Mirugil. Er hatte sich den Bart rasiert, doch das ließ ihn nicht jünger erscheinen. Er musste nun um die sechzig Jahre alt sein. Neben dem König stand Dorgal, dessen Hass sich in immer tiefere Falten zu graben schien.

Es gab keinen Ansturm der Varmulier, keine Regung, die darauf hinwies, dass sie nach einem Kampf gierten. Sie standen einfach mit gezogenen Waffen dort und warteten ab.

Borugar trat zwischen ihm und Bjoremul vor. »Ergebt euch«, sagte er. »Niemand würde euch deswegen geringschätzen.« Es war so still im Saal, dass der Schlachtlärm durch die Eingangshalle zu ihnen hindurchhallte.

»Lasst es uns hier entscheiden«, sagte Mirugil. Seine Stimme war tiefer geworden. »Noch nie hat ein Feind in diesem Saal den Sieg davongetragen.«

Nuramon sah die Tür auf der anderen Seite und fragte sich, wer oder was sich dahinter verbarg. »Wo ist der Magier?«, fragte er.

»Er liegt im Sterben, aber wir benötigen auch keine Magie mehr.« Die Bitternis in der Stimme des Königs verriet, dass Tarsun ihn enttäuscht hatte. »Wir werden unseren letzten Hauch wie unsere Ahnen bestreiten.« Mit einer weit ausholenden Geste deutete er auf das Mosaik am Boden. »Hier fällt das Königreich Varmul, oder es erblüht aufs Neue. Lasst es uns beginnen.«

»Warte!«, rief Borugar, doch König Mirugil hob sein Schwert und winkte zum Angriff.

Es war eine andere Art von Kampf, die hier ihren Anfang nahm. Jeder schien sich einen Gegner zu suchen. Dorgal suchte Bjoremuls Nähe, und Jasgur stellten sich gleich zwei Krieger gegenüber. Es war, als hätten die Varmulier vorher abgesprochen, gegen wen sie antreten wollten. Auf Nuramon drang gleich ein halbes Dutzend ein, und er vermochte nur zu bestehen, weil er mit Loramu einen solchen Schwertwirbel vollzog und Borugar mit Gaerigar, Nylma und Yargir nachrückte.

Wie aus dem Nichts schoss ein Kriegshammer von der Seite heran, streifte Nuramon und brachte ihn ins Taumeln. Er schlug die Waffe fort und stand nun Rayagor gegenüber. Dessen linke Gesichtshälfte wirkte wie eine Maske aus Wachs, die geschmolzen und dann wieder getrocknet war. Wo links Narbenhaut hinabfiel, wölbten sich rechts Zornesfalten; die Mundwinkel links fielen herab, während die Lippen rechts fest aufeinandergepresst waren.

Loramu attackierte Rayagor, und der Krieger hob seinen schweren Schild und ließ die Klinge davon abspringen, nur um blitzschnell mit dem Schlagkopf des Kriegshammers anzugreifen. Nuramon hob das Schwert, um Rayagors Arm mit der Klinge aufzufangen; da brach der Wyrenar den Angriff ab und wandte sich gegen Loramu.

Er traf die Kriegerin mit dem Kopf des Hammers und stieß sie zur Seite. Nuramon griff sofort an. Er schnitt Rayagor eine Wunde über der Hüfte, wandte sich zur Seite und trat einer Palastwache, die herbeigelaufen kam, in den Magen. Kaum krümmte sich der Gardist, schlug Nuramon ihm den Schwertknauf in den Nacken.

Ein spitzer Schrei ließ ihn herumfahren. Der Dorn am Ende von Rayagors Kriegshammer durchstieß die Rüstung von dessen Gegnerin. Sie stockte, beugte sich vor und spuckte Blut. Da erst erkannte Nuramon, dass es nicht Loramu war, sondern Weraula, eine seiner fähigsten Kriegerinnen. Sie schaute Rayagor mit aufgerissenen Augen an, zitterte, stach mit dem Schwert zu und erwischte ihn am Arm, doch der Krieger schien die Schmerzen nicht zu spüren.

Nuramon sprang vor und stieß Rayagor das Schwert in den Oberschenkel. Der breitschultrige Krieger erhob seine Stimme zu einem rauen Lachen. Grüner Speichel drang aus seinem Mund. Er musste irgendetwas gekaut haben, das ihm die Schmerzen nahm, vielleicht sogar den Verstand benebelte. Der Wyrenar bohrte den Dorn tiefer in Weraulas Leib, trieb ihn vor und riss ihn zurück. »Das ist meine Rache, Alvaru!«, brüllte er.

Nuramon wich dem Hieb einer Palastwache aus, und nachdem er dem Mann das Schwert in die Brust gestoßen und wieder entrissen hatte, hob er die Klinge und schlug mit aller Macht zu. Die Schneide drang in Rayagors Hals und riss eine tiefe Wunde. Erst jetzt ließ der groß gewachsene Krieger den Schaft seiner Waffe los und beugte sich hinab, als wollte er das Blut, das ihm aus dem Hals lief, mit den Händen auffangen. Nuramon hingegen fing Weraula auf und wehrte einhändig den Angriff eines Gardisten ab. Dann war Loramu bei ihm und stellte sich schützend vor ihn.

Weraula hustete und blinzelte. Sie rang gurgelnd nach Luft, schaute Nuramon an und schüttelte den Kopf. Dann packte sie den Kriegshammer, riss sich den Dorn aus dem Körper und sank in Nuramons Armen zusammen. Sofort versuchte Nuramon, sie mit einem Zauber zu heilen, doch ganz gleich, wie viel Magie er ihr entgegenschob, sie durchdrang die junge Frau, ohne etwas zu bewirken.

Rayagor kniete neben ihm und fuhr mit den Händen durch die Blutlache. »Meine Rache, Alvaru!«, sagte er.

Loramu versetzte ihm einen Tritt. »Halt's Maul!«, brüllte sie, doch er lachte nur.

Da überkam Nuramon der Zorn. Er sprang auf, ließ die Klinge niederfahren und schnitt Rayagor mit einem einzigen Hieb den Kopf ab.

Die Schreie seines Vaters ließen Gaerigar zurückschauen. Ein Blitz, zehn Schritte von ihm entfernt, zeigte ihm, wo Nuramon war. Das war kein Schmerzklagen, sondern ein Geschrei in wilder Wut.

Schon wandte sich Gaerigar wieder um. Sein Großvater kämpfte am Fuße der Treppe zum Thron gegen König Mirugil. Gaerigar hatte gerade den Schild seines Vaters an seinen Großvater weitergereicht, nachdem der Fürstenschild geborsten war. Während Nylma und Yargir Borugar nach links und rechts sicherten, hielt Gaerigar ihm mit einigen seiner Merelbyrer den Rücken frei. Hier konnte er all die Gefährten rächen, die es dahingerafft hatte. Und hier war der Ort, an dem die Schuld am Schicksal seiner Mutter lag.

Ein neuer Angreifer in sandfarbener Tuchrüstung und mit einem leichten Krummsäbel bewaffnet, stellte Gaerigar vor Schwierigkeiten. Er parierte nicht nur seine Angriffe, sondern wich auch den Attacken seiner Gefährten leichtfüßig aus.

Da kam ein Schatten von links, und der Kampfgefährte neben Gaerigar schrie auf. Ein gekrümmter Dolch steckte schräg ihn seiner Brust.

Links vor ihnen stand einige Schritt entfernt ein Wyrenar in dunkelgrauer Tuchrüstung und holte mit einem zweiten Dolch aus. Gaerigar hob den Schild eines Gefallenen auf und fing die Waffe damit ab.

Ein Schmerz schoss ihm in die Schulter. Der Krieger in der dunklen Tuchrüstung hatte ihn abgelenkt, der in der hellen hatte ihn nun getroffen.

Gaerigar riss sich von der Klinge los und hob das Schwert. Da traf ihn etwas in der Brust und brachte seine Bewegung zum Stocken. Er schaute hinab. Sein Kinn berührte die Schneide eines Wurfdolches.

Der sandfarbene Krieger hob den Krummsäbel beidhändig empor. Er grinste, blinzelte und würde die Klinge gleich senken.

Gaerigar wollte sich bewegen, aber sein Körper gehorchte ihm nicht. Ihm wurde schwarz vor Augen, doch der Schmerz blieb aus. Der Kampflärm schwoll an, und als er seinen Namen hörte, riss er die Augen auf. Er lag am Boden, und Nylma und Yargir waren über ihm. Jede Waffe, die sich gegen ihn wandte, fingen sie mit ihren Klingen oder ihren Schilden auf. Er wandte den Kopf und schaute direkt in die starren Augen des Kriegers, der ihn getroffen hatte. Blut rann aus dessen Mundwinkel; das Gesicht ruhte auf der eigenen Klinge.

»Es sind zu viele«, rief Nylma.

Gaerigar schaute gerade zu ihr auf, da traf sie ein Hieb an der Schulter und ließ sie aufschreien. Er biss sich auf die Lippen, riss sich den Dolch aus dem Leib und warf ihn einem herannahenden Feind entgegen. Die Waffe traf den Varmulier im Gesicht und ließ ihn schreiend kehrtmachen. Dann packte Gaerigar sein Schwert, zwang sich auf die Beine und sprang an Nylmas Seite. Er war ihre Verteidigung zur Linken, Yargirs zur Rechten, und immer wieder galt sein Blick seinem Großvater, der nun von Leibwachen flankiert gegen Mirugil und dessen Palastwachen focht.

Nylma hatte recht: Es waren zu viele. Zu viele, um sie unbeschadet zu bezwingen. Zu viele, um mit einer blutenden Wunde bei Kräften zu bleiben. Gaerigar spürte geradezu, wie die Lebenskraft aus ihm hinausströmte. Seine Bewegungen wurden langsam, und als Nylma aufschrie, weil er den Angriff einer Palastwache nicht abgewehrt hatte, wusste er, dass das Ende nahte.

Ein Krieger stach über Gaerigars Klinge hinweg und traf ihn in der Brust. Er sah noch, wie Nylma kreischend über den Palastkrieger herfiel und viermal auf seinen Körper einhackte, dann sank Gaerigar zusammen und sah Yargirs Gesicht über sich. Daneben das seines Großvaters.

»Gaerigar!«, rief sein Großvater. »Gaerigar! Junge! Komm zu dir!« Doch ihm wurde schwarz vor Augen, und er merkte, wie sich die Lider schlossen. Er wollte sie nicht mehr öffnen. Nicht jetzt. Er wollte sich ausruhen und später weiterkämpfen.

Nylma rief nach seinem Vater, und Yargir und Borugar stimmten mit ein. Dann schrie Nylma vor Wut, schließlich aber vor Schmerz. Da rief Yargir ihren Namen. »Das macht nichts«, hörte Gaerigar sie leise sagen. »Wir wussten, dass es so enden würde.«

»Öffne die Augen, Junge«, sagte sein Großvater. »Du musst die Augen öffnen.« Er rüttelte an ihm. »Bitte, Gaerigar.« Doch er war zu müde, um die Augen zu öffnen, zu müde für den Kampf, den Zorn und die Trauer. Es war vorbei, und er fragte sich, wohin ihn seine Reise nun führen würde und ob Nylma ihn begleiten würde. An dem Gedanken, dass seine Lehrmeisterin mit ihm ins Jenseits eingehen könnte, fand er nichts Schmerzliches mehr. Das Leid floss einfach davon. So war es wohl, wenn man das Leben hinter sich ließ.

Gaerigar spürte ein Zittern in der Luft. Donnergrollen erhob sich und ließ den Boden erbeben. Es blitzte in der Finsternis, Schmerzensschreie hallten in der Ferne, und die Magie wehte ihm ins Gesicht. Es war wie ein Sturm, der ihm über dem Meer entgegenstrebte.

Nuramon streifte sich die Zauberringe von den Fingern, denn ihre Macht war aufgebraucht. Er schickte Loramu an Bjoremuls Seite, damit sie ihm gegen Dorgal und eine Übermacht an Palastwachen beistand. Dann machte er sich auf den Weg zu seinem Sohn. Der Hass, der in seinem Inneren tobte, wartete nur darauf, ein neues Opfer zu finden. Und jene Feinde, die den Mut aufbrachten, sich ihm in den Weg zu stellen, bekamen es zu spüren. Er sandte sie mit magischen Blitzen zu Boden. Als zwei Wyrenar von der Seite heransprangen und ihn am Arm und an der Schulter verletzten, schoss seine Magie durch seinen Körper und schloss die Wunden binnen eines Augenblicks. Dann stach Nuramon die beiden Angreifer nieder und setzte seinen Weg fort.

Als er Gaerigar erreichte und das viele Blut auf der Brust seines Sohnes sah, war er erschüttert. Borugar machte ihm Platz und setzte sich neben ihn auf den Boden. »Bitte, Nuramon«, hauchte er mit verzweifelter Miene.

Nuramon ging auf die Knie und wirkte sofort einen Heilzauber. Während er die Kräfte fließen ließ, erblickte er Yargir und Nylma.

Yargir ruhte in einer Blutlache, sein schwaches Bein war von Schnittwunden übersät; Nylma hielt Yargirs Hände gefasst, ihr Kopf lag an seiner Schulter, und Blut rann aus ihrem Mund.

Borugar schluchzte und schüttelte langsam den Kopf. Nuramons Blick wanderte zu seinen eigenen Händen, die er auf Gaerigars Brust gedrückt hielt. Die Magie strömte wie unter einer Eisschicht dahin. Als Nuramon in das starre Gesicht seines Jungen schaute, merkte er es: Seine Magie durchdrang Gaerigar einfach, ohne sich festzusetzen und die Wunden zu heilen oder den Körper zu stärken.

Gaerigar war tot.

Inmitten der Kämpfenden löste Nuramon sich langsam vom Körper seines Sohnes und tastete nach Yargir, dann nach Nylma. Auch dort fand er nichts als Leere. Keinen Funken Leben und keine Hoffnung. Unendlich langsam erhob er sich und suchte im Gesicht seines Schwiegervaters nach Trost oder irgendetwas, das den flammenden Schmerz zügeln konnte. Doch in Borugars Miene fand er noch immer nur Verzweiflung.

Der Kampflärm um sie herum wollte einfach nicht schweigen, und jeder Blick umher nährte Nuramons Zorn. »Wir haben sie gleich!«, hallte es von den Stufen zum Thron zu ihnen herab.

Nuramon griff nach seinem Schwert, als Jasgur mit seinen Leibwächtern an die Seite des Fürsten zurückwich und verzweifelt bemüht war, den Vorstoß der Feinde zu stoppen. Früher hätte Jasgur den Angreifern mit dem Schwert in der Rechten gewiss standgehalten. Doch seit sein Arm beinahe steif war, kämpfte er mit der Linken und vermochte nicht mehr so viel wie früher. Nuramon aber war fest entschlossen, die Schwäche seines Freundes auszugleichen. So stürmte er an dessen Seite und sandte mit nur zwei Hieben die ersten drei Krieger zu Boden; ein magischer Stoß aus seiner Hand fällte vier weitere Feinde und brachte selbst Mirugil, der sich im Hintergrund hielt, ins Taumeln.

Die feindlichen Angriffe zerschellten an Nuramon wie Kriegsschiffe an einer Steilküste. Nachdem er für Jasgur einen Schwertstich pariert hatte, stürmte er vor. Er lief unter einem Hieb hinweg, sprang an einer Speerspitze vorbei und war bei Mirugil. Der varmulische

König führte kräftige Angriffe mit der Rechten. Sein linker Arm aber blutete, und seine Rüstung hatte gelitten. Doch auch Nuramons Rüstung – das Werk Nerimees – löste sich bereits an zwei Stellen auf. Das Pflanzengeflecht war durchbrochen, und die Magie war zerfasert. Wer hier den ersten Angriff durchbrachte, mochte den Sieg davontragen.

»Du bist an allem schuld!«, schrie Mirugil und führte einen schwungvollen Hieb.

In Nuramon brodelte es vor Hass. Er wich den Hieben des Königs aus und gierte danach, endlich zum Angriff überzugehen. Gerade als er den Zorn mit aller Macht in einem Zauber von sich stoßen wollte, erstarrte Mirugil in der Bewegung. Sein Schwert klirrte am Boden, und er schaute an Nuramon vorbei in den Saal hinein.

Nuramon senkte den Blick. Es war tatsächlich seine Klinge, die dem König von Varmul in der Brust steckte.

Langsam zog Nuramon sein Schwert aus dem Leib seines Widersachers. Mirugil zitterte und hielt den Atem an. Nuramon trat einen Schritt zurück und schaute Mirugil in die glänzenden Augen, während ringsherum die Waffen klirrten. War es ein ängstlicher Blick oder aber ein bedauernder? Nuramon vermochte es nicht zu sagen.

Als Borugar und Jasgur hinzukamen, brach Mirugil zusammen und starrte Nuramon vom Boden aus mit schmerzverzerrter Miene entgegen. Er röchelte leise und presste sich die Hände auf die blutende Brust.

Nuramon schaute sich um, ob sich irgendwo noch ein Feind widersetzte, doch der Kampf im Thronsaal war zu Ende. Die klirrenden Waffen, die er eben vernommen hatte, waren die Klingen gewesen, welche die Feinde zu Boden geworfen hatten. In der Mitte des Saals hielt Bjoremul Dorgal, der vor ihm kniete, den Dorn seines Kriegsflegels an die Kehle.

Die Karte aus Steinplatten, die sich über den Boden erstreckte, war von Leichen, Waffen und Blut bedeckt. Der Kampflärm, der vorhin noch vom Hof durch die Eingangshalle zu ihnen durchgedrungen war, war verstummt. Was auch immer draußen noch geschehen war, die Schlacht war entschieden.

Nuramon wandte sich wieder Mirugil zu. »Wo ist Tarsun?«, fragte er.

Der König atmete schwer. »Sei gnädig, Alvaru«, hauchte er.

Nuramon schaute zu Borugar. Der Fürst schüttelte den Kopf.

»Dein Leben ist vorbei, Mirugil«, sagte Nuramon. »Nimm es hin. Sag mir, wo der Magier ist. Denn er hat dir dieses Ende beschert.«

Mirugil spuckte Blut. »Gnade! Nicht für mich, nicht für mich.« Er wiederholte die Worte und kroch seinem Thron entgegen. Zitternd streckte er die Hand aus, als wollte er aus der Ferne danach greifen. Dann brach er zusammen. Der König von Varmul war tot.

Jasgur kam an Nuramons Seite. »*Nicht für mich*, hat er gesagt.« Der Herzog hielt sich den schwachen Arm, der von Wunden übersät war.

»Er wollte zum Thron«, sagte Borugar.

Nuramon schaute am Thron vorbei. »Nein, er wollte dorthin«, sagte er und wies zu einer schmalen Tür jenseits des Herrscherstuhls.

»Ob der Magier dort lauert?«, fragte Jasgur.

Nuramon antwortete nicht, sondern schritt am steinernen Thron vorbei zu der Tür hinüber. Sie war verschlossen. Mit einem Tritt stieß er sie aus den Angeln und schritt über die Schwelle in einen halbdunklen Raum – das Schwert in der Hand, die Sinne bereit zum magischen Duell. Als er die Menschen zu seiner Rechten sah, die im Schein einer Öllampe harrten, hob er die linke Hand. Die Flamme war bereits auf seinen Fingern, da sah er in die schwarzen Augen eines Knaben.

»Nein!«, rief eine Frau und presste das Kind fest an sich. Andere um sie herum wimmerten. Überall waren angstgeweitete Augen, und Nuramon suchte geradezu nach einem Krieger oder dem Magier Tarsun. Hier aber waren nur etwa zwanzig unbewaffnete Frauen, Männer und Kinder. Der Knabe, der Nuramon zuerst aufgefallen war, schien der einzige Junge unter den Kindern zu sein. Er war etwa sieben Jahre alt und klammerte sich an seine Mutter, ließ Nuramon aber nicht aus den Augen. Der edlen Alltagskleidung nach zu urteilen, waren dies die Frauen des Königs mit ihren Kindern und den Eunuchen.

Nuramon senkte das Schwert. »Wer seid ihr?«, fragte er, und als niemand antwortete, deutete er auf den Jungen und sagte: »Ist das der Thronerbe?« Er schaute die Frau an, die den Jungen im Arm hielt. Diese aber schwieg und starrte ihn mit ihren großen, schwarzen Augen an. Langes, lockiges Haar rahmte ihr überaus schönes Gesicht. Sie mochte Mitte dreißig sein und passte auf die Beschreibung, die Daoramu ihm einst von Yenwara gegeben hatte – jenem Mädchen, das von Daoramus wohlwollender Kerkermeisterin in Werisar zur Königin, der Ranghöchsten unter Mirugils Ehefrauen, herangewachsen war.

»Bist du Yenwara?«, fragte Nuramon leise.

Die Frau blickte ihm nur flehend entgegen.

»Sie ist es«, sagte Bjoremul und trat an seine Seite. »Und der Kleine ist Tyregol, der Thronerbe.« Der Wyrenar wischte sich den Schweiß von der Stirn und atmete tief durch.

»Meister Bjoremul«, sagte eine Frau Mitte fünfzig mit grauem, hochgestecktem Haar, deren Lippen sich trotz der Angst in ihrem Gesicht noch immer spöttisch wölbten. »Ich flehe dich an, sei gnädig.«

Bjoremul beugte das Haupt vor ihr und schüttelte dann den Kopf. »Du kennst die Regeln, Yaswani«, sagte er der ältesten Frau Mirugils, die vor Yenwara die Königinnenkrone getragen hatte. »Ich kann euch nicht helfen.«

Yaswani schaute zu Boden und nickte.

Bjoremul biss sich auf die Lippen, und als Borugar mit einer Handvoll Krieger hereinkam, verließ er wortlos das Zimmer.

»Ist das die Königsfamilie?«, fragte Borugar.

Nuramon nickte. Nun wusste er, was Mirugil gemeint hatte. Er hatte eben um Gnade für seine Familie gebeten. Und diese Familie musste nun sterben, auf dass niemand Rache nehmen konnte. Nuramon selbst war dieser Regel bislang immer ausgewichen oder hatte Borugar darum gebeten, eine Ausnahme zu machen. Er hatte noch nie eine Familie zum Tode verurteilt, doch sobald er an Daoramu, Nylma, Yargir und Gaerigar dachte, stieg der Zorn und die Verzweiflung in solche Höhen, dass er vor sich selbst erschrak. Und der Blick in die Augen des Jungen brachte keine Antwort, sondern warf nur

Fragen auf. Was wusste dieses Kind schon von alldem, was geschehen war? Stand es dem Knaben nicht zu, den Mörder seines Vaters zu hassen? Und würde er ihm nicht im vollen Recht nachstellen, wenn er erwachsen war?

»Bringt sie nach draußen«, befahl Borugar.

Als die Gefangenen fort waren und Nuramon mit seinem Schwiegervater alleine war, sagte dieser: »Es ist deine Entscheidung, was aus ihnen wird.«

Nuramon nickte nur und folgte Borugar stumm in den Thronsaal hinaus.

Vor der Tür herrschte Unruhe. Nicht nur, dass die Frauen des Königs laut um ihren toten Gatten klagten, direkt neben dem Thron begehrte einer der Eunuchen auf. Jasgur hielt sich den Schädel, während Loramu den Mann, in dessen Händen ein Dolch blitzte, niederstach.

Nuramon eilte zu Jasgur, und es verlangte viel Überredungskunst, dass der Herzog ihm das verletzte Auge zeigte. Es war das linke. Es blutete, und die Pupille schien gespalten zu sein. Nuramon legte Jasgur den Finger auf die geschlossenen Augen und ließ seine Heilmagie fließen. Als er die Hand wieder löste und ins verletzte Auge schaute, wirkte es matt. »Siehst du etwas?«, fragte Nuramon und schaute zu den Königsfrauen, den Kindern und den verbliebenen Eunuchen hinüber, die am Fuße der Treppe angekommen waren und auf ihr Schicksal warteten. War ihnen denn nicht klar, dass ihr Leben in seinen Händen lag und die geringste Geste über ihr Schicksal entscheiden mochte? »Sag schon: Siehst du etwas?«, fragte er Jasgur noch einmal.

»Nicht auf dem Auge«, antwortete der Herzog.

»Es tut mir leid«, war alles, was Nuramon darauf zu sagen wusste.

Der Herzog nickte. »Das ist der Preis«, sagte er. Er kniff das linke Auge zu und schaute mit dem rechten zur Königsfamilie hinab. Die Frauen und ihr Gefolge standen den knienden Palastgardisten und königlichen Wyrenar direkt gegenüber. »Wenn die erst einmal fort sind, wird alles ein Ende haben«, sagte der Herzog.

Nuramon schaute seinen Schwiegervater an. »Willst du diese Entscheidung wirklich in meine Hände legen?«

»Ja«, sagte Borugar. »Wenn du willst, dann nimm dir dieses Königreich, und herrsche als mein Sohn darüber.«

Nuramon wollte weder dieses Königreich noch die Verantwortung für diese Menschen. Widerwillig schritt er die Treppe hinab. Die Leichen von Gaerigar, Nylma und Yargir lagen zwischen der Königsfamilie und den überlebenden Kriegern der Varmulier. Der Anblick ließ Nuramons Hass auflodern. Da lag seine halbe Familie am Boden, und dort war die Familie des Mannes, der für all das Leid der letzten Jahrzehnte verantwortlich war. Er begriff nur zu gut, was die Menschen bewegte, wenn sie Rache nahmen.

Nuramon musste den Blick von seinem Sohn und seinen Freunden abwenden, sonst hätte er kein Wort herausgebracht. Er atmete tief durch, und schließlich sagte er zu den Frauen des toten Königs: »Die Regeln verlangen, dass ich euch hinrichten lasse. Und bei all euren Ahnen! Es ist genug Hass in mir, dass ich es tun könnte.« Er betrachtete Yenwara. »Du bist die Königin.«

Yenwara nickte, und ihr Sohn drückte sich an sie.

»Erinnerst du dich an Daoramu?«

»Wie könnte ich sie je vergessen«, sagte sie leise, dann kamen ihr die Tränen. Daoramu hatte immer wieder von Yenwara gesprochen, und nun sah Nuramon die Unschuld, die seine Frau ihm beschrieben hatte, leibhaftig vor sich. Die Königin weinte wie ein Kind, und ihr Sohn blickte mitleidvoll zu ihr auf.

Nuramon schaute noch einmal auf die Leiche seines Sohnes, die zu seinen Füßen lag, und dann wieder zu Yargir und Nylma. Der Schmerz ließ ihn den Schaft seines Schwertes umfassen, und er dachte daran, wie leicht es wäre, die wenigen Schritte zu tun und den Thronerben niederzustechen. Doch jedes Mal, wenn er Yenwara und ihren Sohn Tyregol anblickte, war der Hass unterbrochen. Und als er dem Jungen in die Augen sah und erkannte, dass es die unschuldigen Augen seiner Mutter waren, jene Augen, von denen Daoramu ihm erzählte hatte, sagte er: »Ich weiß, dass das mir und anderen eines Tages den Tod bringen könnte.« Er trat näher. »Aber dieser Tag hat schon genug Blut gesehen. Ich schenke euch das Leben.«

Ein Raunen lief durch den Saal, und es war Dorgal, der die ratlosen Blicke der Umstehenden in Worte fasste. »Aber warum?«, fragte er und schaute zwischen Yenwara und ihm hin und her.

»Ja, warum?«, rief Jasgur von den Stufen herab. »Denk an all das, was wir heute verloren haben. Dieser Junge wird aufwachsen und uns den Krieg bringen. Ich bitte dich, hör auf mich! Du willst nicht den nächsten Tyrannen auf dem Thron sehen!«

Nuramon schaute zum jungen Thronerben hinüber. In dessen Augen sammelten sich die Tränen, seine kleinen Lippen bebten, und in der unruhigen Miene erkannte Nuramon nichts Geringeres als Todesangst. Jasgur sprach vom Töten, und das Leben dieses Kindes und all der anderen lag noch immer in Nuramons Hand.

Er ließ Dorgal zu sich führen. Als der Wyrenar in seiner zerfetzten Lederrüstung vor ihm stand, sagte Nuramon: »Du und die anderen, ihr werdet die Königsfamilie fortbringen. Wohin ihr wollt. Sie stehen unter eurem Schutz.«

Dorgal stockte der Atem. »Ich habe dich falsch eingeschätzt, Alvaru«, sagte er schließlich und beugte das Haupt vor Nuramon. »Das werde ich dir nie vergessen.«

»Muss ich jetzt sterben?«, fragte der junge Thronerbe seine Mutter unvermittelt.

Nuramon wandte sich ihm zu, und das Kind erschrak. Er konnte es ihm nicht übelnehmen. »Tyregol, du musst nicht sterben«, sagte Nuramon schließlich. »Du darfst gehen. Du wirst mich hassen und meinen Herrn. Aber vergiss nie, dass ich dir das Leben schenkte. Und dann sei am Ende so klug, und verzichte auf deine Rache.«

Der Junge starrte ihn nur an. Gewiss verstand er nicht, was Nuramon meinte. Aber falls er sich einst an diese Worte erinnerte, mochte der ewige Kreis aus Rache und Gegenrache endgültig gebrochen sein.

Nuramon schaute Yenwara ins Gesicht. Ihr liefen die Tränen über die Wangen. »Es tut mir leid«, flüsterte sie, und er wusste, dass sie Daoramus Schicksal meinte.

»Sei deinem Sohn eine gute Mutter«, sagte Nuramon, und als Yenwara zögerlich nickte, hegte er die Hoffnung, dass sie ihren Sohn vom Pfad der Rache fernhalten würde.

Nuramon winkte die varmulischen Wyrenar zu sich, und diese – allesamt unbewaffnet – nahmen die Fürstenfamilie in ihre Mitte. Die Königin bat Dorgal, den Zug anzuführen. Der Wyrenar trat noch an Bjoremul heran und drückte dessen Hand. Es war eine Geste, die Nuramon naheging, und auch Bjoremul schien gegen die Tränen anzukämpfen. Dann wandte Dorgal sich noch einmal Nuramon zu. »Der Magier«, sagte er, »liegt tatsächlich im Sterben. Du findest ihn im Nordturm. Und nun: Hab Dank, Alvaru, und lebe wohl. Hoffen wir, dass unsere Wege sich nicht mehr kreuzen.«

»Zumindest nicht mehr als Feinde«, erwiderte Nuramon.

Während Borugar einige seiner Krieger zum Nordturm aussandte, schaute Nuramon dem Zug der Varmulier nach, wie sie, von Jasgurs Leuten begleitet, den Saal verließen. Und er wusste nicht, ob er durch seinen Entschluss zukünftiges Leid vermieden oder aber heraufbeschworen hatte. Er wusste nur, dass es in diesem Moment richtig gewesen war, sich für das Mitleid und nicht für den Zorn entschieden zu haben.

Nuramon wollte sich abwenden, um den Kriegern zum Nordturm zu folgen, da spürte er eine magische Präsenz in nächster Nähe. Er fuhr herum und glaubte, einer der unsichtbaren Krieger wäre im Saal. Doch die magische Spur führte zu Nylma. Ihre Augen bewegten sich unter ihren Lidern.

Nuramon beugte sich zu ihr hinab und drehte sie ganz auf den Rücken. Da blieb sein Blick an der geflochtenen Lederkette haften, die er so lange getragen hatte und ohne die er Nylma in all den Jahren nicht gesehen hatte. Dort unter der Rüstung ruhte der Almandin auf Nylmas Brust.

Nuramon legte seine Hand auf ihre Schuppenrüstung und spürte den Zauber strahlen. Das Kleinod, das Noroelle ihm einst hinterlassen hatte, gab heilende Kraft an Nylma ab. Nuramons Hand fand den Puls an Nylmas Hals und den Atem an ihrem Mund. Er schaute an ihrem Köper hinab. Eine Bauchwunde, aus der viel Blut gedrungen war, und eine durchstoßene Wange waren die offensichtlichen Verletzungen. Er legte beide Hände auf die Bauchwunde und wirkte einen Heilzauber. Und wieder drang die Magie einfach durch Nylma hindurch. Doch dann knüpfte er seine Heilkraft an die des Almandins und entdeckte, dass dessen Zauber bereits tief in den Körper der Kriegerin vorgedrungen war. Nuramons Magie verbrüderte sich mit der des Almandins, und als die Macht des Edelsteins erschöpft war, gelang es Nuramon, das Band zu Nylma zu halten. Entweder hatte ihm der Almandin einen Weg gewiesen, oder Nylma war inzwischen so weit genesen, dass sie wieder empfänglich für seine Heilmagie war.

Während die Gefährten – allen voran Jasgur, Bjoremul und Borugar – ihn und Nylma umringten, regneten Nuramons Tränen auf seine Freundin hinab und liefen über ihr Gesicht. Da blinzelte sie und öffnete ganz langsam ihre Augen. Sie lächelte so sanft wie ein Neugeborenes.

Nuramon küsste sie auf die Stirn. Er hätte sie gerne neben dem Tod auch vor dem Schmerz bewahrt, der sie nun erwartete.

Orakelblick

Nylma war zu erschöpft, um zu trauern. Sie sah Yargirs toten Körper, und sie küsste ihn, nahm ihn in ihre geschwächten Arme und bettete ihn wieder auf den Boden. Dann schaute sie zu Gaerigar. Er war ihr wie ein zweiter Sohn gewesen. Sie wusste, wie Nuramon sich in diesem Augenblick fühlte, schaute ihn an und schloss ihn in die Arme. Er weinte, und sie wusste, dass er sich der Tränen nicht schämte. »Es tut mir leid«, sagte sie wieder und wieder. Nuramons Schluchzen ließ sie verzweifeln.

Als Borugar die Kunde erhielt, dass die varmulische Armee auf der Flucht war, setzte er sich mitten im Saal auf den Boden und schaute auf der steinernen Landkarte umher. Dort hinten lag Yannadyr. Die Blutlachen waren wie gewaltige Seen im Osten des Fürstentums, während die Krieger die Toten im Westen der Landkarte Arlamyrs nebeneinanderlegten. Sein Blick wanderte von seinem toten Enkel zu Nura-

mon und Nylma, die einander trösteten, und fand schließlich hinauf zu Mirugils Thron.

Jasgur kam zu ihm und setzte sich neben ihn.

»Willst du mich überreden, den Königsthron zu nehmen?«, fragte Borugar.

Jasgur nickte. »Ja, aber nicht den von Varmul. Lass dich zum König von Yannadyr krönen. Du magst auf den Thron von Varmul verzichten und magst ebenso den Rebellen von West-Varmul die Unabhängigkeit schenken. Aber du brauchst etwas, das all unseren Kriegern und deren Familien sagt, dass dieser Krieg sich gelohnt hat. Eine Königskrone würde unseren Leuten stolz verleihen. Selbst wenn wir kein Land dazugewinnen. Tu mir den Gefallen. Nur den einen.«

Borugar schaute Jasgur an und lächelte angestrengt. Schließlich klopfte er ihm auf die Schulter und nickte. »Unter einer Bedingung«, sagte er.

»Und welche wäre das?«

»Weder du noch ich ziehen je wieder in die Schlacht. Die Tage des Krieges sind für uns ein für alle Mal vorüber.«

Jasgur lachte leise. »Mein rechter Arm ist beinahe steif, mein linkes Auge blind. Kein Krieger vermag das durch Können auszugleichen. Machen wir also ein Ende mit dem Kämpfen.«

Borugar lächelte, dann traf sein Blick auf Alarnol, der mit einigen seiner Krieger den Thronsaal betrat. »Herzog!«, rief der Feldherr, trat langsam näher und ließ seinen Blick über die Leichen gleiten. Dann sprach er leise weiter: »Das Ahnenhaus gehört uns. Bis hin zur besagten Kammer.«

»Dann ist uns der Heimweg bereitet«, sagte Jasgur. »Und die Schätze der Cardugar werden über die Albenpfade nach Westen wandern.« Er grinste Borugar schief an. »Ich hoffe, deine Schatzkammern in Jasbor sind groß genug.«

»Manche Herzöge sollen auch geräumige Schatzkammern haben«, sagte Borugar und lächelte gequält. Sein Blick wanderte aus Jasgurs Miene über die Landkarte zurück zu Gaerigar. Er hätte all die Reichtümer, die nun ihnen gehörten, gegen das Leben seines Enkels getauscht.

Das Gesicht des Feindes

Den ganzen Weg zum Nordturm musste Nuramon daran denken, wie viel Leid er eben mit Nylma geteilt hatte. Es war, als hätte es sich jahrelang aufgestaut, um sich jetzt in einem reißenden Fluss zu entfesseln. Loramu ging an seiner Seite, und vor der Tür zur Dachkammer berührte sie ihn sanft am Arm. »Diesen Sieg erkaufen wir zu teuer«, sagte sie. »Bringen wir es zu Ende.«

Er nickte, denn ihre Worte sprachen ihm aus dem Herzen.

Als die Krieger die Tür eingetreten hatten, erhob Nuramon die Zauberhand und ging voran. Sie kamen in eine Studierstube. Auf einem langen Tisch unter dem breiten Fenster lagen unzählige Ringe verstreut. Tonflaschen und Steine reihten sich in Regalen. Hier musste Tarsun die Artefakte geschaffen haben. Nuramon hielt Ausschau nach einem Buch oder irgendwelchen Schriften. Aber er fand nichts außer einem rechteckigen Abdruck im Staub neben den Ringen. Es mochte ein Buch gewesen sein, das dort gelegen hatte.

Nuramon hörte ein schweres Atmen. Er schaute nach links und sah eine weitere Treppe, die nach oben führte. Vorsichtig wagte er sich mit Loramu im Rücken die Stufen empor. Er kam in ein Schlafgemach, an dessen linker Wand ein schlanker Mann mit langem, braunem Haar in einem schmalen Bett lag und ihm mit schmerzverzerrter Miene entgegenstarrte. »Du bist es«, hauchte er. »Dein Zauber hat mich geschwächt, und eure verdammten Krieger haben mich erwischt.«

»Du bist also Tarsun«, sagte Nuramon und gab Loramu und den Kriegern ein Zeichen, an der Treppe zu warten.

Tarsun quälte sich ins Sitzen und schaute zu Nuramon auf. Er trug noch den dunkelgrauen Mantel und die hellgraue Stoffrüstung, in der ihn Nuramon östlich der Stadt gesehen hatte. Die Haube und der Schal, die er getragen hatte, lagen auf einem Tisch neben dem Bett. »Ja, ich bin der, den du suchst«, sagte der Magier. Er verzog das Gesicht und löste die Hand von seinem Leib. Ein blutiger Fleck kam zum Vorschein. »Du wirst zugeben müssen, dass ich viel aus meinen Fähigkeiten gemacht habe«, sagte er und hustete.

»So viel gestehe ich dir zu«, entgegnete Nuramon.

Tarsun lächelte unter Schmerzen. »Du willst sicher wissen, warum wir all das getan haben«, sagte er. Als Nuramon nickte, wies der Zauberer mit zitternder Hand auf den Tisch neben seinem Bett. »Darin findest du die Antworten auf all deine Fragen – und vermutlich sogar mehr, als du wissen willst.«

Nuramon wandte sich von Tarsun ab und ging zum Tisch. Er schob die Haube und den Schal beiseite, und zum Vorschein kam ein dickes Buch. Auf dem Deckel war ein Goldsiegel angebracht, das ein Gesicht zeigte. Der Anblick ließ Nuramon erstarren.

»Du weißt, was das ist«, sagte der Magier, und leiser Spott schwang in seiner Stimme mit. »Du kennst dieses Antlitz.«

Nuramon starrte fassungslos auf das goldene Gesicht, das gleichermaßen zum Symbol seines Versagens wie auch zu einem Zeichen seiner Feinde geworden war. Das Siegel zeigte die Maske des Guillaume – das Gesicht von Noroelles Sohn, das ihrem eigenen Antlitz so sehr ähnelte. Nuramon hatte solche Masken früher schon gesehen. In der Schlacht um Albenmark, in der er und seine Gefährten gegen die Anbeter des Tjured gekämpft hatten, waren ihm unzählige Krieger mit solchen Masken entgegengelaufen.

»Tjured!«, sagte Nuramon leise. »Du bist ein Tjuredanbeter.« Die Gläubigen des Gottes Tjured, seine alten Widersacher, waren also vom Kontinent im Westen nach Arlamyr gekommen und hatten sich mit dem Königshaus von Varmul und offenbar auch mit dem Fürsten von Helbyrn gegen ihn und Yannadyr verbündet. Aber wenn sie nun hier waren, warum waren sie nicht wie damals in Albenmark mit einer gewaltigen Streitmacht erschienen?

Tarsun grinste angestrengt. »Du hast deine alten Feinde also nicht vergessen«, sagte er und räusperte sich.

»Woher weißt du, wer ich bin?«, fragte Nuramon.

Der Magier grinste herablassend »Du bist das letzte Elfenkind. Unsere Schriften berichten von dir.«

Nuramon blickte auf das Buch und musste an Yulivee, seine Ziehschwester denken. Er hatte ihr vor seinem Abschied von Albenmark versprochen, den Anbetern des Tjured fernzubleiben. In all den Jahren hatte er sich bemüht, das Versprechen zu halten, aber wie es schien, waren seine alten Feinde *ihm* nahe gekommen, nicht er *ihnen*. In Yulivees Brief, den er in Alvarudor gefunden hatte, war von dem Versprechen nicht die Rede. Yulivee hatte ihn nicht daran erinnert. Ob sie vorausgesehen hatte, dass er nun auf einen Tjuredpriester traf? Und wenn es so war, warum war es ihr so wichtig gewesen, dass er zuvor den Priestern und damit dem Kontinent im Westen ferngeblieben war?

Nuramon blickte auf Tarsun hinab. »Du bist also gekommen, um den letzten Elfen umzubringen«, sagte er voller Verachtung.

»Und seine Nachkommen«, entgegnete Tarsun.

Nuramon dachte an Gaerigar und hätte Tarsun in diesem Augenblick am liebsten den Hals aufgeschnitten. Doch er widerstand dem Drang, atmete leise durch, wandte sich halb von dem Magier ab und öffnete das Buch, das auf dem Tisch lag. Darin fand er eine Schrift, die er nicht lesen konnte. Aber die Muster kamen ihm bekannt vor. Schließlich klappte er das Buch wieder zu und wandte sich erneut an den Magier. »Aber warum nur? Warum trachtest du mir nach dem Leben?«

»Wir kamen mit dem Schiff, durchwanderten die Fürstentümer und erfuhren von dir. Und uns wurde klar, dass du nicht nur das letzte Elfenkind aus unseren Schriften bist, sondern auch einer derer, die den Heiligen Guillaume auf dem Gewissen haben.«

Nuramon starrte in Tarsuns verzerrte Miene. Nach all den Jahrhunderten, die seit dem Tod Guillaumes vergangen waren, war der Hass der Tjuredanbeter auf die Albenkinder nicht geschwunden. Er konnte Tarsun sogar verstehen. Er wusste es nicht besser. Er wusste nicht, dass Guillaume der Sohn Noroelles und des Devanthar war und dass Nuramon und Farodin damals in der Stadt Aniscans versucht hatten, den jungen Priester vor seinen Meuchelmördern in Sicherheit zu bringen. Sie hatten versagt, und die Tjuredanbeter hatten Guillaumes Tod den Albenkindern angelastet, und so war durch Nuramons und Farodins Versagen der Hass über die Jahrhunderte gewachsen. Deswegen hatte es Krieg zwischen den Tjuredanbetern und den Albenkindern gegeben, und deswegen hatten Emerelle und die anderen Mächtigen Albenmark von der Welt der Menschen und von der Zerbrochenen Welt abgetrennt. Und nun hatte sein Versagen in jener Nacht vor mehr als tausend Jahren dazu geführt, dass seine Frau in einem magischen Schlaf gefangen war und Gaerigar, Yargir, Waragir und all die anderen tot waren.

Die Frage war nun, wie groß die Macht der Tjuredanbeter war, und ob Tarsun überhaupt über das Wissen verfügte, Daoramu zu retten. »Die anderen, mit denen du gekommen bist, sind in Helbyrn?«, fragte er. Das Fürstentum im Süden war schon seit Jahren mit dem Königreich Varmul verbündet, aber erst durch Herzog Helerur hatten sie erfahren, dass Mirugil sich einen Hofmagier hielt, der angeblich aus Helbyrn stammte.

»Sie sind nicht mehr dort«, sagte Tarsun und unterdrückte ein Husten. »Die Ahnenpriester haben uns vertrieben. Wir beten die Falschen Götter an, haben sie gesagt. Sie haben Jagd auf uns gemacht und wollten uns hinrichten. Ich habe einige meiner Gefährten sterben sehen, und andere habe ich seit dem Tag der Flucht nie wieder erblickt.«

»Sie sind also irgendwo hier in Arlamyr«, sagte Nuramon und vermochte sich nicht vorzustellen, was weitere Tjuredanbeter ausrichten mochten, wenn Tarsun ihnen bereits so sehr zugesetzt hatte.

Der Magier lächelte freudlos. »Wenn ich wüsste, wo sie wären, wärest du bereits tot. Ich kam allein hierher und zeigte Mirugil die Macht der Ringe und der Quellen. Ich tat es, um zu überleben und dir zu schaden.« Er bekam einen Hustenanfall. »Du warst ein ebenbürtiger Gegner«, sagte er schließlich.

Nuramon schüttelte den Kopf. Er war nicht der Gegner dieses verblendeten Mannes. »Du Narr!«, sagte er. »Ich wäre für euch nie wieder eine Gefahr gewesen.«

Tarsun lachte und spuckte Blut. »Du hast ja keine Ahnung.«

Nuramon wusste nicht, worauf Tarsun anspielte, aber das Blut auf dessen Lippen machte ihm Sorgen. Der Tjuredanbeter durfte nicht sterben. Zumindest nicht bevor er alles offenbart hatte, was Nuramon wissen wollte. »Ich heile dich«, sagte er. »Und du wirst mir helfen, meine Frau zu heilen. Und dann erzähle ich dir die Wahrheit über Guillaume.«

Der Magier schaute ihn erst misstrauisch, dann beinahe ängstlich an.

Nuramon trat zu dem Magier, packte seine Handgelenke und ließ seine Heilkräfte fließen. Doch Tarsun schüttelte den Kopf. »Es ist zu spät«, sagte er. »Ich habe alles getan, was nötig war.«

Nuramon verstand nicht, was Tarsun damit meinte. Er konzentrierte sich auf seinen Zauber und spürte der Macht nach, die er in dem Tjuredanbeter fand. »Eure Magie ist nicht die von damals«, sagte er und spürte, wie der Zauber sich im Körper des Magiers sammelte und an sein Werk ging. Er passte auf, dass er ihm nicht zu viel zuspielte. Am Ende mochte sein Gegenüber die Magie noch gegen ihn wenden.

»Nein«, antwortete Tarsun. »Es ist die neue Magie, die Zukunft. Unsere Zukunft, nicht die deine. Die alte Magie starb mit jenen Verblendeten, die nach Albenmark vordrangen und nicht zurückkehrten, als Tjured eure Welt hinfortstieß.«

Nuramon war erleichtert. Seine Feinde verfügten demnach nicht länger über den Zauber, der die Magie verschluckte und ganze Elfenleben auslöschen konnte. Er wäre gewiss auch nicht mehr am Leben, wenn es anders gewesen wäre. Dass sie glaubten, ihre Gottheit hätte Albenmark von Dayra und der Zerbrochenen Welt gelöst, störte ihn nicht. Sollten sie doch glauben, was sie wollten. Er würde Tarsun heilen und ihm dann alles entlocken, was er wissen wollte.

Der Tjuredanbeter lächelte ihn beinahe wohlwollend an, dann aber riss er sich aus Nuramons Griff los. »Sei verflucht, du Kind der Alben!«, keuchte er mit weit aufgerissenen Augen. Er zuckte wild, und noch ehe Nuramon erneut nach ihm greifen konnte, bäumte sich Tarsun zitternd auf, nur um dann aufs Bett zurückzufallen und regungslos liegenzubleiben.

Nuramon legte ihm die Hand auf die Stirn. Er spürte nur noch einen Rest seiner eigenen Heilmagie im Körper des Magiers. Tarsun war tot. Dem Tjuredanbeter hatte nur wenig von Nuramons Macht ausgereicht, um sich das Leben zu nehmen.

Kopfschüttelnd löste Nuramon sich von dem Toten und hoffte, dass mit ihm nicht jede Hoffnung für Daoramu gestorben war. Er nahm das Buch des Magiers an sich, und er wies seine Krieger an, alles, was der Magier besessen hatte, einzupacken. Sie würden es mit nach Jasbor nehmen. Es musste eine Spur enthalten, die ihm und Nerimee helfen würde, Daoramu zu heilen. Er schaute in die Truhe, die sich ans Bett schmiegte. Darin fand er einen Mantel mit dem Siegel des Baumes, an dem man Guillaume aufgehängt hatte, und eine Maske. Die Maske des Guillaume.

»Das ist also das Gesicht, von dem du erzählt hast«, sagte Loramu und trat näher.

Nuramon nickte langsam. Die Tränen rannen ihm die Wangen herab. »Weil ich damals vor mehr als tausend Jahren dieses Gesicht nicht davor bewahren konnte, zur Totenmaske zu werden, ist nun all das Leid über uns gekommen.«

Loramu legte ihm die Hand auf die Schulter. »Du hast mir einmal gesagt, dass wir die Vergangenheit nicht bedauern sollen, weil dort nicht nur das Leid entspringt, sondern auch das Glück. Hättest du Guillaume damals gerettet, hättest du Daoramu nie kennengelernt, und deine Kinder wären nicht geboren worden.« Seine Schwertschwester löste die Hand von ihm und blickte ihn unsicher an.

Nuramon musste an Ceren denken. Sie hatte ihm diesen Gedanken nahegebracht, nachdem Nerimee auf die Welt gekommen war. Nuramon wischte sich die Tränen fort und sagte: »Und wer das Glück in der Gegenwart wahrnimmt, wird immer wieder mit der Vergangenheit versöhnt.«

»Ja. Das waren deine Worte«, sagte Loramu.

»Es waren die von Ceren«, sagte er und brachte Loramu zum Schmunzeln. »Danke, dass du mich daran erinnert hast.« All die Gedanken, die Ceren über die Jahre mit ihnen geteilt hatte, würden ihm helfen, das Leid zu ertragen. »Was aber, wenn uns die Zukunft noch weitere von Tarsuns Sorte beschert?«, fragte er.

Loramu schaute auf den toten Magier hinab. »Er sagte, dass man sie verfolgt hätte. Wer weiß, ob die anderen, die mit ihm kamen, überhaupt noch leben.«

Nuramon hätte nur zu gerne geglaubt, dass mit Tarsun alles vorüber war. Aber er konnte es nicht. »Wir müssen davon ausgehen, dass sie leben«, sagte er. »Die Frage ist, wie sie herkamen. Wirklich zu Schiff? Und können ihnen jederzeit andere nachfolgen?«

»Wenn sie in Heerscharen kommen könnten, hätten sie uns wohl überfallen«, sagte Loramu. »Und auf den Albenpfaden können sie auch nicht gekommen sein. Sonst hätte Tarsun die Varmulier auf den Pfaden zu uns geführt. Der Krieg wäre anders verlaufen.«

Nuramon nickte. »Stünde den Tjuredanbetern ein leicht begehbarer Weg hierher offen, bräuchten sie die Verfolgung des Fürsten von Helbyrn oder irgendeines anderen Herrschers nicht zu fürchten.«

»Es sei denn, sie haben ihre Macht verloren«, sagte Loramu. »Und Arlamyr ist ihre Zuflucht.«

Es war Nuramon, als wäre gerade eine alte Kriegswunde aufgebrochen. Er hatte gedacht, dass er den Tjuredanbetern nie wieder gegenübertreten musste. Doch nun hatte er gegen Tarsun einen Kampf fortgesetzt, dessen letztes Gefecht die Schlacht um Albenmark gewesen war. Er konnte nur hoffen, dass es nun endlich ein Ende hatte. »Gehen wir zurück«, sagte er. »Ich will bei Gaerigar sein. Und bei Yargir.«

Loramu schluckte und zog die Nase hoch.

»Und bei Weraula.« Er zählte die Namen all jener auf, die er heute hatte sterben sehen. Er kannte jeden, dessen Namen er je vernommen hatte. Selbst viele unter den Merelbyrern und unter Jaguros Kriegern waren Nuramon bekannt, und so wurde die Liste immer länger. Erst die Verzweiflung ließ ihn schweigen.

Totenkammern und Edelsteine

Nerimee saß im Kerzenschein neben dem Körper ihres Bruders, der in einer Nische auf einem Steinbett ruhte. Er sah aus wie eine der Statuen, die in den Kellergewölben des Hauses lagen: bemalte Steinkörper, die auf den ersten Blick den Schein von Lebendigkeit erweckten.

Der Krieg war vorüber, sie hatten Varmul bezwungen, doch der Preis war viel zu hoch gewesen. Es gab so viele Totenfeiern, dass die Ahnenpriester oben im Palast Quartier bezogen hatten. Doch selbst die gewaltige Beute, mit der ihr Vater zurückgekehrt war, verlieh der Aussicht, ihre Mutter zu retten, einen bitteren Beigeschmack. Was würde sie wohl sagen, wenn sie erfuhr, dass Gaerigar, Waragir, Yargir und all die anderen tot waren?

Nerimee strich ihrem toten Bruder über das Haar. Anders als ihre Großmutter hatte sie keine Scheu vor dem Tod und verspürte keinen Ekel mehr vor Leichen. Nur die Schuldgefühle griffen nach ihr. Sie fragte sich, ob sie genug getan hatte, um den zurückliegenden Rachefeldzug zu verhindern.

Als sie Hunger bekam und auf den Gang hinaustrat, traf sie auf ihren Großvater. Er lehnte an der Wand, starrte ins Leere, und als er sie bemerkte, rang er um ein Lächeln. Dann wies er den Gang entlang und atmete tief durch. »Nylma hat mich gefragt, ob es das alles wert gewesen sei«, sagte er, und Nerimee schwieg, weil sie ihrem Großvater keine Erleichterung bieten konnte.

Borugar atmete durch. »Wer in einen Rachefeldzug zieht, sollte bereit sein, alles zu opfern. Und das war ich nicht. Vorher war es leichter. Wenn man vom Hass angetrieben wird, hat alles Streben eine Richtung.«

»Ich weiß, was du meinst.«

Er sah sie überrascht an. »Ist dein Hass auch vergangen?«, fragte er leise.

Sie nickte. »Er ist einfach verglüht.«

Borugar schüttelte den Kopf. »Ich sehe nicht, was uns nach diesem Krieg bleibt – außer vollen Schatzkammern und der Beute, die dein Vater heimgebracht hat.«

»Vater erzählte, dass du den Befehl zum kompletten Rückzug gegeben hast.«

Borugar nickte langsam. »Es heißt, die Fürsten würden bereits um die Krone von Varmul streiten. Und je länger sie streiten, umso länger sind wir sicher.«

»Er sagte mir auch, dass du aus West-Varmul abgezogen bist.«

Er nickte erneut. »Die Rebellen haben sich ihre Freiheit erkämpft. Sie wollen nicht den einen König gegen einen anderen eintauschen. Ich werde ein Bündnis mit ihnen schließen.«

Nerimee lächelte. »Vielleicht bist du zu demütig, Großvater. Gaerigars Tod und der all der anderen sollte nicht umsonst gewesen sein.«

»Die Kämmerer sagen, die Beute sei so gewaltig, dass unsere Schatzkammern sie nicht halten können. Allein all die Waffen und Rüstungen, all das Gold und die Edelsteine. Sie glauben, es wäre der größte Triumph, den je ein yannadrischer Fürst errungen hat. Aber ich würde alles zurückgeben, um die Toten wieder zum Leben zu erwecken.« Er ließ die Schultern hängen und verstummte.

»Dann nutze die Beute wenigstens. Verteile sie unter jenen, die sie gebrauchen können. Die Familien der Gefallenen und die Krieger, die mit dir heimkehrten. Baue Festungen an den Rändern unseres Reiches. Unterstütze unsere neuen Verbündeten.«

Er blickte erstaunt auf, und dann huschte ein wehmütiges Lächeln über sein Gesicht. »Du klingst wie deine Mutter.«

»Sie war mir eine gute Lehrmeisterin. Weißt du, was sie mir einmal sagte?«

Borugar schüttelte den Kopf.

»Dass sie den Ruhm Yannadyrs mehren würde, auf dass Gaerigars Kinder oder Enkel Yannadyr zum Königreich machen.«

Borugar lachte leise. »Ich erinnere mich. Ich sagte ihr, es sei ein schönes Ziel. Sie solle nur nicht von mir verlangen, dass ich die Königskrone aufsetze. Und nun habe ich Jasgur genau das versprochen – mich zum König von Yannadyr krönen zu lassen.«

Nerimee war überrascht. »Nicht von Nylindor? Viele träumen davon, das alte Königreich wieder aufblühen zu lassen.«

Borugar schüttelte den Kopf. »Ich möchte etwas Neues erschaffen«, sagte er.

Sie schaute auf die Tür zu Gaerigars Kammer. »Es hätte ihm gewiss gefallen, König von Yannadyr zu werden.« Sie musterte ihren Großvater. Hinter seiner erwartungsvollen Miene verbarg sich die Frage, vor der sie sich gefürchtet hatte. Sie antwortete ihm, noch ehe er etwas sagen konnte: »Ich möchte nicht herrschen. Yendred ist der Richtige.«

Borugar lächelte liebevoll und nickte. »Wie geht es ihm?«, fragte er, und Nerimee war froh, dass er ihren Entschluss einfach hinnahm.

»Er verlässt sein Zimmer nicht«, sagte sie. »Salyra und Lyasani trösten ihn.«

Borugar starrte auf die Tür der Totenkammer. »Begleitest du mich zu Gaerigar?«, fragte er. »Ich möchte nicht alleine zu ihm gehen.«

Nerimee nickte und führte ihren Großvater in die Kammer. Er wirkte immer noch ein wenig steif. Die Beinwunden machten ihm zu schaffen und schmerzten trotz der magischen Heilung. In dem kleinen Gewölbe angekommen, betrachtete er seinen Enkel eine Weile und schüttelte dann den Kopf. »Deine Großmutter wird mir das nie verzeihen«, sagte er leise.

Nerimee fasste seine Hand. »Das hat sie schon.«

»Das sagt sie. Aber ich glaube, ich habe es zu weit getrieben.« Er wandte sich ab und sank mit dem Rücken zur Steinliege auf den Boden hinab.

Nerimee setzte sich neben ihren Großvater. »Ich wünschte, Ceren würde zu uns sprechen«, sagte sie. »Sie würde uns den Schmerz nehmen. Sie würde sagen: Jeder vergeht einmal. Erfreut euch am Leben und bedenkt, dass es nur ein Geschenk auf Zeit ist. Ihr habt keinen Anspruch darauf, ewig zu leben. Nicht einmal die Albenkinder leben ewig.«

Borugar schmunzelte beinahe. »Ja«, sagte er. »Das klingt nach ihr.«

Nuramon fand Nylma in Yargirs Totenkammer und setzte sich neben sie auf die schmale Bank vor der Wand. Sie schaute auf den Körper ihres Mannes. Er war in der grauen Rüstung eines teredyrischen Schwertfürsten bestattet – und in dem braunen Mantel, den er damals bei der Flucht aus Merelbyr getragen hatte.

»Warum hast du mich geheilt?«, fragte Nylma, ohne den Kopf zu wenden.

Sie hatte ihm diese Frage immer wieder gestellt, und seine Versuche, ihr eine zufriedenstellende Antwort zu geben, waren jämmerlich gescheitert. »Wirst du mir diese Frage bis in alle Ewigkeit stellen?«, fragte er leise. »Es wäre eine Strafe, die ich verdient hätte.«

Sie schniefte. »Ohne ihn ist mir nichts mehr geblieben. Wenn es irgendwo einen Trost gibt, dann sage ihn mir. Dir bleiben immer noch deine Kinder und die Hoffnung, Daoramu zu retten.«

»Aber das war nicht immer so«, sagte er. »Und ich habe dennoch nicht aufgegeben.«

Sie schaute ihn an. Sie hatte so trübe Ringe unter den Augen, dass sie wie mit grauer Farbe geschminkt wirkte. »Wie konntest du damals weitermachen, als Farodin und Noroelle ins Mondlicht entschwanden und kein Weg nach Albenmark zurückführte?«

Er musste lächeln. »Du kennst die Antwort«, sagte er. »Daoramu. Du und Yargir, die Kinder. All jene, die mir etwas bedeuten, haben es mir leicht gemacht.«

»Aber wie hast du angefangen? Wie bist du aus der Verzweiflung entkommen?«

Er fasste ihre zitternde Hand. Nichts erinnerte mehr an die starke Kriegerin, die alle bewunderten. »Ich gestehe, dass ich einige Male mit dem Gedanken spielte, das Leben zu beenden. Aber ich glaubte immer, dass irgendwo das Schicksal auf mich wartete. Und ich suchte danach. Zunächst verbissen. Erst als ich euch in Teredyr half und mich einfach fallen ließ, stieg das Glück empor. Und all das, was verloren war, wurde aufgewogen durch etwas Neues. Auch du kannst etwas Neues beginnen. Wie eine Wiedergeborene.«

»Im Biora werde ich 41 Jahre alt. Und ich fühle mich viel älter. Wir Krieger verschleißen schneller als andere. Wo also könnte für mich etwas Neues liegen?« Sie strich sich über den linken Arm und hielt sich die Schulter. »Ich habe in Varlbyra mehr Wunden erlitten als je zuvor in meinem Leben. Und es fühlt sich nach all den Jahren immer noch fremd an, von dir geheilt zu werden. Die Narben und Flecken erinnern mich an Wunden, die mich hätten töten sollen.« Sie blickte zu Boden. »Yargir und ich wollten in Varlbyra sterben oder aber zu großen Helden aufsteigen. Wir hatten nichts mehr zu verlieren. Ich konnte mir gar nicht vorstellen, dass wir getrennt würden.«

»Lass mich dir eine Frage stellen, die mich immer dann beschäftigt, wenn ich Menschen trauern sehe«, sagte Nuramon.

Sie schaute ihn verwirrt an.

»Glaubst du an den Ahnenkult?«, fragte er.

»Gewiss«, sagte sie leise.

»Dann ist Yargir ins Jenseits eingegangen. Er spricht zu dir und mir und zu seiner Familie im Traum. Macht dir das nicht Mut? Dass sein Körper hier liegt und seine Seele irgendwo da draußen ist, dir zuflüstert und vielleicht wissend über das Schicksal lächelt, das dir noch bevorsteht?«

Sie legte den Kopf zur Seite. Eine Weile saß sie stumm da, schließlich aber sagte sie: »Vielleicht zweifle ich zu sehr.«

»Der Zweifel frisst den Glauben. Er kann hilfreich sein, wenn man durch Erkenntnis an Wissen gelangt und die Notwendigkeit zum Glauben einfach verschwindet. Aber bis wir zur Erkenntnis gelangen, können wir glauben, wünschen und hoffen.« Er schaute ihr Gesicht hinab, dann den Hals, bis hinunter auf ihre Brust. Da war ein magischer Funke. »Trägst du den Almandin?«, fragte Nuramon.

Nylma griff an ihren Gürtel und hob das Kleinod so weit hoch, wie es das Lederband zuließ. »Hier ist er. Ich bin mir nicht sicher, ob ich das *Glück*, das er mir brachte, wirklich noch haben will.«

Der Almandin, der in Varlbyra noch entleert gewesen war, strahlte nun wieder einen Hauch von Magie ab. Obwohl sie ihn hochhielt, glomm noch immer etwas anderes an Nylmas Brust. Langsam näherte sich Nuramon mit der Hand und tastete nach der Magie. Als seine Handfläche das Wollhemd berührte und zwischen Nylmas Brüste fuhr, packte die Kriegerin sein Handgelenk. »Was tust du?«, fragte sie und zog seine Hand fort, hielt sie aber nach wie vor fest umklammert.

Er schaute ihr in die Augen. Und was immer sie in seinem Gesicht sah, sie löste die Hand von ihm und ließ die seine wieder an sich heran.

Nuramon spürte den magischen Glimmer durch das Hemd hindurch. Er war ganz schwach. »Knöpfe es ein Stück auf«, sagte er.

»Sag erst, was es ist. Hab ich mir eine magische Wunde eingefangen?«

»Hier ist ein Hauch von Magie. In deiner Brust.«

Sie schüttelte den Kopf und löste drei Knöpfe aus ihren Schlaufen. »Wenn du ein Spiel mit mir spielst, töte ich dich«, sagte sie.

»Ich weiß«, antwortete Nuramon.

Sie öffnete das Hemd, und Nuramon zögerte, als er in ihre glänzenden Augen blickte. Dann aber fuhr er mit den Fingern zwischen ihre Brüste. »Genau da ist es«, sagte er, als ihn der magische Hauch unter den Fingerspitzen kitzelte.

»Ich kann mich nicht erinnern, dass mich irgendetwas erwischt hätte. Die Schilde haben mich eigentlich immer vor den Zaubern der Ringträger beschützt.«

»Hat dich vielleicht ein Dolch in der Brust geritzt? Es könnte eine magische Klinge gewesen sein.«

Sie schüttelte erneut den Kopf. »Nicht an der Stelle«, sagte sie.

Nuramon löste die Hand von ihrem Brustbein.

»War das etwa die Höhe, auf dem du den Almandin getragen hast?«, fragte er.

»Ja, sogar genau.«

Nuramon erhob sich und ging im Raum auf und ab. »Wie ist das möglich?«, sprach er und musste an Daoramu und den Stein der Ceren denken, aber auch an Mandred, der einst – dem Tode nahe – einen Teil der Macht der beseelten Eiche Atta Aikhjarto aufgenommen hatte. Dann fiel sein Blick auf den Dolch an Nylmas Gürtel. Es war ein Geschenk von Yargir gewesen, die einzige Waffe, die sie in diesen Tagen trug. »Gib mir den Dolch«, sagte er.

»Wozu?«

»Ich möchte etwas ausprobieren.«

Sie zog den Dolch aus der Scheide und reichte ihn herüber.

Nuramon setzte sich wieder neben sie, drehte ihre Hand vom Rücken auf die Fläche und ritzte ihr eine kleine Wunde in die Kante. Es war nur ein roter Strich. Dann legte er den Dolch ab und berührte die wunde Stelle. Statt zu heilen, lauschte er mit den Fingerspitzen. Und tatsächlich: Eine Macht wirkte der Wunde langsam entgegen. Nuramon strich mit dem Daumen über den Schnitt, ließ der heilenden Macht Kräfte zufließen, und die Wunde war verschwunden. Er schüttelte den Kopf. »In deiner Brust sitzt eine magische Quelle, die dich heilt«, erklärte er. »Du hast den Almandin fast zwanzig Jahre lang getragen. Zwanzig Jahre, in denen überall magische Quellen entstanden und Menschen zaubern lernten.«

»Ich verstehe kein Wort«, sagte Nylma kopfschüttelnd.

»Die Ringträger mussten, um die Magie nutzen zu können, lange an magischen Orten schlafen. Bei dir ist es ähnlich.« Er deutete auf den Almandin. »Der Stein hat die Magie aus dieser Welt aufgesogen und in deine Brust gepflanzt.«

»Aber dann hätte er dich doch zuvor auch stärken müssen.«

»Ich bin von Magie durchdrungen. Da gibt es keinen Sog.« Nuramon holte einen der erbeuteten Ringe aus dem kleinen Beutel, den er am Gürtel trug, und steckte ihn Nylma an den Finger. »Konzentriere dich, und stelle dir vor, dass die magischen Kräfte in deine Finger fließen.«

Sie schloss die Augen, öffnete sie aber nach einem Moment wieder. »Ich weiß nicht wie.«

Er fasste ihre Hand und verstärkte die Macht, die er in ihrem Körper spürte.

Sie stöhnte auf. »Ist es das?«

Er nickte, und mit einem Mal wurde sie mitsamt ihrer Kleidung unsichtbar. Sogar Nuramons Finger verschwanden. Kaum löste er diese von Nylma, erschien sie wieder. »Und jetzt mach das noch einmal, auch wenn du es nicht fühlst.«

Ihre Hand zitterte, und dann wurde sie mitsamt ihrer Kleidung durchscheinend. Sie sah aus wie ein Geist, hob ihre Hand vor sich und staunte. Dann flackerte sie und wurde wieder ganz sichtbar.

»Der Almandin hat dir die Zauberei geschenkt«, sagte Nuramon und erhob sich. »O Noroelle, wenn du wüsstest, wie gelegen uns dieses Kleinod kommt!«

»Du meinst wegen Daoramu?«, sagte Nylma.

Nuramon nickte. »Ganz genau. Vielleicht können wir den Zauber von innen her lösen, indem wir Daoramu mit dem Almandin Magie zuspielen.«

Nylma löste das Lederband, hielt den Almandin daran empor, und er fasste den Edelstein und wog ihn in der Hand. »Weißt du, was das noch heißt?«

»Dass ich ab jetzt Ringe tragen werde?«

Er nickte langsam. »Aber nicht wie die Varmulier. Wir werden dir Ringe geben, die deine Macht verstärken. Denn es wirkt ein natürlicher Heilzauber in dir – ebenso wie die Magie, die mich davor bewahrt, im Schnee zu versinken.« Er schaute zu Yargirs Leiche hinüber. »Es wird nicht leicht, Nylma. Aber vielleicht habe ich dir damals, als ich dir den Almandin schenkte, ohne es zu wissen, ein Schicksal zugespielt, das sich nun entfalten kann.«

Es war bereits Nachmittag, als Nerimee von einem langen Gespräch mit ihrem Großvater über Nyrawur und das fürstliche Handelshaus zurückkehrte. Mit großen Schritten eilte sie die Treppe hinauf. Sie wusste, dass ihr Vater in seiner Studierstube sein würde, und sie wollte ihm bei seiner Suche helfen. Was er und Nylma ihr am Morgen berichtetet und demonstriert hatten, ließ Nerimee staunen und gab ihr neue Kraft. Und auch Nylma schien mit dem Funken der Magie, den sie in sich trug, den Lebenswillen wiedergefunden zu haben. Die Trauer war nicht vergessen, aber Nylma nicht mehr am Abgrund zu wissen und ein Mosaikstück zur Heilung ihrer Mutter gefunden zu haben ließ nicht mehr alles sinnlos erscheinen.

Auf dem Weg zur Studierstube kam Nerimee am Schlafzimmer ihrer Eltern vorbei. Die Tür stand offen, und sie sah Gaeria, die ihrer Mutter die Stirn wusch und ihr etwas zuflüsterte. Die Dienstmagd war früher füllig gewesen. Nerimee erinnerte sich noch, dass sie sich als Kind nach dem Mittagsschlaf in ihren weichen Körper zurückgelehnt und einer Geschichte gelauscht hatte. Nun aber hatte das Mitleiden Gaeria schlank gemacht, und das volle Gesicht hatte sich zu einer stets sorgenvollen Miene herabgesenkt. Nerimee lächelte Gaeria zu, dann ging sie vorüber. Sie würde den Abend bei ihrer Mutter verbringen.

Als sie das Studierzimmer betrat, fand sie ihren Vater über die Besitztümer des Magiers Tarsun gebeugt. Er stand am großen Tisch unter dem Fenster, prüfte einige Ringe und lächelte sie an, als sie an seine Seite kam.

Neben ihm lag Tarsuns Buch, und sie fuhr mit den Fingern über das Siegel, über die Wangen der Maske des Guillaume. »So hat er also ausgehen. Und so sah Noroelle aus. Sie muss eine wunderschöne Frau gewesen sein.«

Ihr Vater schwieg.

Nerimee schlug das Buch auf, betrachtete die geschwungenen, ihr unbekannten Schriftzeichen und hielt bei den wenigen Zeichnungen inne. Vorn gab es einen Baum, an dem ein Mann hing – ein Mann mit den Zügen der Maske. Vor dem Baum standen Elfen, die an ihren kantigen Gesichtern und den spitzen Ohren zu erkennen waren. »Das wären dann wohl du, Farodin und die anderen.«

Nuramon nickte. »Sie haben Mandred vergessen«, sagte er mit beinahe gelangweilter Stimme.

»Wie willst du diese Schrift erlernen?«, fragte sie. »Kennst du die Sprache?«

»Das Wort für *Elf* kenne ich«, sagte er leise. »Den Namen *Guillaume* habe ich entziffert. *Emerelle* und *Tjured* und *Aniscans.* Mit ein wenig Fleiß könnte ich es binnen Wochen enträtselt haben. Ob ich mir dann einen Reim auf die Sprache machen kann, hängt davon ab, ob diese Sprache mit einigen der alten, die ich kenne, verwandt ist.«

»Hast du denn keinen Verdacht?«, fragte sie.

»Es könnte mit dem Fargonischen verwandt sein«, sagte er. »Fargon ist das Königreich, in dem Aniscans liegt; die Stadt, in der man Guillaume ermordete.«

Ihr Vater ließ sich das Buch von ihr reichen, blätterte über das erste Drittel des dicken Bandes hinweg und hielt bei einer listenartigen

Wortsammlung inne, die hier und dort um Skizzen von Handpositionen ergänzt war. »Das müssen die Zaubersprüche sein«, sagte er und hielt ihr die aufgeschlagenen Seiten hin.

Sie hob den Kopf und sah ihn an. »Das macht mir ungeheure Angst, Vater«, sagte sie leise. »Irgendwo da draußen lesen unsere Feinde in Büchern wie diesen.«

Nuramon nickte. »Aber nun, da wir das Gesicht unserer Feinde kennen, können wir uns vor ihnen schützen. Diese Beute wird uns einen Pfad eröffnen.«

In den folgenden Wochen enträtselte Nuramon die Schrift des Tjured-Bandes und erkannte tatsächlich eine jüngere Form des Fargonischen darin. Doch Tarsuns Buch war nicht das einzige, das sie erbeutet hatten. Sie hatten einen Großteil der königlichen Bibliothek von Varlbyra mitgebracht. Die meisten Bände hatte Borugar nicht behalten wollen. Denn er hatte Daoramu vor Jahren, als sie noch in Merelbyr gelebt hatten und er der Graf von Doranyr gewesen war, versprochen, ihr keine erbeuteten Bücher heimzubringen. So übergab Borugar alle Schriften zunächst der Ratsbibliothek von Jasbor, wo deren Herkunft geprüft wurde. Lag diese in Yannadyr oder befreundeten Gebieten, fanden die Bücher zu ihren rechtmäßigen Besitzern zurück. Den Rest durfte der Rat behalten. So behielt Borugar nur jene Bände, die aus der alten Bibliothek des Königs von Nylindor stammten, denn diese gehörten zum Erbe des Hauses Yannaru. Die meisten dieser Bücher und Schriftrollen waren vor Jahrhunderten Teil der Fürstenbibliothek gewesen, jene, die der letzte Yannaru-König aus Yannadyr gen Osten mitgenommen hatte, bis sie mit dem Thron schließlich in Ralenyl angekommen waren. Dort hatten sie die Varmulier bei der Eroberung der Stadt erbeutet.

Während Nuramon in der Fürstenbibliothek das Buch der Tjuredanbeter studierte, verbrachte Nerimee die Nachmittage in der Ratsbibliothek. Was sie in den Schriften fanden, flüsterte Nuramon am Abend Daoramu zu, und oft lasen er und Nerimee ihr aus den längst verschollen geglaubten Büchern vor. Eines Abends jedoch begaben sie sich mit Nylma und Yendred zu Daoramu, um einen Zauber zu erproben. Yendred hatte nun bei Nylma Trost gefunden, da Lyasani mit Bjoremul bei Jasgur war und Salyra mit Helgura und Borugar auf eine Rundreise durchs Fürstentum aufgebrochen war. Er schien bei ihr eine Geborgenheit zu finden, die Daoramu ihm früher gegeben hatte, und Nylma war offensichtlich bereit, ihm diese zu gewähren.

Daoramu war heute in ein graues Kleid aus Teredyr gekleidet. Nylma hatte es ausgewählt. Zudem trug sie inzwischen den Almandin, der gut mit dem Jugendstein harmonierte. Abwechselnd legten er und Nerimee die Hände an Nylmas Edelstein, um ihm Macht zufließen zu lassen. Sie hegten die Hoffnung, dass der Almandin Daoramu einen Heilzauber bescherte. Doch nach einigen vergeblichen Versuchen, einen Zauber auf den Almandin zu legen, der die Magie fasste und nur langsam wieder abgab, erklärte Nerimee, dass sie nicht mehr weiterwisse. Da stutzte Yendred, flüsterte Nylma etwas ins Ohr, und die Kriegerin nickte.

»Warum nehmt ihr nicht einfach einen Stein aus den Schilden und bindet ihn an den Almandin?«, sagte Yendred.

Nuramon tauschte einen verwunderten Blick mit Nerimee. Seine Tochter schloss die Augen mit schmerzverzerrter Miene und klatschte mit den Fingerspitzen an ihre Stirn. Nylma grinste, und auch Nuramon musste lächeln, als Nerimee ihrem Bruder um den Hals fiel und ihn küsste. »Das ist es!«, rief sie.

Eine Stunde später betrachteten sie ihr Werk. An dem Almandin führte das Pflanzengeflecht eines der Zauberschilde hinab und kugelte sich auf Daoramus Bauch. Darin lag ein grauer Stein, der von Magie durchdrungen war und diese langsam abgab. Über das Geflecht strömte die Magie in den Almandin, der die Kraft langsam an Daoramu weiterreichte. Sooft Nuramon und Nerimee auch prüften, dass die beiden Steine ihre Aufgabe erfüllten, sie konnten keinen Fehler an ihrem Werk finden.

Später, zurück in der Studierstube, plante Nuramon gemeinsam mit Nerimee die weiteren Schritte. Sie würden weiter an einem Heilzauber für Daoramu arbeiten, zugleich auf die Kraft des Almandins hoffen und weiterhin draußen im Land Steine in Quellen legen und diese in vollgesogenem Zustand an den Almandin knüpfen. Und welche Spuren auch immer sich in Tarsuns Erbe finden ließen, sie würden sie nutzen. »Wir durften noch nie so viel Hoffnung haben wie heute«, flüsterte Nerimee schließlich, und ein zaghaftes Lächeln schlich sich in ihre Züge.

Nuramon schloss sie in die Arme und schwieg über seine Zweifel.

Orakelblick

Tjurim war ein Tjuredpriester, abgeschnitten von der Heimat, krank geworden und einsam. Und doch war er der Lehrmeister eines Schülers, der über die Neue Gabe verfügte. Endlich waren die Quellen stark genug, dass Kinder geboren wurden, die der Magie mächtig waren. Sollte sich das letzte Elfenkind doch in Sicherheit wiegen, während er hier in Helbyrn im Verborgenen den Glauben verbreitete.

Byrnea war enttäuscht von Herzog Jasgur. Während alle anderen ihre Posten erhielten, war für sie kein Platz mehr als Anführerin in Gaelbyrn. Sie hatte auf dem Weg nach Osten jenen, die nun zu Schwertfürsten aufstiegen, den Hals gerettet, und nun waren sie es, die vorankamen. Für sie blieben nur das Lob und ein Posten als einfache Stadtwache. Und dann kam Nuramon nach Gaelbyrn, sprach sie mit Namen an und lobte ihr Vorgehen auf den Hügeln östlich von Varlbyra. »Du bist jetzt Schwertfürstin der Gaelbyrner Garde?«, fragte er. Es war wie ein Dolchstich. Als er hörte, dass sie nur eine einfache Gardistin war, schaute er sie verwundert an und sagte: »Wir suchen gute Leute für die Ilvaru.« Zwei Wochen später war sie in Jasbor bei den besten Kriegern Yannadyrs.

Nylma ließ sich von Helgura als Feldherrin der Palastwache vertreten. Die Kriegerin, die einst mit Nerimee entführt worden war, übernahm auch Yargirs Aufgabe als Feldherr der Leibgarde. Nach einigen Tagen bat Nylma den Fürsten, Helgura dauerhaft zur Feldherrin der gesamten Fürstengarde zu machen. Sie sollte die Würde, die sich bisher auf Nylma und Yargir verteilt hatte, allein übernehmen. Und als absehbar war, dass

Nuramon und Nerimee mehr und mehr Zeit benötigten, um Daoramu zu heilen, verabschiedete sie sich ganz von der Fürstenfamilie. Sie ließ sich von Nuramon über die Albenpfade nach Osten führen und verbrachte zwei Jahre in Teredyr. Gelegentlich besuchte Nuramon sie mit Yendred und dessen beiden Freundinnen. Es wurden zwei Jahre des Trostes im Schoß der Familie Warlyrnu. Als ihr Vater seiner Atemschwäche erlag und die Trauer sie nicht niederwarf, wusste sie, dass es Zeit war, wieder nach Jasbor zurückzukehren. Sie hatte das Leid überwunden.

Sie wartete nicht, bis Nuramon das nächste Mal erschien, sondern nahm den Weg durch die Wildnis. Die magischen Kräfte, die sie durchströmten und die ihr noch immer fremd waren, bewahrten sie vor dem Tod. Mit dem Fuß, den sie sich in einem Tal vertreten hatte, wäre sie früher umgekommen. Doch sie fasste den Edelstein in ihrem magischen Schild, und dieser stärkte den Zauber, der in ihr wirkte, auf dass die Schwellung zurückging. Als sie schließlich den Ruljas überquerte und nördlich der Lysdorynen auf der Kranzstraße nach Westen ging, hatte sie Angst, die Rückkehr nach Jasbor könnte die Wunden, die der Tod Yargirs gerissen hatte, wieder aufreißen. Als sie aber an die Küste kam und die Insel erblickte, fühlte es sich wie eine Heimkehr an.

Bjoremul war stolz auf Lyasani. Hatte seine Tochter an der Seite Yendreds und Salyras bei der Fürstengarde nur für Unruhe und Ärger gesorgt, blühte sie unter Nylmas Verantwortung auf. Der Fürst hatte Nylma nach ihrer Rückkehr nicht nur zu einer seiner Beraterinnen gemacht, sondern ihr auch die Würde einer Wyrenara verliehen. Yendred, Lyasani und Salyra wurden ihre Schützlinge. Nun hatte Lyasani Bjoremul im Stockkampf auf die Knie gezwungen. Gesagt hatte er ihr, dass er eben alt werde, doch in Wahrheit war seine Tochter bereits besser, als er in jenem Alter zu hoffen gewagt hätte.

Gelegentlich dachte Bjoremul an Dyra, aber er vermisste sie nicht mehr. Lange hatte er sie für die Schuldgefühle gehasst, die sie in ihm entfacht hatte, und dafür, dass sie Lyasani in ihrer Entscheidung außer Acht gelassen hatte. Später hatte er sich selbst gehasst, weil er Dyra vernachlässigt hatte. Nun aber tröstete ihn Lyasani durch die Lebensfreude, die sie an der Seite Yendreds und Salyras gefunden hatte.

Borugar hatte es Jasgur versprochen, und so ließ er sich am Neujahrstag 2282, beinahe vier Jahre nach Ende des Krieges, von den Ahnenpriestern mit dem Rückhalt der Herzöge und Grafen zum König von Yannadyr krönen. Als das neue Banner des Königreiches wehte – die Birkeneiche auf blauem Grund – und sie ihm die Krone brachten, die einst die Könige von Nylindor und zuvor die Fürsten von Yannadyr getragen hatten, fühlte er sich mit den Ahnen verbunden.

Kurz darauf griffen die Varmulier unter einem Fürstenrat, der nichts anderes als die Herrschaft von Kriegsherren bedeutete, nach ihren verlorenen Fürstentümern im Westen. Jene Fürsten, deren Krieger unter Bjoremul in Varlbyra um ihre Unabhängigkeit gekämpft hatten, riefen ihn nun um Hilfe an. Sie versicherten ihm, dass sie vor dem Untergang standen. Und in dieser Lage, die neue Krone auf dem Haupt, wurde Borugar schwach und ließ sich von Jasgur, vom Jasborer Stadtrat und den Herzögen überreden, als Gegenleistung zu verlangen, dass die Fürstentümer zwischen dem Ruljas und dem Arljas ihn als König akzeptierten und Teil von Yannadyr würden. Die Fürsten sagten zu, und so griff er ein – mit seinen jungen, hungrigen Feldherren. Und es gelang, die Varmulier jenseits des Arljas zu halten.

Bjoremul fühlte sich geehrt, als Fürst Sargul von Byrabar im Osten des neuen Königreichs Yannadyr ihm anbot, als Herzog von Amulbyr in seine Dienste zu treten. Nirgendwo sonst waren er und seine Taten so angesehen wie im Land zwischen den Flüssen Ruljas und Arljas. Denn die Menschen hier waren wie er: Sie waren Varmulier gewesen und nun zu Yannadriern geworden.

Mit Borugars Zustimmung nahm er das Angebot an. Lyasani würde in Jasbor bleiben. Sie hatte hier ihre Freunde, war sechzehn und damit alt genug. »Es heißt: Zum Erwachsenwerden gehört, sich von den Eltern zu lösen«, sagte er ihr beim Abschied und schloss sie in die Arme. »Aber die Wahrheit ist: Du hast hier ein Leben, und ich habe meines irgendwo in den Wirren dieses Krieges verloren. Ich bin es, der wieder erwachsen werden muss.«

Erwachen

Nuramon war erleichtert, als Yendred mit Nylma, Lyasani und Salyra nach Jasbor zurückkehrte. Sein Sohn hatte nicht nur seine Aufgabe, die Magie der Quellen draußen im Land zu pflegen, gemeistert, er war auch mit zahlreichen Steinen voller Zauberkraft zurückgekehrt und berichtete, dass der magische Fluss an manchen Quellen zugenommen habe. »Ich habe zur Vorsicht mehr Steine als vorgesehen in die Quellen gelegt«, sagte er, und Nuramon dankte ihm mit einem zufriedenen Lächeln und einer Umarmung. Nach Jahren der Suche und der Fehlschläge, in denen Daoramu durch den Jugendstein zwar keinen Tag gealtert aber dennoch nicht erwacht war, waren sie nun so weit, einen großen Heilversuch zu wagen.

Auch die Lektüre von Tarsuns Zauberbuch hatte sie auf unterschiedlichen Pfaden weitergebracht. Nuramon wusste nun, dass die Tjuredanbeter ihre Magie inzwischen als die Gabe ihres Gottes betrachteten und nach ihrer Sicht nur die Gläubigen es wert waren, diese Zauberei zu wirken. All jene, die nicht reinen Glaubens waren, sollten bestraft werden; allen voran das *letzte Elfenkind*. Nuramon selbst war in den Zeilen zwar nicht namentlich erwähnt, aber es war beschrieben, dass am Ende, wenn die ganze *Albenbrut* verschwunden wäre, nur ein Elfenkind zurückbleiben werde. Und damit meinten sie ihn. Die Trennung der Welten stellte das Buch als Rache des Tjured dar. *Der Herr stieß die Mark der Alben in die Finsternis,* hieß es dort. Auch das entsprach nicht der Wahrheit, so wie der ganze Hass der Tjuredanbeter gegen die Albenkinder auf Lügen des Devanthar zurückging.

Die Zaubersprüche des Buches hingegen waren so detailliert beschrieben, dass Nuramon und Nerimee sie inzwischen nachvollziehen konnten. Von Licht- bis zu Unsichtbarkeitszaubern, von Artefakt- bis zu Kampfzaubern war alles in dem Buch dargelegt. Die Macht, die Daoramu niedergestreckt hatte, war unter der Überschrift *Tjureds Rache* niedergeschrieben und beanspruchte wegen ihrer

Vielschichtigkeit viel Platz. Die Hintergründe und die Wirkungsweise waren im Vergleich zu den anderen Zaubern aber knapp gehalten; ganz so, als hätte es keiner Erklärungen bedurft.

Wenngleich der gesuchte Zauber nur oberflächlich beschrieben war, erfuhr Nuramon im Rest des Buches viel über die neue Magie der Tjuredanbeter. Sie war Nuramon fremd und mit all den abwegigen Ritualen, Gesten und Sprüchen sehr umständlich. Dazu kostete sie Nuramon viel Kraft, wenn er sie wirken wollte. Nerimee tat sich ein wenig leichter, empfand die Magie aber als grob und machthungrig. Sobald Nuramon einen der Zauber gewirkt hatte, waren seine magischen Sinne für Stunden betäubt. Es war eine rücksichtslose Form der Magie. Sie scherte sich um nichts als die Wirkung.

Obwohl es dem Zauber, der Daoramu getroffen hatte, an Erläuterungen mangelte, nährten die beschriebenen Handlungen, die vor allem aus mit Magie geschwängerten Gesten bestanden, ihren Verdacht, dass es sich um eine Art magisches Gift handelte. Zwar scheiterte jeder Versuch, den Zauber in seiner Gesamtheit zu wirken, bereits im Ansatz, doch die magischen Gesten gaben ihnen ein Gespür für das, was Daoramu gefangen hielt.

So lernten sie, die fremde Magie zu berühren, doch kaum hatte Nuramon den Zauber in Daoramu angefasst, wusste er, dass sie viel Kraft benötigten, um das Gift zu tilgen. Der fremde Zauber war wie Farbe, die leicht aufgetragen, jedoch einmal getrocknet nur mit enormem Aufwand zu entfernen war.

Trotz allem waren sie auf einem guten Weg, und weder er noch Nerimee verzagten. Und so trug Nuramon eines Morgens gemeinsam mit Yendred, Lyasani und Salyra Daoramu auf einer Liege auf den Gang, der gegenüber der Pforte zu den Ahnenhallen begann. Hier befand sich der größte Keller des Palastes. Er war voller Möbel und Kisten, die enger standen, je weiter man sich vorwagte. Gleich im ersten Raum erwartete sie Nerimee. In dem kleinen Gewölbe lagerten sie die meisten ihrer Quellsteine. Nun aber sollte dieser Ort dem Heilzauber dienen, den sie vorbereitet hatten.

In Nischen standen Feuerschalen voller Leuchtsteine. Das Licht funkelte in all den Edelsteinen, die in der Mitte angehäuft waren. Eine lange Vertiefung in dem Haufen war mit Pflanzengeflecht ausgekleidet, wie Nerimee es sonst in den Schilden und den Rüstungen verwendete. Darauf betteten sie Daoramu.

»Du hast Borugar und Jaswyra nichts gesagt?«, fragte Nerimee.

Nuramon schüttelte den Kopf. Nach all den Fehlschlägen der letzten Jahre wollte er sie nicht ein weiteres Mal zur Hoffnung verleiten. »Sie schlafen noch.«

»Gut«, sagte Nerimee und schob Edelstein um Edelstein vom Rand an Daoramus Körper heran.

»Es klappt bestimmt«, sagte Yendred und ging seiner Schwester ebenso zur Hand wie Lyasani und Salyra.

Schließlich knüpfte Nerimee weitere Pflanzenadern an das Geflecht unter dem Almandin, der immer noch neben dem Stein der Ceren auf Daoramus Brust ruhte. Kaum war alles bereit, starrten sie Daoramu an.

»So stelle ich mir die Königin der Elfen vor«, flüsterte Salyra. Ausnahmsweise zierte kein Lächeln das Gesicht der jungen Kriegerin. In ihrem steten Schmunzeln hatte Yendred nach Gaerigars Tod viel Trost gefunden. Und Nuramon war nicht entgangen, dass die beiden einander liebten. Sein Blick wanderte zu Lyasani, die Daoramu mit leeren Augen betrachtete. Er wusste nicht, was Bjoremuls Tochter für Yendred empfand und wie es um die Freundschaft zwischen ihr und Salyra bestellt war. Nur eines war ihm klar: Yendred, Lyasani und Salyra waren nicht zu trennen. Und was immer sie einander bedeuteten, er konnte – anders als seine Schwiegermutter Jaswyra – nichts Falsches daran erkennen.

Schließlich begannen sie zu zaubern. Während Nerimee und Yendred die Magie aus den Steinen zogen und ihm zuspielten, knüpfte Nuramon den Heilzauber an den Almandin und lenkte ihn durch diesen hindurch direkt auf das magische Gift. Es war, als hätten sie jahrelang an der Mischung eines Trankes gearbeitet und nun endlich das Verhältnis der Zutaten gefunden. Der Zauber war rasch gemischt, und so verabreichte Nuramon ihn Daoramu.

Es folgten Stunden, in denen sie einander abwechselten. Mal lenkte

Nerimee den Strom der Magie in Daoramus Leib, mal Yendred, mal er selbst. Das Schweigen ließ die Zeit lang werden, und bald schon verließ Salyra und Lyasani die Geduld. Nachdem Yendreds Kräfte erschöpft waren, schickte Nerimee ihn und seine beiden Freundinnen nach oben, um sich auszuruhen und etwas zu essen.

Nach sieben Stunden des magischen Stroms war mehr als die Hälfte der Magie, die die Steine erfüllte, verbraucht. Nuramon lenkte die Kräfte, und Nerimee saß neben ihm und löffelte eine Suppe, die sie sich aus der Küche geholt hatte. Und dann geschah es: Der Zauber zog mit einem Mal ungeheuerliche Kräfte aus den Edelsteinen. Nerimee stellte die Schüssel hastig auf dem Boden ab, trat an Nuramons Seite, hielt die Hände vor und half ihm, den Strom der Magie in seiner Bahn zu halten. »Sie kommt zurück«, flüsterte sie immer wieder. »Sie kommt zurück!«

Der Sog stieg immer wieder an, bis die Magie schließlich emporschoss, Nuramon und Nerimee gleichermaßen von den Beinen riss, ungezügelt in die Höhe zuckte, sich dann zu einer Säule verdichtete und in die Decke stieß.

Langsam erhob sich Nuramon an der Seite seiner Tochter, und als sie beide bei Daoramu waren, schaute er Nerimee fragend an. Sie nickte, und so legte er seine Hände auf Daoramus Brust, direkt über den Almandin und den Jugendstein der Ceren. Ein Rest all der Zauberkraft glühte noch in Daoramus Körper. Nuramon wandte noch mehr Macht auf, um seine magischen Sinne zu schärfen, und sah den fremden Zauber, den er und Nerimee so oft verflucht hatten. Wie ein Nest, aus dem giftige Spinnen herauskletterten, lag er vor seinen Sinnen. Nuramon löste die Hand von Daoramu und blickte seiner Tochter ins Gesicht. »Das Gift ist noch da«, sagte er und atmete enttäuscht aus.

Nerimee schaute ihn mit glänzenden Augen an. »Das war die Magie von Jahren«, flüsterte sie.

Als die Zauberkraft, die noch in Daoramu glühte, sich abgekühlt hatte, prüften sie, ob der Almandin zumindest ein wenig der Macht aufgenommen und an Daoramu weitergeleitet hatte. Sie hofften, dass sie die Wirkung, die der Edelstein auf Nylma gehabt hatte, durch die

Menge der Magie beschleunigen konnten. Aber sie fanden weder im Almandin noch in Daoramu den heilsamen Hauch, den Nylma in sich trug.

Nuramon strich Daoramu durch das Haar und küsste sie auf die Stirn. Er wollte sie gerade von ihrem Bett aus Edelsteinen aufheben, da öffnete sich die Tür, und Yendred lief herein. Als sein Blick auf Daoramu fiel, breitete sich die Enttäuschung auf seinem Gesicht aus. »Ich dachte …« Er brach ab und schüttelte den Kopf. »Ihr müsst mitkommen«, sagte er mit aufbrausender Stimme. »Sofort!«, rief er. »Die Birkeneiche! Eine Wolke von Magie drang aus dem Boden und umhüllt sie nun.«

Daoramu tauchte aus dem Schlaf wie aus einem warmen Meer auf und schwamm langsam von den Wellen vorangetrieben dem Ufer entgegen. Sie wusste nicht, wie lange sie in diesem Meer gelebt hatte, aber sie erinnerte sich an die Träume, zwischen denen die Strömung sie hin- und herbewegt hatte.

»Geh du, Vater!«, hörte sie Nerimee mit der Stimme einer reifen Frau sagen. »Wahrscheinlich ist es nichts weiter als die Magie, die uns entwichen ist.«

Daoramu spürte, dass sie in der Finsternis irgendwo Lippen berührten. Schritte entfernten sich, und zurück blieb nur Stille.

»Es war nur ein Versuch«, flüsterte Nerimee. »Wir werden dich niemals aufgeben. Ganz gleich, wie lange es dauert.« Finger berührten sie, und wieder vermochte sie nicht zu sagen, wo es geschah. Ihr Körper war wie eine Fläche aus Haut, ohne jede Form.

Sie wollte sich bewegen, doch sie spürte nichts; sie wollte sprechen, doch vernahm ihre Stimme nicht; sie wollte blinzeln, doch sie wusste nicht einmal, ob sie noch Augenlider besaß. Ihr blieb nichts, als die Berührung ihrer Tochter zu genießen, ganz gleich, ob sie ihr nun durchs Haar, über die Stirn oder die Wange strich.

»Und wenn es hundert Jahre dauert, wir werden dich retten«, sagte Nerimee.

Als Nuramon ins Freie trat, schlug ihm die Magie wie die schwere Luft eines heißen Sommertages entgegen. In der Krone der Birkeneiche schwebte grauer Nebel, in dem ein Glitzern hin und her lief. Salyra und Lyasani wichen langsam von dem Baum der Ceren zurück, während Nuramon an Yendreds Seite näher trat. Wenngleich es ein frischer Tag war, strahlte die Birkeneiche warme Magie aus, und obwohl es den ganzen Tag trocken gewesen war, tropfte es aus dem Laub des Baumes, als wäre der Nebel nichts anderes als ein Wolkendach, aus dem sich der Regen löste.

Salyra und Lyasani wagten sich wieder vor. »Was ist das nur?«, fragte Bjoremuls Tochter und schaute zu Nuramon auf.

»Ich weiß es nicht«, sagte er leise und blickte in das verängstigte Gesicht der jungen Kriegerin, deren blasse Narbe den Blick direkt zwischen die Augen lenkte.

Salyra aber lächelte. »Was auch immer es ist – es ist wunderbar«, sagte sie, sah Yendred an und griff dann nach seiner Hand.

Nuramon wagte sich langsam vor. Das Wasser, das aus der Krone herniedergeregnet war, sammelte sich in Pfützen, die so bleich waren wie verdünnte Milch. Der Dunst in der Krone schwand mit dem Regen, und mit ihm die Wärme des Zaubers. Doch dann umwehte ein kühler Wind den Stamm, und frischer Blätterduft schwebte umher. Nuramon schloss die Augen und sog die Luft sanft ein. Erinnerungen an die frühen Zeiten seiner Sippe krochen empor. Wie oft war er mit diesem Duft erwacht, hatte die Augen geöffnet und ins Blätterwerk der großen Birke geschaut! Und als er die Augen nun wieder öffnete, geschah es: Vor ihm stand eine blasse Frau mit weißem Haar und schwarzen Augen und lächelte ihn mit ihren schmalen, geschwungenen Lippen an. Sie trat näher, blieb direkt vor Nuramon stehen, musterte ihn und ließ ihren Blick dann über Yendred, Lyasani und Salyra gleiten.

»Ceren!«, rief Yendred ungläubig, und Lyasani wiederholte den Namen des Baumgeistes leise.

Nuramons alte Vertraute nickte. »Ihr habt mir die Macht zugetragen, die mir noch fehlte«, sagte sie schmunzelnd. »Ich danke euch.«

»Waren das wirklich wir?«, fragte Nuramon und sog erneut Cerens Duft ein. Es war, als steige ihm der Trost von Jahrtausenden durch die Nase ins Gemüt.

»Es war unabsichtlich?«, fragte sie.

Nuramon nickte und erklärte ihr kurz, was mit der Magie und Daoramu in all den Jahren ihrer Abwesenheit geschehen war. Sie lauschte, nickte, und schließlich verging ihr Lächeln in einer Miene tiefster Trauer. »Es tut mir leid, dass euer Zauber nicht geglückt ist.« Sie schmunzelte. »Aber wie damals, als deine Frau das Alter fürchtete, gibt es Hoffnung.«

Nuramon strich mit seiner Hand dicht über die Wange der Geistergestalt und spürte den vertrauten Hauch ihrer Magie. »Wusstest du, dass du wieder erblühen würdest?«, fragte er.

Ceren lächelte. »Ich bin wieder da. Ist das nicht Antwort genug?« Sie schaute zu Yendred und streckte die Hand in seine Richtung. »Komm zu mir«, sagte sie ihm, und als er näher gekommen war, ließ Ceren ihre Geisterhand durch seine Wangen dringen. »Du bist ganz der Mann geworden, den ich in dir erkannt habe.«

Yendred standen die Tränen in den Augen.

Ceren wandte sich an Lyasani und zeichnete mit ihrem Finger die Narbe nach, die ihr schräg übers Nasenbein lief. »Erinnerst du dich, was ich dir sagte?«

»Dass es ein Zeichen des Überlebens ist?«, entgegnete Bjoremuls Tochter.

Ceren nickte und schaute dann Salyra an. »Dein Lachen habe ich oft vernommen. Ein offenes Lachen, das mir manchen Tag versüßte.«

»Warst du die ganzen Jahre wach?«, fragte Nuramon.

»Ich wuchs aus den Resten meines Steines heran. Und je weiter ich emporwuchs, umso mehr spürte ich von dieser Welt.« Sie tat so, als atme sie tief ein, und über ihr raschelten die Blätter ihres Baumdaches. »Der Stein konnte mir dieses Körpergefühl nicht geben. Ich bin nun wieder ein beseelter Baum, der die Magie dieser wogenden Welt atmet. Seit vorletztem Sommer vernehme ich beinahe alles, was unter meinem Blätterdach geschieht. Es schmerzt zu hören, dass

Gaerigar und Yargir tot sind. Ich hätte gerne noch Zeit mit ihnen verbracht. Und auch Daoramus Schicksal nagt an mir.« Ceren trat aus dem Schutz des Laubdaches hervor, stellte sich zwischen sie und schaute in die Runde. Dabei wurde ihre Gestalt ein wenig durchscheinend. »Noch ist meine Macht nicht so weit emporgestiegen wie damals.« Sie schloss die Augen. »Aber dies ist, was ich all die Jahrhunderte vermisst habe.« Sie blickte zum Palast hinüber und senkte dann den Blick. »Bring mir Daoramu. Ich möchte sehen, wie es um sie steht.«

Daoramu war froh, als sie vernahm, dass Ceren durch den Zauber, der sie aus den Träumen hervorgeholt hatte, ebenfalls erwacht war. Und nun wollte Ceren sie sehen. Wenn jemand erkennen könnte, dass sie hier wach in ihrem Leib ausharrte, dann sie.

Daoramu spürte, wie ihr Körper aufgehoben wurde. Kurz glaubte sie zu schweben, und erst als sie Cerens Stimme hörte, merkte sie, dass sie sich bei der Birkeneiche befinden musste. »Ihre Seele ist noch an diesen Leib geknüpft«, sagte sie. »Ihr Geist ist noch da. Ich kann sehen, dass sich ihre Gedanken bewegen. Ich habe oft gehört, dass ihr mit ihr gesprochen habt. Habt ihr das immer getan?«

»Ja. Wir flüstern ihr alles zu«, sagte Nerimee.

Da wurde Daoramu klar, wie viel sie nicht vernommen hatte. Sie mochten ihr in der Zeit, die verstrichen war, wahrhaftig alles erzählt haben, doch erst seit eben hörte sie es.

»Ihr tut gut daran«, sagte Ceren. »Es mag sein, dass sie sich im Traum etwas daraus formt.« Daoramu zweifelte nicht daran, aber wie nur sollte sie bei all den Träumen der Vergangenheit zwischen denen unterscheiden, die auf der Wahrheit beruhten und jenen, hinter denen Ängste oder Sehnsüchte steckten?

Die Stimme ihres Sohnes Yendred wieder zu hören versüßte den Moment. Es beruhigte sie, Lyasani zu hören. Sie war gewiss noch die beste Freundin ihres jüngeren Sohnes. Und es schien, als wäre jene andere Frau, deren Stimme sie vernommen hatte, mehr als eine Freundin.

Aus Nuramons und Nerimees Erklärungen erfuhr Daoramu, dass

sie von einem gewaltigen Zauber vergiftet worden war. Sie erinnerte sich vage an einen Traum, in dem sie Nuramons Rufe vernommen hatte. Zudem erfuhr sie, dass der große Feldzug gegen Varmul vier Jahre zurücklag und nach König Mirugils Tod ein Fürstenrat dort herrschte. Und sie hörte, dass ihr Vater sich zum König von Yannadyr hatte krönen lassen und nun auch über die Fürstentümer zwischen dem Ruljas und dem Arljas herrschte.

»Wie ist dein Sohn gestorben, Nuramon?«, fragte Ceren, und Kälte zog sich durch alles, was Daoramu fühlte. Nuramon erzählte, wie er in der Schlacht von Varlbyra Gaerigars Tod erlebt, wie er in die Augen des Thronfolgers geschaut und am Ende über ihn und die Frauen des Königs von Varmul geurteilt hatte. »Ich stand direkt neben der Leiche Gaerigars. Und bei allen Alben, ich war geneigt, sie alle zu töten. Aber ich schaute sie an und sah nicht die feindliche Königin und den Thronerben, sondern Yenwara und ihren Sohn.«

Yenwara! Daoramu hatte sich damals gewünscht, sie würden sich treffen und ein Band knüpfen, zu dem ihr Vater und Yenwaras Gatte nicht fähig gewesen waren.

»Ich erinnerte mich an Daoramus Erzählungen«, sagte Nuramon. »Da war der Hass verschwunden, und ich ließ sie frei.«

»Und hast du es bereut?«, fragte Ceren.

»Nein«, sagte Nuramon leise. »Denn nichts bringt uns Gaerigar wieder.« Seine Stimme klang so müde und niedergeschlagen, dass Daoramu die Mühen, die hinter ihm lagen, beinahe zu spüren glaubte. »Wie soll ich ihr das je erklären?«, sagte er, und sie war sich sicher, dass sein Blick nun auf ihr ruhte.

Daoramu wollte schreien, doch ihr Schrei war nichts weiter als ein Hall in der Ferne. Sie wünschte sich, wieder in die Träume zu sinken, doch es schien eine Ewigkeit zu vergehen, ehe Nuramon neben ihr war und ihr elfische Worte ins Ohr flüsterte. Und dann schwanden ihr die Sinne. Sie wurde von der Flut zurück ins Meer gerissen, nur um am nächsten Tag wieder zu erwachen.

Die magischen Klippen

Cerens Erscheinen tröstete Nuramon über ihr Scheitern hinweg. Zwar warf es sie zurück, dass der Zauber die Macht all ihrer Quellsteine aufgebraucht hatte, doch Ceren als Verbündete zurückgewonnen zu haben ließ Nuramon an die vielen Male denken, da er sich gewünscht hatte, eine Zauberin wie Noroelle, Yulivee oder Emerelle stünde ihnen bei Daoramus Heilung zur Seite. Ceren war nun mächtiger als zuvor. Sie war wieder ein beseelter Baum, ein Geist im richtigen Körper, und mit ihrer Hilfe würden sie einen Weg finden.

In den folgenden Tagen sprach Ceren viel mit der Familie und den anderen Bewohnern des Palastes. Sie stellte Fragen und ließ sich die Geschehnisse aus unterschiedlichen Blickwinkeln erklären. Und sie begrüßte Nylma liebevoll und fand so sanfte Worte für Yargir, dass der Kriegerin vor Rührung die Lippen bebten. Dann zog Ceren sich zwei Tage lang zurück, um erst am dritten Morgen wieder zu erscheinen.

Während Yendred, Lyasani und Salyra mit Daoramu und den Mägden im Bad waren und das Fürstenpaar unten in der Stadt dem Rat von Jasbor offenbarte, was geschehen war, setzte sie sich zwischen Nuramon, Nerimee und Nylma in den Schatten der Birkeneiche, war scheinbar in teredyrische Wollkleidung gehüllt und ließ sich gegen ihren Baumstamm sinken.

Sie sprach von ihrer Hoffnung, Daoramu zu retten, und nach langem Schweigen sagte sie: »Wir müssen die entleerten Steine erneut in Quellen legen, damit sie sich rasch wieder mit Macht füllen. Und wir müssen etwas finden, das eine gewaltige Fülle an Magie halten kann und diese Macht auf feinste Weise zu führen vermag.« Sie wies zu ihren Füßen, wo der Almandin lag, den sie ihr gebracht hatten. »Er würde jedem Menschen die Macht verleihen, Magie zu wirken. Aber es braucht Jahre. Und es bräuchte ungeheure Mengen an Magie, um es zu verkürzen. Und selbst dann würde der Heilzauber, der in dir wirkt«, sie schaute zu Nylma, »sie nicht retten.« Mit einer einladenden Geste wies sie auf den Almandin, und Nylma nahm den Stein auf und band ihn sich mit der Lederkette um den Hals.

»Er ist wie ein Teil von dir«, sagte Ceren. »Vielleicht kann er den großen Zauber, den wir weben müssen, erleichtern. Bis dahin sollte er auf deiner Brust ruhen.« Mit ernster Miene sah sie zwischen Nuramon und Nerimee hin und her. »Gewaltige Macht durch einen winzigen Zauber zu führen ist nicht leicht.«

»Wir dachten, du könntest es«, sagte Nerimee.

Ceren legte die Hand vor den Stamm ihres Baumes. »Ich kann mit diesem Körper gewaltige Mächte beherrschen.« Sie fuhr mit den Fingern in die Furchen und schaute in die Krone auf. »Blitze könnten zwischen den Ästen zucken, wie früher in Albenmark. Aber das wäre ein großer Zauber, gebunden an große Macht. Und wenn ich euch hier einen magischen Hauch zuspiele, ist es die sanfte Magie für einen kleinen Zauber. Es ist bei mir immer entweder das eine oder das andere. Könnt ihr mit aller Kraft in euren Armen jemandem sanft über die Wange streicheln? Oder wird das Streicheln nicht doch zum Schlag ins Gesicht?«

Nerimee ließ die Schultern sinken. »Dann ist es also unmöglich«, flüsterte sie.

»Es muss möglich sein«, entgegnete Nuramon. »Es kann doch nicht sein, dass die Tjuredanbeter mit ihrer groben Magie etwas geschaffen haben, das jeder Macht widersteht.«

»Oft hat das Gröbste genau diese Wirkung«, sagte Nylma und biss sich auf die Lippen.

Ceren schmunzelte. »Es gibt Mächte, die es vermögen«, sagte sie.

»Meinst du etwa einen Albenstein?«, fragte Nuramon. Die Steine, mit denen man Albenpfade schaffen und zerstören oder mit viel Geschick auch andere Formen der Magie wirken konnte, waren schon immer unfassbar selten gewesen. »Wenn es das ist, muss ich Nerimee recht geben. Dann ist es wirklich unmöglich, denn die letzten sind in Albenmark. Sie waren es, die Emerelle und den anderen Mächtigen die Kraft gaben, Albenmark von dieser Welt und der Zerbrochenen Welt abzulösen. Farodin und ich brachten Emerelle den letzten

Albenstein – und sie musste Jahrhunderte darauf warten. Falls da draußen noch einer sein sollte, müssten wir an Orten suchen, an denen Emerelle nicht suchen konnte.« Er schüttelte den Kopf.

»Ich meine keinen Albenstein«, sagte Ceren, »sondern eine feingliedrige Magie, mit der du die geringsten Erschütterungen im Gewebe der Welt bemerkst; eine Macht, die gewaltige Ströme der Magie bändigt und in feine Bahnen fügt, um den Lauf der Dinge in Vergangenheit und Zukunft zu erkennen.«

»Du meinst die Orakel«, sagte Nuramon.

»In meinen frühen Tagen ruhten einige von ihnen in meinem Schatten.«

»Aber die Orakel sind in Albenmark«, sagte Nuramon. »Selbst Dareen, die mich und Alwerich empfing und mir in ihrer Sternengrotte den Weg zu Noroelle wies, wird mit den anderen Albenkindern fortgegangen sein. Was sollte sie auch an einem Ort, dessen Tor sich nur öffnet, wenn Elfen und Zwerge Hand in Hand arbeiten?«

»Aber die meisten Orakel waren keine Albenkinder, sondern Kinder der Welten«, sagte Ceren. »Sie wurden wie die Geister aus dem Leben der Welt selbst geboren. Wie ich und die anderen beseelten Bäume. Wie die Alben und ihre Widersacher.«

Nuramon hielt es für möglich, dass Ceren recht hatte. Dareen mochte kein Albenkind gewesen sein. Sie war ihm in der Gestalt einer Elfe und Alwerich in der einer Zwergin erschienen. Ihren wahren Körper hatte er nie gesehen. »Könnte sie tatsächlich noch hier sein?«, fragte er.

»Vielleicht ist es nicht wichtig, ob Dareen selbst noch hier ist«, sagte Ceren. »Wenn du nur den Ort finden könntest, an dem du sie getroffen hast, findest du vielleicht eine Spur jener feinen Macht, die uns hilft. Vielleicht hat sie etwas zurückgelassen.«

Nuramon schüttelte lächelnd den Kopf. Er hätte nie erwartet, noch einmal in den winzigen Talkessel mit braunen Felswänden unter einem strahlend blauen Himmel zurückzukehren. Schon damals war es ihm erschienen, als wären er und Alwerich, mit dem er die Pforte der Dareen geöffnet hatte, entlang eines Albenpfades an einen geheimen Ort dieser Welt getragen worden. »Aber um das Tor zu öffnen, braucht es noch immer einen Elfen *und* einen Zwerg«, sagte er. »Nur gemeinsam können sie das Tor öffnen.«

»Jedes Tor lässt sich überwinden oder umgehen«, entgegnete Ceren. »Finde einen Weg, Nuramon. Dies ist die einzige Spur, auf die ich dich führen kann.«

Er nickte langsam, dann wandte er sich an Nylma. »Das heißt, ich muss zurück auf den anderen Kontinent – ins Land der Tjuredanbeter.«

Die Kriegerin, die nun eine Wyrenara war, richtete sich langsam vor ihm auf, als forderte sie ihn zum Kampf. »Ich werde dich begleiten«, sagte sie.

Auch Nerimee erhob sich. »Ich hingegen werde alles für deine Rückkehr vorbereiten, mich der Quellen annehmen und viele Steine sammeln.«

»Das könnte Yendred machen«, sagte Nuramon.

Nerimee lächelte. »Aber er könnte Großvater keine Pforte auf die Albenpfade öffnen«, sagte sie. »Jetzt rächt es sich, dass wir ihm den Zauber vorenthalten haben.«

»Ich hätte auf dich hören sollen«, entgegnete Nuramon nickend.

»Du kannst es wiedergutmachen«, sagte sie. »Nimm Yendred mit. Zeige ihm den Zauber. Er würde an der Reise wachsen.«

»Also der Zauberer, die Kriegerin und der Schüler im Land des Tjuredglaubens«, sagte Nuramon schmunzelnd.

Auf Nylmas Gesicht entfaltete sich ein Grinsen. »Wir sollten noch zwei Leute als Verstärkung mitnehmen«, sagte sie. »Oder glaubst du im Ernst, Yendred würde ohne Salyra und Lyasani gehen?«

Die Erklärung Nuramons im Schatten der Ceren wühlte Daoramu auf. Falls ihm oder Yendred auf der Suche nach Dareen etwas zustieße, würde sie es nicht verkraften. Nach einer Weile hörte sie nur noch die Stimmen von Nerimee und Ceren. Sie sprachen über die letzten Jahre, und neben dem Schmerz fand Daoramu viel Trost in den Erinnerungen Nerimees an all das Schöne, das ihr den Kummer erträglich gemacht hatte. Nach langem Schweigen sagte ihre Tochter: »Bleibst du bei ihr? Ich möchte kurz etwas holen.«

Es kam keine Antwort von Ceren. Schritte entfernten sich eilig. Als nur noch die Vögel sangen und der Wind in den Blättern rauschte, spürte Daoramu eine Berührung. »Sie reden mit dir«, sagte Ceren mit ihrer sanften Stimme. »Ohne zu wissen, ob du hörst.« Sie war ganz nah bei ihr.

»Ich weiß, was du durchlebst«, hörte sie Ceren sagen. »Während ich mit Alaen Aikhwitan verschmolzen war, vernahm ich Nuramon und dessen Familie.« Sie schwieg so lange, dass Daoramu glaubte, sie hätte sich zurückgezogen.

»Ich habe deine Familie belogen«, sagte der Baumgeist schließlich. »Denn ich spüre nicht, ob deine Seele noch in diesem Körper wohnt. Ich spüre nur ein Flimmern in deinem Kopf. Falls du hörst, was wir sagen, sollen dir die Worte Hunger auf das Leben machen. Also sag mir: Was wünschst du dir, wenn du erwachst?«

Daoramu wusste es sofort und schrie es stumm in die Welt hinaus: Sie würde keinen Tag mehr ohne Nuramon sein wollen.

Das Morgengezwitscher der Vögel weckte Nuramon. Er hörte Daoramu gleichmäßig atmen und wartete, dass die Sonne hinter den Lysdorynen emporstieg. Der Tag der Abreise war da, und er hatte doch noch geschlafen.

Wie so oft stellte er sich vor, Daoramu werde jeden Moment die Augen öffnen. Früher war er oft vor ihr aufgewacht und hatte gewartet, dass sie blinzelte und sich ihre Lippen zu einem Lächeln wölbten. Sie erzählten einander gern, was sie geträumt hatten. Und nun fragte sich Nuramon, ob Daoramu in ihrem langen Schlaf überhaupt träumte.

Die Fingerkuppen seiner rechten Hand juckten. Er rieb sich die Fingernägel und flüsterte Daoramu einen Morgengruß ins Ohr. »Ganz gleich, was nun geschieht«, sagte er dann. »Wir werden dich aus dem Schlaf befreien. Sollte ich nicht wiederkehren, so verzweifle nicht, sondern erinnere dich an all das, was uns verband.« Er musste lächeln. »Vielleicht haben wir bald schon Enkelkinder. Großvater Nuramon und Großmutter Daoramu. Das klingt in deinen Ohren gewiss anders als in meinen.«

Er erzählte ihr, dass er Yendred, Salyra und Lyasani beim Liebesspiel überrascht hatte. »Ich sollte mir angewöhnen zu klopfen«, sagte er. »Ich dachte, da würde sich nichts tun, weil auch Lyasani im Zimmer war. Aber ich habe mich geirrt. Wenn deine Mutter davon hört, werde ich mir wieder einen Vortrag anhören müssen. Mir fehlen dein Blick, deine Entschlossenheit und deine Einschätzung. Vielleicht hätte ich Yendred nicht von den frühen Tagen meiner Sippe erzählen sollen.« Belrion, einer seiner Cousins, hatte zwei Frauen geliebt. Und die Liebe war so vollkommen gewesen, dass alle drei zur gleichen Zeit ins Mondlicht entschwunden waren.

Nuramon küsste Daoramu, betrachtete sie noch einen Moment, stand dann auf, zog sich an und öffnete Gaeria und den anderen Mägden die Tür. Wie jeden Morgen warteten sie darauf einzutreten und die Laken zu wechseln, Daoramu zu waschen und sie schließlich anzukleiden; und Nuramon ging ihnen zur Hand. Er wählte für Daoramu ein grünes Kleid aus, das mit Schlangenmustern bestickt war. »Das Kleid hast du damals in Merelbyr getragen«, sagte er, »als ich mit Jasgur auszog, um Teredyr zu befreien.« Die Mägde hielten inne und tauschten sanftmütige Blicke.

Nuramon küsste Daoramus Hände. »Bis bald«, flüsterte er und löste sich von ihr.

»Wir werden sie behüten wie einen Schatz«, sagte Gaeria.

Nuramon schloss die alte Magd in die Arme. »Ohne dich, ohne euch alle, würde ich verzweifeln.« Gaeria wollte abwinken, doch Nuramon schüttelte den Kopf: »Es mag eure Pflicht sein, sie zu pflegen – aber mein Dank gilt der Liebe, mit der ihr es tut.« Er küsste sie auf die Wange, und sofort schoss Gaeria die Röte ins Gesicht.

Nuramon verabschiedete sich von jeder einzelnen der Mägde, dann begab er sich nach unten in die Wasserhallen unter dem Palast und badete dort. Nachdem er im Speisesaal mit Helgura gefrühstückt hatte, zog er seine Rüstung, den Schwertgürtel und seinen roten Mantel an, und mit einem Beutel und einem Schild auf dem Rücken trat er in den Garten hinter dem Palast hinaus und traf seine Gefährten unter dem Blättergewölbe der Birkeneiche.

Ceren saß in ihrer Geistergestalt auf einem Ast und blickte auf sie herab. Borugar, Jaswyra und Nerimee waren ebenso zum Abschied gekommen wie Nuramons Schwertfürstinnen Loramu und Byrnea. Yendred, Lyasani und Salyra standen hinter Nylma und grinsten vor Freude, dass sie auf dieser Reise dabei sein durften.

Das Fürstenpaar machte nicht viele Worte. Sie hatten sich so oft verabschiedet, dass ein fester Händedruck Borugars und eine Umarmung Jaswyras ausreichten.

Ceren lächelte Nuramon nur zu, und er lächelte zurück.

»Ich werde auf die Jungs und Mädchen aufpassen«, sagte Loramu. Sie würde seine Stellvertreterin sein.

»Das hast du doch schon immer getan«, sagte er lachend und wandte sich an Byrnea. Sie war schon seit zwei Jahren die Schwertfürstin neben Loramu. Inzwischen bezeichnete sie es als das Glück ihres Lebens, dass Jasgur ihr nach der Schlacht von Varlbyra einen Posten als Schwertfürstin vorenthalten hatte. So war sie für die Ilvaru ein großer Gewinn geworden. »Sei stark – wie immer«, sprach Nuramon ihr zu.

Byrnea nickte schüchtern, was nicht zu der entschlossenen Kriegerin passen wollte, als die Nuramon sie kannte.

Schließlich schloss Nuramon seine Tochter in die Arme. »Ich vertraue deinen Fähigkeiten mehr als meinen eigenen«, sagte er leise. Und als sie ihn mit ihren braunen Augen ansah und eine Sorgenfalte auf ihrer Stirn entstand, berührte Nuramon sie mit den Fingerspitzen und wischte sie fort, wie er es schon getan hatte, als sie noch klein gewesen war. »Keine Angst. Ich bin immer zurückgekehrt.«

Sie nickte. »Und du gehst jetzt nicht in den Krieg.«

Nuramon lächelte nur und schloss seine Tochter ein letztes Mal in die Arme.

Als er kurz darauf an Nylmas Seite mit Yendred, Lyasani und Salyra durch die Straßen der Stadt schritt und zum Palast aufschaute, sah er nicht nur Cerens Frauengestalt aus dem Blätterdach der Birkeneiche herausschauen, sondern auch Nerimee, die am Rand der Klippe stand und zu ihnen herabschaute. Ihr Mantel und ihr langes Haar wehten im Wind, und ein hoffnungsvolles Lächeln lag auf ihren Lippen.

»Schaut euch ihr Gesicht an«, sagte Yendred.

Lyasani und Salyra sagten im Chor: »Wir haben keine Elfenaugen.« Während Yendred darüber lächelte, hielt Nylma den Blick starr geradeaus gerichtet. *Wir haben keine Elfenaugen.* Das war einer der vielen Sprüche, den sie und Yargir in den ersten Jahren ihrer gemeinsamen Freundschaft geprägt hatten.

»Geht, und schaut, ob das Boot bereit ist«, sagte Nuramon den drei Jünglingen.

Als sein Sohn und dessen Freundinnen fort waren, sagte Nylma: »Du erinnerst dich noch daran?«

»Sie wussten gewiss nicht, wie nahe es dir geht«, sagte Nuramon.

Nylma lächelte sanft. »Es macht mich stolz zu wissen, dass noch so viel von Yargir lebendig ist.« Sie schaute ihren drei Schützlingen nach. »Yendred greift wie du an, aber verteidigt wie Yargir. Lyasani führt Waffen so genial wie Bjoremul. Aber sie verwendet meine Sprüche, wenn sie den anderen beiden eine neue Kampftechnik zeigt. Und Salyra! Sie könnte meine Tochter sein.« Nylma blieb stehen, und so hielt auch Nuramon an. »Das sind unsere Nachkommen«, sagte sie. »Sie werden vieles von dem, was wir ihnen beibrachten, weitertragen, verbessern und zu neuen Höhen führen.«

»Sind sie wirklich so gut?«, fragte Nuramon. Er erinnerte sich an die Schwierigkeiten, die sie unter Helguras Verantwortung gehabt hatten.

Nylma nickte. »Als Krieger sind sie so viel wert wie zehn Leute. Yargir und ich kämpften als Paar, und wir kannten jede unserer Bewegungen. Sie aber lehrte ich als Dreieck zu kämpfen – und dann sah ich, wie Lyasani sie weiter emporführte. Du wirst dich wundern.«

Auf alten Spuren

Als sie von den Albenpfaden zurück in die Welt schritten und auf einer Waldlichtung zu den weißen Bergen hinüberschauten, war es Yendred, als wären die Erzählungen seines Vaters mit einem Schlag zum Leben erwacht. Und als sie den Wald durchschritten hatten und ans Meer kamen, blickte er neugierig voraus. Da lag die kleine Insel jenseits der Fluten, mit ihrem Wald und dem steinigen Ufer. Dort war es geschehen.

Vor der Insel lag der Albenstern im Wasser. Zur Ebbe würde er sich zeigen. An den Muscheln, die sich dort sammelten, würden sie ihn erkennen. Über ihn würden sie auf einen Albenpfad gelangen, der sie auf den anderen Kontinent führte. Es war der Albenstern, über den die Elfenkönigin Noroelle in die Zerbrochene Welt geführt hatte, um sie dort einzusperren. Und als der Pfad zu ihr mit einem Zauber verschlossen gewesen war, hatte sie das Stundenglas, dessen magischen Sand sie für den Zauber verwendet hatte, an dem Felsen, der dort aus dem Strand ragte, zerschlagen. Erst Jahrhunderte später waren Nuramon und sein Gefährte Farodin gekommen, hatten das Tor geöffnet und Noroelle befreit.

Yendred liebte diese Geschichten aus dem Leben seines Vaters, und er bedauerte es, dass sie auf die Ebbe warten mussten. Sie rasteten am Strand, aßen und tranken etwas, und Nuramon erzählte ihnen, dass das Orakel Dareen ihm in ihrer Grotte ein Abbild der Insel gezeigt hatte. »Und als wir das erste Mal hier waren, scheiterten wir«, erklärte er Salyra. »Ich stürmte gegen Mächte an, denen ich nicht gewachsen war. Wir standen so kurz vor unserem Ziel und mussten doch kehrtmachen, um nach einer größeren Macht zu suchen.« Er erzählte von ihrer Rückkehr in die Bibliothek von Iskendria, von Yulivee, die noch ein Kind gewesen war und die er zu seiner Schwester erkoren hatte, von der Seeschlacht im Fjordland, von dem Kampf gegen den Devanthar und dem erbeuteten Albenstein. »Damit wäre es uns vielleicht gelungen, das Tor zu öffnen«, sagte er. »Aber wir übergaben den Albenstein unserer Königin, damit sie Albenmark retten konnte. Im letzten Moment gab sie uns das magische Stundenglas. Sie hatte die Scherben wieder zusammengefügt und viel des magischen Sandes behalten. Damit verließen wir Albenmark, ehe der Weltenzauber die Pfade zerschnitt. Und mit dem Stundenglas brachen wir den Zauber, der den Albenpfad schützte.«

»Ist es wirklich hundert Jahre her?«, fragte Salyra. Ihr Blick wanderte zwischen Nuramons und Yendreds Gesicht hin und her.

Nuramon nickte. »Es war im Jahre 2171 nach der Flucht eurer Urahnen aus Wuur. Es ist nun 112 Jahre her.«

Salyra starrte fassungslos in den Sand.

Als die Ebbe kam, schritten sie über den welligen Boden hinüber zur Insel. Kurz davor spürte Yendred die Präsenz des Albenpfades und sah auch die Muscheln. Dann folgte er dem Fingerzeig seines Vaters zum Wald hinüber. »Dort ist die Lichtung, auf der Farodin und Noroelle ins Mondlicht entschwanden.« Er seufzte leise. »Hier fühlt sich Albenmark so nahe an – nur wenige Schritte waren es damals, und jetzt ist es unerreichbar fern.« Er verharrte lange regungslos. Dann aber lächelte er plötzlich und sagte: »Ich zeige euch etwas. Wartet, bis ich euch hole.«

Sein Vater öffnete eine Zauberpforte, verschwand im Licht und ließ so lange auf sich warten, dass Yendred erwog, ihm zu folgen, ehe sich das Tor von allein schließen konnte. Da erschien sein Vater wieder mit einem Lächeln auf den Lippen. »Kommt«, sagte er, und schon war er wieder verschwunden. Yendred folgte ihm ohne zu zögern. Er ahnte schon, wohin ihn sein Vater führen würde.

Yendred war noch von Licht umgeben, als ihm der Geruch von Kräutern und Quellwasser in die Nase stieg. Seine Füße senkten sich ins Leere, trafen dann auf weichen Grund. Eine bewaldete Insel erhob sich ein Stück entfernt aus einem Meer aus Nebel, das rings umher in der ewigen Nacht verschwand. Sie waren in der Zerbrochenen Welt, und dies war der Ort, an dem Noroelle über Jahrhunderte hinweg gefangen gewesen war.

Yendreds Vater stand vor ihm und starrte der Insel entgegen, während die Gefährtinnen hinter ihm durchs Tor kamen und sich erstaunt umschauten. »Warum sind wir nicht auf den Albenpfaden?«, fragte Salyra.

»Dies ist ein Splitter der Zerbrochenen Welt«, sagte Yendred. »Die Tore zwischen den Welten kann man nur so öffnen, dass man, wenn man hindurchgeht, direkt am Ziel erscheint.«

»Geht das nicht auch zwischen zwei Albensternen in unserer Welt?«, fragte Salyra mit faszinierter Miene, während Nylma und Lyasani eher beunruhigt wirkten.

»Es gab Zauberer, die das vermochten«, sagte Nuramon. »Thorwis, der Weise des Zwergenvolkes, konnte Tore errichten, die einen Ort direkt mit einem anderen verbanden. Aber mir ist diese Magie fremd.«

Yendred nickte. Nuramon hatte ihm oft erzählt, dass er an dem Torzauber, den er beherrschte, nichts weiter ändern wollte. Er hatte ihm von dem Preis eines Fehlers erzählt: dass man im schlimmsten Fall Jahre oder gar Jahrhunderte später am Bestimmungsort erschien. Nun, da sein Vater auch ihn diesen Zauber lehren wollte, wurde ihm umso deutlicher bewusst, welche Verantwortung er schon bald in Händen halten würde.

»Kommt«, sagte Nuramon und schritt der grünen Insel im Nebel entgegen. Sie gingen in den Wald hinein und stiegen über dicke Wurzeln. In die Baumkronen war ein dünner Schleier grünlichen Lichtes geflochten, fast so wie die Wolke aus Magie, die sich im Geäst der Birkeneiche verfangen hatte. Aus dem Licht senkte sich Dunst herab.

»Alles hier speist sich aus Noroelles Macht«, sagte Nuramon leise. »Selbst das Vogelgezwitscher entsprang allein Noroelles Erinnerung.« Er schüttelte den Kopf. »Ein Hauch von ihr ist hier noch lebendig.« Dann hielt er inne, ging in die Hocke und erstarrte. Auch Yendred sah, was dort vor seinem Vater im Boden steckte. Es war ein Kurzschwert mit makellos glänzender Klinge und einem von Elfenmustern verzierten Wiegenknauf. Nuramon berührte die Elfenschrift auf der Parierstange. »Gaomee!«, sagte er leise.

Yendred schnappte nach Luft. »*Das* ist Gaomees Klinge?«, sagte er. Er hatte die Geschichte von Gaomee der Drachentöterin geliebt, konnte aber bis heute nicht fassen, dass sie seine Halbschwester war – das Kind, das Nuramon nie kennengelernt hatte. Jetzt war er überwältigt und verstand gut, dass seinem Vater die Tränen in den Augen standen, als er das Kurzschwert mit einem Ruck aus dem Boden zog. Die Walderde fiel von der Waffe ab, und Nuramon hielt die glänzende Klinge zwischen die Gefährten, sodass alle sie betrachten konnten. »Das ist Sternenglanz aus Aelburin, dem Reich der Zwerge«, sagte er. »Es war ein Geschenk der Zwerge an Königin Emerelle. Ein besseres Metall ist mir nie begegnet.«

Sein Vater zögerte kurz, dann reichte er die Waffe Nylma, die sie in ihren Händen wog, sie probeweise führte und immer wieder staunend innehielt. »Es ist so leicht«, sagte sie und wollte das Kurzschwert zurückgeben, doch Nuramon winkte ab. »Wenn du willst, kannst du es tragen«, sagte er.

»Aber Gaomee war deine Tochter. Wäre es da nicht richtig, die Waffe deinem Sohn zu geben?« Nylma lächelte und hielt Yendred den Griff entgegen.

Mit zitternden Fingern nahm Yendred die Waffe entgegen. Sie war noch leichter als erwartet und würde jeden Feind überraschen. Er fuhr mit den Fingerspitzen die Klinge entlang. »Darf ich sie wirklich haben?«, fragte er voller Ehrfurcht und ließ den Blick zwischen seinem Vater und seiner Lehrmeisterin hin und her wandern.

Nylma lächelte nur.

»Sie soll dir gehören«, sagte Nuramon.

Yendred wurde warm ums Herz. Es war, als hätte sein Vater ihm einen Teil der eigenen Vergangenheit geschenkt. Er dankte ihm und steckte die Waffe in seinen Gürtel neben sein gekrümmtes Kurzschwert, das er aus der Waffenkammer der Ilvaru hatte und das nach elfischem Vorbild gefertigt war.

Sein Vater lächelte zufrieden, dann führte er sie auf eine kleine Lichtung, auf der sich ein Teich an einen weißen Felsen schmiegte. Auch diese Stelle kannte Yendred aus den Erzählungen seines Vaters. Hier waren er und Farodin nach allen Mühen Noroelle wiederbegegnet. Während Nuramon nur schmunzelte, kamen Yendred die Tränen, und als er eine Hand auf der Schulter spürte, war er überrascht, dass es Lyasanis war. Ihre Lippen zitterten. Auch sie hatte sich die Geschichte um Noroelle wieder und wieder erzählen lassen.

Nuramon führte sie weiter, durch den Wald hindurch, als suchte er etwas, und Yendred wagte es nicht, eine Frage an ihn zu richten, so sehr schien sein Vater in Gedanken verloren zu sein. Schließlich kamen sie an den Rand des Waldes. Der Nebel zog sich wie eine Decke über den Boden bis zur Dunkelheit.

»Ist es dieselbe Finsternis wie auf den Albenpfaden?«, fragte Nylma.

»Manche glauben das«, sagte Nuramon. »Andere sagen, es sei nur die Schwärze zwischen den Resten der Zerbrochenen Welt.« Er wies zurück in den Wald. »Diese Orte haben sich um die Albensterne gebildet. Stellt euch vor, eure Welt würde zerbrechen und zurück blieben nur jene Stellen, an denen sich die Tore öffnen lassen. Wie wenig das wäre! Einst mögen sich hier fruchtbare Wiesen erstreckt haben, so weit das Auge reicht, behütet von Geistern, die noch mit dem Wesen der Welt im Einklang waren.« Er wandte sich ab. »Dieser Ort ist ein Gefängnis und eine Erinnerung. Und der Blick dort hinaus ist nichts anderes als eine Warnung.«

Nuramon konnte nicht schlafen. Sie lagerten auf der Lichtung, auf der Noroelle ihn zurückgewiesen hatte. Hier hatte sie sich für Farodin entschieden und war mit ihm ins Mondlicht gegangen. Jene Nacht berührte Nuramon noch immer. Es war eine alte Wunde, die schmerzte, die aber auch tröstende Erinnerungen an frühere Zeiten barg. Nuramon starrte in den Sternenhimmel. Als er zuletzt hier gewesen war, waren seine Erinnerungen noch ungeordnet gewesen. Nun fühlte er sich wie ein alter Krieger, der auf die Schlachtfelder seiner Jugend zurückkehrte. Auf alten Spuren zu wandeln war wie eine Prüfung seiner Gefühle. Es war, als wollte ihn das Schicksal fragen, wie sehr er Daoramu liebte und ob die Erinnerung an Noroelle und all die anderen diese Liebe trübte.

Noch ehe die Sonne aufging, war Yendred auf den Beinen. Er ging an den Strand und betrachtete den Felsen, an dem Emerelle einst das Stundenglas zerschlagen hatte. Er hatte geträumt, dass ihn die Elfenkönigin mit einem unheimlichen Lächeln betrachtet und dann auf Lyasani und Salyra geblickt hatte. Diese hatten bei steigender Flut im Wasser gekniet und ihn angefleht, es nicht zu tun, und er wusste nicht, was sie gemeint hatten. Als er die Hand der Elfenkönigin auf seiner Schulter gespürt hatte, war er aufgewacht.

»Du kannst es auch nicht erwarten, was?«, sagte eine Stimme hinter ihm. Yendred wandte sich um und sah Lyasani, die nur in ihr Hemd gekleidet war. Sie kam barfuß näher und setzte sich neben ihn auf den Felsen. »Hast du schon darüber nachgedacht?«, fragte sie.

»Worüber?«, entgegnete er.

Lyasani lachte. »Über gestern Nacht natürlich. Oder hast du das schon vergessen?«

Natürlich erinnerte er sich. Er war mit Salyra und Lyasani im Bad gewesen, und sie hatten die Gerüchte, die ihn zum Geliebten beider Frauen machten, dort beinahe wahr werden lassen. Was unten im Bad begonnen hatte, war in seiner Kammer weitergegangen, und auch das Erscheinen seines Vaters hatte sie nur einen Moment lang abhalten können. Schließlich hatten sie erschöpft dagelegen und einander Liebesworte zugehaucht. Mit dem Schweigen und dem Erlöschen der Kerze hatte er seine beiden Freundinnen atmen hören und sich gefürchtet, ihre Beziehung in dieser Nacht ruiniert zu haben.

»Ich habe mit Salyra gesprochen«, sagte Lyasani. »Und wir sind uns nicht sicher, was wir tun sollen.«

»Müssen wir überhaupt etwas tun?«, fragte Yendred.

»Wir sollten schon darüber sprechen, wo wir stehen. War es eine Nacht der Schwächen? Oder haben wir einfach die Wahrheit gelebt?«

Er lächelte und sah ihr in die dunklen Augen. »Ich weiß nur, dass es die schönste Nacht meines Lebens war.«

»Aber was wird der Preis sein, Yendred?«

»Vielleicht war es ein Fehler, der irgendwann zur Eifersucht führt. Vielleicht darf es nicht noch einmal geschehen. Aber ich muss an den Cousin meines Vaters denken. Damals, als Ceren noch in Albenmark lebte und die Drachen noch nicht über sie hergefallen waren.«

»Belrion und seine beiden Geliebten«, sagte sie und nickte. »Aber es ist gefährlich, eine solche Liebe zum Ideal zu erklären.«

»Glaubst du, sie haben es als Ideal betrachtet?«, fragte er und überlegte. »Glaubst du nicht, dass sie in der Obhut Cerens genau das getan haben, was sie uns geraten hat: einfach auf die Gefühle zu hören? Das gestern war mehr als die Erfüllung unserer Lust. Wenn ich zuvor in Salyras Armen lag und du außen vor warst, hast du mir gefehlt. Aber letzte Nacht, nachdem dieses Gefühlsgewitter vorüber war, fühlte ich mich wie nach einem Tag der Kampfübungen, wenn wir uns aneinanderschmiegen und einschlafen. Ich fühlte mich ... vollständig.«

Sie nickte und spitzte die Lippen. »Oder wie nach einem Lauf über die gesamte Insel.«

»Das meine ich«, sagte er nickend. »Wenn ich von euch getrennt bin, fühle ich mich schmal und schwach. Und wenn ich nur mit einer von euch unterwegs bin, ist es zwar ein Trost, aber ich frage mich ständig, wann wir wieder vereint sind. Ich habe überhaupt keinen Drang nach Abwechslung. Die Gesellschaft von anderen Freunden langweilt mich schnell, und ich bin froh, wenn wir wieder unter uns sind.«

Sie starrte ihn an. »Das hat Salyra auch gesagt.«

»Und du? Fühlst du es auch?«, fragte er, und als sie nickte, war er erleichtert und sagte: »Dann gestehen wir uns doch ein, dass es eine wunderbare Nacht war und wir Angst haben, was daraus erwächst. Lass uns keine Pläne schmieden.«

»Aber du bist der Thronerbe«, sagte sie.

Er lächelte, fasste sanft nach ihrer Hand und sagte: »Sollte die Krone je zwischen uns stehen, verzichte ich auf sie.«

Als Nuramon aufgestanden war, reichten ihm Nylma und Salyra ein Stück Brot und einen Becher heißen Kräutertee. »Köstlich«, sagte er und schaute in den Becher. Der würzige und süße Geschmack kam ihm bekannt vor.

Nylma grinste. »Aus Noroelles Wald.«

Nuramon musste lachen. Er dankte ihr, dass sie ihm eine Erinnerung an die Kräuterwiesen Albenmarks geschenkt hatte.

Er setzte sich zu Nylma ans Feuer und sah, dass Salyra im Wald verschwand. »Wo sind die anderen?«, fragte er.

»Die haben viel zu bereden.«

»Ach, wegen der Nacht in Jasbor.«

»Sind sie endlich zusammengekommen?«, fragte Nylma, ehe er es ihr erklären konnte. »Du bist doch nicht etwa überrascht?«

»Ein wenig schon«, sagte er und wunderte sich, dass die Wyrenara nicht überrascht war.

Nylma schaute in den Wald hinein, als könnte sie Yendred und seine beiden Geliebten sehen. »Ich nahm an, es würde viel früher dazu kommen. Ich sage dir: Sie sind eins. Sie sind wie Yargir und ich. Ich kann Yendred nicht betrachten, ohne sofort an die beiden Mädchen zu denken.«

Nuramon musste lächeln. »Nerimee hat mich darauf vorbereitet, dass die drei früher oder später zusammenkommen könnten. Aber es deckte sich nicht mit dem, was ich sah.«

Nylma grinste und hob die Augenbrauen. »Wenn wir eines gelernt haben, mein lieber Nuramon, dann, dass wir auf Nerimee hören sollten.« Sie nahm einen Stock und stocherte in der Glut herum. »Und?«, sagte sie mit einem schelmischen Lächeln. »Wie fühlt es sich an, zwei Schwiegertöchter zu bekommen?«

Nuramon lachte und schaute sich an dem Ort um, an dem er vor mehr als hundert Jahren so enttäuscht gewesen war. Schließlich sagte er: »Es fühlt sich nicht nur gut an, sondern auch richtig.« Dann grinste er. »Wenn ich nur wüsste, wie ich das Borugar und Jaswyra beibringen soll!«

Orakelblick

Tyregol saß nun endlich wieder auf dem Thron seines Vaters. Aber was nützte die Macht, wenn man stets gegen den eigenen Willen handeln musste? Er wollte nicht gegen die Yannadrier Krieg führen, doch die Fürsten ließen ihn Befehle aussenden, die genau darin mündeten.

»Nur noch eine Weile«, sagte seine Mutter stets. »Bis jene, denen wir vertrauen können, dort sind, wo sie uns schützen können.« Doch dieser Tag schien nie zu kommen. Und als Tyregol sich für Bauern starkmachen wollte, denen die Armee zu viel abverlangte, steckten die Fürsten die Köpfe über ihm zusammen und drohten ihm offen, dass alles verloren wäre, wenn er ihnen nicht gehorchte, und dass seine Mutter und alle, die er liebte, in Gefahr wären, wenn er die Befehle nicht unterzeichnete und siegelte. Da wusste er, dass er kein Herrscher war, sondern ein Gefangener.

Jasgur hatte genug von der Verantwortung. Immer öfter sagte er zu allen, die ihn behelligten: »Habe ich nicht schon genug getan?« Er war des Herrschens müde, und so nahm er seinen Sohn zur Seite und bat ihn, sein Erbe anzutreten.

Sie hatten ihr Ziel erreicht. Der Fürst von Helbyrn hatte ihren geforderten Preis bezahlt, und gegen den Widerstand der Ahnenpriester den Bann aufgehoben, der den Götterglauben verbot. Nun konnten sie den Menschen offen zeigen, dass sie über wahre Macht verfügten. Wer sonst sollte sie vor den Quellen des Tjured schützen, die überall zur Prüfung wurden? Wer sollte sie vor der wachsenden Gefahr des Elfenkindes und dessen Brut warnen, wenn nicht sie? Die ersten Gläubigen waren schon unter den Beratern des Fürsten, die ersten Grafen, die sich ihrem Glauben geöffnet hatten, führten ihre Töchter dem Fürstensohn vor. Es fehlte nur wenig, und ihnen würde gelingen, wonach sie so lange strebten. Sollten es ihre Glaubensbrüder einst schaffen, ihnen zu folgen, würden sie ihnen ein Fürstentum zu Füßen legen – und vielleicht sogar ganz Arlamyr.

Ruinen und Pforten

Nuramon brachte die Gefährten auf den Pfad, der einst ins südliche Fjordland geführt hatte. Er schritt vorsichtig voran, denn die Tjuredanbeter hatten mit ihrer früheren Macht über die Jahrhunderte zahlreiche Albenpfade beschädigt. Mit seinen alten Gefährten war er einmal an einer brüchigen Stelle von den Albenpfaden in die Welt zurückgestürzt und in Bedrängnis geraten. Er wusste bis heute nicht, ob sie damals einfach nur Glück gehabt hatten, dass sie überhaupt in der Welt erschienen und nicht in die ewige Finsternis hinabgestürzt waren.

Er ließ seine Sinne in der Hoffnung vorauseilen, einen beschädigten Pfad früh genug zu erkennen. Als sie an den ersten Albenstern kamen, kniete er nieder und winkte Yendred zu sich. »Du wolltest den Torzauber lernen«, sagte er und lächelte, als er sah, wie aufgeregt Yendred war. »Und ich werde heute damit beginnen, ihn dich zu lehren.«

Yendred legte seine Hände über die sich kreuzenden Pfade. »Das ist viel Macht«, sagte er sofort. »So viel Magie!«

Auch Nuramon berührte den Albenstern und sandte seine magischen Sinne aus. Es war, als tauchte er seine Hände in heißes Wasser, und dann sah er draußen auf der anderen Seite ein pulsierendes Licht am Boden. Es befand sich zwischen zwei Bäumen und strahlte enorme Kraft aus. Am Rand des Sichtfeldes lag ein verwesender Fuchs. Nuramon sprach seinen Gefährten zu, was er sah, und schließlich sagte er: »Es ist eine magische Quelle.«

Yendred löste seine Hände vom Boden. »Ich habe nur ein Leuchten gesehen.«

»Heißt das, hier geschieht das Gleiche wie bei uns?«, fragte Nylma.

Nuramon nickte. »Wir sollten uns eine andere Stelle suchen.« Er wies einen Pfad entlang. »Dort geht es nach Firnstayn, aber wir müssen nach Süden.« Er schaute lange den Pfad nach Firnstayn entlang und fragte sich, was aus den Resten der Stadt geworden war.

Als er das letzte Mal dort gewesen war, war es nur noch eine Ruine gewesen, deren ehemalige Bewohner sich nach Albenmark gerettet und an der Seite der Albenkinder gegen die Tjuredanbeter gekämpft hatten.

Nuramon führte die Gefährten auf einen Pfad, der seiner Einschätzung nach in den Süden nach Angnos führte. Kaum waren sie fünf Schritte auf diesem Weg gegangen, spürte Nuramon plötzlich einen Strom vor sich. Dort glitzerte der Pfad silbern und golden, und ein Sog führte in die Tiefe.

»Es ist wie ein Loch im Boden«, sagte Yendred. »Ist das eine der Stellen, die die Tjuredanbeter beschädigt haben?«

»Es scheint so«, sagte Nuramon. »Aber so etwas haben wir damals nicht gespürt, als wir auf eine brüchige Stelle gestoßen sind.«

Also machten sie kehrt und versuchten ihr Glück auf einem Pfad nach dem anderen. Am Ende jedoch blieb nur der Weg nach Firnstayn übrig.

»Was erwartet uns dort?«, fragte Nylma.

Nuramon zuckte mit den Schultern. »Im besten Fall die Ruine einer verlassenen Stadt. Firnstayn war die Heimatstadt Mandred Torgridsons.« Er erzählte von seinem alten Gefährten und von dem Dorf, das zur Königsstadt herangewachsen war, dem Bündnis zwischen Albenmark und den Firnstaynern und der Seeschlacht, in der sich der Devanthar offenbart hatte. »Er benutzte einen Albenstein, schuf einen Fluchtweg und verschwand. Er hoffte wohl, dass wir ihm auf diesem Pfad folgten und in eine Falle liefen. Aber Emerelle schuf mit ihrem Albenstein einen anderen Weg zu unserem Feind. Der Albenstern dürfte noch existieren. Falls nicht, bleibt uns nur der Landweg.«

»Sind denn so viele Pfade zerstört worden?«, fragte Yendred.

Nuramon nickte. »In Arlamyr ist das Netz viel dichter geflochten. Es mag sein, dass auf dem anderen Kontinent viele der alten Albenpfade über die Jahrtausende durch Albensteine zerstört wurden. Arlamyr wirkt beinahe wie ein unberührtes Land. Die Pfade auf dem Kontinent im Westen jedoch haben spätestens nach dem Aufstieg der Tjuredanbeter gelitten.«

Als Nuramon die Gefährten auf den Pfad nach Firnstayn führte, dachte er an Tarsun und was er von ihm und aus seinem Buch erfahren hatte. Die Magie, die Tarsun und seinesgleichen beherrschten, galt ihnen als Macht des Tjured. Die Abtrennung Albenmarks schrieben sie ihrem Gott zu, nicht etwa Emerelle und den anderen mächtigen Albenkindern. Es war gewiss leicht, einen solchen Glauben zu verbreiten, immerhin waren alle fort, die hätten widersprechen können. Die Magie wurde einfach zur Macht Tjureds umgewidmet, und die magischen Quellen erklärte man zu heiligen Stätten, um dann zu behaupten, die Macht dieser Orte könnte nur durch die Tjuredpriester gezügelt werden.

Als sie sich dem nächsten Albenstern näherten, erinnerte sich Nuramon an eine Stelle in Tarsuns Buch, die von einem Feldherrn namens Erilgar erzählte. Er war der Anführer der Tjuredanbeter bei der Schlacht um Albenmark gewesen. In einem Moment höchster Bedrängnis war ihm angeblich Tjured erschienen und hatte ihm befohlen, sich sofort zurückzuziehen. Erilgar folgte den Worten seines Gottes, doch viele seiner Krieger widersetzten sich dem Befehl, denn sie sahen sich kurz vor einem Sieg. Und dann hieß es in Tarsuns Buch, dass Albenmark in finsterem Nebel schwand und nur das Land zurückblieb, das sich unter den Füßen derer befand, die Erilgars Befehl gefolgt waren.

Nuramon erinnerte sich an den Nebel und die Finsternis. Das ganze Land zwischen dem Tor, durch das die Tjuredanbeter nach Albenmark gekommen waren, und der großen Schlucht an der legendären Brücke Shalyn Falah war verschwunden. Das war der Beginn des großen Zaubers gewesen, der Albenmark von Dayra und der Zerbrochenen Welt abtrennen sollte. Von da an war ein Albenpfad nach dem anderen abgerissen. Und Nuramon war schließlich mit Farodin über einen der letzten fortgegangen, um Noroelle zu befreien.

Erilgar musste das Geschehen aus dem verschwundenen Gebiet heraus betrachtet haben. Für den Feldherrn der Tjuredanbeter war Albenmark gewiss um ihn herum verschwunden. Es mochte sein, dass das Tor auf den Klippen des Fjords von Firnstayn noch immer in das Gebiet führte, das früher ein Teil Albenmarks gewesen war, wie eine Insel im Nichts, wie ein Splitter der Zerbrochenen Welt.

Am nächsten Albenstern hielt Nuramon inne. Sie waren nur ein Tor von dem Ort entfernt, an dem er einst fünfzig Jahre unter Menschen gelebt hatte. Er hatte dort auf seine Gefährten Farodin und Mandred warten müssen, weil es diese durch fehlerhafte Torzauber Jahre in die Zukunft verschlagen hatte. Es war Mandreds Heimat – das Fjordland, das Land der Verbündeten Albenmarks und ebenso das Land, das den Tjuredanbetern in die Hände gefallen war.

Nuramon schaute den goldenen Pfad entlang, auf dem er einst mit seinen Kampfgefährten zu dem Devanthar gegangen war. Da der Pfad nach dem Tod des Devanthar und damit kurz vor der Schlacht um Albenmark noch da gewesen war, hatte Nuramon die Hoffnung, dass dieser unbeschädigt war und sie sicher nach Süden führen würde. Bevor sie weitergingen, wollte er nur einen Blick durch den Albenstern in die Welt hinauswerfen; einen Blick auf die Ruinen von Firnstayn.

Als Nuramon schließlich an Yendreds Seite die Hände auf den Albenstern senkte, spürte er zunächst eine gewaltige magische Kraft. Was er dann sah, raubte ihm den Atem.

»Was geschieht dort draußen?«, fragte Yendred seinen Vater schon zum dritten Mal. »Ich spüre eine große Macht, aber ich kann nichts sehen! Was geht dort vor? Nun sag doch etwas!« Aber Nuramon sagte nichts. Stattdessen öffnete er wortlos ein Tor in die Welt und verschwand im Licht.

Ratlos schaute Yendred zu Nylma, doch seine Lehrmeisterin wirkte ebenso verwirrt wie er selbst. »Sollen wir ihm folgen?«, fragte sie schließlich.

Yendred nickte. »Ich gehe vor, ihr kommt nach«, sagte er und lächelte Lyasani und Salyra an. Dann trat er ins Licht – zu jener Stelle, von der sein Vater einst in den letzten Kampf gegen den Devanthar aufgebrochen war.

Als Yendred in die Welt hinaustrat, wurde sein Blick an seinem Vater vorbei auf einen Fluss wilder Farben gezogen, der schräg den

Fjord hinablief. Sein Blick schwamm gegen den Strom des bunten Flusses die Klippe empor. Dort entsprang die Kraft einem grellen Lichtschein, der seine Tönung langsam wechselte. Die Mauern einer Stadt am Ende des Fjords reflektierten das Lichterspiel. Das mussten die Ruinen von Firnstayn sein, von denen sein Vater ihm erzählt hatte. Yendred hatte sich die Stadt kleiner vorgestellt. Von all den Schäden, die die Tjuredanbeter bei ihrem letzten Angriff angerichtet hatten, war nichts zu erkennen. Was Ruinen hätten sein sollten, wirkte lediglich wie eine verlassene Stadt, deren graue Mauern durch den magischen Schein gefärbt wurden. »Ist das Firnstayn?«, fragte Yendred schließlich.

»Das war es einmal«, sagte sein Vater und schaute auf die Klippe. »Dort war ein Steinkreis, in dem sich der Albenstern und damit das Tor nach Albenmark befand. Die Tjuredanbeter haben es mit ihrer alten Magie aufgerissen.« Er wies mit der Hand das leuchtende Band in den Fjord herab. »Dabei muss dieser Riss entstanden sein. Eigentlich sollten wir durch ihn hindurch in ein Stück Albenmark blicken können, das losgerissen wurde, als der große Zauber die Welten trennte.« Nuramon lächelte traurig. »Spürst du die Magie?«, fragte er.

Yendred fühlte sie als glimmende Macht, die ihm entgegenschlug. »Wie Sonnenschein«, sagte er.

Lyasani, Salyra und Nylma kamen durch das Lichttor, staunten und fragten, was hier geschehe. Während sein Vater suchend im Fjord umherschaute, erklärte Yendred es ihnen knapp. Als er nicht weiterwusste, wandte sich Nuramon zu ihnen um und wies zu dem Farbenfluss hinauf. »Die Magie strömt unaufhörlich durch den Riss und das offene Tor in die Welt.« Er wies in den Fjord. »Das Wasser ist von dieser Kraft geschwängert. Dies ist nichts anderes als eine gewaltige Quelle der Magie.« Er schaute zu den Ruinen von Firnstayn. »Die Magie fliegt dort wie ein feuriger Wind zwischen die Gebäude. Wer immer dort gelebt hat, nachdem die Firnstayner in Albenmark Zuflucht fanden, war ständig dieser Kraft ausgesetzt.«

»Dann ist es wie bei uns in Arlamyr«, sagte Nylma. »Eine magische Quelle. Nur größer.«

Nuramon nickte. »Wenn überall dort, wo die Tjuredanbeter eine Bresche ins magische Gefüge schlugen, so viel Magie in die Welt dringt wie hier, könnten ganze Landstriche, ganze Reiche im Chaos versunken sein.«

»Aber du hast doch erzählt, die alte Macht der Tjuredanbeter würde die Magie einfach verschlucken«, sagte Yendred.

»Das stimmt. Es war, als hätten sie tiefe Löcher gegraben, in welche die Magie einfach hinabfloss. Aber was geschieht, wenn mehr Magie heranfließt, als diese Löcher tilgen können?«

»Dann würde sich der magische Fluss stauen«, sagte Yendred. »Die Kraft würde in die Welt hinausfließen.«

»Und genau das ist hier geschehen«, entgegnete Nuramon.

Yendred spürte das Strahlen der Magie, doch das Ausmaß vermochte er nicht zu fassen. Nur das Entsetzen, das sich immer wieder der Miene seines Vaters bemächtigte, ließ ihn ahnen, wie gewaltig die Kraft sein musste.

»Da!«, sagte Nylma und deutete links an der Stadt vorüber. »Da ist eine kleine Burg.« Das schlichte, zweitürmige Gemäuer erhob sich an einer Straße, die in die Ruinen von Firnstayn herabführte. Sie lag der Klippe gegenüber, an der das Leuchten am stärksten war und wo einst der Steinkreis und das Tor nach Albenmark gelegen hatten. In der Burg brannten Lampen oder Fackeln.

»Dort ist irgendwer«, sagte Nylma, »aber es weht keine Fahne über den Zinnen.«

Nuramon folgte ihrem Blick. »Wir kehren um«, sagte er schließlich.

»Aber warum?«, fragte Yendred, und er tauschte einen Blick mit Lyasani, die nur mit den Schultern zuckte. »Vielleicht erfahren wir dort etwas.«

Nuramon schaute einem nach dem anderen ins Gesicht, dann die Klippe zum alten Weltentor hinauf. Er stutzte, dann schüttelte er den Kopf. Leise sagte er: »Wir alle dachten, ein neues Zeitalter wäre angebrochen. Eines, in dem auch Menschen die Zauberei erlernen und diese Welt meiner Heimat ähnlicher wird. Aber nun?« Er schüttelte den Kopf. »O Emerelle! Du wusstest es!«

»Wovon sprichst du?«, fragte Yendred.

Mit funkelnden Augen schaute sein Vater ihn an. »Ich habe dir doch erzählt, was Emerelle und die anderen Weisen getan haben, um die Feinde zu bezwingen.«

»Sie trennten die Welten, ja.«

»Und du hast mich damals gefragt, ob das wirklich ein Sieg war.«

Salyra spitzte die Lippen. »Emerelle hat ihr Reich vor dem Untergang bewahrt. Man könnte fragen, ob sie es nicht auch anders geschafft hätte. Wenn sie nicht so schicksalsergeben gewesen wäre.«

Nuramon blickte Salyra an und nickte schließlich. »Ja, aber was, wenn sie nicht nur ihr Reich gerettet hat? Was, wenn sie zugleich einen Schlag ausführte, der die Feinde niederschmetterte?«

»Und das da soll es sein?«, fragte Yendred zweifelnd und deutete auf den Farbfluss über dem Fjord.

Nuramon wies mit der Hand über das Wasser. »Die Magie steigt wie die Flut – auch in Arlamyr.« Er wandte sich an Yendred. »Du selbst sagtest, dass du zum Zügeln der Quellen mehr magische Steine als erwartet brauchtest. Bislang war uns das recht, denn für Daoramus Heilung benötigen wir viel Magie. Außerdem dachte ich, die Magie würde sich irgendwann einpendeln. Aber das hier?« Er trat vor und schaute in die Runde. »Das überzeugt mich vom Gegenteil. Die magischen Giftwolken, die bei uns in Arlamyr einige Dörfer bedrohten, könnten hier bereits über eine ganze Region wehen. Auf ganzen Landstrichen könnte es vor verwandelten Lebewesen wimmeln. Ganze Reiche könnten in einem Meer aus Flammen verbrannt, in einer gewaltigen Flut versunken, in einem Sturm hinfortgefegt oder in einem ewigen Eis erstarrt sein. Was bei uns im Kleinen geschieht, mag hier bereits im Großen geschehen sein.«

Als sie wieder auf den Albenpfaden waren und Nuramon sie auf den goldenen Weg führte, auf dem er einst mit seinen Gefährten in das Kloster des Devanthar geschritten war, fragte er sich, was dort nun auf sie wartete. An der nächsten Lichtinsel zögerte Nuramon jedoch, ehe er sich hinkniete und seine magischen Sinne durch den Albenstern in die Welt hinaussandte.

Von dem Kloster, das dort einst gestanden hatte, war vor lauter Licht nichts zu sehen, ein magisches Rauschen überdeckte jedes Geräusch, und seine Sinne offenbarten ihm, dass dort draußen alles von Magie überflutet war. Im Grunde verwunderte es ihn nicht. Das Kloster hatte in der Nähe von Aniscans gelegen, und dort hatte der Tjuredglaube seine üble Wendung genommen. Gewiss hatten die Tjuredanbeter ihre Macht hier mehr als anderswo genutzt und dadurch Wunden in das Gefüge der Welt geschlagen. Und in den Jahrzehnten nach der Trennung der Welten mochten sich diese Eingriffe gerächt haben.

»Dort scheint nichts mehr zu sein«, sagte er. Er zog seinen Zauberblick zurück und schaute den senkrecht in die Höhe führenden Albenpfad hinauf. Das war der Weg ins Versteck des Devanthar gewesen; dort hatten sie ihn einst bezwungen und den Albenstein des Rajeemil erbeutet. Nuramon dachte an all die Macht, die am Ende dieses Pfades auf ihn warten mochte. Er hätte hier und jetzt ein Tor in die Zerbrochene Welt öffnen können. Er vermochte es von den Albenpfaden aus. Früher hatte er erst nach Dayra zurückkehren müssen, um dort ein Tor zu öffnen, das zwischen den Welten verlief.

»Ich weiß, was du denkst«, sagte Nylma und legte sich die Hand auf ihre Brust. »Der Almandin ist dort erwacht und hat dir das Leben gerettet. Ohne ihn und Farodins Stein hätte der Devanthar euch erledigt. Auch ich bin neugierig auf den Ort. Aber du solltest dein Schicksal nicht zweimal herausfordern.«

Nuramon nickte langsam. »Der Devanthar mag tot sein, aber der Zauber, der uns damals an jenem Ort festhielt, mag neue Kraft gesammelt haben«, sagte er schließlich. »Lassen wir es auf sich beruhen.«

Als sie endlich an einen anderen Albenstern kamen und sein Vater sagte, dass draußen in der Welt weit und breit nichts zu erkennen sei, war der Moment gekommen, den Yendred bei all den Gefahren, die hier lauerten, gefürchtet hatte: Er selbst sollte das erste Mal versuchen, ein Tor zwischen den Albenpfaden und der Welt zu öffnen.

Er dachte den Zauber, ließ die Magie fließen, und schon im nächsten Augenblick erhob sich eine Lichtsäule aus dem Boden. Sie war nicht von den Pforten seines Vaters zu unterscheiden.

Nuramon hob prüfend die Hand. »Spürst du es?«, fragte er.

Jetzt erst bemerkte Yendred, dass etwas kaum merklich im Licht pulsierte. »Es ist gescheitert, nicht wahr?«

Nuramon lächelte. »Und damit weißt du mehr, als ich damals wusste, als ich mit dem Zauber begann und nicht ahnte, dass einige der Tore, die ich schuf, Jahre in die Zukunft führten.«

Yendred nickte, versuchte es noch einmal, und wieder spürten sie den Atem der vergehenden Zeit. Da öffnete sein Vater eine neue Pforte und damit einen sicheren Weg in die Welt. Yendred bemühte sich, seine Enttäuschung über sein eigenes Scheitern zu verbergen, aber ehe er ins Licht schritt, sagte sein Vater: »Mach nicht so ein Gesicht. Du beherrschst es so gut wie deine Schwester bei ihren ersten Versuchen.«

Das Lob seines Vaters machte Yendred Mut, doch nach dem Durchschreiten des Tores zerschlug sich jede Freude. Keine fünfzig Schritt vor ihnen begann ein Land aus Asche – eine graue Steppe, auf der Flammen wild umherflogen. Seidentüchern gleich wehte Yendred die Magie ins Gesicht. Im Süden bauschten sich dunkle Wolken auf, nur um kurz darauf zu verwirbeln und in Windhosen in die Tiefe zu stechen. Die Wälder in der Ferne wirkten trübe, zwischen den Hügeln flackerte es, und aus dem Fluss im Westen stieg Dunst. Dieser ebenso erstaunliche wie entsetzliche Anblick machte Yendred sprachlos.

»Das sind magische Stürme«, erklärte Nuramon. »Dieses Gebiet war einst belebt. Die Tjuredanbeter haben es erobert, und schaut es euch nun an.«

Nylma nickte. »Das scheint wahrhaftig die Rache der Elfenkönigin zu sein«, sagte sie.

Yendred lauschte zwar den Worten seines Vaters und seiner Meisterin, starrte aber noch immer auf das Schauspiel vor seinen Augen. Selbst die Schäden an den Pfaden vermochte er beinahe mit bloßem Auge zu erkennen, denn flimmernde Bänder drangen in alle

Richtungen davon. »Was, wenn es keine festen Pfade mehr gibt, die nach Süden führen?«, fragte er leise, ohne seinen Blick vom magischen Geschehen abzuwenden.

»Dann müssen wir den Landweg nehmen«, antwortete sein Vater.

Davor fürchtete sich Yendred, denn auf diesem Kontinent mit all den magischen Quellen konnten sie sich nie sicher sein, ob das Wasser, das sie schöpften, die Pflanzen, die sie sammelten, und die Tiere, die sie erlegten, genießbar waren. Nichts hier schien unberührt sein.

Als die Erde zu zittern begann, war Yendred geradezu erleichtert, dass sie durch das offen stehende Tor auf die Lichtinsel neben der Welt zurückkehrten. Als sein Vater und Nylma auf sich warten ließen, schoss Yendred plötzlich die Frage durch den Kopf, was wohl geschähe, wenn sein Vater nicht käme, er mit Lyasani und Salyra hier auf den Albenpfaden gestrandet wäre und ihr Schicksal allein von seinen Fähigkeiten abhinge? Als Nylma erschien und sein Vater der Kriegerin folgte, atmete Yendred auf und bemerkte den musternden Blick seines Vaters.

Der Weg über die Albenpfade nach Süden war mühsam. Etliche der Pfade waren beschädigt, sodass sie wie in einem Labyrinth nach einem Weg suchten. Wann immer sie an einen Albenstern kamen, schaute Nuramon in die Welt hinaus. Die Magie schien überall zu wirken. Er sah einen Fluss mit rotem Wasser, der durch eine windgepeitschte Herbstlandschaft floss; tote Wälder, verlassene Dörfer und Städte; Berge, von denen Feuer herabfloss, und sogar einen Landstrich, der mitten im Sommer von Eis und Schnee überzogen war.

Nuramon sah auch Menschen. Die Siedlungen, in denen sie lebten und die Felder, auf denen sie arbeiteten, waren wie Inseln in einem magischen Meer. Gewiss mochten die Menschen in jenen Gebieten, in denen die Tjuredanbeter weniger in das Gefüge der Albenpfade eingegriffen hatten als hier, es leichter haben. Doch auch dort würden magische Quellen hervorbrechen und sich irgendwann Risse die Albenpfade entlangziehen. Eines Tages mochten diese Risse sogar nach Arlamyr reichen und sich schließlich bis in jeden Winkel dieser Welt erstrecken.

Wenn alle Pfade an einem Albenstern blockiert waren, führte Nuramon die Gefährten in die Welt hinaus. Wenn dort Raubtiere hausten, wagten sie sich bei Tageslicht vor; in der Nähe von Menschensiedlungen gingen sie bei Nacht. Dann suchten sie rasch den Weg zum nächsten Albenstern und kehrten wieder auf die Pfade zurück.

Am zwölften Tag fand Nuramon endlich den Albenstern, den er suchte. Hier trafen sieben Pfade aufeinander. Der siebte stach in die Höhe, wie jene, die nach Albenmark oder in die Zerbrochene Welt führten. Ein magischer Blick durch den Albenstern zeigte ihm Angnos, das sonnige und steinige Land des Südens – er war am Ziel.

Als Nuramon in die Welt hinaustrat, wandte er sich sofort zur Felswand um, vor der er vor Jahrhunderten gestanden und Seite an Seite mit Alwerich das Rätsel gelöst hatte, welches das Tor zu Dareen öffnete. Die magische Pforte war nicht zu sehen. Da war nur das helle Gestein. Als jedoch sein Sohn durch die Pforte und damit aus der Felswand hervortrat, erinnerte Nuramon sich: Durch einen Zauber, der auf dem Albenstern lag, erschien die Pforte nicht als Lichttor, sondern tarnte sich.

Nachdem seine Gefährten hervorgetreten waren und sich suchend nach einer Lichtpforte umschauten, erklärte Nuramon ihnen, was es mit dem Tarnzauber auf sich hatte. Er schloss die Pforte und strich über die Felswand. Er fand Furchen, Mulden und Schriftzeichen. »Hier waren Edelsteine eingelassen, fast so groß wie Kinderfäuste. Links ein Diamant, rechts ein Rubin.« Er fasste in die rechte Mulde. »Der Rubin war direkt mit dem Albenstern verknüpft und in sieben Stücke zersplittert. Daneben war ein Bergkristall.« Er wies die elfischen Schriftzeichen entlang. »Singe das Lied der Dareen, du Kind der Sonne!« Er lächelte in Erinnerung an damals, als er dieses Lied gesungen hatte.

»Und weiter?«, fragte Yendred.

»Was damals weiter geschah, ist heute bedeutungslos. Die Edelsteine sind fort. Der Zauber, der sie schützte, ist verschwunden. Auch die Magie, die den Albenstern beherrschte, ist fort. Nur der

Zauber, der das Tor wie Fels erscheinen lässt, ist noch lebendig. Das bedeutet: Der Weg ist offen.«

»Der siebte Pfad führt also zu Dareen?«, fragte Yendred.

»Wo sollte er sonst hinführen?«, sagte Nuramon, entsann sich aber seiner Vermutung von damals, dass der Ort der Dareen ebenso gut in dieser Welt liegen mochte und der Zauber, der hier geherrscht hatte, sie über die Albenpfade dort hingetragen hatte.

Dieses Mal öffnete Nuramon kein Tor auf die Albenpfade. Stattdessen griff er mit seiner Magie nach dem siebten, aufwärtsführenden Pfad und spürte dabei, wie sich der Fels vor ihm veränderte. Nuramon tastete nach dem Tor, und tatsächlich verschwanden seine Finger im Stein. Wie damals.

Nach einem Blick zu seinen Gefährten schritt er durch die Pforte und war erleichtert, als er auf der anderen Seite sandigen Boden unter den Stiefeln spürte und seine Hände Felswände ertasteten. Doch als er über die Schwelle trat, schwand seine Erleichterung. Hier hätte eine schmale Schlucht sein müssen, über der große, fremde Vögel am Himmel ihre Kreise zogen. Doch alles, was von dem Ort seiner Erinnerung übrig geblieben war, war eine Insel im Nichts – ein kaum zehn Schritte breiter, sandiger Splitter der Zerbrochenen Welt.

Das Tor, durch das er gekommen war, war in rotbraunem Fels eingefasst, und in der Mitte der Insel lag ein großer Barinstein im Sand und spendete goldenes Licht. Jenseits davon erhob sich eine weitere Felswand. Davor stand ein blätterloser Baum mit glatter, grauer Rinde, dessen schmale Äste nach dem Barinstein zu greifen schienen.

Während er bei dem leuchtenden Stein in die Hocke ging und seine Hand darauf legte, hörte Nuramon die knirschenden Schritte der anderen hinter sich. Er konzentrierte sich mit seinen magischen Sinnen auf das Innere des Steins und hoffte, dass er die Eigenschaften barg, die sie für die Heilung Daoramus suchten: eine Macht, die eine gewaltige Zauberkraft hauchfein zu führen wusste. Doch dieser Stein war tatsächlich nichts weiter als ein Barinstein. Er nährte sich vom Albenstern und benötigte nur einen Hauch von dessen Macht. Die Mengen an Magie, die Nuramon benötigte, würde dieser Stein nicht halten können.

Nuramon stand enttäuscht auf und suchte nach irgendetwas, das seine magischen Sinne reizte. Er tastete über die toten Äste des Baumes, strich mit den Händen über die Felswand, doch er fand nichts außer der Magie des Barinsteins. Welchem Zweck auch immer dieser Ort einst gedient hatte, es erschloss sich Nuramon nicht.

Als er die Gefährten wieder nach Dayra zurückgeführt hatte, war der Nachmittag bereits gekommen. In einem kleinen Tal in der Nähe, das von der Magie beinahe verschont geblieben war, erlegten sie einen Hirsch und brieten ihn schließlich über einem Feuer. Während Yendred, Salyra und Lyasani sich nach dem Essen über die Zerbrochene Welt austauschten, füllte Nylma die Wasserschläuche an einem Bach auf.

Nuramon starrte ins Tiefland hinab und erinnerte sich an damals, als er mit Alwerich hier gewesen und durch das Tor zu Dareen geschritten war. Er hatte damals das Heim des Orakels als zu lebendig empfunden, als dass es in der Zerbrochenen Welt hätte liegen können. Denn ganz gleich, ob er an Noroelles Gefängnis oder an andere Orte dachte, die sich auf Splittern der Zerbrochenen Welt befanden, er hatte dort stets das Weltgefühl vermisst, das ihm früher Albenmark geboten hatte und das er nun nur noch hier in Dayra fand.

Nylma kehrte zurück und setzte sich neben Nuramon. »Glaubst du, Dareen war einst auf dieser Insel in der Zerbrochenen Welt?«, fragte sie.

Nuramon zuckte mit den Schultern. »Früher lag ein Zauber auf dem Albenstern, der uns zu Dareen führte. Sie könnte an einem anderen Ort dieser Welt sein, zu dem uns der Zauber trug. Aber ebenso kann alles, was Alwerich und ich damals erlebt haben, dort auf jener Insel im Nichts geschehen sein. Vielleicht war all das, was Alwerich und ich gewahrten, nur eine Eingebung Dareens. Ebenso, wie sie sich mir als Elfe zeigte und zugleich Alwerich als Zwergin erschien.«

»Aber wie bekommen wir Gewissheit?«, fragte Nylma.

»Falls es eine Illusion war, ist Dareen fort. Wenn uns der Zauber aber damals an einen anderen Albenstern getragen hat, kann Dareens Heim überall sein. Ich wage mir gar nicht vorzustellen, wie kompliziert ein Zauber sein muss, der ein Tor an einem Albenstern zu einem anderen Albenstern in der Ferne umlenkt.« Nuramon schaute ins Tal hinab. Da war etwas, und er wusste genau, dass nur Elfenaugen es aus der jetzigen Entfernung zu erkennen vermochten. »Dort unten sind Reiter«, sagte er daher seinen Gefährten, die sofort aufsprangen. »Sie folgen einer Handvoll Männer und ...« Nuramon kniff die Augen zusammen und konzentrierte sich auf die Gestalten in der Tiefe.

»Kommen sie her?«, fragte Nylma.

»Nein«, sagte Yendred, der an Nuramons Seite getreten war. »Sie haben Pferde, und sie verfolgen Unbewaffnete ohne Reittiere und ... sie schießen mit Lichtstrahlen!«

»Bei allen Ahnen!«, rief Nylma. »War das Tarsuns Zauber?« Und Lyasani fragte zeitgleich: »Sind das Ringträger?«

»Nein, die zaubern so«, antwortete Yendred.

Nuramon schwieg und beobachtete, während Yendred den anderen schilderte, wie die Reiter die Männer umkreisten und immer wieder einen Lichtstrahl in die Mitte sandten. Schließlich gingen die Verfolgten auf die Knie, und kurz darauf schleiften die Reiter sie an Seile gebunden hinter sich her.

Nuramon seufzte. Die alte Verachtung für die Tjuredanbeter vertrieb das Mitleid, das Nuramon je für die Verblendeten verspürt hatte.

Nylma ballte die Fäuste. »Ich würde am liebsten hinabstürmen und sie von ihren Pferden stechen«, sagte sie.

»Wir können nichts für diese Menschen tun«, entgegnete Nuramon.

Nylma nickte. »Das weiß ich doch«, sagte sie und ließ die Schultern hängen.

Nuramon ließ seine Hand über seinen Schwertgurt wandern. »Andererseits bezeichnen sie mich als das letzte Elfenkind. Wenn sie sich so sehr vor dem fürchten, was ich tun könnte, bin ich durchaus geneigt, ihre schlimmsten Prophezeiungen zu übertreffen.« Dann schüttelte er den Kopf. »Aber der Hass ist ein schlechter Ratgeber.« Er würde hier keinen Kampf führen und sich in die Gefahr begeben. Denn falls Yendred, Nylma, ihm und den zwei jungen Frauen etwas geschah, würde Nerimee vergeblich auf sie warten, Daoramu würde nie wieder erwachen und ganz Yannadyr würde einst das Schicksal dieser Verfolgten dort unten teilen.

Sie setzten sich wieder, und Nuramon sah an den unzufriedenen Mienen seiner Gefährten, dass es ihnen zuwider war, den Verschleppten nicht zu helfen.

Nylma lenkte die Aufmerksamkeit bald zurück auf Dareen. »Vielleicht ist der kleine Ort in der Zerbrochenen Welt ein Wegweiser«, sagte sie.

Nuramon dachte an den Sand, die Felsen und den toten Baum. »Wenn es so wäre, würden wir ein Gebirge aus zimtfarbenem Fels suchen. Mit hellem Sandboden, wo tote Bäume stehen.«

»Vielleicht eine Wüste«, sagte Nylma.

Nuramon hielt es für möglich. Und weil es ein Ort sein musste, der von diesem Albenstern aus erreichbar war, begab er sich auf die Albenpfade und schaute, welche Pfade begehbar waren. Er erinnerte sich an ihren Verlauf und entsann sich eines Pfades, der in die Ferne führte und selbst nach einem langen Fußmarsch keinen Albenstern erreichte. »Nach Südwesten!«, sagte er seinen Gefährten, als er schließlich zurückkehrte. »Dort ist der einzige Pfad, der nur hier in das Gefüge eingebunden ist – wie der Pfad, der von Noroelles Insel ins südliche Fjordland führt.« Dass dieser viel länger war, mochte nichts bedeuten. Entfernungen auf den Pfaden entsprachen überhaupt nicht denen in der Welt.

Sie beschlossen, am Albenstern zu übernachten und am Morgen ausgeruht dem langen Pfad zu folgen.

Nach Sonnenuntergang offenbarte sich der Zauber, der von Angnos Besitz ergriffen hatte. Feuer und Lichter erhellten die Nacht. Die magischen Orte leuchteten bunt und zogen sich wie funkelnde Mosaiksteine durch die Dunkelheit.

»Es ist in seiner Schönheit beängstigend«, flüsterte Salyra. »So viele Wunden. So viele Gefahren.«

Auf langen Pfaden

Im Morgengrauen stürmte Yendred an Lyasanis und Salyras Seite aus dem Wald auf die Lichtung. Binnen weniger Wimpernschläge stachen sie die beiden Wachen nieder. Wie Nylma es sie gelehrt hatte, bewegten sie sich wie ein reißender Fluss voran. Erst als sich die Krieger im Lager aufrafften, strebten sie auseinander. Als Yendred erkannte, dass er zum ersten Mal einen Menschen getötet hatte, griffen Unsicherheit und Zweifel nach ihm. Und von Lyasani und Salyra getrennt zu sein, entfachte in ihm die Angst, nicht für sie da sein zu können, wenn sie seine Hilfe brauchten.

Als Salyra mit blutigen Händen an Yendreds Seite zurückkehrte, war er entsetzt. Kaum hatten sie ihre Gegner niedergestreckt, eilten sie zu Lyasani und erreichten sie, als sie gerade den Krieger, der die Gefangenen bewachte, von ihrem Schwert gleiten ließ. Sie wandte sich kurz um, und da sah Yendred das Blut an ihrem Hals.

Salyras Schrei rüttelte Yendred wach. Von links kam ein Krieger, der in fremder Zunge fluchte. Salyra fing die Klinge des Gegners mit ihrem Schwert auf, hob sie an, und Yendred stach dem kahlköpfigen Mann Gaomees Schwert in die Brust. Der Krieger hob die freie Hand und rief etwas. Salyra riss ihren Schild hoch.

Es blitzte, und etwas schlug gegen den Schild und drückte gegen sie. Yendred sprang vor und stach dem Zaubernden das Schwert schräg in die Brust. Der Zauber verging auf der Stelle, und der Krieger sank zu Boden. Schon war Yendred wieder an Salyras Seite, und gemeinsam wandten sie sich Lyasani zu. Bjoremuls Tochter zeigte ihnen den Rücken. Sie hielt den Kopf gesenkt und rührte sich nicht. Er fürchte sich davor, Lyasani von vorn zu sehen.

Kaum war Nuramon erwacht, bemerkte er, dass Yendred, Lyasani und Salyra fort waren. Nylma war bereits auf den Beinen und grinste ihn an. »Mach dir keine Sorgen«, sagte sie. »Die haben sich gewiss ein ruhiges Plätzchen gesucht.«

Nuramon hatte einen anderen Verdacht und ließ seinen Blick im Tiefland umherschweifen. Und tatsächlich: Dort unten am Waldrand lösten sich drei Gestalten aus dem Schatten der Bäume. »Das glaube ich nicht«, sagte er. »Da kommen sie.«

Nylma sah ihn verwundert an. »Warum haben sie sich da unten rumgetrieben?«

Nuramon schüttelte den Kopf. »Wir Narren wollten Jagdhunde zu Wachhunden machen«, sagte er und beobachtete, wie sein Sohn und dessen beide Geliebte sich mit zügigen Schritten an den Anstieg machten.

Nylma fluchte leise und wartete mit vor der Brust verschränkten Armen, bis ihre Schützlinge schnaufend und schwankend vor sie traten. »Wo wart ihr?«, fragte sie, doch ehe sie antworten konnten, hob sie die Hand und sagte leise und drohend: »Am liebsten würde ich euch niederschreien.«

Blut klebte auf Yendreds Stirn und ebenso auf Salyras Schulter und an ihrem Handrücken. Das Rot an Lyasanis Hals prüfte Nylma mit den Fingern. Da war keine Wunde. Es musste das Blut eines Gegners sein. »Ihr habt die Reiter also erledigt«, sagte Nylma.

Die drei Schützlinge der Wyrenara lächelten unsicher.

»Die Reiter sind tot«, sagte Yendred, und das Lächeln erstarb auf den drei Gesichtern.

Nylma nickte. »Eure ersten Getöteten. Ich weiß, was ihr fühlt.«

Yendred schluckte, Lyasani wich Nuramons Blick aus, Salyra starrte Nylma an. »Es ist für die wenigsten leicht«, sagte Nuramon.

»Ihre Opfer habe ich geheilt«, erklärte Yendred. »Wir haben ihnen die Pferde und die anderen Habseligkeiten überlassen. Nur das hier haben wir mitgebracht.« Yendred und seine beiden Geliebten holten je eine Maske hervor, die das Antlitz Guillaumes zeigte. Die Masken waren aus Messing. Bei Yendreds Maske waren die Lippen und die Wangenknochen aus Silber.

Nylma musterte ihre drei Schützlinge mit strengem Blick. »Was hat euch geritten? Ich habe euch gewiss nicht beigebracht, euch bei der Wache davonzustehlen!«

»Wir wollten was unternehmen«, erklärte Yendred leise.

»Vorhin klang das noch wie eine gute Idee«, murmelte Salyra.

»Das schreibe ich auf deine Grabtafel«, sagte Nylma und schmunzelte endlich.

Nach dem späten Frühstück gelang es Yendred erstmals, ein Tor zu den Albenpfaden zu öffnen, das keinen Fehler aufwies. Den Stolz, der sich im Gesicht seines Vaters entfaltete, hatte er vermisst. »Nun darfst du nicht übermütig werden«, sagte Nuramon. »Komm! Auf dich wartet viel Arbeit.«

Jenseits des Lichttores folgten sie dem langen Pfad, von dem sein Vater gesprochen hatte, und erstmals führte Yendred die Gefährten an. Von Zeit zu Zeit blieb er stehen, starrte auf den glitzernden Weg und lauschte mit seinen Zaubersinnen, ob der Fluss der Magie unterbrochen war. Dann schaute er zu Nuramon zurück. Sein Vater nickte, als könnte er von dort hinten spüren, was hier vorne vor ihnen lag.

Am nächsten Albenstern, an dem sich drei Pfade kreuzten, gelang Yendred der Torzauber zwar erst beim zweiten Versuch, aber als er nach einem Nicken seines Vaters ins Licht schritt, war er stolz, die Gefährten erstmals sicher über die Albenpfade geführt zu haben.

Zwei Schritte, und ein Meer aus Sand wellte sich in die Ferne. Eine Richtung sah im Flimmern der brennenden Sonne aus wie die andere. Diese Wüste war anders als jene, die er einst auf den Handelsreisen mit seinen Eltern im Süden Arlamyrs gesehen hatte; damals, als seine Mutter für das Fürstenhaus ein Vermögen gemacht und sein Vater ihm, Nerimee und Gaerigar die Städte gezeigt hatte und mit ihnen in die steinige Ödnis ausgeritten war.

»Das ist die Wüste, die bis nach Iskendria führt«, sagte Nuramon. »Ich werde diesen Sand niemals vergessen.«

Yendred nickte, denn er erinnerte sich an die Erzählungen seines Vaters. Kaum hatten Nuramon und Farodin heimlich den Torzauber gelernt, hatten sie sich gegen den Willen der Elfenkönigin auf die Suche nach Noroelle gemacht. Sie erschienen in einer Wüste, in der Mandred fast den Tod gefunden hätte. Hier entdeckten sie einen Albenpfad, der in die Zerbrochene Welt führte. Dort hatten die abtrünnigen Elfen der Stadt Valemas unter der Führung von Yulivee der Älteren eine Siedlung gegründet. Yulivee die Jüngere, Nuramons Wahlschwester, war dort geboren und musste später mit einem Dschinn fliehen. Derselbe Dschinn hatte Nuramon von der Bibliothek von Iskendria erzählt. Sie lag in einem Splitter der Zerbrochenen Welt, der durch ein Tor in der Stadt Iskendria zu erreichen war. Dort hatte Nuramon den Hinweis auf das Orakel Dareen gefunden.

»Habt ihr jemals geprüft, ob die Bibliothek von Iskendria noch besteht?«, fragte Yendred seinen Vater.

»Yulivee sagte mir, dass die Tjuredpriester sie zerstört haben«, antwortete Nuramon. »Sie aber hat die Hüter des Wissens und die Dschinnen gerettet. Und in Albenmark haben sie eine neue Bibliothek gegründet. Yulivee hat Alt-Valemas wieder aufblühen lassen.«

Das Lichttor versank im Boden, und Yendred fluchte. Er hatte nicht aufgepasst. Er hatte beim Torzauber nicht genug Kraft aufgewandt, um die Pforte länger offen zu halten. Doch dort, wo das Lichttor gewesen war, erblickte er nun einen grauen Stein, der im Sand zu schwimmen schien.

Sein Vater nahm eine Handvoll Sand und ließ sie auf den Stein hinabregnen. Die Körner wirbelten in alle Richtungen davon und weigerten sich, auf den Stein zu fallen. Ein kühler Hauch der Magie strahlte von ihm ab.

»Das ist ein Wegweiser – ein elfischer Wegstein«, sagte Nuramon.

»Wurde die Magie aus Angnos durch ihn umgeleitet?«, fragte Yendred.

Nuramon schüttelte den Kopf. »Nein. Die Macht, die Alwerich und mich zu Dareen trug, lag einst im Rätseltor auf dem Albenstern in Angnos. Dareen muss diesen Wegstein zurückgelassen haben – vielleicht für uns.«

»Wenn an jedem Albenstern ein solcher Stein liegt, könnten wir den Weg finden«, sagte Yendred und drängte nun darauf, die Reise fortzusetzen. Sein Vater ließ ihn gewähren, und auch seine drei Gefährtinnen waren sichtlich froh, dem sengenden Schein der Sonne zu entkommen.

Nuramon war stolz auf Yendred. Sein Sohn führte sie mit zunehmender Sicherheit von Albenstern zu Albenstern. Sie erschienen an anderen Orten in der Wüste, die weiter südlich lagen, dann am Ufer eines schlammigen Flusses und später in der Nähe von weiß schimmernden Städten, in denen Menschen lebten, deren Haut so dunkel war, dass selbst Lyasani neben ihnen blass gewirkt hätte.

An jedem Albenstern erwartete sie etwas Neues – ein dichter Wald mit fremden Tieren oder eine Klippe, von der sich das Laubdach eines Waldes wie Hügelland in die Ferne zog. Und an jedem Albenstern fanden sie draußen in der Welt einen der grauen Steine – sei es im Gebirge, im heißen Tal, über der Schneegrenze, in einer Schlucht oder an der Küste.

Nach drei Tagen erreichten sie eine weitere Wüste. Sie war felsiger als jene, in der sie den ersten Wegstein gefunden hatten. Im Westen lagen in weiter Ferne sanfte Dünen, und im Norden zog sich das flache Land bis zu Bergen hin, die im Wasser zu schwimmen schienen, so sehr flimmerte die Luft.

Das Tor versank, und da war ein weiterer der glatten, grauen Steine. Er war deutlich kleiner als seine Vorgänger. Yendred hob ihn auf und steckte den magischen Stein in seinen Beutel. »Wieder einer für die Sammlung«, sagte er. »Das macht zweiundzwanzig.«

»Das ist die Wüste von Arlamyr, oder?«, sagte Lyasani.

Nuramon nickte und zeigte nach Norden. »Jenseits der Berge herrschen die Nomadenfürsten.« Er bemerkte die überwältigten Mienen seiner Gefährten. Sie waren in der Wüste, die ihre Ahnen nach der Befreiung aus der Sklaverei einst von Süden her durchschritten hatten.

Nachdem sie auf den Albenpfaden zur nächsten Lichtinsel gelangten und Nuramon nach einem magischen Blick in die Welt hinaus erklärt hatte, dass ihr Weg sie weiter nach Süden führte, machte Nylma ein zweifelndes Gesicht. »Wir kehren also nach Urelmur zurück – in das Land, aus dem unsere Ahnen einst entflohen«, sagte sie und schüttelte den Kopf. »Ich weiß nicht, ob mir das gefällt.«

Nuramon wollte gerade das Tor öffnen, da gewahrte er etwas Magisches, das von einem der Pfade drang. »Da stimmt etwas nicht«, sagte er, hob seine Hand und strich durch die Luft. Er spürte ein Flimmern der Magie. »Auf dem Pfad lauert ein Zauber wie eine Spinne im Netz«, sagte er.

Auch Yendred hob seine Hände. »Es ist Dareens Macht«, murmelte er.

Nuramon nickte. »Doch genau darin liegt die Gefahr. Der Hinweis ist so offensichtlich, als riefe uns Dareen selbst eine Warnung zu.«

»Aber was nun?«, fragte Nylma. »Wagen wir uns auf den Pfad?«

Nuramon schüttelte den Kopf, dann wies er auf den Albenstern. »Lasst uns lieber schauen, ob draußen ein Wegstein liegt.«

Nuramon öffnete die Pforte in die Welt. Auf der anderen Seite angekommen, schaute er über karges Land in die Wüste hinaus. An dieser Stelle mochten einst die Ahnen der Arlamyrier gestanden haben, ohne zu wissen, dass die Reise durch die Wüste lange dauern und viele das Leben kosten würde. Der Duft von Gräsern ließ Nuramon in die andere Richtung schauen. Dort erhoben sich gewaltige Wälder in der Ferne. Rehähnliche Tiere, zierlich und mit sandfarbenem Fell, grasten in der Nähe in kleinen Herden, einige schauten sogar zu ihnen herüber. Hier begann Urelmur, das Land südlich der Wüste, aus dem die Urahnen der Arlamyrier geflohen waren.

»Ich hatte mir Urelmur nie so schön vorgestellt«, sagte Nylma.

»Da ist kein Stein«, sagte Nuramon und wies auf die Stelle, wo das Tor gerade verschwunden war. Dann schaute er dem Wald entgegen.

»Hier«, rief Yendred und zeigte auf den Boden. Dort lag ein weiterer Wegstein im Gras.

Nuramon spürte noch einen weiteren Wegstein in der Nähe und wies voraus. Zwanzig Schritte weiter fanden sie ihn, und ein Stück weiter noch einen. »Offenbar führt unser Weg uns nicht mehr über die Albenpfade«, sagte Nuramon und wies zum Albenstern. Nun wusste er, woran ihn das magische Flimmern auf den Albenpfaden erinnerte. »Der Zauber auf dem einen Pfad könnte eine Zeitfalle sein. So etwas habe ich vor langer Zeit bei den Zwergen gesehen. Es waren Tunnel. Trat man an der einen Seite ein, geriet man in den Zauber; verließ man den Tunnel auf der anderen Seite, waren Wochen oder sogar Jahre vergangen.«

»Wozu das?«, fragte Salyra.

»Stell dir vor, du hättest in allen Lagen, in denen du abwarten musstest, einfach einen solchen Tunnel durchschreiten können. Einen Stundentunnel für das Warten auf eine Audienz bis hin zu Jahrestunneln. Es gab Liebende, deren Zuneigung über ein Leben hinauswirkte. Wenn du stirbst, wiedergeboren wirst und deine Geliebte noch ein Kind ist, kannst du in solchen Tunneln Jahrzehnte überspringen.«

Yendred schaute zu Boden. »Und du glaubst, dass auf dem Albenpfad, auf dem Dareens Hauch weht, ein ähnlicher Zauber schlummert?«

»Ich weiß es nicht. Ich möchte mein Glück nicht auf die Probe stellen.«

»Was, wenn die Wegsteine nicht von Dareen stammen?«, fragte Yendred. »Könnte es nicht sein, dass uns jemand in eine Falle locken will?«

Nuramon sah seinen Sohn lange an und dachte an vergangene Zeiten. »Es wäre nicht das erste Mal, dass ich in eine Falle gehe und am Ende nicht ich tot bin, sondern der Fallensteller.« Er nahm Yendred einen der Steine aus den Händen. »Der Hauch, der an ihnen weht, ist entweder der Dareens oder eine so gute Täuschung, dass ich meinen Sinnen nie wieder vertrauen kann.«

Yendred nickte. »Ich schätze, manchmal muss man den langen Weg gehen«, sagte er lächelnd.

Eine Stunde später waren sie im Urwald und stießen auf den nächsten Wegstein.

Orakelblick

Kaum hatte sich die Kunde von Nuramons Abwesenheit verbreitet, brach der Krieg wieder los, und Borugar fürchtete, dass das Königreich ohne Nuramons Macht nicht überleben würde. Als er seine Enkelin fragte, ob sie Loramu mit den Ilvaru nach Osten bringen könnte, lächelte sie. »Solange du mich nicht zwingst, selbst ein Schwert zu tragen, bin ich gern die Pförtnerin der Ilvaru«, sagte sie. Er war überrascht, dass Nerimee es so leicht nahm. Als er sie aber am Abend bei Ceren weinen sah, fühlte er sich schuldig. Und als er wieder in den Palast zurückkehrte, ohne sich ihr zu erkennen zu geben und sie zu trösten, verschlimmerten sich die Schuldgefühle noch. Aber er hatte keine Wahl. Falls es den Fürsten von Varmul tatsächlich gelang, die Helbyrnianer für den Krieg zu gewinnen, war alles bedroht, wofür sie so lange gekämpft hatten.

Jaswyra sorgte sich um Nerimee. Ihre Enkelin hatte sich zu viel Last aufgebürdet. Sie wollte in den kommenden Wochen alle Quellen bereisen, neue aufspüren und nach Steinen suchen. Wenn sie zurückkehrte, sollte alles für den Ausbau des Kellers bereit sein. »Ich werde einen Teil der Last tragen«, sagte Jaswyra ihr. »Was kann ich tun?«

Nerimee nickte und erklärte ihr, dass sie den Keller gegenüber der Ahnenhallen zu einem magischen Ort machen wollte. Jaswyra sollte nun veranlassen, dass die Gänge, Kammern und Hallen leer waren, wenn Nerimee von ihrer nächsten Rundreise zurückkehrte. »Wir werden alles verlagern, verleihen, verschenken und auch verkaufen«, sagte Jaswyra. »Am Ende wirst du dort nur kahle Wände vorfinden.« Das erste Mal seit Tagen sah Jaswyra Nerimee lächeln.

Wergor blickte dem abrückenden Heer der Fürsten von Jasmyr und Warabyr hinterher. Die durch magische Kraft gehärteten Schwerter und Rüstungen hatten den Feinden aus dem Süden nichts genützt, denn die Zauberer von Alvarudor waren stärker. Während der Jubel um ihn herum aufbrandete, musste Wergor schmunzeln. Er dachte an Nuramon und wie er einst offenbart hatte, dass sie das Erbe elfischer Vorfahren in sich trugen. Mit dem Entstehen der magischen Quelle im Talkessel war die Magie nach Alvarudor zurückgekehrt.

Sawagal und Oregir waren unzufrieden. Gewiss, sie hatten die Feinde wieder nach Süden zurückgetrieben, und das mit großer Magie. Alles, was groß war, gelang den Zauberern von Alvarudor. Doch Sawagal und Oregir mochten das Kleine, welches, zu etwas Großem zusammengefügt, Gewaltiges vollbringen konnte. Was sollten sie noch tun, um ihre Meister und den Stadtrat von ihren Lehren zu überzeugen? Die Regeln waren zu streng. Und nun verwehrte man ihnen den Zugang zur Bibliothek. Vielleicht mussten sie fortgehen, um in der Fremde ihr Glück zu suchen. Niemals jedoch bei den Feinden in Jasmyr oder Warabyr! Sawagal und Oregir saßen oft abseits der magischen Quelle im Tal hinter Alvarudor und blickten nach Westen, wo auf der anderen Seite des Kontinents die Stadt Jasbor lag, das Heim der Familie Yannaru.

Ahnen und Nachkommen

Mit dem Tor schwand das Licht in der Höhle. Ehe Nuramon seine Sinne magisch stärken konnte, stand Nylma im Schein des Barinsteins, den Nuramon einst Yargir geschenkt hatte. Die rauen Wände aus Sandgestein wirkten nun wie mit Honig überzogen.

Yendred schien als Einziger müde zu sein. So leicht der Torzauber war, wenn man ihn erst einmal durchschaut hatte, so sehr nagte er an den Kräften, wenn man ihn in kurzen Abständen wieder und wieder wirkte. Lyasani legte Yendred die Hand an den Oberarm, während Salyra ihn fragte, ob er eine Pause brauchte. Er schüttelte den Kopf. »Ich möchte wissen, ob wir dem Wegstein näher gekommen sind«, sagte er.

Nuramon konnte nicht sagen, ob die sanfte Magie, die er weiter westlich auf der anderen Seite der Bergkette wie leises Windpfeifen vernommen hatte, da draußen vor der Höhle auf sie wartete. Er schritt stumm voraus und folgte dem Gang. In einer langen Biegung fand er Tageslicht und trat schließlich vor seinen Gefährten ins Freie. Er wusste nicht, was ihn mehr faszinierte: das, was sich dort unten in diesem hochgelegenen Gebirgstal erstreckte, oder die verblüfften

Gesichter von Nylma und den anderen, die hervortraten und beim Blick in die Tiefe erstarrten.

Es war ein karges Tal, dem die Sonne gnadenlos zugesetzt hatte. Flüsse und Seen, die einst die Grundlage eines fruchtbaren Landes gewesen waren, trugen so wenig Wasser, dass die Stadt, deren Ruinen sich dort unten erstreckten, offenbar zugrunde gegangen war. Vielleicht waren die Menschen, die hier einst gelebt hatten, in die Wälder gezogen, die im Osten in der Tiefe lagen. Die verfallenen Gebäude waren aus dem Sandstein der umliegenden Berge gefertigt und von trockenen Sträuchern, Bäumen und Gräsern umgeben oder gar überwuchert. In der Nähe der winzigen Wasserstellen standen Palmen, abseits davon wirkte alles wie in Angnos auf dem alten Kontinent oder wie am Rande einer Wüste. An den Steilwänden starrten die Fenster und Türen von Höhlenhäusern wie dunkle Augen durch das Hochtal. Die Terrassen an den Hängen waren von trockenem Gestrüpp bewachsen. Es waren gewiss Jahrhunderte vergangen, seit dort Bauern auf den kleinen Höfen ihrem Handwerk nachgegangen waren.

Die meisten Dächer der Stadt in der Tiefe waren eingestürzt, besonders die der größeren Gebäude, allen voran ein runder Bau, bei dem nur noch der Ansatz einer Kuppel vorhanden war. Breite Hauptstraßen kreuzten sich im Zentrum auf einem riesigen Platz. Sie führten von dem ummauerten Bezirk im Süden zum Bach am Rande der Stadt, der in einem breiten Flussbett dahinrann. Das Geröll im Wasser war einmal eine Brücke gewesen. Jenseits davon erstreckte sich wildes Land, auf dem einige Siedlungen wie Inseln verteilt waren.

»Wisst ihr, was ich glaube?«, sagte Salyra.

Nylma nickte und wies über das von Gestrüpp überwucherte Land jenseits des Baches bis zu den Bergen im Norden. Dort gab es gewaltige Höhleneingänge. »Das sind die Minen«, sagte sie. »Davor die Sklavendörfer und die Felder.« Sie zeigte ins Zentrum der alten Stadt und wies dann langsam weiter nach Süden. »Und das da ist gewiss der Tempel der Falschen Götter mit der Kuppel, die einstürzte. Sie haben sie nie wieder erbaut.«

Nuramon erinnerte sich an jenen Herbst, als Daoramu ihm viel über die Ahnen und deren Befreiung aus der Sklaverei erzählt hatte. Sie hatte ihm gesagt, dass die Herren der Ahnen zu Göttern gebetet hatten, die aber nichts bewirkten. Schon bald hatten die Sklaven sie hinter vorgehaltener Hand als die Falschen Götter bezeichnet. Die Abneigung gegen den Glauben ihrer Herren war so tief in den Ahnen verwurzelt gewesen, dass die meisten Arlamyrier selbst heute noch jede Götterverehrung ablehnten. So hatten die Ahnenpriester von Jasbor in den Predigten inzwischen auch Tjured als Falschen Gott bezeichnet. Die wahren Götter hingegen – wenn es sie überhaupt gab – galten als so weit entrückt, dass sie nicht eingriffen und ein Gebet zu ihnen ungehört verhallte. Die Ahnen jedoch würden ihre Nachfahren erhören und sprachen durch die Träume mit ihnen. So glaubten es die Arlamyrier, und Nuramon schätzte diesen Glauben bei all seinen Zweifeln.

»Dann ist dies Wuur?«, fragte Yendred mit zitternder Stimme.

Nylma nickte. »Dies ist die Stadt, aus der unsere Ahnen flohen.«

»Wuur«, flüsterte Lyasani und schüttelte den Kopf. »Ich hatte es mir nicht so groß vorgestellt.«

Nuramon spürte, dass einer der Albenpfade in die Tiefe führte. »Auf dem Platz ist ein Albenstern«, sagte er.

»Wie viele Pfade?«, fragte Yendred wie so oft in den letzten Wochen.

»Sechs«, antwortete Nuramon. »Keiner davon ragt auf.«

»Sie standen also nicht mit Albenmark oder der Zerbrochenen Welt in Verbindung«, sagte Yendred und wies zurück in die Höhle. »Dann lasst uns über die Pfade nach unten gehen.«

Nuramon wollte sich gerade abwenden, da bemerkte er einen Hauch der Magie. Er hielt inne und lachte leise. »Der Wegstein liegt dort unten«, sagte er und schüttelte den Kopf. »Er liegt direkt auf dem Albenstern. Ob Dareen gewusst hat, dass mein Weg mich über Arlamyr führen würde und ich mit den Nachfahren der Menschen kommen würde, die hier einst ihre Freiheit erkämpften?«

Lyasani und Salyra schmunzelten, Yendred grinste sogar. Nur aus Nylmas Miene wollte der Ernst nicht weichen. »Vielleicht ist es aber auch eine Falle«, sagte sie. »Was, wenn die Tjuredanbeter die Fährte gelegt haben?«

Nuramon schmunzelte. »Die Tjuredanbeter bräuchten uns nicht in eine Falle zu locken, sondern würden ihre Macht in Arlamyr gegen uns ausspielen.« Er wies zum Albenstern hinab. »Ich werde wachsam sein«, sagte er. »Aber du glaubst nicht, wie viel Hoffnung mir der Wegstein dort unten macht.«

Mit behutsamen Schritten trat Yendred aus dem Licht auf den Platz hinaus. Vermutlich war er der erste Nachkomme der Urahnen, der seit über zweitausend Jahren diesen Ort betrat. Yanna, Cardugar, Byrrun und all die anderen Ahnen waren hier gewesen, als die eingestürzten Gebäude noch bewohnt gewesen waren.

Yendreds Gefährten erschienen und staunten, als wären die Häuserruinen glänzende Paläste, die Straßen aus Gold und als läge ein magisches Glitzern über der Stadt. Der Zauber des Anblicks lag nicht hier in den überwucherten Mauern, dem Schutt, den Echsen und den Schlangen, den Termitenhügeln und den Vögeln, die über der Stadt flogen. Er lag in den Sagen der Ahnen.

Yendred ließ den kleinen Wegstein in seinen Beutel zu den anderen fallen und stimmte begeistert zu, als sein Vater vorschlug, sich vor ihrer Weiterreise noch ein wenig umzusehen. Vorsichtig und voller Neugierde bewegten sie sich durch die Ruinen von Wuur. In den Häusern, die begehbar waren, hatten nur jene Möbel die Zeit überdauert, die aus Stein oder aber von einer dicken Lackschicht überzogen waren. Eine krustige Staubschicht bedeckte sie allesamt. Gelegentlich fanden sie Gegenstände – einen Metallring, ein Axtblatt, einen groben Schürhaken oder verbeulte Kupferschalen. Es war bei weitem nicht genug, um den Verdacht zu nähren, die Menschen hätten hier einfach alles stehen und liegen lassen, um sich davonzumachen.

Jenseits des Baches betraten sie die kleineren Siedlungen, in denen die Sklaven gelebt hatten, und fanden an den Häusern Siegelzeichen. In dem Gebäude, das unter dem Zeichen des Hammers stand, fanden sie eine Esse und Zangen, andere Schmieden trugen Schwerter,

Speere und Dolche als Wappen, genau das, was in Arlamyr, besonders in Varmul, als Familienwappen verbreitet war. An den Sklavensiegeln konnte man ablesen, wie vielfältig das Handwerk war. Von den Korbflechtern am Fluss und den Bauern, deren Höfe mit Pflanzensiegeln versehen waren, bis hin zu den Siedlungen der Minenarbeiter, bei denen sich die gleichen Zeichen fanden wie über den verschiedenen Höhleneingängen.

Die Ahnen hatten in der Sklaverei eng zusammengelebt. An einen Innenhof drängten sich oft zwanzig, nahe der Minen sogar dreißig Türen. Einige führten in Kellerräume hinab, andere zu den Wohnungen im Erdgeschoss, die meisten aber stiegen in eines der Obergeschosse hinauf.

Salyra und Lyasani meinten, dass es in solch einem Geflecht aus Treppen, Gängen und Räumen zahlreiche Geheimverstecke geben müsste, und nachdem sie auf dem Innenhof von Waffenschmieden eine Rast gemacht hatten, fanden sie tatsächlich einen Kellerraum, der von zahlreichen Wohnungen aus zu erreichen war. Der Barinstein seines Vaters erhellte den Raum und zeigte Wandmalereien, die Nylma die Tränen in die Augen trieben. Ein Baum, dessen Äste sich in immer kleinere Zweige spalteten, zog sich die Wand bis zur Decke hinauf. Die Wurzeln endeten in Kreisen, in denen Schriftzeichen standen. Yendred vermochte sie nicht zu lesen. Sie schienen nicht einmal gleicher Herkunft zu sein.

»Bei Ceren!«, sagte Nuramon und wies auf einige kleine Schriftzeichen. »*Angnuus* steht da. Einige der Sklaven kamen aus Angnos.« Er wies auf einen anderen Kreis, in dem ein geschwungenes Zeichen stand. »Eine ähnliche Schrift sah ich in Iskendria.« Er wies in die Mitte. Unter den Wurzeln des Baumes stand für sie alle lesbar: *Arlaarmiur*.

»Sind das die Völker, von denen unsere Ahnen abstammen?«, fragte Lyasani.

Nuramon fuhr mit zwei Fingern von den Wurzeln des Baumes zum Stamm hinauf. »Sie kamen von all diesen Orten, und hier wurden sie zu einem Volk.« Er schaute zur Baumkrone auf. »Auf einem dieser Äste liegen eure Ahnen.«

»Dass Yanna das hier betrachtet haben könnte!«, flüsterte Yendred. »Und dass sie in diese Baumkrone aufschaute, in der Hoffnung, ihre Nachfahren würden in Freiheit leben!« Er schüttelte den Kopf. »Unfassbar.«

Nylma schmunzelte. »Die Ahnen haben gewiss nicht einmal in ihren buntesten Träumen geglaubt, dass ihre Nachkommen hier eines Tages stehen würden.« Sie schaute sich um. »Vielleicht wurde sogar genau hier der Gedanke des Aufstandes geboren.«

Yendred war überwältigt. Cardugar mochte hier zur raschen Attacke aufgerufen haben, während Yanna zur Geduld gedrängt hatte. Und Byrrun hatte ihnen die Folgen eines zu früh ausgeführten Angriffs vor Augen geführt. *Eine zu kleine Flamme erlischt im Wind,* hatte er gesagt. So hieß es in den Sagen.

Wieder in der Stadt, führte Nuramon die Gefährten nach Süden. Sie überquerten den großen Platz, auf dem der Albenstern lag, und gelangten durch ein halb eingestürztes Tor in den Bezirk der Herrscher. Die Ruinen breiter Prachtbauten zogen sich hier ebenso in die Höhe wie Wehrtürme.

Im Zentrum der Südstadt lag ein Platz, an dem sich der Tempel mit der großen Kuppel erhob. Einige der Statuen, die vor dem brüchigen Gebäude standen, waren beinahe unversehrt. Sie zeigten bullige Krieger in kraftvollen Posen. Einst mochten sie Waffen gehalten haben, doch nun waren ihre Hände leer, und sie wirkten hilflos.

Über einen Geröllhaufen kletterten sie ins Innere des Tempels und schauten über eine gewaltige Schutthalde hinweg. Das Tageslicht erhellte eine Seite des Raumes und schlug gegen verblasste Gemälde, deren Einzelheiten nicht auszumachen waren. In den Nischen, die das Tageslicht nur indirekt erreichte, waren die Wandgemälde noch zu erkennen. Sie zeigten die Falschen Götter – Wesen mit menschlichen Körpern und Tierköpfen. Auf den erhaltenen Malereien waren sechs von ihnen zu sehen, einer trug den Kopf eines Ebers.

Nuramon starrte das Bild des Mannebers, wie Mandred ein solches Wesen einst genannt hatte, voller Abscheu an. Der Anblick brannte in seinen Augen, als hätte die Erinnerung an den Kampf gegen den Devanthar seinen Tränen Schärfe verliehen. Er wäre am liebsten hinaufgeklettert und hätte den Eberschädel unkenntlich gemacht, damit niemand, der je wieder dieses Weges kam, das Antlitz seines Feindes sähe.

»Sind das die Devanthar?«, fragte Yendred.

Nuramon zögerte, dann nickte er. »Der mit Eberschädel ist der, gegen den ich antrat«, sagte er und starrte in die blauen Augen des letzten Devanthar, die selbst in diesem gedämpften Licht strahlten. »Ich werde diese Augen nie vergessen.«

Am frühen Morgen spazierte Nerimee durch den Keller. Die Arbeiter waren seit Tagen fort. Sie hatten Gänge gesichert, eingestürzte Tunnel freigelegt und nach Nerimees Anweisungen Wege in die Tiefe gegraben. Zufrieden betrachtete sie den großen Kuppelsaal und schritt zwischen den mächtigen Säulen hindurch. Dies war das Herzstück der kahlen Hallen, durch die bald schon die Magie fließen würde.

Nerimee folgte einem der drei neuen Gänge zu den tiefen Kammern, in denen sie einige ihrer Leuchtsteine an den Wänden angebracht hatte. Cerens Wurzeln stießen durch die Decke und reichten hinab bis in ein Wasserbecken. Die Edelsteine, die sie aus der Schatzkammer holen und hier ins Wasser hatte legen lassen, funkelten am Grund. Viele von ihnen hatten zuvor in magischen Quellen gelegen, aber auch Ceren gab einen Teil der Magie, die sie aus der Erde, der Sonne, dem Wasser und dem Wind zog, in dieses Becken ab. Inzwischen sammelte sich hier unten so viel Magie, dass die Kräfte aus den Becken herausstrahlten und sich auf den Gängen zwischen Boden und Decke spannten.

Der Fels der Klippe hatte sich als günstig für ihr Vorhaben erwiesen. Er war für die Magie durchlässig wie ein Sieb und behinderte sie nicht. Mit den Gängen, dem großen Saal und den drei Wurzelkammern vermochte er die Magie aufzufangen und zu verteilen, zu sammeln und zu lenken.

»Du gehst mir aus dem Weg«, sagte eine tiefe Stimme.

Nerimee fuhr zu der Stimme herum. Ihr Großvater stand in der Tür und schaute die Wurzeln hinauf. »Ich kann immer noch nicht glauben, dass das alles dein Werk ist.« Er kam näher und setzte sich gemeinsam mit ihr auf den breiten Beckenrand. »Du führst die Magie deines Vaters mit dem Gespür deiner Mutter.«

»Ceren gebührt mindestens genauso viel Lob«, sagte Nerimee. »Wenn nicht sogar mehr. Und all den Arbeitern, die sich hier unten abgemüht haben.«

Borugar lächelte. »Du ahnst nicht, was man sich alles erzählt. Bald schon wird man im fernsten Winkel des Königreichs von den Magischen Hallen sprechen.«

»Das habe ich befürchtet«, sagte sie.

Ihr Großvater schüttelte den Kopf. »Nein«, sagte er. »Du hast befürchtet, dass ich dich aus einem bestimmten Grund sprechen will.«

Nerimee nickte langsam und musste sich zusammenreißen, um ihrem Großvater in die Augen schauen zu können. »Du willst mehr von mir. Ich soll mehr Krieger über die Albenpfade führen.«

»Seit die Fürsten von Varmul ihr Bündnis mit dem Fürsten von Helbyrn erneuert haben, gibt es immer wieder Berichte von magischen Waffen, die die Feinde ins Feld führen. Und von menschlichen Magiern, die ohne Ringe Magie wirken. Flammen, Blitze und unsichtbare Schrecken. Einige der Gefangenen – wie auch unsere Spione – berichten von echten Zauberern, die nahe der magischen Quellen herangewachsen sind.«

Nerimee nickte langsam. »Dann stimmen die Gerüchte also.«

»Welche Gerüchte?«

»Dass deine Feldherren bedauern, dass wir die magischen Quellen mit Steinen und Zauber zügeln. Vater hat mich davor gewarnt. Kaum haben die Alten abgedankt, stellen die Jungen alles in Frage, was eben noch in Stein gemeißelt war. Willst du immer wieder die gleichen Kämpfe austragen, Großvater?«

Borugar legte ihr die Hand auf die Schulter. »Dazu bin ich viel zu müde. Ich frage mich nur, ob es irgendwo in Yannadyr Kinder gibt, die der Magie fähig wären, wenn man sie früh genug fände, um sie zu unterweisen.«

»Ich war an vielen Quellen, und die einzigen Menschen, die der Magie fähig wurden, sind – soweit ich weiß – die Heilerinnen von Soranyl.« Die Heilquelle im Schlangenforst nördlich von Urijas, an der Nuramon vor Jahren den varmulischen Anführer Ralorno getötet hatte und wo er Bjoremul wiederbegegnet war, war längst zu einer blühenden Siedlung herangewachsen. Vor gut zehn Jahren hatte Borugar Soranyl – auf Daoramus Rat hin – die Stadtrechte verliehen.

»Glaubst du, es sind die Frauen, die die Magie zuerst empfangen?«, fragte Borugar. »Immerhin hat in Soranyl kein Mann die Zauberei erlernt.«

Nerimee schüttelte den Kopf. »Die vier Heilerinnen sind Schwestern. Hätten sie einen Bruder, könnte er vielleicht auch zaubern.«

»Könntest du sie unterweisen?«

»Sie vollbringen in Soranyl mehr, als sie abseits der Quelle je erreichen können. Sie sind keine echten Zauberer. Stell dir vor, du wärest der Einzige, der Wasser mit den Händen schöpfen kann. Allen anderen würde das Wasser durch die Finger rinnen. Und stell dir vor, du wärest von durstigen Menschen umgeben. Würdest du einfach fortgehen? Die Heilerinnen von Soranyl haben ihre Gabe der Quelle zu verdanken. Selbst deine Feldherren dürften es als günstig empfinden, dass sie im Schlangenforst nahe von Urijas und der Sternfestung ihr Werk tun.«

Nerimee spürte mit einem Mal einen sanften Hauch von Magie, welcher der Kraft des Ortes eine frische Note hinzufügte. Kurz darauf erschien Ceren neben ihnen.

»Du hast uns gelauscht«, sagte Nerimee und musste schmunzeln.

»Mir entgeht nicht, was unter meinen Wurzeln geschieht«, sagte der Baumgeist und setzte sich neben sie. »Du wolltest doch gerade an mich denken.«

Nerimee nickte. »Könnest du uns helfen, Menschen zu finden, die das Zaubern erlernen können?«

»Gewiss«, sagte Ceren mit ihrer klaren Stimme. »Aber ihr habt schon recht. Die Magie, die wir von den Quellen abschöpfen, hindert die Menschen daran, sich unter dem Einfluss der Zaubermacht zu wandeln. Ihr müsstet an einen Ort gehen, an dem das nicht der Fall ist.«

»Aber laufen wir dann nicht Gefahr, uns den Feind ins Haus zu holen?«, sagte Borugar. »Es haben sich schon einige bei uns angeboten. Aber unsere Spione wussten, dass dahinter die Intrigen der Varmulier und der Helbyrnianer steckten.«

Nerimee nickte. »Wir bräuchten also Leute, die zweifelsfrei gegen unsere Feinde stehen. Wie Bjoremul oder Lyasani.«

»Oder«, sagte Ceren und zog die Blicke auf sich, »ihr geht zu jenen Leuten, von denen ihr wisst, dass sie in diesen Zeiten der Magie fähig sind.«

Nerimee tauschte einen verständnislosen Blick mit ihrem Großvater, dann sah sie Ceren ratlos an. Der Baumgeist zwinkerte. »Ich meine ein Volk, das abseits all eurer Konflikte lebt, deren Feinde nicht eure Feinde sind, die aber ein Jahrhundert darauf warteten, für die Elfenkönigin in den Krieg zu ziehen. Dann sagte Nuramon ihnen, dass der Kampf gewonnen sei. Der Kampf um Albenmark. Ihr müsst an den Ort gehen, wo die Nachkommen von Elfen leben.«

Und da verstand Nerimee. »Alvarudor!«, sagte sie.

Nuramon wies auf den Baum neben der grauen Felswand, an die der Wald heranreichte. Ein gerader Stamm, der sich nach zwei Schritten in so enges Astwerk spaltete, dass kein Blick hindurchdrang. Lange, breite Blätter ragten oben heraus und wirkten wie Haar über einem Haupt aus Wurzeln. Es war der gleiche Baum wie jener, den sie in der Zerbrochenen Welt gesehen hatten, jenseits der Pforte in Angnos, die zu Dareen hätte führen sollen.

Yendred ließ den Wegstein in seinen Beutel fallen und wies die Felswand entlang, wo Tageslicht leuchtete. »Da ist noch so ein Baum«, sagte er.

Nuramon tauschte Blicke mit den Gefährten. Nach einem Nicken Nylmas wagten sie sich zögernd vor und traten aus dem Halbschatten des Waldes ins Tageslicht hinaus. Vor ihnen erstreckte sich bewaldetes Hügelland, und jeder einzelne Baum sah wie jener aus, den sie in der Zerbrochenen Welt gesehen hatten. Zur Rechten zog sich der Berg in Wellen dahin, und zur Linken lag ein See, aus dem ein Fluss entsprang.

»Nun müssen wir nur noch die roten Berge finden«, sagte Lyasani und erntete ein Lächeln von Yendred und Salyra.

»Und wo ist der nächste Wegstein?«, fragte Nylma.

»Ich spüre nichts«, sagte Yendred und warf ihm einen verunsicherten Blick zu, doch Nuramon nahm seine Hand und drückte sie kurz und fest. Er war stolz auf seinen Sohn, der in den vergangenen Monaten mehr gelernt hatte als er selbst in manchem Leben. Noch aber war seine Lehrzeit nicht vollendet. Es fehlte noch das Gespür für die ganz zarten Regungen, wie den Hauch, der mit dem Duft des Seewassers heranwehte. Nuramon wies voraus. »Irgendwo dort ist ein Wegstein. Und selbst wenn er nicht da wäre: Diese Bäume weisen uns den Weg.«

»Wie nennen wir die Bäume?«, fragte Lyasani. Das waren Fragen, wie sie Nerimee früher immer wieder gestellt hatte. »Vielleicht Dareenbäume«, schlug sie vor und lachte.

»Auf den Hügeln wirken die Bäume wie Bestien«, sagte Nylma. »Bestien, die uns erwarten. Wie die Drachen aus deinen Sagen, Nuramon.«

Die Blicke richteten sich auf ihn. Er schaute jedem seiner Gefährten ins Gesicht, lächelte und sagte schließlich: »Wir nennen sie ganz einfach Orakelbäume.«

Nach einigen ausgelassenen Tagen in Teredyr führte Nerimee die Händler, die Adligen und die Dienstboten unter dem Geleitschutz von Loramu und einer Kriegsschar der Ilvaru über die Albenpfade in das grüne Tal von Alvarudor, in das der Herbst noch nicht Einzug gehalten hatte.

Auf den Stufen zum Ratsgebäude kamen ihnen, von den neugierigen Blicken der Leute begleitet, vornehme Männer und Frauen entgegen. Auf ihren blauen Hauben waren dünne Siegel angebracht, die wie ein drittes Auge wirkten. Der Ratsfürst, auf dessen Brust die Silberkette mit den drei Medaillen ruhte, beugte sein Haupt vor

Nerimee, begrüßte sie mit Namen und nannte seinen eigenen: Wergor. Nerimee erinnerte sich an ihn. Er war damals, als sie als Kind mit ihren Eltern in der Stadt gewesen war, bei ihnen ein und aus gegangen. Er war der Vogt der kleinen Siedlung unten am Fuße des Gebirges; der Mann, der ihren Vater und ihre Mutter nach Alvarudor heraufgeführt hatte. Ihm hatten ihre Eltern das Elfenhaus anvertraut, und nun war er gewiss siebzig Jahre alt und lächelte ihr munter entgegen.

»Du kommst, um dein Erbe in Anspruch zu nehmen?«, fragte Wergor.

»Nein. Ich komme, um zu schauen, ob euer Erbe erblüht ist – und um ein Bündnis zu knüpfen.«

Wergor grinste und wies zur Seite. Neben einer hochgewachsenen Ratsherrin sammelten sich Männer und Frauen in weiten Roben, die Nerimee erwartungsvoll entgegenblickten. »Das sind die Magier von Alvarudor. Dein Vater hatte recht. Die Magie ist zu den Dornoru zurückgekehrt.«

Wergor führte sie in den Ratspalast, die breiten Stufen hinauf ins Obergeschoss und dort in den großen Saal, in dem ihr Vater früher Geschichten vorgetragen hatte. In der Mitte war die runde Ratstafel, an der die Stühle der Mitglieder standen. Rasch ausgewählte Männer und Frauen, darunter die Magier von Alvarudor, nahmen ebenso auf den Sitzen am Randes des Saales Platz wie Nerimees Gefolge; den Grafen und den Händlern wurden sogar Diener zugewiesen, die sich um ihr Wohl kümmern sollten. Nerimee selbst trat mit Loramu an ihrer Seite vor die Ratstafel und stellte sich den Ratsherren vor.

Kaum hatten sie sich gesetzt, sagte Wergor: »Ich will offen sein. Es steht schlecht um uns. Werlawyr, die Handelssiedlung unten vor dem Berg, ist gefallen. Unsere Feinde sind zurückgekehrt und haben dort ihr Heerlager aufgeschlagen. Sie haben Heiler und führen durch Magie gehärtete Waffen. Und manchmal überraschen sie uns.« Er erzählte von flammenden Schwertern, Speeren und Pfeilen, von Giftsteinen, die sie in Tonkrügen die Straße hinaufschleuderten, oder Tierkadavern, die sie auf den Pass schoben und liegen ließen, bis die

Giftsteine mit den Dämpfen, die ihnen entwichen, den Magen des toten Tieres sprengten. »Manchmal entschied die Windrichtung über Sieg und Niederlage«, sagte Wergor. »Einmal waren wir bereit, mit ihnen zu verhandeln. Und sie haben unseren Verhandlungsführer vergiftet – mit einem Händedruck.«

»Und *ihre* Unterhändler?«, fragte Nerimee.

Die hochgewachsene Ratsherrin, hinter der sich eben noch die Magier von Alvarudor gesammelt hatten, erhob sich und stellte sich als Jadorna, die Meistermagierin von Alvarudor vor. »Es mag sein, dass sie an einer Giftquelle aufgewachsen sind und das Gift auszuhalten vermochten«, erklärte sie.

Nerimee deutete durch die Öffnung in der Nordwand auf den Pass am anderen Ende des Tales. »Gibt es tiefer im Gebirge oder jenseits davon keine Möglichkeiten zum Handel?«

»In den nächsten Tälern siedeln bereits Flüchtlinge aus dem Tiefland«, sagte Wergor. »Es gelingt ihnen gerade einmal, sich selbst zu versorgen. Und die alt-arlamyrischen Stämme verehren die Berge, hinter denen sie leben, als Heiligtum und betrachten uns als Bestien. Selbst wenn sie ihren Glauben änderten – der Weg ist weit.«

»Meine Familie verfügt über Handelsrouten, die eure Feinde nicht versperren können«, sagte Nerimee. »Ihr könntet bei uns ein Handelshaus gründen. In Jasbor stehen euch viele Wege offen. Unter der Bürgschaft meines Großvaters könntet ihr euch etwas aufbauen, und gelegentlich führen mein Vater oder ich eure Handelszüge hierher zurück. Was die Magie angeht, könnte ich einige Begabte nach Jasbor mitnehmen und sie unterweisen.«

»Aber wir können in unserer Lage niemanden entbehren«, sagte Jadorna.

»Es liegt bei euch«, entgegnete Nerimee.

Wergor zog die Stirn in Falten. »Es werden sich doch wohl unter all den Begabten einige finden, die ihr Nerimee anvertrauen könnt«, sagte er.

Jadorna starrte nachdenklich zu ihren Magiern hinüber. Schließlich sagte sie: »Es gibt zwei in unseren Reihen, deren Wissensdurst wir längst nicht mehr zu stillen vermögen. Sie werden sich heute bei dir einfinden.« Dann nickte sie, verabschiedete sich und zog sich mit den Magiern zurück.

Während Nerimees Gefolge und die Ratsherren über die Einzelheiten des Bündnisses zwischen Yannadyr und Alvarudor verhandelten, nahm Wergor Nerimee zur Seite, führte sie durch die Öffnung nach draußen unter das Dach und zeigte auf den Wald, über dem magischer Nebel lag. »Du hast gerade gesehen, was diese Kraft dort mit sich bringt. Die Zauberer sind nun mächtig in unserer Stadt. Ich habe Yanrol als Oberhaupt des Rates abgelöst, als die Fürsten des Südens uns den Krieg erklärten. Er war müde von der ganzen Last. Und nun bin ich müde, und Jadorna kann es nicht erwarten, meinen Platz einzunehmen.«

»Und das fürchtest du«, sagte Nerimee.

»In diesen Zeiten wäre sie die Richtige, denn mit jedem Jahr erwacht in mehr Kindern die Magie, und selbst unter Erwachsenen bricht sie immer wieder durch. Ich weiß nur zu gut, dass die Zukunft den Magiern gehört. Es ist unsere Schuld. Uns gefiel es, die Magie mit strengen Regeln zu belegen, weil wir fürchteten, jemand könnte die Macht des Rates brechen. Doch nun nutzen Jadorna und die anderen diese Regeln, um ihre eigene Macht zu schützen.«

»Warum gibt sie mir dann überhaupt jemanden mit?«, fragte Nerimee.

Wergor lächelte bitter. »Weil sie zwei von ihnen loswerden will. Oregir und Sawagal. Brillante Denker, aber zu verträumt, zu zielstrebig und zu neugierig. Sie stellen alles in Frage, und damit bedrohen sie Jadornas Macht. Die beiden könnten auch dir Ärger machen.«

Nuramon und seine Gefährten folgten Dareens Spur in ein sandiges Land, wo Raubvögel am strahlend blauen Himmel flogen. In der Ferne erhoben sich rotbraune Berge, und der trockene Duft dieses Landstrichs erinnerte Nuramon an den Geruch des Felsentals, in dem er das Orakel vor langer Zeit getroffen hatte. Nuramon war sich sicher: Hier auf irgendeinem der Berge war das Heim der Dareen. Und hier endete die Spur der Steine.

Wenngleich es keine Albensterne in der Nähe gab, führten Albenpfade über das beinahe wüste Land mit seinen breiten Flüssen, tiefen Tälern und Schluchten. Sie bräuchten ihnen nur zu folgen. Wo sie zusammenliefen, dort würde er Dareen finden. »Nur noch ein wenig, und wir haben es geschafft«, sagte er.

Orakelblick

Jadorna war froh, dass die Elfentochter endlich fort war. All die Jahre hatten sich die Yannadrier nicht blicken lassen. Und nun, da Jadorna die Macht ernten wollte, die sie gesät hatte, war Nerimee gekommen und hatte ein Bündnis geschlossen. Gegen das Handelsabkommen hatte Jadorna nichts. Aber eines war gewiss: Die Zauberer von Jasbor würden nie über die von Alvarudor herrschen. Im Grunde war Jadorna glücklich, dass Nerimee ihr die Gelegenheit gegeben hatte, sich Oregirs und Sawagals zu entledigen. Die Unruhestifter würden hier keinen Keil mehr zwischen die Menschen und den Bund der Magier treiben. Und sollten sie eines Tages zurückkehren, würde Jadorna ihnen gern ihr hinzugewonnenes Wissen entlocken, ehe sie sie verbannte.

Als Oregir auf die Albenpfade kam, staunte er, ging in die Hocke und strich mit den Händen über den glatten Boden. Die Magie strömte wie Wasser unter dünnem Eis. Die yannadrischen Krieger lachten; die Händler, die Adligen und das Gefolge schwiegen.

Sawagal packte ihn am Arm. »Steh auf, du Trottel«, flüsterte er.

»Beeindruckend«, sagte Oregir, erhob sich und lächelte Nerimee an, die als Letzte aus dem Licht trat. Dann machten er und Sawagal Nuramons Tochter Platz. Als Nerimee vorüber war, steckten sie die Köpfe zusammen. »Ja, es ist beeindruckend«, sagte Sawagal. »Aber wir dürfen uns das nicht anmerken lassen. Noch respektiert sie uns.«

Bargorl war Wergors Neffe und sollte den Handelszug nach Westen anführen und in Jasbor ein Handelshaus errichten. Er konnte seine

Augen nicht von Nerimee abwenden, und selbst wenn sie zurückschaute, blickte er nicht fort, sondern lächelte nur. Sonst war er viel zu schüchtern und pflegte den Blicken auszuweichen. Nur dann, wenn eine Frau den Weg zu ihm suchte, wagte er es, unvorsichtig zu werden. Er hatte es oft bereut, und das hatte seine Ängste genährt. Als Nerimee aber auf dem Weg über die Albenpfade wieder und wieder zurücklächelte und ihm zuzwinkerte, ließ er alle Vorsicht fallen.

Während Nerimee Oregir den Hauptsaal zeigte, schritt Sawagal allein durch die Magischen Hallen. Schließlich ging er auf die Knie und tastete den Boden ab. Da verdichtete sich vor ihm ein Schimmer zu einer wunderschönen Frau. Ceren! Hastig erhob sich Sawagal und kam sich wie ein Trottel vor.

»Du und Oregir«, sagte die Geisterfrau lächelnd. »Ihr seid ambitioniert.«

»Ich kann nicht für Oregir sprechen«, sagte er. »Aber ich möchte der größte Magier dieses Zeitalters werden.«

Sie schaute ihm lange in die Augen. »Dann bist du hier am richtigen Ort«, sagte sie schließlich, löste sich auf und ließ Sawagal fassungslos zurück. Sie hatte nicht einmal seine Loyalität geprüft.

Das Heim der Dareen

Unter all den rotbraunen Bergen, an deren Hängen und zu deren Füßen die Orakelbäume verstreut standen, hatten sie einen gefunden, um den sich Albensterne wie eine Kette legten. Ein einzelner Albenpfad bog sich in die Runde zu einem Kreis. An sieben Stellen drangen dort Pfade aus dem Boden und endeten hoch oben am Rande von Nuramons magischer Wahrnehmung in einem gemeinsamen Punkt. Solche Gebilde hatte Nuramon einst in den Hallen der Zwerge gesehen: Albenpfade, die in der Welt gebogen schienen, aber neben der Welt gerade verliefen; Albensterne, an denen Pfade entsprangen oder aber endeten. Thorwis – der Weise des Zwergenvolkes – hatte Derartiges mit der Macht seines Albensteins vermocht.

Irgendwo dort oben am Berg lag gewiss die Felsspalte, in der Alwerich und er einst erschienen waren. Der ganze Berg strahlte vor Magie. Ob die Macht aber von den Pfaden, von dem Albenstern dort oben oder von dem Berg selbst kam, vermochte Nuramon nicht zu sagen.

Weder Yendred noch Nuramon gelang es, am nördlichsten Albenstern ein Lichttor zu öffnen. Ein gewaltiger Zauber, der Teil der Pfade zu sein schien, versperrte der Magie den Weg. So zogen sie von Albenstern zu Albenstern, doch an keinem vermochten sie eine Pforte zu schaffen. Schließlich blickten sie ernüchtert den gewaltigen Berg hinauf. »Das wird ein harter Anstieg«, sagte Nylma.

In der Nacht bemühte sich Nuramon, seine Sinne auf die Albenpfade zu senden. Die Magie in den Pfaden, die nach oben führten, schien vom Berg abzuprallen und wieder zurückzuströmen, nur um einige Zeit später doch einen Weg zu finden. Es war, als öffne und schließe jemand Schleusen, um den Lauf der Magie zu beherrschen. Als er den Gefährten von seinem Eindruck berichtete, fragte Yendred: »Meinst du, Dareen könnte das alles geschaffen haben?«

»Wenn ja, wäre ich sehr enttäuscht«, antwortete Nuramon. »Denn wer das geschaffen hat, hätte auch die Macht besessen, Noroelle zu befreien. Er muss einen Albenstein gehabt haben.« Einmal ausgesprochen, ließ Nuramon der Gedanke nicht mehr los. Dareen war ihm so selbstlos erschienen, dass er bisher nicht an ihr gezweifelt hatte; und die Vision, die sie ihm damals in ihrer Sternengrotte gezeigt hatte, war eine der wertvollsten Spuren auf der Suche nach Noroelle gewesen. Nun aber fragte er sich, ob sie ihm damals weit weniger geholfen hatte, als es in ihrer Macht gestanden hätte.

Am nächsten Morgen schüttelte Nuramon den Zweifel ab und machte sich mit seinen Gefährten an den Aufstieg. Sie waren keine zweihundert Schritt gegangen, als der Wind Sand aufwirbelte und ihnen entgegentrieb. Nuramon breitete seine Arme und mit ihnen seine schützende Magie aus. Als der Wind ihnen Steine entgegentrug, kehrten sie um und zogen sich bis jenseits des Ringpfades zurück.

Es schien, als würde die Magie dort oben nur auf Eindringlinge lauern. Sogar hoch oben in der Luft wandte sie sich gegen die Vögel. Doch diese hatten sich längst an den vom Zauber gepeitschten Wind gewöhnt und nutzten seine Ausläufer, um rasch an Höhe zu gewinnen.

»Nun sind wir so nahe und kommen doch nicht durch«, sagte Nylma.

Yendred betrachtete die Vögel. »Vielleicht wirkt die Magie nicht überall.«

Diesem Gedanken folgend, verbrachten sie drei Tage damit, am Rande des magischen Gebietes nach einer Bresche zu suchen, doch sie fanden nichts. Am Abend des vierten Tages hatten sie den Berg einmal ganz umrundet und wussten nicht weiter. »Vielleicht schaust du noch mal mit deinen Zaubersinnen auf die Albenpfade«, schlug Yendred Nuramon vor.

»Es ist doch merkwürdig«, sagte Nylma, während sie die Fische, die sie gefangen und ausgenommen hatten, mit einem Stock über das Feuer hielt. »Wäre es nicht klug gewesen, auch den Blick auf die Pfade zu versperren? Oder ist das schwieriger?«

»Im Gegenteil«, sagte Nuramon kopfschüttelnd. »Den Blick auf die Pfade zu versperren ist leichter, als den Zugang zu ihnen zu verwehren. Den Blick kann man wie mit einem Stück Stoff verdecken.«

Salyra trank ein wenig Wasser aus ihrem Becher. »Vielleicht hat Dareen gewollt, dass wir die Pfade entlangschauen können«, sagte sie.

Nuramon stimmte der jungen Kriegerin zu. Kurz darauf suchte er sich einen ruhigen Ort abseits des Lagers und prüfte erneut die Albenpfade. Als würde er unter einer Eisdecke in einem Fluss schwimmen, strebte er voran und gelangte bis an eine Lücke, an der die Magie zurückgeworfen wurde. Da strahlte ihm etwas Hauchzartes über den Abgrund entgegen. Nuramon knüpfte seine Sinne daran, ließ sie emporklettern, und für einen Augenblick sah er einen Albenstern, an dem sieben Pfade zusammenkamen und endeten. Dann warf ihn die kraftvolle Magie zurück.

Erschöpft kehrte Nuramon zu seinen Gefährten zurück und ließ sich am Feuer nieder. Selbst hier draußen spürte er nun die andere Magie, die in all die Macht, die hier wirkte, fein verwoben war. »Das muss Dareens Zauber sein«, sagte er und schaute in die Runde. »Vielleicht liegt in dieser hauchfeinen Kraft der Schlüssel, den wir suchen.«

»Wach auf«, hörte Yendred eine Frauenstimme flüstern, und kurz darauf spürte er weiche Lippen auf seiner Stirn. Langsam öffnete er die Augen und sah in Salyras lächelndes Gesicht. »Dein Vater hat etwas gefunden.«

Yendred raffte sich auf und wischte sich den Schlaf aus den Augen, während sein Vater ihm bereits erklärte, wie er Dareens Hauch aufgespürt hatte. »Fünfhundert Schritte von hier entfernt windet er sich wie ein Faden den Berg hinauf«, sagte er schließlich.

»Warum ist uns das nicht vorher aufgefallen?«, fragte Yendred gähnend.

Sein Vater lächelte. »Weil wir vor lauter Getöse des Windzaubers das Flüstern von Dareens Magie nicht vernommen haben«, antwortete er.

Nicht einmal eine Stunde später stiegen sie am Berg hinauf. Dessen Magie war stark wie zuvor, aber von dem Windzauber war hier nichts zu spüren. Es war wie auf den Albenpfaden. Hier waren sie sicher. Aber was mochte geschehen, wenn sie von dem Weg abwichen? Yendred war neugierig, hob einen Stein vom Boden auf und warf ihn auf den Hang. Sogleich erwachte dort der Wind. Staub wirbelte in die Höhe, ließ den Stein verschwinden und senkte sich ihnen entgegen.

Nylma fluchte und riss ihren Schild vom Rücken. Lyasani tat es ihr gleich, und Salyra zog Yendred mit sich zu Boden und schützte ihn mit ihrem Körper. »Was hast du getan?«, flüsterte sie.

Nur Nuramon blieb stehen und schaute zu, wie der Staubwirbel herabstürzte, zitterte, zurückschwang und sich dann auflöste.

»Das war dumm, mein Junge«, sagte Nylma. Yendred entschuldigte sich und starrte betreten zu Boden. Er war froh, dass sein Vater ihn nicht tadelte, sondern nur wie gebannt vorausschaute.

Am Mittag folgten sie Nuramon in eine Felsspalte, die zu Yendreds Überraschung in eine Höhle mündete. Er spürte einen magischen Hauch, der ihnen durch die feuchte Luft entgegenwehte und ihm einen Schauer über den Rücken trieb. Er warf einen fragenden Blick zu seinem Vater. Doch dieser zog nur den Barinstein hervor und nickte Nylma zu, die es ihm gleichtat. Gemeinsam schritten sie in der kargen Höhle voran. Yendred und seine Freundinnen folgten ihnen durch den breiten Höhlengang, der sich langsam bergauf wand.

Mit einem Mal hielt Nuramon inne, holte seinen Schild vom Rücken, suchte dahinter Schutz, und sie alle folgten seinem Beispiel.

»Was ist los?«, fragte Nylma leise.

Nuramon schüttelte den Kopf und flüsterte: »Ich weiß es nicht. Da ist etwas.«

Yendred hatte das Gefühl, von unzähligen Augen beobachtet zu werden.

»Da!«, flüsterte Nylma. Das Licht des Barinsteins fiel in eine Nische neben ihr. Ein blankpoliertes Skelett lag dort verstreut am Boden. Es war der Rest eines Wesens, halb Mensch oder Elf und halb Tier, mit breiten Schultern, langen Schenkeln und einem gewaltigen Brustkorb. Der Schädel war breit, lang und lief spitz zu.

»Ist das ein Devanthar?«, fragte Lyasani.

»Still«, flüsterte Nuramon. »Nenn solche Namen nicht!«

Yendred schauderte. Die Luft staute sich und flimmerte vor warmer Magie. Der Zauber, der hier schlummerte, war wie ein schlafender Drache. Weckte man ihn, mochte das den Tod bedeuten. Behutsam schlich er hinter Nuramon und Nylma her, zog langsam sein magisches Schwert aus der Scheide und hielt es neben seinen Schild.

Mit einem Mal war es finster. Die Barinsteine waren einfach erloschen. So etwas war noch nie geschehen. Sie hatten sich immer auf das Licht der Leuchtartefakte verlassen können.

»Ich werde eine Flamme zaubern«, wisperte Yendred. Er dachte an Hitze über seiner Handfläche und spürte bereits, wie die Magie zu fließen begann, als sein Vater seine Hand fasste. »Nicht!«, flüsterte er. »Das könnte unser Tod sein.« Seine Finger zitterten. »Die Magie ist hier wie Öl, in das wir eingetaucht sind. Ein Funken, und alles könnte in Flammen stehen.«

»Hand auf Schulter!«, sagte Nylma. Es war ein üblicher Befehl unter den Ilvaru. Während er Salyras Hand auf seiner Schulter spürte, tastete er nach der seiner Meisterin, und so bewegten sie sich vorsichtig weiter durch die Finsternis und die magischen Schwaden voran. Es roch nach nassem Holz, und Yendred hatte den Eindruck, dass vor ihnen irgendetwas den Luftstrom störte.

»Yendred«, flüsterte sein Vater. »Mach eine Flamme. Ganz klein, ganz schwach.«

Yendred atmete leise durch. Dann nahm er die freie Hand von Nylmas Schulter, hielt den Zeige- und den Mittelfinger zur Seite und ließ die Magie fließen. Auch Salyra löste ihre Hand von ihm, und er spürte, wie sie vorrückte und Lyasani ihren Platz einnahm.

Als Nylma und Nuramon sich kurz darauf im schwachen Licht seiner Flamme aus der Finsternis schälten, sah er, wie sie sich ruckartig hinter ihre Rundschilde duckten. Dort vor ihnen war etwas. Ein wulstiger Schatten schob sich langsam auf sie zu. Münder und Augenlider in glänzenden Farben stachen aus der Dunkelheit hervor. Schmatzend öffneten sich die Münder, krumme Beißzähne blitzten, und als das Wesen einatmete, riss es seine unzähligen Augen auf. Manche von ihnen waren fingernagelbreit, andere so groß wie eine Faust, und sie alle leuchteten grau und suchten Yendreds Flamme.

Nach einem Augenblick des Starrens zerriss das unförmige Wesen in menschengroße Gestalten, jede mit einem großen oder zwei kleinen Augen versehen, jede mit einem der Mäuler und mit Armen, die sich entfalteten und die Klauen vorstreckten.

Nuramon und Nylma holten bereits mit den Schwertern aus, und auch Yendred machte sich zum Angriff bereit. Da leuchtete etwas vor den düsteren Gestalten auf und ließ die Gefährten innehalten. Es war der Almandin an Nylmas Kette. Der magische Edelstein war erwacht und warf den Schattenwesen einen roten Schein entgegen. Sie hielten inne, als spürten sie, dass die Macht des Almandins, den Noroelle einst mit Zaubern belegt hatte, ihnen ebenso schaden konnte, wie er einst dem letzten Devanthar geschadet hatte. Ein Verdacht erwachte in Yendred und schürte die Angst vor dem, was sich hinter diesem Ort verbergen mochte.

Nylma machte einen Schritt auf die Gestalten zu, und sie wurden durchscheinend und wichen hastig zurück, drängten sich gegen die Wände und verschwanden im Fels. Das Licht des Almandins schwand, und im gleichen Atemzug erwachten die Barinsteine zu neuem Leben. Sie leuchteten viel schwächer als zuvor, als wäre in ihnen nur noch die Glut jenes Feuers übrig, das sie einst erhellt hatte.

Yendred unterstütze den schwachen Schimmer der Barinsteine mit seinem Flammenzauber. Vorsichtig sahen sie sich in dem nunmehr erhellten Höhlengang um. Für einen Moment glaubte er, die grauen Augen auf dem glatten Fels zu erkennen. Doch nach einem Blinzeln war nichts dergleichen zu sehen. Die fremden Wesen blieben verschwunden.

Als Nuramon sie weiterführte, war Yendred in Gedanken bei Dareen. Was, wenn diese fremdartigen Wesen überall in diesem Berg waren, auch in dem Felsental der Dareen? Und was, wenn die Lichter in Dareens Sternengrotte ermattet waren und statt ihrer die grauen Augen jener Ungetüme von der Decke auf sie herabstarren würden?

Nuramon führte seine Gefährten aus der Höhle hinaus in ein kleines Felsental mit zimtfarbenen Wänden. All die Pflanzen mit ihren bunten Blüten nährten sich von dem Wasser, das in der Mitte des Talkessels einem Felsen entsprang, den See speiste und sich in das Bächlein ergoss, das ihnen entgegenströmte und ihren Weg kreuzte. Sie waren am Ziel. Dies war Dareens Heim.

Jenseits des Sees lag der Höhleneingang zur Sternengrotte, in der Dareen ihm einst den Weg gewiesen hatte. Ein Blick nach links weckte Nuramons Erinnerung an Alwerich. Da war die Felsspalte, durch die er einst mit dem Zwerg gekommen war – und an ihrem Ende lag der Albenstern.

Nuramon legte den Kopf in den Nacken, atmete tief ein und blickte in den strahlend blauen Himmel. Ganz so wie damals, dachte er, senkte den Kopf wieder – und eine Frau stand vor ihm. Das schwarze Haar reichte ihr in langen Strähnen bis zu den Hüften, ihre Augen waren so blau wie der Himmel und das mit Elfenmustern verzierte Kleid. Und doch war sie keine Elfe. Die länglichen Ohren stachen ihr zwar durchs Haar, doch deren Enden waren rund wie bei Nuramons Kindern.

Die Frau machte einen Schritt auf ihn zu, lächelte und berührte den Barinstein, den Nuramon noch immer in Händen hielt. Unter ihrer Berührung erstrahlte das Artefakt in seiner ganzen Kraft. Sie schritt vor Nylma und ließ auch ihren Stein wieder hell leuchten. Die Wyrenara schaute den Barinstein an, als sähe sie ihn zum ersten Mal.

Die Frau blickte nun erst Yendred an und ließ ihren Blick dann zwischen Lyasani und Salyra hin und her wandern. Schließlich erblühte ein kindliches Lächeln auf ihrem Gesicht.

»Dareen«, sprach Nuramon leise.

Die Frau nickte. »Ich bin es«, sagte sie. »Auch wenn ich nicht die gleiche Gestalt wie damals besitze.«

»Sehen wir denn alle das Gleiche?«, fragte Nuramon.

Sie nickte erneut.

»Dann ist dies ... deine wahre Gestalt?«, fragte Yendred.

»Sie ist so wahr wie Cerens Gestalt«, sagte das Orakel.

Yendred machte große Augen. »Du kennst sie?«

»Die Vergangenheit ist wie ein Buch, das Buch der Welten.« Sie wies mit einer knappen Geste zum See, schritt dann langsam voran und bedeutete Nuramon, an ihre Seite zu kommen. »Ich habe dich beobachtet«, sagte sie ihm. »Es gibt kein Wesen, welches dich besser kennt als ich. Und ich kenne deine Frau, deine Kinder und deine Vertrauten.«

»Und meine Feinde?«, fragte Nuramon, als sie über eine Steinplatte schritten, die über den Bach gelegt war.

»Und deine Feinde«, sagte sie.

Am See angekommen, wies Dareen vom Ufer hinüber zum Felsen in der Mitte, aus dem das Wasser sprudelte. »Trinkt und badet! Es wird euch munden und eure Körper und Sinne reinigen.«

Die Gefährten tranken, kühlten sich die Gesichter, entkleideten sich bis aufs Hemd und tauchten in den See ein, während Dareen auf einem Felsen am Ufer saß und sie beobachtete. Besonders Nylma, die etwas entfernt von den anderen schwamm, musterte sie immer wieder. »Ihr Antlitz war das erste, das ich je in der Zukunft sah«, sagte sie zu Nuramon. »Es dauerte lange, bis ich erkannte, dass sie mit deinem Schicksal verbunden war. Ich dachte, es wäre nur ein Zeichen, das mich in diese Welt rief. Und während du in der Zuflucht des Devanthar gefangen warst, erfuhr ich von ihrer Liebe zu Yargir, und ich wusste, dass du zu ihnen gelangen würdest. Ich sah all das Glück und all das Leid in diesem langen, schönen Gesicht.«

»So lange wusstest du schon von ihr?«, fragte Nuramon.

»Ja. Es gab eine Zeit, da wusste ich mehr von ihr als von dir. Das war in den Drachenkriegen, während alle um mich herum den Blick auf die Gegenwart gerichtet hatten, ich aber ungeheuer weit in die Zukunft blickte.«

»Und was siehst du nun in der Zukunft?«, fragte er zögernd.

Dareen schaute ihn mit ihren großen Augen an. »Nichts mehr. In der Zeit der magischen Wirren ist der Fluss des Schicksals über die Ufer getreten. Nun ist seine Strömung so stark und der Grund so aufgewühlt, dass ich mich nicht halten und nichts mehr erkennen kann. Alles, was mir bleibt, ist die Vergangenheit. Es reicht aus, um das Schicksal zu erfüllen, das ich so lange vor Augen hatte.«

»Dein Schicksal?«, fragte Nuramon.

Dareen nickte wieder.

»Dann bist du auch ein Albenkind«, sagte Lyasani leise und blickte dann ins Wasser, als schämte sie sich ihrer Worte.

Dareen winkte Lyasani zu sich auf den Felsbrocken, und die junge Kriegerin stieg aus dem Wasser und setzte sich in ihrem triefenden Hemd zögernd neben sie. »Ich bin kein Albenkind«, sagte das Orakel schließlich.

Lyasani blickte zu Boden, doch Dareen legte ihre Hand unter Lyasanis Kinn und hob den Kopf des Mädchens an. »Ich bin ein Geist, der vor Jahrtausenden einen Weg entlangsah und in diese Welt kam, um etwas zu tun, was niemand sonst tun wollte.« Sie wandte sich wieder an Nuramon. »Es gab Zeiten, da fürchtete ich, mich geirrt zu haben. Denn ich erkannte Ceren und hatte Angst, ich hätte ihr Schicksal für das meine gehalten. Doch ich war es, der dir auf der Suche nach Noroelle den Weg wies.« Sie hielt inne und schaute, wie Nylma sich im Wasser näherte. Das Orakel richtete seinen Blick zwischen die Brüste der Kriegerin, die sich durch das nasse Hemd abzeichneten. Dort hing der Almandin an seiner Lederkette.

Lächelnd schaute Dareen Nuramon wieder in die Augen und sagte: »Ich war es, die den Zwergen und den Elfen von Valemas die Zukunft voraussagte. Ich wusste, dass du mit Alwerich zurückkehren würdest; und ich wusste, dass du einst ein Kind aus Valemas unter deinen Schutz nehmen würdest – das Kind, das Emerelle die Macht und den Sieg sichern würde. Alles, was ich bin, ist an dein Schicksal geknüpft. Versagst du, habe ich durch dich versagt.«

»Aber du bist mächtig«, sagte Nuramon. »Warum erfüllst du nicht selbst dieses Schicksal? Wieso hast du es nicht schon vor langer Zeit getan?«

Dareen wirkte überrascht. »Weil ich trotz all der Macht, über die ich verfüge, nicht das vermag, was du vermagst.« Sie schaute über den See hinweg. »Ich kann dir nur als Beraterin zur Seite stehen. Ich war es, die Rajeemil nach Wuur verwies, als er auf der Suche nach seinem magischen Torstab war. Die Dämonenanbeter hatten ihn geraubt und nutzten ihn, um über die Albenpfade zu gehen und Menschen zu versklaven.«

Den Namen Rajeemil kannte Nuramon gut. Der Albenstein, den er mit Farodin und Mandred vom letzten Devanthar erbeutet hatte, war einst der Stein des Rajeemil gewesen. Das hatte die Elfenkönigin ihnen offenbart. Rajeemil galt als weise und war angeblich in die Welt der Menschen gezogen, um deren Geheimnisse zu ergründen. Er war hier in Dayra ins Mondlicht gegangen, und sein Albenstein war später dem Devanthar in die Hände gefallen. Nuramon und Farodin hatten ihn nach dem Tod des Devanthar an sich genommen und Emerelle überreicht, und diese hatte ihn Yulivee gegeben. Ohne Rajeemils Albenstein hätten Emerelle, Yulivee und die anderen großen Zauberer Albenmark nicht von Dayra und der Zerbrochenen Welt trennen können. Und nun sollte der Eigentümer jenes Kleinods, das seine Heimat gerettet hatte, einst auf den Rat Dareens nach Wuur gegangen sein – die Stadt, in der die Ahnen der Arlamyrier versklavt gewesen waren?

Nylma, Lyasani und Yendred staunten, Salyra schüttelte ungläubig den Kopf.

»Ich tat es, weil ich wusste, dass du eines Tages mit den Nachkommen jener Sklaven leben würdest. Rajeemil wütete in Wuur, aber er wurde gefangen genommen, weil seine Gegner seine Schwäche fanden: das Mitleid. Sie drohten ihm und sagten, wenn er Widerstand leistete, würden sie die Elfen unter den Sklaven töten – und so wurde auch er ihr Sklave. Doch eines Tages nach der Hinrichtung eines Zwergen, der sich nicht unterordnen wollte, hielt Rajeemil nichts mehr zurück. Er tobte, tötete die Priester und den Herrscher, holte seinen Torstab und verschwand. Vor da an standen den Wuuriern die Albenpfade nicht mehr offen, und der Aufstand der Sklaven besiegelte ihr Schicksal.«

»Aber was wurde aus Rajeemil?«, fragte Nylma und strich sich durchs nasse Haar.

»Er kehrte zu mir zurück, um den Albenstein und andere Dinge zu holen, die er mir anvertraut hatte. Und ich wies ihm den Weg. Der Albenstein wurde später geraubt und gelangte schließlich in die Hände des Devanthar.«

»Und was wurde aus seinem Torstab?«, fragte Nuramon.

»Du fürchtest, dass deine Feinde ihn haben?«, erwiderte Dareen.

Nuramon nickte.

»Sorge dich nicht. Rajeemil machte ihn mir zum Geschenk. Denn ich verfüge nicht über die Macht, die du, Yendred und Nerimee beherrschen.«

Nuramon war erleichtert, dass Dareen seine Befürchtung zerschlagen hatte. »Hat Rajeemil die Pfade am Fuße des Berges geschaffen?«, fragte er.

Dareen lächelte. »Ja, er hat sie mit der Macht seines Albensteins geschaffen und geformt. Auch die Schatten in der Höhle sind sein

Werk, ebenso die Winde. Dieser Berg ist wie ein Königreich der Magie, und ich herrsche darüber. Ich verließ den Berg in all den Jahren nur einmal. Als deine Feinde meinen Rätselstein in Angnos zerstörten, legte ich die Spur hierher, denn ich ahnte, dass du sie finden würdest.« Sie betrachtete Nylmas Almandin. »Ich war überrascht, als ich euch unten im Gang spürte. Fast hätte meine Unaufmerksamkeit euch das Leben gekostet.« Sie lächelte Nylma an. »Aber der Edelstein an deiner Kette hat mir das richtige Wort gesandt. Ich erkannte euch und rief die Geister zur Ordnung. Hätte ich es nicht getan, hätte euch die Magie getötet.«

Lyasani und Salyra tauschten ungläubige Blicke; Nylma starrte das Orakel misstrauisch an. Yendred aber fragte Dareen: »War dieses tote Wesen ein Devanthar?«

»Nein«, sagte sie. »Es gab in dieser Welt einst viele andere Wesen. Sie sind längst untergegangen und zu Recht vergessen.« Sie erhob sich und half auch Lyasani auf. »Kommt, ich zeige euch die Sternengrotte.«

Sie schritt voran, doch Nuramon wagte nicht, ihr zu folgen und auch die anderen blieben stehen. Dareen wandte sich um. »Ihr habt allen Grund zur Zurückhaltung«, sagte sie. »Dem Schicksal ins Gesicht zu schauen ist nicht leicht. Aber ihr müsst kommen. Ich zeige euch die Vergangenheit, die Gegenwart und einen Teil der möglichen Zukunft, die ich früher gewahrte.«

Nuramon tauschte Blicke mit den Gefährten. Schließlich folgten sie dem Orakel bis zum Höhleneingang und tauchten hinter ihr in die Finsternis ein.

Orakelblick

Die Sternengrotte glich einer Insel unter dem Nachthimmel. Dareen wandelte ihr Antlitz; sie spaltete es, auf dass jedem eine andere Gestalt erschien. Eine fünffache Gestalt für fünf Besucher, doch die klare Stimme blieb stets dieselbe.

»Die Vergangenheit«, sagte Dareen, und die Sterne gerieten in Bewegung, als machten sie Platz für das, was sich aus dem Himmel herabzusetzen suchte. Es war wie ein erwachendes Gemälde. Fünf Gemälde – eines für jeden der fünf Gäste.

Nuramon sah einen Steinkreis auf einer Waldlichtung, in dessen Mitte sich ein Lichttor erhob. Zwei Frauen standen einander gegenüber und verabschiedeten sich – Dareen und Emerelle. Sie dankten einander, und Dareen sagte, sie werde auf ihn warten. Emerelle hingegen versicherte, dass sie ihn beobachten und ihm den Weg weisen werde, falls es nötig sei. »Er wird mir das Kind bringen«, sagte Emerelle. »Und dir das, wonach du strebst.«

Yendred sah sich selbst auf den Westwiesen von Jasbor. Er konnte gerade einmal laufen und jagte seinem Bruder Gaerigar hinterher, stolperte und schlug sich den Arm an einem Stein auf. Weinend lief er zu seiner Schwester, die mit seiner Mutter und seiner Großmutter im Gras saß. Nerimee legte ihre Hand auf den blutenden Arm und flüsterte: »Du kannst immer zu mir kommen. Das weißt du.« Yendred hatte diesen Augenblick beinahe vergessen, doch die Geborgenheit, die seine Schwester ihm gewährt hatte, war stets dieselbe geblieben.

Lyasani war in Varlbyra, und ihre Mutter lachte. Auch ihr Vater bemühte sich um ein Lächeln, verzog jedoch das Gesicht, sobald er sich unbeobachtet glaubte. »Tu es«, sagte ihre Mutter zu ihrem Vater. »Und der König wird dir wieder den alten Rang verleihen.« Doch dann kam die Nacht der Flucht, in der ihre Mutter so lange zögerte, dass die Wachen auf sie aufmerksam wurden; so lange, dass sie in Gefahr gerieten und die Gardisten Lyasani mit dem Schwert im Gesicht trafen. Dann sah Lyasani ihre Mutter am Fenster stehen. Sie schaute hinaus und sah sie unten mit Yendred spielen. Und statt zu lächeln, wie sie es von jeder Mutter erwartet hätte, die ihr Kind beim Spielen sah, stand Dyra der Ekel ins Gesicht geschrieben.

Salyra sah ihre alten Widersacher und angeblichen Freunde. Sie machten sich in ihrer Abwesenheit über sie lustig. Doch dann alterten all jene, die einst über sie hergezogen waren, und berichteten von dem, was sie nun, viele Jahre später, von Salyra wussten. »Hast du gehört, dass sie bei der Palastgarde ist?« »Dass sie die Geliebte des Königsenkels ist?« »Dass sie bei den Ilvaru ist und von Nylma unterwiesen wird?« Und von Mal zu Mal schwand der Spott, als hätten sie ihre Verachtung vergessen. Schließlich hieß es: »Ich kenne sie von damals!« »Ich war mit ihr befreundet!« »Ich habe schon immer gewusst, dass etwas aus ihr werden würde.« Und als Salyra ihre alten Widersacher und angeblichen Freunde wiedersah, genoss sie das Wohlwollen. Dann aber sagte Nylma ihr, sie solle vorsichtig sein. Doch Salyra glaubte ihr erst, als das Wohlwollen in Missgunst umgeschlagen war.

Nylma sah die Jahre mit Yargir sprunghaft an sich vorüberziehen. Sich selbst von außen zu sehen traf sie unerwartet und ließ ihr die Hitze in die Stirn schießen. Sie hörte Yargir Worte sagen, die sie selbst in den letzten Monaten oft gesagt hatte; sie sah ihn dort die Ruhe bewahren, wo sie hitzig reagierte, und merkte, dass sie diese Ruhe in letzter Zeit selbst gezeigt hatte. Er hatte ihr gefehlt, und so hatte sie sich, ohne es zu merken, verändert und war ein wenig zu ihm geworden.

»Die Gegenwart!«, sagte Dareen, und wie ein Vogel flogen sie alle den Arljas entlang. Die Varmulier waren wieder vorgestoßen, während Bjoremul auf dem Boden seiner Kammer saß und den Kopf schüttelte, als könnte er dadurch den Rausch loswerden. »Die Nacht ist lang gewesen«, flüsterte Dareen. »Und trotz allem ist das Vergnügen nur eine Erinnerung, von der nichts geblieben ist. Er wäre so gerne auf dem Schlachtfeld, doch nun ist er alt. Zu alt, sagt sein Herr. Er darf als Herzog Reden schwingen, aber nicht mehr die Waffen. Er wünscht sich, Nuramon hätte ihn gebeten, ihn auf der Reise zu begleiten. Warum nur hat er den Herzogtitel angenommen?« Bjoremul verging mitsamt seines Zimmers, und Finsternis kehrte ein. Nicht einmal die Lichter in der Sternengrotte waren noch zu sehen.

»Und nun eine Zukunft, die es zu verhindern gilt«, sagte Dareen.

Da war Nuramon. Er kehrte mit dem Wissen, das Dareen ihm gewährt hatte, nach Hause zurück und schloss Nerimee in die Arme. Die Zeit verging, und sie scheiterten wieder und wieder bei dem Versuch, Daoramu zu heilen. Schließlich verzweifelten sie, während die Magie wuchs. Sie sprudelte in die Welt, umfing das Leben und brachte mancherorts den Tod, anderenorts die Heilung, und an einigen Orten so viel Heilung und Wachstum, dass das Leben daran erstickte.

Schließlich brannte Jasbor, und die Feinde stürmten die Königsstraße herauf. Yendred und Lyasani beugten sich am Tor zur Oberstadt über Salyras Leiche, und als die Feinde sie attackierten, war es, als hätte ihnen jemand einen Arm abgeschlagen. Ein Hieb, und Yendred ging zu Boden. Nur Lyasani stand noch über den Körpern ihrer Geliebten und schwang zischend den Kriegsflegel ihres Vaters. Zwei Pfeile trafen sie in der Brust und brachten sie zu Fall. Yendred fing sie auf. Er fasste ihre Hand und auch die Salyras. Er küsste Lyasani das Blut von den Lippen, wandte den Kopf hinüber zu Salyra und küsste auch sie. Schließlich ertranken sie in einem Meer aus Klingen.

Nuramon kämpfte unter der brennenden Birkeneiche gegen die Tjuredkrieger, während Nerimee Daoramu im Arm hielt und sich an den Stamm schmiegte und Cerens Namen rief. Die feindlichen Magier traten vor und hoben ihre Hände. Sechs Blitze zwangen Nuramon auf die Knie. Die Krieger schlugen auf seinen von Wunden übersäten Körper ein. Der Anführer, der sein Gesicht hinter einer silbernen Maske verbarg, wollte ihm den Kopf abschlagen, doch das Schwert blieb Nuramon im Hals steckten. Er führte die Hände an seine Wunde und schnitt sich die Finger an der Klinge.

Nerimee schrie, und ein Licht umgab sie und Daoramu. Es hüllte alles ein – die Feinde ebenso wie die Leichen von Loramu, Borugar, Jaswyra, Nylma und all den anderen. Es war ein letzter Zauber, ein letztes Aufbäumen. Und dann waren sie alle tot. Der Baum der Ceren brannte auf den Klippen von Jasbor. Und jene Feinde, die nachkamen, fällten ihn, als er nur noch verkohltes Holz war, und ließen ihn von der Klippe stürzen – in die Finsternis, ehe alles sich in Dunkelheit hüllte.

Die andere Zukunft

Nuramon war erleichtert, als Dareen sie aus der Sternengrotte entließ und sie wieder den blauen Himmel über sich sahen. Sie kehrten zum See zurück und ließen sich dort nieder. Den unsicheren Mienen der Gefährten war anzumerken, dass sie das, was sie in der Sternengrotte gewahrt hatten, getroffen hatte. Das eigene Ende gesehen zu haben, ließ niemanden ungerührt; selbst ihn nicht, der sich etlicher solcher Tode erinnerte – von Schwertern durchbohrt, von Flammen erfasst oder von Wasser umschlossen.

Sie sprachen über das, was Dareen ihnen gezeigt hatte und erfuhren so, dass jeder von ihnen eine andere Vergangenheit gesehen hatte. Die Gegenwart und die mögliche Zukunft hingegen waren bei allen gleich gewesen. Über die Bedeutung des Gesehenen schwiegen sie ebenso wie über die Frage, welche Konsequenzen sie daraus ziehen sollten. Erst als Dareen in einem weiten, grauen Kleid zurückkehrte, sich neben Nylma auf einen Felsen setzte und erwartungsvoll in die Runde schaute, fragte Nuramon: »Wie können wir das, was wir sahen, abwenden?«

Das Orakel lächelte liebevoll. »Deine Feinde kannst du nur besiegen, wenn Daoramu geheilt ist.«

»Um einen Weg zu ihrer Heilung zu finden, sind wir hier«, sagte er. »Wir hofften, eine Macht zu finden, die in aller Sanftheit viel Magie zu bewegen vermag.«

»Es gibt einen Weg«, sagte Dareen mit leuchtenden Augen. »Ceren hat ihn einmal beschritten, um deiner Frau ein Geschenk zu machen. Und ich könnte dasselbe für euch tun.« Sie holte einen Beutel aus den Falten ihres Gewandes, legte ihn zwischen sich und Nylma und zog einen apfelgroßen, braunen Stein heraus. »Dies ist das Herz meiner Macht. Es ruhte eben noch unter der Sternengrotte, zog die Kräfte an und verteilte sie wieder. So vermochte ich am Puls des Schicksals die Zukunft zu erahnen. Ich habe Jahrhunderte daran gearbeitet, damals noch in Albenmark. Erst hier habe ich den Stein vollendet. Ich bin bereit, ihn dir zu leihen, um deine Frau zu retten.«

»Bist du dann nicht schutzlos?«, fragte Nuramon.

Dareen lächelte. »Die Macht der Jahrhunderte ruht noch hier und behütet mich. Nun, da die Zukunft verschwommen ist und ich aus der Vergangenheit genug Nutzen gezogen habe, soll die Gegenwart eigenständig ihren Lauf nehmen. Ihr seid hier, und so vertraue ich auf den Ausweg, den ich einst sah.« Sie führte Nuramons Hand auf den kühlen Stein, dem von seiner Macht nichts anzumerken war. »Eines Tages, wenn alles vorüber ist, kannst du ihn mir wiedergeben. Er ist das letzte Stück in dem Mosaik, das ihr für die Heilung deiner Frau geschaffen habt.« Sie schaute zwischen Nuramon, Yendred und Nylma hin und her. »Ihr alle müsst zusammenstehen und eure Fähigkeiten einfließen lassen.« Dann schmunzelte sie Salyra und Lyasani an. »Und ihr müsst ihnen helfen, wo Magie nichts auszurichten vermag.«

Die beiden jungen Frauen nickten zögerlich.

»Du könntest uns begleiten«, sagte Nylma mit nachdenklicher Miene. »Du könntest dein Schicksal in deine eigene Hand nehmen.«

Dareen schüttelte den Kopf. »Ich muss im Auge des Sturms bleiben – ruhend und schauend. Den Stein gebe ich euch, wie man dem Krieger ein gutes Schwert in die Hand gibt.«

»Aber worum geht es dir wirklich?«, fragte Nuramon. »Warum bist du hier? Was in der Zukunft ist so wichtig, dass du selbst alles aufgibst, um deinen Teil zur Erfüllung dieses Schicksals beizutragen? Du hättest dich damals in Albenmark doch nicht auf den langen Weg gemacht, nur um hier zu sein und uns zu helfen, Daoramu zu retten?«

Der Wind fuhr durch Dareens schwarzes Seidenhaar und bauschte es wie ein Schleiertuch vor ihrem Gesicht auf. »Ich wäre jetzt nicht hier, wenn es nur um dich oder nur um sie ginge. Das gestehe ich.«

»Ist es die Magie?«, fragte er.

Sie atmete weit aus, dann strich sie sich das Haar aus dem Gesicht. »Ja, Nuramon«, sagte sie. »Emerelle hat mit der Trennung der Welten die Katastrophe heraufbeschworen. Die Pfade zwischen den Welten waren plötzlich abgeschnitten und versiegelt. Nun fließt die Magie die Pfade entlang, die früher nach Albenmark führten, gelangt ans Ende, staut sich, fließt zurück und sucht sich andere Wege – über die Albenpfade und durch das ganze magische Gefüge.«

»Wir sahen Gewaltiges, genau an jenen Orten, an denen die Tjuredanbeter Breschen ins Gefüge gerissen haben«, sagte Nuramon.

»Die alte Macht der Tjuredanbeter sog die Magie auf. Mit der Abtrennung Albenmarks drängte nun deutlich mehr Magie in diese Löcher im Gefüge. Sie liefen über, und die Magie drang in die Welt heraus. Die Breschen wurden zu gewaltigen Quellen. Das Drängen der Magie war so mächtig, dass anderswo Risse entstanden: die magischen Quellen, die ihr überall beobachtet habt. Irgendwann wird das Gefüge bersten. Es entstünde eine Welt der Magie, und nur Inseln des Lebens würden sich aus dem Chaos erheben.«

»Aber heißt es nicht in den Sagen, die Magie sei früher stärker gewesen?«, fragte Yendred.

»Welche Macht auch immer am Anfang steht, sie ist die Quelle allen Seins; die Macht, die aus dem Nichts ein Etwas schuf. Nicht nur alles Fassbare und alle Kräfte, sondern auch die Regeln, auf denen sie beruhen. All das, was jenseits aller Welten liegt.« Ein Schmunzeln huschte über Dareens Gesicht, und für einen kurzen Augenblick wirkte sie wie ein verlegenes Kind. »Seit Anbeginn gibt es Geister, die über die Welten wachen sollten. Als ich in diese Welt kam, wunderte ich mich, dass auch hier die Albenpfade verliefen und ich hier Magie wirken konnte. Ich hatte eine völlig andere Welt erwartet und fand eine, die wie ein Zwilling Albenmarks war. Und als ich im Buch des Schicksals las, erfuhr ich, dass es hier früher Orakel und Geister gab.« Sie schaute in den Himmel auf. »Am Anfang war diese Welt wie Albenmark. Doch dann gingen die Devanthar ans Werk. Lange bevor ich herkam, gab es hier die alten Geister, von denen nur wenige sesshaft geworden waren, und meine Brüder und Schwestern – andere Orakel, die an ihrem Schicksal verzweifelten. Denn die Devanthar und andere Mächte stellten ihnen nach; sie jagten und vernichteten sie, und sie zogen ihren Nutzen aus ihrer Macht und eigneten sich viel davon an. Bald schon waren die Geister so gut wie ausgerottet, unterjocht oder verwandelt. Wären sie hier, hätten sie die Wunden geheilt, die die Tjuredanbeter gerissen haben. Sie würden den Fluss der Magie an Orte lenken, an denen sie keinen Schaden anrichten.« Sie schaute Nuramon in die Augen. »Mir wurde klar, dass ohne die Geister niemand hier war, der die Magie zügeln könnte. Und ich sah das Ende vor all den Jahrhunderten. Und dann sah ich die Rettung.«

Nuramon starrte sie fassungslos an. »Dann hättest du also all das, was zur Abtrennung von Albenmark führte, verhindern können. Du hättest Emerelle warnen können.«

»Glaubst du denn, ich hätte nicht nach Wegen gesucht?«, sagte sie mit leiser Stimme und strengem Blick. »Auf allen Pfaden, die ich sah, lagen der Tod oder auch nur das Mondlicht für jene, auf die Albenmark nicht verzichten konnte. Kannst du dir vorstellen, was geschehen wäre, wenn Emerelle gestorben oder Yulivee in die Hände des Devanthar gefallen wäre? Was, wenn der Devanthar damals gewusst hätte, dass du das letzte Elfenkind sein würdest?« Sie wies auf Nylmas Almandin. »Was, wenn er von Noroelles Edelsteinen gewusst hätte, ihr in seinem Versteck den Tod gefunden hättet und der Devanthar entkommen wäre?« Sie schaute wieder zu ihm auf. »Dir muss klar sein, Nuramon, dass der Pfad, auf dem wir herkamen, so schmal war, dass der Devanthar ihn nicht erspähte. Emerelle hat ein meisterliches Spiel gespielt – mit einem Weitblick, der einem Orakel gleichkommt. Und ich habe das Ende gesehen und nur wenig getan, um den Fluss des Schicksals zu lenken. Und doch ist beinahe alles so gekommen, wie ich es vorausgesehen habe.«

»Verzeih mir, Dareen«, sagte Nuramon.

Das Orakel schüttelte den Kopf. »Das ist nicht nötig. Wir leben in unterschiedlichen Welten. Ich muss lauschen und offenbaren, und du musst handeln.« Sie schaute Yendred an, dessen Stirn in Falten lag. »Nur zu«, sagte sie. »Stell deine Frage.«

»Wenn die Albenpfade, die zwischen den Welten verliefen, gleichermaßen Magie aus Albenmark und unserer Welt bezogen, dann heißt das doch, dass auch in Albenmark die Magie anstieg. Sind die Geister denn dort noch mächtig genug, um das Gefüge zusammenzuhalten?«

Dareen hob ihre schmalen Augenbrauen. »Aber das müssen sie nicht. Die Königin und die anderen, die über Albensteine verfügen, wissen die Magie zu zügeln. Die beseelten Bäume, die neu erblühen werden, und all die anderen Wesen, welche die Natur bewahren, werden ein Übriges tun.«

Nuramon wurde unwohl bei dem Gedanken an die Macht Emerelles und der anderen Weisen. »Wenn du das einzige Orakel bist, Ceren der einzige beseelte Baum und die alten Geister ausgerottet sind, dann brauchen wir also einen Albenstein. Noch einen Albenstein!«

»Mit einem Albenstein könntest du neue Albenpfade und neue Albensterne schaffen. Du könntest das Gefüge so sehr erweitern, dass die Magie sich auf diese Pfade verteilt. Du könntest Zauber wirken, die so viel Macht beanspruchen und ewig bestehen, dass die Magie, die diese Welt überflutet, sich verteilt und abebbt. Du hast sogar schon einmal einen Albenstein in Händen gehalten.«

Nuramon nickte. »Rajeemils Stein«, sagte er. Er hatte das Artefakt beim Devanthar erbeutet und Emerelle gegeben, damit sie und die anderen Albenmark von Dayra und der Zerbrochenen Welt abtrennen konnten. »Er ist in Albenmark«, erklärte er.

»Ich weiß«, entgegnete Dareen mit sanfter Stimme. »Rajeemils Stein war der letzte Albenstein, den ich auf deinem Schicksalspfad sah.«

Nuramon seufzte und fragte sich, warum Emerelle ihm Rajeemils Stein nicht wiedergegeben hatte, nachdem der Zauber, der die Welten trennte, seinen Anfang genommen hatte und nicht mehr zu verhindern gewesen war.

»Emerelle wusste, dass du Rajeemils Stein nicht brauchen wirst«, sagte Dareen.

Nuramon sah sie staunend an, weil sie die Frage beantwortet hatte, die er sich in Gedanken gestellt hatte. Nach einem Moment des Schweigens sagte er: »Wenn die Macht, die wir beherrschen müssten, zu groß für uns ist und wir an keinen Albenstein gelangen, dann steht uns kein Weg mehr offen.«

»Und die Tjuredanbeter?«, sagte Yendred. »Früher konnten sie Magie tilgen.«

Nuramon schüttelte den Kopf. »Das kann nicht unser Weg sein.«

Dareen starrte mit ihren blauen Augen lange ins Leere, ehe sie zu Nuramon sprach. »Du hast selbst erfahren, dass die neue Magie der Tjuredanbeter nicht länger eine Art Gegenmagie ist, sondern der gleichen Quelle entspringt wie die unsere. Nur nimmt sie einen ganz anderen Weg. Die alte Macht, mit der die Tjuredanbeter früher gegen die Albenkinder vorgingen, ist verblasst. Der Devanthar konnte sie nicht allein wirken. Er brauchte Elfenblut. Also zeugte er mit einer Elfenfrau ein Kind, das diese Gabe trug und vererbte.«

»Dann hat der Devanthar gelogen«, sagte Nuramon. »Er hat Farodin einmal erzählt, er könne mit Gedanken töten.«

»Hätte er mit Gedanken töten können, wäre er in jener Nacht, in der er Noroelle schwängerte, zu Emerelle gegangen und hätte sie vernichtet.« Dareen schmunzelte kühl. »Bilde dir nicht ein, du hättest einen Devanthar auf der Höhe seiner Macht besiegt. Dein alter Feind war wie ein Menschenkrieger, der als Greis, seiner Kräfte beraubt, voller Leiden und alter Wunden, in den Kampf zieht und von Kriegern besiegt wird, die er früher fortgefegt hätte. Seine Macht reichte aus, um Guillaume zu zeugen und ihm einen tödlichen Zauber in die Wiege zu legen. Und auch später muss er Kinder wie Guillaume gezeugt haben, um die Macht des Tjured am Leben zu halten. Aber dieser Zauber ist nun erloschen. Und wollte ihn heute jemand wirken, würde er ins Gefüge schneiden, und die Magie würde sofort in die Welt herausspritzen. Stell dir vor, du heilst jemanden und reißt eine magische Quelle in die Welt. Wie oft würdest du dein Schicksal herausfordern, bis du in Flammen stehst oder von einer Giftwolke umgeben bist? Nein, Nuramon, die alte Magie der Tjuredanbeter hat kein Gewicht mehr. Sie sollte dem Devanthar einst eine Macht in die Hand geben, über die er selbst nicht verfügte, gegen die er lediglich immun war. Die Tjuredanbeter sind längst auf einen Pfad gelangt, der das Gefüge nicht stört. Es ist, als hätten sie sich damit abgefunden, dass dies eine Welt der Magie sein wird und nicht jene karge Welt, die die Devanthar einst anstrebten.«

Nuramon nickte langsam. »Also gut«, sagte er. »Was bleibt uns also? Wie genau sollen wir die magische Flut zügeln?«

»Man kann Großes mit kleinen Taten vollbringen«, sagte Dareen. »Was, wenn ich dir sagte, dass aller Zauber, der notwendig ist, bereits vollbracht ist und wir ihn nur noch entfesseln müssen?«

»Wenn es diese Macht gibt«, sagte Nuramon, »dann lass sie uns entfesseln.«

»Sie liegt auf alten Albenpfaden, die seit den frühesten Tagen der Welt verborgen und versiegelt sind. Öffnet man sie wieder, verteilt sich die Magie auf ihnen und löst Zauber aus, die sich von ihr nähren. Und die Flut würde vergehen.«

»Aber warum hat dann nicht schon längst jemand diese Pfade entfesselt?«, fragte Nuramon.

»Sie sind unsichtbar, selbst für magische Sinne. Selbst für die Devanthar. Von den Alben heißt es, sie hätten sie vage spüren können.«

Nuramon schüttelte den Kopf. »Das ist jenseits von allem, was ich vermag. Du beschreibst eine Macht, die die Alben vielleicht einmal besessen haben. Aber an diesen Klippen müssen meine Fähigkeiten zerschellen – ganz gleich, wie alt meine Seele ist. Und selbst wenn es möglich wäre: Die Magie steigt gewiss schneller, als ich lernen könnte, was nötig ist.«

Dareen lächelte sanft. »Du schätzt deine Fähigkeiten richtig ein, Nuramon. Es ist zu spät, um diese Macht zu erlernen.«

Er starrte sie ungläubig an, dann wanderte sein Blick zu seinen Gefährten, doch in ihren Mienen sah er dieselbe Ratlosigkeit. Warum erzählte sie ihnen all diese Dinge, um ihnen dann zu sagen, dass sie ihnen nicht weiterhelfen würden?

Das Orakel hob die Hand. »Erinnere dich, was die Elfenkönigin dir einst sagte, indem sie einen alten Orakelspruch wiederholte. *Alles, was du bist, ist in dir,* sagte sie. Und *das* ist die Wahrheit. Die Macht, die du benötigst, besitzt du bereits, Nuramon. Sie schlummert in dir. So wie du die verborgenen Albenpfade öffnen sollst, musst du auch den Weg zu deinen frühesten Erinnerungen ebnen. Ich weiß nicht viel über diese Zeit, denn deine Erinnerung ist von Mauern umgeben, durch die ich nicht hindurchdringen kann, solange du es nicht vermagst. Aber ich habe Einblick in das Leben deiner Eltern erhalten. Es war nicht viel, aber daran knüpft sich alles, was uns nun noch bleibt. Deinen Eltern war von den Alben die Macht gegeben, Albenpfade zu versiegeln. Die Alben hatten einen Geist an einen Stab gebunden, der diese Siegel erschaffen konnte. Du hast diese Macht von ihnen gelernt, den Stab von ihnen erhalten und dazu einige Zauber. An diese Zauber musst du dich erinnern.«

Nuramon starrte sie nachdenklich an. Was das Orakel ihm erzählte, löste keinerlei Erinnerungen in ihm aus. »Wozu haben sie Pfade versiegelt?«, fragte er schließlich.

»Diese Macht stammt aus den Tagen, da die Albensteine noch nicht in den Händen der Albenkinder lagen. Einige der ersten Albenkinder erhielten Artefakte, in denen die Macht von Geistern gefangen war. Die Macht, einen Albenpfad zu versiegeln, um Geheimwege zu schaffen, war wertvoll. Mit den Albensteinen und der wachsenden Erfahrung derer, die sie führten, verlor die Macht deiner ersten Eltern aber an Bedeutung.«

Einmal mehr verfluchte Nuramon, dass er sich zwar an seine früheren Leben erinnern und sich nahezu jeden Augenblick seines Daseins vor seine Sinne holen konnte, ihm dies für die ersten beiden Leben jedoch nur bruchstückhaft gelang. »Ich werde nach diesen Erinnerungen suchen, Dareen«, sagte er nickend.

Das Orakel erhob sich, schaute zu Nuramon auf und strich ihm über die Wange. »Rette Daoramu. Vertrau alten Freunden. Und gehe dorthin, wo die Meister der Erinnerung lebten.«

Nuramon lächelte. Die Meister der Erinnerung. Es gab nur ein Volk, das eine ganze Kultur um die Erinnerung erbaut hatte: die Kinder der Dunkelalben – die Zwerge. »Wir müssen also nach Neu-Aelburin.«

»Du warst schon einmal in jenem Reich, aus dem die Zwerge auszogen, um diese Welt zu verlassen und in ihre alte Heimat in Albenmark zurückzukehren. Deine Erinnerungen werden dir den Weg weisen.«

»Du meinst die Inschriften in den Hallen – und die Kammern der Erinnerung.« Die Zwerge strebten wie niemand sonst nach der Erinnerung an ihre früheren Inkarnationen. Sie schrieben nicht nur Chroniken, auf dass sie im nächsten Leben ihre Taten nachlesen konnten, sie verließen sich nicht nur auf die Erzählungen ihrer

Familien, sondern übten sich auch im Meditieren, in der Hoffnung, zu den Erinnerungen an die früheren Leben durchzudringen. Sein alter Freund Alwerich und dessen Frau Solstane hatten ihm sogar von den Mediationsräumen erzählt, in denen die Sinne der Zwerge durch Magie angeregt wurden. Vermutlich gab es diese Kammern der Erinnerung auch in Neu Aelburin, dem Exil, das die Zwerge sich auf dem Kontinent im Westen nach dem Vorbild des alten Aelburin geschaffen hatten. »Ist die Magie der Zwerge denn dort noch lebendig?«, fragte Nuramon.

»Ja«, antwortete das Orakel.

»Du hast es also vorausgesehen?«

»Nein. Ich habe damals Alwerich nach den Kammern der Erinnerung gefragt, weil ich wusste, dass du einst über das Wissen deines ersten Lebens verfügen musst. Er sagte, es gäbe die Kammern.«

»Er hat mir damals nicht verraten wollen, was du ihm offenbart hast. Er sagte, du hättest ihn zum Schweigen verpflichtet.« Während er damals Alwerich alles dargelegt hatte, was Dareen zu Noroelle gesagt und ihm gezeigt hatte, war der Zwerg verschwiegen geblieben.

»Alwerich fragte mich im Auftrag von Thorwis, ob dessen Visionen vom Zeitpunkt der Rückkehr nach Albenmark und von der Trennung der Welten der Wahrheit entsprachen. Ich bestätigte sie, und von da an haben die Zwerge sich auf den Kampf um Albenmark vorbereitet. Und als die Zeit reif war, gingen sie. So erfuhr Alwerich, dass Emerelle, Thorwis und die anderen Mächtigen Albenmark von der Zerbrochenen Welt und Dayra abtrennen wollten und dass du – sein alter Freund – mit ihm in der Schlacht um die Zukunft kämpfen würdest.«

Nuramon überlegte, was dieses Wissen damals mit ihm gemacht hätte, mitten auf der Suche nach Noroelle.

»Zerbrich dir nicht den Kopf daran«, sagte Dareen mit gütiger Miene. »Die Worte, die ich zu Alwerich sprach, hätten dich vom Pfad abgebracht. Du weißt selbst, dass es Ereignisse gibt, die jeden mit der Vergangenheit versöhnen. Dass du Daoramu fandest, hätte nicht geschehen können, wenn du nicht genau diesen Pfad gegangen wärest.«

Sie lächelte ihn an, und er nickte. »Blicke mit Selbstvertrauen in die Zukunft«, sagte sie und schaute in die Runde. »Wenn ihr alles aufbietet, worüber ihr verfügt, wird das richtige Schicksal erblühen.«

Yendred saß mit Lyasani und Salyra an Dareens See und starrte zu den Wolkenschleiern auf, die mit dem nahenden Abend feurig leuchteten. Salyra spielte mit einer winzigen Spinne, die sie sich über die Hände laufen ließ, und Lyasani schaute immer wieder zu Nuramon hinüber. »Dein Vater sieht niedergeschlagen aus«, sagte sie nach einer Weile.

Yendred schaute zu Nuramon hinüber. Er saß auf einem Felsbrocken am Anfang der schmalen Schlucht, durch die er einst mit Alwerich gekommen war. Den Kopf gesenkt, starrte er vor sich hin. »Er braucht seine Zeit«, sagte Yendred. »Er ist in Gedanken – in Erinnerungen.«

»Ob er gerade versucht, sich an seine ersten Leben zu erinnern?«, fragte Lyasani.

»Wenn es so einfach wäre, hätte Dareen ihn nicht an die Zwerge verwiesen«, sagte Salyra und wandte langsam die Handfläche nach oben. Die Spinne lief zwischen den langen Falten entlang und verharrte schließlich.

»Oder er findet einen kürzeren Weg«, entgegnete Lyasani. »Es wäre schließlich nicht das erste Mal.«

»Was er auch macht, wir sollten ihn nicht stören«, sagte Yendred und ließ seinen Blick von Nuramon zu Nylma wandern. Seine Meisterin saß auf der anderen Seite des Sees und starrte ins Wasser. Ab und zu hob sie den Kopf und schaute auf den Eingang zur Sternengrotte. Mit einem Mal stand Dareen hinter ihr.

Yendred blinzelte und musterte das Orakel, als müsste es irgendein Anzeichen geben, das ihr plötzliches Erscheinen erklärte. Aber sie stand nur dort und wartete, bis Nylma sie bemerkte und zu ihr aufschaute. Dann setzte sie sich, streckte die Beine ins Wasser und sprach zu Nylma. Die Kriegerin hörte aufmerksam zu, antwortete einige Male, doch das Plätschern des Quellwassers übertönte die Stimmen.

Salyra schüttelte die kleine Spinne von ihrer Hand ab. »Ob uns eines Tages auch jemand trösten wird, wenn wir einander verloren haben?«, sagte sie.

Lyasani warf Salyra einen erstaunten Blick zu, und Yendred schüttelte den Kopf. »Wir hatten uns geeinigt, es zu verdrängen«, sagte er. »Damit es uns in der Hitze des Kampfes nicht verwirrt. Denn lassen wir diesem Gedanken Raum, wird er sich ausbreiten und unsere Ängste nähren.«

Salyra biss sich auf die Lippen.

»Ja«, sagte Lyasani. »Denken wir an den Verlust, nährt das unsere Ängste. Aber du tust so, als stünde die Angst noch vor verschlossenen Türen. Ich habe schon in Jasbor Angst gehabt, einen von euch zu verlieren.« Sie schaute Salyra in die Augen. »Und du fürchtest es seit dem Kampf in Angnos. Das Blut an meinem Hals hat euch beiden einen Schrecken eingejagt. Aber dich hat es nachdenklich gemacht.«

Salyra lächelte knapp, nickte und wandte sich an Yendred. »Und du? Hat es dich auch beschäftigt?«, fragte sie.

Yendred nickte nur.

Lyasani und Salyra schauten auf, und eine Hand legte sich auf Yendreds Schulter. Noch ehe er aufsah, bemerkte er, dass Nylma allein war und wieder ins Wasser starrte. Dareen war nun bei ihnen. Ihr langes, nach Blüten duftendes Haar strich sanft über seine Wangen, als sie sich zu ihm herunterbeugte. »Ihr habt es also ausgesprochen«, sagte sie. »Die Sorge füreinander wird euch wachsam halten. Wenn einer sich vorwagt, decken die anderen beiden ihm den Rücken.«

Yendred dachte an den Kampf in Angnos, als er für einen Augenblick geglaubt hatte, Lyasani verloren zu haben. »Genau dabei haben wir versagt«, murmelte er.

»Nicht doch«, sagte Dareen. »Ihr habt Lyasani den Rücken freigehalten. Dazu müsst ihr nicht beieinander sein. Ihr werdet lernen, wie ihr getrennt und doch füreinander da sein könnt. Meidet nicht die Angst; meidet den Hass.« Sie schaute Salyra an.

Seine Gefährtin schaute dem Orakel zweifelnd entgegen. »Kann das gut gehen?«, fragte sie. »Ein Leben zu dritt, meine ich.«

Dareen musterte sie nacheinander. »Es hat einen Preis. Meidet die Wege, auf denen die Erwartungen anderer auf euch lasten. Steht zueinander und tut, was euch zusammengeführt hat und zusammenhält. Dann werdet ihr es weit bringen.« Dareen schaute zu Nuramon hinüber und umschloss dann Yendreds Hand mit ihren kühlen Fingern. »Strebe nach mehr als nur Gehorsam. Nutze die Freiheit, die die Pfade dir bieten. Sei wie dein Vater, deine Mutter und deine Meisterin.«

Sie wollten bei Morgendämmerung aufbrechen, aber Nuramon erwachte bereits, als der Tag noch fern war. Er starrte in den Himmel und dachte an Dareens Worte. Sie schien an Mächte zu glauben, die älter waren als die Alben; Mächte, die erklärten, warum die ihm bekannten Welten einander so sehr ähnelten. Thorwis, der Weise des Zwergenvolkes, hatte ihm gegenüber einst ebenfalls solche Gedanken geäußert.

»Du fragst dich, ob Thorwis dir einst die Wahrheit sagte«, flüsterte Dareen.

Nuramon schaute zur Seite. Er bemühte seine Zaubersinne, um das Gesicht des Orakels in der Nacht schimmern und ihre Augen glänzen zu sehen. »Du weißt auch das?«, fragte er leise.

»Ich weiß beinahe alles über dich«, sagte sie und setzte sich neben ihn.

Nuramon schaute wieder in den Nachthimmel. »Glaubst du es denn?«

»Ich teile Thorwis' Sicht. Auch ich glaube, dass all diese Sterne Sonnen sind und dass unsere Sonne für die dort draußen auch nur ein kleiner Lichtpunkt in der Nacht ist. Irgendwo dort ist Albenmark. Einer dieser Sterne ist die Sonne, unter der wir einst lebten. Nun aber führt kein Weg mehr zurück. Nur für die Macht, die all dies entstehen ließ, mögen diese Welt und Albenmark noch nahe beieinanderliegen. Wir aber können diese Weiten nicht mehr überwinden. Uns standen nur die Albenpfade offen – und alle anderen Wege bleiben uns verschlossen.«

»Andere Wege?«, fragte er.

»Der Ort, wo deine Seele bewahrt wurde, wann immer du gestorben bist, um wiedergeboren zu werden. Oder das Mondlicht, in das du entschwindest, wenn du dein Schicksal erfüllt hast. Wie an einem festen Faden wirst du in eine andere Welt getragen, entlang irgendwelcher Wege, die uns im Leben nicht offenstehen. Es gibt unzählige Pfade zwischen den Welten. Wer weiß, welche Welten, die zu diesen Sternen gehören, miteinander verwandt sind?« Sie zeigte in den Himmel. »Vielleicht ist der Augenstern im Zeichen der Yanna die Sonne von Albenmark.« Sie zeigte nach rechts. »Dort mitten im Zeichen des Byrrun mag die Sonne von Albenheim liegen. Und vielleicht ist die Finsternis im Zeichen des Cardugar der Ort, an dem einst der Stern der Zerbrochenen Welt schien, während das Mondlicht am Ende des Sternenbandes dort liegt.«

Nuramon folgte mit dem Blick und stellte sich vor, Dareens Auswahl entspräche der Wahrheit. »Es wäre ein neues Weltgefühl«, sagte er und lächelte.

Dareen fasste seine Hand, zog ihn empor und schaute mit ihren glänzenden Augen zu ihm auf. »Nun, da der Hass von dir gefallen ist und du um alles weißt, musst du voranschreiten. Tatendrang und Zielstrebigkeit sollen deine Geschwister sein. Geh! Rette deine Liebste! Finde deine Erinnerungen! Und dann löse die Siegel, und lass die Magie schwinden!«

Nuramon nahm Dareens Hand und küsste sie. »Ich werde dich nicht enttäuschen«, sagte er und stellte fest, dass ihre Lippen bebten.

»Du weißt, dass ich nur ein Geist bin«, sagte sie. »Die Hände die du küsst, sind nur eine Illusion.« Sie lächelte, und ihre Hände zitterten. »Aber ich danke dir«, flüsterte sie.

Nuramon schloss sie in die Arme, und da begann das Orakel leise zu weinen. Es flüsterte immer wieder: »Es tut mir leid.«

Nuramon schwieg und strich ihr über den Rücken und durch das Seidenhaar. Er konnte sich das Ausmaß ihrer Gefühle nicht vorstellen. Sie hatte Jahrtausende auf diesen Schicksalspfad hingewirkt, und so wunderte es ihn nicht, dass sie seine Ankunft so sehr aufwühlte.

Als Dareen sich schließlich von ihm löste, zeigten seine Zaubersinne ihm ihr ungerührtes Gesicht. Die Ergriffenheit schien von ihr abgefallen oder von einem Schein umhüllt zu sein. Das Orakel war ihm ein Rätsel. Und doch glaubte er, dass die Gefühle, die es eben gezeigt hatte, echt gewesen waren. »Wie kann ich von dir Stärke erwarten, wenn ich selbst schwach werde?«, sagte sie.

Nuramon strich ihr sanft über die Wange und lächelte. »Deine Last ist viel größer als die meine«, sagte er. »Leb wohl, Dareen.«

Sie lächelte liebevoll, und dann war sie verschwunden.

Orakelblick

Nun war Dareen wieder allein und dachte an das Ende, das sie anstrebte. Nicht alles konnte noch so eintreten, wie sie es gewahrt hatte, aber falls Nuramon oder seine Kinder die magische Flut beendeten, hätte sie ihr Ziel erreicht. Sie wollte, dass das, was seit Jahrtausenden auf den verborgenen Pfaden schlummerte, endlich erwachte. Dieses Ziel hatte sie Nuramon verschweigen müssen, denn es hätte Fragen aufgeworfen und Zweifel gesät. Und der Zweifel an ihr hätte die ersehnte Zukunft in Gefahr gebracht.

Ceren war angetan von Oregir und Sawagal. Die neuen Magier halfen Nerimee bei der Ausgestaltung der Magischen Hallen, und Nuramons Tochter fasste mehr und mehr Vertrauen in sie. Sie waren fleißig, wissbegierig und ehrgeizig. Besonders Oregir hatte Ceren ins Herz geschlossen. Die Magie war seine Welt, und ihn kümmerte wenig anderes. Sawagal hingegen sprach oft von seinen Ambitionen, der größte Magier zu werden und wirkte überrascht, wann immer Ceren ihm versprach, ihn auf diesem Weg zu unterstützen. Er wollte die Welt verändern und Ruhm dafür ernten. Bei den Tjuredanbetern hätte aus ihm ein Kampfzauberer werden können, aber hier, unter ihrer Obhut, würde er wachsen und lernen, den Ruhm zu erkennen, der in kleineren Dingen lag.

Nuramons Abwesenheit bereitete Ceren jedoch Sorgen, und mit jedem Tag, an dem er ausblieb, wuchs in ihr die Angst, dass er nicht mehr zurückkehrte. Doch selbst wenn er in der Fremde den Tod fände, gäbe es noch Hoffnung. Jedes Mal, wenn sie Nerimee von Bargorl, dem Gesandten aus Alvarudor, sprechen hörte, erhielt diese Hoffnung neue Nahrung, und sie fühlte sich nicht unter Menschen, sondern unter Albenkindern.

Heimkehr im Winter

Am Mittag erschienen Nuramon und seine Gefährten in der Festung vor der Steilküste. Der Meereswind wehte feinen Schnee von den tiefgezogenen Dächern, und die Wachen riefen seinen Namen und bemühten sich, auf dem festgefrorenen Schlamm das Gleichgewicht zu bewahren.

Der Festungsfürst war ein Krieger namens Merro. Er hatte einst zu Gaerigars Freunden gezählt. Nach seiner ersten Schlacht bei den Seekriegern war er mit einer schweren Verwundung heimgekehrt und hatte sich auf Nuramons Rat hin als Herr der Festung *Weststern* beworben, da es den vorherigen Festungsfürsten zurück auf das Schlachtfeld gezogen hatte.

Merro kam näher, und Nuramon schloss ihn in die Arme. Im Lächeln des Kriegers stand noch immer die Dankbarkeit; dabei hatte Nuramon nichts dazu beigetragen, dass Borugar und die Feldherrn ihn zum Festungsfürsten gemacht hatten. In knappen Worten berichtete Merro ihm, dass die Varmulier sich nun enger mit den Helbyrnianern verbunden hätten und von Tag zu Tag neue Schrecken aus dem Osten bekannt würden. »Seit Nerimee wieder da ist und Krieger über die Albenpfade führt, hat sich die Lage gebessert.« Er schaute auf den schweren Beutel mit Dareens Stein, den Salyra und Lyasani zwischen sich trugen. »Habt ihr gefunden, was ihr gesucht habt?«, fragte er.

Nuramon tauschte einen Blick mit Nylma. »Das haben wir«, sagte er lächelnd.

Nachdem sie Pferde, die Merro ihnen anbot, abgelehnt, aber dankend dickere Mäntel angenommen hatten, machten sie sich auf den Weg nach Jasbor: aus der Festung hinaus, neben dem vereisten Pfad im Schnee der Steilküste folgend, hinab zur Mündung des Furjes und hinein in die Fischerdörfer. Dort begrüßten sie die Wachen mit den Worten »Willkommen in Yannalur!« Borugar hatte die Dörfer an der Küste demnach endlich zu einer Stadt gemacht. Sogar der Ansatz zu einer Stadtmauer war bereits gelegt.

Noch ehe Nuramon mit seinen Gefährten bei den Booten der Jasborer Garde angelangt war, wusste er vom Handelshaus der Alvarudorer und dass Nerimee heute dort gewesen war. Während der Überfahrt erfuhr er, dass Nerimee mit zwei Magiern zurückgekehrt war, und die Gerüchte besagten, dass sich unter dem Palast Magische Hallen in die Tiefe wanden.

Im letzten Licht des Tages schritt Nuramon endlich mit seinen Gefährten über den Hof des königlichen Anwesens und winkte den Ilvaru und den Königsgardisten zu, die sie rechts und links aus den Fenstern der beiden Garnisonen begrüßten. Im Palast gingen sie geradewegs in den Thronsaal, doch weil weder Borugar noch Jaswyra dort waren, folgten sie dem Weg, den er die ganze Zeit hatte gehen wollen: hinauf zu Daoramu. Dort fand er auch seine Schwiegereltern. Jaswyra hielt Daoramu im Arm und strich ihr durchs Haar, Borugar drückte ihre Hand. Sie schauten ihm, Yendred und den anderen entgegen, als wären sie aus dem Nichts erschienen.

»Ihr seid zu Hause!«, sagte der König und atmete weit aus.

»Und wir kommen nicht mit leeren Händen«, entgegnete Nuramon lächelnd.

Die Birkeneiche trug ihre roten Winterblätter, doch unter ihr herrschte noch der Sommer. Gras und Kräuter wuchsen hier, und der Duft erinnerte Nuramon an die Lichtung, an der Alaen Aikhwitan gestanden hatte.

»Was habt ihr erlebt?«, fragte Ceren, und die Unruhe und Neugierde in ihrer Stimme überraschten Nuramon. Er, Yendred und ihre drei Gefährtinnen berichteten ihr alles, was geschehen war, und sorgten auch bei seinen Schwiegereltern und Nerimee mit vielen Einzelheiten noch für Überraschung.

»Kennst du Dareen?«, fragte Nuramon schließlich. »Du wirkst so begierig. Und sie dürfte noch in Albenmark gelebt haben, als du meine Sippe beschützt hast.«

Ceren bewegte den Kopf ganz langsam hin und her. Zugleich raschelte es hoch oben in der Birkeneiche, und einige der rote Blätter schwebten zu ihnen herab. »Ich kenne sie nicht«, sagte Ceren. »Und doch kommt sie mir bekannt vor. Aber was sie sagte, trifft genau das, was ich spürte und spüre, und ebenso das, was du auf dem anderen Kontinent gesehen hast: eine magische Flut.« Sie wandte sich an Yendred. »Wo habt ihr den Stein?«, fragte sie ihn.

Yendred, Lyasani und Salyra gingen in den Palast. Sie kehrten kurz darauf mit dem Beutel zurück und legten ihn vor Ceren in die Kräuter. Selbst Nerimee hatte den Stein nur kurz gesehen und schaute nun kopfschüttelnd auf das Kleinod hinab, das Yendred und Lyasani aus dem Beutel holten und aus dem grauen Tuch schälten.

Der braune Stein war anders als die mächtigen Albensteine. Die Macht würde strahlen, wenn sie erst einmal durch den Stein floss. »Er ist wie eine Harfe mit hauchfeinen Saiten«, sagte Nuramon. »Man kann sie leise anspielen und erhält einen wunderbaren Klang. Doch auch wenn man sie mit aller Kraft spielt, halten die Saiten und der Klang ist laut und bleibt klar.«

»Es ist ein schwieriges Instrument«, sagte Ceren. »Aber wenn wir es meistern, wird es uns geben, wonach es uns verlangt. Es könnte sogar …« Ihre Miene erstarrte, dann blickte sie zwischen dem braunen Stein und Nuramon hin und her. »Dareen verfügt über mehr Weisheit, als ich je für möglich hielt«, flüsterte sie. Doch als Nuramon fragen wollte, was sie damit meine, sagte Ceren: »Ich werde dich nicht mit Vermutungen quälen.« Dann lächelte sie liebevoll und verschwand.

»Ceren!«, rief Nuramon ihr nach, doch sie kehrte nicht zurück. Was immer sie bemerkt hatte, ihm war es verborgen geblieben.

Nylma klopfte ihm auf die Schulter. »Es sieht so aus, als würden deine beiden Ziehmütter große Pläne haben.«

Nuramon schüttelte den Kopf, und nur die Neugier über das, was während ihrer Abwesenheit geschehen war, vermochte ihn von Cerens Reaktion abzulenken. So erfuhr er von Nerimees Reise nach Alvarudor, von den Magiern, die es nun dort gab, und von deren abweisender Haltung. Sie erzählte auch von Oregir und Sawagal und deren Ideenreichtum. Schließlich wandte sie sich an Yendred. »Und du? Wie weit bist du beim Torzauber?«, fragte sie.

»Ich beherrsche ihn«, antwortete Yendred grinsend.

Nerimee schmunzelte, dann schloss sie Yendred in die Arme. »Du hast in Monaten das gelernt, wofür ich Jahre brauchte«, sagte sie. »Unterwegs zu sein und ständig gefordert zu werden ist die beste Schule.«

»Ich bin mir sicher, deine Lehrlinge könnten es ebenso schnell lernen«, erwiderte Yendred und strahlte seine Schwester an.

Nerimee zwinkerte ihn an. »Ich werde es ihnen aber nicht beibringen. Dieses Geheimnis bleibt in unserer Familie.«

»Du vertraust ihnen nicht?«, fragte er.

»O doch«, sagte sie mit erhobenen Augenbrauen. »Aber können wir jenen vertrauen, denen sie später vertrauen?«

Yendred schaute Nuramon fragend an.

»Deine Schwester hat recht«, sagte er. »Wir müssen dieses Wissen wie einen Schatz hüten.«

Yendred tauschte Blicke mit Lyasani und Salyra. »Aber werden sie es hinnehmen?«

»Ich habe kein Geheimnis daraus gemacht«, erklärte Nerimee. »Sie wissen, dass sie nirgendwo sonst lernen könnten, was wir ihnen bieten. Und sie sind begabt. Kommt! Wir gehen hinab in die Magischen Hallen. Dort stelle ich euch unsere Zauberer aus Alvarudor vor.«

Borugar und Jaswyra verabschiedeten sich. Die Feldherren erwarteten den König beim Kriegsrat, während die Königin für einen Empfang nach Yannalur übersetzen würde. »Um das Stadtgefühl zu verbreiten«, erklärte sie.

Nylma wollte später in Yargirs Totenkammer gehen, und Yendred, Lyasani und Salyra waren so gespannt auf die Magischen Hallen, dass sie das Bad, von dem sie auf der Reise immer wieder gesprochen hatten, auf später verschoben.

So folgten sie Nerimee in den Palast und dann die Treppe hinab in die Tiefe. Ganz unten angekommen, schritten sie durch das schlichte Tor gegenüber der verzierten Pforte der Ahnenhallen. Bereits der Anblick der kahlen Gänge überraschte Nuramon. Beim letzten Mal war nur der Weg bis zur ersten Kammer freigelegt gewesen, nun aber standen ihnen alle Gänge und Räume offen. Er bemerkte die Steine im Boden und die schmale Linie der Edelsteine in der Decke. Es waren magische Bahnen, in denen Zauberkraft floss.

Nerimee wies auf den Raum, in dem ihr letzter Versuch, Daoramu zu heilen, gescheitert war. »Dort ist jetzt meine kleine Werkstatt, wo ich die Steine für die Rüstungen verzaubere. Durch die Reihe aus Edelsteinen fließt die Magie hier herauf, die ich zum Zaubern brauche. Und Ceren kann entlang dieser Edelsteinspur erscheinen – wenn sie es denn will.« Sie grinste. »So hat unser Baumgeist ein wenig mehr Bewegungsfreiheit«, sagte sie und lachte leise.

Als Nerimee sie schließlich in den großen Saal führte, verschlug es Nuramon die Sprache. Der ganze Boden war mit Steinen besetzt und ebenso das hohe Gewölbe und die Säulen – vom einfach scheinenden Kiesel bis zum Edelstein.

»Eine wahre Schatzkammer!«, hauchte Nylma.

Während die Wyrenara, Yendred und dessen zwei Gefährtinnen ins Schwärmen gerieten, schaute Nuramon am Gerüst hinauf, das zur Rechten neben einer Säule in die Höhe führte. Oben standen zwei Männer unter der Decke und blickten starr auf sie herab.

»Oregir! Sawagal!«, rief Nerimee, und ein wenig ungelenk kletterten die beiden Magier aus Alvarudor am Gerüst herab. Die schmalen Männer mit langem Haar und kurzen Bärten eilten herbei und verbeugten sich vor Nuramon.

Nerimee schüttelte den Kopf. »Das ist nicht nötig«, sagte sie. Dann stellte sie die Anwesenden vor. Oregir hatte das Lächeln eines Kindes, während Sawagal mit seinen steilen Augenbrauen ernst wirkte.

»Habt *ihr* all die Steine eingesetzt?«, fragte Nuramon.

Oregir nickte, und Sawagal wies nach oben und sagte: »Im Grunde ist dies Cerens Werk. Sie erweicht den Stein dort, wo wir es benötigen.«

»Woher kann sie das?«, fragte Nuramon. Immerhin war Ceren mit der Magie der Steine nie vertraut gewesen.

»Nerimee hat es ihr beigebracht«, erklärte Oregir.

Nuramon staunte. »Doch nicht etwa der Zauber, den die Zwerge nutzten? Den habe ich nie gemeistert.«

»Ich auch nicht«, entgegnete Nerimee. »Ich habe ihn lediglich erwähnt. Oregir und Sawagal fragten Ceren dann, ob sie sich daran versuchen kann. Nun haben wir den Zauber immer noch nicht gemeistert, aber es reicht, um Steine in Decken, Böden und Wände zu versenken.«

»Gute Arbeit«, sagte Nylma.

Nerimee führte sie zu dem Becken in der Mitte des Raumes. Blasser Kies und funkelnde Edelsteine bedeckten den Boden. Von den Säulen, die vom Gewölbe herabreichten, strebten dicke Edelsteinbahnen über den Boden in die Mitte und verschmolzen mit dem Becken.

»Da werden wir sie also hineinlegen«, sagte Nuramon.

Nerimee nickte langsam. »Wir werden es mit Wasser füllen, dann noch mit einer Kräuter- und Kreidemischung versehen, damit die Magie gut fließt. Die Magie wird sie ganz umgeben. Nur ihr Gesicht wird noch aus dem Wasser ragen.«

»Unfassbar!«, sagte Lyasani und schaute umher.

»Wie habt ihr in der kurzen Zeit nur all diese Steine gesammelt?«, fragte Nuramon.

»Wir betreiben einen großen Steinhandel über das fürstliche Handelshaus«, erklärte Nerimee. »Wir wissen, welche Edelsteine und welche einfachen Steine die Eigenschaften haben, die wir wollen. Also kaufen wir sie. Das Geld dafür verdienen wir mit den Lichtsteinen, die Oregir und ich fertigen. Sie verkaufen sich sehr gut. Warte mal ab, bis es Nacht wird.« Sie grinste. »Aber es gibt auch einfache Steine, die im Grunde nichts wert sind. Aber wir lassen sie uns vorlegen, und wenn der Händler Glück hat, erzielt er eine gute Summe.«

»Geschäftstüchtig wie deine Mutter«, sagte Nuramon.

Nerimee lächelte, schaute dann jedoch nachdenklich ins Leere. Er hatte sie mit seinen Worten nicht betrüben wollen. Im Gegenteil. Er war sich sicher, dass die Heilung diesmal glücken würde.

Nuramon fuhr mit dem Blick die Steinplatten entlang zu einem der Gänge, die in die Tiefe führten. Von dort drang die Magie wie ein Lufthauch zu ihnen herauf. »Woher habt ihr diese Platten? Sie leiten die Magie hervorragend.«

»Den Stein haben wir aus einem Bruch in den Lysdorynen«, sagte Nerimee. »Großvater hat ihn gekauft, denn das hätte meine Mittel überschritten. Wir haben daraus auch einen Putz gemacht, mit dem wir hauchdünne Adern legen können. Ich habe einige Fugen im Palast damit bestrichen, bis hinauf in deine Zauberkammer. Du kannst dort nun über die Macht aus den Magischen Hallen verfügen. Zwar leiten sie die Magie nicht so gut wie die Edelsteine, aber für einfache Zauber reicht es aus.«

Nuramon schloss Nerimee in die Arme. »Dies sind wahrhaftig die Hallen, in denen es uns gelingen sollte.«

Sie ließ sich in seine Arme sinken, und als er spürte, wie ihre Schultern zu beben begannen, zog er sie noch fester an sich. »Diesmal werden wir sie heilen, mein kleines Orakel.«

Daoramu hatte sich längst daran gewöhnt, dass unzählige Hände sie berührten, um sie zu waschen und zu kleiden. Doch Nuramon in der Nähe zu wissen und aus den Gesprächen zu vernehmen, dass er bei allem half, brachte die Scham hervor. Sie wollte nicht, dass er sie wusch – nicht heute, wo die Mägde von Blut und Urin sprachen. Sie wusste nicht einmal, welche Hand die seine war, so wenig spürte sie. Als sie aber mit ihm allein war und er ihr mit seiner liebevollen Stimme zuflüsterte, was sie auf ihrer Reise erlebt hatten und welche Hoffnung sie nun hegten, streichelte nur er sie; und sie genoss es, so weit es in diesem Zustand möglich war. Es war mehr eine Erinnerung als ein echtes Gefühl, das sie in diesem Augenblick verspürte. Er berührte sie, und sie entsann sich der Liebesnächte mit all den Wonnen.

»Wir werden dich retten, Daoramu«, sagte er. »Es wird uns gelingen. Vertrau mir.« Seine Stimme war voller Zuversicht. Die Hitze kroch ihr in jeden Winkel ihrer Wahrnehmung. Sie sehnte sich nach dem Erwachen, wenn sie endlich aus der Finsternis ins Licht schweben würde, ihr Körper wieder ihr Körper sein würde und sie in den Armen Nuramons liegen würde. Davon hatte sie immer wieder geträumt, und nun schien es, als könnte dieser Traum wahr werden.

Als sie später den Wind spürte und neben Nuramons Stimme die der Mägde und die von Ceren vernahm, war sie glücklich. Sie war sich sicher, dass nichts, was Nuramon auf sich genommen hatte, seine Liebe für sie trüben würde. Und nichts, was er getan hatte, würde ihre Gefühle für ihn schmälern.

Unter dem warmen Dach der Birkeneiche lauschte sie den Gesprächen zwischen den Mägden, dem Baumgeist und Nuramon. Die Frauen erzählten von den vielen Leuten, die mit der Eröffnung der Handelshäuser nach Yannalur gekommen waren. Da fragte Nuramon nach Bargorl, Wergors Neffen. Die jüngeren Mägde schwiegen sofort. Gaeria aber sagte: »Was immer Nerimee in unserem Beisein ihrer Mutter zuflüsterte, dürfen wir nicht offenbaren.«

Daoramu wusste nicht nur von Nerimees Liebe zu Bargorl, sondern auch von den Sehnsüchten und den Bedürfnissen ihrer Tochter. Nerimee hatte ihr sogar gestanden, dass sie auf ihrer Reise nach Alvarudor in Teredyr heimlich in den Liebesgrotten gewesen war. Dabei hatte sie den Trank erwähnt, der eine Frau davor bewahrte schwanger zu werden; ein Mittel, das bei den Kriegerinnen sehr beliebt war, aber inzwischen weitere Verbreitung gefunden hatte. Nerimee wusste, dass der Trank auf Ceren zurückging; die Mägde aber, die ihn oft erwähnten, glaubten, Nylma hätte das Rezept aus Teredyr mitgebracht.

»Ich will nicht mehr wissen, als mir zusteht«, sagte Nuramon. »Sag mir nur, ob sie Bargorl wirklich liebt.«

Die jungen Mägde kicherten.

»Ja«, sagte Gaeria. »Und das hast du nicht von mir gehört.«

»Natürlich nicht«, sagte Nuramon und lachte leise.

Große Magie

Es war der 14. Oburun 2284, Daoramus Geburtstag, sechseinhalb Jahre nach dem Angriff, der sie niedergeworfen hatte. Sie wurde heute neunundvierzig Jahre alt; ihr Körper aber war dank Cerens Stein der einer Frau in den Dreißigern.

Wie jeden Morgen seit seiner Rückkehr kleidete Nuramon Daoramu mithilfe der Mägde an. Heute wählte er einen eleganten Hausmantel, der ganz der neuesten Mode folgend weit und lang war – einer Mode, die Daoramu ebenso verschlafen hatte wie all das andere, was geschehen war. Und wie so oft fragte er sich, wie sie all das Leid der vergangenen Jahre aufnehmen würde. Würde sie ihm die Schuld an Gaerigars Tod geben? Konnte es für sie nach allem noch ein gemeinsames Glück geben? Wie immer die Antworten auf diese Fragen auch lauten mochten, er würde alles tun, um sie zu heilen; ganz gleich, was daraus erwachsen würde.

Nachdem Nuramon den Mantel zugeknöpft hatte, hielt er Daoramus Hand und wartete. Seine Magie und die Nerimees waren ihr im Winter zur Nahrung geworden, nachdem sie zuvor allein der Heilung gedient hatte. Der Brei, den die Mägde sie schlucken ließen, hatte weder ihre Wangen zur alten Wölbung gebracht, noch hatte er dafür gesorgt, dass die Rippen nicht mehr deutlich zu erkennen und die Schatten auf und um die Augenlider verschwunden waren. Die Magie hatte es vollbracht. Ceren hatte Nuramon beigebracht, wie er den Zauber, mit dem er den Hunger früher schon bezwungen hatte, auf andere wirken konnte. Es zehrte sehr an seinen Kräften, aber an magischer Kraft gab es allein wegen all der von Yendred erbeuteten Steine keinen Mangel. Daoramu war wieder erblüht, und nun mussten sie alle ihr Werk tun, damit sie auch erwachte.

Statt der Palastwache kam an diesem Morgen Yendred mit Nylma, Lyasani und Salyra mit der Trage herein.

Die Mägde wünschten ihnen Glück. »Rette meine Kleine«, sagte Gaeria.

Nuramon nahm die alte Dienstmagd in den Arm. Sie hatte wieder zu ihrer alten Körperfülle zurückgefunden, und Nuramon nahm dies als Zeichen, dass auch Gaeria wieder Hoffnung gefasst hatte.

»Dies ist der Tag«, flüsterte er Gaeria zu, als er sich von ihr löste.

Alle Zauber waren geplant, geübt und erprobt, alle nötigen Steine gesammelt und platziert, und alle Hilfsmittel standen bereit. Die Versuche, die im Kleinen und getrennt voneinander gelungen waren, mussten nun im Großen und zusammengeführt das Werk vollbringen.

Nuramon hob Daoramu auf die Trage, die sein Sohn, dessen beiden Geliebte und Nylma auf dem Bett abgelegt hatten. Nachdem er sie mit der roten Decke, die sie so sehr mochte, zugedeckt hatte, machten sie sich mit ihr auf den Weg.

Auf dem Gang warteten Borugar und Jaswyra. Sie ließen Yendred, Lyasani, Salyra und Nylma mit der Trage passieren und nahmen Nuramon in die Mitte. Gemeinsam folgten sie Daoramu, die auf der Trage durch den Gang schwebte.

Der Weg hinab mit all den Wachen und Bediensteten, die die Königstochter betrachteten, und die Eingangshalle voller Ilvaru und Feldherren, den Priestern und vielen Bürgern von Jasbor und Yannalur nagten an Nuramons Ruhe. Ihr Zug durch den Palast wirkte auf ihn wie ein Totenmarsch. Selbst ein Blick auf das schlafende Antlitz Daoramus und ihre sich ruhig hebende und senkende Brust konnte die Vorstellung nicht vertreiben. Erst als sie die Gäste und Bediensteten auf der Treppe hinter sich gelassen hatten und sich im untersten Keller nach links wandten und so der Pforte der Ahnenhallen den Rücken kehrten, retteten sich seine Gedanken zum bevorstehenden Zauber. Denn nun überschritten sie die Schwelle zu den Magischen Hallen. Hier auf dem Gang spürte er all die Magie, die durch die Steinadern pulsierte und nur darauf wartete, ans Werk zu gehen.

In der großen Halle wartete Nerimee mit Oregir und Sawagal. Während Borugar und Jaswyra sich an den Rand des Saals auf Stühle setzten und einander an den Händen hielten, schob Nerimee die rote Decke zurück. Nuramon hob Daoramu mit der Hilfe der beiden

Alvarudorer Magier von der Trage auf das schmale Bett, das Nerimee hatte errichten lassen und welches so hoch gelegen war, dass sie sich nicht bücken mussten, um Daoramu auf den Zauber vorzubereiten.

Nuramon knöpfte seiner Frau das Hausgewand wieder auf und entblößte sie, während Nerimee ihr die Kette mit dem weißen Stein der Ceren vom Hals nahm. Yendred, Lyasani und Salyra zogen an einem Tisch neben dem Bett Tuchstreifen aus dem abgekühlten Sud, den Nerimee aus Blättern der Birkeneiche gemacht hatte. Sie reichten die Tücher an, und Nuramon wickelte sie gemeinsam mit Nerimee um die Arme, die Beine und den Körper Daoramus. Schließlich war sie bis zum Hals verhüllt. Als sie auch die Füße umschlossen hatten, löste Nerimee den weißen Stein der Ceren von der Kette, legte ihn in die linke Hand Daoramus und umwickelte Hand und Stein. Nuramon nahm von Nylma den Almandin entgegen, bettete ihn in Daoramus rechte Hand und verband auch diese. Schließlich war Daoramu von den Fußspitzen bis zum Hals von dem Stoff umhüllt, der die Magie aufgreifen und in die Haut führen sollte.

Schon kamen Oregir und Sawagal mit dem Hemd, dem Rock und dem Mantel, die Nerimee und Nuramon gefertigt hatten. Die Kleidungsstücke bestanden aus einem groben, aber empfindlichen Flachsgeflecht und waren mit rotem Lack bestrichen, der die Pflanzenadern ummantelte und schützte.

Als Daoramu in die Kleidung gehüllt war, spürte Nuramon die Tränen in seinen Augen. Es würde nun gewiss nicht mehr lange dauern, und seine Liebste würde erwachen. Sie alle verharrten, tauschten Blicke und schauten immer wieder auf die Schlafende hinab. Borugar und Jaswyra kamen ebenfalls hinzu. Und auch sie standen da, schwiegen und betrachteten ihre Tochter.

»Wie eine Elfenfürstin«, sagte Ceren, die mit einem Mal neben Nuramon war.

Yendred und Borugar nickten ebenso wie Nuramon. »Lasst uns sie endlich aufwecken«, sagte er schließlich.

Auf einen Wink Nerimees hin verließen Oregir und Sawagal die Halle und verschwanden in einem der Gänge, die hinab zu den Wurzeln der Birkeneiche führte. Während Nerimee ihre Großeltern zu den Stühlen zurückbegleitete und ihnen beruhigende Worte zusprach, machten sich Nuramon und Yendred mit Nylma, Lyasani und Salyra daran, Daoramu vom Bett zum Becken hinüberzutragen. Sie legten sie ins Wasser. Auf dem Grund hatten sie ein Nest aus Kies angelegt, umgeben von Edelsteinen und den Wegsteinen der Ceren. Daoramu sank so weit hinab, dass nur noch ihr Gesicht wie eine Insel aus dem Wasser ragte.

Yendred schloss Lyasani und Salyra in die Arme, dann zogen sich die beiden Kriegerinnen zum Königspaar zurück. Yendreds Platz lag auf der Steinbahn zur Rechten des Beckens, der Nerimees zur Linken. Nylma blieb am Kopfende stehen. Sie würde nicht nur aufpassen, dass Daoramus Haupt über Wasser blieb, sondern auch die magischen Steine ins Spiel bringen, die am Beckenrand lagen und in denen zahlreiche Zauber schlummerten.

Nuramon ging ans Fußende des Beckens, wo der Orakelstein auf einem groben, hüfthohen Steinpult in einem Nest aus Zweigen ruhte. Diese stammten ebenso von der Birkeneiche wie die Wurzeln, die vom Nest in einem Gewirr ins Wasser reichten.

Nerimee zog sich ihre Schuhe, Yendred sich seine Stiefel aus. Sie stellten sich mit nackten Füßen auf die Steinbahnen, die von den Säulen kommend seitlich auf das Becken trafen. Nuramon stand zwischen zwei weiteren magischen Adern, die vor ihm im Pult aufeinandertrafen. Die Macht würde nicht durch ihn hindurchdringen, sondern durch den Orakelstein. Und auch Nylma am Kopfende würde sich nicht der Magie auf den Steinadern stellen.

Ceren ging zu Nylma hinüber und flüsterte ihr etwas zu. Schließlich schaute sie in die Runde. »Ihr wisst, was ihr zu tun habt. Seid stark, und haltet durch.« Mit diesen Worten löste sie sich auf, und Nuramon stellte sich vor, wie ihr Geist oben mit der Birkeneiche verschmolz.

Bald würde Ceren die Magie, die sich überall in den magischen Steinen sammelte, zu ihnen schicken, und Oregir und Sawagal würden an den Wurzeln der Birkeneiche dafür sorgen, dass das Band zwischen Ceren und dem Gefüge der Magischen Hallen nicht abriss.

Bei kleineren Zaubern geschah es nicht, aber bei den großen Versuchen entglitt Ceren die Magie gelegentlich. So mussten die beiden Alvarudorer dafür sorgen, dass die Magie, falls sie Ceren entglitt, wieder in ihre Hände kam. Nerimee und Yendred würden die gewaltigen Massen an Magie mit dem Heilzauber versehen, der zu dem magischen Gift vordringen würde, das in Daoramu wirkte.

Nuramon würde mit seinen magischen Sinnen die Stellen finden, die schwach waren. Er würde wie mit einer Nadel in das Gift hineinstoßen, es angreifen und es lähmen. »Dein Zauber wird dem magischen Gift zum Gifte werden«, hatte Ceren gesagt. Und wenn der Zauber, der Daoramu im Bann hielt, geschwächt war, würden Nerimee und Yendred ihn niederringen und auflösen.

Nylma schaute die acht Steine entlang, die er und Nerimee mit Zaubern belegt hatten. Vor ihr gab es eine Vertiefung im Beckenrand, in die sie die Steine einsetzen sollte, sobald sie benötigt würden. Sie halfen bei Heilzaubern, schärften die magischen Sinne oder spitzten die Angriffe auf das magische Gift. Nylma würde die Steine einsetzen, wie sie im Kampf in den richtigen Augenblicken den Schild hob, mit dem Schwert zustieß, ihre Leute zum Angriff führte oder sie in den Rückzug schickte. So wie sie nun konzentriert auf die Steine vor sich schaute, so hatte sie früher die Palastgardisten gemustert.

Nuramon strich mit den Händen über die braune Kugel Dareens. Darin steckten nun ihr Wissen, ihre Fähigkeiten und ihre Kraft. Mit diesem Kleinod musste die Heilung einfach gelingen.

Behutsam sandte Nuramon seine magischen Sinne aus. Mit der Hand am Orakelstein fühlte er Daoramu im Wasser, seine Kinder links und rechts und Nylma mit den acht Steinen. Sogar Oregir und Sawagal spürte er in den Wurzelkammern und Ceren hoch oben. Dieses Artefakt schien keine Grenzen der Einfühlsamkeit zu kennen.

Nuramon war bereit. Jeden Augenblick konnte die Magie mit aller Kraft zu ihnen strömen. Und dann würden sie Daoramu, deren Atem und Herzschlag er durch den Orakelstein hörte, endlich vom magischen Gift ihrer Feinde befreien.

Daoramu spürte das Wasser, dessen Plätschern sie vernommen hatte, lediglich als eine eisige Kälte. Nur eine Stelle war noch warm. Es musste ihr Gesicht sein, denn sie hatte das Gefühl, dass es in der Nähe ihres Gehörs war, welches durch das Wasser gedämpft wurde.

Ihre Sehnsucht nach Nuramon war stärker denn je, und doch fürchtete sie sich. Wer lange in dunklen Tunneln geschlafen hatte und plötzlich aus dem Schatten ins Sonnenlicht trat, dem mochten die Augen brennen. Wie würde es sein, nach so langer Zeit wieder den eigenen Körper zu spüren?

Mit einem Mal, als wäre es eine Antwort auf ihre Frage, wurde alles um sie herum so heiß, dass die Stelle, die sie für ihr Gesicht hielt und eben noch als warm empfunden hatte, wie ein eisiger Fleck wirkte.

Nuramon spürte, wie die Magie mit aller Kraft aus der Tiefe empordrang, im Boden heranfloss, die Wände hinauf ins Gewölbe stieg, in den Säulen herabströmte und über die Edelsteinpfade zum Becken stieß oder aber in der Mitte des Gewölbes in den Diamanten umgelenkt wurde und geradewegs ins Becken herabschoss. Die Magie brachte die Luft zum Leuchten, lief donnernd über den Steinboden, kribbelte auf seinen Wangen und grollte über ihm wie ein Gewitter. Nur an seinen Händen, wo die gewaltige Magie in den Orakelstein drängte, war es still wie im Auge eines Sturms.

Nylma legte den ersten Stein in die Vertiefung, und ein Zauber spannte sich wie ein feines Netz über die Magie, die im Becken zusammenlief. Die stürmende Zauberkraft hätte es zerreißen müssen, doch es lag so neben dem Zauber, wie die Albenpfade neben der Welt lagen. Nur ein feiner Hauch drang hindurch und brachte die winzigen Fäden des Netzes zum Zittern.

Nerimee und Yendred stemmten sich gegen die Magie, die heranströmte, bis diese sie auf ihrem Pfad duldete. Sie tauchten in den Strom ein und waren bemüht, sich dort zu halten. Und als Nuramon die Macht seiner Kinder wie einen Windhauch spürte, dachte er an die Wirkung, die er erzielen wollte, und verstärkte sie mit Elfenworten, die er sprach. *Nadel, Gift, Gift des Giftes, Schwert, Bestie, Herz.*

Und sein Zauber floss aus seinen Fingern in den Orakelstein, formte die magische Kraft, die sich darin staute, und strömte über die Wurzeln ins Becken, direkt auf das magische Netz, das Nylmas Stein gewoben hatte, und hinüber zu Daoramu. Dort fand er sowohl die Spur des Almandins als auch die des weißen Steins, die in Daoramus Handflächen gebunden waren. Über sie gelangte er in Daoramus Leib und fand das magische Gift.

Daoramus Oberkörper hob sich, doch nicht aus eigener Kraft. Es war, als richtete sich der feindliche Zauber gegen sie, als drohte er ihnen, Daoramu zu zerreißen.

Nerimee und Yendred warfen fragende Blicke umher, während Nylma Daoramu an den Schultern fasste, um ihren Körper im Wasser zu halten.

»Weiter!«, rief Nuramon und wusste nicht, ob er Daoramu damit in Gefahr brachte. Nur eines wusste er: dass er das Gift, das wie eine Bestie wütete, zum ersten Mal in Bedrängnis gebracht hatte.

Mit einem Schlag riss die Finsternis auf. Es gab ein Innen und ein Außen, einen Körper und die Welt rings umher. Daoramus Sinne weiteten sich und schwammen mühelos gegen den magischen Fluss an. Und in diesem Moment sah sie etwas, ohne die Augen zu öffnen: Ein Frauengesicht musterte sie. Doch es verblasste sofort, und ihr Blick drang von einem Gewölbe hinab in ein Wasserbecken. Da waren sie: Nuramon – Nerimee und Yendred – Nylma – ihre Eltern an der Wand und bei ihnen zwei Frauen. Die eine war Lyasani, die andere musste Salyra sein. Alle starrten auf die Frau im Becken; die Frau, die sie früher im Spiegel gesehen hatte und deren Körper sich nun aufbäumte.

»Da bist du«, sagte eine vertraute Stimme von allen Seiten. Es war Ceren. Sie war oben und doch ganz nahe. »Du bist erwacht«, sagte sie. »So wie ich damals.«

»Lebe ich?«, fragte Daoramu und sah, dass sich ihr echter Mund nicht bewegte. Sie dachte die Worte nur.

»Noch lebst du«, antwortete Ceren.

»Das heißt, ich drohe zu entschweben?«

»Aber nein.«

»Warum bin ich dann hier oben und nicht dort unten?«, fragte sie.

»Du bist dort unten. Es sind deine Sinne und deine Stimme, die hier oben sind, ausgezogen aus deinem Körper, so wie ich euch außerhalb meines Leibes als Geist erscheine und zu euch spreche.«

»Und was wird sein, wenn der Zauberspruch endet?«

»Dann wirst du in deinem Leib sein. Wach oder weiterhin schlafend.«

»Und der Tod?«

»Ist noch fern«, hauchte sie. »Schau!«

Daoramu folgte einem Windhauch mit dem Blick in die Tiefe. Nuramon hob den Kopf und starrte zu ihr herauf.

Da war sie – die Macht Daoramus. Während das Gift sich zusammengezogen hatte, um den Angriffen Nerimees und Yendreds zu widerstehen, und Nuramon das Gegengift durch den Orakelstein strömen ließ, spürte er Magie, die von Daoramus Hauch durchdrungen war. Es war wie die Kraft, die er ihr in den Liebesnächten zugespielt hatte. Wann immer die Magie zu ihm zurückgeflossen war, hatte sie diesen Hauch besessen.

Der Giftzauber drängte mit einem Mal nach außen. Er brachte Yendred ins Taumeln und fegte Nerimee von dem magischen Steinpfad fort. Sie richtete sich halb auf und schüttelte den Kopf. Schon waren Lyasani und Salyra zur Stelle, stützten Nerimee und halfen ihr auf den Pfad zurück.

Yendred zuckte, und Nuramon spürte, wie das Gift sich bemühte, ihn anzugreifen.

»Nylma!«, rief Nuramon und biss sich dann auf die Zähne. Seinen Zauber auf das Gift gerichtet zu halten forderte all seine Kraft.

Nylma war inzwischen bei dem vierten Stein angelangt, einem Rubin. Sie legte ihn in die Vertiefung, und das Netz aus magischen Fäden veränderte sich. Nun war es grob an den Rändern und fein in der Mitte. Nuramon fasste es und führte die Mitte des Netzes ins Gift, dann reicherte er das Gegengift mit dem Zauber an, den Nerimee und Yendred wirkten.

Nun war es eine Frage der Kräfte. Wenn sie stark waren und die Magie, die sie in den Hallen gesammelt hatten, ausreichte, würden sie das Gift auflösen.

Nuramon spannte die Muskeln an und drängte seinen Zauber gegen das wachsende Gift. Und als er es umklammert hielt, waren Nerimee und Yendred erneut mit ihrer Magie zur Stelle und schürften Schicht um Schicht des feindlichen Zaubers ab.

Mit aller Macht stemmte Nuramon sich weiter gegen den Giftzauber. Da zuckte Daoramus Körper wild unter der Wasseroberfläche, schob sich dann empor, und aus ihrer Brust löste sich eine gleißende Kugel. Das magische Gebilde schwebte einen Augenblick über dem Becken und schoss dann nach rechts.

Yendred stand mit verzweifelter Miene da und hielt sich die gekrümmten Finger vors Gesicht.

»Yendred!«, rief Nerimee und hob bereits die Arme, um ihrem Bruder mit einem Zauber zu helfen, während Lyasani und Salyra herbeiliefen.

»Der Heilzauber, Nerimee!«, rief Nuramon. »Du machst wie geplant weiter.« Er schaute zu Nylma. »Der nächste Stein!«

Yendreds Hände schossen nach oben, die Arme wirbelten und schlugen herab. Der Weg für die Kugel war frei, und Yendred rührte sich nicht, sondern stand wie eine Statue da, die Kugel eine Handbreit vor Augen. Doch Nuramon hielt dieses Etwas, das offenbar einen eigenen Willen besaß, wie an einem Seil fest. Dieses Wesen war ein Geist, nicht einfach nur ein Zauber oder ein magisches Gift. Tarsuns Schriften hatten ihn in die Irre geführt. Sie hatten nichts von einem Geist erwähnt.

Nerimee stieß einen Kraftschrei aus und sandte ihrem Bruder einen Zauber hinüber. Dieser hielt den Geist fest, doch es reichte nicht. Und als wäre es nicht genug, spürte Nuramon, dass unten aus den Wurzeln der Ceren in diesem Augenblick die letzte Magie geströmt war.

Lyasani und Salyra rissen Yendred zur Seite und gingen mit ihm zu Boden, während aus dem Hintergrund Borugar näher kam. Er hielt das Schwert der Gaomee, Yendreds Kurzschwert, in Händen und lief schwerfällig auf die Lichtkugel zu. In diesem Augenblick ruckte der Geist ein wenig zur Seite, als hätte er den König erspäht.

»Borugar! Nicht!« schrie Jaswyra ihrem Gatten hinterher.

Der König bückte sich und schob das Kurzschwert unter dem Geist hindurch zu Yendred hinüber.

Nuramon zog nun mit seiner wunden Macht beinahe die gesamte Kraft von den Pfaden und schleuderte sie dem Geist entgegen. Der Stoß war so heftig, dass er Nerimee nach vorn zog und sie beinahe stürzte.

Die Lichtkugel wurde von seinem magischen Stoß erfasst und wuchs binnen eines Augenblicks zu einem menschengroßen Gebilde an. Es zitterte wild auf der Stelle.

Yendred erhob sich taumelnd und stieß mit Gaomees Klinge zu. Es knallte und blitzte, und schließlich schrie Nuramons Sohn auf. Der Geist hatte sich wie eine Schlange um seinen Arm gelegt. Yendred ließ das Kurzschwert fallen und bemühte sich, das Wesen abzuschütteln. Lyasani und Salyra wollten Yendred fortreißen, doch der Geist blieb an ihm haften.

Nuramon schloss die Augen und zog den letzten Hauch der Magie heran, die er in den magischen Adern finden konnte.

»Nylma!«, rief Nerimee. Im nächsten Moment legte sich eine Hand auf seine Finger, und er musste die Augen nicht öffnen, um zu wissen, dass es seine Tochter war. Sie gab ihm etwas von ihrer eigenen Macht ab, und er spürte, dass sie einen der Edelsteine Nylmas in Händen hielt. Das war die Kraft, die gefehlt hatte.

»Du verfluchtes Ding!«, schrie Yendred, und als Nuramon spürte, wie sich ein Zauber dem Geist entgegenwarf, schlug er die Augen auf. Yendred stand mit erhobenen Armen da, Salyra hielt das Schwert der Gaomee und Lyasani war bei Borugar, um ihn zurück zu Jaswyra zu drängen.

Die Macht des Steins in Nerimees Hand war derweil erloschen. Sie ließ ihn fallen, und Nylma warf ihr einen neuen herüber, während die Gestalt mit jedem Augenblick zuckend eine neue Form annahm. Das leuchtende Etwas fiel zu Boden und schrumpfte unter der Magie, die sie ihm entgegenwarfen.

Mit einem Mal aber brach Yendreds Zauber ab, und das Lichtwesen kroch auf der magischen Ader, auf der Yendred gestanden hatte, zum Becken zurück.

Während Nerimee Nuramon Magie zuspielte und er seinen Zauber gegen den Geist richtete, ließ sich Yendred das Kurzschwert von Salyra geben und versuchte erneut, auf den Geist loszugehen.

Ehe Yendred mit der Klinge auch nur ausgeholt hatte, erhob sich etwas Strahlendes aus dem Becken. In einem feurigen Leuchten stand Daoramu am Rand des Wassers und starrte auf den Geist hinab. Sie riss die Magie an sich, als würde sie mit einem Atemzug die Luft aus dem Raum saugen. Es grollte auf den magischen Adern.

Der Geist verharrte.

Daoramu strahlte wie eine Statue aus Barinstein. Sie bewegte sich nicht, sie blinzelte nicht und atmete ganz flach. Das Wasser tropfte an ihrem Gesicht, dem Haar und den steifen Gewändern herab. Für einen Moment schien alles im Saal zu ruhen. Mit eiskalter Miene starrte Daoramu das Lichtwesen an.

Der Geist zuckte, und da löste sich ein breiter Schein feuriges Licht von Daoramu und schoss dem Geist entgegen. Sie schrie auf und schrie weiter, bis sie keinen Atem mehr hatte. Dann holte sie tief Luft und stieß noch einen gewaltigeren Schrei aus, der mit einem noch grelleren Lichtstrahl einherging.

Als Daoramu verstummte und der feurige Lichtstrahl verging, war der Geist verschwunden. Er war weder zu sehen, noch mit magischer Kraft zu erspüren.

Daoramu stand da, schaute ins Leere und atmete immer wieder tief ein und weit aus.

Nerimee nahm ihre Hand von Nuramons Fingern, und er löste sich seinerseits vom Orakelstein. Yendred und Salyra standen ebenso erstarrt da wie Borugar, Lyasani und Jaswyra. Nuramon war so überwältigt, dass er an seinen Sinnen zweifelte. War tatsächlich all das geschehen, was er gerade gewahrt hatte? Und stand Daoramu wahrhaftig aufrecht dort am Rande des Beckens?

Nach einem langen Moment der Stille und des Ausharrens wagte Nuramon sich langsam vor. Ihm war schwindelig, und doch schritt er vor Daoramu und schaute an ihr hinauf. Sie stand auf den Wegsteinen der Dareen, die sie am Beckenrand angehäuft hatten, und überragte ihn dadurch um einen halben Kopf. Sie starrte durch ihn hindurch und atmete ruhig durch die Nase ein und aus. Kaum merklich legte sich ein Schmunzeln auf ihre Lippen, sie blinzelte und geriet dann aus dem Gleichgewicht.

Nuramon fing sie auf, stützte sie und trug sie hinüber zum Bett am Rande des Saales. Die anderen folgten ihm. Und als er sie hingelegt und ihr das nasse Haar nach hinten gestrichen hatte, küsste er sie und sagte leise ihren Namen.

Daoramu lag auf einem hohen Bett und bemühte sich, den Kopf zu wenden oder auch nur die Augen zu bewegen, doch nichts geschah. Als sie sich aufrichten wollte, bewegte sie nur den Arm. Sie fühlte sich wie eine Puppenspielerin, die einem Streich erlegen war. Die Fäden reichten zu den falschen Gliedern, und wenn sie das Bein bewegen wollte, bewegte sie die Schulter; und wenn sie den Kopf bewegen wollte, zuckte ihr Arm. Als sie sprechen wollte, hörte sie nur ein Seufzen oder ein Wimmern. Nur ihre Tränen waren echt.

Nerimee näherte sich ihr langsam. Tränen glänzten in den Augen ihrer Tochter. »In den Sachen kannst du dich ja gar nicht richtig bewegen«, sagte sie. Aber Daoramu wusste, dass es nicht an den Kleidern lag. So ertrug sie, dass sie ihr die Kleidung aus rotem Geflecht ausgezogen, ihr die Tücher vom Leib wickelten und sie dann in einen weiten Hausmantel hüllten.

Als Daoramu die enttäuschten Mienen sah, kamen ihr wieder die Tränen, und dieses Mal hielten sie sie nicht für Wasser, das ihr aus dem Haar getropft war.

Nuramon wischte die Tränen sanft fort und küsste sie auf die Stirn, dann auf den Mund. »Du hörst uns, nicht wahr?«, fragte er leise.

Sie wollte nicken, doch sie zuckte nur.

»Ruhe dich aus«, hauchte er.

»Wo ist Ceren?«, fragte Nerimee.

»Sie hat sich nach oben zurückgezogen«, sagte Oregir irgendwo links außerhalb ihres Blickes. Daoramu mochte seine warme Stimme.

»Sie dürfte keine Macht mehr haben, um hier unten zu erscheinen«, sagte Sawagal, der seinen Alvarudorer Akzent besser verbergen konnte als Oregir.

»Wir werden dich zu Ceren bringen«, erklärte Nuramon leise und lächelte. Eine andere Frau hätte ihm die Zuversicht geglaubt. Aber sie las in dieser Miene wie in einem Buch. Sein Blick verriet ihn. Er starrte sie an, sonst aber schaute er ihr zwischen ihren Augen hin und her. »Wir ziehen dich um, und dann tragen wir dich hinauf«, sagte er und küsste sie.

Ceren saß am Stamm ihres Baumes. Ihre Gestalt war so durchscheinend, dass Nuramon sich konzentrieren musste, um nicht ständig durch sie hindurchzublicken. Sie erklärte ihnen, dass sie mit Daoramu gesprochen habe und sie im Besitz ihres Geistes sei. Sie spüre selbst jetzt noch den Hauch, den sie vorhin in der Halle gewahrt hatte. »Wir alle müssen wieder zu Kräften kommen«, sagte sie und schaute auf Daoramu hinab, die wieder ihren Anhänger mit dem weißen Stein an einer Kette trug. »Sie benötigt Ruhe, damit ihr Körper und ihr Geist wieder eins werden können.«

»Aber was ist geschehen, dass sie zaubern konnte?«, fragte Nerimee.

»Ich weiß es nicht«, sagte Ceren.

»Und wird sie genesen?«, fragte Borugar und drückte Jaswyra an sich.

»Ich bin mir nicht sicher. Aber ich konnte einen Augenblick lang in ihre Gedanken schauen. Sie vermag schon seit Monaten zu hören, was um sie herum geschieht.«

Nuramon dachte an all die Worte, die er ihr zugeflüstert hatte. Demnach wusste sie alles. Ihr musste klar sein, dass Gaerigar tot war.

Ceren tastete nach Daoramu und erschien mit einem Mal klarer. Sie war nicht länger durchscheinend. »Bei allen Seelen!«, flüsterte der Baumgeist. »Sie ist immer noch von Magie durchdrungen.« Sie schaute zu Nylma hinüber und zog auch Nuramons Blick nach. Die Kriegerin stand da und hielt die Hand auf den Almandin gelegt, der wieder an der Lederkette auf ihrer Brust war.

Nerimee fasste Daoramus Hand und nickte. »Das klingt gewiss wieder ab.«

»Ich bin mir nicht sicher«, sagte Ceren. »Der Zauber hat sie verändert. Er hat sie in ihren Grundfesten erschüttert. Einige meiner Geschwister vermochten Lebewesen einen Hauch ihrer Macht zu schenken. Sie vermochten ein Wesen zu verändern.«

Nuramon musste an seinen alten Gefährten Mandred denken, der von der beseelten Eiche Atta Aikhjarto vor dem Tod bewahrt worden war. Er schaute auf Daoramu hinab, die still dalag und Ceren anblinzelte. »Wer weiß, was die Magie aus dir macht?«, sagte er leise und tauschte dann einen sorgenvollen Blick mit Nerimee.

»Soweit ich erkennen kann, schadet ihr die Magie nicht«, erklärte Ceren. »Sie ist ein Teil von ihr.« Sie trat zu Nerimee hin. »Es ist wie die Frage, was du bist. Bist du eine Elfe oder ein Mensch? Weißt du noch, als du klein warst und dein Vater dir sagte, dass du eine Große bist, ein Mädchen oder ein kluges Kind, schön oder weise? Weißt du noch, dass er dich kleines Orakel nannte?«

»Ja«, antwortete Nerimee. »Das ist nun einmal die Bedeutung meines Namens.«

»Aber weißt du noch, was du am Anfang darauf geantwortet hast?«

Sie schüttelte den Kopf und schaute Nuramon an.

Er nickte, denn er hatte es nicht vergessen. »Du sagtest: *Ich bin kein Orakel. Ich bin Nerimee.*«

Ceren lächelte. »Vielleicht warst du damals weiser als wir alle.«

Wiedergeburt

Daoramu war mit Ceren allein unter der Birkeneiche und kämpfte um die Macht über ihren Körper. »Du musst weitermachen«, sagte der Baumgeist. »Gib nicht auf. Ganz gleich, wie sehr es schmerzt.«

Daoramu schrie in Gedanken, dass sie es nicht aushielt.

»Vertrau mir! Dein Körper wird dir helfen. Die Heilzauber, die jetzt noch ihr Ziel verfehlen, werden ihre Wirkung noch entfalten. Nur noch ein wenig. Ja?«

»Ja«, hörte sie ihre dünne Stimme sagen.

Ceren lächelte. »Ich wusste es«, sagte sie. Als Nuramon und Nerimee aber kurz darauf aus den Magischen Hallen wiederkehrten, verschwieg der Baumgeist, dass Daoramu geantwortet hatte. Und es gelang ihr nicht, erneut ein einfaches Wort zu sprechen. Es kostete sie Überwindung, bis Nuramon die geringste Bewegung ihres Körpers als ein *Ja* verstand und ein Erheben ihrer Stimme als ein *Nein*. Er fragte sie aus, was sie alles wusste, und sie alle schienen überrascht zu sein, als sie erkannten, wie lange sie bereits bei Bewusstsein war.

»Dann hat unser Zauber damals mehr bewirkt, als wir glaubten«, sagte Nerimee.

Ceren nickte.

Nuramon küsste Daoramus Hand, und ein Schauer lief ihr über den Körper. »Da!«, sagte Nerimee. »Sie hat eine Gänsehaut.«

»Daoramu?«, sagte Nuramon. »Du wusstest die ganze Zeit von all dem Leid und dem Tod. Wirst du uns je verzeihen?«

Daoramu wollte sich bewegen, doch vor Schmerz brachte sie einen Klagelaut über den Tod Gaerigars hervor. Sie bewegte sich, um das ungewollte *Nein,* das sie gerade geäußert hatte, zu überdecken. Sie strampelte mit den Beinen. Doch das Entsetzen auf Nuramons Gesicht ließ sich dadurch nicht tilgen.

Das Sonnenlicht, welches durch das offene Fenster ins Zimmer drang, weckte Nuramon aus einem Traum. Darin hatten sie das magische Gift als Geist erkannt und diesen ausgetrieben, und Daoramu war zwar noch nicht die Herrin ihres Körpers gewesen, aber er und Ceren waren sich sicher gewesen, dass es sich noch fügen würde. Früher war er erwacht und hatte geglaubt, er lebte in der Vergangenheit, in der Daoramu noch unversehrt gewesen war, und jetzt lebte er in der Zukunft, in der alles Werk getan war.

Er schaute zu Daoramu hinüber und erinnerte sich, dass der geglückte Zauber keineswegs ein Traum war. Er befand sich in jener Zukunft, in welcher der Geist, der Daoramu im Bann gehalten hatte, vernichtet war.

Daoramu öffnete die Augen und starrte zur Decke. Ihre Beine zitterten, und sie seufzte. Er küsste sie auf den Mund, schaute ihr in die glänzenden Augen und zog sich zurück. Sie folgte ihm mit dem Blick. Da verharrte er und staunte. Ihre Mundwinkel bewegten sich, ihre Lippen wölbten sich zu einem kleinen Lächeln. Sie wandte den Kopf und flüsterte leise: »Nuramon.«

Er strich ihr über die Wange, und sie küsste seine Handfläche. Dann aber verzog sie ihr Gesicht vor Schmerz und legte den Kopf zurück.

»Warte!«, sagte er und legte ihr die Hand in den Nacken.

Sie fasste Nuramon am Handgelenk, und er erschrak. Kaum hatten sich ihre Finger geschlossen, löste sie seinen Griff. »Es ist nur ein steifer Nacken«, hauchte sie. »Die Beine und die Arme sind schwer und brennen. Aber es fühlt sich nach Leben an.« Sie schob sich langsam zu ihm, küsste ihn und fuhr ihm durchs Haar. Sie fasste seinen Kopf bei den Wangen und schaute ihn an. Sie verharrten lange, und Nuramon wurde des Anblicks nicht müde. Er hatte ihre Liebkosungen, ihre wachen Augen und ihr lebhaftes Gesicht vermisst, und all das wiederzuhaben, wühlte ihn auf und trieb ihm einen Schauer nach dem anderen über den Rücken.

»Versprich mir eines, Nuramon«, flüsterte Daoramu und räusperte sich.

»Alles. Was es auch ist«, sagte er lächelnd.

»Du wirst es bereuen«, entgegnete sie, und er merkte, wie sehr ihm ihre Stimme gefehlt hatte.

Er fuhr ihr übers Schlüsselbein. »Was soll ich dir versprechen?«

»Dass wir keinen Tag mehr getrennt sind. Wo du hingehst, dort gehe auch ich hin.«

»Das sind deine Sorgen?«

»Du willst ins Zwergenreich«, sagte sie. »Und ich werde nicht hierbleiben und mich fragen, ob ich dich je wiedersehe.« In ihrer Miene lag keine Sorge, sondern Erleichterung. »Was immer du dort genau suchst, ich werde dir folgen.«

»Ich suche dort die Erinnerung an mein erstes Leben«, sagte er und erzählte ihr von den versiegelten Pfaden und den beiden Zaubersprüchen. Er hatte Dareen vor dem Abschied noch einige Details entlocken können. »Mit dem kleinen Zauber kann ich die Siegel sehen«, erklärte er. »Mit dem großen Zauber vermag ich sie zu lösen und damit verborgene Albenpfade wieder erscheinen zu lassen. Dareen meint, dass wir dadurch die Magie in alte Bahnen lenken können und die magische Flut vergeht.«

Daoramu nickte. »Und auf dem Weg zu diesen Erinnerungen werde ich an deiner Seite sein. Ich begleite dich in die Zwergenreiche.« In ihrem Blick lag eine liebliche Entschlossenheit, die keinen Widerspruch zuließ.

Nuramon hatte gedacht, ihm stünde ein beschwerlicher Abschied bevor, vielleicht sogar, ehe Daoramu die Herrin über sich selbst gewesen wäre. »Die Reise nach Neu-Aelburin könnte uns das Leben kosten«, sagte er.

Daoramu lächelte beinahe wie Ceren. »Wer einmal tot war, fürchtet das Sterben nicht mehr.« Sie fasste seine Hände und küsste sie.

»Wir werden keinen Tag mehr voneinander getrennt sein«, sagte er, als sie ihm mit ihren Küssen neue Schauer über den Rücken trieb. »Ich verspreche es dir.« Es war wieder eines jener großen Versprechen, die ihn früher in Schwierigkeiten gebracht hatten, aber es kam von Herzen.

Sie küsste ihn mit ihren weichen Lippen. »Ich muss aufstehen«, sagte sie dann. Sie reichte ihm die Hand, quälte sich aus dem Bett auf die Beine und knickte ein.

Nuramon fing sie auf und stützte sie. Da klopfte es an der Tür.

»Herein!«, sagte Daoramu mit rauer Stimme und räusperte sich.

Die Tür öffnete sich, und die Mägde schauten herein.

»Herrin!«, rief Gaeria und stürzte ihnen entgegen. »Was für ein wundervoller Morgen!« Sie fiel Daoramu um den Hals. Die jüngeren Mägde gingen Nuramon zur Hand und stützten sie, zwei von ihnen kamen gar nicht erst herein, sondern liefen den Gang hinab und riefen wie von Sinnen, dass die Prinzessin erwacht sei.

Nuramon lachte. »Du ahnst nicht, was für ein Morgen das werden wird.«

Nerimee kam aus dem Speisesaal und war im Treppenhaus, als sie die aufgeregten und fröhlichen Stimmen vernahm. Sie eilte auf den Nordgang und hörte ihre Mutter, noch ehe sie durch die offene Tür ins Zimmer ihrer Eltern eintrat. Da war sie. Sie trug einen Hausmantel über einem weißen Gewand und saß auf dem Bett. Mit hängenden Schultern und erschöpfter Miene lächelte sie Nuramon an und hielt seine Hand.

Nerimee suchte in ihrer Umarmung Zuflucht. Sie liebte es, wie in ihren Kindestagen die Hand ihrer Mutter in ihrem Haar zu spüren. Alle Mühen und Entbehrungen erwiesen sich nun als richtig.

Erst nach einem Augenblick hatte sie Augen für die schwärmende Miene ihres Vaters, die bebenden Lippen ihrer Großmutter, das Grinsen ihres Großvaters, die Tränen ihres Bruders, die staunenden Blicke Lyasanis und Salyras und die zufriedene Miene Gaerias und schließlich das feine Schmunzeln Cerens, die an der Wand vor der magischen Ader stand, die in den Fugen verlief.

»Was hast du?«, fragte Daoramu leise und strich ihr sanft über die bebenden Schultern.

Nerimee schaute in die Augen ihrer Mutter. »Es ist vorbei«, sagte sie.

»So wie eine lange Nacht mit langem Schlaf vorbei ist«, sagte Daoramu. »Und der Tag verlangt danach, genutzt zu werden.«

»Genutzt?«, rief Borugar in die Runde. »Nein, nicht genutzt, sondern gefeiert!«

»Wir sollten dir nicht zu viel zumuten«, sagte Jaswyra. »Du bist noch nicht ganz auf den Beinen.«

Daoramu lächelte ihren Eltern entgegen, dann schaute sie von Nuramon zu Yendred, von Yendred zu Nerimee; und wohin sich ihr Blick wandte, entstand ein Lächeln. Schließlich sagte sie: »Ich muss nicht auf den Beinen sein, um zu feiern, Mutter. Lasst uns feiern wie damals in Merelbyr. Stellt Tische und Bänke auf, vom Thronsaal bis auf den Hof hinaus. Öffnet die Tore der königlichen Gebäude in der ganzen Stadt und ladet alle zum Essen und Trinken ein. Vom Bettler bis zum Edelmann, vom Fischer bis zum Großhändler, vom Bauern bis zum Schwertfürsten sollen alle willkommen sein.« Sie hustete. »Wenn ich nicht tanzen kann, will ich andere tanzen sehen; wenn ich nicht trinken kann, möchte ich sehen, wie andere bechern. Und wenn ich allzu rasch satt werde, möchte ich beobachten, wie ihr euch die Bäuche vollschlagt.«

Borugar gab Terbarn einen Wink. Der Palastvogt trat von der Tür heran und verbeugte sich vor seinem Herrn. »Ist das machbar?«, fragte der König.

Ein Grinsen entfaltete sich auf Terbarns Gesicht. »Die Speisekammern von Jasbor sind so gut gefüllt wie unsere Schatzkammern.«

»Dann los!«, sagte Borugar, und schon eilte der Palastvogt davon.

Daoramu bemühte sich aufzustehen, und Nerimee stützte sie gemeinsam mit Nuramon.

»Wo willst du hin?«, fragte Jaswyra.

»Ich möchte hinab ins Bad, und dann möchte ich hinaus in den Garten und mich auf die Steinbank setzen und über das Land blicken. Danach möchte ich in Cerens Schatten sitzen.«

Wie Nerimees Mutter es gesagt hatte, geschah es. Die ganze Familie schritt langsam durch den Palast, und ähnlich wie vor dem großen Zauber war ihr Weg von Wachen und Dienern gesäumt, die Daoramu grüßten.

Unten im großen Badegewölbe musste Daoramu sich erst einmal ausruhen. Als Borugar die Diener fortgeschickt hatte, bemerkte

Nerimee, dass ihr Großvater Nuramon beiseitenahm und etwas zu ihm flüsterte, während Jaswyra und Nylma, bereits entkleidet, ins Wasser stiegen und zum Fenster hinüberschwammen, durch das die Sonne hereinschien.

Daoramu beugte sich vor, und Nerimee band ihr am Rücken das Kleid auf. Sie schaute hinüber zu Yendred, der neben Lyasani und Salyra die Treppe ins Wasser hinabstieg.

»Die drei fürchten, was ich sagen könnte«, flüsterte Daoramu. »Lyasanis Hände haben gezittert, und Salyra weicht meinem Blick aus. Ihnen ist klar, dass ich jedes Wort, das sie in meiner Gegenwart gesprochen haben, gehört habe.«

»Und? Haben sie etwas zu fürchten?«

»In diesen Zeiten haben wir alle etwas zu fürchten«, sagte sie.

Nerimee half ihrer Mutter aus ihrem Kleid und dem Unterkleid und entblößte sich selbst, während ihre Mutter dasaß und Borugar nachschaute. »Er ist dick geworden«, flüsterte sie.

»Das ist der Preis dafür, dass er dem Kampf fernbleibt«, erklärte Nerimee. »Das sagt er zumindest.«

Nuramon wollte zu ihnen kommen, doch der König winkte ihn hinter sich her, und nach einem Nicken Daoramus folgte er seinem Schwiegervater ins Wasser.

»Und *er* hat sich nicht verändert«, sagte Daoramu.

»Nicht körperlich«, sagte Nerimee und setzte sich neben sie auf den kalten Stein.

Daoramu legte die Stirn in Falten. »Welches Jahr schreiben wir?«

Nerimee schaute ihre Mutter überrascht an.

»Ich habe es leider nicht aufgeschnappt. Ihr habt in meiner Gegenwart über alles geredet, nur nicht über etwas, aus dem ich es hätte schließen können. Ihr habt mir zum Geburtstag gratuliert, aber nicht gesagt, wie alt ich geworden bin.«

»Wir schreiben das Jahr 2284.«

Daoramus Miene erstarrte.

»Am 27. Lysgor sind es sieben Jahre.«

Die Mundwinkel ihrer Mutter zitterten sich zu einem Lächeln

empor. »Ihr habt lange durchgehalten«, flüsterte sie und fasste Nerimees Hand. »Und bei dem, was uns bevorsteht, müssen wir gewiss ähnliche Stärke zeigen.«

Nerimee dachte an den Krieg und an die Reise, die ihren Vater ins verlassene Zwergenreich führen würde. Und doch haftete dem Lächeln ihrer Mutter ein Geheimnis an.

Die Familie gönnte Nuramon und Daoramu ein wenig Zeit allein. So saßen sie auf der Steinbank im Garten hinter dem Palast. Nuramon bemerkte, dass Daoramus Blick immer wieder den Weg zur Birkeneiche suchte, die allmählich ihr grünes Frühlingskleid zeigte. Und jedes Mal nutzte Nuramon die Gelegenheit, Daoramu zu betrachten. Sie wieder an seiner Seite zu haben überwältigte ihn, und er schaute sie an, als sähe er sie zum ersten Mal.

Sie blickten gemeinsam von den Klippen hinunter in die Stadt und über sie hinweg ans Festland, wo die Handelshäuser sich über die Fischerhütten erhoben und sich die Lagerhäuser zwischen den ehemaligen Dörfern reihten. »Beinahe so habe ich mir Yannalur immer vorgestellt«, sagte Daoramu.

Die Flussmündung des Furjes war von Booten übersät, die alle die blaue Fahne Yannadyrs wie an einem Feiertag wehen ließen. Unten in der Unterstadt von Jasbor wimmelte es vor Menschen, die sich gewiss auf das Fest vorbereiteten, das Borugar geben würde.

Daoramu betrachtete alles mit beinahe wehmütiger Miene. Als sie seinen Blick bemerkte, zwinkerte sie. »Du weißt es?«, fragte sie lächelnd.

»Dass du Abschied nimmst?«, sagte er.

»Ja. Ich schaue mir all dies genau an, weil wir bald schon aufbrechen werden.«

»Auf einige Tage oder Wochen kommt es gewiss nicht an«, sagte Nuramon.

»Sicher scheinst du dir aber nicht zu sein.«

»Es könnte jetzt bereits zu spät sein, die magische Flut zu zügeln«, sagte Nuramon. »Die Magie könnte schneller emporwachsen, als ich meine Erinnerung finde.«

»Meine Rettung könnte also alles verdorben haben?«, fragte sie und biss sich auf die Lippen.

Nuramon führte ihre Hand an seinen Mund und küsste sie. »Ein Krieger, der die Schlacht seines Lebens schlägt, kann nicht mit einer beinahe tödlichen Wunde in den Kampf gehen. Wenn das Schicksal sich an ihn knüpft, muss die Wunde zuerst heilen, ehe er in die Schlacht ziehen und den Sieg erringen kann.«

»Und ist die Wunde geheilt?«, fragte sie mit ihrem schelmischen Lächeln.

Er strich ihr über die Wange. »Mehr als das.«

Yendred war nicht überrascht, dass binnen Stunden alles bereit war und die Feier vom Thronsaal bis zum Hof hinausreichte. Die Köche ließen aus den Räucherhallen das Beste heraufbringen, was das Königshaus zu bieten hatte. Mit jeder Stunde kamen neue Gerichte hinzu. Vom Eintopf bis zum Braten, von Teigtaschen bis zu Muscheln.

Yendreds Eltern hätten an ihrem Tisch im Thronsaal bleiben können. Doch seine Mutter regte an, dass die Königsfamilie von Zeit zu Zeit den Platz wechselte, um in die Nähe möglichst vieler Leute zu gelangen. Sie war stets gesellig gewesen, aber er hatte sie nur selten so viel und so laut lachen gehört. Bei all der Freude fragte er sich, was sie dazu sagen würde, dass er auf den Thron verzichten wollte. Sie war ihm gegenüber alles andere als zurückhaltend gewesen, aber mit Lyasani und Salyra hatte sie kaum mehr als ein gelegentliches Lächeln getauscht. Er fürchtete, dass sie heute feierte und ihm morgen sagte, er könne nicht auf den Thron verzichten und müsse sich von einer seiner Geliebten trennen.

Immer wieder hoben die Gäste die Becher und Pokale, um auf diesen oder jenen anzustoßen, auf die Lebenden wie die Toten. So tranken sie auch auf Gaerigar, Yargir und Waragir. Da erstarb das Lächeln auf den Gesichtern seiner Eltern. Und bei jenen, an die Yendred lange nicht mehr gedacht hatte, kroch die Nachdenklichkeit in ihre Mienen – bei Namen wie Muregal, Aswyrun oder Yurna.

»Was ist Yurna geschehen?«, fragte seine Mutter.

»Ein Feldherr König Mirugils ließ ihr den Kopf abschneiden«, antwortete Nuramon und gestand mit ausweichendem Blick, dass er daraufhin den Kopf des Feldherren geholt hatte.

Seine Mutter nickte ernst. Yurna, Nylma und sie hatten früher viel Zeit miteinander verbracht. Der Ausweg aus der Trauer waren all die Geschichten, die sie und Nylma von Yurna zu erzählen wussten. Und so stieg die Heiterkeit wieder empor.

Als die Trinksprüche zahlreicher wurden und drohten, sich auf ihn, den Thronerben, zu richten, beschloss Yendred, sich mit Lyasani und Salyra zurückzuziehen. Sie gingen in den Garten hinter dem Palast und wollten sich in den Schatten der Birkenreiche setzen. Doch die Festgesellschaft erstreckte sich auch dorthin. Ceren antwortete den Gästen auf ihre Fragen, und diese lauschten ihren Worten wie denen eines Priesters.

Yendred ging mit seinen beiden Vertrauten lächelnd vorüber, sie spazierten einmal durch den Park und zogen sich dann in die Magischen Hallen zurück. Sie setzten sich auf die Stühle neben der erhöhten Liege, auf der sie seine Mutter auf den Zauber vorbereitet hatten.

Hier unten war in der nächsten Zeit niemand zu erwarten. Sawagal suchte oben auf der Feier die Nähe einer Händlerstochter, während Oregir in all seiner Schüchternheit, ohne es zu wollen, die Geduld einer Goldschmiedin auf die Probe stellte. Da die beiden Magier Nerimee versprochen hatten, niemanden ohne ihre Erlaubnis hier herabzuführen, würden Yendred, Lyasani und Salyra gewiss eine Weile lang allein sein.

So wunderte es Yendred, dass seine Mutter zu ihnen herabkam. Sie ging an einem Stock und ließ sich von Nylma stützen. Die Mägde umgaben sie, als wollten sie zur Stelle sein, falls ihre Herrin zu stürzen drohte.

Yendred erhob sich mit seinen Geliebten, und sie halfen Daoramu in einen Stuhl. »Gönnt uns eine Weile allein«, sprach Daoramu zu Nylma und den Mägden, doch als auch Lyasani und Salyra gehen wollten, sagte sie: »Ihr beiden nicht.«

Yendred ballte die zitternden Hände und setzte sich neben seine

Mutter. Diesen Augenblick fürchtete er seit Tagen. Sie würde gewiss auf die Thronfolge zu sprechen kommen und auf seine Liebe zu Lyasani und Salyra. Und wie er sie kannte, würde sie ihn an seine Pflichten erinnern. Es kostete ihn viel Überwindung, seiner Mutter in die Augen zu schauen.

Sie lächelte ihn liebevoll an und strich ihm zärtlich über die Wange. »Du warst noch ein Kind, als ich einschlief«, sagte sie leise. »Und nun bist du ein Mann mit zwei wunderbaren Geliebten.«

»Dann akzeptierst du unsere Liebe?«, fragte er überrascht und konnte ihrem eindringlichen Blick nicht standhalten. Er schaute zu Boden, als wiche er einem Schwerthieb aus. Seine Mutter legte ihm die Hand unters Kinn und hob den Kopf an. Wärme floss in seine Wangen, und er schämte sich dafür, dass er in Gegenwart seiner Mutter immer noch das Kind von damals war.

Daoramu lächelte sanft und schaute zu Lyasani. »Ich hatte immer gehofft, dass Yendred seine Liebe zu dir entdecken könnte. Du und deine Mutter zählten zur Familie. Es tat weh, als ich hörte, was aus ihr wurde. Selbst wenn du nicht in den Armen Yendreds die Liebe gefunden hättest, wir hätten dich immer in unserer Mitte haben wollen«, sagte sie und streckte ihr ihre Hand entgegen.

Lyasani beugte sich zögerlich vor, zuckte dann aber zurück. Und sofort zog Daoramu sie in ihre Arme. Als Lyasani zu weinen begann, fasste Salyra nach Yendreds Hand, und er fragte sich, warum er oder Salyra ihr diesen Trost nie hatten geben konnten.

»Ganz gleich, was ist, du bist meine Tochter«, sagte Daoramu, als sie sich von Lyasani löste und sich mühsam in den Stuhl zurücklehnte. »Ja?«, fragte sie.

Lyasani nickte nur.

Daoramu wandte sich Salyra zu. Diese löste sofort ihre Hand von der Yendreds. »Warum hast du die Hand zurückgezogen?«, fragte seine Mutter.

Salyra zögerte. »Vielleicht, weil es eine unangemessene Geste war.«

»Du willst die Mutter deines Geliebten nicht verärgern, nicht wahr?«

»Ich möchte dich zumindest nicht herausfordern, Herrin.«

Daoramu schüttelte den Kopf. »Ich bin nicht deine Herrin. Du bist die Geliebte meines Sohnes. Ich weiß, dass du nicht schüchtern bist. Verbiege dich nicht meinetwegen. Dazu schätze ich dich zu sehr.« Sie schaute in die Runde, dann schmunzelte sie. »Früher hätte ich mit aller Strenge darauf gepocht, dass eine von euch beiden zur Königin wird und die andere als Geliebte am Hof bleibt. Damit der Schein gewahrt ist. Aber ich war auch einmal in einer Lage, in der meine Eltern nur das Beste für mich wollten und eine Liebe zwischen mir und Nuramon niemals hätte entstehen dürfen. Und wir machten uns einfach davon.« Sie lächelte Yendred an. »Ich habe keinen Zweifel, dass ihr morgen über die Albenpfade verschwinden würdet, wenn wir euch daran hindern wollten, zusammen zu sein.«

Yendred wich dem Blick seiner Mutter aus. Als aber ein klares »Ja!« von Salyra, gefolgt von einem leiseren »Gewiss« von Lyasani kam, schaute er seine Mutter an und nickte.

Daoramu fasste seine Hand. »Mir ist gleich, was die Leute denken. Sollen sie glauben, dass wir varmulische Sitten übernehmen. Die Zeit ist zu kostbar, um irgendwelchen Zweifeln nachzugehen. Denn ich werde mit deinem Vater in die Zwergenreiche aufbrechen.«

»Du?«, fragte Yendred. »Auf dem anderen Kontinent ist es gefährlich.«

Seine Mutter nickte. »Und daraus erwachsen Zwänge.«

»Aber wenn du unsere Liebe akzeptierst, ich aber dennoch den Thron erben soll, dann …« Seine Mutter legte ihm den Finger auf die Lippen und sagte: »Dann musst du auf den Thron verzichten, und wir werden deine Schwester bitten, die Thronerbin zu sein.«

Yendred sah sie staunend an. Er konnte kaum glauben, dass sich seine Mutter hinter seine Liebe zu Lyasani und Salyra gestellt hatte. Und dass er nicht mehr der Thronerbe sein würde, belastete ihn nicht – es erleichterte ihn. Als er aber an Nerimee dachte, sagte er: »Sie wird ablehnen.«

»Nein, das wird sie gewiss nicht. Sie ist diesem Palast und dieser Stadt mehr verbunden als irgendwer. Sie leidet nur unter all der Last. Das bedeutet, dass wir als Familie diese Last mindern müssen. Ihr verteidigt das Königreich mit dem Schwert, dein Vater und ich gehen ins Zwergenreich, und dein Großvater wird die Krone noch eine Weile tragen und Nerimee behutsam auf ihre Pflicht vorbereiten.«

»Danke, Mutter«, sagte Yendred. Er erhob sich, schloss Daoramu in die Arme und fühlte sich das erste Mal seit Langem mit allem im Reinen.

Nuramon sah Nerimee und Bargorl beim Tanzen zu. Sie hatte ihm den Alvarudorer noch nicht vorgestellt, und er hatte den Hof gemieden, seit Nuramon mit dem Orakelstein aus dem Süden zurückgekehrt war. Was Nuramon wusste, hatte er von Jaswyra, Loramu und den Mägden erfahren. Er kannte seine Tochter und wusste, dass sie Zeit benötigte, ihre Liebe nach außen zu zeigen.

Auf den ersten Blick war Bargorl ein beinahe unscheinbarer Mann. Das Auffälligste an ihm war der schwere Mantel, der ihn in den Höhen von Alvarudor vor dem kalten Wind schützte, hier aber im Frühling bei der seichten Brise zu mächtig schien. Sein Haar verdeckte viel seines Gesichtes, und erst, als Nerimee ihn heranführte und endlich vorstellte, bemerkte Nuramon die tiefgrünen Augen. Bargorls Stimme war angenehm, die Silben so passend gesprochen, dass Nuramon ihn fragte, ob er der Dichtung zugetan sei. Zugleich wies er auf Nerimees Stuhl. Bargorl setzte sich, und Nerimee ließ sich auf Daoramus Platz nieder.

»Woher weißt du, dass ich die Dichtung schätze?«, fragte der Gesandte.

»Du sprichst die Silben aus wie ein Alvarudorer Sänger«, sagte Nuramon. Dann fragte er nach Bargorls Kindheit im fernen Osten des Kontinents, nach der Magie, dem Krieg, dem Handelshaus – und nach den Plänen, die er für die Zukunft hegte. »Hast du an Yannadyr Gefallen gefunden?«

Der Gesandte lächelte. »Da es in Alvarudor kaum etwas für mich zu tun gibt, ist das Handelshaus wie ein Geschenk«, sagte er. »Yannalur ist ein Glück. Nicht nur für dieses Königreich.«

»Du willst also bleiben.«

Der Alvarudorer blickte kurz zur Seite, ohne Nerimee wirklich anzusehen. »Ja.«

»Er hat Großvater den Handelshof am Festland vor Kurzem abgekauft«, erklärte Nerimee.

Nuramon musste schmunzeln. Seine Tochter stellte ihm gerade tatsächlich ihren Geliebten vor. Er wollte nicht lange Umwege nehmen, nicht in dieser Lage, da ihm und Daoramu nicht viel Zeit blieb. So fragte er Bargorl: »Liebst du meine Tochter?«

»Vater!«, sagte Nerimee leise. Ihre Wangen wurden sofort rot.

Bargorl hingegen schmunzelte. »Das ist eine einfache Frage, mit einer einfachen Antwort«, sagte er.

»Dann antworte auch«, erwiderte Nuramon.

Bargorl setzte zu einem Nicken an und holte Luft zum Sprechen, da zog Nerimee ihn vom Stuhl auf die Beine und sagte lächelnd: »Komm, ehe du etwas sagst, das mich in Verlegenheit bringt, und er etwas fragt, das uns allen peinlich wäre.« Sie führte ihn fort.

Über die freigewordenen Plätze hinweg schaute Jaswyra zu Nuramon herüber. »Ich bewundere deine Kühnheit immer wieder.«

Er grinste seine Schwiegermutter an. »Bargorl hat recht«, sagte er. »Es war nur eine einfache Frage – und diese haben sie mir beantwortet.«

Als die Nacht kam, vermochte Daoramu ihren Blick immer seltener von Nuramon zu lösen. Sie genoss es, in seiner Nähe zu sein. Und als sie nur noch von dem Wunsch erfüllt war, mit ihm allein zu sein, flüsterte sie es ihm ins Ohr. Sie hatte sich in der Finsternis zu oft nach ihm gesehnt, um die erste Nacht tatenlos verstreichen zu lassen. Und er war fast sieben Jahre enthaltsam gewesen. Sieben Jahre. Diese Worte kamen immer wieder über ihre Lippen.

Kurz darauf zogen sie sich zurück und fanden sich schließlich fest umschlungen in ihrem Bett wieder. Sie wollten behutsam vorgehen, weil sie sich noch ungelenk und schwach fühlte. Er war so sanft wie nie, doch sie forderte mehr und mehr, und was behutsam sein sollte, wurde leidenschaftlich. Dann kam die Magie, und Daoramu spürte nicht nur seinen Zauber, sondern entdeckte auch den ihren. Und er machte ihr Angst. Sie wollte ihn loswerden und schob ihn von sich.

Nuramon stöhnte auf und zitterte, und als die Magie von ihm zurückkehrte und einen Schauer durch ihren Körper trieb, fühlte sie sich wie damals in Teredyr in ihrer ersten Liebesnacht.

Als es vorüber war, fragte sie: »Sieben Jahre? Und hast du es nicht vermisst?«

»O doch, oft. Das nährte die Sehnsucht nur noch.«

Sie fuhr mit den Fingerspitzen über seine Brust. »Keine Sehnsucht mehr«, flüsterte sie, und er wiederholte ihre Worte leise. Dann schwiegen sie, und Daoramu überkam die Angst vor dem Schlaf. Nach einer Weile – es mochte bereits nach Mitternacht sein – schob sie sich noch einmal auf Nuramon.

»Du kannst nicht schlafen«, sagte er und strich ihr über den Rücken. »Sind es die Leute?«

Sie lauschte, und tatsächlich war das Gerede der Gäste als Stimmengewirr zu vernehmen. »Nein«, sagte sie. »Ich weiß nur nicht, was mich im Schlaf erwartet. Was, wenn ich morgen nicht aufwache? Ich spüre etwas in mir. Etwas, das nur mir gehört.«

»Mach dir deswegen keine Sorgen«, flüsterte er. »Du hast doch gehört, was Ceren gesagt hat.«

»Dass es mir nicht schadet. Aber sie wusste nicht, was es aus mir macht.«

»Es macht dich zu einem Zauberwesen. In Albenmark gibt es viele, die nur über ihre natürliche Magie verfügen. Viele von ihnen können keine Zauber wirken, und doch sind sie von Magie durchdrungen.«

»Wenn ich dir Magie zuspiele, kannst du sie auch zum Zaubern nutzen?«, fragte sie.

»Gewiss«, antwortet er und strich ihr über die Wange.

»Dann sind wir gemeinsam mächtiger. Aber vielleicht brauchen wir auf unserer Reise noch Verstärkung. Vielleicht sollten wir neben Nylma weitere Krieger mitnehmen.«

»Ich könnte Loramu bitten. Yendred könnte sie vertreten. Er wird die Ilvaru ohnehin wieder nach Osten führen. Und dann nehmen wir uns noch zwei bis vier Leute mit.«

»Ich dachte an Bjoremul.«

Nuramon atmete weit aus. »Falls ihn die Kunde von deinem Erwachen wachrüttelt, mag er genug Kraft finden, uns zu begleiten. Aber er ist nicht mehr der Alte.«

Sie küsste Nuramon. »Aber er ist ein Freund. Vielleicht sehnt er sich nach einem letzten großen Abenteuer. Nicht auf den Schlachtfeldern des Krieges, sondern dort, wo Legenden gemacht werden.«

Nuramon und Daoramu standen vor Sonnenaufgang auf und schauten vom Fenster aus über die leuchtende Stadt. Die bunten Laternen, in denen Nerimees Lichtsteine strahlten, erhellten die Nacht ebenso wie der Schein der magischen Quellen auf dem Festland. Nerimee hatte einen Zauber an die Quellsteine gebunden, die sie leuchten ließen. Manche wirkten wie Sterne, die vom Himmel zu Boden gefallen waren, andere wie bunte Nebelflecken.

»Je stärker die Quellsteine strahlen, umso mehr Magie ist in ihnen«, erklärte Nuramon.

»Es ist noch immer wunderschön«, sagte sie. »Und ich bin mir sicher, dass es immer schöner wird, je höher die magische Flut steigt.«

Nuramon nickte. »Und wenn wir versagen, dann ertrinken wir in dieser Schönheit«, sagte er wehmütig.

Daoramu drückte sich an ihn. »Dann dürfen wir eben nicht versagen«, sagte sie und küsste ihm ein Lächeln auf seine Lippen.

Noch vor dem Frühstück gingen sie gemeinsam hinab in die Ahnenhallen. Auf dem Gang blieb Daoramu stehen, und Nuramon stützte sie. Sie biss sich auf die Lippen und schloss die Augen. »Es ist schwerer, als ich dachte«, sagte sie schließlich.

»Es wird leichter werden mit der Zeit«, sagte Nuramon. Er war seit Wochen nicht mehr auf dieser Seite des untersten Kellers gewesen. Es war, als wäre er zuvor am Ende der Treppe bei der Wahl zwischen den Hallen des Todes zur Rechten und den Magischen Hallen zur Linken, in denen sie Daoramu gerettet hatten, immer den Pfad des Lebens gegangen.

Daoramu atmete tief durch und ließ sich von Nuramon zu Gaerigars Totenkammer führen. Sie trat vor Nuramon ein und starrte auf die steinerne Gestalt, die sich den Sargdeckel entlangzog. »Ohne das würde ich nicht glauben, dass Gaerigar darin ruht«, sagte sie und strich der Steingestalt über die Wangen.

Nuramon fasste ihre Hand, und sie begann zu schluchzen. »Ich dachte, die Zeit in der Finsternis hätte mir die Trauer genommen«, sagte sie. »Aber die Wahrheit ist, dass in der Dunkelheit nichts greifbar ist. Hätte ich sein Grab nie gesehen, wäre er irgendwo gefallen und bestattet, könnte ich es verdrängen. Aber ihn hierzuhaben macht es wahr.«

»Aber es ist nur sein Körper«, sagte Nuramon und strich ihr über die Schultern.

»Manche glauben, dass mit dem Tod alles endet und die Ahnen in der Erinnerung und im Beispiel leben, nicht aber in irgendeinem Jenseits.«

»Glaubst du das denn?«, fragte Nuramon leise.

»Nein. Seine Seele ist gewiss im Jenseits. Welches es auch immer sein mag. Vielleicht ist er bei den Ahnen und spricht mit uns in unseren Träumen. Vielleicht ist er auch im Mondlicht. Wer weiß schon, ob er den Weg der Elfen oder der Menschen geht?«

Nerimee saß auf dem Dach des Palastes und schaute über die Stadt nach Yannalur hinüber, wo die hellblaue Fahne des alvarudorischen Handelshauses der Familie Werlaru wehte. Dort war Bargorls Reich. Und wie so oft an diesem Tag fragte sie sich, ob sie die Worte, die sie und Bargorl letzte Nacht getauscht hatten, wirklich gesprochen hatten oder ob ihr Wunsch zur Erinnerung geworden war. Sie hatten sich die Liebe gestanden.

Nerimee lächelte. Wenn ihre Eltern fort waren, würden sie und Bargorl viel Zeit füreinander haben. Natürlich würde sie ihrem Großvater beistehen müssen, aber nach den Strapazen der letzten Jahre war diese Aufgabe eine Erleichterung. Während Yendred und seine beiden Geliebten nach Osten ziehen und an der Spitze der Ilvaru Krieg führen würden, würde sie hierbleiben und nur gelegentlich zu den Quellen reisen. Das ließ viel Raum für die Entfaltung ihrer Liebe.

Als Schritte die Treppe heraufhallten, musste Nerimee sich nicht umdrehen, um zu wissen, wer da zu ihr kam. Der Gang war zu gemächlich, als dass es Terbarn oder einer der Dienstboten sein konnte, nicht fest genug für ihren Bruder, nicht gleichmäßig genug für ihren Vater, sondern vorsichtig und leise, unterbrochen vom Aufsetzen eines Stocks.

»Hast du dich hier oben versteckt, weil du wusstest, dass es mich Mühe kosten würde, zu dir zu kommen?«, fragte Daoramu und atmete durch.

Nerimee ging Daoramu entgegen und führte sie zu einer Sitzgruppe auf dem Dachgarten des Palastes. Mit einem Lächeln schob sie ihrer Mutter einen der Becher, die die Dienstboten gebracht hatten, hin und schüttete ihr aus dem Krug Wasser ein. Ihre Mutter trank nur einen Schluck und fragte dann: »Hast du mich erwartet?«

»Ich bin nun oft hier oben. Die Dienstboten bringen mir Wasser – manchmal Wein. Gelegentlich kommt Terbarn hinzu, um etwas mit mir zu besprechen.«

»Hat er seine Arbeit gut gemacht?«, fragte ihre Mutter.

»Großmutter und Terbarn haben viel von uns ferngehalten«, antwortete sie und musste lächeln. »Ich kann mir gar nicht vorstellen, wie dieser Palast ohne die beiden zurechtkam.« Sie schaute auf die Stadt hinab. »Es ist, als wären wir schon immer hier gewesen.«

»Das liegt daran, dass du hier geboren und aufgewachsen bist«, sagte ihre Mutter.

Nerimee schüttelte den Kopf. »Es liegt auch an Großvater. Wie er von früher erzählt und dann von seinem Aufstieg zum Fürsten, könnte man meinen, all die Jahre in Merelbyr wären ein Exil gewesen.«

»Ich fühlte mich dort einmal zu Hause«, sagte Daoramu. »Vielleicht ist das einer der Gründe, dass ich auf den Thron verzichte. Mich verknüpft nicht so viel mit dieser Stadt wie euch.«

»Warum *euch* und nicht *Yendred?*«, fragte Nerimee.

»Yendred wäre vom Gemüt her wie Nuramon und zugleich ein Getriebener wie dein Großvater und Gaerigar. Er würde nie ruhig hier in Jasbor sitzen können, während im Osten gekämpft wird.«

»Du könntest die Krone erben«, sagte Nerimee. »Du bist wie für den Thron geschaffen. Und mit dem Jugendstein könntest du ewig herrschen.«

»Und genau das wäre falsch«, sagte Daoramu und griff nach ihrer Hand. »Glaubst du an das Mondlicht?«, fragte sie dann. »Glaubst du, dass dein Vater sich eines Tages auflöst und ins Jenseits entschwebt? Und glaubst du, dass die Elfenkönigin ihn hier zurückließ, um die Magie in ihre alten Bahnen zu lenken?«

Als Nerimee nickte, fuhr sie fort: »Ich möchte darauf vorbereitet sein, wenn er ins Mondlicht geht. Denn dann möchte ich nicht auf dem Thron sitzen, mit dem Schmerz, nur deswegen wieder erwacht zu sein, um ihn fortgehen zu sehen.«

»Hast du dir je Gedanken darüber gemacht, was ich nach Waragirs Tod vom Leben haben wollte?«

Ihre Mutter starrte sie lange an, ehe sie antwortete. »Gewiss. Aber so wie es für deinen Vater eine Zukunft nach Noroelle gab, gibt es auch für dich eine Zukunft. Und die Träume von Gerechtigkeit, die wir teilen, wirst nun du verwirklichen. Für mich sind es Träume aus einem anderen Leben. So viel ist geschehen, während ich schlief, und deine Großeltern sagen, du hättest mich gut vertreten. Dein Bruder meint, der Thron sei für dich bestimmt, und dein Vater sieht in dir etwas, das er zuletzt bei der Elfenkönigin sah.«

»Das ist zu viel«, sagte Nerimee und schüttelte den Kopf. »Das werde ich nie schaffen.«

Daoramu hob beschwichtigend die Hand. »Noch nicht und gewiss nicht allein. Aber wenn du deinen Großvater berätst, wirst du mit dem Thron im Blick die richtigen Fragen stellen. Er wird dir antworten und irgendwann die Krone in deine Hände legen. Sollte ich dann noch da sein, werde ich dir zur Seite stehen.«

»Mit Cerens Hilfe?«, sprach Nerimee leise.

Daoramu lächelte. »Immer mit Cerens Hilfe. Und gelingt es deinem Vater, die Magie zu zähmen, wird jeder, der auch nur einem Hauch deines Zaubers begegnet, sich daran erinnern, dass unser Haus das Chaos abgewendet hat.«

»Aber vielleicht möchte ich diese Anerkennung nicht.«

»Solange du hier bist, bist du die Enkelin des Königs. Vergiss nicht, du bist die Erste unserer Familie, die nach Jahrhunderten wieder in diesem Palast aufwuchs. Keiner von uns, nicht einmal dein Großvater, können fühlen, was du und Yendred fühlt – und was Gaerigar fühlte. Es wäre nicht falsch fortzugehen und etwas Eigenes zu begründen, Nerimee. Aber ich weiß, wie sehr du diese Insel liebst. Würdest du ihr und deiner Heimat je den Rücken kehren?«

Nerimee zögerte und schaute in die Stadt hinab. »Nein«, erklärte sie schließlich.

Daoramu lächelte. »Siehst du«, sagte sie. »Und das macht dich neben all deinen Vorzügen zu einer würdigen Thronfolgerin.«

»Auch im Sinne der Yanna? Sie war eine legendäre Kriegerin, und das werde ich niemals sein. Bin ich als Magierin des Erbes unserer Ahnin wirklich würdig?«

»Dein Vater ist dieser Meinung, ebenso wie deine Großeltern, dein Bruder und Ceren. Und ich ebenfalls. Was brauchst du mehr?«

»Und die Herzöge?«, fragte Nerimee. »Die Grafen und all die anderen?«

Daoramu lächelte liebevoll. »Was haben die Leute dir gesagt, wenn du sie von den Gefahren einer Quelle befreit hast? Wie sind dir die Krieger begegnet, wenn du sie über die Albenpfade geführt hast? Wie die Händler, denen du wertvolle Edelsteine gegen scheinbar wertlose getauscht hast?«

Nerimee konnte nur lächeln. »Ich muss zugeben, dass es lange her ist, dass mir jemand mit einem zweifelnden Blick begegnet ist.«

»Dann lass deinen Vater und mich in der Gewissheit auf den anderen Kontinent gehen, dass du die Thronfolgerin sein wirst. Du musst die Freiheiten dieser Aufgabe nur zu nutzen lernen und die Angst vor der Verantwortung abschütteln.« Ihre Mutter strich ihr übers Gesicht. »Ich weiß, dass du Angst hast.«

Nerimee nickte. »Wer hätte das nicht?«

»Aber du wirst es dennoch tun?«

»Ich werde Großvater zur Seite stehen. Und wenn die Zeit kommt, werde ich die Krone annehmen«, sagte Nerimee, aber sie fürchtete sich vor der Verantwortung. Sie dachte an die Jahre, in denen sie auf die

Rettung ihrer Mutter hingearbeitet hatte. »Wer weiß?«, sagte sie. »Vielleicht habe ich die schwerste Last in meinem Leben bereits getragen.«

Ihre Mutter strich ihr durchs Haar und küsste sie dann auf die Schläfe. »Ich wünsche es dir«, sagte sie.

Die Feiern waren noch nicht vorüber, da schickte Nuramon Yendred, Lyasani und Salyra mit einer königlichen Botschaft über die Albenpfade nach Osten zu Fürst Sargul. Er solle Bjoremul, der seit fast zwei Jahren einer seiner Herzöge war, für eine wichtige Aufgabe freistellen. Drei Tage später kehrte Yendred mit seinen beiden Geliebten und Bjoremul nach Jasbor ein, und der Wyrenar weinte, als er Daoramu unter der Birkeneiche in die Arme schloss. Und auch Nylma begrüßte er, als hätte er sie jahrelang nicht gesehen. »Ihr wollt also ins Zwergenreich«, sagte er.

Nuramon nickte. »Und wir wollen dich dabeihaben. Wenn du willst.«

»Das klingt verlockend«, sagte Bjoremul. »Aber ihr solltet lieber Loramu oder Byrnea mitnehmen. Sie wären euch eine größere Hilfe als ich.«

»Was ist aus dem Krieger geworden, den jetzt bereits die Sagen rühmen?«, fragte Nuramon.

»Das siehst du doch«, sagte der Herzog und wies an seinem fülligen Körper hinab. »Er ist fett geworden, und die Fürsten wollen seinen Rat nur noch hinter verschlossenen Türen. Gibt es irgendwo einen Kelch auf überstandene Abenteuer zu erheben, *da* will man meine laute Stimme hören. Gilt es aber irgendwo ein Heer anzuführen, eine Stadt zu erobern oder auch nur Verhandlungen zu führen, bin ich zu alt.«

»Auf dem Weg, den wir gehen, können wir deine Erfahrung gebrauchen«, sagte Nuramon.

Bjoremul lachte. »Nuramon! Ich werde nächsten Monat zweiundsechzig Jahre alt. Ich ermüde schon nach hundert Schritten.«

Nylma schüttelte den Kopf. »Ich kenne Krieger, die sind älter als du und unermüdlich. Für einen Marsch auf den Albenpfaden und ein paar weise Ratschläge wird deine Kraft schon noch reichen.«

Daoramu schmunzelte Bjoremul an. »Es war mein Einfall, dich mitzunehmen« sagte sie. »Ich bin erwacht, und nun wollen wir *dich* wachrütteln.«

Bjoremul senkte den Kopf, und in diesem Augenblick wirkte er nur noch wie der Schatten jenes gewaltigen Kriegers, den Nuramon damals auf den Albenpfaden zum ersten Mal gesehen hatte. Der Herzog schaute sie einem nach dem anderen an. »Sagt nicht, ich hätte euch nicht gewarnt.«

Nuramon lachte, als Daoramu dem alten Wyrenar um den Hals fiel. Dann sah er in die Krone der Birkeneiche hinauf. Hoch oben saß Ceren in ihrer Frauengestalt und schmunzelte auf sie hernieder.

Orakelblick

Bjoremul traf Lyasani, Yendred und Salyra auf der Wiese hinter der Garnison der Ilvaru und nahm einen Dreschflegel als Geschenk entgegen. Die Waffe hatte Beschläge an den Enden, und der Schlagkopf war mit Eisendornen versehen. »Hübsch«, sagte er und dankte. Der Kriegsflegel war ungeheuer leicht.

»Eine magische Waffe«, sagte Yendred. »Sie ist leicht, hart und kann Magie aufnehmen.«

Bjoremul trat zurück und schwenkte den Flegel. Die Waffe gab einen tiefen, zitternden Pfeifton von sich. Er stellte den Flegel gegen die Hauswand und schloss sie nacheinander in die Arme.

»Du nimmst das Geschenk also an?«, fragte Lyasani.

»Und mit ihm einen Schwiegersohn«, sagte er und blickte von Yendred zu Salyra. »Und auch eine Schwiegertochter.« Er fasste Lyasanis Hände und legte sie in Yendreds und Salyras.

Sawagal und Oregir bemühten sich in den Magischen Hallen darum, das, was ihnen bei dem Dreschflegel Bjoremuls gelungen war, auf die Schilde anzuwenden. Nerimee hatte ihnen den Weg gewiesen, nun wollten sie ihre Meisterin nicht enttäuschen. Kam der Dreschflegel mit etwas

Magischem in Berührung, raubte er die Kraft, die er benötigte, um seine Leichtigkeit und Härte aufrechtzuerhalten. Wenn es ihnen gelänge, denselben Zauber auch auf die Schilde zu legen, würden magische Waffen oder Kampfzauber die Schilde stärken, wenn sie auf diese trafen.

Als Ceren dem Boot nachschaute und ihre Sinne ins Zauberhafte fließen ließ, sah sie Nuramon als warmes Leuchten und erblickte eine Glut in Nylma und in ihrem Almandin. Daoramu aber strahlte wie die magischen Quellen bei Nacht – oder wie die Geister, die Ceren in Albenmark in ihren ersten Jahren gewahrt hatte. Wesen von reiner Magie, die kein Ziel verfolgten und niemandem zu dienen schienen. Zwar wussten Nuramon und die anderen, dass in Daoramu viel Magie schlummerte, aber das gewaltige Ausmaß, das sich Ceren hier offenbarte, war ihnen unbekannt. Es hätte sie nur verwirrt oder ihnen vielleicht sogar Angst gemacht.

Helerur dachte an seine Familie, dann an Nerimee und Daoramu. Nun, da Borugars Tochter erwacht war, war ihm der Gedanke, weiterzuleben und ihr ins Gesicht schauen zu müssen, unerträglich. Er hatte all die Jahre geglaubt, er wäre stark genug, sich bei ihr von Angesicht zu Angesicht zu entschuldigen und seine Strafe zu empfangen. Doch nun wusste er, dass er es nicht überstehen würde.

An dem Morgen, als er Terbaruls Schriften abgeschlossen hatte, verfasste er drei Briefe. Einen an seine Familie, einen an Nerimee und einen an Daoramu.

Am Abend, nachdem die Wachen ihm das Essen gebracht hatten, schnitt er sich mit der Schreibfeder die Adern auf.

Oregir und Sawagal waren in den Magischen Hallen und sprachen mit Nerimee über die magischen Schilde. Da betrat ein Stadtgardist das Gewölbe, übergab Nerimee drei Briefe und verkündete, dass Helerur sich in der Nacht das Leben genommen hatte. Nerimee öffnete den Brief, der an sie gerichtet war, und las ihn. Schließlich biss sie sich auf die Lippen und nickte langsam.

»Und wie endet die Geschichte?«, fragte Sawagal.

»Er schreibt, dass er Helerur hingerichtet hat«, sagte Nerimee. »Er hofft, dass wir seinen Leichnam seiner Familie übergeben, damit Helerur wenigstens im Tode helfen kann, alte Wunden zu heilen.«

»Wirst du seinem Wunsch nachkommen?«, fragte Oregir.

»Seine Familie ist damals nach Nyrawur geflohen«, sagte Nerimee. »Dorthin werde ich den Leichnam bringen lassen.«

»Hast du deswegen genickt?«, fragte Sawagal.

»Nein«, sagte sie. »Er bittet mich, den Namen Terbarul weiterzuführen und unter diesem Namen neue Schriften zu verfassen. Und genau das werde ich tun.«

Aelburin

Nuramon führte die Gefährten über die Pfade nach Süden. Der nördliche Weg über Noroelles Insel und Firnstayn war zu lang und hätte sie dazu gezwungen, einige Male den Landweg zu nehmen. Über die Südroute gelangten sie aber bis nach Angnos, ohne die Albenpfade verlassen zu müssen.

Nylma war die Einzige der Gefährten, die Nuramon auf der Reise zu Dareen begleitet hatte. Die anderen, vor allem die vier Ilvaru, die Loramu hinter Nylma und Bjoremul herführte, kannten die wichtigsten Ereignisse nur aus Erzählungen. In der Wüste zwischen Arlamyr und Urelmur zu erscheinen, so weit südlich wie keine Karawane sich vorwagte, ließ sie staunen. Ebenso wie die langen Albenpfade, die nun folgten. Nuramon wusste, dass Daoramu, Bjoremul und Loramu das Erstaunen bald überwinden würden, aber bei den vier Ilvaru war er sich nicht sicher.

Früher hatte er jeden seiner Krieger gut gekannt, doch die vier jungen Ilvaru waren während seiner Abwesenheit von Loramu und Byrnea bestimmt worden. Die beiden Schwertpaare waren deutlich zu unterscheiden. Rawila und Wirlan hatten sich die Haare bis auf einige zum Zopf geflochtene Strähnen abrasiert. Das Haar war im Begriff nachzuwachsen. Narlo und Gaerun trugen die Stoffhauben, die jene Ilvaru, die schwer gepanzert waren, gewöhnlich unter ihren Metallhelmen trugen. Ihr Haar drang darunter hervor.

Als sie an einem Berg auf dem anderen Kontinent rasteten und in fruchtbare Täler hinabblickten, fragte Nuramon die Krieger, woher sie kamen und was sie bislang bei den Ilvaru erlebt hatten. Die vier jungen Ilvaru wirkten mal verlegen, mal erstaunt, doch Daoramu löste deren Verlegenheit, indem sie mit ihnen über ihre Heimat sprach.

Nachdem sie auf ihrer Reise nach Angnos die Albenpfade nur dann verlassen hatten, um draußen zu rasten, waren sie auf dem Weg von Angnos nach Norden immer wieder gezwungen, von den Albenpfaden abzuweichen und den mühsamen Weg über das Land zu nehmen. Und die Eindrücke, die sie gewannen, erschütterten alle außer Nuramon und Nylma, die Ähnliches bereits auf der Suche nach Dareen gesehen hatten.

Sie sahen steingraue Wälder, über denen sich Adler zu Schwärmen fügten, um hinter Hügeln in die Tiefe zu stürzen. In einem Gebiet waren die Flüsse und Seen vertrocknet, in einem anderen zog sich das Wasser zäh dahin, und die Pflanzen, die daraus erwuchsen, schwängerten die Luft mit ihrem Gift. In den Nächten strahlten unzählige Lichter im Dunkeln. Aus Rissen, die sich die Albenpfade entlangzogen, drang glühender Nebel, und leuchtende Tiere preschten über das Land.

Von einer Hügelkette aus, die wie eine Brücke über die Magie verlief, sahen sie in der Tiefe Siedlungen, die noch bewohnt waren. Dort war das Wasser noch genießbar, die Felder trugen Früchte, und die Wiesen nährten das Vieh. Die Grenzsteine ringsherum und die sich wild schlängelnden Pfade, die die Siedlungen, Höfe und Dörfer verbanden, wiesen auf ein Leben hin, das sich dem Lauf der Magie unterworfen hatte.

Nuramon vermochte mit seinen magischen Sinnen zu erkennen, ob das Wasser, das sie schöpften, oder das Wild, das sie erlegten, von der Magie durchdrungen war. Und er fragte sich, wie die Menschen, die hier lebten, erprobten, was genießbar war und was nicht.

Wann immer sie auf den Albenpfaden reisen konnten, spähte Nuramon an den Lichtinseln in die Welt hinaus und sah viele Kirchenruinen und zerfallene Schreine. Einst hatten Menschen jahrhundertelang an diesen Orten gebetet, und nun drang aus der Quelle ihres Gottes nur noch das Verderben.

Die beschädigten Pfade zwangen Nuramon und die Gefährten dazu, einen Umweg über die weiten Wälder von Drusna zu machen. So näherten sie sich jenem Gebirge, das die Menschen einst *Zwergenfelsen,* die Kinder der Dunkelalben selbst aber *Drachengebirge* genannt hatten. Dieser Name hatte Nuramon früher wenig bedeutet. Mit den Erinnerungen an seine früheren Inkarnationen jedoch dachte er an den Drachen, den er im Hochtal von Neu-Aelburin an der Seite der Zwerge getötet hatte. Balon war einer der jüngeren Drachen gewesen. Er war kaum mehr als ein Tier gewesen und hatte sich nicht mit der Macht der älteren Drachen messen können. Und doch hatte er ihnen derart zugesetzt, dass viele den Sieg mit dem Leben bezahlt hatten. So war auch Nuramon gestorben und ebenso der Zwergenkönig Wengalf.

Sie gingen durch einen Wald am sanft ansteigenden Berg, und Nuramon vermochte für eine Weile, die schlechten Erinnerungen zu verdrängen. Als der Wald sich aber lichtete und den Blick auf den Berg freigab, überkam ihn die Angst. Mit jedem Schritt, den er die Gefährten emporführte, verdichtete sich das Gefühl, dass dort oben der Drache aus seinen Erinnerungen lauerte.

Als sie die Baumgrenze überschritten hatten und am kargen Hang im Schatten von Felsen lagerten, fragte Daoramu: »Hast du Angst, dass dein früheres Ich noch dort auf dich wartet?«

Er hatte Daoramu erzählt, dass die Zwerge seinen toten Körper in Kristall eingeschlossen hatten, nachdem ihn der Kampf mit Balon das Leben gekostet hatte. Er hatte ihn damals bei seiner Suche nach Noroelle gesehen. Es war wie der Blick in einen verzerrenden Spiegel gewesen. »Nein, ich muss an den Drachen denken«, antwortete er.

Daoramu schmiegte sich an ihn und schaute mit ihm in das Tiefland hinab, über das sich gerade der Abend legte. »Siehst du«, sagte sie und deutete mit ihrem Stock zwischen den wenigen leuchtenden

Flecken hin und her. »Es ist nicht so schlimm wie in Angnos.« Sie schaute zur Seite und in die Höhe. »Und dort oben auf dem Berg ist alles dunkel.«

»Die Magie kann auch wirken, ohne dass sie sich in einem Licht manifestiert«, sagte Nuramon. Als die Nacht sich über das Gebirge legte, spürte er etwas Magisches, das wie ein seichter Windhauch von oben herabwehte. Es war der vertraute Geruch der Zwergenmagie.

Zwischen Wald- und Schneegrenze ließen sie einen steilen Pass hinter sich. Daoramu war froh, sich ihres Wanderstocks noch nicht entledigt zu haben. Sie stiegen in ein weites Tal hinab und schritten den Wäldern entgegen, die sich in die Ferne zogen und um die Berghänge wanden. Merkwürdig schmale Rehe bewegten sich zwischen den Bäumen. So dachte Daoramu, die Magie hätte auch hier die Tiere verändert. Doch Nuramon versicherte, dass die Rehe in diese Region gehörten.

Im Wald gab es weder tote Flecken noch übermäßig wuchernde Pflanzen. Die Füchse und die Eichhörnchen wirkten natürlich und liefen davon. Die Adler zogen hier einzeln am Himmel ihre Kreise und nicht im Schwarm, wie jene, die sie auf ihrer Reise durch die von Magie überfluteten Gebiete gesehen hatten. Und die Wasserquellen erklärte Nuramon für frei von magischer Kraft. Sie fanden Wildschweinspuren, und als ihre Vorräte knapp wurden, gingen die Ilvaru auf die Jagd, und Daoramu und Nuramon fingen Fische im Fluss, während Bjoremul und Nylma ein Lagerfeuer machten.

Als sie nach drei Tagen aus dem Wald hinaustraten, war es Daoramu, als verließen sie eine abgeschlossene Welt. Vor ihnen lag nun eine gewaltige Felswand mit Fenstern und Scharten, mit Türmen und Balkonen. Alte Stangen ragten aus den Felsen heraus, und Daoramu vermutete, dass daran die roten Drachenbanner gehangen hatten, die Nuramon ihr beschrieben hatte. Doch entweder hatten sie die Zwerge damals, als sie wieder nach Albenmark aufgebrochen waren, mitgenommen, oder der Wind eines ganzen Jahrhunderts hatte die Banner fortgerissen.

Die von Pflanzen überwucherten Flügel des gewaltigen Tores lagen geborsten vor dem Felsen. Während die anderen auf den finsteren Eingang starrten, schaute Nuramon zu den wilden Wiesen zwischen den sanften Hügeln hinüber. Dort hatten Nuramon und die Zwerge den Drachen Balon bezwungen.

Schließlich wandte Nuramon sich ab, lächelte Daoramu zu und schritt mit ihr vor den Gefährten zwischen den zerbrochenen Torflügeln hindurch. Jenseits der Schwelle blieben sie alle stehen und schauten die gewaltige Halle entlang. Das Tageslicht drang in Strahlen von der Decke herab, und die Steinsäulen waren mit bunt leuchtenden Barinsteinen besetzt, doch von dem Leben, das hier einst geherrscht hatte, war nichts geblieben. Nur der Wind trieb den Schmutz und den Staub von hundert Jahren über den Steinboden.

»Da ist etwas«, sagte Nuramon und schritt an die erste Säule heran, bückte sich und zeigte ihnen einen schmalen Dolch, dessen Spitze abgebrochen und dessen Schneide verrostet war. »Das ist keine Zwergenarbeit«, sagte er. »Die Menschen im Tiefland haben früher ähnliche Waffen getragen. Wir müssen vorsichtig sein.«

»Glaubst du, sie sind nach all den Jahren noch hier?«, fragte Nylma leise. »Sie haben hier einige Barinsteine erbeutet. Das waren Grabräuber, nichts weiter.«

»Glaubst du nicht, sie hätten dann mehr Steine genommen?«, fragte Nuramon und wies zu einem Torbogen, über dem sich ein Mosaik aus Edelsteinen wölbte. »Zumindest die Diamanten hätten sie doch wohl an sich genommen.«

»Du meinst, irgendetwas hat sie vertrieben?«, fragte Loramu, während die vier jungen Krieger sich suchend umschauten.

»Irgendetwas hat sich hier unter die Macht der Zwerge gemischt«, sagte Nuramon und führte sie dann durch den Torbogen in einen Gang und von dort aus in riesige Seitenhallen. Hier zogen sich gewaltige Plätze von breiten Treppen getrennt langsam in die Höhe.

Einige Steine heizten mit ihrer Magie die Umgebung auf und setzten dem kühlen Wind etwas entgegen. Die Barinsteine leuchteten ihnen den Weg, unterstützt durch Lichtbahnen, die von Kristallen gebrochen und von Spiegeln gelenkt aus den Decken und Wänden drangen. Bald war es so hell, dass Nylma ihren Barinstein in den Beutel zurücklegte.

Sie kamen an den riesigen Brunnen, von dem Nuramon einst erzählt hatte. Zwei steinerne Zwergenfrauen enormen Ausmaßes hielten Gefäße, doch der Wasserfall, der sich einst daraus ergossen hatte, war versiegt. Staub glitzerte in dem breiten, bläulichen Lichtstrahl, der aus der Höhe herabstieß. Weiter oben erstreckten sich Hallen, in denen das Licht unter der Decke in einem Nebel zu schweben schien. An manchen Wänden wuchs grünes Gestein wie Moos empor, und anderswo funkelten von Licht beschienene Edelsteine, weil hinter ihnen Wasser lief. Die Bergkristalle, die sich an ganzen Wänden und sogar in Treppenhäusern emporzogen, waren atemberaubend.

Nuramon führte sie über breite Wendeltreppen in die Höhe, über schwarz lackierte Holzbrücken hinweg, die sie trotz all der Zeit noch trugen, und über breite Steinstraßen, die einer Großstadt geziemten. Die Gänge wurden schmaler, und es kamen immer mehr Türen hinzu, sodass Daoramu vermutete, dass sie in die Wohnbereiche des Zwergenvolkes vorgedrungen waren.

Nuramon hielt an einer Ecke inne und schaute in einen finsteren Gang hinein. »Da ist etwas«, sagte er. »Eine Falle.« Er schritt an die Wand der Halle, holte einen Barinstein aus einer Vertiefung und kehrte an den Beginn des dunklen Ganges zurück. Er rollte den Stein der Dunkelheit entgegen. Dieser war keine fünf Schritte gekommen, da zischte es, und tausend winzige Blitze schienen nach dem Stein zu greifen. Sie packten ihn und warfen ihn immer wieder in die Höhe. Schließlich zerbarst er.

»Das Licht löst den Zauber aus«, erklärte Nuramon. »Vielleicht auch die Magie oder das Leben selbst. Wir müssen uns einen anderen Weg suchen.«

Sie wandten sich von dem Gang ab und gingen in den hell erleuchteten gegenüber. Sie waren keine zehn Schritte weit gekommen, als hinter ihnen aus der Ferne eine Art Tiergebrüll drang.

»Kommt, wir suchen uns einen Albenstern«, sagte Nuramon und schritt auf dem erleuchteten Gang voran.

»Aber wo *sind* die Albenpfade?«, fragte Nylma.

Nuramon wies den Boden entlang.

Die Schreie hallten immer lauter, und es schien, als mischte sich das Kreischen wahnsinniger Menschen unter das Gebrüll von Bären und das Fauchen von Wildkatzen. »Rasch!«, flüsterte Nylma und ließ sich zu Loramu ans Ende zurückfallen.

Durch eine Reihe von Gängen und Hallen liefen sie bis zu einer Treppe und folgten ihr in die Höhe auf einen Flur. Links und rechts gingen lange Säle ab, wie die Wohnungen der Familien, die Nuramon Daoramu beschrieben hatte. Der Gang endete in einem Saal ohne Ausgang.

Nuramon kniete sich hin, legte die Hand über den Boden und begann seinen Torzauber, während sich auf dem Gang bereits trampelnde Schritte unter das Geschrei mischten.

Nylma reichte Daoramu eines ihrer Kurzschwerter. Es war eine der gekrümmten Waffen der Ilvaru, die Nuramon nach dem Vorbild von Elfenklingen hatte fertigen lassen. Sie nahm ihren Wanderstock in die Linke und packte das Kurzschwert.

Die Schreie und die Schritte nahten rasch. »Das darf nicht wahr sein«, sagte Nuramon. »Dieser Albenstern ist durch einen Zauber verriegelt. Ihr müsst mir Zeit verschaffen.«

Daoramu nickte, dann legte sie den Gehstock ab und steckte das Kurzschwert in den Gürtel. Sie bat Gaerun um dessen Bogen. Der breitschultrige Jüngling spannte ihn ihr sogar und reichte ihn ihr zusammen mit dem Köcher. Dann ging er hinter seinem Schild neben Narlo in die Hocke, und sie ließen ihre Speere hinausragen. Wirlan und Rawila waren links neben ihnen und legten ihre Schwertklingen auf den Rand ihrer Schilde. Nylma und Bjoremul standen zur Rechten, während Loramu sich mit ihrem Kurzbogen neben Daoramu aufstellte.

Hinter Daoramu murmelte Nuramon elfische Worte, die sich zu einem Klanggedicht fügten. Sie spürte Wärme in ihrem Rücken, als flammte dort ein Feuer auf. Sie kannte diesen Hauch. Es war Nuramons Magie.

Das nahende Gebrüll ließ Daoramus Blick den Gang entlangfahren. Immer lauter klatschten die Schritte auf den Steinboden, und die Schreie klangen wie wilde Kriegsschreie. Schon schoben sich drei lange Schatten die Wand empor, weitere folgten ihnen und fügten sich in die Zwischenräume.

Im Schein der Barinsteine, die sich an der Gangdecke entlangzogen, erschien eine gebückte Gestalt. Sie war in Lumpen gehüllt, und die Hände schwankten knapp über dem Boden. Die Haut des Wesens war blass und mit roten Pusteln übersät, und mit den weit aufgerissenen Augen und dem verzerrten Gesicht haftete ihm kaum etwas Menschliches an. Es drohte mit den Händen, an denen die Fingernägel wie Krallen wirkten. Der Kopf war oben kahl, ringsherum aber hing graues Haar herab. Die Gestalt fuhr sich durch den wilden Bart und schrie ihnen entgegen.

Schon erschienen drei weitere Wesen, deren Gesicht beinahe ganz von Haar verdeckt war, dann folgten drei Kahlköpfige mit Bärten.

Loramu schoss den ersten Pfeil ab. Zitternd hob Daoramu ihrerseits den Bogen, bemühte sich stillzuhalten, als sie den Pfeil auf die Reise schickte. Zwei der nahenden Wesen kreischten vor Schmerz auf, doch mit ihren wahnsinnigen Stimmen schienen sie sich gegenseitig anzupeitschen.

Die Ilvaru machten sich bereit, während Daoramu und Loramu einen Pfeil nach dem anderen den Gang entlangsandten. Drei der beinahe grauhäutigen Wesen stürzten zu Boden, und die Nachfolgenden taumelten über sie hinweg.

Zwei der Bestien hielten sich an der linken Wand und liefen rasch heran. Gaerun stieß mit dem Speer zu, presste einen der beiden gegen die Wand und stoppte dessen Vorankommen. Wirlan und Rawila stießen parallel über ihre Schilde hinweg und töteten ihn. Die zweite Gestalt lief den Schaft von Gaeruns Speer entlang, doch schon hatte Narlo seine Waffe geschwenkt und fing den Lauf des Herannahenden mit der Spitze auf. Loramu schoss dem Wesen einen Pfeil ins Auge, und es erschlaffte.

Mit zitternden Händen bemühte sich Daoramu, einen neuen Pfeil auf die Sehne zu bringen, doch sie versagte. Indes schlugen die Bestien mit den Klauen nach den Ilvaru, eine streckte sogar den Kopf über Narlos Schild, um den Jüngling zu beißen, doch Nylmas Kurzschwert durchschnitt ihm die Halsader, und mit einem Hieb von Bjoremuls Kriegsflegel flog die Bestie in den Gang zurück. Rawila und Wirlan wurden zurückgeschoben, so stark war der Druck, den die Bestien gegen die Schilde brachten. Die beiden Ilvaru erhoben sich, und schon waren sie in einen wilden Kampf verwickelt.

Daoramu wich an Loramus Seite einen Schritt zurück. Da trat Nuramon neben ihnen vor, schwang die Hände nach vorn und sandte einen Lichtstrahl über Gaeruns Kopf hinweg. Er traf eine der Bestien und schleuderte sie und jene, die hinter ihr kamen, zurück. Einen Augenblick herrschte Stille, doch dann erhob sich irgendwo im Gang ein Wimmern, und die Bestien stimmten in das Klagen ein, fuhren herum und liefen davon. Indes drang ein tiefes Gebrüll aus der Ferne durch die Gänge.

»Da nahen schon die Nächsten!«, brüllte Bjoremul.

»Schnell! Durch das Tor!«, rief Nuramon.

Loramu und die Ilvaru hoben das Gepäck auf und folgten dem Befehl. Daoramu nahm dankend Bjoremuls Arm an. Der Wyrenar reichte ihr ihren Stock und führte sie zum Tor. Nylma und Nuramon blieben am Rand des Tores stehen und sicherten den Rückzug.

»Waren das einmal Zwerge?«, hörte Daoramu Nylma fragen, ehe sie das Tor durchschritten.

»Nein«, antwortete Nuramon. »Das waren …« Und schon hörte sie seine Stimme nicht mehr. Von Licht umgeben, schritt sie davon und war froh, Bjoremul neben sich zu spüren.

»Siehst du«, sagte Nuramon und deutete auf den Kopf des Toten. »Menschen – von Magie verändert.« In der Ferne hallte immer noch das Gebrüll und überstieg das Gewimmer. »Gehen wir«, sagte er.

Als er und Nylma gerade ins Licht schreiten wollten, hielt er inne und riss auch Nylma am Arm zurück. Er hatte den Zauber gelöst, der den Albenstern gefangen gehalten hatte. Doch jetzt erst bemerkte er, dass er in eine Falle gegangen war. Er hatte den Zauber auf eine Weise gelöst, die den Torzauber verdorben hatte. »O Thorwis, du alter Drache!«, flüsterte er.

»Was ist los?«, fragte Nylma.

Nuramon atmete tief durch. »Ich war unvorsichtig. Und nun führt dieses Tor zwar auf die Albenpfade, aber wenn wir hindurchgehen, werden wir Opfer der Zeit. Mit einem Schritt springen wir in die Zukunft.«

»Wie weit?«, fragte Nylma.

»Vielleicht Tage, vielleicht Jahre oder gar Jahrhunderte.«

Entsetzen legte sich in Nylmas Miene. »Sollen wir auch hindurchgehen?«, fragte sie.

»Dann ist es vielleicht zu spät, die Magie auf die verborgenen Pfade zu lenken«, sagte er. »Die magische Flut könnte dann schon alles, was uns lieb ist, weggespült haben. Bleiben wir hier und schließen das Tor, um dann ein neues zu öffnen, werden die anderen irgendwann auf den Albenpfaden erscheinen. Und wenn ihnen niemand ein Tor öffnet, werden sie dort umkommen.«

»Werden sie nicht kehrtmachen, wenn sie merken, dass wir nicht nachkommen?«

Nuramon schüttelte den Kopf. »Dieses Tor ist nur in eine Richtung passierbar. Wer versucht, in die andere Richtung hindurchzugehen, wird zurückgeworfen.« Er hatte Daoramu versprochen, dass sie keinen Tag ohne ihn sein würde. Wenn er dieses Versprechen hielt, mochte alles verloren sein, was ihm am Herzen lag. »Es ist ein Wagnis, ein gefährliches Spiel mit dem Schicksal. Aber ich werde keinen Tag mehr ohne Daoramu sein«, sagte er.

Nylma nickte langsam, da erhob sich das Gebrüll der von Magie veränderten Menschen in neue Höhen. Die Gestalten waren schon an der Biegung, als Nuramon mit Nylma Seite an Seite ins Licht schritt.

Sie kamen auf ein Plateau. Hier war es ungewöhnlich hell, weil ringsherum in jeder der zwölf Richtungen, die sich aus den sechs sich kreuzenden Pfaden ergaben, weitere Albensterne lagen. Es war das Wegenetz des Zwergenvolkes. Von hier aus konnte man an beinahe jeden Ort von Neu-Aelburin gelangen.

Nuramon gab den Ilvaru einen Wink. »Stellt euch auf, falls diese Wesen sich hindurchwagen!«, sagte er, und Loramu und die vier jungen Krieger bezogen vor der Lichtsäule Stellung.

»Willst du das Tor nicht einfach schließen?«, fragte Bjoremul.

Nuramon hob die Hand. »Einen Augenblick.« Er legte die Hände auf den kühlen Boden, sandte seine Sinne hinüber zum Tor und versuchte hindurchzuschauen. Vielleicht irrte er sich, und es gab doch einen Weg zurück. Doch seine Sinne kamen nur mit Mühe über das Licht des Tores hinaus. Es war, als schwämme er gegen einen Fluss an. Er sah den Gang, an dessen Anfang die Toten lagen; sah, wie die Verwandelten sich zögerlich näherten, doch immer wieder vor dem Licht zurückwichen. Schließlich packten sie die Leichen und schleppten sie eine nach der anderen den Gang entlang.

»Schießt einen Pfeil hindurch«, flüsterte Nuramon und schaute mit seinen Zaubersinnen noch immer auf die andere Seite.

Neben ihm zischte ein Pfeil vorbei, prallte gegen das Lichttor und fiel zu Boden. Nuramon schloss das Tor mit seiner Magie und erhob sich. Die Gefährten starrten auf den Pfeil, der in der Mitte der Lichtinsel lag.

Er hatte versagt. Seinetwegen waren sie ein Opfer der Zeit geworden, und er wusste nicht einmal, wie weit es sie in die Zukunft verschlagen hatte. Und trotz allem schlich sich etwas in seine Gedanken. Ihm wurde klar, was er gerade getan hatte. Er hatte aus seiner Gegenwart in die Vergangenheit geblickt. Wenn man ein Tor, wie er es durch sein Versagen geschaffen hatte, dauerhaft aufrechterhielt, könnte man das Geschehen eines Ortes aus der Zukunft betrachten.

»Was ist los?«, fragte Loramu.

Nuramon blinzelte und wandte sich zu ihr und den Gefährten. »Wisst ihr alle, was geschieht, wenn ich bei einem Torzauber einen Fehler mache?«, fragte er.

Daoramu, Bjoremul und Loramu starrten ihn mit großen Augen an. Sie wussten es aus seinen Erzählungen; den vier jungen Kriegern erklärte er es. Dann sagte er: »Ich weiß nicht, wie viel Zeit vergangen ist. Ich hatte entgegen aller Vernunft gehofft, wir könnten zurückkehren, aber ich konnte nur zurückblicken.«

Bjoremul schaute über die Albenpfade. »Es könnten also in diesem Augenblick bereits Jahrzehnte vergangen sein? Alle, die wir lieben, könnten alt oder gar tot sein?«

»Möglicherweise«, war alles, was Nuramon zu sagen vermochte.

Bjoremul klopfte ihm auf die Schulter. »Es könnte schlimmer sein«, sagte er und schmunzelte. »Wir könnten tot sein. Also komm. Lass uns schauen, ob noch etwas zu machen ist.«

Daoramu, die ihn die ganze Zeit schweigend beobachtet hatte, schaute ihn mit glänzenden Augen an. »Du wusstest es, ehe du durch das Tor kamst«, sagte sie. »Deshalb hast du so lange gebraucht.«

Nuramon nickte langsam.

»Und wenn es nun zu spät ist, um die Magie zu zügeln?«, fragte sie.

»Dann zahlen wir alle den Preis«, antwortete er.

Sie biss sich auf die Lippen und schüttelte den Kopf.

Er fasste sie an den Schultern. »Vielleicht sind nur ein paar Tage vergangen. Wenn das ganze Gefüge zerstört wäre, könnten wir hier nicht mehr stehen.« Er kniete sich hin und zog sie sanft mit sich hinab. »Ich schaue einfach noch einmal hinaus – direkt durch den Albenstern. Die Barriere, die mich abhielt, habe ich gebrochen.« Seine Sinne tauchten in den Stern ein und drangen auf der anderen Seite in die Welt hinaus. Der Raum und der Gang waren immer noch erleuchtet. Ihre Spuren im Staub waren fort, dafür fanden sich dort andere Fährten, und Spinnweben spannten sich in den Ecken. Auf halbem Wege zur Biegung versperrte ein Steinhaufen den Weg. Ganz so, als hätten die Verwandelten, die sie angegriffen hatten, den Gang blockiert.

Als Nuramon sich erhob und Daoramu mit aufhalf, konnte er seine Enttäuschung nicht verbergen. Er beschrieb, was er gesehen hatte, und sagte schließlich: »All die von Staub besetzten Spinnweben können nicht nur in einigen Tagen entstanden sein.«

Daoramu und die anderen folgten Nuramon von Lichtinsel zu Lichtinsel, und er beschrieb ihnen, was er durch den jeweiligen Albenstern auf der anderen Seite sah. Hallen und Kammern, Gänge und Plätze. An einigen Albensternen führte ein Albenpfad in die Höhe. Nuramon stutzte, nachdem er seine Hand auf einen davon gelegt hatte. »Diesen Pfad gibt es nur hier, nicht draußen in Dayra«, sagte er. »Er führt von hier aus in die Zerbrochene Welt.« Er schüttelte den

Kopf. »Es ist, als hätten sie den Pfad aus den Zwergenhallen hier auf die Albenpfade gehoben.« Er öffnete ein Tor, ging auf die Knie, schloss die Augen und hielt seine Hände ins Licht. Und nachdem er die Augen wieder geöffnet und sich erhoben hatte, nickte er mit zufriedener Miene. »Eine Zuflucht«, sagte er. Dann schritt er ins Licht, und Daoramu folgte dicht hinter ihm.

Sie kamen in einen runden Saal, dessen Gewölbe aus Bergkristall bestand. Ganz so wie draußen in den Hallen schien im Inneren des Gesteins eine Waldlandschaft und sogar Gras erstarrt zu sein; darüber leuchteten Lichter wie Sterne am Nachthimmel. Die Wände waren gemauert, und durch rechteckige Öffnungen drang ein seichter Windhauch zu ihnen herüber. Daoramu spürte die Magie unter ihren Füßen. Dort unter den Platten spendete ein Zauber Wärme, und aus der groben Wand gegenüber drang Wasser heraus und lief den Fels herab in ein Becken. Die Magie dieses Ortes thronte über ihnen in der Decke.

»Ich spüre es, Nuramon«, sagte sie und beschrieb ihm, was sie fühlte.

Er schaute sie erst verwundert an, dann lächelte er.

Als alle Gefährten beisammen waren und Nuramon das Tor geschlossen hatte, schauten sie sich in den Nebenräumen um. Schlafsäle, Badegewölbe, eine Küche und Latrinen bewiesen, dass dies tatsächlich eine Zuflucht des Zwergenvolkes war.

Eine Treppe führte zur Linken hinauf aufs Dach aus Bergkristall. Hier oben spendeten Barinsteine Licht. Zu Daoramus Überraschung sah sie andere leuchtende Orte in der Dunkelheit – weitere Inseln in diesem Meer aus Finsternis. Orte wie dieser, die vor Magie strahlten. Sie zählte sechzehn der Felsinseln.

Selbst Nuramon staunte. »Ich hätte das nicht für möglich gehalten«, sagte er.

»Warum kann ich die Magie jetzt spüren?«, fragte Daoramu.

»Weil du langsam gesund wirst«, sagte er. »Oder brauchst du den Stock noch?«

»Eigentlich nicht«, sagte sie. »Aber ich fühle mich mit ihm sicherer.«

Nuramon bückte sich über einen Felsbrocken, aus dem sich Wasser in ein Loch im Bergkristallboden ergoss. Er trank und atmete entspannt aus. Als Daoramu ihrerseits das Wasser mit den Händen auffing und trank, spürte sie die Magie wie ein kaltes Öl den Rachen hinabfließen. Sie strich mit der nassen Hand über den Felsen, aus dem die Quelle entsprang. »Er ist voller Macht«, sagte sie.

Nuramon wies hinter den Stein. Dort war ein weiteres Loch, das über und über mit Edelsteinen gefüllt war. »Ein Schatz?«, fragte Bjoremul.

»Der Stein gibt seinen Zauber an das Wasser«, erklärte Nuramon. »Es fließt hinab und kriecht durch die magischen Edelsteine wieder hier herauf. So bleibt die Macht erhalten, bis man sie nutzt.«

»Wenn alles den Bach runtergeht, sollten wir uns an diesen Ort erinnern«, sagte Bjoremul und grinste schief.

»Hoffen wir, dass das nicht nötig sein wird«, sagte Nylma mit besorgter Miene.

Nuramon schaute lächelnd auf dem Dach umher. »Wir machen diesen Ort zu unserem Lager, bis wir gefunden haben, wonach wir suchen.«

»Wasser haben wir genug«, sagte Loramu. »Aber uns geht die Nahrung aus.«

»Das Wasser nährt sich im Bergkristall mit allem, was du brauchst«, erklärte Nuramon. »Wir haben es früher im Scherz *Steinsuppe* genannt. Es wird uns am Leben halten. Und wenn ihr leicht gesalzenen Kräuteraufguss mögt, werdet ihr es zu schätzen wissen.«

Bjoremul verzog das Gesicht. »Ich melde mich jetzt schon mal zur nächsten Jagd, wenn sie sich ergeben sollte.«

Auf den Spuren des Zwergenvolkes

Nuramon gönnte den Gefährten einen langen Morgen, ehe sie aufbrachen. Wo die Kammern der Erinnerung zu finden waren, ließ sich nicht mit einigen Blicken von den Albenpfaden hinaus in die Welt lüften. Früher oder später würden sie in die Hallen der Zwerge zurückkehren müssen. Doch jedes Mal, wenn er einige der fremden Wesen durch den Albenstern erblickte, zweifelte Nuramon, ob sie ein solches Wagnis unbeschadet überstehen konnten.

Auf den Lichtinseln schaute er nicht nur in die Welt hinaus, sondern öffnete auch Tore in die Zerbrochene Welt zu den anderen Felsinseln. Nach und nach besuchten sie jede Zuflucht. In der größten, die gleich einer Burg war, waren die Räume weiter als in ihrer Zuflucht, und es gab drei zusätzliche Ebenen. Das rote Drachenbanner und ein Thron verrieten, dass dies das Refugium des Zwergenkönigs war. Nuramon hoffte, dass die Zwerge hier eine Kammer der Erinnerung geschaffen hatten, doch es gab nichts dergleichen.

Wieder auf den Albenpfaden, fiel Nuramon schließlich ein Albenstern auf, der anders war als die übrigen. Auf ihm lag nicht der Zauber, der die anderen Albensterne schützte. Er hätte es beinahe übersehen, weil der magische Schutz nur draußen in der Welt von den Toren Besitz ergriff. Pforten, die sie hier auf den Albenpfaden öffneten, blieben von dem magischen Riegel unberührt. Es mochte sogar sein, dass der Riegel gebrochen würde, wenn man von dieser Seite ein Tor schuf.

Nuramon schaute durch den Albenstern, dem der magische Riegel fehlte, in die Welt hinaus und sah einen hell erleuchteten Gang, auf dem er bei der Suche nach Noroelle schon einmal gewesen war. Barinsteine spendeten warmes Licht, und die Seitengänge wurden von weiß strahlenden Mineralien erleuchtet, die sich wie von Eis und Schnee überzogene Gräser die Wände und die Decke entlangzogen. Nuramon erhob sich und erklärte den Gefährten, dass der

Albenstern ungeschützt sei. »Hinter dieser Pforte liegen die Hallen der Gesichter. Die Ahnenhallen der Zwerge, in der sie die Körper der früheren Inkarnationen aufbahren.«

»Glaubst du nicht, sie hätten ihre Körper mitgenommen?«, sagte Nylma.

»Wahrscheinlich«, antwortete er. »Aber *mein* Körper könnte noch dort sein. Sie mussten wissen, dass ich, wenn ich je wieder hierherkäme, dorthin gehen würde. Und auf dem Gang haben sie den Albenstern unverriegelt gelassen.«

Er öffnete ein Tor und ließ Nylma und Bjoremul voranschreiten. Seit seinem Versagen am Vortag ging er stets als Erster auf die Albenpfade und als Letzter von ihnen hinab. Er folgte Daoramu auf den stillen Gang hinaus. Es war niemand zu sehen, und auch seine Zaubersinne gewahrten nur die bekannte Zwergenmagie. Durch einen der weißen Tunnel gelangten sie in ein niedriges Gewölbe. Licht fiel auf einen Bergkristall herab. Darin stand Nuramons früheres Ich aufrecht wie eine Statue mit geschlossenen Augen. Sein alter Körper war in eine Metallrüstung gehüllt und wirkte kräftiger als der dieses Lebens. Sein früheres Ich hatte schwarzes, langes Haar, ein breiteres Gesicht und eine kürzere Nase, aber dennoch war die Ähnlichkeit zu erkennen.

War ihm dieser Anblick damals, als er auf der Suche nach Noroelle an der Seite des Zwergenkönigs hier gestanden hatte, bereits nahegegangen, überwältigte er ihn nun. Denn nun erinnerte er sich daran, dass er selbst einmal dieser Krieger dort gewesen war. Es war mehr als ein Blick in einen verzerrenden Spiegel; es war, als umschwebte Nuramon als Geist seinen wahren Körper.

»Bei allen Ahnen!«, flüsterte Bjoremul. »So hast du einmal ausgesehen?«

»Vor etwa vier Jahrtausenden«, erklärte Nuramon. »Mein Schwert stand hier 3 200 Jahre lang, ehe ich es wieder in die Hand nahm.«

»Du hast in dem Leben wirklich gefährlich ausgesehen«, sagte Loramu grinsend.

»Ich würde es eher verwegene Schönheit nennen«, sagte Nylma lächelnd und schritt um den Kristall herum.

»So sieht man aus, wenn man beim Kampf gegen einen Drachen eine tödliche Wunde hinnimmt?«, fragte Daoramu.

»Die Zwerge haben mich hergerichtet«, sagte er und erinnerte sich an die Schmerzen, die sich durch seinen von Wunden übersäten Körper gezogen hatten. »Ich habe keine Ahnung, wie sie es angestellt haben.«

»Hier ist etwas«, sagte Nylma.

Nuramon folgte der Kriegerin mit Daoramu. Die Übrigen schienen vom Anblick des Körpers so gebannt, dass sie sich nicht von der Stelle bewegten.

Hinter dem Kristall waren zwergische Schriftzeichen in die Wand gemeißelt. Nuramon las und übersetzte nach einem Moment. *»Erklimme auf Kristallpfaden die höchsten Höhen, schreite durch bunte Hallen, und steige auf Marmorstufen hinab in die Tiefe – ins Herz.«* Nuramon musste lächeln.

»Die haben tatsächlich mit dir gerechnet«, sagte Nylma.

»Nicht nur das«, fügte Daoramu hinzu. »Sie wussten, dass du nach den Kammern der Erinnerung suchen würdest.«

»Thorwis, du alter Schelm!«, sprach Nuramon. Er konnte sich vorstellen, wie der alte Zwerg die Schriftzeichen eigenhändig in den Stein gemeißelt und dabei gewiss auf seine beinahe kindliche Art gegrinst hatte.

Zurück auf den Albenpfaden fiel Daoramu auf, dass Nuramon schweigsam geworden war. Er ging an jedem Albenstern stumm seinem Werk nach und sandte seine Sinne in die Welt hinüber.

Nylma und Loramu schwärmten flüsternd von der Elfengestalt, die früher Nuramons Seele getragen hatte, während Bjoremul den vier jungen Ilvaru von Nuramons Heldentaten bei der Verteidigung von Yannadyr erzählte.

Nuramon warf Bjoremul immer wieder kurze Blicke zu, und Daoramu erkannte, dass ihm das Lob unangenehm war. Nylma und Loramu hingegen würdigte Nuramon keines Blickes. Nach dem Schwärmen über den Elfen im Kristall fantasierten die beiden Kriegerinnen über die ausgelassenen Feste, von denen Nuramon erzählt hatte, und fragten sich, ob sie diese nicht in Jasbor aufleben lassen sollten. »Ceren wäre gewiss gerührt, wenn wir wie ihre alten Schützlinge ein Liebesfest feierten«, sagte Loramu.

»Wilder als deine Feiern in den Badehäusern kann das auch nicht werden«, sagte Nylma leise, während Bjoremul im Hintergrund auf die Lichtinsel folgte und über eine Aussage Gaeruns lachte.

»Dann hast du Ceren aber nicht zugehört«, erwiderte Loramu. »Sie ist sehr auskunftsfreudig«, sagte sie.

Bjoremul und die vier jungen Ilvaru schwiegen und starrten herüber.

»Das weiß ich doch«, sagte Nylma. »Daoramu und ich waren es, die ihr das Rezept des *Trankes* entlockten«, sagte Nylma.

»Ein Hoch auf den *Trank!*«, sagte Loramu grinsend und brachte auch Daoramu zum Lächeln. Bjoremul, Gaerun, Wirlan und Narlo starrten ihnen mit neugierigen Blicken entgegen, während Rawila wissend schmunzelte. Der *Trank* verhinderte, dass Frauen schwanger wurden, und war vor allem für die Kriegerinnen ein Glück. Jeder kannte den *Trank,* aber kaum einer wusste, wo er herkam.

»Moment Mal!«, sagte Bjoremul. »Ihr habt den *Trank* von Ceren?«

»Nein«, sagte Daoramu. »Wir führen euch nur an der Nase herum. Wo kämen wir hin, wenn das Königshaus solche Rezepturen in Umlauf brächte.« Sie lächelte und machte große Augen.

Bjoremul folgte dem Blick der drei jungen Männer, die Rawila betrachteten. Die Kriegerin senkte den Kopf, ohne das Schmunzeln aufzugeben.

Nach einer Weile hielt Nuramon inne und wies zu einer Lichtinsel hinüber, die in der Mitte eines Rings anderer Lichtinseln lag. »Dort könnte es sein«, sagte er und beschritt den nächsten Albenpfad. Auf dem mittleren Lichtplateau angekommen, prüfte Nuramon den Albenstern und nickte schließlich. »Es ist bisher der einzige Ort mit einer Treppe in die Tiefe.«

Sie sammelten sich um ihn. Während er sich bereit machte, das Tor zu öffnen, fragte Bjoremul: »Wusstest du eigentlich, woher *der Trank* kam?«

»Gewiss«, sagte Nuramon ruhig und öffnete das Lichttor.

Bjoremul schüttelte den Kopf, dann schritt er mit dem Dreschflegel in der Hand durch die Pforte. Daoramu war die Letzte, die an Nuramons Seite stand, und als sie zu dem Albenstern hinübersah, der in ihre Zuflucht führte, fragte sie: »Ob Jasbor eine solche Zuflucht sein könnte, falls wir versagen?«

Er zuckte mit den Schultern. »Vielleicht. Aber so wenig, wie diese Refugien allen Zwergen Unterkunft geboten hätten, so wenig wird ganz Arlamyr Zuflucht auf Jasbor finden können.«

Daoramu nickte, und dann schritten sie gemeinsam durch das Tor in einen Saal, in dem ringsherum Torbogen an Torbogen grenzte. Die Bögen wirkten zugemauert, aber ihnen haftete Magie an. Nur eine Treppe führte in der Mitte in die Tiefe. »Hier liegen acht Albensterne«, erklärte Nuramon. »Einer für jedes Tor. Thorwis hat früher offene Tore geschaffen, die Orte des Zwergenreiches verbanden.« Er wies auf einen der Bögen. »Es waren keine Lichttore. Das Ziel lag klar vor Augen, als wäre es nur Schritte entfernt, und so wusste man manchmal gar nicht, ob man durch ein Zaubertor schritt.«

Als Nuramon sie schließlich die Treppe hinabführte, stieg Daoramu der Duft kalten Steins in die Nase. Die Treppe führte geradewegs in einen runden Saal hinab, dessen Wände mit Schriftzeichen und Malereien übersät waren. Die Barinsteine in den Säulen spendeten viel Licht. Beeindruckend jedoch waren die Mosaike aus Barinsteinen zur Linken. Sie zeigten eine Landkarte. Daoramu kannte sie aus Nuramons Aufzeichnungen. Es waren die Ioliden in Albenmark und das Land, welches das Gebirge umgab. So fand sie den beseelten Baum, Alaen Aikhwitan, der aus einem strahlend grünen Wald her ausragte. Sogar die weiße Burg der Elfenkönigin war am Rande abgebildet. Die glimmende Karte zeigte die Siedlungen des alten Aelburin und all die Täler, über welche die Zwerge herrschten. Nuramon zeigte ihnen die Festung, in der er Alwerich zum ersten Mal kennengelernt hatte, und wies dann im Raum umher. »Dies sind die Hallen der Geschichte«, sagte er. »Die Zwerge vertrauen ihr Wissen gern dem Stein an, damit es nicht vergeht.«

Die Bilder in den Sälen erzählten von Zwergen, die gegen Drachen kämpften und die schattige Kreaturen in Tunneln jagten. Eine der großen Hallen war Thorwis dem Weisen gewidmet. Der Zwergenmagier war mit weißem Haar und einem sanften Schmunzeln abgebildet. Seine graugrünen Augen bestanden aus leuchtendem Stein. Er war in ein graues Gewand gekleidet und hielt die Arme ausgestreckt und die ringbesetzten Finger gespreizt. Blitze drangen daraus hervor und strebten zur Seite, über Albenpfade und Lichtplateaus hinweg. Hinter ihm waren Tore in blühende Täler und neben ihm Wasserbecken, in denen sich die Mienen der Zwerge als Kindergesichter spiegelten, und andere, in denen sie ihr Antlitz als Greise sahen. Dies war ein Raum, der von der Magie der Zwerge berichtete. Das Gemälde zeigte Thorwis vor einem blutenden Drachenkörper. Ein Kristall strahlte in seiner Hand.

»Ein wenig protzig«, sagte Loramu.

Nuramon lachte. »Und an der Wirklichkeit gemessen, ist das untertrieben. Die Zwerge waren vor seinem Wirken ein anderes Volk. Er hat ihnen eine Richtung gewiesen und die Magie zu nie gekannten Höhen geführt. Nehmt die weisesten eurer Ahnen und stellt sie euch als eine Person vor. Dann erfasst ihr die Bedeutung von Thorwis für die Zwerge.«

Auf ihrer Suche nach einer unverschlossenen Tür kamen sie durch eine kleine Halle. Und was sie hier fanden, verschlug Daoramu die Sprache: Hier war Nuramon in seiner früheren Gestalt abgebildet. Die Erzählungen seines Lebens strahlten als Kunstwerk an der Wand: von den Gelgerok, den büffelartigen Wesen mit Drachenschädeln, die er mit einer Zwergenschar und einer Handvoll Elfen jagte, über Nuramons Abenteuer mit Alwerich in den Tiefen des alten Aelburins, dem Auszug aus Albenmark, dem Tod Alwerichs und Nuramons Trennung von den Zwergen bis hin zu seiner Rückkehr zu ihnen und dem Kampf gegen Balon. Der Drache war als graue Bestie dargestellt, die flüssiges Feuer zu speien schien. Schließlich war der Tote im Kristall abgebildet, neben ihm ein Bogen und Nuramons Schwert.

Daoramu sah zu Nuramon hinüber. Er stand mit Tränen in den Augen vor einem Gemälde, auf dem er in seiner heutigen Gestalt von vorn dargestellt war. Er hätte vor einem Spiegel stehen können, so gut war er getroffen. Nur die weiße Strähne gab es noch nicht.

Daoramu strich mit der Hand über das Gesicht des Abbilds, dann schaute sie auf die Schriftzeichen. »Was steht da?«

»Dass ich wiederkehrte, auf der Suche nach Noroelle und mit Alwerich auszog.« Er wies auf das letzte Gemälde, das ihn und Alwerich als Schatten zeigte, die durch das große Tor in den Tag hinausschritten. »Da steht: *Möge er seinen Weg ins Silberlicht finden. Leb wohl, Wanderer!*«

Nuramon wandte sich ab und wischte sich die Tränen fort. Er prüfte die Tür am Ende des Saales. Sie war tatsächlich unverriegelt. Mit großen Augen schaute er zu ihnen zurück. »Wir sind auf dem richtigen Weg«, sagte er und lächelte endlich wieder.

Kurz darauf trat er vorsichtig hinaus und führte sie in einen großen Raum, in dem keine einzige Säule den Blick auf die Malereien versperrte. Überall waren Zwerge abgebildet, die sie zu betrachten schienen. Und je weiter sie in die Mitte schritten, umso mehr fühlte sich Daoramu im Auge eines Sturms. Die Zwerge wurden emporgehoben. Jene, die unten waren, standen noch auf eigenen Füßen, die nächsten hoben sich schon über sie empor, die darüberflogen mit wallenden Gewändern das Gewölbe hinauf und schauten mit zurückhaltenden Abschiedsgesten auf sie herab. Der Flug endete in einem silbernen Licht, das oben erstrahlte. Es war eine Ahnenhalle, die den Weg ins Mondlicht zeigte. Daoramu wunderte sich, dass die Wände über und über bedeckt waren und kein Platz mehr für neue Figuren geblieben war.

Sie fragte Nuramon danach, und er sagte: »Im alten Aelburin gab es viele solcher Hallen. Es gab eine Zeit, in der viele Zwerge ins Mondlicht gingen. Mit Thorwis kam der Erinnerungskult, und immer weniger entschwebten.«

»Wie war das möglich?«, fragte Daoramu.

Nuramon zuckte mit den Schultern. »Das dürfte nur Thorwis wissen.«

»Hier ist die Marmortreppe!«, rief Gaerun von der anderen Seite des Saals, und im gleichen Augenblick warf sich etwas Schweres gegen eine der verschlossenen Türen, und das Gebrüll, das sie von den Verwandelten kannten, drang zu ihnen hindurch.

Schnell huschten sie die breite Wendeltreppe hinab und kamen an Räumen vorüber, die mit Schriftzeichen übersät waren, die kleiner wurden, je mehr sie sich dem Boden näherten. Selbst die Böden waren mit Inschriften versehen. Jeder Saal war ein Buch, das man betreten konnte, und Daoramu hätte viel dafür gegeben, diese Bücher erforschen zu dürfen und herauszufinden, was sich hinter den mächtigen Toren und schweren Metalltüren verbarg, von denen ihnen die Magie entgegenstrahlte. Das Donnern hoch oben aber hallte zu ihnen herab und ließ Daoramu den Wunsch hinunterschlucken.

Sie fühlte sich unsicher auf den Beinen und wünschte sich, den Gehstock nicht in der Zuflucht zurückgelassen zu haben. Sie geriet immer wieder aus dem Gleichgewicht. Mal war Nylma zur Stelle und packte sie am Arm, mal stützte Nuramon sie. Als die Treppe aufhörte, fing er sie sogar auf, und sie ließ sich von ihm in den Saal hinausführen. Über die Wände wie auch über das Gewölbe liefen Adern aus Edelsteinen. Es erinnerte Daoramu an die Magischen Hallen in Jasbor. Die Adern strebten zum Tor gegenüber und trafen darüber aufeinander. Der Strom der Magie floss dorthin, und dahinter strahlte eine nie gekannte Macht.

Sie eilten zum gegenüberliegenden Tor und schoben die Flügel auf. Dahinter lag ein langer Gang, dessen Decke komplett mit Edelsteinen bedeckt war. Darin floss die Magie der gewaltigen Macht entgegen, die irgendwo dort in der Ferne lauerte. Kaum hatten sie die Schwelle zum Gang überschritten, erschien auf der Marmortreppe eine Schar Verwandelter und stürmte ihnen kreischend entgegen. Bjoremul und Loramu stemmten sich gegen das Tor, während sich hinter den Verwandelten im Treppenhaus irgendetwas Magisches langsam in die Tiefe senkte.

Kaum war das Tor geschlossen, schoben Nuramon und Nylma oben und unten Riegel vor. Die Bestien schlugen gegen die Pforte und ließen diese erbeben. »Hier!«, rief Nylma und griff in eine Nische, direkt neben dem Tor. Mit Nuramons und Bjoremuls Hilfe kippte sie einen dicken Balken heraus und ließ ihn auf die Metallhalterungen am Tor knallen. Das Gebrüll schwoll noch einmal an, doch das Tor hielt den Schlägen stand.

Nylma schaute an den Metallbeschlägen hinauf. »Ich hoffe, es gibt noch einen anderen Ausgang.«

»Ich kann den Ort, den wir suchen, spüren«, sagte Nuramon, dann schaute er Daoramu an. »Merkst du es?«, fragte er.

Daoramu nickte. Sie spürte den Ort wie ein gewaltiges Feuer, in dessen Nähe sie sich begeben hatte.

Sie folgten dem Gang vorbei an unzähligen verschlossenen Türen. An dessen Ende glühte ein Netz aus Licht in einem trüben Raum. Der Eingang öffnete sich wie aus einem Trichter. Hier bestand der Boden aus Barinsteinen, während die Edelsteinader sich in der Decke voranzog, sich spaltete und entlang des dunkelgrauen Gesteins über den Raum spannte. Das Licht strömte wie flüssiges Metall in Furchen die große Säule in der Mitte des Saales herab. In einem Becken, das die Säule umgab, glitzerte eine zähe Flüssigkeit. Schwere Steinsitze schmiegten sich daran.

Bjoremul schloss einen der Torflügel am Eingang, den anderen ließ er offen stehen. Loramu befahl den vier jungen Kriegern, Wache zu halten und das Tor zu schließen, falls es den Verwandelten gelang, auf den Gang durchzubrechen.

»Das ist der einzige Ausgang«, erklärte Nylma.

»Dann können wir uns für eine Schlacht rüsten«, meinte Loramu.

Nuramon schüttelte den Kopf. »Das ist ein siebenstrahliger Albenstern.«

Bjoremul atmete auf.

»Aber«, sagte Nuramon und zog wieder alle Blick auf sich. »Er ist geschützt. Was hier zusammenläuft, ist gewaltig. Als hätten sie Ketten um die Säule gelegt.«

»Also müssen wir uns doch hindurchkämpfen«, sagte Bjoremul.

»Dann geh am besten sofort ans Werk«, sprach Nylma ihm zu.

»Ihr behaltet den Gang im Auge«, sagte Nuramon und schaute misstrauisch durch die offene Torseite hinaus. »Da war etwas auf der Treppe. Ein magischer Hauch.«

Daoramu nickte, sie hatte es auch gespürt.

»Nutzt die Schilde. Die Edelsteine sind stark. Und hier!« Er nahm sein Schwert und reichte es in der Scheide an Loramu. Die Schwertfürstin nahm es mit gierigem Blick entgegen. »Ich liebe diese Waffe«, sagte sie, zog die Klinge aus der Scheide und schaute an ihr hinauf.

Nuramon küsste Daoramu mit seinen warmen Lippen auf den Mund, dann ihre Hände, und mit einem Lächeln machte er sich bereit, in einen der Sitze zu steigen. Kaum berührte er das glatte Gestein, da zog sich Licht durch die winzigen Adern und über den Sitz dahin. Die steinerne Kopflehne reichte einen Viertel Schritt über ihn hinaus, und einen Zwerg hätte sie noch weiter überragt. Von oben schob sich ein blaues Licht über die Lehne herab und schien um Nuramons Kopf zu fließen. »Ich liebe dich«, sagte er, lächelte sie an und schloss dann die Augen.

Pfade der Erinnerung

Nuramon hörte Daoramu ein Liebesgeständnis flüstern und spürte, wie die Macht des Ortes seine Sinne davontrug. Er wehrte sich nicht dagegen, denn nur wenn er sich eine Weile von der Gegenwart löste, konnte er in die ferne Vergangenheit entschweben und dort in den Erinnerungen an sein erstes Leben die Zaubersprüche finden, welche die verborgenen Albenpfade erspürten und öffneten – alles in der Hoffnung, dass sich die Magie auf diesen Pfaden verteilte und dadurch die magische Flut verging. So trieb er mit dem Zauber gegen den Fluss der Zeit durch die rauschende Finsternis. Immer wieder schwand die Dunkelheit, und Nuramon fand sich in Augenblicken seines Lebens wieder, als wäre er dort, ohne Herr seines Körpers zu sein.

Er war im Augenblick der Rettung Daoramus begeistert, dann enttäuscht, und dann überwältigt, als sie endlich erwachte. Er verlor jeden Hass, blickte ins Gesicht des varmulischen Thronfolgers und sah Gaerigar tot am Boden liegen. Er war vom Hass zerfressen, als er in Varlbyra kämpfte, und von ihm getrieben, als er nach Varmul vorstieß. Er war niedergeschlagen, als Waragir sein Leben verlor, und am Boden zerstört, als Daoramu am Tag des großen Pferderennens von dem Zauber des Meuchelmörders getroffen wurde.

Aber er musste weiter zurück, viel weiter, hinweg über die Jahre des Krieges, des Heranwachsens seiner Kinder, über ihre Geburten; hinweg über die glücklichen Zeiten in Jasbor, in Alvarudor und in Teredyr. Kurz verweilte er in der Gefangenenfestung von Werisar und bei seiner ersten Begegnung mit Daoramu und schwebte dann weiter durch die Jahrzehnte zurück.

Über die einsamen Jahre abseits der Menschen glitt er hinweg, ebenso über den Abschied von Farodin und Noroelle. Er rauschte zurück nach Albenmark und zu all den Vertrauten, vorbei an Mandreds Tod, an Alwerichs Tod, an Obilee und Yulivee, an der Königin und dem Devanthar; zurück nach Aniscans, in die Höhle des Luth, hinein in den ersten Kampf gegen den Devanthar, zurück in die Kammer der Gaomee, wo die Elfenkönigin ihm Mut machte, bis hin zu Noroelles Quelle.

Er flog an Vätern und Müttern, an Onkeln und Tanten, an Geschwistern, Freunden und Geliebten vorüber. Der Zauber stärkte sich und zog ihn in einem Rausch aus Farben zurück in die Zeit, als er gegen den Drachen Balon kämpfte, zurück zum Auszug aus Albenmark an der Seite der Zwerge, zurück in die Feindschaft und die Liebschaft zu der Elfe Yoradae, vorüber an den Hallen im alten Aelburin und hin zu der Feste, wo er Alwerich zum ersten Mal begegnete. Er gelangte zu seinem damaligen Vater, der ihn aussandte, um der Elfenkönigin von der Plage der Gelgerok zu erzählen. Ein wich tiges Leben war es gewesen. Und so unwichtig erschien ihm das vorangegangene, so rasch rauschte er vom Ertrinken im Meer zurück zu einer sorglosen Jugend.

Und dann war er ein Held, der Anführer, der Ceren zu Alaen Aikhwitan brachte, und flog zurück an jenen Ort, an dem seine Vertraute verwurzelt gewesen war und in Stücken und brennend dalag und die verrückt gewordenen Erben der Drachen sie bezwangen.

Er gelangte an die Mauern der Erinnerung, die ihn bislang von seinen ersten beiden Leben abgehalten hatten. Sein ganzes Wesen geriet ins Zittern, etwas riss an seinem Geist, und dann schwebte er durch die Mauern hindurch auf die andere Seite.

Er war von Feuer umgeben, hörte seine eigenen Schreie und kämpfte mit sich, das Schwert gegen die Bestie zu erheben. Er hörte Emerelle seinen Namen schreien. Statt zuzustoßen, ließ er die Waffe sinken und hob die freie Hand zu einem Zauber, den der Drache aushauchte wie das Licht einer Kerze. Noch ehe ihm die Sinne schwanden, trieb er im Fluss der Erinnerung von den Schmerzen davon, erkannte Ischemon, seine Cousins, Emerelle und all die anderen, schwebte zurück zu seinem Vater, der ihn aussandte; zu Ceren, die ihn behütete und der eine Weile seine Liebe galt.

Schließlich war er bei seinen ersten Eltern: Deramon und Valimee. Er wollte verharren, um nicht an ihnen vorbei ins Nichts zu schweben. Sie waren mit ihm in einem Wald bei Nacht. Sein Vater ähnelte seinem Sohn Weldaron. Er war ernst und verzog kaum eine Miene. Seine Mutter sah Nuramons heutigem Selbst ähnlich: braunes Haar, hellbraune Augen, das gleiche Lächeln.

Er hatte beinahe seine ganze Jugend in einem Wald verbracht. Hier erzählten die Eltern ihm Geschichten von den Alben, von Geistern und fremden Welten, von denen die Elfen später nicht mehr sprachen. Fast schien es, als wären die Alben selbst Fremde in dieser Welt. Und seine Eltern erzählten von den Devanthar, den Feinden, von Werden und Vergehen, von Ordnung, die man findet, und jener, die man erschafft.

Er begegnete Geistern, die Gestalt annahmen, ebenso solchen, die sich an Wesen banden und sie mit fremder Stimme sprechen ließen. Er gewahrte Geister, die sich an Pflanzen knüpften, gewaltige Bäume wie Alaen Aikhwitan. Er traf andere Elfen und andere Albenkinder auf Feiern des Abschieds, die Geistern galten, die sich von ihrem Körper lösten und fortschwebten.

Seine Eltern lehrten ihn einen Heilzauber, den er durch alle Inkarnationen hindurch bis heute beherrschte. Sie führten ihn auf die Albenpfade und brachten ihm den Torzauber bei, der dem, den er heute verwendete, in seiner Reinheit und Sicherheit nahekam. Andere Zauber hatte er verloren: einen Suchzauber, den auch sein alter

Gefährte Farodin beherrscht hatte, die magische Tarnung und jene Zauber, die er nun suchte, um die verborgenen Albenpfade zu erkennen und zu entsiegeln.

Sein Vater zeigte ihm den armlangen Eichenstab, den die Alben seinen Eltern vermacht hatten. »Dies ist das Erbe unserer Alben«, sagte er. »Ein altes Erbe in dieser Zeit des Neuen. Wo Albensteine Bahnen ziehen, ist dieser Stab nur noch ein Relikt aus Zeiten, in der jeder Hauch von Magie noch kostbar war.« Er hielt den von Schlangenmustern durchzogenen Stab vor Nuramons Augen. »Es birgt die Macht, Zauberpfade zu verbergen. Mit diesem Stab und der Macht unserer Zauber verschwinden Pfade für die Sinne aller, und nur unseresgleichen hat das Privileg, sie wiederzufinden und das Siegel, das sie verborgen hält, zu brechen.«

Seine Eltern erzählten ihm von der Macht, die ihnen ihre Alben verliehen hatten. *Ihre Alben,* sagten sein Vater und seine Mutter oft. Andere Elfen sprachen von *ihren Eltern* oder von *ihren Schöpfern,* selten aber von *ihren Alben*. Er dachte damals, er würde diese Bezeichnung nie vergessen, und für dieses Leben galt es.

Früh erwachte in Nuramon der Wunsch, anderen Albenkindern nahezukommen, mit ihnen die Welt zu durchstreifen und große Taten zu vollbringen. »Unsereins strebt nicht nach großen Taten«, sagte seine Mutter. »Unsere Aufgabe ist es zu dienen. Weder den Alben noch den Devanthar – und gewiss nicht den Drachen. Wir dienen jenen, denen auch die Geister und die Orakel dienen, wir dienen der Macht, der alles entspringt: dem Urbaum, der Riesin, dem Schöpfer, den Alben der Alben oder schlicht den Elementen und Kräften. Der Ursprung hat viele Namen, und es ist nicht an uns, die Wahrheiten zu finden, die jenseits der Grenzen von allem liegen.«

»Warum dienen wir nicht den Alben?«, fragte Nuramons früheres Ich mit kindlicher Stimme.

»Jene, die zurückblieben, wurden zu Feinden der Devanthar. Bald schon wird Gleiches mit Gleichem vergolten, und die Lüge verdrängt die Wahrheit, um den eigenen Zielen zu dienen. Am Ende folgen sie und ihre Kinder nicht mehr ihrem Herzen und ihrem Gewissen, sondern den Lügen. Sie geben sich selbst auf, damit es ihnen und ihrer Macht nützt.« Damals hatte er an den Worten der Mutter gezweifelt. Aber nun musste er an den Krieg der Alben gegen die Devanthar, an die Drachenkriege und die Zerbrochene Welt denken. Seine Eltern sprachen nicht von Albenpfaden, sondern von Zauberpfaden. Sie mieden die Gegenwart der verbliebenen Alben, als fürchteten sie diese.

Ein versiegelter Pfad mochte den Feinden den Weg versperren. Ein Albenpfad, der in die eigene Siedlung führte, war in Friedenszeiten ein Segen, konnte im Kriegszeiten aber zum Fluch werden. So ließen viele Sippen ihre Pfade im Krieg versiegeln, sodass diese scheinbar verschwunden waren. Ging man zum Angriff über, vermochten feindliche Späher verborgene Pfade nicht aufzuspüren. So konnten diese, wenn man sie im richtigen Moment entsiegelte, einem Überraschungsangriff dienen. Doch mit der Verbreitung der Albensteine verlor die Macht seiner Eltern an Bedeutung. Denn die Mächtigen konnten nun Pfade beinahe nach Belieben schaffen und verschwinden lassen. Und ebenso wurden all die Zauber verfeinert, die einen Riegel auf einen Albenstern legten und einen Zauberer daran hinderten, ein Tor zu öffnen. So wurden die Dienste von Nuramons Eltern immer seltener in Anspruch genommen.

Sein Vater lehrte ihn trotz allem, den Siegelstab zu nutzen, um Zauberpfade zu verbergen; seine Mutter brachte ihm bei, die Siegel aufzuspüren und zu brechen. Sie erklärte ihm, dass jedes Siegel eine magische Markierung trug. »Jene, die unter dem gleichen Zeichen stehen, gehören zusammen«, erklärte sie.

»Versiegelt man ein ganzes Wegkreuz, vergehen alle Zauberpfade, die sich dort treffen«, sagte sein Vater. »Markierst du verschiedene Siegel entlang der verborgenen Pfade mit dem gleichen Zeichen, kannst du später die Versiegelung aller verbunden Pfade, die dieses Zeichen tragen, mit einem einzigen Zauberspruch aufheben.« Dies war es, was er in der Zukunft in Dayra tun musste. Während sein früheres Ich den Siegelstab schwang und Zeichen in die Luft malte, fürchtete er, in seiner eigenen Gegenwart auf die Suche nach jenem Kleinod gehen zu müssen – ein Artefakt, von dessen Aufenthaltsort er nichts wusste.

Sein früheres Ich nutzte den Stab für alle Zauber, die mit den verborgenen Pfaden zu tun hatten, doch seine Mutter hielt den Stab nicht in Händen, wenn sie Siegel aufspürte. »Du brauchst den Stab zum Versiegeln«, erklärte sie ihm. »Denn darin lauern unzählige Zauber, die – einmal entfesselt – einer nach dem anderen ausgeführt werden. Kein Elf könnte es ohne den Stab. Um die Siegel zu erspüren, brauchst du den Stab aber nicht. Es verlangt einen genauen Blick, ungeheures Gespür und einen kleinen Zauber. Mit dem Stab ist es einfacher. Aber du musst auch lernen, die Macht des Stabes zu schonen und ohne ihn die Siegel zu finden.« Und kurz darauf offenbarte sie ihm, dass auch zum Brechen eines Siegels der Stab nicht unbedingt nötig war. »Der Zauber ist schwierig und machthungrig«, sagte sie. »Aber sollten wir je getrennte Wege gehen müssen, weil unterschiedliche Sippen zur gleichen Zeit unsere Dienste in Anspruch nehmen, könnte ich mit dem Stab an einem Ort einen Pfad verbergen, während du und dein Vater anderswo ein Siegel aufspürt und es mit der Macht, die andere zusammentragen, brecht.«

Ehe seine Mutter ihn die beiden Zauber lehrte, warnte sie ihn. »Der große Siegelzauber – jener, der ein Siegel bricht – ergreift von dir Besitz«, sagte sie. »Und dann weißt du nicht mehr, ob du den Zauber beherrschst oder er dich. Deine Leidensfähigkeit wird entscheiden. Und solltest du dich je mit zu wenig Kraft an den Zauber wagen, wird er dich in Stücke reißen.«

»Wie fühlt sich der Zauber an?«, fragte Nuramon.

»Deine Adern glühen, dein Herz zittert, und dir ist, als würde die Macht mit tausend Messern auf dich losstürmen und dir Wunden in den Leib schneiden.«

Später sah er seinen Vater, nachdem er den großen Siegelzauber bei einer gewaltigen Überschwemmung ohne Stab vollzogen hatte, weil Nuramons Mutter diesen zur gleichen Zeit an einem anderen Ort einsetzte. Sein Vater hatte durch sein Wagnis eine ganze Elfensippe gerettet. Doch nun lag er schwer atmend am Boden, und seine Haut war wie ein rotes, zerlumptes Tuch. Die Angst, die Nuramon damals als Kind verspürte, drang bis zu seinem heutigen Selbst hindurch und erfüllte ihn. Doch während er den kleinen Zauber lernte, mit dem er die Siegel sehen konnte, und sich dann dem großen Zauber widmete, mit dem er sie zu brechen vermochte, blickte er immer wieder in die glänzenden Augen seiner Mutter und bemerkte ihr sanftes Lächeln. Es linderte die Furcht.

Daoramu zuckte zusammen, wann immer die Verwandelten von außen gegen das verriegelte Tor hämmerten, doch der Balken, den die Ilvaru vorgelegt hatten, hielt. Das Brüllen und Kreischen der verwandelten Menschen drang zu ihnen hindurch und wurde immer wieder durch die Schläge unterbrochen, die das Holz des Tores erzittern ließen. Daoramu spürte eine gewaltige Zaubermacht, deren Hauch durch die Pforte an sie herandrang.

»Ein Schatten ist die Wand entlanggekrochen«, flüsterte Bjoremul.

Die Schläge prasselten wie Hagel gegen das Tor, doch die Krieger schien das nicht zu kümmern. Während Daoramu wieder und wieder erschrak, hielten sie in aller Ruhe die Schilde erhoben und die Waffen vorausgestreckt.

Daoramu führte die Hand zu ihrem Dolch und betrachtete das Tor mit wachsender Sorge. Die Bestien würden durchbrechen, und das Töten würde beginnen. Und sobald sie diesen Dolch führen müsste, wäre alles verloren.

Nun kannte Nuramon die beiden Zauber, auf die ihn Dareen verwiesen hatte. Der eine, der ihn die Siegel sehen ließ, war so fein gewoben, dass er nur sensiblen Sinnen etwas offenbarte. Die Siegel schwebten wie glühende Pflanzengeflechte über dem Boden, lagen in der Erde oder gar im Fels. Und dennoch vermochte Nuramon sie zu sehen. »Sie leuchten in einem Licht, das die Dinge durchdringt«, sagte seine Mutter.

Auch den großen Siegelzauber hatte er gewirkt und den Siegelstab lediglich als magische Quelle verwendet. Als ihm der Zauber gelang, fühlte er sich mächtig wie nie zuvor in seinem ersten Leben. Seine Mutter lächelte ihn liebevoll an, sein Vater voller Stolz. Und als sie ins Mondlicht entschwanden, überließen sie ihm nicht nur den Siegelstab, sondern auch die Verantwortung für die Verpflichtungen, die sie eingegangen waren. Doch seine Dienste wurden noch seltener eingefordert als die seiner Eltern. Er wurde zum Heiler und bald zum Kämpfer. Er verliebte sich in die Elfe Ulema und lehrte sie seinen Torzauber und all die Sprachen, die er auf seinen Reisen gelernt hatte. Und sie verfeinerte seine Kampfkünste und lehrte ihn die Geheimnisse der Elemente.

Ulema und er fanden ihren Platz am Fuße der östlichen Ioliden. Hier kam sein Sohn Weldaron zur Welt, und hier entsannen sich einige Elfensippen der alten Macht, die Nuramon von seinen Eltern geerbt hatte, und sie wollten, dass er sie in ihren Dienst stellte. Indem er zustimmte, erweckte er die Gier nach dem Siegelstab. Die Feinde stellten ihm nach, und eines Morgens erwachte er an Ulemas und Weldarons Seite, und der Siegelstab war fort.

Er verließ Ulema und seinen Sohn und versprach, mit dem Siegelstab wiederzukehren. Es mochte das erste Mal sein, dass er das Versprechen, das er in seinen späteren Inkarnationen immer wieder an Geliebte, Verwandte und Freunde geben würde, ausgesprochen hatte.

Er nahm die Spur der Diebe auf, verfolgte sie und stellte sie zum Kampf. Sie nannten ihn undankbar, weil sie ihm, seiner Frau und seinem Kind kein Haar gekrümmt hatten. Sie verwundeten ihn, doch er raffte sich auf, nahm den Siegelstab an sich und entschwand auf den Zauberpfaden. Doch seine Gegner folgten ihm durch das offene Lichttor, stachen ihn nieder und wollten ihn von den leuchtenden Pfaden in die Finsternis stürzen.

Da kam ein fremder Elf durch die Lichtpforte. Er nannte seinen Namen – Rajeemil – und drohte den Dieben. Doch diese wollten ihren Schatz nicht aufgeben. Ehe sie sich versahen, hatte Rajeemil sie mit Schwert und Magie getötet. Nuramon aber lag auf der Seite, am Rand des Lichtplateaus, und schaute zu, wie sein Retter die Leichen der Diebe durch das Zaubertor zurück in die Welt warf. Schließlich kam er zu ihm, nahm den Siegelstab und sagte: »Die Zeit dieser Artefakte ist abgelaufen.« Dann warf er das Kleinod in die Finsternis.

Nuramon schrie und wollte hinterher, doch der Elf mit den nachtblauen Augen hielt ihn zurück. »Er ist nicht die ewige Verdammnis wert.« Nuramon erschlaffte und starrte in die Finsternis neben den Albenpfaden.

»Gibt es nichts Wichtigeres da draußen in der Welt?«, fragte Rajeemil. »Ulema und Weldaron?«

»Woher kennst du sie?«, hauchte Nuramon und hustete Blut auf den leuchtenden Boden.

»Meine Alben gaben mir das, was die Welt den Orakeln gab«, sagte Rajeemil und strich sich über das spitze Kinn. *Meine Alben*. Er sprach wie seine Eltern.

Rajeemil schaute sich die Schulterwunde an und erklärte sie für schmerzhafter, als es ihr gebührte. Er stützte ihn und half ihm die Zauberpfade entlang zu einer Lichtinsel. Hier öffnete er ein Tor und führte ihn hindurch. Sie erschienen auf einem Hügel an einem See.

Nuramon sank erschöpft zu Boden. »Ich bin so unendlich müde«, murmelte er.

»In diesen Zeiten sind das viele von uns«, sagte Rajeemil. »Auch die Macht der Siegel ist ermüdet. Sie haben ihre Rolle gespielt und würden in falschen Händen vieles verderben, was weiterblühen sollte. Sie hätten Siegel gebrochen, die noch nicht gebrochen werden dürfen. Deswegen muss diese Macht für eine Weile verschwinden. Wir müssen sie vor den Feinden verbergen. Die Mächte, die bald danach streben, würden an dir nagen, bis sie dich durchschauen. Also müssen wir dein Wissen dort verstecken, wo sie es nicht suchen werden.«

»Wo soll das sein?«, fragte er.

»In der Vergangenheit«, antwortete Rajeemil und stieß ihm das Schwert in die Brust.

Nuramon erstarrte im Schmerz und schaute Rajeemil verständnislos an. »Warum?«, keuchte er.

Rajeemil lächelte sanft. »Keine Sorge«, sagte er. »Du wirst wiedergeboren, und dann weißt du nichts mehr von alledem. Und wenn du dich einst erinnerst und mich in diesem Augenblick siehst, wirst du verstehen, warum ich es tun musste. Ulema wird deinen Tod bedauern, Weldaron wird dich verachten, doch du wirst wiedergeboren und bewahrst den Schatz deines Wissens. Dein Schicksalspfad führt über Leben hinweg. Und wenn alles so verläuft, wie andere es voraussehen, dann blickst du mir in diesem Augenblick aus der Zukunft in die Augen.«

Nuramon schüttelte verständnislos den Kopf und bemühte sich, etwas zu sagen, doch er spuckte nur Blut. Ihm schwanden die Sinne, und er hörte die Möwen schreien und das nahe Meer rauschen. Er war von Magie umgeben, von Gebrüll und Gekreische, von Gehacke und Geschlage, von Kraft- und Schmerzensschreien.

»Daoramu!«, rief Nylma. »Pass auf!«

Von links wehte ein Wind heran. Ein Schrei, ein Wimmern, ein Gurgeln – direkt neben ihm. Er öffnete die Augen und sah Schatten umhertanzen. Er blinzelte und erkannte die aufgebrochene Tür. Wirlan und Narlo lagen zerfetzt am Boden und rührten sich nicht mehr. Gaerun schützte Loramus blutende Seite, während Rawila sich nur noch den Schild vorhielt und sich offenbar nicht mehr zu wehren vermochte. Einzig Bjoremul stand aufrecht wie eine Statue da; ganz so wie damals, als Nuramon den Wyrenar zum ersten Mal auf den Albenpfaden gesehen hatte. Er schwang seinen Kriegsflegel wild umher, und die Waffe sang ihr magisches Lied und trieb einen Gegner nach dem anderen zurück.

Nuramon legte beinahe benommen den Kopf zur Seite und war entsetzt: Daoramu lag unter einem grauen Wesen, das von schwarzem Nebel umgeben war. Es war groß wie ein Troll, aber schlank, und es hatte einen länglichen Schädel und beschuppte Klauen. Die Zunge schoss herab, doch Daoramu wandte den Kopf, sodass die Zunge neben ihr auf den Steinboden klatschte. Nuramon wollte aufspringen, doch sein Körper gehorchte ihm nur schleppend.

Aber Nylma war da. Sie hob ihr Schwert, da drang ein Drachenschwanz aus dem Nebel empor, wirbelte herum und schlug die Wyrenara zu Boden.

Langsam nur rührten sich Nuramons Hände. Als er sich aus dem Sitz quälte, hob die drachenartige Bestie den langen Kopf, öffnete das Maul und entblößte drei Reihen Reißzähne. Nuramon kam das geisterhafte Auge an der Seite des Schädels bekannt vor. »Balon«, flüsterte er.

Das Wesen war über Daoramu und schwenkte brüllend das spitze Kinn hin und her. Es drückte sie mit den Klauen zu Boden und riss ihr Wunden in die Schultern. Es warf den Kopf zurück, als hole es mit dem dolchartigen Kinn aus. Mit aller Kraft stemmte Daoramu sich gegen den Druck der schuppigen Klauen, doch es gelang ihr lediglich, ihre Beine zur Seite zu schieben. Sie streckte sich, um an den Dolch zu gelangen, der nicht einmal eine Handbreit von ihren Fingerspitzen entfernt lag. Über die Klinge hinweg sah sie Nylma zuckend am Boden liegen.

Das Wesen holte mit dem Kopf aus, doch statt mit dem Kinn herabzufahren, stieß es ein lautes Kreischen aus, das Daoramu in die Ohren stach. Die Bestie ließ von ihrer linken Schulter ab und rammte den Kopf nach rechts.

Da war Nuramon. Die knochige Stirn der Bestie traf ihn und warf ihn zurück. Er stieß mit dem Rücken gegen den Steinsitz, in dem er eben noch gesessen hatte, und sank mit hängendem Haupt zu Boden.

Die Bestie stieß sich von Daoramus Schulter ab und ließ einen lodernden Schmerz zurück. Daoramu rollte sich zur Seite und sah, wie das Wesen sich über Nuramon aufbäumte.

Bjoremul sprang vor Daoramu und schlug mit seinem Kriegsflegel nach der Bestie. Diese schwenkte zur Seite und spaltete sich: Der Körper ging auf Bjoremul los, der schwarze Nebel blieb bei Nuramon und schwebte langsam auf ihn herab.

Loramu kam an Bjoremuls Seite und bewahrte ihn mit ihrem Schild vor einem Schädelstoß. Die Wucht des Aufpralls warf sie zu Boden. Da pfiff der Dreschflegel bereits wieder sein Kriegslied, seine Dornen rissen eine Wunde quer über die langgezogene Nase der Bestie. Mit einem Kreischen schlug das Wesen mit den Krallen nach Bjoremul. Der einen Kralle wich der Wyrenar aus, die andere fing er mit der Stange auf, doch die Klaue der Bestie fuhr den Schaft entlang, kratzte über Bjoremuls Hand. Der Herzog schrie auf und ließ die Waffe fallen. Ein Hieb der Bestie traf ihn an der Schulter, und er ging zu Boden.

Die Bestie brüllte auf, schnappte nach Loramu, drückte sie mit den Klauen auf den Boden. Das rechte Bein der Kriegerin verschwand im Maul des Wesens. Mit einem gewaltigen Ruck und einem Knacken riss der Unterschenkel der Kriegerin direkt unterhalb des Knies ab.

Das viele Blut, das Loramu aus dem Stumpf strömte, entsetzte Daoramu; die Hitze stieg ihr zu Kopf und wurde ihr zum Schmerz, als schwämme sie in einem See aus kochendem Feuer, ohne zu vergehen. Während alles um sie herum verblasste, hörte sie sich schreien. Binnen eines Augenblicks wandelte sich ihre Stimme in die einer Fremden. Sie spürte Nuramon und ihre Freunde und Gefährten – selbst jene, die über die Schwelle zum Tod geschritten waren. Und sie spürte die Wesen, die das Leid zu ihnen gebracht hatten. Der Saal faltete sich zusammen, dann wieder auf. Ihre Gefährten waren nun hinter ihr, die Feinde vor ihr, und die Hitze schoss von ihr fort.

Die Magie weckte Nuramon. Ein Schatten schwebte zwischen ihm und einer Lichtgestalt, deren Magie in alle Richtungen davonschoss. Die Kraft in den magischen Adern, die durch den Raum liefen, suchte sich den Weg zu jener Gestalt. Trotz der gewaltigen Macht, die ihm entgegenschlug, schmeckte Nuramon Daoramus magischen Hauch, der seit ihrer Rettung von ihr ausging. Die Macht umströmte ihn wie ein reißender Fluss einen Felsen, und er spürte auch die meisten der anderen Gefährten, die wie auf Inseln vom magischen Strom Daoramus verschont wurden.

Die Verwandelten, die Nuramon als magisches Glitzern umherschwirren sah, jagten von schneidendem Wind getrieben davon. Die Bestie, die eben noch Daoramu bedroht und ihn mit einem Schlag benommen gemacht hatte, war ein kreischender Schatten hinter Vorhängen aus Licht, an dem Daoramus Macht mit tausend Mäulern nagte.

Ein weiterer Schatten schwebte neben Nuramon und war von Daoramus Magie durchwoben, so tief hatte sich ihr Zauber hineingebohrt. Es war der Schatten, der die Bestie wie ein wehender Mantel bedeckt hatte. Er riss sich von Daoramus Macht los und schoss herbei. Nuramon hob die linke Hand schützend vor sich, und schon sprang seine Magie wie ein Falke, der sich auf die Beute stürzte, von seinem Arm.

Daoramu stieß einen verzweifelten Schrei aus und packte den Geist mit ihrer Macht. Nuramon zerrte von vorn an dem Wesen, Daoramu von hinten. Da begann der Schatten zu zittern, riss schließlich auseinander. Die Magie, die ihn erfüllte, schoss in einer Fontäne hervor und verging im Strahlen von Daoramus Magie. Ein Hauch davon stieg Nuramon in die Nase, und er fürchtete, der Geist hätte in ihm Zuflucht gefunden. Doch dann erkannte er den Duft: Es war nicht, wie befürchtet, der des Drachen Balon, sondern der einer magischen Quelle.

Wie Nebelschwaden im Wind löste sich Daoramus Macht auf, und der Fluss der Kraft folgte wieder seinem alten Gang: über die Adern im Boden und in den Wänden hinein in die Säule in der Mitte des Saales. Das Licht verblasste, und zurück blieb Daoramu. Sie schaute mit verzweifeltem Antlitz zu ihm herüber. Sie lächelte mit zitternden Lippen, dann geriet sie ins Taumeln, und ehe Nuramon bei ihr war, fiel sie zu Boden.

Nuramon fasste sie und nahm sie in den Arm. Da öffnete sie ihre Augen. »Was war das?«, fragte sie.

Nuramon schüttelte den Kopf und schaute zu Nylma hinüber. Sie war auf allen vieren und spuckte Blut. Loramu lag regungslos am Boden, ihr Unterschenkel fehlte beinahe ganz. Da kam Bjoremul herbeigesprungen, holte hastig ein Stück Leinen aus seinem Beutel und versuchte, die Blutung des Stumpfes zu stillen. Wirlan und Narlo waren tot, ihre zerschundenen Körper lagen am Eingang des Saales. Rawila packte Gaerun an den Händen und schleifte ihn vom Tor weg. Nuramon schaute sich nach der Drachenbestie um, die Loramu den Unterschenkel abgerissen hatte. Doch sie war verschwunden, aufgelöst von Daoramus Zauber.

Daoramu beobachtete, wie Nuramon Loramus linke Hand mit seiner rechten fasste und seine linke direkt in die Beinwunde der verstümmelten Kriegerin legte. Der Fluss der Magie strahlte bis zu Daoramu herüber. Sie war von Zauberkraft umgeben und spürte jede

Regung. Es gab keinen Unterschied zwischen dem starken Strom in der Säule oder dem winzigen Hauch, der in Nylma wirkte, die Macht aus dem Almandin zog und in einen Heilzauber fügte. Für Daoramu war in diesem Augenblick selbst der Hauch, der alles Leben erfüllte, nichts anderes als Magie. Sie wusste, dass Wirlan und Narlo tot waren. Gaerun lebte, doch wo eine Flamme lodern sollte, glühte es nur noch. Nylma würde überleben, ebenso Bjoremul, der viel Blut verloren hatte und sich eines seiner Leinentücher um die Hand wickelte. Ihre Gefährten und deren Lebenshauch erschienen ihr in diesem Augenblick wie leuchtende Inseln in einem magischen Meer.

Nuramon schloss die gewaltige Wunde Loramus mit seinem Zauber und besiegelte damit, dass das rechte Bein der Schwertfürstin in einem Stumpf endete. Kaum hatte Nuramon Loramu in einen heilenden Schlaf versetzt, gab er Gaeruns Lebensflamme neue Kraft und heilte Rawilas Wunden. Nylma verließ sich auf ihre eigenen Heilkräfte, und Bjoremul winkte ab.

So kam Nuramon schließlich zu Daoramu zurück und blickte erstaunt auf ihre Schultern. Erst da fiel ihr auf, dass ihr Mantel und ihre Hemden zwar zerfetzt und blutig waren, der Schmerz aber geschwunden war, während sie die anderen beobachtet hatte. Jetzt folgte sie Nuramons Blick und suchte ebenso wie er vergeblich nach dem kleinsten Kratzer.

»Du weißt, was das bedeutet?«, fragte er.

Sie schüttelte den Kopf. »Ich habe keine Ahnung, Nuramon.«

»Es ist die gleiche Magie, die Nylma in sich trägt, nur viel mächtiger.«

Daoramu schaute zu Loramu hinüber. »Mächtig genug, um sie sicher nach oben zu schaffen?«, fragte sie.

»Vielleicht«, sagte er und schaute nachdenklich den Gang entlang.

»Du hast etwas bemerkt, nicht wahr?«

»Mir war so, als hätte dem Schatten der Hauch von Balon angehaftet. Die Magie, die den Schatten erfüllte, entstammt einer magischen Quelle.« Er schaute zum Gewölbe auf. »Ich vermute, dass irgendwo in diesem Reich Magie ausströmt, die Geister an Lebewesen bindet.«

Daoramu ließ sich von Nuramon auf die Beine helfen, und als sie stand, fühlte sie sich stark und ausgeruht.

Nuramon strich ihr über die Wange, dann stutzte er und fasste rasch ihre Hände. Daoramu spürte, wie Zauberkraft aus ihren Fingerspitzen floss. Nuramon schüttelte den Kopf. Er führte sie zu Bjoremul, bat sie, ihm ihre Hand zu reichen und fasste seinerseits die Hand des Herzogs. Daoramu spürte, wie ihre Zauberkraft durch Nuramon hindurch in Bjoremuls Körper floss und dort ans Werk ging. Als die Wunde sich schloss und sich blasse Narbenhaut verbreitete, wo die Kralle der Bestie die Hand aufgerissen hatte, nickte Bjoremul anerkennend. »Das tut zwar höllisch weh, aber das habt ihr gut gemacht.«

»Ich habe gar nichts getan«, sagte Daoramu und spürte ein Kribbeln unter ihren Füßen.

»Fühlst du dich geschwächt?«, fragte Nuramon und starrte auf die leuchtenden Lichtadern, die sich über den Boden zogen. »Hast du das Gefühl, Zauberkraft eingebüßt zu haben?« Er schaute auf ihre Hände.

»Nein. Nur ein Kribbeln unter den Füßen«, sagte sie.

»Ist es ein Brennen? Als ob du einen zu langen Marsch auf dich genommen hättest?«

»Nur ein Kitzeln«, sagte sie.

Nuramon schüttelte den Kopf.

»Was?«, fragte sie.

»Wir sind gerade mächtiger geworden. Du verfügst über die Kraft, ich über den Zauber. Du bist die Quelle, ich bin der Fluss.«

Daoramu erstarrte. Sie hatte noch nicht ganz begriffen, was es bedeutete, dass die Magie in ihr strömte, und nun ließ Nuramon es so erscheinen, als wäre sie ihm, was das Zaubern anging, ebenbürtig. Das machte ihr zuerst Angst, aber die Vorstellung, mit ihm gemeinsam Magie zu wirken, brachte sie schließlich trotz all des Leides um sie herum zum Lächeln.

Nachdem Nuramon die überlebenden Gefährten gemeinsam mit Daoramu versorgt hatte, kümmerten sie sich um die beiden Toten. Rawila und Gaerun konnten die Tränen nicht zurückhalten. Weinend holten sie Wirlans und Narlos Mäntel aus den Beuteln und kleideten sie darin. Daoramu wusch ihre Gesichter mit ihrem Trinkwasser, und Nuramon nähte Wirlans Gesichtswunde zu.

»Glaubt ihr wirklich, wir können mit ihnen *und* Loramu hinauskommen?«, fragte Bjoremul und blickte durch das geborstene Tor auf den Gang hinaus.

Er erntete ärgerliche Blicke von Rawila und Gaerun, und Daoramu sagte: »Willst du sie etwa zurücklassen, damit diese Bestien sie holen?«

Bjoremul zuckte mit den Schultern. »Wir wissen nicht, ob sie es auf Leichen abgesehen haben. Wir könnten sie hier bestatten.«

»Was redet ihr da?«, fragte Loramu mit schwacher Stimme.

Nuramon wandte sich der Kriegerin zu. Sie wirkte sanft wie ein Kind, das ruhig aus einem langen Schlaf erwachte. Ehe einer von ihnen auf ihre Frage antworten konnte, schaute sie an sich entlang und erblickte den Stumpf. »Wo ist der Rest geblieben?«, fragte sie und lächelte bitter. »Hat es diese Bestie tatsächlich gefressen?«

»Es ist mit der Bestie in Daoramus Zauber verglüht«, sagte Nuramon.

Loramu starrte Daoramu mit großen Augen an.

»Es tut mir leid«, sagte Daoramu.

»Nicht doch«, entgegnete Loramu. »Wenn du dieses Licht warst, hast du mir den Hintern gerettet. Im wahrsten Sinne des Wortes.« Sie schaute zu Wirlan und Narlo, dann zu Bjoremul. »Du hast recht. Ihr müsst zurücklassen, was euch daran hindert, nach oben zu kommen.« Sie schaute zu Nuramon auf. »Hast du gefunden, was du gesucht hast?«

Nuramon nickte nur.

Loramu atmete erleichtert aus. »Geht«, sagte sie mit einem Nicken zur Tür. »Ich werde über die beiden wachen.«

Bjoremul schüttelte den Kopf. »Das kommt gar nicht in Frage«, sagte er.

Daoramu nickte und warf Loramu einen ernsten Blick zu. »Ich möchte das Kriegergerede nicht hören«, sagte sie.

Alle Blicke richteten sich auf Nuramon, und er verstand, warum sie bei ihm Rat suchten. Wegen seiner Erinnerung waren sie hergekommen. Und der Preis des Wissens, das er gefunden hatte, war der Tod zweier Gefährten und das Bein seiner Schwertschwester. »Die beiden Siegelzauber, die ich nun gefunden habe, werden wir mit keinem weiteren Blut bezahlen«, sagte er. »Was immer sich uns in den Weg stellt, werden wir fortfegen. Wir werden niemanden hier unten zurücklassen. Nicht einmal unsere Toten.«

Mit zunehmender Sorge beobachtete Daoramu, wie Gaerun und Rawila sich mit der Last ihrer toten Gefährten und sogar mit deren Gepäck abplagten. Auch Nylma, die Loramu auf dem Rücken trug, keuchte unter dem Gewicht. Um ein wenig Last von ihr zu nehmen, trug Bjoremul die Beutel der beiden Kriegerinnen.

Die feinen Sinne, die Daoramu nach dem Zauber besessen hatte, waren eingeschlafen. Sie spürte die Lebenskraft ihrer Gefährten nicht mehr, und die Magie, die über ihr an der Decke floss, war kaum mehr als ein Luftzug. Nur Nuramons Macht spürte sie noch immer deutlich.

Am Ende des Ganges fanden sie das zertrümmerte Tor, und jenseits davon im Saal lag die Leiche eines Verwandelten. Das Wesen starrte mit leeren Augen zum Gewölbe auf. Daoramu schauderte bei dem Anblick des widernatürlichen Menschenkörpers. Nuramon aber packte das Wesen und drehte es auf den Bauch. Dann wies er über den Rücken des Verwandelten. »Es ist, als steckten ihm fünfzig Messer im Körper«, sagte er. »Er strahlt noch vor lauter Magie.«

Daoramu spürte es auch. Diese Magie trug noch immer ihren Duft, und doch war sie ihr fremd geworden.

»Er hat sich noch bis hierhin geschleppt«, sagte Nuramon.

Da wandte sich das Wesen um und sprang auf. Daoramu wich zurück, ihre Gefährten zuckten. Der Verwandelte aber erstarrte und erschlaffte auf Nuramons Schwertklinge. Nuramon stieß ihn zu Boden, schaute kurz in die Runde und ging dann wortlos der Marmortreppe entgegen.

»Er macht mir Angst«, flüsterte Bjoremul, als er an Daoramu vorüberschritt. Sie aber schwieg und erinnerte sich an die Erzählungen vom Feldzug gegen Varmul. Nuramon hatte ihr gestanden, dass er voller Rachlust gegen die Varmulier vorgegangen war. Der Höhepunkt seines Hasses war erreicht gewesen, als ein feindlicher Feldherr ihrem Vater Yurnas Kopf geschickt hatte und Nuramon ausgezogen war, um die Botin zu rächen. Er war mit dem Kopf des varmulischen Feldherren zurückgekehrt. Daran konnte Daoramu nichts Verwerfliches finden, doch diese Kälte hatte sie selbst noch nie an Nuramon bemerkt.

»Spürst du auch, dass da oben etwas auf dem Weg ist?«, fragte Nuramon und fasste ihre Hand.

Sie schaute auf. »Nein. Es ist, als wäre ich plötzlich für manche Dinge erblindet.«

»Bleib dicht bei mir«, sagte er. Seine Hände waren eiskalt, und er strahlte eine Ruhe aus, als berühre ihn die Gefahr, die hier herrschte, nicht länger. »Keine Sorge«, sagte er und lächelte endlich. Dann zog er sie sanft hinter sich und schritt, ohne sie loszulassen, die Marmorstufen empor.

Sie spürte seine Magie fließen, und entlang dieser erfasste sie die Gefahr, von der er gesprochen hatte. Als sie die ersten Verwandelten auf der Treppe sahen, drückte Nuramon ihre Hand und sandte ein Licht voraus, das ihren Duft trug und seinen Zauber. Die Wesen kreischten vor Schmerz, fielen zu Boden und rührten sich nicht mehr.

Nuramon führte sie zwischen den Körpern der Verwandelten hindurch. Sie strahlten wie der, den sie unten im Saal gesehen hatte. Daoramu schaute links und rechts auf sie hinab und fürchtete sich, dass sie sich plötzlich erheben und nach ihr und Nuramon greifen würden. Doch es rührte sich nichts.

Mit festem Schritt zog Nuramon sie weiter, und als sie oben in dem großen Saal auf zwei Dutzend Verwandelte trafen, zögerte Nuramon kurz. Doch kaum waren Bjoremul und die anderen in seinem Rücken, schritt er voran, entfesselte seinen tödlichen Zauber erneut, und kaum lagen vier der Verwandelten am Boden, ergriffen die übrigen die Flucht.

Nuramon schaute ihnen durch das offene Tor nach. »Dort in der Ferne liegt die magische Quelle«, sagte er und wandte sich dann an Daoramu. »Spürst du sie?«, fragte er.

»Wie ein flackerndes Licht, das ganze Hallen ausfüllt«, antwortete sie und drückte seine Hand fester.

Nuramon nickte. »Aber das Flackern ist ein Wimmeln. Dort bewegen sich all jene Lebewesen, die der Quelle zu nahe kamen. Die Magie nährt sie.«

Daoramu konzentrierte sich, und tatsächlich sah sie schattenhafte Wesen, die vor einem Leuchten tanzten. Manche hatten menschliche Gestalt, die meisten aber krochen am Boden. Sogar die Gestalt einer Spinne glaubte sie zu erkennen – der Körper groß wie ein Mensch, jedes Bein so lang wie ein Speer. Sie berichtete Nuramon von dem, was sie wahrgenommen hatte, und er nickte. »Dort sind auch die Geister«, sagte er. »Wie Nebelschwaden umgeben sie die Wesen und legen sich auf sie.« Kaum hatte er es ausgesprochen, wurde Daoramu der Geister ebenfalls gewahr. Bei der Quelle schwebten sie in der Luft, abseits davon knüpften sie sich an Wesen. Zehn – zwanzig – fünfundzwanzig zählte sie.

»Lasst uns gehen«, sagte Nuramon. »Wir haben hier alles gewonnen, was es zu gewinnen gab, und mehr verloren, als wir hätten verlieren dürfen.«

Wieder in der Zwergenzuflucht, sah Nuramon, wie Daoramu am Brunnen immer weiter in sich zusammensackte. Sie versuchte, sich ihre Erschöpfung nicht anmerken zu lassen, aber Nuramon, der seine magischen Sinne mithilfe von Daoramus Macht weit ausgesandt hatte, wusste, dass er sich und ihr zu viel zugemutet hatte. »Ich habe mich geirrt«, sagte er. »Ich hielt uns beide für mächtiger, als wir es sind.«

»Wir sind mächtig genug, um hier zu sein«, entgegnete sie, trank einen Schluck Wasser und schaute sich um. »An einem Ort wie diesem.«

Nuramon nickte. »Du bist empfänglich für die Magie. Du nimmst sie und hältst sie fest. Als wäre nicht nur die Macht des Almandins auf dich übergesprungen, sondern auch ein wenig des Orakelsteins.«

Sie lächelte, schaute dann aber zu Nylma und Bjoremul hinüber, die neben Loramu an der Wand saßen und der Schwertfürstin etwas zuflüsterten. Auf dem Weg hatte Nuramons Kampfschwester die Zähne zusammengebissen und scheinbar gelassen auf ihr Schicksal geblickt. Nun aber, da sie in Sicherheit waren, rannen die Tränen. Sie schaute immer wieder zu den Leichen von Wirlan und Narlo hinüber und schüttelte den Kopf. Gaerun und Rawila kümmerten sich um ihre toten Gefährten und bereiteten sie auf ihre letzte Ruhe vor. Sie entkleideten sie und wuschen sie mit dem Wasser, das sie aus dem Brunnen schöpften.

Nachdem Bjoremul und Nylma Loramu zwischen sich genommen hatten und auf den Stufen zur Badehalle verschwunden waren, sagte Daoramu: »Ich erinnere mich noch, dass du mir Loramu vorgestellt hast. Ich lachte, weil sich unsere Namen reimen. Und ich mochte ihr verwegenes Lächeln auf Anhieb.« Sie schüttelte den Kopf. »Ich wünschte, ich hätte den Zauber einen Moment früher entfesselt.«

Nuramon fasste ihre Hände. »Es ist nicht deine Schuld. Deinetwegen sind wir noch am Leben, ob du die Macht nun begreifst oder nicht.«

»Aber war es all das wert?«, fragte sie und wies auf die Leichen von Narlo und Wirlan.

»Wenn die Magie am Ende abflauen kann, weil wir da draußen alles in die Waagschale geworfen haben, dann sage ich: Ja, das ist unser aller Leben wert.«

Daoramu nickte langsam. »Und dennoch«, sagte sie dann. »Wären das unsere Kinder gewesen, hätten wir das Opfer dann auch gebracht?«

Nuramon blickte über die nackten Körper von Wirlan und Narlo, auf denen die Wunden noch klafften. »Vielleicht haben wir dieses Opfer bereits gebracht«, sagte er. »Es mag sein, dass wir an dem unsteten Tor so weit in die Zukunft gesprungen sind, dass wir alle verloren haben, die wir lieben.«

»Das will ich nicht glauben«, sagte Daoramu kopfschüttelnd.

Der Moment des Abschieds war gekommen. Daoramu stand mit den Gefährten auf dem Dach der Zuflucht und schaute auf die beiden Steinhaufen, in denen Narlo und Wirlan begraben waren. Die Steine stammten vom Grund des Beckens in der Badehalle. Alle Worte waren gesprochen, alle Tränen vergossen, und nun wandte sich einer nach dem anderen vom Grab ab und schaute durch die Dunkelheit zu den anderen Refugien hinaus, die wie riesige Barinsteine in der Nacht leuchteten.

»Das ist ein guter Ort«, sagte Loramu. Die Schwertfürstin stützte sich nur auf eine der beiden Krücken, die Nuramon am Morgen gefertigt hatte. Die andere reichte ihr Gaerun gerade. »Ich bin mir nicht sicher, ob ich so den Berg hinabkomme«, sagte sie und wich ihren Blicken aus.

»Dafür werden wir sorgen«, entgegnete Nuramon.

Von der Treppe aus schauten sie noch einmal auf die Steinhaufen zurück, und schließlich begaben sie sich hinab in die Halle zu ihren Sachen. Gaerun und Rawila gingen Loramu zur Hand, die mit den Krücken auf der Treppe Schwierigkeiten hatte.

Sie gingen hinüber zum Albenstern, und während Nuramon das Tor öffnete, wandte Daoramu sich noch einmal um und schaute die Halle entlang bis zum Brunnen am anderen Ende. Der Gedanke, das Zwergenreich zu verlassen, ins Tal hinabzusteigen und über die Albenpfade nach Jasbor zurückzukehren, fiel ihr schwer. Sie fürchtete sich vor dem, was sie dort finden würden.

»Ist euch eigentlich klar, dass hier weder Mensch noch Elf je gewesen sind«, sagte Bjoremul. »Vielleicht sind wir die Letzten, die hier den Fuß hineinsetzen.«

»Hoffen wir, dass wir diese Zuflucht nie brauchen werden«, entgegnete Daoramu darauf, dachte an ihre Kinder, ihre Eltern und all die anderen, die sie in Jasbor zurückgelassen hatte. Wenn sie scheiterten und die Welt der Menschen in der Magie unterging, wäre ein Ort wie dieser oder Noroelles Gefängnis ein letztes Refugium. Und allein die Vorstellung, ohne ihre Kinder und all jene, die sie in Yannadyr zurückgelassen hatte, hier leben zu müssen, war ihr unerträglich. Es durfte nicht sein. Sie weigerte sich zu glauben, dass mehr als einige Monate vergangen waren.

Nuramon führte die Gefährten von der Zwergenzuflucht auf die Albenpfade. Über einen Albenstern am Rande des Gefüges gelangten sie in einen Saal, der direkt in die gewaltige Eingangshalle von Aelburin mündete. In der Ferne lag ein Fleck Tageslicht. Dort war das Tor. Sie schritten behutsam voran, und immer wieder hielt Nuramon Ausschau nach Gefahren, und auch seine Gefährten waren bereit, einem Feind die Stirn zu bieten und Loramu, die sich in ihrer Mitte abmühte, zu schützen.

Die Luft und das Licht am Tor offenbarten schließlich etwas, das Nuramon befürchtet hatte: Er roch den Winter im eisigen Wind, der ihnen entgegenwehte, und sah schließlich Schnee. Mal wehte er vor der Pforte vorbei, mal flog er über die zerborstenen Torflügel herein. Das bedeutete, dass sie beim Durchschreiten des unsteten Tores mehr als nur einige Tage in die Zukunft gesprungen waren. Nun konnte er nur hoffen, dass lediglich Monate vergangen waren und nicht Jahre.

Als auch seine Gefährten des Schnees gewahr wurden und sie ihre Hoffnungen flüsterten, bemerkte Nuramon zur Linken einen magischen Schein, gewiss fünfzig Schritte entfernt, der sich bewegte, als würde dort eine Fackel hin und her getragen.

Nuramon warnte seine Gefährten, und als die Halle sich nach links öffnete, erblickten sie durch einen offenen Seitensaal hindurch eine Schar Verwandelte. Diese liefen im Schein von Barinsteinen vor einer breiten Treppe hin und her. Einigen von ihnen haftete ein Schatten an, drei waren beinahe so sehr entstellt wie das Drachenwesen. Einer von ihnen trug so viel Magie bei sich, dass sie für das bloße Auge als Leuchten zu erkennen war.

Ein Verwandelter trat vor, stürzte zu Boden und blieb liegen.

»Was war das?«, fragte Daoramu.

»Sie können sich nicht zu weit von der Quelle entfernen«, erklärte Nuramon. »Sonst verlieren die Geister die Macht über die Körper.«

Die Verwandelten wichen zurück, und das Wesen, das vor Magie leuchtete, bäumte sich auf, schwang sich vor und entfesselte eine gewaltige Kraft, die den Saal entlangschoss.

Nuramon packte Daoramu und riss sie mit sich zu Boden. Ein

gewaltiger Lichtstrahl schoss über sie hinweg, flog zwischen zwei Säulen hindurch und zersprengte die gegenüberliegende Wand.

Nuramon hob den Kopf und schaute zu den Verwandelten hinüber. Die meisten lagen regungslos am Boden. Nur jene, die von Schatten umgeben waren, standen noch da.

»Los, weg hier!«, brüllte Bjoremul, und die anderen nickten und folgten ihm. Nuramon aber hatte nur Augen für die starrenden Wesen am Ende des Seitensaales. Sie waren auf dem Weg, Drachenwesen zu werden. Sie waren größer als die anderen Verwandelten, ihre Schädel spitzten sich bereits zu, und ihr Rücken war gekrümmt. Ihre Arme hatten weitere Gelenke ausgebildet und sich in die Länge gezogen. Beugten sie sich nur noch ein wenig mehr, wären sie endgültig von Zweibeinern zu Vierbeinern geworden. Erst als Daoramu ihn weiterzog, konnte er sich von dem erschütternden Anblick losreißen.

»Was wird aus ihnen?«, fragte Bjoremul, als sie den Saal schon lange hinter sich gelassen hatten.

»Die Magie wird wachsen«, sagte Nuramon. »Und eines Tages kommen sie vielleicht bis zum Tor, und irgendwann durch das Tor hinaus in die Welt. Vielleicht reicht die Macht der Quelle einst so weit, dass sie die Magie anderer Quellen berührt.«

Bjoremul senkte den Blick. »So etwas könnte bei uns daheim auch geschehen. Und wir wären machtlos.«

»Daheim wären wir nicht machtlos«, erwiderte Loramu. »Hätten wir nur die Hälfte der Ilvaru hier und Nuramon in unserer Mitte, wären diese Wesen erledigt und die magische Quelle versiegelt.«

Bjoremul nickte und lächelte.

Sie brachten das letzte Stück des Weges hinter sich und schritten in den Winter hinaus. Das ganze Hochland war schneebedeckt, doch sonst erinnerte nichts daran, dass hier Zeit vergangen war. Es gab keine magischen Quellen, die spürbar waren, die Bäume hatten lediglich die Jahreszeit gewechselt. Wie viel Zeit vergangen war, wusste Nuramon nicht, und keiner der Gefährten fragte ihn danach.

»Kommt!«, sagte Loramu schließlich und stach mit den Krücken in den knöchelhohen Schnee. »Gehen wir heim.«

Orakelblick

Immer öfter hielt Nylma Bjoremul mit Blicken gefangen. Er war zwar noch immer ein Schatten seiner selbst, aber auch der Schatten gefiel ihr. Ihre Liebesnacht in der Zuflucht war – darauf hatten sie sich geeinigt – ein Augenblick der Schwäche gewesen. Natürlich war das ihrerseits eine Lüge gewesen. Und seither fragte sie sich, ob auch er gelogen hatte. Sie fürchtete sich davor, ihm die Wahrheit zu entlocken.

Gaerun hatte eine Absprache mit Rawila getroffen. Sie würden Loramu beistehen; ganz gleich, was kam. Sie hatten Nuramon immer geschätzt, doch in der Kammer hatte er sie allein gelassen – und nun war Loramu für ihr Leben gezeichnet, Narlo und Wirlan waren tot, und der Fehler an dem verriegelten Lichttor hatte sie mit einem Schritt mindestens Monate, vielleicht sogar Jahre in die Zukunft geführt. Nun starrte Nuramon in die Ferne und sagte, er hätte den Siegelblick angewendet, jedoch nichts gesehen. Und damit wuchsen Gaeruns und Rawilas Zweifel.

Bjoremul schämte sich. Er war der Schwächste in der Gemeinschaft. Er ermüdete noch vor Loramu, und er war froh, wenn irgendwer von einer Rast sprach. Besonders schämte er sich vor Nylma. Als sie ins Tal kamen und zum Baden Rast an einer warmen Heilquelle machten, wusste er nicht, warum sie seine Nähe suchte. In der Zuflucht hatten sie einander geliebt, und es war beinahe ein Wunder, dass sie nichts gemerkt hatte, als er sie um Entschuldigung gebeten und so getan hatte, als vermisste er einfach die Fleischeslust. Und sie hatte ihn beruhigt und das zwergische Schlafgemach mit der Liebesgrotte in Teredyr verglichen, in der keine Fragen gestellt wurden. Als sie sich geeinigt hatten, dass es nichts weiter gewesen war als die Befriedigung von Bedürfnissen, hatte er zugestimmt, die Wärme im Gesicht gespürt und gehofft, dass der Bart die Röte verbarg. Nun aber fühlte er sich wie ein Jüngling, der seiner ersten Liebe begegnete. Er war jenseits der sechzig, sie ging auf die fünfzig zu, und doch verblassten all die Schönheiten, mit denen er sich die letzten Jahre umgeben hatte, neben ihr. Als sie nahe des Albensterns am

Fuße des Gebirges lagerten, gab er zu, dass ihm die Liebesnacht mehr bedeutete, als er behauptet hatte. Er gestand – sie gestand –, sie liebten sich. Und im Lager gaben sie offen zu erkennen, was sie fühlten.

Heimwege

Sie waren endlich wieder auf den Albenpfaden, und Nuramon führte die Gefährten rasch nach Süden. Binnen Tagen würden sie in Jasbor sein, und bislang hatte er weiterhin nur kleine Veränderungen ausmachen können, die ihn hoffen ließen, es könnten tatsächlich nur Monate vergangen sein. Als sie jedoch am Morgen auf dem langen Albenpfad von Angnos gen Süden schritten und das nächste Lichtplateau endlich in Sicht kam, hielt Nuramon inne. Auf einem Pfad, der sich neben ihnen annäherte und gerade noch hinter den finsteren Nebelschwaden zu erkennen war, bewegte sich etwas.

Da waren Menschen in Metallrüstungen und hellen Mänteln. Als Nuramon inmitten der Krieger einen Mann entdeckte, der eine Maske trug, und erkannte, dass es die Maske des Guillaume war, wurde ihm mit einem Schlag klar: Die Tjuredanbeter waren auf den Albenpfaden.

Eine ganze Schar betrat die Lichtinsel, und ehe Nuramon und die Gefährten sich zurückziehen konnten, wies einer der Krieger ihnen entgegen und stieß einen Ruf aus.

Die Feinde sammelten sich, und der Mann mit der Guillaume-Maske strebte in die Mitte der Lichtinsel zum Albenstern. Dort schwenkte er einen hellen Holzstab und öffnete einen Trichter aus Licht – ein Tor, geschaffen von der Magie der Tjuredanbeter. Kaum war die Lichtpforte da, verschwand der Anführer darin, die Krieger folgten ihm einer nach dem anderen.

»Ist das der Stab des Rajeemil?«, fragte Daoramu. Nuramon hatte ihr von dem Torstab erzählt, den Dareen nun hütete.

»Nein«, sagte Nuramon. Dareen hatte ihnen beim Abschied mit Rajeemils Stab ein Tor auf die Albenpfade geöffnet. Es war ein langer, grauer Stab gewesen, und die Pforte, die sich erhoben hatte, war kugelförmig gewesen. »Sie müssen ihn selbst geschaffen haben.«

»Was nun?«, fragte Nylma. »Sollen wir versuchen vorbeizuschlüpfen?«

»Keinesfalls!«, sagte Nuramon. »Wenn sie einen Weg nach Arlamyr gefunden haben, sind wir verloren. Und wir wollen sie gewiss nicht dorthin führen.«

»Wir können hier nicht ausharren«, sagte Bjoremul und starrte auf das Tor, das noch immer offen war.

»Wir ziehen uns zurück«, erklärte Nuramon und führte die Gefährten zum Albenstern, der zum alten Orakelrätsel nach Angnos hinausführte. Während er den Torzauber sprach, sagte er seinen Gefährten, dass sie nicht durch diese Pforte gehen würden. Als die Lichtsäule sich erhob, führte Nuramon sie auf den Pfad, der zu den nördlichen Albensternen führte.

»Du willst sie in die Irre führen?«, fragte Bjoremul.

»Mehr als das. Es ist eine Falle, ein fehlerhaftes Tor. Gehen sie hindurch, werden sie Opfer der Zeit.«

Daoramu drehte sich zu ihm um. »Aber das dürften sie wissen«, sagte sie. »Sie haben den Torzauber gewiss nicht gelernt, ohne Fehler zu machen. Sicher sind etliche von ihnen durch solche Tore in die Zukunft getragen worden.«

»Aber der Zauber lag auf einem Stab«, sagte Nylma.

Nuramon nickte. »Vermutlich ist der Zauber darauf fehlerfrei, sodass sie nicht der Zeit zum Opfer fallen. Und weil sie fürchten, dass dieser Stab in die falschen Hände fällt, sind sie geflohen.«

»Bei Yanna!«, sagte Daoramu und blickte den langen Pfad entlang. »Wenn sie die Sternfestungen angreifen, könnte alles, was wir aufgebaut haben, zerfallen.«

Am nächsten Albenstern hielt Nuramon an. Er wollte Loramu eine Pause gönnen, denn die Schwertfürstin atmete schwer. »Und wie kommen wir nach Yannadyr zurück?«, fragte sie.

»Wir nehmen die Nordroute«, antwortete er.

»Wir sind schon einmal über Firnstayn gereist«, sagte Nylma. »Warum also nicht noch einmal?« Sie schaute neben sich und erntete ein Nicken von Bjoremul.

So führte Nuramon die Gefährten von Lichtinsel zu Lichtinsel und schließlich wieder hinaus in die Welt. Sie erschienen inmitten eines vereisten Feldes. Hatten sie sich zuvor darauf gefreut, der Kälte für eine Weile zu entkommen, waren sie nun in den Winter zurückgekehrt. Nylma nickte anerkennend. »Es sieht beinahe genauso aus wie vorher. An den Tannenwald erinnere ich mich noch.« Sie zeigte zur Seite. »Das rote Leuchten da ist den Hügel kaum heruntergekommen.«

Nuramon ließ das Lichttor mit einer langsam wischenden Geste versinken.

»Ob sie unsere Spur aufnehmen können?«, fragte Bjoremul.

»Dazu brauchen sie ein Gespür dafür, welche Albenpfade vollständig sind und welche einfach abbrechen«, sagte Nuramon. »Sonst fallen sie an einem brüchigen Pfad in die Welt zurück, wahrscheinlich direkt in eine magische Quelle.« Er schüttelte den Kopf. »Und selbst wenn sie die Gefahren erkennen, gibt es zu viele Albensterne, an denen wir in die Welt hinausgegangen sein können.« Er zeigte auf einen Tannenwald am Ende des vereisten Feldes. »Wenn wir erst einmal dort sind, werden sie uns nie finden.« Er schaute in die Runde. »Dankt euren Ahnen, dass hier kein Schnee liegt und wir keine klaren Spuren hinterlassen werden.«

Sie brachten den Weg zum Wald rasch hinter sich. Für Loramu war der harte Boden eine Qual. Kaum waren sie in der Sicherheit des Waldes verschwunden, machten sie eine Pause. Nuramon blickte immer wieder zum Albenstern zurück und fragte sich, ob die Tjuredanbeter ihnen nicht vielleicht doch folgen konnten.

»Du vertraust deinem eigenen Urteil nicht«, sagte Daoramu und setzte sich neben ihn an den Baumstamm.

»Dieser Feind hat mich schon so oft überrascht«, sagte er. »Ich will auf alles vorbereitet sein.« Doch die Tjuredanbeter kamen nicht. Und als Loramu zum Aufbruch drängte, wandte sich Nuramon ab und schaute nicht mehr zurück.

Daoramu schritt vor Nuramon durch das Lichttor und erschien hinter ihren Gefährten am Fjord von Firnstayn. Es war Nacht, aber wie ein Mond, der auf den Klippen im Nebel lag, erhellte die Magie den ganzen Fjord und tauchte die schneebedeckte Stadt in einen grünen Schein. Dort drüben, wo nun Stille herrschte und in dieser Kälte kein Feuer mehr wärmte, hatte Nuramon vor Jahrhunderten fünfzig Winter auf seine Gefährten Farodin und Mandred gewartet. Dort oben auf der Klippe, wo der Steinkreis noch als Schatten vor dem magischen Licht zu erkennen war, hatte Mandred sich vor dem Manneber in Sicherheit gebracht, und die beseelte Eiche Atta Aikhjarto hatte ihn nach Albenmark geholt.

Daoramu hatte immer gedacht, diesen Ort noch so wiederzufinden, wie Nuramon ihn ihr beschrieben hatte, so wie er vor der Schlacht um Albenmark gewesen war. Zwar herrschte hier nun auch der Winter, und der Fjord war zugefroren, aber die Masten der Schiffe, die damals hier aus dem Eis geragt hatten, waren durch Jahrzehnte von Wellen, Sturm und Eis gefällt worden. Der Riss in der Welt, der sich durch die Luft zog, war noch immer da. Das Land jedoch, das sich in Albenmark zwischen dem Albenstern und der legendären Brücke Shalyn Falah erstreckt hatte und das Emerelle und ihre Helfer zusammen mit den Albenpfaden abgetrennt hatten, sah man nicht mehr dahinter. Grelles Licht füllte die Wunde komplett aus.

»Die Magie ist noch stärker geworden«, sagte Nuramon.

»Sollen wir also doch auf den Albenpfaden lagern?«, fragte Nylma.

Nuramon schüttelte den Kopf. »Die Magie hat sich verändert. Sie hat ein Gesicht. Es ist ein heilender Zauber geworden.«

»Und doch ist die Stadt nicht bewohnt«, sagte Daoramu.

Nylma wies an Firnstayn vorüber. Am Rande des magischen Scheins ragte eine Burg aus einem Dorf heraus. Das Licht, das dort brannte, ging beinahe im Schein am Fjord unter.

»Ein kleines Dorf für die Heilmagie«, sagte Bjoremul.

»Größer als Firnstayn am Anfang«, erklärte Nuramon.

»Wenn dies eine Heilquelle ist, würde man meinen, dass sich das weithin verbreitet und die Menschen in Scharen herkommen«, sagte Bjoremul.

»Vielleicht sind die Wege hierher einfach durch magische Quellen versperrt«, sagte Daoramu. »Und die Tjuredanbeter dort hegen vielleicht auch nicht den Wunsch, diese Heilquelle zu teilen.«

Bjoremul stutzte. »Glaubst du nicht, dass sie zu denen gehören, die wir in Angnos sahen?«

»Dann müsste dieser Albenpfad bewacht sein«, sagte Nuramon. »Was immer im Süden passiert, hier im Norden scheint man nichts davon zu wissen.«

Sie schlugen ihr Lager auf, verzichteten aber darauf, ein Feuer zu machen. Da aber eisiger Wind durch den Fjord fegte, band Nuramon einen Zauber an einen Stein, und die Magie spendete beinahe die Wärme eines Feuers. Nachdem sie gegessen hatten, legten sie sich zur Ruhe. Nuramon hielt Wache und starrte verträumt zur Stadt hinüber. Daoramu liebte diesen Anblick und sank langsam in den Schlaf.

Sie hatte das Gefühl, gerade erst die Augen zugemacht zu haben, da rief Nuramon ihren Namen und zog sie auf die Beine. Gaerun und Rawila kämpften gegen schwergerüstete Krieger in Pelzmänteln, einer von ihnen trug eine Metallmaske, die das Gesicht des Guillaume zeigte. Hinter ihm und seinem Gefährten stürmten weitere Krieger heran, während Bjoremul und Nylma den jungen Ilvaru zur Hilfe kamen.

Loramu saß neben Daoramu, das Schwert gezogen und bereit, sich auch im Sitzen zu verteidigen. »Nimm deinen Dolch«, rief ihr die Schwertfürstin zu, und Daoramu holte die Waffe hastig zwischen ihrem Gepäck hervor. Gaerun und Rawila bewegten sich derweil zur Seite und versperrten den Weg zu Loramu und ihr.

»Da!«, sagte Loramu und wies mit dem Schwert auf das Eis hinaus. Dort standen weitere Gestalten. Obwohl der Fjord in grünes Licht getaucht war, lag auf jedem von ihnen ein Schatten. Daoramu bemühte sich, irgendein Detail an den Gestalten zu erkennen, doch sie sah nichts außer nachtschwarzen Mänteln und Gesichtern, die hinter finsteren Schleiern verborgen zu sein schienen. Magie lag wie ein frischer Geruch in der Luft, und während sie einatmete, gewahrte sie hauchdünne Bänder, die sich um jeden einzelnen Schatten knüpften.

Die Bänder führten durch die Luft. Einige schienen sich an den Riss über dem Fjord zu knoten, andere reichten bis hinauf zur magischen Quelle im Steinkreis – dem Tor, das zu dem Landstrich führte, der früher einmal zu Albenmark gehört hatte.

Ein Blitz schoss von Nuramon den Tjuredanbetern entgegen und riss zwei von ihnen zu Boden. Die Übrigen erstarrten für einen Augenblick und machten sich davon, einige im vollen Lauf, einige stützten ihre verletzten Gefährten, andere schleppten die Leiche eines Schwertbruders hinter sich her. Als sie sich entfernt hatten, sagte Gaerun leise: »Es tut mir leid, ich bin eingeschlafen.«

Nuramon klopfte ihm auf die Schulter. »Aber rechtzeitig wieder aufgewacht.« Da stockte er in der Bewegung und starrte den Schattenwesen auf dem Eis entgegen. Dann winkte er die Gefährten hinter sich. »Helft Loramu auf«, befahl er. »Und packt alle Sachen.«

Während Gaerun und Rawila ihre Schwertfürstin stützten, erhob sich Daoramu und schritt neben Nylma und Bjoremul an Nuramons Seite.

Eine der Schattengestalten schritt vor den anderen her. Nuramon ließ sie unbehelligt bis auf drei Schritte herankommen, dann hob er die Hand. Als wäre es ein Zauberspruch, fiel der Schattenmantel von dem Anführer ab, und zum Vorschein kam eine Elfe mit braunem Haar und braunen Augen – wunderschön und erhaben, gekleidet in ein graues Kleid. Noch ehe Nuramon ihren Namen sprach, wusste Daoramu, dass ihnen die Elfenkönigin gegenüberstand.

»Emerelle«, sagte Nuramon leise. »Das kann nicht sein.«

Nuramons Zweifel ließ auch Daoramu einen misstrauischen Blick auf die Gestalt werfen. Deren Miene wirkte starr wie eine Maske, und ihre Bewegungen stockend und keineswegs so gewandt und erhaben wie Nuramon es immer beschrieben hatte. Irgendetwas stimmte nicht.

»Und doch bin ich hier«, sagte sie mit einer Stimme, die sanft und gebieterisch zugleich war. »Aber nur als Geist, noch nicht in Fleisch und Blut.«

Dass die Gestalt nur der Geist der Königin sein sollte, mochte erklären, warum sie so starr wirkte. Nuramon aber stutzte und schaute zum Steinkreis auf der Klippe hinauf. »Wie hast du das Band der Welten wieder geknüpft?«, fragte er die Geistergestalt.

»Das fortgerissene Land war wie ein Anker, den ich finden konnte.«

Nuramon starrte sie lange an, ehe er sprach. »Und warum duldest du die Tjuredanbeter in deiner Nähe?«

»Sie sind Narren, die ich täusche.«

»Wozu der ganze Aufwand, um dann doch hier zu erscheinen?«

»Es war von Anfang an der Plan«, sagte die Elfenkönigin und rührte sich nicht von der Stelle. »Die Welt soll gereinigt werden von all jenen, die uns vernichten wollten. Und wenn es so weit ist, werde ich das alte Band wieder knüpfen.«

Nuramon schüttelte den Kopf. »Wozu all der Aufwand, wenn du die ganze Zeit hier warst? Als ich das letzte Mal herkam, hättest du dich offenbaren können.«

»Da war meine Macht noch nicht so weit gediehen.« Immer noch regte sie sich nicht. Dieser Geist passte nicht zu der Elfenkönigin aus Nuramons Geschichten, und Daoramu fragte sich, ob Nuramon etwas an ihr erkannte, das ihr verborgen blieb.

»Dareen machte mir klar, dass die Zeit knapp ist«, sagte Nuramon.

Die Elfenkönigin schüttelte stockend den Kopf. »Dareen will, dass du die versiegelten Pfade öffnest, ehe meine Macht gewachsen ist. Ich kann die Bande nach Albenmark nur mit all der Macht dieser magischen Flut wiederherstellen.«

»Dann brauchst du mich nicht. Du brauchst nur zu warten, bis die Magie stark genug ist, und knüpfst dann die Bande. Und schon fließt die Magie wieder zwischen den Welten. Wozu bin ich also hier?«

Die Elfenkönigin trat beinahe zitternd vor Nuramon und starrte ihm in die Augen. »Weil hier dein Schicksal liegt«, sagte sie und schaute dann Daoramu durchdringend an. Sie konnte sich vorstellen, wie dieser entwaffnende Blick am Hof der Elfen seinen Zweck erfüllte. »Sie ist dein Weg ins Mondlicht«, sagte Emerelle. »Die Magie zu zügeln liegt jenseits deiner Macht. Oder glaubtest du tatsächlich, das Werk der Weisen leisten zu können?« Die Elfenkönigin strich Nuramon über die Wange. Das liebliche Lächeln passte zu der

Vorstellung, die Daoramu sich von der Königin der Elfen gemacht hatte. Erhaben und gütig; und das, obwohl ihre Worte wie ein Schlag ins Gesicht waren. Dennoch mochte die Wahrheit darin liegen.

Nuramon packte die Königin blitzschnell am Hals und stach ihr das Schwert schräg in den Leib hinauf. Emerelle röchelte und bemühte sich, Nuramon zu umklammern. Ein Hauch von Magie umgab sie. Sie fiel auf die Knie, schüttelte verzweifelt den Kopf und mühte sich wieder auf die Beine.

»Warum?«, fragte Daoramu und trat an Nuramons Seite. Doch er starrte der Elfenkönigin nur entgegen.

Daoramu konnte nicht fassen, was ihr Geliebter gerade getan hatte. Da war sie wieder – die Kälte, die sie in Aelburin an ihm entdeckt hatte. Es konnte nicht wahr sein. Ein Mann wie Nuramon könnte seine Königin nicht töten. Es war ausgeschlossen.

Verzweifelt starrte Daoramu auf Emerelle hinab. Die Elfenkönigin erhob sich langsam. Blut lief ihr aus dem Mund, dann hustete sie es auf das Eis hinab. Da fragte sich Daoramu, warum ein Geist, den Nuramon mit seiner magischen Waffe attackierte, blutete. Hätte Emerelles Gestalt sich nicht einfach auflösen sollen?

Emerelles Geist schüttelte den Kopf und klagte Nuramon mit Blicken an. Langsam verbreiterte sich ein Grinsen auf dem Antlitz der Königin, und dann lachte sie mit ihrer hellen Stimme. Das Lachen war Daoramu unheimlich und festigte ihren Zweifel.

»Das ist nicht die Elfenkönigin«, sagte Nuramon und sprach damit aus, was Daoramu dachte. Sie hatte sich nicht geirrt. Nuramon hatte seine Königin nicht getötet. Die Geistergestalt hatte mit ihrer Reaktion und dem Blut Daoramu getäuscht und zu einer Gefühlsregung verleitet. Aber wozu? Wer verbarg sich hinter dieser Gestalt und woher wusste sie, wie die Elfenkönigin aussah und welche Stimme sie hatte? Und woher wusste sie von Dareen, den versiegelten Pfaden und allem anderen?

Die Frau mit dem Antlitz der Elfenkönigin senkte das Haupt. Ihr Haar verdunkelte sich und wuchs in die Länge. Aus dem grauen Kleid wurde ein grünes. Auch dieses Gesicht erkannte Daoramu, denn es ähnelte der Maske des Guillaume. »Noroelle«, sagte sie. Doch zu wissen, dass dies ein Trugbild war, ließ Daoramu der Gestalt statt mit Bewunderung mit Angst entgegenblicken.

»Es ist nur ein Geist«, erklärte Nuramon.

»Du erkennst also deinen Feind«, sagte die Elfengestalt mit der Stimme einer Minnesängerin. »Es ist doch passend, dass ich dir in Noroelles Gestalt erscheine, nachdem ich ihr damals in deiner Gestalt erschien.«

Daoramu erschrak. »Das kann nur der Devanthar wissen«, sagte sie.

Nuramon schüttelte den Kopf. »Er weiß Dinge, die der Devanthar nicht wissen konnte. Sonst hätte er mich ausgelöscht, ehe ich zum letzten Albenkind wurde.«

»Manche sehen im Alter besser als in jungen Jahren«, sagte der Geist in Noroelles Gestalt.

Nuramon atmete durch. »Das spricht für deine Schwäche. Denn du hast deinen einzigen Versuch vertan, in mich zu fahren. Was seid ihr anderes als Schatten, die mit der Magie emporwachsen wollen, bis sie ins Leben zurückkehren?«

Von einem Augenblick zum nächsten stand ein rothaariger Mann mit einem mächtigen Bart vor ihm. Es war Mandred; auch das erkannte Daoramu sogleich. Sie schüttelte den Kopf. Dieser Geist besudelte das Andenken des Gefährten Nuramons. Es war die Schändung einer Leiche. »Du hast viele auf dem Gewissen«, sagte der groß gewachsene Mann brummend.

»Und du warst zu gierig«, erwiderte Nuramon mit einer Miene voller Verachtung. »Du wolltest den Weg abkürzen und sicherstellen, dass ich mein Werk nicht vollbringen kann. Nun weiß ich um dich, wer immer du bist.«

Der Geist verwandelte sich in ein Wesen halb Mensch, halb Eber. Breit gebaut, den Kopf tief herabgeneigt und mit Hauern wie Dolchen. Und doch war es die Stimme eines Mannes – die eines Herrschers. »Es ist zu spät«, sagte der Manneber. Ihre Gefährten wichen zurück, Daoramu aber blieb an Nuramons Seite. Sie hätte sich nicht einmal bewegen können, wenn sie es gewollt hätte, so sehr entsetzte sie der Anblick. Woher Nuramon damals den Mut genommen hatte, gegen eine solche Bestie anzutreten, war ihr ein Rätsel.

»Dies ist die Welt der Menschen«, sagte der Manneber. »Und ihr ahnt nicht, was auf den verborgenen Pfaden liegt. Es gab schon einmal eine Welt, in der Siegel gebrochen wurden. Und dann zerbrach alles. Was Dareen aber entfesseln will, wird alles in die Finsternis stürzen. Wir aber verlangen nur nach dem, was unser ist. Dareen hat dir viel verheimlicht. Sie nutzte deine Verzweiflung, um dich auf diesen Pfad zu bringen. Sie war es, die damals Rajeemil aussandte, dich zu töten, damit das Wissen um die verborgenen Pfade verschwindet.«

»Gewiss«, sagte Nuramon. »Damit deinesgleichen das Geheimnis nicht auslöschen.«

»Du bist ihr nur wegen deiner Liebsten dankbar. Deswegen hast du dich zu etwas hinreißen lassen, das die Rache deiner Königin komplett machen wird.«

»Und was wäre falsch daran?«, fragte Nuramon.

»Nichts, wenn es nicht das Ende aller besiegelte, die du zu schützen suchst. Deine Königin hat dir nicht gesagt, dass es keine Zukunft für dich unter den Menschen gibt. Dein Schicksal wird sich auf Dareens Pfad nicht erfüllen. In die ewige Finsternis wird sie dich stoßen. Lügen, nichts als Lügen! Auch unter euch.«

Der Manneber wandte sich Gaerun und Rawila zu, und die beiden Ilvaru schüttelten die Köpfe. »Das stimmt nicht«, rief Gaerun. Rawila wandte sich von dem Geist und sagte: »Das weiß niemand.«

Ein Blick zu Loramu, und die Schwertfürstin spuckte aus, schwieg aber.

Nachdem der Geist Bjoremul gemustert hatte, senkte der Wyrenar den Blick. Nylma aber schrie ihm entgegen: »Das ist nicht wahr!« Sie wollte auf ihn losgehen, doch Nuramon hielt sie gerade noch zurück. Schließlich erfasste ihn der Blick des Geistes. Nuramon erstarrte und schaute dem Manneber schweigend entgegen.

Da traf der Blick des Geistes Daoramu. Nuramon stellte sich schützend vor sie, doch es nützte nichts. In ihrem Kopf hallte die tiefe Stimme des Mannebers. »Glaubst du tatsächlich, dass Nuramon dich je so lieben kann, wie er Noroelle liebte? Dich? Eine Menschenfrau? Er brauchte dich nur, damit du ihm Kinder schenktest, und nun braucht er dich, weil du Zauberkraft in dir trägst. Er ist auch nur ein Mann mit Trieben. Als du im Schlaf lagst, hat er sich mit anderen vergnügt. Du selbst betrachtest Loramu und musst gestehen, dass sie genau das ist, was einem Mann den Kopf verdrehen würde. Aus einer schwachen Stunde im Krieg wurde mehr. Und nun ist es begraben und beinahe vergessen, weil er dich wieder hat und du ihm mehr nützt als sie. Und damals in Teredyr, vor deiner Zeit, waren ihm die Liebesgrotten keineswegs unbekannt. Und Nylma ebenso wenig. Du bist blind für sein wahres Wesen. Er täuscht dich mit Zauberhand. Es gibt nur eine, die er wirklich liebt: Ceren. Und es wird der Tag kommen, da sie sich an einen Menschenkörper bindet. Vielleicht sogar an deinen.«

Daoramu schoss die Hitze in den Kopf. Sie war immer wieder kurz davor, dem Geist etwas entgegenzuschreien, doch sie hielt aus und zerbrach beinahe daran.

»Er verheimlicht dir, dass die Magie in deinem Jugendstein vergehen wird, sobald er die Siegel gebrochen hat und die Magie sich abschwächt«, sagte der Geist, und da konnte sie nicht anders, als zu lachen. »Du Narr!«, rief sie. »In deiner Verzweiflung hast du offenbart, dass du unsere Gedanken lesen kannst. Nichts weiter. Du schürst alte Ängste, die längst verdrängt waren, und bemühst dich, neue zu entfachen. Aber du bist gescheitert – jämmerlich gescheitert.«

Nuramon trat einen Schritt vor die Gefährten. »Vielleicht bist du der Devanthar, vielleicht bist du es nicht. Es ist unwichtig. So wie der Devanthar einst behauptete, er könnte mit Gedanken töten, so behauptest du all das, was unseren Zweifel nähren könnte. Der Schlüssel liegt darin, dir kein Wort zu glauben. Denn selbst die Wahrheit kleidest du in Lüge. Wir werden gehen, die Siegel brechen und dich und alle, die sonst darauf hoffen, mit der Magie an die Oberfläche dieser Welt gespült zu werden, wieder in dunkle Tiefen hinabstoßen.«

»Ich *bin* der Devanthar«, sprach der Geist.

Nuramon zuckte mit den Schultern. »Glaubte ich das, würdest du mich nur noch stärken. Denn dann hättest du der düsteren Zukunft, die auf mein Versagen folgen würde, ein Gesicht gegeben, das ich bereits hasse. Es war dein Fehler, uns zu erscheinen.«

»Nein«, sagte der Manneber. »Es war ein Fehler von euch, hier zu übernachten und euch unseren Blicken auszusetzen. Denn was ihr wisst, weiß nun auch ich. Ich sehe die Siegelzauber.« Er lachte, und mit seinem Lachen hallten Hufschläge von Firnstayn heran. Eine Kriegerschar ritt auf dem schneebedeckten Eis. Einige der Reiter hielten Stäbe in die Höhe, die so viel Magie abstrahlten, dass Daoramu es spüren konnte. Und auch ihre Träger umgab ein zauberhafter Schein.

Nuramon schaute zu den Reitern und sprach dann zum Manneber: »Schauen wir, wie mächtig ihr seid.« Er wies mit der Hand hinter sich, ließ das Lichttor am Albenstern erscheinen und gab Gaerun und Rawila ein Zeichen. Diese warfen das Gepäck ins Licht, dann halfen sie Loramu durch das Tor. Nylma und Bjoremul folgten. Daoramu wich nicht von Nuramons Seite, und so bewegten sie sich gemeinsam rückwärts, während die Reiter immer näher kamen. Ehe sie ganz im Licht versanken, sagte Nuramon: »Folgt uns, wenn ihr so mächtig seid. Nur wenn ihr uns aufhaltet, könnt ihr sicher sein, dass die Siegel unberührt bleiben.«

Nuramon erschien mit Daoramu Hand in Hand auf den Albenpfaden. Er löste sich langsam von ihr und streckte die Finger vor. Das Lichttor schrumpfte bereits, als ein Schatten hindurchdrang. Mit einem Ruck zwang Nuramon das Tor in die Lichtinsel. Der Geist, der hindurchgeschlüpft war, wich erst vor Nuramon nach links, dann vor Nylma nach rechts aus, tauchte unter einem pfeifenden Hieb von Bjoremuls Dreschflegel hindurch, und strebte geradewegs auf Loramu zu. Rawila hob ihren magischen Schild in die Höhe und ließ den Schatten davon abprallen. Die Gestalt schrumpfte sichtlich, während sie die Richtung wechselte und schließlich auf Daoramu zustrebte.

Nuramon trat vor, streckte die Hände aus und versetzte dem Wesen einen magischen Stoß. Schon war Bjoremul zur Stelle, traf das Wesen mit dem Kriegsflegel und katapultierte es von der Lichtinsel hinaus in die Schwärze. Das Wesen schrie glockenhell und begann im Fallen zu leuchten, während dunkler Nebel es umhüllte. Schließlich verschwand es funkelnd in der Tiefe.

Nuramon wandte sich ab und ging in die Hocke. »Macht euch bereit«, sagte er, und schloss die Augen. »Falls die Tjuredanbeter da draußen irgendetwas von den Geistern gelernt haben, könnten sie ein Tor öffnen und kommen. Es entscheidet sich nun, wie viel von dem, was die Geister sagten, Schein und wie viel Wirklichkeit war.« Damit schwieg er und sandte seine Sinne in die Welt hinaus.

Die Reiter waren an ihrem Lagerplatz angekommen; die Geister befanden sich noch immer dort, wo sie gewesen waren. Der Mannneber hatte seine Gestalt gewandelt. Er trug nun Guillaumes Gesicht, und die Krieger und Magier gaben sich unterwürfig. Sie fanden einen Wasserschlauch, den Rawila und Gaerun in der Eile vergessen hatten, und den verzauberten Stein, der Wärme aussandte. Doch die Tjuredanbeter machten keine Anstalten, ein Tor zu öffnen. Im Gegenteil. Auf einen Wink des Geistes mit Guillaumes Antlitz hin stiegen sie auf die Pferde und machten sich davon. Die Geister kamen nicht näher, sondern erhoben sich in die Luft. Einige schwebten in den Riss über dem Fjord, die Übrigen flogen mit dem Anführer auf die Klippe zur großen Quelle hinauf.

Nuramon öffnete die Augen und erhob sich. »Sie kommen nicht«, sagte er, wandte sich an Daoramu und schloss sie in die Arme.

»Es war alles nur ein Schein«, sagte Nylma.

»Noch«, entgegnete Nuramon und dachte an die gewaltigen Kräfte, die in dem Riss im Fjord von Firnstayn flossen. »Alle Schrecken, die diese Welt je sah, lauern in den Tiefen und warten darauf, wieder ans Tageslicht zu kommen. Wenn alles von Magie durchflutet ist, könnten Wesen wie jene dort draußen diese Welt beherrschen. Sie finden deine Schwächen und wenden sie gegen dich, bis du ihrem Willen folgst. Und wer weiß, welche Wesen noch an die Oberfläche dieser Welt gespült werden.« Er schaute in die bedrückten Gesichter seiner Gefährten und sagte schließlich: »Nun wissen wir, wie alles enden würde – und warum wir es verhindern müssen.«

Orakelblick

Bjoremul hielt auf der Insel Wache, auf der einst Nuramons Freunde ins Mondlicht gegangen waren, und er schämte sich in der Stille der Nacht. Für einen Augenblick hatte am Fjord von Firnstayn ein Zweifel an ihm genagt. Der Geist hatte in seinem Kopf mit ihm gesprochen. Mit vor Häme triefender Stimme hatte er gesagt, dass er sein Schicksal zum zweiten Mal vertan hätte – einmal, als er sich gegen seinen König wandte, und das zweite Mal, als er die Seiten wechselte und seine Familie nachholte. Bjoremul kannte diesen Zweifel; viele Jahre und insbesondere in der Zeit nach Dyras Freitod hatte er ihn geplagt. In seiner Scham dachte er nun an seine Tochter. Lyasani war der Beweis, dass der Geist gelogen hatte. Denn sie war sein Glück.

Als Gaerun Bjoremul ablöste, gesellte Rawila sich zu ihm, und sie tauschten aus, was der Geist vor Firnstayn ihnen eingegeben hatte. Bei Gaerun hatte er den Zweifel an Nuramon geschürt, indem er dem Alvaru die Schuld an Narlos und Wirlans Tod zuschob – ein Gedanke, den der junge Ilvaru beinahe schon vertrieben hatte und der nun mit neuer Kraft zurückzukehren drohte. Und Rawila hatte der Geist übel zugesetzt. Er hatte von ihrer schlimmen Vergangenheit gesprochen, von der Folter durch ihre Zieheltern und davon, dass ihr Schlimmeres bevorstand, falls sie Nuramon folgte. Mit hängenden Schultern sah Rawila zu Loramu hinüber. »Sie zweifelt keinen Augenblick«, sagte sie. »Dann werden wir es auch nicht tun«, flüsterte Gaerun.

Nylma übernahm die letzte Wache und schaute den Gefährten beim Schlafen zu. Der Geist hatte ihr vorgeworfen, dass sie Nuramon, ehe sie ihrer Liebe zu Yargir sicher gewesen war, begehrt hatte. Sie hatte Yargir in Jasbor gestanden, dass sie neugierig sei, wie eine magische Liebesnacht mit Nuramon aussah. »Das würde mich auch brennend interessieren«, hatte er gesagt, und sie hatten gemeinsam gelacht. Eben dieses Lachen hatte der Geist in ihrem Kopf zum Leben erweckt. In ihrer Erinnerung war es ein unschuldiges Lachen gewesen, doch der Geist hatte es verdorben.

Es waren die Lügen eines jämmerlichen Wesens. Die Liebe zwischen ihr und Yargir anzuzweifeln war lächerlich. Yargir würde für sie immer der Mann ihres Lebens bleiben. Doch er war tot, und sie lebte weiter. Sie war eine älter gewordene Frau und liebte einen älter gewordenen Mann. Und niemand würde sie von ihrem Weg abbringen, nicht einmal ein Geist, der in ihr Innerstes blicken konnte.

Loramu wachte früh auf und beobachtete Nylma, die gedankenverloren ins Feuer starrte. Mit dem ersten Tageslicht kam der Schnee, Nylma schaute lächelnd in die Höhe, und Loramu war dankbar, dass sie zu ihren Gefährten zählte. Sie hatte immer zu Nylma aufgeschaut. Sie hatte sie nie begehrt, sondern hatte immer wie sie sein wollen. Der Geist hatte gesagt, sie bevorzuge Frauen, weil sie Männer hasse – Männer wie Nuramon, Bjoremul und Borugar. Erst wenn sie sich von ihnen losgesagt hätte, würde sie wieder Männer lieben können. »So wie es sein sollte«, hatte der Geist gesagt. Als Beweis hatte er ihre gelegentlichen Liebesnächte mit Männern angeführt. Und daraufhin hatte Loramu ausgespuckt. Sie brauchte sich nicht von einem Geist anzuhören, was viele in Yannadyr und Varmul ohnehin dachten und aussprachen. Es brauchte schon mehr, um sie umzustoßen.

In der Zukunft

Der Weg nach Jasbor barg eine unerwartete Offenbarung. Zwar hatte Nuramon mit seinen wiederentdeckten Fähigkeiten keines der magischen Siegel gefunden, die er suchte, aber auf den Albenpfaden bemerkte er einen Zauber am Albenstern, der in die Festung *Weststern* auf den Klippen bei Jasbor hinausführte. Die Magie trug Nerimees Aura. Offenbar hatte seine Tochter den Tjuredanbetern eine Falle gestellt, denn ihre Magie mischte sich wie ein Gift in den Torzauber und machte ihn zur Zeitfalle.

Nachdem Nuramon den Zauber gelöst, ein makelloses Tor geöffnet hatte und mit den Gefährten hindurchgeschritten war, fand er den Albenstern ummauert. Durch eine breite Luke in der Decke und durch Scharten in den Wänden beobachteten sie die Festungskrieger. Erst als sie ihn und die Gefährten erkannten, die Pforte öffneten und Merro, der Festungsfürst und Gaerigars Freund aus Kindestagen, ihnen gegenübertrat, wusste Nuramon, dass die Feinde noch nicht von Jasbor Besitz ergriffen hatten.

Durch Merro erfuhren sie, dass man den 18. Wurnia 2290 schrieb. Der Schritt durch das fehlerhafte Lichttor im Zwergenreich hatte sie sechs Jahre in die Zukunft gespült. Merro kämpfte mit den Tränen, als er ihnen erklärte, dass die Varmulier und die Helbyrnianer auf den Lysdorynen standen und nur Yendreds und Nerimees Macht sie noch vor den Feinden schützte. »Yendred und Salyra sind losgezogen, um an den neuesten Torstab zu kommen, den die Götterdiener ins Feld führen«, sagte Merro.

»Und Lyasani?«, fragte Bjoremul.

»Sie ist auf Jasbor«, antwortete Merro und erklärte, dass es ihr gut gehe. Auf weitere Fragen antwortete er ausweichend und sagte schließlich: »Ich habe der Thronerbin versprochen, über manche Dinge zu schweigen.«

Sie drängten ihn nicht, sondern nahmen die Pferde an, die er ihnen bot. Nachdem Gaerun und Rawila Loramu aufs Pferd geholfen hatten und die Schwertfürstin eine Runde durch den Hof geritten war, um ihre Fähigkeiten zu prüfen, verließen sie die Festung und strebten hinab nach Yamalur.

Dort staunten sie über das Wachstum der Stadt an der Küste vor Jasbor, die Daoramu einst geplant hatte. Die Stadtmauer war vollendet, und neue Gebäude ragten in die Höhe. Ihr Einzug geriet zum Triumph, der Jubel begleitete sie bei der Überfahrt nach Jasbor ebenso wie bei dem Ritt durch die Straßen.

Über ihnen auf der Klippe thronte der Palast, und die Birkeneiche blickte mit ihrem roten Winterkleid auf sie herab. Sie brachten den Weg in die Oberstadt rasch hinter sich, und kaum waren sie durch das Tor auf das Palastanwesen geritten, brüllten ihnen von rechts und links aus der Nord- und der Südgarnison die Ilvaru und die Palastgardisten Grüße entgegen. Jedes Fenster war besetzt, aus den Türen und Toren strömten die Krieger und die Bediensteten. Nuramon und die Gefährten kamen mit ihren Pferden nur knapp über die Mitte des Platzes hinweg, als die Ilvaru sie in ihrem Überschwang fast von den Pferden rissen. Die Umarmungen und Küsse ließen erahnen, wie sehr sie in den letzten Jahren gelitten und sie vermisst hatten.

Loramus Zustand entsetzte die Krieger, und ihre beruhigenden Worte vermochten sie und die Bediensteten nicht zu trösten. Da befahl Byrnea, Nuramons zweite Schwertfürstin, den Ankömmlingen Platz zu machen. »Es gibt andere, die größere Sehnsucht nach ihnen haben«, sagte sie.

Er nickte ihr zu, und während er mit Daoramu, Nylma und Bjoremul weiterzog, schaute er zurück und sah, dass Byrnea Loramu liebevoll stützte. Rawila und Gaerun lagen indes weinend in den Armen ihrer Gefährten.

Die vier Palastwachen, die sonst so starr das Tor bewachten, öffneten ihnen mit einem Grinsen den Weg in die Eingangshalle. Die vielen Schritte, die von dem Gang heranschallten, der vom Garten herführte, nährten Nuramons Vorfreude auf die Familie. Er fragte sich, wen er zuerst in die Arme schließen würde, und schon kam jemand um die Biegung: ein kleiner Junge, der stehen blieb, vielleicht nur, weil auch Nuramon und Daoramu anhielten.

Nuramon wusste sofort, dass es sein Enkel war. Die Rehaugen, das dunkelbraune Haar und die spitze Nase erinnerten ihn an seine letzte Mutter. Wäre sie als Junge zur Welt gekommen, nicht ganz so blass, wie er sie in Erinnerung hatte, und mit Menschenohren, sie hätte gewiss so ausgesehen wie der langhaarige Knabe, der dort stand und sie anstarrte.

Nerimee kam hinzu und hielt ebenso inne, wie der Junge es getan hatte. Der Kleine schaute zu ihr zurück, dann wieder ihnen entgegen und lief los. »Großmutter! Großvater!«, rief er.

Nuramon konnte sich nicht erinnern, je lange genug in einer Inkarnation überlebt zu haben, um seine Enkel kennenzulernen. Er kannte seine Enkel nur durch die Erinnerung späterer Inkarnationen.

Daoramu bedeckte den Mund ruckartig mit der Handfläche, drückte den Jungen schließlich an sich und küsste ihn. »Woher wusstest du, dass ich deine Großmutter bin?«, fragte sie.

»Ich kenne dich von den Gemälden«, sagte er, dann lächelte er Nuramon an. »Und dich auch, Großvater.« Er grinste, schaute an Daoramu vorüber und stutzte. »Die kenne ich aber nicht.«

»Das sind Bjoremul und Nylma«, erklärte Daoramu.

»Die sehen aber anders aus«, sagte der Junge.

Bjoremul lachte, und Nylma grinste.

»Du hast sie sicher auch auf den Gemälden gesehen«, sagte Daoramu. »Sie sind nur älter geworden.«

»Großvater?«, sagte der Junge.

Nuramon strich ihm durch Haar. »Ja?«

»Kannst du Onkel Yendred helfen? Damit Lyasani nicht mehr so traurig ist.«

Nuramon musste schmunzeln. Der Junge war tatsächlich Nerimees Sohn. Er fragte sich, ob der Knabe aus der Liebe Nerimees zu Bargorl erwachsen war. »Natürlich werde ich Yendred helfen«, antwortete er seinem Enkel. »Aber sag du mir etwas: Wie heißt du?«

»Weißt du das denn nicht?«, fragte der Kleine und brachte Daoramu zum Lachen. Sie küsste ihn und sagte: »Du bist unsere Überraschung.«

»Er heißt Gaerigar«, sagte Nerimee und trat an der Seite Borugars und Jaswyras näher.

Nuramon tauschte einen Blick mit Daoramu. Unter Albenkindern hätte es keiner weiteren Erklärung bedurft. Wäre der Junge ein Elf gewesen, dann hätte er diesen Namen erhalten, weil er die Seele Gaerigars in sich trug.

Nerimee fiel erst Daoramu und dann ihm in die Arme. »Wir waren verzweifelt«, sprach sie ihm ins Ohr. »Ceren machte uns Mut, aber wir hatten das Schlimmste befürchtet.« Sie löste sich von ihm. »Aber nun«, sagte sie und schaute an ihm hinab und wieder herauf.

Jaswyra und Borugar begrüßten ihn und die Gefährten herzlich. Sie waren älter geworden, und die Stimme des Königs war heiser, aber seine Gesten so zielsicher wie eh und je. Während seine Schwiegereltern Daoramu an sich drückten, kehrten Nuramons Gedanken zu Gaerigar zurück. Und als Borugar und Jaswyra sich an Bjoremul und Nylma wandten und Daoramu den Jungen mit Fragen bestürmte, nahm Nuramon Nerimee zur Seite.

»Bedeutet es das, was ich glaube?«, fragte er.

Nerimee lächelte. »Ceren erkannte die Seele Gaerigars an ihm. Mein Bruder ist nun mein Sohn.« Damit zerschlug sich eine von Nuramons alten Ängsten, die ihn lange nicht mehr geplagt hatte: die Angst vor dem Tod. Damals, ehe Ceren das Wagnis eingegangen war, ihren weißen Stein zu opfern, hatte sie gesagt, dass die Möglichkeit bestehe, dass er im Falle seines Todes als Nerimees Sohn wiedergeboren würde. Seither hatte er den Tod wieder mit anderen Augen gesehen. Nun aber zu erfahren, dass sein Sohn ein Wiedergeborener war, überwältigte ihn so sehr, dass er Nerimee nochmals in die Arme schloss.

»Lyasani!«, rief Bjoremul, und da sah Nuramon die Tochter des Wyrenar, wie sie an der Seite zweier Dienerinnen die Treppe herabkam. Die eine war Gaeria, die alte Dienstbotin, die schon seit Langem ein Teil der Familie war; die jüngere Frau an ihrer Seite kannte Nuramon nicht. Sie hielt jedoch einen Säugling im Arm.

Gaeria führte Lyasani die Treppe herab und stützte sie. Da sah er es: Aus dem geöffneten Mantel wölbte sich ein Bauch hervor, mit dickem Stoff bedeckt, aber nicht verborgen. Sie erwartete ein Kind.

Bjoremul war außer sich, lief ihr entgegen und erdrückte sie beinahe mit seinem Überschwang. Gaeria jedoch wies ihn zurück und mahnte ihn, vorsichtig zu sein.

»Ist das Kind dort ihres?«, fragte Nuramon Nerimee leise und schaute zu der Dienstbotin mit dem Säugling.

»Nein«, antwortete Nerimee leise. »Das ist Salyras Tochter. Obilee haben sie sie genannt. Und das Kind, das Lyasani erwartet, ist auch ein Mädchen. Sie wollen sie Yulivee nennen.«

Nuramon hatte nichts dagegen, dass sie die Namen seiner Freundin Obilee und seiner Schwester Yulivee gewählt hatten. Im Gegenteil, es freute ihn. Diese Namen würden die Erinnerung an Albenmark wachhalten.

»Wir wären so gerne hier gewesen«, sagte Nuramon, nachdem er Lyasani, die immer noch in der Umarmung ihres Vaters gefangen war, gewinkt hatte.

»Ihr seid in eine Zeitfalle geraten?«, fragte Nerimee und betrachtete Nylma. »Sie und Bjoremul sind nicht älter geworden.«

»Eine Schwäche meinerseits in den Reichen der Zwerge«, erklärte Nuramon.

»Dann wart ihr also wirklich dort«, sagte Nerimee. Sie setzte wieder zum Sprechen an, als Gaerigar herbeigelaufen kam. »Großvater!«, rief er. Daoramu folgte schwer atmend. »Großvater!« Er blieb stehen, und Nuramon nahm seinen Enkel auf den Arm und wartete geduldig auf das, was er zu sagen hatte. »Erzählst du mir von Albenmark?«

»Aber natürlich«, sagte Nuramon. »Heute Abend erzähle ich dir eine Geschichte.«

Kurz darauf kam Gaeria heran, und Nuramon nahm sie voller Dankbarkeit in die Arme. Dann drückte sie Daoramu an sich und begann zu weinen. Gaerigar staunte. Offenbar hatte er die alte Dienstmagd selten so gerührt gesehen. Schließlich wischte Gaeria die Tränen fort und verkündete, dass es für Gaerigar an der Zeit sei, sein Bad zu nehmen.

Daoramu fasste Nuramons Hand, und sie schauten gemeinsam mit Nerimee dem Jungen und der Dienstmagd nach, wie sie auf der Treppe nach unten verschwanden.

»Ist Bargorl sein Vater?«, fragte Nuramon.

Nerimee schluckte und nickte. »Er war es. Er starb vor zwei Jahren bei einem Anschlag auf uns. Drei Meuchelmörder mit vergifteten Wurfdolchen wollten mich und Gaerigar töten. Bargorl stellte sich schützend vor uns und fing die Dolche mit dem Rücken auf. Ehe ich einen Heilzauber sprechen konnte, war er tot.« Nerimee holte tief Luft.

Nuramon fasste ihre Hand und küsste sie. »Waren es gute Jahre mit ihm?«

Sie lächelte unter Tränen. »Ja«, sagte sie. »So, wie du es so oft sagtest: Manche Augenblicke sind wertvoller als ganze Leben. Diese vier Jahre mit ihm waren – trotz all der Mühen, der Rückschläge und der

Sorgen – die glücklichsten meines Lebens. Ich werde nie über ihn hinwegkommen.« Sie schaute zu Nylma, die Jaswyra mit ernster Miene lauschte. »Ebenso wenig wie über Waragir. Das sind Wunden, die immer wieder aufbrechen werden.«

Daoramu drückte Nerimee an sich. »Du bist stark. Das warst du schon immer. Aber wir alle werden dir helfen, damit du die Last nicht allein tragen musst.«

»Dann habt ihr die Zauber gefunden, mit denen wir die verborgenen Pfade aufspüren und entsiegeln können?«, fragte Nerimee und schaute Nuramon mit großen Augen an.

Nuramon nickte. »Ich erinnere mich nun an die beiden Siegelzauber, und bald wirst auch du sie beherrschen. Ebenso Ceren und Yendred. Dieses Wissen wird so lange bestehen, wie einer von uns da ist, um es weiterzugeben.«

Nach ausgiebigen Begrüßungen und einem ausgedehnten gemeinsamen Bad und einer Mahlzeit kam die Familie unter der Birkeneiche zusammen. Es war eisig, und der Schnee bedeckte den Garten und den Park, verschonte aber die Birkeneiche. Im Schatten des Baumes war der Boden von bunten Kräutern bedeckt.

Daoramu und auch die anderen befreiten sich von ihren Mänteln und ließen sich ins Gras sinken. Auch Ceren gesellte sich in ihrer Elfengestalt zu ihnen. »Ich habe nicht daran gezweifelt, dass ihr zurückkehrt«, sagte sie. »Aber ich will euch nicht verhehlen, dass ich meine Wurzeln bis unter die Stadt und über diese hinausstreckte. Ich suchte nach einem Weg, die Stadt vor der magischen Flut zu beschützen.«

Daoramu bemerkte das überraschte Gesicht ihres Vaters und ihrer Tochter. »Und vermagst du die Stadt zu schützen?«, fragte sie.

Ceren lächelte. »Gegen die Magie? Ja. Gewiss auch gegen die Feinde, die uns nun gegenüberstehen. Aber ich fürchte, die Magie wird uns neue Feinde bringen.«

Nuramon nickte und erzählte von ihrer Reise. Er hob die Verwandelten und die Geister im Zwergenreich besonders hervor und endete mit den Geistern von Firnstayn.

»Nicht zu glauben« sagte Lyasani. »Dass dort, wo wir auf der Reise zu Dareen rasteten und an deine Erzählungen dachten, der Devanthar haust.«

»War es denn wirklich der Devanthar?«, fragte Nerimee.

»Ich bezweifle es«, antwortete Nuramon. »Ganz gleich, was jene Geister sind: Wenn wir eines der Siegel brechen und die Magie auf alte Pfade zurückkehrt, werden sie wieder in den Abgrund hinabsinken, aus dem sie emporkamen.« Nuramon schaute zu Ceren auf. »Ich frage mich nur, ob es nicht bereits zu spät ist, die verborgenen Pfade zu finden und zu öffnen.«

Ceren schaute lange zwischen ihnen umher, als musterte sie ihre Sorgen. »Es ist nicht zu spät, solange Schatten nur Schatten sind; nicht, solange ihr zu den Siegeln vordringen könnt. Aber die Zeit ist knapp.« Sie lehnte sich gegen den Stamm ihres Baumes. »Nerimee und Yendred kehren von Mal zu Mal mit mehr magischen Steinen zurück, und selbst die Heilquellen, die den Menschen Linderung verschaffen, müssen wir zügeln, damit die heilende Magie nicht ausufert und Schaden bringt. In den Magischen Hallen wirst du neue Gänge und Kammern finden, alle gefüllt mit von Magie getränkten Steinen.«

»Ich spüre es«, sagte Nuramon und schaute zum Palast hinüber. »Habt ihr so tiefe Tunnel gegraben?«

»Was du spürst«, sagte Ceren, »sind meine Wurzeln. Ich ziehe die Magie aus den Steinen und lasse meine Wurzeln wachsen.« Sie wandte sich ab und schaute in die Flussmündung hinunter. »Ich bin schon tief unten auf halbem Wege nach Yannalur angekommen. Es ist, als streckte ich meine Hände dem Festland entgegen, um die Menschen dort zu schützen, wenn es sein muss.«

Nylma schmunzelte. »Heißt das, dass du nun auch unten in der Stadt erscheinen kannst?«

»An jedem Ort dieser Insel.«

Daoramu stellte sich vor, wie einige Fischer oder Schäfer sie erblickten. »Und das Salzwasser?«, fragte sie. »Schadet es dir nicht?«

»Ich ziehe mit den Wurzeln kein Wasser, sondern Magie. Sie sind Arme, entlang derer ich zaubern kann. Nie wieder werde ich dastehen und mich von Feinden zerstückeln lassen.«

»Dann steht es also schlimm um uns?«, fragte Daoramu.

Nerimee holte tief Luft, schaute zu Borugar, und nach einem Nicken seinerseits sagte sie: »Wir können uns gerade noch halten. Yendred zieht immer wieder aus, Salyra ist bei ihm und Lyasani war es auch, bis vor Kurzem.« Nerimee lächelte Yendreds Geliebte an. »Und ich lege Tag für Tag Zauber auf Gegenstände. Brandpfeile, die sich im Wind entzünden, Rüstungen, Helme und Schilde.« Sie blickte ins Leere und schüttelte den Kopf. »Es ist so viel geschehen.«

Daoramu fasste Nerimees Hand. »Erzähl es uns.«

Nerimee sprach von den friedlichen Jahren mit Bargorl und erklärte Bjoremul und Nylma, was aus ihrem Gatten geworden war. »Die Meuchelmörder kamen aus Helbyrn«, sagte sie dann. »Yendred hat dort mit Lyasani und Salyra beobachtet, wie die Tjuredanbeter die Macht übernahmen und das alte Fürstenhaus zugunsten der Priester absetzten. Sie waren dort und auch in Varmul die Einzigen, die die magischen Quellen zu zügeln vermochten. Und dafür gaben die Leute ihr Misstrauen gegenüber dem Götterglauben auf. Alles, wogegen sich unsere Ahnen wandten, warfen sie über Bord.«

Borugar nickte. »Es ist, als wären sie freiwillig in die Sklaverei zurückgekehrt.«

»Yendred kam den Hintermännern des Mordes auf die Spur«, sagte Nerimee.

»Wir nahmen unsere Rache«, erklärte Lyasani. »Am Anfang stand der Wunsch herauszufinden, wer hinter dem Mordplan steckte. Wir gelangten nach Helbyrn, und dort wüteten wir, unsere Gesichter wie immer verborgen hinter den Masken, die wir in Angnos erbeuteten. Wir wollten Unfrieden unter den Tjuredanbetern säen. Trotz aller Warnungen von Nerimee und Borugar wagten wir uns vor und entführten den Auftraggeber – Tjurim, den Herzog von Nilymal. Angeblich stammt er vom anderen Kontinent. Yendred brachte ihn her, und …«

»Und Großvater überließ mir das Gericht«, sagte Nerimee. »Aber als ich ihn sah, merkte ich, dass ihn der Tod nicht schreckte. Also verurteilte ich ihn, den Rest seines Lebens in der Festung von Byrulsal zu verbringen.«

Daoramu erinnerte sich an die Festung. Sie lag am Westhang der Lysdorynen und galt als das härteste Gefängnis im Königreich. In deren Nähe lag eine der ersten magischen Quellen, die Nuramon gezügelt hatte.

»Yendred, Lyasani und Salyra wagten sich immer wieder nach Helbyrn vor. Und dann geschah, was ich befürchtet hatte.« Nerimee schaute Lyasani an.

Bjoremuls Tochter nickte. »Wir bemerkten, dass die Götterdiener auf den Albenpfaden waren und uns den Weg nach Yannadyr versperrten. Also nahmen wir einen Umweg über Varmul. Dort gerieten wir in eine Falle und wurden gefangen genommen. Varmulische Krieger und helbyrnianische Magier schoben Yendred magische Ringe auf die Finger und legten ihm einen Halsring aus Blei an. Yendred konnte nun nicht mehr zaubern. Sie brachten uns nach Varlbyra vor den König – in den Thronsaal, wo Gaerigar, Yargir und König Mirugil den Tod fanden. Da waren wir am Fuße der Treppe, genau dort, wo Gaerigar gelegen hatte. Wir sahen den König, dessen Mutter und Dorgal, den Leibwächter. Und bei ihnen waren die Fürsten des Rates und sogar einige Abgesandte aus Helbyrn, allen voran Herzog Aniscaro. Er ist Tjurims Nachfolger im Herzogtum Nilymal. Die Anwesenheit so mächtiger Männer konnte nur unseren Tod bedeuten.« Sie schaute zu Nuramon. »Der König war nun erwachsen. Er kam mit seinem ganzen Gefolge die Treppe vom Thron herab, stellte sich uns gegenüber und bat uns aufzustehen.« Lyasani strich sich über ihren schwangeren Bauch. »Er musterte uns lange. Und dann sagte er, du habest ihn, seine Mutter und viele andere damals verschont, und das obwohl dein Sohn tot am Boden lag. Tyregol hat das nie vergessen. Wir bekamen unsere Sachen zurück. Und ehe er uns mit Pferden fortschickte, sagte er, die Schuld sei damit beglichen.«

Nuramons Augen glänzten, und Daoramu schätzte seine Entscheidung von damals noch höher ein, als sie es zuvor getan hatte.

»Auf dem Weg zurück zu einem der abgelegenen Albensterne verfolgten uns einige Tjuredkrieger, aber sie verfügten nicht über die Fähigkeit, uns auf die Pfade zu folgen. Wir warnten die Krieger der

Sternfestungen vor den Götterdienern.« Lyasani atmete tief durch. »Dann kehrten wir heim und überzeugten die Familie, uns vor den Ahnen den Bund schließen zu lassen.«

Daoramu beugte sich zu Lyasani vor und schloss sie in die Arme. »Dann bist du nun endgültig meine Tochter und ebenso wie Salyra bald die Mutter meiner Enkel.«

»In zwei Monaten«, sagte Lyasani lächelnd. »Wir dachten immer, Kinder hätten noch Zeit. Wir wollten warten, bis sich alles beruhigte. Aber nach der Erfahrung in Varmul war uns klar, dass es sich vielleicht nie beruhigen würde. Es hat sich sogar zugespitzt.«

»Aber warum?«, fragte Daoramu. »Habt ihr nicht mit König Tyregol verhandelt?«

»Ich wollte verhandeln«, sagte Borugar. »Aber wir erfuhren, dass Tyregol aus Varlbyra geflohen war und der Fürstenrat mit der Unterstützung Herzog Ansicaros die Macht an sich gerissen hatte. Dann griff Aniscaro nach der Fürstenkrone von Helbyrn – und der Angriff folgte sofort.«

»Yendred fand heraus, dass die Tjuredanbeter die Albenpfade als Brücke zum alten Kontinent nutzten«, erklärte Nerimee. »Und dass Aniscaro aus Süd-Fargon stammte und seine Vorfahren einst aus Aniscans geflohen waren. Aniscaro holte Siedler und eine ganze Streitmacht über die Albenpfade nach Helbyrn.«

»Tragen die Krieger dieser Streitmacht fremdartige Waffen?«, fragte Nuramon. »Kugeln, aus Rohren gefeuert, mit denen sich Schwefelgeruch über das Land legt?« Daoramu erinnerte sich an Nuramons Erzählungen von der letzten Schlacht um Albenmark, als die Tjuredanbeter solche Waffen gegen die Albenkinder geführt hatten. Mandred Torgridson, Nuramons alter Gefährte, war an einer solchen Kugel gestorben.

»Nein«, antwortete Nerimee. »Entweder steht es der Magie nach, oder sie haben dieses Wissen bei all den Katastrophen, die den anderen Kontinent heimsuchten, verloren.«

»Oder«, sagte Ceren und zog die Blicke auf sich, »das, was den Schwefelgeruch verursacht, ist zu schwer zu bewegen und ein leichtes Ziel für Feuerzauber.«

Daoramu wunderte sich. Woher sollte Ceren von solchen Dingen wissen? Selbst Nuramon machte ein verwundertes Gesicht, bestätigte aber, dass Cerens Vermutung wahrscheinlich war.

Nerimee erzählte nun von der Entwicklung, die die Magie in den Händen ihrer Feinde genommen hatte. »Sie legen ihre Macht gern auf Waffen und Stäbe. Und sie nutzen auch wieder Ringe, wie Tarsun sie einst schuf. Wir haben schon viele solche Artefakte erbeutet. Ansonsten sind wir unserem Weg treu geblieben, nicht zu viel Magie aus den Händen zu geben. Die Brandpfeile sind eine Besonderheit. Sie brennen in der Luft und fliegen deutlich weiter als gewöhnliche Pfeile. Yendred trifft mit ihnen sicher auf siebenhundert Schritt. Ihre Herstellung ist aufwändig, aber in den Händen eines Meisterschützen sind sie so mächtig wie ein ganzes Banner Krieger.«

»Und die Stäbe, mit denen sie die Tore öffnen?«, sagte Nuramon. »Habt ihr davon welche erbeutet?«

Nerimee nickte. »Sie sind unten in den Magischen Hallen. Wir versuchen, so viele wie möglich in die Hände zu bekommen. Aber das ist noch nicht alles: Bei ihrem ersten großen Angriff kamen die Feinde mit Katapulten und karrenweise verzauberten Steinen. Yendred legte jenen Zauber auf einen seiner Pfeile, den die feindlichen Magier zum Erwecken ihrer Artefakte nutzen. Das halbe Lager verschwand in einem von Blitzen durchsetzten Feuer.« Sie atmete tief durch. »Obwohl wir den Tjuredanbetern acht Torstäbe genommen haben, hat ihre Macht ausgereicht, uns mit den Varmuliern bis auf die Lysdorynen zurückzudrängen.«

»Sie halten fast alle Sternfestungen im Osten«, sagte Borugar. »Da sie nun über den Torzauber verfügten, schwand unser Vorteil. Denn wir konnten uns nicht mehr so frei wie zuvor auf den Pfaden bewegen. Die Varmulier nutzten das aus und führten ihre gewaltige Übermacht ins Feld. Sie eroberten die Festungen von außen. Also mussten wir uns etwas einfallen lassen.« Er lächelte Nerimee an.

»Mit Ceren schuf ich Zauber, die, an einen Albenstern gebunden, jeden Torzauber verderben«, erklärte Nerimee. »Die Unglücklichen, die hindurchgehen, werden erst Jahrhunderte später an ihrem Ziel erscheinen.«

»Vielleicht sogar in Jahrtausenden«, sagte Ceren.

Nerimee nickte. »Die Tjuredanbeter wagen es kaum noch, sich in unseren Gefilden auf den Albenpfaden zu bewegen.«

»Ich habe den Zauber von dem Tor in *Weststern* gelöst«, sagte Nuramon.

Nerimee winkte ab. »Yendred wird die Zeitfalle erneuern, wenn er zurückkehrt.«

»Wir erwarten ihn am Abend«, sagte Lyasani.

Daoramu freute sich schon darauf, ihren Jüngsten so bald wiederzusehen. »Wo sind Oregir und Sawagal?«, fragte sie dann. »Wären sie euch keine Hilfe?«

Nerimee erzählte von den Geschehnissen in Alvarudor. Der Magierbund, der Nerimee gegenüber misstrauisch gewesen war, hatte sich gegen den Stadtrat gewandt. Oregir und Sawagal war es zu verdanken, dass der Rat sich hatte behaupten können. Seither waren sie Ratsmitglieder, und der alte Magierbund war zugunsten einer Magierschule aufgelöst worden. »Yendred war sogar mit den Ilvaru dort, um die Feinde, die von Süden nahten, ein für alle Mal zu vertreiben«, sagte Nerimee. »Das war vor einem Jahr. Und nun erholt sich die Stadt vom Krieg.«

»Und wie sieht es in Teredyr aus?«, fragte Nylma.

Nerimee lächelte. »Dort herrscht Frieden. Und die Quelle im Wald hat sich als Heilquelle herausgestellt.« Sie schaute Nuramon an. »Die Menschen dort glauben, sie wäre ein Geschenk von dir, Vater. Sie nennen sie *Elfenquelle*.«

Nuramon blickte hinüber zu den Lysdorynen. »Und nun sind die Feinde dort, wo sie waren, als wir einst herkamen.« Er erhob sich und wandte sich an Ceren. »Ich bringe dir die Siegelzauber bei, und du lehrst sie Nerimee und Yendred. Je mehr von uns auf die Suche gehen können, umso besser.«

Der König erhob sich ebenfalls, doch als Nylma und Bjoremul aufstehen wollten, hielt er sie mit einer ruhigen Handbewegung zurück. »Aber wie halten wir uns die Feinde vom Leib?«, fragte er.

»Wir suchen uns Verbündete«, sagte Daoramu.

Borugar schüttelte den Kopf. »Keiner kann es sich leisten, uns zu helfen. Die Teredyrer und die Alvarudorer sind nicht für einen langen Krieg geschaffen. Meine Feldherren raten mir, Söldner zu kaufen. Aber das war nie unser Weg.«

»Und was ist mit einem Bündnis mit Nyrawur oder einem anderen Fürstentum?«, fragte Daoramu.

Jaswyra schüttelte den Kopf. »Wir haben es versucht. Ich selbst war am Hof der Nyrawuri. Aber meine Herkunft bedeutet dort nichts mehr.«

»Die Nyrawuri sitzen wie die Geier dort unten«, sagte Daoramus Vater. »Sie schauen zu, wie wir und unsere Feinde einander zerfleischen.«

»Wir könnten etwas Ungewöhnliches tun«, sagte Daoramu und zog erwartungsvolle Blicke auf sich. »Wir könnten unsere Verbündeten dort suchen, wo wir auf den ersten Blick nicht suchen würden – beim König von Varmul.«

»Was?«, rief Nylma.

Daoramu nickte. »Wir haben ihm damals das Leben gelassen, und wir können wieder dafür sorgen, dass er in unserer Schuld steht.«

Borugars Blick fuhr ins Leere, Jaswyras Miene erstarrte, Lyasani und Nerimee indes wirkten nachdenklich. Nuramon aber schmunzelte und nickte kaum merklich.

»Aber was nützt es, wenn er untergetaucht ist?«, fragte Nylma. »Welche Macht hat er denn noch?«

»Die Spione berichten, dass Tyregol sich dem Bauernaufstand angeschlossen hat«, sagte Borugar. »Die Fürsten pressen das Land aus, und im Norden und im Osten nehmen viele Bauern das nicht mehr hin. Tyregol soll bei ihnen Zuflucht gefunden haben. *Bauernkönig* nennt man ihn bereits unter den Fürstentreuen.«

»Wenn wir König Tyregol unterstützen, mag das ausreichen, um die Varmulier aus dem Spiel zu nehmen«, sagte Daoramu. »Warum sollen sie sich auf den Lysdorynen die Zähne ausbeißen, während daheim ein Bauernaufstand zum Bürgerkrieg heranwächst?«

Sie alle schauten einander an, und jene, die noch saßen, erhoben sich. Einige nickten bereits. Als alle standen, sagte Nuramon: »Was sagst du, Borugar? Helfen wir dem rechtmäßigen König auf den Thron und machen Varmul zu unserem Verbündeten?«

»Wenn bekannt wird, dass wir ihn unterstützen, wird er verlieren«, sagte Borugar.

Daoramu grinste. »Es wird ein Gerücht sein, das man nicht glauben wird.«

»Aber wie hilft man einem König heimlich?«, fragte Borugar.

»Indem man ihn und seine Vertrauten erst einmal an einem geheimen Ort trifft und mit ihnen verhandelt«, antwortete Daoramu. »Einem Ort, der längst aus dem Spiel ist, der aber als Anfang unseres Aufstiegs betrachtet werden kann.« Sie schaute lächelnd zu Nylma. »Wir werden Tyregol finden und ihm ein Treffen in Teredyr anbieten.«

Nuramon schaute sich auf dem Flachdach der Südgarnison nach Loramu um. Er hatte in dieser Nacht vom Tod so vieler alter Gefährten erfahren, dass er sich um das Wohl seiner Schwertschwester sorgte. Die Sterne funkelten längst nicht mehr so hell wie früher. Viele der magischen Quellen vom Festland strahlten in der Nacht, und sogar draußen auf dem Meer brannten einige wie Leuchtfeuer.

Zwischen den breiten Schornsteinen, die über das Dach verstreut in die Höhe ragten, schaute Nuramon sich nach Loramu um. Er lauschte und wollte sich bereits abwenden, da hörte er ein Schluchzen und fand Loramu an einen der kleineren Schornsteine gelehnt. Es dauerte eine Weile, bis sie zu ihm aufsah. »Wenn du jemandem was verrätst, bring ich dich um«, sagte sie mit einer um Härte bemühten Stimme.

Er setzte sich neben sie und schwieg.

Nach einer Weile senkte Loramu den Kopf. »Tu das nicht«, sagte sie.

»Was?«

»Mit deiner Elfengeduld dasitzen, bis ich dir mein Herz ausschütte.«

»Aber du *solltest* mir dein Leid anvertrauen«, sagte er. »Du bist meine Schwertschwester.«

»Nicht mehr. Eine andere muss meinen Platz einnehmen. Ich bin nicht die Erste, die zurücktreten muss.« Sie strich den Mantel hinab, der rechts abfiel, wo ihr Bein endete. »Aber wer lange am Abgrund gestanden hat und dann zurücktreten soll, fühlt sich fremd. Nimm mir das Schwert, und was bleibt?«

»Nimm der Schwertfürstin das Schwert, und es bleibt die Fürstin, zu der die Krieger aufschauen. Nimm der Schwertschwester das Schwert, und es bleibt die Schwester.«

Sie lachte leise.

»Weißt du, warum ich dich damals zu meiner Schwertschwester machte?«, fragte Nuramon.

Sie zuckte mit den Schultern. »Ich dachte, du würdest mich demütigen, indem du mich vortreten ließest und verkündetest, ich sei die beste Schwertkämpferin. Erinnerst du dich noch an das Lachen der anderen?«

»Ja. Aber sie sahen nicht, was ich sah. Ich sah *mich* in dir. Nur selten hat mir jemand den Rücken gestärkt, wenn mir Spott entgegenschlug. Aber ich weiß, dass selbst die kleinste ermutigende Geste einem Leben den Weg weisen kann.«

Loramus Augen glänzten. »Ich hatte keine Ahnung«, sagte sie.

»Aber nun weißt du, dass dir als Lehrmeisterin kaum jemand gleichkommt und du keinem Feldherrn im Wissen nachstehst. Wie oft hast du dich über Borugars Feldherren aufgeregt und gesagt, dass der König ein paar Schwertfürsten als Berater bräuchte? Nun braucht er dich – als Herrin dieser Garnison. Yendred und ich werden viel fort sein. Und dieses Haus braucht schon seit langem eine Herrin, die die Schüler unterweist und dem König eine Beraterin ist.«

Sie starrte ihn an. »Aus Mitleid?«, fragte sie nach einer Weile.

»Nein.«

»Werden die Feldherren einer Frau wie mir denn vertrauen?«

»Sie werden keine Wahl haben. Borugar macht dich zu seiner Strategin.«

»Was?«, rief sie.

»Du wirst die Strategin des Königs.«

Loramu schüttelte den Kopf. »Aber was ist mit Jasgur? Ließe er sich nicht noch einmal dazu bewegen, der Fürst der Feldherren zu sein?«

Nuramon atmete durch. »Jasgur ist tot«, sagte er und hatte noch das erschütterte Gesicht Borugars vor Augen, der es ihm gesagt hatte. »Er ist tot«, wiederholte er. »Er starb im Schlaf. Alt geworden, von Wunden geplagt und satt vom Leben. Den Ansturm der Helbyrnianer hat er nicht mehr miterlebt.«

»Und seine Familie?«, fragte Loramu leise.

»Sie ist in Byrnjas. In Sicherheit.«

Loramu nickte. »Allein um Jasgurs Willen werde ich nicht Nein sagen. Ich werde seinen Sohn mit meinen Plänen wieder auf den Herzogsthron von Gaelbyrn bringen.«

Daoramu saß mit der Familie im Wohnsaal. Sie hatte sich neben Nerimee und Lyasani vor dem Kamin auf einem Sitzkissen niedergelassen und strich Obilee lachend über die Ohren. »Beinahe so spitz wie deine«, sagte sie und schaute zu Nuramon hinüber, der zwischen Jaswyra und Bjoremul auf einer Bank saß und sie anlächelte.

»Komm her, Gaerigar«, rief Nerimee und winkte ihren Sohn von Borugar fort, der bei Nylma und Loramu im Sessel saß und leise über Kriegsdinge sprach. Daoramu lächelte Gaerigar an. Sie konnte Nerimees Sohn nicht betrachten, ohne an ihren eigenen Sohn zu denken. So glücklich wie sie musste sich eine Elfenmutter fühlen, die in das Gesicht ihres als Enkel wiedergeborenen Kindes schaute.

Daoramu blickte zum Feuer hinüber, vor dem Ceren am Boden saß und mit wachem Blick umherschaute. Der Baumgeist hatte gewiss seinen Anteil daran, dass Daoramu nun beinahe so wie eine Elfenmutter fühlte. Ihr Trost und ihre Weisheiten hatten sie ebenso geprägt wie die Jahre mit Nuramon.

Daoramu ließ den Blick durch den Raum wandern und atmete erleichtert durch. Dies war die Familie, die sie in der Finsternis vermisst hatte. Ganz gleich, was noch vor ihnen lag, Augenblicke wie diese konnte ihnen niemand mehr nehmen.

Nun fehlten nur noch Yendred und Salyra. Und als die Tür sich öffnete und sie endlich kamen, war Daoramus Glücksgefühl vollkommen. Sie alle begrüßten die beiden überschwänglich und liebevoll. Daoramu begegnete ihnen mit Obilee auf dem Arm und bemerkte die Tränen im Gesicht ihres Sohnes, als sie das Kind an Salyra reichte. Diese küsste ihre Tochter, und Yendred strich dem Kind über den kahlen Kopf. Die Freude im Gesicht ihres Sohnes und die Erleichterung in dem ihrer Schwiegertochter berührten Daoramu. Als Lyasani dazukam und erst Yendred und dann Salyra sanft umarmte, konnte sie nichts Falsches daran finden, dass ihr Sohn zwei Frauen liebte. Und als Salyra zärtlich über Lyasanis Bauch strich und dieser ein Lächeln entlockte, waren Daoramus Zweifel nur noch eine Erinnerung.

Die Jahre waren an Yendred spurlos vorübergegangen, doch Salyra war kräftiger geworden und wirkte ruhiger als zuvor. Sie ging auf die dreißig zu und schien in der Blüte ihres Lebens zu sein. Daoramu war glücklich, dass Nuramon zunächst nicht nach dem Krieg und ihren Erlebnissen fragte, sondern nach den Kindern, nach ihrer Hochzeit und wie die Stadt ihre Liebe aufgenommen hatte.

Erst als Jaswyra mit Gaerigar das Zimmer verlassen hatte, um den Jungen ins Bett zu bringen, fragte Yendred: »Habt ihr gefunden, was ihr gesucht habt?«

Nuramon nickte langsam. »Es hat uns viel gekostet, aber wir haben unser Ziel erreicht. Ich erinnere mich nun an die beiden Siegelzauber: den kleinen, der mir die Siegel offenbart, und den großen, mit dem ich sie brechen kann.«

Yendred lächelte zufrieden, und dann berichteten er und Salyra auf Borugars Bitte hin von der Lage in den Lysdorynen. »Wir halten sie noch«, sagte er. »Und eure Rückkehr wird die Krieger bestärken.«

»Können wir auf eure Hilfe zählen?«, fragte Borugar und schaute in die Runde.

Nylma und Bjoremul sagten sofort zu. Nuramon schaute fragend zu Daoramu, und auch sie zögerte nicht. »Wir werden nicht zusehen, wie dieses Königreich fällt«, sagte sie.

Nuramon nickte. »Ich werde noch heute Nacht damit beginnen, Ceren die beiden Siegelzauber zu lehren. Dann werden Daoramu und ich dort sein, wo wir gebraucht werden. Aber wir müssen bald auf die Suche nach den Siegeln gehen.«

»Ich werde einen Plan schmieden, der allen Bedürfnissen genügt«, sagte Loramu und erntete von allen Seiten ein Lächeln. »Aber bitte, lasst uns morgen früh von Kriegsdingen sprechen. Im Augenblick interessiert mich, ob der Wein im königlichen Keller immer noch so vorzüglich ist.«

Damit kehrte die Heiterkeit zurück, und Daoramu lauschte den Erzählungen der vergangenen sechs Jahre – Geschichten von Liebe und Tod, Triumphen und Niederlagen, von den Leuten, die fortzogen, und jenen, die hinzukamen. Und als sie erfuhr, dass Ceren den Menschen immer öfter in der Stadt erschien und gelegentlich ein tröstendes Lied sang, war Daoramu neugierig. Und tatsächlich sang Ceren nun ein altes Elfenlied, das melancholisch begann, fröhlicher und fröhlicher wurde, und in das Nuramon schließlich einstimmte. Daoramu verstand nur wenige der Elfenworte, summte aber schon bald die Melodie mit.

Obilee jauchzte, als Ceren an ihr vorüberschritt, wurde aber müde, als der Baumgeist ein Gedicht über sie sprach. »Was hast du gesagt?«, fragte Daoramu, als Ceren geendet hatte.

»Es war eine Bitte an das Schicksal«, sagte sie. »Es möge uns allen und dem Kind ganz besonders hold sein.«

»Du hast uns etwas versprochen«, sagte Salyra und tauschte Blicke mit Lyasani und Yendred.

»Ja«, sagte Ceren und nickte. »Obilee wird zaubern können. Die Magie in ihr ist noch stärker als die in Gaerigar.« Sie lächelte Lyasani an. »Aber deine kleine Yulivee wird ihrem Namen alle Ehre machen. Ich spüre jetzt bereits die Magie sehr deutlich. So mächtig ist sie.«

Während Yendred schmunzelte, strahlten Salyra und Lyasani; und Daoramu erinnerte sich an damals, als sie und Nuramon mit Nylma und Yargir auf dem Weg von Alvarudor nach Teredyr gewesen waren und Ceren ihnen offenbart hatte, dass eines ihrer Kinder ein Junge und das andere ein Mädchen sein würde. Sie tauschte ein Lächeln mit Nylma und entsann sich jener glücklichen Zeit.

Als der Wein Borugar, Nylma und Bjoremul zu Kopf zu steigen schien und das Gelächter überhandnahm, bat Daoramu Lyasani und Salyra zur Seite. »Ich möchte euch etwas geben«, sagte sie. »Ihr müsst es teilen, so wie ihr euch Yendred teilt.« Sie löste die Kette, die um ihren Hals lag, und hielt den Jugendstein, der daran hing, vor die Augen der beiden Frauen. »Dieser Stein, den Ceren mir schenkte, bewahrte mich vor dem Altern. Ich fürchte mich nicht mehr davor, ihr aber sollt die Jugend eine Weile genießen. Einen Tag trägt die eine ihn, am nächsten die andere.« Sie legte die Kette Lyasani um und merkte, dass die anderen schweigend näher traten.

Lyasani zitterte. »Wird die Heilung die Geburt nicht verhindern?«, fragte sie.

Daoramu schüttelte den Kopf. »Dieser Zauber hindert dich nur am Altern – nicht mehr, nicht weniger.« Sie fasste die Hände ihrer Schwiegertöchter. »Teilt den Jugendstein, und irgendwann gebt ihr ihn weiter an jene, die ihn verdienen.«

»Danke«, sagte Salyra leise.

Lyasani zögerte. »Ich weiß, wie viel er dir bedeutet.«

»Nicht mehr«, sagte Daoramu und strich ihr über ihr zartes Gesicht. Und endlich nickte Lyasani.

Nuramon betrat mit Nylma und Bjoremul den Nebensaal der Königshalle, wo Borugar bereits mit Loramu und Yendred wartete. Nachdem die Schwertfürstin den Feldherrn am Mittag als neue Strategin ihren Plan vorgestellt hatte, wollte sie ihn nun ihm und den Gefährten erklären. Sie saß auf ihrem Stuhl am Tisch, und ihr Finger fuhr über die Karte der Lysdorynen.

»Wir haben es in den südlichen Tälern mit den Varmuliern und in den nördlichen mit den Helbyrnianern zu tun«, sagte sie. »Jeden Torstab, den sie auf die Albenpfade brachten, um die Krieger zwischen den eroberten Albensternen zu bewegen, hat Yendred in die Finger bekommen. Sie sind vorsichtig geworden und setzen wieder auf Boten, die den Landweg nehmen. Wir halten die Höhen, die winzigen Festungen und Dörfer hoch über den Tälern. Wir können von oben aus alles beobachten und unseren Kriegern, die in den Tälern kämpfen, mit Feuer- und Fahnensignalen Botschaften schicken.«

»Was ist mit der Heilquelle in Soranyl?«, fragte Nuramon und erinnerte sich, dass die Stadt nur mit einem Palisadenwall befestigt gewesen war.

»Die Varmulier halten sowohl Urijas, als auch die Sternfestung und Soranyl im Schlangenforst.«

Nuramon nickte. Durch den Albenstern im Schlangenforst hatte er einst die Seekrieger nach Urijas geführt, um Jasgur zu befreien.

»Dann können unsere Feinde ihre Verletzten dort heilen«, sagte Nylma.

Borugar fuhr mit dem Finger von den Lysdorynen nach Soranyl. »Der Weg ist weit. Und die Albensterne haben wir ihnen verriegelt.«

Yendred nickte. »Obwohl die Heilquelle nun so mächtig ist, dass sie durch einen Quellstein gezügelt werden muss, ist die Magie so flüchtig wie eh und je. Die Soranyler haben früher versucht, das heilende Wasser zu transportieren, doch es verlor seine Wirkung schon nach einem Tag.«

Loramu wies auf die Lysdorynen. »Es nützte ihnen, solange sie Zeit hatten, die Verletzten in einem Zug ins Tal zu führen, und wir die Verbliebenen nicht zu sehr unter Druck setzten. Das wird sich nun ändern. Wo unsere Feinde stark sind, werden wir sie locken; wo sie schwach sind, setzten wir sie so sehr unter Druck, dass sie sich zu ihrem Hauptheer zurückziehen. Auf den großen Pässen werden Yendred und später auch Nuramon auf die Feinde warten.« Sie schaute ihn an. »Wie lange wird Ceren brauchen, bis sie die Siegelzauber gelernt hat?«

»Gewiss nur wenige Tage«, sagte Nuramon.

»Was wird unsere Aufgabe sein?«, fragte Bjoremul und tauschte einen kurzen Blick mit Nylma.

»Euer Weg führt weit weg vom Schlachtfeld«, sagte Borugar und lächelte schief.

Yendred schmunzelte, holte einen unterarmlangen Stab unter seinem Mantel hervor und legte ihn auf den Tisch. Dann schaute er Nuramon erwartungsvoll an.

»Wir wollen dem König von Varmul wieder auf den Thron helfen«, sagte Nuramon. »Dazu müssen wir über die Albenpfade nach Osten gelangen und ihn dort suchen. Ich kann nicht überall zugleich sein. Wenn ich nicht kämpfe, werde ich mit Daoramu nach einem der Siegel suchen.« Er schaute Nylma an. »Also schlug Nerimee vor, dir einen Torstab aus den Magischen Hallen zu geben. Du, Bjoremul und eine Handvoll Leute werdet ausziehen und König Tyregol suchen. Wenn ihr ihn gefunden habt, übergebt ihr ihm eine Nachricht und handelt ein Treffen aus.«

»Kann ich diesen Stab denn überhaupt nutzen?«, fragte Nylma und blickte skeptisch auf das magische Artefakt.

»Gewiss«, antwortete Nuramon. »Mit einem winzigen Stoß deiner Kraft kannst du die Zauberkräfte wecken und Dinge tun, die sonst unsere Anwesenheit bräuchten.«

Nylma nickte, stutzte dann aber. »Was ist mit Nerimees Zaubern, die an den Albensternen liegen? *Ich* kann sie nicht brechen.«

Yendred entfaltete eine Karte, die das Wegenetz der Albenpfade zwischen Jasbor und Alvarudor zeigte. »Hier kannst du sehen, an welchen Albensternen wir die Zeitfallen ausgelegt haben. Halte dich an die Pfade, die nach Norden führen und dann nach Westen. Ihr könnt nach Teredyr und von dort nach Varmul gelangen. Und jenseits unserer Grenzen gibt es nur wenige Albensterne, die wir mit dem Schutzzauber belegten.«

Nylma tauschte einen Blick mit Bjoremul, dann griff sie nach dem Stab und betrachtete die Schnitzereien darauf. Es waren nur verschlungene Muster, keine Schrift. »Ich spüre nichts«, sagte sie und blinzelte. Da merkte Nuramon, wie ein Funke der Magie von ihr auf den Stab übersprang. Der Zauber des Stabes leuchtete, aber in Ermangelung eines Albensterns, an dem er ein Tor hätte öffnen können, verging er wieder.

»Du kannst es«, sagte Nuramon. »Nun müssen wir ihn nur noch an einem Albenstern erproben.«

Nylma dankte, hielt den Stab fest umklammert und starrte auf die Karte.

Nach einem Moment der Stille fragte Bjoremul: »Was ist mit Daoramu?«

Nuramon lächelte ihn an. »Du weißt es doch«, sagte er. »Wo ich hingehe, da geht auch sie hin.«

Orakelblick

Ceren hatte die beiden Siegelzauber binnen drei Tagen gelernt und erklärte sie nun Nerimee, die sie später Yendred zeigen würde. Daoramu und Nylma lehrte sie, Nerimees Heilkristalle zu nutzen, um Wunden zu schließen. Kurz darauf brachen Nylma und Bjoremul mit dem magischen Torstab zur Suche nach dem König von Varmul auf, während Nuramon mit Daoramu in den Kampf zog und unterwegs bei jeder Gelegenheit nach einem magischen Siegel Ausschau halten wollte.

Wyragor, der Feldherr der helbyrnianischen Streitmacht, hatte die Feinde endlich den Falkenpass hinaufgetrieben. Doch Tjured war ihnen nicht hold. Zuerst verloren sie einige Katapulte auf dem steinigen Weg, dann schoss ein einziger Schütze die Zauberpfeile der verfluchten Nerimee auf sie und setzte die Wagen in Brand. Als die Zauberkugeln erwachten, Flammen spuckten, Blitze schleuderten und Stürme bliesen, hatte Wyragor keine andere Wahl, als die Wagen in die Schlucht fahren zu lassen. Die Kriegsschreie türmten sich bereits wie Wellen auf, und an der Spitze der feindlichen Streitmacht standen Krieger mit bemalten Gesichtern und bunten Hauben. Die Seekrieger von Jasbor! Ihr Anführer schoss Blitze in die Luft. Nuramon! Immer wieder hörte Wyragor diesen Namen unter seinen Leuten. Er hatte Tausende auf den Falkenpass geführt, und mit Hunderten kehrte er von dort wieder.

Fürst Aniscaro fluchte,.als er in seinem Zelt von der Niederlage jenseits des Ruljas erfuhr. Erst hatten die Yannadrier sie aus den Lysdorynen vertrieben, dann Urijas und die Heilquelle von Soranyl zurückerobert. Nun herrschten sie über die Grenzen des alten Fürstentums. Die Rückkehr des letzten Elfenkindes hatte die Wende gebracht.

Die Berater meinten, sie müssten wieder auf die Tjuredpfade gehen. Aber die Torstäbe waren schwierig zu fertigen und viele Leute waren verschwunden, nur um zu prüfen, ob ein Torstab seinen Zauber vollbrachte. Und in der Nähe der Yannadrier waren die Tore nicht zuverlässig. Die Kinder des Elfenkindes hatten Gift auf den Pfaden verteilt, das jeden Torzauber verdarb. Solange das letzte Elfenkind und seine

Brut lebten, würde diese Welt immer schlimmer vom Zorn des Tjured heimgesucht. Wer sie beseitigte, würde dem magischen Feuer, das den alten Kontinent verbrannte, die Nahrung nehmen und sich als Retter verewigen. Aniscaro wollte dieser Retter sein.

Nylma genoss die Reise mit Bjoremul. Die Tore mittels des Torstabes zu öffnen war leicht. Die Schwierigkeit bestand darin, in der Welt die richtigen Orte zu finden, denn sie konnte die Albensterne nicht spüren. So nutzten sie die Karte der Albenpfade und prägten sich, wenn sie in die Welt kamen, die Stelle ein, an der das Tor erschien. Zum ersten Mal fühlte sie sich wie eine echte Zauberin.

Bjoremul fühlte sich endlich wieder wohl in seiner Haut. Sein Bauch verschwand auf der Suche nach dem König, und er war beinahe wieder so beweglich wie einst. Doch seine Hoffnung, dass die müden Gelenke und schweren Beine ebenfalls verschwinden würden, erfüllte sich nicht.

Dorgals Wunde schmerzte. Die Heiler hatten alles getan. Nun sollte der Tod kommen. Doch am Morgen flog die Tür zu seinem Sterbezimmer auf, und ein Krieger, den er auch ohne Bart erkannte, trat ein: Bjoremul! Und bei ihm war Nylma, deren Namen und deren Gesicht er nie vergessen hatte. Als sie einen Kristall hervorholte und ihm die freie Hand auf die Wunde legte, um einen Heilzauber zu wirken, wusste er, dass es viel zu erzählen gab.

»So viele vergeudete Jahre«, sagte er und fasste Bjoremuls Hand. »Ich habe mich oft gefragt, was aus mir geworden wäre, wenn ich dir gefolgt wäre.«

Bjoremul klopfte ihm auf die Schulter, und es schmerzte. »Frage dich nicht, was geschehen ist, sondern was geschehen wird, wenn du und dein Herr mit uns und unserem Herrn auf einer Seite steht.«

»Ein Bündnis?«, fragte Dorgal.

»Ein Bündnis zwischen Varmul und Yannadyr gegen den Fürstenrat und die Götterdiener.«

Dorgal lächelte, und jede Bewegung tat weh. Aber es war nicht der Schmerz des nahenden Todes, sondern der des Überlebens.

Lyasani blickte in die Augen ihres Kindes. Die Schmerzen waren beinahe vergessen, so rasch hatte Nerimee sie ihr genommen. Und nun war dieses kleine Wunder da, und das Einzige, was Lyasani betrüben konnte, war der Abschied Yendreds, Salyras, ihrer Schwiegereltern und Nerimees. Seit Bjoremuls und Nylmas Rückkehr war klar, dass Nuramon und Daoramu mit Nerimee nach Teredyr reisen würden, während Yendred mit Salyra im Osten die Feldherren anweisen würde. Doch Borugar und Jaswyra blieben zurück, und das war – ebenso wie Cerens und Obilees Anwesenheit – ein Trost. Salyra hatte die Amme fortgeschickt und Obilee ihr gegeben. So stillte Lyasani nicht nur Yulivee, sondern auch die Tochter Salyras. Es war ein Vertrauensbeweis, der Lyasani überwältigte.

Salyra war in Urijas und dachte an ihre Tochter und an Lyasani. Sie vermisste beide und konnte die Fragen anderer Frauen aus den Reihen der Ilvaru nicht mehr hören: wie mutig es sei, die eigene Tochter der Rivalin zu überlassen. »Hast du keine Angst, dass das Kind ihr bald näherstehen könnte als dir?« Das war die Frage, die immer wieder kam, doch Lyasani war keine Rivalin. Sie war ihre Geliebte – ihre Frau; ganz so, wie Yendred ihr und Lyasanis Geliebter und Mann war.

Ceren tröstete Nuramon und Daoramu, als sie aus den Lysdorynen zurückkehrten, ohne zwischen dem Gebirge und dem Fluss Ruljas ein Siegel gefunden zu haben. »Geht mit Nerimee nach Teredyr, und schaut von den Syardoren in die Tiefe«, sagte sie. »Vielleicht entdeckt ihr dort etwas. Verbindet die beiden Notwendigkeiten.«

Nuramon nickte. »In Alvarudor können wir dasselbe tun«, sagte er. »Wir können um Unterstützung werben und zugleich einen Blick vom Gebirge aus wagen.«

»Ich habe Angst, dass die Verpflichtungen uns daran hindern, die Siegel zu finden«, sagte Daoramu.

»Dann müsst ihr euch, nachdem ihr in Teredyr und in Alvarudor wart, von dem, was euch bindet, für eine Weile lösen«, sprach Ceren. »Überlasst euren Vertrauten den Kampf. Sie werden euch nicht enttäuschen.«

Rückkehr nach Teredyr

Mit dem Frühling reisten Nuramon und Daoramu mit Nerimee, Gaerigar und einem Gefolge von Kriegern, Bediensteten und Rechtsgelehrten nach Teredyr. Während Nylma und Bjoremul auf dem Weg in den Osten waren, um König Tyregol zu holen, würden die Yannaru am Ort der Zusammenkunft warten.

Einem Rat Nylmas folgend, erschienen sie am Albenstern, wo sich nach Nuramons Abschied das Dorf Alvamur gebildet hatte. Er hatte gehört, dass es gewachsen war, doch das Ausmaß des Wachstums überraschte ihn. Eine ganze Stadt schloss sich um den Albenstern, schmiegte sich an den See hinab, wo er nahe des Wasserfalls einst gebadet hatte und wo er auf dem Rückweg ins Lager der befreiten Teredyrer Daoramu bei dem Versuch gesehen hatte, ihr nasses Kleid zu trocknen.

Sie liehen sich bei der Familie Yurgaru, die nach dem Tod des Stadtältesten Yangor nicht an Bedeutung verloren hatte, Pferde für das ganze Gefolge und ritten auf dem Pass hinab ins Minental. Der Weg war unverändert, und Nuramon erinnerte Daoramu an ihre ersten Gespräche. Es erschien ihm wie eine Ewigkeit, dabei waren es ohne die sechs Jahre, die sie übersprungen hatten, nur beinahe dreißig Jahre. Kaum der Rede wert in Elfenmaßen, doch Nuramons Zeitgefühl hatte sich gewandelt. »Es kommt mir vor, als hätte ich weniger Zeit ohne dich verbracht als mit dir«, sagte er.

Daoramu lächelte ihn an. »Bei mir ist das tatsächlich so. Selbst ohne die Jahre im Schlaf habe ich länger mit dir gelebt als ohne dich.«

Das Minendorf war gewachsen. Auch das wusste Nuramon. Aber ihm war neu, dass es nur noch von wenigen der Älteren *Minendorf* genannt wurde. Die Jüngeren bezeichneten es einfach als Oberstadt. Hier zogen sich die typischen Langhäuser des alten Teredyr neben den groben Häusern mit den Flachdächern des alten Minendorfes die Osthänge hinauf, während im Westen noch immer Schafe weideten und sich die Felder erstreckten. Sogar der kleine Wald im Südwesten existierte noch.

Sie blieben im Sattel, grüßten die Menschen links und rechts, und Nuramon bedauerte, so lange nicht hier gewesen zu sein. Die Rettung Daoramus wie auch der Kampf gegen die Varmulier hatten ihn von hier ferngehalten.

Als sie auf dem Pass in die Tiefe kamen, der hinter dem Staudamm begann, zeichnete sich bereits ab, wie es im Tal aussah. Der Weg von einst war nun eine gepflasterte Straße. Sie spaltete sich am Fuße des Passes. Der eine Weg führte zur Stadt, der andere in den Wald, gewiss hinauf zur Quelle, an der Nuramon einmal gelebt hatte und wo nun Heilmagie entsprang. Nylma hatte ihm in Jasbor erzählt, dass die sogenannte Elfenquelle einer der kleineren Heilorte war. Früher waren viele Menschen von weither gekommen, sogar aus Varmul. Doch inzwischen gab es anderswo größere Heilquellen, wie die nördlich von Obudyr und jene in den Ruinen von Barobyr.

Häuser und Höfe säumten nun die Straße nach Teredyr, und auch um den Stadtwall, an dem die Dornensträucher wuchsen, zogen sich Gebäude entlang. Jenseits der Stadtmauern stachen zahlreiche Türme und schmale Häuser in die Höhe. So vermutete Nuramon, dass der Raum innerhalb der Stadt eng geworden war; ein Eindruck, der sich bei ihrem Einzug bestätigte.

Auch diesmal fanden sie Unterkunft im Haus der Familie Yurgaru. Relegir empfing sie mit seiner Frau Yurra und führte sie in das vertraute Dachgeschoss hinauf. Relegir, der als Oberhaupt der Yurgaru mit seiner Familie in dem Herrenhaus lebte, ähnelte dem längst verstorbenen Yangor mit seinen buschigen Augenbrauen und den vielen Falten heute mehr noch als früher.

Yurra war die Tochter des alten Minenvorstehers. Nuramon erinnerte sich an das kleine Mädchen, das oft krank gewesen war, manches Mal seine Hilfe gebraucht und ihn immer mit ihren blauen Augen verwundert angeschaut hatte. Heute war sie eine stattliche Frau mit zielsicheren Gesten und einem gewinnenden Lächeln; eine Frau, die auf sanfte Weise keinen Widerspruch zuließ. Nuramon zweifelte nicht daran, dass sie als Minenvorsteherin der Tradition ihrer Vorfahren gerecht wurde.

Als Nuramon und Daoramu oben unter dem Dach in den Gemächern allein waren, schauten sie sich im breiten Wohnraum um, in dem sich kaum etwas verändert hatte. »Es war jedes Mal schön, wenn wir gemeinsam hier waren«, sagte Daoramu. »Erst nur wir beide, dann mit Nerimee, später mit den Jungen.« Sie schaute zum rechten Schlafzimmer. »Weißt du noch, als sie nicht schlafen wollten und ich die Geduld verlor?«

»Ich habe mich erbarmt und ihnen die halbe Nacht Geschichten erzählt«, sagte er und folgte ihrem Blick.

»Du hast es mir nicht leichtgemacht«, sagte sie, und als Nuramon sie überrascht ansah, lachte sie. »Schau nicht so. Mit deiner Elfengeduld konnte ich mich nicht messen. Aber die Kinder erwarteten es von mir. Ich bin daran gewachsen. Und an dem langen Schlaf und dem Erwachen ebenfalls. Ich habe nun alle Geduld der Welt.«

»Warum will Nerimee mit Gaerigar unten schlafen?«, fragte Nuramon. Er öffnete die Tür auf den Balkon und ließ die Frühlingsluft herein.

»Sie weiß nur zu gut, was uns diese Gemächer bedeuten«, sagte Daoramu. »Deswegen gönnt sie uns Ruhe.« Sie ging in das linke Schlafzimmer, und Nuramon folgte ihr. Der Anblick des Raumes ließ ihn erst verharren, dann zu Daoramu treten und sie von hinten umarmen. Sie lachte. »Haben wir hier eigentlich je eine lustlose Nacht verbracht?«

»Die Nacht, in der ich den Kindern Geschichten erzählte?«, sagte er und wusste, dass das nicht stimmte. Als er Daoramus Ellenbogen in seiner Seite spürte, sagte er: »Ich kann mich an keine lustlose Nacht hier erinnern.«

Sie wandte sich zu ihm um und strich ihm mit der linken Hand über die Wange, die rechte legte sie sich auf die Brust.

»Du vermisst den Jugendstein, nicht wahr?«, fragte er.

Sie schüttelte den Kopf. »Ich merke nur, dass er fort ist.«

»Du hast ihn verschenkt, weil du glaubst, ich würde ins Mondlicht gehen«, sagte er, und als sie nickte, schloss er sie in die Arme. »Ich wünschte, wir könnten noch warten.«

»Nein«, flüsterte sie. »Als ich im Halbschlaf lag, wünschte ich mir zu erwachen und auch nur einen einzigen Tag mit dir und der Familie zu verbringen. Dieses Geschenk habt ihr mir gemacht – und mehr als das.«

Er strich ihr Haar zurück. »Wir müssen noch viel tun, um einen Sieg davonzutragen«, sagte er. »Uns bleibt gewiss noch ein wenig Zeit.«

»Nutzen wir sie auf Menschenweise und mit Elfensinnen«, sagte sie lächelnd und führte ihn zu dem Bett, in dem sie ihre erste Liebesnacht erlebt hatten.

Zwei Tage nach ihrer Ankunft setzte sich Nerimee im dunklen Zimmer ans Fenster, schaute auf den Marktplatz hinab und war erleichtert, dass ihr Vater Gaerigar mit einer Geschichte in den Schlaf half. Dies war die Nacht, in der Nylma und Bjoremul mit Tyregol kommen wollten. Der König und sein Gefolge würden im Nachbarhaus einkehren, das der Familie Murneru gehörte. Das Oberhaupt der Familie war die Ratsherrin Syarnia, die Frau von Byrr, der früher in der Oberstadt Minenarzt gewesen und seit Jahren schon der Medikus von Teredyr war. Sie waren eingeweiht und würden den König von Varmul beherbergen.

Gerade als die Sorge um Nylma und Bjoremul in Nerimee emporgekrochen war, sah sie unten auf dem Marktplatz zwei Stadtgardisten, die mit ihren Laternen einem kleinen Zug verhüllter Gestalten den Weg leuchteten. Sie erkannte Nylma und Bjoremul. Wer von den anderen gut zwei Dutzend Leuten der varmulische König war, konnte sie nicht erkennen. Erst als sich die Tür des Nachbarhauses für die Gäste öffnete und Bjoremul eine Verbeugung vor dem Krieger machte, der ihm auf dem Fuße gefolgt war, fand sie Tyregol. Es war mutig vom varmulischen König, an der Spitze seines Zuges zu gehen. Die meisten Adligen bewegten sich lieber in der Mitte ihrer Leibwächter.

Nerimee wirkte einen Zauber, der ihren Blick voranschießen ließ. Da sah sie das junge Gesicht des Königs im Schein des Lichtes, das durch die offene Tür auf ihn traf. Er hatte große, dunkle Augen, und der Bart und das gewellte Haar, das unter der Mantelkapuze hervorquoll, verbargen viel seines Gesichtes. Sein besorgter Blick fuhr umher, auch zu ihr herauf und an ihrem im Dunkeln liegenden Fenster vorüber, hinab auf den Platz zum Gasthof am Eingang einer Seitenstraße. Nerimee musste schmunzeln, als er einer zierlichen Gestalt den Vortritt ließ. Entweder war das seine Frau oder aber Yenwara, seine Mutter.

Nuramon war mit Relegir und einigen Kriegern im Keller. Die Bediensteten hatten den Raum leergeräumt und einen Teppich zu der Tür gelegt, die das Haus der Yurgaru mit dem der Murneru verband. Sie warteten auf den König von Varmul, und nach einer Weile der Ruhe tat sich etwas auf der anderen Seite. Schließlich öffnete sich die Tür, und Nuramon schaute in die lächelnden Gesichter von Nylma und Bjoremul.

Die beiden Wyrenar traten ein und wichen mit ihm zurück. Zwei Wachen mit roten Brustpanzern traten näher und stellten sich links und rechts der Tür auf. Jenseits der Schwelle machten weitere Krieger einem Mann und einer Frau Platz.

Nuramon erkannte sie beide sofort. Der Mann war der Wyrenar Dorgal, die Frau war Yenwara, die Mutter des varmulischen Königs. Sie waren beide sichtbar gealtert. In Dorgals Miene hatte sich die Unzufriedenheit so tief hineingegraben, dass das Schmunzeln nicht recht zu ihm passen wollte. Eine Narbe unterhalb seines ergrauten Haaransatzes rührte von einer schweren Wunde her. Und auch die Steifheit, mit der er seine Herrin hereinführte, offenbarte einen Krieger, der selbst nach der Schlacht von Varlbyra viel durchgestanden hatte.

Yenwara hingegen haftete trotz der Falten, der grauen Strähnen in ihrem schwarzen Haar und der leicht gesetzten Wangen immer noch ein Hauch von Jugend an. Nuramon beugte sein Haupt vor ihr und begrüßte sie als Königliche Hoheit.

»Kämen die Worte aus einem anderen Mund, ich hätte es für Hohn gehalten«, sagte sie und lächelte ihn zögernd an. »Es ist nichts vergessen. Weder das, was in Varlbyra geschah, noch das, was davor liegt.«

»Mir ist klar, dass der Tod deines Gatten immer zwischen uns stehen wird«, sagte Nuramon.

»Du verstehst mich falsch«, sagte sie. »Wir haben nicht vergessen, dass der Krieg unsere Schuld war. Und vor allem nicht, dass du uns das Leben schenktest. Wie hast du nur überwunden, dass dein Sohn direkt vor deinen Füßen lag, während mein Kind lebte?«

»Weißt du das denn nicht?«, fragte Nuramon.

Sie schüttelte den Kopf, und ihre schwarzen Augen glänzten.

»Ich hatte Mitleid; nicht nur, weil ich in deinem Sohn eine Unschuld sah, die mir längst abhanden gekommen war. Es waren auch die Erzählungen Daoramus – von dem Mädchen, das Mirugil in Werisar zu ihrer Wächterin gemacht hatte. Ich habe dieses Mädchen erkannt, und der Hass schwand dahin.« Mit diesen Worten reichte er ihr die Hand, und sanft lächelnd ließ sie sich von ihm zur Treppe führen.

Daoramu ging im Wohnraum unter dem Dach auf und ab. Irgendwo dort drüben im Nachbarhaus war Yenwara. Die Sehnsucht nach ihr ließ ihr keine Ruhe. Es war gewiss richtig, dass erst einmal nur Nuramon sich den Varmuliern annäherte, doch zu gerne wäre Daoramu hinübergegangen, um Yenwara zu begrüßen.

Als die Tür sich öffnete, ohne dass ein Klopfen vorangegangen war, wusste sie, dass es Nuramon war. Er kam mit einer langhaarigen Frau, die ein rotes Kleid trug. Daoramu erkannte ihre schwarzen Augen. Es war Yenwara. Kaum hatte Nuramon sie hereingeführt, zog er sich mit einem Lächeln zurück und schloss die Tür.

Daoramu stand einer Frau gegenüber, die die fünfzig überschritten hatte. Mit ihren glänzenden Augen, den zitternden Lippen und den hängenden Schultern erschien sie dennoch wie damals, als sie sich der Aufgabe, die König Mirugil ihr übertragen hatte, nicht gewachsen gefühlt hatte. Sie wirkte nicht wie die Mutter des varmulischen Königs, die ihren Sohn all die Jahre auf dem Thron gehalten hatte.

Yenwara kamen die Tränen, und Daoramu schritt auf sie zu und nahm sie in den Arm. Die Königsmutter klammerte sich an sie, als hätte sich das Mädchen von einst seit Jahrzehnten nach dieser Geborgenheit gesehnt.

Erst nach einer Weile löste sich Yenwara von ihr und betrachtete sie vom Haar bis zu den Füßen. Sie waren beide in Rot gekleidet. Daoramus Kleid bestand aus Brokat, Yenwaras aus Seide. »Als hätten wir uns abgesprochen«, sagte Daoramu.

Die Königsmutter lächelte, dann schaute sie in Daoramus Gesicht umher und staunte. »Es ist also wahr. Du bist nicht mehr gealtert.«

»Nur eine Weile lang«, sagte Daoramu und fasste Yenwaras Hände. »Ich habe oft an dich gedacht. Für mich bist du stets das unschuldige Mädchen von damals geblieben.«

»Und du bist noch mehr zu der unerschütterlichen Herrscherin geworden, die ich damals in dir sah. In gewisser Weise warst du meine Lehrmeisterin. Ich habe mir oft gewünscht, ich dürfte mit Gesandten nach Jasbor kommen und den Frieden aushandeln.«

»Dies ist nicht Jasbor«, sagte Daoramu und wies umher. »Aber vielleicht ist es der beste Ort, um Frieden zu schließen.« Sie führte Yenwara zu zwei Stühlen, und als sie saßen, war es ihr, als würde sie hier auf ihre beste Freundin treffen, dabei hatten sie einander damals nur wenige Wochen erlebt; und das unter widrigen Umständen. »Werdet ihr mit uns ein Bündnis schließen?«, fragte Daoramu.

Yenwara atmete durch. »Wenn es nach mir geht: ja.«

»Dein Sohn ist anderer Meinung?«

»Wer weiß schon, was in den Köpfen von Königen vorgeht«, sagte sie. »Aber ich wäre gewiss nicht hier, wenn er abgeneigt wäre.«

»Er hat dir nicht immer vertraut?«, fragte Daoramu.

Yenwara schluckte. »In den entscheidenden Stunden hat er stets zu mir gestanden. Ich hoffe, dass er und deine Tochter zu einem Bündnis finden.«

»Wir brauchen euch als Verbündete gegen die Helbyrnianer und ihr uns gegen den Fürstenrat.«

Yenwara lachte leise. »Es scheint, als hätten wir beide keine andere Wahl.«

Daoramu fasste ihre Hand erneut. »Hätte es doch nur früher zu einer solchen Zusammenkunft kommen können!«

Yenwara nickte. »Dann wäre uns viel Leid erspart geblieben.«

Daoramu lächelte. »Aber auch viel Glück«, sagte sie und schaute in das verwunderte Gesicht Yenwaras.

Nerimee stand in ihrem blauen Kleid, das einer Königin würdig war, in Relegirs Arbeitszimmer und wartete auf den König von Varmul. Sie schritt in ihren weichen Schuhen immer wieder im Dreieck zwischen dem Schreibtisch, dem Bücherregal und der Tür umher. Statt Lampen und Kerzen verbreiteten einige ihrer Lichtsteine ihren feurigen Schein. Sogar in den Kamin hatte sie einen kleinen Haufen Leuchtsteine gelegt. Auf dem Schreibtisch lagen die Dokumente, Bücher und Landkarten, die sie mitgebracht hatte, auf einem kleineren Tisch standen ein Weinkrug und zwei Becher aus Glas.

Endlich klopfte es zweimal leise an der Tür. Es war das Zeichen, um das Nerimee die Wachen gebeten hatte, sobald König Tyregol auf dem Weg war. Als sich die Tür öffnete, rührte sie sich nicht, sondern schaute dem Krieger entgegen, der eintrat.

Gekleidet war er in eine rot-graue Tuchrüstung, auf welche die goldene Schlange des Königreiches und der silberne Kriegshammer des Hauses Cardugar gestickt waren. Kein Mantel umhüllte seine schlanke Gestalt. Er trug keinen Herrscherstab und weder Schwert noch Krone. Nerimee lächelte und schaute in die schwarzen Augen des Königs. Er war ein ansehnlicher Mann.

»Du bist also Nerimee Yannaru«, sagte er und musterte sie. Seine Stimme war angenehm und für einen Mann aus dem Herzen Varmuls recht melodiös.

»Das klingt, als wärest du überrascht«, sagte Nerimee.

»Meine Berater haben dich und deine Familie nicht im besten Licht gezeichnet«, sagte er und trat näher, bis sie einander direkt gegenüberstanden.

Nerimee wartete auf eine Geste seinerseits, und er schien auf eine ihrerseits zu warten. Schließlich wies sie auf die beiden Stühle am Kamin. Der König schaute in den bernsteinfarbenen Schein, der ihm von den Lichtsteinen entgegenschlug. »Die Helbyrnianer setzen ihre Macht nicht für so schöne Dinge ein«, sagte er und nahm Platz. »Ihr Glaube erlaubt es nicht.«

Nerimee setzte sich neben ihn. »Es sagt viel über sie aus, wenn sie den Menschen Licht und Wärme in ihren Häusern verweigern, auf dem Schlachtfeld aber mit Lichtblitzen und Feuern gegen ihre Feinde vorgehen.«

»Sie betreiben viele Heilbäder und versiegeln magische Quellen, und die Menschen sind ihnen dafür dankbar. So sehr, dass sie sich allzu leicht dem Tjuredglauben ergeben und die Ablehnung jeglicher Götter vergessen. Es ist, als wären die Mahnungen unserer Urahnen ausgelöscht.«

»Wer verzweifelt ist, gibt rasch das auf, wofür Generationen kämpften. Es mag ermüdend sein, sich immer wieder gegen solche Bestrebungen zu wenden, aber das ist es wert.«

»Das stammt aus den Schriften des Terbarul«, sagte Tyregol.

Nerimee war verblüfft. »Du hast sie gelesen?«, fragte sie.

Tyregol nickte. »Ein brillanter Denker. So brillant, dass der Fürstenrat ihn verbot.«

»Weil er die Adligen zu sehr in die Pflicht nahm und vom Aufstieg der Begabten sprach?«

»Das sagten sie. Aber ich vermute, es waren die Gerüchte, dass sich hinter Terbarul deine Mutter verbirgt. Man erkannte Ähnlichkeiten zu ihren Reden.« Er blickte sie mit großen Augen an. »Ist sie es?«

Nerimee schmunzelte. »Nein«, sagte sie. Ihre Mutter wollte nichts mit dem Gelehrten zu tun haben. Anders als sie unterschied Daoramu nicht zwischen Helerur und Terbarul. Sie hatte mit ihrem alten Lehrmeister abgeschlossen und nicht einmal dessen Abschiedsbrief gelesen, in dem gewiss eine Entschuldigung geschrieben stand. Helerur sei nicht mehr wichtig, hatte sie gesagt. Nerimee aber war bereit, Helerur zu verdammen und Terbarul zu akzeptieren. »Der Verfasser war ein Gelehrter, den ich aushielt«, erklärte sie dem varmulischen König. »Er ist längst gestorben und hat uns seine Lehren hinterlassen.« Sie verschwieg, dass auch sie, auf Terbaruls letzten Wunsch hin, einiges unter diesem Namen verfasst hatte. Offenbar hatte sie die Stimme des Gelehrten gut getroffen.

»Seine Schriften haben mir in manchem die Augen geöffnet«, sagte Tyregol. »Besonders der jüngste Band. Was er über die falschen Götter sagte, macht jetzt die Runde. Er schrieb so etwas wie: *Sie werden den alten Glauben in neue Gewänder kleiden und sich von allen Seiten zu schützen wissen. Sind wir gegen die verschiedenen Götter, offenbaren sie uns den einen Gott.*« Tyregol tippte mit den Fingerspitzen auf die Stuhllehne. »Genau das geschah in Helbyrn und droht nun in Varmul zu geschehen.«

Nerimee war verlegen, denn der jüngste Band des Terbarul stammte aus ihrer Feder. Sie wies auf den Tisch. »Meine Mutter hat einige Schriften unserer Ahnenpriester gesammelt. Es sind Angriffe auf die Tjuredanbeter. Es ist leider oft so, dass dort gepredigt wird, wo noch keine Gefahr droht. In Yannadyr sind die Tjuredanbeter so verachtet, dass wir sie mit dem alten Namen *Götterdiener* versehen.«

»Wenn zu einem Bauernaufstand einer hinzukäme, der sich gegen die Tjuredanbeter richtet, wäre das eine Hilfe. Die Ahnenpriester suchen geradezu nach etwas, das sie gegen die Tjuredanbeter ins Feld führen können.«

»Du findest in den Schriften die Erzählung meines Vaters von dem Aufstieg des Tjuredglaubens, von Guillaume, dem Propheten, dem Hass gegen die Albenkinder, der Trennung der Welten und der magischen Flut. Und vor allem über den Devanthar, den mein Vater für einen der Falschen Götter hält. Es wird eure Priester überzeugen. Verbreite die Schriften öffentlich in den Gebieten, über die du herrschst, und heimlich in denen, die der Fürstenrat besetzt hält. Das wird die Tjuredanbeter schwächen und das Bündnis deiner abtrünnigen Fürsten mit den Helbyrnianern in Zweifel ziehen.«

»Aber dort, wo die Tjuredanbeter den Menschen helfen, indem sie die magischen Quellen zügeln, werden Worte allein nichts bewirken«, sagte Tyregol.

Nerimee lächelte. »Wir werden euch Zaubersteine geben. Bringt man sie in die Nähe einer Quelle, werden sie diese versiegeln oder zumindest abschwächen. Die Quelle muss nur wahrnehmbar sein. Dann könntet ihr den Stein mit einem gezielten Wurf dort hinbefördern, und den Rest vollbringt die Magie.«

Tyregol nickte. »Aber warum helft ihr mir? Ihr seid mir nichts schuldig. Geht es nur darum, den Fürsten das Leben schwer zu machen, damit ihr es im Westen leichter habt?«

»Wir wollen den Tjuredglauben eindämmen. Er ist zu mächtig geworden und verfügt über zu viele Krieger, die gegen uns ziehen, sodass wir unseren eigentlichen Aufgaben nicht nachkommen können.«

»Welche wären das?«, fragte Tyregol mit skeptischer Miene.

»Die magische Flut zu beenden«, sagte sie und erzählte Tyregol, was ihr Vater und ihr Bruder auf dem anderen Kontinent entdeckt hatten und dass Arlamyr eine ähnliche Katastrophe drohte.

»Aber wie wollt ihr diese magische Flut beenden?«, fragte er.

»Mit einem besonderen Zauber. Mehr darf ich nicht offenbaren.«

Er lächelte. »Ich verstehe. Und ich weiß, was ich wissen sollte.«

»Also stimmst du einem Bündnis zu?«, fragte sie.

»Ja, aber ich habe nichts zu bieten.«

»Noch nicht«, sagte sie und lächelte. »Zunächst geht es darum, was wir dir geben können. Später hoffen wir auf Frieden zwischen uns und auf ein Bündnis gegen die Helbyrnianer. Wir verschaffen dir erst einmal eine Streitmacht, die Magie ins Feld führt. Mein Vater selbst wird dafür sorgen. Die Teredyrer werden dir Ausrüstung gewähren, und auch aus Yannadyr werden wir dir Waren zukommen lassen, die dir nützen. Aber die Streitmacht wird weit aus dem Osten kommen.«

»Aus Alvarudor«, sagte Tyregol schmunzelnd.

»Deine Spione sind gut«, entgegnete sie.

»Wir haben ihre Feinde unterstützt, als wir hörten, dass dein Bruder dort kämpft. Und es war eine Verschwendung. Die Stadt ist nicht einzunehmen.«

Nerimee nickte. »Inzwischen sind sie ins Tiefland zurückgekehrt, und ihre Feinde haben sich in Machtkämpfe verstrickt.«

»Wenn sie erfahren, dass wir ihre Feinde unterstützten, werden sie gewiss nicht kämpfen wollen«, sagte Tyregol.

»Überlass das meinem Vater. Sobald wir uns einig sind, wird er nach Alvarudor reisen und dir eine Streitmacht verschaffen.«

»Und wenn er scheitert?«

»Im schlimmsten Fall wird er mit Nylma, Bjoremul und einer Streitmacht zu dir kommen. Dann zeigen wir unser Bündnis offen. Aber vertrau ihm.«

»Mein Leben hing schon einmal von deinem Vater ab.« Er atmete durch und reichte ihr die Hand. »Ihr habt euer Bündnis«, sagte er.

Nerimee fasste die Hand des Königs. Seine Finger waren warm. Schließlich löste sie sich von ihm und ihrem Stuhl. »Komm«, sagte sie und trat zu den Schriften und Karten auf dem großen Tisch. »Lass uns Pläne schmieden.«

Der Rat von Alvarudor

Nachdem Nuramon mit Daoramu durch das Lichttor in die Welt hinausgetreten war, plagte ihn erneut das Bedauern, einen Ort, der ihm etwas bedeutete, vernachlässigt zu haben. Er erwartete, dass Alvarudor ebenso gewachsen war wie Teredyr, doch als er mit Daoramu am Nordrand des Hochtals erschien, war er überrascht. Gewiss, das Wachhaus neben dem Albenstern und die Nebengebäude waren bei ihrem letzten Besuch noch nicht da gewesen, aber das Tal mit den Feldern und Wiesen, den Häusern und Höfen erschien ihm beinahe unverändert. Nach wie vor beherrschten der Ahnentempel, die Villen der alten Familien und vor allem das breite Gebäude des Rates das Stadtbild, und noch immer schloss sich keine Stadtmauer um den Nordteil Alvarudors.

Als sie den großen Platz erreicht hatten und die Stufen zum Ratsgebäude emporschritten, riefen ihnen die Alvarudorer, die sich hinter ihnen sammelten, Grüße nach. Während die Wachen des Hauses das Tor öffneten, wandten sich Nuramon und Daoramu noch einmal um. Er lächelte den Menschen entgegen; Daoramu winkte ihnen. Dann traten sie ein, und die Gardisten schlossen das Tor hinter ihnen.

Ein Ratsherr, der leicht an seiner Haube und der Medaille zu erkennen war, verbeugte sich vor ihnen und schaute sich unsicher um. Er führte sie hinauf in den großen Saal auf der Nordseite, ließ die Schiebetüren öffnen und trug den Ratsdienern auf, sich um das Wohl der Ehrengäste zu kümmern.

Nuramon bat um Alvarudorer Kräutertee, und als sie allein waren, schauten er und Daoramu hinaus ins Tal und entsannen sich der Monate, die sie hier mit Nylma und Yargir verbracht hatten. Es war eine Zeit der Befreiung gewesen, trotz all der Ehren, mit denen man ihnen begegnet war.

Der Duft und der Geschmack des Kräutertees, den die Ratsdiener reichten, brachte Erinnerungen hervor: an die Entdeckung Cerens, an die Schwangerschaft Daoramus und Nylmas und an die Pläne und Träume von der gemeinsamen Zukunft.

Nach einer Weile öffnete sich das Tor, und die Ratsherren traten hastig in den Saal ein. Nuramon kannte einige von ihnen, deren Kindergesichter er einst in den Straßen gesehen hatte oder die ihm als Jünglinge begegnet waren. Der Älteste unter ihnen war Wergor, der noch immer der Ratsfürst war. Auch Oregir und Sawagal trugen Ratshauben und Medaillen, und Daoramu umarmte sie zur Begrüßung und bedankte sich für ihre Hilfe in Jasbor.

Nachdem alle ihrem Rang gemäß an dem großen runden Tisch in der Mitte des Saales oder an den Seitenwänden Platz genommen hatten, grüßte Wergor sie offiziell, gedachte in einer Rede gemeinsamer Zeiten und dankte ihrer Familie. Doch der Konflikt im Westen und das Rätsel der versiegelten Albenpfade beherrschten Nuramons Gedanken so sehr, dass selbst das Lob für seine Tochter, die Oregir und Sawagal unterwiesen hatte, und besonders für Yendred, der ihnen mit den Ilvaru im Krieg zur Hilfe gekommen war, ihn weit weniger berührte, als er es für angemessen hielt.

Nachdem Wergor geendet hatte, erhob sich Nuramon mit Daoramu an seiner Seite, und nach einem kurzen Grußwort sagte er: »Ein Jahrhundert lang habt ihr euch für den Kampf gerüstet und auf den Tag gewartet, dass ein Bote der Elfenkönigin euch ruft. Und ich muss gestehen, dass ich damals vor sechsunddreißig Jahren die

Weisheit der Elfenkönigin unterschätzte. Ich sagte euch, der Krieg sei vorüber und Albenmark gerettet. Ich machte mich zum Boten, weil ich der Einzige war, den die Königin in dieser Welt zurückließ. Aber ich verschleierte dadurch die Wahrheit. Denn die Königin gab mir nie den Befehl herzukommen und euch zu berichten.«

Nuramon sah in verwunderte Gesichter, ganz so, wie er es erwartet hatte. »Ich habe euch gesagt, was ich in dem Haus fand.« Er wies zu Oregir und Sawagal. »Und ihr wisst, was daraus auf den Klippen von Jasbor erblühte. Aber ich erklärte euch nie, wie es dazu kam.« Und so erzählte Nuramon von Yulivee und ihrem Brief, von Emerelle und Alaen Aikhwitan. Die Leute lauschten ihm wie damals, als er abends oft in den Saal gekommen war, um ihnen von Albenmark zu erzählen. Die Gesichter der Jüngeren wirkten wie die von Kindern, die der Älteren wie die weiser Männer und Frauen, die sich an ihre Jugend erinnerten.

»Der Weitblick der Elfenkönigin überraschte mich damals, als ich Ceren fand«, sagte Nuramon. »Doch ich fragte mich nicht, warum sie euch sagte, ihr solltet euch für einen Krieg rüsten. Aber dann geschah etwas.« Er erzählte von den Anschlägen auf seine Familie und Daoramus Schlaf und endete mit der Entdeckung, dass die Tjuredanbeter in Arlamyr Fuß gefasst hatten. »Emerelle sah mich hier bei euch«, sagte er. »Und der Krieg, den sie sah, war nicht der Kampf um Albenmark, sondern der Kampf hier in Arlamyr gegen jene, die nun in Helbyrn herrschen und deren Glaube Fuß fasst und alles verdrängt, woran eure Vorfahren glaubten. Ich ahnte nicht, dass ich *tatsächlich* der Bote sein würde, der euch wachrütteln und in den Kampf rufen soll.«

Es herrschte Schweigen im Saal, und ratlose Blicke schossen umher. Als die Anwesenden zu flüstern begannen, erhob sich Wergor langsam und wandte sich an Nuramon. »Du hast uns damals gesagt, das goldene Zeitalter sei da. Und es ist trotz aller Kämpfe ein goldenes Zeitalter geworden und geblieben. Wir sind nicht für einen Angriffskrieg. Wir waren stets nur da, um zu verteidigen.«

»Ich weiß«, sagte Nuramon. »Aber ich weiß auch, dass eure Feinde im Süden in Machtkämpfe verwickelt sind. Und ebenso weiß ich, dass ihr euch mehr Krieger haltet, als zur Verteidigung nötig wären.«

»Wir haben das Tiefland zurückerobert.«

»Und nun da ihr es getan habt, könntet ihr für uns tun, was wir durch Yendred und die Ilvaru für euch getan haben.«

»Du forderst also eine Schuld ein«, sagte Wergor und strich sich über die zerfurchte Stirn.

Nuramon nickte langsam »Ich möchte, dass ihr dem König von Varmul, der von seinen Fürsten vertrieben wurde, zurück auf den Thron helft. Wir haben ein Bündnis mit ihm geschlossen, auf dass wir die Helbyrnianer bezwingen und die Tjuredanbeter vertreiben.«

»Meinst du den König, der unsere Feinde unterstützte?«, fragte Wergor. Die Worte verklangen, und zurück blieb eisiges Schweigen.

»Ich meine ihn«, sagte Nuramon schließlich.

»Und nun?«, sagte Sawagal und erhob sich langsam. »Wirst du uns euer Leid klagen und sagen, dass, wenn ihr mit dem feindlichen Königshaus ein Bündnis schließen könnt, wir es erst recht können? Oder wirst du auf Bargorl verweisen und darauf, dass sein Tod nicht vergolten ist?« Sawagal wies in die Runde und schritt die Reihen der Ratsleute entlang. »Ich habe vor diesem Tag gewarnt.« Er schaute zu Oregir zurück. »Einige wollten es nicht wahrhaben. Aber nun bittet ihr uns, in einem Krieg zu kämpfen, an dessen Ende die Magie, die uns gegeben wurde, wieder verschwindet.«

»Sawagal hat doch recht, oder?«, fragte Wergor.

»Ja. Ich möchte die magische Flut beenden«, sagte Nuramon. »Denn wenn ich scheitere, kommt über Arlamyr die Katastrophe, die über den Kontinent im Westen kam. Auch hier bei euch werden sich magische Quellen auftun, die ihr irgendwann nicht mehr beherrschen könnt.«

»Du unterschätzt uns«, sagte Sawagal. »Was wir bei Nerimee lernten, haben wir weitergetrieben. So wie Ceren Jasbor schützen wird, werden wir uns und andere schützen können. Wir könnten unsere Macht in jeden Winkel von Arlamyr tragen. Den Verbündeten helfen wir, die anderen müssen sehen, wo sie bleiben. Gemeinsam könnten wir – Alvarudor und Jasbor – Arlamyr zu einem besseren Ort machen und all die Unterdrücker fortschicken.«

Nuramon wusste, dass Sawagal ehrgeizig war, aber seine Worte überraschten ihn dennoch. »Was du gerade beschrieben hast, ist das, was die Tjuredanbeter anstreben. Wollt ihr tatsächlich eine solche Macht in Händen halten? Wollt ihr ganze Reiche in Not stürzen lassen, um sie dann eurem Willen zu unterwerfen? Ihr vergesst, was in den Tiefen dieser Welt lauert und darauf wartet, in die Welt zurückzukehren. Schaut in eure Mythen und fragt euch bei jedem Geist, der gebannt wurde, und jeder Bestie, deren Leben ausgelöscht wurde, ob die Seelen und die Macht dieser Wesen wieder in die Welt zurückkommen sollen.« Nuramon erzählte von den Geistern im Zwergenreich und jenen in Firnstayn. »Was wäre, wenn das, was ihr die Falschen Götter nennt, sich wieder erhebt? Was, wenn die Magie die Welt so sehr durchdringt, dass selbst der Tod stirbt und alles Übel, das diese Welt je heimsuchte, wieder aus den Tiefen auftaucht und über euch herfällt? Was, wenn am Ende dieses Weges die Sklaverei steht, aus der eure Ahnen fliehen konnten, aus der ihr aber nie entkommen könntet?«

Selbst Sawagal schwieg.

Nuramon schaute in die Runde und nickte. »Am Ende würdet ihr euch an diesen Tag, in diese Stunde und in diesen Saal zurückwünschen und euch danach sehnen, noch irgendetwas tun zu können, um die Magie zu zügeln und die Mächte in die Abgründe zurückzustoßen.«

»Vielleicht ist das nicht unsere Aufgabe«, sagte Wergor stockend.

Daoramu schüttelte den Kopf. »Dann sind die Geschichten über die Alvarudorer, die sich aus allem raushalten, also wahr.« Damit stieß sie in eine Wunde, die die Alvarudorer stets geplagt hatte: dass man sie im übrigen Arlamyr – wenn man überhaupt von ihnen wusste – für Feiglinge hielt. »Ich habe den Chroniken nicht geglaubt«, sagte sie. »Und als ich herkam, fand ich ein bewundernswertes Volk, das nach seinem Glück strebte. Gewiss, mit jedem Tag, an dem die Magie wächst, wächst auch eure Macht, weil ihr die besten Magier weit und breit habt. Oregirs und Sawagals Erbe mag euch hier sogar überleben lassen. Aber selbst wenn ihr glaubt, die Flut beherrschen zu können und die Mächte, die aus der Tiefe emporsteigen, werdet ihr eines nicht von der Hand weisen können: dass die Tjuredanbeter eure Feinde sein werden.«

»Oder ihr, wenn ihr versucht, die Magie zu zügeln«, sagte Sawagal langsam.

Nuramon war von dem Magier, der ihnen so nahegestanden hatte, enttäuscht und blickte an ihm vorbei zu Wergor. »Ihr werdet uns nicht daran hindern können. Ihr wollt in der Flut schwimmen, aber die Ebbe naht. Ihr wolltet wie Elfen sein, und nun ist euer elfisches Erbe in der Magie erblüht, und ihr solltet es einsetzen. Der Elfenkönigin war dies wichtig, denn sie hat euch nicht umsonst zu diesem Weg ermuntert.«

»Woher willst du das wissen?«, fragte Wergor.

»Sie war es, die zu euch kam. Sie brachte euch den Stein der Ceren und die Botschaft selbst. Sie wollte euch mit eigenen Augen sehen.«

Zu dem Erstaunen, das sich verbreitete, mischte sich ein Raunen. Nuramon wandte sich mit Daoramu ab, verließ den Saal und ließ den Rat und all die anderen allein zurück.

Orakelblick

Wergor saß mit Oregir und Sawagal in den Gewölben, welche die Zauberer nach dem Vorbild der Magischen Hallen von Jasbor hatten graben lassen. In den Schatzkammern häuften sich die Quellsteine aus dem Tiefland. »Ist es das wirklich wert?«, fragte Wergor und strich sich den Bart entlang.

Oregir schwieg und schaute ins Leere, doch Sawagal sagte: »Allein der Götterdiener wegen sollten wir es tun. Verbünden wir uns mit König Tyregol, können wir gegen die Tjuredanbeter antreten. Wenn wir auch nur einen dieser Torstäbe in die Hände bekämen, würde das uns eine Freiheit und einen Reichtum schenken, von denen wir nie zu träumen wagten – unabhängig von den Jasborern. Und wenn die Magie abebbt, ruht in diesen Hallen noch Macht für Jahrzehnte.«

Salyra war mit Yendred und der Streitmacht über den Ruljas gezogen, und nach zwei Wochen kämpften sie um die Stadt Weramul. Die Varmulier, die die Stadt hielten, behaupteten sich. Als aber Nuramon und Daoramu mit dem König und den Kriegern von Gaelbyrn kamen, war der Schrecken unter den Feinden groß. Während der König mit Daoramu in der Sternfestung blieb und die Befehle gab, führte Nuramon die Gaelbyrnier an und kam an Yendreds und Salyras Seite. »Für Jasgur!«, war ihr Kriegsruf, und der Name des legendären Wyrenar, der Weramul unter Borugar zweimal erobert hatte, versetzte die Feinde in Schrecken. Am Morgen danach waren die Varmulier auf der Flucht, und König Borugar zog mit Daoramu unter dem Jubel der befreiten Menschen in die Stadt ein. Die Krieger riefen ihre Namen, doch Jasgurs Name erhob sich über alle anderen.

Lyasani holte zwei Ammen an den Hof und rüstete sich für den Kampf. Dann führten Nuramon und Daoramu sie zu den Streitmächten, die um Amulbyr kämpften, den verlorenen Herzogsitz ihres Vaters. Sie stieß an Nuramons Seite voran, erspähte Yendred, kämpfte sich zu ihm durch, und als sie bei ihm und Salyra war, fochten sie wie früher gemeinsam und eroberten Amulbyr.

Als der Kampf endete, schloss Salyra Lyasani in die Arme und flüsterte: »Endlich!« Hatte Lyasani sich auf dem Weg hierher immer wieder gefragt, ob es richtig war, die Kinder in der Obhut Jaswyras, Gaerias und der Ammen zurückzulassen, war sie nun von der Last des Zweifels befreit. Und als Yendred hinzukam, war ihr Glücksgefühl vollkommen.

Sawagal ließ sich von Nylma, Bjoremul und einigen Ilvaru über die Albenpfade nach Ost-Varmul führen. Er sah den Torstab in den Händen der Wyrenara, und es ärgerte ihn, dass ein so mächtiges Artefakt in die Hände einer Dilettantin geraten war. Er überlegte, ob er mit seinen Magiern und Kriegern den Versuch wagen sollte, den Stab an sich zu bringen. Doch schon waren sie unter varmulischen Bauern, traten vor den König von Varmul und wurden mit großen Ehren empfangen. Und nach dem Fest mit seinen Freuden und sogar

Gelüsten war er froh, dem Drang, den Stab an sich zu reißen, widerstanden zu haben. Die Tjuredanbeter würden ihm gewiss genug Beute bieten.

Nylma kehrte mit Bjoremul und einer Handvoll Krieger zu Yendred zurück und kämpfte in seiner Streitmacht um Ralenyl. Alle wünschten sich Nuramon herbei, doch dieser war allein mit Daoramu ausgezogen, um nach einem der magischen Siegel zu suchen. So vergingen die Wochen, und schließlich gelang es ihnen auch ohne Nuramons Hilfe, das Land zwischen dem Ruljas und dem Arljas zu befreien, das Borugar einst als Fürst erobert, als König beherrscht und wieder verloren hatte.

Nachdem sie die letzten Städte und Sternfestungen ihres Königreichs zurückerobert hatten, zogen sich Yendred, Lyasani und Salyra nach Jasbor zurück, und Nerimee kam und wies den Kriegern den Weg über die Albenpfade, ohne selbst je in den Kampf zu gehen. Nylma wünschte sich, alle würden ein einziges Mal an einem Ort zu einer Schlacht zusammenkommen: Yendred, der mit Lyasani und Salyra die Streitmacht anführte, sie und Bjoremul, die dem Feind in die Seite stießen, Loramu und Borugar, die im Lager die Pläne schmiedeten. Daoramu und Nerimee, die die Verletzten heilten. Und vor allem wünschte sie, Nuramon würde erscheinen und die Kampfgefährten zu Heldentaten bewegen. Doch dieser Tag, den Nylma sich wünschte, wollte nicht kommen.

König Tyregol stand inmitten der vergehenden Schlacht. Das Feld war voller Toter und Verletzter. Freund und Feind waren im Schlamm und im Regen kaum noch voneinander zu unterscheiden. Die magischen Lichter der Zauberer waren erloschen, und Tyregol wusste weder, ob Sawagal und seine Leute sich behauptet hatten noch wie viele seiner Bauernkrieger überlebt hatten.

Zwei feindliche Boten ritten näher, und Dorgal hob schon drohend das Schwert, doch die beiden Männer sprangen aus dem Sattel, verbeugten sich, und einer sagte: »Wir bitten um Gnade. Nimm die Stadt Werisar, aber lass unser geschlagenes Heer abziehen.«

Die Hitze stieg Tyregol zu Kopf, und er spürte den hartgewordenen Schlamm in seinem Gesicht. Er konnte nur hoffen, dass die Schicht so dick war, dass sie ihm zur Maske wurde und die Boten nicht erkennen ließ, wie überrascht er war. »Heute gewähre ich es euch«, sagte er. »Aber verlasst euch nicht darauf, dass es beim nächsten Mal wieder so sein wird.«

Zwei Stunden später kam Nylma mit den Teredyrern und verkündete, dass der Überraschungsangriff auf Barobyr geglückt sei und sie die nahe gelegene Heilquelle erobert hatten. Nun würden sie sich nach Süden wenden. Sie hatten die Alvarudorer und die Teredyrer im Rücken und hielten die Heilquelle von Barobyr als Rückzugsort. Der Weg nach Varlbyra lag vor ihnen.

Fürst Aniscaro von Helbyrn empfing seine Feldherren, und alle berichteten das Gleiche. Yendred sei über den Arljas gekommen und strebe Varlbyra entgegen. »Sie machen mit Tyregol gemeinsame Sache«, hörte er immer wieder in diesen Tagen. »Der Fürstenrat darf nicht fallen. Sagt ihnen unsere Hilfe zu!«

Fürst Murero schritt zwischen den vierzehn anderen Fürsten des Rates umher. Die Yannadrier nahten von Westen, der König von Norden, und die Ahnenpriester beschuldigten sie öffentlich, an all den Kriegstoten schuld zu sein. Nur das Bündnis mit Helbyrn und eine harte Hand konnten sie retten.

Jeden Tag kamen furchterregende Nachrichten an den Hof. Nylma, die Wyrenara des yannadrischen Königs, führte die Teredyrer an, sorgte für den Nachschub und brachte die Verletzten nach Barobyr und Teredyr, auf dass sie dort in den Heilquellen genesen konnten. Der legendäre Bjoremul setzte sich an die Spitze des Bauernheeres, und Yendred Yannaru schien überall zugleich zu sein, während die Helbyrnianer zögerten, ihre kostbaren Torstäbe einzusetzen. Und immer wieder gab es Gerüchte zu Nuramon, wonach er mal hier und mal dort gesehen wurde. Überall herrschte die Angst, das letzte Elfenkind würde erscheinen, mit dem alten Hass, mit dem es vor Jahren gekommen war.

Albensiegel

Nachdem Nuramon weder in Yannadyr, noch in der Nähe von Teredyr oder bei Alvarudor ein Siegel gefunden hatte, folgten er und Daoramu dem Rat Cerens und suchten abseits des Königreiches und des Krieges. In Absprache mit Yendred hielten sie sich bei ihrer Suche von Jasbor fern und kehrten auch zwischendurch nicht dorthin zurück, damit die Tjuredanbeter ihre Spur nicht aufnehmen konnten.

Zuerst suchten sie nördlich der Reiche, sogar nördlich von Teredyr und Alvamur, und nördlich von Alvarudor bis hin zum ewigen Eis. Immer wieder gingen sie in die Welt hinaus, Nuramon wirkte den Siegelblick und hielt nach einem Leuchten Ausschau. Doch nirgends fanden sie eine Spur, nicht in den scheinbar endlosen Wäldern jenseits der Syardoren, nicht in den weiten Sumpfländern, den kleineren Gebirgen oder in engen Tälern, in den verwinkelten Schluchten und im Hügelland.

So enttäuschend ihre Suche war und so groß ihre Sehnsucht nach der Familie, umso erfüllter war die Nähe zueinander. Er und Daoramu waren noch nie so lange miteinander allein gewesen. Nuramon merkte, dass – wenn alles verloren wäre – er mit Daoramu entfliehen könnte und sie einander genügten. Sie hatte die Geduld einer Elfe. »Im Schlaf erworben«, sagte sie, als er sie darauf ansprach.

Als der Winter über den Norden kam, zogen sie gen Süden, und hier, tief in der Wüste, erblickte Nuramon bei Nacht zwischen den Lichtern der magischen Quellen in der Ferne ein goldenes Leuchten, das er nur mit dem Siegelblick erkennen konnte. »Da ist es!«, flüsterte er, und als Daoramu ihn begeistert küsste, lachte er vor Freude. Aber schon bei Tageslicht zeigte sich, dass das Siegel weit entfernt war. Sie brauchten fünf Tage unter der erbarmungslosen Sonne und von Sandstürmen geplagt, um in die Nähe zu gelangen. Ohne Nuramons Zauberei, die sie abkühlte und erquickte, wären sie wohl auf halbem Wege zusammengebrochen. Mit dem Wasser gingen sie sparsam um, aber es war abzusehen, dass es auf dem Rückweg knapp werden würde.

Schließlich erreichten sie eine Stelle zwischen zwei Dünen, wo das Strahlen aus dem Sand empordrang. Das Siegel schien in einem Licht, das die Dinge durchstach und nur durch seinen Zauber golden gefärbt wurde. Es wirkte wie ein kleiner Albenstern. Die einzelnen Adern schlängelten sich von der Mitte zu einem dicken Rand. Das goldene Licht pulsierte die Adern entlang, und ein sanfter Hauch stieg wie ein Duft vom Siegel zu ihm herauf. Es war eine magische Markierung, so frisch wie die Kräuterpflanzen in Cerens Schatten.

»Ist es hier?«, fragte Daoramu, und ihm wurde wieder einmal klar, dass sie nichts von dem Siegel bemerkte, denn er vermochte den Zauber weder auf andere Lebewesen noch auf Gegenstände zu übertragen.

Er nickte und deutete auf den Sand. »Es liegt etwa dreißig Schritte unter uns«, sagte er und fragte sich, wie jene, die das Siegel geflochten hatten, so tief hinabgekommen waren.

Daoramu starrte zu Boden, dann schaute sie besorgt zurück, strich sich den Sand von ihrem hellen Mantel und sagte: »Das ist kein guter Ort.« Sie nahm einen Schluck aus ihrem Wasserschlauch und reichte ihn dann Nuramon. Er nahm ihn dankend an und nickte. »Du hast recht«, sagte er. »Die Quellensteine herzubringen, wäre vielleicht noch möglich.« Sie brauchten die Macht der magischen Steine für den großen Zauber, der das Siegel löste, und müssten sie über die Pfade bis zum Albenstern bringen und von dort durch die Wüste schaffen. »Aber das Siegel liegt tief dort unten«, sagte er. Das Graben, wenn es überhaupt glückte, und der große Siegelzauber mochten länger dauern, als sie hier in der Hitze aushalten konnten. »Das wird schwierig«, sagte er.

»Also unmöglich«, entgegnete Daoramu und lächelte mit ihren sandigen Lippen.

»Es ist das einzige Siegel, das wir haben«, sagte er, und Daoramu nickte.

Sie machten sich auf den Rückweg, und nach zwei Tagen war das wenige Wasser, das sie mitgenommen hatten, aufgebraucht. Doch Nuramons Heilmagie spendete ihnen Kraft. So erreichten sie zwar erschöpft, aber sicher den Albenstern, an dem sie erschienen waren. Sie gingen ein Stück über die Albenpfade, kehrten in die Welt zurück und verbrachten die Nacht auf einer Klippe am Rande der Wüste.

Als der Morgen nahte, wirkte Nuramon den Siegelblick noch einmal und hielt nach dem gefundenen Siegel im Südosten Ausschau, doch da streifte sein Blick im Norden einen weiteren goldenen Schein. »Das darf nicht wahr sein«, sagte er und zeigte dorthin. »Da ist noch ein Siegel. Vielleicht zehn Meilen entfernt.«

»Ist das Zufall?«, fragte Daoramu.

Nuramon entsann sich der Lehren seiner ersten Eltern. »Die beiden Siegel könnten zwei Albensterne verbergen, die miteinander verknüpft sind«, sagte er. »Wenn sie die gleiche Markierung tragen, kann man, wenn man das Siegel des einen löst, damit zugleich das des anderen brechen. Die verborgenen Pfade des Albensterns erscheinen, und die Magie strebt diese Pfade entlang und bricht jedes Siegel, welches die gleiche Markierung trägt.«

Nuramon hoffte, dass das neue Siegel leichter zu erreichen war, doch auch hier wurden sie enttäuscht. Das goldene Rad lag in der Luft neben einem Steilhang. Es senkte sich jedoch der gleiche Kräuterhauch zu ihnen herab, der auch vom Siegel in der Wüste ausgegangen war.

»Als hätte man sie unzugänglich halten wollen«, sagte Daoramu, als er ihr die Lage in der Luft zeigte.

»Vielleicht«, sagte Nuramon und holte die Karten der Albensterne heraus. Die eine zeigte das Netz der Albenpfade, die andere die Lage der Albensterne in der Welt. Auf Letzterer zeichnete er die beiden Fundorte ein. »Wenn wir der Linie zwischen den beiden Siegeln folgen, finden wir vielleicht weitere«, sagte er.

In den folgenden Tagen folgten sie der Spur. Im Norden fanden sie Siegel, die hoch in der Luft lagen oder tief in der Erde, im Fels und im Wasser. Durch die Verbindung zweier Siegel auf der Karte kamen sie zu der Vermutung, dass einer der verborgenen Albenpfade nach Südwesten führte, durch Süd-Varmul und das Fürstentum Helbyrn hindurch. Einige Gebiete, in denen die sichtbaren Albensterne dünn gesät waren, erschienen ihnen vielversprechend. »Aber dort könnten wir unseren Feinden allzu leicht in die Hände fallen«, sagte Nuramon schließlich. »Das Wagnis sollten wir nicht ohne Krieger eingehen.«

»Im schlimmsten Fall müssen wir einen Weg finden, eines der anderen Siegel zu verwenden«, sagte Daoramu. »Wir könnten uns in die Erde graben, in den Fels, vielleicht sogar in den Wüstensand. Aber das könnte dauern.«

Nuramon nickte. Er erinnerte sich an etwas, das seine erste Mutter ihm einst sagte, und wiederholte es für Daoramu. »*Wenn du ein Gewebe aus verborgenen Pfaden knüpfst, mache alle Siegel unzugänglich bis auf eines.*«

»Vielleicht finden wir dieses eine Siegel noch«, sagte Daoramu. »Selbst wenn es im Land des Feindes liegt.«

Als Yendred die Kunde erhielt, dass König Tyregol das Hauptheer des Fürstenrates geschlagen hatte, drängte er mit dem yannadrischen Heer von Westen her mit aller Macht voran. Die Bauern um Varlbyra hatten sich erhoben und auf Tyregols Seite geschlagen, und seit die Fürsten gegen abtrünnige Ahnenpriester vorgingen, unterstützten viele Ahnentempel in Mittel-Varmul den rechtmäßigen König.

Während jene Streitmächte, denen Yendred gegenübertrat, immer weiter zurückwichen und er auch die Helbyrnianer in Kämpfe verwickelte, stieß König Tyregol von Norden immer weiter herab. Es schien, als würde eine Belagerung Varlbyras ein weiteres Mal die Entscheidung eines großen Krieges bringen.

Als die Helbyrnianer dem Kampf auswichen und nach Südosten strebten, ließ Yendred sie ziehen. Eine Woche später eroberte er die Sternfestung vierzig Meilen westlich von Varlbyra. Da erst erfuhr er, warum die Helbyrnianer abgezogen waren: Sie hatten einen Torstab zu nahe an die Streitmacht König Tyregols herangebracht, und Sawagal hatte den Stab erbeutet.

Nachdem König Tyregol vier Tage später die Sternfestung sieben

Meilen nördlich der Hügelkette von Varlbyra eingenommen hatte, war die Zeit reif. Jetzt würden sie die Heere vereinen und den großen Angriff auf Varlbyra vorbereiten. Mit den beiden Sternfestungen konnten sie leicht über die Albenpfade zueinandergelangen und sich austauschen.

Yendred hatte nicht einmal sein Hauptheer zu Tyregols Streitmacht geführt, da erreichte ihn die Kunde, dass Varlbyra gefallen war. Die Ahnenpriester hatten den Widerstand gepredigt und die Stadtbewohner gegen die Fürsten aufgebracht. Selbst Teile des abtrünnigen Heeres hatten sich auf ihre Seite geschlagen. Die Fürsten des Rates flohen mit den Kriegern, die ihnen treu blieben, nach Süden. Während Tyregol mit den verbliebenen Feldherren verhandelte und der Stadtvogt von Varlbyra die Ordnung aufrechterhielt und alles für den Einzug des Königs vorbereitete, blieben die Helbyrnianer in ihrem Zug nach Varlbyra stecken und sammelten sich im Süden.

Sieben Tage nach der Eroberung von Varlbyra bat König Tyregol Yendred an einem wolkigen Frühlingsmorgen darum, mit Lyasani und Salyra an der Spitze des Zuges in die Hauptstadt einzureiten. »Nylma und Bjoremul machen die Zustimmung von deiner Entscheidung abhängig«, sagte Tyregol. Seine schwarzen Augen glänzten, und er lächelte herausfordernd.

Yendred war sich unsicher, ob es klug war, dass Tyregol mit dem alten Feind in die Stadt einzog. Der Hass, der ihnen beim letzten Mal entgegengeschlagen war, als man ihn, Lyasani und Salyra als Gefangene durch die Stadt getrieben hatte, war ihm noch gut in Erinnerung. Dennoch sagte Yendred zu.

Als er kurz darauf hinter König Tyregol zwischen Lyasani und Salyra mit einer Schar Bauernkrieger im Rücken in die Stadt ritt, überraschten ihn die Varlbyrer. Statt ihm feindselig oder mit Schweigen zu begegnen, jubelten sie Tyregol zu und winkten ihnen entgegen. Selbst seinen Namen hörte er zwischen dem alles beherrschenden »Frieden!«, welches die Leute im Chor riefen. Jene, die ihnen mit Spott begegneten, wurden von anderen mit Lobrufen auf den König überstimmt. Als ein Bewaffneter sich aus der Menge löste, waren es nicht nur die Stadtwachen, die den Mann zu Boden rangen, sondern auch einfache Varlbyrer.

Auf dem Königsanwesen hatte die Stadtwache die Herrschaft übernommen, weil Tyregol den Palastwachen und den Kronkriegern, die in den Garnisonen des Anwesens lebten, kein Vertrauen mehr schenken konnte. Immerhin hatten sie statt des Königs den Fürstenrat beschützt.

Vor dem Tor des Palastes wurden sie von Dorgal und dem Stadtvogt von Varlbyra empfangen, einem kleinen, breitgewachsenen Mann in schlichtem Mantel, dessen Rang nur anhand des hohen Hutes mit dem Wappen der gelben Schlange von Varlbyra zu erkennen war. Die Begrüßung war unterwürfig, und jedes Wort wurde von einem Schreiber, der abseitsstand, notiert. Gewiss würde man die formelhaften Sprüche, die ihnen über die Lippen kamen, später ausschmücken, damit die Nachkommen in den Chroniken bedeutungsschwangere Worte ihrer Ahnen fanden.

Im Thronsaal erwarteten sie die Feldherren des Bauernzuges, allerlei Adlige und Familienangehörige und Vertraute, die unter dem Fürstenrat im Hausarrest hatten verharren müssen. Die Freude schlug dem König entgegen und ließ Yendred und seine Vertrauten beinahe unsichtbar wirken.

Sie schritten über das Landkartenmosaik im Fußboden. Die Leute machten in der Mitte des Saales so viel Platz, dass Yendred einen großen Teil der Karte erkennen konnte. Der lackierte Stein zeigte zu seiner Überraschung, dass das Land westlich des Arljas in seiner grünen Lackierung seinem Großvater zugesprochen war. Das yannadrische Königswappen lag ein wenig zu weit westlich, auf dem Land jenseits der Ruljas, und der Farbton der Fürstentümer östlich des Flusses war einen Hauch dunkler als der der anderen. Yendred bemerkte Tyregols Lächeln, als er den Blick auf das Mosaik senkte, und er vermutete, dass der König es rasch hatte verbessern lassen, damit sie den Verhältnissen entsprachen, die nun anhalten sollten. Dass der Süden Varmuls noch rot lackiert war, zeigte, dass Tyregol die Herrschaft der Fürsten dort nicht akzeptierte. Er war der König, und er kehrte auf seinen Thron zurück. Nun waren die Fürsten die Aufständischen.

Am Fuße der Treppe zum Thron hielt Tyregol inne, wandte sich um und wies die Leute, die sich hier wieder näher an den Pfad geschoben hatten, mit sanfter Geste zurück. Er zeigte auf eine Stelle zu seiner Linken. »Dort stand ich als Kind – mein Vater tot, meine Krieger bezwungen, ganz dem Urteil des Königs von Yannadyr ausgeliefert.« Er wies nach rechts. »Und dort stand Nuramon, der Schwiegersohn des yannadrischen Königs – zu seinen Füßen der tote Körper seines Sohnes. Er schaute mir entgegen, und als ihm sein König die Entscheidung über mein Leben in die Hand legte, hätte es keinen Weg geben sollen, der für mich zum Überleben führte. Aber Nuramon verschonte mich. Doch ich war ein Kind, und die Fürsten waren mächtig. Als ich heranwuchs, wollte ich meine eigenen Entscheidungen treffen. Da spielte mir das Schicksal Yendred, Lyasani und Salyra als Gefangene hier zwischen diese beiden Stellen. Jetzt saß ich dort oben auf dem Thron, und alle erwarteten, dass ich den Feind, der uns so viel Schmerz bereitet hatte, zum Tode verurteilte. Doch meine Bewunderung für die Stärke Nuramons hat mich nie verlassen. So verschonte ich Yendred und brachte die Fürsten gegen mich auf.« Er schaute Yendred an. »Ich will nicht verhehlen, dass ich anfangs dachte, ich hätte es zu weit getrieben und es sei ein Fehler gewesen, dich und deine Frauen zu verschonen. Aber nun sind wir gemeinsam hier, wo so vieles geendet hat und wo manches weiterbestehen durfte. Und nun sollten wir etwas Neues erschaffen. Auf unser Bündnis sollten wir den Frieden gründen.«

Die Leute applaudierten, und Tyregol atmete tief durch. Nach den Ereignissen der letzten Jahre musste der Zuspruch eine Erlösung für ihn sein. Als es ruhig wurde, wies er erneut auf die beiden Stellen am Boden. »Ich möchte, dass hier zwei Platten gesetzt werden, zwei Siegel mit den Wappen der beiden Königreiche. Und ich möchte, dass wir uns bei Verhandlungen hier gegenübersitzen – genau an diesem Ort. So werden die Königinnen und Könige von Yannadyr stets durch Nuramons Augen schauen und meine Nachkommen durch die meinen.«

Die Leute jubelten, und die Friedensrufe, die sie von der Straße gehört hatten, hallten nun ihm Saal umher. Doch der König hob die

Hand. »Frieden zwischen uns? Ja! Aber wiegt euch nicht in Sicherheit. Die Abtrünnigen halten den Süden, und die Helbyrnianer stoßen in diesem Moment zu ihnen.« Er wandte sich wieder an Yendred. »Der Ansturm meiner Feinde wird gewaltig sein. Können wir unseren Frieden auf ein Bündnis gründen, das uns hier in und um Varlbyra Unterstützung schenkt?«

»Du hast unseren Beistand. Wir werden die Feinde zurückschlagen.« Es waren Worte, die für die Anwesenden gesprochen waren. Hinter verschlossenen Türen hatten sie bereits Pläne für den Gegenangriff der Feinde geschmiedet.

Als sie nach einer Stunde im Königssaal wieder hinter verschlossenen Türen waren, in jenem Raum hinter dem Thron, wo Nuramon einst auf Tyregol, Yenwara und deren Gefolge gestoßen war, sprachen sie über die bevorstehende Schlacht. Yendred war mit Lyasani und Salyra da, dem König stand Dorgal und eine Handvoll Feldherren zur Seite. Und Bjoremul und Nylma kamen ebenfalls hinzu.

»Die Späher berichten von zwanzigtausend Kriegern«, sagte Bjoremul.

»Dann müssen die Helbyrnianer noch einen Torstab haben, mit dem sie den Nachschub über die Pfade bringen«, sagte Yendred.

»Das ist nicht so wichtig«, sagte Tyregol. »Wenn sie uns etwas anhaben wollen, müssen sie uns auf dem Schlachtfeld besiegen. Und hier sind wir mächtiger als irgendwo sonst. Wir halten die Hügelketten, wir halten die Stadt und die beiden Sternfestungen. Jeder Tag, der verstreicht, bringt uns mehr Zulauf bei den Bauern auf dem Land und den Ahnenpriestern und ihren Gemeinden in den Städten. Und auch die Vögte, Grafen und Herzöge werden sich fragen, aus welcher Richtung der Wind weht. Ich werde ihnen klarmachen, dass jetzt der Zeitpunkt gekommen ist, um auf meine Seite zu kommen.«

»Ich habe eine Idee«, sagte Lyasani leise und zog alle Blicke auf sich. »Die beiden Sternfestungen leisten uns gute Dienste. Die im Norden liegt so nahe, dass alles, was darüber kommt, hier von Bedeutung ist, die im Westen so weit weg, dass sie uns als Rückzugspunkt dienen kann. Aber es gibt auch einen Albenstern hier in der Stadt. Öffnen wir ihn ein weiteres Mal, sind alleine schon die Botengänge ein Kinderspiel.«

»Sofern die Tjuredanbeter ihren Torstab nicht hier ins Spiel bringen«, sagte Nylma.

»Sawagal ist so versessen auf Torstäbe, dass er jeden Stab, den die Tjuredanbeter in seine Nähe bringen, erbeuten wird«, sagte Yendred. »Und vergiss nicht, dass unsere Feinde stets fürchten müssen, dass ich eine Zeitfessel um die Albensterne gelegt habe.«

»Ein guter Plan«, sagte Tyregol. »Meine Leute werden sich an die Arbeit machen, und schon morgen werden die Mauern, die den Albenstern umschließen, eingerissen sein. Wie damals, als ihr sie nach eurem Sieg gegen meinen Vater geöffnet habt, um einer Belagerung zu entgehen und auf sicherem Weg nach Yannadyr zurückzukehren.« Er lächelte bitter. »Ich hätte nie gedacht, dass der Albenstern einmal *uns* nützen würde.«

Der König hielt sein Wort. Am nächsten Nachmittag machte Yendred sich mit Lyasani und Salyra von der Sternfestung im Norden auf und gelangte über die Albenpfade auf die Lichtinsel, auf der er das Tor nach Varlbyra öffnen konnte, das erst König Mirugil und dann der Fürstenrat hatte einmauern lassen. Lyasani schaute sich auf dem Lichtplateau um, und obwohl es sich kaum von anderen Inseln im Gefüge der Albenpfade unterschied, musste es sie berühren, dass sie hier einst eine Zuflucht gefunden hatte. Hier hatte Nuramon die schreckliche Gesichtswunde geheilt, deren Narbe heute noch sichtbar war. Hier hatte er ihr das Leben gerettet.

Yendred öffnete die magische Pforte, und sie schritten schweigend hindurch und kamen in eine kahle Totenkammer. Schon öffneten ihnen die Wachen der Ahnenhallen die Tür und ließen sie auf den Gang hinaustreten.

Lyasani schaute mit glänzenden Augen den Gang entlang. Sie schien keineswegs den König, dessen Mutter und Dorgal mit ihrem Gefolge zu sehen, sondern in Erinnerungen zu schweben. Yendred fasste ihre Hand, und sie lächelte kurz. Hier hatten die Wachen nicht davor zurückgeschreckt, einem Kind das Schwert durchs Gesicht zu ziehen. »Euer Ort der Entscheidung liegt im Thronsaal«, flüsterte Lyasani ihm zu. »Meiner liegt hier.«

Yendred wollte etwas entgegnen, doch da war der König bei ihnen und schloss erst ihn, dann Lyasani und schließlich Salyra in die Arme. »Man redet heute viel über dich«, sagte Tyregol ihm und schaute dann zwischen Lyasani und Salyra hin und her. »Und auch über euch. *Kriegerprinzessinnen* nennt man euch.«

Salyra musste laut lachen, und Yendred ließ sich davon anstecken. Selbst Lyasani grinste.

»Du siehst, Yendred, dein Einzug war die richtige Entscheidung«, sagte Tyregol.

Yendred schmunzelte. »Aber werden die Leute auch begeistert sein, dass wir nun durch die Hallen deiner Ahnen nach Varlbyra kommen?«

»Man muss es ihnen ja nicht sagen«, sagte Salyra.

»Aber wir *werden* es ihnen sagen«, sprach Tyregol. »Das Volk ist kriegsmüde. Es will, dass die Kämpfe enden und Frieden einkehrt. Und die Fürsten sind nun diejenigen, die der Ruhe im Wege stehen. Aber es gibt noch einen Grund, warum ihr ein gutes Recht habt, auf diesen Wegen zu schreiten.« Er führte sie durch die Gänge bis zu einer Tür, die mit dem königlichen Wappen – dem silbernen Kriegshammer – versehen war. »Hier ruht neben meinem Vorfahr König Cardogir auch seine Gemahlin Jasmua.«, sagte er. »Sie stammte aus dem Hause Yannaru, zu einer Zeit, da der Name bei euch nicht viel zählte. Es heißt, sie wäre eine gute Königin gewesen. Sie war die Tochter von Salno Yannaru. Von ihm stammst auch du ab.«

»Woher weißt du das?«, fragte Yendred.

»Als ich noch unmündig war, war das Wissen meine einzige Macht«, sagte er. »Unser aller Stammbäume sind miteinander verknüpft. Auch abseits von Königshäusern. Und so sind dies auch deine Ahnenhallen, Yendred.« Er wandte sich an Lyasani. »Und auch einige deiner Vorfahren liegen hier.«

»Ich weiß«, sagte Lyasani lächelnd und wollte etwas nachsetzen, da kam eine aufgeregte Wache zu ihnen gerannt und rief: »Nuramon Yannaru ist da!«

Yendred tauschte einen Blick mit Tyregol und erwiderte sein Grinsen. Dann ließen beide jede Haltung und Förmlichkeit fahren und stürmten los.

Auf dem Gang, auf dem die Kammer mit dem Albenstern lag, standen Yendreds Eltern. Sie strahlten vor Freude und schlossen einen nach dem anderen in ihre Arme. Lyasani aber hielt Nuramon am längsten fest. Schließlich sah sie ihm in die Augen und dankte ihm für etwas, das Jahre zurücklag.

Nuramon war mit Daoramu allein im Thronsaal, und Daoramus Blick war starr auf die Stelle gerichtet, wo Gaerigar sein Leben ausgehaucht hatte. »Ich dachte immer, es würde mich erschüttern«, sagte sie. »Aber zu wissen, dass er hier gestorben ist, und dass seine Seele zu Nerimee fand und er in unserem Enkel weiterlebt, ist ein ungeheurer Trost.« Das war es, was auch Nuramon fühlte. »Früher hätte ich gedacht, es wäre unmöglich, in einem Kind den Sohn und zugleich den Enkel zu sehen«, sagte sie. »Ich habe nie begriffen, wie deine verschiedenen Eltern dir begegnet sind, obwohl sie wussten, dass du mehr warst als ihr Sohn. Aber jetzt?« Sie schüttelte lächelnd den Kopf.

Nuramon nickte. »Sollte Gaerigar je die Erinnerung erlangen, wird er dankbar sein, in dem Bewusstsein aufgewachsen zu sein, ein früheres Leben zu haben. Er wird vorausblicken können und hoffen dürfen, dass auch nach seinem Tod etwas kommt.«

»Und das Mondlicht?«, fragte Daoramu.

»Er wurde wiedergeboren, so viel ist sicher«, sagte Nuramon. »Es mag sein, dass er irgendwann den Tod eines Menschen stirbt und den Weg der Menschenseelen geht. Aber es mag ebenso sein, dass er ins Mondlicht schwebt.«

»Oder«, sagte sie und schaute nachdenklich empor.

»Oder?«, fragte er.

»Was, wenn durch Gaerigar und das elfische Erbe etwas offengelegt wurde, das bisher einfach verborgen war: dass Menschen wiedergeboren werden. Uns Menschen fehlt vielleicht einfach nur die Macht, die Wiedergeborenen zu erkennen«, sagte sie.

Nuramon nickte. »Das ist möglich, aber es ließe sich nur dann beweisen, wenn wir die Seele eines Menschen in einem anderen Menschen erkennen könnten, ohne dass Elfenblut im Spiel ist.«

»Meine Mutter sagte, dass die Ahnenpriester über Cerens Worte zu Gaerigar in Unruhe geraten seien. Stell dir vor, dass auch Yargir und Waragir und all die anderen, die ihr Leben gelassen haben, irgendwo in ihren Familien wiedergeboren wurden.«

»Es ist ein wunderbarer Gedanke«, sagte Nuramon und schloss Daoramu in die Arme.

Nur zögerlich kehrten sie dem Thronsaal den Rücken und ließen sich von einer Wache in den Westteil des Palastes führen, wo Tyregol und Yendred im Turmzimmer ihren Kriegsrat hielten.

Die Erinnerung, wie er mit den Kriegern das letzte Mal durch den Palast gegangen war, ließ Nuramon auf dem Weg nicht los – damals, als er Tarsun im Sterben gefunden und dessen Besitz erbeutet hatte. Und nun würde sich hier wieder ein Krieg entscheiden. Ebenso wie Nerimee war auch Yendred in Begeisterung ausgebrochen, als er gehört hatte, dass Nuramon und Daoramu einige Siegel gefunden hatten. Der Tag in Jasbor hatte gerade einmal ausgereicht, einige Stunden in den Armen der Familie zu verbringen, und schon hatten sie erfahren, dass Yendred gegen Varlbyra gezogen war. Während Nerimee mit Ceren nun alle Vorbereitungen für den großen Siegelzauber traf, wollten Nuramon und Daoramu beim Kampf gegen die Feinde helfen, um eine Entscheidung zu erzwingen.

Auf der Treppe zum Turmzimmer kamen ihnen einige Feldherren Tyregols entgegen und grüßten höflich. Oben angekommen, fanden sie den varmulischen König und Dorgal mit Yendred, Lyasani und Salyra. Und auch Bjoremul und Nylma waren da. Als die Palastwachen den Raum verlassen und die Tür geschlossen hatten, fragte Nuramon: »Warum hast du deine Feldherren fortgeschickt?«

»Weil ich einigen von ihnen nicht traue«, antwortete Tyregol.

Das Zimmer war nur mit einem Tisch und Stühlen eingerichtet. Wind wehte durch die vielen Fenster, von denen aus der König über die Stadt und das umliegende Land schauen konnte. Daoramu fragte nach Yenwara, und Dorgal erklärte, dass sie Kriegsräte nicht schätzte. »Sie ist in der Stadt und spricht mit dem Vogt. Sie möchte dir später Gesellschaft leisten.«

Nachdem König Tyregol die Lage in der Stadt beschrieben hatte, schritt er zum mittleren der drei Nordfenster und wies zu den Hügeln, die Nuramon und Borugar einst besetzt gehalten hatten. »Bjoremuls Krieger halten alle Hügelketten. Jenseits der Nordhügel liegt euer Lager. Wir haben euch unsere Zelte überlassen. Sie ziehen sich bis zur Sternfestung hin.« Er zeigte auf einen der Plätze in der Stadt, an den sich große Gebäude schmiegten. »Meine Krieger lagern hier.« Er führte sie zu einem der Westfenster. »Und dort unten liegt das Schlachtfeld.« Er wies die Straße entlang nach Süden. »Einige Meilen entfernt – jenseits der Hügel dort – lagern die Helbyrnianer, und die Späher berichten, dass die Fürsten ihre Streitmächte dahinter sammeln.«

Nuramon erinnerte sich an das Gebiet. Auch damals hatten die Feinde sich dort zu einem Gegenangriff gesammelt, doch es war zu spät gewesen. Sie waren längst über den Albenstern in den Ahnenhallen abgezogen, als die Fürsten vorgerückt waren.

»Bleiben die Teredyrer in der Nordfestung?«, fragte Nuramon.

»Ja«, antwortete Nylma. »Mit dem Torstab können wir dort auf alles reagieren. So wie Sawagal in der Sternfestung im Westen.«

Yendred erklärte ihm, dass Sawagal einen Torstab erbeutet hatte, und Nuramon schaute durch eines der Fenster hinaus, als könnte er die Festung im Westen erblicken. Aus Gewohnheit wirkte er wie so oft den Siegelblick und erstarrte. »Das darf nicht wahr sein!«, sagte er. In der Ferne leuchtete ein Siegel. Daoramu und er hatten entlang der Spuren der Siegel, die sie gefunden hatten, nach Gebieten dünn gesäter Albensterne gesucht. Hier aber gab es innerhalb von zehn Meilen zwei Albensterne, und auch im Umland waren die Abstände nie größer als vierzig Meilen. So war ihnen diese Region auf der Karte nie aufgefallen. »Was liegt dort?«, fragte Nuramon. »Vielleicht zwanzig Meilen entfernt.«

»Das ist Weideland«, erklärte König Tyregol. »Dort gibt es eine Senke, ein sanftes Tal. Man nennt es *Die Himmelswiesen*.«

Nuramon erinnerte sich an jene Senke, an der er einst mit Borugar und dem Heer vorübergekommen war. Er hatte die Schafe, die Rinder und die wenigen Höfe gesehen. »Warum nennt man es Himmelswiesen?«, fragte er.

»Angeblich ist dort ein Stein vom Himmel gefallen und hat das Tal ins Erdreich gesprengt«, sagte der König. »Ist dort etwa eine magische Quelle?«

»Nein«, sagte Nuramon, löste sich vom Fenster und schaute in die Runde. »Dort liegt ein magisches Siegel.« In welche Miene er auch schaute, er fand nur Verwunderung.

Orakelblick

Yenwara empfing Daoramu in ihrer Badekammer. Es war ein schmaler Raum, der zur Hälfte aus einem Becken bestand. Sie sprachen über ihre Familien und die Hoffnung, die sie in der Zukunft sahen. Yenwara gestand, dass Tyregol sich leicht verliebte, es dann aber an Entschlussbereitschaft vermissen ließ. »Er war ein Träumer.«

»Aber die letzten Jahre dürften ihn verändert haben«, sagte Daoramu.

»Er genoss eine Weile die Zuwendung in der Provinz, aber nun, da er hier ist, wird er sich eine Königin suchen.«

Daoramu schmunzelte. »Für einen Moment in Teredyr hatte ich gehofft, unsere beiden Häuser könnten sich verbinden.«

»Deine Tochter hat Tyregol schon beeindruckt«, sagte Yenwara. »Er sagt, sie sei die schönste Frau, die er je gesehen habe. Aber sie sei nicht die richtige für ihn. Zu viel Blut zwischen ihnen.«

»So ist es wohl«, sagte Daoramu. »Aber zwischen unseren Enkeln mag einst weniger stehen.«

Jaswyra war misstrauisch. Immer wieder kehrten Nuramon und Daoramu für einige Stunden nach Jasbor zurück, um mit Nerimee und Ceren die Vorbereitungen zu treffen. Und Borugar verbrachte viel Zeit mit ihnen und Loramu. Jaswyra ahnte, was Borugar vorhatte. So kam sie ihm eines Abends, als sie erschöpft im Bett lagen, zuvor und sagte: »Du wirst nach Varlbyra gehen, den König treffen und mit ihm Pläne schmieden, nicht wahr?«

Borugar lachte leise. »Ich Narr habe mir überlegt, wie ich dir das beibringe. Dabei hast du es längst von meinen Augen abgelesen.« Er fasste ihre Hände. »Willst du mitkommen?«

»Nein. Aber ich wünsche mir von dir einen Tag, an dem die ganze Familie hier ist.«

Borugar nickte, dann küsste er sie.

Tyregol führte seine Krieger am Morgen in die Schlacht. Die Fürstenstreitmacht strebte ihnen verhalten entgegen und zog sich rasch wieder zurück. Tyregol blieb auf dem Schlachtfeld, das er gewählt hatte, und ließ die Feinde ziehen. Da erreichte ihn die Kunde, dass die Helbyrnianer die Südhügel angriffen.

Bjoremul brüllte Befehle, ließ immer neue Baumstämme anspitzen und Gräben ausheben. Die Helbyrnianer führten magische Artefakte in ihren Reihen, schleuderten Lichtblitze und Feuer und setzten sogar einen Teil des Waldes in Brand, doch nach seiner Erfahrung waren gute Armbrustschützen genauso mächtig wie die Magier dort unten. Denn die Zauberer wagten sich nie zu weit vor, und ohne Wagnis war eine Hügelkette nicht zu nehmen. Die Armbrustschützen, die Fallen am Hang und die Spießträger sicherten den Boden.

Nylma hielt auf den Albenpfaden nach den Tjuredanbetern Ausschau, doch sie traf nur auf Sawagal. Er berichtete ihr, dass er die Helbyrnianer gesehen habe. Sie hätten sich zu einem der südlichen Albensterne begeben, sich dann aber wieder zurückgezogen. »Sie können die Zeitfesseln sehen«, erklärte er.

»Können sie sie auch lösen?«, fragte Nylma.

»Wäre es so, würden sie ihrem Heer über die Pfade Nachschub bringen.«

Nylma zweifelte noch immer an Sawagal, aber zumindest sein scha-

denfrohes Grinsen wirkte ehrlich. »Bis sie die Zeitfesseln lösen können, ist der ganze Spuk vorbei«, sagte sie.

»Bedauerst du eigentlich nicht, nach dem großen Siegelzauber die Macht, die in dir steckt und dir Heilung zuspielt, zu verlieren?«, fragte er. »Und die Macht, Artefakte zu nutzen?«

»Nein«, sagte sie. »Wenn die Tjuredanbeter ihre Macht verlieren, opfere ich die meine gerne. Und wer weiß? Vielleicht bleibt einigen von uns ein wenig Magie erhalten.«

Sawagal nickte mit einem gequälten Lächeln auf den Lippen.

Aniscaro traf sich dreizehn Meilen südlich von Varlbyra mit den varmulischen Fürsten inmitten des gewaltigen Heerlagers. »Dreißigtausend Krieger! Und die Tjuredpfade sind unbrauchbar!«

»Sie warten«, sagte Fürst Murero. »Die Nordprovinzen und die Teredyrer bringen ihnen auf dem Landweg und auf den Albenpfaden Nachschub.«

Aniscaro hasste es, wenn die Varmulier die Pfade seines Gottes als Albenpfade bezeichneten.

»Da ist kein Herankommen«, sagte Murero. »Diese Feiglinge aus Alvarudor und diese Hure aus Teredyr lassen nichts zu.«

»Ich habe euch gesagt, ihr hättet beim Rückzug verbrannte Erde hinterlassen sollen«, sprach Aniscaro.

Murero nickte. »Unsere Spione schauen, ob es ein Herankommen an den König gibt – oder besser an den Alvaru und seine Brut.«

»Wir müssen sie im Auge behalten«, sagte Aniscaro. »Irgendetwas tut sich bei ihnen.«

Abschied von Jasbor

Als alle Vorbereitungen zur Abreise getroffen waren, verbrachte die Familie einen ganzen gemeinsamen Tag miteinander. Nuramon genoss es, denn es war vielleicht das letzte Mal, dass sie so zusammen waren.

Nylma saß mit Daoramu und Jaswyra unter der Birkeneiche, und sie lachten mit Ceren; Yendred spielte mit Gaerigar im Garten Verstecken, während Salyra und Lyasani dabei zusahen, wie Yulivee noch auf unsicheren Beinen hinter ihrer größeren Schwester Obilee herlief. Es kam Nuramon beinahe so vor, als wäre es erst vor Tagen gewesen, dass Lyasani beide Kinder gestillt hatte. Weder Obilee noch Yulivee konnten ihre Herkunft verleugnen. Beide hatten das dunkle Haar ihrer Mütter; Obilee das glatte Salyras, Yulivee die langen Locken Lyasanis. Die beiden Mädchen hatten Elfengesichter und alberten umher wie Kobolde.

Nuramon und Nerimee spazierten durch den Garten. Sie kamen an Borugar und Loramu vorüber, die auf der Steinbank saßen und über Jasgur sprachen. Nuramon bedauerte, den Freund vor seinem Tod nicht mehr gesehen zu haben. Er wusste, dass die Zeit und die körperlichen Gebrechen an dem Herzog von Gaelbyrn genagt hatten, und dann hatte er einen winzigen Elfenaugenblick nicht hingeschaut, und schon war das Leben seines Freundes vorüber gewesen.

»Du denkst an Jasgur«, sagte Nerimee. »Manche sagen, die Feinde konnten erst über uns kommen, als er die Augen zugetan hatte.«

Nuramon nickte. »Es wäre ihm gewiss recht gewesen, dass die Heldenepen das verbreiten.«

Sie schritten quer durch den Park dem Südwesttor entgegen und sprachen über die Lage in Varlbyra. »Ich würde dich gerne begleiten. Ich möchte bei den magischen Steinen sein, die Magie ordnen, damit du sie nutzen kannst.«

»Auf den Himmelswiesen sind wir angreifbar«, sagte er. »Haben wir Glück, geht alles vorüber, ehe die Feinde merken, was geschieht.

Erkennen die Tjuredanbeter aber, dass ich etwas Großes mache, werden sie es verhindern wollen. Und dann wäre die Stelle des Zaubers der gefährlichste Ort des Krieges.«

»Dennoch«, sagte sie.

»Nerimee. Wenn ich scheitere, dann bist du die letzte Hoffnung.«

»Aber *ohne* mich wirst du scheitern. Du brauchst mich für diesen Zauber. Und das weißt du.«

»Ich weiß, dass du hier gebraucht wirst. Nicht nur von Borugar, sondern auch von Gaerigar. Wir würden das Wagnis allein eingehen, damit du hierbleiben kannst.«

»Wir?«, fragte sie. »Wird Yendred dir helfen?«

»Nein, deine Mutter. Wir haben beschlossen, diesen Kampf gemeinsam zu Ende zu führen. Sie wird mir die Macht zuspielen, und viel davon.«

»Was?« Nerimee blieb stehen und schaute zurück zur Birkeneiche. »Doch nicht etwa nur, um mich fernhalten zu können?«

»Sie will mir einfach nur beistehen.«

»Aber das will ich auch. Vergiss einfach, dass ich die Thronerbin bin. Yendred würde meine Stelle einnehmen. Er ist auf dem Schlachtfeld gewachsen. Und wenn wir beide sterben, wird Gaerigar zum Thronerben.«

»Aber willst du ihn nicht aufwachsen sehen?«

»Gewiss. Aber fragst du Yendred, ob er seine Töchter aufwachsen sehen will? Und sei ehrlich: Würdest du ihn daheim lassen?«

»Nein«, antwortete er und lächelte. »Deine Mutter wusste, dass du das sagen würdest. Ich wollte ihr nicht glauben.«

»Ich bin also dabei?«, fragte sie mit großen Augen.

Er nickte. »Wir werden Nylma damit einen Wunsch erfüllen. Sie möchte, dass Yendred, Lyasani und Salyra dabei sind, sie und Bjoremul, ich und Daoramu, Borugar und Loramu. Und auch du. Die einen schmieden Pläne, die anderen wirken oder lenken Magie, und alle anderen kämpfen in der Schlacht.«

Nerimee lächelte. »Wer sollte sich damit messen?«

»Dreißigtausend Feinde«, sagte er und sah, wie das Lächeln aus dem Gesicht seiner Tochter verschwand.

Nach dem wundervollen Tag mit der Familie und einer liebevollen Nacht erwachte Daoramu vor Sonnenaufgang und merkte, dass sie allein war. Nuramon hatte offenbar nicht schlafen können, war aufgestanden und hatte ihr gewiss noch ein wenig Ruhe gönnen wollen.

Sie zog sich ihren teredyrischen Wollmantel über, ging zum Fenster und schaute in die Nacht hinaus. Das Leuchten der Lampen, die von Nerimees Lichtsteinen erhellt wurden, zog sie in seinen Bann. Sie sah nicht nur das Licht, sondern auch den magischen Hauch, der die Steine umgab. Wenn es dunkel war, sah sie die Magie wie einen dünnen Nebel. Cerens Baumkörper dampfte vor ihren Sinnen, und unten auf der Bank erspähte sie Nuramons magischen Hauch. Sie blinzelte, rieb sich die brennenden Augen, und fort war ihr Zauberblick. Die Nacht war mit einem Schlag dunkler geworden.

Nachdem sie sich ihr Morgenkleid und den Brokatmantel angezogen hatte und in die leichten Schuhe gestiegen war, durchstreifte sie den Palast. Es mochte das letzte Mal sein, dass sie durch diese Gänge schritt. Sie kam an Yendreds Gemächern vorbei und hörte Yulivees Weinen und die tröstende Stimme ihres Sohnes. Im Südflügel hörte sie Schritte in Nylmas Zimmer. Hinter der benachbarten Tür schlief Terbarn, gegenüber Helgura, und daneben lag Gaerias Zimmer. Über die Seitentreppe ging Daoramu hinauf, schritt zwischen den Gemächern ihrer Eltern hindurch und ging dann im Treppenhaus hinab bis in die Eingangshalle, grüßte die Wachen und betrat den Thronsaal.

Einige Leuchtsteine glommen hier wie die Glut eines Feuers; nur der Thron stand in einer hellen Lichtsäule. Aus dem kleinen Fach in der Wand zog Daoramu den grauen Nachtstein heraus, und es wurde finster im Saal. Sie wollte gerade den Bernstein einsetzen, dessen Licht sie mochte, da sah sie, dass drüben bei der Tür zum Kriegssaal Licht hereinfiel. Daoramu legte den Stein zurück und in der Erwartung, ihren Vater über Landkarten gebeugt vorzufinden, trat sie näher. Zu ihrer Überraschung stieß sie auf Loramu und Nerimee. Die Strategin ihres Vaters stützte sich am Tisch ab und schaute an sich hinab, während Nerimee vor ihr kniete. »Ist es gut so?«, fragte sie. »Heb es noch einmal an.«

Loramu verlagerte ihr Gewicht auf ihr unversehrtes Bein und hob ihren Beinstumpf an, der in ein Geflecht gehüllt war, in dem Edelsteine funkelten. Nerimee schob ein weiteres Geflecht, das dreieckig und von weißem Lack überzogen war, auf dem Boden umher.

»Es wird nicht gehen«, sagte Loramu.

»Ich habe es ausgeglichen«, erwiderte Nerimee und gab Loramu das Zeichen, den Beinstumpf zu senken. Loramu tat es, schien gegen etwas Unsichtbares zu prallen und geriet ins Taumeln. Nerimee packte sie zu spät, doch Daoramu sprang hinzu, fasste die Kriegerin bei den Schultern und sah dann in zwei erstaunte Gesichter.

»Wie lange stehst du schon da?«, fragte Nerimee.

»Nicht lange genug, um zu wissen, was du da machst«, sagte Daoramu und schaute auf das weißlackierte Geflecht hinab.

»Das ist ein Fuß«, sagte Nerimee. »Das Nest am Stumpf trägt die eine Hälfte des Zaubers, dieser Fuß die andere.«

Loramu lächelte. »Und deine Tochter will mir nicht glauben, dass es nicht geht. Zumindest nicht auf die Schnelle.«

Nerimee hob den magischen Fuß an und betrachtete ihn aufmerksam. »Ich Närrin!«, sagte sie schließlich. »Ich habe den Zauber falsch herum gedacht.« Sie legte die Hand über den Fuß, und Daoramu spürte, wie die Magie ihrer Tochter wie ein Pfeil in das Geflecht drang. »Jetzt müsste es gehen.«

Daoramu stützte Loramu noch immer und schaute mit ihr zu, wie Nerimee den Fuß langsam näher schob. »Vorsichtig«, sagte sie, doch das weiße Geflecht schoss vor, direkt unter Loramus versehrtes Bein. Die Kriegerin verlagerte das Gewicht nach rechts und schwenkte dann wieder nach links. »Ich trau mich nicht recht«, sagte sie.

»Ich halte dich«, sprach Daoramu.

Loramu ließ sich wieder nach rechts sinken, und selbst Daoramu spürte, dass die Kriegerin auf einen dehnenden Widerstand traf, und löste sich von ihr. Auch Nerimee erhob sich, und alle drei schauten am rechten Bein Loramus hinab. Es endete in dem Geflecht unterhalb des Knies und unten auf dem Boden verschob sich der Fuß mit Loramus Bewegungen.

»Wie fühlt es sich an?«, fragte Daoramu.

Loramu löste den Blick nicht von dem Fuß. »Es ist, als hätte ich ein Storchenbein«, sagte sie und kicherte.

Lachend tauschte Daoramu Blicke mit Nerimee. Ihre Tochter grinste wie das kleine Mädchen, das sich vor Jahren an ihren ersten Zaubersprüchen erfreut hatte.

Nuramon saß auf der Steinbank im Garten und schaute in die Stadt hinab und betrachtete all die Lichtsteine, die dort in den Stofflaternen leuchteten. Wie leicht die Menschen Magie annahmen und zu etwas Nützlichem gebrauchten! Früher war die Nacht in den Straßen finster gewesen, und nur einige einsame Öllampen, Fackeln oder Feuerschalen hatten Licht gespendet. Doch nun, da die Magie im Überfluss vorhanden war, erstrahlte die Stadt bei Nacht. Was würde wohl geschehen, wenn die magische Flut endete? Würden sich die Städte des Westens bei Nacht wieder in Finsternis kleiden?

Nerimee würde gewiss einen Weg finden, die Licht- und die Wärmesteine so weit verbreitet zu halten, dass sie nicht wieder als Wunder galten. Unten in den magischen Hallen waren so viele Quellsteine angesammelt, dass sie für mehr als fünfzig große Siegelzauber ausreichen würden. Wenn die Steine, welche die Ilvaru in sechzehn Kisten gepackt hatten, auf den Himmelswiesen zum Erfolg führten, würde die Palastklippe von Jasbor trotzdem noch auf Jahre hin ein von Magie durchdrungener Ort sein.

Nuramons Blick wanderte über die Flussmündung den Lichtpunkten entgegen, die sich die Lysdorynen entlangzogen. Auf den Himmelswiesen jenseits des Arljas würde es sich entscheiden. Vor Tod oder Schmerz fürchtete er sich längst nicht mehr, er sehnte sich nicht mehr nach dem Mondlicht, und die Wiedergeburt bedeutete ihm nichts. All seine Sehnsucht galt einer Zukunft mit Daoramu. Und obwohl er fürchtete, sie nach dem großen Siegelzauber für immer zu verlieren, war er bereit, das Wagnis einzugehen.

Als die Sonne über die Lysdorynen emporgestiegen war, kam Daoramu zu ihm. »Wir sind bereit«, sagte sie, und er erhob sich und schloss sie in die Arme. Sie trug die leichte Rüstung einer Königsgardistin, das Haar zum Pferdeschwanz gebunden, am Gurt ein

Kurzschwert mit einer groben Scheide, die Nylma früher einmal getragen hatte. »Du siehst aus wie eine Kriegerin.«

»Dann solltest du erst mal Nerimee sehen«, sagte sie.

Sie fasste seine Hand, schaute kurz in den erwachenden Tag hinaus und führte ihn dann in den Palast zurück.

In der Eingangshalle waren die anderen. Yendred, Lyasani und Salyra waren ebenso in die waldfarbenen Rüstungen der Ilvaru gehüllt wie Loramu, die tatsächlich das magische Bein trug, an dem Nerimee gearbeitet hatte. Sie wirkte zwar recht unsicher, aber sie brauchte keine Krücken mehr, sondern begnügte sich mit einem Kampfstab, den sie als Gehstock nutzte.

Nylma trug wie Daoramu und Nerimee die sandfarbene Rüstung einer Königsgardistin, dazu wie so oft ein rotes Halstuch. Doch statt des roten Mantels der Königsgarde trug sie wie die anderen einen grünen Mantel mit dem Baumwappen von Yannadyr. Yendred hatte für die Ilvaru Grün als die Farbe des Feldes gewählt. Alle Rüstungen stammten aus der königlichen Manufaktur. Sie waren von Nerimees Zauber durchwoben, und zwischen den beiden dünnen Schichten aus Leder und Stoff lag das verzauberte Pflanzengeflecht.

Jaswyra war mit Gaeria, Terbarn, Helgura und den Ammen da. Während Nerimee Gaerigar in Armen hielt und ihm erklärte, dass sie bald wiederkehren würde, hatte Salyra Obilee auf dem Arm, und Yendred drückte gemeinsam mit Lyasani Yulivee an sich.

»Wir kehren bald wieder«, sagte der König. Er trug als Grundlage ebenfalls die Rüstung der Königsgarde, doch sein Oberteil bestand aus dem Wappen Yannadyrs. Der silberne Baum spannte seine Äste über die gesamte Brust.

»Es dauert nicht lange«, erklärte Daoramu. Und als Ceren erschien, um »Auf bald« zu sagen, ließ sich auch Nuramon darauf ein, sagte »Bis bald, Ceren!« und entlockte dem Baumgeist ein liebliches Lächeln.

Der Abschied von den Kindern fiel Nuramon schwerer, als er es erwartet hatte. Die Bedrückung Yendreds, Lyasanis und Salyras sprang ebenso auf ihn über, wie Daoramus Kniefall vor den Kindern. Sie schloss ihre Enkel in die Arme und küsste Gaerigar, Yulivee und

Obilee. Und als er Daoramu betrachtete, überkam ihn eine Angst, die er zuvor nicht in Betracht gezogen hatte. Er hatte sich darauf vorbereitet, im Mondlicht zu sein, während sie hier weiterlebte. Aber was wäre, wenn sie ihr Werk verrichteten, er aber ohne sie heimkehrte?

Für einen Augenblick überlegte er, ob er sie bitten sollte zurückzubleiben. Aber als sie sich von Obilee löste, aufstand und die drei Kinder anlächelte, wusste er genau, was sie ihm sagen würde. Sie würde ihn an sein Versprechen erinnern, dass sie keinen Tag getrennt sein würden, solange sie beide am Leben waren. Und nach den letzten Jahren würde er sie in der Stunde der Entscheidung nirgends sonst haben wollen als an seiner Seite.

Orakelblick

Loramu genoss den Abschiedsjubel der Jasborer ebenso wie deren verwunderte Blicke auf den Fuß, der wie ein Geisterglied im Steigbügel steckte. Der größte Jubel brandete unten am Badehaus »Bärinnenquelle« auf. Da kannten sie alle, und seit ihrer Rückkehr hatten die Männer und Frauen sie besonders liebevoll und ohne einen Funken des Mitleides behandelt. Was war ein verlorenes Bein, wenn man als Strategin des Königs an all diesen vor Bewunderung und Zuneigung strahlenden Gesichtern vorbeizog?

Sawagal war verwundert, dass die Yannaru mit den Ilvaru und zahlreichen Kisten in die Sternfestung kamen, die er bewachte. Die Anwesenheit Nerimees ließ einen Verdacht in ihm wachsen. »Was ist geschehen, dass ihr mir nicht vertraut?«, fragte er seine einstige Lehrmeisterin, als er sie im Zeltlager der Ilvaru fand.

»Euer Zögern in Alvarudor«, entgegnete sie. »Aber ich verrate es dir dennoch.« Und so erzählte sie ihm von dem Siegel auf den Himmelswiesen. »Und nun beweise, dass du meines Vertrauens würdig bist«, sagte sie.

Als Sawagal später in seiner Kammer war, beobachtete er vom Fenster aus, wie Nerimee, Daoramu und Nylma in voller Rüstung über den Hof schritten. Er hatte Nerimee immer geliebt und Bargorl beneidet. Und die Enttäuschung, die er vorhin in ihrem Gesicht gesehen hatte, hatte ihn getroffen. Sollte sich diese Enttäuschung in Abscheu verwandeln, würde er es nicht ertragen.

Tyregol empfing Borugar wie vereinbart im Königssaal. Am Fuße der Treppe zum Thron saß er selbst über dem Siegel Varmuls und Borugar über dem Yannadyrs. Hier berieten sie über die Schlacht, die nun bevorstand. König Tyregol war von Borugar beeindruckt. Der König von Yannadyr wirkte eher wie ein alter Gelehrter als wie jener unwiderstehliche Krieger – beinahe kahlköpfig, eher klein und breit, mit der Stimme eines Philosophen und einem standhaften Blick, dem nichts entging. Die Strategin Loramu, welche die Blicke immer wieder auf ihren geisterhaften Fuß zog, stellte einen Plan vor, der alle, die die Wahrheit nicht kannten, in dem Glauben ließ, die Entscheidung werde auf dem Schlachtfeld nahe der Straße fallen, westlich von Varlbyra. Von den Himmelswiesen war nicht die Rede.

Dorgal war von Loramus Plan beeindruckt. An der Oberfläche wirkte er wagemutig, vielleicht gar überheblich. Nun waren die Feldherren fort, und sie ließen sich im westlichsten Turmzimmer von Loramu den Plan hinter dem Plan erklären. Tyregol würde sich mit Bjoremul unten an der Straße den Feinden stellen. »Ich bezweifle, dass wir das Geschehen auf den Himmelswiesen vor den Feinden geheim halten können. Sollte ich unrecht haben, könnten die nächsten Tage mit einem müden Herantasten enden, und auf den Himmelswiesen ist alles vorüber, ehe sie etwas merken. Wenn sie Nuramon aber entdecken und feststellen, dass Yendred seine Vorhut ist, werden sie glauben, dass wir einen Überraschungsangriff auf das Lager planen. Sie werden glauben, uns durchschaut zu haben.«

Tyregol nickte. »Und dann werden sie mit allem, was sie haben, gegen die Stadt vorgehen, ehe Nuramon und Yendred in den Kampf eingreifen können.«

»Das setzt sie unter Zugzwang«, sagte Dorgal. »Und auf uns kommt eine hässliche Schlacht zu.«

Loramu aber schüttelte den Kopf. »Ihr müsst euch rechtzeitig in die Stadt, auf den Nordhügel und auf die Sternfestung im Norden zurückziehen. Die Hügel im Süden und im Osten gebt ihr einen nach dem anderen auf. Gewinnt Zeit – dann ist alles gewonnen.«

Die Himmelswiesen

In der Nacht zum 8. Biora 2292 verabschiedete Nuramon sich in der Sternfestung, die vierzig Meilen westlich von Varlbyra lag, von Borugar, Loramu und Sawagal und brach mit Daoramu, Nylma, Nerimee, hundert Königskriegern und hundertfünfzig Teredyrern zu den Himmelswiesen auf. Die Pferde stammten aus Byrnjas, und Nylma hatte sie schon vor Tagen über die Albenpfade geholt – zusammen mit Futter und Stallknechten, die sich um die Tiere gekümmert hatten. Und die ganze Zeit hatten sie sich gefragt, ob die Feinde davon erfahren würden. Doch die Patrouillen der Alvarudorer waren gnadenlos. Sie zogen ihre Kreise wie Raubvögel und schlugen jeden, der sich auf zehn Meilen der Festung näherte. Sawagal war es zu verdanken, denn er hatte von Nerimee den magischen Fernblick gelernt, der das Licht anders brach, sodass er Dinge, die fern lagen, ganz nahe sah.

Sie ritten nun durch die frische Sommernacht, und Nuramon suchte mit seinen Zaubersinnen einen guten Weg durch das Wiesenland mit seinen sanften Hügeln. Die Bauern und Hirten dieses Landstriches waren Kriegszüge gewohnt, denn viele Yannadrier waren nicht über die Pfade, sondern über den Landweg nach Varlbyra gelangt, aber trotzdem barg jede Nähe zu Menschen die Gefahr, dass die Feinde von ihnen erfuhren.

Mit dem Morgengrauen erreichten sie den Rand der Himmelswiesen. Es war alles so wie damals, als er mit Borugar des Weges gekommen war, um Varlbyra zu belagern: ein sanft abfallendes Wiesental mit verstreuten Höfen, Rinder- und Schafsherden und den Lagerfeuern der Hirten.

Nuramon wirkte den Siegelblick, und schon erschien das golden leuchtende Rad in der Mitte des Tales. Im Gegensatz zu den anderen Siegeln, die er und Daoramu aufgespürt hatten, befand sich dieses nicht an einem schwer zugänglichen Ort, sondern schwebte einen Schritt über dem Boden zwischen zwei unbeeindruckt grasenden Schafen. Gewiss gab es irgendwo in Arlamyr auch andere Orte wie diesen, aber das Siegel hier zu finden, wirkte beinahe so, als hätten jene, die es geschaffen hatten, in die Zukunft geschaut.

Jetzt, da die Stunde der Entscheidung immer näher rückte, wuchs auch Nuramons Neugierde. Was, so fragte er sich, mochte sich hinter dem Siegel verbergen? Ein Albenstern, der an einen Ort führte, an den er bislang nicht gedacht hatte? In eine neue Welt? Oder in eine, die ihm nur zu gut bekannt war?

Bei Sonnenaufgang schwenkte Yendred mit Lyasani, Salyra und den Ilvaru nach Süden ein und ritt am Rande eines Waldes entlang. Da erspähte er mit seinem magischen Zauberblick zwei Reiter, die sich eilig von Westen kommend davonmachten. Er schickte Byrnea mit fünfzehn Kriegern hinter ihnen her, während er mit Lyasani, Salyra und den restlichen Ilvaru den Himmelswiesen entgegenstrebte. Hinter dem Wald öffnete sich ihr Blick über Wiesenland. Von der weiten Senke war nichts zu sehen. Erst nach einer leichten Erhebung erblickten sie in der Ferne das Ende des sanften Tales und kamen schließlich an dessen Rand.

In der Mitte sah er eine Schar Pferde, die vor einem kleinen Lager grasten. Erst mit seinem magischen Fernblick erspähte er seinen Vater und Nerimee, die sorgfältig Steine am Boden platzierten.

Yendred ritt an der Spitze seines Zuges ins Lager, stieg vom Pferd und schloss seine Schwester in die Arme, während sein Vater erst Lyasani und dann Salyra begrüßte.

»Wir haben Späher gesehen«, sagte Yendred schließlich, und das

Lächeln seines Vaters verschwand. Sein Blick senkte sich auf Yendreds Waffe, das Schwert der Gaomee.

»Byrnea setzt ihnen nach«, erklärte Salyra.

Nuramon nickte. Schließlich führte er Yendred zu der Stelle, wo das Siegel sein sollte. Den Siegelblick beherrschte er nicht, aber solange sein Vater und seine Schwester es zu sehen vermochten, reichte ihm das. Es lagen schon gut zwanzig Edelsteine am Boden, ein großer Haufen wölbte sich rings umher. Die Zelte lagen östlich der Stelle, dahinter waren die Pferde.

»Wo ist Mutter?«, fragte Yendred seinen Vater.

»Sie und Nylma schlafen«, sagte er und deutete auf eines der Zelte. »Und ihr solltet euch auch ausruhen. Ich habe einige Leute losgeschickt, um den Bauern und Hirten zu erklären, dass wir hier rasten und auf Befehle warten. Die Königsgardisten holen Holz aus dem Wald, um angespitzte Pfähle zu machen, wenn es sein muss.«

»Glaubst du nicht an Loramus Plan?«, fragte Yendred.

Sein Vater hob die Brauen. »Selbst sie kann sich irren«, sagte er.

Yendred nickte und hoffte auf Byrnea.

Als Byrnea mit ihren Kriegern ins Lager kam und vor Nuramon trat, stand ihr die Unzufriedenheit ins Gesicht geschrieben. »Wir haben die beiden Reiter gehetzt und zu ihnen aufgeschlossen«, erklärte die Schwertfürstin. »Sie wollten sich nicht ergeben. Da haben wir sie mit Pfeilen von den Pferden geholt. Dann aber sahen wir in der Ferne ein halbes Dutzend Reiter, die kehrtmachten und davonritten. Sie sind uns leider entkommen.«

Nerimee trat an seine Seite. »Dann werden wir uns also auf einen Kampf vorbereiten müssen.«

»Nur ruhig«, sagte Nuramon. »Noch wissen sie nur, dass die Ilvaru sich hier irgendwo befinden. Sie werden mehr Späher schicken und ihre Streitmacht nach Westen absichern, weil sie einen Angriff fürchten. Wir machen einfach weiter.«

Nerimee legte ihm die Hand auf die Schulter. »*Ich* mache weiter. Du schläfst ein wenig.« Nuramon lächelte, weil ihr Tonfall ihn an den ihrer Mutter erinnerte.

»Also gut«, sagte er, wies Byrnea und ihren Kriegern den Weg zu den Ruhezelten der Ilvaru und reichte Nerimee einen der bleichen Steine, den er noch immer in Händen hielt. Die Zielsicherheit, mit der sie ihn in das Mosaik unter dem Siegel einfügte, machte ihn stolz. Nerimee zeigte ihm einmal mehr, dass sie ihn in der Artefaktmagie längst überflügelt hatte.

Daoramu erwachte im Zelt und fand Nuramon neben sich. Er starrte ins Leere.

»Was hast du?«, fragte sie.

»Ich denke darüber nach, was hinter dem Siegel liegt«, sagte er. »Was, wenn da ein Albenstern mit einem Pfad wartet, der in eine andere Welt führt? Was, wenn Emerelle noch viel weiter gedacht hat, als ich es mir je vorstellen konnte?«

»Du meinst, es könnte ein Albenstern sein, bei dem ein Pfad nach Albenmark führt?« Der Gedanke öffnete ein gewaltiges Tor in ihrer Vorstellung.

»Die Siegelmagie ist beinahe vergessen. Ich bin wohl das einzige Albenkind, das sich ihrer noch erinnert. Hätte der Zauber, der Albenmark von Dayra und der Zerbrochenen Welt trennte, nicht einen verborgenen Pfad übersehen müssen?«

»Ich weiß es nicht, Nuramon«, sagte sie, und er lächelte, wie so oft, wenn sie seinen Namen sprach.

»Stell dir vor, wir würden nach Albenmark hinüberschreiten, wo uns Emerelle, Obilee und Yulivee erwarten.«

Sie fuhr ihm durchs Haar. »Eine schöne Vorstellung«, sagte sie.

»Stell dir vor, meine Sippe und die Zwerge würden mit einer Streitmacht warten, weil Emerelle meine Wiederkehr voraussah.«

Daoramu musste lächeln. »Jetzt ist es ein Wunschtraum.« Sie schmiegte sich an ihn und atmete entspannt aus.

Als Nuramon Stunden später an Daoramus Seite aus dem Zelt trat, kam es ihm vor, als wäre er über die Albenpfade in ein anderes Lager gelangt. Die Krieger hatten Gräben ausgehoben, angespitzte Pfähle ragten aus dem Boden, und die Zelte standen nun dicht an dicht und bildeten so einen weiteren Ring um die Zaubersteine und das für Menschenaugen unsichtbare Siegel. Nach Westen hin hatten sie einen Eingang geschaffen, einen Weg zum übrigen Zeltlager und zu den Pferden.

In der Mitte waren die Zaubersteine zu einem Haufen aufgeschichtet, der für das Auge nicht geordnet schien, dessen magische Ströme auf Nuramon aber wie ein geflochtener Kranz wirkten.

Nuramon aß und trank etwas mit Daoramu und Nerimee, und schließlich stellte er sich vor den Steinhaufen und ging in Gedanken den Zauber durch, der immer einen stetigen Strom der Magie benötigte, wie ein Wasserrad, das vom Fluss angetrieben wurde. Er musste nur dafür sorgen, dass der Fluss stets in die richtige Richtung floss und der Zauber nicht von den Fluten erstickt wurde. Dazu würde er mit seinen Sinnen der Welt entschwinden, und er würde mit der Magie und dem Siegel allein sein. Indes würden ringsumher die Dinge weiter ihren Lauf nehmen; wie im Zwergenreich, als seine Gefährten ihn gebraucht hätten, während er in den Tiefen seines Zaubers versunken war.

»Wir werden auf dich aufpassen«, sagte Daoramu, als er sich in den Schneidersitz niederließ.

»Und auch auf euch?«, fragte er.

Nerimee nickte. »Denk du nur an den Zauber. Wenn du ihn schnell zu Ende bringst, können wir davonreiten.«

Daoramu küsste ihn noch einmal auf die Stirn. »Wenn wir merken, dass die Magie zur Neige geht, werde ich dir alles zuspielen, was ich habe.«

»Es wird schon reichen«, sagte Nerimee. »Die Steine sind so angeordnet, dass dir die Macht kräftig und gleichmäßig zufließen sollte.«

Nuramon atmete tief durch, schaute seine Frau und seine Tochter noch einmal an und blickte sich suchend nach Nylma und Yendred um.

»Sie verhandeln mit den Hirten und Bauern über Vorräte und machen eine Runde«, erklärte Daoramu. »Du denkst jetzt nur noch an den Zauber. Alles andere überlässt du uns.«

Das war leichter gesagt als getan. Hielte er den Siegelstab seiner ersten Eltern in Händen, wäre das Werk binnen eines Augenblickes getan. So aber dachte er an die Worte, die seine erste Mutter ihm gesagt hatte und die den Zauber unterstützten, weil sie die Gedanken lenkten. Er sprach die Worte aus, deren Bedeutung er nicht kannte, die aber beinahe elfisch klangen, und nach einer Weile fügte er den Zauber hinzu. Er nahm zunächst nur seine eigene Magie, bis er das Siegel vor seinen geschlossenen Augen sah. Der Schein durchdrang seine Lider, wie das Licht, das in der Wüste durch den Sand und in den Bergen durch den Fels gedrungen war. Er fühlte sich wie in einem dunklen Raum, in dem er durch ein Fenster in den Tag hinausblickte, dann die Augen schloss, und die Fläche des Lichtes noch immer in seinem Blick brannte.

Er knüpfte ein Band an die Quelle der Magie, die vor ihm im Kreis strömte, und eines an das Siegel. Nun begann er den eigentlichen Zauber, begleitet von den elfischen Silben und lauschte mit den Zaubersinnen auf den Fluss der Magie. Tatsächlich nagte er an der Macht des Siegels, und so versuchte Nuramon, den Zauber zu beschleunigen, indem er mehr Kraft aus dem Steinhaufen zog und auf das Siegel lenkte. Die Magie rauschte stärker, und er spürte, wie sie sich hauchdünn in das Siegel fraß.

Er merkte, dass er nicht nur die Augen, sondern auch seine anderen Sinne vor der Welt um ihn herum verschlossen hatte. Die Geräusche, die ihn umgeben hatten, der Lufthauch, der sich wie ein Tuch um seine Stirn gelegt hatte; das und alles andere war fort. Er war nun in der Finsternis des Zaubers, in der er nur das leuchtende Siegel sah und die unsichtbare Kraft der Quellensteine wie einen Wasserstrudel spürte. Er schärfte seine Sinne und zwang sich zu höchster Wachsamkeit. Wenn die Bänder, die sich zwischen der Quelle und ihm spannten, zu dünn wurden und abrissen, wäre der Zauber vertan.

Wie viel Zeit draußen verging, wusste er nicht. Er fühlte sich wie an manchen Tagen, wenn er erwachte, aber noch nicht bereit war aufzustehen. Dann sangen die Vögel bereits draußen, und er wartete darauf, dass die Sonne aufging, schlief immer wieder ein und stellte beim Erwachen fest, dass die Sonne noch nicht aufgegangen war.

Es war wie im Halbschlaf nach einer langen Schlacht, wenn er einnickte und sich die Gespräche der Krieger in seinen Traum schlichen, er aber beim Erwachen nicht sagen konnte, was er vernommen hatte und was seinem Traum entsprungen war. Nur war es nun ein klarer Traum, eine Wachsamkeit, die jeden Augenblick bewusst wahrnahm.

Er glaubte Regen zu riechen und stellte sich vor, wie die Himmelswiesen an einem trüben Tag aussehen mochten. Als der Regen davonrauschte, vernahm er die Stimmen seiner Vertrauten. Byrnea sagte, dass König Mirugil mit einer großen Streitmacht im Osten lagere. Aber das konnte nicht sein. Der König befand sich nicht zwei Stunden entfernt, sondern Jahre in der Vergangenheit.

»Dann wissen sie es«, hörte er Yendred sagen. »Es sind die Helbyrnianer.« Und direkt danach sagte er: »Ich habe ihnen mit den Zauberpfeilen die magischen Steine entfacht.« Es musste Zeit zwischen der ersten Erkenntnis und der folgenden Tat vergangen sein. »Zehntausend Krieger!«, sagte Salyra, und Nylma erklärte: »Das ist die ganze helbyrnianische Streitmacht.«

»Vielleicht sollten wir abziehen«, flüsterte sein Sohn. »Uns ordnen, dann den Kampf um Varlbyra angehen, die Feinde schlagen, und, wenn alles vorbei ist, wiederkehren.« Dann trieb wieder Nerimees Stimme am Rande seiner Wahrnehmung vorüber. »Nein«, sagte sie. »Falls sie sich hier festsetzen, bekommen wir die Gelegenheit vielleicht nie wieder. Abziehen können wir immer noch. Gewinnen wir einfach ein wenig Zeit.«

Die Stimmen verhallten in der Ferne, und Nuramon merkte, dass die Fäden, die von ihm ausgingen, dünn geworden waren und stärkte den Zauber. Er sprach die fremden Silben und dachte an die Macht, die er lenken musste.

Kaum hatte er die magischen Fäden wieder zu Adern verdickt, kehrten auch die Stimmen zurück. Sie sprachen von der Ankunft der Alvarudorer, und Nuramon fragte sich, ob das etwas Gutes oder etwas Schlechtes war. Sie hatten die Alvarudorer aus allem herausgehalten, weil Borugar Sawagal nicht länger vertraute. Doch Nerimee sprach nicht Sawagals Namen, sondern den seines Freundes Oregir, der ebenfalls Nerimees Schüler gewesen war. Und das beruhigte Nuramon.

Byrneas Stimme schob sich über die seiner Tochter und die des Magiers aus Alvarudor. »Bjoremul rückt von Nordosten an!«, rief sie. »Hinter ihm haben wir die Banner des varmulischen Königs gesehen.«

»Tyregol würde Varlbyra niemals schutzlos zurücklassen«, sagte Daoramu.

»Es kann nur eins heißen«, hörte er Nylma sprechen. »Bjoremul zieht mit unseren Yannadriern parallel zu den Helbyrnianern nach Westen. Das lockt leider auch das Fürstenheer an und bringt Tyregol dazu, einen Teil seiner Streitmacht nachzuschicken. Was als geheime Feier beginnen sollte, hat sich herumgesprochen und wird nun zum großen Schlachtfest werden.«

Nuramon trieb mehr Kraft durch die magischen Adern in das Siegel, und die Stimmen verschwammen bis zur Unkenntlichkeit. Wer sprach, konnte er nicht mehr zuordnen. Nur hin und wieder trieben noch einzelne Worte am Rande seiner Wahrnehmung vorüber: *Bjoremul, Eilmarsch, Nachtmarsch, Erschöpfung, Abwarten, Zeit gewinnen, Bjoremul zur Hilfe kommen. Auf keinen Fall! Bjoremul rührt sich nicht. Der Feldherr grinst. Das Heer teilt sich. Das Banner des varmulischen Königs. Die Fürstenarmee. Die Schlacht verlagert sich. Die Himmelswiesen. Morgengrauen. Der Ort der Entscheidung.*

Nuramon presste noch mehr Magie in das Siegel. Ein stechender Schmerz drang in seinen Geist und nährte in ihm den Wunsch, das Siegel mit einem Schlag zu vernichten. Ein Sturm tobte, und er hörte Schreie, die ihn zu übertönen suchten. Schreie, die so verwaschen waren, als wäre er unter Wasser getaucht und lauschte dem, was über der Oberfläche vor sich ging.

Das Siegel war trübe geworden. Nur noch ein wenig, und er würde den Schein ersticken wie eine Flamme.

Yendred riss sein Pferd in dem Augenblick herum, als Salyra den feindlichen Feldherrn mit ihrem Speer aus dem Sattel stach. Als die feindlichen Reiter vorrückten, um ihren Anführer zu rächen, bemerkte Yendred, dass er sich im Regen dieses Morgens zu weit vorgewagt hatte. Der Weg zurück ins Lager war ihnen abgeschnitten, und so führte er seine Krieger von den varmulischen Reitern fort, mitten durch das Fußvolk der Feinde, dem Banner des eigenen Königreichs entgegen.

Von links kam etwas und traf Yendreds Pferd. Er sprang aus dem Sattel, erhielt einen Schlag gegen die Schulter und schlug im feuchten Gras auf.

Salyra schrie seinen Namen; Lyasani rief: »Links!«, und sofort rollte er sich nach links. Ein Schwert wühlte neben ihm den Boden auf und ließ den Schlamm in sein Gesicht spritzen.

Yendred sprang auf die Beine, wich einer Bewegung von rechts aus, und die Spitze eines Spießes schob sich an ihm vorbei und in den Hals seines Pferdes, das gerade wieder auf die Beine kommen wollte. Das Blut sprühte aus der Wunde heraus; das Pferd schrie, schlug den Angreifer mit den Vorderhufen zu Boden, nur um dann zur Seite zu fallen. Der Spießträger und das Pferd lagen regungslos nebeneinander.

Von links kam ein Angriff. Eine Speerspitze verfehlte zwar seine Brust, drang aber an der Schulter gerade genug durch die magische Rüstung hindurch, um ihn zu verletzten. Yendred riss sich los und zog das Schwert der Gaomee und sah sich vier Kriegern gegenüber. Er tauchte unter einem Hieb weg, stach dem Gegner mit einer raschen Bewegung die Schwertspitze in den Magen und wollte zu einem Tritt ansetzen, aber jemand kam ihm zuvor. Es war Lyasani; sie erschien zu seiner Linken. Die drei anderen Helbyrnianer stürzten ihnen entgegen. Den Spieß des ersten lenkte Lyasani mit dem Schild nach oben und stach mit dem Schwert darunter hinweg. Von rechts flog ein Speer an Yendred vorbei und spießte den zweiten Angreifer auf. Den Säbel des dritten Gegners fing Yendred mit der Klinge auf. Salyra kam an seine freie Seite, zog ihr Schwert und trieb ihre Klinge in den Leib des Feindes.

Die Ilvaru ritten nun im weiten Kreis um sie und eine Schar Helbyrnianer herum und schirmten sie vor weiteren Feinden ab. In diesem Kreis begann Yendred den Kampf, den er mit Lyasani und

Salyra an seiner Seite so oft gekämpft hatte. Es war ein Tanz, bei dem einer von ihnen führte und die anderen folgten. Sie stießen vor, schwenkten zur Seite, stellten sich mit einer Drehung Rücken an Rücken. Und immer wirbelten ihre Klingen umher und säten den Tod unter den Feinden. Als diese sich abwandten, um lieber gegen die Reiter anzulaufen, riss Yendred Gaomees Schwert in die Höhe und rief: »Ilvaru!«

Lyasani und Salyra stimmten ein, dann auch jene Ilvaru, die ihrerseits ihre Pferde verloren hatten und sich in ihrem Rücken sammelten.

Gerade öffnete sich der Kreis der Reiter und offenbarte den Blick auf die yannadrische Fahne und die Krieger aus der Heimat, die vor Varlbyra gelagert hatten, da erblickte Yendred einen Dreschflegel, der über die Köpfe der Krieger herausragte.

Bjoremul war da. Der Wyrenar drängte sich durch die Reihen nach vorn, lief ihnen entgegen und schloss Lyasani in die Arme.

Die Feinde aber waren davongelaufen und kämpften abseits.

»Schnell!«, sagte Bjoremul. »Stiften wir Chaos, solange wir uns noch auf den Beinen halten können!«, rief er seinen Kriegern zu. Eine Kratzwunde zog sich über die Stirn des Wyrenar, und sein Atem ging schwer. »Wenn König Tyregol kommt …«, sagte er, doch da flog etwas zwischen sie. Yendred sah es, direkt neben Bjoremul im Schlamm. Ein faustgroßer, grauer Stein. »Runter!«, brüllte Bjoremul und riss Lyasani zu Boden.

Yendred warf sich hin, direkt neben Salyra. Es zischte, dann flog die Hitze über seinen Rücken hinweg, es wurde hell, und wilde Schreie ertönten hinter ihnen.

Als die Hitze fort war, hob Yendred den Kopf. Lyasani und Bjoremul waren schon wieder auf den Beinen, und Salyra ging gerade in die Hocke. Hinter ihnen standen sechs Krieger in Flammen.

Yendred schaute sich nach seinem Kurzschwert um. Da war es, vor ihm im aufgewühlten Gras. Er streckte sich danach aus, da fiel etwas Schweres direkt neben seinem Arm zu Boden. Es war ein weiterer Zauberstein.

Nuramon trieb den Zauber voran, spürte aber, dass da mehr war als die Kraft der magischen Steine, die Nerimee für ihn aufgeschichtet hatte. Es roch nach Heilmagie, viel Heilmagie. Ein Stück entfernt blitzte es, und hinter ihm pulsierte die Macht. Der Schmerz, der ihn eben überkommen hatte, kehrte zurück und trieb ihn erneut an, mehr Kraft gegen das Siegel zu wenden. Es war beinahe verschwunden, doch kaum glaubte er, es müsse gleich vergehen, schienen sich seine Augen an die Dunkelheit zu gewöhnen und er bemerkte, dass das Siegel doch noch da war. Und da erinnerte er sich an etwas, das seine erste Mutter ihm einst gesagt hatte: »Hüte dich vor Siegeln hinter Siegeln.« Er wusste nicht, ob seine Kraft für zwei Siegel reichen würde.

Daoramu blickte immer wieder von den Wunden, die sie mit dem magischen Kristall heilte, zu Nuramon hinüber. Nerimee meinte, dass alles seinen Gang gehe und die Macht, die sie mit den Steinen angeordnet hatte, ihm die Magie stetig zuspielte. So könnten sie sich guten Gewissens um die Verletzten kümmern. Es dauerte eine Weile, bis Daoramus Vertrauen in die Fähigkeiten ihrer Tochter die Sorge um Nuramon verdrängte und sie immer öfter hinüber zum Erdwall blickte, an dem die Schlacht tobte. Die Seekrieger kämpften dort wie auf einem Schiff. Sie warfen immer wieder Enterhaken aus und zogen damit die feindlichen Krieger näher, entrissen ihnen die Piken und gaben diese an die Königsgardisten weiter, die sie gegen die Feinde wendeten.

Jene, die verwundet waren, fanden sich früher oder später unter Daoramus und Nerimees Händen wieder. Inzwischen warteten so viele Krieger darauf, geheilt zu werden, dass Nylma ihnen Oregir und die anderen Magier geschickt hatte. Daoramu tat sich immer wieder schwer mit der Entscheidung, wen sie als Nächstes mit Nerimees Kristall heilen sollte. Wählte sie zuerst die Schwerverletzten, würde die Macht unter Umständen nicht ausreichen, sie rasch wieder auf die Beine zu bringen. Schickten sie die Leichtverletzten nach einem schnellen Zauber wieder in den Kampf, mochten deren schwerverletzte Gefährten in der Zwischenzeit sterben.

»Die nächste Welle kommt!«, rief Nylma ihnen von dem Verteidigungswall entgegen. »Seid stark. Wenn Bjoremul zu uns durchbricht, wird es leichter.«

Da schoss in einiger Entfernung eine Flamme schräg vom Boden in die Höhe, dann noch eine und eine weitere.

»Verflucht!«, rief Nerimee, die gerade ihre Hände an dem verwundeten Oberschenkel einer Kriegerin hielt. »Sie haben noch Flammensteine.«

Nylma stand regungslos am Verteidigungswall und starrte hinaus. »Was siehst du?«, fragte Daoramu und winkte zwei Krieger näher, die einen schwer verletzten Gefährten trugen.

»Das Banner von Yannadyr«, sagte die Wyrenara. Dort kämpfte Bjoremul, und Yendred war auf dem Weg zu ihm.

»Feind im Lager!«, schallte es von Süden her. Der Ruf weckte Nylma aus ihrer Starre. Sie winkte ein Dutzend Krieger herbei und lief in den Kampf.

Daoramu schaute zu Nuramon. Die ganze Nacht hatte er regungslos dagesessen, und die Schlacht, die mit dem Tag entfacht war, hatte ihn nicht einmal blinzeln lassen. »Wie lange noch?«, fragte sie Nerimee.

Ihre Tochter streckte die Hand aus und legte sie über den Haufen magischer Steine. »Es ist nicht mehr viel Kraft übrig.«

Daoramu erschrak vor einem Schmerzensschrei, der aus der Schlacht heranhallte, und erkannte Nylmas Stimme.

Nuramon spürte, dass er seinem Ziel nahe war. Doch obwohl das Siegel für ihn nur noch ein Schatten war, der sich kaum von der Finsternis abhob, war es noch nicht gebrochen. Und von der Macht der angehäuften Zaubersteine war nicht mehr viel geblieben.

»Nuramon«, hörte er jemanden sagen. Es war Daoramu, die zu ihm sprach. »Jetzt oder nie!«, sagte sie und wiederholte es. Dann aber schrie sie vor Schreck auf, und sofort zog er die Magie mit aller Macht aus der Quelle und stopfte sie in das Siegel. Der Schmerz wütete schlimmer als zuvor.

»Jetzt oder nie.« Er sprach Daoramus Worte immer wieder im

Geiste vor sich hin und bemühte sich, mehr und mehr Magie zu stemmen und dem Siegel aufzulasten.

Da geschah es: Die Magie drang ungehindert von ihm fort. Das Siegel war nicht mehr da, und vor ihm lösten sich Lichtpunkte aus der Finsternis. Sie wurden zu Lichtflecken, die sich in Flüsse ergossen und auf ihn zuströmten. Das leuchtende Wasser suchte sich langsam den Weg durch die Dunkelheit und floss direkt vor ihm zu einem pulsierenden See zusammen. Und erst als das Wasser so grell leuchtete, dass es seine Sinne blendete, erkannte Nuramon den magischen Hauch, der ihm entgegenwehte. Es war der Hauch der Albenpfade. Er hatte das Siegel gebrochen und einen Albenstern freigelegt.

Yendred packte den Stein, der bei ihm niedergegangen war und warf ihn mit aller Kraft fort. Der Stein stieg auf, zischte, zog die Flammen wie einen Schweif hinter sich her und ging inmitten der Feinde in einer riesigen Stichflamme zu Boden. Schmerzensschreie schallten über das Schlachtfeld, und eine ganze Schar brennender Krieger lief wild umher.

Ein Zischen ließ Yendred an Lyasanis und Salyras Seite zurückweichen. Nur Bjoremul blieb stehen und starrte zu Boden. Eine Bahn aus goldenem Licht floss von Westen nach Osten. Es war ein Albenpfad. Yendred konnte ihn deutlich spüren, doch dass er ihn auch sehen konnte und seine Gefährten ebenfalls, das überraschte ihn.

Grelles Licht drang aus dem kleinen Lager, in dem seine Eltern waren. »Das ist es!«, rief er. »Das Siegel ist gebrochen!«

»Die Schlacht aber noch nicht gewonnen«, entgegnete Bjoremul. »Kommt! Ehe sie weitere Zaubersteine werfen!« Er winkte sie nach Westen, in die Flanke der feindlichen Pikenträger.

Nuramon öffnete die Augen. Unter ihm erstreckte sich eine golden glitzernde Lichtinsel, die beinahe bis zum Wall reichte. Er spürte sieben Albenpfade, wie an den Albensternen, die feste Weltenpforten ermöglichten. Doch hier ragte keiner der sieben Pfade in die Höhe. Stattdessen führte einer von ihnen in die Tiefe. So etwas hatte er zuvor nur in den Zwergenreichen gespürt, wo Thorwis die Pfade mit seinem Albenstein nach seinem Belieben geformt hatte.

Nuramon erhob sich und schaute in staunende Gesichter, doch da erlosch das Strahlen, und die Albenpfade verschwanden vor seinen Augen. Er erinnerte sich an die Lehren seiner ersten Eltern. Sie hatten ihm gesagt, dass die Albenpfade einen Moment lang für jeden sichtbar leuchteten, wenn man das Siegel eines mächtigen Albensterns löste.

Nuramon fasste Daoramus Hand und löste damit ihren Blick vom Boden, der eben noch geleuchtet hatte. In der Ferne hörte er, wie die helbyrnianischen Hörner die Krieger zum Rückzug riefen.

Das Siegel war gebrochen, aber nun, da die Pfade wieder unsichtbar waren und er sie nur mit seinen magischen Sinnen spüren konnte, hätte er erwartet, dass sich irgendetwas am magischen Gefüge änderte. Doch er spürte nichts dergleichen.

»Sollten diese Pfade ausreichen, um die Magie zu zügeln?«, fragte Nerimee, als sie die Hände von einem Krieger löste, dessen Arm notdürftig geheilt war. Oregir und seine Magier übernahmen nun die Verletzten, die auf ihre Heilung warteten, und gönnten Nerimee eine Pause.

»Irgendetwas stimmt nicht«, sagte Nuramon und schaute in Daoramus sorgenvolles Gesicht.

»Das Mondlicht bleibt aus«, sagte sie.

Nuramon schüttelte den Kopf. »Das ist es nicht.«

»Sie ziehen wirklich ab«, sagte Nylma und wies mit ihrem leicht verletzten Arm zwischen den Zelten hindurch nach Osten, doch Nuramon hatte nur einen kurzen Blick für die Feinde und starrte dann auf die Edelsteine, aus denen er beinahe die ganze Kraft herausgezogen hatte.

»Die Magie schießt zwar auf die erschienenen Pfade«, sagte Nerimee. »Aber der Strom ist so stark wie zuvor. Die magische Flut ist nicht vergangen.«

»Vielleicht haben wir es uns zu einfach vorgestellt; vielleicht braucht es Zeit, bis die Magie sich auf den entsiegelten Pfaden verbreitet hat. Einer der Pfade geht nach Nordwesten. Er könnte den

Albenstern in der Festung dort kreuzen, und zwei«, Nuramon wies nach Osten, »könnten nach Varlbyra und zur anderen Sternfestung führen. Die Magie wird über die erwachten Pfade nach Osten zu den anderen Siegeln streben. Und wer weiß, wie viele sich noch anderswo verbergen und darauf warten, von unserem Zauber gebrochen zu werden.«

»Dann ist vielleicht alles getan, und wir müssen nur geduldig sein«, sagte Daoramu.

Nuramon nickte und schaute dann in Nerimees zweifelnde Miene. »Oder aber die Antwort liegt am Ende des siebten Albenpfades«, sagte er. »Er versinkt in der Erde.«

»Vielleicht ist es doch ein Tor in eine andere Welt«, sagte Daoramu.

»Das können wir leicht prüfen«, sagte Nuramon. Er schaute auf die Albenpfade hinüber und sah die gewohnten Lichtbahnen, die sich durch die Finsternis dahinzogen und sich zu einer Lichtinsel zusammenfügten. Eine Gefahr oder irgendeinen Zauber spürte er nicht. Schließlich wirkte er den Torzauber und griff nach dem Pfad, der in die Tiefe führte. Kaum erhob sich die Lichtpforte, sandte er seine Zaubersinne voraus. Er sah einen Sandboden und Wände aus Barinstein. »Ein Höhlengang«, sagte er.

»Dann ist es eine andere Welt?«, fragte Daoramu.

»Oder ein besonderer Ort in dieser«, entgegnete Nuramon und dachte neben den großen Pforten des Thorwis daran, wie er damals mit Alwerich beim Überschreiten der Schwelle direkt von Angnos aus zu Dareen gelangt war.

»König Tyregol kommt!«, rief Bjoremul und stürmte an Yendreds Seite. Lyasani, Salyra und die Ilvaru folgten ihm.

Sie umarmten einander, brachten sich knapp auf den neuesten Stand, und es dauerte nur wenige Augenblicke, bis Nerimees und Yendreds Entschluss feststand: Sie wollten durch das Tor in die Barinsteinhöhle hinübertreten, und Bjoremul und Nylma boten sich als Begleitschutz an.

Als sich alle Blicke auf Nuramon richteten, wandte er sich an seinen Sohn. »Du bist der wichtigste Feldherr in dieser Schlacht. Dein Platz ist bei den Kriegern.« Er wies nach Osten. »Hilf König Tyregol.

Bring ihn und seine Leute her. Sie sollen hier ihr Lager aufschlagen. Wir werden dieses Feld nicht aufgeben. Wir holen uns alles über die Albenpfade. Krieger, Nahrung, Wasser, Ausrüstung. Alles, was wir brauchen. Wir werden diesen Kampf gewinnen, und vielleicht haben wir mit dem gebrochenen Siegel bereits mehr gewonnen, als wir glauben.«

Er trat vor Nylma. »Hol deinen Torstab. Wenn wir fort sind, schließt ihr das Tor und öffnet eines auf die Albenpfade. Überprüfe dann, ob der nordwestliche Pfad tatsächlich in die Sternfestung zu Sawagal führt. Wenn ja, holst du ihn. Wir brauchen hier jede Macht, die uns nützt. Daoramu und ich schauen, was in der Barinsteinhöhle liegt.«

»Ich komme mit«, sagte Nerimee.

Nuramon schüttelte den Kopf. »Nein. Du bleibst hier und heilst mit Oregir die Krieger. Sie brauchen deine Hilfe. Und außerdem brauchen wir hier draußen jemanden, der von Zeit zu Zeit das Tor in diese Barinsteinhöhle öffnet.«

»Falls du dort das Mondlicht findest?«, fragte Nerimee leise und wich seinem Blick aus.

Er fasste die Hand seiner Tochter und wartete, bis sie ihn wieder anblickte. »Jeder von uns kann hier heute sterben, und du sorgst dich, dass ich mit unversehrtem Körper ins Mondlicht schwebe? Vergiss das Mondlicht. Was geschehen soll, wird geschehen.«

Nerimee nickte und lächelte gequält.

Nuramon küsste seine Tochter auf die Stirn und wandte sich an Yendred. »Würdest du mir einige deiner Krieger zur Seite stellen?«, fragte er. Es fühlte sich befremdlich an, so über die Ilvaru zu sprechen.

»Natürlich«, antwortete Yendred und rief Byrnea herbei. »Du wirst meine Eltern mit einer Handvoll Ilvaru begleiten«, sagte er.

Die Schwertfürstin verbeugte sich vor Yendred.

»Bist du denn stark genug?«, fragte Daoramu und fasste Nuramons Hand.

»Ich fühle mich wie nach einer durchwachten Nacht«, sagte er. »Wenn du den Zeitpunkt zum Schlafen verpasst hast, kannst du genauso gut wach bleiben.« Seine magischen Sinne waren erstaunlich klar; ganz so, als hätte der Schmerz, der mit dem großen Siegelzauber einhergegangen war, sie gereinigt. Körperlich fühlte er sich zwar geschwächt, doch die Neugierde schenkte ihm Kraft.

Er schaute in die Runde. »Der Kampf ist noch nicht gewonnen. Ich bin mir sicher, dass die Helbyrnianer sich nicht so leicht geschlagen geben. Was immer sich in der Barinsteinhöhle befindet, vielleicht ist es unsere Rettung.« Er dachte an Dareen und fragte sich, was sie sich von dem Brechen des Siegels erhofft hatte. »Wenn wir alle unser Werk tun, wird sich hier und nun alles entscheiden.«

Die Barinsteinhöhle

Daoramu folgte Nuramon ins Licht und trat hinter ihm auf einen Gang. Es war, wie er gesagt hatte: Der Boden war sandig, es roch nach Wald, und die Wände schienen tatsächlich aus Barinstein zu bestehen. Sie spürte, dass im Gestein Magie floss, und tief in dessen Innerem brannten Lichter.

Der Gang war so breit und wölbte sich so hoch über sie, dass Daoramu sich winzig fühlte; ganz so, als wären sie alle geschrumpft und würden durch Risse in einem Barinstein schreiten.

Nuramon strich mit den Fingerspitzen über die Kristallwand. »Da ist ein magischer Strom«, sagte er. »Ein Teil davon kommt aus dem Albenstern. Das ist die Magie der entsiegelten Pfade.« Er schaute von der einen Seite des Ganges zur anderen. »Die Magie vermischt sich mit der Kraft, die hier bereits fließt, und verteilt sich.« Das vermochte Daoramu nicht nachvollziehen. Sie spürte nur den Fluss in den Wänden.

Nuramon tippte auf die Wand. »Darin verlaufen die magischen Adern. Aber dahinter ist noch etwas, tief im Fels. Ungeheure Mengen von Magie. Eine hitzige Macht drängt von außen nach innen, aber eine andere Macht wölbt sich um den Fels – ein Zauber, welcher der hitzigen Kraft standhält.«

Die Ilvaru schauten sich mit unsicheren Mienen um.

»Aber in welcher Welt liegt dieser Ort?«, fragte Daoramu.

»Nicht in der Zerbrochenen Welt«, sagte Nuramon. »Denn jenseits dieser Wände und der schützenden Magie herrscht nicht die ewige Finsternis, die Leere und die Kälte, die um die Inseln der Zerbrochenen Welt zu finden sind. Es mag sein, dass wir hier tief unter der Welt sind oder in einer ganz anderen. Vielleicht sogar in einer Welt, die nur aus diesen Gängen besteht.«

»Oder in den Zwergenreichen von Albenmark?«, fragte Daoramu.

Nuramon schüttelte den Kopf. »Eine solche Macht wie jenseits des Felsens habe ich in den Zwergenreichen nicht erlebt. Die Magie da draußen ist gewaltig.« Er wies den Gang nach rechts entlang. »Dort ist ein Sog. Da fließt die Magie hin. Und was immer dort ist, es braucht den Zauber.«

»Der Windhauch kommt auch von dort«, sagte Byrnea und wies ebenfalls nach rechts.

Es roch nach Erde und Herbstlaub. Wenn dort, wo der Gang hinführte, tatsächlich Bäume sein sollten, dann musste dies ein Ort sein, den die Magie nährte, so wie die Inseln, aus denen die Zerbrochene Welt bestand. Vielleicht musste hier noch etwas entfesselt oder geweckt werden, das sich aus der Magie der Albenpfade nährt. »Könnte hier so viel Magie gebunden werden, dass die magische Flut in unserer Welt zurückgeht?«, fragte sie.

»Ein Ort, der die tobenden Mächte da draußen abhalten kann, mag einen solchen Zauber bergen«, antwortete Nuramon, wandte sich dann ab und bedeutete ihnen, ihm zu folgen.

Der Gang führte in einem weiten Bogen voran. Nuramon schaute immer wieder zu Boden, und als sie seinem Blick folgte, spürte auch sie, dass Magie unter dem Sand floss und von ihr fortströmte.

Dem Weg zu folgen war leicht, denn in den Seitenkorridoren gab es kein Durchkommen. Ein Geflecht aus Baumwurzeln senkte sich von der Decke herab, füllte die Gänge aus und tauchte in den Sand ein. Nuramon blieb stehen, legte mit der Hand ein Stück Wurzelwerk frei, strich darüber und blickte dann zu Daoramu auf. Er musste nichts sagen. Es war, als hätte er glühende Kohlen ausgegraben, so sehr strahlte die Magie von der Wurzel ab.

Sie folgten Nuramon, und als der Weg aufwärtsführte, wurde auch der Waldduft intensiver. Schließlich erreichten sie eine Halle, die jede Erwartung übertraf. Zerfurchte Baumstämme drangen aus dem von blauem Dunst überzogenen Boden und reichten als Säulen bis zur Decke. Sie schritten wie durch einen gewaltigen Wald von Saal zu Saal. An manchen Stämmen wuchsen braune Pilze und rote Ranken. Trockene Sträucher schmiegten sich an Äste und Wände, und Farne und Kräuter sammelten sich dort, wo die Magie am Boden strahlte. In einem anderen Saal ragten Wurzeln aus dem Sand und nährten eine Wiese voller roter Pflanzen mit weißen Blüten. Auch Tiere sahen sie. Kleine Schlangen, große Käfer, Schmetterlinge mit breiten Flügeln, rote Ameisen, sogar ganze Bienenvölker, die durch Spalten in die Kristallwände gedrungen waren und dort wie zitternde Schattenwesen wirkten. Es war ein von Magie belebter Ort, ein Wald des magischen Lebens.

Nach gut einer Stunde fanden sie einen Gang, der im Bogen in die Höhe führte. Dort kamen sie in die Baumkronen, deren Äste sich am Rande der Hallen in die Höhe flochten und sich dort mit ihrem rotbraunen Laub ins Gewölbe schmiegten. Nur ein breiter Pfad blieb ihnen, über dem winzige Vögel hin- und herflatterten. Daoramu hatte längst den einmal gespürten Lauf der Magie verloren, so sehr erfüllte das Leben die Hallen. Doch Nuramon führte sie zielstrebig voran. Nachdem sie drei Hallen durchquert hatten und durch enge Gänge geschlüpft waren, blieb er stehen und schaute zurück. »Wir müssen uns jetzt entscheiden, ob wir weitergehen oder umkehren«, sagte er.

Byrnea zuckte mit den Schultern, die anderen machten ratlose Gesichter.

»Glaubst du, dass hier wirklich die Macht liegt, die die magische Flut beendet?«, fragte Daoramu.

»Ich glaube, dass das, was durch die Siegel verborgen werden sollte, hier ist. Ich bin mir sicher, dass es das ist, worum es Dareen ging. Deswegen kam sie aus Albenmark nach Dayra und wies mir den Weg. Die Magie staut sich dort, wo all diese Adern hinführen. Der Sog ist groß, aber dann verharrt die Magie, als könne sie nicht weiter.«

»Vielleicht muss das, was die Magie heranzieht, erst noch erwachen«, sagte Daoramu.

Nuramon betrachtete sie mit besorgtem Blick, sagte aber nichts. Die Ilvaru schauten hin und her, als fürchteten sie, irgendwo im Astgeflecht gäbe es einen Feind zu entdecken, der nur darauf wartete, sie anzuspringen.

»Du bist dir nicht sicher, ob dieser Ort uns nützt oder aber schadet«, sagte Daoramu schließlich. »Das ist es doch, oder?«

»Ich glaube, das Siegel bewahrte nur das Tor, das mich oder meinesgleichen herführen sollte. Ich war nie hier, aber dieser Ort ist so vertraut, als hätte ich selbst gleich einem Orakel all die Jahre von diesen Hallen gewusst.«

»Aber was fürchtest du dann?«, fragte sie und fasste seine Hand.

»Ich fürchte um all jene, die sich auf den Himmelswiesen mit dem Feind messen.«

»Wenn du das Gefühl hast, dass hier das ruht, weswegen Dareen Albenmark verließ, dann lass es uns gemeinsam zu Ende bringen. Ganz gleich, wie groß die Angst ist. Yendred, Nerimee und all die anderen, denen wir vertrauen, werden uns nicht enttäuschen.«

»Und wenn sie sterben?«, fragte Nuramon.

Daoramu strich ihm sanft über die Wange. »Sie können immer sterben. Auch wenn du an ihrer Seite bist.«

»Wer weiß, ob die Feinde sich zu einem Kampf aufraffen können«, sagte Byrnea und strich sich über ihr kurzgeschorenes Haar. »Die Albenpfade zu sehen hat alle beeindruckt. Die abtrünnigen Fürsten könnten sich überlegen, ob diese Schlacht noch zu gewinnen ist. Und selbst wenn die Helbyrnianer entschlossen sind, wird es lange dauern, die Ordnung wiederherzustellen. Dass die einfachen Krieger dann die Entschlossenheit ihrer Anführer teilen, bezweifle ich.«

Nuramon nickte.

Daoramu achtete auf die magischen Flüsse, die sie vage spürte. »Dort entlang, nicht wahr?«

»Ja«, sagte Nuramon schmunzelnd, und dann führte er sie von den großen Hallen fort in schmale Gänge, durch die sich dichtes Astgeflecht an den Wänden entlangzog. Er kreuzte die großen Säle, und bald fühlte sich Daoramu wie auf einem Fluss, der sich in einen gewaltigen Strom ergoss. Nach gewiss zwei Stunden, in denen Daoramu manches Mal an ihrer Entscheidung voranzuschreiten zweifelte, kamen sie auf einen breiten Gang, in dem die Magie in mächtigen Ästen davonfloss.

»Die Magie staut sich schon bis hierher«, sagte Nuramon und wies den Gang entlang, der sich in der Ferne zu öffnen schien. »Von dort kam der Sog. Und dort kommt die Zauberkraft nicht weiter.«

Am Ende des Ganges leuchteten wieder Kristallwände, und auf dem letzten Stück drangen die Äste in die Wände ein. Nuramons Schritte wurden vorsichtig. Als Daoramu merkte, dass die Ilvaru die Hände an ihren Schwertern hatten und die Speerträger ihre Schäfte fest umklammert hielten, fasste auch sie nach ihrem Kurzschwert.

Sie kamen in einen kahlen Saal mit einem Gewölbe aus Kristall. Daraus drang das magische Licht zwischen den sich windenden Ästen heraus. Daoramus Blick folgte dem Fluss der Magie ins Gewölbe, dann hinab, wo die Ströme wie hundert Flüsse in eine gewaltige Fläche trüben Gesteins mündeten. Es wirkte wie eine runde Pforte aus Fels, die mit leuchtenden Edelsteinen besetzt war. Unter dem weiten Gewölbe fühlte Daoramu sich schutzlos und hielt nach einem Fluchtweg Ausschau. Ebenso wie die Ilvaru betrachtete sie die schmalen Gänge, in denen sich die Äste von einer Wand zur nächsten spannten, und fragte sich immer wieder, ob dort etwas unter den Ästen lauern mochte. Dann aber empfand sie die Gänge als Zuflucht, wenngleich sie nicht wusste, ob es dort überhaupt ein Durchkommen und am Ende einen Ausgang gab. Allein Nuramon hatte nur Augen für die runde Steinfläche, der sie entgegenschritten und an der die magischen Adern zusammenliefen.

Nuramon streckte die Hand nach dem grünen Kristall aus, der in der Mitte der Steinplatte eingelassen war, berührte ihn und zog die Finger rasch wieder zurück.

»Ist es ein Tor?«, fragte Byrnea.

Nuramon nickte, den Blick auf den grünen Kristall gerichtet. »Dieser Stein kann ungeheure Mengen Magie bündeln, aber er nutzt die Kraft, die ihm zufließt, nicht.«

»Kannst du das Tor öffnen?«, fragte Daoramu.

Nuramon legte seine Hand dicht über den Stein und schloss die Augen. Ein magischer Funke sprang auf den Kristall über und verlor sich in der Strömung der Magie. Nuramon schüttelte den Kopf. »Ich weiß nicht, wie ich es anstellen soll«, sagte er.

»Vielleicht genauso, wie du das Siegel am Albenstern gelöst hast«, sagte Daoramu. »Schau dir das Ganze doch einmal mit dem Siegelblick an.«

Nuramon starrte sie an. Dann schmunzelte er, staunte und schaute noch einmal zum grünen Kristall. »Unglaublich«, sagte er. Es war immer etwas Besonderes, Worte wie *unglaublich* oder *unmöglich* aus Nuramons Mund zu hören. Er schaute sich um, tippte dann mit den Fingerspitzen auf den Kristall. »Hier ist ein Siegel eingeschlossen.«

»Hätte es nicht brechen müssen, nachdem du das Siegel am Albenstern gelöst hast?«, fragte Daoramu.

Nuramon schüttelte den Kopf. »Es trägt einen anderen Hauch als die Siegel, die wir bisher gesehen haben. Ein solches Siegel sollte nicht abseits von Albenpfaden existieren.« Er schaute wieder umher. »Es gibt weitere Siegel. Sie tragen das gleiche Mal und ziehen sich um den Ort jenseits der Pforte. Die Magie umschließt den Ort wie eine Kugel. Was immer dahinter liegt – alle magischen Adern führen dorthin.«

»Das heißt, wir müssen wieder haufenweise magische Steine herbeischaffen?«, fragte Byrnea.

»Nein«, antwortete Nuramon. »Hier fließt mehr Kraft, als ich je brauchen werde. Schauen wir, ob ich diese Mengen der Magie auch zu lenken weiß.« Er legte die Hände dicht über den grünen Kristall, schloss die Augen, öffnete sie wieder, wandte sich mit misstrauischer Miene um und schaute an ihnen vorbei in den Gang zurück, durch den sie gekommen waren. »Bei allen Alben!«, flüsterte er. »Geht! In einen der Nebengänge! Wartet dort!«

Daoramu wollte widersprechen und an seiner Seite bleiben.

»Tut, was ich sage!«, wiederholte er, und weil sie ihm vertraute, folgte sie Byrnea und den Ilvaru widerwillig in den ersten der kleinen, dicht bewachsenen Seitengänge. Sie krochen unter den Ästen hinweg, und Daoramu musste in die Hocke gehen und streifte mit dem Kopf immer noch über den ersten Ast, der sich über ihr von der einen Wand zur anderen spannte.

Sie schaute hinaus zu Nuramon, wie er rasch die Hände auf den Kristall legte, die Augen schloss und die elfischen Silben sprach, die er schon auf den Himmelswiesen gesprochen hatte.

Da ließ sie ein den Boden erschütterndes Krachen zusammenzucken. Ein Stampfen folgte aufs nächste. Etwas Großes näherte sich, und die Ilvaru griffen nach ihren Waffen und machten sich bereit zum Angriff. Aber Byrnea hielt sie zurück. »Er weiß schon, was er macht«, erklärte sie und biss sich auf die Lippen.

Voller Angst verfolgte Daoramu aus ihrem Versteck heraus, wie ein riesiger Schatten durch den Gang vorwärtsstrebte und sich schließlich der Kopf einer gewaltigen Echse in Sicht schob. Ihr waldfarbenes Haupt strotzte vor Hörnern und Schuppen. Das Wesen hielt inne und sog Luft durch das riesige Maul und kam dann mit seinen kräftigen Beinen stampfend in die Halle herein.

»Verflucht!«, flüsterte Byrnea.

»Wir müssen etwas tun«, sagte Daoramu leise.

Byrnea hob die Hand. »Warte!«

Das Echsenwesen war so groß wie ein aufgerichteter Bär und gewiss dreimal so lang wie ein Ochse. In der Mitte der Halle hielt es mit einem Mal inne.

Nuramon wandte sich halb zu dem Wesen um, hielt eine Hand am grünen Kristall und öffnete die Augen. Er hielt dem Echsenwesen die linke Hand entgegen und sprach die Elfenworte weiter, die den Zauber stützten.

Die riesige Echse ließ die gespaltene Zunge herausgleiten und zog sie wieder ins Maul zurück. Sie machte einen Schritt vor. Da wandte sich Nuramon ganz von dem grünen Kristall ab und drohte dem Wesen mit beiden Händen. Darüber zitterte bereits die Magie. Daoramu blinzelte, und schon verschwamm das magische Zittern. Ihre Sinne schritten stets auf der Schwelle zwischen der Wahrnehmung, die sie kannte, und einer, die sie für die Magie empfänglich machte.

Aus dem Gang folgten menschenähnliche Gestalten und kamen an die Seite der Echse. Sie waren in braune Umhänge gehüllt und trugen Rüstungen, die aus Echsenschuppen zu bestehen schienen. Ihre langgezogenen Lederhelme verbargen ihre Gesichter ganz. Zwei der stämmigen Gestalten blieben am Kopf der Kreatur stehen und strichen ihr über den langen Kiefer und über die kleineren Schuppen um die Nasenlöcher, während ein weiterer in grünem Umhang – der Anführer, wie Daoramu vermutete – sich Nuramon näherte und ihm etwas zurief, das Daoramu nicht verstand.

Nuramon antwortete ihm in dem Elfendialekt, den er gelegentlich mit Ceren sprach, den Nerimee gelernt hatte und den Daoramu nur anhand der Melodie erkannte. Die Gestalt, die vorgetreten war, antwortete ebenfalls auf Elfisch, die Worte kamen jedoch nur stockend, jede einzelne Silbe betonend. Daoramu verstand nur einige Wörter: *Wächter, Elfen, Zauber* und *Schlaf*.

Nuramon wies behutsam auf den grünen Kristall und deutete dann ins Gewölbe hinauf. Sein Gegenüber machte eine harsche Armbewegung. Nuramon beugte sein Haupt, wandte sich wieder um und legte die Hände auf den grünen Kristall. Daoramu wunderte sich. Offenbar waren sie sich einig, und Nuramon setzte seinen Zauber fort.

»Ich traue denen nicht«, flüsterte Byrnea, und Daoramu teilte das Misstrauen. Der Anführer der Gestalten rührte sich nicht von der Stelle. Die Öffnungen im Helm waren so klein, dass sie nicht einmal seine Augen erkennen konnte, und seine Hand lag noch immer an seinem Krummsäbel, der ihm im Gürtel steckte. Die Klinge war zur einen Seite scharf, zur anderen gezackt wie eine Säge.

Da schrie die Echse auf, warf den Kopf zur Seite, und die Krieger, die bei ihr standen, sprangen zurück. Das Wesen schaute Daoramu und ihren Gefährten entgegen und riss brüllend den Kopf in die

Höhe. Der Anführer der fremden Gestalten zog seinen Säbel, wies zu ihnen in den von Ästen durchwachsenen Seitengang.

Nuramon löste die Finger erneut vom Stein und fuhr herum. Er legte die rechte Hand an sein Schwert und drohte dem Anführer mit der Linken. »Menschenkinder« sagte er auf Elfisch, während sein Gegenüber immer wieder ein Wort brüllte, das keiner Übersetzung bedurfte: »Davanthar! Davanthar!« Und er zeigte zu ihnen herüber.

Nuramon schüttelte den Kopf und sprach etwas Sanftes auf Elfisch.

Als sein Gegenüber sich von Nuramons Beschwichtigungsversuchen unbeeindruckt zeigte und seine Gefährten zu sich winkte, sagte Byrnea leise: »Macht euch bereit!«.

Daoramu und die Ilvaru rückten langsam dem Ausgang entgegen.

Nuramon zog das Schwert, sagte etwas, hob die Linke in die Höhe, und ließ über der Handfläche einen kleinen Blitz zucken.

»Kommt!«, flüsterte Byrnea und kroch in den Saal hinaus. Daoramu folgte ihr. Die fremden Krieger hielten inne und sammelten sich ihnen gegenüber. Der Anführer brüllte etwas – und in diesem Moment setzte die Echse sich in Bewegung und kam ihnen stampfend entgegen.

»Du bleibst dort, Herrin!«, rief Byrnea und schob Daoramu zurück in den Gang.

Der wütende Schrei des fremden Anführers hallte durch den Saal und übertönte sogar das Schnaufen der breitbeinig heranlaufenden Echse. Die Ilvaru drohten mit den Waffen, hielten die Schilde hoch und warteten auf das Wesen, während Daoramu sich unter die Äste im schmalen Ganges zurückzog.

Die Ilvaru sprangen links und rechts zur Seite, als die Bestie ihnen nahe kam, auf die Wand traf und alles erschüttern ließ. Es folgten Kriegsschreie, Schritte und schließlich das Klirren der Schwerter und das Hacken auf Schilde und getroffene Körper.

Daoramu schaute hinüber zu Nuramon. Er stürmte mit erhobenem Schwert vor. Da schob sich Schuppenhaut vor den Gang. Es war der gewaltige Schädel der Echse. Das Wesen sog die Luft tief ein, und Daoramu kroch weiter in den Gang hinein. Sie vernahm ein Schmatzen, dann berührte sie etwas Weiches am Bein und verengte sich zu einem festen Griff. Sie wurde herumgerissen, schaute an sich entlang und sah die Zunge des Echsenwesens. Sie war um ihren Unterschenkel gewickelt und zog sie dem Ausgang entgegen. Daoramu hielt sich an den Ästen fest, doch als sie spürte, wie die Kraft sie verließ, griff sie nach ihrem Kurzschwert, zog es aus der Scheide und stach in die Zunge des Wesens.

Die Echse brüllte auf, der Griff lockerte sich, und die Zunge schnellte davon. Die Echse bäumte sich auf und kam krachend herab.

Daoramu kroch wieder tiefer in den Gang hinein, hielt erst an, als sie ein Geflecht von Ästen im Rücken spürte, und hoffte mit vor Furcht rasendem Herzen, dass Nuramon und die Ilvaru sich draußen behaupten konnten.

Nuramon jagte die Krieger davon. Sie hatten genug von seiner Magie gespürt und zerrten den Toten und die beiden Verletzten fort. Er wartete nicht, bis sie den Raum verlassen hatten, sondern wandte sich zur Seite und lief seinen Gefährten zu Hilfe. Die Echse riss den Kopf wild hin und her. Sie hatte einen Ilvaru im Maul. Der Krieger war tot, sein Schwertbruder saß blutüberströmt am Boden, schrie und hielt sich an dem Speer fest, den er der Bestie immer tiefer in den Leib hineintrieb. Auch Byrnea stieß gemeinsam mit ihrem Schwertbruder in die Seite der Bestie, während drei weitere Ilvaru unter dem herumschwenkenden Schwanz hinwegtauchten. Zwei von seinen Kriegern lagen tot am Boden, zwei saßen verletzt an der Wand. Er konnte nur hoffen, dass Daoramu in dem von Ästen durchwachsenen Gang ausharrte.

Nuramon hob die Hand und sandte der Bestie einen Blitz entgegen. Diese warf sich herum, riss das Maul auf, und der tote Ilvaru fiel zu Boden.

Die Echse lief heran, riss einen Ilvaru samt Speer mit sich. Nuramon sprang zur Seite; jedoch nicht weit genug. Die Echse streifte ihn mit ihrem Körper. Kaum war Nuramon auf den Beinen, da schnappte das Wesen nach ihm. Er wich zur Seite aus, hob das Schwert, doch noch ehe er nach dem Auge stechen konnte, brüllte die Bestie auf und wandte sich zu Byrnea und den anderen Ilvaru um. Jene, die noch kämpfen konnten, stießen der Kreatur mit Schwert und Speer in die Seite, wo die Schuppen dünn waren und in eine dicke Haut übergingen.

Der Schwanz der Echse peitschte über den Boden. Nuramon sprang darüber hinweg, doch kaum hatte er wieder auf dem Boden aufgesetzt, spürte er einen Stoß und einen gleißenden Schmerz im Rücken. Er wirbelte herum und sah in das Maskengesicht des Anführers im grünen Mantel. Dieser erhob die blutverschmierte Waffe zum nächsten Angriff.

Nuramon lenkte den Hieb mit der eigenen Klinge ab, versetzte dem Feind einen Tritt und hob die linke Hand zu einem Zauber. »Du Narr!«, rief er auf Elfisch. »Du lässt mir keine Wahl!« Und dann fegte er ihn mit einem magischen Stoß von den Beinen, direkt vor die Füße seiner Gefährten. »Ruf die Bestie zurück!«

»Verräter!«, brüllte der Anführer der Wächter und gab seinen Kriegern das Zeichen zum Angriff.

Nuramon wich einem Speer aus, tauchte unter einem zweiten hinweg und schoss zwei Krieger mit einem Blitz zu Boden. Da traf ihn ein Dolch in der Schulter, einer im Bauch und der dritte blieb an seiner Hüfte in der Rüstung hängen. Nuramon riss sich die Dolche aus dem Leib und ging auf die Krieger los. Sechs der Wächter stürmten ihm entgegen, und Nuramon wusste, dass seine Chancen schlecht standen. Er durfte nicht verharren, musste in Bewegung bleiben. Jeder Angriff war nur einer im Vorübergehen, der ihm einen neuen Augenblick verschaffte, sich so zu seinen Feinden zu stellen, dass diese nicht an ihn herankamen, ohne die eigenen Gefährten zu stören. Es war wie der Tanz, den er früher mit Loramu bis ins kleinste beherrscht und erprobt hatte.

Nuramon parierte den hohen Schlag eines Gegners, während dessen Gefährten in dessen Schatten standen. Da geschah es: Eine krumme Klinge brach aus dem Leib seines Gegenübers hervor, durchstach die Ilvaru-Rüstung und drang in Nuramons Bauch ein. Sein Gegner ließ seine Waffe fallen, und auch Nuramon senkte das Schwert. Schon schnellte die Klinge aus seinem Bauch zurück und verschwand in der Wunde seines Gegenübers. Schließlich sank der

Krieger vor Nuramon zur Seite, und hinter ihm kam der Anführer in seinem grünen Umhang zum Vorschein.

Die anderen Feinde verharrten. Einige hielten den Kopf gesenkt, als starrten sie auf den vom eigenen Anführer getöteten Kampfgefährten.

Nuramon spürte, wie das Leben ihm entströmte und dachte einen Heilzauber, der ihn zumindest durchhalten ließ.

Die fremden Krieger sprachen wild gestikulierend in einer fremden, vokalreichen Sprache zu ihrem Anführer. Sie wichen von ihm zurück und machten sich davon. Der Anführer wandte sich zu ihnen um und schrie ihnen etwas nach.

Nuramon packte sein Schwert, quälte sich in die Hocke, und als der Anführer der fremden Krieger sich wieder zu ihm umwandte, war er auf den Beinen. Der Heilzauber aber wirkte zu langsam.

Der Anführer der Wächter griff ihn mit dem blutigen Säbel an. Nuramon schaffte es, den meisten Hieben auszuweichen und nahm jene, denen er nicht entkommen konnte, in der Hoffnung in Kauf, seine Rüstung möge ihn schützen. Er hätte den Anführer gern mit einem Zauber niedergestreckt, doch er wagte es nicht, den Heilzauber loszulassen, weil er fürchtete, sogleich in die Besinnungslosigkeit abzugleiten.

Als er Byrneas Schrei vernahm und die Ilvaru ihren Namen rufen hörte, wurde ihm schwarz vor Augen.

Daoramu kauerte neben zwei Verletzten in dem von Ästen durchspannten Gang. Die blutenden Ilvaru waren mit letzter Kraft zu ihr hereingekrochen, und die Echse hatte ihr Interesse an ihnen verloren. Daoramu hätte ihre Gefährten gerne geheilt, doch die Kämpfe auf den Himmelswiesen hatten die Kraft ihres magischen Kristalls aufgebraucht, und nun lag er nutzlos in ihren Händen und sie überlegte fieberhaft, wie sie den beiden Kämpfern helfen sollte.

Byrneas Schrei ließ Daoramu zusammenzucken. Sie spähte nach draußen. Dort lag die Schwertfürstin am Boden und hielt sich den Bauch. Ihre Hände waren blutig. Indes kämpften die anderen Ilvaru mit aller Macht gegen die Echse an. Sie griffen an, sprangen zur Seite und waren immer bemüht, in die Flanke der Bestie zu stoßen. Daoramu hielt nach Nuramon Ausschau und erblickte ihn, wie er dem Anführer der fremden Krieger gegenüberstand und die Hiebe abwehrte. Seine Bewegungen wirkten unsicher, und er schien sich kaum mehr auf den Beinen halten zu können.

Als er ins Taumeln geriet, griff Daoramu nach ihrem Schwert und kroch aus dem Gang hinaus. Doch draußen angekommen, fuhr die Echse herum. Die Zunge der Bestie schoss Daoramu entgegen, schlang sich um ihren Arm, riss sie zu Boden und schleifte sie durch den Sand. Als sich das Maul der Echse vor ihr öffnete, stieß Daoramu einen Schrei aus und spürte, wie die Magie sich in ihr regte, als hätte ihre Angst sie geweckt.

Daoramus Schrei rüttelte Nuramon wach. Er hob die Hand und ließ einen Blitz davonschießen. Dieser stieß den Anführer zu Boden und ließ dessen Säbel durch die Luft wirbeln. Nuramon blickte über seinen Gegner hinweg und erspähte Daoramu. Die Zunge der Bestie hielt ihren Arm umschlungen, ein Ilvaru umklammerte Daoramus Bein und hielt sich am Arm eines Gefährten fest, der sich seinerseits an einem Ast im Gang festhielt. Daoramu schrie, und die Bestie warf den Kopf zurück, um zu ziehen. Die Zunge spannte sich.

Da lief Nuramon los, sprang über den Anführer, der zuckend am Boden lag, hinweg. Noch fünf Schritte, doch Daoramu entglitt dem Griff des Ilvaru und schnellte durch den Sand der Echse entgegen. Nuramon schickte einen Blitz gegen die Seite der Bestie. Nichts! Der Zauber drang nicht durch den Panzer hindurch.

Daoramu klammerte sich an das Bein der Bestie. Diese öffnete das Maul und legte den Kopf schief, doch da war Nuramon bei ihr, hob das Schwert und schlug der Bestie mit einem Hieb die Zunge ab. Zugleich schrie Daoramu auf. Eine Flut der Magie strahlte von ihr aus und drang wie unzählige Stacheln in den Kopf und das linke Vorderbein der Bestie. Die Echse warf den Schädel wild von links nach rechts, der gewaltige Schwanz peitschte hin und her, und die Ilvaru, die um Byrnea gekämpft hatten, stießen nun in die Seite der Bestie.

Nuramon griff durch die Magie hindurch, fasste Daoramus Hand und zog sie mit sich an den Rand des Saales. Als die Echse sich umwandte, fegte der Schwanz dicht an ihnen vorüber und sprühte ihnen den Sand entgegen. Dann ergriff sie stampfend die Flucht. Der Anführer der fremden Krieger erhob sich und folgte ihr.

Daoramu klammerte sich mit blutigen Händen an Nuramon. »Es ist die Magie«, sagte sie mit bebender Stimme. »Sie ist selbst wie eine Bestie.«

Nuramon umarmte sie und schaute hinüber zu den Ilvaru, die sich aufteilten. Die einen liefen zum großen Gang und schauten der Echse und dem Anführer nach, die anderen standen um Byrnea, deren blutige Hände auf ihrem Bauch ruhten. Erst durch das Kopfschütteln ihres Schwertbruders wurde Nuramon klar, dass seine Heilkräfte hier nichts mehr ausrichten würden.

Byrnea war tot.

Als Nerimee die Kunde erreichte, dass die Feinde sich wieder zur Schlacht rüsteten, wünschte sie sich zwar, ihre Eltern wären bei ihr, doch sie fühlte sich in der Nähe des Albensterns hier im kleinen Hauptlager sicherer als irgendwo sonst auf den Himmelswiesen. Denn Nylma hatte nicht nur Sawagal über die Albenpfade geholt, sondern auch Nerimees Großvater und Loramu.

Die erschienenen Albenpfade führten unter anderem zur Sternfestung im Nordwesten, zu den Ahnenhallen von Varlbyra und zur Sternfestung nördlich der varmulischen Hauptstadt. Obwohl die Albensterne, über die die Feinde hätten kommen können, noch immer mit Yendreds Zeitfessel belegt waren, patrouillierten Nylma und Sawagal abwechselnd mit ihren Leuten auf den Albenpfaden, während Königsgardisten den Albenstern hier im Hauptlager bewachten.

Nerimees Bruder führte König Tyregol sicher auf die Himmelswiesen. Das Bauernheer schlug östlich des Hauptlagers seine Zelte auf. Damit war der Albenstern vom ganzen Heer eingefasst, und die Feinde müssten alles aufbieten, um durchzubrechen.

Als Yendred mit König Tyregol im Hauptlager erschien und ihr Großvater den verbündeten Herrscher freundschaftlich begrüßte, jubelten die Krieger. Dass der varmulische König das Haupt vor Nerimee beugte, machte sie vor den Augen aller verlegen, dabei war sie sich sicher, keine Liebe für den varmulischen König zu spüren, so sehr ihre Eltern und Großeltern es sich gewünscht hätten. Doch die Hitze, die ihr zu Kopf stieg und gewiss ihre Wangen rötete, mochte einen anderen Anschein erwecken. Als Tyregol ihr sogar einen Handkuss gab, konnte sie nicht anders, als zu lächeln. Die Gerüchte würden ihre Runde machen, und sie konnte nur hoffen, dass Tyregol keine falschen Schlüsse zog.

Für nicht einmal eine Stunde waren hier im Hauptlager die großen Helden versammelt. Bjoremul und Nylma aßen mit Dorgal zu Mittag; Yendred, Lyasani und Salyra standen mit Loramu über den Kriegsplänen, während ihr Großvater und Tyregol in einem Zelt saßen und entspannt miteinander sprachen.

Als die Boten berichteten, dass die Feinde ihre Lager verlassen hatten, löste sich diese Zusammenkunft von Helden nach und nach auf. Yendred und ihre Schwägerinnen waren die Ersten, die auszogen, dann folgten Bjoremul, Dorgal und König Tyregol, und schließlich ging auch Nylma. Als von den Anführern nur noch ihr Großvater und Loramu im Lager waren, ging Nerimee hinüber zu den Seekriegern an den Feuern und aß dort etwas. Die Leute sprachen über Versorgungszüge. Die einen waren der Ansicht, dass keines der beiden Heere sich lange halten würde; die anderen sahen den Versorgungsnachschub mit dem Albenstern gesichert. Sie fragten Nerimee, was sie davon hielt.

»Bjoremul kam mit einem gewaltigen Versorgungszug«, erklärte sie. »Alles Weitere holen wir über die Pfade.«

»Aber wie konnte er mit dem Versorgungszug so schnell hier sein?«, fragte eine schmalgesichtige Kriegerin mit hochgebundenem Haar.

»Er eilte voraus und ließ den Versorgungszug nachrücken«, antwortete Nerimee.

»Er ließ den Nachschub ohne Schutz zurück?«, fragte die Kriegerin.

Nerimee grinste. »Er sagte meinem Großvater: Herr«, sie räusperte sich und bemühte sich um eine tiefere Stimme. »Wenn ich Blasen an den Füßen habe und meinen Feind geringer schätze als mich selbst, muss ich davon ausgehen, dass er blutige Füße hat. Wenn meine Feinde sich also so schnell bewegen wie ich, müssen auch sie ihren Versorgungstross zurückgelassen haben.«

Die Krieger lachten.

Nach dem Essen begab sich Nerimee zum Albenstern und öffnete wieder einmal ein Tor in die Barinsteinhöhle, damit ihrer Mutter ein Ausweg blieb, falls ihr Vater ins Mondlicht entschwunden war. Wie jedes Mal in den letzten Stunden vollzog sie den Zauber unter größter Spannung, denn sie sorgte sich um ihre Eltern und fragte sich immer wieder, was sie in der Barinsteinhöhle finden würden.

Als ein Schatten im Licht erschien, dachte Nerimee, es sei ihre Mutter und ihr Vater sei ins Mondlicht gegangen und sie würde ihn nie wiedersehen. Die Hitze schoss ihr in den Kopf, und sie wusste nicht, ob sie die Kraft hatte, den Verlust ihres Vaters zu überstehen. Doch dann sprang eine Gestalt in einer schuppenartigen Lederrüstung aus der Pforte heraus, den Kopf vollständig von einem Lederhelm bedeckt, der vorne spitz zulief. In den Händen schwang die Gestalt einen gewaltigen Säbel.

Der fremde Krieger schaute sich kurz um und lief ihr entgegen, ehe die erschrockenen Königsgardisten ihn stellen konnten. Er sprang vor, während hinter ihm zwei weitere Gestalten erschienen, und hob seine Klinge beidhändig in die Höhe.

Nerimee schrie, hob die Hand und wollte einen Feuerzauber wirken, doch die Klinge kam herab, und nur der Speerschaft eines Königsgardisten, der unter die Handgelenke des Angreifers knallte, bewahrte sie davor, niedergestreckt zu werden.

Die Königsgardisten kämpften bereits mit fünf der fremden Krieger, und mit jedem Augenblick kam ein weiterer Feind aus dem Licht gesprungen.

Oregir kam herbeigelaufen, stellte sich schützend vor Nerimee.

»Wir müssen das Tor schließen!«, rief sie.

Oregir nickte, fasste ihren Unterarm und schob ihr einen Schwall Magie herüber. Sie schickte den Torzauber mit aller Macht durch die Luft ins Licht. Noch ein Feind sprang hervor, dann versank die Pforte im Boden.

Einer der fremden Krieger sprang vor ihnen in die Luft und hob seinen Säbel über den Kopf. Oregir schützte Nerimee mit seinem Rücken, doch sie riss den Magier mit sich zu Boden, auf dass der Krieger ins Leere sprang.

Oregir schrie auf, und in sie fuhr ein reißender Schmerz. Die Klinge des Feindes steckte in ihrem Arm, und aus Oregirs Schulter drang Blut. Der Krieger stand über ihr, drückte seinen Stiefel gegen ihre Schulter und riss die Klinge aus ihrem Arm, nur um sie sogleich wieder in die Höhe zu reißen.

Nerimee hob ihren rechten Arm um Oregirs Kopf herum und presste mit aller Macht Magie von sich. Eine Flamme schoss in die Höhe, ließ den fremden Krieger zucken, fing dessen Schlag jedoch nicht auf. Die Klinge fuhr herab und verfehlte Nerimees Kopf nur um einen Fingerbreit. Die aufgewühlte Erde regnete auf ihr Gesicht. Indes erfasste Nerimees magische Flamme den Krieger. Er ließ seine Waffe im Boden stecken und lief fort – genau in Borugars Schwert.

Der König schlug den Fremden nieder und stach ihm das Schwert von Jasbor in den Körper. Die Königsgarde machte nun die fremden Krieger einen nach dem anderen nieder. Am Ende lebten von den acht Fremden nur noch zwei; und zwölf Tote und acht Verletzte auf Seiten der Königsgardisten bewiesen, wie sehr die Feinde gewütet hatten.

Während Nerimee und Oregir einander heilten, legten die Königsgardisten die Gefangenen in Fesseln. Kurz darauf pressten sie diese vor Borugar und Nerimee auf die Knie. Loramu trat hinter ihnen näher.

»Nehmt ihnen die Helme ab«, sagte Borugar.

Zum Vorschein kamen Häupter, wie sie Nerimee noch nie gesehen hatte. Die Gestalt der Wesen war menschlich, die Haut jedoch grünlich, und ihre schwarzen Rehaugen lagen unter buschigen Augenbrauen. Statt einer Nase hatten sie nur zwei Nasenlöcher.

Einer von beiden, er hatte kräftigere Wangenknochen als der andere, spuckte vor Borugar aus. Die Wache stieß ihm den Schaft der

Hellebarde in den Rücken. Der fremde Krieger fiel zu Boden, hustete und ließ sich von den Königsgardisten wieder auf die Knie ziehen. Kaum schaute er zu Borugar auf, sagte er: »Davanthar!« Er verzog das Gesicht dabei so sehr, dass es nur ein Schimpfwort gewesen sein konnte.

Borugar und Loramu tauschten verwunderte Blicke mit Nerimee. Oregir starrte den Fremden nur an.

»Devanthar?«, fragte Nerimee und blickte den Fremden erwartungsvoll an.

Der Fremde stutzte. »Albarae«, sagte er mit verwunderter Miene. Dann fragte er sie in gebrochenem Elfisch, ob sie eine Elfe sei. Die Wörter waren verfremdet, weil der Krieger dazu neigte, die verschiedenen Vokale eines Wortes anzugleichen. Aber es war zu verstehen. Ihr Vater hatte ihr Elfisch beigebracht, und Ceren hatte sie sogar zwei alte Dialekte gelehrt. Diesen zu verstehen, war nicht weiter schwer, wenn man auf die Vokale achtete. Auf Elfisch antwortete sie ihm: »Ich bin die Tochter eines Elfen.«

»Ihr seid keine Diener der Devanthar?«, fragte er.

Sie schüttelte den Kopf.

»Kannst du ihn etwa verstehen?«, fragte Borugar auf Arlamyrisch.

»Er spricht altes Elfisch«, erklärte Nerimee. Sie wandte sich wieder an den Fremden, dessen Gefährte mit angstvoller Miene zwischen ihr und ihm hin- und herschaute.

»Wie heißt ihr?«, fragte sie.

»Ningilim«, antwortete der eine, und nach kurzem Zögern sagte der andere: »Veremelg.«

»Warum attackiert ihr uns? Und was wurde aus denen, die durch das Tor zu euch kamen?«

»Wir sind Wächter. Wir töten die Diener der Devanthar und warten auf die Elfenkinder. Wir dachten, ihr wäret Diener der Devanthar.«

»Aber mein Vater ist ein Elf.«

»Dann hat er nichts zu befürchten. Mein Volk wird ihn willkommen heißen.«

»Auch wenn er mit Menschen kommt?«, fragte sie, und Ningilim zögerte. »Wir sind die Wächter und haben geschworen, die einen zu töten und die anderen gewähren zu lassen.«

»Und nun kommt der Retter mit jenen, die sich längst von den Fesseln der Devanthar und deren Dienern befreit haben. Ist dir klar, dass mein Vater das letzte Albenkind ist? Der letzte Elf, der je deines Weges kommen kann?«

Er senkte den Blick. »Und du bist seine Tochter?«

»Ja.« Sie hob die Hand und zeigte umher. »Und was du da in der Ferne hörst, ist der Kampf gegen die Diener der Devanthar. Sie wollen uns vernichten.«

Ningilim machte große Augen und schaute hinauf in den leicht bewölkten Himmel, als wäre es das größte Wunder dieser Welt. Er sog Luft durch die Nasenlöcher ein und sagte: »Dann ist alles verloren.«

Nuramon erholte sich nur langsam von dem Kampf und all den Heilzaubern, die seine Wunden und die seiner Gefährten geschlossen hatten. Er hatte viel Magie aus dem grünen Edelstein an der Pforte gezogen. Diese hatte ihm zwar die benötigte Kraft gespendet, doch seine magischen Sinne waren so wund, dass jeder Zauber schmerzte.

Er hatte es zu weit getrieben. Obwohl an Byrnea kein Lebenshauch gewesen war, hatte er mit aller Macht versucht, sie zu heilen und war gescheitert. Während die Ilvaru den Saal sicherten, saß Nuramon am Steintor und tröstete Daoramu. Der Kampf und der Ausbruch von Magie hatten sie zur Verzweiflung getrieben und alte Ängste wieder emporgespült. Nun sagte sie immer wieder nur: »Es tut mir leid.«

Nach einer Weile löste sie sich aus seinen Armen und schaute ihn weinend an. »Was, wenn du ins Mondlicht gehst und ich und die anderen hier gefangen sind?«, fragte sie. »Ich möchte nicht ohne dich sein. Und gewiss nicht hier, wo es keinen Trost gibt.«

Die Frage traf Nuramon wie ein Schlag. Ihm war zwar klar, dass Nerimee von Zeit zu Zeit das Lichttor öffnen würde, aber angesichts jener fremden Wächter drohte der Rückweg schwierig zu werden.

Daoramu schüttelte den Kopf. »Wir haben keine Wahl. Wir sind zu weit gekommen, um jetzt umzukehren.«

Er nickte. »Ich öffne das Tor«, sagte er. »Meine Zaubersinne müssen sich nur ein wenig erholen.«

Sie küsste ihn. »Ich habe nur Angst, Nuramon. Es ist nur die Angst.«

Er strich mit den Fingern über das Steintor. »Was immer dahinter liegt – das ist es, was Dareen befreien wollte. Selbst wenn ich ins Mondlicht entschwinde und euch jeder Weg verstellt ist, mögt ihr dort eure Zuflucht finden.«

Daoramu nickte. »Wirst du meine Macht brauchen?«, fragte sie, und er liebte diese Frage.

»Ohne deine Macht, Daoramu, kann ich es nicht schaffen«, antwortete er und schloss sie wieder in die Arme.

Orakelblick

Borugar hatte Gewissensbisse. Er bereute nicht, die beiden Fremden freigelassen zu haben, doch er wünschte sich, er hätte Nerimee nicht gestattet, sie mit einer Schar Königsgardisten zu begleiten. Gewiss, sie war die Einzige im Lager, die des Elfischen mächtig war, doch das Wagnis war zu groß. Er hatte wie ein Feldherr gedacht, nicht wie ein Großvater, der sich um das Wohl seiner Enkelin sorgte; nicht wie der König, der seine Thronerbin schützen wollte. Nerimee hatte seinen Blick auf die Gefahr gelenkt, die Daoramu und Nuramon drohte, wenn den anderen Wächtern nicht die Augen geöffnet wurden. Die Antwort auf die Frage, was die Wächter behüteten, läutete immer wieder in Borugars Geist. Nerimee hatte ihm die Worte übersetzt. »Das Herz dieser Welt«, hatte sie gesagt.

Bjoremul saß am Rande der Schlacht und erholte sich von der letzten Stunde, in der er mit dem Heer des Fürstenrates gekämpft hatte. Ihre Unterlegenheit machte sich nun bemerkbar. Gewiss, sie hatten die besseren Anführer, die besseren Zauberer, den besseren Nachschubweg. Aber die Masse der Krieger auf ihrer Seite waren kriegsmüde Bauern, die weitab ihrer Heimat König Tyregol dienten. Das Feuer, das sie über sich hinaus hatte wachsen lassen, brannte längst nicht mehr so hell.

Ein Blick über die Schlacht hier im Südosten, und Bjoremul plagte die Sorge um seine Tochter, um Nylma und um all die anderen, die ihm am Herzen lagen. »Rafft euch auf!«, rief er. »Wir packen es noch einmal an!« Hatten sich am Anfang der Schlacht noch Kampfrufe erhoben, wann immer er die Krieger wachgerüttelt hatte, herrschte nun Schweigen unter den Yannadriern.

Die Feldherren flehten Tyregol an, sich ein Stück zurückzuziehen. Doch die Feinde durften hier im Nordosten keinen Raum gewinnen, sonst würden sie ins Lager durchbrechen. »Herr!«, rief Dorgal ihm zu. »Überlass mir den Befehl. Dann kannst du ins Lager zurückkehren und Borugar berichten, dass sich hier gerade die Schlacht entscheidet.«

»Nein«, antwortete Tyregol.

»Herr!«, rief Dorgal. »Schnell, ehe der nächste Angriff kommt!«

Tyregol schaute hinüber zu den sich formierenden Reihen des fürstlichen Fußvolkes. Er war froh, dass den Feinden die Pfeile ausgegangen waren. »Ich kehre mit Verstärkung zurück«, sagte er. Das bittere Lächeln auf Dorgals Gesicht war ihm eine Warnung. Mit einer kleinen Schar zog Tyregol sich zurück und fragte sich, ob Dorgal ihn gerade vor dem Tod bewahrt hatte.

Ningilim hatte das Elfische nie gemocht. Es ging schlecht mit seiner Sprache einher. Doch die Elfen selbst hatte er immer bewundert, auch wenn er sie nur aus den Erzählungen gekannt hatte. Er hatte gehört, dass ein Elf gekommen war, doch mit eigenen Augen hatte er ihn nicht gesehen. Er und die anderen hatten das Weltentor beobachtet, mit dem Spiegel des Ältesten durch das Licht geschaut und die Menschen gesehen, die nun doch nicht die Diener der Devanthar waren. Er hatte Nerimee versprochen, sein Volk würde einsichtig werden, wenn sie wie er vor der Tochter eines Elfen und eines Menschenkindes standen.

Sie stiegen hinab unter die Wurzeln, wo ihre roten Pflanzen wuchsen, und das Lebenswasser sich ergoss. Hier, wo sie seit Wächtergedenken lebten. Über die kurzen Gänge waren die Krieger aus dem Ring der Hallen zurückgekehrt und berichteten, dass Gunuluf verrückt geworden war. Er habe Vanalam getötet, um den Elfen zu verletzen, den er als Verräter offenbart hatte. Doch nun zweifelten die Krieger. Und als Ningilim mit Nerimee und den Menschenkriegern näher trat, war es an Zanaglaem, dem Ältesten, zu entscheiden, was geschehen sollte.

Zanaglaem betrachtete Nerimee von Kopf bis Fuß. Sie ließ es zu, dass er mit den Fingern nach ihren Ohren tastete und seine Hand über ihre Stirn legte. Dann sprach er: »Es fließt Elfenblut in ihren Adern. Schnell! Ruft die Krieger zusammen, ehe es zu spät ist!«

Gemeinsam gingen Wächterkrieger und Menschenkrieger mit dem Ältesten und Nerimee an der Spitze zu den kurzen Gängen, die jeden, der durch sie hindurchging, mit wenigen Schritten an entfernte Orte ihres Reiches trug. Da kam ihnen Gunuluf entgegen. »Sie haben die Echse getötet!«, rief er. »Sie liegt tot auf einem der großen Gänge!« Sein Blick traf auf Nerimee, und er erstarrte.

»Dann leben sie noch?«, fragte der Älteste.

»Einige von ihnen«, sagte Gunuluf mit verständnisloser Miene, ehe die Krieger ihn abführten.

Salyra kämpfte sich nach Norden vor, um Dorgal und den königstreuen Varmuliern zu Hilfe zu kommen. Sie gerieten ins Gedränge, und schließlich war kaum mehr Platz für einen echten Kampf. Die Leichen ihrer bezwungenen Feinde konnten nicht zu Boden fallen, so eng war es.

Ein Spieß schob sich Salyra langsam über die Schulter eines toten Feindes entgegen. Sie konnte weder vor noch zurück, weder nach links noch nach rechts. Sie vermochte den Kopf zur Seite zu legen, doch die Spitze würde sie im Hals oder bestenfalls in der Schulter treffen, und auch ihr Schwert konnte sie nicht hoch genug heben, weil der Arm des Toten über dem ihren lag. Sie warf den Kopf hin und her und schlug gegen den Schädel eines toten Yannadriers, der mit blutigem Haupt neben ihr hing. Die Spitze kam näher und näher, und Salyra drängte mit aller Kraft schräg nach hinten. Da kam ein Stoß von eben dieser Seite; ganz so, als wehre sich dort irgendwer gegen ihr Drängen. Sie wurde zur Seite geschoben und sah die Spitze direkt vor ihrem linken Auge.

Nylma drängte die Feinde zurück und verschaffte den varmulischen Königstreuen Luft. Sie fand Dorgal, stach dem Krieger, der über ihm stand und ihn mit dem Schwert erschlagen wollte, in den Rücken, sodass die Klinge zur Brust wieder hinausdrang. Mit einem Tritt schickte sie ihn zu Boden.

Dorgal quälte sich auf die Beine. Sein Gesicht war angeschwollen, und eine Schnittwunde zog sich von der linken Wange zum Hals hinab. Am Bauch lief Blut aus seiner Rüstung. Er packte Nylma und schloss sie in seine blutigen Arme, während ihre Krieger einen Ring um sie und die erschöpften Königstreuen zogen. »Ich wusste es«, sagte er und ächzte.

Nylma ging mit ihm in die Hocke, holte den Heilkristall aus ihrem Beutel und hoffte, dass der Funken der Magie, der in ihr schlummerte, noch immer wirkte und Dorgal Heilung brachte. Der Varmulier legte sich zurück und schloss die Augen.

Lyasani packte den Spieß, der direkt vor Salyras Augen stand, und riss ihn zur Seite, nur um dann den Schaft zurückzustoßen. Im selben Augenblick brach der Widerstand vor ihnen, und sie fielen auf die Toten. Lyasani erhob sich und erblickte den Krieger, der den Spieß gegen Salyra geführt hatte. Mit einem Kampfschrei sprang sie vor, stach ihm ins Bein und schnitt ihm dann eine Wunde in die Brust. Der Krieger ging mit überraschter Miene zu Boden. Salyra war neben ihr und tötete den Mann mit einem Stich ins Herz.

Dorgal bat Nylma, ihm zu helfen. Wenn er nun an der Bauchwunde sterben sollte, weil der Heilkristall seine Wirkung verfehlte, wollte er zumindest sehen, wofür er gestorben war. »Manchmal geht die Magie ins Leere«, sagte Nylma mit bebenden Lippen. Er nickte, denn er war auf den Tod vorbereitet.

Nylma half ihm sich aufzusetzen. Sie stützte ihn am Rücken und schloss ihre Arme um ihn. Die Müdigkeit, die ihn ergriff, verdrängte die Schmerzen. Er schaute voraus. Dort tobte die Schlacht. Die Ilvaru wanden sich wie ein wild gewordener Schwarm umher. Sawagal und die Alvarudorer waren aus dem Hauptlager gekommen, um ihnen beizustehen, und ließen die Blitze unter den Feinden wüten. »Sag meinem König, dass es mir leidtut, nicht länger durchgehalten zu haben. Und richte Bjoremul meinen Dank aus – und auch Nuramon. Und auch dir danke ich, Nylma. Mit euch auf einer Seite gekämpft zu haben, hat mich mit allem versöhnt. Leb wohl!«

»Leb wohl, du Treuester unter den Kriegern«, hauchte Nylma ihm ins Ohr und küsste ihn dann an der Schläfe. Er atmete weit aus und betrachtete das Schlachtgetümmel. Es war wie ein Wandgemälde, das sich vor seinem ermüdeten Blick erstreckte. »Wenn Varramil das sehen könnte«, flüsterte er.

Seit Fürst Aniscaro von Helbyrn die geheimen Tjuredpfade hatte leuchten sehen, wusste er, dass das letzte Elfenkind in das Gefüge eingegriffen hatte. Wenn sie nun versagten, würde die Macht ihres Herrn gebrochen, und das letzte Elfenkind würde die Welt mit seiner Magie in die Finsternis stürzen. So stand es in den Schriften.

»Es herrscht das Chaos«, sagte einer der Feldherren. »Die Ordnung ist für heute dahin.«

»Dann lass uns das Chaos vergrößern, bis es sich im Tod unserer Feinde erschöpft«, sagte Aniscaro und ritt mit einer kleinen Schar vor dem Tross von tausendzweihundert Tjuredgardisten. Die Feinde würden die Maske des Guillaume sehen und verzweifeln.

Loramu schaute an Borugars Seite über das Zeltlager König Tyregols hinweg in die Schlacht. »Ich habe noch nie so ein Gemetzel gesehen«, sagte Borugar.

»Ich wünschte, ich wäre dort«, sagte Loramu. Sie hatte sich an ihr magisches Bein gewöhnt, aber die Sicherheit früherer Jahre war dahin.

Nachdem ein Bote ihnen berichtet hatte, dass Fürst Aniscaro mit den Tjuredgardisten in den Kampf eingegriffen hatte, sagte Borugar: »Es ist so weit. Wir schicken den Rest ins Feld.«

Sie nickte und wusste, welcher Gefahr sie sich aussetzten. Wenn nur noch eine hauchdünne Schar ringsumher die Lager schützte, wären sie einem Angriff auf einer der Flanken oder in ihrem Rücken nicht gewachsen.

Albengleich

Nuramons magische Sinne hatten sich gerade erholt, da erschien Nerimee auf dem großen Gang und kam an der Spitze von Königsgardisten und einer Handvoll Wächter zu ihnen in die Halle. Das Misstrauen, das zwischen den Ilvaru und den Wächtern herrschte, legte sich wie ein Schatten auf die Ankunft seiner Tochter. Und der Blick hinüber zu Byrnea und den anderen beiden Ilvaru, die der Kampf das Leben gekostet hatte, schien Nerimee ebenso zu bedrücken wie der Blick der Wächter zu ihren Toten.

Nachdem Daoramu Nerimee in die Arme geschlossen hatte, erklärte diese, dass die Schlacht auf den Himmelswiesen wieder tobte. Sie erzählte, wie sie zur Begleiterin Ningilims geworden war und was aus dem Anführer der Wächter geworden war, gegen die er und die anderen gekämpft hatten. Sie erwähnte die Gänge, die den Weg von der Siedlung bis hier herauf abkürzten, und diese erinnerten ihn an Thorwis' Werk in den Zwergenreichen.

Als Nerimee mit Neugier auf die Steinpforte schaute, erklärte Nuramon ihr, dass es sich um ein weiteres Siegel handelte, und er brachte sie zum Staunen, indem er ihre magischen Sinne auf die anderen Siegel aufmerksam machte, die im Kreis um den Ort angeordnet waren, der sich hinter dem Tor befand. »Wenn ich dieses Siegel breche, wird die Magie dieser Hallen hoffentlich erwachen«, sagte er. »Und ich hoffe, dass es die magische Flut mit einem Schlag beenden wird.«

Nerimee wandte sich um. »Ningilim«, sagte sie und sprach auf Elfisch: »Was ist hinter der Pforte? Was bewacht ihr hier?«

Der Wächter machte große Augen. »Jene, die vor den Devanthar Zuflucht suchten. Jene, derentwegen wir erschaffen wurden, um hier zu leben, zu warten und zu wachen. Wir nennen sie *die Geister,* und unsere Schriften erinnern uns daran, dass sie uns in die Welt führen werden, aus der sie entflohen.«

»Werden sie auch kämpfen?«, fragte Nerimee.

»Die Ältesten berichten, dass sie uns alles lehrten, was wir wissen mussten. Sie lehrten uns Sprachen, die draußen in der Welt noch nicht gesprochen wurden. Wir erfuhren von den Dienern der Devanthar und von den Elfen, die die Befreiung bringen werden. Die Geister werden erwachen, hinausdrängen und den Dienern der Devanthar den letzten Rest ihrer Macht rauben.«

Nuramon hatte sich beinahe an den merkwürdigen Akzent des Wächters gewöhnt. »Und ihr werdet mit den Geistern gehen?«, fragte er.

»Das berichten die Ältesten«, antwortete Ningilim und neigte sein Haupt.

»Wovon sprecht ihr da?«, fragte Daoramu, und Nuramon wiederholte, was Nerimee und Ningilim gesagt hatten. Er übersetzte auch, dass die Wächter mit ihren Familien tief unten in den Höhlen lebten und bereit waren, ihnen mit mehr als siebenhundert Kriegern auf den Himmelswiesen beizustehen. Nicht nur, um gegen die Diener der Devanthar zu kämpfen, sondern auch um für den Tod von Byrnea und der anderen zu bezahlen.

Schließlich wandte sich Nuramon an Nerimee. »Du nimmst die Ilvaru und kehrst mit ihnen und den Wächtern auf die Himmelswiesen zurück.« Er schaute den Gang entlang. »Wie weit ist der Weg durch die magischen Gänge?«, fragte er.

»Wir haben nicht einmal eine halbe Meile gebraucht«, sagte Nerimee. »Von der Siedlung bis hierher« Sie beschrieb ihm den Weg zu den magischen Gängen und von der Siedlung zurück zum Albenstern. »Du willst also bleiben«, sagte sie schließlich.

»Ja«, antwortete Nuramon. »Denn wenn die Wächter die Wahrheit sagen, liegt dort das, was wir uns vom Bruch des Siegels erhofft haben. Ich werde entfesseln, was zu entfesseln ist.«

Nerimee sah ihn lange an. »Aber beeil dich«, sagte sie und wandte sich dann an ihre Mutter. »Und du? Bleibst du auch?«, fragte sie.

»Bis zum Ende«, antwortete Daoramu und umarmte ihre Tochter zum Abschied. Die Ilvaru nahmen Byrnea und die anderen toten Gefährten mit, die Wächter ihre Gefallenen. Das Misstrauen zwischen den Kriegern war nicht gewichen.

Nuramon schaute mit Daoramu dem Zug hinterher und lächelte Nerimee zu, wann immer sie zu ihnen zurückschaute.

»Du hast ihr etwas verheimlicht«, sagte Daoramu.

»Ja«, antwortete er leise. Seine Tochter hatte ihn nicht gefragt, wie lange der große Siegelzauber dauern würde und wie viel Macht er aufwenden müsste. »Wenn ich die Magie dieses Ortes aufnehme, lenke ich so gewaltige Ströme, dass es mich vernichten könnte. Diese Magie ist nicht wohlgeordnet wie die der Quellsteine, die Nerimee draußen platziert hat. Sie ist wild und kraftvoll. Ich habe meinen ersten Vater einmal gesehen, nachdem er den großen Siegelzauber ohne den Stab vollzogen hatte. Seine Haut war wie ein zerlumptes, rotes Tuch – so zerfetzt und blutig war sie.«

»Aber er hat überlebt«, sagte Daoramu und betrachtete den grünen Kristall in der Mitte der Steinpforte.

Nuramon nickte und bemühte sich zu lächeln.

»Ich werde hier sein«, sagte sie. »Vielleicht kann ich dir sogar helfen.« Sie legte die rechte Hand auf den Kristall. »Ich spüre den Fluss. Aber ich spüre nicht, wo die Magie hinfließt.«

Nuramon fasste ihre Hand. Der Strom, der vom Kristall in ihre Finger drang, war gewaltig, doch in ihr beruhigte sich die Magie. Dann fasste er ihre linke Hand und verschränkte seine Finger mit den ihren. Die freie Hand legte er dicht über den Kristall und begann mit dem Zauber. Er hoffte, dass die Sanftheit, mit der Daoramu die Magie aufnahm und abgab, anhielt und er sie nicht ins Leid zog. Er würde nicht zulassen, dass die Magie ihr das antat, was sie einst seinem Vater angetan hatte. Damals war eine Schar Elfenheiler zur Stelle gewesen. Hier aber waren sie allein.

Nach einer Ruhepause drängte Yendred mit Lyasani, Salyra und dem Großteil der Ilvaru wieder in den Kampf. Sie wollten Nylma und Sawagal ablösen, auf dass diese sich stärken und ihre Wunden versorgen konnten. Auf dem Weg kamen Yendred jene Ilvaru entgegen, die durchs Chaos von ihnen getrennt worden waren. Zwölf weitere Tote hatten sie zu beklagen. Damit war die Hälfte seiner Krieger gefallen.

Der Blick in jedes tote Gesicht seiner Vertrauten schmerzte. Unter den Leichen fand er auch Gaerun und Rawila. Die beiden hatten seine Eltern in die Zwergenreiche begleitet. Dort waren Narlo und Wirlan gestorben, und Gaerun und Rawila waren an dem Verlust und den Erlebnissen auf dem anderen Kontinent gewachsen. Und nun legten ihre Gefährten ihre zerschundenen Körper ab und schlossen sich dem Zug wieder an. Dies war ein düsterer Tag, der nur noch durch einen Sieg gerettet werden konnte. Nur so wäre der Tod seiner Leute nicht umsonst gewesen.

Als Yendred und seine verbliebenen Krieger zu Nylma und Sawagal vorstießen, weigerten sich diese, sich mit ihren Leuten zurückzuziehen. Sawagal drängte nach vorn, denn weit hinten im Chaos blitzte und flammte es um die violette Fahne des Fürsten von Helbyrn herum.

»Wir dürfen nicht mehr weichen«, rief Nylma und wies voraus. »Wenn wir jetzt zurückstecken, überrennen sie uns.« Sie wies zum helbyrnianischen Banner. »Da sind Maskenträger. Die haben frischen Wind gebracht. Das sind zähe Burschen.«

»Da hinten!«, rief Salyra und wies nach Süden. Die bunten Banner der varmulischen Fürsten schoben sich im Bogen hinter die Helbyrnianer. Auf ihrer Seite wehten die blauen Banner Yannadyrs, die eben noch im Süden den varmulischen Fürstenwappen gegenübergestanden hatten. »Bjoremul kommt«, rief Salyra.

Nylma grinste. »Dann sollten wir ihn nicht enttäuschen«, sagte sie.

Gemeinsam liefen sie in den Kampf, sprangen über Leichen und Verwundete hinweg und schlugen Feinde nieder, die noch aufrecht standen. Sie wichen Hieben Verletzter aus, die am Boden waren und um sich schlugen. Rechts der Ilvaru schwang Sawagal seinen armlangen Stab. Blitze spannten sich um seine Faust, sprangen den Stab entlang und schossen in einem Strahl voran. Wer im Weg stand, den traf der Zauber wie der Schlag einer schweren Keule.

Eine Lichtkugel flog ihnen entgegen. Sie zogen die Köpfe ein. Das Licht schoss über sie hinweg und ging hinter ihnen blitzend nieder. Schmerzensschreie verbreiteten sich, und die Getroffenen wanden sich am Boden.

Während Sawagal an seiner Seite einen Blitz voranschickte, stürmte Yendred schräg nach vorn und hatte nur noch Augen für das violette Banner mit dem Löwenkopf – das Wappen des helbyrnianischen Fürsten. Es war noch fünfzig Schritt entfernt, doch Sawagals Blitze lenkten die Krieger auf ihrem Weg so sehr ab, dass sie rasch vorankamen.

Da sah Yendred die mit Silber und Gold besetzte Maske des Anführers. Er trug eine violette Haube, auf der ein goldener Stirnring ruhte. Die Feinde verdichteten sich vor ihnen, und die Maskierten offenbarten ihre Kampfkunst. Yendred war es wie seinem Vater immer zuwider gewesen, einen geschlossenen Helm zu tragen. Auch die Helme, die viele Ilvaru trugen, ließen das ganze Gesicht frei und lagen an den Ohren zum Teil offen, denn sie wollten nicht halb blind und halb taub in den Kampf gehen. In der Schlacht nutzten sie jeden Vorteil, den die mangelnde Wahrnehmung der Feinde ihnen bot. Yendred parierte einen Hieb mit seinem Kurzschwert und schlug dem Angreifer mit der Linken gegen die Maske. Diese verrutschte ein Stück, nahm dem Tjuredkrieger die Sicht, und Nylma stach ihn nieder.

Die Masken waren trotz allem beeindruckend. Wer einem Heer gleichgesichtiger Feinde gegenübertrat, die zu kämpfen wussten, mochte sich eingeschüchtert fühlen. Doch Yendred war der Tjuredgarde zu oft begegnet, um noch Angst vor dem Anblick der Guillaume-Maske zu verspüren. Er selbst hatte sie getragen, um sich in Helbyrn zu bewegen und Unruhe zu stiften.

Nylma schrie neben Yendred auf. Ein Speer steckte ihr in der Schulter. Yendred hob das Schwert und parierte die Klinge eines Gegners, die Nylmas Schädel galt. Lyasani fing einen zweiten Angriff ab, während Salyra einen dritten bereits im Ansatz stoppte. Nylma packte den Speerschaft mit der linken Hand und stach mit dem

Schwert dem Krieger vor ihr in den Bauch. Da schoss ein zweiter Stoßspeer über den Fallenden hinweg, zielte auf ihren Magen, streifte aber den Schaft des anderen Speers entlang und drang in ihren Arm. Nylma schrie auf.

Yendred schlug zwei rasche Angriffe und drängte die Feinde zurück. Sofort waren Lyasani und Salyra an seiner Seite. Er schlug von links nach rechts, seine Gefährtinnen nutzten den Raum und vollzogen den gleichen Angriff: nach links unten, eine Wende, dann nach rechts oben, stoßen, nochmal stoßen, dann aus dem Handgelenk ein Hieb gegen die Schulter des Feindes. Am Ende lagen sieben Feinde tot vor ihnen.

Ein weiterer Lichtball schoss ihnen entgegen. Lyasani riss Yendred zu Boden. Dann umgab sie ein heller Schein. Nylma brüllte auf – und verstummte.

Nuramon war in die Dunkelheit des Zaubers eingetaucht. Das Siegel leuchtete ihm entgegen. Überall spürte er den Hauch strömender Magie, und Daoramu war wie eine Glut an seiner Seite, die durch ihre Berührung mit ihm verschmolzen war. Sie lenkte den gewaltigen Strom von Magie sanft zu ihm herüber, doch von Moment zu Moment wuchs der Druck der magischen Kraft.

Die Hitze an seiner Seite flimmerte und zuckte. Ein Schrei ertönte neben ihm. Es war Daoramu. Sie wimmerte und stöhnte vor Schmerz; sie flehte, es möge bald vollendet sein. Vielleicht war es die Verschmolzenheit, die Daoramus Stimme so deutlich an ihn herantrug. Deutlicher als das, was er draußen während des Zaubers auf den Himmelswiesen zu hören geglaubt hatte.

Nuramon hatte Schwierigkeiten, die Fülle der magischen Kraft im Zauber gebündelt und auf das Siegel gerichtet zu halten. Der Schmerz fraß sich zu ihm durch. Als Daoramus Klagen und Flehen in einen langen Schrei überging, den sie nur zum Luftholen unterbrach, traf er eine Entscheidung. Er löste sich ein Stück aus dem Zauber und ging damit das Wagnis ein, dass ihm alles entglitt. Sobald er spürte, dass er im Sand saß und Daoramus Hand hielt, ließ er sie los und tastete nach dem Kristall im Steintor. Ein stechender Schmerz durchfuhr ihn, als seine Fingerspitzen den Stein berührten. Es war, als schneide ihm jemand die Kuppen ab. Er schob Daoramus Hand zur Seite, biss sich auf die Zähne und presste seine Handflächen auf den Kristall.

»Nuramon!«, rief Daoramu voller Entsetzen. Doch er schwieg und tauchte erneut in die Magie ein – mitten in den hitzigen Schmerz, der ihn zu überwältigen suchte.

Yendred zog den Speer aus Nylmas Schulter, der andere war von selbst herausgefallen. Während Salyra mit den Ilvaru die Feinde zurückhielt, starrte Nylma mit weit aufgerissenen Augen und zitternden Lippen zu ihm auf.

»Ist das der verdammte Zauber, der deine Mutter niederwarf?«, fragte Lyasani.

Yendred antwortete nicht. Voller Verzweiflung berührte er Nylma und spürte, wie die fremde Zauberkraft sie durchdrang und ihr ins Herz zu stechen schien. Da sah er das Lederband, an dessen Ende der Almandin hing. Er zog ihn hervor, und sofort schrie Nylma auf. Nicht zu ihrem Herzen drängte die Magie, sondern hinein in den Stein. Das Kleinod schützte die Wyrenara vor der feindlichen Magie. Es war, als hätten die Feinde bemerkt, dass der Edelstein Nylmas magische Selbstheilkräfte verstärkte, und als hätten sie ihn mit einem gezielten Schlag zerstören wollen.

Nylma griff nach dem Almandin und schloss ihn in ihre Faust. Yendred strich ihr über die Stirn und versuchte einen Heilzauber zu wirken, doch die Magie durchdrang seine Mentorin einfach. Davor hatte er sich gefürchtet.

Nylma packte sein Handgelenk. »Es musste irgendwann geschehen. Vielleicht heilt mich der Stein noch. Vielleicht überlebe ich auch ohne Magie. Und selbst wenn nicht, dann gehe ich gerne.«

»Yendred!«, rief Salyra. »Jetzt oder nie!« Sie und die Ilvaru waren wieder einen Schritt zurückgewichen.

»Geht!«, hauchte Nylma. »Bringt mir die Maske des Fürsten.« Dann legte sie den Kopf zurück, schaute an ihm vorbei in den Himmel und atmete ruhig.

Als Nuramon sich nicht mehr gegen den Schmerz stemmte, wurde es leichter. Es ging nicht darum, gegen die Qualen anzukämpfen und sie zu besiegen, sondern darum, sie zu überleben. Er kannte solche Schmerzen; er hatte sie bereits bei anderen großen Zaubern gespürt und würde sich in ihnen schwimmend an der Oberfläche halten, ganz gleich, wie hoch sich die Wogen auftürmten.

Es war schwierig, den Zauber aufrecht und den Strom der Magie auf das Siegel gerichtet zu halten. Und als ihm der Zauber entglitt, geschah das, wovor seine Mutter ihn einst gewarnt hatte: Der Zauber ergriff von ihm Besitz und tat sein Werk allein. Er spürte, wie er kleiner und kleiner wurde, während der Schmerz sich immer weiter auftürmte und in die Breite zog. Die Qual nahm leuchtende Farben vor seinen Augen an, die sich wie Wolken aufbauschten und dann in der Finsternis vergingen. Das Siegel leuchtete noch, doch es wurde von den Leidenswolken vor seinem Blick verhüllt.

Als nur noch Schmerz da war, wusste er nicht mehr, ob der Zauber noch wirkte oder fehlgegangen war, ob er lebte oder gestorben war. Er wusste nur, dass er Daoramu vor Schaden bewahrt hatte.

Die Feinde wichen vor ihnen zurück, und statt nachzusetzen hielt Yendred inne und hob die Hand. Seine Gefährten atmeten durch, manche ließen die Schultern hängen, einige gingen sogar in die Hocke. Sawagal war kaum zehn Schritt entfernt und stützte sich auf seinen Stab. Er atmete so tief, dass sein Kopf mit seinem Körper wippte. Salyra hielt sich den Schwertarm, und auch Yendreds Schulter schmerzte. Eine Klinge war dort durch die Rüstung gedrungen, denn die Magie des Rüstungssteins war aufgebraucht. Nur Lyasani schien noch bei Kräften zu sein. Sie schaute besorgt zu den yannadrischen Bannern, wo sie ihren Vater vermutete.

Kaum mehr als zwanzig Schritt vor ihnen sammelten sich die Tjuredgardisten. Sie hielten aber inne, sodass vor ihnen im Herzen des Schlachtfeldes ein Loch entstand – das Auge eines Sturms.

»Wir bewegen uns nicht von hier fort«, sagte Yendred. »Wir werden nicht vom Schlachtfeld weichen, solange Fürst Aniscaro da ist.«

»Und wenn sie uns noch weitere Lichtkugeln schicken?«, fragte Lyasani.

»Die Schildträger nach vorn!«, war Yendreds Antwort. »Aniscaro dürfte wissen, dass unsere Schilde sich von der Magie nähren.« Auch ihre Rüstungen vermochten Magie aufzunehmen, doch die Gefahr war dabei zu groß, dass ein angreifender Zauber auf den Körper überschlug.

Yendred erblickte Aniscaro inmitten der Feinde. Er erkannte ihn an der Haube und dem Stirnreif. Seine Maske war nirgends zu sehen. Er saß am Boden und rang nach Luft. »Hätten wir doch noch Pfeile!«, sagte Yendred.

Auf dem Weg durch die Reihen sprach Yendred den Kriegern gut zu und legte seine heilenden Hände auf viele Wunden. Er spürte, dass seine magischen Kräfte beinahe aufgebraucht waren. Es brannte bereits, wenn er auch nur den geringsten Zauber wirkte. Kaum hatte er die Bauchwunde eines Teredyrers geschlossen, war seine magische Kraft mit einem Schlag fort.

Salyra seufzte. »Unsere Vorteile schwinden dahin.«

Yendred sah eine Ilvaru, die in ihre Reihen zurückkehrte. »Borylnu!«, rief er. Die Kriegerin schaute herüber und kam näher. »Wie sieht es aus?«, fragte er.

»Oregir ist aus dem Hauptquartier ausgezogen und rückt mit seinen Heilern nach«, erklärte die Kriegerin, deren Kratzer im Gesicht nicht geheilt waren. Das verriet Yendred, wie knapp bemessen die Magie bei Oregir war. »Sieben von uns sind noch dort. Und ich habe auch Nylma gesehen. Oregir kann sie nicht heilen. Er meint, ein Zauber in ihr würde das bereits tun. Als ich ging, ließ sie sich aufhelfen, um zum König zu gehen.«

Yendred nickte, dann fiel sein Blick auf Borylnus Schild. Er strich mit der Hand darüber und war überrascht, dass der Rüstungsstein voller Zauberkraft war.

»Der hat mir einige Male den Hals gerettet«, sagte Borylnu.

Lyasani stutzte. »Du warst doch an der Flanke bei Sawagal.«

»Genau das ist der Fehler«, sagte Yendred. Er legte die Hand auf den Rüstungsstein, der auf der Innenseite des Schildes eingesetzt war. Er zog Magie aus dem Stein und fühlte, wie die Macht sich in seinem Körper verteilte. »Die Alvarudorer haben keine solchen Schilde.« Einige der Krieger trugen zwar verzauberte Langschilde, aber sie waren lediglich dazu gedacht, Magie in den Boden zu lenken, nicht aber die Kraft aufzunehmen wie die ihren. »Wir müssen Aniscaro und seine Leute dazu bringen, ihre Zauber auf unsere Schilde zu schießen, nicht auf die der Alvarudorer.«

Salyra nickte. »Ich gehe zu Sawagal und rufe ihn zu uns«, sagte sie.

Yendred nickte und wandte sich an Borylnu. »Du gehst zurück zu Oregir und gibst ihm deinen Schild. Er soll die Macht daraus verwenden. Wir schicken ihm weitere Schilde. Sobald deren Macht aufgebraucht ist, soll er sie zu uns zurückbringen.«

Die Ilvaru neigte ihr Haupt und lief los.

Lyasani schüttelte den Kopf. »Es sind zu viele, Yendred. Und unsere Krieger sind müde«, sagte sie.

Er zuckte mit den Schultern. »Wo sollen wir hin? Wir dürfen ihnen den Weg ins Lager nicht öffnen«, sagte er.

Lyasani schaute hinüber zu den Bannern des yannadrischen Hauptheeres. »Wenn Vater doch endlich hier wäre!«

»Er hält die Fürsten dort sehr gut zurück«, sagte Yendred. »Und du hast dich hier von uns am besten geschlagen.«

Lyasani lächelte.

Salyra kam mit Sawagal und zwei Magiern näher.

»Wo sind die anderen?«, fragte Yendred.

»Tot«, antwortete Sawagal.

Ein Blitz bei den Feinden ließ sie hinter den Schilden der Ilvaru Deckung suchen. Yendred spähte hinüber zu der vordersten Reihe ihrer Feinde. Zur Linken hielten sich die Maskierten, zur Rechten kam eine andere Schar bunt gemischter Kämpfer mit unterschiedlichen Waffen. Yendred erkannte einige Gesichter wieder. Es waren die Wyrenar des varmulischen Fürstenrates. Am Morgen hatte er gegen sie im Sattel gesessen, und sie hatten einander mit ihren Kriegsscharen so sehr zugesetzt, dass die Reiterei beider Seiten nahezu ausgelöscht war. So waren sie zum Fußvolk gewechselt.

Eine Lichtkugel schoss durch die Lücke in der Mitte der Feinde.

Die Ilvaru hoben die Schilde, und das Licht verpuffte. Yendred spürte die Magie wie Wasserdampf, der ihm entgegenstieß.

Lyasani schaute besorgt zu den Wyrenar des varmulischen Fürstenrates hinüber. »Würden sie herkommen, wenn mein Vater ihnen noch die Stirn böte?«

Yendred schaute über die Schulter zurück und sah einen Kriegsflegel über die Köpfe der Krieger emporragen. »So leicht entkommen sie ihm nicht«, sagte er.

Bjoremul drängte sich zwischen den Ilvaru hindurch und schloss Lyasani in die Arme. »Die sind plötzlich abgezogen«, sagte er. »Und da wollte ich doch mal sehen, was hier so gefährlich ist.« Er schaute sich grinsend um. »Ich erkenne das Herz des Schlachtfeldes, wenn ich es sehe.«

Eine weitere Lichtkugel schoss herbei, flog über sie hinweg und ging irgendwo hinter ihnen zu Boden. Sawagal hob sich aus der Deckung, streckte seinen Stab vor und sandte einen Blitz direkt in die Bresche, welche die Feinde ihren Zauberern gelassen hatten. Noch ehe Yendred erkennen konnte, ob der Blitz etwas getroffen hatte, strebten die Tjuredgardisten zur Seite und schlossen die Lücke zu den fürstlichen Wyrenar.

Die roten Kampffahnen der Feinde erhoben sich über die Streitmacht und bewegten sich hin und her. Der Angriffsbefehl war gegeben; die Feinde rührten sich.

»Wir bleiben zusammen«, sagte Yendred.

Bjoremul nickte. »Wie ein Fels im Fluss«, sagte er und wandte sich um. »Wir weichen nicht«, brüllte er. »Sie kommen mit den Besten. Nun soll sich entscheiden, wer den Sieg erringt!«

Die Seekrieger, die mit Bjoremul gekommen waren, setzten zu ihrem Kriegsschrei an, und alle anderen stimmten ein: die Ilvaru, die Teredyrer und die Reste der drei yannadrischen Banner, die ihnen Borugar geschickt hatte. Der sich wie eine Welle auftürmende Schrei hatte den Feinden schon manches Mal eine Niederlage angekündigt. Sie brauchten nun jedes Zeichen, jede Geste und jedes ermunternde Wort, um gegen ihre Widersacher zu bestehen.

»Schilde zusammen!«, rief Yendred. Die Krieger rückten enger zusammen, einige hakten sich bei ihren Nachbarn ein. Schließlich ließen sie die Heranstürmenden auf die Schilde prallen. »Wie ein Fels im Fluss«, rief Bjoremul, lachte und ließ seinen Kriegsflegel zwischen den Gefährten hindurch über die Schilde hinwegschnellen.

Sawagal steckte den Zauberstab zwischen den Schilden hindurch und schoss einen Blitz nach vorn. Doch sosehr der Zauber vor ihnen wütete, die Feinde drängten nach. Bald waren sie vom Chaos umflossen und nur vor ihnen folgte der Feind noch einer Ordnung. Und dann kamen die feindlichen Wyrenar.

Ein Speer, ein Langschwert und eine Hellebarde stachen über den Schildwall heran. Die Krieger zogen die Köpfe ein. Sie bemühten sich, den feindlichen Klingen und Spitzen auszuweichen, hoben diese mit dem Schild an und stachen unter den Waffen hindurch, nur um sich dann zu bücken und den Gefährten, die in ihrem Rücken standen, einen Stich mit dem Schwert oder dem Stoßspeer zu gewähren. Kaum zogen die Verbündeten ihre Waffen wieder zurück, schlugen Yendred und seine Vertrauten den nächsten Angriff.

Sosehr Yendred sich mit jenen in seiner Nähe behauptete, sosehr zersplitterte die Streitmacht abseits von ihnen. Es brauchte nicht mehr viel, und ihre Stärke würde brechen. Sie würden fallen, und die Schlacht wäre verloren.

»Wie ein Fels im Fluss!«, brüllte Bjoremul über das Schlachtfeld.

Nuramons Schmerzen hatten sich aufgelöst, das Siegel war verschwunden, und nun geschah nichts. Er war einfach da und wusste nicht, wie er sich aus dem Zauber lösen sollte, wenn dieser denn überhaupt noch existierte. Das Siegel mochte noch bestehen, während er langsam dem Tod entgegentrieb.

Ein Rauschen brach in die Finsternis ein, und grelles Licht blendete ihn. Ein Schatten flog an ihm vorüber, kehrte zurück und schwebte vor ihm.

»Nuramon«, sagte Daoramu, und der Schatten vor ihm wurde zu ihrem verzweifelten Gesicht über ihm. Er hustete und spuckte, schreckte hoch und wischte sich mit der Handfläche über den Mund. Er schmeckte Blut und schaute auf seine rot befleckte Hand.

Daoramu saß vor ihm und fing ihn auf. »Ich kann nichts tun«, sagte sie schluchzend.

Vor ihnen knirschte es, und die Steinpforte begann zu zittern. »Du hast es geschafft«, rief Daoramu gegen das Schleifen von Stein an.

Der Schmerz kehrte mit einem Schlag zurück. Sein Körper war von der Siegelmagie zerschunden. Seine Hände schmerzten am schlimmsten. Unzählige Risse klafften auf den Handrücken, und die Handflächen brannten. Nuramon bemühte sich aufzustehen, doch Daoramu hielt ihn zurück. »Nicht«, sagte sie.

»Bitte«, hauchte er.

Sie schaute ihn mit großen Augen an und biss sich auf die Lippen. Schließlich nickte sie und half ihm auf.

Seine schmerzenden Beine zitterten. Es war, als spannte sich seine Haut über einen zu langen Körper. Überall glaubte er Risse und Schnitte zu spüren. Er lauschte auf die Magie und merkte, dass er völlig leer war, und dass die Kraft, die ihm über Daoramus Hand zufloss, von ihm abtropfte. Er bemühte sich, die Macht zu fassen, doch sie glitt ihm durch die Finger.

Das Steintor kreischte, und die Erde bebte. Nuramon geriet ins Schwanken, doch Daoramu packte ihn mit beiden Händen und bewahrte ihn vor einem Sturz.

Am Fuß der Pforte brach der Sand in die Tiefe ein. Knirschend senkte sich das Steintor in die Öffnung im Boden, und eisige Luft kroch ihnen aus der Finsternis entgegen. Nuramon richtete sich ganz auf und wunderte sich, dass Daoramu seine Hand fasste, obwohl sie blutig war. Sie lächelte nur und zog seinen Blick abermals voran.

Wo der Torrahmen freigelegt war, strömte die Magie, die sich hier gestaut hatte, mit aller Macht voran. Und kaum war der grüne Kristall mit der Pforte im Boden verschwunden, glühten die Adern in den Barinsteinwänden, und Nuramon spürte den Sog aus der Dunkelheit. Es war, als lauerte dort ein unersättliches Wesen, das all die Magie, die es heranziehen konnte, zu verschlingen suchte. Inmitten des Stromes klaffte ein Loch. Die Magie strömte weiter, und aus dem

Loch wurde ein breiter Ring und aus dem Ring ein Tunnel, der sich langsam in die Finsternis schob.

Ein blauer Schein erwachte im Dunkeln. Ein Steinpfad führte zwischen glatten Kristallwänden voran. Die Steinpforte sank ganz hinab, bis sie nur noch eine breite Schwelle war, unter der die Magie hindurchschlüpfte. Es war, als wäre die Steinplatte unten eine Brücke zwischen den Adern unter dem Sand und unter dem Steinpfad in der Dunkelheit geworden.

Nuramon schritt vorsichtig mit Daoramu über die Schwelle. Blütenduft mischte sich in den Windhauch, der ihnen entgegenkam; als taute dort vor ihnen eine Blumenwiese an einem warmen Wintermorgen auf.

Daoramu schaute ihn besorgt an. »Ist das das Mondlicht?«

Er hob die Schultern, und ein Schmerz lief ihm den Rücken hinauf. »Ich weiß es nicht«, sagte er.

Sie fasste sein Gesicht und küsste ihn stürmisch. Es schmerzte auf seinen rissigen Lippen, doch Daoramus Mund war so weich, dass er den Kuss mit allem genoss, was ihm geblieben war. Als sie sich von ihm löste, waren ihre Lippen rot von seinem Blut. Er zitterte, fühlte sich ausgehöhlt und konnte sich nicht vorstellen, auch nur noch einen Zauber zu wirken. Nur seine magischen Sinne waren noch wach und überdeckten den Schmerz.

Daoramu fasste seine unruhige Hand und lächelte bitter. »Du bist bereit«, sagte sie. »Das sehe ich.«

»Ich bin eine alte Seele, die weit über ihre Zeit an das Leben gebunden ist. Es ist wie die Müdigkeit nach zu vielen durchwachten Nächten. Irgendwann lassen die Kräfte nach.«

Sie umarmte ihn, küsste seinen Hals und wandte dann den Kopf zur Seite. Das Licht in den Wänden war vorangeflossen und erschloss ihnen nun den weiten Raum, der sich am Ende des Tunnels öffnete. Es war weder ein Saal noch eine Halle, sondern eine Landschaft, die Nuramon an Alt-Aelburin in Albenmark erinnerte, an die gewaltigen Höhlen in den Ioliden. Kristallsäulen wuchsen wie Bäume ins gewaltige Gewölbe, wo Nebel den Lichtschein dämpfte. Der Gang wurde zum Weg, der sanft in ein Tal zu einem Steinkreis hinabführte. Er lag im Halbdunkel, und hinter ihm zog sich die Landschaft in die Ferne. Dort war alles von Kristallfelsen übersät, zwischen denen Nebel kroch und in denen Licht erwachte. Überall spannte sich die Magie glimmend zwischen den Felsen.

Nuramon schritt mit Daoramu vorsichtig den Weg hinab und hielt Ausschau nach irgendeinem Lebewesen. Doch er fand nur Magie, die den Steinkreis dort unten zu umfließen schien. Die stehenden Steine des Kreises überragten sie um mehr als einen Schritt, und die Magie floss unter dem Boden, kam aber nicht an die Oberfläche, sondern umströmte die sechzehn stehenden Steine. Kaum waren er und Daoramu in den Kreis der Kristallsteine getreten, erwachte das Licht unter ihren Füßen und strebte sich verästelnd von ihnen fort. Daoramu erschrak, und Nuramon folgte den Lichtadern mit seinem träge gewordenen Blick. Das Licht tastete sich an die stehenden Steine heran, drang in sie ein und fasste nach den Schatten, die darin verborgen waren.

Ein Knirschen ließ Nuramon herumfahren. Ein Riss zog sich durch einen der stehenden Kristalle. Ein weiteres Knirschen folgte von rechts, noch eines von links. Schließlich knirschte und knackte es rings umher. Die Kristalle bröckelten, und grelles Licht drang aus den Rissen, Furchen und Löchern heraus. Daoramu hielt sich den Handrücken vor die Augen, und Nuramon kniff die Lider zusammen.

Es blitzte, und als Nuramon die Augen wieder öffnete, waren sie von Wesen umgeben. Sie sahen wie Menschen aus, wie Stellvertreter der Völker, die Dayra bewohnten. Beinahe so wie die Menschen von Arlamyr, zu denen sich einige wenige gesellt hatten, die man auf dem Kontinent selten sah. Es gab zwar stämmige Männer in Arlamyr, aber noch nie hatte er einen mit weißblondem Haar gesehen. Und ebenso gab es Menschen in Arlamyr, die dunkelbraune Haut hatten, doch er war noch keiner Frau begegnet, die so lang gewachsen war wie jene, die dort neben dem blonden Mann stand und sich die dicken Zöpfe aus dem Gesicht strich. Sechzehn Menschengestalten, die vor Magie strahlten und in einfache Leinengewänder gekleidet waren, lächelten ihnen entgegen.

»Du bist das letzte Albenkind«, sagte eine blasse Frau mit welligem Haar auf Arlamyrisch, und die langgewachsene Frau nickte langsam. »Nuramon«, sprach sie leise. »Der Bote der Elfenkönigin«, sagte der blonde Mann. »Der Schützling der Ceren und der Recke der Dareen.«

»Ich bin es«, sagte Nuramon. »Aber wer seid ihr?«

Die Gestalten tauschten Blicke, und schließlich antwortete die blasse Frau: »Wir sind die Orakel von Dayra. Wir sind die Weltengeister, die hier Zuflucht vor der Verfolgung der Devanthar suchten. Wir wussten von dir, von Emerelle und von Dareen.« Sie schaute Daoramu an. »Und wir sahen dich.«

»Du bist die Gezeichnete«, sagte das Orakel mit dem Wellenhaar. »Wir sahen dich in dem Land nördlich der großen Wüste – eine Nachfahrin der Sklaven von Wuur. Wir wussten, dass du ein Zeichen an dir tragen würdest und Nuramon durch dich herfinden würde. Nur deinetwegen sahen wir den Pfad in diese Gegenwart. Und wir kannten nicht einmal deinen Namen.«

»Gezeichnet?«, sagte Nuramon. »Durch die rettende Magie?«

Der blonde Mann nickte. »In unserem Schlaf hier unten konnten wir nicht mehr die Zukunft gewahren, aber sehr wohl die Vergangenheit.« Er schaute an Daoramu hinauf. »Wir sahen, wie du durch die Magie gerettet wurdest. Sie durchdrang und veränderte dich. Sie befreite dich von vielen Fesseln, die den Menschen und auch anderen Lebewesen auferlegt wurden. Du bist zu einem Wesen geworden, wie sie den frühen Welten entsprangen. Wie ein Orakel oder wie Ceren und die Baumgeister. Du bist, wie wir einst waren. Von Magie durchdrungen, aber ahnungslos.«

Die Orakel traten näher, doch nur die langgewachsene Frau mit den dicken Zöpfen trat an sie heran. Sie schaute in ihre Gesichter herab und strich Nuramon über die Wange. »Dies ist das Ende.« Sie wies umher, und die Orakel machten ihrem Blick Platz. Draußen in der Landschaft erwachten die unzähligen Felsen zum Leben. Nebelgestalten richteten sich im Licht auf. »Dort erheben sich die Geister von Dayra«, sagte das langegewachsene Orakel. »Sie sind das, was wir alle einst waren – so unschuldig wie Kinder. Wir wollten ihnen das Schicksal der Geister der Zerbrochenen Welt ersparen. Den Wahnsinn und den Hass.«

»Dann werden sie die Wunden schließen, welche die Tjuredanbeter schlugen?«, fragte Nuramon.

Das große Orakel nickte. »Wir werden mit ihnen in die Welt hinausgehen, uns niederlassen und tun, was uns bestimmt ist. Die Geister werden das magische Gefüge wieder zusammenflechten, es bewahren und den alten Schatten den Halt nehmen. Es wird sein, was ohne die Devanthar hätte sein sollen.«

»Dann ist der Kampf gegen die Devanthar also gewonnen«, sagte Nuramon.

»Du hast einen alten Kampf zu Ende gebracht«, sagte das große Orakel. »Dein Schicksal ist erfüllt. Verweile hier mit deiner Liebsten, und das Mondlicht wird kommen.«

»Und was wird aus Daoramu?«, fragte er.

Der blonde Mann antwortete: »Sie wird ihre Macht zu nutzen lernen und den Menschen näher sein als irgendjemand von uns. Sie wird ihr Wesen nicht wandeln wie wir, die wir nur ein Schein sind. Sie wird ein Orakel in Fleisch und Blut sein.«

»Ein Orakel?«, sagte Daoramu leise und schüttelte staunend den Kopf.

»Das war deine Bestimmung«, sagte der Mann.

»Wie viel Zeit haben wir noch?«, fragte sie.

»Genug Zeit, um Abschied zu nehmen«, sagte das Orakel mit dem Wellenhaar.

Süßer Blütenduft schwebte in der Luft, und Nuramon verließen die Kräfte. Daoramu vermochte ihn nicht zu halten. Sie fing ihn gerade noch in der Hocke auf und setzte sich mit ihm im Arm. »Ein Orakel«, flüsterte Nuramon und schaute Daoramu in die Augen. »Damit hättest du nicht gerechnet«, sagte er.

Daoramu liefen die Tränen über die Wangen und tropften auf ihn herab. Sie schüttelte den Kopf. »Aber was bedeutet das ohne dich?«

»Denk an Nylma«, sagte er. »Wenn sie über Yargir hinwegkommen konnte, wirst du über mich hinwegkommen.« Seine Schmerzen schwanden, und er fühlte nur noch die Magie – jene, die tief in ihm schlummerte, und jene, die ihn umgab.

Daoramu nickte nur. »Es ist ein wunderschöner Duft«, sagte sie.

Er vermochte es nicht mehr zu riechen. Er spürte die Magie, die sich wie Fäden von allen Seiten zu ihm hinspannte. »Eines noch«, sagte er und schaute zu den Orakeln auf. »Ihr werdet jenen, die da draußen gegen die Diener der Devanthar kämpfen, zu Hilfe eilen, nicht wahr?«

Die Orakel tauschten ausdruckslose Blicke. »Es ist nicht an uns, einen Kampf zu entscheiden, der bereits entschieden ist«, sagte die langgewachsene Frau.

»Entschieden?«, fragte Nuramon. »Wie ist es ausgegangen?«

»Eure Verbündeten werden die Schlacht verlieren. König Tyregol wird überleben, König Borugar wird sterben, weil niemand mehr da sein wird, der ihm ein Tor über die Lebenspfade öffnet.«

»Und Yendred und Nerimee?«, fragte Daoramu.

»Sie werden sterben«, sagte das blonde Orakel.

Nuramon schüttelte den Kopf. »Das kann nicht der Lohn all der Mühen sein. In dem Wissen zu entschwinden, dass alle, für die ich kämpfte, sterben werden!« Er hustete und schmeckte Blut. »Warum habt ihr mich nicht belogen?«

»Das war nicht möglich«, sagte das langgewachsene Orakel.

»Ihr könnt lügen. Euresgleichen sagt immer, was gesagt werden muss.«

»Aber wir wissen nicht mehr, was gesagt werden muss. Wir wissen, was geschehen wird, wenn wir nichts tun. Wir sind hier im Herzen von Dayra, umschlossen von einem magischen Meer. Wenn wir hinausgingen, würde etwas Neues beginnen.«

»Dann tut etwas«, sagte Nuramon. »Schmiedet das Schicksal. Zum Dank, dass wir dieses Weges kamen und euch befreiten.« Nuramon wurde schwindelig. »Was ist das?«, fragte er, während Daoramu ihm über die Stirn strich.

»Du stirbst«, sagte das Orakel mit dem Wellenhaar. »Und mit dem Tod entschwindest du ins Mondlicht.«

»Und wenn er lebt?«, fragte Daoramu und fasste Nuramons Hände. »Wenn ich ihm die Kraft schenken könnte zu leben?«

»Das vermagst du nicht«, sagte das blonde Orakel.

Die Orakel wandten sich um und schauten zu den Geistern hinaus, die wie angewurzelt vor den Steinen standen und ihnen aus ihren leeren Gesichtsflächen entgegenzustarren schienen. »Es gibt einen Weg«, sagte das langegewachsene Orakel, und die Geister lösten sich von ihren Flecken und schwebten träge näher.

»Blireena!«, rief der blonde Mann. »Es wirft die Zukunft ins Chaos.«

Die Frau mit dem Wellenhaar nickte. »Wir haben für diese Zukunft gekämpft. Um die Gezeichnete. Ohne sie ändert sich alles.«

Blireena nickte. »Ja. So, wie es sein sollte. Wir haben in einer Welt in die Zukunft geblickt, die durch die Devanthar vernebelt wurde. Lassen wir die Geister die Welt reinigen und blicken dann aufs Neue in die Zukunft. Schaut sie euch doch an!«

Die Orakel blickten Daoramu entgegen, und Nuramons Augen wurden schwer. Ein Schatten legte sich über ihn.

»Das Schicksal weicht von dem Pfad ab, den wir sahen«, sagte Blireena. »Bleiben wir untätig, machen wir uns die Gezeichnete zur Feindin. Der Hass des Verlustes würde dem Frieden im Wege stehen. Schaut!«

»Wenn ihr ihn sterben lasst und meine Kinder sterben und mein Vater und meine Freunde, dann werde ich nie eine von euch sein«, sagte Daoramu. »Ihr kennt meine Vergangenheit und wisst, was ich tun kann. Doch wenn ihr mir jetzt helft, habt ihr mehr als meinen Dank. Dann habt ihr alles, was ich bin.«

»Es gibt einen Weg«, wiederholte Blireena.

»Dann lass uns auf ihm gehen, und ich werde euch gehören«, sagte Daoramu.

»Du ahnst nicht, was dann sein wird. Welch ein Verlust es sein wird«, erwiderte Blireena.

»Das ist mir egal«, sagte Daoramu.

Der blonde Mann nickte. »Einverstanden.«

Im nächsten Moment umwehte Nuramon ein frischer Hauch. Unzählige eiskalte Hände strichen über seinen wunden Körper. Er wollte die Augen aufschlagen, aber es gelang ihm nicht. Ein Flüstern drang zu ihm. »Sie können nicht kämpfen«, sagte Daoramu. »Wir beide müssen es tun. Ein letzter Kampf. Nicht für sie, nicht für uns, sondern für jene, die da draußen um ihr Leben fechten.«

Er hörte sich weit ausatmen und dann Daoramus Schrei. »Nuramon!«, rief sie und weinte. Die eisigen Hände hoben ihn auf und trugen ihn. »Nein!«, rief Daoramu immer wieder. Und er bedauerte, dass das ihre Abschiedsworte sein sollten und er selbst keine mehr gefunden hatte.

Nerimee stürmte mit den Wächtern der Barinsteinhöhle durch das Lager, und wo sie vorüberkam, jubelten die Verbündeten. Sie führte viele der eben noch Verletzten zurück in die Schlacht. Sogar Nylma kam an ihre Seite und stürmte mit schmerzverzerrter Miene mit ihr voran. Im Triumph durchbrachen sie das Chaos, das Yendred und die Ilvaru umgab, und gemeinsam drängten sie die Feinde ein Stück zurück und trugen den Kampf ins Herz der feindlichen Armee.

Nerimee war keine Kriegerin, aber Nylma war bei ihr und hielt alle Feinde von ihr fern. Indes schoss sie den Feinden ihre Flammen entgegen. Sie war bei Kräften, nachdem sie bei Oregir den Stein eines Ilvaru-Schildes berührt hatte.

Nach all den Triumphgefühlen und der Kunde, dass Nuramon kommen werde, um sie zu verstärken, kippte die Schlacht wieder gegen sie. Die Bauernkrieger unter Tyregol brachen ein, und die Feinde stürmten ihnen von der Seite entgegen. König Tyregol schlug sich zu ihnen durch, und damit waren die mächtigsten Krieger an der Seite der besten Kämpfer und der größten Zauberer im Herzen der Schlacht und rangen um den Sieg.

Die Wyrenar des Fürstenrates und Aniscaros Tjuredgarde waren zähe Gegner. Sie waren in der Überzahl, und obwohl Bjoremuls Kriegsflegel blutige Ernte hielt, steckte schließlich ein Speer in seinem Bauch, ein Schwert in seiner Schulter, und ein Säbel drang krachend in seinen Arm.

Nerimee kämpfte sich in seine Richtung, Nylma hackte ihr mit blitzschnellen Bewegungen den Weg frei, und Lyasanis Schrei lenkte auch Yendreds Aufmerksamkeit auf den Wyrenar. »Vater!«, rief sie und drängte nach rechts. Yendred und Salyra folgten ihr und erreichten Bjoremul, als er zu Boden ging. Mit raukehligen Schreien sprangen sie vor und stachen jene nieder, die dem legendären Wyrenar den letzten Stoß versetzen wollten.

Endlich hatte auch Nerimee Bjoremul erreicht. Er hatte sich die Klingen und Spitzen bereits mit dem rechten Arm aus dem Leib gezogen. Der linke Arm war oberhalb des Ellenbogens abgeschnitten. Blut quoll aus dem Stumpf hervor. Dorthin führte Nerimee ihre Hand und ließ ihre Kräfte fließen. Sie spürte sofort den hungrigen Sog der Wunden.

Nylma stand direkt neben ihnen und wehrte einen Angriff nach dem anderen ab. Es wurde lauter und lauter um sie herum, als stürmte die ganze Welt auf sie ein. Die Hacklaute übertönten das Klirren von Metall, und immer wieder schrien die Krieger vor Schmerz auf. Doch erst König Tyregols langer Schrei ließ Nerimee zur Seite schauen. Der varmulische König schlug neben Bjoremul auf dem Boden auf. Nylma stellte sich schützend vor ihn.

»Der König ist am Boden!«, riefen die Feinde und trugen die Botschaft weiter. Er hielt sich eine Bauchwunde und wollte aufstehen, doch Nerimee legte ihre rechte Hand an ihn und presste ihn zu Boden. Bjoremuls Armstumpf in der Linken, den Bauch des varmulischen Königs unter der Rechten, ließ sie ihre magischen Heilkräfte fließen und ahnte, dass ihre Macht nicht für beide reichen würde. Einer von ihnen würde sterben.

Nylma schlug neben ihnen wild um sich, und nur weil Sawagal ihr mit seinen Blitzen gelegentlich Luft verschaffte, vermochte sie sich zu behaupten. Doch Nerimee erkannte mit einem kurzen Blick, dass die Wyrenara müde war und die Schulterwunden sie plagten.

Sawagal ging immer wieder neben Nerimee in die Hocke, fasste ihre Handgelenke und spielte ihr einen Stoß Magie zu. Einige der Ilvaru brachten ihnen Schilde ihrer gefallenen Gefährten, in denen noch ein Hauch Magie steckte, und Sawagal eignete sich die Macht an. Mal nutzte er sie für einen Blitzzauber, der Nylma half, dann wieder rettete er Nerimees Zauber vor dem Versiegen. Dass die feindlichen Magier längst keine Zauber mehr gegen sie richteten, ließ Nerimee verzweifeln, denn da sie keine Magie mehr mit ihren Schilden auffangen konnten, schwand ihre Zauberkraft Stück für Stück dahin.

Nylma schrie auf. Blut drang aus ihrer Wange. Sie trat ihrem Gegenüber in den Magen, schlug mit dem Knauf in dessen Nacken, und Salyra stach ihn mit ihrem breiten Schwert nieder. »Wir verlieren!«, rief Nylma.

»Dann müssen wir uns zurückziehen!«, erwiderte Nerimee.

»Zu spät!«, schrie Yendred und riss seinem Gegner die Klinge aus der Brust.

Da zog sich ein Donnergrollen über das Schachtfeld und brachte jede Kampfhandlung mit einem Schlag zum Erliegen. Nerimee schaute in den blauen Himmel und auf das Leuchten, das von Westen her zu ihnen drang. »Das Tor im Hauptlager ist aufgegangen«, rief Sawagal.

»Vater!«, schrie Lyasani, und Nerimee erkannte mit Entsetzen, dass Bjoremuls Augen sich geschlossen hatten. Der König von Varmul hingegen war zwar blass wie Schnee und atmete flach, wirkte jedoch stark genug, um nicht wegzudämmern.

Tyregol nickte ihr zu, und da löste sie ihre rechte Hand von ihm und presste sie auf die Linke, die an Bjoremuls Armstumpf ruhte. Sie schob den Heilzauber mit mehr Macht voran. Die Schmerzen in ihren Händen und ihrem Kopf wuchsen mit jedem Augenblick. Und gerade als sie versuchte, sie zu beherrschen, brach der magische Strom, der aus ihren Fingern drang, einfach ab.

Sawagal fasste ihr Handgelenk und ließ seine Magie strömen, aber sie sah an seiner verzweifelten Miene, dass auch er nahezu erschöpft war. Da schlug Bjoremul die Augen auf und schob Nerimees Hand zur Seite. »Seid ihr wahnsinnig!«, sagte er mit müder Stimme. »Heilt Tyregol! Ich bin entbehrlich. Er nicht.«

Das Donnergrollen in der Luft zog ein Knistern hinter sich her, doch Nerimee bemühte sich, es zu verdrängen. Sie fragte sich, ob sie Bjoremuls Opfer wirklich hinnehmen sollte. So zögerte sie und rang mit sich. Schließlich aber legte sie dem König die Hand auf den Bauch und ließ die letzten Kräfte Sawagals durch sich hindurchfließen. Als die Magie abbrach, war die Wunde keineswegs ganz geheilt.

Lyasani kniete sich Seite an Seite mit Nylma zu Bjoremul hin. Indes kamen die fremden Wächter heran und zogen einen schützenden Kreis um sie. Die Schreckensschreie ihrer fliehenden Gegner, eines ganzen Banners der abtrünnigen Fürsten, das eben noch auf dem Vormarsch war, hallten bis zu ihnen herüber.

Bjoremul lächelte seine Tochter an. »Es musste einmal enden, Lyasani. Warum nicht in der größten Schlacht seit Ahnengedenken?« Er lächelte mit Blut auf den Lippen. »Du warst eine gute Tochter. Wäre ich auch nur ein halb so guter Vater gewesen, dann wären uns noch ein paar gute Jahre geblieben. Und wir hätten gemeinsam mehr von Yulivee gehabt.« Er legte seinen Kopf zur Seite und schaute zu Nylma auf, während über ihnen ein weiteres Mal der Donner grollte. »Trag es nicht zu schwer«, flüsterte er ihr zu. »Ich war nie das, was Yargir für dich war. Aber wir haben einander gut getan, und ich liebe dich.« Seine Augenlider wurden schwer. Er verzog das Gesicht und riss die Augen weit auf. »Ich werde euch alle vermissen.«

Lyasani kamen die Tränen, und Yendred ging neben ihr in Hocke und schloss sie in die Armee. Bjoremul zwinkerte ihnen langsam zu. »Und dass mir keiner von euch noch sein Leben lässt!«, sagte er brummend. »In der Sage von dieser Schlacht möchte ich nicht zu viel Konkurrenz haben.« Er lachte und hustete dann Blut »Dorgal ist tot, und vielleicht sehe ich ihn und Varramil auf der anderen Seite wieder. Die drei alten Recken wieder vereint. Das wäre es.« Er lächelte und fasste Nylmas Hand. »Ich werde mit Yargir und Waragir auf dich warten. Komm nicht zu bald.« Nylma küsste ihn, und als sie ihre Lippen von ihm löste, waren seine Augen geschlossen und sein Kopf sank zur Seite gegen Lyasanis Schulter. Sie strich ihm über das Gesicht und weinte.

Nerimee erhob sich langsam und folgte Sawagals Blick. Der Magier starrte nach Westen in den Himmel. Ein feines Netz aus goldenen Fäden spannte sich auf, zugleich strahlten die Albenpfade wieder. Fünfzig Schritte entfernt ging die leuchtende Bahn an ihnen vorüber. Die Lichtfäden zogen sich hoch oben über sie hin und verdichteten sich zu einem Gespinst, das sich immer weiter in die Breite zog. Vom Albenpfad her drang Geschrei zu ihnen herüber, und im nächsten Moment schob sich dicht über dem Boden schwebend ein Geflecht aus Lichtadern heran. In der Ferne jenseits der Albenpfade kroch es bereits den sanften Hang empor, während sich das Lichtnetz über ihnen nun als gewaltige Kuppel wölbte.

Von Westen wehte etwas Magisches näher. »Die Geister!«, riefen einige unter den Wächtern auf Elfisch, doch zwischen diesem Hauch strahlte ein Zauber, den Nerimee besser kannte als jeden anderen. Er war wie ein vertrauter Duft. »Nuramon kommt!«, rief Nerimee. Und rings umher erhoben sich die Stimmen und wiederholten den Namen ihres Vaters.

Lichter schossen von Westen heran. Manche verharrten in der Luft und nahmen eine verschwommene Gestalt an. Sie waren durchscheinend und wirkten menschenähnlich. Sie flogen an den Lichtfäden entlang, schossen über die Köpfe der Streitenden hinweg und drangen irgendwo östlich von ihnen herab.

Eine Gestalt stand unvermittelt neben Nerimee, ein blasses Wesen mit männlichen Zügen, ohne Nase oder Mund und ohne Ohren, jedoch mit großen blassen Augen, größer als die jedes Menschen. Es stand da und starrte auf Bjoremul hinab, bückte sich und strich ihm über die Stirn.

Bjoremul öffnete langsam die Augen und schaute verwundert in das leere Antlitz des Geistes. Dieser wandte sich Tyregol zu; seine Finger verschwanden im Körper des Königs.

Tyregol schrie auf und biss sich auf die Zähne.

Die Gefährten wichen zurück, doch Nerimee stand einfach da und schaute dem Zauber zu, den der Geist wirkte. Eine ungetrübte Magie, die keine Umwege ging, schien einfach aus dem Nichts das zu erschaffen, was dem Körper fehlte.

Mit einem Ruck löste sich das Wesen von Tyregol, erhob sich und wandte sich zu Nerimee um. Es strich ihr mit zwei Fingern über die Stirn, und die Magie durchfuhr sie wie ein Schmerz. Die Macht in ihr, gerade noch erloschen, war mit einem Schlag zurück, und eine Stimme in ihrem Kopf flüsterte: »Die Magie schwindet mit unserem Erscheinen. Ich gebe dir nur, was dir genommen wurde.«

Sie staunte. Die Wächter hatten recht behalten. Und nun würde der magischen Flut die Ebbe folgen. Deswegen war ihr der Zauber beinahe entglitten, und deswegen war ihre Kraft rasch geschwunden.

Der Geist streifte Sawagal, und der Alvarudorer Magier blickte zweifelnd an sich hinab. Als das Wesen auch Yendred über die Stirn gefahren war, wandte es sich mit suchendem Blick um und ging bei Nylma in die Hocke. Es fuhr ihr über die Hand, in der Nylma den Almandin gefasst hielt, und die Kriegerin löste ihre Finger und ließ den magischen Edelstein an der Lederkette baumeln. Der Geist schaute zwischen dem Stein und Nylmas Gesicht auf und ab, nur um dann in die Höhe zu schweben und nach Norden davonzufliegen.

Nylma lächelte.

»Was ist denn?«, fragte Lyasani.

»Er sagte, dass der, der mir den Almandin schenkte, noch am Leben sei.«

»Verdammt!«, fluchte Salyra und wies nach Osten. »Diese Geister heilen auch die Feinde.«

Und tatsächlich fuhren die Gestalten scheinbar planlos auf das Schlachtfeld hernieder. »Sie heilen jene, die auf der Schwelle zum Tode stehen«, erklärte Nerimee und schaute auf den König hinab. »Wie geht es dir, Tyregol?«, fragte sie.

»Müde«, antwortete er. »Ungeheuer müde.«

»Kein Wunder«, antwortete Sawagal. »Die Schlacht fordert ihren Tribut, und die Magie schwindet.« Er hob die Hand und ließ eine winzige Flamme darauf erscheinen. Sie zitterte und verging. »Wir können nicht mehr aus dem Vollen schöpfen«, sagte er, lächelte aber dennoch.

»Was sprach der Geist dir zu?«, fragte Nerimee.

»Ich müsse das wenige, was bleibt, besser zu nutzen lernen.« Sawagal grinste. »Das ist mehr, als ich erwartet hatte.«

»Ob die Feinde noch zaubern können?«, flüsterte Tyregol. Der Geist hatte ihn nur von der Schwelle des Todes geholt und Nerimees Heilzauber, den sie nun wieder auf ihn sprach, wirkte nur langsam.

»Die Feinde haben ihre Magie vorhin schon erschöpft«, erklärte Yendred.

»Aber nicht ihren Willen zum Kampf«, sagte Salyra und schüttelte den Kopf. Dann deutete sie voraus. »Aniscaro kommt mit allem, was er noch zusammenraffen konnte!«

Tatsächlich drängte der Fürst von Helbyrn, der Kopf der Tjuredanbeter, an der Spitze der Kriegsschar näher und gab ein Hornsignal, während die varmulischen Fürsten und deren Wyrenar abseits verharrten und sich staunend umblickten.

Ningilim trat in den Kreis, den seine Wächter um sie gezogen hatten. Inzwischen trug keiner von ihnen mehr einen Helm. Sie hatten gelernt, dass auch ihre Fremdartigkeit eine Waffe war, die ihre Feinde in die Flucht trieb.

Yendred dankte Ningilim auf Elfisch, und die Wächter betrachteten ihren Bruder wie ein Wunder.

»Nur noch einmal«, sagte Yendred und wies auf die Tjuredanbeter um Fürst Aniscaro. Er baute sich mit Lyasani und Salyra neben Ningilim auf. Nylma bettete Bjoremuls Haupt auf den Boden und küsste seine Stirn. »Sei stark«, sagte sie, und nach einem Nicken Bjoremuls trat sie in den Ring aus Kriegern hinein.

Die Helbyrnianer kamen ihnen entgegen, schon tobte wieder die Schlacht, und Nerimee, die erneut zwischen Tyregol und Bjoremul kniete und ihre Heilkräfte fließen ließ, wusste nicht, welche Seite dem Sieg näher war.

Unter all den Schreien erkannte Nerimee Salyras Stimme. Ein Speer steckte ihr im Oberschenkel. Mit einem Ruck drehte sie sich zur Seite, stach mit dem Schwert den Speer entlang und traf den Feind in der Brust. Schon näherten sich zwei weitere Tjuredgardisten.

»Salyra! Runter!«, rief Nerimee, erhob sich und streckte den Arm vor. Ihre Schwägerin ging mit einem Schmerzensschrei in die Hocke. Während diese sich die Speerspitze aus dem Bein zog, ließ Nerimee einen Feuerstrahl über sie hinwegschießen und trieb die beiden Angreifer mit den Flammen zurück. Sofort ging sie wieder auf die Knie, berührte Bjoremul und Tyregol gleichermaßen und spielte ihnen Heilmagie zu.

Die Reihen der Verbündeten schwanden dahin. Es schien, als hätten sich die Helbyrnianer und allen voran die Tjuredgardisten schneller als alle anderen von den magischen Vorgängen auf und über dem Schlachtfeld erholt. Und wenngleich Nerimee nicht einen einzigen Krieger der varmulischen Fürstenarmee sah, nicht einmal die Wyrenar, die ihnen so bitter zugesetzt hatten, gewannen die Krieger Fürst Aniscaros an Boden und der Kreis, der sie umgab, schwand dahin.

Salyra und Yendred nahmen die ersten Wunden hin, Nylma und Ningilim traf es als Nächstes, und als Sawagal aufschrie, den Zauberstab fallen ließ und sich die blutende Hand hielt, löste sich Nerimee noch einmal von Tyregol und Bjoremul und stellte sich hinter Yendred und Lyasani. Diese machten ihr Platz, und sie trieb ihre Flammen durch die Lücke den Feinden entgegen.

Die Helbyrnianer drängten so verzweifelt gegen sie an, als wäre ihnen allen klar, dass die eigene Macht an diesem Tag gebrochen war und ihre einzige Hoffnung darin bestand, die Kinder Nuramons zu töten.

Nerimee wandte sich nach Westen und war entsetzt, dass dort gut fünfzig Angreifer in ihrem Rücken zusammenströmten. Sie mochten ausreichen, um tief ins Lager, vielleicht sogar ins Hauptquartier vorzustoßen. Doch es gab auch noch Verbündete, die sich bemühten, zu ihnen durchzukommen. Das Bauernheer hatte sich aufgerafft und drängte mit Speeren und Dreschflegeln von Norden heran.

Im Westen aber erhob sich mit einem Mal ungeheures Geschrei unter den Feinden. Die Spitze eines schmalen Langschwertes wirbelte dort immer wieder über die Köpfe der Feinde hinweg. Es war das magische Schwert ihres Vaters! Nuramon kämpfte dort mit einer Schnelligkeit, die Nerimee niemandem zugetraut hätte. Mal blitzte es, mal schoss eine Flamme in die Höhe, dann drang ein magischer Windstoß zur Seite fort. »Weg hier!«, rief einer der maskierten Helbyrnianer, und auch dessen Gefährten liefen zu den Seiten davon und öffneten Nuramon den Weg.

Seine Rüstung wirkte wie ein Flickenteppich. Er musste etliche Wunden erlitten haben, und doch drang kein Tropfen Blut hervor. Rasend schnell kämpfte er sich außen herum zu Yendred und Lyasani nach vorn. Er zauberte sofort, und ein magischer Stoß, der sich flimmernd durch die Luft zog, fegte die Feinde von den Beinen. Er hob sein Schwert in die Höhe und rief: »Für Arlamyr!«, und lief voran, und ihr Bruder, ihre Schwägerinnen und alle, die noch zum Kampf bereit waren, liefen ihm nach. Nerimee blickte ihnen ebenso hoffnungsvoll wie ungläubig nach. Irgendetwas stimmte nicht mit ihrem Vater.

Nuramon war unter den Feinden und brachte sie dazu, einander zu schlagen, sprang einmal Salyra zur Seite und parierte an ihrer Stelle einen Hieb, nur um dann wieder von ihr fortzustreben und einen neuen Gegner anzugehen. Er riss den Feinden die Masken vom Haupt, und als wäre damit die Macht der Krieger gebrochen, suchten viele von ihnen ihr Schicksal in der Flucht.

Nun trennte ihn nur noch die fürstliche Leibwache von Aniscaro. Er tauchte unter zwei Schwerthieben hinweg und wich einem Stich aus, dann griff er an. Jeder Hieb war ein verletzter Gardist, jeder Stich ein Toter. Er nahm Wunden hin, die nicht einmal schmerzten, und überraschte die Feinde mit einer Gegenattacke, die ihnen den Tod brachten. So erreichte er Aniscaro.

Der Fürst hob sein Schwert, und Nuramon tauchte darunter hinweg, holte aus und schlug zu. Der Fürst riss gerade noch seine Waffe hoch und parierte den Schlag. Da trieb Nuramon seine Magie voran. Ein feuriger Blitz fuhr seine Klinge entlang und sprang auf Aniscaros Schwert über. Mit einem Schrei ließ der Fürst seine Waffe fallen. Seine Hände standen in Flammen, und er starrte sie ungläubig an.

Nuramon wich dem Stich eines Tjuredgardisten aus, der von schräg hinten angriff. Der Krieger traf versehentlich seinen Herrn an der Schulter.

Aniscaro schrie erneut auf, schlug das Schwert seiner Wache zur Seite und stieß dieser mit hassverzerrter Miene die brennende Hand ins Gesicht, und sofort sprangen die Flammen auf den Gardisten über. Während der Getroffene mit flammendem Kopf fortlief, sprang Aniscaro vor.

Nuramon fing den Fürsten mit der Klinge seines Schwertes auf. Aniscaro erstarrte direkt vor seinen Augen, und ein neuer Schmerz mischte sich unter all die anderen Schmerzen, die Nuramons Körper erfasst hatten. Er schaute hinab und sah den glänzenden Dolch in Aniscaros Hand. Der Fürst stach erneut zu. »Stirb!«, rief er.

Mit einem Ruck riss Nuramon das Schwert aus Aniscaros Wunde. Der Fürst packte seinen Hals und würgte ihn, doch Nuramon fasste die Handgelenke seines Gegenübers und starrte in seinem hassverzerrten Gesicht zwischen den blauen Augen hin und her. Und weil der Fürst von Helbyrn die Tjuredanbeter anführte, war es Nuramon, als starrte er in die Fratze des Devanthars, wiedergeboren in Aniscaro.

»Du solltest tot sein!«, schrie ihm der Fürst entgegen.

Nuramon ließ glühende Magie fließen. Sie überzog Aniscaros Finger, drang in seinen Arm und zwang ihn, seinen Würgegriff zu lockern. Zuckend fiel Aniscaro zu Boden und schüttelte den Kopf. »Wachen!«, rief er schließlich, aber niemand rührte sich.

Die Geister umschwebten die Krieger, einige blieben stehen und halfen den schwerverletzten Kämpfern beider Seiten. Auch bei Ningilim, der sich eine Bauchwunde hielt, kniete ein Geist und steckte ihm die fahle Hand in die Brust.

»Wer sind die?«, fragte Aniscaro.

Nuramon sah ihn verwundert an. »Du weißt es wirklich nicht?«

»Sind es Dämonen?«

»Es sind Naturgeister«, sagte Nuramon. »Sie dienen dieser Welt, werden die Wunden, die deine Glaubensgeschwister in die Welt rissen, heilen und die Magie wieder in alte Bahnen lenken.«

»Bevor du mich tötest«, sagte Aniscaro, »musst du mir eines sagen: Ist es wahr, dass du selbst damals in Aniscans warst?«

»Ich war es«, antwortete Nuramon. »Und ich wollte Guillaume retten. Ein Devanthar – der Dämon, der dich und deine Vorgänger täuschte – schickte deinem Propheten Mörder und schob uns Albenkindern die Schuld zu. Der letzte Devanthar hat deinen Gott zu seinen Zwecken genutzt. Ihr habt sein Spiel gespielt und euch für seinen Krieg einspannen lassen. Und nun endet das alles.«

Aniscaro grinste verächtlich. Er packte den Stab an seinem Gürtel, hielt ihn Nuramon entgegen und feuerte eine Lichtkugel ab. Nuramon hob die Hand, ohne zu wissen, ob er stark genug war, dem Zauber standzuhalten. Die Kugel traf auf seine Fingerspitzen, ließ den Schmerz in seinen Schädel stechen, prallte zugleich ab und schlug auf Aniscaro zurück. Der Fürst von Helbyrn zuckte, dann rührte er sich nicht mehr.

Nuramon hörte, wie hinter ihm sein Name gerufen wurde. Vor ihm nahmen die ersten Tjuredgardisten ihre Maske ab, ließen sie fallen und staunten ihm entgegen. Er aber fiel zu Boden und verspürte nicht den geringsten Drang, noch irgendeine Bewegung zu tun.

Als er das Gesicht seines Sohnes über sich sah, wusste er, dass niemand, der sich noch ein Herz fassen mochte, an ihn herankommen würde. Er lächelte Yendred entgegen. Er hatte es geschafft. Das Schicksal hatte sich geändert. Seine Kinder würden leben.

Nerimee beugte sich über ihren Vater und starrte fassungslos auf seinen zerschundenen Körper. Die Heilmagie floss einfach durch ihn hindurch, und kein Tropfen Blut war in seinen Wunden. Als Yendred sich ebenfalls an einem Heilzauber versuchen wollte, sagte Nuramon: »Ihr könnt mich nicht heilen.«

»Warum?«, sprach Nerimee. »Warum hast du so viel gewagt?«

Nuramon tastete nach ihrer Hand und erklärte ihnen dann mit müder Stimme, was in der Barinsteinhöhle und bei den Orakeln geschehen war.

»Du hast es für uns getan«, flüsterte Nerimee schließlich, und entlockte ihm ein Lächeln.

»Und wo ist Mutter?«, fragte Yendred leise.

Nuramon wandte den Kopf zur Seite. »Da kommt sie.«

Nerimee stand auf, wischte sich die Tränen ab und schaute nach Westen. Die Geister schwebten umher und halfen den Verwundeten. Bei manchen aber flogen sie unverrichteter Dinge davon. Menschen in hellgrauen Gewändern und umhüllt von einer enormen Macht trösteten die Zurückgelassenen über die Schwelle zum Tod hinweg. Drei dieser Gestalten kamen ihnen entgegen: Ein stämmiger Mann mit blondem Haar schritt neben einer Frau mit dicken Zöpfen einher, die jeden Menschen, den Nerimee je gesehen hatte, um mehr als einen Kopf überragte. Neben ihr erkannte Nerimee ihre Mutter und staunte.

»Das sind die Orakel«, sagte Nuramon.

Der blonde Mann hielt bei einem Helbyrnianer inne, setzte sich zu ihm und strich ihm liebevoll durchs Haar. Die langgewachsene Frau kam mit Daoramu näher.

Nerimees Mutter schloss sie und Yendred in die Arme, dann Nylma, Lyasani und Salyra. Schließlich stellte sie das Orakel als Blireena vor, setzte sich zu Nuramon und fasste seine Hand. »Es ist vollbracht«, sagte sie. »Wir haben unser Schicksal neu geschmiedet.«

Nerimee schaute zwischen ihrer Mutter und ihrem Vater hin und her. Nuramon wurde von einem mächtiger Zauber am Leben gehalten, Daoramu wirkte wie eines der Orakel. Es war, als hätten sich ihre Eltern in ungewöhnliche Gewänder gekleidet, sodass Nerimee sie mit neuem Blick gewahrte. »Was wird jetzt geschehen?«, fragte sie und war erstaunt über ihre zittrige Stimme.

»Dein Vater wird ins Mondlicht gehen«, sagte ihre Mutter und lächelte bitter.

»Es gibt keine Rettung für ihn?«, fragte Yendred.

Das Orakel an Daoramus Seite schmunzelte. »Manche würden das Mondlicht als Rettung betrachten. Aber dein Vater hat die Macht, die die Geister ihm verliehen haben, nicht ganz aufgebraucht. Es wird ein wenig dauern, bis die Magie ihn verlässt und das Mondlicht ihn erfasst und davonträgt. Schließt Frieden, kehrt heim und wartet auf das Ende. Acht Tage bleiben euch gewiss.«

»Acht Tage«, wiederholte Yendred und starrte das Orakel entgeistert an.

Nerimee schaute ihrem Vater in die funkelnden Augen. »Es ist mehr, als wir je hoffen durften«, sagte sie leise.

Ihre Mutter lächelte, wischte sich die Tränen ab und küsste sie auf die Stirn.

Nuramon wandte seinen Blick zu Blireena »Wäre ich auch ins Mondlicht gegangen, wenn ich die Siegel nicht gebrochen hätte?«, fragte er.

»Nein«, antwortete das Orakel. »Du wärst wiedergeboren worden als ein Kind deiner Enkel. Aber mehr sollte ich nicht offenbaren. Denn nun liegt ein neuer Schicksalspfad vor uns allen. Und wir Orakel müssen alle Fäden neu aufnehmen und schauen, wohin sie führen.«

Nuramon saß neben Daoramu im Eingang ihres Zeltes. Die Schmerzen, die ihn geplagt hatten, waren fort. Und doch fühlte er sich träge wie ein Felsbrocken, der nur von einem Zauber in der Luft gehalten wurde und irgendwann ins Wasser tauchen musste. »Ich kann aufstehen, gehen und sitzen. Aber mein Körper ist nicht mein Körper.«

Daoramu küsste ihn auf die Wange, und es waren nicht ihre Lippen auf seiner Haut, die ihm einen Gefühlsschauer bescherten, sondern die Magie, die von ihrem Mund sprang und tief in ihn eindrang. Die Orakel hatten recht. Obwohl die Magie überall abebbte, war Daoramu die Macht geblieben.

Draußen waren die goldenen Lichtadern, die sich über den Boden gespannt und über den Himmel gewölbt hatten, längst für das Auge verschwunden, aber Nuramon spürte sie noch immer wie Rinnsale, in die er seine Finger hielt.

Im Lager herrschte reges Schaffen. Die Lichtpforte am Albenstern war offen und ragte gewiss zehn Schritt in die Höhe. Unten ging ein Krieger hinter dem anderen ins Licht, oben flogen immer wieder Geister auf die Albenpfade, oder sie kamen von dort, strebten aus dem magischen Licht in das des ausgehenden Tages und glitten davon. »Blireena hat gesagt, dass sie die Wächter der Albenpfade sind«, flüsterte Nuramon.

Daoramu nickte und strich über seine Finger. »Sie nannte sie Lebenspfade.«

Er lächelte, aber sein Gesicht fühlte sich zäh an. »Das gefällt mir.«

Neben dem Lichttor lagerten die Orakelwächter bei den Quellsteinen, welche die Magie für den Siegelzauber getragen hatten. Sie warteten darauf, dass die Geister das Tor auf die Albenpfade schlossen und ein Tor in die Barinsteinhöhle öffneten, durch das ihre Familien kommen konnten.

»Da ist Ningilim«, sagte er.

»Wie kannst du ihn von den anderen unterscheiden?«, fragte Daoramu.

»Er hat buschigere Augenbrauen und dickere Wangenknochen«, erklärte er.

Daoramu schaute hinüber und nickte. »Die Welt hat ein neues Volk. Und wir haben ihnen viel zu verdanken. Wo sie nun wohl leben werden?«

Nuramon zwinkerte ihr zu. »Du planst schon wieder etwas. Das ist gut. Das heißt, du hast dich damit abgefunden.«

Sie lächelte ihn an und strich ihm über die Wange. »Als ich aus dem Schlaf erwachte, war jeder Tag mit dir ein Geschenk. Jetzt ist es jeder Augenblick. Ich wäre verzweifelt, hätte es dort in den Tiefen der Welt geendet.«

Er nickte. »Davor haben sich die Orakel gefürchtet. Aber eines verstehe ich nicht: Warum haben sie gesagt, dass das Hinauszögern meines Todes und das frühere Erscheinen der Geister hier die Zukunft so verändert, dass sie ratlos sind, was geschehen wird?«

»Sie sahen zuvor wohl, was geschehen würde, wenn sie nicht Teil des Spiels würden. Nun müssen sie warten, bis sich die Magie weit genug gelegt hat, ehe sie wieder alles klar sehen.«

»Aber sie wussten, dass Nerimee, Yendred und all die anderen sterben würden, wenn ich ins Mondlicht ginge und die Geister nicht hier erschienen. Sie wussten sogar, dass da eine völlig andere Zukunft wartet. Sie sagten, sie würden dich verlieren. Es ging ihnen um dich – das Orakel Daoramu.«

Daoramu senkte den Blick. »Das kann ich immer noch nicht fassen. Und ich bin auch erleichtert, dass diese Zukunft nicht auf mich wartet.«

»Aber das ist es ja. Gerade weil die Orakel uns halfen, bist du ihnen wohlgesinnt. Sie haben die Voraussetzungen geschaffen, dass sie dich unterweisen können.«

»Vielleicht liegt etwas in der Zukunft, das meinen Weg zum Orakel unmöglich macht«, sagte sie. »Möglicherweise wird jemand leben, der tot sein sollte, oder es wird jemand sterben, der leben sollte.«

Nuramon nickte und strich Daoramu mit seinen unruhigen Fingern das Haar zurück. Er dachte an das, was dieser Tag ihnen geschenkt und was er ihnen genommen hatte. Nie wieder würde auf einem Schlachtfeld die Heilmagie so Gewaltiges bewirken wie auf den Himmelswiesen. Magie würde rar werden. Neben den Geistern, den Orakeln und Ceren würden seine Kinder und einige wenige Menschen wie Sawagal und Oregir noch die Zauberei beherrschen. Solange seine Familie sich seiner erinnerte und sie wie auch andere von ihm und seinem Leben berichteten, würde ein Teil von ihm wie ein Geist in dieser Welt umherschweben; so wie ein Teil von ihm immer mit Albenmark verknüpft blieb. Dort erzählte man sich von Nuramon, dem Wanderer, und vielleicht hatten Emerelle oder gar Yulivee die Weitsicht, seiner Sippe zu erzählen, welches Schicksal ihn hier erwartet hatte.

Er lächelte. Irgendwann würde er es erfahren. Er würde Yulivee und die anderen gewiss im Mondlicht wiedersehen – falls das, was man ihm in den Jahrtausenden darüber erzählt hatte, der Wahrheit entsprach. Er musste an seine erste Mutter denken. »Niemand weiß wirklich, was das Mondlicht ist«, hatte sie gesagt. »Ich träumte einmal, das Mondlicht wäre für jeden etwas anderes und jeder Augenblick flösse in mein Mondlicht ein, um eine Welt zu schaffen, die nur für mich da ist. Und all jene, die ich kannte, waren dort und erinnerten sich an mich und daran, was wir erlebten.« Und er hatte gefragt: »Aber wäre das Mondlicht dann nichts weiter als ein Traum?« Seine Mutter hatte gelächelt. »Vielleicht ist dieser Augenblick das Mondlicht irgendeines Wesens«, hatte sie gesagt. »Vielleicht ist das ganze Leben nur ein Traum.«

Daoramu streichelte seine Hand. »So hast du lange nicht gelächelt«, sagte sie. »Du bist mit dir und allem im Reinen, nicht wahr?«

»Ich bin ahnungslos und neugierig und klammere mich an alte Träume. Und ich versuche zu vergessen, dass wir getrennt sein werden.«

»Du sagtest mir, ich soll mir ein Beispiel an Nylma nehmen.« Sie wies hinüber zu dem offenen Zelt, in dem Nylma und Lyasani bei Bjoremul saßen. Die Wyrenara lachte und streichelte Bjoremul durchs Haar. »Und genau das werde ich tun. Ich werde mir ein Beispiel an ihrer Stärke nehmen. Du aber wirst im Mondlicht schmunzeln, wenn du daran denkst, dass wir hier sind und weiterleben. Du wirst dich fragen, was aus uns wird, aber du wirst immer wissen, dass sich all unsere Mühen gelohnt haben. Du musst nicht mit Bedauern an uns denken. Du sagtest, du könntest dir jeden Augenblick deines Lebens vor Augen holen.«

Er nickte.

»Dann tu das, wenn du es im Mondlicht noch vermagst.«

Er fasste ihre Hände und küsste sie. Dann schauten sie hinaus, und er erblickte Yendred, der mit Lyasani und Salyra an Nylma herantrat. Er reichte ihr eine Maske, die mit Silber und Gold besetzt war und Guillaumes Antlitz zeigte. Es war die Maske des helbyrnianischen Fürsten – das Zeichen, dass Aniscaro tot war.

Orakelblick

König Tyregol schaute seinen Kriegern zu, wie sie die Zelte abbrachen. Als die Späher zurückkehrten und die Feldherren sich auf die Schultern klopfen, durchatmeten und ihm grinsend entgegenkamen, wusste er, dass die Feinde nicht noch einmal kommen würden. Die Feldherren berichteten ihm, dass die Helbyrnianer hastig nach Süden zogen. Die Krieger rebellierten gegen die wenigen Anführer, die noch geblieben waren, und die abtrünnigen Fürsten waren mit ihren Leibwächtern auf den letzten Pferden davongeritten. Das verbliebene Heer hatte sich unter den Schwertfürsten neue Anführer gesucht und sich bedingungslos ergeben.

Tyregols Feldherren lobten ihn, doch das bedeutete ihm nichts. Er schaute zur Seite, wo Dorgals Körper in Tuch eingewickelt lag. Sein Lob hätte ihm alles bedeutet. Er wäre gewiss stolz auf ihn gewesen.

Ningilim empfing den Ältesten, der mit den Gelehrten kam, und berichtete ihm, was geschehen war. Es folgten die Familien, auch seine Frau und seine beiden Kinder. Und auch die Kleinodien ihres Volkes führten die Letzten der Wächter bei sich: den Spiegel, mit dem sie durch Zaubertore schauen konnten, die beiden Kristalle, bei denen man in einem das sehen konnte, was um den anderen herum geschah, und schließlich die Chroniken der Wächter. »Wir werden neue Sprachen lernen müssen«, erklärte Ningilim dem Ältesten, der immer wieder zu den Wolken hinaufschaute und sich offenbar an der Weite dieser Welt nicht sattsehen konnte. Ningilim lächelte. Sie würden tun, wovon schon die Ahnen träumten: Sie würden gehen, so weit sie kamen. Einige von ihnen würden den Orakeln folgen, andere würden nach ihnen suchen. Denn sie würden immer ihre Wächter sein.

Es war Nacht, und Nylma konnte nicht schlafen. Sie lag neben Bjoremul in einer Dachkammer der Sternfestung nordwestlich der Himmelswiesen. Das Bett war zu weich für ihren Geschmack, aber Bjoremul mochte es. Er schlief ohnehin am liebsten in einem Bett aus Kissen. Sie war dem Tod nahe gewesen und Bjoremul ebenso. Die Magie des ausklingenden Zeitalters hatte ihnen das Leben gerettet. Nun wusste sie, wie Daoramu und Nuramon empfinden mussten, seit Daoramu aus ihrem Schlaf erwacht war. Jeder Augenblick war ein Geschenk. Das hatte sie gesagt, und Nylma hatte es geglaubt. Doch jetzt erst fühlte sie es.

Blireena schritt durch die leeren Gänge der Kristallhöhle, die Nuramon Barinsteinhöhle genannt hatte. Das Orakel lächelte. Es hatte wieder begonnen. Draußen in der Welt hatten sich die Geister ans Werk gemacht, und dort oben im Kern dieses Ortes wirkte der gewaltige Zauber, der immer wieder Siegel schuf und Siegel brach, bis die Geister irgendwann kommen würden, um den Zauber zu lösen; dann, wenn sie die Wunden im Geflecht der Albenpfade und in dem Gefüge der Welt geflickt hatten.

Es war so vieles anders gekommen, als sie es vorausgesehen hatten. Sie hatten gehofft, dass Daoramu das Orakel aus Fleisch und Blut werden würde, doch es würde anders kommen, obwohl Daoramu die Macht dazu in sich trug. Die Zukunft hatte sich verändert. Zum Guten, wie sie und ihre Geschwister nun wussten.

Blireena öffnete eine Lichtpforte und schritt auf die stillen Himmelswiesen hinaus. Die Krieger waren abgezogen, und auch sie wusste nun, wohin sie gehen würde. Dort im Osten lag die Stadt Varlbyra. Sie würde den König besuchen und mit dessen Mutter über das Schicksal sprechen. Wenn Nuramon längst fort war, würde sie nach Jasbor gehen und Ceren besuchen. Und dann erst würde sie auf den Kontinent im Westen gehen. In Firnstayn würde sie den Geistern helfen, den gewaltigen Riss zu schließen, der sich durch den Fjord zog, und oben auf der Klippe im Steinkreis würden sie ihn offen lassen und zähmen. Eine stets offene Pforte würde dort in das Land führen, das einst ein Stück von Albenmark gewesen war. Dort würde sie sich niederlassen, an der Stelle, an welcher der beseelte Baum Atta Aikhjarto gestanden und den legendären Jarl Mandred Torgridson aus einer eisigen Nacht gerettet hatte.

Die Menschen würden zu ihr finden, und sie würde ihnen von der Nacht des grünen Feenlichts erzählen, als inmitten einer tief verschneiten Lichtung der Kadaver eines Elchbullen gelegen hatte und Mandred nicht geahnt hatte, dass der Manneber, den er jagte, ein Devanthar gewesen war. Sie würde ihnen erzählen, dass Mandred nach Albenmark zu den Elfen gelangt war und schließlich mit Nuramon und Farodin nach Noroelle gesucht hatte. Und die Menschen würden in dem Bewusstsein im neu erblühten Firnstayn leben, dass dort einst etwas begonnen hatte, das in diesen Tagen in Jasbor enden sollte.

Mondlicht

Es war ein Heimweg der Abschiede. Hatte Nuramon die Barinsteinhöhle und Himmelswiesen verlassen, ohne zu würdigen, dass er zum letzten Mal an jenen Orten der Entscheidung gewesen war, nahm er in Varlbyra von allem und jedem in Gedanken Abschied: von König Tyregol und Yenwara, von Dorgal in dessen Totenkammer, von dem

Thronsaal mit all seinen Erinnerungen, sogar von dem Anblick des Landes ringsumher.

Als sie in den Ahnenhallen des varmulischen Königshauses alle Worte gesprochen und alle Umarmungen ausgekostet hatten, öffnete Nuramon das letzte Mal ein Tor auf die Albenpfade. Diesmal ging er mit Daoramu als Letzter durch die Pforte. Er schaute noch einmal zurück und sah, wie die lächelnden Gesichter Tyregols und Yenwaras verblassten.

Auf den Albenpfaden stellte er sich vor, wie er mit jedem seiner trägen Schritte über das Land hinwegflog. Er überquerte von Daoramu und Yendred gestützt die Schlachtfelder, auf denen er gekämpft hatte, setzte über den Arljas und den Ruljas, kletterte über die Lysdorynen und machte mit dem König und den anderen nicht einmal in Byrnjas Halt, wo Yendred zuvor das Hauptheer hingeführt hatte.

Als sie endlich auf die Lichtinsel kamen, deren Pfade sich draußen in der Festung *Weststern* am Meer kreuzten, öffnete Nuramon zum letzten Mal eine Pforte hinaus in die Welt. Als er nur noch mit Daoramu auf der Lichtinsel stand, schaute er sich um. Er würde nie wieder auf den Albenpfaden sein. Nachdem er mit Daoramu ins Licht gegangen und im halbdunklen Torhaus der Festung erschienen war, hatten die Abenteuer, die er in dieser Welt erlebt hatte, ein Ende. Als er die magische Pforte geschlossen hatte, starrte er auf die Stelle, an der sie verschwunden war, und war zufrieden mit all den Zaubern, die er in den Jahren gewirkt hatte.

Unter dem Jubel der Festungskrieger trat Nuramon mit Daoramu hinaus in den strahlenden Nachmittag und dachte an die vielen Male, da er hier heimgekehrt war. Am Anfang war dies nur eine unscheinbare Stelle auf der Klippe gewesen, später dann hatte ein Palisadenwall den Albenstern umgeben, bis schließlich Borugar die Festung hatte errichten lassen. Merro, ein alter Freund seines Sohnes Gaerigar, war das Gesicht der Festung. Es war am Anfang das Antlitz eines Jünglings gewesen, der sich seiner Sache noch nicht sicher gewesen war, und war gereift zu der selbstsicheren Miene des pflichtbewussten Anführers.

»Leb wohl, Merro!«, sagte Nuramon dem Festungsfürsten und schmunzelte über dessen erstaunte Miene.

Als sie die Sternfestung hinter sich gelassen hatten, öffnete sich endlich der Blick auf Yannalur und Jasbor. Nuramon war froh, dass er die Macht, welche die Geister ihm zum Kampf auf den Himmelswiesen verliehen hatten, nicht aufgebraucht hatte. Heimzukehren war ein Geschenk. Daoramu lächelte ihn an. Und an der Seite seiner Liebe heimzukehren war ein Glück.

Borugar schickte zwei Boten aus, die sie in Yannalur und Jasbor ankündigen sollten. So wurde der Einzug in die junge Stadt am Festland bereits ein Triumph. Friedensrufe erklangen, die Leute drängten sich an sie heran, einige fanden sogar Verwandte, Freunde oder Geliebte unter den Kriegern und fielen ihnen um den Hals.

Der Jubel setzte sich bei der Überfahrt auf den langen Fähren der Stadtgarde und der Seekrieger fort. Die Fischer eskortierten sie nicht nur nach Jasbor hinüber, sie nahmen auch jene Krieger in ihren Booten mit, für die bei der ersten Überfahrt auf den Fähren kein Platz mehr war.

In der Stadt zogen sie im Triumphzug auf den Pferden der Stadtgarde durch die Straßen, und Nuramon schaute umher und grüßte die Menschen, die nicht wissen konnten, dass er all die Zuneigung als einen Abschied betrachtete.

Die Menschenmenge zog sich bis hinauf in die Oberstadt und säumte ihren Weg zum Palast. Dort wartete Jaswyra mit den Kindern und der ganzen Hofgesellschaft auf sie. Jedes Fenster des Palastes und der beiden Garnisonen war geöffnet, und Köpfe und Arme drangen daraus hervor.

Nuramons Blick wurde immer wieder vorausgezogen. Eine magische Aura lockte ihn. Da waren Jaswyra, Gaeria und die Kinder. Und Ceren stand in ihrer fahlen Gestalt bei ihnen. Doch es war nicht die Aura des Baumgeistes, die ihm aufgefallen war. Helgura umgab ein magischer Hauch. Nuramon vermutete, Ceren hätte einen mächtigen Zauber auf die Herrin der Königsgarde gelegt. Doch Helgura trat zur Seite, und der Schein folgte ihr nicht. Sie machte ihm und ihrer Trägerin Platz.

»Das ist nicht wahr!«, sagte Nylma.

Nuramon selbst traute seinen Augen kaum. Selbst Cerens Geistergestalt passte eher an diesen Ort, als die Frau in jenem sandfarbenen Gewand mit ihrem sagenhaft schönen Gesicht.

»Wer ist das?«, fragte Daoramu.

»Das ist Dareen«, sagte Nuramon. Er nahm die Begrüßung kaum wahr. Nur weniges vermochte seinen Blick von Dareen fernzuhalten: der Überschwang, mit dem Borugar Jaswyra in die Arme schloss, die Tränen Nerimees, als sie Gaerigar an sich drückte, die Küsse, mit der Salyra Obilee zum Kichern brachte, und schließlich Lyasanis Lachen darüber, dass Yulivee an Yendred wie an einem Baum hochkletterte.

Als Nuramon wieder zur Seite schaute, war Dareen fort. Helgura stand dort neben Gaeria und lächelte. Und Ceren war ebenfalls verschwunden. Er hatte beinahe das Gefühl, einer Täuschung unterlegen zu sein. Da fragte Daoramu ihre Mutter nach Dareen.

Jaswyra nickte, schaute sich um und lächelte. »Sie kam gestern die Küste von Süden entlanggelaufen. Sie gab sich als Vertraute Cerens aus und offenbarte sich erst uns als Dareen. Und Ceren bestätigte es. Dann erschienen Geister und umschwirrten Ceren, und goldene Fäden zogen sich über den Himmel, und Lichtbahnen drangen aus der Sternfestung.«

»Es ist getan«, sagte Borugar und küsste seine Frau abermals. Er erzählte knapp, was geschehen war, doch Nuramon lauschte nur halbherzig.

»Wisst ihr was?«, rief Borugar. »Wir bereden das im Saal. Kommt alle mit! Und lasst die Chronisten kommen!«

In der Eingangshalle fasste Daoramu Nuramons Hand. »Komm! Wir wollen nicht Erzählungen lauschen, die wir selbst erlebt haben.«

Sie ließen die Familie mit all den Leuten des Hofs in den Thronsaal schreiten und gingen dann durch den Seitengang zur Hintertür, traten in den Garten hinaus und fanden Dareen und Ceren unter der Birkeneiche.

Kurz bevor sie sie erreichten, wandten sich der Baumgeist und das Orakel um. Daoramu blieb stehen und staunte Dareen entgegen.

»Ich entspreche nicht der Vorstellung, die du dir von mir machtest?«, fragte Dareen.

Daoramu fasste Nuramons Hand und ließ sich von ihm langsam unter die Birkeneiche führen. »Ich sah dein Gesicht während des Zaubers, der mich ins Leben zurückholte«, sagte sie.

Dareen lächelte. »Ein Teil meiner Macht haftete noch dem Stein an, den ihr für den Zauber brauchtet.«

»Ich dachte, du wärest ein Geist«, sprach Daoramu. »Aber du scheinst aus Fleisch und Blut zu sein.«

Dareen schaute an sich hinab. »Diese Gestalt ist nichts weiter als Licht und Magie.«

Sie setzten sich in die Kräuter unter der Birkeneiche. Ceren strich mit den Handflächen über Grashalme und bewegte diese mit einem sanften Hauch ihrer Magie. »Die Geister waren hier«, sagte sie. »Sie werden wiederkehren, wenn ihr Werk getan ist. Sie werden in den Magischen Hallen eine Quelle entspringen lassen. Jasbor wird einer der magischen Orte sein: die Stadt, in welcher der letzte Elf lebte, Elfenkinder geboren wurden, ein alter Naturgeist Wurzeln schlug und sich nun ein Orakel niederlässt.«

»Du wirst also bleiben?«, fragte Nuramon.

Dareen nickte. »Es ist meine Bestimmung.«

»Und wusstest du das all die Jahre?«, fragte Nuramon.

Dareen schmunzelte. »Ich wusste, dass ich mein Heim verlassen würde, wenn du erfolgreich wärest. Und ich wusste, dass mein Stein mir vorauseilen würde und ich ihm folgen müsste. Also gab ich dir meinen Orakelstein.« Sie schaute Daoramu an. »Um dich zu retten.«

Nuramon nickte und wandte sich an Daoramu. »Das erinnert mich an etwas, das du mir einst in Teredyr sagtest: *Sie durchquerten die Wüste und schworen, nie wieder im Land südlich der Großen Wüste zu siedeln – bis zu dem Tag, da die Geister Urelmur gereinigt haben und die fremde Botin im Norden endlich heimisch wird.*«

Ceren grinste. »Immer wieder erstaunlich, das Gedächtnis der Elfen.«

»Das ist eine Stelle in den Schriften der Ahnen, die ich einmal auswendig konnte«, sagte Daoramu. »Über all die Jahre ist sie mir abhandengekommen.«

»Bist *du* die Botin?«, fragte Nuramon Dareen.

»Ja«, sagte das Orakel. »Die Warnung und die Weissagung gehen auf mich zurück. Rajeemil trug es den Menschen von Wuur zu.«

»Und wie lautet deine Botschaft?«, fragte Daoramu.

»Ich bin eine Botin des Schicksals und bringe Kunde aus der Vergangenheit und der Gegenwart. Und ich spähe in die Zukunft und berichte als Kundschafterin, was ich sah. Ob es Täuschung oder Wahrheit ist, muss sich jedes Mal aufs Neue zeigen.«

»Dann weißt du, was die befreiten Orakel mir sagten?«, fragte Daoramu.

»Gewiss. Sie glaubten, du würdest das Orakel von Jasbor sein. Nun wissen sie, dass ich hier bin.«

»Ich werde also kein Orakel sein?«, fragte Daoramu.

»Nein. Diese Last ist dir nicht mehr bestimmt. Oder würdest du es dir anders wünschen?«

Daoramu schaute lange zu Boden, schließlich sagte sie: »Es ist wahrlich eine Last, die ich mir nicht wünsche.«

»Und so wird alles den Gang gehen, den es nehmen sollte«, sagte Dareen. »Sorge dich nicht um die Macht, die in dir heranwuchs. Sie war wichtig auf diesem Weg, und sie wird dir wieder nützen.«

Nerimee lächelte, als ihr Großvater zwei Festwochen zu Nuramons Ehren ausrief. »Ich möchte, dass wir das Leben meines Sohnes feiern«, sagte er. »Und das meiner Familie, unserer Stadt und unseres Königreichs.«

Obwohl ihr Vater in Kürze ins Mondlicht entschwinden sollte, genoss sie die Stunden im Thronsaal in der Mitte ihrer Familie. Besonders die Anhänglichkeit ihres Sohnes hatte sie vermisst. Er war ganz still, drückte sich auf ihrem Schoß sitzend an ihre Brust, und erst mit den Stunden kehrte sein Frohsinn zurück. Sie brachte ihn früh ins Bett und erzählte ihm eine Geschichte über die Orakel der Barinsteinhöhle und ein altes Elfenmärchen, das sie ihm schon oft vorgetragen hatte. Nach den Erzählungen beantwortete sie seine Fragen und erklärte ihm, dass das Mondlicht ein Glück sei und kein Grund zur Trauer. Doch zu wissen, dass ihr Vater dort von ihrer Mutter getrennt sein würde, ließ sie an ihren eigenen Worten zweifeln.

Als Gaerigar schlief, ging Nerimee hinab in die Ahnenhallen – erst zu Waragirs und dann zu Bargorls Grab. Sie vermisste den einen wie den anderen; das Gefühl der Geborgenheit in Waragirs Armen und Bargorls Einfühlungsvermögen. Schließlich ging sie hinüber in die Magischen Hallen und war überrascht, im warmen Licht, das aus ihren Leuchtkristallen drang, Dareen zu sehen. Dabei hätte sie ahnen müssen, dass dies der Ort war, den das Orakel suchen würde. Ihr Stein war das Herz der Magischen Hallen und lag in dem Becken in der Mitte des großen Raumes.

»Ich bin beeindruckt«, sagte Dareen und erklärte ihr, dass sie den Stein in ihrem alten Zuhause weit schlichter in den Berg eingelassen hatte. Sie erzählte von Nuramon und Daoramu. »Ich sah sie in meinen Visionen. Dich aber, Nerimee, sah ich nie. Deine Taten wurden immer von deinem Vater oder deiner Mutter vollbracht.«

»Heißt das, ich hätte nicht auf die Welt kommen sollen?«, fragte Nerimee.

Dareen lachte hell wie ein Kind. »Nein. Es bedeutet, dass du deinen Eltern so ähnlich bist, dass mein Blick fehlging. Ich hätte es wissen müssen, denn ich sah Widersprüchliches. Ich sah, dass Nuramon und Daoramu die Königskrone trugen, und dachte, sie würden sie nacheinander tragen. Aber jetzt weiß ich, dass du die Thronerbin bist. Du wirst den Thron besteigen, eine neue Liebe finden und lange leben. Du wirst die größte Magierin sein, die größte Königin. Nicht weil du Kriege gewinnst, sondern weil du sie im Keim zu ersticken weißt. Du wirst die Größe haben, deinem Sohn den Thron zu übergeben, wenn die Zeit reif ist. Deine Tochter aber wird ein dreifaches Erbe antreten.«

»Meine Tochter?«, fragte sie.

»Du wirst eine Tochter haben, und sie wird all das erben, was die Mutter einer Tochter geben kann. Doch sie wird auch Cerens Erbe tragen, und das meine auch. Deine Tochter wird ein Orakel aus Fleisch und Blut sein, verwurzelt in dieser Welt, mit einem Schicksalsblick, der weit in die Tiefe reicht. Sie wird die Erste in einer langen Ahnenreihe von Orakeln sein.«

Nerimee erinnerte sich an das, was ihre Mutter über die Begegnung mit den Orakeln in der Barinsteinhöhle erzählt hatte. »Aus Fleisch und Blut? Das bedeutet, dass die anderen Orakel sich geirrt haben. Nicht meine Mutter wird das Orakel aus Fleisch und Blut sein, sondern meine Tochter?«

»Sie sahen eine andere Zukunft. Deine Mutter könnte ein Orakel sein. Sie trägt einen besonderen Hauch der Magie. Eines Tages aber werde ich meine Macht deiner Tochter schenken, so wie du den Thron deinem Sohn geben wirst.«

Nerimee schüttelte den Kopf, dann lächelte sie. »Du weißt, was mein Name bedeutet?«

»Kleines Orakel«, sagte Dareen. »Es ist, als hätten deine Eltern etwas von deinem Erbe geahnt.«

Nerimee musste grinsen. »Oder ein gewisser Baumgeist hat es ihnen eingeflüstert.«

Nuramon genoss die Zeit, die ihm gegeben war. Ceren und Dareen waren sich einig, dass er am achten Tag ins Mondlicht gehen würde, und in dieser Zeit erschien es ihm, als altere er rückwärts. Mit jedem Tag fühlte er sich weniger alt und träge, die Feiern und Empfänge, die Borugar gab, überstand er ohne Schwierigkeiten. Er genoss es sogar, mit der Familie Gäste zu empfangen; besonders wenn er diese lange nicht gesehen hatte und nun erfuhr, was aus ihnen geworden war. Dass die Menschen sich wunderten, dass er sich an ihre Namen und Erzählungen erinnerte, brachte ihn noch immer zum Schmunzeln.

Am meisten aber genoss Nuramon die Zeit mit Daoramu, den Enkeln und der ganzen Familie. Die Abende, wenn sie alle gemeinsam in der Stube seiner Schwiegereltern waren, hätten nach seinem Empfinden ewig anhalten können, ebenso die Spaziergänge durch die Stadt und über die Wiesen auf den Westteil Jasbors und die Morgen in den Badegewölben unter dem Palast.

Am Nachmittag des dritten Tages ging er zur Garnison der Ilvaru, wo er mit Bjoremul, Nylma und Loramu vom Dach aus über den Südwesten der Insel aufs Meer hinausschaute. »So schwer hat es die Ilvaru noch nie getroffen«, sagte Loramu.

»Ja. Aber Yendred wird auch diese Wunden heilen«, sagte Nuramon. »Mit der Hilfe alter Freunde sollte das gelingen.«

Nylma schüttelte den Kopf. »Nein, Nuramon«, sagte sie. »Wir haben genug.«

»Ihr werdet das Schwert beiseitelegen?«, fragte er.

Bjoremul nickte und wies mit seinem Armstumpf auf Loramus magischen Fuß, der vor dem knapp unter dem Knie endenden Bein schwebte. »Wir haben auf dem Weg viel opfern müssen. Und nun ist es vorbei.«

»Was werdet ihr tun?«, fragte Nuramon.

»Borugar lässt mir das Haus in der Nordstadt«, sagte Bjoremul und grinste zufrieden. »Er versteht, dass ich das Herzogtum nicht zurückhaben will. Ich möchte zur Abwechslung mal keine Verantwortung für die Leben anderer tragen, sondern den Frieden genießen.«

»Das klingt gut«, sagte Nuramon und wandte sich an Loramu. »Und du?«

Die Strategin lachte. »Borugar meint, ich würde hier eine gute Stadträtin abgeben.«

»Du wärst eine hervorragende Rätin«, sagte Nuramon. »Du kennst jeden in der Stadt und weißt um alles, was vor sich geht. Ich kann mir die erschrockenen Mienen der anderen Ratsmitglieder vorstellen.«

»Und genau darauf freue ich mich am meisten«, sagte Loramu. »Die alten Pfeffersäcke brauchen ein Gegengewicht.«

»Das würde ich gern sehen«, sagte Nuramon.

Seine Freunde schwiegen und tauschten betrübte Blicke.

»Lässt es sich nicht abwenden?«, fragte Nylma nach einer Weile. »Nichts deutet daraufhin, dass es bald endet. Du wirkst stärker denn je.«

»Es scheint nur so«, sagte Nuramon. »Die Magie brennt in einem grellen Licht aus. Deswegen fühle ich mich so stark.« Er ballte behutsam die Faust. »Aber mein Körper fühlt sich fremd an.«

»Könnte Ceren es nicht mit der Magie, die noch in den Steinen unten in den Magischen Hallen liegt, weiter hinauszögern?«, fragte Nylma.

Er schüttelte den Kopf. »Es ist ein Geschenk, dass ich überhaupt noch hier sein darf. Und es hat etwas Beruhigendes zu wissen, wann das eigene Leben endet. Nutzen wir einfach die Zeit, die uns bleibt.«

»Dann sollten wir etwas trinken gehen«, sagte Loramu und erntete ein kräftiges Nicken Bjoremuls.

Nylma lachte. »Diesmal gibt es keine Ausreden, mein lieber Nuramon. Der König hat die Festwochen ausgerufen. Da müssen wir uns unten in der Stadt blicken lassen.«

»Das möchte ich Daoramu lieber nicht antun«, sagte er.

Nylma schüttelte den Kopf. »Wir nehmen sie natürlich mit. Sie war ewig nicht mehr unten in der Stadt.«

»Die hat bestimmt keine Lust«, sagte Bjoremul.

»Sagt wer?«, erwiderte Nylma und erzählte, dass Daoramu früher sehr wohl mit ihr und Yargir unterwegs gewesen war.

»Das stimmt«, sprach Nuramon und musste bei der Erinnerung an Yargir lächeln.

»Na, worauf warten wir dann noch?«, sagte Loramu.

Nuramon grinste und gab sich geschlagen.

Es war nach Mitternacht, und Yendred war noch wach. Die Mädchen schliefen längst nebenan, nur er und seine beiden Frauen vermochten nicht zur Ruhe zu kommen. Lyasani saß im Bett gegen die Wand gelehnt, Salyra auf der Bettkante, und Yendred stand am Fenster, schaute in die Nacht hinaus und atmete die kühle Luft. Unten auf dem Hof machten die Wachen ihre Runde. Die Tür zur Garnison stand offen, und das Licht der Laternen erhellte einige Zimmer. »Früher wäre drüben jedes Fenster erleuchtet gewesen«, sagte er. »Und wir hätten das Gegröle bis hier herauf gehört.«

»Es sind zu viele Tote«, sagte Lyasani.

Yendred wandte sich zu Salyra um und fasste ihre Hände. Sie zog ihre linke Hand zurück, doch er tastete langsam danach.

»Vielleicht habe ich mich doch noch nicht daran gewöhnt«, sagte sie mit einem Blick auf die Reste der beiden fehlenden Finger. »Du hast es schön geheilt«, sagte sie und strich sich über die beiden Wölbungen, die wie zusätzliche Fingerknöchel wirkten. Die Haut legte sich ohne sichtbare Narbe darüber.

»Ich wünschte mir, meine Heilkräfte wären so mächtig, dass ich die Finger hätte anfügen können«, sagte er.

Salyra lachte. »Dazu hätten wir sie erst einmal finden müssen.«

Yendred dachte an die Erzählungen seines Vaters von Heilern, die der Sage nach ganze Arme und Beine nachwachsen ließen, doch Salyra strich ihm durch das Haar und sagte: »Es ist nicht schlimm. Es wird mich immer daran erinnern, dass ich mehr hätte verlieren können. Wenn Borugar sagt, das Zeitalter der magischen Flut gehe nun zu Ende, sollten wir Krieger dankbar sein, durch die Magie dem Tod getrotzt zu haben.«

Aus der Nacht drang ein vielstimmiges Grölen.

Yendred schaute aus dem Fenster. Unten auf dem Hof hielten sich zwei Gestalten aneinander fest. Eine brummende Männerstimme und die rau gewordene Stimme einer Frau sangen ein Lied.

»Wer ist das?«, fragte Salyra.

Lyasani kam zu ihnen ans Fenster und lachte. »Mein Vater und Nylma.«

Hinter Bjoremul und Nylma erblickte Yendred im schwachen Schein der Garnisonslaternen seinen Vater und seine Mutter, die sich von Loramu verabschiedeten. »Deine Eltern sehen noch recht gut aus«, sagte Salyra. Die beiden folgten Bjoremul und Nylma. Yendreds Mutter kicherte, und sein Vater stützte sie und nahm sie schließlich auf die Arme. Da verstummte Daoramu, legte ihre Arme um seinen Hals und küsste ihn.

»Ich glaube, ich habe deine Mutter noch nie betrunken gesehen«, sagte Salyra.

Yendred schüttelte den Kopf. »Ich hoffe, Mutter wird nicht daran zerbrechen, dass Vater fortgeht.«

»Sie ist stärker als wir alle«, sagte Lyasani.

Salyra fasste Yendreds Hand. »Wir werden für sie da sein und sie trösten. Und die Kinder werden das ihre tun.«

Yendred nickte, dann küsste er Salyra. Sie gab den Kuss an Lyasani weiter, die den Jugendstein umfasste, der ihr an der Lederkette auf der Brust hing.

Nach einer Liebesnacht, in der Nuramon in Daoramus Armen endlich wieder ein klares Gefühl für seinen Körper gefunden hatte, war der Morgen schweigsam. Es war der letzte volle Tag, der ihnen blieb. Morgen würde er ins Mondlicht gehen. »Es ist alles vorbereitet«, sagte Daoramu leise. Sie schmiegte sich an ihn, und er erinnerte sich an das Geflüster der letzten Nacht. Sie würden mit dem Boot an der Küste nach Norden fahren und dort auf einer unbewohnten Insel den Vormittag verbringen. »Nur du und ich«, sagte Daoramu und küsste ihn mit unruhigen Lippen.

Er strich ihr das Haar von der Wange. »Morgen ist es so weit – und du bist ebenso aufgeregt wie ich.« Er fasste ihre Hand, die auf seiner Brust ruhte, und lächelte. »Die Familie wird dich trösten.«

»Aber wer tröstet dich?«, sagte sie. »Vielleicht reichen die Erinnerungen nicht aus.«

»Vielleicht finde ich Trost bei denen, die schon im Mondlicht sind. Meiner ersten Mutter, meinem ersten Vater, Weldaron, Gaomee und den anderen.«

»Und Noroelle, Ulcma und all die anderen, die du einmal liebtest?«

»Noroelle hat Farodin, und Ulema und die anderen werden nicht ewig auf mich gewartet haben. Wer weiß, was Liebe dort bedeutet? Vielleicht lebt sie allein in der Erinnerung, und dann ewig.« Nuramon fasste Daoramus Schultern, streifte ihr Hemd ein wenig zurück und küsste ihr Schlüsselbein. »Ich werde jeden noch so kleinen Augenblick in mir bewahren. Und wer wollte dagegen ankommen?«

»Dann lass uns die Erinnerung vollenden und den Tag mit Eindrücken füllen. Ich möchte selbst rudern, und auf der Insel möchte ich mit dir laufen, bis wir erschöpft sind, und dann möchte ich mich mit dir in einer der Buchten erholen. Und gerade, wenn wir wieder zu Atem gekommen sind, möchte ich dich lieben.«

Nuramon nickte.

»Dann komm!«, sagte sie, und schon war sie auf den Beinen und zog die Vorhänge auf. Grelles Sonnenlicht schlug ihr entgegen.

Nerimee hielt Gaerigar im Arm und lauschte gemeinsam mit ihm den Elfenmärchen ihrer Mutter. Sie schlief ein, und am Morgen weckte Gaerigar sie und fragte, warum sie bei ihm geschlafen habe. »Weil die Geschichten deiner Großmutter so schön waren«, sagte sie.

Es war ein gespenstischer Morgen. Zwar strahlte die Sonne, und kaum eine Wolke trübte den Himmel, doch im Palast herrschte eine bedrückte Stimmung. Ihre Mutter hatte verbreitet, dass ihr Vater heute sterben werde, und alle, denen sie begegnete, sprachen ihr das Beileid aus. Gaeria saß weinend im Speisesaal und ließ sich von den jüngeren Mägden trösten, und Helgura erzählte, dass sie immer geglaubt habe, Nuramon werde sie alle überleben.

Terbarn schien an diesem Morgen wie üblich der Einzige zu sein, der sich nicht vom Geschehen berühren ließ. Kurz darauf aber sah Nerimee den Palastvogt auf dem Gang zum Garten, wo er sich unbemerkt wähnte. Er hielt sich die Stirn, atmete immer wieder tief durch, und als er sie erblickte, erstarrte er. Dann trat er an sie heran, verbeugte sich und sagte: »Verzeih, Herrin!«

Nerimee fasste seine Hand. »An diesem Tag muss keiner von uns die Haltung bewahren. Nicht einmal du.«

Terbarn nickte und dankte ihr. Als er fort war, war sie es, die ihre Haltung aufgab, sich gegen die Wand lehnte und wünschte, das Schicksal ihres Vaters ändern zu können.

Dies war der Tag, da ihr Vater ins Mondlicht entschwand, und es bekümmerte sie. Doch wie würde es erst werden, wenn er fort war? Die Jahre ohne ihre Eltern waren stets von der Hoffnung auf ihre Wiederkehr geprägt gewesen. Wie würde es mit dem Wissen sein, dass ihr Vater nicht zurückkehrte?

Die Angst plagte sie den ganzen Vormittag, und nur Gaerigar vermochte sie mit seinen ständigen Fragen abzulenken. Erst am Mittag wagte sich Nerimee hinaus ins Freie und fand ihre Eltern auf der

Steinbank im Garten, von der aus sie immer über die Stadt blickten. Nerimee ging ihrer Mutter zur Hand und half ihrem Vater auf. Sie stützten ihn und führten ihn zur Birkeneiche. Er war wie einer der Verletzten auf dem Schlachtfeld, der nach einem langen Gefecht erschöpft und verwundet ins Lager zurückkehrte und einen Platz suchte, an dem er sich ausruhen konnte. War er in den letzten Tagen voller Leben gewesen, schwand nun die Magie, die ihn erquickt hatte, rasch dahin.

Dareen machte Platz am Baumstamm, Ceren wies zwischen zwei große Wurzeln, wo einige Kissen lagen. »Terbarn hat das bringen lassen«, erklärte sie.

»Das war aufmerksam von ihm«, sagte Daoramu.

Sie halfen Nuramon zwischen die Wurzeln, und er setzte sich langsam zurück, wie in einen Thron, aus dessen Lehne der ganze Baum zu wachsen schien. »Ist es bald so weit?«, fragte Nerimee.

»Zwei Stunden, nicht länger«, sagte Dareen.

Nuramon starrte Daoramu an. »Bist du immer noch darauf vorbereitet?«

»Überhaupt nicht«, sagte sie und küsste Nuramons Hände.

»Ich hole die anderen«, sagte Ceren und verschwand.

»Nerimee«, sprach Nuramon zu ihr und griff nach ihrer Hand. Seine Finger waren kalt, und die Magie, die von ihm abstrahlte, war kaum noch als die seine zu erkennen. »Du wirst eine gute Königin sein. Deine Mutter und ich kamen her, damit du hier bei deiner Familie geboren wirst. Wir hatten Hoffnungen und Träume. Und in dir und Yendred ist alles erblüht, wofür wir gekämpft haben. Du hast schon so viel Last getragen, so viel Verantwortung übernommen, dass ich manchmal fürchtete, du würdest daran zerbrechen. Aber du hast durchgehalten, und ich bin mir sicher, dass in der Zukunft leichtere Lasten auf dich warten werden. Sosehr du den Thron auch fürchtest.«

»Ich fürchte ihn nicht mehr, Vater«, sagte sie. »Die Magie flaut ab, und ich kann die Last mit anderen teilen. Und ich hatte in dir, Mutter, Großvater, Großmutter und Ceren die besten Lehrmeister, die man sich wünschen kann.«

Nuramon nickte. »So habe ich es mir immer gewünscht.«

Nerimee kämpfte mit den Tränen. »Es ist zu früh für den Abschied«, sagte sie. »Ein wenig Zeit haben wir noch.«

Als wollte er ihr widersprechen, schaute er an ihr vorbei zu Nylma und Bjoremul, die sich ihnen an der Seite von Oregir und Sawagal näherten. Alle, die bei Nuramons Entschwinden dabei sein sollten, kamen nun einer nach dem anderen. Borugar nahte mit Jaswyra und Gaeria. Yendred führte Gaerigar herbei, während Lyasani und Salyra mit Yulivee und Obilee näher traten. Loramu kam mit Terbarn und Helgura mit den Ilvaru und den Palastwachen durch den Park.

Es herrschte eine gespenstische Stille. Niemand schien das Wort ergreifen zu wollen, denn zu reden hieß Abschied zu nehmen.

»Ich möchte jedem Einzelnen die Hand reichen«, sagte Nuramon.

Nerimee warf ihrer Mutter einen besorgten Blick zu. Zwei Stunden, hatte Dareen gesagt. Aber Daoramu nickte, und so durften die Bediensteten und die Krieger von ihm Abschied nehmen. Nuramon kannte jeden Namen und nannte eine Erinnerung, die sie verband. Und schon waren sie beeindruckt und machten dem Nächsten Platz. Für die Ilvaru nahm er sich ein wenig mehr Zeit. Jene, die mit ihnen auf den Himmelswiesen gewesen waren und viele Gefährten und sogar ihre Schwertgeschwister verloren hatten, erinnerte er an gute Zeiten, den anderen rief er Begebenheiten ins Gedächtnis, die bis an die Anfänge der Ilvaru zurückreichten.

Nachdem er Helgura und Terbarn für ihre treuen Dienste gedankt hatte, sprach er mit Gaeria und weckte Erinnerungen an ihre jüngeren Jahre. Mit Borugar und Jaswyra hingegen sprach er über jene erste Begegnung in Merelbyr. Mit Bjoremul rief er noch einmal den Kampf um Teredyr, seinen Herrn Varramil und Dorgal in Erinnerung, um dann mit Nylma von der Zeit mit Yargir und Waragir zu schwärmen. Als sie über Alvarudor sprachen, dankte er Oregir und Sawagal für ihre Loyalität.

Als Loramu vor ihn trat, küsste er sie auf die Wangen, fasste ihre Hände und lobte sie. Sie fiel ihm um den Hals und wollte ihn nicht mehr loslassen. »Das war die beste Zeit meines Lebens«, sagte sie. Dann erst löste sie sich von ihm. »Trotz allem«, setzte sie nach.

»Das stimmt«, sagte Nuramon und schaute zu Ceren hinüber. »Die Zeit hier war die kostbarste meines langen Lebens.« Dann beugte er sich vor und flüsterte Loramu etwas ins Ohr. Sie nickte und zog sich schief grinsend von ihm zurück.

Gaerigar kam an Nerimees Hand und schaute mit zweifelnden Augen zu ihr auf. Auch Lyasani und Salyra erhoben sich mit den Kindern an der Hand und kamen mit Yendred näher. Nuramon ließ die beiden Mädchen zu sich hochklettern, redete mit ihnen und entlockte ihnen Antworten und auch das eine oder andere Versprechen. Als Jaswyra die beiden Mädchen an die Hand nahm und zu Borugar führte, sagte Nuramon: »Es ist ein Verlust, sie nicht aufwachsen zu sehen.« Er lächelte. »Ich würde gern wissen, ob sie ihren Namensschwestern nacheifern.« Er schaute zwischen Lyasani und Salyra hin und her. Er beugte sich vor und umarmte seine Schwiegertöchter. Lyasani dankte ihm, dass er sie damals in Varlbyra gerettet und später zugelassen hatte, dass sich ihre Liebe entfaltete. Salyra dankte ihm ebenfalls dafür.

Als Yendred vor seinem Vater in die Hocke ging, kamen ihm die Tränen, doch er wischte sie nicht ab. Sie vermochten nicht einmal sein Lächeln fortzuwaschen. Er hörte sich das Lob an, das auch Nerimee ihrem Bruder oft zugesprochen hatte: dass dank ihm das Königreich noch bestand. »Du hast dich mehr als würdig erwiesen, das Schwert deiner elfischen Schwester zu tragen«, erklärte ihr Vater.

»Ich habe Gaomee nie wirklich als Schwester gesehen«, sagte Yendred.

»Weil sie für dich wie eine Riesin wirkte, als ich dir früher die Sagen von ihr und den Drachen erzählte. Aber inzwischen bist du zu ihr emporgewachsen.« Er schaute zu Lyasani und Salyra. »Von euch dreien wird man lange erzählen. Ihr werdet Nerimee den Thron sichern.« Er drückte Yendreds Hand. »Du mit dem Schwert der Gaomee.« Er schaute zu Lyasani auf. »Du mit dem Kriegsflegel deines Vaters. Und du, Salyra, mit meinem Schwert.« Loramu kam mit Nuramons Waffengurt. Salyra nahm ihn nur zögernd an und schaute immer wieder zu Nuramon zurück, als prüfte sie, ob er es ernst meinte. Dann zog sie das Schwert einen Handbreit aus der Scheide und fuhr mit dem Daumen über die schmale Klinge. »Ich kann es nicht annehmen.«

»Ich bitte dich darum«, sagte Nuramon. »Führe es, bewahre es, und reiche es eines Tages weiter. Vielleicht an Gaerigar, vielleicht an Obilee oder Yulivee.«

Salyra schob die Klinge zurück in die Scheide und hielt sich das Schwert an die Brust. »Dann werde ich es gut behüten«, sagte sie mit zittriger Stimme.

Nuramon schaute nun Nerimee und Gaerigar entgegen. Mit einem Blinzeln und sanften Lächeln sagte er alles, was zu sagen war, und legte Gaerigar die Hand um die Schulter. »Ich habe dir versprochen, dass du dabei sein darfst«, sagte er. Gaerigar kletterte neben ihn und legte seine Arme um ihn. Nuramon drückte ihn an sich und schaute Nerimee in die Augen. »Es tut mir leid, Gaerigar. Ich wollte nicht, dass es so endet. Aber im Mondlicht bin ich bei den Ahnen.«

»Wie mein Vater?«, fragte er.

»So wie dein Vater.«

»Ich werde dich vermissen«, sagte Gaerigar.

Nuramon küsste Nerimees Sohn die Stirn. »Ich werde dich auch vermissen. Wie ich dich bisher auch vermisst habe.« Da merkte Nerimee, dass dies nicht nur ein Abschied von ihrem Sohn war, sondern auch von der Seele ihres Bruders. »Es tut mir leid«, sagte Nuramon.

Gaerigar löste sich von ihrem Vater und schaute ihm in die Augen. »Dann kannst du mich sehen und über mich wachen.«

»Ich werde dir Mut machen, wenn du ihn brauchst«, sagte er. »Du darfst mich nur nicht vergessen.«

Als Nerimee ihren Vater noch einmal umarmt und ihm ein leises »Lebwohl« zugeflüstert hatte, schaute sie zu Gaerigar hinab. Ihr Sohn lächelte. Es schien, als wären all seine Fragen beantwortet, und nun, da er sich vorstellen konnte, dass Nuramon ins Jenseits ging und von dort über ihn wachte, schien er mit dem Abschied versöhnt zu sein.

Sie aber war es nicht. Das Ableben ihres Vaters würde ein Loch in die Familie reißen. Sie musste immer wieder an ihre Mutter denken und spürte, dass es weniger der Schmerz des Abschieds von ihrem Vater war, der sie aufwühlte, als die Gewissheit, dass ihr Vater im

Mondlicht von ihrer Mutter getrennt sein würde. Sie kannte das Leid, für immer von ihren Geliebten getrennt zu sein, und sie wusste nicht, ob sie es ertragen würde, dieses Leid an ihrer Mutter zu sehen.

Die letzten Momente gehörten Nerimees Mutter. Sie setzte sich neben Nuramon zwischen die beiden Wurzeln, legte ihm die Hand auf die Brust und sagte: »Du hattest recht. Ein Augenblick kann wertvoller sein als Jahre, Jahrzehnte oder mehr noch. Und wir hatten viele Jahre voller wunderbarer Augenblicke.« Sie küsste ihn, und als sie ihre Lippen von ihm löste, waren seine Augen geschlossen. Nur langsam öffnete er sie wieder und schaute zu Dareen hinüber.

Das Orakel nickte.

Nuramon hielt Daoramus Hand und schaute umher. »Ich habe mich oft gefragt, wie dieser Augenblick sein würde. Aber ich vergaß, dass ich bereits einer Welt den Rücken kehrte. Ich kehrte nie wieder nach Albenmark zurück, und doch bin ich mir sicher, dass dort alles seinen Gang geht. Es gab Zeiten, da wäre es mir gleich gewesen, wie ich ins Mondlicht komme, solange es nur geschehen wäre. Hätte man mir gesagt, ich würde darum bitten, das Mondlicht hinauszuzögern, ich hätte nur den Kopf geschüttelt.« Er schaute zu Ceren und Dareen hinüber. »Euch hier zu wissen, beruhigt mich. Ihr werdet Trost spenden, wann immer einer der unseren ihn braucht.« Er schaute in die Runde, dann küsste er Daoramus Hände und wischte ihr die Tränen fort. »Lebt wohl!«, sagte er.

Da war er, der frische Blütenduft, von dem Nuramon so oft erzählt hatte – ein magischer Duft, der von einem Zauber ausging, der sich Nuramon von allen Seiten näherte. Die Leute schauten sich um, als suchten sie nach der Quelle des Duftes. Gaerigar sog die Luft tief ein und schloss dabei die Augen. Während Yendred weinte und Lyasani im Arm hielt, starrte Salyra neben Jaswyra und den Mädchen stumm und starr auf Nuramon und Daoramu. Ceren und Dareen aber tauschten Blicke und lächelten.

Eine letzte Umarmung, ein letzter Kuss, und Daoramu wollte sich langsam von Nuramons Seite zurückziehen, doch er ließ sie nicht gehen. Er hielt ihre Hand umfasst, erhob sich und schloss sie im Stehen noch einmal in die Arme.

Silberschleier schwebten durch die Luft und schlängelten sich Nuramon wie feine Seidentücher entgegen. Ein weißes Licht umschien ihn, sein Gesicht verschwand im Leuchten, und Daoramu, die nicht von ihm wich, verblasste daneben. Der grelle Lichtschein hüllte sie ein und erfasste sogar Ceren und Dareen. Nerimee spürte die Aura ihres Vaters. Die fremde Magie der Geister war fort, und zurück blieb der Hauch seines Zaubers. »Leb wohl, Daoramu!«, sagte er leise.

Auch wenn im Licht nichts zu erkennen war, erspähte Nerimee mit den Zaubersinnen, wie die Aura ihres Vaters sich löste und emporschwebte. Es war anders, als er das Verschwinden von Farodin und Noroelle beschrieben hatte. Aber er hatte auch gesagt, dass es Unterschiede gebe. Nerimee streckte ihre Zaubersinne ihrem Vater hinterher. Sie wollte ihn so lange wie möglich umfassen, doch sein magischer Hauch rann ihr wie Wasser zwischen den Fingern hindurch.

Das Licht verging, und Nerimee erstarrte: Ihr Vater war fort – und ihre Mutter ebenfalls. In den Gesichtern ihrer Familie stand die Ratlosigkeit geschrieben. Nur Ceren und Dareen lächelten noch immer. Das Orakel strahlte sogar vor Glück.

»Ihr habt es die ganze Zeit gewusst«, sagte Nerimee mit schwankender Stimme.

Das Orakel nickte. »Seit Blireena und die anderen das Schicksal änderten, ahnte ich es.«

»Aber sind sie auch wirklich zusammen?«, fragte Nylma.

Dareen nickte. »Das sind sie.«

»Aber Mutter war ein Mensch«, flüsterte Yendred. »Können auch Menschen …«

Ceren hob die Hand. »Der Orakelstein und all die von meinem Hauch durchdrungene Magie, die wir deiner Mutter zuspielten, um sie zu retten, haben einige der Fesseln, die den Menschen auferlegt wurden, gelöst.«

»Sie war wie ich«, sagte Dareen. »Und sie war wie Ceren. Sie ist wie du, deine Geschwister und eure Kinder, ein Beweis dafür, dass die Lebewesen in den Welten aus einer Quelle entspringen; dass sie verwandt sind. Was Elfen und andere Wesen ins Mondlicht entschweben lässt, ist ein Geheimnis.«

Nerimee spürte, dass der Schmerz des Abschieds von ihrem Vater durch das Verschwinden ihrer Mutter nicht noch weiter in die Höhe gewachsen war. Die Liebe ihrer Eltern beobachtet zu haben und nun zu wissen, dass sie zusammen waren, tröstete sie. Was ihre Eltern in diesem Augenblick fühlen mussten! Sie hatte sich nach Gaerigars Wiedergeburt oft gefragt, ob sie den Weg ins Jenseits der Menschen nehmen würde oder aber ins Mondlicht entschweben und für immer von Waragir und Bargorl getrennt sein würde. Dass ihre Mutter mit ihrem Vater entschwunden war, weckte eine neue Hoffnung in ihr. »Könnte es nicht sein, dass Menschen nach dem Tod ins Mondlicht gehen, und nur der magische Hauch der Elfen den Blütenduft und das Licht erzeugt«, sagte sie. »Der Körper der Menschen aber bleibt hier zurück, und sie werden als Geister im Mondlicht wiedergeboren. Am Ende gibt es vielleicht nur ein Jenseits.«

»Das Verschwinden deiner Mutter ist ein Fundament, auf das sich manches Glaubensgebäude errichten lässt«, sagte Dareen. »Es steht mir nicht zu, Dinge, um deren Wahrheit ich nicht weiß, für wahr zu erklären. Aber es wäre ein tröstender Gedanke.«

Gaerigar schaute noch immer an die Stelle, an der Nuramon und Daoramu entschwunden waren. Nerimee strich ihm durchs Haar und hoffte, dass ihn das Verschwinden seiner Großmutter nicht zu schwer treffen würde. Trotz der Hoffnung, die in ihr erwacht war, und der Gewissheit, dass ihre Eltern nun nichts mehr trennen konnte, war es ihr unmöglich, die Tränen zurückzuhalten.

Nach einer Weile brach Borugar das Schweigen. »Genau danach haben sie sich gesehnt«, sagte er und drückte Jaswyra an sich.

»Dass sie keinen Tag mehr getrennt sind«, sagte Nerimee und nickte. »Wir alle dürfen nun trauern, denn wir haben viel verloren. Aber ehe der Abend kommt, werden wir die Becher heben und auf sie trinken. Und wir werden erkennen, dass Daoramu nun genau dort ist, wo sie hingehört.« Sie schaute in das Geäst der Birkeneiche auf. »Was immer das Mondlicht auch bergen mag.«

Das Letzte, was Nuramon in der Menschenwelt sah, waren die Gesichter seiner Vertrauten. Er hielt Daoramus Hand umfasst, als ihn das Licht umgab und hinforttragen wollte. Dann löste sie sich von ihm, und er schwebte an den Gesichtern vorüber, und alles verschwamm.

Sein alter Körper war fort. Was er in den letzten Tagen immer wieder als magische Gestalt gespürt hatte, war nun alles, was ihm geblieben war. Er spürte Nerimees Sinne, die sich nach ihm ausstreckten, und die Macht von Ceren und Dareen, die noch lange nachstrahlte. Vor allem aber spürte er Daoramu. Wie ein gewaltiges Feuer brannte ihre Magie und schien kaum zu schrumpfen, je weiter er sich entfernte.

Als er wieder erwachte, war er von Wasser umgeben. Er spürte weichen Boden unter den Füßen, stieß sich ab, tauchte auf und holte tief Luft. Er hatte einen Körper und fühlte sich so lebendig wie schon seit Tagen nicht mehr. Das milchige Wasser reichte ihm bis zu den Hüften, und er schaute über die kleinen Wellen, die er angestoßen hatte, in einen weißen Nebel. Er wandte sich um. Dort waren ein Strand aus blassem Sand, weiße Felswände, weiße Bäume, ein Höhleneingang, aus dem Blütenduft drang; und über ihm ein Himmel wie aus Marmor. Alles war blass, und sein Blick beinahe blind für diese Welt, in der er erwacht war.

Neben ihm plätscherte es, und er wandte den Kopf. Noch jemand war angekommen. Braunes Haar schwamm unter der Oberfläche. Vielleicht war es jemand, den er aus Albenmark kannte. Eine Frau in einem roten Kleid tauchte aus dem Wasser auf.

Es war Daoramu.

Mit entsetzter Miene starrte sie voran, dann blickte sie zu ihm herüber und erstarrte. Sie strich sich ihr nasses Haar zurück, und schon war Nuramon bei ihr und schloss sie in die Arme. Sie lächelte, schaute an ihm hinab und küsste ihn. »Deshalb konnte ich kein Orakel werden«, sagte sie und lachte leise.

Sie schauten in die Höhle hinein. An deren Ende strahlte grelles Licht. »Was uns dort wohl erwartet?«, fragte Daoramu.

Nuramon schmunzelte. »Weißt du, was Ceren mir gestern antwortete, als ich sie fragte, wofür sie das Mondlicht hält?«

Daoramu lächelte und schüttelte den Kopf.

»Sie sagte mit ihrer harmlosesten Stimme: *Es ist vielleicht nur eine andere Welt.*«

»Nur eine andere Welt«, wiederholte Daoramu und fasste seine Hand. Gemeinsam schritten sie aus dem Wasser durch den Sand, der nicht mehr ganz so blass wirkte wie eben noch, hinein in die Höhle, dem Licht entgegen.

Der letzte Blick des Orakels

Die Vergangenheit liegt nun offen, die Gelehrten haben sie meinem Munde folgend niedergeschrieben. Ihr lebt heute in der Welt, die damals in der Magie zu versinken drohte.

Mit dem Erwachen der Geister blühte die Magie weiter, blieb jedoch immer im Gleichgewicht. Die Orakel suchten ihre Stätten auf, und auch ich, die das dreifache Erbe in mir trage, entspringe jener Zeit. Ebenso wie die Großkönige heute noch aus dem Haus der Yanna stammen. Denn die Chroniken sprechen die Wahrheit: Gaerigar war Nerimees Bruder und wurde als ihr Sohn wiedergeboren.

Der alte Kontinent, den Yendred mit seinen Frauen bereiste, und der uns nun fremd geworden ist, erholte sich tatsächlich von der magischen Flut. Die Macht der Tjuredanbeter war gebrochen. Sie vermochten nicht mehr zu zaubern. Dort, wo die Ruinen von Firnstayn waren, klafft keine Wunde mehr. Durch das Tor gelangt man zu einer Insel im Nichts, die einst ein Teil von Albenmark gewesen war. Yendred, Lyasani und Salyra fanden die Stelle, an der der beseelte Baum Atta Aikhjarto gestanden hatte, und trafen dort auf das Orakel Blireena. Sie bereisten die Zwergenreiche, die ihren Schrecken verloren hatten, und sie brachten die Überreste von Wirlan und Narlo nach Jasbor zurück und übergaben sie den Familien. All die Erzählungen um die großen Reisen der drei Wyrenar entsprechen der Wahrheit.

Die Geister, die auf den Himmelswiesen erschienen, strebten in alle Richtungen davon und heilten die Wunden im Weltengefüge. Nicht nur auf dem anderen Kontinent, sondern auch bei uns. Viele der magischen Quellen versiegten, viele wurden von den Geistern versiegelt. Doch die Geister schufen auch neue. Die Quelle tief im Felsen unter unseren Füßen entsprang, als die Geister nach Jasbor kamen, um Dareen und Ceren nahe zu sein.

Wenn die Geister heute an all den Quellen und Toren als Hüter noch leben und die Orakel an ihren Stätten, von den Wächtern umsorgt, den Menschen die Vergangenheit, die Gegenwart und die Zukunft voraussagen, so wurde das nur möglich, weil eure Ahnen den Grundstein dazu legten.

Noch heute fließt Elfenblut durch die Adern der Menschen von Arlamyr. Wenn heute die größten Magier aus Jasbor und Alvarudor stammen, dann denkt an Nuramon – und denkt an Daoramu, die Nuramon nach Osten führte, und an Nerimee, die Oregir und Sawagal, die man noch heute rühmt, unterwies.

Das Zeitalter der Magischen Flut begann mit Nuramon, und es endete mit ihm. Es prägte Arlamyr, und als er und Daoramu fort waren, war es an ihren Nachkommen, die neue Zeit zu bestimmen, von Generation zu Generation. Bis heute. Bis zu euch.

Mein Blick folgte Nuramon und Daoramu in die Höhle, bis ans Licht heran. Was sie aber fanden, als sie ins Licht traten, das entzieht sich meinem Schicksalsblick. Das Letzte, was ich gewahrte, war Nuramons Stimme. Er sprach: »Ich hoffte, euch hier zu finden. Und ich bin überrascht, dich hier zu treffen.«

Und damit endete ein Weg nach Jahrtausenden.

Anhang

Die arlamyrische Zeitrechnung

Die großen Fürstentümer und Königreiche von Arlamyr haben einen einheitlichen Kalender, der auf das untergegangene Königreich Nylindor zurückgeht. Die **Jahreszählung** beginnt mit der Befreiung der Urahnen aus der Sklaverei in der Stadt Wuur.

Das Jahr hat **10 Monate mit jeweils 36 Tagen**. Früher hatten die Arlamyrier einen Mondkalender mit 12 Monaten, den sie aber, als sie zum Sonnenkalender übergingen, aufgaben und die Monate der Zahl der legendären Ahnen der Sklavenbefreiung anpassten. Der letzte Monat ist länger. 41 Tage, bei einem Schaltjahr 42.

Die Monatsnamen lauten:

1. Oburun
2. Yanna
3. Biora
4. Ramugol
5. Lysgor
6. Byrr
7. Werimi
8. Varru
9. Wurnia
10. Cardugar

Jahreszeiten nach Kalender:

Frühling: 1. Oburun – 18. Biora
Sommer: 19. Biora – 36. Lysgor
Herbst: 1. Byrr – 18. Varru
Winter: 19. Varru – 41. Cardugar
(bzw. 42. Cardugar in einem Schaltjahr)

Wochentage:

Eine Woche hat **sechs Tage**. Sie zeichnen die Reise der frühen Ahnen nach. Das Jahr beginnt immer mit einem **Felsentag** und endet in der Ahnenwoche mit einer Reihe von Ahnentagen, die von Ort zu Ort verschieden sind.

1. Felsentag
2. Waldtag
3. Steppentag
4. Wüstentag
5. Flusstag
6. Ahnentag

Ahnenwoche im Cardugar am Beispiel der Stadt Jasbor:

1. Byrnamu (Felsentag)
2. Nyragor (Waldtag)
3. Lysgoru (Steppentag)
4. Dyrm (Wüstentag)
5. Yanna (Flusstag oder Yannatag)
6. Rangaro (in Schaltjahren)

Der Roman beginnt am 23. Biora 2255 mit Nuramons Eingreifen in die Schlacht um Teredyr.